南社大辞典

苗子签

姚昆田 主编
上海市文史研究馆 编

上海辞书出版社

图书在版编目(CIP)数据

南社大辞典 / 上海市文史研究馆编. -- 上海 ：上海辞书出版社，2024. -- ISBN 978-7-5326-6270-8

Ⅰ. I209.6-61

中国国家版本馆 CIP 数据核字第 2024R39K14 号

本书由 2024 年上海市促进文化创意产业发展财政扶持资金项目资助出版

南社大辞典

上海市文史研究馆　编

责任编辑　赵　航　杨丽萍
装帧设计　姜　明
责任印制　王亭亭

出版发行　上海世纪出版集团
上海辞书出版社®（www.cishu.com.cn）
地　　址　上海市闵行区号景路 159 弄 B 座(邮政编码：201101)
印　　刷　上海展强印刷有限公司
开　　本　787 毫米×1092 毫米　1/16
印　　张　37.5
字　　数　1 108 800
版　　次　2024 年 12 月第 1 版　2024 年 12 月第 1 次印刷
书　　号　ISBN 978-7-5326-6270-8/I・587
定　　价　398.00 元

南社大辞典编辑委员会

出版说明

《南社大辞典》是上海市文史研究馆馆员姚昆田先生主编的一部汇集南社最新研究成果、反映南社历史全貌的中型专科辞典，同时也是一部凝聚近百位南社研究专家学者十余年心血和汗水、填补南社史研究空白的奠基之作。

本书主编姚昆田先生是南社主要成员、继柳亚子之后的南社主任姚光之子。姚先生生前以祖宅为基础筹建金山南社纪念馆，倡导建立“南社学”。十多年前，他邀集一批专家学者，在汇总既有学术成果的基础上，开始编纂《南社大辞典》。没有姚先生的主持和坚持，就不会有该辞典的编纂出版。

上海市文史研究馆是以“敬老崇文、存史资政”为宗旨建立的具有统战性、荣誉性的文化机构，始终把服务馆员、为馆员提供更好保障作为工作目标，并自始至终对《南社大辞典》的编纂出版工作给予大力支持，并提供项目出版经费。文史研究馆的吴孟庆、沈祖炜、沈飞德等多位馆领导，不仅为大辞典的编纂提供后勤保障，还多次牵头召开专家研讨会，推进编纂工作进展。没有上海市文史研究馆的大力支持，大辞典的各项工作不可能顺利开展。

2021 年 5 月 3 日，姚昆田先生因病去世，以潘颂德、李玉棠、李之方为首的一批七八十岁的老人挺身而出，无私奉献，为完成姚先生最后的遗愿，想方设法克服困难，把编纂工作继续向前推进。没有他们锲而不舍、默默无闻的辛勤付出，大辞典的内容质量就无法得到保障。

今年是南社成立 115 周年，在《南社大辞典》即将出版之际，我们对上海市文史研究馆的大力支持表示感谢！对从事《南社大辞典》编纂的专家学者表示感谢！对从事和关注南社研究的广大人士表示感谢！正是由于你们长期以来的支持和鼓励，大辞典才得以面世。

由于《南社大辞典》是一部填补此领域研究空白的工具书，项目编纂出版时间跨度长，参与撰稿的很多作者年事已高，其间又有人员变动，再加上主编姚先生不幸中途去世，后期留给编辑加工稿件的时间仓促，一些工作很难做到尽善尽美，难免存在问题，敬请各位专家学者批评指正！

上海辞书出版社

2024 年 10 月

目　　录

序

杨天石

几年前就知道，上海姚昆田等先生要编《南社大辞典》，这是推进中国近代文化和文学研究的当然之举、必要之举。

南社发起于 1907 年，正式成立于 1909 年 11 月 13 日，是清末和民国年间最大、最著名的文学团体。它以发扬“国粹”，继承中国文化优良传统和明末的几社、复社两团体为号召，始创于苏州，活动中心在上海。其发起人为吴江人陈去病、松江人高旭和吴江人柳亚子。“南者，对北而言，寓不向满清之意。”[①]虎丘成立会议的 17 名南社社友中，有中国同盟会会员 14 人。辛亥革命前，南社有社友 200 余人，辛亥革命后陆续发展至 1 182 人，涉及当时中国的 19 省、253 个县。除南社本社外，浙江绍兴有越社，江苏南京有淮南社，沈阳有辽社，广州前有广南社，后有南社广东分社，它们都是南社的分支机构。南社的机关刊物为《南社丛刻》，自 1910—1923 年共出版 22 集。1923 年，柳亚子为响应“新文化运动”，和沈雁冰、陈望道、廖仲恺、何香凝、沈玄庐等“新朋友”合作，成立新南社，出版《新南社社刊》1 册。此外，湖南有南社湘集、福建有闽社、上海有南社纪念会，前后活动时间长达 50 余年。

南社成员大多为戊戌变法前后出现的、以在中国建立共和政体为目标的新型爱国知识分子。其中，既有孙中山的战友黄兴、宋教仁、陈其美、于右任和政治活动家张继、李根源、沈钧儒，有为中国革命献身的周实、阮式、宁调元、孙元、范光启、陈以义、陈子范、仇亮、姚勇忱、杨德邻、程家柽、邵飘萍、朱少屏等 22 位烈士，也有近代中国文学、艺术、教育、新闻、出版、翻译等多方面的文化、学术精英。鲁迅曾参加越社，仿《南社丛刻》之例主编《越社丛刊》。诗人、小说家苏曼殊，画家黄质（宾虹），书法家沈尹默，报人戴季陶、邵力子、邓孟硕，戏曲史家吴梅，翻译家马君武，教育家经亨颐，经学家、文字学家黄侃、黄节、马叙伦，文学史家黄人、谢无量，创办《科学》杂志的杨杏佛、任鸿隽，女词人吕碧城，以至“只手打孔家店”的吴虞等人，都曾列名社籍，并在不同时期参加过南社的活动。可以说，一时才俊，尽入社中。民国初年上海和许多城市的报纸，如上海的《民立报》《民权报》《天铎报》等，大都掌握在南社社友手中。

---

① 陈去病《南社长沙雅集纪事》，《太平洋报》1912 年 10 月 10 日。

南社的活动年代，中国民族危机深重，救亡图存，振兴中华，向现代民主社会转型，成为响遍神州大地的号角，南社成员既投身这一伟大斗争，促成并保卫了亚洲第一个共和国的出生和成长，又以其作品歌颂、反映、推动这一伟大斗争，充满爱国主义、民主主义精神。辛亥革命前，他们瞻望未来，慷慨激昂，乐观豪迈，以贡献、牺牲为己任。如：

“理想飞腾新世界，年华孤负好头颅。”（柳亚子）

“右手弹丸左民约，聆君撞起自由钟。”（柳亚子）

“补天填海千秋事，莫漫伤心赋绿波。”（陈去病）

“此去壮图如可展，一鞭晴旭返中原。”（陈去病）

“文明有例购以血，愿戴我头试汝刀。”（高旭）

“欲以一身撼天下，须于平地起波澜。”（马君武）

“甘以清流蒙党祸，耻于亡国作文豪。”（马君武）

辛亥革命后，他们苦闷、失望，然而并不灰心丧志，而是满怀悲愤，投入保卫民主共和、反对专制复辟的斗争。其作品仍然斗志昂扬，激烈铿锵，鞺鞳有力。如：

“相逢莫问人间事，故国伤心只泪流。”（苏曼殊）

“愿播热潮高万丈，雨飞不住注神州。”（宁调元）

“死如嫉恶当为厉，生不逢时甘作殇。”（宁调元）

“誓使华严从地起，莫临沧海哭途穷。”（马君武）

“当为效死沙场鬼，忍作偷生歧路人。”（王德钟）

这些诗，继承近代“诗界革命”的传统，以旧格律写新思想、新感情，反映出一代革命党人的高尚襟怀和精神世界，将永远是中国诗歌史上的瑰宝。

南社的活动年代，欧风美雨东来，悠久、博大的中国传统文化面临前所未有的挑战和机遇。如何保持、发扬中国民族文化的优良传统，又吸收来自西方的先进文化营养，创造民族的、民主的新文化，这是历史和时代对中国文化人提出的考题。南社发起人之一的高旭，对中国文化的发展历史进行了宏观考察，提出必须以“吸收与保存两主义并行”为方针，主张既召唤“国魂”，保存国粹，维护中国民族精神和民族文化，同时也要吸取西方先进文化中的“大有利于我国者”，使中华文化“晦而复明”，昌盛光大。对于“国学”，则主张“拾其精华，弃其糟粕”。陈去病，创办《二十世纪大舞台》，最早提倡戏剧改革。柳亚子，在创办《复报》时，特别以白话写作，标明“通俗体”。林白水，创办《中国白话报》，提倡书面语言革新，让“种田的，做手艺的，做买卖的，当兵的”都能明白。李叔同、欧阳予倩、陆子美，最早提倡新剧（话剧）。苏曼殊、王无生、包天笑等赓续梁启超等人的“小说界革命”传统，创办小说杂志，勇于写作新体小说。这些方面，这些努力，都上承戊戌时期兴起的文化革新，下启五四新文化运动的先河。遗憾的是，囿于当时“国学保存运动”的主张，未能正确处理继承和革新、保存和发展之间的辩证关系，南社文化中的上述新因素，未能得到足够的重视和倡导。因此，当五四新文化运动在中华大地上蓬勃发展之后，柳亚子只能和“新朋友”合作。

历史是滔滔不绝的江河，历史的书写也是绵延深邈，连绵不断。今天的中国是往日中国的继续和发展，今日中国文化的发展是往日中国文化的继续和发展。正确总结中国历史和中国文化发展的历史，是有关中国今天和明天，是大事、要事；正确书写、总结南社这一近代最大的文学团体的历史，研究中国近现代文化转型中的得失，是其中的必要之举。

词典以词条及释义的形式反映和说明客观对象，有多种不同的样式。一类属于综合性、通用性，例如人们熟知的《辞海》《辞源》；一类具有专门性和专业性，如《中国人名大辞典》《中国地名大辞典》《中国近代史辞典》《辛亥革命辞典》《中国抗日战争大辞典》及《孙中山辞典》等。它们的特点在于准确、简明、权威，读者通过条目检索，可以迅速得到有关对象的知识。由于其基本单位是条目，具有一般章节体或志传体史书不可能具有的全面性、细致性和灵活性。许多一般史著中无法处理、难以表述的问题，都可以设立条目，加以释义。读者需有所知时，检索相关条目，即可获得相关知识。有方便、准确之乐，而无四处求索、大海捞针之苦。因此，编纂词典是有功于学术、有功于读者的大事、好事和盛事。近年来，专门性、专业性的词典不断发展，不断增多，其故在此。

1958—1960年我在北京大学读书期间，曾两次参加撰写《中国文学史》，均负责执笔南社的有关章节。毕业后，为中华书局写作过《南社》一书。此后，又与人合编《南社志》，计划分为《南社史长编》《南社人物志》两部分，意图比较全面地反映南社的面貌。后来《南社史长编》出版，《南社人物志》流产，至今犹觉遗憾。不过，即使出版了，在全面反映南社、表述南社方面也还会有许多缺憾和不足。现在《南社大辞典》即将出版，它是反映南社历史全貌的专业辞典，同时也是一部汇聚诸多研究机构、专家十余年心血、填补空白的基础性工具书。其纪事时间，上起1897年6月，陈去病、金天羽与柳亚子的父亲柳念曾等人在吴江同里组织雪耻学会，企图洗刷甲午战败、清廷订立《马关条约》之耻，下至1949年4月16日南社、新南社北平中山公园举行的联合雅集止。它是对南社这一特大知识分子群体的史料、业绩进行整理、研究的最新成果，将为进一步弘扬爱国、创新、进取的南社精神，扩大其影响、推进其研究奠定坚实的基础。可以说，姚昆田等先生的这部大辞典是对多年来有关南社研究的大规模总结和积淀，是填补空白的大成之作。相信这部著作将会利用词典这一体裁的优长之处，完整地再现南社历史，弥补一般史著不可避免的缺憾和不足，进一步推进南社和中国近代文学以及文化的研究。

昆田先生是南社主要成员、1918年当选南社主任的姚光先生的公子，长期在中央外交、外事部门从事国际文化交流活动。晚年不仅捐献其先人故居建设金山南社纪念馆，而且倡导建立“南社学”。他约集同志，致力于《南社大辞典》的编纂，勤勉设计，勤勉写作，孜孜不倦，在上海市文史研究馆的大力支持下，经过多年努力，终抵于成。我于欣喜、兴奋之余，因作此文，既以为序，亦以为贺。

2017年1月于北京东城之书满为患斋，同年4月改订

前　言

姚昆田

南社是一部大书。也有人说，南社是一部集体著作的大百科丛书。它原该是一部皇皇巨著，而眼下的这部《南社大辞典》，根据我们编撰者的愿望，就是这部巨著的一个索引。如果大家披览后认为它够得上一个聚焦与索引的话，那就能体现其编辑价值所在。

南社又是近现代中国全部由中高级以上知识分子乃至有众多大师级学者所组成，并高举民主、革命大旗的最大民间文化团体，其所汇各方成员之广，其所拥各类人才之博，其所集各种著作之富，其所涉文化各界典雅之众，为史乘所罕见，并世难有其匹。同样，我们面前的这部《南社大辞典》，就应该成为近现代中国各界知识分子代表的一个多类型、多渊源、多成就与多风格的综合缩影。如果大家检索后确实能领略到这幅特殊历史画卷的无边风月与有情文彩，及其发蕴阐幽与见微知著，那也就能评判其精到所在。

一

首先，人们对"南社"这一名称的由来，好查询有何典故。因为冠名为南，既通俗又典雅，既直率又含蓄，可以称得上是雅俗共赏，而又隐喻民族、社会与人生道路的正确导向，确实令人产生亲切感与庄重感，而又遐思联翩。根据南社三位创始人陈去病、高旭与柳亚子各有表述不同而大意相似的解释，可很清楚地归纳为两大核心主旨：一是"南者不向北也"，这是政治方向。由于"北"正是代表清王朝 260 多年来盘踞在北方的封建专制统治，而南社立社的标的非常明确，在竭诚标榜民主，与皇权专制统治始终是针锋相对的。可以这样说，所有劳动人民（当然包括爱国知识分子在内）都应该是面南而向的国家主人翁，也就是俗话所说的，主人必然要朝南坐。二是"南者不忘本也"（句出《左传》操南音而不忘其旧之义），这是文化方向。原来文化的涵义是崇尚情感教育与指导人生主旨的。所谓"凯风自南"（《诗·凯风》）、"指南云以寄钦"（陆机《思亲赋》）以及"越鸟巢南枝"（《文选·古诗十九首》）等，都是在传递爱家乡、爱传统文化、爱祖国乃至爱普世人民与爱大自然的深情素愿。这也是中华民族子孙世代相传的一种守真固本与发扬蹈厉的信念。由此可知，"南"是一个非常幽深而赡博的美喻。它作为一个特大人文团体的冠名，是赋有特殊的历史文化内涵的。它又是中国特定历史时期的一个旷古未有而时至今日也不可能重现的特殊人文社团。了解了它，将令人悠然而神往；读懂了它，会引人盎然而潜思；全面诠释并弘扬了它，可使代代学人慨然而知所渊鉴。唯其如此，就非常值得我们对它由个别而整体、由微观而宏观、由表显而潜涵、由往史而当代并展望未来去追述、分析、演绎、总结，在今后更进一步作持续深入的综合研究，并不断获得人文领域内的新启示与新成果。

南社之所以被后世所旌褒，南社中有数以百计的先贤被后人所衷心钦仰，毫无疑问，是在于它和他们既饱经大时代的风雨洗礼，而又多记功著业，硕学流徽。当今南社研究者们曾把这一业绩的兰因絮果及其豪观壮彩，誉为“四大光环”：(1) 推进时代不断革新，改变中国历史因循走向，引纳民主潮流与广聚贤才的包容磅礴精神；(2) 继承爱国主义，弘扬优秀民族文化传统，倡导新文化并吸收外来先进科学成果的卓越激励精神；(3) 提倡人类气节，揭示并实践普世正义，强调自我奉献乃至以身殉节的大无畏精神；(4) 力求学术平等而各有专攻与成就，并珍视时代与世界更新，高张个性与互相争鸣的锐意进取精神。以上归纳是针对南社的整体评议而言的，也可以说是后人经过详稽博考与反复盱衡，对它的主体方向及主要代表人物的主流成就的高度集中与崇尚礼赞。

如果说，上述“四大光环”还显得抽象而空泛的话，那么，我们又可把南社的总体仪型及其可观业绩，比喻为一座当年曾经遭遇乱云幻变、雷雨交加而终究卓立南天、风光一时的岿然大厦。在这座大厦内，曾频频汇聚或穿梭来往，也曾咫尺天涯、遥相呼应过近代中国最大多数的先进知识分子。他们在这里，磨长剑、奏钧天，振风铎、彰世徽，奋椽笔、着先鞭，吟松韵、颂梅魂，从而传布了幕幕世运变迁、岁月峥嵘、可歌可泣的时代史剧，留下了种种发聩震聋、东情西韵的卓绝徽音。这是一个多么引人注目与铭心而又独具丰彩的纪实镜头！我曾笑言，南社社员登记录是两部《百家姓》。据统计，南社、新南社及南社纪念会会员共 1 700 人，本辞典刊有全部名录及文字详略不等之生平简介，共 193 家姓氏(包括苏、浙、湘、闽、粤五地南社分社中入籍南社者在内)。也有学界研究同仁把南社历史仅归纳为 1909—1923 年，并称之为南社正史十四年。也有将 1902—1909 年称为南社酝酿时期。上述观点都有一定根据，我们将其作为一家之言，可资参稽。但我们既冠以《南社大辞典》之名，所以就把综观南社的视野定为 1909—1949 年。即 1909 年(清宣统元年)11 月 13 日陈去病等 17 人在苏州虎丘召开南社成立大会，柳亚子、姚光先后任主任；1923 年 10 月 14 日新南社于上海成立，柳亚子为社长；1935 年 12 月 29 日南社纪念会在上海成立，柳亚子兼任会长；1949 年 4 月 16 日(即中华人民共和国中央人民政府于同年 10 月 1 日宣布成立前夕)由柳亚子主持在北平中山公园来今雨轩邀聚最后一次南社新南社联合雅集，并正式宣布南社光荣完成历史使命。要把这 40 年间中国历史上具有高尚宗旨与时代使命，并以序贤昭义而风云际会的特大知识分子群体内所有重要人士的主要业绩及其有关史料都汇集并整理辑录下来，这将是一项长年累月、需要许多有志学者不断积集和考证的艰巨工程。为了先行洞察这座历史人文大厦内的原本架构及其容积之纵深与殷富，且给它分类而又综合，开启了如下多扇窗口，以便在平面与立体、宏观与微观以及空间与时间(即历史与当前)，多维度、大视野地都有所归纳并区别、摘要、揭示。

二

第一扇是屋顶天窗，首先俯瞰到它的醒目内容当属政治。诚然，南社不属于政党机构，但它在发起成立之初，又确实是一个非常彰明的准政治团体。它的立社宗旨或称组织纲领，是与中国同盟会完全一致的，即“驱除鞑虏，恢复中华”。中国同盟会与南社历来又被称为辛亥革命的一双犄角。特别是中国同盟会在日本东京创建后，即在中国大陆苏（含上海）、浙、皖、鄂、湘、粤、辽等地设立分会，而所有分会的领导人竟均属南社的主要骨干。南社的创始人陈去病、高旭、柳亚子以及其他主要骨干姚光、朱少屏、陈陶遗等 245 人都是同盟会成员。所以有人说，同盟会中的政治旗手和知识精英几乎一齐都加入了南社。由此可见南社与同盟会相互关系之密切，但二者绝然不是同一机构，更无互相依附与隶属关系。它们最大的不同是，同盟会总部始终设在国外（设于日本东京，因设在国内即被清政府所查禁），南社则始终以文化为旗帜把根据地设在上海；同盟会当年的主要任务是筹募武装革命经费和培养武装革命人才（包括宣传人才）向国内输送，而南社除秘密支持武装革命外，尚怀有革命成功后长期的重大文化建设任务（详本文后面陈述）。

历来革命离不开武装斗争，军事就是政治的延伸，南社这个标榜民主革命兼容政治与文化的特大民间团体，又呈现出在中外历史上都极为罕见的特征，那就是它竟拥有 101 名文武双全的一手拿笔杆子、一手拿枪杆子的政治家兼军事家，其中又不乏文化名家。他们在推翻清王朝并在而后对袁世凯及各派军阀的历次南征北伐中，曾分别领军作战，其职衔为各地区革命军总司令的就有黄兴、于右任、居正、田桐、李根源、邹鲁、高剑父、熊克武等 16 人之多。其他 80 余人也都曾赴汤蹈火，亲历战斗生涯，担任过各种重要军职。而另一方面，我们又看到南社中有接二连三、义无反顾投笔从戎的仁人志士，虽然没有牺牲于前线战场，却不断在后方遭到各种反动势力暗害，殉难的大多是才识轶伦、名震一时的首领人物。如宋教仁、陈其美、范鸿仙、宁调元、程家柽、邵飘萍、姚勇忱以及其后的廖仲恺、朱少屏、杨杏佛等各个时期的南社英烈达 26 人之多。这无疑为整部南社史树立了一座正气长存、名垂千秋的政治丰碑。面对英烈人物，我们不期而然地会联想到近代中国第一位巾帼英豪秋瑾烈士。南社筹建时正逢秋瑾为清廷所害，陈去病先创立秋社以纪念这位女英烈，待到南社一成立，几乎全部秋社成员都归入南社，由此可见秋瑾、秋社同南社的密切关系。当时与秋瑾抱负相同的先进女性，其中有不少人还与她义结金兰，她们加入南社后，几乎无一不成为头角峥嵘的女权倡导者、社会活动家乃至带兵的女将军。其中翘楚奋发、名倾一时，堪称巾帼奇才的有唐群英、张汉英、张默君、吕碧城、徐自华、徐蕴华、陆灵素及何香凝等时代之秀杰。当然，还有不少女校长、女教师、女作家、女诗人、女主编、女记者与女画家等。南社中共计有 126 位女性社员，都是走在时代前列、参与社会革命与其他各种公众活动的先进知识女性。她们无论是成员数量，还是参与各种社会活动的政治影响，都可以说是史无前例。同时，南社中还有 64 对伉俪，因志同道合、互相支持而并肩携手，一齐加入这一革命组织。他们带头实践男女平等，标榜具有共同知识水平、共同社会地位与政治觉悟，并在一个多世纪以前即被引为佳话，在南社历史上，在中国历史乃至世界历史上也是一篇唯我独先而值得珍视的绚丽华章。

南社固然不是政党，但已如上述，南社主要成员中有245位同盟会会员，而到1912年8月，孙中山将同盟会改组为国民党(海外同盟会由此取消)，因此他们大多转变为国民党党员，其中多半是徒有虚名。而有一小部分成为国民政府各级上层领导的要员，但与南社的关系却逐渐疏远。1919年五四爱国运动与新文化运动几乎是在同一时期内发生，由于这些运动本来就是由知识分子领先发起的，所以与南社必然发生种种交往与辅承关系(详见后面有关陈述)。再到1921年中国共产党诞生之前，最先成立于上海的中国共产党早期组织就有南社成员(邵力子、沈雁冰等)参加。连社会主义、共产主义等新概念的引进，乃至《共产党宣言》的最早中译本，都是由南社成员(马君武、陈望道等)率先绍介。直到中国共产党第一次召开成立大会的秘密地址，也是借用南社成员(李书城)的私人住宅。1923年10月，南社改组为新南社，柳亚子仍是主要领导人，并吸收了好多位新社员，其中就有共产党人(据统计，南社及新南社共有22人先后加入早期共产党)。1925年，孙中山不幸病逝，接着蒋介石集团就在1927年发动"四·一二"反革命大屠杀，柳亚子等均险遭殒身之祸。国共分裂后，自然会影响到一部分南社社员的政治倾向，因而南社也隐约出现左右两派之分，然而应该肯定进步倾向始终是主流。到1945年抗日战争胜利后，兴起许多民主党派，而各新生民主党派的创始人与领导者，如中国国民党革命委员会的何香凝(女)与柳亚子、中国民主同盟的沈钧儒与陈望道、中国民主建国会的章乃器与胡子婴(女)、中国民主促进会的马叙伦与沈体兰都无一不是南社社员。这些都非常鲜明地反映了南社同仁始终与中国近代民主政治的滥觞有种种非同寻常的不解之缘。

三

第二扇是极为宽广的东窗，或名之为文化综览之窗。这个文化是大文化或称为多元文化，有历史传统文化，也有时代新生文化；有华夏东方文化，也有外来西方文化。南社归根结蒂是一个汇纳百流、广容博蓄的特大文化团体，所以其内涵与外延也是缤纷交织。这里首先注意到的是中国传统文化。可以说，所有南社同仁无一不受到中国传统文化的洗礼与熏陶，而且大多各具天赋与精专造诣。至于当今大家所说的国学，可以认为是中国传统文化中的典型载体，也是指研究中国传统文化兼及政治学、社会学的综合学问。据考证，"国学"一词首先出现于清末，一般认为是由梁启超、章太炎等人首先提出的。而对它扩大阐扬的恰恰又属于南社圈子里的大量学者。由于在南社成立前，邓实、黄节等好几位学界英秀已经在上海组建了国学保存会，并以"发明国学，保存国粹"为宗旨，创刊《国粹学报》；而该会与该报的众多知名人士不久也都入籍南社。高旭则于1909年10月南社创建前夕，发表著名的《南社启》(相当于南社发起宣言)，首先开宗明义地提出："欲存国魂，必自存国学始。"由此可见，南社与国学一开始就纽结夙缘，立社先期早拥有许多知名国学家：且不说陈去病、高旭、柳亚子、姚光等南社骨干都以国学见长；被誉为南社耆宿的胡石予、高吹万；被列为"湘中五子"的傅屯根、李根源、姚大慈、姚大愿与谢晋；当年已在南北各大学因执教国学而成为坐标式学者的黄侃、黄节、黄人、马一浮、汪东、谢无量；终身从事国学普及又在这一领域不断发皇古义、融汇新知的胡朴安、胡寄尘以及一代曲学大师、被推为中国古典戏曲文学代表的吴梅等，真是不胜枚举。

他们所撰述的有关国学著作之丰懋，更可称得上是当年文坛独步，渊渟岳峙，硕果累累，使后人敬仰与获益幽深。

在此，我们显然还注意到南社这个特大人文社团原来就有一种独具的文化优势，那就是几乎所有的南社社员在童蒙时期都普遍接受过良好的传统教育，具备朴实的国学知识基础与读写文言文的基本功，并怀有振兴优秀国故与融汇时代新知的良好愿望。所以当清王朝政权最终被推翻了(对此南社真正是与有功焉)以后，许多南社学人立即竭诚提出，今后祖国全面复兴离不开进一步弘扬优秀传统文化并正确对待国学之保存与发扬光大。他们还主张对此要从底层基层工作做起。因此早在1912年，一贯以提倡国学优洽文教视为天职的高吹万、姚光等首先在自己的家乡江苏省金山县(今上海市金山区)张堰镇(原来是一个拥有深厚历史文化底蕴的古镇，2012年已由国务院批准为中国历史文化名镇)首创了以弘扬国学为宗旨的“国学商兑会”。“商兑”一词引自《易经》，“商”指商榷，“兑”指交换。其语义就是对于中华传统国学的全面认识，要以大家商讨、互相辩证求知为准绳；也提倡随时交流相异、相左的不同观点与意见。应该说，这一宗旨是非常时新而颇具进步意义的。当时柳亚子、李叔同等也正好在上海创立了“文美会”，亦以弘扬中国传统文化之大美为主旨。由于目标趋同，所以立即主动宣布并入“国学商兑会”，因此使该会一下子汇纳了南社内外绝大多数国学人才；同时还引荐了祖籍台湾(当时被日本强占)、在上海亦有寓所的著名爱国史学家连横(字雅棠)与苏州未参加南社的国学家金松岑以及一批非南社籍国学资深人士一齐加入该会，从而使该会始终成为与南社紧密合作的友辅团体。当时代表南社定期出版的同仁社刊为《南社丛刻》，20余年中出版了24集(该刊在20世纪末被中国图书出版界评为“百年百种优秀文学图书”之一)；代表国学商兑会的会刊为《国学丛选》，也在20余年中先后出版了20集。两者合计有500余万字。这两大刊物所刊各种文学作品，包括不同题材与体裁的论文、时评、散文、书信、序跋、游记、随笔、小品乃至祭文、悼词、碑铭等，都是具有一定时代内容与特色的文言文，当然也包括传统诗词。至于他们在此之外的各种学术专著、小说、戏剧剧本、本人和他人的传记以及年谱、家谱等单独出版物(包括未公开印行的手抄本)，更是林林总总，森森蔚蔚，千枝万蕾，令人目不暇接。观止于此，或会产生南社学海无涯之感，但是我们在这部大辞典里却是可以查到许多问津的标目与探究的线索。

在此我们还注意到，当年正逢推行白话文的发轫时期。南社中原来就拥有大量近代新闻报刊事业的创始人，他们提倡报刊文字要让民众感到通俗易懂，所以最早大力主张推广白话文。而另一方面，南社中的大量资深学者都习惯于写文言文，并对文言文有深厚的基本功，且熟知其为中国优秀传统文化之载体与渊薮，不能断然加以废弃。所以在南社中曾一度发生过有关文言文与白话文存废的争论。而从争论的进展与结果看，大家一致认识到普及白话文是时代大众所需，势在必行，无可厚非。至于珍惜文言文的许多学者，则坚持各级学校的语文基础教学课程不能全部删除文言文，否则将使全体国民与传统文化的主要承载体隔绝，割断了原该绵延不绝的民族文脉，而蹈古波斯、古埃及、古印度等地域悠久文化不幸断裂之覆辙。而且他们提出，白话与文言，都是中国文化的载体，二者各有其功能，可以相辅共存，不可偏废。在经历了整整一百多年后的今天，再来返顾这一段时代大激变中的中国近现代文化史，我们深感有许多历史教训是应该再三反思与深入研究的。

令人感到欣喜的是，当前中国文化学术界、教育界已经明确提出，也有越来越多的资深学者竭诚呼吁，近现代旧体文学(所谓旧体即指文言文)是中国文学史上承前启后的重要一环，系统整理这一时期的旧体文学著作，是当下有关学术研究团体必不可少的一项基础工作。他们甚至把近现代旧体文学作品，借喻为等待开发的"原始森林"，还有学者把现代文学史上"新文学"和"旧体文学"比作月亮的两面，本是相辅相成、同时共存并具有相得益彰的密切关系，但新文学成了月亮的"亮面"，而旧体文学成了月亮的"背面"(见 2016 年 7 月 7 日北京《光明日报》杜羽《现代旧体文学的"原始森林"等待开发》)；如果二者长期相背，互不照应，甚至互相排斥，那就会产生各种不利于中华文化全面繁荣的反面影响。值得庆幸的是，现在已涌现出不少有识之士明确提出这"月亮"两面的风光，应该相向照耀，互辅联通。特别是对以往有所忽视的一面，自应给予更多的关注。我们十分欣喜地看到，现在媒体已经不止一次地点明当年大量南社学者始终以优秀传统文化为核心，经过辛勤努力，积贮了大量学术著作，经过岁月风霜的不断磨洗，已经成为这个特定时代产生的"旧体文学"的一种典型代表。我们在此郑重提出，并深信这将有助于这被遮蔽的"半规圆月"与"原始森林"的逐步揭示与今后有序地长期开发。

要重视传统文化，必然涉及传统诗词(或称古典诗歌)，它还被视为国学中之一项重要内容与主要科目。中国自古以来重视诗教，南社同仁自然继承了这一优良传统；而且大多对此都是渊源有自，几乎人人都自幼养成吟诵习惯并擅长写作传统诗词。高旭与柳亚子从青年时代起就以写得一手好诗而自豪。实际上南社中写诗的高手捷才，几乎可以称得上在在皆是。且以年龄长幼与男女区别，分为以下三档：(一) 南社中德齿俱尊的老诗人，首推自署为"舟枕山人"的王海帆(1849—1917)。他的名号就颇具诗意，加入南社时，年已 66 岁，比柳亚子长 38 岁，柳亚子对他即以长辈相称。他的著名诗作就是 140 韵的《舟枕山人自述》，被柳亚子称为"汪洋巨观"。如将来有人编辑《南社诗词大全》，此诗无疑当为开篇第一首。在王海帆之后尚有方鹤卿(1851 年生)、饶芙裳(1856 年生)与吴恭亨(1857 年生)，都是南社中有大量诗词作品传世的老人。特别是吴恭亨曾亲身参与庚子年(1900 年)抵抗八国联军入侵的爱国大学者，他的《悔晦堂诗集》等传世作品极多，在南社是年轻一辈非常尊敬的老诗人。(二) 中年诗人一般在 19 世纪 70 年代后出生，在南社时期大致在 35～60 岁。这一档年龄的南社成员人数最多。这里只举两位知名度很高而具有一定代表性的诗人。一位是诸宗元(1875—1932)，他是清宣统元年(1909 年)南社成立大会召开时 17 位创始社员之一。他首先是民主革命者，又兼诗人、国学家、书法家与藏书家于一身，被公认为清末民初重量级诗人之一，与南社外另一位与他同龄而负有同样诗词家盛名的夏敬观(1875—1953)合称"一台二妙"(即同一领域一对诗文出众的才子)。诸宗元之特别令人敬仰的是他同时又是一位革命实践家。他著作很多，其中《大至阁诗》《病起楼诗》两种诗集尤被后人赞誉不止。另一位是傅屯根(1882—1930)，同样是南社成立之始即入社的资深学者。他于 1905 年投身反清革命并从事各种教育工作，又创办并主持各种新闻报刊的笔政。无疑，他是一位社交很广而有很多方面成就的实干家，还是南社湘集的主要负责者，而最令人赞誉的是他又是一位多才、多担当的优秀诗人。他的诗作很多，遍刊于《南社丛刻》《南社湘集》。他身后留下的《屯安诗文集》《屯安词》《废雅楼诗集》等著述都被评为当年富有时代特色的佳作。(三)女诗人与青年诗人,其中年龄阶段大多是从20世纪初出生起算。实际上大量南社诗人几乎都是在青年时代就开始写诗的。在这里,举一个唯南社所独具、在中国传统诗史上都罕见的例子。由于长达两千年的中国封建社会推行"女子无才便是德"的非常荒谬的对知识人才的评价标准,所以中国历史上声名卓著、有才干的知识女性,可以说是凤毛麟角。即以汉代公元前206年到清末1906年的2 100年的悠长历史来说,可以说是屈指可数。有真实史载业绩可查的,有汉代的蔡文姬,晋代的左芬、谢道韫,南北朝时期的鲍令晖,唐代的上官婉儿、薛涛,宋代的李清照、朱淑真,明代的柳如是。到了清代被史笔所褒扬的吕碧城(1885—1943)恰恰就是南社女诗人,青年时期又是参与推翻清王朝的女革命家,所以准确地说是民国女诗人。她还被当代诗评家赞誉为"三百年一见之绝代女词人"。除吕碧城外,尚有前述南社八大女英杰中之张汉英、张默君、徐自华、徐蕴华、陆灵素与何香凝等,一生中都有大量诗作。她们确实具有一种非常珍贵的人生特征,也是一种高尚的精神财富,那就是把写诗与革命生涯融为一体。除此之外,还有周佩珍、陈碧岑、陈佩章、何亚希、张光蕙、李华书与谈月色等,都是南社中有诗作成集付梓的女诗人。特别要赞扬的是,湖南宁乡陈氏三姊妹陈家英(1895年生)、陈家杰(1897年生)及陈家庆(1904年生),都是在青年时代就加入中国同盟会的女革命家,她们一齐加入南社,又都受家庭影响从小擅长诗词,并为南社众多诗家所器重,分别有《纫湘阁集》《碧湘阁集》及《丽湘阁集》等传世。除陈家庆作为杰出青年女诗人外,还有两位南社第二代后裔并同时第籍南社的女诗人。一位是陈去病的长女陈绵祥(1900年生),她在22岁时由柳亚子、余十眉介绍入南社,并被柳亚子赞誉为"桑海文章第一才"。她有《秋梦馆诗剩》一书传世,并为后人所赞赏。另一位胡渊(1901年生)是新南社社员,也是南社前辈胡朴安之嫡裔长女。她兼擅诗画,深得南社长辈所器重并结为忘年交,经常以诗词相酬和。她个人的诗集与画集均题名为"南香",确实为南社留下了世代书香之幽蕴,给后人以无尽的慕怀。

以上仅仅是对南社三代诗人最粗放的勾勒,旨在一窥南社诗人之总体概貌。至于他们各自写诗的风格、志趣、水准和成就,显然会大不相同,甚至会有很大差异,我们不能、也不主张求其一律。不过我们特别注意到,大量南社诗人的早期作品大多都是怀着"天下兴亡,匹夫有责"的豪情壮志,为他们所衷心追求的一个崭新时代的到来而鼓与呼。这是南社诗坛最突出的、也是被后人所最敬慕的特色。其中不论是"浩歌""孤愤",或是"醒狮歌""猛虎行",或是"北征歌""从军乐"或是"哀希腊""招国魂",都可以说是飙丛电举,著声一时。当然他们也有"江南愁叹""湘水沉吟"与"好鸟相鸣、嘤嘤成韵"的抒情与唱和之作。在此我们不作任何点评,也不作先有成见的遴选。有道是《唐诗三百首》是从唐人5万首诗中选出来的;南社人诗作累计亦至少在5万首以上,且留待后人去精选吧。本大辞典收录的南社诗作只能说是剪其一鳞,窥其一斑。

南社学人中还存在着一幅非常具有个性化、而又别寓灵思殊趣的诗情风韵构想图,那就是所有南社诗家都有自己读书赋诗的专名写作室,哪怕只是陋室一方乃至跬步一角,当然也有精舍明轩与花馆草堂,都冠以各种不同的、赋有个性化与别有逸史或环境典故的雅称。固然这种文人习好古已有之,但是由于南社诗人人数特多,他们的诗苑吟座据概略统计竟有580余种雅称。从这样一副令人目不暇接的名录大观中,稍举若干意味隽永而有代表性的实例而言,有林庚白的"孑楼"与胡寄尘的“螺屋”，姚光的“复庐”与张昭汉的“玄圃”，胡先骕的“忏庵”与杜国庠的“素园”，陈去病的“浩歌堂”与柳亚子的“磨剑室”，高吹万的“可读斋”与黄宾虹的“片石屋”，陈家英的“纫湘阁”与傅屯根的“息影阿”，经亨颐的“长松山房”与姚鹓雏的“生春水簃”，诸宗元的“灵云别馆”与余十眉的“探珠吟舍”，周瘦鹃的“紫兰小筑”与孙景贤的“梅边乐府”，陈蝶仙的“碧梧漏月轩”与范烟桥的“歌哭于斯亭”。除了这20个都是寓有刻意幽情的不同冠名外，其他精彩的冠名，即不一一详举。从中已能窥见这班南社诗人学士，既继承了中国传统知识分子的一种优良雅习，又开拓与造就了一笔中外古今都罕见的、连他们本身当年都没有意识到、把它们作为一种联合体的特殊文化遗产。据悉，在当今中国优秀传统文化大复兴、大繁荣的过程中，诸如陈去病的浩歌堂、柳亚子的磨剑室与姚光的复庐等文化古建筑及其精神内涵，早已树碑铭文被列为国家历史文化遗产的保护对象，随之南社文化与南社名人故居等文化遗存的保护与开发工作必然会越来越得到社会公众的重视、珍惜与大力揭扬，同时也会得到国家法律的肯定与维护。展望未来，如把所有南社知名学者的深涵历史文化内容和保存完整的故居老宅有计划地联合起来，善加修护，发挥其文化潜蓄传导功能，形成一种具有特定历史内容的整体概念，并在此基础上有考证、依据地加以充实，未尝不是中国所仅有的历史人文遗址，也是别具个性化的世界文化遗产。

南社的总体典型常被人们美称为一部令人流连慨想的革命史诗，这种揄扬原本没有什么错误。但是由于南社中拥有许多知名的诗人与诗作，频频为外界注意与称道，因此在许多不知实情的人心目中，竟仅仅把南社作为诗人团体来看待，甚至简单地称它为中国近代一大诗社，这无疑是很有主观偏向性的谬误，必须纠正。因为南社尽管在诗词文学方面业绩卓然，但其整体成就及其内涵与延伸的领域绝不仅仅在诗词一隅。我们在本辞典中，将在这方面给予充分的说明。这里也不能遗漏介绍南社中少数几位诗家，其中以柳亚子为首尊唐诗而贬宋诗（其实柳也不尽贬宋诗，他自号“弃疾”，即因敬慕宋代辛弃疾之故），而胡先骕、姚鹓雏、闻野鹤、朱鸳雏及成舍我等褒扬宋诗，因此围绕所谓“同光体”（清代同治、光绪以来“诗人不专宗盛唐者”，称为“同光体”）的代表人物为陈三立（1852—1937）、陈石遗（1856—1937）与沈曾植（1850—1922），他们都爱好摹仿宋代的江西诗派，思想偏向保守，政治上主张改良，特别是该派中的郑孝胥（1860—1938）、梁鸿志（1882—1946）在日本侵略中国时期投敌媚外，一贯被柳亚子等人鄙视与摈斥。当然这班无耻文人是根本入不了南社的，但也由此而引起柳亚子迁怒于南社中多位播扬同光体诗人，加之上述闻、朱、成三人由于不服柳的纯属学术观点不同的指责，而进行反驳，柳亚子竟一怒而把这三位不同观点的诗评者登报开除南社社籍。该事件发生于1917年，虽然仅限于诗词领域，直接涉及的只不过七八位诗人，但影响很大，前后耗费的时间较长，也有损主事者的声名。固然柳亚子事后对此事发生及处理不当（其实同光体与投敌变节根本是两回事）深感后悔，曾撰文自责并向有关人士道歉，但终究成为南社中一大不幸事件，留下了短时期内难以抚平的内伤，在此不加隐饰作如实陈述。

这里还有必要回顾一下，在南社成立之后的整整十年，即1919年5月在北平发生五四爱国运动后，上海等大城市积极响应，像南社这样爱国人士荟萃的特大文化团体无疑对这一运动给予全面的大力支持。而在此前后，仍然是从北平始发，由蔡元培、陈独秀、李大钊、胡适、鲁迅、钱玄同等社会知名人士(其中蔡元培在该运动发生后的1923年受聘为新南社名誉社长,鲁迅则南社、新南社都加入,但他从不以南社名义参加对外活动)发起了一场思想文化革新运动,后来又扩展为全国性的冠名为新文化的运动。当时北平是该运动领导核心的发源地,而在南方的许多南社人士也都积极响应、支持并参与运动(参与这种群众运动,无需办登记手续,所以历史记载上始终无参与人员的具体名单)。但这场运动不是南社发起组织的,更谈不上是南社领导的。在此宜作进一步具体分析,即南社是有组织章程和明确立社宗旨的革命文化团体,也是一个拥有各种优秀人才的实体组织。当年的新文化运动是进步群众自动结合的,为了达到某一种理想目标具有一定冲击力的集体行为,而不是一个办事有具体规章、拥有相当数量成员与固定地址的团体。它的特点或称优点是群众性、宣传性或再加上战斗性都非常突出,能在一个时期内造成一种不寻常的强大声势并取得一定的正面效果。显然,新文化运动是取得许多成绩的,至于它普遍存在的缺点或容易犯的错误是:急功近利、排他性强、唯我独尊、好出风头,往往多偏激行为,也就是近代政治学上冠其名为左倾激进幼稚病。而上述新文化运动不幸就发生了类似现象。对于这一运动中的过失的全面分析与认定,是在该运动大约经历长达一个甲子以后,才逐渐为当代多位中外学术史资深研究学者(季羡林、王元化等)严格依据历史事实查证并通过长期思辨与反复辩证分析后得出的共识。至于该运动中有部分人士把南社推向新文化的对立面,其主要纠结是在于其对中国传统文化的总体认识和全面评判上有截然不同的歧异。该歧异的主要体现是新文化运动自始至终把中国传统文化称为"旧文化",置于全盘否定与排斥之列;而当时南社中确实有众多学者对中国固有的优秀传统文化有非常坚定的自信心,他们也是最早对传统文化确立了褒贬分明的原则。南社发起人之一的高旭,早在南社成立前四年(即1905年),在日本留学时主编的《醒狮》月刊上发表的《学术沿革之概论》中,即提出对待历史传统文化的明确原则是"拾其精华,弃其糟粕"(见郭长海等编《高旭集》)。无独有偶,南社中另一位当时最年轻的骨干姚光早在南社成立前二年(即1907年)所撰《国学保存论》一文中,专门提到对待泰西学术(即西方文化)要与对待中国固有传统文化一样,当"取其精华,弃其糟粕"(见姚昆群等编《姚光全集》)。上述八字两语基本意思相同,仅仅是"拾"与"取"两种举措上略有差别,前者稍感被动,后者则较为主动而已。事实上,当年南社诸多学者,不仅仅是上述高、姚两氏,而是绝大多数南社先进人士在对待传统文化与西方外来文化方面都具有此种开明的辩证分析观点,并相沿承袭,成为一种共同信守的优良传统。令文化界感到非常欣喜的是,在上述南社人士提出这一准则30余年之后,毛泽东于1940年1月首次在延安发表《新民主主义论》一文,在其中"民族的科学的大众的文化"一章中也明确提出,在对待民族固有文化(即传统文化)和西洋文化时,要"排泄其糟粕,吸收其精华"。随着岁月的推移与时代的发展,至今这八字或十字方针仍然足以因时因事制宜地可资共识通鉴。由于对传统文化这个总枢纽上存在截然相反的歧见,因之在一系列人文对象上,例如全面抨击孔子及儒家思想、全面否定传统道德(被统称为旧礼教)、全面贬损文言文兼及著名经籍与古典诗词,乃至有人公然倡议改革汉字为拼音字等诸多文化领域的重要载体的评估和取舍上都发生无可苟同的对峙。所以新文化运动非但不可能让南社这个庞然特大文化团体纳入该运动(尽管南社社员以个人身份参加该运动的为数不少并做出了多方面的成就),而且将南社归入保守迂腐与抱残守缺并加以贬损之列。然而使后人感到难能可贵的是，当时南社的总体形象被诬蔑以后，众多南社学人却出于对新文化运动名声的维护，因而对激进人士片面加诸南社的种种诽谤与排斥，一概不予计较，始终胸怀磊落，从不发生行为上的冲突。他们深信对于中华传统文化的优劣是非，将来的历史发展自会作出公正而准确的判断与澄清。然而也令人感到莫大遗憾的是，作为南社的整体名声来说，确实被诋毁或者说被搅乱了公评长达半个多世纪之久。有一位属于祖孙、父子两代的南社双重后裔胡小静（即南社大学者胡寄尘之孙、南社著名科学工作者胡道静之子）不幸中年病故。我们在此特意提到他，以资缅怀与纪念。在他生前，曾多次提到南社在很长一个时期内被“打入历史的另册”（胡小静原语）。

这里就来领先检阅近代小说与戏剧创作，它是当年南社作家的强项。他们本着引领时代大潮、借以觉世醒民与社会移风易俗的初衷，在这方面付出了大量的才思和精力，也取得了非凡的成果。现代文学先驱鲁迅（当时姓名周豫才），于1910年参加南社浙江分社越社，曾用文言文发表《中国小说史略》专著，并在1918年5月第一次发表了他的白话文小说《狂人日记》，在当时的文化界是被公认为具有表率引领作用的。另一位作家茅盾（即沈雁冰）早年与南社结缘并于1923年加入新南社，于1932年完成长篇小说《子夜》。这两位文坛巨子都与南社结有正谊义契，由此可见南社会通举国文才之可观与可贵。（鲁迅曾对某些南社人有所嘲诟，纯属见解不同，而在鲁迅身后许广平曾特别提到鲁迅加入南社，对此不能忘记）。正是在南社昌兴时期（即20世纪10—30年代初），全国文化界涌现出一大批写新小说的作家，其中大多聚居在上海，而在上海他们又都纷纷加入南社，所以南社当时竟成了中国近代小说家的一个开源渊薮。据统计，南社中写小说数量最多的为周瘦鹃，一生写了340种（包括译作）；其次为包天笑，写小说累计数为210种（包括译作）；再次为许指严，一生也写了172种小说。这样多产的作家，在古今中外都属罕见。其他如陈蝶仙（即天虚我生）、吴绮缘、胡寄尘、姚鹓雏、姚民哀、徐枕亚、贡少芹等，一生都写过50本以上长短不一的小说；而被外界视为政治活动家的叶楚伧，却也有一段为时不短的小说写作经历，曾撰写了27种具有相当写作技巧的警世言情小说，因此被誉为“真正的小说家”。南社中出现了如此众多的小说大家，他们对近代社会大众通俗文化领域有突出建树。即使还有这样那样的瑕疵，仍是应该正面认识其主流成绩并给予大力褒扬的。再说戏剧，从广义来说戏剧可与小说归属同一范畴，上述诸多小说家中亦多有擅长剧作的高手与逸才。由于南社人对近代戏剧改革与创作实践，还有突出的功绩，所以再作专一回顾。概言之，南社中首先是领导人带头，陈去病在南社建社前夕在上海创办并主编的《二十世纪大舞台》杂志（也是中国近代第一本戏剧杂志），就是以通过改良与创作新戏剧、引进时代新潮来推进社会革命与文艺创新为主旨的。柳亚子不仅参与旧剧改编和新剧创作，同时非常尊重舞台艺术劳动，带头提倡革除旧社会贱视艺人的种种陈腐观念。在南社众多剧作家中令人久久追念、肃然起敬的是周实、阮式与周祥骏三位很早殉难的英烈，不仅诗文并美，而且热爱并擅长创作新剧。他们不仅把自己的作品真正演变成革命斗争中掷向顽敌的匕首与投枪，而且把笔下的英模烈士变成本人终身实践的自我写照，大大增强了戏剧的感染力。还有好几位南社创始时期就入社的人，都擅长与爱好创作戏剧，如参加南社首次苏州虎丘雅集的庞树柏与俞剑华，创办上海《小说月报》并兼首任主编之王西神以及黄兴之少年同窗陈家鼎、高旭之胞弟高增、柳亚子之少年同窗邹亚云等，都是写革命历史剧与时代故事剧的能手。苏州有一位范烟桥，专写政治讽刺剧，从不写才子佳人爱情故事而独树一帜。还有一位古今中西文理俱通、著作等身的老学者洪炳文，对创作新剧情有独钟。据不完全统计，他一生写了 37 种不同体裁与题材的传奇、杂剧、歌剧、寓言剧、科幻剧、时调通俗剧乃至外国历史剧，都因内容丰富、观念超前而令人耳目一新，口碑不绝。其中《警黄钟》寓言剧剧本，当时还被日本某报社以重金购去而轰动海外。还有两位业绩昭著、成名已久的大戏剧家，即欧阳予倩与田汉。他们年龄相差 9 岁，加入南社与新南社，可以说是志同道合、抱有远大的革命理想，而又脚踏实地，从最接近社会群众的戏剧文化事业做起。他们都在日本留过学，而在日本侵华战争期间，又都积极从事抗日宣传活动。两人都终身贡献于推进中国戏剧事业之革新与繁荣，共同倡导新剧(后称"话剧")之推广，分别担任过各种戏剧院校的创业者、领导人与教授。他们又多参加艺术实践，是多种著名戏剧(包括京剧、电影等)的原著人、改编者、导演乃至演员。他们俩又都担任过新中国主管戏剧事业的行政机构或文化团体的主要领导人，而且在广大群众中一直留有德才兼美的声誉，从而被公认为现当代中国戏剧文化界之一代师范。以上所述也足见南社对中国当年戏剧事业之振兴立有开山引领之功。

同属中华传统文化范畴的中国文人书画与篆刻，也被称为中国的国粹。近数十年来随着种种客观因素的变迁，这门国粹有日益疏落与俗变的趋向。然而对南社而言，当年却出现过一个书、画、印齐荣与翰、墨、砚同芳的可观可喜局面。这方面南社人留下的业绩不仅可圈可点，而且拥有人才之众多，从严计亦达超百之数(南社中陈高柳姚等几位领导人，都写得一手好字尚不计在内)；其成果之优异与丰富，其所体现的追求艺无止境和各擅其长的风格与精神，从而在一个完全自由集合的偌大民间团体内，汇成一种百花齐放、星月同辉、各得其所的情景，真可以称得上是当年全国文化界所仅见，唯南社所独具。这里且对它从深层次再具体分析一下，假设我们面前有一个百家荟萃的南社书画苑，那首先要认识到这个书画苑之源必然植根于历经淬砺的中国民族传统文化。对照具体人物而言，立即会发现所有南社书画家几乎都具备中国传统诗文的良好学养，他们创作的书或画，其内涵包括书画本身所采用的诗文、联语及其他题署等无一不具有鲜明的个性，都渗透着各自独具的情趣、识见与风格。所谓书画的品位与格调，往往就是作者本人内在情操与学养在艺术作品中的外在流注，一般说来又贯穿并渗透于以下三个维度：(1) 道德修养(包括政治修养)；(2) 文化修养(即知识结构的完整与美好)；(3) 艺术本身的专业修养。现在，这三个方面兼备的完美典型，确实是愈来愈难得了，但是检阅一下南社学人的花名录，这方面的典型却会接连不断地出现在大家眼前。这里且选述 6 位有代表性与卓越成就的桀桀大才。首先一位是于右任。他原来就是辛亥革命中文武双全的元勋之一，很早参加同盟会与南社，而当他卸下戎装，又是近代中国新闻事业与教育事业的领先旗手与奠基人，自然也写得一手好诗文。正由于他传统文化功底深厚，加之阅历丰富，性格豪放，目光与气度随之深远而豁达，所以也影响到他的书法，既由于数十年如一日的纵笔豪挥，又由于能博采众长，融会贯通，从而使他的书法独树一帜，形成"于体"，以致有人称他为"近代书圣""当代草圣"。第二位是何香凝。她是最早加入同盟会的女性盟员，也是参加新南社的第一位女社员。她是一位以民族独立和建立新中国为己任的民主革命家，拥有德高望重的社会地位，又是一位风格超卓的优秀画家。她在国家贫弱患难时期，最爱画雄狮猛虎，寄深刻厚望于民族国家之奋发图强，而作品画面确是“活龙活现”，人瞻人赞。她也擅长画重峦叠嶂与雪岭云峰，也别出心裁地画松梅竹菊与古木新枝，并经常题有自撰的切合画意的诗句，所有这些都体现了一种雄健画风又不失精妙点染，经常不经意地流溢出一种由中华优秀传统文化所培育出来的完美人格与超逸品性，这是最为难能可贵的。第三位是李叔同。他出身于豪富之家而投身民主革命，同样很早入籍同盟会与南社。他从小好学，颖悟过人，精通诗书画印，兼擅音乐、戏剧，是一位普世罕见的天才与全才；而对于中华书法，尤有精湛的造诣。更富传奇色彩的是，他于 1918 年(时年 39 岁)出家，剃度进入佛门，其书法艺术逐步升华为恬淡简洁、超凡脱俗，而具有涤滤人间烟火、心领神会的禅意。至今这种藏锋寓哲、高蹈馨逸的书法风格，被专称为“弘一体”，这属于南社文艺苑中的一枝旷世奇葩。第四位是黄宾虹。他很早参与民族民主革命，在 1906 年就与陈去病等人在安徽歙县成立以反清革命为宗旨的“黄社”，到 1909 年南社在苏州成立时，已在南社中具有很高的威望。这位民族民主革命的旗手，也是诗书画印四艺兼通的全能手。所谓书画同源，黄宾虹就是在这两方面发挥了兼容并美的典范。从书法而言，他以篆书与行书最为出色，把行草韵味带入大篆中，把金文写得生动活泼，形成鲜健的个人风格。从丹青而言，以山水为主，人们以“浑厚华滋”4 字来形容其整体画作。他被尊为“胸有丘壑进而造化在胸”，这是文艺界对其画作的最佳概括。现在黄宾虹的作品已被人们公认是代表了中国山水画的一个高峰。第五位是沈尹默。他也是南社早期成员，很早就是北京大学的文史教授，并担任过北平大学第一任校长。他具有良好的国学根底而又是五四新文化运动的先驱。他的书法早年被陈独秀贬评为媚俗，因之刺激他发愤用功，从此临遍了魏唐碑碣，并对二王书法钻研尤深，而又能有所创新，其成绩之卓越被现当代学界所一致公认。特别是他还留下了诸多有关书法理论的著作与特别丰厚的手迹遗存，是一笔非常珍贵而具有深远研究价值的文化遗产。第六位是高剑父。他在辛亥革命前即参加南社，并且担任过中国同盟会广东分会会长；在 1911 年 4 月黄兴等发动广州黄花岗起义时，他担任广东东路军总司令。这样一位赴汤蹈火、壮志凌云的帅才，也同样是一位文武双全、有真才实学的大艺术家，而且是岭南画派的创始人与首领。由于高剑父少年时代在澳门求学时就跟法国画家学素描，后来又留学日本专攻美术，随即奠定了其绘画的扎实基础。他之所以参加实际革命活动，也是一种意志与毅力的最佳磨炼。待到清王朝被推翻后，他不入仕途，而是将革命精神与毅力投入于中国画的温故与创新。他在创作画艺的同时，还不断创办艺术学校与艺术刊物。如在上海主编《真相画报》，创建审美书馆，在广州创立画学研究所、南中美术院，始终提倡从艺不忘救国，因而被公众誉为一生追求真善美的革命画家。以上 6 位都是近百年中国书画界当之无愧的、德艺双馨的典范，竟全部隶籍南社，绝非偶然。当然，其他名重一时的社会贤达又兼书画家的，如陈陶遗、马一浮、汪东、刘三、萧蜕、杨千里、经亨颐、高吹万、邓尔雅、寿石工、刘海粟、费龙丁、陈树人、朱屺瞻、楼辛壶、叶玉森、杨了公、白蕉、汪亚尘、马公愚等，即不在此一一列举。曾有这样一副对联：“巨浸奇峰，大气频催翰墨；书坛画阁，南英独领风骚。”这倒是从一个点睛的广角透视了当年南社集中国文人书画之大观的特有情况。

在此还应注意到南社当年曾盛行一种名为“作图寄意”的文化雅举，就是把诗、书、画、印非常有情致地配合在一起，作者都是同社契友。先由一位发起人命题立意，再请一位或数位丹青手绘就一幅有特定典故的主题图(尺幅不宜过大，或是册页，或是长卷)，然后再请同社诗朋画友围绕主题，分别裁诗、题句、钤印，或再增配以其他淋漓尽致，从而汇成一册或一卷乃至数卷，其集成的文化涵量与艺术价值不可小觑。此举虽然古已有之，但由于南社人才特多，加之在这方面的创作与鉴赏水平非同一般，因此积聚的成就与作品也特别可观与可赞。其中非常有名的如刘三、陆灵素夫妇在上海青浦区华泾镇的居所名“黄叶楼”，当时楼主就请蔡哲夫、苏曼殊共同绘就《黄叶楼图》并由柳亚子、黄节等题诗。另有高吹万在上海金山区张堰镇秦望村老家请黄宾虹作客写生，绘有其故居《闲闲山庄图》，除主图外还请其他画家绘就“回廊玩月”“柳岸莺啼”等八景附图，南社社友傅屯艮等曾到山庄造访并留有题诗。此外，如陈去病有《绿玉青瑶馆图》，高旭有《万树梅花绕一庐图》，柳亚子有《分湖旧隐图》，姚光、王灿夫妇有《浮梅槛检诗图》，余十眉、沈琬华夫妇有《鸳湖双桨图》。还有许康侯、许半龙兄弟为其老母祝寿，花了 10 年时间，先请黄宾虹、蔡哲夫、张倾城等绘就《寿萱图》画卷，再请社内名家吴恭亨等 31 人、社外名家章太炎等 13 人一一亲笔题诗并出版了极为珍贵的《寿萱图咏集》。据统计，这种别具诗情史质的作图寄意的原件珍品，大小不等，积累数量竟达 800 件以上，既是多姿多彩的艺术成果，更具多情多义的人文价值，实属难能可贵。然而历经战乱动变，目前该项佚失作品已达十之六七，但我们尚须珍录其名，追述其事，以资查考与纪念。

按照中国传统文化观念，既有国学，也必有家学。国学统率家学，家学充实国学。南社既拥有如此众多的国学家，而这些国学家又多是重视家学或原本就具有优厚家学渊源的资深学者。他们出身所谓书香世裔，也有“耕读世家”“文献世家”与“名门望族”等雅称。这一现象在南社有非常突出而众多的范例。其主要特征有二：一是指一个大家族具有连续不断、长达千年以上有文字记载的家谱，而且该家族连续或每隔几代由于具有强韧不折的血缘纽带与文化基因而不时冒出一位或多位有卓越造诣的名家巨擘；二是由于长期的文化积累与世袭的传统教育熏陶，从而形成一种读书、藏书、著书与印书互相衔接、渗透的优良家风与学风。而在这一文化教育的长链中尤以藏书为主要环节，藏书的内容又以国学典籍与史志为主。其中尤以善本、珍本与孤本被视为瑰宝。因为在这班爱国文化学者眼中，这决不是猎奇与企图待价而沽，而真正是由于一种神圣的保护优秀民族文化遗产的使命感。有如此抱负者在南社大有人在。这里试举若干例子：最著名的如杭州“八千卷藏书楼”，其原始主人为宋代的丁觊，以藏书 8 000 卷而闻名全国，传至清代丁国典。中经元明两季约 800 年的时光，祖祖辈辈克绍箕裘，文化图书传承不绝，这是举世罕见的典型；而传到丁国典之孙丁丙，不但继承这笔遗产，而且又建造了“后八千卷楼”与“小八千卷楼”以及专一的“善本书室”等总称“嘉惠堂”，并编撰了《善本书室藏书志》一书。这是中国历史上著名的一门江南文献世家，也就是这门书香望族的嫡系、丁丙之子丁立中与三位孙儿丁宜之、丁善之、丁宣之一门两代四才子，都以藏书家的身份在民国肇始，并先后由王海帆、柳亚子等人介绍加入南社。此外，如上海金山区钱氏书香世系，在清代道光年间，大学问家钱熙祚在家乡金山钱圩镇创建了以“守山阁”冠名的藏书楼兼印书机构，从而编辑并出版了极具历史文献价值的“守山阁丛书”，也因此成为近代著名的私家印书最具规模的典范，而其直系后裔钱白，也就是由于具有这种幽深的家学渊源而很早被高旭、姚光等推介参加南社。再如另一位参加南社的古籍版本学专家葛荫梧，同样是出身于浙江平湖、驰誉江南的葛氏“传朴堂”藏书世家，他家创建的藏书楼名“守先阁”，曾褒称为“藏书十万卷、集印一千方”而名闻一时。就是基于这样一种背景，我们可以看到在这个时期内，还有众多历史年轮悠久与文化积累丰厚的文化世家都不约而同地齐集于南社。其中人数最多的是上海金山高氏（高吹万、高旭叔侄两代，包括其配偶顾保瑢与何昭都是女中翘楚），以及其子弟高增、高平子、高基、高圭、高垣、高筠等共达 10 人之多。可说是一门才杰蔚起齐入南社。而此高氏就是典型的耕读世家，已如上述祖祖辈辈住在上海海滨金山区的秦望山下的水乡农村（即张堰镇秦望村），世代以读书兴学为主要职志，藏书达数万卷，其藏书室冠名为“吹万楼”（古人认为真善美的学风与诗风能吹育万类生机）。藏书中尤以各种版本的《诗经》最为珍贵，其数达千卷以上，故又另辟藏书室专名为“葩庐”。无独有偶，与“葩庐”互相配合呼应的是南社中另一文化世家，即安徽泾县胡氏，其主要文化传人胡朴安的藏书、著书室冠名为“朴学斋”。“朴学”一词原指上古朴质之学，到汉代又把《尚书》称为朴学，再后来又泛指经学为朴学，也有把文字学、考据学都统称朴学的。北宋大文豪苏轼曾有这样一句诗：“我家六男子，朴学非时新。”而胡朴安一家隶籍南社的也正有 6 人，即他本人与其弟胡寄尘、其侄胡道静都是社会知名的大学问家，胡朴安长女胡渊又是前述在南社深受光宠的青年女诗人兼画家；另有子侄二人胡道彤、胡惠生都将朴学视为家学，具有深厚基础而世代传承。至于胡氏有关朴学的藏书即达万卷以上，也正如另一位南宋大词家陆游诗中所说的“区区朴学老自信，要与万卷归林庐”。古今学人对朴学之笃信及其积学之道竟如此契合与相似，而在南社学人中就有集成继承与实际的回应。由此看来，南社中很早就存在着一条以家学为背景的图书风景线。这方面的显著特征，也可称为文化世家的核心效应，往往是一人带头，就能带动其周围裔属共赴同一人生学养修齐的奋斗目标而不断前进。例如南社成立时即参加南社、又在辛亥革命早期被害的烈士周祥骏，出身于江苏睢宁的医学世家，为革命捐躯后，有不少遗著留存，而其长子周公叔、媳魏电岩、幼子周道銮（后名扬季）、幼女周道芬相继一齐加入南社。他们不仅谨遵家教、家风、家规，首先将其先人遗著加以整理出版，而且紧随着父辈的足迹，在不同历史时期能作出正确的道路选择。非常突出的例子是周道銮在南社时期就变卖家产支持革命，又参加抗日武装部队，担任重要军职，同时参加中国共产党，直接走上社会主义的实践大道。这在南社也是一个卓拔的典型。另一个范例是湖南宁乡陈氏耕读世家，以长兄陈家鼎为首，兄弟姐妹连同其配偶（即陈家鼐与唐家伟夫妇、陈家英、陈家杰，以及徐英、陈家庆夫妇）共达 7 人之多，全部参加南社（其中 6 人均先入同盟会）。他们以南社作为矢志报国与修身立业之寄托，特别是陈家鼎与陈家鼐，真正成了革命大家庭之鼎鼐，与黄兴、宋教仁均缔为生死之交，在多次革命战役中树立峻节殊功。而尤其令人称道的是兄弟姐妹多人都有诗文集著传世，体现了南社文化世家之传统特征。此外，如吴江著名之郑氏文化教育世家，其代表人物为近代数学界泰斗郑之蕃，与其兄郑之兰、妹郑佩宜（柳亚子夫人）、郑佩亚一家 4 人都在早期一齐隶籍南社。又如江苏高邮文化教育世家曹凤仪偕其弟曹凤笙、曹凤箫与其子曹祖彬，以及湖南醴陵文化教育世家的刘泽湘及其弟刘约真、其子刘鹏年等都是由于文化裔脉相契合，所以有约而同乃至不约而同地一齐进入南社。再回到南社的学问家兼藏书家的书缘来说，除上述可称特例外，还有许多藏书大家都是知名学者。先说两位广东籍人士，一位徐绍棨，一生致力于乡邦文献搜集，家中筑有南州书楼，私人藏书最盛时达数十余万卷。另一位是饶锷，一生致力于国故考据，家藏典籍达 10 万余卷，藏书楼是著名的潮州天啸楼。再有一位是山东潍坊的于均生，以专藏善本书籍之殷富而著名于学界。此外，还有 3 位极乎社会众望的老教育家，一位是终生担任上海历史悠久的南洋中学校长的王培孙，另一位是创办江南著名的浙江上虞春晖中学并长期担任校长的经亨颐，还有一位是很早担任北大、清华等许多知名大学教授而在新中国建立后又首任教育部部长的马叙伦，都是著名藏书家，又都属南社创立之初即入社的资深社员。这绝不是一种偶然现象，而有其深厚的历史人文渊源。最后不能不说到的是南社两位始终亲密合作共事的主持人柳亚子与姚光，恰恰又是一对无独有偶的、以抢救与保存国故为终身职志的大藏书家。柳亚子的藏书主要有三方面：一是吴江乡邦文献，二是明末抗清志士著作，三是辛亥革命前出版的反清刊物。上述三者总数达 4 万余册。而在 1918 年，他在家乡成立了"松陵文献保存会"，参与者多属吴江籍的藏书家，其中有范烟桥、沈昌直、黄复、顾悼秋及周麟书等都是南社同仁。姚光的藏书与柳亚子完全是不谋而同，搜集之主要对象都属文史范畴，其中尤以乡贤文著为重点。特别是地方志乘、本乡本族的先贤家谱家传及其遗著遗文，凡未公开面世的，他还要自掏资金予以出版，并将出版书籍分赠有关各方。他穷半生精力，编著《金山艺文志》一书，该书涉及的 1 200 多种主要作品他都基本上搜集到了。他的藏书总数达 4 万余卷，其中不乏珍本、善本。他于 1925 年在家乡张堰镇首创了一座公共图书馆，直接把图书馆事业推向为社会基层服务。从以上扼要概述，可以察见中国历史上特有文化世裔中的藏书家在南社中形成一个志同道合不时可以互相交流切磋的无形集体。他们情殷志笃、胸无私念，不计个人得失而又忧喜与苦甘备尝；他们一心以有益于国家元气之保存与中华历史文脉之传承不绝为人生宗旨，毫无疑问，这种卓越行为与事迹是应该载入史册的。这里还必须特别标明，中国自 1949 年 10 月(即中华人民共和国创立)推行社会制度改革以后，上述上海金山姚光藏书(冠名为"复庐藏书"与"怀旧楼藏书")创全国之首例，率先全部捐献国家，受赠者为上海市人民政府，因而上海首任市长陈毅亦创先例撰文表彰其事。由于陈毅与南社素有文契诗缘，所以他对此更加珍惜，随即筹划建立上海最大图书馆，而将此笔姚光巨量藏书作为首先奠基。此事当年在全国文化界影响颇为深远，而波及范围又很广，随之在数年之内，甚至是连年不断，不仅在上海各地区图书馆及各大学图书馆，而且远至北京、广东、湖南、安徽，近及南京、苏州、杭州、宁波等省市图书馆或大学图书馆，都曾长年持续不断地收存南社当年健在老人包括柳亚子、马叙伦等人在内或其后裔所捐赠的以古籍为主的各类图书。其整合总数虽尚未有精确统计，但粗略估计当在数百万册以上，特别该予珍视的是这笔巨量书籍一般都有南社文化大家的印章钤记(所有印章也大多出于南社名家之手)，此外不论是寥寥数字或是不成文章的某种原始题记都是弥足珍贵的。我们从单独个例看只知其个别价值，但从所有南社学人的藏书书目及其有关题记等辅助资料联结起来综合研究，确属一笔东西方学术史上罕见而弥足珍贵的巨大文化遗产。我们在此深感有责任来揭示其潜在的整体价值，并建议和期望将来有南社人所集存《中国传统古籍目录》一书的问世。

四

对上述种种文化综合景观进行全面而又点睛式地洞察以后，再把视线移向第三扇西窗。在此看到的景象，虽然没有东窗那么宽敞繁博，然而却另有一种茂绩与丰彩。按照中国地理历史传统观念而言，中华大地数千年来号称东方古国，西方则相对地被称为异域番邦。东西方物产交流与人文来往，早有千年以上的历史记载，但这一情况从来不属当时国家政局主流。而在这里我们不得不集中注意的是1840年(被史学界认定为中国近代史的开端之年，也是中国国运大拐弯之年)英国因强销鸦片而挑起的第一次侵华战争以后，从此清王朝腐朽政权开始暴露于天下并连续不断地遭到世界列强的欺凌与胁逼，因而引起了统治阶层的空前恐慌与朝野的日益惊醒。于是有不少爱国知识分子相继提出各种复兴民族的方案，不论是“师夷之长技以制夷”，或是“中学为体，西学为用”等种种曾有争议的救国设想；随之产生一个首先是知识分子睁大眼睛看世界与走出国门去求学取经的问题，从此中国人到外国(主要是资本主义生产发达国家)去留学这段历史就翻开了崭新的一页。这也就是当年南社人士所处的时代大背景，而从当时留学生的总体情况来说，大概有以下四种类型：一是得到外国教会团体或个别传教人士的出资支助与安排；二是根据清政府与外国订立带有屈辱性的条约，列强用一部分中国赔款(例如“庚子赔款”)来让一批中国青年学生到国外接受西方教育；三是由清政府自办专门学校，学生经过外语培训后，再遴选送往外国学校定向深造；四是绝大部分由个人自费，或有幸考取公费留学后，一次或多次去外国留学或是短期考察与游学，这一档里的人士在年龄与学历上大都比较成熟，并且已有相当的学识基础，而在学科选择及学习时限上也相对有较大的自主性与机动性。从这几方面举例而言，中国近代最早赴美的留学生容闳即属于第一种。儿童时代就去美国求学，后来成为中国第一个自建铁路专家的詹天佑当属于第二种。成年后已有某种专业知识基础，再由政府送往英国专学海军而出名的严复则属于第三种。绝大部分南社中的留学人员(大多是留学后即入南社)，其中也有众多知名人士，即可归纳于第四种。他们最大的特点是所学科目都凭个人志愿，按自强报国的着眼点而进行选择。他们学习的总目标非常明确，就是祖国亟需什么就学什么；凡祖国缺乏或相对薄弱的专业知识与学科，不论是社会科学或自然科学，那就去攻读并努力掌握这门学问的要领知识。他们为了救国而读书，也就是为了爱国而留学。这一鲜明特征是非常统一而突出的。所以他们学有所得、所成后就归国，归来后立即付诸实践，并陆续产生各种或显或隐的社会效果。这样一幅综合的、多彩的留学图景赋有特定时代的特殊光照，甚至可以说是唯南社所独揽。当时已加入南社多年并曾留学日本的鲁迅于1934年发表过一篇《拿来主义》文章，虽然文章中说的不是南社人，然而在1934年前的南社留学人员们所走的留学道路，其宗旨就可以说是凡外国之优长都要拿来为我所参照、学习、试验与实用。我们在此作一概略说明，就是将南社成立前十年(1899年)到南社成立后十年(1919年)，这20年间南社人士陆续在海外(主要是日本、西欧与美国)留学作一全面统计。先从人数上看，共达200余人(如范鸿仙、周觉等因参加革命而临时流亡去日本的不计在内)。这在当年中国海外留学生历史上是一个从未见过的耀眼数字，而且令人嘉许的是他们几乎人人都具热诚慷慨的报国情怀，又正视新时代的潮流所向与现实形势需求而毅然走出国门去追索报国与强国之道。在这来自四面八方的200多位留学生中，有三分之一以上的人所攻读的学科，竟不约而同地集中于现代军事科学与政法专业，其政治目标非常突出。实际上就是为武力推翻封建专制政权、肇建民主法治国家作各种具体准备。从后来的实际情况看，南社中为民主革命而献身殉难的27位烈士中，其中具有高级学历的留学人员达15人之多。前述南社共拥有101位文武双全的政治家兼军事家，其中半数以上都是业有专攻的留学生。毫无疑问，这是近代中国留学生历史上非常特殊而特别值得彰宣的一页。还有一个非常明显的特征是，从19世纪末开始，中国青年纷纷先选择到日本留学，由于路近、语言文字又相近，而且能节省路费与往返时间，而当时学界又把仿效日本作为中国学习西方、推进革新的一条捷径，所以当时日本竟成为中国留学生人数最多的国家，特别是1905年孙中山建立中国同盟会于日本，所以留日学生中之革命先进分子都纷纷加入了同盟会，回国后又都陆续加入南社，这是同盟会与南社的特殊关系，也是南社同仁大多留学日本的一页特殊篇章。再说，从1898年康有为、梁启超等发起的戊戌变法一直到1919年的五四运动，整整21年间，就是南社中的这批爱国留学知识分子，除了为辛亥革命而作出牺牲与重要贡献外，同时还为中国近代自然科学的开拓与不断扩大推进，作出了多方面的贡献。过去有很长一段时期人们对南社存在片面认识，往往只看到南社人在人文学方面树立的显著业绩，而没综览过南社人在自然科学方面同样有非常众多的优异成就，甚至还涌现了不少出类拔萃的称得上是近现代中国第一流的科学人才。其中还有一个令人羡慕的特征，就是他们同时都具有祖国传统文化的深厚基础。这一点以当代大量留学生来对照，几乎是无法比拟的，因此这也成了南社历史中一个为人们所格外珍视和值得探究的课题。

在此，我们深感有必要点明几位卓有专业成就并有代表性的南社科学家。且先从被称为“科学之母”或“科学皇冠”的数学说起。我们注意到的是近当代中国首屈一指、学贯中西而又桃李满天下的数学家郑之蕃，他于1907年考取公费留学，先后赴美国康奈尔大学、耶鲁大学研究院专攻数学，1911年辛亥革命爆发前夕学成回国参加南社。民国成立后，他不入仕途，即投身科学救国事业。先后在上海、北京等诸多大学任教。他曾任清华大学教务长并首创数学系，从此献身于数学教育凡三十余年，成绩非凡，被公认为近代数学界之泰斗。由他培育造就的学子数桃李遍天下，其中特别优秀的如陈省身、周培源、华罗庚等日后都跻身于当代国际著名数学家行列，他们都崇敬并感恩于当年郑之蕃的教导与传授有方。而特别令人称道的是他把数学测算原理与国家工农业建设实践相结合，早在20世纪初就提出了“南水北调”的设想与设计。至于郑之蕃在文史、诗词乃至书画方面的诸多不凡成就，即不在此一一赘述。与数学同列为中国自古就倡导的一门专业学问的是天文学。在此领域内，南社又涌现了两位异常杰出的天文学家：一位是朱文鑫(字贡三)，他于1907年留学美国威斯康星大学，专攻天文与数学，获理学士学位后，因成绩优异而被聘留校任教，并当选为中国留美学生会会长，显然属于当年留学生中之拔尖佼佼者。他于1912年回国后即参加同盟会与南社，并于1924年在上海创立东华大学并任校长。事实上他在此之前早服务于各种类型和各种层次的教育岗位。而在天文学方面，又频频作出多方面的研究成果，是中国天文学史研究的重要开拓人与实践者，并留下了许多有价值的著作。他真正称得上是一位仰不愧于天的志在青霄的天文学家和俯不负于地的实践第一教育家。另一位是高平子，并没有在外国留学，可说是自学成材的杰出典型。他出身于书香门第，自幼博览群书，而特别敬慕汉代张平子（即中国古代第一天文学家张衡，高平子取名亦由此而来），从小研究制作浑天仪与地动仪。他以书本知识与亲身实践密切结合，就以优异成绩，在1912年毕业于上海震旦学院，学院升级为大学后即在震旦大学执教，后又在上海松江佘山天文台、青岛天文台及南京紫金山天文台与法国、德国来华天文学家共同从事天文实际测量运算工作，在这方面积累了非常丰富的古今中西的天文学识与实践经验，因而受到世界天文学界的青睐，于1935年应邀出席在巴黎召开的国际天文学联合会第五届大会，从而促成了该国际组织接纳中国天文学会为正式成员，让古老的中国跻身于国际天文界之列。高平子也因此得有机会在欧洲讲学并扬名国际天文界。因此准确地说，高平子不是去法国留学而是南社中第一个到国外去向外国人宣讲的科学家。高平子于1970年去世，而在1983年就是上述这个国际天文学联合会在希腊召开第十八届大会时还作出决议，将月球正面一座环形山以高平子命名来纪念他生前对世界天文学界所作出的非凡贡献。高平子同时也是一位纯正优秀的诗文家兼书法家，只是由于在天文学领域内的突出成就而把其他业绩却相对地遮蔽了。

综上所述，在南社研究日益深入推进的今天，编纂出版《南社大辞典》正当其时。由于《南社大辞典》是一部从零起步、填补南社研究空白的工具书，囿于各种因素所致，难免存在这样那样的问题，敬请各位专家、学者批评指正。①

① 本前言为姚昆田先生生前撰写，字数近2万字，对编撰《南社大辞典》的缘由及其意义进行了深入、全面的总结。然而读至最后，似乎戛然而止，不知何故。由于姚老先生已于2021年5月去世，我们无从揣度，更不能画蛇添足增补，也算是为读者了解姚老思想留下一点遐想的空间吧！

凡　例

一、本辞典选收南社人物、历史事件、社团组织、报刊论著等方面的有关词目，共计约 4 100 条，另有随文插图 120 余幅。

二、本辞典不同类型的同名词条，用❶❷❸分列义项；同类型的同名词条，以①②③分列义项。

三、本辞典人物条目，一般以本名或通行名作正条，重要人物习见的字号另列参见条。

四、本辞典对学术问题，凡已有定论的，按定论介绍；尚无定论的，则采取诸说并存，以一说为主。

五、本辞典词目有一词数名的，以常见的为正条，习见的别称为参见条。参见条一般不作诠释。

六、本辞典历史纪年：鸦片战争以前一般用旧纪年，括注公元纪年；鸦片战争至辛亥革命一般用公元纪年，括注旧纪年；辛亥革命以后至今一般用公元纪年。

七、本辞典古、旧地名括注今地名，行政区划变更资料截止时间为 2023 年底。

八、本辞典末设有“南社活动大事记”“南社人士名号对照表”等附录若干。

九、本辞典正文按词目笔画排序。

词 目 表

一 画

〔一〕

〔乛〕

二 画

〔一〕

〔丨〕

〔丿〕

三 画

〔一〕

四　画

〔一〕

五 画

〔一〕

〔丨〕

六　画

〔丨〕

〔丿〕

〔丶〕

七 画

〔一〕

〔㇕〕

八　画

〔一〕

〔乛〕

九　画

〔一〕

十　画

〔一〕

〔丨〕

〔丿〕

〔丶〕

〔一〕

十一画

〔一〕

〔丨〕

十二画

〔一〕

十三画

〔一〕

十四画

〔一〕

十五画

十六画

一　画

一个平凡的少年　小说。胡寄尘著。上海少年书局 1945 年 9 月出版。叙写少年冯寰在两个学校听了两次演讲，因发表不同的感想而受到褒贬不一的批评，从而引发出一个读书为什么的老话题。此书在当时被列为少年读书会首期赠书书目。

一个平凡党员的回忆与自我检讨　回忆录。王芃生(大桢)著。1 册。中国国民党 50 周年纪念论文。含幼年所受思潮之影响与见闻、参加战役之开始与感想、辛亥以后之求学与历练、国外留学考察与外交试练之初步、再度留日与赴美之动机与观感和概括的自我检讨等篇。

一般作文法　写作法指导。胡怀琛著。1 册。世界书局 1931 年 3 月出版。共 3 章。第一章“作文的基本知识”，包括如何辩明文体及掌握各种文体的特点。其中重点在第四节，主要是分析写作一篇文章，必须有主题，也即有个中心思想。另一方面，必须从自己作为“为文者”的角度入手，也是重点。第五节“谁在做这文”，主要搞清作者是学生自己。第二章“作文的技术”，包括字词句篇及修辞方面的知识。第三章“杂论”，包括审题、用典、修改等作文环节的训练。

一捻红　文言侦探小说。包天笑译。1 册。1906 年正月初版，同年同月《小说林》总发行所发行。是书以日本东京发生的未婚女子被割面事件为缘起，采用“花开两朵，各表一枝”的写作方法，以日本大侦探家藤野公开侦查案件的进程为主线，以小说家德次郎秘密探听妓院秋风馆的内幕为辅线，呈现出双线平行、交叉发展的情节结构特征。小说如层层剥笋，将扑朔迷离的案情逐一解开，并在结尾时达到高潮，终于将凶手中里长良抓捕归案。

一得余抄·1951—1959 年艺术论文选　艺术理论著作。欧阳予倩著。1 册。作家出版社 1959 年第一版。含我要为实现伟大的共产主义理想贡献一切、百花齐放中的桂戏、试谈唐代舞蹈和日本的歌舞伎等 35 篇。有插图 25 幅。

一粒钻　文言侦探小说。英国玛丽·丘蒙德莉著。贡少芹、石知耻合译。平装 1 册。文明书局 1917 年 7 月初版。全书共 18 章，讲述退役军官密投顿大佐受契友、商人约翰之托，携一大钻石从印度归英国，送给他与情人所生的儿子腊腐。当夜，约翰被盗匪杀死。次日，盗匪卡特禄乘海船跟踪而行，沿路交欢密投顿，千方百计谋钻石而未得。到英国后，盗匪又嗾其妇锡玛姆化装易名，与受钻者伪言结婚，乘间攫钻而遁。后经名侦探勘破真相，且由后案而牵涉此前约翰被杀案。该书故事曲折，文笔也较优美流畅。

乙卯除夕书感(其一)　诗篇名。七律。王大觉作。乙卯除夕为公元 1916 年 2 月 2 日。这是一首乙卯除夕感怀之作。作为一介书生，王大觉曾读兵书，敢说“国家兴亡，匹夫有责”，幸亏家传宝剑，不甘于当仅仅守住经书的儒生。袁世凯称帝，民国不存，故国沦丧，诗作抒发了愤慨感情，表现自己的漂泊感受。表示决心马上去讨伐袁世凯，直捣袁世凯的老巢，痛饮一番，欢庆胜利。诗作意气激越，富有鼓动性。

乙酉秋结寒隐社作诗述志(其一) 诗篇名。七律。高燮作于1909年。刊于1910年12月《南社丛刻》第三集。抒写人海丛中惆怅独行,不能避世,因此愁从中来。暂借入睡留得清梦,聊且托结社作诗述志,寄托高远情怀。窗下晚风传来阵阵细弱的蟋蟀鸣声,从草间阴凉的月光里看见残留的萤火虫。一年又一年的寂寞我都习惯了,不想与俗世争浮名。感慨深沉,意境幽远,于平静中寓激越。

二　画

二十二年来之胶州湾　地理著作。谢开勋编。1册。上海中华书局1920年初版。刘仁航、明权分别作序。编者作弁言。含绪言、土地与人民、租借地之政略、德日前后军事、街市与道路、水道与卫生、港湾与码头、铁道与矿山、工业与商业、农林渔盐、邮政电报、教育与宗教、经济状况和结论14章。有青岛附近图等16幅插图。介绍了德日两国占据胶州湾22年来外国人所作关于胶州湾的报告。

二十九国游记　游记。邹鲁著。1卷。上海商务印书馆1947年4月出版。作者按照其1928年游历所经国家和地区的顺序,从日本到美洲5国,再到欧洲法兰西、瑞士、意大利等国,至北欧诸国、地中海东岸诸国和非洲,再至东南亚,经香港、台湾到上海,共29个国家和地区。每到一地,则以日记形式记录其所见所闻与所感,寄回国内报章发表。游记中特别关注所在国之教育与政治,"唯一目的,即以文字替代照相机与留声机,使阅者披览时,如身历其境"。值世界战争时期,作者对国际战争亦多有评论,表达希望通过教育,使人类立于仁爱互助之哲学基础上,达到各民族互信互助的目的。

二十世纪大舞台　期刊名。1904年10月创刊于上海《警钟日报》社内。原定为半月刊。创办人陈去病与汪笑侬。是晚清最早以戏剧为主的文艺丛报。分论说、传记、小说、传奇、班本、丛谈、诙谐、文苑、歌谣、批评、纪事、答问等门类。在第一、第二期共刊登理论文章10篇,剧本8个。第一期发表陈去病、汪笑侬等《招股启并简章》,明确提出刊物的宗旨"以改恶俗,开通民智,提倡民族主义,唤起国家思想为唯一之目的"。亚庐撰《发刊词》和佩忍的《论戏剧之有益》,表明《二十世纪大舞台》是以宣传革命为目的的鲜明立场。其他有陈去病的传记《南唐伶工杨花飞别传》、剧本《金谷香》和诗《偕光汉子观汪笑侬桃花扇新剧》,亚庐《题张苍水集》,胎石《观长乐老剧愤书》等。出至第二期即被清政府查封。

二十世纪大舞台发刊词　南社文献。柳亚子撰。载1905年《二十世纪大舞台》第一期。提倡"崇拜共和,欢迎改革",张扬戏剧革命,号召以戏剧鼓吹革命,提出"今所组织,实于全国社会思想之根据地,崛起异军,拔赵帜而树汉帜",期望"他日民智大开,河山还我,建独立之阁,撞自由之钟,以演光复旧物、推倒虏朝之壮剧、快剧,则中国万岁!"以富有鼓动性的语言宣传了戏剧为推翻清廷统治服务的思想。

二十世纪之支那　期刊名。1905年6月1日创刊于日本东京。宋教仁、田桐等留日学生联合主办。该刊发刊词云"一国之文明,系于一国之学术""欧美文明诸邦,学术日研而日进;所发明之学理,日阐而日新,其文明程度遂与之日高"。该刊辟有论说、学说、政法、历史、军事、实业、理科、丛录、文苑、图画、时事、时评等栏目。发表有一民《徂东二月闻国中大狱又起酒酣耳热引吭为歌亦变徵之声也》《寄亚君》《旅夜感怀》;黄天《杂诗》《天梅侄东渡寄诗留别答以两首》,慧云《儿童唱歌·爱四章》,程家柽《德国农业教育现状》。后停刊,编辑人员进入《民报》。

二十世纪书法经典·谢无量　书法集。谢无量著,王镛编。1册。石家庄河北教育出版社、广州广东教育出版社1996年初版。王亚民作出版前言。有谢无量像和印。梅墨生作谢无量的书法艺术。收谢无量各种行书作品97题。作者常用印有6枚。附李行百天葩吐奇芬——谢无量和他的书法艺术、刘君惠谢无量先生书艺管窥、崔自然谢无量年表和作品释文。

二王法书管窥 书法研究。沈尹默著。1册。上海教育出版社1965年第一版。系作者1963年9月所作关于学习二王(王羲之、王献之)的经验谈,为手迹影印。

二胡之战 南社掌故。五四运动时期发生的文学与语言论争。论争双方主将是南社的胡先骕与胡适,人称“二胡之战”,或称南胡与北胡之对垒。主要涉及文言与白话文优劣之争、新诗与古典诗歌之争。

二雏余墨 杂著集。姚鹓雏、朱鸳雏合著。上海小说丛报社、崇文书局1918年10月初版。全书体裁多样,内容庞杂,分言诠第一、艳绪第二、说集第三、笑政第四。如朱鸳雏自序中所说:“上天下地,无不可名,青虫一吐,秋丝自生。”其中《沈家园》《徐阶》《叶名琛》《慈安太后之暴殂》《台湾王妃墓》等札记文,谈古论今,给人启迪。《与妇笺》收录朱鸳雏与其夫人许蟾仙伉俪书函47通,以示“改革婚姻及男女爱好之序”,深得时人及后人的赞许。《电扇语》则用童话手法描写电扇、电话等新鲜事物,反映20世纪初期科学发明东渐带来的生活变迁和社会进步。还有海外故事《断雁沉弦》《星期六矣》《滑铁卢》《提督夫人事》等,让人开阔眼界。针砭时弊的则有《拟新史记》《新乐府》《松江竹枝词》等。

十二大愿文略释 亦称《药师七佛法会发愿文略释》。佛学著作。黄忏华著。上海佛学书局1933年出版。释文分3段。第一为开题,药师七佛法会是遵照《药师七佛本愿经》所说仪式结坛修法之集会,其目的是在护持国家济度民众,弘扬佛法导利群生,所以称护国济民弘法利生药师七佛法会。第二为法会因由,法门无量,以何因缘修建药师七佛法会?在邦国危机之今日,唯药师七佛之本愿,为最对症最当机。药师如来有大誓愿,接引万物,救护众生,使得安乐,令无怖畏,此所以有药师七佛法会之发起也。第三为消释。消释又分三部分:一是序分,序分有二,为发起序和归敬序。发起序中称:“中华民国二十二年元月吉日,四众弟子等,敬以至诚,虔请护国宣化广慧大师,于南京城东宝华山之护国圣化隆昌寺,修建护国济民弘法利生药师七佛道场。”二是愿文。三是重颂。黄忏华在例言中说:“发愿文条理整饬文义简明,无待赘述,释文之作,特将其中佛教专用名句略加诠释,藉供读者之参证而已。”

十二梅花馆 南社掌故。沈翰,字孟骞,别署墨仙。江苏松江(今属上海)人。其家厅事前有梅十二树,相传为明代董香光故居,梅树为董亲手植,因号“十二梅花馆”。

十七史天文诸志之研究 天文学著作。朱文鑫著。收入陈美东、陈凯歌主编《朱文鑫——纪念中国现代天文学家朱文鑫诞辰120周年》一书,群言出版社2008年9月初版。全书包括:上卷第一至十五论述《史记》《汉书》《后汉书》《晋书》《宋书》《南齐书》《魏书》《隋书》《唐书》《五代史》《宋史》《辽史金史》《元史》《明史》各志书中有关律历、天文、五行学说之内容。下卷为学术论文16篇,如《天官书交食周考》《郗萌宣夜说》《南齐北魏月食考》《西域仪象考》《明季远镜小史》等。

十九岁述怀十章 南社掌故。诗名。1915年冬袁世凯妄图称帝,王德钟愤而写下《十九岁述怀十章》,痛斥袁世凯篡夺辛亥革命胜利果实、妄图称帝的野心。该诗发表于《南社丛刻》。

十九岁述怀十章(其七) 诗篇名。七律。王德钟作。抒发诗人狂放不羁、对于黑暗的现实异常愤懑的感情,表现自己有鸿鹄之志。形象地展示南方革命势力衰弱不竞,揭露北方以袁世凯为代表的守旧势力猖獗。表现南北方政治上的分化,揭示革命队伍没有乘胜追击,致使反动势力猖獗活动;叙写革命军流血攻克古都南京后建立中华民国,袁世凯迁都北京,妄图复辟帝制;抒发诗人览史而悲痛至极的心情。诗作感情强烈、深沉,哀感动人;融口语与典故于一炉,浑化无迹。

十九岁述怀(其一) 诗篇名。七律。王德钟作于1915年,刊于1917年7月《南社丛刻》第二十集。系作者19岁时自抒怀抱。叙写自己生活穷困潦倒,自怜19年身世浮沉;抒发自己推翻清廷统治的愿望尚未实现、愿以国家兴亡为己任的思想感情,表达虽然推翻了清廷统治,但袁世凯保皇派仍要恢复帝制,如同未将死灰溺于水中,致使复燃,很难以“民权”取代“君权”的观点,抒写自己愿意为“民权”而战的雄心壮志。诗作寄沉痛于故实，将感情化为意象，成功地抒发了深沉的悲伤感情。

十万卷楼说诗文丛 一名《说诗文丛》。文集。陈柱著。1册。上海暨南大学1930年初版。康有为书端。有陈柱说诗文丛序和后序。含删诗说附采诗说、六义说、二南说、淫诗辨、驳钱振锽郑风说六篇、周公居东辨、诗派说和国风述学序等篇。

十五度春秋 文言章回小说。1册。张冥飞著。民权出版部1916年3月初版。卷首有张海沤、蒋箸超、叶楚伧、杨尘因序及作者自序。叙述萧铁云与陆孟琬自幼情投意合。双方家长本是莫逆之交，遂为二人订立婚约。庚子事变后八国联军进京，动乱中铁云父去世，铁云只能随陆家赴沪避难。后铁云数试不第，乃随族兄东渡日本求学。孟琬父返京后纳妓为妾，致使孟琬母抑郁而死。数年后孟琬父又卒，孟琬一边抚养幼弟，一边苦等夫婿。铁云痛恨晚清政府腐败，与族兄在日本先后加入了革命党，族兄死于广州起义，铁云因刺杀清廷大臣而被捕，数年后获释回到故乡与孟琬重逢成亲。作品以一对青年的悲欢离合反映了清末民初的历史。

十年 短篇小说集。夏丏尊编。1册。上海开明书店1936年初版。夏丏尊作序。收入短篇小说有鲁彦《银变》、老舍《且说屋里》、张天翼《一件小事》、靳以《雪朝》、王统照《站长》、巴金《星》、徐霞村《裁员》、吴组缃《某日》、施蛰存《嫡裔》、李健吾《中国的最后一课》、丁玲《一月二十三日》、凌叔华《死》、萧干《鹏程》和叶圣陶《英文教授》等14篇。

十国战事杂咏 诗集。吴恭亨撰。1册。民国时期抄本。收作者所作关于第一次世界大战战事七言绝句500余首，每首诗后皆有作者自注，详细说明诗中所感战事概况及中国在其中之关系，也记载相关战略战术及战争中的其他情况。

丁三在(1880—1918) 浙江钱塘(今杭州)人。一名三厄，字善之，号不识，别署子居。丁修甫三子。南社社友，藏书家。1915年5月5日由柳亚子介绍入社，入社书编号500。祖上历代以藏书著称，为杭州文献世家(祖父丁申为“八千卷楼”主人)。师承吴石潜、王海帆，精于版本目录之学。家中所藏书籍后归其所任职的江南图书馆。善刻书，与其兄辅之创制方形欧体聚珍仿宋活字字模，闻名于时。设立仿宋印书局，采用活字字模为中华书局排印《二十四史》《四部备要》。聚珍仿宋活字模版后被普遍应用。总结刻书经验，写成《考工八咏》(辨体、写样、琢坯、刻木、模铜、铸铅、排字、印书)，传于后人。1915年5月参加在杭州西湖孤山之西泠印社举行的南社临时雅集。能诗善词，颇得时人称赏。另著有《丁子居剩草》。

丁上左(1878—?) 浙江钱塘(今杭州)人。字宜之，一字竹孙，号白丁。丁修甫长子，丁三在长兄。南社社友、新南社社员。1915年5月20日由柳亚子介绍入南社，入社书编号519。善诗。

丁义明(1877—?) 浙江定海(今舟山)人。字子峻，号更生。南社社友。1911年2月13日由程光甫、柳亚子、朱少屏介绍入社，入社书编号121。上海格致中学肄业。20岁入泮，23岁补廪，28岁充初小教员，31岁调任中学教员，33岁兼职中、高两校，35岁新检定高小正、副教员。曾任北洋中国地学总会名誉会员、定海阅报社社长，是扬州复古社社员。

丁子居剩草 诗词集。丁三在撰。诗1卷、词1卷，1册。丁氏聚珍1921年仿宋版铅印本。王蕴章题“亡丁善之赞象”，应德闳作《善之贤表阮像赞》，缪荃孙、周庆云、徐仲可、柳弃疾、高燮和张涛分别作序。王毓岱和鲁坚分别作跋。

丁以布(1891—?) 浙江钱塘(今杭州)人。字宣之，一字仙芝，号展庵。丁修甫四子，丁三在弟。南社社友。1915年5月5日由柳亚子介绍入社，入社书编号501。能诗。1915年5月参加在杭州西湖孤山之西泠印社举行的南社临时雅集。

丁立中(1866—1920) 浙江钱塘(今杭州)人。字和甫，号禾庐、宜堂，室名八千卷楼、九思居。丁丙次子，丁修甫弟。南社社友，藏书家。1917年5月1日由王海帆介绍入社，入社书编号884。清光绪十七年(1891年)举人。民国初在上海创办《民声日报》，出任总干事。丁氏“八千卷楼”藏书，能承其家学。编有《丁氏八千卷书目》。著有《禾庐诗》等。另撰有《松生府君年谱》4卷(丁丙年谱，刊于《宜堂类编》)。

丁宁 新诗集。刘大白著。上海开明书店1929年11月出版。本诗集由《旧梦》改编而来，按编年顺序排列，收集的是1919—1921年的诗，共168篇。分为《丁宁之群》63首、《旧梦之群》101首、《小鸟之群》4首，书后附跋文《撕碎了旧梦》。题材内容广泛多样，有社会诗、写景诗、哲理诗、抒情诗等。社会诗反映现实，揭露讽刺剥削阶级。写景诗写出一派柔丽的南方气息。哲理诗掺入人生的意义,有一定的哲理,但议论入诗,哲理入诗,冲淡了诗味。抒情诗表现出丰富复杂的内心世界。形式上有自由体、小诗、旧诗体。三五行小诗在诗集中占了很大篇幅,捕捉刹那间的自我感受与哲理,说理抒情兼而有之,或哀歌愁苦、或言说爱情、或伤春悲秋、或议论人生,多带有消极情绪。散见在集中的旧体诗用典少,感情真切,通俗易懂。

丁良桢(生卒年不详) 湖南长沙人。字羡门。南社湘集社友。1936年10月和1937年4月参加在长沙赐闲园及妙高峰南园举行的南社湘集第十四、十五次雅集。

丁逢甲(1864—约1929) 江苏吴江(今苏州市吴江区)人。字堃生,一作坤生、崑生,号壮者。南社社友,作家。1909年由柳亚子介绍入社,入社书编号18。1901—1905年上海格致书院每年春夏秋冬分4次在《申报》上出题征答,其每次分别用逢甲、堃生、坤生、崑生4个名字投稿应答,均获奖。先在家乡莘塔镇莘溪公学授课,后任周庄沈氏义庄小学教员。为王大觉幼时业师,王大觉将先人著作辑刊成《青箱集》及本人所著的《风雨闭门斋诗稿》,均邀其作序。著有小说《扫迷帚》《延月楼笔记》等,另有《我之农业计划》,以及《我所见之本地妇女生活现状》《论婚制》等文章。

丁润身(1886—?) 云南曲靖人。南社社友。1916年10月16日由李根源介绍入社,入社书编号714。民国二年(1913年)任曲靖县长。民国初期,曾在上海宁波路兴华银行任职,与卢铸为同事。

丁绣章(1887—?) 江苏高邮人。字锦文。南社社友。1917年2月20日由曹凤仪、卞永璋介绍入社,入社书编号812。

丁菊舫(生卒年不详) 籍贯未详。新南社社员。

丁曾藩(生卒年不详) 江苏淮安人。字襄侯。淮南社社友。

丁湘田(生卒年不详) 广东梅县人。女。南社社友。1916年8月20日由谢英伯、朱少屏介绍入社,入社书编号667。中国同盟会会员。为清末无政府主义者,曾在香港与其丈夫刘思复及谢英伯、高剑父等组织暗杀团,欲北上行刺清廷大员,未果。后入上海海宁路冠群女学校任教。

丁慕冰(生卒年不详) 江苏江都(今扬州)人。女。名鑫,字慕冰。南社纪念会会员。

“七君子”与李根源 南社掌故。1936年国民党政府非法逮捕了主张抗日救亡的沈钧儒、李公朴、史良、王造时、沙千里、章乃器等“七君子”,拘禁于苏州地方法院看守所,李根源为此四处奔走相救,并经常去看守所探望。正是由于李根源等人的营救与担保,国民党当局不得不释放沈钧儒等“七君子”。

七襄 期刊名。1914年11月7日创刊于上海。因逢七出版,故名《七襄》。姚鹓雏等创办,叶小凤、陈倦鹤任编辑。该刊旨在“藉说部之功,补教育不逮”。首期没有分栏目,从第二期开始分为短篇小说、长篇小说、札记、戏曲、附录等栏目,主要撰稿者多为南社中人。长篇小说有小凤的《古戍寒笳记》,鹓雏的《珠箔飘灯录》,西神的《铁云山传奇》,江东老虬的《翩鸿记传奇》;笔记如檗子的《墨泪龛笔记》,倦鹤的《燕尘走马录》,朴庵的《归车脞录》。1915年2月停刊,共出版9期。

七襄杂志叙 南社文献。姚鹓雏撰。认为内容广博的文章,要对时代施以针砭,收到向善的作用。如果执政者正直的言论听不进,那就运用含义深远、精微、含蓄的言辞;含义深远、精微、含蓄的话听不进,就运用诡诈的言辞;再听不进,就只能运用支离诞漫的语言了。指出古代采风制度的作用。认为创作性作品具有多种多样的风格,呈现斑斓的色彩。结尾暗用南朝宋诗人颜延之《夏夜呈从兄散骑车长沙》诗中“九逝非空思,七襄无成文”诗句,表明杂志取名《七襄》的谦虚的心态。

七襄社 社团名。1914年由姚鹓雏、陈匪石组建。同年11月27日创办社刊《七襄》,姚鹓雏任主编。每月3期,逢七发行,七日、十七日、二十七日出版,故名七襄社。《七襄》发表有叶小凤的《古戍寒笳记》、姚鹓雏的《珠箔飘灯录》、王尊农的《铁云山传奇》等长篇小说以及陈匪石的《燕尘走马录》、胡朴安的《归车脞录》等笔记,还发表了一部分短篇小说,后选入《南社小说集》。至1915年2月,共出版9期。

卜世藩(1873—?) 湖南醴陵人。字芸盦、芸厂,又字芸庵,号韵荃。南社社友、南社湘集社友。1916年2月26日由傅熊湘介绍入南社,入社书编号584。幼攻汉学,肄业于渌江书院。清光绪二十九年(1903年)举人。三十三年参加吏部考试,得知县。辛亥革命后,历任攸县知事、宜章县长。曾在醴陵县城大文堂书坊供职。工诗文,有《韵荃诗草》等。

八十三日皇帝之趣谈 故事汇编。天忏生(贡少芹)、冬山、柯仲平合著。上、下卷,合一册。文艺编译社1916年10月初版,1917年1月再版。本书系作者于袁世凯恢复帝制期间(1915年12月11日至1916年3月22日)游历北京后,将当时之所见所闻,如帝制发生之内幕,六君子、十三太保阿谀取媚之丑态及洪宪宫廷琐事等滑稽而有趣的故事200余则汇编成书。它是时人对袁世凯复辟行径的揭露与嘲弄。

八千卷楼书目 私人藏书目。丁立中编。20卷,3册。国家图书馆出版社2009年初版影印本。晚清著名藏书家钱塘丁申、丁丙兄弟的藏书目录,由丁丙之子丁立中编,罗振玉署签。本书目依四库体例分经、史、子、集四部,每书著录卷数、撰人及朝代,详列版本。卷一至三为经部书目,卷四至九为史部书目,卷十至十四为子部书目,卷十五至二十为集部书目。丁仁作跋。附编例、字头笔画索引和书名笔画索引。

八百里湖荷花渔唱 诗词集。袁天庚撰。2卷,2册。1934年铅印本。周承德署端,谈文灯题"袁梦白先生玉照",蔡卓勋作序。卷一收录诗作94首,附有叶玉森、胡璧城、樊增祥多首原作或和作。卷二为《八百里荷花馆题画词》,沈思佺题签,余绍宋署端。收录题画词96首。

八宝匣 小说。周桂笙译,署名上海知新室主人。1册。上海群学社1910年1月出版。周桂笙的译作大都采用浅显的文言文和白话文。本书讲述的是探险家赖柴洛夫雇佣英国青年满立尔作书记秘书,并向他出示了一只"华丽精致不可名状"的八宝匣,匣中有稀世珍品大金钢钻石。而后,赖氏向新闻界公布了这一消息,来访者日甚。一天,俄驻英大使来访,赖称愿将此宝献给皇上,约定午后由满立尔送至使馆,赖还请大使转告沙皇用拇指开匣子的方法。满立尔将八宝匣送至使馆。傍晚,他来到赖的寓所,发现人去楼空。警署探得赖为冒名的俄国虚无党人(即无政府主义者),立即赶往俄大使处,而此刻大使正准备携盒去见沙皇。大使的随员窃盒潜逃。次日报载,某旅所一男子暴死,拇指处有一毒针刺入,身边有一空匣。作者在"译者曰"中推断,"虚无党何以不生于他国,而为俄所专有,则为专制政府之所竭力制造而成,可断言也。吾闻专制国之君主,尊无二上,臣民阖敢不服从。观于此,专制之君,贪墨之臣,抑亦可废然返矣"。

人民本位的世界观 政治理论著作。郭步陶著于1938年11月。出版年月不详。时值九一八事变以后,日本对中国发动侵略,国际形势日趋紧张之时。作者认为解决世界纷乱的关键是将"非人民本位世界观"转换成"人民本位世界观"。本书专门阐述了此观点。全书分为3个部分:一、"世界问题的研究"(包括1. 从苏、英、美看世界大势,2. 世界问题当从主义外研究它的因果);二、"怎样才能建立永久的和平"(包括1. 需要最高指导原理,2. 要实行世界一村的组织法);三、"高度自治是世界永久和平的开端",强调了高度自治是当今独一无二的救国途径,提出了"高度自治应从上海做起",以及高度自治具体措施的设想。

人间地狱 长篇小说。娑婆生、包天笑著,陈正书、方尔同标点。80回,2册。上海古籍出版社1991年出版,列入"上海滩与上海人丛书"第二辑。陈正书作前言。此书前60回为娑婆生所著,后20回为包笑天所续。以20世纪前20年上海青楼女子生涯为题材,反映社会众生相。从1923年起逐日刊载于《申报》,1924年结集出版。寒云、天笑、林屋山人、严独鹤、陈灨一分别作序,娑婆生作著者赘言。

人物和集藏 收藏文集。郑逸梅著。1册。黑龙江人民出版社1989年初版。钱君匋、承名世分别题端。郑逸梅92岁作小言。人物篇含包天笑翁、高吹万和黄摩西等人遗闻轶事29篇;集藏篇含书札、笺纸和扇箑收藏等16篇。文中有大量书画插图。

人物品藻录 名人轶事。郑逸梅著。1册。日新出版社1946年初版。本书对清末民初百余名人进行评论,涉及名流、名士、名妓、名优。有称扬品行风仪的,如《关于徐锡麟之一页史乘》《朱梁任之招国魂幡》;有赞才情气性的,如《林琴南之耿介》《章太炎有仙骨》;有述趣味嗜好的,如《廖仲恺蓄蟋蟀》《恽铁樵之诗谜癖》;有描放诞风流的,如《舒问梅之绮遇》《吕碧城放诞风流》;有颂追慕投缘的,如《梁任公推崇黄公度》《苏曼殊与邵元冲之友谊》;有评放纵好色的,如《毕倚虹致死之我闻》《汤蛰仙迷恋九花娘》。作者谓裒辑人物,"就其风趣雅隽者归之,间有巨奸大憝""或足供史乘之采纳,固不仅茶余酒后消遣已也"。

人类原始及类择 生物学译著。英国达尔文著,马君武译。3卷,9册。商务印书馆1932年11月出版。此书共3部分,21章。全书围绕着如下问题进行阐述:第一,人类是否与其他物种相似,来源于低等动物;第二,人类为什么会进化发达;第三,人与人之间、人种与人种之间的差异是如何产生的。第一部分“人类原始”，阐述了人类与其他哺乳动物一样，共同来自组织不甚高的公共祖先。人类的进化历史，同样可以用天择原理、复化原理和适者生存的原理进行解释。这些原理，甚至可以解释人类社会不同道德水平的出现。第二部分“类择”，又名雌雄淘汰。这一原理适用于解释具有爱与嫉妒等情感的高等动物的演化，用来解释男女性别间的差异，以及不同人种间的差异问题。第三部分“关于人类之雌雄淘汰及结论”，是对全书的摘要与总结。

儿童历 小说。天笑生（包天笑）著。1 卷，1 册。中华书局 1914 年 12 月初版，1928 年 9 月第 3 版。小说按照一年十二个月中不同的季节时令串联故事，描绘了一个理想中的模范学校里师生之间的故事。故事围绕着 5 个模范家族展开，尽管这 5 个家族从事的职业不同、社会地位也相差悬殊，有处于社会下层的农民，有处于社会中层的科学家、知识分子和士绅，还有处于社会上层的军官和银行总理兼参议院议员，然而在小说中他们皆道德高尚，能平等相处，互相帮助。小说以学校教育为中心，设想了一个完美的教育环境。通过参加学生自治会和召开雏国会，学生们获得了公民意识；通过赛船大会、童子警探队，学生变得活泼耐劳，精细果敢，不屈不挠；通过参加农业劳动，学生获得了勤劳的品质；通过家庭笑会、戏剧表演，学生们获得了乐观积极的情感；通过开办招待贫困学生的“饼会”，培养学生的慈善精神。

儿童修身之感情 教育小说。天笑生（包天笑）译。1 册。上海文明书局 1905 年初版。这是一本有关儿童教育的小说，分《渡海》《河船》《汽车》《沙漠》和《森林》等章节。讲述意大利瑞那地方出身贫寒的年仅 13 岁的少年马克，只身远渡重洋，历经千辛万苦和种种磨难，去北亚美利亚洲等地寻找在那里因打工而身患重病的母亲。情节曲折，故事动人。译者把国外儿童英勇顽强的精神、热爱亲人的情怀和催人泪下的故事介绍到国内，想以这样的故事来教育和感化中国的少年儿童，使之更快更好地成长。

儿童爱 科普著作。英国玛丽司托泼著，潘公展译述。上海大光书局 1936 年第四版。此书是《结婚的爱》的附编。译者根据 1923 年 8 月原书第十一版修正增订本意译。书中有亚诺德裴乃德的导言，称“这本书是关于调节生育的一种实际参考书，出于一个众所钦佩的著作家之手，以供有意节育的父母深切玩味之用”。书前有《译者的话》，阐述倡导节育的理由和翻译此书的意义。作者阐释了节育的意义，节育的科学方法，指出：一个节育方法，要求其完全满意，至少必须联合三种要素——第一，要求安全；第二，要完全无害；第三，要对于交媾的天然乐趣绝少妨碍。在评论阴茎套、男子“抽动生殖器”、女子“灌法”、“哺乳期避孕”的优劣后，提出“妇女用一个内部的橡皮帽是避孕的最好方法”。书后有两个附录，附录一《著者对于橡皮帽的讨论》；附录二是美国谭德所写《产儿制限问题》。

几何学讲义·平面部 平面几何。日本上野清著，张廷华译，骆师曾、寿孝天、赵秉良校。1 册。商务印书馆 1912 年初版。为中学校及高等学校参考用书。上野清作原序，张廷华作识。含直线、圆、面积、比例和作图五编。

九经今义 经学著作。28 卷，2 册。成本璞撰。清光绪三十一年（1905 年）刻本，长沙“通雅斋丛书”。有周易、今文尚书、毛诗、周礼、仪礼、小戴记、公羊春秋、穀梁春秋、论语和通论等篇章。1998 年，北京出版社又据长沙刻本影印再版，收入“四库未收书辑刊”。

九保金石文存 文字学著作。李根源辑。1 卷，1 册。列入“曲石丛书”。1930 年出版。赵藩题签，卢铸署端。孙璞作《九保金石文存序》。张一麐、金天羽、张以诚、王謇分别题词。录九保金石文存 43 篇。附《九保诗录》1 卷，李根沄辑；王灿作《九保金石文存跋》。

三　画

三十九岁初度　诗篇名。七律。黄兴作于1912年10月25日由上海返故乡湖南善化的江途中。黄兴在孙中山1912年2月13日向中华民国政府请辞临时大总统要举荐袁世凯以自代后，黄兴也辞去陆军总长兼参谋长。5月31日，袁世凯发布命令，准黄兴辞去南京留守一职，不久黄兴悄然离开南京。诗作表示彻底自我否定，否定武装革命，所以自释兵权，解甲归田；认为过去反对清廷统治的伟大事业像流水一样一去不复返了，爱自家的园林，想念故园落日余晖。想象入夜鱼龙都寂寂休息，家乡山林的猿鹤都深情依依地盼着他回归故园。独立苍茫，种种感慨不由得涌上心头，脑海里翻腾着归隐脱俗的意念。感情强烈，音调激昂，情思稍嫌外露。

三十年来之上海附续集　口述历史。钱化佛口述，郑逸梅编撰。原名《拈花微笑录》，续集原名《花雨缤纷录》，1946年左右曾分载于《新夜报》《今报》。由学者书店于1947年合并后，以《三十年来之上海》为名出版。所谓“三十年”，是指1946年前的30年而言。上海书店于1984年重印。此书是钱氏对清末民初时期上海各方面情况的回忆。全书共有文章110篇，内容有关于政治事件的，如“火烧民立报馆”“刺宋案珍闻”“夜攻天保城”等；有关于早期戏剧、电影的，如“电影之先声”“新舞台之新派剧”“民初蓬勃之新剧社”等；有关于述者个人生平和名人之逸闻趣事的，如“三位吴姓艺术家”“梅兰芳笃于友情”“丁福保反对服药”“三翁之风趣”等；还有关于上海城市记忆的，如“茶寮之回忆”“游戏场之变迁”“以往之园林”等。钱氏还是一位收藏家，书中有多篇文章是介绍其收藏活动的，如“香烟盒壳之集藏”“火柴盒贴之集藏”等。作者自称该书“三教九流”“万象包罗”，以小见大，是认识、研究清末民初的上海的历史、社会、文化、戏剧的珍贵资料。

三子游草　游记诗集。高燮编。1915年铅印本。楼村题签。王祖庚、高吹万分别作序。潘普恩、姚石子分别作跋。收入1915年高吹万、柳亚子和姚光携家眷游西湖时所作诗文。有《武林十日游记》《湖海行吟草》《续浮梅草》等6种，附录2种。

三白桃传　小说。沈东讷著，枕亚、铁冷评，碧仪校。1册。上海小说丛报社1916年初版。陈凤女史题签。徐枕亚作序。含拒桃、逅艳、避乱、狂士、遭劫、争婚、庵会、上书、封庵和鹃化10章。

三民主义商榷　政论著作。诸青来著。1册。北京正谊社1927年初版。有著者序和例言。对孙中山三民主义提出商榷。含民族主义之内容、对俄问题、不平等条约、条约以外之国际压迫、经济绝交、何谓民权主义、民权与自由、民权与自治、万能政府、何谓民生主义、马克思学说之缺点、经济问题与革命、平均地权节制资本、发展国家资本、国家资本主义之利弊若何等3章16节，并有结论。

三民主义简本　政治教材。林百举编。1册。广州国立第一中山大学政治训育宣传部1929年初版。林霖作引言。为编者从孙中山的关于三民主义的全部演讲中节录出最精要的演讲词。简本只约占原书的四分之一。含民族主义六讲、民权主义六讲和民生主义 4 讲。

三次革命军 民国史。冯自由著，夏重民编。1 册。美国旧金山三藩市民口杂志社 1915 年初版。有冯自由像。田桐题字。胡汉民、居正、田桐分别作序。曼殊题词。含三次革命之原因、三次革命与巩固共和政体、三次革命与解除平民疾苦、三次革命与扫除官僚政治、三次革命与欧洲战祸、三次革命之方略和三次革命与爱国心 7 章。

三国史略 原名《三国之鼎峙》。纪事本末体历史著作。王钟麒编撰。商务印书馆 1931 年 5 月初版，1934 年 2 月再版。属王钟麒主编之“史地小丛书”系列，采取传统史书体裁纪事本末体。共 14 章。第一章“时势之鸟瞰”系总述三国故事梗概，从第二章“黄巾之动乱”到末章第十四章“蜀汉之亡与司马炎之代魏平吴”，分段叙述三国历史的整个过程。本书以事件为纲，而在时间顺序方面则稍有先后参差。纲举目张，条理清晰，凡三国重要事实和人物历历在目。每一章的后面都附有参考书目，主要取材于《后汉书》《三国志》和《资治通鉴》等正史，言皆有所本，而不同于小说。

三国闲话 古典文学注评。郑逸梅著。1 册。广益书局 1948 年初版。康瓠子作序。封面为郑午昌题写，并以“诸葛武侯八阵图遗迹”照片装帧。作者对《三国演义》中的人物、地名、故事情节等，或作小考，或作趣谈，以独特的小品文式随笔文体介绍，既有浓郁的知识性、趣味性，又有严肃的史料性，给《三国志》《三国演义》读者提供参考。

三海秘录 小说。燕尘述意，许指严撰文。1 册。上海新民图书馆兄弟公司 1924 年出版。作者所撰虽为小说，但写意指事必有所本，时人谓读其书可补正史之不足。本书讲述清末民初宫闱琐事，多为人所不闻者，另配插图 8 幅。全书分为甲、乙、丙三录。甲录为“建始及鼎盛时代”，介绍北京北海、中海、南海共 35 座建筑的由来始末。乙录为“衰微时代”，开篇即叙北海之衰，宫中众多宝物或被外国人掳去，或被喇嘛所盗，著名的碧霞洗也于咸丰十年(1860 年)被掠。后叙发生在这些建筑之中的各种奇闻轶事，如慈禧 60 寿诞之盛况等。丙录为“新华时代”，即首写民国新纪元，建总统府之新华门。次叙天安门、团城、新华宫、养心斋、丰泽园等建筑在民国政治生活中之有关逸事。

于右任(1879—1964) 陕西三原人。原名伯循，又名敬铭，字右任，化名刘学裕，笔名骚心，号神州旧主，别署髯翁、大风、关西余子，晚年号太平老人、痛臂翁等。南社社友、新南社社员，国民党元老。由社友介绍入南社，未填写入社书，介绍编号 65。清光绪二十九年(1903 年)中举人，任商州府中学堂监督。1904 年因著《半哭半笑楼诗草》讥讽时政遭清吏缉拿，潜逃上海，后入震旦学院追随马相伯，旋因抗议法人神父干涉校务而离校，并与罢课离校同学创办复旦公学(复旦大学前身)，参与筹设中国公学。1906 年与邵力子一起赴日本考察新闻，同年 11 月加入中国同盟会。次年 4 月与邵力子、杨笃生、王无生等在上海创办《神州日报》，任社长兼主笔。1909 年起先后创刊《民呼日报》《民吁日报》《民立报》，宣传革命。1912 年任南京民国临时政府交通部次长。1913 年宋教仁案发生后曾致力于反袁。1918 年返回陕西三原任靖国军总司令。1922 年 10 月到上海与叶楚伧等将东南高等师范专科学校改名为上海大学，并任校长。1923 年 10 月参加新南社，同年冬参加由部分南社社友组成的岁寒集。1924 年国民党改组后当选为第一届中央执行委员。同年随孙中山北上，任北京政治分会委员。1927 年初任国民军联军驻陕总司令。南京国民政府成立后历任审计院院长、国民政府中央执行委员会常委、监察院院长、最高国防委员会常务委员等职。1949 年去台湾。1964 年 11 月 10 日病逝于台湾。遗嘱将其遗体葬在阿里山最高处，以便朝夕眺望祖国大陆。擅诗词，又工书行草，人称“于体”。著有《右任文存》《右任诗存》《右任墨存》《于右任先生文集》《牧羊儿自述》等。

于右任

于右任先生书学论文集 书法论著。于右任著，刘延涛编。1 册。上海草书月刊社 1947 年初版。是草书月刊为于右任社长七十大庆而刊。含标准草书自序、临标准草书自序、太和馆本急就章跋、宋仲温草书杜子美书跋、曹子建手稿跋、标准草书与建国和祝嘉书学史序等篇。附最近法书 7 通。

于右任纪念馆 纪念馆。① 位于陕西三原县城西关斗口巷。1992 年三原台湾标准草书学会、日本高峙书道会等各界人士筹资修建，1997 年 11 月 19 日开馆。2007 年 8 月，陕西省各方人士集资铸造了于右任铜像。纪念馆主楼为三层 2 700 平方米的仿古建筑。一层为生活服务区。二、三层为展厅和接待厅。爱国事迹展厅，以丰富详实的照片、手札、实物资料，展现了于右任反清反帝，投身辛亥革命，支持国共合作，和平统一等爱国活动。书法展厅展现了先生从早期到晚期墨迹珍品、海内外印行的诗词、墨品善本等。现代书法展厅展出当代海内外书法名家、“于体”流派书法杰作和各方捐藏的有关中国历史、文化音像制品、书画墨宝、名贵礼品等。② 位于陕西西安市书院门于家老宅原址。2003 年建成，展馆面积 600 平方米。2007 年重建。纪念馆由故居、民主革命先驱、真诚的爱国者、爱国诗人、一代书法大师和结束语 6 部分组成。

于右任言行录　文集。近贤女士辑录。全 1 册。上海新民书局 1931 年发行。汇集有关时任国民政府监察院长于右任的散见作品，包括传记、言行杂志、散文、诗歌 4 类文体。《美髯公小传》一文，概述于右任之生平风貌，颇有神韵；《言行杂志》为摘录他人著作、报刊中有关于右任先生的事迹，从眉眼之态到家庭轶闻均有记载，趣味盎然；《散文及其他》和《革命诗歌》则为于右任所创墓记、演说词、答谢词和诗词作品。是书不仅留存了于右任难得一见的诗词、碑志等作品，更重现于氏及友人民国年间的影像。书前有时希圣的题诗。

于右任官邸　位于重庆黄桷垭成都铁路局重庆疗养院内。整栋小楼建筑面积约 850 平方米，折中主义建筑风格。圆拱形大门进去为底层，上为楼房，青砖墙体，悬山顶屋面，房顶铺机制板瓦。小楼的屋后有围廊，因使用所需，将其封闭作为房间，有十余间房。于右任曾于 1940 年起在此居住 5 年，并开展抗战救亡工作。2009 年被定为重庆市文物保护单位，后经修复并对外开放。

于右任诗词曲选　诗词集。于右任撰，朱凯、李秀潭编。1 册。北京时事出版社 1984 年版。收作者清光绪二十四年(1898 年)至 1964 年间诗词曲作品 173 首。以时间编次，分青年时期、辛亥革命前与后、苏联之行、抗日战争、怀乡思亲篇、遗愿篇 6 辑。

于右任诗歌萃编　诗集。庞庆编。1 册。陕西人民出版社 1986 年出版。卷首有姚雪垠的序言。正文部分收录作品 850 余首(篇)，有编者考证本诗的注释。卷末附录收有陈元方《爱国主义诗人——于右任》、刘钢民《在三原各界纪念于右任先生诞辰一百零五周年座谈会上的讲话》、霍松林《读〈于右任诗歌〉》、庞齐《回忆于右任先生兼谈他的诗文》等文。有霍松林跋。

于均生(1887—1950)　山东潍县(今潍坊)人。名庭樟，字均生，自号抱瓮庐主人。南社社友。1918 年 1 月 3 日由陈家鼎、景定成介绍入社，入社书编号 1036。清廪生。早年赴日本留学，入帝国大学习政治经济学，并加入中国同盟会。1906 年在东京任同盟会山东分会会刊《晨钟》周刊编辑。次年归国在原籍创办于氏私立两级小学堂，自任校长。1912 年 4 月任同盟会潍县分会副会长。同年 4 月被选为北京政府国会众议院议员。1917 年赴广东参加护法运动，出席“非常国会”会议，翌年被任命为广州护法军政府海陆军大元帅府参议。1923 年 10 月在北京参加北洋政府国会会议。1925 年其父过世，回家奔丧，从此离开政界。30 年代初曾出资组建潍县大华染厂股份有限公司，自任董事长。擅书法，喜收藏，家藏古籍善本数万册，历代名人字画、碑帖、古印、古砚等皆在其收藏之列。1950 年 3 月 14 日因病去世，后被追认为“辛亥革命老人”。

于秉衡(1890—?)　江苏淮安人。南社社友。1917 年 9 月 30 日由周伟、张冰、刘去非介绍入社，入社书编号 973。

于佩铨(1872—?)　广东南海(今广州)人。字衡甫。南社社友。1921 年 1 月 27 日由蔡行严、金保泰、叶敬常介绍入社，入社书编号 1091。曾在广州天马巷女子体育学校任教。

于秋墨(1893—?)　江苏金坛(今常州市金坛区)人。名定，字秋墨，别署秋穆。南社社友。1914 年 4 月 14 日由朱少屏、叶楚伧、朱宗良介绍入社，入社书编号 407。民国初年任《民国日报》记者等职。

于洪起(1883—1940)　山东栖霞人。字觉范，号范亭。南社社友。1918 年 10 月由陈家鼎介绍入社，入社书编号 1035。早年入京师大学堂，毕业后授师范科举人。1905 年留学日本，加入中国同盟会。1907 年任同盟会山东分会会长。同年回国后分发山东提学使司兼山东文莱学堂和优级师范学堂教习。翌年发起成立山东矿产保存会，反对德国人掠夺山东矿产。与人创办烟台东牟公学，聘请同盟会会员担任教员，宣传革命。1909 年任山东省谘议局秘书。辛亥革命后任山东都督胡瑛顾问。1913 年任北京政府国会众议院议员。1917 年任护法国会众议院议员。1924 年创办烟台先志中学，任校长。1928 年为钮永建、叶楚伧所聘，任江苏省政府秘书。1931 年任国民政府监察院监察委员。1940 年 10 月病逝。工书法，行楷参以魏碑，尤以草、隶见长。

于　觉(生卒年不详)　江苏丹徒(今镇江)人。字小川。南社社友、南社湘集社友。1916 年 6 月 4 日由叶玉森介绍入南社，入社书编号 614。

于鸿文(生卒年不详)　湖南慈利人。字心宇。南社湘集社友。

于鸿炜(生卒年不详)　湖南慈利人。字抚宇。南社湘集社友。

工业政策　工业政策译著。奥地利菲里波维著，马君武译。1 册。中华书局 1922 年初版，列入“新文化丛书”。马君武自作序文。全书共分两部分。第一部分“工业生产之组织”，共分 6 篇，对现代生产组织的基础、现代工业经营统系、现代手工业振兴政策、现代工业团体组织、工人在现代工业生产组织中之地位及保护、雇员问题都有详尽论述。第二部分“工业之生产政策”，分 2 篇，分别对促进工业生产值国家相关政策设施及现代工业的信用问题进行讨论。

大风日报　报纸名。1913 年 2 月 12 日创刊于汕头。为同盟会汕头机关部的刊物。由林百举、古直负责编务，柳亚子、叶楚伧、陈去病、周人菊等为之撰稿。以“巩固共和，实行平民政治”为宗旨。反袁期间该报为言论最为激烈的一种，发表周人菊多篇社论、社评、论文等。其副刊亦为南社人士发表文艺作品的阵地，如陈去病、柳亚子文，叶楚伧文和小说，周实、周人菊的文等。4 月 16 日发表时评《万恶政府》，历数袁贼种种罪恶。4 月 27 日有《黄花纪念专版》，发表柳亚子、叶楚伧、周人菊等人诗词。二次革命失败，即被查封。同年 9 月末停刊。

大汉报　报纸名。1911 年 10 月 15 日在苏州创刊。陈去病、张昭汉为总编，由江苏都督程德全出资支持，试刊三天后，正式出版。张昭汉为社长，陈去病为主编。以“张吾民族之气，而助民国之成”“图社会之升平，获共和之幸福”为宗旨。歌颂武昌起义，响应革命声势，反对清朝政府，倡导北伐。发表陈去病撰《发刊词》，张昭汉撰时评，高旭、徐自华撰文，吴梅撰《轩亭秋杂剧自序》，庞树柏撰《拟沪军都督北伐誓师文》，朱梁任重新发表《从军行》、胡石予《秋风诗》等，徐小淑、姚石子等均有诗文发表。1911 年 12 月 21 日停刊。

大汉报发刊词　南社文献。1911 年 10 月 15 日，陈去病在苏州与傅尃、张昭汉等创办《大汉报》。该《发刊词》指出清朝统治二百数十年间，广大人民深坠沉渊。宣称创办《大汉报》“以张吾民族之气而助民国之成，并提倡民生主义，以亟图社会之升平，获共和之幸福”。

大共和日报　报纸名。1912 年 1 月 4 日在上海创刊。为中华民国联合会的机关报。由章太炎任社长兼总编辑。主要栏目有专访、丛录等，副刊主编黄季刚，汪东发表一些南社诗文。1912 年 5 月以后，态度偏右。1915 年 6 月 30 日停刊。

大虫吃小虫　南社掌故。白话诗。汪大千年青时赋性慷慨，见义勇为。他曾创办平民教育促进会，是盛泽民众识字运动的先驱者。在当时军阀混战、地方封建势力欺压百姓的情况下，汪大千经常在徐蔚南创办的《新盛泽报》上发表文章，抨击封建军阀与黑暗势力，并敢于揭露社会丑恶现象。他写的诗《大虫吃小虫》，生动地勾勒了病态社会的“弱肉强食”现象。此诗曰：“东家吃伙友，伙友吃学徒。官僚吃绅董，绅董吃百姓。校长吃教员，教员吃学生。头家吃赌客，赌客吃蟹脚。流氓吃瘪三，瘪三吃二丑。绸行吃绸领，绸领吃机户。”

大同周报　期刊名。1913 年 5 月 4 日在上海创刊。为大同学社机关刊物。分图画、言论、纪事、文艺、丛录、附载 6 部。该刊以文艺为主，诗、词最多，撰稿人多为南社社员。发表的作品有钝公《拱山楼诗钞》、鹓雏《止观室诗话》、二痴《地震》等，还发表过一些剧评。所刊《大同学社草章》《大同社集股简章》《大同学社社员录》具有文学史料价值。本月停刊，共出 3 期。

“大众语”运动　南社掌故。20 世纪 30 年代提倡大众以浅显的白话文进行写作的语文改革浪潮。其发起者有南社人陈望道、叶圣陶、陈子展、徐懋庸、夏丏尊、曹聚仁等 7 人。

大江东去吊广州死难七十二烈士，用东坡韵(二首录一)　词篇名。汪文溥作。具体写作时间不详。沉痛悼念 1911 年广州黄花岗起义的七十二烈士，讴歌他们为推翻清廷统治叱咤风云、摧枯拉朽的壮烈牺牲精神，表示要永远牢记他们。感情强烈，节奏鲜明。

大宇宙与小宇宙 科普读本。任鸿隽纂译。中国科学图书仪器公司1950年出版。此书收录林肯·巴勒特的《宇宙与爱因斯坦》、瓦尔德玛·肯斐尔特的《镭发现后物理界的革命》两篇通俗科学文章。前者采用浅显易懂的词语和形象的比喻，对相对论这一艰深难明的理论作了通俗的解读，并对宇宙进行了探讨。后者从原子物理的发展讨论物质的构造，是对原子研究的简单概括。

大彼得·少年丛书第五编 人物传记。林万里（白水）著。商务印书馆1908年发行。大彼得今称彼得大帝，俄国沙皇彼得一世推行的西方化改革，带领沙皇俄国走出落后的农奴制。本书以彼得大帝生平为经，以平定叛乱、游历西方、锐意改革等重大事件为纬。彼得大帝在军事方面实行义务兵役制，引进国外新式武器和战略技术，还建立了一支强大的海军。作者对此着墨最多，可见其用心所在。

大学用书·公孙龙子形名发微 诸子研究。谭作民著。10卷，1册。台北世界书局1975年第二版。谭作民作序。含前言及传略、迹府、论释、学征、理诠、名通、流别、评证、诡辩和纂余10卷。

大学用书·墨辩发微 诸子研究。谭作民著。3编，1册。台北世界书局1979年第二版。有凡例。含墨辩正名、墨经证义、经说释例、别墨衡异、名墨参同、墨辩原文、旁行句读、上经校释、下经校释、大取校释、小取校释、墨辩轨范、"三辩"义例、论式例证、论式源流、类物明例和"辞过"义例17卷。

大学新讲 国学研究著作。天虚我生（陈蝶仙）著。1册。上海三友实业社1933年初版。郑午昌题签。天虚我生作弁言。含大学之道、在明明德、在亲民、在止于至善等20讲。天虚我生作结论。

大宝窟王 侦探小说。包天笑译。1册。章回体。上海有正书局1914年10月出版。小说以法兰西音不留村绅士渥美伯爵家的几幅名画离奇被盗，引出"空针"秘密。工业学校爱好侦查的学生曼陀散史和巨盗白铁钢围绕侦查和反侦查"空针"秘密展开较量，最终在藏宝之地——大宝窟达成和解。此书刻画了机智、勇敢、沉稳的少年侦探形象和有情有义、珍爱艺术的巨盗形象。小说没有血腥和残杀，更多的是双方智力的斗争，白铁钢因为梨娘的爱情甘愿放弃大宝窟去过和平幸福的生活，更加充满了温情。

大战逸话 二战史料。李少华著。1册。广州正光出版社1948年初版。李少华作扉语"谨以此书，献给烽火中艰苦奋斗的朋友们"。以斯大林讲话代序。任毕明作序。含英雄行径、将军风度、都会小景、离乱散曲、儿女温柔、身边琐事、钢铁行列、八个年头8编。

大夏大学 学校名。1924年6月初，厦门大学学生300余人被学校当局开除后，由学生代表罗士清等14人请前厦门大学教授欧元怀、王毓祥等办学复课，遂于7月借上海小沙渡路20号为临时校舍，创办私立大夏大学，寓意"光大华夏"，9月22日正式上课。1924年8月成立校董会，王伯群任董事长，马君武任校长，邵力子、郭沫若、田汉、何炳松、朱经农等当时在该校任教。1925年"五卅"惨案时，校舍被英兵所占，借潘家花园门房为临时办公地，后又在胶州路301号建造新校。1926年冬学校由校长制改为委员会制，王伯群为委员长。1928年恢复校长制，王伯群任校长。后学校又从马来西亚华侨中募捐，在中山路购地200余亩，建成群贤堂、群策斋、群力斋、群英斋等教学、宿舍设施，于1930年9月搬入新校舍。邵力子、陈柱尊等当时任该校教授。1937年日军攻占上海，学校奉命与复旦大学内迁合并"联合大学"，第一联合大学设于庐山，后迁重庆，钱新之、吴南轩任正、副校长；第二联合大学设于贵阳，王伯群、欧元怀任正、副校长。1938年，大夏大学与复旦大学各自复校，大夏大学设于贵州贵阳。1944年欧元怀继任校长，学校迁至赤水，1946年迁回上海原校址。解放战争时期，大夏学生积极投入"反内战、反饥饿、反迫害"的爱国民主运动。熊映楚、雷荣璞、陈国柱、吴良斌、戈宝权、陈赓仪等均先后在该校学习。中华人民共和国成立后，和光华大学及其他大学的一些系科合并为华东师范大学。

大誓决疑 学术著作。邵瑞彭撰。1卷，1册。"河南大学丛书"。1933年刻本。陈兆年署端。邵瑞彭作序。

与石居 南社掌故。沈钧儒斋名。沈钧儒喜爱收藏石头，其蓄石，不作为古董收藏。他通过旅途采拾、地质研究，兼收并蓄，以致满橱满柜均是石头，于是沈钧儒便把其斋称为"与石居"。

与同社诸子书 南社文献。韩国青丘恨人（申柽）撰。1915年1月18日日本政府向袁世凯政府提出

"二十一条"。同年2月18日,南社韩国籍社员申柽(署名"青丘恨人")致书柳亚子、胡朴安、俞剑华等人(此信后收入《南社》第十三集)。指出在袁世凯反动统治下,中国形势险恶,小丑明目张胆,而一般人宴餐如昨,舞台春柳,笙歌不绝,俨然太平盛世。叙说自己在韩国曾遭日兵烧家,逃来中国有年,自己与中国忧戚与共,不能沉默。信中以《韩日协约》为前例,提醒中国的仁人志士要提高警惕,千万不能重蹈韩国灭亡的覆辙。

万公度(1892—?) 四川蓬安人。名钧,字公度。南社社友。1914年7月15日由俞武华、公羊寿文、朱少屏介绍入社,入社书编号435。

万以增(1871—1923) 江苏青浦(今属上海)人。字继长,一作纪常。南社社友。1914年10月由柳亚子介绍入社,入社书编号471。一生致力于经史诸子文选之学,曾坐馆黎里柳亚子家塾。为南社社友邹亚云的业师。辛亥革命后,历任上海地方检察所秘书、检察所医官、商务印书馆编译所翻译等职。1923年冬逝于上海。著有《章练小志》等。

万国女子参政会旬报 期刊名。1913年4月在上海创刊。此刊为张汉英等所发起"万国女子参政会中国部"会员所组织的刊物,张汉英等编辑。设有图画、社论、中外纪事、本会纪事、小说、余组、文苑等栏目。刊发有张汉英、蜕庵、兰皋、亚子等作品。后改名为《万国女子参政会月刊》。

万国官制志 国际政治制度著作。冯斯栾著。1册。广智书局1902年出版。铅印本。考订世界各国官制,论及之国家包括英国、德国、法国、美国、日本等,其中英国以英吉利、维而司两岛为例,德国则以普鲁士为例。内容包括各国选官、各层官阶的权力、责任等。但仅论述相当于中国太守、州长阶层之官级,州长以下之官级则皆无涉及。

万法精理 法学译著。法国孟德斯鸠著,日本何礼之译,张相文、程炳熙转译。日本弘文堂1903年印刷,上海文明书局发行。全书共分5卷:第一卷讲述政体、政府、共和、民主、专制、立宪政治之比较以及教育法等;第二卷讲述民法、刑法、奢侈与节俭、女子之法、政治颓败之原因、守军与攻军之法等;第三卷讲述政权与法律、征税法、自由论等;第四卷讲述法律与风土,各国的奴隶制、婚俗等;第五卷讲述土地法,各国的民间公法、民俗以及贸易法等。该书介绍资产阶级民主政治,为革命党人推翻清王朝封建统治作思想准备,并对民国初年制定的《临时约法》有一定启示。

万洁斋丛刊 文史丛书。周延年(子美)编。共7种。1934—1940年出版,抄本。第一种为清人陈景云所编撰《两汉订误》4卷。其中一、二卷为"前汉书",三、四卷为"后汉书",订正其中纪、传、表、志中有误处。第二种为《平津馆金石萃编》20卷,清人严可均撰,对孙星衍家藏金石拓进行逐一考定。第三种为《鲜庵先生广艺舟双辑评论》4卷,民国黄绍箕编撰,为著者十余年间于碑拓领域之心得。第四种为清董熜撰《蛾子时述小记》,为作者读书笔记共150则。第五种为清董熜撰《读国语札记》,为作者读《国语》心得共28则,多为考证文章。第六种为清人王翰青撰《东游草》1卷,收作者所作词53首。第七种为清人王翰青撰《野鹤词》1卷,收作者词53首。

万桑园诗 诗集。3卷,1册。李澄宇(洞庭)撰。1919年铅印本。傅屯艮署签,易顺鼎署端,罗惇曧题诗。傅熊湘、柳弃疾分别作序,有作者自序。卷一录洞庭南阁百首,自小姑山至函谷关17首,为赤帜馆旧稿;戊申起作。卷二录渐暨楼稿110首,癸丑起作。卷三录未晚楼稿130首,丙辰起作。

万桑园诗存 诗集。4卷,1册。李澄宇(洞庭)撰。铅印本,湘鄂印刷公司1933年版。于右任题签。有自序一和自序二。卷一录戊申起至丙辰的诗作,卷二录丙辰起至辛酉的诗作,卷三录壬戌起至戊辰的诗作,卷四录戊辰起至癸酉的诗作。

万梅花庐 见"高旭故居"。

上代象形文字中目文之研究 文字学著作。闻宥(野鹤)著。《燕京学报》第十一期单行本,北平(北京)燕京大学1932年6月出版。文章从大量的甲骨文、金文和小篆字体中有关"目"的字形进行追溯、分类和考释,并结合钟鼎彝器上的纹饰和北美洲等地的考古学方面的资料,考证和研究"目"字的原始字义、字形及其演变和分化的情况。

上海大学 学校名。第一次国内革命战争时期国共两党合作创办的培养革命干部的学校。前身为1922年春设立的私立东南高等师范专科学校,同年10月改名上海大学,校址在上海。于右任、赵正平曾任校长,邵力子为代理校长,教务长邓中夏。学校以"培养建国人才,促进文化事业"为宗旨,以改造社会为目标,贯彻理论联系实际的原则,实行知识分子与工人运动结合。蔡和森、张太雷、恽代英、任弼时、萧楚女、沈雁冰、施存统、刘大白、田汉、周建人等共产党人和进士人士曾在该校任教。校内建立有中国共产党支部。在中国共产党领导下，学生们深入工厂区，为工人办补习学校、夜校，向工人们宣传中国共产党的主张。出版有《上海大学周刊》《孤星》《旬刊》《新群》(半月刊)等刊物。1927年5月被国民党政府查封，改名为国立劳动大学。

上海专科师范学校　学校名。1919年吴梦非与丰子恺、刘质平创办。由吴梦非任校长。学校分设高等师范科和普通师范科，分别培养中等学校和小学图画、音乐、手工等艺术师资。1924年后，学校改组为上海艺术师范大学，旋与东方艺术专科学校合并，改称上海艺术大学，主办《艺术评论》刊物，由吴梦非主编，每周附在《民国日报》副刊《觉悟》版刊行。1928年1月中旬停办。

上海旧话　地方文献。郑逸梅、徐卓呆编著。2编，1册。上海文艺出版社1986年初版。郑逸梅作前言。有20世纪30年代初外滩、静安寺路和沪宁铁路上海火车站等老照片12幅。上编为郑逸梅所著以交通为主的上海旧话，有从羊角车到轿子、第一次通行电车和一称报馆街的望平街等22篇；下编为徐卓呆所著以戏剧为主的上海旧话，有戏园为什么称茶园、妓女与洋人喝的绿茶碗和大世界的产生等20篇。

上海市指南　上海指南。沈伯经(镕)、陈怀圃编。1册。中华书局1934年第二版。前有凡例。分区域、交通、上海生活、机关团体、工商业概况5编。附上海中心区计划、上海市人口统计、上海市租界章程。

上海竹枝词　竹枝词集。刘豁公著，欧阳纫秋校。1册。上海雕龙出版部1925年第二版。刘蛰叟署端。有刘豁公及其爱女、怀兄和梅兰芳等艺人像。许奏云、李浩然、黄忏华、沈禹钟、唐伯耆、李次山、顾明道、刘炯公和郑青士分别作序。刘蛰叟、孙癯蝯、张丹斧、宣愚公、汪淑英、闻野鹤、欧阳雁秋、郑振英、芮剑公、刘哀时、欧阳纫秋、胡寄尘和刘豁公分别题词。含介绍上海社会采风的竹枝词百首。周瘦鹃作跋。

上海图书馆庋藏居正先生文献集录　名人史料。居正著。9册。上海图书馆编。广西师范大学出版社2007年第一版，摹真本。有居正像41帧，孙文给居正亲笔信。张宪文作序。祝均宙作前言。收各类文献560件。分信函篇(第1—2册)，文稿篇、诗词篇、狱中书篇、相关资料篇(第3册)和日记篇(第4—9册)。

上海春秋　❶章回小说。包天笑著。上、下两册。上海大东书局1925年出版。广西漓江出版社1987年重版，收入该社所编“现代文学原版重印丛书”。作者以通俗章回小说的形式，叙述一个以旧上海为背景的长篇系列故事，将旧上海半殖民地半封建都市的“十里洋场”描写得栩栩如生，如“交易所奸商擎黑手，信托股浪子吸黄金”“龟子鸨儿奢淫成俗，狐群狗党流荡忘归”“召青楼飞车肇奇祸，营黑货贩土作生涯”“开药房乱卖虎狼药，设医院徒多花柳医”“打花会痴愚寻好梦，翻土案邻里泄深仇”等章回，将官场、商场及市井人物的众生相进行淋漓尽致的刻画，有助读者了解曾为“冒险家的乐园”的旧上海。书前有范伯群撰《一个鸳鸯蝴蝶派作家的独特道路——包天笑简介》，阐明了包天笑的写作艺术和鸳鸯蝴蝶派小说的意义。❷上海掌故文集。曹聚仁著。作者于1962年为香港《循环日报》写一个讲述上海掌故的专栏，所登文章于1995年由曹雷、曹宪镛整理、汇编，结集是书，并由上海人民出版社于1996年出版。本书内分开埠、四郊、洋场杂话、金融世界、人物、报刊旧话、航运与铁路、轿·车·路、服装、寺庙、名园、茶楼·饭店·咖啡馆、海上剧话、游乐场14辑。每辑有多篇相关的短文组成，如“华亭上海下海”“吴淞的开埠”“黄浦滩的铜像”“上海的华尔街”“刘丽川小刀会”“党人报《民呼》《民吁》《民立》”“霞飞路”“爱俪园”“沙逊与华懋饭店”“丹桂茶园的沧桑”“跑马厅今昔”等，举凡上海的古往今来、风云人物、民情风俗、异景奇观、掌故逸事，皆有展示，是一部研究上海地方史志的随笔集。书前有胡道静序，曹雷作题记，书后则有曹宪镛所作后记。

上海美术专科学校　学校名。由刘海粟创办于1921年11月。初名上海图画美术院，1915年更名上海图画美术学院，1920年改称上海美术学院。1921年7月改称上海美术学校，1921年7月改名上海美术专门学校。1927年后一度停办。1931年改称上海美术专科学校。原设于乍浦路，后移至菜市路440号(今顺昌路560号)。内分设中国画、西洋画、音乐、雕塑、艺术教育、工艺图案等系，并附设有绘画研究所。1932年该校学生组织MK木刻社，参加新兴木刻运动，曾得到鲁迅的支持。1933年10月16日鲁迅曾与内山完造同往该校参观 MK 木刻研究会第四次展览会。1952 年停办。

上海徐园双清别墅临时雅集 南社重要活动。1914 年 8 月 23 日在上海徐园双清别墅举行。到者有俞剑华、汪文溥、朱少屏、陈世宜、朱宗良、徐大纯、胡朴安、张默君、林一厂、曾镛、吕志伊、郑国准、邵力子、吕碧城、黄箕荪、申柽共 16 人。此次雅集摄有一影，照片见《南社丛刻》第十一集，照片标题作《南社临时雅集摄影·海上双清别墅》。

上海通志馆 南社掌故。上海地方志编撰机构。1932 年 7 月上海通志馆成立，柳亚子被聘为馆长。1937 年上海沦陷后被迫闭馆。抗战胜利后胡朴安继任馆长，后改名上海市文献委员会。1947 年胡朴安逝世，《上海市通志》未能完稿，但留下一千余万字文稿，还出版了有关上海史的重要史料，包括《上海市年鉴》《上海通志馆期刊》《上海研究资料》及"上海掌故丛书"等。

上海商业名录 商业名录。徐珂编。1 册。商务印书馆 1920 年初版。有凡例。分金融、交通、介绍、进出口、杂货、书报、学校、美术品、仪器文具、金属、建筑、染织、绸布、衣着、装饰品、日用品、燃料、饮食品、农牧、医药、客栈、包装业、游览、附录和补遗 24 个总类。总类中又分子目，共 244 个。所录上海 13 000 多家商号。每家商号含牌号、所在地、附近地址、经理人及重要职员姓名、电报挂号和电话号数。有目录、子目索引、牌号索引(分别有汉字笔画和英文字母索引)。

上海愚园云起楼临时雅集 南社重要活动。1914 年 5 月 24 日在上海愚园云起楼举行。到者有徐粹庵、叶楚伧、徐忏慧、陈去病、柳亚子、陆子美、洪白蘋、王瘦月、宋痴萍、徐只一、蔡治民、承玉书、陶神州、宋诒于、陈布雷、金兰畦、陈匪石、庞檗子、邵无妄、周伟、吕志伊、朱无射、王尊农、蒋万里、汪文溥、朱少屏、周锡三、钟韵庵、谢圉人、林一厂共 30 人。雅集主题是欢迎柳亚子复为社友。雅集摄有一影，照片见《南社》第十集，照片标题作《南社临时雅集摄影》。

小凤杂著 诗文集。1 册。叶小凤(叶楚伧)著。上海新民图书馆 1919 年初版。范君博题签。王大觉、姚民哀和周剑云分别作序。叶自序。含小说杂论、金昌三月记和短篇小说《塔溪歌》《阿琴妹》《张五宝》《爱约》《梵声》《尸谏》《冲喜》《傅云》《石女》《嫂嫂》《遗恨》。附海宁朱凤蔚致小凤论宝黛书和小凤复朱凤蔚书。

小自立斋文 文集。徐珂撰。1 卷，1 册。商务印书馆 1923 年出版。"天苏阁丛刊"之一。有《高云乡小传》《外舅朱砚臣先生家传》《祭潘子骥文》《祭汪母顾太夫人文》《丁善之丁子居剩草序》《胡朴安中华全国风俗志序》。

小学外国语科教学法 外语教学法著作。1 册。周越然著。商务印书馆 1929 年初版，列入"万有文库"第一集一千种与"师范小丛书"。含小学外国语的趋势、教学的新方法、教师的常识、直接法的实施、教程、发音、读法诵述会话表演书法、文法、作文和文学 10 章。附参考的书目。

小学百问 古代语言文字学通俗读物。萧蜕著。中国书局 1921 年 4 月出版。此书为"小学三书"之一，由胡韫玉作序。全书以文字学、音韵学和训诂学为内容，针对中学生和普通读者在掌握小学基本知识中存在的疑问和难点，编排了 100 个问题，逐一作了解答。内容包括对汉字"六书"中的象形、指事、会意和形声、汉字字体的演变、假借的使用、汉语的声韵调、音变和双声叠韵等基础知识进行阐述，还列出了《说文解字》《释名》《广韵》《尔雅义疏》《经传释词》和《文始》等 20 本左右的工具书和有关书目。全书言简意赅，有助于普及传统小学的基础知识，提高学生和广大读者的语言文字的功底。

小学科学教育实施法 教育学著作。吴鼎(定九)著。1 册。中华书局 1945 年初版，列入"教育丛书"。含绪论、小学实施科学教育的目标、原则、设备、布置、课程、教材、教法、训练、活动、教师、推广 12 章。

小诗研究 文学研究。胡怀琛著。1 册。商务印书馆 1924 年初版。胡怀琛作自序。含绪论、诗是什么、中国诗与外国诗、新诗与旧诗、什么是小诗、小诗的来源、小诗与普通的新诗、小诗与中国的旧诗、小诗实质上的要素、小诗形式上的条件和小诗的成绩等篇。

小重阳雨中寄晦闻都门 诗篇名。七律。蔡有守作，诗人为怀念时居北平的友人黄节(字晦闻)而作。诗人有感于时局变化而怀念友人，认为政坛上走马灯般来去的政客令人心灰意冷，暗示黄节在北平受冷落，从而表现了作者关心时局的心情和对浊世栋梁之材投闲置散的悲悯情怀。用典贴切自然，诗句清新。

小说大观 ❶ 小说集。包天笑编。15 册。上海文明书局、中华书局 1915—1921 年初版。有例言。包天笑作短引。于右任、清道人、吴芝瑛、天台山农等署端，含插画、短篇、长篇、剧本、新剧本、院本、笔记、宫词、日记、外传和传奇类作品。❷ 期刊名。1915 年 9 月在上海出版。包天笑主编，由文明书局、中华书局共同发行。设有插图、短篇、长篇笔记、日记、剧本等栏目。是民初进步的文学刊物，大量的清季民初掌故、风俗纪事等在此刊登，除本国小说外，亦有翻译外国小说刊登。如周瘦鹃的翻译小说《至情》，叶小凤的《如此京华》，苏曼殊的《非梦记》，天忏生的《血泪》，闻野鹤的《车行笑史》等。1921 年 6 月 1 日停刊，共出版 15 集。

小说月报 期刊名。1910 年 8 月 29 日在上海创刊。早期王蕴章、恽铁樵等先后任主编。设有图画、长篇、短篇、译丛、笔记、文苑、笔记、改良新剧、附录等栏目。撰稿人多南社人士。1921 年起沈雁冰接编并对其进行革新，成为文学研究会的机关刊物。

小说世界 期刊名。1923 年 1 月创刊于上海。前期主编叶劲风，后期主编胡怀琛，主要撰稿人王西神、胡寄尘、范烟桥、姚鹓雏、许指严、赵苕狂、包天笑等。设有小说、笔记、野史、奇迹志异、音乐等 25 个栏目，以长、短篇小说及翻译小说为主。作品有胡寄尘的《中国地方文学之一斑》《民间诗人》《辨〈国风〉中之巫诗》等。1929 年 12 月停刊，共出 18 卷 4 期，计 265 册。

小说丛刊 短篇小说集。程善之著。江南印刷厂 1912 年印刷。共收录程善之短篇小说 18 篇，分别为：《儿时》《懊侬》《偶然》《可怜虫》《机关枪》《何妨》《热心》《隔壁戏》《好天气》《华鬘恨》《吹箫女》《健儿语》《鬼语》《自杀》《死声》《疑雨疑云记》《玉犀囊》《赣头陀》。小说语言简明扼要，人物描写栩栩如生，反映了当时的社会现实，对了解清末社会众生相有较大的参考价值。

小说丛报 期刊名。1914 年 5 月 25 日创刊于上海。创办人有刘铁冷、张留氓、沈东讷等，小说丛报社发行。该刊前后设有插画、短篇小说、长篇小说、文苑、译丛、谐林、笔记、弹词、新剧、小说海、翰墨林、海客谈、记事珠、莲花舌、歌舞台、碎锦坊等栏目。作品如徐枕亚的《刻骨相思记》《棒打鸳鸯录》《雪鸿泪史》，箸超的《琵琶泪》，朱鸳雏的《玉楼珠网》，又与铁冷合作的《桃李因缘》，许一厂的《碧海精禽》《情海风花录》，还有姚鹓雏的《沈家园》《菊影记》，刘铁冷的《铁冷杂记》，许一厂的《清风明月庐随笔》，徐天啸的《天南纪游》，姚民哀的《筝声琴韵楼记语》等。1919 年 8 月停刊，共出 44 期。

小说名画大观 小说集。胡寄尘编。3 册。书目文献出版社 1996 年影印初版。北京图书馆藏珍本小说丛刊之一。包天笑、周瘦鹃和胡寄尘分别作序。含教育、伦理、道德、家庭、历史、政治、爱国、外交、军事、科学、冒险、侦探、言情、哀情、侠情、奇情、社会、警世、滑稽和神怪 20 类，并配以名手精图。

小说词语汇释 汉语词汇。陆澹安著，陆康编。1 册。上海锦绣文章出版社 2009 年初版，列入“陆澹安文存”丛书。有编辑例言。陆澹安作序言。有凡例。含小说词语汇释、小说词语汇释补遗和小说成语汇纂。均以笔画为序。附引用书目。陆康作编后记。

小说林 期刊名。1907 年 2 月在上海创刊。黄人等创办。设有图画、论说、社会小说、科学小说、侦探小说、写情小说、历史小说、文苑、短篇小说、丛录、评林等栏目。有摩西《小说林发刊词》，觉我《小说林缘起》，吴梅《轩亭秋杂剧》，天笑《碧血幕》，王蕴章《绿林侠谭》，庞树柏《碧血碑》，徐寄尘《秋女士历史》《秋女士瑾遗稿》《秋女士逸事》等作品发表。1908 年 10 月停刊，共出版 12 期。

小说画报 期刊名。1917 年 1 月在上海创刊。《例言》提出“小说以白话为正宗，本杂志全用白话体，取其雅俗共赏，凡闺秀、学生、商界、工人无不咸宜”，是我国第一个白话文杂志。所载主要作品，长篇小说天虚我生的《新酒痕》、包天笑的《风云变幻记》等；短篇小说有 80 余篇，有叶小凤的《母教》、包天笑的《谁之罪》、张毅汉的《国旗之光》等。1920 年 8 月停刊，共出 22 期。

小说季报 期刊名。1918 年 7 月创刊于上海。徐枕亚主编。设有短篇、长篇、报余、丛载栏目，主要撰稿人指严、民哀、周瘦鹃、天愤、枕亚、少芹、绮缘。主要作品有许指严的《何物老妪》，周瘦鹃的《孤岛哀鹣记》，吴绮缘的《禅花梦影》，贡少芹的《文妒》，姚民哀的《不平》，徐枕亚的《一文钱》《让婿记》《蝶花梦》。1920 年 5 月 15 日停刊，共出 4 集。

小说革命军 期刊名。1917 年 2 月创刊于上海。此刊乃胡寄尘个人小说专刊，该刊宗旨“一改革浮泛之文辞，二改革秽亵之思想，实行社会教育，提倡优美文学”。发表有《纸世界》《一分钟之旅行记》《富翁》《贼史》《热与冷》《旅客夜话》《试情表》《狐》《古瓶案》《翁山神马》《我儿之小史》《老妓》《小说家》《少年之妻》等。共出3期。

小说素 短篇小说集。郑逸梅编著。1册。上海文业书局1937年初版。含天笑、红蕉、瘦鹃、枕亚、双热、小凤、天台山农、指严、胡寄尘、卓呆、小青、少芹、烟桥、天愤、枕绿、民哀、碧梧、明道、豁公、绮缘、菊高、吟秋、钝铁、王瀛洲、范佩萸和逸梅的短篇小说26篇。

小说集锦 杂集。姚民哀编。1册。上海新民图书馆1922年出版。此书分上、下两卷。上卷说郛，收入绿衣女、念秧编辑家、悟微上人、汽车、苦力、阿春、旅客谈、圣水奇谈、情诠、蝶话、虎阱余生记、私生儿、四十年之我、白发梦、屈膝县令、分飞、真假宝玉、小说迷魂游地府记等小说、散文、笔记、寓言18篇。下卷笔札，分为笔札、杂纂2个部分。“笔札”收入一万里山水美人记、息影枝谈及独树斋见闻随笔等游记、见闻、掌故随笔3篇;“杂纂”收入菊部闲谈、滩簧杂论、说书闲评3篇作品。此书名为小说集锦，实为小说、散文、评论之合集。说郛中有徐枕亚、周瘦鹃、胡寄尘、叶楚伧、张恨水等人所写的作品。下卷“笔札”中的游记、见闻、掌故随笔，不仅文章优美可读，亦可一览当时的风土人情。“杂纂”收入的戏曲评论，是了解和研究20世纪初上海戏曲发展状况的宝贵资料。

小说新报 期刊名。1915年3月创刊于上海。许指严、贡少芹等先后担任编辑，由国华书局发行。栏目以小说、戏剧、笔记为主。作品如王西神的《苏台雪传奇》，赵苕狂的《无历村》《弹耶毒耶》《歼狐记》，周瘦鹃的《恐怖党》《井底埋香记》，贡少芹的《傻儿游沪记》，绮缘的《忆红楼漫录》，指严的《京华新梦》《小筑茗谈》，胡石予的《松窗琐话》，民哀的《花萼楼随笔》等。1921年曾停刊1年，后于1923年8月终刊，共出8卷94期。

小桐阴馆诗词 诗词集。萧公权著。1册。台北联经出版公司1983年初版。《萧公权先生全集》之一。有出版说明。周策纵作序。沈荣祖作弁言。含《迹园诗稿》10卷、《集外诗》、《迹园诗续稿和画梦词》7卷、《集外词》和《唾余集》等。

小隆中 南社掌故。1928年李根源在苏州西南穹隆余脉小王山卜葬其母，并种松树万株，筑室松泉，自署“小隆中”。他认为此处山林幽静，正是追慕诸葛武侯淡泊宁静之佳处。时南社叶誉虎、陈石遗、朱强村、费书斋、陈弢庵、陈去病等皆有题识。

口占(其三) 诗篇名。五绝。汪兆铭作。本篇开头援引战国时燕国刺客荆轲刺秦故事，赞美荆轲慷慨高歌的乐观情怀，表示自己今日刺杀摄政王的举动与历史上荆轲刺秦王是一样的。接着引楚国锺仪事，表示自己虽然身陷清政府牢狱，但仍葆有向南之心。表现自己投身反清革命，被捕下狱，决心从容就义，为革命牺牲，决不辜负英气勃发的青春年华。以战国时代荆轲、锺仪自况，成功表现自己的革命精神。语言自然、流畅，诗句形象、潇洒。

山东女侠盗 武侠小说。戚饭牛著。4集，4册。上海百新书店1932年初版。金一明作序。含赏秋月部堂怀嗣·赋小星金屋藏娇、得子去官从军湖广·移家避寇侨寓金陵和戡破孽缘侠女潜逃·彰明果报逆臣伏法等40回。

山东响马传 小说。姚民哀著。1册。上海世界书局1925年版。赵苕狂作序。含泰安府中欣逢前辈·山东道上初识异人、风狂雨急暂息征鞭·夜静更阑同倾客话和帮外教赶脚遇危机·规良朋故人持正义等16回。有书中人物画像12帧。

山禽余响 词集。邵瑞彭撰。1卷，1册。壮学堂1936年出版。邵瑞彭作序。朱守一作跋。录作者乙亥仲秋所作鹧鸪天词45阕。

千年后之世界 小说。日本押川春浪著，天笑生(包天笑)译。1册。群学社光绪三十年(1904年)12月初版。叙述日本公使馆补外交官春部春男在法国巴黎爱谈恩大戏院观戏剧《千年后之世界》。此剧描写千年后之世界达文明开化之极度。其女友罗意蕊任剧中女主角。春部春男与观众们听到邻座巴黎理科大学讲师、理学博士瑞尔培议论千年后之世界乃黑暗世界而非光明世界，乃地狱而非天国，乃群魔乱舞而非天女之舞。春部春男闻之义愤填膺，争执中提出了决斗，并约定俩女友作为公证人。决斗时，两女一践约，一临阵逃脱。两男也为此事被免职。春部春男回国后又逢家中火灾、生意失败、打斗入狱等灾难，万念俱灰时，博士来信约其赴印度大金山休养。在大金山，他们进入一个无昼夜、无生无灭的美丽的地底世界。而在地底的一瞬间，地上世界已过一千年，大地震、大暴风、大火灾、大海啸、大雷鸣频发，众生之热情已消散，地球之体魄亦毁，世界末日已到。地底世界女王释曰，此乃人类无信仰、无道德，各肆其野心所致。

个中秘密·名家短篇侦探小说丛刊 侦探小说集。赵苕狂编。1册。上海世界书局1929年版，列入“侦探小丛书”第十种。含不翼而飞、迁地为良、初受大任、车中情话、疑云陡起、两雄相搏、患难之处、又起波澜、鸿飞天外、二次遭挫、最后胜利、车中血战和案情大白等章。

广东南社研究会 全称“广东中国文学学会南社研究会”。广东中国文学学会的基层组织。以研究南社在广东的活动，尤以研究南社广东籍作家的创作生涯为己任。1991年10月11日中国南社与柳亚子研究会建议筹建。当年12月在广东中国文学学会年会上，管林、钟贤培、马以君研究初步计划。1992年6月14日在广东顺德凤城清晖园举行成立大会。以中山大学出版社出版的《南社研究》为会刊，主编马以君，出版不定期通讯《广东南学》两期。研究会成立后于1992年11月与广东中华诗词学会、珠海市委宣传部联合主办“纪念南社成立83周年学术讨论会”，会后出版《更振天声唱大风——纪念南社83周年学术论文集》。1994年在广州举办“广东南社研究会首届学术讨论会”等。出版钱仲联先生的《梦苕庵诗词》。

广东南学 广东南社研究会通讯。共出版两期。1992年6月第一期版面为8开报纸型，刊登《广东中国文学学会南社研究会章程》《倡议书》及广东南社研究会成立讲话、消息、会员简介、贺诗贺词贺信等。第二期1994年6月编印，版面为32开书籍型，刊登《热烈·紧凑·严肃·融合——广东南社研究会首次学术讨论会述略》、贺诗、贺词、贺信等。

广东通志稿 地方志乘。5册。朱庆澜、梁鼎芬、邹鲁编纂。北京中华全国图书馆文献缩微复制中心2001年初版，中国公共图书馆古籍文献珍本汇刊史部之一，影印本。此书纂修从1916—1938年，时间跨度20多年，且主要有朱庆澜稿和邹鲁稿。邹志叙事至1934年，内容分为训典、山川略、地形、地质概要、兵要地理参考、堡寨、城市、村制医院、寺观、灾变、警政、物产、税收、沙田、盐法、兵制、外交、公路、航政、邮政、前事略、大事记、艺文略、金石略、集古略、列传、杂录等28门，此外还有近古时代之形制、铜鼓篇、六祖坠腰石刻字，以及通志馆宋元石刻、明广东东林党列传序等文章。现影印本，有重复的，取印朱志，如虽然标题一致，但内容文字不同者，则同时保留朱志和邹志。

广西大学 学校名。校址在广西壮族自治区南宁市西乡塘路。1928年由马君武创建于广西梧州，仅设预科。1929年因粤桂军阀战争停办。1931年复校，开始设本科。校长马君武。1936年10月迁桂林。1939年由省立改国立。1944年日军侵犯广西，迁贵州榕江。1945年迁返广西柳州，后又迁桂林。至中华人民共和国成立前，设文、法商、理工、农4个学院17个系及经济植物研究所。1953年停办，1958年重建。1997年广西农业大学并入。

广州三月二十九革命史 辛亥革命史料。邹鲁编。1册。上海民智书局1926年初版。胡汉民署端。前有孙总理黄花岗烈士事略序。邹鲁作序和说明。有孙总理、黄克强、赵伯先像以及24烈士遗像、烈士遗墨等场景照片。含绪论、款项之筹措、事前之擘画、发难之进行、出发与决战、事后之情形、黄花岗之埋葬、事后之暗杀、建墓立碑和传记10章。

广州民国日报 报纸名。1923年6月19日在广州创刊。孙璞任社长兼编辑室主任，撰稿人多为南社人士。其中如于右任、柳亚子、高燮、胡石予、蔡哲夫等，姚鹓雏发表过《宋诗讲习记》。新南社消息亦有刊布。1925年8月21日停刊。

广州城坊志 方志。黄佛颐编。6卷，6册。商务印书馆长沙分馆1948年石印本，“广东丛书”第三集。第一册为城内·全城总述至越王井，第二册为城内·粤秀街至药洲，第三册为城内·西湖街至满汉八旗箭道，第四册为北城外、新城，第五册为西关，第六册为东关、河南。

广注古今体诗自修读本 诗歌入门读物。张廷华编。不分卷，2册。上海广文书局1921年石印本。编辑大意曰：本编为初学诗者自行研究之用，歌谣起自上古，谚语迄隋唐童谣，古诗自魏晋六朝迄清；近体诗自初唐以迄清。共得240余首。有《古今体诗浅说》。上册为歌谣、五古、七古篇章，下册为五绝、七绝、五律、七律篇章。

广注名家古今诗读本 名家诗选注。张廷华选注。1册。上海世界书局1936年初版影印本。前有缘起、编辑大意和古今诗浅说。共选收歌谣、五古、七古、五绝、七绝、五律和七律共200余首。有注释和眉批，并附作者简介。

广南社 全称“南社广东分社”，亦称“粤社”“南社粤支部”。社团名。南社支社之一。1911 年 4 月 27 日广州起义期间由蔡哲夫、沈孝则在广州发起成立。该社拟编辑出版《广南集》，周实为之题诗。1917 年春在广州六榕寺举行第一次雅集，39 人与会，后社友发展至 200 余人。

广韵校录 文字学著作。黄侃笺识，黄焯编次。10 卷，1 册。上海古籍出版社 1985 年初版，影印本。黄焯作前言。含广韵部首字之声纽韵类四声及其开合洪细正辩、广韵所载又音、广韵中已见本韵或他韵之字、广韵唐韵切语异同、字有又音而不见本韵及他韵者、广韵所无之说文字、广韵中别字、广韵中后出字、广韵中字有某与某同·某亦作某·或作某·通作某及同文异字·字异义同者、有正体与或体、变体胪列一处，不分首次者、广韵中字·有止载说文或体而不载正文者·亦有应依说文加注文者、正讹、广韵误合二字为一字、广韵所载俗字、不成字、增加字和杂识等篇。

亡国鉴 历史著作。殷汝骊编著。1 册。上海泰东图书局 1915 年出版。全书分为《亡国鉴》《国耻录》两章，书末附有《中日最近交涉全案》。《亡国鉴》内收入 6 篇文章，包括：越南阮尚贤著《越南亡国鉴》(原名《桑海泪谈》)、刘彦著《朝鲜亡国鉴》《缅甸亡国鉴》、殷汝骊著《印度亡国鉴》、梁启超著《波兰亡国鉴》(原名《波兰灭亡记》)、梁启超译《埃及亡国鉴》(译自日本柴四朗的《埃及近世史》)，分别记述越南、朝鲜等国亡国历史。《国耻录》为殷汝骊编纂，收入自 1840—1842 年鸦片战争至 1915 年中日交涉在内的 16 项国耻事件。殷汝骊曾任民国政府财政部次长，编纂此书希望以他国国弱而亡的历史警告国家和国人，谋求对外之策。

尸光记 侦探小说。沈威廉著，张默君译。1 册。译者自刊初版，群益书社 1911 年 3 月总代售。书院理化博士郝瑾与助手费雪梅在授课前突然失踪，郝妻在其皮包中发现费之密札，产生猜疑，遂雇侦探苏灵秘密查访。次日夜教师薛德、史奢、米士和高乔治 4 人到书院窥探，见郝与费在试验室，疑有私情。费离去后，4 人声响惊动郝。在争斗中，郝饮下杯中试验之物而亡。郝尸藏入橱内竟发异光。4 人惊骇，乃将郝尸搬至冰厂，再转移至坟场。是日附近出现奇异的发光现象。又，郝妻发现 5 000 元存款被郝提走。高乔治则接到恋人费雪梅来电，说因遭窃，欲向高借贷 5 000 元，原来郝发现一极有开发价值的物质：銧，遂安排费携 5 000 元秘密前往另一发明者处购买。郝饮銧后室息数日后苏醒，于是真相大白。黄守恒序中评价此书，说明銧之性质及功用，而以侦探小说之结构成之。

己酉九日 诗篇名。七律。高燮作于 1909 年秋。抒写在清廷封建统治下，满怀邦国之痛，忍受不了旧传统，因而害怕登高。在这荒村寂寞时节逢重阳佳节，落叶凄迷，读屈原《离骚》，以发牢骚愁怨。表示观赏菊花时理应命人携酒来品菊，伤时忧国的情怀怎么可能借诗来排遣呢?! 自己无心过节，只想闭门静坐，闭目塞听，但像波涛一般的风雨声，更触动那难堪的情怀。融情入景，意深境静。

子夜 长篇小说。茅盾(沈雁冰)著。开明书店 1933 年 1 月初版。该小说写于 1931 年 10 月至 1932 年 12 月。以 1930 年帝国主义的经济危机和半封建半殖民地中国的军阀混战、城乡经济破产为背景，着重表现了买办资产阶级和民族资产阶级的斗争以及充满“光、热、力”的上海都市生活的风貌。书中主人公吴荪甫为振兴民族工业，雄心勃勃地想建立一个“工业王国”。但在当时各种矛盾的纠结中，他不得不走上投靠外国资本和进行公债投机的失败之路。小说通过对广阔的社会矛盾和各类人物命运的描写，深刻揭示了中国民族资产阶级的本质特征和历史命运。

子夜歌 诗集。胡朴安、胡寄尘编。1 册。上海文艺小丛书社、广益书局 1930 年初版，列入“文艺小丛书”。丰子恺作《子夜图》。胡朴安、胡寄尘作《写在子夜歌之前》。含子夜歌、子夜四时歌、大子夜歌、子夜警歌和子夜变歌。

子美集 传记集。柳亚子编。1 册。上海光文印刷所 1914 年印行。为纪念民初著名新剧表演艺术家陆子美而编。收入柳亚子《梨云小录》《磨剑室剧谭》《磨剑室剧谭补遗》，雪泥《陆子美小传》《论子美》等文。书前有胡寄尘、许啸天等人的序以及檗子和小凤的题词、众多名士评论陆子美才艺的诗文和子美的剧照等。书后附有陈布雷的后序。

孑楼随笔 杂文集。林庚白著。晨报出版社 1934 年出版。此书辑录林庚白为《晨报》所写的随笔。包括清朝末年、民国初年二十几年间政治与政党的历史，军阀、官僚及士大夫阶层的社会交往与生活故事，也记载了近代诗词、戏剧等中国传统文化与新文化的冲突与变迁,以及近代的婚姻与家庭等生活故事。

卫生丛话 卫生学。俞凤宾著。3集,3册。商务印书馆1927年初版,列入“医学丛书”。为作者在《申报》发表的卫生常识文章的结集。俞凤宾作序。第一集收公民之卫生常识等44篇。第二集收祛菌药之更迭使用法等41篇,附忍寒的记俞凤滨在江苏公学演讲个人卫生。第三集收人体中之战争等33篇,附日本天灾之急宜筹赈等5篇。

卫生学要义·个人卫生篇 卫生学著作。俞凤宾编。1册。商务印书馆1917年初版。沈恩孚署端。蒋维乔作序。含卫生学小史、卫生学之界说、消化器之大纲、皮肤须发指甲之大要、胃肠之卫生、呼吸之大纲、胸与肺之组织、耳之组织与卫生、视官之大纲、脑髓总论和肌肉与运动等章。

卫生学要义·性欲卫生篇 医学著作。俞凤宾著。1册。商务印书馆1925年初版。冯景韶署端。俞凤宾作序。含婚姻与家庭卫生之关系、遗泄与断伤之防免、花柳病之陷溺个人与危害群众、花柳病之防御、粘蝇纸之教训、社会中性欲卫生之需要、伉俪卫生与鸽鉴、哺乳与梅毒、制育与卫生、提倡高尚娱乐与废止性欲生涯论、近世卫生思潮中之社会卫生、论社会卫生之促进在尊妇女与节性欲、娼妓之取缔和家庭间简要的属性教育等篇。

卫生要义 卫生学。俞凤宾、程瀚章著。1册。商务印书馆1930年初版,列入万有文库第一集与“百科小丛书”。含导言、营养卫生、维生素、食品与消化、动作机能、脑部之卫生、口部之卫生、疾病之预防、传染病、免疫之原理和换气法、取暖法、采光法等章。

卫生勤务 一名《陆军大学校卫生勤务》。军队医务。陈嘉猷著,汤庆曾校。1册。陆军大学1945年初版。含绪论、野战区作战军卫生机关之勤务、兵站区卫生机关之勤务、后方区卫生机关之勤务四编。附图二,附录三。

卫克强(1879—?) 浙江仁和(今杭州)人。字锐锋。南社社友。1912年4月11日由朱少屏介绍入社,入社书编号249。早年留学日本,参加中国同盟会。归国后任松江清华女校教员。1911年11月6日松江光复后,在松江军政分府财政部总务处供职。

卫灵水(1892—?) 江苏吴县(今苏州)人。名嘉荣,字灵水。南社社友。1914年5月26日由柳亚子、朱少屏、吴相融介绍入社,入社书编号416。

女子卫生新论 妇女保健论著。顾鸣盛编译。1册。上海文明书局1915年初版。有提要。含绪言、论神经、论习惯、论交感与幻想、论女子特有之脏器与官能、论女子之职业、论女子之娱乐、论女子之服装、论女子之婚姻、美之调和和卫生上之美德等章。

女子世界 期刊名。① 1904年1月17日创刊于上海。月刊。丁初我编辑、柳亚子为主要撰稿人。是20世纪初期中国妇女解放思潮高涨时期的女子刊物。设有图画、社说、演坛、传记、译林、谈薮、小说、文苑、记事、女学文丛等栏目。马君武、高旭、柳亚子、高燮、何亚希、吕碧城、徐蕴华、张昭汉等南社社员均在此发表作品。1906年停刊,共出17期。② 1914年12月10日创刊于上海。中华图书馆发行,陈蝶仙编辑。设有图画、文选、译著、谭丛、笔记、诗话、说部、音乐、工艺、美术、家庭、海外奇谈等栏目。刊登有周瘦鹃的诗话《怀兰室丛话》和小说《千金敌》《三百年前之爱情》,许指严的《十年一梦》,剑秋的《弄脂余沈》,太常仙蝶的《美人与国家》《他的小史》和《潇湘影弹词》《落花梦传奇》,吴梅的《白团扇传奇》。

女子白话旬报 期刊名。1912年10月在北京创刊。唐群英主编。设有丛录、政治、教育、实业、时事、丛录等栏目。刊有唐群英《创办女子白话报意见书》,太乙《女子白话旬报叙例》,宋教仁《祝词》,陈蜕庵《祝词》,心芜《罗兰夫人》。

女子技击大观 人物传。胡怀琛著。1册。上海广益书局1940年4月出版。书前有天贶生1915年5月为该书所作序言。书中收录汪翠娥、盗妪、女道士、霍韵娘、难女、绿林女郎、吴四娘、纪大姑、孙臧姑等女子武术家之事。

女子参政同盟会 社团名。1912年2月20日成立于南京,由林宗素、唐群英、张汉英、王昌国、沈佩员、吴木兰等分别领导的女子参政同志会、女国民会、女子尚武会、女子后援会、女子同盟会等女界团体联合组成。其政治纲领为:实现男女平权,实施和普及女子教育,提高家庭妇女地位,实行一夫一妻制,实行自由结婚,禁止无故离婚,励行妇女职业,禁止蓄妾及买卖妇女,确立妇女的政治地位,改良公娼制度。为争取妇女的选举权和被选举权进行激烈斗争,并于10月22日在北京成立该同盟会本部,唐群英任总理,继织一、王昌国任协理。创办《女子白话报》,鼓吹女权，提高女子知识和增进参政能力，以求男女平权。1913年11月被袁世凯查封并勒令解散。

女性中心说 女性研究。美国瓦特原著，夏丏尊译。1册。上海文艺出版社1989年出版。列入“世界婚姻文化丛书”。本书日文译者为日本堺利彦译，夏丏尊从日文转译。本书分上、下两编。含男性中心说与女性中心说、男性中心说底内容、女性中心说底历史、自然底命令、生殖底方法、男性是派生的附属物、男性底发达、女性还占优胜、男性底优胜、买卖婚与掠夺婚、男性淘汰、历史上的妇女、妇女底将来、社会力、五种的爱、自然的爱、罗曼的爱、夫妇的爱、母的爱和血族的爱等21章。

女学生之秘密记 小说。贡少芹著。文艺编译社1926年10月出版。书中叙述主人公女学生“我”与男学生“他”共读时两小无猜，他父亲曾向我母舅提过他们的亲事。母舅因“我”年小未允。“我”却与“他”私订婚约，“他”去南京读书时，“我”女扮男装，私奔于“他”。后“他”邂逅一女学生，背着“我”与“她”定为夫妻，并设计诬陷“我”杀人使“我”入狱，幸遇辛亥革命，“我”出狱保得一命。后又与“他”相遇，希望能够破镜重圆，“他”却被那女挟以偕行不知所终。“我”只能抱恨终日。故事情节离奇。

女域记 文言章回小说。老谈（谈善吾）著。甲寅杂志社1916年印行。借鉴西域小说《白女鬼》的故事情节，叙述女主人女域嫁于同乡假纨绔。婚后与丈夫约定，不能约束其自由，但她遇危时当予相助。太平军天王密使老萨和小仇用重金贿赂女域，要她至金陵刺探情报。此时官府老吴也奉命缉拿老萨、小仇，想从女域口中探得他们的下落。女域左右逢源，坐收渔翁之利。女域受小仇之命欲害老吴，先后在老吴酒中、水饺中下毒，皆因其有事走开而未果。老吴派兵包围女域家，其夫被逼吃下毒水饺而亡。老吴令女域招供，女域只能如实告知老萨、小仇的踪迹，他们被捕后未牵连女域。老吴念与女域的昔日交情也并未深究，只是派人暗中监视其行动。不久女域举家出逃，不知所终。

习静斋诗话续编 诗话。方瘦坡（廷楷）辑。2卷，附《论诗绝句百首》1卷，1册。1917年铅印本。潘飞声、柳弃疾、胡怀琛和玉梅居分别作序。卷一论及柳亚子、陈巢南、胡寄尘、高吹万、王漱岩、包安保等人诗作；卷二论及吴癯盦、马蜕桴、叶中冷、马小进、叶楚伧、张挥孙、姜参兰和姜杏痴等人诗作。胡怀琛作《论诗绝句百首序》。

马一浮（1883—1967） 浙江绍兴人。幼名福田，名浮，字一浮，号湛翁、被褐，晚号蠲叟、蠲戏老人。南社社友。由社友介绍入社，未填写入社书且未予编号。早年曾中举人。1901年在上海与马君武、谢无量等合办《二十世纪翻译世界》杂志。1903年11月高旭、高燮、高增创办《觉民》月刊后，曾为该刊撰稿。1904年赴美国主办留学生监督公署中文文牍。后赴日本、德国留学。辛亥革命后蛰居杭州，与熊十力、张君劢、梁漱溟合称“中国当代四大儒”，并与同社徐道政、周承德等社友也多有往来。抗日战争全面爆发后迁居江西泰和，受聘为浙江大学教授。1939年任四川乐山县乌龙寺复性书院院长。中华人民共和国成立后历任华东文物管理委员会委员、浙江省文史研究馆馆长、中央文史研究馆副馆长、政协全国委员会特邀代表等职。精书法。著有《泰和会语》《复性书院讲录》《宜山会语》等，后被辑为《马一浮集》。

马一浮

马少侨（1920—2006） 湖南新化长鄄（今属隆回县）人。谱名远兼，字政交，号啸樵，笔名剑霞、剑子、瘦樵等。南社湘集社友。出身于书香世家，幼年受过良好教育。学诗师从柳敏泉。1943年毕业于湖南华中美术专科学校艺术师范科，历任武冈县宝郡联合中学、武冈师范学校、邵阳市第二中学等校文史教师。1940年参加由江苏常熟宗子威、湖南湘阴柳敏泉等组织的萸江吟社。抗战期间曾任抗日革命团体新化学生战时服务团团长，进行抗日宣传活动。1945年在长沙由平民教育家周静庵创办的枫林中学执教图画、音乐课。1947年加入南社湘集，为南社湘集中最年轻的诗人。中华人民共和国成立后长期从事中学、中等师范学校的教学工作。任湖南省人大代表，省政协委员，民盟湖南省委委员、邵阳市委主委等职。1992年受聘为湖南省文史研究馆馆员。著有《清代苗民起义》《湖南苗族人民革命斗争史略》《邵阳历史钩沉》《马少侨诗词选》等。

马公愚（1894—1969） 浙江永嘉人。原名范，字公驭，后改名公禺，更字公愚，并以此行；晚号冷翁，斋名畊石簃。南社纪念会会员，书画家、篆刻家。幼承家学，工诗文，擅书画，精篆刻，与沈尹默、邓散木、白蕉齐名。为西泠印社早期社员。浙江高等学堂毕业。民国初年创办永嘉启明女校。1914年与同仁创办东瓯美术会。1919年五四运动时期与郑振铎等发起组织永嘉新学会，后任中学教员。1927年秋受刘海粟之聘任上海美术专门学校国画教授。1928年8月任上海大夏大学教授兼文书主任。1929年任上海美术专科学校教授，并被聘为全国第一届美术展览会评审委员。次年蜜蜂画社成立，成为该社会员。1931年任中国艺术专科学校教授，讲授书法。1934年加入上海百川书画会。翌年初，被选为中国画会候补执行委员。抗战时期曾在溪口为蒋经国讲授《曾文正公文集》。中华人民共和国成立后任上海中国画院画师、上海美术协会理事、中华艺术教育社常务理事。1956年4月受聘为上海文史研究馆馆员，并为中国美术协会及书法篆刻研究会会员。晚年醉心于《丧乱》《孔侍中》等七帖，朝夕临写。与乃兄马毅(孟容)著有《孟容公愚书画集》，另著有《书法史》《应用图案》等，出版有《马公愚楷书临大唐圣教序记》。

马可兴(生卒年不详) 浙江绍兴人。越社社友。曾任《越铎日报》编辑兼会计员。后又与他人一起于1912年4月创办《民兴日报》。

马汉声(1893—?) 安徽怀宁人。号哭天。南社社友。1914年8月12日由柳亚子介绍入社，入社书编号445。

马永贞演义 章回小说。戚饭牛编著。上海中华图书集成公司1923年1月出版。全书共10回。叙述山东登州人氏马永贞，世代以贩马为生，武艺高强。听闻松江富家弟子董公子不惜千金欲购良马，便在山东当地购得五六匹好马，带了六七个门徒，晓行夜宿，千里迢迢赶到松江。董公子千金只购一匹良马。离开松江，马永贞便带门徒和余马到上海，不久便显山露水。作者浓墨重彩地描绘了马永贞静安寺摆擂台大比武，三次把洋人打倒趴下，后来却遭本地恶霸白癞痢联合洋人暗算的故事。小说用白话文书写，夹杂着大量的苏州上海方言，近似评话说书。

马汤楹(1868—?) 浙江海宁人。字绪卿，号寒蝶。南社社友。1915年7月由丁三在介绍入社，入社书编号547。民国初年任职于杭州《全浙公报》。

马君武(1881—1940) 广西桂林人，祖籍湖北蒲圻。原名道凝，一名同，后改名和，字厚山，一字贵公，号君武，别署欧化、杨行老圃。南社社友、新南社社员、南社纪念会会员。1912年3月20日由叶楚伧、柳亚子、李怀霜介绍入南社，入社书编号235。少时随母移居上海，就读于上海震旦学院。1901年冬赴日本东京帝国大学留学，次年7月考入日本京都大学，习工艺化学。12月与马一浮、谢无量创刊《二十世纪翻译世界》杂志，任主编。1903年2月帮助浙江籍留日学生孙翼中、蒋方震等创办《浙江潮》月刊。曾为梁启超创刊的《新民丛报》和高旭、高燮、高增创办的《觉民》月刊撰稿。1905年8月参与筹组中国同盟会，任总部秘书长兼广西同盟会支部长。1906年毕业回国后在上海中国公学任教务长兼理化教授。曾任上海南洋中学教员。1907年赴德国柏林工业大学习冶金，1909年毕业，获工科博士学位，为中国留德学生中第一个工科博士。武昌起义后回国，与王正廷等起草《临时政府组织大纲》。1911年11月作为江苏代表出席在武昌召开的各省都督府代表联合会。同年12月又以广西代表身份参加在南京召开的各省代表会，会议选举孙中山为中华民国临时大总统、筹组民国临时政府。1912年任南京临时政府实业部次长、代理总长，参与起草《中华民国临时约法》，并被选为临时参议院议员、临时参议院副议长。二次革命失败后再赴德国柏林大学习农科。1916年回国，次年赴广东参加护法运动，任广州护法军政府交通部长、海陆军大元帅府秘书。1918年兼任广州石井兵工厂无烟火药厂总工程师，是第一个研制成功无烟火药的中国人。同年5月护法运动失败后随孙中山到上海，在上海北郊杨行镇经营种植业。1921年5月任孙中山非常大总统府秘书长，7月任广西省省长。1924年起先后任上海大夏大学校长、北京(国立)工业大学校长。1925年12月任北京政府司法总长。翌年改任教育总长，辞职不就。1927年初创办广西大学，任校长。1930年任上海中国公学校长。抗日战争全面爆发后任国防最高委员会参议、国民参政会参政员。先后旅日、法、德等国十五载，研究化工、农科等学科，精通三国文字，善用中国的格律

马君武

翻译外国诗篇，曾任中华书局特约翻译。一生著作颇多，有《德华字典》《俄罗斯大风潮》《马君武诗稿》《微分方程式》《有机化学》等数十种。译有达尔文《人类原始及类择》及《物种起源》第一部、赫克尔《自然创造史》、菲里波维《国计民生政策》、托尔斯泰长篇小说《心狱》(即《复活》)等，编有《南华杂志》《建设杂志》《漓江潮》等。有《马君武集》。

马君武劝母亲读书 南社掌故。马君武虽生当清末，但思想很新颖，曾力劝母亲读书，而他的亲友却认为“世间只有父母督促子女读书，未闻儿子劝母亲上学”，一时传为笑谈。

马君武先生纪念册 诗文合集。马君武治丧处编纂委员会编。线装1册。1940年铅印本。卷首有马君武遗像和手迹。正文包括：一、《君武诗稿》《自序》；二、编辑《缘起》《国民政府褒奖令》及居正、邓家彦、陆费逵、李四光等悼念性文字。李济深、冯玉祥、李宗仁等祭文，孙科等挽诗，蒋介石、冯玉祥、于右任等挽联，周恩来、朱德、彭德怀、戴传贤等挽辞。

马君武集 亦名《马君武集(1900—1919)》。诗文集。马君武著，莫世祥编。1册。华中师范大学出版社1991年一版，列入“辛亥人物文集丛书”。有马君武像。收作者1900—1919年作品，含《女士张竹君传》等90多篇文章，60多首诗歌。附《一个苦学生的自述》《从辛亥本省光复说到将来期望》《孙总理和马君武生平主要活动年表》。

马鸣风(生卒年不详) 籍贯未详。新南社社员、南社纪念会会员。

马叙伦(1885—1970) 浙江杭县(今杭州)人。字夷初，一作彝初，号石翁、寒香，别署啸天生、啸天子，晚号石屋老人。南社社友，语言文字学家、教育家。1910年4月由社友介绍入社，未填写入社书，介绍编号14。早年就读于杭州养正书院。1901年曾为《杭州白话报》撰稿。同年到上海任《选报》编辑，并协助发行《新世界学报》。1905年与邓实、黄节创办《国粹学报》，任撰述。1910年参加在杭州西湖唐庄举行的南社第二次雅集。曾任杭州浙江高等学堂教授。1911年夏去日本，在东京参加中国同盟会。辛亥革命后任浙江都督府秘书，旋任上海《大共和日报》总主笔。1913年应邀到北京医学专门学校任教，1917年执教于北京大学文学院。曾任清华大学教授、上海劳动大学校长等职。1919年五四运动时被推选为北京大中小学教师联合会书记、主席。1922年起任浙江省教育厅厅长，旋任北洋政府教育部次长代理部务。1928年底任南京国民政府参事、教育部政务次长等职。1931年九一八事变后组织北平文化界抗日救国会和华北民众救国联合会，任两会主席。抗战期间蛰居上海，从事抗日救国活动。1945年12月在上海发起组织中国民主促进会，任常务理事。1946年6月23日参加上海各界群众反内战示威游行，被推选为代表赴南京请愿，在下关车站被国民党特务打伤。1948年底离沪经香港到达东北解放区。1949年9月参加第一届全国人民政治协商会议。中华人民共和国成立后历任中央人民政府委员、政务院文化教育委员会副主任、教育部部长、高等教育部部长、中国文字改革研究委员会主任、全国人大常委会委员、全国政协副主席等职，并任中国民主促进会中央主席和中国民主同盟中央副主席。著有《马叙伦学术论文集》《说文解字研究法》《说文解字六书疏证》《老子校诂》《石屋余沈》《石屋续沈》等。

马叙伦

马骏声(1889—1951) 广东台山人。字小进，号退之，别署梦寄楼主、不进、台山少年。南社社友、广东分社社员、南社湘集社友。1909年由蔡哲夫介绍入南社，入社书编号55。1909年留学美国哥伦比亚大学，次年入纽约大学读农学，在美国加入中国同盟会。以家财资富，得以远游澳大利亚、新西兰、马来亚、菲律宾等国。武昌起义后回到香港，翌年在广州加入贞社广东支社，随后赴上海参加国学商兑会，并任南京民国临时政府大总统府秘书、财政部秘书。1913年被选为北京政府首届国会众议院议员，并在北京大学执教，同年4月参加在畿辅先哲祠举行的南社第二次北京雅集。1916年8月国会复会后仍为众议院议员，并兼任国会宪法起草委员会外交股常务委员，同年8月27日参加在中央公园上林春举行的南社第六次北京雅集。1917年起任广州护法军政府海陆军大元帅府参事、广东督军署参议、护法国会众议院议员等职。1923年10月在北京参加北洋政府国会会议。曾与友人创办南方电影制版公司，并创办《北风》周刊，任主编。1942年任广州大学文学院院长兼教授。抗战胜利后继续担任此职，并去香港兼课，任香港华侨学院中文系主任。1951 年在香港去世。著有《鸦声集》《知神随笔》《梦寄楼随笔》《岭海珍闻录》《世界文学论》等。

马惕冰(1886—?) 湖南醴陵人。名卓,字惕冰。南社社友、新南社社员、南社湘集社友。1916 年 8 月 10 日由傅熊湘、方旭之介绍入南社,入社书编号 665。民国初期在湖南《长沙日报》馆任职。1916 年 9 月和 1917 年 4 月分别参加在长沙枣园及半园举行的南社临时雅集。1934 年 4 月参加在长沙妙高峰南园举行的南社湘集第九次雅集,次年 4 月在长沙天心阁举行的第十一次雅集。

马超群(1875—?) 江苏松江(今属上海)人。字逢伯,号适斋。南社社友。1917 年 2 月由高燮介绍入社,入社书编号 821。民国初年曾在吉林省舒兰县公署任职。

马景云(生卒年不详) 籍贯未详。南社纪念会会员。

马锡纯(1871—1929) 江苏泰县(今泰州)人。字东侯,一字东皋,号纯颖。南社社友。1915 年 11 月 21 日由李叔同介绍入社,入社书编号 570。工诗文,擅书法,毕生从事教育工作,参与创办淮东中学。历任泰县县立第一高等小学校长,江苏省立南京第四师范学校、私立淮东中学、时敏中学教员。著有《南洋劝业会纪要》《泰县乡土志》等。

乡村教育研究及研究法 乡村教育著作。潘公展、祝其乐著,教育杂志社编。1 册。上海商务印书馆 1925 年初版。教育丛著·第四十四种,教育杂志十六周年汇刊之一。含潘公展、柏慈博士的乡村学校观和祝其乐研究乡村教育的途径和方法 2 篇。附乡村教育调查表。

四　画

王大觉(1897—1927)　江苏青浦(今属上海)人。名德钟,字玄穆,号大觉,又号幻花。南社社友、新南社社员。1914年4月1日由陈去病、叶楚伧介绍入南社,入社书编号402。少时随祖母迁居吴县(今苏州),就读于周庄沈氏两等小学堂乡校,师从丁逢甲。年少能文,曾将其先人著作辑为《青箱集》。后闭门自学,取书室名"百花万卷草堂"。清末政府腐败、国事日非,常以诗文骂世,自命为醒者。辛亥革命后提笔起草《十九岁述怀十章》,反对袁世凯窃国、复辟皇权,后又撰《讨袁檄文》及文后题诗。1915年参加酒社,1917年夏在周庄与费公直、朱璧人、朱琢人、柳抟霄、柳率初、朱云光等成立正始社,被推为社长。将社友所撰诗文辑成《正始社丛刻》第一集出版。1918年冬赴上海,撰写文言小说、白话小说。翌年任《民国日报》艺文部主笔。1924年秋江浙战争爆发后,与其弟德锜和费公直、朱璧人等发起成立红十字会周庄分会,担任会长。为人慷慨慕义,工诗文,擅说部。参与编修《青浦县续志》。1927年9月11日病逝。著有《风雨闭门斋诗文词集》《咒红忆语》《乡居百绝》《瑯琊碎锦》《断梗飘蓬记》《鸳鸯湖即事》等。夫人凌蕙纕、弟德锜,均为南社社友。

王大桢(1893—1946)　湖南醴陵人。一名培械,字芃生,别署曰叟。南社社友、南社湘集社友。1916年9月18日由刘鹏年、傅熊湘介绍入南社,入社书编号690。1904年入醴陵县立高等小学堂,1908年转入姜湾瓷业学堂学艺班习陶画。1910年赴长沙考入湖南陆军小学堂,开始进行反清革命,先参加同盟会外围组织嘤鸣社,后加入中国同盟会。武昌起义后受焦达峰之命赴常德策动起义,未遂。又被谭延闿派为京津调查部部员,北上谋刺袁世凯。南北议和后刺袁事遂告中止。1912年2月赴南京入陆军军需学校,1914年7月毕业。1916年东渡日本留学,入日本陆军经理学校高等科。1920年入东京帝国大学经济学部,并担任东京留日学生学术研究会外交研究部部长。在日期间,搜罗日本朝野各种侵华秘籍、文件和书刊,对日本政治、军事、经济、文化等潜心研究,著有《中日关系史之科学研究》。1922年回国后,任"鲁案"善后督办公署调查部部长、行政处副处长等职。曾任中国青岛接收准备会委员,主持中国收回胶澳主权事宜。1923年在胶澳接收一周年之际,撰写"胶澳接收纪念碑铭"。1926年任武汉国民革命军第八军参谋,次年改任三十五军参谋长。1927年宁汉分裂后任蒋介石总司令部参议。1932年任东北外交研究委员会委员,主编《外交月刊》。1934年出任驻土耳其大使馆参事,次年调任驻日本大使馆参事。1937年5月15日和6月19日两次准确推断日军将于7月上旬发动华北事变,甚受蒋介石器重。同年被任为交通部次长。翌年4月出任军事委员会国际问题研究所主任。抗战期间,由于情报分析可靠,对抗战多有贡献,曾被称作"日本通"。抗战胜利后奉命赴南京、上海、天津等地处理日军战俘事宜。1946年5月在南京病故。著有《台湾交涉真相秘录》《日本古史辨证》《歌曲源流考》《小梅溪堂诗存》《莫哀歌草词》《胶澳接收纪念碑铭》及《一个平凡党员的回忆与自我检讨》等。

王少文(1883—?) 福建龙溪人。南社社友。1912年2月14日由何震生、邹铨、柳亚子介绍入社,入社书编号213。早年曾加入光复会。

王长公(生卒年不详) 籍贯未详。新南社社员。

王文熙(1887—?) 浙江嘉善人。一名雯希,字省明。南社社友。1910年4月由柳亚子介绍入社,1911年10月6日补填入社书,入社书编号186。早年就读于杭州西湖蚕桑学堂。1910年4月10日参加在杭州西湖唐庄举行的第二次南社雅集。

王文濡(1866—1935) 浙江吴兴(今湖州)人。字均卿,别署竹毓、亭轩、新旧废物等,笔名虫天子。南社社友。1915年8月15日由胡寄尘介绍入社,入社书编号555。清末翰林。1902年与沈智方在上海创立国学扶轮社,并先后供职于进步书局、中华书局和文明书局,任编辑。后与沈智方接办乐群书局。主持编印《历代诗文评注读本》《词话丛钞》《说库》《香艳丛书》《笔记小说大观》等书,并分别于1909年及1935年出版《精刊龚定庵全集》《评校足本龚定庵全集》,广泛搜求龚定庵遗文和各家评跋,对保存和传播龚定庵著作做出重要贡献。因涉讼败诉于商务印书馆后,将国学扶轮社和乐群书局盘给商务印书馆。1914年在家乡与徐一冰主编出版我国最早的专业《体育》杂志。擅词章,工联语。晚年常撰稿发表于《金刚钻报》。另辑有《明清八大家文钞》《续古文辞类纂》《南社小说集》等。

王文灏(1892—1953) 浙江绍兴人。字铎中。越社社友。早年在绍兴府中学堂就读时曾组织学生自治团体校友会,并参加匡社和光复会。1911年11月绍兴光复后,参与创办《越铎日报》,任编辑兼干事员。历任绍兴自治会委员、越社董事,为诗巢壬社成员。中华人民共和国成立后作为特邀代表参加绍兴市第二次代表大会。

王正廷(1882—1961) 浙江奉化(今宁波市奉化区)人。字儒堂。南社纪念会会员。1896年入上海中英学校和天津北洋学堂。1905年赴日本筹组中华基督教青年会分会,并加入中国同盟会。1907年留学美国,入密歇根大学、耶鲁大学法律系学习。1910年毕业后留在耶鲁大学研究院继续深造,翌年回国。武昌起义爆发后任鄂军都督府外交副主任。1912年1月被推为南京民国临时政府临时参议院议员、临时参议院副议长,后任北京政府唐绍仪内阁工商部次长、代理总长。次年4月被选为北京政府国会参议院议员,任副议长并一度代理议长。同年秋任中华基督教青年会全国协会总干事。1917年赴广东参加护法运动,并任广州军政府外交总长。1919年为出席巴黎和会中国代表团全权代表之一,并拒绝在《凡尔赛和约》上签字。1921年到北京任中国大学校长。1922年3月任"鲁案"善后事宜督办,12月同日本签订"鲁案协定"。后历任黎元洪政府代理国务总理兼外长、外交总长、财政总长等职。1928年任南京国民政府外交部长、国民党中央政治会议委员、中央执行委员等职。1931年九一八事变后被迫辞职。1936年任驻美大使,两年后奉调回国到重庆任国民政府委员。抗战胜利后回上海任上海市参议会议员、中华全国体育协进会理事长,兼中国红十字会会长、交通银行董事等职。1949年初去香港任太平洋保险公司董事长。1961年5月在香港病逝。著有《王正廷博士演讲集》。

王世颖(1902—?) 福建闽侯人。字新甫。新南社社员。1919年五四运动时期就读于复旦大学,加入该校学生组织平民学社,致力于合作运动,任《平民》周刊经理、编委。后任教于上海法政大学、上海商学院、南京中央政治学校及浙江大学。1923年与王宽甫、徐蔚南等在上海发起成立黎明社,出版社刊《黎明》,参加成员有陈望道、刘大白等。1927年任浙江大学秘书长。著有《合作主义通论》《合作事业》,及散文集《倥偬》《龙山梦痕》(与徐蔚南合著)等。

王右曾(生卒年不详) 湖南湘乡人。名世龙,字右曾。南社湘集社友。1924年4月至1936年10月参加在长沙举行的南社湘集第一、二、十一、十四次雅集。

王立均(生卒年不详) 湖南平江人。字稞子。南社湘集社友。

王立佛(1892—?) 江苏丹阳人。字石痴,一字阿德。南社社友。1913年11月17日由朱少屏、姜可生、苏曼殊介绍入社,入社书编号388。民国初年任丹阳正则女校教员。后至上海,在上海税务公所供职。30年代初任江苏汽车公会秘书。

王汉章(1892—?) 山东烟台人。字吉乐。南社社友。1912年10月7日由余天遂、胡朴安、胡寄尘介绍入社,入社书编号318。曾为《民权报》编辑。

王有兰(1886—1967) 江西兴国人。字梦迪,一字孟迪。南社社友。1916 年 6 月由雷铁厓介绍入社，入社书编号 630。中国同盟会会员。早年毕业于江西高等学堂，后留学日本，毕业于日本中央大学。1911 年 12 月以江西代表身份参加在南京召开的各省代表会。1912 年被选为临时参议院议员。后返回江西任都督府参议，1913 年 4 月当选为北京政府首届国会参议院议员。同年参加二次革命，失败后出走南洋。1916 年回国参加蔡锷领导的护国战争。1917 年参加广州的“非常国会”会议。1919 年任云南省昆明市政公所督办。曾任广东岭南道尹、广州军政府行政部长等职。1922 年第二次恢复国会后任众议院议员。次年 10 月参加北洋政府国会会议。1939 年当选为江西省临时参议会副议长。1949 年去台湾。工书法，兼有汉魏诸家之长。

王存统（生卒年不详） 湖南湘阴人。字原一，一字宪文。南社湘集社友。1934 年 4 月至 1936 年 10 月参加在长沙举行的南社湘集第九、十一、十三、十四次雅集。

王庆康（1875—?） 江苏铜山（今徐州）人。字寿民。南社社友。1916 年 12 月 10 日由徐世阶介绍入社，入社书编号 748。

王阳明之历史谭 名人研究。杨千里（天骥）著。明明学社光绪戊申（1908 年）十月藏版。正文共分 7 章，包括绪论、阳明世族及其幼时、少壮时之阳明、龙阳谪居之王阳明、提兵戡乱之王阳明、晚年之王阳明和结论。主体部分主要介绍了王阳明之家世与生平，及悟道与讲学经历。其间叙王阳明之出生与遇虎等，奇幻而生动，借鉴了历史演义技法。在绪论部分阐明阳明学“以良知为教，以普及为宗”的特点，与附录《论昌明王学可以救今日之危局》，均在表明将王氏心学发扬光大以强国之宏愿。

王远勃（1905—1957） 广东汕头人。字少安。南社纪念会会员。1926 年留学法国习油画。归国后于 1929 年 1 月入上海美术专门学校（1930 年改名上海美术专科学校）任教授，讲授西洋画，与王济远、谢公展为同事。1929 年担任第一届全国美术展览会油画审查委员，并参与发起组织雁风画室。1931 年九一八事变后参加何香凝发起的救济国难书画展览会。1932 年 9 月受聘为上海美术专科学校西画科主任，在刘海粟赴欧考察期间任代理校长。1933 年 11 月与黄宾虹、王济远、吴梦非、鄢克昌等发起组织百川书画会，当选为第一届理事会理事。1936 年 1 月受聘为上海美术专科学校绘画研究所导师。后弃文从商，于 1946 年前往天津主理银行生意。中华人民共和国成立后任天津师范学院艺术系教授兼系主任。1957 年在天津病逝。代表作品有《幽境》等。夫人吴琦，亦为南社纪念会会员。

王孝英（生卒年不详） 福建闽侯人。女。南社纪念会会员。曾任国民政府立法院立法委员。1922 年 7 月北京女界发起组织女子参政协进会，被推选为主席。1931 年九一八事变后参加何香凝主办的救济国难书画展览会。同年 10 月与刘王立明等筹组上海妇女救国大同盟，发表《告世界妇女书》并召开妇女万人救国大会。翌年 1 月又与黄宗汉等成立上海市妇女界慰劳护国将士会，创设伤兵医院救护伤兵。1937 年抗日战争全面爆发后，参加由何香凝、许广平、史良、沈兹九、胡子婴等在上海成立的中国妇女抗敌后援会（后改名中国妇女慰劳自卫抗敌将士总会上海分会），并当选为该会 40 位理事之一。抗战期间任上海中国女子中学校长。丈夫李大超，亦为南社纪念会会员。

王志明（1894—?） 江苏无锡人。字静安，号寄石。南社社友。1917 年 3 月 3 日由柳亚子介绍入社，入社书编号 829。

王时杰（1896—?） 江西九江人。字道民。南社社友。1915 年 10 月 17 日由刘鹏年介绍入社，入社书编号 560。民国初期就读于上海吴淞中国公学。室名“卧云室”，有《卧云室遗诗》存世。兄时彦，亦为南社社友。

王时彦（1889—1957） 江西九江人。字寄云，又字小隐，号遨汝，别署阇园。南社社友、南社湘集社友。1916 年由柳亚子介绍入南社，入社书编号 712。历任江西省第四中学校长、心远大学及农业专科学校国文教员、九江市政府秘书长、江西省教育厅秘书等职。中华人民共和国成立后任青岛大学教授。是九三学社社员。精通古文、诗词。弟时杰，亦为南社社友。

王 灿（1889—1933） 江苏松江（今属上海）人。女。字承粲，号粲君。南社社友、新南社社员。1909 年由高旭介绍入南社，入社书编号 27。出身于松江望族，幼年获得良好家庭教育，接受先进思想，率先破旧习、放天足。早年入上海爱国女校求学，后又入乃兄王季鲁创办的上海女子体操学校习体育和音乐。

1909年初由高燮作媒与姚光结婚，婚前双方互换亲笔撰写之长篇详细自传作为最佳信物。新婚之夜，高旭特亲撰贺歌一首，并由其夫人何亚希谱曲，新妇即席弹琴，新郎与亲友合唱共贺，一时成为改革社会风气之美谈。生平娴习音乐，亦擅古典诗词，酷爱诗歌，常与姚光切磋诗学，偶有唱和之作但不愿传世。1915年5月参加在杭州西湖孤山之西泠印社举行的南社临时雅集。曾协助姚光编纂出版《浮梅草》《续浮梅草》等诗集。曾与郑佩宜结为金兰之交，并多次出席南社雅集。1933年因难产去世。嗣后有近百位南社社友写悼念诗词寄慰姚光，并由姚光特汇编《哀弦集》一书。

王灿

王　汾(1878—1942)　江苏吴江(今苏州市吴江区)人，原籍浙江嘉兴。字达泉，号达庵，别号明月梅花馆主。南社社友。1916年12月7日由黄复、顾悼秋介绍入社，入社书编号770。早年考中秀才，后研习中医。1915年到上海，在上海育才中学任教。曾为嘉兴方中书店借款作保，后书店经营不善破产，受连累损失不少。弟王涟，亦为南社社友。

王启华(生卒年不详)　广西全县(今全州)人。字竹斋。南社湘集社友。

王启玾(1890—?)　湖南醴陵人。字纪宣。南社社友。1915年11月由傅熊湘、刘约真、王笃朋介绍入社，入社书编号576。民国初期在长沙黎家坡官矿经理处供职。1917年4月参加在长沙半园举行的南社临时雅集。

王国毅(生卒年不详)　湖南湘乡人。女。字韵宜。南社湘集社友。1924年10月参加在长沙赐闲园举行的南社湘集第二次雅集。

王金子大鼓　大鼓戏唱词专集。王瀛洲编纂。全1册。进社1918年10月初版。该专集前有刘樵仙和刘豁公序和编者自序，并有王金子的照片4幅。正文收录《捌爱》《层层见喜》和《妓女想思》等10余篇长短不一的唱词。其中既有历史题材的戏曲唱词，如《昭君出塞》《乌龙院》《单刀赴会》《长坂坡》等，也有留学日本回国的女子力劝丈夫，早日摆脱吃喝嫖赌的荒唐生活，投入到爱国潮流中去的《改良劝夫》等现代剧目的唱词。本书不仅对研究中国戏曲史和社会史有文献价值，而且在男尊女卑的社会环境中，作者力破封建传统，专门汇集了女演员的唱词，实属难能可贵。

王念祖(1894—?)　浙江绍兴人。字筱瀛，号笑影。南社社友。1917年9月由黄复介绍入社，入社书编号957。编有《麻溪改坝为桥始末记》。

王耐园(生卒年不详)　籍贯未详。南社湘集社友。1937年4月参加在长沙妙高峰南园举行的南社湘集第十五次雅集。

王思默(生卒年不详)　浙江绍兴人。南社纪念会会员。

王钝根(1888—1951)　江苏青浦(今属上海)人。原名晦，一名永甲，字耕培，号钝根，别署根盘。南社社友、南社纪念会会员。1916年6月29日由朱少屏介绍入南社，入社书编号634。早年在青浦创办《自治旬报》，后进入上海广方言馆习外语。1911年应同乡席子佩之邀，任《申报》编辑，首创《申报》副刊《自由谈》。后在中华图书馆供职，先后主编《申报·自由谈》《自由杂志》《游戏杂志》《礼拜六》《社会之花》及《心声》等刊物，所编刊物多载旧派通俗小说，尤以《礼拜六》刊载的为最多。曾推荐陈蝶仙接任《自由谈》编务。后应《新申报》之聘，主编该报副刊《小申报》。编刊《戏考》，对提倡京剧起了积极作用。能诗善文，亦写小说、弹词，尤擅长书法。著有《工人之妻》《劫后缘》《聂慧娘弹词》等，编有"百弊丛书"。

王钟麒(1880—1914)　安徽歙县人，生于江苏江都(今扬州)。字毓仁，一字郁仁，号无生，别署天僇生、天僇、僇民、三函。南社社友。1910年8月由朱少屏、柳亚子介绍入社，同年12月17日补填入社书，入社书编号99。与刘申叔同邑，且相友善。1906年到上海，担任《申报》笔政，参加国学保存会。1907年4月参与创办《神州日报》，主笔政。1909年5月任《民呼日报》撰述、编辑，后又任《民吁日报》编辑、撰述。1910年参与编辑《天铎报》。1912年南京临时政府成立后，曾任临时大总统府文牍科秘书。同年9月在上海与章士钊创刊《独立周报》，为该报发行人，因触犯外国人而受到威胁，被警探四处搜拿，避回扬州。1914年12月23日因抑

王钟麒

郁症卒于上海。生平著述甚多,诗词、骈文、小说、戏曲均擅长,于小说理论、戏曲理论尤多建树。被誉为"南社才子",为清末民初有影响的报人和小说家之一。著有《无生文选、诗词选》《中国历代小说史论》《论小说与改良社会之关系》《中国三大小说家论赞》《剧场之教育》以及小说《恨海鹃声谱》《孤臣碧血记》《玉环外史》《轩亭复活记》,剧本《血泪痕传奇》,杂著《述庵秘录》等。

王秋程(生卒年不详) 籍贯未详。新南社社员。

王复孙(生卒年不详) 籍贯未详。新南社社员。

王笃朋(1884—?) 湖南醴陵人。名麟,字笃朋、祝朋,号永年。南社社友、南社湘集社友。1915年5月由刘约真、傅熊湘介绍入南社,入社书编号533。1916年9月参加在长沙枣园举行的南社临时雅集。1924年4月参加在长沙刘园举行的南社湘集第一次雅集。

王訚秾(生卒年不详) 籍贯未详。新南社社员。

王济远(1893,一作1895—1975) 安徽歙县人,生于江苏武进(今常州)。字大本。南社纪念会会员,画家。江苏省第二高等师范学校毕业。1919年9月与江小鹣、汪亚尘、刘海粟等发起成立天马会,曾数次举办西洋画展览会。1923年2月进入上海美术专门学校,任西洋画研究所导师。后任上海美术专科学校美术系主任兼教授,讲授西洋画。1926年赴日本及欧洲考察西洋美术,并举办个人画展。1928年11月在上海与江小鹣、张辰伯、朱屺瞻4人创办艺苑绘画研究所。1932年9月应刘海粟校长之邀,任上海美术专科学校副校长,同时开办绘画研究所,兼任主任。1933年11月参与发起百川书画会,当选为第一届理事会理事,并被推选为理事长。1941年赴美国创办华美画学院,传授中国画及书法。中国画、西洋画兼长,尤以水彩画闻名。1975年1月逝于美国纽约。作品有《朝暾》《甘露池》等,并辑有《欧游作品集》《西洋画法纲要》《济远水彩油画集》等。

王祖埙(1898—1943) 江苏吴江(今苏州市吴江区)人。字岳麓。南社社友。1918年1月31日由陈洪涛介绍入社,入社书编号1018。

王砺斋(生卒年不详) 籍贯未详。南社纪念会会员。

王晓籁(1886—1967) 浙江嵊县(今嵊州)人。名孝赉,字晓籁,号得天,后改号晓来。南社纪念会会员。1907年加入光复会,参加绍兴起义,徐锡麟、秋瑾遇难后到上海经商。1910年参与创办闸北商团、商场。次年光复上海时曾率领商团参加攻占闸北火车站的战斗,并与陈其美、蒋介石结交。1913年二次革命时曾出资讨袁。在闸北开办有大来、天来、泰来等丝厂。先后任上海总商会会董、上海市总商会会长、全国商会联合会理事长、中国航空协会总会理事长等职。并被委为上海财政委员会常务委员。1932年一·二八淞沪抗战时任上海市民地方维持会副会长,组织物资支援十九路军抗敌。抗日战争全面爆发后任中央赈济委员会常务委员,兼管红十字会救护队。抗战胜利后回到上海,重新担任全国商会联合会理事长、上海市商会监事等职。1949年去香港。中华人民共和国成立后回到上海,被选为上海市人民代表,后改任上海市政协委员。夫人胡宝贞,亦为南社纪念会会员。

王　竞(1884—?) 湖南长沙人。字啸苏,一字笑疏,号疏盦。南社社友、南社湘集社友。1915年3月10日由龚尔位、傅熊湘介绍入南社,入社书编号487。1916年6月参加在长沙寿星街琴庄举行的南社临时雅集,同年9月在长沙枣园举行的临时雅集,次年4月在长沙半园举行的临时雅集。1924年4月至1936年10月参加在长沙举行的南社湘集第一、十一、十三、十四次雅集。

王　涟(1887—1946) 江苏吴江(今苏州市吴江区)人。字咏青。南社社友。1916年3月由陈洪涛、周云介绍入社,入社书编号585。早年与其兄王汾一起考中秀才。后研习书法、绘画。1915年随兄到上海,任教于上海育才中学。与周云相友善,曾亲手拓印周家所藏乾隆皇帝御笔所绘《梅花图碑》。抗战时期与其兄深居简出,绘画一律为青菜,寓意"一身青白"。

王海帆(1849—1922) 浙江余杭(今杭州)人。名毓岱,字海帆,号少舫,别署舟枕山人。南社社友。1915年5月14日由丁三在介绍入社,入社书编号495。早年游幕名宦,傍人作幕,工于笔札,后流落苏州多年。晚岁退老倦游,设馆于杭州头发巷1号"八千卷楼"丁和甫宅,客居丁氏"九思居",与和甫及诸子唱酬为乐。1915年5月参加在杭州西湖孤山之西泠印社举行的南社临时雅集,始与李叔同相识。1917年4月又参加在西湖葛荫山庄举行的南社临时雅集。作有《舟枕山人悼亡诗》1卷。

王培孙(1871—1952) 江苏嘉定(今属上海)人,祖籍山西。名植善,字培荪,一字培孙。南社社友、南社纪念会会员。1912年10月20日由朱少屏介绍入南社,入社书编号343。清光绪十九年(1893年)中秀才。翌年由浙江巡抚廖谷似介绍入江南制造局支应处供职。1897年考入南洋公学师范班。同时热衷于参与维新派知识分子的活动,与狄楚青合办开明书店,翻译出版日本书籍,鼓吹民权立宪。1899年参与唐才常成立的中国自立会。1900年离开南洋公学,接办叔父王柳生育材书塾,1904年改名为民立南洋中学堂,自任堂长。1905年赴日本考察,并在东京加入中国同盟会。1907年8月与朱少屏等在《时报》上发表"合启",声明健行公学与南洋中学堂合并。1909年7月南洋中学堂由大东门迁至新址日晖桥(即现址)。1926年创设南洋中学图书馆。1937年八一三淞沪抗战爆发后,拒绝领衔发表教育界拥汪声明,南洋中学暂借北京东路盐业大楼和汶林路两处办学8年,1946年胜利后才搬回原址。一生酷爱读书藏书,尤嗜收藏古籍善本、各种志书和佛学典籍。1918年曾请陈乃乾编辑《南洋中学藏书目录》。1952年11月17日病逝于上海。逝世前曾致函代理校长徐镜青,嘱其将藏书(共6.7万余册)全部捐献给国家(现藏上海图书馆)。辑校注释有《南来堂诗集》等。

王培孙

王梦仙(1890—1916) 江苏丹徒(今镇江)人。女。名漱芳,字梦仙。南社社友。1916年7月1日由姜可生、王立佛、刘国瑛介绍入社,入社书编号928。擅诗,天赋聪明,偶为诗词,清丽可诵。惜早逝。有《梦仙遗稿》存世。丈夫赵逸贤,亦为南社社友。

王梦仙

王曼溪(生卒年不详) 籍贯未详。南社纪念会会员。

王章虎(1885—?) 上海人。字彰甫。南社社友。1914年4月9日由朱少屏、金静初、柳亚子介绍入社,入社书编号405。

王　绩(1885—?) 江苏昆山人。字丕嘉。南社社友。1916年6月由胡石予、余天遂、冯心侠、俞锷、狄君武介绍入社,入社书编号627。民国初期任职于江苏省立上海第二师范学校。

王葆鋆(1887—?) 河北临榆(今秦皇岛)人。字伯衡。南社社友。1916年6月1日由邵瑞彭介绍入社,入社书编号647。

王　鼎(1878—?) 江苏淮安人。字桂秋,一字桂佛,号筱村,别署且安。淮南社社友、南社社友。1915年8月12日由周伟、张冰介绍入南社,入社书编号554。1911年参与发起组织淮南社。后任《礼拜六》周刊编辑,与丁悚、周瘦鹃、陈蝶仙等为同事。

王　锐(生卒年不详) 浙江平阳人。字剑丞。南社社友。由社友介绍入社,未填写入社书,介绍编号15。

王程之(1884—?) 浙江慈溪人。字幼度。南社社友。1911年12月20日由陈布雷、邹铨、俞锷、沈嘉康、陈陶遗、朱叔源介绍入社,入社书编号202。1915年5月参加在杭州西湖孤山之西泠印社举行的南社临时雅集。

王瑞竹(生卒年不详) 江苏吴江(今苏州市吴江区)人。女。字虹逸。南社纪念会会员。1931年九一八事变后参加何香凝主办的救济国难书画展览会。1933年和刘王立明等创组中华妇女运动同盟会,并参加抗日救亡运动。又与女子书画会会长、张大千弟子李秋君和上海大任小学校长、小学教师联合会代表戚逸影等一同创办灾童教养所,一直坚持到1949年5月上海解放。

王锡民(1889—1977) 广东嘉应州(今梅州市)人。南社社友。1912年3月13日由叶楚伧、朱少屏、柳亚子介绍入社,入社书编号231。中国同盟会会员。早年东游日本,后在香港经商。曾受姚雨平指派到南洋为广州黄花岗起义募款。民国初年随姚雨平率领的广东北伐军到上海,进入上海太平洋报馆供职,为主笔之一。

王　廉(1873—?) 浙江定海(今舟山)人。字清夫,一字清甫。南社社友。1915年5月22日由冯春航、龙翔介绍入社,入社书编号524。

王瘦月(1890—?) 安徽歙县人。名横,字瘦月。南社社友。1914年6月3日由柳亚子、叶楚伧介绍入社,入社书编号421。1914年5月24日参加在上海愚园云起楼举行的南社临时雅集。

王漱岩(1872—1923) 浙江黄岩(今台州市黄岩区)人。名葆桢,字漱岩。南社社友。1912 年 3 月 20 日由黄宾虹、蔡哲夫介绍入社,入社书编号 237。清末诸生。早年曾游幕苏、皖等地,在安徽办教育,任监察。后参加辛亥革命,为浙江都督朱瑞幕僚。擅书法,精篆刻,诗学宋人。与蔡哲夫、黄宾虹两人相友善。著有《南洋劝业会杂咏》。

王蕴章(1884—1942) 江苏无锡人。字蓴农,一字莼农,号西神,别号西神残客,化名红鹅生。王蕴曾弟。南社社友、新南社社员。1910 年由柳亚子介绍入南社,入社书编号 88。清光绪二十八年(1902 年)中举人。1907 年到上海,任商务印书馆编译所编辑,并为同年 2 月创刊的《小说林》杂志撰稿。1910 年 8 月《小说月报》在上海创刊,任主编,并编《妇女杂志》。曾为《小说月报》制订征稿条例,分级分类付酬,为刊物规定稿酬的创始人。1911 年 9 月 17 日在南社第五次雅集上被选为词选编辑员。1912 年民国成立后任南京临时政府秘书,不久辞职回上海写小说、编杂志。同年 10 月 27 日在南社第七次雅集上继续当选为词选编辑员。1912 年应同乡沈缦云之约赴南洋办理银行招股事宜,游历南洋各国多年。1914 年 5 月和 1916 年 8 月参加在上海愚园云起楼及愚园倚翠轩举行的南社临时雅集。1928 年后历任沪江大学、南方大学、暨南大学等校国文教授,后任上海《新闻报》秘书、编辑和主笔,又任上海正风文学院校长兼教授。抗战时期任日伪《实业报》主笔。善骈文、书法,喜填词度曲,以词章写小说,尤擅传奇、杂著笔记。著述颇丰富,多言情之作,著有《王蕴章诗文钞》《西神小说集》等。

王蕴曾(1881—?) 江苏无锡人。字卓民。王蕴章兄。南社社友。1910 年由柳亚子介绍入社,入社书编号 87。

王德锜(1901—1984) 江苏青浦(今属上海)人。字振威,号秋厓,又号二痴,后更名大可。南社社友、新南社社员、南社湘集社友。1916 年 12 月 25 日由柳亚子介绍入南社,入社书编号 773。1907 年随祖母及兄大觉迁居吴县周庄镇,入周庄乡校——沈氏两等小学堂学习。13 岁小学毕业,考入吴江中学。1919 年进入苏州东吴大学,次年转入上海正风文学院,1923 年毕业。同年 10 月与兄一起参加新南社成立大会。1924 年秋江浙战争延至周庄,遂协助兄与同乡费公直、朱璧人等创建红十字会周庄分会,担任理事,救济难民。1927 年中秋节兄大觉逝世后,与其嫂凌蕙纕一起整理兄长遗著,编辑成《风雨闭门斋遗稿》《王大觉先生追悼录》。同年秋任国民政府文官处第二科乙等书记官。书法造诣颇深。1934 年 3 月 4 日赴上海参加陈去病追悼会。1937 年日本侵华战争全面爆发后停职回乡,进行抗日宣传。抗战胜利后试图去南京复职,未果。1984 年 1 月 22 日病逝。

王　凝(生卒年不详) 浙江瑞安人。字冰肃。南社社友。由社友介绍入社,未填写入社书,介绍编号 16。

王瀛洲(1896—?) 浙江山阴(今绍兴)人,原籍广东新宁。字汉彤,号蒨士,别署眉禅。南社社友、新南社社员、南社湘集社友、南社纪念会会员。1917 年 12 月 9 日由吴绮缘介绍入南社,入社书编号 1004。早年在上海泰庆里育英小学任教,后在上海《天韵日报》主笔政。撰有短篇小说集《断虹》《侠客奇闻》等。

开国历朝清终袁末・皇宫秘史 笔记。许指严编。4 册。上海标准书局 1935 年第五版。天台山农作序。有叙例。含远古、秦汉、中古(上、下)、清代和近代 6 编。从女娲石到花界题名录共 273 则。

井底埋香记 长篇哀情小说。周瘦鹃翻译,包醒独校订。上海国华书局 1918 年 5 月出版。全书以文言文翻译。叙述主人公茄爱父亲打猎时受伤不治,临终前要茄爱当着他和琪丽霞母女之面,许诺娶琪丽霞为妻。对此琪丽霞有心,茄爱却无意。他办完丧事即外出,偶遇如花似玉的少女马格兰,主动向她求婚。后两人结成伉俪并生一子。可是乐极生悲,马格兰突然失踪,而且久寻不见。茄爱疑心为向马格兰求婚未允的海中尉所为。海中尉为示清白,和玛格兰哥哥一起费尽周折,终于找到真凶琪丽霞。她不容玛格兰夺其所爱,遂设下圈套引玛格兰落井而亡,并埋于香井底下。这是一部带有侦探特色的哀情小说。

天人合评吹万楼词 词集。高燮著。1 卷,1 册。1945 年铅印本。封面题签作《天人合评吹万楼望江南词》。卷首有陈运彰《〈吹万楼望江南词〉序》、作者自序,卷末附木道人、田毓璠、孙儆、金兆蕃、董葡斋、刘朝叙等人总评,钱振锽《望江南》词,木道人、俞锡畴等人题词。正文录《望江南》词 60 余阕,各首均以"山庐好"开头,"所写均为实景真名,凡山庐之所有者无不尽情摹出"。大都言山中闲居之乐,观化体物,得自然之趣。每首之后有木道人、田鲁叟、孙令叟等评语。

天下英雄皆好酒 南社掌故。此话出自宋代大儒朱熹。南社同人中不少人喜欢畅饮，或借酒浇愁，或抒发豪情；而马骏声则以此作为座右铭。

天义报 期刊名。1907 年 6 月在日本东京创刊。发起人有何震、陆灵素等人，是女子复权会的机关报。提倡女界革命外，兼提倡种族、政治、经济诸革命。设有图画、学理、时评、译丛、来稿、杂记、附录等栏目。有守民、公权、亚公、曼殊、去非、巢南等作品发表，如恢权《平权论》《女子军歌》，苏子谷《秋瑾遗诗序》等。

天仇文集 政论集。戴季陶著。1 册。民权报发行部 1912 年初版。此书是其以"天仇"笔名于 1912 年 3—10 月发表在《民权报》上的社论文章之结集。本书共分甲篇"国际问题"、乙篇"国家与社会"、丙篇"单刀直入录"，共计 162 篇文章。该书集中笔墨抨击袁世凯的倒行逆施，产生了极大的社会反响。

天风阁诗 诗集。徐英著，毛翰笙编印。1 卷。成书于抗日战争前。收集徐英 1932 年之前的诗作 210 余首，其中有古体诗、近体诗和乐府诗。诗作或俯仰身世，或萦怀故旧，或抨击时弊，或指点山河，表现了作者对祖国和家乡的热爱，对当时外患日益严重的忧虑，对当局不抵抗主义的愤恨，对黎民百姓痛苦生活的同情。诗作"步式少陵"，继承中国古典诗歌特别是唐代诗歌现实主义的优良传统，受到当时学界的肯定和好评。

天文学小史 天文学著作。朱文鑫著。商务印书馆 1935 年出版发行，列入"万有文库"。这是中国人首次编著的天文史，分为上编和下编。上编为古天文学史，以唐虞至周秦、两汉、魏晋南北朝、唐宋元明为分期，论述各个时期的天文学事件、天文学著作、天文学成就及天文学家。下编为"新天文学史"，主要介绍 16 世纪至现代的天文学史。书前绪论题为《天文学之源流》。书后附录有"外国人名中西对照表""外国地名对照表"。

天心 诗篇名。七律。朱剑芒作。天心，指天帝的心意。本诗以首句开头两字为题，系有感于世态炎凉而作。抒写人情淡薄、世味辛酸的内心感受，表示怀才不遇，自己胸怀大志，不为世人了解，心胸自然不能宽敞。表白自己为祖国奔波、泪洒中原的爱国情怀，自己的诗篇且留待后人观赏吧！抒写寂寞客窗，风雨晦明，纵有浊酒百罍，也没有知心人来对饮的落寞情怀。以天心写人心，以自己心情写社会环境，围绕孤独苦闷结撰诗篇，极度孤独苦闷的心情濡染字字句句，异常动人。

天平游草 游记唱和。杨鸿年编。1 卷，1 册。苏州观西华兴印书局 1921 年铅印本。颂燕题签。张荣培、徐均爔、叶荫槐、杨鸿年等分别作序。题词者有张荣培、方泽久、陆玉书、徐均爔、黄钧、舒昌森。《游天平山记》作者有沈子骏、杨鸿年、王智才、郑国钧、谢承泽。谢承镕、沈一鹗等唱和诗 11 首。徐志峻、吴柳琪、杨鸿年、朱佩英分别作跋。

天足考略 中国女俗考证。徐珂撰。1 卷，1 册。1914 年出版。"天苏阁丛刊"之一。王蕴章作序。依据《南部烟花记》《琅嬛记》，对古代妇女缠足习俗进行推理研究，对"卧履""双行缠"等进行考证，是中国古代妇女缠足史研究专著。

天津人民美术出版社藏画·黄宾虹 国画选。黄宾虹绘。1 册。天津人民美术出版社 2004 年初版。刘建平作前言。收紫嶂苍烟、江中望栖霞和焦山秀色等各类画作 88 幅。

天津李叔同研究会 全称"天津市李叔同——弘一大师研究会"。1992 年由中共河北区委和天津日报社的负责同志倡议发起成立。研究会的宗旨是：弘扬中华民族优秀传统文化，加强对李叔同文化的宣传研究。挖掘整理李叔同生平业绩文史资料，开展李叔同文化学术研究，开展海内外文化学术交流，协助政府促进李叔同故居的修复。研究会在"天津国际文化艺术节"期间，举办全国性的李叔同文化学术研讨会、李叔同作品音乐会、李叔同书法真迹和文物展览。编著出版了《弘一大师韵语》《悲欣交集——弘一法师传》《一代宗师李叔同》《艺术大师李叔同与天津》《追寻李叔同足迹》《李叔同印存》《李叔同——弘一法师影志》《随弘一大师念佛》等著作。

天铎报 报纸名。1910 年 3 月 11 日在上海创刊。洪佛矢为主编，其后戴天仇、李怀霜接任主编，俞语霜也任过编辑。副刊性文字多发表笔记和小说，另有传奇、诗文。以南社文字较多，如柳亚子以"青兕"为笔名发表的短评，具有强烈的反袁情绪。高旭发表过《擒贼先擒王》等反袁文章，另有周桂笙的短评，邹亚云、戴季陶、陈布雷等多篇社论文字，以及反袁文字的社评散文，邹亚云《杨白花传奇》、高旭的《愿无尽庐诗话》等。1913 年 5 月 29 日停刊。

天笑短篇小说 短篇小说。包天笑译著,董晰芗编辑。2册。中华书局1918年初版。含《大好头颅》《大理石像》《吾侄麦司之书翰》《三十八年》《乔奇小传》《加拿大归客》《赠书女》《女小说家》《礼物》《黑帷》《无名之佳人》等篇。

天虚我生小说菁华 戏曲小说集。天虚我生(陈蝶仙)编著。上海还远书局1935年5月第六版。收录哀情小说《萼娘哀史》(刘介龕著)、《娟仙惨史》(李博亭著),侠情小说的《爱河鸳影》(刘介龕著)以及刘静一翻译的英文小说《社会蠹》;两篇戏曲唱本为汪瞻华的《鸳鸯帕传奇》、汪石青的《鸳鸯塚传奇》,每篇均附原文及陈蝶仙之批注,以小字排版。正文经陈蝶仙润饰。该书反映了鸳鸯蝴蝶派的文学分类观念,以及创作理念与手法。

天虚我生近稿·半亩园集 一名《栩园近稿》。诗文集。陈栩园(天虚我生)撰。6卷,1册。铅印本,汉文书局约1933年出版。有郑午昌题签。卷一为诗稿;卷二为词稿;卷三为杂文稿;卷四为偶存稿;卷五为零屑稿;卷六为摘目。附有《天虚我生小传》。

天虚我生诗词稿(附曲) 词曲集。天虚我生(陈蝶仙)著,周之盛编。2册。王钝根题眉,孙瘦鹤等8人作序。中华图书馆1916年10月出版。该集前半部分收录了海棠香梦词、眉山冷翠词、清可轩词、掏花记月词、海山仙馆词等共计5卷,近200首词;后半部分收录了红萧曳梦曲、阑干曲、靡芜春晓曲等3卷,约200支曲。集中所收之词均与卷名相应:"海棠香梦词"卷中,多情女子惜春之感飘逸而出;"眉山冷翠词"卷中景、物、人似乎皆有寒意,其他卷亦同此编排。本集所收之曲子均为佳作,既有文人遣词造句的雅致韵味,也有来自民间曲子的活泼与灵动。

天啸残墨 杂著。徐天啸著,徐枕亚校订。广益书局1931年12月续版。书前有陈医隐、李定夷、吴双热、徐枕亚等作的序。全书共有4卷。卷一为"艺苑",分今古奇文与蛩吟集,前者多有对妇女解放的呼吁,如《神州女子新史序论》《神州女子新史结论》等,后者是作者"自鸣秋意"的诗词。卷二为"笔记",有忡庐谭乘、粤西游记、天涯沦落人印话。卷三为"说部",有湖上白日记、鸳鸯梦剧本。卷四为"杂著",有断简一束、弄翰余谭、联语偶录、雀牌觞政。序者评其书为"残碑断碣弥复可珍,片羽吉光以少为贵"。

天啸楼集 诗文集。饶锷撰。5卷,1册。1934年铅印本。郑国藩、杨光祖分别作《天啸楼集序》。卷一录文15篇,卷二录文16篇,卷三录文15篇,卷四录文9篇,卷五录诗20首。郑国藩作《墓志铭》,饶宗颐作跋。

天涯五友 南社掌故。李叔同寓居上海,与袁希濂、蔡小香、张小楼、许幻园同组成"城南文社",号"天涯五友"。

天潮阁集 诗文集。刘坊撰,丘复编。6卷,首1卷,1册。1916年铅印本。傅钝根署端。丘复、雷熙春、林翰、柳弃疾分别作序。丘复作《上杭刘鳌石先生传》《刘鳌石先生年谱》。

元年(其四) 诗篇名。七律。叶楚伧作。元年,指中华民国元年(1912年)。抒写中华民国成立时,南京城里十里清歌,庆祝辛亥革命胜利,而留给老百姓的却是痛苦的眼泪。认为士子、官员在江南管弦优游之时,疮痍满目的北方,还有飞扬跋扈的强兵呢。民国新政府的官员还没有能熟练地管理经济时,沙俄却已经在中国北部边境屯兵,准备打开边关国门,入侵我国,北方告急。揭露和抨击南京城里的民国官吏,大搞裙带关系,鸡犬升天。感时伤国,切中时弊;感情激越,情见乎辞;运用对比,观点鲜明。

元明曲萃 曲集。邵瑞彭编。6卷,附1卷,1册。1935年刻本。邵瑞彭署端并作序。收录元顾德润《九山乐府》1卷、吴仁卿《金缕新声》1卷、汪元亨《小隐余音》1卷、马九皋《马九皋词》1卷、睢景臣《睢景臣词》1卷、明冯梦龙《宛转歌》1卷。附1卷收录睢玄明《睢玄明词》。

元剧研究ABC 戏剧研究著作,"ABC丛书"之一。吴梅著。世界书局1927年9月出版。共4章。第一章为"元剧的来历",第二章为"元剧现存数目",第三、四章为"元剧作者考略"。文字浅近易懂,可读性强。尤其是后二章整理略考了明初朱权《太和正音谱》著录的元代剧作家187人,为研究元剧作者提供了详尽的考据资料。但此书仅见上册,下册未出版,1934年世界书局编印《中国文学讲座》,收入此书。

无耳尊者 南社掌故。袁梦白之号。袁梦白,名天庚,浙江会稽(今绍兴)人。他为南社著名画家,作画超逸遒上,不同寻常。尤精于文物鉴赏,凡盛京大内所藏及宁波天一阁、上虞王氏天香楼、裴氏壮陶阁、景氏小如庵之所藏,都经他目赏。因耳聋,号"无耳尊者"。

无尽庵遗集 纪念诗文集。10卷,2册。周实撰。

上海国光印刷所1912年铅印本。李息题签。胡朴庵署端。有《周烈士实丹遗像》。何竞南、高旭、邵天雷、吴引湘、丁宝铨、曹凤笙、仲民新、夏建瓴、胡韫玉、高燮、秦国铨分别作序。柳弃疾作《周烈士实丹传》。周人菊作《周烈士就义始末》。邵天雷等作《祭周阮二烈士文》。邵无妄作《题辞》。胡石予、松癯等题词。《文》1卷录文15首;《诗》四卷录诗272题;《诗话》2卷录诗话78则;《尊情录》1卷录文6首;《词》1卷录词42阕;《北曲》1卷含《清明梦》。邵无妄、百庸分别作《挽周阮两烈士》;梁舜传、汪啸叔、周人菊、陈郁瑺、左横、李漱兰、瘦玉、张紫文、袁江野史、涟水恨夫、淮壖小董、胡石予、袁浦恨生、柳亚卢等分别作《挽诗》。送挽联者有柳亚子、赵痴禅、高天梅、夏学津、姚石子、秦爱梅、张冰、乔树深、高天梅、夏宗瑚、韦伯成、阳惕生、庞孽子、张锡桐、高佛子、秦铸花、何振声、刘去非、高剑公、陈栻、夏景炘、曹凤箫、曹凤笙、周颂南、沈砺、姜公勇、周人菊、丁孝思、陈其美、朱葆康、陈家鼎、景耀月、吴豹军、柳亚卢、朱梁任、费公直、蔡治民等;薛钟斗、姚锡钧、周人菊分别作跋。

无政府主义 政治学译著。自然生(张继)纂译。2编。出版时间与出版社不详。上编论无政府主义及无政府党之精神。讲述无政府主义起源的社会背景,通过著名的无政府主义者巴枯宁、戈度温、布鲁东等人言论,阐述无政府主义对于经济、政治、宗教和婚姻的基本主张,以及无政府主义与快乐主义、唯物主义、恐怖主义的关系。下编论述法国、西班牙、意大利、德意志、英国等国无政府党的发展及活动情况。燕客作序,认为无政府主义有助于中国的革命。

云中三杰 南社掌故。姚鹓雏、朱鸳雏、闻野鹤的并称。因三人均系松江人,才华横溢、俱以诗名,故名。

云外朱楼集 小品散文集。王西神(蕴章)著。平装2册。上海中孚书局1934年出版。此书封面由陶冷月绘制,赵子云题书签,有作者自序及沈宗威的跋。许瘦蝶词1阕。两册装一锦匣,分正编及附编。正编收文55篇,附编收文66篇,亦有些诗词曲作。文章大多连载于《新闻报》。正编中的《夏屋品茗记》《静安谒墓记》《缶庐得宝记》《秋英撷秀记》《五湖秋泛记》《公园一览记》《象山五日记》等,或谈吴昌硕、梅兰芳等人,或记海外趣事、沪上旧闻。还有关于书法的《临池杂记》《墨佣余沈》,关于对弈的《宣南弈讯》《博弈丛话》等。附编各篇侧重于随感杂记、挽联贺词。

云间两何君集 诗文集。姚光编。8册。金山姚氏复庐1932年刻本。陈陶遗署端。收《何翰林二十八卷》(高煌署端)、《何礼部集十卷》。姚光作《影印云间两何君集跋》。

云间陈子龙先生事状汇录 人物行状。周迪前汇辑。未刊行。本书汇辑体裁系依据元代苏天爵《名臣事略》、明代钱谦益《群雄事略》、清代阮元《儒林文苑传例》,节录前人原文贯串而成。征引书目有《通鉴辑览》《兵垣奏议》《大樽陈公自述年谱》,陈乃乾《徐闇公先生年谱》,高燮《陈卧子先生传》,陈继儒《松江府志》,王昶《青浦县志》《姚氏怀旧楼书目》《安雅堂稿》,夏完淳《南冠草》,全祖望《鲒埼亭集》,高燮《吹万楼文集》,姜兆翀《松江诗钞》等共132种。

云社 社团名。1928年,范烟桥自苏州到上海,与南社社友顾悼秋、宋痴萍、钱释云、郑逸梅等饮于香粉弄方壶酒家,此外江红蕉、徐碧波、俞牖云、张慧剑、姚苏凤等人一起同饮,以为同是客中,有如云合,因名"云社"。仅叙三次,后即无形中停止。

云南 期刊名。1906年10月15日创刊于日本。吕志伊等创办。以"开通风气,鼓舞国民精神"为宗旨。设有图画、篇甲(文言)、篇乙(常语)等栏目。吕志伊发表《国民的国家》《东瀛道中》《俄海俄州之理想乡》《挽秋瑾卿女士》等作品,髯公、秋士、剑魂等南社社员也有诗作发表此刊。1911年停刊,共发行23期,另有附刊《滇粹》1册。

云南讲武堂 全称"云南陆军讲武堂"。学校名。清末民初军事学校。1909年成立于云南昆明。由总督锡良创办,校址在昆明唐公堤附近。以培养陆军人才、轮训全省带队军官为目的。胡文澜、李根源先后任总办,沈汪度、张开儒分任监督、提调。学生分甲、乙、丙三班,设步兵、骑兵、炮兵、工兵4个科。学制有一年制普通科和两年制特殊科两种。教官多为中国同盟会成员或受同盟会影响而倾向革命者,如蔡锷等。1910年并入随营学堂,共毕业19期学员,为辛亥革命和护法战争培养了大批骨干人才。军事家朱德即出自该校。1916年该校转入滇系军阀手中,成为地方派系斗争的工具。

云南金石目略初稿 金石目录。李根源著。苏州十全街曲石精庐1935年3月印行。云南以前没有金石资料的专著,在滇志重修时,作者负责全省金石资料的整理和编纂,他把已有的金石资料约七八百种编撰成本书，一是要求读者能对本书中已有资料进行补正，二是希望全省各地的官员和文化事业的热心者能把散布在文庙、试院、书院、文武衙署、寺庙观庵、桥梁、祠堂，以及冢墓等处未入本书的金石资料加以收集，并对如何收集和记录的方法作了介绍。全书共分4卷。记载全省已有的金石资料，第一卷为汉代至元代，第二卷为明代，第三卷为清代，第四卷为民国时期。本书对记录和研究云南和全国金石文献资料颇具价值，对云南地方志的编撰和地域文化的研究也有重要的参考价值。

云南南学 云南省南社研究会编印的内部刊物。以云南省南社研究会的宗旨“研究和宣传南社的光荣传统，发扬中华民族爱国主义精神，通过文史、诗词的研究和创作活动，繁荣中华文化，促进精神文明建设，促进海峡两岸交流”为指导方针，刊发有关研究、纪念南社活动的诗文。设有本会动态、文论、散文之页、海峡两岸、云岭风采、江山揽胜、赠答酬唱、抒情杂咏、时代新韵等栏目。

云南省南社研究会 成立于1993年8月28日。由云南省文联主管，业务依托单位是民革云南省委的民间研究组织。宗旨为“研究和宣传南社的光荣传统，发扬中华民族爱国主义精神，通过文史、诗词的研究和创作活动，繁荣中华文化，促进精神文明建设，促进海峡两岸交流”。在柳亚子诞辰110周年、鲁迅先生逝世60周年、周恩来诞辰100周年、邓小平诞辰100周年、中共十一届三中全会20周年、抗战胜利50周年、护国运动90周年等有纪念意义的时间，运用座谈会、茶话会等形式进行研究活动。每年定期出版4期《云南南学》。2013年出版《南学歌吟(诗赋选)》《南社风流(论文选)》。

艺术与社会 艺术理论专著。徐朗西著。1册。上海现代书局1932年初版。徐朗西自序。根据对康德哲学的解读，将生活分为3类，一为学术的生活；二为道德的生活；三为艺术的生活。并对3种不同生活进行比较，从中彰显其学术观点，如“艺术之位置与使命”“艺术则以感得为生命”“广义的道德生活和艺术的生活，有根本的不同。前者是显示的努力与实行，后者是假想的观念的非现实的努力”等。

艺术简论 译著。日本青野季吉著，陈望道译。大江书铺1928年12月初版。译著共9节，内容包括何谓艺术、最古的艺术、封建时代和资产阶级的艺术，并论及艺术的流派。此书是著者从论宗教、哲学、道德、艺术等种文化的书中，择其关于艺术的一部分编译而成的。并将艺术的性质定义为“感情社会化的方法”，将文艺的起源归结为劳动，指出艺术反映社会生活、反映社会意识形态，提出艺术无上主义和功利主义都是不正确的等马克思主义的文艺理论观点，对中国当时的文学创作和文论的发展产生很大影响，为新文学运动的理论建设提供了借鉴。

艺用解剖学 美术教育著作。姜丹书著。商务印书馆1930年出版。为中国早期研究艺用解剖学的艺术教材。全书共8章。除详述人体内在各部位的骨骼、筋肌和关节的正面、背面、侧面、剖面的形状、比例和作用等以外，还对人体外表皮肤、表情、容貌等加以研究分析。书中附有详实图例。

艺坛百影 人物传记。郑逸梅著。1册。中州书画社1982年初版。汇集作者所撰写的近、现代艺坛人物小传102篇，包括书画、金石、考据、诗文、新闻、建筑、园艺、歌唱、戏曲、电影、工艺、收藏等各界名人。作者抓住人物生活中的片断，写出生活习惯、奇特的嗜好、风趣的性格，以及艺术修养和艺术特色，还披露不为人知的趣闻轶事。

艺苑琐闻 掌故笔记。郑逸梅著。1册。四川人民出版社1992年初版。顾廷龙题签。苏局仙扉页题字。郑有慧扉页国画。郑逸梅作前言。含名人轶事82篇、书籍字画53篇、饮食生活31篇、杂俎47篇和艺海点滴·天花乱坠11篇。附郑逸梅自订年表。

艺林名著丛刊 绘画理论。朱剑芒著。1册。上海国学整理社与世界书局1935年初版。含包世臣《艺舟双楫》、康有为《广艺舟双楫》、董其昌《画禅室随笔》、笪重光《画筌》、龚贤《画诀》、秦祖永《桐阴画诀》《桐阴论画》7篇论文。为仿古字版，有作者墨迹。

艺林拾趣 散文集。郑逸梅著，郑汝德整理。1册。浙江文艺出版社1990年初版。陈从周题签。北山署端。有郑逸梅像。郑逸梅作前言。含主盟南社的柳亚子、俞樾及其曲园和南社画师楼辛壶等28篇。附逸梅散记114条。

艺林散叶 文艺掌故。郑逸梅著。1册。中华书局1982年初版。叶圣陶题词。收录晚清至民国时期中国文化艺术界掌故4 342条，具有史料性、知识性、趣味性。

艺林散叶荟编 掌故笔记。郑逸梅著。1册。中华书局1995年初版。朱屺瞻题签。钱君匋题端。含艺林散叶4 327条、艺林散叶续编2 268条，附幽梦新影166条、艺林散叶补编117条、郑逸梅自传和郑逸梅自订年表及附补充资料。另附郑逸梅历年出版单行本著作一览、海外翻印摘引郑逸梅著作和郑逸梅其他著作。

艺林散叶续编 掌故笔记。郑逸梅著。1册。中华书局1987年初版。吕贞白题签。曼翁署端。有著者前言。含"南社王海帆与李叔同同应浙江乡试，王长于李三十二岁，榜发，王及第，李书扇赠之""于右任每餐必备锅块与炒蛋"和"柳亚子自一九二九年至一九三二年所作诗，倾向左翼作家，因名其诗稿左袒集，多忌讳，未能刊行，曾录成一本，寄钱杏邨"等2 271条。附幽梦新影166条。

艺海一勺 札记随笔集。郑逸梅著。1册。天津古籍出版社1994年初版。由其子郑汝德整理遗稿选编而成。共分名人轶事、出版史话、掌故民俗、饮食旅游、琐闻杂记、文学写作、笔墨生涯7个部分。附录登载郑汝德、陈子善所写的纪念作者的文章两篇。

艺海一勺续编 札记随笔集。郑逸梅著。1册。天津古籍出版社1996年初版。是继《艺海一勺》以后又一本郑逸梅遗作集。由其子郑汝德整理。与《艺海一勺》相比，《续编》的内容更加丰富，有名人轶事、出版史话、报刊忆旧、梨园趣闻、掌故民俗、饮食文化、名人园林、琐闻杂忆、阅读写作等9个部分共183篇。其中还有一些是多篇连载的文章，如《上海在清末时几种主要报刊》《漫谈民国以来的报刊》《旧时南方节令习俗》《南社雅集的几处园林》等。是研究上海近代史、美术史、新闻出版史、戏曲史和知名人物的重要资料。

五十年来的世界 现代史著作。潘公展编。1册。重庆胜利出版社1945年初版。潘公展作五十年来的中国与世界(代序)。含五十年来的世界大势、五十年来的民族问题、五十年来的民生问题、五十年来的经济动态、五十年来的科学进展、五十年来的英帝国、五十年来的美国、五十年来的俄国、五十年来的南洋、五十年来的法国、五十年来的德国、五十年来的意大利和五十年来的日本等篇。

五人义(明代苏州人民抗暴的斗争) 历史故事。纪庸、范烟桥编著。1册。江苏人民出版社1957年第一版。叙述了明天启六年(1626年)魏忠贤指使他人在苏州敲诈、捉人，激起苏州市民的反抗。当时有颜佩韦等5人指导市民包围官府，殴打特务，结果被捕牺牲。

五九之我 自传体著作。胡朴安著。未刊印。有贴报本1册。后收入胡道彦在台湾印行出版之"朴学斋丛书"第二集。此书主要叙述胡朴安少年时期在乡间的学童生活，以及从事开垦、办报纸、教书与参加南社等经历。

五月九日之感言 诗篇名。七绝。张光厚作于1915年5月9日。是日，袁世凯接受日本提出的企图灭亡中国的"二十一条"，诗作揭露袁世凯的卖国行径，讽刺他为了坐上皇帝宝座、戴上皇帝冠冕而出卖祖国，葬送神州。反映袁世凯的卖国行径给人民带来的深重灾难。语言通俗形象，讽刺有力。

五石脂 苏州掌故。陈去病著。1册。南京江苏古籍出版社1999年出版，列入"江苏地方文献丛书"。本书系将顾公燮的丹午笔记和佚名的吴城日记合并而成。卷首附百尺楼脞录六则和五石脂说明。五石脂原本是一种具有补髓益气的药物，作者编此书目的，希望达到精神补髓益气，以振奋抗清斗争。书中突出歌颂了明末清初吴江以至苏松地区的抗清斗争。

五刑考略 刑法史著作。徐珂撰。1卷，1册。"天苏阁丛刊"本。"五刑刑法分轻重五等也，代各不同。"有黄帝之五刑、周之五刑、汉之五刑、晋之五刑、梁之五刑、北齐之五刑、隋唐宋金之五刑、明之五刑、清之五刑、魏之七刑、辽之四刑等。

不为奴隶论文集 政治理论著作。郭步陶著。汉文正楷印书局1937年2月印刷。郭步陶在自序中曰："凡有国有家者，必先下不为奴隶之决心，而后能有不受侵略之行动……人类词典中不再有奴隶这一名词，是消灭一切罪恶之总枢纽，亦即将以嘉惠全世界全人类之共通原则也。"共有3编，第一编"研究"，分为"何为奴隶""为何不为奴隶""如何方能不为奴隶""不为奴隶之目的"4节，各附以多篇作者已发表的论文摘录；第二编"讨论"，汇集了他人发表的社论30余篇，进行"对于独立自主论"和"不为奴隶论"的讨论；第三编"附录"共分3节，前两节以几篇在敌伪区的调查资料展现了"亡国后的奴隶痛苦"和"被侵略区域内之奴隶状况"，第三节是作者专为"将为奴隶的人们"所作的《不为奴隶歌》。

不可思议・名家短篇侦探小说丛刊 侦探小说集。

赵苕狂编。1册。上海世界书局1929年版,列入“侦探小丛书”第五种。收短篇侦探小说《理发铺中》《紫衣变白》《金钱飞去》《星夜告警》《转败为胜》和《水落石出》等。

不受侵略论文集 政治理论著作。郭步陶著。汉文正楷印书局1934年9月印刷,《新闻报》社发行。作者在九一八事变后,痛感于日寇对我国之侵略,“尝思与国人同处漏舟之中,自当提嘶警觉,相与努力奋斗,以求共济时艰,庶几不受侵略之准备”。爰本此旨,将他已发表于《新闻报》之论文,整理汇编成此书。全书分为两部分:第一部分为“不受侵略之意义”;第二部分为“不受侵略之原则”,又分为总纲和分论。分论包括:正名,救人,实际准备,精神自救。所选论文二十几篇,有“非努力自强断难言不受侵略”“伪组织之实际”“关外人民被蹂躏之惨状”“造林与民生国防之关系”“必拼命向前苦斗方有光明大道”等。分析时局,揭露日伪本质,控诉日伪对中国人民的罪行,鼓舞国民奋起抗日,并探讨了富国、强国之方案,反映了著者强烈的爱国主义思想。

不受侵略论文集续编 政治理论著作。郭步陶编著。汉文正楷印书局印刷,《新闻报》社1935年发行。著者自述编此书之宗旨为:“诚使世界各国,均自励精图治,平时内政外交,无一予人以可侵略之缝隙,是不战而拒人于千里之外,自为上策。”共分4部分:一、“侵略之种类”(附1934年发表的社论《软派与硬派》);二、“不受侵略之种类”(附1935年发表的社论《消极与积极》);三、“不受侵略之准备”,包括纠正积弊(附《禁烟积弊》等8篇社论)、努力建筑(附《西北与西南所需要之建设》等6篇文章)、组织人民(附《以人民为主体之自治》等6篇文章);四、“不受侵略之精神”,包括“有意义之牺牲”(附《武昌起义之精神》等4篇文章)、“国际性与世界性之研究”(附《国际性只有实益而无公平》等4篇文章)、“世界和平之建设”(附《建设之希望》等2篇文章)。于右任为此书题词曰:“苦心热血”。

不敢自欺室随笔 读书随笔。7卷,7册。庄先识(通百)编,稿本。卷一为清光绪二十六年(1900年)庚子二月二十日至二月三十日,计65则;卷二为庚子三月初一日至三月二十九,计63则;卷三为庚子四月初三日起,计27则;卷四为庚子五月初一日起,计59则;卷五为庚子六月初一日起,计34则;卷六为闰庚子八月初十日起;卷七为辛丑九月起。

太一遗书 诗文集。宁调元撰,柳亚子编。23卷,续刊7种,4册。1915年铅印本。傅钝根署端。有宁太一遗像2幅、遗墨4幅。有吴称三评语。题辞者有傅尃、卜世藩。由傅尃、刘谦、柳亚子等收集宁调元遗作而编成。有正编和续刊,含《朗吟诗草》3卷、《明夷诗抄》2卷、《南幽百绝句》1卷、《太一诗存》4卷、《明夷词抄》1卷、《太一文存》1卷、《太一笺启》1卷、《庄子补释》1卷、《读汉书札记》1卷、《太一丛话》2卷、《南幽杂俎》2卷、《南幽笔记》1卷和附录《诗存补遗》《笺启补遗》。韵荃山人(卜世藩)作跋。醵资者有汪兰皋、高天梅、姚石子、柳亚子、冯心侠、曹伯镛、刘沧霞、张子佩、文淑夫、李中壮、李趣圃、袁家甫、刘义、王昌廓和郑佩宜等。

太平天国革命史 太平天国史料。王钟麒撰、何炳松校。1册。商务印书馆1931年初版,列入“新时代史地丛书”。王钟麒作序。配有忠王主临军事会议图、天王画像、忠王画像、太平天国革命战争图。包括革命开幕时之创立社会背景等22章。附官等表、诸王列侯表、大事年表以及参考书目。

太平天国战史·前编 太平天国史料。汉公编译。1904年在日本东京出版。祖国杂志社民国期间出版。孙文作序。白浪庵滔天宫崎赠语。天囚作太平天国战史题词并送汉公。有例言和太平天国战史参考用书。以编年体记载太平天国战事。资料取自西人的从军日记、日人著作、国内有关史书,并参以官书。前编从道光三十年(1850年)广西金田村起义到咸丰九年(1859年)12月16日陈玉成率太平军攻安庆止。

太平天国野史 太平天国史料。王文濡撰。20卷,1册。扬州江苏广陵古籍刻印社1993年初版,据民国刊本影印出版。凌善清、王文濡分别作序。含本纪、职官、兵制、宗教、礼制、历法、刑法、科举、食货、文告、灾异、首事诸王传、殉国诸王传、国宗传、列传、文学传、方技传、女官传、倖臣传、贰臣传、载余等。

太平洋归舟中作(其二) 诗篇名。七律。叶玉森作。本篇系作于1913年自日本学成归来,故题曰“太平洋归舟中作”。诗篇开头说唐朝韩愈曾说过,百川东流,是自然之势,谁也屏障不了;然而,说这话的韩愈,而今安在?血泪流入大海成了红海,像白山一般浓重的忧愁都涌向长白山来。认为无论文鳐,还是赤风，都俯仰随人，不能自己作主，所以痛苦和悲哀。神州的仙丹妙药都荒废失灵了，大自然的力量是不可战胜的，古今之人，都得一死，所以秦皇汉武不用恼怒。点化故实，笔随意转，灵动自如。

太平洋报 报纸名。1912 年 4 月 1 日出版于上海。姚雨平由北伐粤军军饷拨出款项创办。姚雨平为社长，叶楚伧为总编辑。以宣传共和，反对袁世凯专制为主要宣传目的，以“唤起国人对太平洋之自觉心，谋我国在太平洋卓越地位之巩固”为宗旨。发表叶楚伧、姚鹓雏、胡朴安、余天遂等人撰写的社论社评。此外还有小杂感栏《太平洋眼》《太平洋绠》等。其副刊《太平洋文艺集》由柳亚子、李叔同主持。7 月以后由胡寄尘接办。其上发表了大量的南社人士诗文、小说与戏曲，如苏曼殊《断鸿零雁记》（朽道人插画）、姚鹓雏《鸿雪印》《鸳鸯谱传奇》等，李叔同主办过《太平洋报》的增刊《太平洋画报》。是南社人士在民元后发表政论和诗文的第一块主要阵地。其广告版尤有特色，由李叔同主持广告部主任，设计美术广告，开中国近代美术广告之始。1912 年 10 月 18 日停刊。

太白国籍问题 历史著作。胡寄尘著。黄葆戉题词，胡朴安作跋。被收入胡道彦在台湾印行出版之《朴学斋丛书》（五）。书中对李太白籍贯问题的四川绵州、广汉、巴西、山东、陇西成纪、条支、碎叶、西域等多种说法，经考证得出结论。

太阴图说 天文研究。蔡尚质撰，高均（高平子）译。1 册。1922 年初版。中法文对照。含佘山天文台原图。齐燮元作叙。有江苏省公署启。王瑚题字。张铁欧题诗。郭秉文作太阴图说序文。有序和导言。含满月图、非望日之太阴全图、分图和论太阴景物成形之理等四卷。附表有二。另附太阴图、满月图、上弦月图、上弦后四日之月图、下弦月图等摄于佘山天文台照片 14 幅。

太昆先哲遗书 文史汇编。俞庆恩编。首集 10 种，18 册。太仓俞氏世德堂 1931 年铅印本。唐文治题签。吴敬恒署端。唐文治作序、跋。俞庆恩作《太昆先哲遗书印行缘起》《太昆先哲遗书编纂余言》。收录江苏太仓、昆山两地先贤著作，包括《从先维俗议》《爱莲居诗钞》《浣花庐诗钞赋钞》《学庸讲义》《五子绪言》《勤斋考道日录》《呓语偶存》《养正录》。

区月恒（生卒年不详） 广东新会（今江门市新会区）人。字蒨娴。南社湘集社友。

历代女子白话诗选 诗集。徐珂选注。1 册。商务印书馆 1932 年初版。徐珂作序。含五绝 45 首、五律 8 首、五古 7 首、七绝 114 首、七律 1 首、七古 3 首和长短句 4 首。

历代文章论略 文章论著。胡朴安著。萧退闇题字。自序一篇。1923 年印在安吴胡氏刊《朴学斋丛刊》第四册中，后收入胡道彦在台湾印行出版之《朴学斋丛书》第二集（九）。主要论述关于中国历代政治、经济、风俗等方面的影响。

历代名人书札注释（第一册） 书信集。许国英（指严）选注。商务印书馆发行。选周秦至南北朝各类书信 52 篇，计周秦 4 篇、汉 28 篇、晋 6 篇、南北朝 14 篇。入选书信散见于史籍和各家文集中，大部分是传诵已久的名作。如司马迁《报任安书》、李陵《答苏武书》、杨恽《报孙会宗书》、李固《与黄琼书》、曹植《与杨德祖书》、嵇康《与山巨源绝交书》、吴均《与朱元思书》等。注释用文言文，重在史实诠解和情理串释。

历代词选集评 词学评论集。徐珂选辑。全 1 册。商务印书馆 1928 年发行。搜罗唐、五代、宋、金、元、明词 568 首，另加补遗 136 首，共 704 首。每首词之后还附有古今名人（还有一些词学专著）对此词的评语，评者中有陆放翁、黄鲁直、王介甫、苏子由、黄叔旸、黄蓼园、王世贞、沈际飞、王壬秋、谭复堂、况夔笙、周止庵等。编者在自序中言：“但求有评，而宗派亦不暇顾矣。若夫诸词之短长周疏，虽不尽同，然皆卓然有以自见。所附评语，其宗旨亦不尽同，杂列之而不墨守一先生之言。”此编集可谓集古今词评之大成，对词学研究有着重要之意义。

历代诗评注读本 历代诗评。王文濡编。2 册。北京中国书店 1983 年初版，据上海文明书局铅印本影印。有王文濡编辑历代诗评注读本之缘起和历代诗评注读本总序。含古诗评注读本、唐诗评注读本、宋元明诗评注读本、清诗评注读本和学诗初步。

历代帝王权术总览 帝王权术研究著作。易白沙编著，郭长庚、吴兴勇今译。湖南人民出版社 1999 年第一版。文白对照。前有编辑说明。章炳麟作《易白沙传》，易培基作《亡弟白沙事状》。易白沙作序。含人祭、杀殉、弱民、媚外、虚伪、奢靡、愚暗、严刑、奖奸、多妻、多夫、悖逆 12 部分。

历法通志 天文学著作。朱文鑫著。商务印书馆

1934年出版发行。作者在自序中说，“拟撰《中国历法史》，将历代遗法，以算式演绎，由诸用数之损益升降，以明历法之变迁沿革”。全书共24篇。第一篇，历法总目，共列出了98种历法总目。第二篇，叙述历代历法之沿革以明变迁。第三篇，历法行用年表。为对秦代以降被正式颁用的60种历法在年代上前后相继，间或同时并用的状况进行描述，提供数据。第四篇，各历岁实、朔策表，共给出74种历法的回归年和朔望月长度值。第五篇，各历近点月、交点月表。第六篇，各历五星会合周期表。第七至十七篇，后述志略以考得失。第十八至二十四篇，末附各论以志关系。

尤半狂(生卒年不详) 籍贯未详。南社社友。由社友介绍入社，未填写入社书且未予编号。20世纪30年代曾从范烟桥、包天笑手中接办《小日报》，任主编。

尤墨君(1888—?) 江苏吴县(今苏州)人。原名志庠，后改名翔，字玄甫，号墨君。南社社友。1911年12月31日由宋铭谷、汪振镛、陶赓照介绍入社，入社书编号205。1925年在浙江与李叔同相交相识。著有《碧玉串》《新苏州导游》等，又与南社社友蒋箸超、张冥飞合著《古今小说评林》。

车茵集 诗集。陈啸湖(祖基)撰。1卷，1册。铅印本，1936年。章炳麟题签。柳诒徵署端。关赓麟、邹慎斋分别作《车茵集序》。陈啸湖自序。收作者1935年4—6月辗转历经苏皖赣闽浙5省的古近体诗80首。

少年一首 诗篇名。七律。柳亚子作。本篇抒发人生感慨，直抒胸臆，谓少年时要以文才武略纵横驰骋，但到年华老大时，即便有浮名，也没有什么用处了。认为避世不是真正的隐士，佯狂只能聊以慰藉妻儿。三国时期魏末嵇康并不是真正的打铁匠，西汉时期陕西华阳人杨恽留下了宣扬人生须及时行乐的讴歌“田彼南山”的诗篇。以十斛醇醪浇不尽胸中块垒，那么，碌碌无为地活着只不过是活死人罢了。以学问为诗，典故入诗，理胜于情，有宋诗遗风。

少年的回顾 传记。邹鲁著。1册。重庆独立出版社1943年初版，列入“传记丛书”。邹鲁自署书端。有凡例和自序。含从家世说到幼年、私塾教育、办学与入党、广州读书与初次革命失败、民意机关服务、广州三月二十九之役、光复广东与北伐、整理金融与北上、国会内的奋斗和讨袁失败出亡在日本等篇。

少年哥德 德国文学研究。柳无忌编。1册。上海北新书局1929年初版。柳无忌作序和卷后语。含歌德的孩童时代、歌德的求学时代和歌德在狂飙运动中等篇。附歌德石像等插图17幅。

少林宗法图说 少林拳。卢炜昌藏，陈铁生(绍枚)编。1册。上海国术统一月刊社1936年初版，列入“国术统一月刊社丛书”第一集第四册。姜侠魂作中华武术选手表演队参加第十一届世界运动会纪念号征文宣言。有少林拳术图说181幅。少林宗法含气功阐微、五要说、技击入门次第法、截解手法、截解手法之真诀、截解通通行法、身法示要、拳法历史与真传、拳法历史与真实和技击术释名。姜侠魂作少林拳术图说弁言。唐豪作跋。

日本对华经济侵略 一名《日本对华经济侵略史》。史书。邹鲁著。1册。广州国立中山大学出版部1935年初版。胡汉民署端。含概论、殖民、领土、关税、铁路、邮政、电政、航政、金融、水产、矿业、林业、农业、工业、商业和结论等章。附丘式如的读后语。

日本论 政治论文集。戴季陶著。上海民智书局1928年版。共计24章，对日本的民族性格、风俗习惯、国情等进行全面的剖析。

中山大学 学校名。初名“国立广东大学”。1924年由孙中山创办，由当时的国立广东高等师范学校、广东省立法科大学、广东省立农业专门学校合并成立，校址在广东省广州市新港路。邹鲁任校长，经亨颐曾任副校长。1925年广州医科大学并入。1926年7月改名中山大学。戴传贤为校长，郭沫若、成仿吾、郁达夫、鲁迅及南社吴梅、闻宥曾在该校任教。抗日战争期间，自1938年10月起辗转云南澄江，粤北坪石、连县、仁化，粤东兴宁、梅县各地。抗日战争胜利后，各学院陆续迁返广州。1952年院系调整时，工、农、医、师范4个学院分别独立建校，法学院及其他部分系科并入其他院校。岭南大学文、理学院及广州、中南地区部分高等学校的有关系科并入，改建为文、理综合性大学。

中日战争 历史著作。王钟麒撰述，傅运森校阅。商务印书馆1930年9月出版。属吴敬恒、蔡元培、王云五主编之“新时代史地丛书”之一种。书前有叶圣陶所作序，并附有“战场图”。共有15章。第一章“中日交涉之开幕”，是背景介绍，从第二章“琉球问题与侵入台湾”开始，次第叙述日本的侵略行径、清政府的软弱无能、清朝陆海军的处处崩溃。本书也介绍了清军中如邓世昌等少数英雄将领及广大下层军民尤其是台湾人民的殊死抗争。

中文名歌五十曲　歌曲集。李叔同等著，裘梦痕、丰子恺合编。丰子恺设计封面，裘梦痕、丰子恺作序。手写体印刷，上海开明书店1927年8月出版。其选择歌曲的标准为“对于曲要求其旋律的正大与美丽，对于歌要求诗歌与音乐的融合”。所收50篇歌曲中，由李叔同作词作曲或填词的作品仅13首。除李叔同外，作者还有吴梦非等人，从古诗中选择的歌词也为数不少，另有一些歌曲未标作者。收入的《送别》，是这首歌曲最早公开发表的版本。

中西医结合之探索　南社掌故。俞庆恩1908年毕业于上海圣约翰书院医科，取得医学博士学位。他除了精于西医之外，对于中医和中草药也很有研究，经常与一些著名中医师讨论研究中西医结合的理论和临床的治疗效果，并在实践中积极探索。他听说中草药中的肺形草能治疗肺结核，便请人从温州找来这种草，请药理学家朱恒璧作药理实验和分析，然后进行临床试验。他在《中华医学》杂志上发表过许多篇有关中西医结合治疗的探索文章，如《保存古医学之商榷》《中医西医之沿革》《肾脏炎及糖尿病之中草药治疗》《痧子颈草的采访与识别》等。

中华小说界　期刊名。1914年1月在上海创刊。中华小说界社编辑发行。主要撰稿人天笑、指严、瘦鹃、枕亚、尊农、汉章、寄尘、太常仙蝶、蘧庵等。设有插画、绪论、短篇、长篇、新剧、文苑、笔记、谈丛等栏目。发表小说有瘦鹃《冰刃》，笑《电话》，枕亚《毒》，尊农《香桃骨传奇》，江东老虬《芙蓉女》等。1916年6月停刊，共出30期。

中华女子美术学校　学校名。唐家伟（又名唐敏慎）1918年在上海霞飞路宝康里215号创办。以培养女子美术人才为宗旨，开设中国画、西洋画、工艺美术等专业。柳亚子、陈家庆等曾任教员，张甫泉、柏烈武、陈家鼎等任校董。该校以教授国画和湘绣为主，师资力量雄厚。1932年左右停办。

中华民报　报纸名。1912年7月20日创办于上海。邓家彦任总编辑，刘民畏等主持编辑，其他有胡寄尘、胡朴安、程善之、汪影庐等。以“拥护共和进行，防止专制复活”为宗旨。以拥护孙中山，猛烈抨击袁世凯而著称于世，为“横三民”报之一。胡朴安、程善之的诗和文章最为著名。二次革命后，邓家彦被捕，由汪洋持续编辑发行。邓家彦作《狱中诗》三首，一时和者颇多，有《狱珊瑚》之辑。1913年9月16日停刊。

中华民国大事记　编年体大事记。包天笑编。上海有正书局1912年印行。仿纪事编年之例，按日编纂，每月一册。编选中华民国开国以来中央政府和各省发生的大事，内容涉及政治、军事、教育、经济、外交、法律等，如清帝退位、孙中山就职临时大总统、军阀混战、教育法令颁布。材料大半摘自报章，“亦有报者所未载者”。编者在凡例中自称“不敢居近世史名，或为修近世史者，供一参考之材料云尔”。惜只编到第四册即告终。

中华民国开国前革命史　辛亥革命史。冯自由著。3卷，3册。上海革命史编辑社1928年初版。陈少白、章炳麟分别署端。张继题词。章炳麟作序。有萱野长知致著者书。冯自由作自序和本书大意。含中国革命之动机等51章。叙述1895年广州起义至1910年黄复生、汪兆铭谋炸清摄政王的反清历史。

中华民国自由党章程　政党章程。李怀霜编。1册。民国时期铅印本。李怀霜作《中华民国自由党章程序》。《党员应守十则》：自有真理，人道主义，民国法律，本党规约，国民名誉，平等精神，公理公德，毅力热诚，博爱忠恕，义勇果仁。《党员应戒十则》：改变宗旨，逾越范围，破坏团体，任意恣为，泄露机密，妨害进行，自暴自弃，利己损人，甘冒不韪，欺诈邪淫。共有12章，为总则、机关之组织及权限、集会、经费、进行之方法、党员之权利义务、宣讲团分则、新闻团分则、律师团分则、支部分则、敬礼及罚则、附则。发起人有林与乐、梁舜传、谢树华、郑鉴宇、徐麟寰、蔡之韶、高冠吾、梁炳麟、王钺、罗傅、杨鸿春、赵铨章12人，成员有汪精卫、孙中山、黄克强和李怀霜等16人。

中华民国宪法史案　法学著作。李根源纂辑。日本国闻编辑社1914年2月初版。全书按时间顺序排列：一、制宪，二、干宪，三、宪讧，四、宪祸等，罗列了从中华民国成立、制定宪法开始，到袁世凯登上大总统宝座后有关宪法发布的一系列文件、电文共60多种。其中有“宪法起草委员会议决提出宪法会议宪法案”“总统袁世凯咨国会提出增修约法案文”“袁世凯解散国民党追缴国民党国会议员证书徽章令”“袁世凯停办地方各级自治会令”等，如实地记载了袁氏干扰宪法、践踏民主，为其实行独裁统治、最后复辟帝制作准备的经过，也是编者对袁氏倒行逆施的揭露。

中华全国风俗志 风俗资料汇编。胡朴安编辑。上下两篇，各10卷。上海广益书局1923年6月刊行。台湾文海出版社有限公司1985年再版。许世英、胡朴安分别作序。上篇抄自方志，对顺天、山东、山西、河南、安徽、浙江、福建(包括台湾)、湖北、湖南、陕西、四川、广东、广西、云南、贵州等地之气候、习尚、时令、礼仪、方言、风俗习惯进行分门别类的整理；下篇抄自笔记、游记、日报、杂志，是对直隶、奉天等地及苗族近代以来风俗习惯的整理。内容涉及物产民风、岁时节庆、婚丧嫁娶、饮食起居、祭祀信仰、方言娱乐等，资料颇具价值。对广东地方妇女特性等的描述，更为研究近代社会女性生活提供了极好的资料。

中华名胜图说 名胜图说著作。吴杏芬绘图，吴秉钧译叙。1册。1926年增订二版。中英文对照。前有吴杏芬夫人玉照。吴秉钧自序，吴子玉、克银汉、蔡彬华、莫安仁、许默斋、黄朴存分别作序。收国画18幅，每幅画均附有吴秉钧写的名胜说明文字。

中华南社文化书系 团结出版社2014年9月出版。2014年9月20日在"第二届中华南社学坛北京雅集暨学术研讨会"上首发。邢如瑞、徐杰总策划，袁行霈、周南、周向群担任总顾问。杨天石、张炯、周和平、修福金、王飚、吴先宁为文史顾问。张夷、丁及任总主编。杨天石撰总序。全书由南社与地方系列、南社文史系列、南社人物专题系列、南社普及读物系列组成，有《苏州与南社》《吴江与南社》《陈去病研究文丛》《南社人物名号录》《南社人物编年史》《南社遗存寻踪》《南社风景诗词选》等，总计29种31册。

中华普通新字汇 字汇。张廷华编。1册。编译书局1922年石印本。编辑大意说：本书专为两等小学校，以及农工商各界略识字之人检查而编，只详音释，不涉引证，极简切、极明白。制为袖珍本，舟车携带亦便。根据笔画部首查找；附古体字汇，附俗体字汇。

中华新报 报纸名。① 1908年4月17日创刊于汕头。梁千仞为主任，林百举为编辑。1908年8月聘陈去病为总编，发表激烈的反清文字。1909年12月陈返沪，举叶楚伧自代。叶楚伧负责时评、评论栏，发表更为激烈的文字。撰稿人有林百举、柳亚子、高天梅等，为南社人士在南方的重要宣传阵地。1911年7月25日改名《新中华报》，仍由叶楚伧主编，不及一月遭火，8月末停刊。② 1915年10月1日创刊于上海。欧阳振声、章木良任总编辑，谷钟秀、谈善吾、陆咏黄等主持编务。其副刊多为南社人士叶楚伧、张默君、成舍我发表诗文的园地。1917年6月南社后期内部同光体之争发生后，即扩大于本刊，王无为为其主力，发表文章持续到年末。1926年停刊。

中兴鼓吹(增订本) 词集。卢前(卢冀野)著。1册。独立出版社1939年6月初版。由陈立夫序，欧阳渐、潘式等诸家题词，书末有易君左、陈衍、陈诗、吴宓、夏敬观、叶恭绰、邵瑞彭、钱基懮等论及卢前及其作品的文字。词集抒发了作者对日本侵华、民族存亡的忧虑。

中国八大诗人 文学评论集。胡怀琛著。1册。商务印书馆1925年1月出版。被列入"国学小丛书"。该书对中国文学史上屈原、陶渊明、李白、杜甫、白居易、苏轼、陆游、王渔洋8位诗人的生平与作品予以评论。卷端所题6首绝句，表达作者对八大诗人的评价。

中国大文学史 文学史著作。谢无量著。10卷，1册。王文濡序。中华书局1918年初版。全书分绪论、上古文学史、中古文学史、近古文学史、正世文学史5编。不仅介绍诗、文、词、曲和小说、戏曲，还列举颂、铭、议、诏命、道书、医书、阴阳家、纵横家、杂家、法家、天文、历谱、五行书、占书、神仙书等文体。作者述本书体例说"先述其时势，次及文人出处，制作优劣，附载名篇，以资取法焉"(《绪论》)，注重各种社会现象、哲学思潮与文学发展的关系。

中国小说的起源及其演变 文学研究著作。胡怀琛著。1册。南京正中书局1934年8月出版。共6章。第一章叙述本书所涉及的范围。第二章谈小说的起源及"小说"二字在中国文学上涵义之变迁。第三、四章分别阐述中国小说"形"和"质"两方面的演变。第五章论述现代小说。第六章列举了研究中国小说的参考书目。著者认为小说的根源主要有：民间传说、神话、史话、时事和寓言。后来的小说也是依据这5个方面演变而来的，并认为小说最初的传播形式是通过民间口头传播，而后的小说则是产生于文人的口头与笔下创作，并分析了中国原有小说的分别。

中国小说研究 文学研究著作。胡怀琛著。商务印书馆1933年4月出版。被列入王云五主编的"百科小丛书”。共 4 章：第一章为绪论，第二章为中国小说实质上之分类及研究，第三章为中国小说形式上之分类及研究，第四章为中国小说在时代上之分类及研究。著者认为神话和传说，出现得最早，为后来小说的根源，也成为后来小说的一部分，这一点是中外相同的。故而从实质上可分为：神话、传说、稗史。从形式上可分为：记载体、演义体、诗歌体、描写体。从时代上可分为周秦小说、晋唐小说、宋元小说、清小说、最近小说。著者并引征古籍中例子，以证上述观点。

中国小说概论　文学研究著作。胡怀琛著。1 册。上海世界书局 1934 年初版。列入“中国文学丛书”。含绪论、中国古代对于“小说”二字的解释、古代所谓小说、唐人的传奇、宋人的评话、清人传奇评话以外的创作、西洋小说输入后的中国小说和总结等篇章。

中国艺术大展作品全集·黄宾虹卷　国画选。黄宾虹绘，中国艺术大展组织委员会编。1 册。上海书画出版社 1997 年初版。刘忠德作前言。吴冠中作序。卢辅圣作《曲径通幽处·黄宾虹的绘画艺术》。含疏林幽亭图、嘉州归渡和江山无尽图等 50 帧图版。附黄宾虹年表。

中国历代生计政策批评　政治学著作。马君武著。1 册。中华书局 1930 年出版。共 7 章。各章分别论述井田制度，西汉时代国民生计状态——平准法，王莽之均产废奴运动，东汉时代崇儒学、用循吏、劝农桑之效，王安石新法，历代河渠事业，清代铁路事业。按照时间顺序，搜集中国历史上有关国民生计政策起源、实施和效果的相关资料，并对这些政策进行评论。其中有关清代铁路事业起源与发展的资料尤为翔实。

中国少年少少年　南社掌故。邹容，字威丹，早年留学日本。1905 年他写《革命军》一书宣扬反清。一日，邹容为柳亚子写一扇面，一面写“中国少年少少年”7 个篆体字，另一面请金松岑画一人吹军号。

中国公报　报纸名。1910 年 1 月 1 日在上海创刊。陈其美主办，陈去病主编。有徐自华、邹亚云的《出版祝词》。文艺栏发表陈去病《病倩词话》《明季琐闻》等，为南社人士的宣传阵地之一。同年末停刊。

中国公学　学校名。清末由革命党人在上海创立。1905 年 11 月日本文部省公布《清国留日学生取缔规则》，引起中国留日学生的强烈反对，东京 8 000 名留学生罢课抗议，3 000 余人退学回国。为解决归国留学生就学问题，姚宏业、孙镜清、于右任等人四方奔走，劝募经费，筹办中国公学。校址在北四川路底新靶子路横浜桥，后迁至吴淞。1906 年 4 月正式开学，学生 318 人，分高等、普通、师范、理化 4 个班。于右任、李登辉、陈伯平等曾在该校任教。学校实行民主自治管理，学生自办《竞业旬刊》，宣传革命。1917 年学校停办。1919 年复校，设商科和中学，王家襄任校长。1922 年升格为大学。1932 年毁于日寇炮火。1933 年租赁临时校舍复校，熊克武任校长。后国民政府教育部“勒令逐年结束，办至原学生毕业为止”。1937 年八一三事变后，学校停办。1949 年在重庆复校。中华人民共和国成立后，并入四川财经学院（1985 年更名西南财经大学）。

中国六大文豪　作家传记。谢无量编。1 册。中华书局 1916 年初版。有绪言。含屈原、司马相如、杨雄、李白、杜甫和韩愈等 6 编 37 章节。每编均有传略，并就其在文学上之成就进行介绍和分析。

中国文化叙论　古文化史。江亢虎著。1 册。上海东方文化出版社 1936 年初版。含中国民族与文化之起源、禅让时代之五帝、封建时代之夏商周及春秋、战国、汉、东汉、晋、五胡与南北朝、隋唐、五代十国、宋、辽金与两夏、清、现代、中国天然地理等章。

中国文字之源流与研究方法之新倾向　汉字学论著。马叙伦著。上海学术社 1941 年初版。本书曾被收录于《学林》第六辑。全书分为导言、文字的原始、文字之增加、字形之变迁、过去研究工作之检讨、现代研究方法之倾向等章。作者在社会上有许多人提出要取消汉字的背景下，着重论述了汉字以百分之九十为形声字的特点，具有字形保持本义的优势，指出“文字的好坏，本来没有绝对的标准”。全书采用大量的甲骨文和金文等古文字，详尽地论述汉字的象形、指事、会意、形声、假借和转注，主张用汉语语源学的角度来研究汉字，并批评了清代王念孙《释大》中的一些欠妥之处。针对汉字“六书”中的“转注”这一文字学中的千古难题，提出“转注字的本身，实在无一个不是形声字”的论点，为文字学的研究提出了新的视角和方法。

中国文字学史　文字学史论著。胡朴安著。商务印书馆 1937 年初版。1965 年台北商务印书馆据 1937 年版影印。1983 年北京中国书店又据商务印书馆 1937 年版影印，同年上海书店将其收入“中国文化史丛书”。1990 年上海书店将其作为“民国丛书”第三辑第四十七册收入。胡朴安在此书绪言中指出："文字学者，研究文字之条例，所以指示人研究文字之方法。文字学史者，则叙述研究文字之条例之著作与其人，所以指示人知文字学之源流。编辑文字学，则比较各家之学说，而以主观判断之，以求文字学说之统系。编辑文字学史，则搜集各家之学说，而以客观叙述之，以得文字学之变迁。"台湾东吴大学教授沈心慧所著《胡朴安生平及其易学、小学研究》评价该书在学术上的价值有四：一、为第一部文字学史，具开创之价值；二、材料博赡，具文献之价值；三、发凡起例，为后继者增广之基础；四、以"古文字学时期"为第四期，具前瞻眼光。

中国文法浅说 文法教育。胡怀琛著。1册。商务印书馆1933年初版。小学生文库第一集(语文类)之一。含文法的来历及其效用、怎样研究中国文法、九种词性的名称、名词、代名词、动词、形容词、壮词、介词、联词、助词、叹词、句和语、附加的份子、将几个短句联成长句和将短句包涵在长句内等16章。

中国文法革新论丛 论文集。陈望道主编。重庆文聿出版社1943年出版。全书收录的是1938年10月至1943年3月中国语文学术界所举行的一场革新文法研究讨论的文章，计收文章34篇。作者有陈望道、傅东华、金兆梓、方光焘、张世禄、汪馥泉、陆高谊、廖庶谦、许杰等人。文章讨论的内容集中在文法研究的对象、汉语文法的特点、如何划分词类、文法学与其他语言学科的关系等一系列问题。全书收有11篇文章，主要从汉语本身特点出发，提出了用功能的观点来研究汉语语法的见解，并对功能观点作了比较全面的阐述，创立了汉语词类区分的功能论学说。所收文章还对语文的标记性质进行了探讨，对汉语语法理论的建设和语法研究是十分有益的。为中国汉语文法学提供了一部很有价值的文献。

中国文学史 文学史专著。① 刘大白著。上海开明书店1932年1月出版。全书只有引论、上古至商、周至秦、两汉、三国至隋、唐6章，其余未完成。该书以鉴赏的态度看文学发展大势，从文学史中领略出某时代作品的特色。书中将文学具体分为诗篇、小说、戏剧3种。论及某一时代文学时，指明这一时代的文学主潮，以多个作家的作品为例来表达那个时代的风格，并引用古今学者对这些作品的评价来说明得失，或从时代与社会的原因来剖析为什么会有这样的作品；谈到某一文体，说明它的起源、演变、艺术上的优劣；讲到某一作家，考明其文风的来龙去脉。特别对唐代诗歌更是从政治原因、宗教原因、社会原因、历史原因等方面来阐述诗歌繁荣，而其他文学样式又相对滞后的状态。这部游览指南式的文学史，自成一家，像一种鉴赏式的导游图，成为鉴赏过去文学的指南。"也是有所见的著作，和坊间的教本式文学史，绝不相同"(曹聚仁语)，对后人启发颇大。② 黄人著。29册。国学扶轮社民国年间出版。铅印本。全书共分古代、近代、当代3个部分。从语言的产生、结绳记事、音韵的发展、文字的诞生，到后来文字学、金石学、音韵学、小学、美术学等的发展变化均有详细论述。前三册为绪论，阐述作者对国故学、纯文学的见解，认为中国文学需要改革，不仅赞同白话文，主张文字改革，并强调了小说的重要性。全书分总论、略论、文学之种类、分论、上世、中世、近世等篇章。其文学观、文学史观、方法论，对后世的文学史撰写、文学研究乃至文学的发展均产生了重大的影响。

中国文学史讲义 文学史书。胡怀琛编。1册。民国期间油印本。有总论、中国诗歌史、中国小说史、中国戏曲史、中国抒情散文史、中国杂项文学作品小史、历代文学变迁一览及附录8编。

中国文学史略 文学史著作。胡怀琛著。上海新文化书社1935年5月出版。此书为作者于沪江大学、江苏省立第二师范学校任教时的教材。共分11章。第一章绪言，论说文学之界说与分类，文学之起源，文学与人生之关系，文学与他学科之关系。其他各章分别介绍上古、周秦、两汉、魏晋、南北朝、隋、唐及五代、宋、辽金元、明、清的文学。

中国文学史概要 文学史著作。胡怀琛编著。上下两册。商务印书馆1931年8月初版。书前有陶渊明、杜少陵、李太白、姜白石、苏东坡、袁海叟、王渔洋之描像。本书按朝代叙述先秦至清代的中国文学史和历代文学作者的故事。作者绪言曰："本章所述为文学作者的故事，性质略等于《文人传》《文人逸事》。然比《传记》为活泼，比《逸事》又较有系统。本书是历史性质，取材以确实为主，故根据的书经过相当的审查，其他'文人故事'有出于小说中而不可信的一概不取，间或取一二，必注明为不可信。"

中国文学评价 文学批评史著作。胡怀琛著。上海华通书局1930年6月出版。共6章。第一章，关于批评自身的话。第二章,批评文学当先解决的问题。第三章,人生文学论者之批评中国文学。第四章,纯文学论者之批评中国文学。第五章,旧式文学作者之误点。第六章,旧式文学批评者之误点。著者提出文学批评者往往持两种观点:一为人生文学论,又称为“为人生而文学”。二、新的人生文学论。认为文学是人生的表现,文学以人类的现实生活为背景,重在写实,而不讳宣布人类的劣迹与丑态。

中国文学变迁史 文学史著作。刘贞晦、沈雁冰合著,闻野鹤校。中华图书集成公司 1921 年 12 月初版,新文化研究会发行,被列为“新文学丛书”之一。新文化书社 1933 年 10 月第十版,封面改为闻野鹤编。该书内容分为两部分,第一部分为文学变迁史部分(刘贞晦著),共 11 篇,上始唐虞,下迄民国,分篇叙述。第二部分则是“近代文学体系的研究”(沈雁冰著),分两章论述:第一章有近代文学何以重要、近代文学的界说、近代文学的渊源 3 节;第二章分为说部、诗、剧本和结论 4 节。

中国文学选读书目 教科书。吴虞编著。成都菇古书局 1933 年刊印。为中国文学入门书目。分为经、史、子、集、音韵小学、目录校刊考订、思想学术、类书八类。各类之下开列相关图书及书的通行本。书后附“先生与刘锡五书”“梁漱溟先生国文教科书取材私议”“胡适之先生读书法”“梁任公先生治国学杂话”等文。

中国文学通评 文学评论著作。胡怀琛著。上海大东书局 1923 年出版。全书分为:总叙、桐城文、清初三家、唐宋八家、左国史汉、孟轲庄周、通评。作者提倡重视古代经书,弘扬作文文字峻洁,言之有物与有序等古文义法。

中国文学辨正 文学研究著作。胡怀琛著。商务印书馆 1927 年 9 月初版。内容有:一、国风入乐辨。二、国风非民歌本来面目辨。三、国风不能确切代表各国风俗辨。四、辨国风之巫诗。五、诵诗歌诗弦诗舞诗辨。六、楚诗正名。七、和诗辨。八、再辨和诗。九、艳诗辨。十、辨竹枝词非咏风俗。十一、诗歌声律辨。十二、文笔辨。十三、赋辨。十四、论说出于纵横辨。十五、韩柳欧苏文之渊源。十六、诗歌与感情。十七、明清以来文学家之创见。

中国书学浅说 书法论著。诸宗元著。商务印书馆 1928 年 4 月初版。列入“百科小丛书”。略论中国书体分析、笔法研究、字之结构及运用,概述学书临摹的门径、次第、方法、宜忌,简介历代书家书论和法书碑帖等。援古证今,简明扼要。

中国玉器时代文化史纲 古文化史。谢英伯著。1 册。中华考古学会 1930 年初版。有著者自序和凡例。含引论、荒古代、太古代、上古代、中古代、近古代和结论 7 章。附《中国玉器时代文化表》。

中国古田制 经济学著作。谢无量著。商务印书馆 1932 年出版。列为“国学小丛书”,后收入万有文库。全书共分 6 章:第一章绪论。针对怀疑古田制、井田制的论点,提出古代农业发展有三大时期:自由农业时代、国家管辖农业时代、地主操纵农业时代,以此论证古田制产生和发展的客观环境。第二章,土地制度之起源及其成立。认为中国古代封建社会的社会构造表现为 4 个方面:一、君主神权之确定;二、贵族阶级之成立;三、宗法制之组成;四、教育习惯之养成。这样的社会构造使得农民甘愿务农,并视服役于公田为天经地义之事。第三章,什一取民制度之研究。引证古代文献论述“什一取民”制度的三种形式:贡法、助法、彻法。第四章,周礼中之土地制度。叙述周时按家庭人口和不同身份分配土地、宅田的状况。第五章,土地制度与军赋制度之关系。论述古代“寓兵于农”的兵役制度。第六章,结论。认为古代实行复杂的兵役制度,必须以精密的分配方法为前提,从而肯定“什一而税”的井田制的存在及其历史作用。

中国白话报 期刊名。1903 年 12 月 19 日创刊于上海。林獬主编。宗旨在于主要用文学作品鼓吹民主民族革命。设有论说、历史、传记、新闻、实业、小说、戏曲、谈苑、选录、半月纪事等栏目。发表高旭《大汉纪念歌十八章》《逐满歌》《光复歌三首》《中国八大奴隶歌》;白话道人《黄帝传》《玫瑰花》《娘子军》《大禹传》《新儒林外史》,吴梅的《风洞山传奇》,觉佛的《活地狱传奇》等。该刊是我国较早采用白话、鼓吹民族民主革命的期刊。1904 年 10 月停刊,共出版 24 期。

中国训诂学史 训诂学史专著。胡朴安著。商务印书馆 1939 年初版,北京中国书店和上海书店于 1983 年、1984 年先后影印。1937 年胡朴安应商务印书馆“中国文化史丛书”第二辑之约,撰写《中国训诂学史》。全书除“绪言”外,共分 6 章:第一章,《尔雅》

派之训诂;第二章,传注派之训诂;第三章,《释名》派之训诂;第四章,《方言》派之训诂;第五章,清代训诂学之方法;第六章,今后训诂学之趋势。其中一、二、三、四章为重点,而一、二章着力尤多。对重要的训诂学专著及训诂学史料,胡氏都先考证作者及著述年代,然后详细介绍该书内容及条例,再指出其在训诂学上之价值,最后对各书的续广本、校注本作介绍评说。在第五章中指出清代学者以文字通假、训诂异同、声韵流变、虚词辨别、章句离析、名物考证、义理推求等七种方法来说明声音训诂名物之变迁,推求古书义理之所在。第六章介绍利用甲骨文、金文材料的考证法。并广取书证,用统计方法来探究词义,辨别古籍真伪的推测法。

中国民歌研究 民歌研究专著。胡怀琛著。1册。商务印书馆1925年初版。胡怀琛自序。全书共分8章。第一章介绍了民歌界定、民歌与诗歌间的关系。后几章是古代各类民谣、民谚、叙事长歌、叙事长歌向戏剧的递变、近代短歌与叙事长歌等的定义、产生发展、演变过程及相互间的区别和联系。最后一章则是作者对民歌的一些考证与辨析。

中国同盟会 简称"同盟会"。社团名。中国资产阶级革命政党。1905年8月由孙中山倡导在日本东京成立,举孙中山为总理,黄兴等分任执行、评议、司法三部工作,成为全国性的革命组织。确定政纲为"驱除鞑虏,恢复中华,建立民国,平均地权";制订《同盟会宣言》《中国同盟会总章》《革命方略》等文件;发刊《民报》,对改良派展开论战;在国内外各地建立支部和分会,联络华侨、会党和新军。自1906年起,先后发动萍浏醴起义、黄冈起义、七女湖起义、钦廉防城起义、镇南关起义、钦廉上思起义、云南河口起义、广州新军起义和1911年4月广州起义(黄花岗之役)。10月武昌起义,爆发了全国规模的辛亥革命。同盟会本部由日本东京迁至上海;南京临时政府成立,再迁南京。1912年8月改组为中国国民党。

中国先贤学说 学术思想论著。胡怀琛著。上海正中书局1935年2月出版。作者针对今人研究中国先贤学说者多依照欧洲学术分类之说,分为哲学、文学、政治、社会、经济、法律等,认为中国旧有学说自成系统,因取中国学说固有之名称(如仁政、礼乐、中庸等)而为之整理贯串。此书述及各种学说,除一篇属于道家学说之外,其他皆属儒家。内容包括:南面术说、仁政说、礼乐说、中庸说、忠恕说、乐道说、克己慎独说、性理说、天人合一说、知行合一说。从学术角度深入浅出地剖析中国古代思想的本质。

中国妇女文学史 文学史著作。谢无量著。1册。中华书局1916年初版。含上古妇女文学、中古妇女文学(两汉)、中古妇女文学(魏晋南北朝)、中古妇女文学(唐五代)、近世妇女文学(宋辽)和近世妇女文学(元明)3编6史。概述各个时代妇女文学的盛衰情况,辑录具有代表性的作品,并附以精辟的点评。

中国戏曲概论 戏曲论著。吴梅著,陈乃乾校阅。大东书局1926年10月出版。全书分金元、明、清3卷。上卷论金元诸杂院本、诸宫调、杂剧、散曲;中卷论明人杂剧、传奇、散曲;下卷论清人杂剧、传奇、散曲。该书依据所收集的丰富的原始资料,多年创作、教学、研究的成果,阐述了自金元至清代的戏曲通史。以中国古代戏曲发生、发展、衰落的历史为线索,以作家、作品的介绍评论为重点,旁及作家的遗闻轶事。全书论及元人杂剧116种,元人散曲25种;明人杂剧97种,明人传奇43种,明人散曲52种(含书目);清人杂剧146种,清人传奇100种,清人散曲专集12种,总集4种。王文濡在《〈中国戏曲概论〉序》中评价此书为:"溯流派,明正变,指瑕瑜,辨盛衰,举平日所浏览、心所独得者,原原本本倾筐倒箧而出之,搜集之博,判断之确,评论之精,仆虽门外汉,亦觉昭然若发蒙矣!"

中国园林名胜志丛刊·叁拾 名胜地理。徐崧、范烟桥、谢家福著,郑晓霞、张智编。扬州广陵书社2006年第一版,影印本。本书为徐崧辑《百城烟水(二)》、范烟桥辑《拙政园志》和谢家福辑《五亩园小志》合刊本。《拙政园志》为抄本影印,含序、沿革、志乘、记述、集诗附词、杂著和题志。含叶玉森等南社社友作品。

中国佛教史 宗教史著作。黄忏华著。商务印书馆1940年出版。本书以中国佛教发展的兴衰为线索,将中国佛教史分为4个阶段,即中国佛教之肇始时代、进展时代、光大时代、保守时代,时间跨度从东汉明帝之前的佛教东来说到清代嘉庆之后的中国佛教衰亡。全书重点为中国佛教的进展时代和光大时代,其余两个阶段只进行了简略介绍。作者以每个时代的宗教派别发展为核心,就其中的代表人物、大事件及思想潮流进行论述,史料翔实,考证严密,对传说及有争议的观点皆注明其出处,治学态度严谨。

中国佛教简史 宗教史著作。黄忏华撰。1 册。汉藏教理院刻经处 1944 年刻本。黄忏华作弁言。太虚作跋。共 14 章。

中国近代文学大系(1840—1919)·书信日记集 书信集。郑逸梅、陈左高编。1 册。上海书店 1992 年初版。郑逸梅、陈左高作导言。含林则徐、龚自珍、魏源、冯桂芬、曾国藩、俞樾、王韬、王闿运、张之洞、薛福成、吴汝纶、王先谦、马相伯、樊增祥、孙诒让、王鹏运、沈曾植、林纾、陈三立、马其昶、陈衍、文廷式、刘鹗、康有为、谭嗣同、孙文、张元济、蔡元培、吴士鉴、章炳麟、梁启超、宁调元、陈去病、秋瑾、高旭、王国维、陈独秀、于右任、鲁迅、宋教仁、章士钊、刘谦、苏曼殊、傅钝根、吴梅、柳亚子、林觉民、钱玄同、胡适、郭沫若和郁达夫等的书信以及林则徐、李兴沅、曾国藩、郭嵩焘、俞樾、周星誉、王韬、翁同龢和李慈铭的日记。

中国近代文学学会南社与柳亚子研究分会 前身为“中国南社与柳亚子研究会”。以广泛团结海峡两岸及海内外南社与柳亚子研究者开展南社与柳亚子研究为宗旨的全国性民间学术团体。1987 年 5 月在苏州“纪念柳亚子诞辰一百周年暨南社发起八十周年国际学术讨论会”上由柳亚子先生之子柳无忌提出倡议。1988 年春成立“中国南社与柳亚子研究会筹备委员会”。1990 年 11 月 13 日“中国南社与柳亚子研究会”在北京举行成立大会。中国文联副主席尹瘦石为首任会长,钟敬文、臧克家、金绍先、黄乃、郁风、王奇、万冈、朱青、周倜、柳无非任副会长,王晶垚任常务副会长兼秘书长。1997 年换届,尹瘦石连任会长(1998 年尹瘦石逝世后由中国作家协会副主席张炯继任),王奇任常务副会长,王禹时任秘书长。2004 年 9 月“南研会”变更为“中国近代文学学会南社与柳亚子研究分会”,由张炯任会长,王飙任常务副会长。至 2006 年底编辑出版《南社通讯》22 期。

中国近百年史话 近代史研究。曹聚仁撰。1 册。北京三联书店 2008 年出版。本书涉及近代重要历史人物包括李鸿章、康有为、梁启超、孙中山、章太炎、袁世凯等,重要历史事件则包括甲午海战、洋务运动、戊戌变法、辛亥革命、二次革命、五四运动等。

中国近现代名家作品选粹·黄宾虹 国画集。黄宾虹绘。1 册。北京人民美术出版社 2003 年初版。列入“中国近现代名家作品选粹丛书”。杨陆建作序。收百丈虬龙呈变幻、仿元人和环流仙馆青瑶屿等作品 56 幅。

中国近现代名家画集·黄宾虹 国画选。黄宾虹绘。1 册。北京人民美术出版社 1996 年初版。有黄宾虹坐像。杨陆建作序。有浙江博物馆收藏的黄宾虹各种作品 180 多图版。附“黄宾虹常用印章”和赵志钧的“黄宾虹年表”。

中国现代十大名画家画集·黄宾虹 国画选。黄宾虹绘,贾德江编。1 册。北京工艺美术出版社 2003 年初版。有黄宾虹像。段炼作黄宾虹绘画艺术的理与法。含峨眉洗象池图轴、峨眉龙门峡图轴和黄山写景图轴等 110 幅国画。

中国现代名家名作文库·李叔同卷 诗文集。李叔同著,姜德铭编。1 册。北京中国戏剧出版社 2001 年初版,列入“中国现代名家经典文库”。含文选 23 篇、序跋 50 篇、疏铭传记 12 篇、诗歌 55 首、词与散曲 14 阕、创作歌曲 38 首、填词歌曲 29 首和赞偈 16 篇。

中国现代名家名作文库·夏丏尊卷 文集。夏丏尊著,姜德铭编。1 册。北京中国戏剧出版社 2001 年初版。中国现代名家经典文库之一。有前言。含送殡的归途、长闲、读书与冥想和文艺 ABC 等卷,计收各种杂文 107 篇。

中国画大师经典系列丛书·黄宾虹 国画选。黄宾虹绘,陈连琦编。1 册。北京中国书店 2010 年初版。收雁宕纪游、严子陵钓台和峨眉金顶等 68 幅作品。

中国画名家册页典藏·黄宾虹册页 国画选。黄宾虹绘。浙江省博物馆、浙江人民美术出版社编。1 册。杭州浙江人民美术出版社 1999 年初版。收浙江博物馆馆藏的设色花卉写生册、墨笔梅花册、墨笔花卉写生册、设色花卉册和墨笔湖石册共 37 幅。附查永玲读黄宾虹的花鸟画。

中国画名家经典画库·现代部分·黄宾虹 国画普及。黄宾虹画,贾德江编。1 册。石家庄河北美术出版社 2003 年初版。段炼作黄宾虹绘画艺术的理与法。收拟龚半千笔意等 116 幅作品。

中国画学浅说 国画技法著作。诸宗元著。商务印书馆 1929 年 10 月初版,万有文库本。1947 年 3 月第五版。共分 15 节,分述画体、画法、用笔、用墨、设色、学画程序、章法、皴法及点苔、写生及写意、落款及题识、画之品目、画与书学的关系等。书前有“例言”4 条,略述编书目的在于研讨画法变迁,便于讲习,抉择古人论画，甄别古说，尊崇画学源流。书内多处引用古籍中有关国画技法的资料。

中国画珍本丛书·黄宾虹山水册 国画选。黄宾虹绘，刘建超编。1册。天津杨柳青画社2002年初版。收黄宾虹书画作品30幅。

中国国民党史略 史料。邹鲁编。1册。重庆商务印书馆1945年初版。邹鲁自署书端。邹鲁作自序。有凡例和引论。含兴中会的成立与国民革命运动的发端、中国同盟会成立与革命运动之新进展、辛亥武汉起义与中华民国成立、国民党成立与“二次革命”、中华革命党的产生与革命精神之重振、由中华革命党过渡到中国国民党、中国国民党之改组、国民革命军北伐与全国统一、训政实施及其阻碍、抗战与建国和结论等章。

中国国民党史稿 资料。邹鲁编。2册。上海民智书局1929年初版。胡汉民署端。吴敬恒作序言。有关于此书之胡汉民先生函件。邹鲁作序言。有凡例。含组党、宣传、革命(上、下)和余篇目录等47章。有编者跋。

中国国民党党史纪要·第一辑 史料。邹鲁著。1册。重庆青年书店1939年初版。蒋中正题签。有凡例。本纪要从兴中会起至总理逝世，含中兴会、中国同盟会、国民党、中华革命党和中国国民党等章。

中国国民党概史 史料。邹鲁著。1册。中央训练团1939年初版，中央训练团党政训练班讲演录之一。含绪言、兴中会时期、中国同盟会时期、国民党时期、中华革命党时期和中国国民党时期等篇。

中国学术讨论集 论文集。陈柱主编。全1册。群众图书公司1928年出版发行。这是一本学术研究的丛刊，收录各方面学者的研究和进行探讨的文章。本集共收录文章20篇，分8个部分：第一“古代天文学讨论”中包括“东洋天文学史大纲”(沈璇译)、“评新城天文学史大纲”(陈衍)、“三统历简谱纪术篇”(吴其昌)等篇；第二“诸子讨论”中有“老子哲学”(吴敬轩)，“老子八篇自序”(陈柱)，“宋明诸儒说主一辨”(唐文治)，“宋代思想家之论证法”(陈钟凡)等篇；第三“文学讨论”中有“诠文篇”“文心雕龙增注叙例”(陈柱)，“文学与个性”(李笠)，“楚辞各篇作者之讨论”(陈钟凡)，“陶渊明诗研究”(陈一百)等篇；第四“小学讨论”中有“说文释要自序”“小学平议绪言篇”“双声叠韵易知说”(陈柱)，“说文解字诂林后语”(丁福保)等篇；第五部分“目录学讨论”中有“与陈柱尊论汉志尔雅属孝经类书”(徐行)；余下的三个部分是“泛论”“通讯”和“附录”。

中国诗学通评 诗学研究著作。胡怀琛著。全1册。上海大东书局1923年9月出版。该书总叙认为：“诗为文学之一种，然一考其源流，则一切文学皆出于诗。”并论及诗歌具有“发挥感情”“适应交际”“感化人群”三大功用。“故遂演而为后世不同之文学”。此书以屈原、陶渊明、李白、杜甫、白居易、陆游、王士禛为代表，叙述其诗学源流及其诗歌作品对后世诗歌发展之影响。

中国政治与民生哲学 政治学论著。张默君著。1册。湖南翼社1943年初版，重庆1945年再版。作者阐述中国政治的基本精神，民主哲学思想的渊源，以及中华民族未来的使命等。认为“应以天德为立国经世之基本精神、以德法兼施为治民之精神、以日新力行为时代进化精神”；“中国儒者之学术，固以经世为宗，以致用为鹄，而其哲学思想，洵莫不以人、以民生为之中心”；中华民族神圣而远大的使命是建立“以崇尚之道德、伟大之文化，进而靖献人类，扶掖弱小，平其不平，节制横暴，使无所逞，以实现天下为公，选贤与能，讲信修睦，世界大同，人生乐利之域”。

中国政治思想史 政治思想史著作。萧公权著。2册。商务印书馆1945年初版。部定大学用书之一。含绪论、封建天下之政治思想——创造时期、专制天下之政治思想(上)——因袭时期、专制天下之政治思想(下)——转变时期(上)、近代国家之政治思想(上)——转变时期(下)和近代国家之政治思想(下)——成熟时期5编。附参考书举要和索引。

中国革命运动二十六年组织史 亦名《开国前国内外革命党各机关说明》。辛亥革命史料。冯自由著。1册。上海商务印书馆1948年初版。张溥泉署端。蒋中正题词。有孙中山读书图和中国同盟会第一次发出委任状照片。但植之作序。有本书大意和绪言。按年叙述从1886—1911年之反清运动之组织，含国内外的组织机关，如报馆、学校、书店、印刷所、书报社、歌剧团、党会、军队、暗杀团、商店、旅社、医院、轮船、农牧场等。每一组织前，均冠有机关名称、所在地和主要负责人姓名。

中国南社与柳亚子研究会 见“中国近代文学学会南社与柳亚子研究分会”。

中国南社与柳亚子研究会筹备委员会 1988年春由金绍先、柳无非在全国政协会期间草拟关于“建议成立中国南社与柳亚子研究会”的提案。后经广泛征求意见,改为先成立“中国南社与柳亚子研究会筹备委员会”。筹委会推举尹瘦石为主任,金绍先、柳无非、王晶垚为常务副主任兼秘书长。筹委会起草了《关于成立中国南社与柳亚子研究会的申请报告》。1989年1月31日,筹委会正式将《关于成立中国南社与柳亚子研究会的申请报告》报送国家民政部。1990年4月9日国家民政部同意成立中国南社与柳亚子研究会。1990年11月13日,筹委会常务委员王奇主持“中国南社与柳亚子研究会成立大会”,筹委会工作自行结束。参见“中国近代文学学会南社与柳亚子研究分会”。

中国相术大观 一名《十三家相法》。相术著作。戚饭牛编辑。精装1册。中国相术研究会、上海相术研究馆1923年初版。书前有陈东阜与戚饭牛序,强调“五官分司一心总职,故存于中必形于外,欲观人心之善恶,当先观人面五官之状态”“世有外五行、内五行之说,眉目鼻口耳为外五行,心肝脾肺肾为内五行,有诸内必形诸外,故欲知人之心当先观人之貌”。说明此书是“窃采古人十三家秘语撷其精华而弃其糟粕”而成。此书汇集了中国从皇帝到达官贵族、名流名伎之面相,以证相人之面、识人之心。并汇辑了十三家相法精华,有论五官、论十三部位、论运行、十三家相法历史、百岁逐年看运记、五官专论、总论十二种相亲、论相法二十八种、相法三十九节次、肉之相法、专论皱纹、专论头额发痣等。附录有德国人之相面、日本人之相手、观客决狱论、附江湖谋生秘诀等。书后有总跋,指出“相人者不当专取一门,须辨别其眉目清浊、身段软硬、精神健疲、气魄盛衰,夫而后斟酌停匀,始可决断其人之荣枯得失升沉也”。

中国省费电报书 电报代码。周锡三编。1册。1926年初版。前有说明、用法。含冠首、缩码表、电报部首目录、难字检查录、电报代日期韵目、电报代月份地支数目、补遗。附行名表、公债及股票表、价率表、汇票及货名表、日期表、月份表、钟点表、数目表。

中国思想通史(第一卷) 思想史著作。侯外庐、杜守素(国庠)、纪玄冰等著。1册。上海新知书店1947年初版。此书论述中国从殷末至秦初思想发展的源流、特征以及在世界文化发展史中的地位。全书分3篇。上篇“绪论”,介绍中国古代思想与社会、中国古代思想的总貌、殷末思想的氏族宗教性质、西周城市国家的思想形态、西周末东迁的悲剧思想;中篇介绍孔墨显学,涉及的内容有古代社会的早熟与国民思想的晚出、前期儒家的古代调和思想、前期墨家的古代改革思想;下篇介绍战国诸子百家,有老子思想与历史价值、庄子的主观唯心主义、墨孟学派及其形而上学的儒家思想、惠施的相对主义诡辩思想、公孙龙子的绝对主义思想、后期墨家的显学思想及其知识论与逻辑思想、中国古代思想的综合者——荀子、法家的悲剧与韩非子、中国古代思想的没落。

中国思想通史(第二卷) 思想史著作。杜守素(国庠)、侯外庐、纪玄冰合著。1册。生活·读书·新知三联书店1950年6月出版,中国图书公司发行。本书分为上、下两篇。上篇“两汉思想”分为10章,内容有:两汉的社会与汉代思想;汉初的子学倾向;汉代第一期的怀疑思想;两汉之际的折中思想;两汉经今古文学执政的意义;汉末的党锢之祸与清议思想;以及对董仲舒、司马迁、王充、仲长统等人思想的介绍、研究。下篇“魏晋南北朝思想”共9章,内容有:魏晋南北朝的社会经济;魏晋南北朝思想的性格与相貌;正始之音与清谈源流;以及对何晏、王弼的“天人之学”,嵇康的心声二物论诡辩思想,向秀的庄学与儒道综合派,葛洪的内神仙外儒术的道家思想,范缜的“神灭论”及其意义的介绍、研究。

中国独立运动的基点 政论著作。戴季陶著。中国国民党中央执行委员会上海执行部印行,具体时间不详。1册。含因五卅事件告中国国民、指导五卅事件国民运动的注意点、对英经济绝交与中国的独立运动和东方问题与世界问题等篇。

中国美术工艺 工艺美术著作。徐蔚南著。1册。中华书局1940年2月出版。此书介绍中国传统工艺美术产品及行业,包括玉器、瓷器、宜兴茶壶、景泰蓝、剔红、刺绣、地毯、竹器、竹刻、宣纸、印刷、画本、诗笺、印章、印泥、墨、美术工艺之书画、玩具、古钱、以及关于土山湾的介绍,各篇后配以图片及相片。文章于抗战“孤岛”时期发表在《中美日报》的副刊“集纳”上。作者在跋中说“可以说中国的手工样样好的,远非欧美能望其项背。在现在这个伟大的时代,每一个国民应该有自信力,自信中国确实是一个文化极美备的国家,中国人是个个具有才能的,中国是决不会灭亡”。

柳亚子扉页题词云“寒琼拾幽草，此意最彷徨。荡卤功成日，神州蔚国光”。

中国美术家作品丛书·黄宾虹 国画集。黄宾虹绘。2册。北京人民美术出版社2003年版。列入“中国美术家作品丛书”。有黄宾虹像。王中秀作凭虚取神跖实取力。上册收百丈虬龙呈变幻、山家和亭树春晓等作品174幅，下册收月季、杂花和桃花等作品178题。附王中秀黄宾虹年表。

中国神话 神话故事集。胡怀琛编著。1册。商务印书馆1933年10月出版。该书被列入小学生文库(第一集神话类)。共收入根据中国神话与民间传说编写的故事25篇。其中包括黄帝、穆天子、西王母、后羿、尧帝、女娲、愚公等神话人物的故事。

中国哲学史 哲学史著作。谢无量编。1册。中华书局1916年初版。有绪言。含上古哲学史、中古哲学史和近世哲学史等3编共72章。分别对古代及儒家、道墨诸家及秦代、两汉、魏晋六朝、唐和宋元的100多位哲学人物进行介绍，同时对时代发展趋势亦有简述。

中国教育会 社团名。清末文化教育团体。1902年4月由蔡元培、蒋智由、章炳麟等在上海发起成立，由蔡元培任会长。以“造成理想的国民，以建立理想的国家”为宗旨。创办爱国学社和爱国女学，并在江、浙等省组织支部，从文化教育入手，进行革命宣传。又利用《苏报》为宣传机关。1903年7月《苏报》被封，章炳麟、邹容等被捕，爱国学社被迫解散。1907年停止活动。

中国寓言研究 文学研究著作。胡怀琛著。商务印书馆1930年11月出版。主要论述中国寓言之产生及演变的历史。其中第一章论述何为寓言，并说明寓言是由“修辞学中的比喻滋长发展而成为一个故事。寓言的实质，是真理，或道德的训条”。第二章分析寓言的效用。第三章介绍全世界寓言产生地：印度、希腊、中国。第四章论述了中国寓言产生的时代。第五、六、七章分别阐述战国前后寓言的传播、汉魏以后寓言的变迁和韵文的寓言。第八章解析近二十年来寓言的复活。

中国影戏大观 中国电影史料。徐耻痕编，王西神(蕴章)、严独鹤、徐卓呆、赵苕狂记。1册。上海合作出版社1927年初版。有编者像片，袁寒云题字，李浩然题诗，女明星之签字式。含中国影戏之溯源、沪上各制片公司之创立史及经过情形、导演员之略历、中央影戏公司组织之经过、男演员之略历、电影演员联合会之今昔、女演员之略历、六合影戏公司之概况、小说家与电影界之关系、海上各影戏院之内容一斑、各公司出品一览表和介绍影戏中之韵文种种。

中学国文教学问题 语文教学著作。胡怀琛著。1册。商务印书馆1936年初版。含清理中国语文的方案、中学国文选读问题、从文法到文学、文与题、题目的性质和命题的方法、文的分类、文的内质与外形、文的作者与读者、练习与摹仿、别字问题、改卷子的问题、读经问题、翻译问题、译名例、国文教员的地位、自己介绍几本书等篇。

中学新歌曲 歌曲集。吴梦非编，朱稣典校。中华书局1930年初版。吴梦非作卷首语。含《国旗》(吴梦非曲)、《革命军》(叶楚伧词、吴梦非曲)、《初春》(胡寄尘词)、《江水》、《满江红》(岳飞词)、《清明》(吴珺词、吴梦非曲)、《和平》(胡寄尘词)、《中华民国》(吴梦非词)、《蜜蜂》、《春季旅行》(吴梦非词)、《桃花源》(王元振词)、《卖花女》(刘大白词)、《蝴蝶》(王元振词)、《四月池水满》(白香山诗)、《贫女》(秦韬玉诗)、《兰花》(王元振词)、《枝头小鸟》(王元振词)、《下山》(宋子问诗)、《五月九日》(吴梦非词)、《大中华》、《莲花》(胡寄尘词)、《空谷回声》(吴梦非词)等35首歌曲。附乐语记号、人名略解。

中秋(其二) 诗篇名。七绝。张光厚作。具体写作时间不详。抒写自己杀虎斩蛟、为民除害没有成功，满腔热血像雷鸣似的。表现自己强烈的反对袁世凯的情绪，袁世凯称帝坐朝，自己与许多反封建战士一样，不想做朝拜天子的迷梦，海内有识之士，都逃名于乱世。只恨自己让父母双亲牵挂我这个小儿子，却没有良策以解救苍生。表现自己多次想效仿范蠡退隐江湖，只是风波太大，欲退而不得。抒写了壮志难酬的苦闷。用典贴切，感情强烈。

中秋夜登城楼 诗篇名。七律。于右任作于1921年。诗篇抒写了登城楼的时间、周围景色，表现了广大人民因连年战乱而流离失所、妻离子散的困境，抒发了自己暮年逢佳节时的悲愤情怀。诗作融情入景，情景交融，意境浑成，哀戚动人。

中原光复重入越中有悼璇卿(其一) 诗篇名。七绝。徐自华作。刊于1912年1月23日《南社丛刻》第十集。此诗系作者返越悼念秋瑾之作。秋瑾，字璇卿，亦作"璿卿"。首句"年年风雨惯悲秋"，化用秋瑾绝笔"秋风秋雨愁杀人"句，反映了清廷封建统治下黑暗、险恶的社会现实，悲秋瑾之被杀。次句写辛亥革命成功，建立了民国，忧愁为之散尽。后两句礼赞秋瑾当年唤醒人民大众的革命行动，今日终于得到广大人民的应和，她"光复神州"的理想终于得到实现。诗风清丽，通俗易懂。

中庸注参 国学研究著作。陈柱辑注。1 册。商务印书馆 1931 年初版，列入"国学小丛书"。陈柱作自序及说明。辑注了郑康成、孔颖达、朱熹、顾炎武、戴震、康有为、徐灏、徐绍桢、刘师培、马其昶、唐蔚芝、陈钟凡诸家对《中庸》的注释。作者多以自家心得注解《中庸》，其别无新意者则仍采郑注，并选录各家之说，尤于近代戴震、康有为、马其昶及业师唐蔚芝先生之说，录之甚众，以备参考。

中庸通义·中庸注参 国学研究著作。陈柱著，黄海棠点校。1 册。华东师范大学出版社 2011 年第一版，列入"历代文史要籍注释选刊中庸丛书"。陈柱的《中庸通义》是暨南大学讲义，《中庸注参》为 1931 年商务印书馆"国学小丛书"。有陈柱的自叙、跋等。黄海棠作后记。

中庸新解 国学研究专著。胡朴安著，唐文治题字。1 册。有手抄稿本。后收入胡道彦 1983 年在台湾印行出版之"朴学斋丛书"第二集（十六）。胡朴安在此书的自序中说："儒家礼仪，完全在一'中'字。《说文》：中，和也。从口丨，上下通。表示处此环境之间，本之于中，故能行之而和。"

中等简易作文法 教学理论著作。胡怀琛著。上海崇文书局 1922 年 5 月出版。该书列举 30 项作文及炼句之方法，帮助初学者了解掌握作文技巧门径。对于作文的谋篇布局，著者认为："执笔作文，亦当先打腹稿，使一篇间架全在胸中，然后执笔书之。断不可想一句写一句，拼凑成文。一次作成之后，又当细细诵读，有无气不顺、语不明之处，有则改之，改后复诵，如此三四次，而疵病渐少矣，此所谓细工夫也。"对于评价作文之优劣，著者在"真性情"一节中提出："文章有真性情存乎其间，则文辞不假修饰，自能动人。古人文之佳者，非文章佳也，有真性情故也。"提倡作文以真情实感为评判标准。

内国公债库券汇编 经济史料。金问源撰。不分卷，3 册。交通银行 1929 年铅印本。叶景莘作序。金问源作"缘起"。第一册有总表、爱国公债、元年军需公债、元年公债、三年公债、四年公债、五年公债、七年短期公债、七年长期公债、八年公债、整理金融公债、整理六厘公债、整理七厘公债。第二册有元年整理公债、八年整理公债、九年赈灾公债、九六公债、十一年公债、一四库券、使领库券、教育库券、四二库券、十四年公债、交通部借换券、春节库券、秋节库券、治安债券、二四库券。第三册有江海关二五库券、续发江海关二五库券、津海关二五库券、卷烟库券、军需公债、善后公债、十七年长期金融公债、十七年短期金融公债、十八年赈灾公债、裁兵公债、续发卷烟库券、海河公债、关税库券、编遣库券。另有附录《公债法原则》《财政部公告》。

内经研究之历程考略 经络研究著作。许观（半龙）著，许太平校。1 册。上海新中医社出版部、中国医学院 1928 年编印。章炳麟署端。秦伯未作序。含绪言、内经素问灵枢之意义、内经本身之考辨等篇；有梁代、隋代、唐代、宋代、金代、元代、明代、清代和现代之内经研究等篇。

内蒙古地理 地理著作。许公武（崇灏）编。1 册。南京新亚细亚学会 1937 年编印。戴传贤题签。蒋作宾、吴忠信分别作序。有风景人物插图 8 幅。含总论、地位、地势、气象、民族和户口 6 章。附内蒙、外蒙略图和内蒙古风俗篇。

水村第四图 南社掌故。绘画题名。南社周芷畦家被称为汾南草堂，俯临汾湖，景色如画，相传赵孟𫖯曾为此处景物绘有"水村图"，称之为"水村第一图"。后魏禹平继之成"水村第二图"，又徐虹亭、李南冥为之绘"水村第三图"，郭频伽再绘"水村第四图"。汪宜秋女史题诗："深闺未识诗人宅，昨夜分明梦水村。却与图中浑不似，万梅花拥一柴门。"一时传为韵事。

见斋文稿 诗文集。秦锡圭撰。3 册。1928 年铅印本。《见斋文稿》，孔昭钫题签，吴宗瑗署端，录 35 篇文。《见斋遗稿》，萧彤勋题签、署端，录 168 题诗作，附诗余 12 阕。《受川公牍》，吴宗瑗署端，黄炎培作序，收录《上蔡州尊论保护洋工师》等 34 篇公牍。秦锡田作《仲弟介侯行状》《受川公牍》。

牛霹生（1879—?） 江苏江宁（今南京市）人。名逊，又名柽，字霹生，一字匹逊。南社社友。1912 年 5 月 11 日由叶楚伧、朱少屏、汪洋介绍入社，入社书编号 272。民国初年曾在上海《民权报》供职，与南社社友蒋箸超、汪洋等为同事，并在《共和言论报》、《民警》杂志、《商学协会杂志》、《女报》等报刊上发表文章。

手工新教材 师范教材。汪畏之编，姜丹书增订。1册。中华书局1929年初版。王朝阳、汪畏之和姜丹书分别作序。有凡例。含人造大理石、纸剪立体动物、晴雨花和绒布狗等20篇。每节都有说明、材料、用具、制作法、注意事项、附录和备考等。

毛和源（生卒年不详） 浙江鄞县（今宁波）人。南社纪念会会员。夫人戴华美，亦为南社纪念会会员。

毛啸岑（1900—1976） 江苏吴江（今苏州市吴江区）人。名兆荣。新南社社员、南社纪念会会员。江苏省立无锡第三师范学校毕业，后任吴江县立第四高等小学校长。1923年协助柳亚子编辑《新黎里》报。1925年被县教育局选为督学。1926年夏赴上海，任暨南大学教员，后任国民党江苏省党部文书科长，旋任秘书长，同时与沈雁冰、高尔柏等兼任《神州日报》《中南晚报》编辑。1927年3月受侯绍裘命筹组江苏省教育协会，任常务委员，旋赴南京组织成立南京市教育会。同年四一二反革命政变后与柳亚子同时被指名追捕，闻讯后避匿友人处逃过此难。后受邀历任江苏省立苏州中学吴江乡村师范部、上海南洋高级商业学校、民立中学等校教员。1934年任正风文学院主任。1935年转入招商局会计室任职。1941年底至重庆，与友人合办合众保险公司。1946年任上海中级信用信托公司总经理。1949年后历任中国通商银行公方代表、分行总经理，上海公私合营银行副经理，上海市人大代表、市政协委员，市民建委员，市工商联常务委员和市工商界政校副教务长等职。早年参加第三党（农工民主党前身）。1976年2月13日病逝。夫人沈华昇，亦为新南社社员。

毛啸岑

壬子感事四章（其三） 诗篇名。七律。宁太一（调元）作于1912年。抒发推翻清廷、恢复中华时的高兴心情，重新看到汉族服装，欣喜异常。表现军队士气高涨，河山险固，国土完整如金瓯；人民换成汉家装，史无前例；贪看异乡黄牛忙于耕地，竟忘了是他乡之客。表现作者对此情景频频搔首，忘了忧愁，但惭愧两鬓新添了许多白发。诗作由此表现了革命成功所引发的快慰和悲愁交织的深切感受。

壬戌诗选 诗集。余其锵（十眉）编。1卷，1册。1922年铅印本。陈去病题签，胡朴安署端。柳弃疾、王德钟分别作《壬戌诗选叙》。有柳弃疾19首、吴梅2首、陈去病20首、陈绵祥4首、姚锡钧10首、王德钟20首、胡韫玉13首、凌景坚20首、黄复11首、徐自华7首、许观11首、高福兰4首、余其锵29首。

长生不老之秘诀 保健养生。顾鸣盛编。1册。上海进步书局、文明书局、中华书局1916年初版。含绪言、人类与动物寿算之比较、人类与植物寿算之比较、长生与男女之关系、长生与体质之关系、长生与贫富之关系、长生与遗传之关系、长生与风土之关系、精神上之长生、身体上之长生、常行健康诊断可以长生、常规佛经可以长生、勤习导引可以长生、长生之好模范、长生之旧迷信、长生之新理论和男女之寿相等篇章。

长沙日报 报纸名。1911年10月22日在长沙创刊。傅屯根任总编，刊头由李叔同题写。刊登陈巢南、高天梅、柳亚子诗歌多，另有周实《无尽庵诗话》、吴梅《奢摩他室曲旨》、屯根《钝庵脞录》、屯根《废雅·说诗一昔话》、吴恭亨《悔晦堂诗话》等。其副刊为《文艺丛刊》，发表南社人士诗文较多。1913年9月因发表反袁诗文，被查封。1916年8月复刊，有柳亚子、高旭《祝词》。郑泽作《发刊词》，屯根作《续刊宣言》。1917年7月停刊。

长沙半园临时雅集 南社重要活动。1917年4月22日在长沙半园举行。到者有骆迈南、蒋万里、刘约真、龚醉庵、金云隼、张平子、谭作民、马惕冰、李况松、陈寿元、孔攘夷、周咏康、黄咸夷、刘沧霞、罗剑仇、方

南社长沙第四次雅集摄影

旭芝、李洞庭、谢霍晋、秦刚武、鲁若衡、黄巽卿、黄梦蘧、姚大慈、傅钝根、简惕园、漆云卿、文牧希、王纪宣、王竞共 29 人。此次雅集摄有一影，照片见《南社丛刻》第二十集，照片标题作《南社长沙第四雅集》。

长沙枣园临时雅集 南社重要活动。1916 年 9 月 25 日在长沙枣园举行。到者有马惕冰、谭觉民、曾元龙、易梅僧、李隆建、谭作民、龚醉庵、黄梦蘧、郑叔容、王笃朋、骆迈南、郭涛僧、刘沧霞、刘今希、刘约真、傅钝根、张平子、罗剑仇、姚大慈、余华龛、谢霍晋、黄咸夷、陈寿元、李洞庭、文幻庵、王竞、简惕园、刘寅先、黄巽卿、孔昭绶、释海印共 31 人。此次雅集摄有一影，照片见《南社丛刻》第十九集，照片标题作《南社长沙雅集摄影》。

长沙烈士祠临时雅集 南社重要活动。1912 年 9 月 25 日在长沙烈士祠举行。由陈去病、傅钝根发起，到者有成本璞、孔昭绶、谭觉民、文斐、文斌、刘师陶、李德群、黄巽卿、谭作民、朱德龙、刘约真、郑叔容、宋一鸿、方荣杲、傅钝根、陈去病、陈家鼎、唐家伟、释海印共 19 人。此次雅集摄有一影，照片见《南社丛刻》第二十集，照片标题作《南社长沙民国元年雅集摄影》。

长沙琴庄临时雅集 南社重要活动。1916 年 6 月 21 日在长沙寿星街琴庄举行。到者有傅钝根、郑叔容、谭觉民、谭作民、龚尔位、彭斟雉、黄梦蘧、刘约真、漆云卿、孔昭绶、王竞、释海印共 12 人。此时袁世凯刚毙命不久，社友们分韵作诗表达庆贺，这些分韵诗刊于《南社丛刻》第十九集。

仇　亮(1879—1915) 湖南湘阴人。原名式匡，后改名亮，字韫存，一作蕴存，号冥鸿。南社社友。1912 年 4 月 18 日由宁调元介绍入社，入社书编号 258。1900 年肄业于长沙求是书院。1903 年留学日本，先入东京弘文学院，后进东京士官学校学习。先后参与编辑《二十世纪之支那》、《汉声》(原名《湖北学生界》)、《游学译编》等革命刊物。1904 年参加华兴会。1905 年 12 月加入中国同盟会，被推为湖南分会会长，并任同盟会机关报《民报》编辑。1909 年回国后，先任职于清廷军谘府，次年赴太原任山西督练公所督练官。1911 年武昌起义时发动山西新军响应起义，击毙巡抚陆钟琦，并赴石家庄拟与吴禄贞会合，谋攻北京，未果。1912 年 1 月南京民国临时政府成立后任陆军部军衔司司长。后往北京主办《民主报》，反对袁世凯独裁统治。1915 年 7 月遭袁逮捕，旋遇害。所著古文诗词有 4 厚册，多为嫉时愤俗忧伤抑郁之作，后仅存破残文稿数篇、诗 20 余首。

仇亮

反聊斋 ❶ 小说。吴绮缘著。何其愚校。全 1 册。卷首有徐枕亚弁言，谓反聊斋者，“是仿《聊斋》的格局，运以新颖之思想，撷其精华，而正其谬误，融新旧小说而一之”。本书由 12 则故事组成，以上海清华书局 1918 年铅印本为底本，《反聊斋》中除《红楼余梦》写梦境之外，其余全是现实男女曲折有致的多彩生活。这种避虚趋实的文学现象和清末民初的社会思潮很有关系。作者细致描述青年男女对纯洁爱情、自主婚姻的执着追求，表现出新潮思想对青年男女爱情生活的潜移默化。开头似乎都与鬼狐花魅有关，末了始点明人世真相。❷ 南社掌故。吴惜(绮缘)平生喜阅《聊斋志异》，自己也写了不少类似短篇，但他写的聊斋式小说，每篇开头亦都讲狐鬼作祟，神秘莫测，随着小说情节逐渐展开明朗，乃是活人在背后捣鬼。吴惜将自己所写的此类小说，称为“反聊斋”。

从军乐 诗篇名。歌行体。于右任作。诗作表示在祖国危难时，为祖国牺牲是光荣、崇高的，将永垂青史。抒发男儿志在四方、为国效劳的思想感情。认为面对帝国主义侵略我国，欺侮我国人民，绝不应该恐惧、怯懦，表示应该自己创造前程，决不能依赖清政府。在帝国主义列强侵略我国、风潮凶恶的 20 世纪，诗人疾呼全国同胞伐鼓摐金，一齐奋起。全诗激情澎湃，语言通俗易懂，节奏鲜明，富有号召力。

从军行 诗篇名。五言排律。马君武作于 1904 年。叙写祖国北疆遭外敌入侵，一位青年辞别母亲，整装入伍，奔赴前线之前母亲对他的谆谆嘱咐。抒写母亲对儿子从军无所留恋与忧愁，写她回忆丈夫为国捐躯时年幼儿子尚未满 10 岁，自己不辞辛劳，教育儿子学习历史，热爱祖国，锻炼身体，自己典钗买枪，让儿子学习射击。儿子成人，继父志，偿母愿，母亲谆谆嘱咐儿子保卫国土，只担心儿子不力战。诗作由此抒发了热爱祖国、保卫疆土的爱国主义感情，诗人以简洁的诗句成功塑造了热爱祖国的母亲形象。

从磨剑室到燕子龛——纪念南社二大诗人苏曼殊与柳亚子 传记。柳无忌著。1册。台北时报出版公司1986年初版。列入“学术丛书”。有引言、南社前后的中国文坛、柳亚子与苏曼殊、青少年时代愉快的回忆、柳亚子在上海“孤岛”时期的文学活动、柳亚子年谱后记、柳亚子年谱与图南集、广东大诗僧苏曼殊、我不认识的苏曼殊、杂话苏曼殊的身世与家族、我为什么写苏曼殊传、亦诗亦画话曼殊、苏曼殊研究的3个阶段、苏曼殊与拜伦哀希腊诗。附苏曼殊致柳亚子书、柳亚子赠苏曼殊诗、杨玉峰的柳亚子佚著图南集及其他、苏惠珊亡兄苏曼殊的身世、柳亚子重订苏曼殊年表、重订柳亚子年表及后记等。

今文雅正 文集。周公权编。不分卷，1册。民国时期石印。收录南社社友陈去病、胡怀琛、沈昌直、马骏声、程苌碧、凌圻、胡蕴、姚光、蒋同超、冯平、胡朴庵、孙延庚、戴德章、郑之章、高燮、柳弃疾、周仲穆、程善之、文斐和其他当代十位名士的各类文章。

今镜花缘 章回小说。胡怀琛著。商务印书馆1927年出版。被列入“小说世界丛刊”。共20章回。该书沿袭明代李汝珍所著《镜花缘》书名。主要人物多九公、唐敖、林之洋在海外游历，经过许多奇怪的地方，回到中国。后来多九公有一天在茶楼喝茶，听说未曾到过的欧洲英、法、比、俄等国家，故再次出洋游历，所到之处竟然有四面国、阶级国、伉俪国、诗人国、数学国等。小说故事离奇曲折，引人入胜，也反映了时代的发展，民智的渐开，当时中国百姓渴望对新事物了解的现状。

分南渔侠游草、台宕游草、燕游草、燕游续草(合集) 游记诗集。周斌(芷畦)撰。各1卷，合1册。1916年铅印本。《分南渔侠游草》，张默君署端，高旭、傅尃分别作《分南渔侠游草序》，王大觉、李云夔分别作《汾南渔侠游草跋》。《台宕游草》，杨了公署端，沈砺、陶元镛分别作《台宕游草序》，陆峤南、王德钟分别题词。《燕游草》，蔡寅署端，姚鹓雏、万以增分别作《燕游草序》，张长、沈砺分别题词，周斌作跋。《燕游续草》，高吹万署端，汪兰皋、诸宝镛分别作《燕游续草叙》，柳弃疾题词。

分湖文社 社团名。1909年初，南社社友沈昌眉、沈昌直兄弟于江苏吴江发起成立。成立该社目的是为“将以继续风骚，商量旧学，摅怀旧之蓄念，发思古之幽情”。

分湖文社序 南社文献。沈眉若、沈颖若、沈有美撰。介绍分湖的地理位置、大小、自然风光，历数分湖历代文人文采风流，不少文人流寓于此，愿终老此乡。指出当时也有不少文人雅士于分湖讲道论学，切磋琢磨，以成盛业。随着前辈凋谢，文泽遽衰。说明同人担忧故乡文化衰落，创立分湖文社的目的在于赓续风骚。

分湖诗钞 诗集。柳亚子原编，张明观、倪明、吴根荣整理。1册。江苏人民出版社2009年初版。有柳亚子像、柳亚子分湖诗钞手迹影印、分湖诗钞二十三册稿本照片和赵孟頫水村图影印件。柳光辽作序。张明观作前言。共辑录423人、诗作2 590首。附陶振分湖赋等文11篇。

公文程序概要 应用文写作。朱剑芒编。1册。上海世界书局1929年初版，列入“考试准备各科概要丛书”与“考试准备政法概要丛书”。含总说、公文的行使、公文的结构、公文的用语、呈文样式、咨文公函程序、令文程序、指令批示程序和布告程序9章。以问答体讲述公文的结构、用语及各类公文的程序。附江苏省政府呈国民政府规定外行文件程序请通行各省一律遵照文。

公羊寿文(1889—1940) 江苏常熟人。一名寿，字石年，号段庵、段庐，又号带沙闲人、江左顽石。南社社友。1913年12月由朱少屏介绍入社，入社书编号392。早年加入光复会，1911年11月上海、江苏光复时曾任上海光复军司令部军官。民国初年为北京《生计》旬刊主笔，并于1912年在上海《独立周报》发表《主张师范学校宜添设世界语一科》。1916年在上海《丙辰》杂志创刊号发表《游灵洞山记》。

公羊家哲学 哲学论著。陈柱撰。不分卷，2册。中华书局1929年铅印本。陈柱署端。陈柱作自序。全书分14个部分，对《公羊传》的主体内容进行全面解读，分别从革命说、尊王说、弭兵说、崇让说、攘夷说、疾亡说、尚耻说、进化说、正名说、伦理说、仁义说、善恶说、经权说、灾异说、传述考说等多方面阐释对《公羊传》孔子改制等政治理念的理解。

公孙长子(1882—1942) 四川内江人。原名余切，又名兰陔，字培初，后改名公孙长子，号粉红城主。南社社友。由社友介绍入社，未填写入社书，介绍编号60。早年就读于泸州川南经纬学堂。1906年经熊克武等介绍参加中国同盟会，并负责川南同盟会分会。

1911年武昌起义时，在山西参加晋军起义，光复太原后被举为民军参谋长。1915年后回四川，先后参加熊克武领导的讨袁护国战争和护法战争。1924年随熊克武去上海，以鬻字为生。1931年任新编十九路军副师长，后退役回内江定居。1933年春参加刚成立的成都民间书画团体蓉社。同年5月蓉社假座少城公园通俗教育馆举办古今金石书画展览会，被推为筹备委员及作品审查员。抗战时期随着政府机构和高等学校内迁，1941年4月该社与蜀艺社联合组成四川美术协会。翌年，在家乡病逝。工书法，尤其是双钩书体作品成就最大。

公孙龙子集解 哲学论著。陈柱撰。6卷，《首》1卷，1册。商务印书馆1937年铅印本。陈柱署端。陈柱作《自序》《例略》。《卷首》1卷有事略、考证、学平、书考等篇章。《公孙龙子集解》卷一至卷六有迹府、白马论、指物论、通便论、坚白论、名实论等篇章。

月月小说 期刊名。1906年11月1日在上海创刊。主要撰稿人包天笑、周桂笙、王无生等，是继《新小说》《绣像小说》后主要的小说期刊，由群学社发行。主张“借小说之趣味之感情，为德育之一助”。所刊小说大多为翻译小说，侧重侦探系列，为晚清文艺杂志中影响较大者。发表有天僇生《玉环外史》(译)、《学究教育谈》、《孤臣碧血记》，天虚我生《新泪珠缘》，天笑生译《铁窗红泪记》，周桂笙译《含冤花》《红痣案》《自由结婚》《八宝匣》等。在小说理论方面，发表有天僇生的《小说与改良社会之关系》《中国历史小说论》《中国三大小说家论赞》《剧场之教育》。1909年1月停刊，共出24期。

月圆·现代名人杰作 短篇小说集。赵苕狂编。1册。上海世界书局1923年初版。“锦囊四妙丛书”之一。赵苕狂作序。含严独鹤团圞等待中秋节、程瞻庐不自由也自由、江红蕉大好姻缘和花好月圆、马二先生海外奇缘、张枕绿艺术之淫、范烟桥多波折的结婚、严芙孙麻面郎、张碧梧重阳糕及陛律西嫁前之日记等篇。

风雨闭门斋诗稿 诗文集。王德钟撰。5卷，《乡居百绝》1卷，《留都游草》1卷，《风雨闭门斋外集》1卷。1930年铅印本。陈去病题签，刘三署端。有王玄穆先生遗像，费公直题“王玄穆先生遗像”，王玄穆手迹影印三幅。柳亚子作《哭玄穆》，于秋墨作《祭王玄穆文》，陈去病作《王玄穆传》，柳弃疾作《风雨闭门斋记》。丁逢甲、沈昌直、柳弃疾、凌景坚分别作序，王德锜作跋。

风飐芙蓉记 文言章回小说。姚鹓雏著，叶楚伧评。1册。小说丛报社1916年铅印本。该书叙述的是一女子复仇故事。主人公秦贞婉，与母居于杭州留下镇，该镇提督梁尚芝，发妻已故，娶有妾室。梁有二子，贞婉因借读于梁家，与长子珠儿互生爱慕之意，私定终身。梁妇与仆人私通，被珠儿撞见，于是设计诬陷珠儿，以致珠儿被父逐出家门。贞婉欲让珠儿住其家中，被母阻拦。珠儿重返家门后，托媒人求婚，又被母亲回绝。贞婉不明其故，暗自伤心。母亲病危时向贞婉道出真相，乃知梁翁是杀父仇人。贞婉为报父仇，翻山越岭寻高师学艺。学艺归后，恰逢梁翁率兵抵御外寇，于是趁黑乔装入营，杀死梁翁。珠儿因父死郁郁寡欢，一日游山相遇贞婉，贞婉因他是仇人之子，欲射杀而不中，恰逢贞婉师傅赶到，经盘问才知珠儿非梁翁所生，而是师父失散之子。此时父子团聚，情人重圆。

风洞山传奇 杂剧剧本。吴梅著。1册。上海风雨书屋、中华大学图书有限公司1938年11月15日出版。初稿作于1903年，1905年定稿。剧本取材于南明瞿式耜抗清斗争史实，再现了明王朝最后覆灭的惨痛历史。明末，大军压境，瞿式耜自请担任桂林留守。而他面对的是军器粮饷无一齐备、官吏们贪生怕死的局面。而此时驻守严关的滇营三将又因儿女婚姻结成私怨，置国家安全于不顾，致使严关失守，清军得以长驱直入。紧急关头，永历帝又弃桂林而逃，只留下瞿式耜困守孤城。他虽两度杀退蜂拥而至的北兵，但毕竟独力难支。面对困境，他一夜白头。然而，虽身陷绝境，瞿式耜异常冷静。在敌人即将破城，满城官吏纷纷奔窜之时，他和张同敞二人秉烛对坐，欲与大明江山共存亡。被捕后，面对清军的种种诱惑他坚贞自守，大义凛然。最后慷慨就义，以身殉国。整出戏多侧面地展示了瞿式耜的崇高民族气节。

丹枫红叶楼诗词集 诗词集。姜丹书撰，姜书凯整理。5卷，1册。浙江文艺出版社2007年初版。潘公凯题签。有姜丹书与夫人照片4帧、姜丹书作山水画5帧。王翼奇作序。集作者1912—1962年诗词。附录1卷，姜书凯作后记。

凤翅园石刻录、和顺感旧诗、和顺广乡居吟、盘阿摩岩集(合集) 金石目录、诗集。李根源编撰。1卷，

1册。1949年石印本。有李根源编《凤翅园石刻录》1卷、李根源撰《和顺感旧诗》、李根源撰《和顺广乡居吟》和李根源编《盘阿摩岩集》。

卞永璋(1862—1924) 江苏高邮人,祖籍苏州阊门。字叔平,号少卿,又自号国狗居士。南社社友。1916年6月由曹凤仪介绍入社,入社书编号626。晚清秀才。自幼谨庠序之教,及长从教塾馆。初时历任丰乐乡小学校长、第三学区教育会长。辛亥革命时参加中国同盟会。民国初年执教于高邮县立国民小学。常与高爕、高旭、李叔同、邵力子等社友书信往还,常相唱和。曾撰诗文刊于《神州日报》。余暇时尤爱吟咏,与同邑曹祖彬、曹凤笙、曹凤仪等既是内戚又为文友,为家乡三垛镇玄灵诗社成员。于诗文外,亦喜吟撰楹联,且谙医学之道。曾是江苏省红十字会早期会员,后任《三续高邮州志》采访。

六十回忆 回忆录。周越然著。1册。上海太平书局1944年初版。有作者自序。收作者回忆杂文22篇。

六千哩寻母记 儿童文学。意大利亚米契斯著,夏丏尊译。少年儿童出版社1956年初版。含《六千哩寻母记》《看护"爸爸"的孩子》和《小抄写员》3篇短篇小说。附出版者的话。

六犬吟 南社掌故。书名。沈禹钟与朱大可、徐碧波、江红蕉、余空我、吴明霞6人同为戊戌年生,故称"戊戌六君子"。戌属狗,沈禹钟因此编有《六犬吟》诗集。

六号室 翻译小说。俄国奇霍夫著,包天笑转译自濑沼爱叶日文译本。1册。上海有正书局1915年11月初版。叙写了俄罗斯荒村寒市间的一个病人院六号室,里面住着常人所谓的"疯癫病患者"。犹太人墨伊瑞克待人和善,却因被以"精神病人"对待而常感落寞。伊文迦落孟崇尚礼仪道德,博学多识,憎恶伪善,反对压制,因目睹铁锁囚人事件受到刺激被送进病院,其对于人生的看法鞭辟入里。院长达格透恩特兰爱梅起励精图治,治理病院,却为奸人哈勃脱陷害,被当作精神失常者关进六号室,最终含恨而死。六号室在这里是监狱的象征,正常人被当作疯子关押进来,失去了人身自由。

六朝尺牍·附北魏北齐北周 尺牍集。王文濡编。1册。上海文明书局、中华书局1927年初版,列入"历代名家尺牍丛书"。有历代名家尺牍例言。王文濡作历代名家尺牍六朝尺牍序。有六朝尺牍作者小传。含孙权、王羲之、谢安和周颛等62人书牍94通。

文艺小丛书 诗词文选。胡朴安、胡寄尘编。12种,12册。石印本。上海广益书局1933年再版。内容分别为《漱玉词》(宋李清照著)、《断肠词》(宋朱淑真著)、《香奁集》(唐韩渥著)、《本事诗》(唐代孟启作)、《唐人传奇选》、《倦云忆语》(程善之著)、《子夜歌》、《兰闺清课》(胡寄尘选)、《南游记》(清孙嘉淦著)、《描写人生断片之归有光》(胡寄尘著)、《胡笳十八拍及其他》等12种。

文艺丛说 文学评论集。胡寄尘编纂。1册。商务印书馆1928年初版。"小说世界丛刊"之一。收中国戏是什么、隐语诗考、隐语与神话、推敲余谈、作文莫用典、文学赏鉴法、中国文人结社考源、中国民间文学之一斑、琉球神话、一本很好的平民文学、女诗豪薄少君、归有光的小说文学、柳宗元的小说文学、侯方域的小说文学、古书中之诗句、中国小说中之龙王、骰子牙牌之来历、松江田家月令诗、新送郎歌和虞山艳景诗等20篇。

文艺丛说第二集 文学评论集。胡寄尘编纂。1册。商务印书馆1931年初版。"小说世界丛刊"之一。收识宝回子和江西人、读搜神记、郑板桥的田家诗、谈社会小说、市招上的考古学、关于包少君的话、河伯娶妇志疑、南社掌故、紫姑与文人之纠葛、一叶诗话、有意味之俗语、短简和文坛秘录13篇。

文艺论ABC 文艺理论著作。夏丏尊著。世界书局1928年初版,1933年第四版。"ABC丛书"中的一种。向初学者讲述有关文艺知识。全书共分18章。其中何谓文艺、文艺的本质、文艺上情的性质、艺术与现实、古典与外国文艺等篇章,解释有关文艺本质的问题;怎样读、文艺鉴赏的程度、由鉴赏至批评、抽象与具象等篇章介绍文艺鉴赏与批评的知识;而"创作家与革命"一章,则对于当时兴起的革命文艺、无产阶级文艺的呼声特别加以分析说明。文字浅近易懂,举例生动丰富,"给读者以文艺的趣味",达到"稍领略文艺之宫的风光"的目的。

文艺园地 诗文集。柳亚子编。1册。上海开华书局1932年初版。含特载、论新诗、十四行诗选、无韵体诗选、双行体诗选、小说、小品与随笔、剧本等。收林庚白、李康佛、柳无忌、罗念生、朱湘、曹葆华、柳亚子等人的作品100余篇。其中有少量译诗。

文心雕龙札记　学术论著。黄侃著。北京文化学社 1927 年初版，1934 年再版《神思》以下 20 篇；1936 年中央大学《文艺丛刊》刊发《原道》以下 11 篇；1947 年四川大学中文系将其合印为一册内部发行，中华书局 1962 年正式出版。是黄侃 1914—1919 年在北京大学讲授辞章学和中国文学史的讲义。本书为《文心雕龙》中之《序志》《神思》《体性》《风骨》《声律》等 20 余篇的学习笔记，并对清代黄叔琳注的错误加以指正。作者旁征博引，引类譬喻，集校注、考证、简评于一身，采取"依傍旧文"和"献可替否"相结合的原则，着重从文章作法的角度，较为全面系统地阐发了《文心雕龙》的精义，揭示了其"为文之用心"的本质。卷首有题词及略例，书末附录骆洪凯的《物色第六》。

文字声韵训诂笔记　语言学著作。黄焯编，黄侃述。1 册。上海古籍出版社 1983 年初版，影印本。李格非作序。含文字学笔记、声韵学笔记和训诂笔记 3 篇。

文字学 ABC　文字学著作。胡朴安著。上海 ABC 丛书社和上海世界书局 1929 年分别出版铅印本。台北启明书局 1959 年出版影印本，书名改为《文字学入门》。书前有徐蔚南撰《ABC 丛书发刊旨趣》、胡朴安自序。共 3 编，上编共有 10 章，从文字的起源讲到文字的变迁、废弃和增加，对甲骨文、古文、篆文、隶书等做了说明。中编共有 7 章，阐明六书次第和功用。下编汇录研究文字学的书目，并做论述及评点。

文字学、声韵学笔记　语言学著作。黄季刚著，黄焯记。1 册。1976 年油印本。黄焯作前言。含文字学笔记和声韵学笔记两篇。附黄季刚讲、黄焯记的论学杂记。

文字学常识　文字学著作。胡朴安著。1 册。中华书局 2010 年初版。跟大师学国学丛书之一。前有写给年轻人的国学读本——"跟大师学国学"初版缘起和写在前面。含文字源流、六书条例和研究书目 3 编 24 章。

文字源流浅说　文字学著作。胡怀琛编。1 册。商务印书馆 1936 年初版。小学生分年补充读本六年级国语科之一。有威妥玛拼音对照。简要介绍了"文字"二字的解释、文字的效用、文字的起源及其种类、结绳记事、八卦、所谓仓颉造字、古文、大篆、小篆、隶书、真书、行书、草书、注音符号、简体字、中国字的结构、中国文字学的三部分、中国字的总数和结论等篇章。

文言、白话之争　南社论争。1917 年 4 月至 1923 年 11 月，南社社员围绕文言、白话展开了论争。1917 年 4 月 27 日，柳亚子在《民国日报》上发表《与杨杏佛论文学》，告诉杨杏佛自己曾讥笑胡适所作白话诗为"笑话"，认为文学革命"形式宜旧，理想宜新"，白话诗"断断不能通"。4 月 28 日，成舍我在该报发表文章，支持柳亚子的文学主张，反对白话。同年 5 月 16—17 日，该报连载吴虞《与柳亚子论文学书》。1919 年 3 月 20 日，黄侃在《国故》月刊上发表《国故月刊题词》，指责白话诗，张扬传统文学的旧形式。1919 年 6 月 16 日，叶楚伧、邵力子等主持的《民国日报》创办《觉悟》副刊。次年，《觉悟》采用新文体与白话。同年 10 月，姚光致书叶楚伧、邵力子，反对《民国日报》对新文体与白话改取赞成态度。同年 12 月 11 日，叶楚伧在《民国日报》发表文章，答复对该报提倡白话文的质问，认为提倡白话文是"开放文字的禁，将一部分应得的权归还人民的"。同年，李澄宇在《与林畏庐先生论文书》中支持林纾对新文化运动的指责，认为要国人作文全用白话，不但做不到，理论上也站不住脚。1920 年 1 月 27 日，朱谦良在《民国日报》副刊《觉悟》发表文章，表示赞成白话诗，建议采用"新体诗"的名目，白话文人人都懂。同年 3 月 20 日，胡适的《尝试集》由亚东图书馆出版。8 月 5 日，《时事新报》副刊《学灯》刊出诗学讨论号，发表胡怀琛《诗的前途》，对《尝试集》有所指责。次年 1 月 11 日，《学灯》发表胡怀琛《胡适之新派诗根本的缺点》。同年 3 月，胡怀琛编的《尝试集批评和讨论》由泰东书局出版，收入胡怀琛《尝试集批评》《尝试集正谬》、吴天放《评胡怀琛的"尝试集"正谬》等 10 多篇文章及每次讨论的通信，从立意、语言、韵律等多种角度对胡适的《尝试集》提出批评，胡怀琛的基本观点是"反对胡适之一派的诗"。1922 年 1 月 1 日，胡先骕在《学衡》创刊号发表《评〈尝试集〉》，全盘否定《尝试集》。其结论是《尝试集》"其形式精神，皆无可取"，是"死文字"。他还全盘否定胡适在《文学改良刍议》一文中提出的文学改良的"八不主义"。针对胡适《谈新诗》中提出的"新文学的文体是自由的，是不拘格律的"主张，胡先骕认为"诗是有格律的，实诗之本能"，"中国诗之体裁既已繁殊，无论何种题目何种情况，皆有合宜之体裁"。因此"无庸创造一种无纪律之新体诗以代之也”。同月,《学衡》创刊号还发表了梅光迪《评提倡新文化者》,反对“尽弃他种体裁,独尊白话”。同年8月29日,高燮为胡朴安《俗语典》作序,指责白话文运动“如中疫病”,认为运用白话会使“言语益将无条理之能行矣”。9月2日,邵力子在《民国日报》发表文章,认为反对白话文的势力仍然很大,须防止他们“蠢动”。1923年前后,白话文深入人心,不少曾经反对过白话文的南社社员,开始转而拥护白话文。1923年10月29日,柳亚子写成《新南社布告》,不久又发表《答某君书》表示拥护白话文。论争遂告结束。

文诏云(1884—1969) 江西萍乡人。名群,字诏云。南社社友。由社友介绍入社,未填写入社书,介绍编号43。早年留学日本,加入中国同盟会。1908年7月联络江西留日学生在东京创刊《江西》杂志,任主编。辛亥革命后被赣军都督委派为江西军政府参议员,作为江西省代表出席于1912年1月在南京召开的民国临时政府临时参议院正式成立大会,并当选为临时参议院议员。后历任北京政府国会众议院议员、农商部次长、江西省财政厅厅长等职。后任职于武昌、重庆行营。1936—1945年复任江西省财政厅厅长。后为国民党政府立法院立法委员,1949年去台湾。1969年卒于台北。有《农村问题集》。

文苑花絮 随笔。郑逸梅著。1册。中华书局2005年初版。郑逸梅作品集之一。周退密题签。含几句开场白、萧蜕庵的书艺、陆士谔的讣告、周瘦鹃生平四件得意事和南社中的几位能书者等111篇。

文法解剖ABC 文法理论专著。郭步陶著。世界书局1929年初版,至1932年共再版4次。为“ABC丛书”之一。本书首次用正规的文法理论来分析、解剖中文的文法。全书共分4章。第一章“纲要”论述了“字与词”“语与句”“词类与句子的成分”等概念;第二章“单句之构造”则用详细的文字、图表和举例解说了单句的意义、成分、单句的补足语、附加词、语气等;第三、四章为复句部分,详解了复句的成分如复主格、复宾格、复补足语,以及复句的种类如联合句、主从句、子母句等等。本书可以使学习者通过文法解剖加强对文句内容的理解,另一方面也是对中文文法理论研究的尝试。

文学与艺术之技术的革命 文艺理论著作。日本平林初之辅著,陈望道译。大江书铺1928年12月初版。全书共分5个部分展开论述。第一部分“序言”,论及促使文学及艺术起变化的,不只是随着经济基础变化而变化的上部构造,构成文学及艺术的要素,常受着更直接的影响而发生变化,进而提出“机械变更艺术”“一切艺术更机械化了”的观点。其次3个部分,分别从戏剧中有文学以外的色彩、光线等技术要素,无线电话传播事业的普及促使广播剧艺术形式的产生,电影摄影机、电影放映机的发明促使电影艺术形式的产生,机械音乐的艺术形式主要是留声机、自动钢琴、无线电话的运用等这些事实来阐述自己的观点。第五部分论及以文字为媒介的文学是否永久存在于巩固的基础之上。

文学小史讲义 文学史著作。闻宥编。商务印书馆印行(出版年份不详)。本书系作者为函授学校国文科所编写的讲义。将自先秦至明清的我国文学数千年的流衍发展史分为先秦文学、两汉文学、魏晋文学、南北朝(附隋)文学、唐五代文学、两宋文学、辽金元文学、明清文学8个部分,对每一个时期文学创作的概况、作者、作品、宗派等进行介绍、评述。内容精炼,语词简明。作者的宗旨是“虽无撷华之能,颇以遗要为戒”;根据各家所述,“取其大体之异同以为准则,虽不必悉当,而思潮之起伏,艺术之升降,盖略具焉”。最后,作者还提出对中国文学史的6点结论,颇具独特见解。

文学因缘 翻译诗集。苏曼殊编著。1908年3月,苏曼殊收录英译汉诗及汉译西方诗歌,编为《文学因缘》。包括:james legge博士所译述《诗经》之全部。另Candlin所译《葬花》诗。还包括《采薇歌》《懿氏谣》《击壤歌》《麦秀歌》《箜篌引》等先秦古歌谣以及唐诗等作品。还有欧人williams Jones将《沙恭达纶》等印度文学作品由梵文译为英文。

文学短论 文学评论集。胡怀琛著。1册。上海梁溪图书馆1924年初版。胡怀琛作自序。含文学界中的四个问题、三个古文家中的小说家、中国古代的白话诗人、林黛玉葬花诗考证、何谓小说、林译小说的两种读法、古文今译之管见、人为什么要作诗、诗歌与感情等37篇论文。

文学演讲集 文学演讲集。梅光迪著,眉睫编。1册。海豚出版社2011年初版,列入“海豚书馆丛书”。沈昌文作海豚书馆缘起。眉睫作出版说明。含文学概论、文学概论讲义、近世欧美文学趋势讲义、女子与文化、中国文学在现在西洋之情形、中国古典文学之重要和英国文人生活之今昔 7 篇。附译名对照表。

文选评点 古典文学论著。黄侃评点，黄焯编次。1 册。上海古籍出版社 1985 年初版，影印本。前有出版说明和文选评点例言。是书为黄侃于 1922 年 8 月 16—28 日暑期居武昌间，在清代胡克刚家刻本上的手批圈点的"一过之作"，但弟子传抄后产生较大的影响。附黄侃侄子兼弟子黄焯的后记。

文美会 社团名。由柳亚子、李叔同、叶楚伧、朱少屏、曾孝谷等南社社友于 1912 年 4 月 1 日在上海发起组建。以研究文学、美术为目的，凡品学兼优，得会员介绍者，即可入会。该会每月雅集一次，展览会员创作的文学、美术作品，社员间传观该社创办的社刊《文美》杂志，同时有联句、当筵挥毫与名家演讲等活动。该会事务所设在太平洋报社编辑部内。同年 6 月 30 日并入国学商兑会。

文酒之会 新南社雅集名。1923 年 10 月新南社成立后，于 1924 年元旦，由柳亚子与陈去病主持召开新南社的岁寒社雅集——"文酒之会"。

文章作法 写作理论著作。夏丏尊著。中国文化出版社 1926 年 8 月出版发行。本书是讲述、教授作文的技术和方法的。全书分为 7 个篇章，第一章"作者应有的态度"告诫作者，必须在撰文时做到"真实、明确、注意符号和分段、注意用词"。其余 6 个篇章分别是"记事文""记叙文""说明文"和"小品文"，详尽地讲解了每一种文体的意义、写作顺序、注意要点等。最后附 3 篇作者论文，有"作者的基本态度""论记叙文中作者的地位并评论现今小说界的文字"和"我在国文教授上最近的一信念"。

文　斐(1875—1943) 湖南醴陵人。又名灰，字延年，号牧希，别署幻盦、幻园。南社社友、南社湘集社友。1912 年 8 月 29 日由傅熊湘、黄栩园、郑叔容介绍入南社，入社书编号 296。1905 年赴日本东京铁道学校留学，翌年在东京参加中国同盟会。1907 年夏回国，任醴陵渌江中学堂监督。1908 年任湖南铁路学堂教务长，并与其他同盟会员在校内秘密成立同盟会湖南分会。武昌起义后不久，参与策划长沙起义获得成功，成立湖南军政府后被委为都督府秘书，并任湖南省参议员。民国初年与傅熊湘一起主办《长沙日报》，又兼任湖南粤汉铁路公司协理。1912 年 9 月参加在长沙烈士祠举行的南社临时雅集。1913 年二次革命爆发时任湖南讨袁军参赞，二次革命失败后避走日本。1914 年在东京加入中华革命党，与刘建藩等人组织法政学校。1915 年返国，因反袁被羁押，次年获释。1916 年 9 月和 1917 年 4 月分别参加在长沙枣园及半园举行的南社临时雅集。1917 年起任粤汉铁路局局长。1924 年 4 月至 1937 年 4 月参加在长沙举行的南社湘集第一、二、九、十一、十四、十五次雅集。1927 年任永兴县县长。后辞职返归故里，被推为醴陵县救济院院长，并创设同仁医院。曾为湖南省临时参议会议员。1943 年去世。擅诗工书，著有《幻园遗集》。

文　斌(1892—?) 湖南醴陵人。字壮军。南社社友。1912 年 10 月 26 日由傅熊湘、黄梦蘧、龚尔位介绍入社，入社书编号 353。1912 年在湖南实业司署任职。同年 9 月参加在长沙烈士祠举行的南社临时雅集。

文湘芷(1879—1925) 湖南醴陵人。名启鼒，字湘芷。南社社友。1916 年 7 月 15 日由郑叔容、刘约真介绍入社，入社书编号 651。早年就读于湖南师范馆，后毕业于京师大学堂。历任湖南第一师范学校、长郡公学、含光女校校长，湖南高等师范学校教务长，湖南教育司社会科长，湖南省公署教育科长，安仁县知事等职。1918 年军阀张敬尧祸湘时，与傅熊湘等收集报章所载，汇编成《湘灾记略》《醴陵兵燹记略》等书，为驱张运动张目。后赴云南，主管云南通海厘局。1925 年病逝于长沙。

方廷楷(1882—?) 安徽太平(今黄山市)人。字瘦坡。南社社友。1912 年 12 月 30 日由胡寄尘、胡朴安、柳亚子介绍入社，入社书编号 365。著有《习静斋词话》《习静斋诗话》《香痕奁影录》等。

方旭之(1885—?) 湖南湘潭人。名荣杲，一字旭芝，号艮崖，别署苹崖。南社社友、南社湘集社友。1912 年 8 月 29 日由傅熊湘、黄梦蘧、郑叔容介绍入南社，入社书编号 295。民国初年任职于《长沙日报》馆，与宋痴萍、文斐为同事。1912 年 9 月参加在长沙烈士祠举行的南社临时雅集。1924 年 4 月 6 日参加在长沙刘园举行的南社湘集第一次雅集。著有《飞鸿影日记》。其父宗钠，亦为南社社友。

方声涛(1885—1934) 福建侯官(今福州市)人。字韵松。南社社友、广东分社社员。1912 年 10 月 21

日由陈其美、朱少屏介绍入南社，入社书编号 325。1905 年留学日本，入东京振武学校、陆军士官学校，并加入中国同盟会。归国后历任云南陆军讲武堂教官等职。1913 年二次革命时任讨袁军第三独立旅旅长、师长，二次革命失败后逃亡日本。1915 年归国后入滇，再谋讨袁，任护国军第二军第二梯团长，后任驻粤滇军第四师师长。1917 年任广州大元帅府卫戍总司令，同年 3 月参加南社在广州六榕寺举行的广东分社第一次雅集。1927 年 1 月东路北伐军克复福建，被举为代理福建省临时政治分会主席。同年 7 月任福建省政府委员兼军事厅长。1930 年代理福建省政府主席。1932 年退隐，后病逝。著有《护国护法将兵纪要》。

方　严(生卒年不详)　湖南湘潭人。字介峰。南社湘集社友。

方克刚(1885—1946)　湖南平江人。字筱川，号阙庄。南社湘集社友。毕业于清季长沙优级师范。曾开办中路中学堂。后历任湖南省公立第一中学、长沙妙高峰中学校长，湖南省教育会总务主任，全国体育协进会董事等职。1921 年与周静庵等提出《湖南平民教育倡议书》及《实施大纲》，后在长沙、新化等地设立平民学校、民众学校，为湖南平民教育的发起人之一。1926 年创设私立南轩图书馆，后又创办湖南省立中山图书馆。1934 年 4 月至 1937 年 4 月参加在长沙举行的南社湘集第九、十一、十三、十五次雅集。曾任国民会议代表、国史馆顾问、省临时参议会议员、湖南抗敌后援会常务委员等职。1946 年 2 月在长沙病逝。著有《血潮集》《敝帚录》《图书馆小史》等。

方宗钠(1851—?)　湖南湘潭人。字鹤卿，号蟹山。南社社友。1916 年 7 月 2 日由傅熊湘、黄梦蘧、龚尔位介绍入社，入社书编号 637。其子旭之，亦为南社社友。

方秋士(1882—?)　安徽寿县人。名培良，字秋士。南社社友。1916 年 5 月 17 日由胡朴安介绍入社，入社书编号 602。

方　畲(1894—?)　浙江镇海(今宁波)人。字伟农，号其汀。南社社友。1915 年 12 月 18 日由柳亚子介绍入社，入社书编号 578。

方楚白(1895—?)　广东开平人。南社社友。1917 年 5 月 2 日由蔡哲夫介绍入社，入社书编号 887。

方赞修(1880—?)　浙江淳安人。字述斋。南社社友。1916 年 7 月 12 日由邵瑞彭介绍入社，入社书编号 638。民国初期在浙江省议会通讯处任职。

方　濬(生卒年不详)　浙江人。女。字静我。南社纪念会会员。丈夫阮子华，亦为南社纪念会会员。

火里奇缘　南社掌故。印章文。刘成禺早年留学美国三藩市(旧金山)。某日他从大学课罢回寓所，路上遇一女子，告知其母困于火场，求刘相救，愿以身相许。刘成禺闻讯即刻前往，冒着烈焰救出其母，于是成就了婚姻。篆刻家杨千里以“火里奇缘”四字，刻印章相赠。

为什么要重建中国法系　法学理论著作。居正著。1 册。上海大东书局 1946 年初版。有作者小影。含引言、殷周及其前期法律萌芽情形的检讨、法律思想蓬勃的一个时期、儒家学说对于历代法律的影响、重建中国法系的趣向和结论等部分。

斗南一榻销寒雅集图题咏　题咏集。顾无咎(顾悼秋)辑。1 卷，1 册。吴江柳氏 1918 年抄本。顾无咎录并署端。未见《斗南一榻消寒雅集图》，但有“斗南一榻消寒雅集图，甲午腊月十日蒋宝龄制”记述。徐达源作《金缕曲》。另有叶兰生、俞岳、佣岳、蒋宝龄、蒋芪生、蔡傅禖、蔡倚般等题咏。

斗艳记　章回体白话情爱小说。刘铁冷著，鸥梦轩主评。1 册。上海中原书局 1936 年 12 月重版。描述韵秋与玉衡、菱姑、柘村 3 女的四角之恋。最终韵秋、玉衡缔结连理，而菱姑、柘村因情而亡。作者指出看韵秋辞别伤心地赋诗，“总算自知悔过，不比那猎艳的朋友，朝秦暮楚，视生命做儿戏”。

心经的力量　佛学著作。弘一法师著。1 册。大象出版社 2011 年初版。《心经》是《般若波罗蜜多心经》的简称。虽言简文略，仅 260 字，但浓缩了 600 卷大般若经的要义，是般若思想的核心、佛法教义的精髓。《心经》最普及，最深入人心，是人人都喜爱的佛教经典。附《普通人对佛教的误解》《我在西湖出家的经过》和《弘一法师年谱》。

心狱　今译为《复活》。翻译小说。俄国托尔斯泰著，马君武译。中华书局 1914 年出版，1916 年三版。叙写贵族地主家养女麻司奴被其东家的侄子内希鲁诱奸后遭遗弃，以至沦落、受诬陷入狱。内希鲁认出她后很自责，四处奔走欲为其减刑未果，遂随麻司奴一起流放西伯利亚。通过忏悔和赎罪，内希鲁最终得到麻司奴的宽恕，两人在道德上与精神上得以复活。

小说淋漓尽致地描绘了一幅幅沙俄社会的真实图景：草菅人命的法庭和监禁无辜百姓的牢狱，金碧辉煌的教堂和褴褛憔悴的犯人，荒芜破产的农村和豪华奢侈的京都，茫茫的西伯利亚和手铐脚镣的政治犯。著者以现实主义的手法，对当时的国家制度进行了抨击。

心理建设论 心理学著作。邵元冲撰。1卷，1册。民国年间铅印本，有著者照片。正文包括“心理建设论”一卷，有总论、人类竞争之影响、革命心理与革命者的人格、政治道德与政治家之风格、社会道德与个人的修养、纪律与秩序、社会改造与心理建设等篇章。“附录”一卷，有三民主义的人生观、时间的效能和障碍，澄清乱源与心理建设等篇章。

尹铁冰(生卒年不详) 籍贯未详。新南社社员。

尹 燿(1860—1935) 广东顺德(今佛山市顺德区)人。字笛云，号侠隐，又号紫云岩叟，别署铁笛、笛叟、笛公。南社社友、广东分社社员。1916年9月24日由蔡哲夫介绍入南社，入社书编号695。早年曾撰文发表于《平民画报》等刊。1917年3月参加南社在广州六榕寺举行的广东分社第一次雅集。

巴哥罗底两性教育观 教育论著。潘公展著，教育杂志社编纂。1册。商务印书馆1925年初版。作者自述此书是把美国巴哥罗关于两性教育的学说作一介绍，以期让国人了解两性的关系、改善两性的生活。涵盖的内容有两性教育的意义、需要、范围、论据、目的以及少年早期、少年男孩、青年男子和成年妇女应受的两性教育等。

巴黎和议后之世界与中国 政治著作。汪兆铭编。1册。上海民智书局1920年初版。含汪精卫绪论和巴黎和议与中日问题，雪艇论万国联盟，戴修骏论万国联盟与中国之关系，皓白巴黎和议与国际政局之今昔，端六巴黎和议后之国际贸易和阎一士巴黎和会之经过等篇。

孔子 ❶ 人物研究。谢无量著。中华书局1915年初版，1918年再版。全书共分2编30章。介绍孔子先世、生平及其学说，探索孔学渊源。以道、中庸、礼、仁论述孔学原理；以义务、孝悌、君子论述孔子伦理学，以德治、礼乐论述孔子政治学说，并论及孔子的教育学说、人性论、晚年思想、系辞中之孔子世界观等。❷ 名人传记。胡怀琛著。1册。商务印书馆1933年10月出版。全书共22章。包括讲述孔子的家庭和少年时代，孔子求学的方法，孔子删诗书和定礼乐，孔子一生的经历。而对于孔子学说，则概括为“是偏重于实践的伦理学，是政治学。从一个人的立身做起，做到治国、平天下，是联成一贯的”。对于孔子思想的核心，则认为是“中庸”二字，并认为孔子所提倡的“仁”，涵盖诸如惠泽、笃厚、慈爱、忠恕、克己5种传统美德。对于孔子所提倡的“礼”的概念，则认为是属于“礼节”及行为规范的范畴。

孔仪姞(1900—?) 广东香山(今中山)人。女。字莤湘。南社社友。1917年6月15日由蔡哲夫介绍入社，入社书编号915。1917年就读于广州西关历荣新街学圃。

孔庆莱(1885—?) 浙江萧山(今杭州市萧山区)人。字蔼如。南社社友。1910年8月由沈嘉康、朱叔源介绍入社，入社书编号73。光绪二十八年(1902年)中秀才。后东渡日本入庆应大学留学，获化学博士学位后回国。民国初年任职于上海商务印书馆编译所，主持编辑《化学》教科书。能诗。

孔昭绶(1878—1929) 湖南浏阳人。字攘夷，号竞存。南社社友、南社湘集社友。1912年9月由傅熊湘、宋痴萍、龚尔位介绍入南社，入社书编号334。湖南高等师范学校毕业。曾在长沙多所中学、师范学校任职。民国初年任职于《长沙日报》馆。1912年9月参加在长沙烈士祠举行的南社临时雅集。1913年任长沙湖南省立第一师范学校校长。因反对袁世凯独裁统治而遭汤芗铭缉捕，旋东渡日本避难。后进东京法政大学，获法学学士学位。归国后，1916年再任湖南省立第一师范学校校长。1916年6月和9月参加在长沙寿星街琴庄及枣园举行的南社临时雅集，次年4月又参加在长沙半园举行的临时雅集。1918年因学校被军阀张敬尧部兵所占，遂联合5所公立学校校长提出辞职。1922年当选为湖南省议会议员、副议长。次年赴西北调查垦务，冯玉祥聘其主办辅治讲习所，兼办《西北报汇》。1924年4月6日参加在长沙刘园举行的南社湘集第一次雅集。后历任北伐战地政务视察员、第二集团军总司令部少将参谋、豫陕甘三省考核院考核官、南京国民政府考试院考试制度史编纂等职。1929年病逝于南京。

孔雀女 剧作。印度伽梨陀娑著，卢前(卢冀野)译。1册。上海正中书局1947年2月版。讲述净修林少女沙恭达罗与无胜王恋爱的故事。国王打猎邂逅沙恭达罗，留下戒指作为信物。沙恭达罗在寻找国王的途中不慎丢失信物，以致历尽波折找到国王，国王见不到信物竟然记不起沙恭达罗。沙恭达罗排除万难找到了信物，有情人终成眷属。卢前的译序介绍了伽梨陀娑的生平，以及该书英译情况，指出此次重译可比较梵剧与中国戏曲的异同。

孔德沚（1897—1970） 浙江桐乡人。女。原名世珍，小名三娜，字德芷。茅盾（沈雁冰）妻。新南社社员。曾入湖郡女塾和振华女校读书。1921 年到上海后，又入爱国女校。1949 年 4 月 16 日参加在北京中山公园来今雨轩举行的南社、新南社联合临时雅集。

予倩论剧 戏剧理论著作。欧阳予倩著。1 册。广州泰山书店 1931 年 5 月初版，“广东戏剧研究所丛书”本。全书收有《戏剧改革之理论与实际》《民众剧之研究》《演〈怒吼吧中国〉谈到民众剧》《戏剧之布帛菽粟化》《戏剧与宣传》《动的艺术》《戏剧运动之今后》7 篇文章，另有《演剧是艺术还是娱乐?》（译文，小山内薰著）等附录 7 篇。此书是作者早期戏剧论著的结集，其中主要论文《戏剧改革之理论与实际》《戏剧运动之今后》，代表作者对戏剧改革的认识与展望。

邓小苏（生卒年不详） 广东番禺（今广州市）人。字灵修。南社湘集社友。

邓子彭（1879—1917） 广东南海（今广州市）人。南社社友。1916 年 12 月 3 日由蔡哲夫、李孟哲、胡伯孝介绍入社，入社书编号 744。中国同盟会会员。1906 年参与创办《二十世纪报》。1908 年应邀任广州《国民报》主笔、编辑及撰述。辛亥革命前夕该报创办人卢谔生（亦为南社社友）被通缉潜逃，《国民报》由非盟员李少庭等接办后，其仍继续为该报主笔之一。嗣后《国民报》鼓吹革命益加激烈。1913 年二次革命失败后逃往香港，应《真报》之聘在港任职。1916 年回广州，任广东《中华新报》记者。1917 年去世。

邓子彭

邓文翚（1879—1957） 江西峡江人。字翥青。南社社友。由社友介绍入社，未填写入社书，介绍编号 61。1905 年入江西大学堂，与蔡突灵等创办易知社，宣传革命。翌年冬，参加萍浏醴起义。1907 年考取公费留学日本，入东斌步兵学校习军事，在东京加入中国同盟会，并与彭素民、焦达峰、孙武等组建共进会，被推为总理。1909 年归国后在南昌成立共进会江西分会，任会长。1911 年武昌起义胜利后到武汉参与组织湖北军政府。1912 年 1 月南京民国临时政府成立后被委派任革命军参议、旅长兼江西革命军司令，驻守南京。后任江西湖口警备司令。1913 年秋随李烈钧在湖口起义，发动二次革命讨袁，失败后遭通缉逃亡日本。1914 年 7 月中华革命党在东京成立后，任中华革命党江西分会会长。1917 年参加护法运动，任广州护法军政府粤军参议。1919 年任汕头粤军总司令部参议，继任驻粤赣军总指挥。1923 年任广州大元帅府顾问，同年回江西任督军公署顾问。1927 年四一二反革命政变后避居上海，进入商界。抗战期间联络京沪一带军队抗日。抗战胜利后在南昌联络地方武装，组织国民革命军保护南昌，迎接解放。中华人民共和国成立后，先后被选为全国政协委员、中南行政委员会委员、江西省人民政府委员等。

邓尔雅（1883—1954） 广东东莞人，生于北京。原名溥霖，后改名万岁，字季雨、尔雅，号邓斋，别署尔疋、大雅、山鬼等。南社社友、广东分社社员、南社湘集社友，书法篆刻家。1914 年由蔡哲夫介绍入南社，入社书编号 483。幼承家学，早年攻书法、篆刻和文字训诂。1899 年入广雅书院。1905 年留学日本，先学医，后改学文学、美术。1910 年归国后在广州任小学教员、美术教师。次年与潘达微等创办《时事画报》《赏奇画报》。1912 年在宁调元倡议下与黄节、蔡哲夫等创办贞社广东分社。同时钻研金石、书法，刻印师法秦汉，举凡篆、楷、隶、真、行书，佛像肖像等。1919 年为滇军李根源幕僚。1922 年携家眷移居香港。1925 年 9 月与潘和等组织广东国画研究会，任副会长，与会者有熊克武、姚礼修、黄少梅、杨丙垚等 20 余人，后会员多至百余人，并在香港、东莞设立分会。次年 2 月在广州出版《国画特刊》第一号。1926 年加入中国金石书画艺观学会，参与组织南社书画社。1929 年 8 月于九龙大埔建“绿绮园”居住，写诗作画自娱。1932 年任中山大学教授。1937 年 7 月移居香港。1940 年香港举办广东文物博览会，出任征集组组长。次年 12 月太平洋

邓尔雅

战争爆发后滞留香港，匿名隐居。晚年尤喜用六朝造像及文字入印。亦谙诗、书、画，富收藏。1954 年 9 月卒于香港。著有《绿绮园诗集》《篆刻卮言》《文字源流》等，又与李根源合著《曹溪南华寺史略》。刊行有《邓尔雅书法篆体千字文》，并有《邓尔雅印蜕》《邓尔雅印稿》两种钤印稿存世。

邓尔雅印稿 南社掌故。邓尔雅所著的印稿。邓尔雅以书法、篆刻最为著名。他的篆刻上探秦汉，近学皖浙诸家。作印严谨，别有韵味。篆隶真行，佛像肖形，无所不能。其钤印稿有两种，题名为《邓尔雅印稿》《邓尔雅印蜕》。

邓尔雅篆刻集 印谱。邓尔雅撰。1 册。荣宝斋出版社 2004 年初版，列入"莞乡丛书"。黄苗子署端。有邓尔雅像、邓尔雅简介。李汉松作《莞乡丛书序》。黄苗子作《记邓尔雅先生》(代序)。集篆刻作品 1200 方。附邓尔雅篆书联，连载邓尔雅《邓斋印可》的香港《春秋报》等手迹影印。黄大德作编后记。

邓芝材(1896—?) 广东东莞人。字微之。南社社友。1917 年 4 月 30 日由邓寄芳、陈云峰、蔡哲夫介绍入社，入社书编号 882。曾就学于广州高华里虚舟书室。

邓昌运(1889—?) 广东东莞人。字崧生。南社社友。1917 年 5 月 9 日由邓寄芳、蔡哲夫介绍入社，入社书编号 891。

邓树楠(1877—1925) 广东梅县(今梅州市)人。原名树南。南社社友。1912 年 5 月 9 日由王锡民、叶楚伧、姚雨平介绍入社，入社书编号 269。幼时家境清贫，早年到南洋一带谋生，后在印尼创办志成公司，任经理。辛亥革命前又在爪哇泗水经营一家德彰公司，捐款支持黄花岗起义和孙中山革命。1912 年南京民国临时政府成立后受邀回国，得到临时大总统孙中山的褒奖。其间在上海任《太平洋报》社顾问，后创办梅县大生银庄，自任总经理，并在香港、汕头、兴宁及印尼等地设立分支机构。后因军阀制造假银元事件冲击和银庄内部用人不当而造成信用危机。1925 年 5 月病逝。

邓钟岳(生卒年不详) 湖南宁远人。字瑞生。南社湘集社友。1924 年 4 月 6 日参加在长沙刘园举行的南社湘集第一次雅集。

邓家仁(1868—?) 广东三水(今佛山市三水区)人。字君寿。南社社友。1917 年 1 月 9 日由李孟哲、蔡哲夫介绍入社，入社书编号 786。1917 年曾在广州西关时敏学堂坐馆。

邓家彦(1887—1966) 广西桂林人。字孟硕。南社社友。1912 年 1 月 13 日由柳亚子、雷铁厓、马君武介绍入社，入社书编号 208。早年肄业于四川高等学堂等校。1902 年东渡日本留学，入法政专门学校。1905 年 8 月参加组建中国同盟会，并被举为同盟会司法部部长，又任广西同盟会会长。返国后先后任四川隆昌及成都中学教员，并为同盟会成都分会主盟人。1908 年赴美国伊利诺伊州立大学就读。1912 年 1 月回国就任南京民国临时政府大总统府外交科秘书、临时参议院议员，同年 7 月在上海创办《中华民报》，抨击袁世凯。1913 年因刊登反袁文章而被捕入狱，获释后再次前往美国，入纽约哥伦比亚大学研习政治经济。1916 年回国参加讨袁和护法运动。1921 年任国民党广州办事处宣传部部长。1926 年参与创办《独立周刊》。后任国民党广西支部长、候补中央执行委员。抗战期间任国民党中央执行委员会常务委员及国防最高委员会常务委员、国民政府国史馆筹备委员会委员。1947 年再度赴美留学，1949 年获美国林肯大学哲学博士学位。1952 年去台湾，任"总统府"国策顾问。1966 年病逝于台北。著有《一枝庐诗钞》《民族语原》《学锲录》等。

邓家彦先生访问记录 传记著作。邓家彦口述，郭廷以、王聿均、刘凤翰、谢文孙访问，谢文孙、刘凤翰记录。1 册。台北"中央研究院"近代史研究所 1990 年初版，列入"中央研究院"近代史研究所口述历史丛书。有邓家彦与夫人谢兰馨合影和访问时工作照、弁言。邓家彦先生谈话分类目录含中国同盟会、奔走革命、二次革命与亡命东京、总理讨伐广西陆荣廷之役、党务活动与总理逝世前后之党争、山东革命、人物述评和其他问题 8 方面。谢文孙作前言。附邓家彦的致党史会函、谢兰馨父亲谢公鸿焘母亲马秋仪革命事略等内容。

邓章兴(1881—?) 广东东莞人。字绍穆，号虚舟书室主。南社社友、广东分社社员、南社湘集社友。1916 年 12 月 10 日由蔡哲夫、冯智慧、胡伯孝介绍入南社，入社书编号 749。民国初期在广州高华里虚舟书室坐馆授业。1917 年 3 月参加南社在广州六榕寺举行的广东分社第一次雅集。

邓寄芳(1884—?) 广东东莞人。字芰郎、芰公，号苏斋,别署芳郎、桂史、苏圃。南社社友、广东分社社员、南社湘集社友。1916年8月6日由孙仲瑛、蔡哲夫介绍入南社,入社书编号660。1917年3月参加南社在广州六榕寺举行的广东分社第一次雅集。著作见辛亥革命前后《留日女学会杂志》《民权素》等刊。

邓肇真(生卒年不详) 广东南海(今广州市)人。南社湘集社友。

邓警亚(1890—1966) 广东三水(今佛山市三水区)人。名香草,字警亚。南社社友。1916年11月由蔡哲夫介绍入社,入社书编号766。1905年10月在香港加入中国同盟会。1910年《平民日报》创刊后任主笔之一,辛亥革命后任该报总编辑。1916年先后在广东《中华新报》《天声报》任职。后因报纸被查封,遂逃往香港。1918年回广州恢复《平民日报》,支持护法运动。1922年6月陈炯明叛变革命后,其在报上撰文对陈口诛笔伐。1924年任国民党中央机关报《民国日报》编辑,后归乡隐居。1949年后任广东省政协委员。

劝发菩提心文、观音菩萨灵签、山中白雪词选合刊 经文、词集。吕碧城撰。1册。民国年间铅印本,“梦天雨华室丛书”。录《劝发菩提心文》1卷,《观音菩萨灵签》1卷,《山中白雪词选》1卷。《山中白雪词》又名《雪绘词》《狼烟鸿雪词》。吕碧城作跋。

双郁亭 亦称“双烈亭”。位于浙江杭州富阳区城东富春江畔鹳山上。“双”系指郁曼陀、郁达夫兄弟。赵朴初为亭题联“莫忘祖逖中流楫,同领山亭一钵茶”。

双泪碑 杂剧剧本。吴梅著。载1916年4—5月《小说月报》第七卷第四、五号。卷首有任光济序及作者自序。叙王秋塘幼时依父命与李碧娘订有婚约,后王赴日本留学,归国后任教职,见识日长,以为男女凭媒妁之言结合,难免成为怨偶。后王与女教师汪柳依互生情愫,遂致书李氏,要求解除婚约,并与汪成婚。碧娘心存怨恨,致函柳依,告知秋塘退婚事。柳依接信后痛恨秋塘的不义之举,以死示自己的抗议,临终前哭呼:“自由吓自由!我汪柳依就害在你两个字上也。”

双星杂志 期刊名。1915年3月创刊于上海。主要撰稿人王西神、姚鹓雏、叶楚伧、庞树柏、周瘦鹃等南社社员,双星杂志社编辑发行。分短篇小说、长篇小说、传奇、文苑、野史、杂俎、词话、曲话、艳屑、弹词、美术、谐海、幻术等栏目。小说有鹓雏《双蝶影》《帕语》《劫外离鸳》,中泠的《牛女怨》,许指严的《清秘史》,王西神的《小星替月》,陈倦鹤的《一匹布》,吴绮缘的《可怜侬》,尤玄甫的《一曲为卿歌》等。文苑栏有亚子、檗子、蕙农、西神残客等诗词。出版4期后停刊。9月由上海国学昌明社接办,改名为《文星杂志》。

双复仇 侠情小说。胡怀琛著。1册。商务印书馆1924年出版。该小说叙述女学生王珍林从母亲处得知杀父之仇家,乃同学秋兰之舅父尤克民。后珍林化名蒋蕴珠,与秋兰同去英国留学,得遇同学张振华,而张振华之父昔日也曾为尤克民所害。振华借秋兰之手除掉仇家,为王珍林和自己复仇。王珍林并寻得自己的亲生父亲王廉夫,一家人得以在英伦团聚。

双热新嚼墨文集 文集。吴双热著,徐枕亚编。5卷,1册。上海小说丛报社1915年初版。天啸题签。包醒独作序。含翰墨林、春秋笔、小说汇、游戏文和零星话等卷。包括书牍、序文、跋文、诗词、小说等。

双烈亭 即“双郁亭”。

双清楼 何香凝居所。何香凝别号“双清楼主”,其所居处名“双清楼”。著名者有二:(1)位于广东省广州市同福西路龙溪新街。是廖仲恺和何香凝在广州的第一间寓所。为青砖石脚的古老大屋,坐北朝南,宽三间深三进,占地面积约400平方米。(2)位于浙江绍兴上虞区白马湖畔春晖中学旁,与经亨颐“长松山房”相邻,现已不存。

双鬟记 章回言情小说。徐枕亚著。全1册。小说丛报社1916年铅印单行本。封面有天啸题签。卷首有陈医隐、吴双热、吴绮缘序和作者自序,卷末有姚民哀跋。各章有俞天愤评语。书叙退隐仕人王某门下有儿子大云、二云,妻侄女杨琪仙、甥女陆蕙姑。这四名学生之间产生了爱情纠葛,往往是落花有意,流水无情。唯有二云和蕙姑是两情相悦。琪仙丫鬟秋鸿设计破坏他俩的恋情,造成王某病故后大云娶蕙姑,二云娶琪仙的错误婚姻。秋鸿又欲害蕙姑,却毒死了大云。秋鸿畏罪自杀,琪仙恰值分娩,也羞愧呜呼,二云及母身心交瘁,相继去世,蕙姑投河自尽。

书报话旧 报刊史著作。郑逸梅著。1册。上海学林出版社1983年初版。有作者80岁近影。郑逸梅作引言。含最早的铅印出版机构——墨海书馆、南社丛刻和它的蜕变、南社社员所著的几种单行本、关于苏曼殊的作品、太平洋报和柳亚子等89篇。

书画公会报 报纸名。1900年4月初创刊于上海。以提倡风雅，振兴文艺为宗旨。专登书画、篆刻，他项新闻概不登载。馆设四马路西大新街口柳杨楼台，附设阅报处一所。每周出刊两次，逢周三、周日出版。最初随《中外日报》附送，至第五期后独立发行。其中多发表名家的画作和书法篆刻作品，每期 5～8 幅。第九期以后，加入了一些上海街道地图。第三十期以后又加入了一些文字部分，如《艺苑丛谈》《渊骊鳞爪诗选》两栏，谈画法原理及诗词等。今所知共发刊 39 期。1900 年 10 月停刊。

书法论丛 书法研究。沈尹默著。1 册。上海教育出版社 1978 年 3 月出版。有书法论和历代名家学书经验谈辑要释义等篇章。

书愤一首示秋叶兼柬仲挺 诗篇名。七律。林庚白作，具体写作时间不详。刊于 1912 年 7 月 14 日《南社丛刻》第五集。本年 3 月 10 日袁世凯在北京就任临时大总统，中国进入北洋政府时期；4 月 1 日，孙中山正式解临时大总统职，辛亥革命胜利果实为袁世凯窃取。诗作揭示中原逐鹿犹未忧，诗人巨大的忧苦连九京深处也无可埋。叙写袁世凯继任临时大总统，居南京者感慨山河之异。把酒浇愁，什么时候才能报仇呢？慨叹世运巨变，成名竖子都是一路货色。点化典事，如机杼自出，淡怀厚意，别有风味。

书愤（其二） 诗篇名。七绝。高增作。诗题“书愤”，抒写愤慨。抨击帝国主义实行霸权主义，凭借军事实力侵略、欺压别国，道德、真理全部沦丧。揭露袁世凯准备恢复帝制，讽刺向袁世凯政权献媚的无耻、反动文人与政客。诗作富有锋芒，尖锐泼辣。

书感 诗篇名。七律。沈砺作。刊于 1916 年 5 月《南社丛刻》第十七集。本篇以蛇、豕比喻辛亥革命后以袁世凯为代表的北洋军阀当道，世路难行。抒写混乱的时局使自己的内心不断受到打击，自己又不断受到袁世凯政权的排挤。抒说自己像宋代的苏舜钦一样，每日读《汉书》以佐酒，像三国魏末向秀一样，听见笛声而感伤。想到民国后高端权位安排，一个个混账小子都当上了高官，就禁不住义愤填膺。感情刚烈，用典繁复，使诗句不够流畅自然。

五　画

玉田恨史　哀情小说。天虚我生(陈蝶仙)著，倚虹仙馆校订。平装1册。初载于1913年的《申报》副刊《自由谈》，上海三益书社1915年刊印单行本。据作者书前"玉田恨史传概"述，是书依据友人内弟和夫人爱情悲剧写成。以女主人公黄氏"心理独白"的叙述方式，描写与丈夫李澄清婚后的幸福生活和夫君死后哀毁无状、相随而去的悲剧。在小说前面有近百首题诗，采用了"意识流"的叙述方式，以很少的篇幅描写幸福生活，以浓墨重彩渲染悲苦人生。

玉环外史　侦探小说。蒋景缄译。进步书局1927年发行。讲述法国山岳党禁止女党员结婚，有一女党员违反党规私自与某文豪结婚，其后命运坎坷，死里逃生。后此女闻文豪将与女诗人结婚，心生妒忌，遂将女诗人杀死，并转嫁他人使之获罪。一私家侦探费尽周折，终使案情真相大白。译者叙写禁婚制约的女党员悲惨命运，表达了对违反人道、限制人身自由的禁婚规定之不满。

玉梨魂　章回小说。徐枕亚著。民权报1913年初版。枕亚自署书名，正文前有枕亚自序，诸家题词及诗咏。全书30章。小说继承传统小说章回体，吸取外国小说心理描写技巧。文笔采用骈体笔法。故事内容主要叙述苏州才子何梦霞与白梨影及小姑崔筠倩的感情纠葛。书叙男主人公何梦霞怀才不遇，在无锡乡下教书，住远亲崔翁家，兼教崔翁孙崔鹏朗读书。崔翁媳白梨影是个年轻寡妇，与梦霞才貌相当，情趣相投，相互倾慕热恋。由鹏朗作传书的青鸟，书信往来，诗词酬答。但碍于礼义的束缚和寡妇再嫁的有关名节，另为儿子前途打算，只能恪守"发乎情止乎礼义"的古训，不敢叛逆。为摆脱困境，白梨影用李代桃僵之计，撮合小姑崔筠倩与何梦霞的婚姻，自己则以身殉情报君，筠倩亦徒增忧伤而郁闷殒亡。梦霞痛苦中出走日本。后回国参加辛亥革命，于武昌起义中英勇牺牲。此书为鸳鸯蝴蝶派小说的代表作。

玉碎珠沉录　长篇小说。赵苕狂著。2册。上海世界书局1928年初版。朱剑芒题签和作序。含柳媚花娇红楼传艳屑・珠香玉笑锦帐度莺声、绿怨红愁彼姝嗟往事・泥人木马此豸乐天真和一梦迷离是真是幻・全书缥缈亦色亦空等20回。

未晚楼文存　文集。李澄宇撰。10卷，2册。北京撷华印书局1925铅印本。周家树作序。《未晚楼文存》4卷录文46篇；《别存》2卷录文23篇；《未晚楼书牍》4卷，张志鱼题签，傅钝安署端，黄复作《未晚楼书牍叙》，录书牍73篇。

未晚楼书牍　书牍集。李澄宇撰。4卷，《续存》4卷，2册。湘鄂印刷公司1933年铅印本。一册为《未晚楼书牍》4卷，张志鱼题签，傅钝安署端，黄复作《未晚楼书牍叙》；一册为《未晚楼书牍续存》4卷，刘鹏年题签，徐琸署端。

正月二日试笔　诗篇名。七律。姚锡钧作。刊于1916年11月《南社丛刻》第十九集。诗题中的"正月二日"系指乙卯(1915)农历正月初二。本篇表示只要心胸开阔，居住地方偏僻、边远又有何妨？自己南归途中旅居南京，袖手对吴地的天空，引起无限遐思。目睹鹰隼凌空翱翔，时近中午，耳闻鸡鸣声声，冲破客居的沉寂。南京的淙淙溪流奔向大海，郁郁苍苍的钟山山色融入美丽的春景。表示休闲时光小声吟咏诗篇，正可以消遣壮年时光。于借景抒情、情景交融之外，更带宋人理趣韵味。

正始社　社团名。南社社友王大觉、费公直、朱璧人、朱琢人、柳抟霄、柳率初、朱云光等 1917 年夏发起

正始社第一次会集摄影

创建于江苏苏州周庄镇。成员有邻近乡镇的中青年文人诗友数十人，大多是南社社友，王大觉被公推为社长。1919 年由王大觉主编的社刊《正始社丛刻》出版，仅出一集。

正始社丛刻　南社掌故。正式出版的开始。1917 年夏，王德钟、费公直、朱璧人、朱琢人、柳抟霄、柳率初、朱云光等人在周庄成立正始社，宣传南社倡导共和的宗旨。正始社推王德钟为社长，并于 1919 年开始出版《正始社丛刻》，提倡用语文体或白话体写作。

正始社丛刻第一集　南社文献。苏州周庄正始社编辑，上海四马路平和里内的华丰印刷所印刷，1919 年夏出版，正始社发行。1917 年夏周庄一群爱国文学青年组建正始社，以文会友，响应者 100 多人。编排方式遵循《南社丛刻》体例，分文、诗、词三部分，投稿并刊出者 39 人，以南社社友 18 人为中坚，周庄及邻近乡镇，如同里、黎里、芦墟、莘塔、陈墓（现锦溪）等地社友计 31 位，又有青浦、常熟、魏塘（今嘉善）、杭县（今杭州）、会稽（今绍兴）、长汀、宝坻等地社友计 8 位。南社社友作品占大半，表现青年爱祖国、爱家乡、爱人民的真挚感情，多篇传记弘扬中华民族真、善、美品德，文风清新、朴实。

扑满　南社掌故。扑满，储蓄钱币用的瓦器。南社包天笑题苏曼殊诗卷云：“渡海东来是一癯，芒鞋布衲到姑苏。剧怜秋扇遭捐弃，难觅儿童扑满图。”其注云：“曼殊自日本渡海而来，即到苏州，神清貌癯，穿一破旧之布衲，我等迎之吴中公学社教书。时君喜作画，为我画一‘儿童扑满图’，尔时清季，我辈正竞谈革命。扑满者，隐寓扑灭满清之意。”

去国二首（其一）　诗篇名。七律。文斐作于二次革命失败、避走日本之时。反映二次革命已经失败，自己将作客他乡时怅惘迷茫的心情，展示革命失败后自己离开家乡船尚未出海、月夜江行的情景，抒写自己泛海赴日时有着像屈原问天的心态，念及哀鸿遍野，终宵不眠。诗笔贯通古今，感慨遥深。

甘竹滩洗石人　南社掌故。黄节之号。黄节为广东顺德甘竹石滩人。青少年时受明末“岭南三忠”之一的乡贤陈邦彦的抗清诗文的影响，孕育起民族主义思想。立志以“节”自励，取号“甘竹滩洗石人”，决心尽雪乡耻光复大汉。自是他喜读兵书，研究韬略，有意从戎。

甘　英(1897—?)　江苏太仓人。字崇兰。南社社友。1918 年 4 月由张花魂介绍入社，入社书编号 1025。1918 年在太仓浏河商业学校就读。

甘肃大旱灾，感赋四首　诗篇名。五言排律。高旭作。原刊《南社丛刻》第一集（1909 年冬），诗题作《甘肃旱荒赋此》。又见《民呼日报》1909 年 7 月 11 日，署名哭庵。第一首抒写闻甘肃大旱灾的悲痛心情，形象描写甘肃是年遭遇严重旱灾的干风暴日、千里尘埃的情景，表现人民期望云霓、亟盼甘霖的心情。第二首斥责清政府贪官污吏干旱之年歌舞升平、中饱私囊、居功辞咎的丑恶行径。第三首抒发诗人目睹甘肃干旱时极度悲痛心情，展示灾民吃草根树皮、易子而食、白骨成堆的凄凉情景。第四首进一步表现自己同情甘肃灾民的感情，抒写关心甘肃灾民的仁爱情怀，希望写作此诗悬作《流民图》的目的。诗作感情深沉厚重，层层递进，诗句较为易懂，简洁有力。

甘　融(生卒年不详)　湖南湘阴人。字哲明。南社湘集社友。1924 年 10 月参加在长沙赐闲园举行的南社湘集第二次雅集，1934 年 4 月参加长沙妙高峰南园举行的第九次雅集。

世界活叶文选·发抒文汇编　初中教本。刘大白主编，朱剑芒、陈霭麓编辑。1 册。上海世界书局 1933 年初版。收录谢婉台通讯 2 篇，苏海《鸽儿的通

信》，徐蔚南《观音》《莫辜负了秋光和我们快活》，杨贤江《观黑甜乡的感想》，王世颖《归也》《送妹》《尘嚣里》，郑振铎《不速之客》，倪贻德《途中》，孙俍工《你发了财回来了》，向培良《野花》《六封书的第一书》，郭沫若《夕阳》，以及徐志摩、朱自清、周树人、周作人、孙文、刘鸿翱、袁枚、王安石、苏轼、欧阳修、韩愈、骆宾王等人作品。

世界植物地理 植物学著作。英国哈第(Marcel Hardy)著，胡先骕译并序。1册。商务印书馆1933年12月初版，1939年12月简编印行。全书介绍世界各地的植物种类、植物的形态、植物的分布，以及与各地的土壤、气候、雨量、风向、地形地貌等因素的关系。按亚洲、欧洲、北美洲、南美洲、澳洲和非洲六大洲为大范围，然后再细分各洲不同地区有些什么样的植物，为什么会有这样的植物，同一种植物在不同的洲、不同的自然环境中会有变异以适应当地的环境条件等。最后阐述人类社会对于全世界植物社会的影响。

世界短篇小说精华 短篇小说集。俄国屠格涅夫等著，柳无忌编。2册。重庆联营书店1945年初版，上海正风出版社无限公司1948年重版。列入“世界文学杰作丛书”。柳无忌作序言，收王统照、大悲、耿济之、瞿秋白、李葳野、鲁迅、陈节翻译的俄国小说，巴金、胡愈之、傅东华翻译的德国小说，茅盾翻译的匈牙利小说，胡适翻译的瑞典小说，赵瑞霟、穆木天、李青崖翻译的法国小说，柳无垢翻译的意大利小说，戴望舒翻译的西班牙小说，冯和侃、胡愈之、徐志摩、王还、张健翻译的英国小说，伍光建、张梦麟、徐蔚南、黄源、胡仲持翻译的美国小说，夏丏尊、郁达夫翻译的日本小说，邓演存翻译的印度小说等23篇。附柳无忌先生1942—1943年其他编著书目。

世说人语 名人传记。郑逸梅著，杨庆辰编。1册。北方文艺出版社2009年初版。为郑逸梅著作美文类编・人物编之一。有前言。有马君武、黄晦闻和黄季刚等31人的小传，以及欧阳予倩、秋瑾女儿王灿芝和报坛巨子严独鹤等71人的轶事。

世载堂杂忆 笔记。刘禺生著，钱实甫编。1册。中华书局1960年初版，辽宁教育出版社1997年再版。董必武题词。为著者晚年的回忆杂记。绝大部分是亲身的经历和见闻资料，颇多珍秘。有《禺生四唱》《洪宪记事诗本事簿注》《忆江南杂诗注》《容闳、辜汤生、马相伯、伍廷芳外交口授录》《世载堂笔记》《自传》等。

古今名剧选 杂剧汇编。吴梅选。3卷，3册。铅印本，北京大学出版部1919年5月初版。目录共有40剧。有元秦简夫撰《东堂老劝破家子弟杂剧》、元白仁甫撰《唐明皇秋夜梧桐雨杂剧》、元宫大用撰《死生交范张鸡黍杂剧》、元马致远撰《邯郸道省晤黄粱梦杂剧》、元郑德辉撰《杂剧醉思乡王粲登楼杂剧》等，以及《东堂老跋》《梧桐雨跋》《范张鸡黍跋》《黄粱梦跋》《王粲登楼跋》等。为北京大学文科国文门三年级教科书。

古风八首(其四) 诗篇名。古风。龚骞作。诗作想象汉代云阳甘泉宫(即秦之林光宫)露水汇入仙人掌承露盘，诗人到仙人掌吊古，但见当年置仙人掌的甘泉宫，已经剩下劫灰，残砖断瓦也埋没于荒草了。一时的兴盛是不可能长久的，只听见秋树寒蝉发出凄凉的叫声。认为千万不要像战国时齐人冯驩那样抱怨待遇太低，表示自己不考虑待遇，只想为推翻清廷而战斗。诗作诗思跳跃性大，转折之间，无迹可求，意绪似断实连，浑然一体。

古书今读法 读书法指导。胡怀琛编。1册。上海世界书局1931年初版。含何谓古书、何以要读古书、古书与今日社会发生关系的实例、古书如何读法、三个字的口号、明学术源流、明古书源流、材料与工具和读了若干部古书所得到的概念等篇章。

古代政治思想研究 思想史著作。谢无量著。1923年商务印书馆列为“国学小丛书”出版。共5章。第一章为绪论；第二章介绍北方政治思想，认为北学渊源于周公，并分述其代表人物孔、孟、荀子的政治思想；第三章介绍南方政治思想，认为南学渊源于道家，并分述其代表人物法家、纵横家的政治思想；第四章介绍南北折中派的政治思想，分述墨翟、宋钘、尹文及名家诸子的政治思想；第五章为结论。作者认为，北派的政治思想，为当时的新学，言必称先王，拥护文武周公制作法度，宣扬王道，讲帝王政治，是人为主义；南派是当时的旧学，以神农黄帝为学派远祖，宣扬皇道、霸道，讲皇霸政治，是自然主义。

古戍寒笳记 白话章回小说。叶小凤(叶楚伧)著。小说丛报社1917年12月出版。卷首有王大觉、范烟桥、凌景坚、吴绮缘序，卷末附姚民哀跋。本书写明朝遗臣反清复明的故事，叙述西北、东北、江南三支义军的兴起、发展的过程。西北义军的首领名叫古凝神，原为明末大儒，声名显赫，后成为全国义军的总指挥。东北义军的首领是萧函碧夫人，江南义军的首领名叫袁灵芝，暗中训练水军。时蒙古军队犯清，朝廷派吉尔杭率兵抵御。吉尔杭行至沧州，欲强娶萧函碧部下沈五儿为妻。五儿假意顺从，毒死吉尔杭，夺其兵权。古凝神见时机成熟，便发出檄文，三支义军并起进发，清廷一时惊慌。故事至此打住，未有下文。吴绮缘序曰："是书所记，皆有所本，兼可补史乘所阙如。"作品吸取西洋小说的倒叙、插叙、补续、追叙、特写等多种手法，曲折生动。

古　直(1885—1959)　广东嘉应州(今梅州)人。字公愚，号孤生，别署层冰、退庵。南社社友、南社湘集社友。1911 年 1 月 21 日由叶楚伧介绍入南社，入社书编号 108。中国同盟会会员。民国成立前入松口体育会学习，毕业后留任该会国文教员。与钟动等组织冷圃诗社作为革命活动机关。又在梅城创办梅州高等小学，1911 年到汕头任《中华新报》编辑。武昌起义后与钟动等人在梅城组织起义，成立梅州军司令部任秘书长。民国成立后回乡创办滂溪小学，并被任命为汕头同盟会机关部秘书长。1913 年在汕头创办《大风日报》，任社长。翌年，又在梅州创办龙文乡教育会及龙文公学。1919 年任广州军政府陆军部秘书。1925 年后任广东大学教授、中山大学文学院中国语言文学系主任等职。抗战初期回乡，出任梅南中学校长并创办梅南文学馆。抗战胜利后被推为象宿中学董事长，并任梅县修志馆馆长兼总编纂。中华人民共和国成立后被聘为南华大学教授、广东省文物保护委员会委员，1953 年受聘为广东省文史研究馆馆员，1957 年任广东省政协委员。著有《汪容甫文笺》《曹子建诗笺》《诸葛武侯年谱》等。

古画微　国画评论。黄宾虹著。1 册。商务印书馆 1925 年初版，列入"小说世界丛刊"。含总论、上古三代图画实物之形、两汉图画难显之形、两晋六朝创始山水画以神为重、唐吴道子画以气胜、唐画南北两宗由气生韵、五代两宗之尚法、南宋院画之废古、开元人尚意之宋画、元季四家之写意画、明画尚简之笔、明季节义名公之画、清初四王吴恽之复古、三高僧之逸笔、隐逸高人之画、搢绅巨公之画、金陵八家之画、浙赣诸省名家之画、太仓虞山画学之传人、扬州八怪之变体、金石家之画、汤戴配享四王之画、沪上名流之画和闺媛女史之画等篇。

古诗评注读本　古诗评注。王文濡编。3 卷，《教授法》1 卷，2 册。铅印本，上海进步书局、文明书局 1916 年初版，1933 年第十五版。王文濡作序。收入并评注的有汉、魏、晋、宋、南齐、梁、陈、周、隋等朝代五言、七言诗。

古韵二十八部　南社掌故。南社音韵学家黄侃对古韵分部的理论。关于古韵的分部，一直存在着各种不同的分法。清顾炎武撰《古音表》，分古韵为十部；江永作《古韵标准》，分古韵为十三部；段玉裁作《六书音均表》，分古韵为十七部；戴震作《声类表》，分古韵为二十五部；王念孙、江有诰则有古韵二十一部之说；夏炘提出古韵二十二部；民初章太炎撰《二十三部音准》；黄侃则定古韵为二十八部，其对古韵分部更为精密的创见，得到章太炎的高度评价。

节孝高母李太夫人哀思录　哀挽录。高燮编。不分卷，2 册。金山高氏家乘 1930 年铅印本。邓尔雅题签。黄宾虹署端。诸宗元作序。陈陶遗题《遗像》。李根源、丁福保分别作像赞。高燮作行述。金天羽作墓志铭。唐文治作家传。张树屏、谈文灯、谢慎修、周原、薛凤昌分别作传。钱同寿作"书后"。吴承烜、戴鸣、费公直分别作《诔》。傅熊湘、沈大椿分别作祭文。汪毓英、汪萃云分别作《赞》。黄质等 72 人分别作挽诗。另有丧仪、佛经、佛像、挽书、挽词、挽联、挽幛和唁函等篇章。

本事诗(其一)　诗篇名。七绝。姚光作。诗题"本事诗"，即是抒写"本事人"的诗，所抒写对象即其发妻王粲君。诗人从写妻子仪态容貌入手，抒写发妻闲窗站立，一轮明月初上，一碧净空，犹如朗润仙霞，托起明珠。只见妻子鬓边插花，白净如玉，诗人感受到红袖添香、琴瑟和谐、静夜读书的美好诗意与自得情怀。诗作意象生动而又丰富，比喻自然而又贴切，由人及景，情景交融，意境深邃。末句袭用清代女诗人席佩兰《寿简斋先生》诗："绿衣捧砚催题卷，红袖添香伴读书。"改原句"伴"作"夜"，营造诗境，境界顿现，遂成名句。

本事诗(其二)　诗篇名。七绝。姚光作。诗作抒写月亮横斜，夜里的时光多么缓慢，重重花影，映上窗帘，展示了一幅月光朗照、花影摇曳的图画。在营造美好诗境后，进而写梦里占得动情的诗句后，唤醒爱人索诗和诗，生动地表现了恩爱夫妻平常家庭生活的高雅情趣。

本国新闻事业 新闻学教材。上海市私立《申报》函授学校课本。郭步陶编著。约1933年印行。分两部分：第一部分“新闻事业的本质”，包括对新闻的解释、对新闻事业的认识、新闻事业的根源。第二部分“本国的新闻事业”，概述中国新闻史，列举当时各地新闻报刊的具体数据资料，探讨中国当时新闻界存在的各种问题，揭露在日寇、其他外国势力、军阀蹂躏和检查制度下新闻从业人员的种种遭遇。阐述报馆内外事务的工作流程、操作规则及一个新闻工作者应有的能力和素质。

可言 小品随笔。徐珂撰。14卷，1册。上海书店出版社1994年影印本。《丛书集成续编·子》第九十一册，据“天苏阁丛刊”二集之三本影印。本书为作者数十年之闻见，及读书所得、随笔纪录，无复诠次。大致分为立说者、辩证者、议论而兼叙述者等。论及话题有天体、一举两得、清嘉庆朝剿办白莲教匪、上下交征利、自秦汉以来异族之入中原、男子中年以后之起居有需人伺应、左右蒙蔽内外隔阂、凡民主政体之国主权在民、阉男子去势宦官、动物为有机物之一、音乐之功用、饮与食皆曰食曰吃、相传清赐蒙古王公筵、计货币之有曰一草一方一撇一竿等。

丙辰元旦 诗篇名。七律。雷昭性作。具体写作时间不详。1915年12月13日，袁世凯于中南海居仁堂接受百官朝贺，改国号为中华帝国。诗作将袁世凯称帝比作王莽称帝，朝贺袁世凯称帝的百官犹如城狐社鼠，丑态百出，说自己北上看到的是复辟帝制的妖焰正熊熊燃烧。历史上新莽末年刘秀的昆阳大捷击败了王莽的军队，三国时曹操军与袁绍军在官渡决战，曹操击溃了袁军主力，奠定了统一北方中国的基础。诗作以历史上这两次著名战例，直指袁世凯称帝。作者又自比三国时许靖、管宁，说自己不能像许靖那样入蜀充任要职，只能做著书讲学的管宁了。十年没有回四川富顺在家过年，未解家乡屠苏的味道了。诗风刚健，善于铺陈历史典故，工稳中涵蕴流畅。

丙辰岁首感怀十八首用张船山宝鸡题壁韵（其十二） 诗篇名。七律。张光厚作。诗篇愤怒揭露袁世凯疯狂杀人，革命志士血迹未干，怨仇重叠，赞颂革命健儿不怕危险，矫健向前。抒写自己感于国事热血沸腾，梦中打进北京讨伐袁贼，路也并不遥远。坚定地表示一定要推翻袁世凯政权，幽默地说袁世凯的好头颈，不知由谁来砍，袁贼的宫殿一定会被南方革命势力推翻，他的宫殿一定会被烧毁。袁世凯的罪行罄竹难书，一定要像三国时期魏国的陈琳那样，写出一批檄文，声讨袁世凯。诗作激情洋溢，鼓舞人心，遣词用典，声情并茂。

丙辰岁首感怀十八首用张船山宝鸡题壁韵（其三） 诗篇名。七律。张光厚作。诗篇反用《汉书·龚遂传》“卖刀买牛”故事，指出战乱逼迫老百姓卖牛买刀，荒废农作。抨击袁世凯反动政府刮尽民脂民膏，老百姓身上已经见血，他们纳尽家当，以至揭不开锅了。老百姓只能忍气吞声，暗生隐恨，而不能像精卫鸟那样衔石去填海，他们死后冤魂要化为杜鹃。诗人愤怒控诉道：到处疮痍满目，老百姓的苦难有谁去过问？广大愁苦的人民，年年都在忧愁中度过。诗作感情激越，诉说人民疾苦痛快淋漓；使事运典，成熟自然。

丙辰岁除（其一） 诗篇名。七律。蔡寅作于1916年年底。表现诗人辛亥革命胜利果实被袁世凯篡夺后失落、迷茫情绪，表达归隐之意。讽刺无品而窃位者所自矜的官爵是腐臭的东西，哀叹军阀混战年头缺少王道。表示自己内心像唐朝曾担任江州司马的白居易一样冷落悲伤，虽有湖海之士的豪气，但已消磨殆尽，惯于随俗浮沉了。正当漫天冰雪、怀疑无路之时，春天已经到了，表示绝望中还有一丝希望。感情真诚，从失落、迷茫到看见希望，感情发展的脉络非常自然。

丙辰燕游草 游记诗集。高旭撰。1卷，1册。1916年铅印本。“变雅楼丛书”之一。易顺鼎署端。录诗36首。附有南社社友陈去病、田桐、黄希宪、孟森、何昭、张相文、易顺鼎、俞心慈、张振麒、汪青、宋大章、景定成、项乃登、易宗夔、顾余、李云夔、傅専、高增、庐淦、柳弃疾、沈宗畸、胡以谨、周斌、蔡寅、许学源、周天石、居正、陈家英、陈允中、姚文枬、邵瑞彭等数十人的原作、同作或和作。

丙寅狱中记 狱中纪事。许祖谦著。1册。1927年初版。周承德题签。有许祖谦像，潘祖翼题字。作者因所办杭州报而得罪孙传芳被捕入狱，后经上海、杭州和海宁各界人士奔走营救，方得出狱。附狱中感赋七首。王廷扬作《许君行彬狱中感事诗次韵》。顾乃斌作跋。

左汉纵（生卒年不详） 江苏阜宁人。南社支社淮南社社友。

左纪勋(生卒年不详) 湖南醴陵人。字仲文。南社湘集社友。1934年4月参加在长沙妙高峰南园举行的南社湘集第九次雅集。

左铭三(生卒年不详) 湖南醴陵人。南社湘集社友。1936年10月、1937年4月参加在长沙赐闲园及妙高峰南园举行的南社湘集第十四、十五次雅集。

石工之印,叔玉玩存 南社掌故。寿石工擅长刻印,自号"印侯""印丐"。戚叔玉亦喜治印,他先从丁佛言为师,后也向寿石工请益。此后,石工每刻一印必钤一纸送叔玉,日积月累为一厚册,戚叔玉在其封面题署"石工之印,叔玉玩存"8字。

石子歌 诗篇名。歌行体诗。姚光作。诗人号石子,于是将自然界的石子拟人化,采用呼告、与石子对话的手法,由精卫填海、女娲补天的神话想象开去,借此抒发自己改天换地、推翻清廷封建统治的雄心壮志,表达"天倾不能补""沧海填不得"的郁闷情怀,并由此展示了"鹿豕游居蓬蒿""仍为顽石"的矛盾心情。感情真挚,由抒发雄心壮志到表现矛盾心情,转折自然。

石达开日记 亦名《洪杨党魁石达开日记》。日记。许指严编。1册。上海世界书局第1923年再版。许指严作弁言。按时间顺序编纂,含出京渡江、计攻庐州和阻止自戕等379篇。

石达开遗诗 南社掌故。高旭曾在1906年9月1日晚,以一夜功夫伪造太平天国著名将领翼王石达开所谓"遗诗20首",连同《饮冰室》所引《答曾国藩》5首刊刻印行,作为反清宣传资料。诗篇有《途中感怀》《极目》《望家山感作》《宝剑》《别南王冯云山》《闻天德王被难》《曾国藩寄书至赋诗答之》等。高旭所撰《〈太平天国翼王石达开遗诗〉序》一文,则讲述编造发现石达开遗诗之经过。柳亚子所撰《残山剩水楼刊本〈石达开遗诗〉书后》一文则道出其原委:"时在民国纪元前六年,同讲授沪上健行公学,天梅为余言将撰翼王诗赝鼎,供激发民气之用。遂以一夕之力成之,并及叙跋诸文,信奇事也。封面题字亦天梅所书,当时聚金印千册,流布四方,读者咸为感动。"

石屋余沈 掌故著作。马叙伦著。建文书店1948年7月出版。收文章133篇。本书是作者自存的《香影楼日札》的一部分,由黄裳从中选出并先发表于《文汇报》副刊。内容以掌故为主,兼收见闻与随感。其中有许多是记述清末民初名人轶事的,如《清帝遗事》《盛宣怀以贿得邮尚》《翁同龢并未生事贴》《沈宝祯死之异闻》《袁瞿之隙》《章太炎》《王静安》等,文短意长,极具史料价值。作者擅长文字学,又是书法家,书中《故宫书画》《于右任书》《张静江书》《沈尹默书》《作书五养》《作书不贵形似》等文章在书法界有较大影响。还有一些民间习俗或街谈巷议的记载,文字含蓄而耐人寻味,颇具知识性和趣味性。

石屋续沈 史料掌故。马叙伦著。建文书店1949年4月出版。收文章95篇。此书为《石屋余沈》之续编,也是由黄裳从作者自存的《香影楼日札》中选出,先发表在《文汇报》副刊上。由于作者长期活跃于当时的政界和教育界,多与名流交往,尤熟谙清末民初的世事变迁,因此他笔下的掌故颇多近代史轶闻。如记陶成章之死,蒋百里之自杀与被幽囚,邵飘萍、林白水之被杀,张宗昌之嫁母,孙传芳败于南昌等,皆多异闻。另因作者出生于杭州,故书中有较多关于杭城、杭人的记闻,对地方志研究也可补遗收阙。

石　瑛(1878—1943) 湖北阳新人。字蘅青。南社社友。1913年由田桐、高旭介绍入社,入社书编号382。清末举人。1903年被选送法国留学。后转学英国,加入中国同盟会。武昌起义后参加组建南京民国临时政府,任临时政府大总统府军事科秘书、禁烟总办、同盟会湖北支部长。曾为孙中山的机要秘书。1912年再度赴英,入伦敦伯明翰大学习采矿、冶金,与李四光为同期同学。1919年回国任北京大学教授。1925年参加西山会议。1927年后历任上海兵工厂厂长、湖北省建设厅厅长、武汉大学工学院院长、浙江建设厅厅长等职。1932年任南京市长。抗日战争期间,再任湖北省建设厅厅长、省临时参议会议长。1943年在重庆去世。生前清廉俭朴,卒后曾被誉为"民国以来第一清官"。

石鼓文疏记 石鼓文研究专著。马叙伦撰。1卷,1册。影印本,商务印书馆1935年初版。影印原拓及原写本。马叙伦作《石鼓文疏记引辞》。收录10篇石鼓文及考证释文。对石鼓文的源起,从文字、形制加以考述,认为石鼓文是秦文公时物。

右任曲存 曲集。于右任撰。1卷,1册。民国年间铅印本。录《神圣战争》《题太炎遗像》《示冀野庚由》《题朱心佛藏季刚遗墨》《题全面抗战画史》《阴雨连日此情冀野庚由知之也》《题冀野饮虹乐府》《读冀野陶塘秋兴词以嘲之》《季鸾弟癸丑十月十一日在北京入狱二十五年纪年》《在成都时谒工部草堂久欲为诗不成今献此曲以表微意》《太白集中战争文学特精奇爱而咏之》《祝民国二十八年》《屏轩在前线屡以书来请为其父书墓表先此慰之》《吊经子渊先生》《温泉望缙云山》《北温泉山前眺望》《寄孙总司令蔚如》《冀野在白沙印吴霜厓遗书〈南北词简谱〉》《题函皇父鼎》《钱新之先生去年属题颂酒图近闻止酒始谱成此曲》《题冀野北游草》《酒泉道中》《谒成陵》等。

右任诗存 诗歌集。于右任著。1册。由于氏所创三原民治小学校同学搜集汇编。世界书局1920年出版。诗集搜罗于氏1902—1930年创作的诗作，以写作年月为序编次。内容上主要反映祖国罹乱、生民涂炭、民国革命筚路蓝缕以及作者于奔波途中所遇所感等主题。诗情苍劲，诗风质朴雄放。因作者积极谋求拯救之道，故其诗歌充满浩然之气，毫无无病呻吟之态，亦无儿女情长之吟。诗歌形式含七律、五律、歌行等，尤其是歌行体诗最能体现于右任的诗歌风格。柳亚子为诗歌集题诗。

龙套人语 社会小说。龙公(姚鹓雏)著。上海竞智图书馆1930年版。作者积十年之功，详细生动地记载江南掌故轶闻。除了写江南政坛的莺飞鸟乱之外，更有特色的是叙写对若干历史人物的轶闻，如对当年"江南无冕皇帝"张謇的轶闻逸事，孙传芳恢复投壶之类的古礼把戏。且更正了章太炎参加孙传芳恢复投壶之事的讹传。至于文化界的掌故，如记南社虎丘雅集、弘一法师在虎跑某寺庙做小沙弥、章士钊出任教育总长后下令禁止学校内作白话文等事，皆收入书中。对梁启超和章太炎到南京讲学的"盛况"，更是写得跃然纸上。中华人民共和国成立后根据柳亚子所藏三卷手抄本排印，改名为《江左十年目睹记》出版。

龙 翔(1892—?) 河北宛平(今北京市区西南)人。字小云。南社社友。1915年5月22日由柳亚子介绍入社，入社书编号523。民国早期曾供职于上海中国青年会。

龙 曙(生卒年不详) 湖南湘乡人。字季伟。南社湘集社友。1935年4月至1937年4月参加在长沙举行的南社湘集第十一、十二、十三、十四、十五次雅集。

平凡书店 南社掌故。1929年，南社高尔松与其弟高尔柏一起在上海福州路开设平凡书店，出版了大量进步书籍，其中包括他们自己的著译《社会科学大纲》《社会主义大纲》《唯物主义大纲》《列宁主义基础》《资本主义批判》等，还出版了《杨杏佛文集》、柳亚子的《乘桴集》《曼殊全集》等，为传播进步文化不遗余力。不久，国民党政府竟以书店宣传赤化为由，封闭书店，没收进步书籍。高氏兄弟只得另开设一家"开华书店"，继续出版进步书籍。

平民日报 报纸名。1912年6月20日创刊于杭州。陈去病主编。为同盟会浙江支部的机关刊物。大量报道浙江革命党人的革命行动，尤其对秋瑾追悼会的报道最为全面。刊载了浙江光复后政界要人和陈去病、徐自华等人的文章和讲话等。8月，陈去病赴湘办理秋瑾灵柩返杭一事，由张恭继续。9月张恭病，遂停。

平民文学之两大文豪 文学家传记。谢无量著。商务印书馆1923年初版。本书绪论部分论述平民文学兴起于宋元的渊源和原因，主要在于：一、佛教讲会与俗语应用之普及；二、国家经义取士之反动；三、五代宫廷妓乐之流播；四、社会行乐之发达。作者考证宋元小说戏曲的发展，分析作为抗衡异族思想代表的元代小说家罗贯中、戏曲家马致远的世界观及其作品产生的环境。认为平民文学是当时异族压迫的产物，罗贯中代表了其时积极的武力奋斗思想，而马致远则代表了消极厌世的悲观思想。然后分别介绍两位文豪的思想人格、作品的文学价值等。

平茂玉(1894—1964) 江苏吴江(今苏州市吴江区)人。亦名懋玉，字剑南，号琢庵。南社社友。1917年11月1日由凌景坚、朱剑芒介绍入社，入社书编号991。早年入黎里小学，后升入吴江乙级师范学校。毕业后应其母校黎里小学校长邱庚藻之聘，返校任教。1917年加入酒社，后又加入范烟桥等创组的同南社。1927年后先后在九成湾小学、葫芦兜小学、横扇小学、北库小学等校任教。抗日战争时期回到家乡，设立三余私塾。1949年后从黎里小学退休。

平面几何学 数学译著。英国温特渥斯著，马君武译。1922年6月科学会编译部初版，商务印书馆发行。本书自释名、公理、记号及略号始，分5章对平面几何学各部分内容作了详尽诠释。所设5章有直线图、圆、比例和相似形、多边形面积等。每章末均有例题、证题法或作图问题，以利读者对本章内容的理解和掌握。全书含491节内容、603个例题，表述清晰、内容翔实。

平屋杂文 文集。夏丏尊著。上海开明书店1935年12月初版，1949年1月第八版。全书收小说《怯弱者》、评论《阮玲玉之死》、散文《白马湖之冬》和《幽默叫卖声》等33篇。书中不仅有广为流传的名篇《白马湖之冬》，也有充满机智犀利的讽刺比喻意味的《幽默叫卖声》，后者通过叫卖臭豆腐干、卖报纸两种叫卖声，触发联想，借题发挥，针砭当时欺诈横行、善恶混淆的世风。

平屋随笔 随笔。夏丏尊著。1册。上海三通书局1940年初版，列入“三通小丛书”。前有发刊旨趣。含命相家、谈吃、闻歌有感、对了米莱的晚钟、误用的并存和折中、知识阶级的运命、子恺漫画序、我的中学时代、光复杂忆、紧张气氛的回忆、一个追忆、我之于书、试炼、鸟与文学序、义侠行为、弟弟的先生、艺术生活和作文的基本态度等篇。

平智础(1888—?) 浙江绍兴人。字复苏。南社社友、光复会会员。1913年11月9日由朱少屏、姜可生、柳亚子介绍入南社，入社书编号387。

东坡生活 名人轶事。胡怀琛著。1册。上海世界书局1929年初版，列入“生活丛书”。徐蔚南作“生活丛书”发刊旨趣。有东坡石刻像、东坡自画像、东坡手迹和徐州东坡遗迹。含续言、东坡的家庭生活、政治生活、贬谪生活、文艺生活、闲适生活、豪放生活、恋爱生活、慈爱生活和诙谐生活等篇。附东坡别号表、东坡著述表和苏门弟子表。

东居杂诗十九首(其二) 诗篇名。七绝。苏曼殊作于1912年，刊于1913年5月《南社丛刻》第十三集。这是诗人东居日本时所作小诗之一，抒写流萤明灭、夜色悠悠，想象天上嫦娥耐不住萧瑟秋天的寒冷。表示朋友们相逢不要问人世间的事情，对中国时局伤心失望到了极点。感情深沉，化用唐代李商隐《霜月》诗浑化无迹。

东莞三逸合稿 地方艺文汇编。黄佛颐编。1册。粤东编译公司1911年铅印本。苏宝盉署端。黄佛颐作序。收梁淯《不自弃斋诗草》、赵祉皆《听涛屋诗抄》和苏泽东《祖坡吟馆诗略》。潘飞声作《不自弃斋诗草》序。黄映奎作《祖坡吟馆诗略》序。合稿均由香山黄日坡鉴定。

东斋诗文抄 诗文集。孙光庭撰，李根源编。4卷，3册。刻本，苏州腾冲李氏1924年初刊，1928年续刊。列入“曲石丛书”。章炳麟题签。李根源作《东斋诗文抄序》。《东斋文抄》2卷，秦树声署端，陈荣昌、章兆鸿、贺宗章分别作《东斋文抄序》，共收92篇文章。《东斋诗抄》1卷，赵藩署端，收诗作51题。《东斋文抄续》1卷，邓邦述署端，收文30篇。

北平新闻专科学校 学校名。成舍我于1933年在北平创办。为在北京创办的《北京日报》《世界晚报》《世界画报》培养初级人才。校长成舍我，副校长吴范寰。先开办初级职业班，后办无线电短期培训班，1935年开办高级班。1937年决定办本科。后因抗战全面爆发停办。1942年在广西省桂林市恢复该校，易名为世界新闻专科学校。后毁于日军炮火。

北伐誓师文 南社掌故。文告名。1911年12月，叶楚伧由广东北伐军司令姚雨平任命为司令部秘书长，辞去《中华新报》笔政，随军北上，投笔从戎，撰《北伐誓师文》。

北行杂诗(其八) 诗篇名。七绝。邵瑞彭作。具体写作时间不详，刊于1914年7月《南社丛刻》第十集。本题21首是作者于1912年12月国会成立、当选为众议院议员后，由家乡浙江省淳安县一路北上的纪行之作。这首诗抒写途经南京时秋柳依稀、柳絮轻飏，辛亥革命时起义军攻打南京的战斗痕迹尚在。表达自己成立民国后再到南京城，恍然有隔世之感，城廓人民都感觉与先前不同。用典浑化无迹，意象含蕴深厚。

北征歌 诗篇名。歌行体诗。姚光作。具体写作时间不详。抒写为推翻清廷统治而投笔从戎，天寒地冻季节仗剑北征，具体展示了渡长江、过黄河、宿天津、张贴檄文、攻伪城、鞑虏“求为城下盟”等北征经过，表现了革命者击楫渡江、奋勇杀贼、廓清神州等英勇气概，描绘了庆祝胜利的欢乐场面，反映了革命者功成身退、不为名声的崇高品质。诗作感情饱满，情节完整，层次清楚，音韵铿锵。

北京大学 学校名。校址在北京。前身为京师大学堂。1898年开办，设于景山东马神庙和嘉公主旧第。1912年5月改名北京大学。初创时，曾由严复、章士钊、何燏时、胡仁源相继任校长，1916年12月至1927年7月由蔡元培任校长。蔡元培任校长后，提倡科学与民主，支持新文化运动，赞成白话文，反对文言文，采用“思想自由，兼容并包”的办校方针，聘请李大钊、陈独秀、胡适到校任教，对校务进行整顿和革新。1927年7月，奉系军阀决定取消该校，将北京的九所国立高等学校合并为“京师大学校”。1928年6月以后，国民党政府又先后将该校改组为中华大学和北平大学。上述决定遭到北京大学师生强烈反对，他们开展复校运动，迫使当局于1929年8月正式恢复北京大学。1930年12月至抗日战争爆发，蒋梦麟出任校长，对进步学生采取高压手段，竭力反对爱国学生运动。1937年抗日战争全面爆发，北京大学南迁长沙与清华大学、南开大学联合组成国立长沙临时大学。1938年长沙临时大学迁云南昆明，更名为国立西南联合大学。1946年在北平(今北京)复校。

北京中央公园上林春雅集 南社重要活动。1916年8月27日在北京的南社社友于中央公园上林春举行。到者有赵厚生、邵元冲、徐粹庵、吴省三、凌蕉庵、黄膺白、马小进、高旭、居正、叶竞生、景耀月、白逾桓、狄观沧、殷铸夫、周天石、宋寰公、杭辛斋、张彦成、邵次公、张我华、赵其相、周景瞻共22人。此次雅集摄有一影，照片见《南社丛刻》第十九集。雅集内容未详，但高旭有诗《南社集中央公园之上林春拈韵得“郎”字》记之。

北京中央公园临时雅集 南社重要活动。1916年11月12日在北京的南社社友于中央公园举行。到者有吴信三、茅咏薰、田桐、陈匪石、吕志伊、张雨樵、陈去病、冯自由、田侨、张遵午、白逾桓、高旭、李润生、宋寰公、吴眉孙、杨随庵、周亮才、俞剑华、李晦庵共19人。此次雅集摄有一影，照片见《南社丛刻》第二十集，照片标题作《南社北京民国五年雅集摄影》。

北京徐园雅集 南社重要活动。1916年9月24日在北京的南社社友于北京徐园举行。到者有凌蕉庵、俞剑华、彭昌福、李润生、李子宽、宋寰公、李超穹、张维城、宋紫佩、殷人庵、狄君武、陶小柳、张彦成、周亮才、黄膺白、周景瞻、邵次公、陈少芸、胡朴安、陈彦甫、张蔚西、徐粹庵、陈匪石、田桐、申睆观、高旭、景耀月、蔡少黄、徐南邨共29人。此次雅集有照片留存，见《南社丛刻》第十九集。此次雅集高旭亦有诗《南社再集徐园分韵得“麻”字》记之。

北京陶然亭雅集 南社重要活动。1913年6月在北京的南社社友于陶然亭举行。参加者有陈去病等。高旭因病未得亲历斯会，但分韵作诗时，陈去病为其代拈了一个“高”字，其扶病写了题为《陶然亭南社第三集以卧病未往，佩忍为代拈得“高”字》一诗。此次雅集的文献资料，除高旭的此一首诗之外，其他均无留存。

北京崇效寺雅集 南社重要活动。1913年5月6日在北京的南社社友于城南崇效寺举行。到者有吴雪东、谢抱香、周芷畦、顾九一、陈仲权、周亮才、张心芜、杭辛斋、陈景贤、梁复、邵次公、高旭、吴信三、陈去病共14人。这一天是农历四月初一立夏节气，时值北京城南牡丹盛开，南社社友把赏花和讽世结合一起，借牡丹是花中王，讽刺袁世凯的皇帝梦。此次雅集也无照片留存，但有《崇效寺看牡丹分韵》诗集一卷，载《南社丛刻》第十二集。

北京畿辅先哲祠雅集 南社活动。1913年4月27日在北京的南社社友于畿辅先哲祠举行。到者有马小进、林一厂、吕志伊、陈汉元、余鲲、田桐、周芷畦、周亮才、张心芜、杭辛斋、陈守谦、陈景贤、梁复、宋紫佩、江镜清、邵次公、张云雷、高旭、吴信三、黄宗麟、陈去病共21人。这次雅集因“宋案”的关系，在南社社友中深深埋下了反对袁世凯的种子。雅集没有照片留存，但有《畿辅先哲祠分韵》诗集一卷，载《南社丛刻》第十二集。还通过设立总机关于北京等各项决议内容的《南社启事》。

北戴河指南 导游书籍。徐珂编纂。商务印书馆1921年初版，1922年再版。作者认为，北戴河等名胜系西方人发现，而国人“乏自觉性”“被动，是可耻”。而“东西各国于都会名胜，必有专书记载一切，以为游客之导”，“故北戴河指南之作”也“本此旨也”。该书第一次介绍了北戴河之历史以及游客须知、北戴河名胜及物产等，并附北戴河摄影图片22帧。书末还附有《秦皇岛指南》。对北戴河、秦皇岛地方志研究具有一定的参考价值。

卢友恒(1887—?) 广东新会(今江门市新会区)人。南社社友、广东分社社员。1917年3月3日由卢博郎、蔡哲夫介绍入南社，入社书编号832。

卢公曜先生哀挽录 哀挽录。周树奎(桂笙)等编。不分卷，1册。1914年铅印本。卢公曜，名维照，字公曜，南洋公学肄业。后任全浙铁路工程师，1914年9月在修建甬绍铁路桥时因事故殉职。汤寿潜、郑孝胥分别题签、署端。王培孙作序。张景良作跋。

卢卓文(1892—?) 广东新会(今江门市新会区)人。字悔尘。南社社友、南社湘集社友。1917年3月10日由蔡哲夫、陈菊伊介绍入南社，入社书编号833。民国初期任职于广东汕头澄海地方审判厅。

卢　淦(1881—?)　江苏金山(今属上海)人。字骚魂,号粹宗,又号鬼啸生。南社社友。1910年由汪痴介绍入社,入社书编号74。

卢谔生(1886—?)　广东南海(今广州)人。又名岳生,字逸少,笔名卢梭魂、卢梭之徒。南社社友、广东分社社员。1916年11月18日由蔡哲夫介绍入南社,入社书编号724。中国同盟会会员。1905年在广州创办《群报》(后该报易名《二十世纪报》),宣传民主革命。1906年11月在广州又创办《国民报》。1911年7月又与人创办《天民报》,抨击时政,曾遭通缉。1912年民国成立后被委任为南海县县长,推行新政。1918年任护法国会参议院议员。

卢博郎(1880—?)　广东新会(今江门市新会区)人。原名祖桑,字百朋,号博郎,一作博浪。南社社友、广东分社社员。1917年2月5日由李孟哲、蔡哲夫介绍入南社,入社书编号798。1909年任广州《南越报》编辑。次年任《平民日报》主编,并与卢谔生、李孟哲创办《天民报》,又在香港创办《新汉日报》。1916年任广州《时敏报》编辑。1923年任广州《新国华报》编辑。1917年3月参加南社在广州六榕寺举行的广东分社第一次雅集。

卢　铸(1889—1952)　江西南康人,生于云南。字可铸,号滇生,别号匏斋。南社社友、广东分社社员。1916年10月16日由李根源介绍入南社,入社书编号713。早年入云南高等学堂,毕业后留学日本,入东京帝国大学。毕业后回国投身反清革命,在江西追随李烈钧反对袁世凯独裁统治,二次革命失败后东渡日本,得识李根源、黄兴等,并进入早稻田大学习军事。1914年在东京参加欧事研究会。次年回国后在上海宁波路兴华银行供职,与丁润身为同事。1916年护国战争期间为李根源秘书,任职于广东肇庆军务院。翌年随李根源赴陕西任省长公署秘书长。1923年4月任北洋政府农商部参事。1927年任江西省政府秘书长。以后历任国民政府参谋本部秘书、津浦铁路局总务处长、豫鄂皖三省农民银行襄理及总部秘书等职。30年代初任湖北省政府委员兼秘书长,其间曾代理湖北省政府主席一职,任职期间曾与张群一起创建湖北省图书馆。抗战期间曾任国防委员会机要处处长、国民参政会参政员。抗战胜利后任国民党政府立法院立法委员、浙江省政府委员兼秘书长。1949年去台湾,1952年病逝。工诗,书法亦佳,但很少示人。且谙通佛学,常修法轮,是全国第三届佛教会常务理事长。

卢骚民约论　亦名《社会契约论》。政治学译著。法国卢梭著,马君武编译。4卷,1册。中华书局1918年出版。第一卷主要阐述人生而自由平等的政治思想;第二卷论述国家只能是自由的人民协议的产物;第三卷通过对各种不同的政体,如民主、贵族、君主和混合政体的论述,说明国家的主权在人民,民主共和国是最好的政体;第四卷论述人民公决、选举制度、监督制度对民主政治的保障。

卢冀野(1905—1951)　江苏江宁(今南京)人,原籍江苏丹徒。原名正绅,后改名前,字冀野,自号小疏,别号饮虹,别署江南才子、饮虹簃主人、饮虹园丁、饮虹词人等。新南社社员,词曲学家。1919年入南京高等师范附属中学,后考入东南大学国文系,从曲学大师吴梅学散曲,并参加吴梅组织的曲学社团潜社。1926年毕业后,先后任教于南京金陵大学、上海光华大学、四川成都大学、成都师范大学、开封河南大学、上海中国公学、广州中山大学、上海暨南大学、南京钟英中学、南京中学、金陵暑期学校等校。1936年在《艺文》杂志连载《读曲小识》。1937年八一三淞沪抗战爆发后,去上海、芜湖、无为、武汉等地避战祸。1938年在汉口教育部任职,并被国民党中央执行委员会聘为国民参政会参政员。在武汉主编《民族诗坛》。1940年参加参政会华北慰劳视察团,赴冀、豫、晋、陕等地视察。同年与于右任等创办《中兴鼓吹》杂志。1942年出任国立音乐专科学校校长,次年卸任返回重庆,应于右任之邀任《中华乐府》编辑。1943年10月出任国立礼乐馆礼制组主任。抗战胜利后返回南京,任《中央日报·泱泱副刊》主编,兼中央大学教授。1946年11月被聘为南京市通志馆馆长,后又任南京市文献委员会主任委员。中华人民共和国成立后参加中国国民党革命委员会。1951年4月17日病逝于南京。擅长文艺创作,不仅创作了大量的诗词曲,还发表散文小品,撰写专栏文章。其散曲集《饮虹乐府》9卷,被认为是其最大文学成就。著有《中国戏剧概论》《明清戏曲史》等数十种,辑有《饮虹簃癸甲丛刊》《饮虹簃续刻曲》等,译有《孔雀女》《五叶书》。

旧诗新话　诗论。刘大白著。上海开明书店1928年5月出版。系作者从1920—1925年在报刊上发表的论旧体诗词的文章汇编而成。全书共60篇,大致可分为3类：一是他自己的诗、词、曲及本事；二是他人的诗、词、曲、歌谣及本事；三是关于诗歌声韵格律和语言文字的专门议论。其中论及自己和他人的作品绝大多数都是旧体诗。在评选内容上，诗、词、曲、歌谣并重，新旧杂存。在诗歌内容上，主张反叛旧道德、旧思想，提倡新道德、新思想。在诗歌形式上，既要求诗歌使用白话，冲破音韵、格律的传统束缚，力图证明无韵、白话是古已有之的传统。新旧掺杂、承旧启新是其显著的特征。

旧南社社友启事 南社文献。载1923年10月29日《民国日报》。系陈去病、柳亚子等13人启事，宣布赞同1923年10月21日《民国日报》上田桐《致南社社友书》中提出的开除参与贿选议员中的南社社员出南社的主张，认为高旭、彭昌福、蔡复灵、王有兰、周珏、骆继汉、陈家鼎、傅有僧、陈九韶、席绶、于均生、景耀月、狄楼海、景定成、赵世钰、叶夏声、马小进、饶芙裳、易宗夔19人参与贿选，辱及南社，"不再承认其社友资格"，并表示"社中同志如有赞成此举者，请随时随地发表同一之态度，为中华民国稍留正气"。

旧梦 新诗集。刘大白著。商务印书馆1924年3月出版。为刘大白的第一部新诗集，周作人、陈望道作序。收有作者1919—1923年的约600首诗篇，分辑为《旧梦》《风云》《花间》《红色》4部分。题材广泛多样，有揭露社会罪恶、反映社会现实的，有张扬个性、表现自我的，有咏唱爱情的，有探索人生和抒怀言志的。诗的形式自由，以民歌体、自由体和小诗等样式为多。诗的写法以写实见长，状物抒情，或说理，或叙事，或描写，往往在生动具体的画面里，或在深沉的意境中，跳动着火似的热烈感情。诗集中也散见一些旧诗词，新诗中留有旧诗的痕迹。诗的语言通俗流畅，节奏自然明快，风格质朴清新。1929年9月，刘大白把《旧梦》完全打散，经过剔除、添补、移动、订正，重新斟酌组合，又添了几首近作，另分编为《丁宁》《再造》《秋之泪》《卖布谣》4本诗集。

旧游新感 诗集。邹鲁著。1册。重庆国民图书出版社1942年初版。邹鲁自署书端。含付印赘言、导言、日本、美洲五国、法兰西、瑞士、意大利、奥大利、匈牙利、捷克斯拉夫、德意志、瑞典、挪威、丹麦、荷兰、葡萄牙、西班牙、希腊、土耳其、叙利亚、埃及、印度等章。

叶与凤(1885—1926) 江苏吴江(今苏州市吴江区)人。字巢阁。南社社友。1914年11月26日由沈志儒介绍入社，入社书编号478。兄叶与骥，亦为南社社友。

叶与骥(1877—?) 江苏吴江(今苏州市吴江区)人。字仲孙。南社社友。1917年7月24日由顾珩、庞禄康(字竹生)介绍入社，入社书编号944。弟叶与凤，亦为南社社友。

叶天底(1898—1928) 浙江上虞(今绍兴市上虞区)人。原名霖蔚，学名天瑞，后改名天底，一作天砥。新南社社员。1916年入杭州浙江省立第一师范学校，参加艺术组织桐阴画会。后因参加五四运动被校方退学。1920年到上海，由陈望道推荐校对《新青年》文稿。其间与陈独秀、沈玄庐、邵力子、杨明斋等相交往。同年8月在上海与俞秀松等创建中国社会主义青年团。1923年任《民国日报》副刊《觉悟》的艺术评论栏编辑。同年加入中国共产党。1924年6月由陈望道介绍参加新南社。1925年与侯绍裘、张闻天等在苏州乐益女子中学建立中共苏州独立支部，任书记。1926年因病回乡，任上虞县《教育月刊》总编辑。同年秋建立中共上虞县独立支部，任书记，同时以共产党员身份参加国民党，担任国民党上虞县临时县党部执行委员、农工部部长。1927年11月在上虞被捕，次年在浙江省陆军监狱被杀害。有散文《处女集》、版画《世风》存世。

叶玉森(1880—1933) 江苏丹徒(今镇江)人。又名初，原字宝书、镔虹，后改字荭渔，号中泠，别号中泠亭长，别署杏衫、荇衫、红于。满族。南社社友。1912年10月17日由姜若、张素介绍入社，入社书编号300。1896年考取秀才。1906—1908年任南京汇文女子书院音乐教员。1909年底赴日本早稻田大学、明治大学学习法律。在日本期间参加兴中会和中国同盟会。1913年归国后到南京宁属师范学校任教，并任镇江县议会议员，其间与吴清庠等人发起成立海门吟社。后又任苏州高等法院审判厅推事、检察庭庭长。1915年在上海参与组织春音词社。1918年任安徽滁县主事，1920年调任颍上县主事，1923年秋任当涂县主事。1924年底去职，到芜湖市政筹备处任秘书长。1930年后任上海交通银行管理处秘书长，兼国立劳动大学、上海大学教习。著有《春冰词》《桃渡词》《殷契钩沉》《铁云藏龟拾遗(附考释)》等。

叶寿增(1883—?) 江苏江宁(今南京)人。字正叔。南社社友。1916年入社，入社书编号644。

叶志翔(1889—?) 浙江黄岩(今台州市黄岩区)人。别号浪狂居士。南社社友。1916年12月由谭天介绍入社,入社书编号742。是时在浙江嘉兴县公署任职,与曹毋固、唐文骏、赵宗健等为同事。

叶吟生(1898—?) 安徽太平(今黄山市黄山区)人。南社社友。1914年8月2日由胡寄尘、胡朴安、朱少屏介绍入社,入社书编号442。

叶振谟(1885—约1915) 安徽歙县人。字典任,一字典臣。南社社友。1910年10月30日由朱少屏介绍入社,入社书编号86。1903年在上海南洋中学毕业,后任上海浦东中学校长。工音乐,为时人所推崇。曾与冯竞任一起在苏州创办苏苏女学,开女学风气之先。

叶振谟

叶夏声(1888—1956) 广东番禺(今广州市番禺区)人,祖籍浙江慈溪。字竞生,别号萝生。南社社友。1916年5月21日由陈家鼎介绍入社,入社书编号608。早年留学日本东京法政大学。在东京加入中国同盟会。归国后任广东法政学堂、两广方言学堂、高等警察学堂等校教习。后任香港《广东日报》《中国日报》通讯记者。辛亥革命后,历任广东都督府参议、教育司司长、司法司司长、南京民国临时政府大总统府秘书、国会众议院议员等职。1914年在日本加入中华革命党,1917年9月任广州护法军政府内政部代理次长、海陆军大元帅府秘书。1921年7月任滇军北伐军参谋长。1922年回到广东任北伐大本营秘书长、驻粤滇军北江警备司令、滇桂联军西江军务督办等职。1923年10月在北京参加北洋政府国会会议。1929年赴欧美考察。1936年回国任广东高等法院院长、兼广东省法政学校校长,并任国民政府立法院立法委员。抗战期间任军事委员会参议。1947年回到广州开办律师事务所,任中山学社常务理事。1949年去香港。著有《革命救亡论》《叶夏声抗战言论集》等。

叶敬常(1886—?) 广东顺德(今佛山市顺德区)人。字梦庐,号镜民,别署镜明,笔名梦得后人。南社社友、广东分社社员、南社湘集社友。1916年12月1日,由蔡哲夫、胡伯孝介绍入南社,入社书编号739。早年东渡日本留学,习工业,后因家中筹款不易而中辍学业。归国后入广州丕崇书院专攻法文,将届毕业,适逢法国人在云南建筑蒙自铁路,聘其担任译员。1907年考入两广方言学堂。1916年后,先后至广东汕头、广西平南、福建厦门等地从事盐务和税务工作。1917年3月参加南社在广州六榕寺举行的广东分社第一次雅集。1924年任职于广州交涉公署。1933年章太炎、李根源、金松岑等在苏州创立国学会,与蔡哲夫、陈菊衣、罗志远等加入该会,商兑国学。同年由闽中调至广东江门税务专署三分局任职。著有《梦庐吟草》《客闽吟稿》《冬日趋庭图题辞汇录》等。

叶楚伧(1887—1946) 江苏吴县周庄(今属昆山)人。原名宗源,字卓书,别字小凤,号楚伧。南社社友、新南社社员。1909年由陈去病介绍入南社,入社书编号32。早年肄业于南浔浔溪公学。1902年考入上海南洋中学,1905年毕业后入苏州高等学堂。1908年主持广东汕头《中华新报》,并加入中国同盟会。武昌起义后参加由总司令姚雨平率领的广东北伐军,任参谋长。1912年南北议和后在上海与宋教仁、柳亚子等创办《太平洋报》,任主笔,并为《民立报》副刊撰稿。1916年1月与邵力子、胡朴安等创刊中华革命党的机关报《民国日报》,任主笔。1918年4月任全国报界联合会主席。1922年10月在上海与于右任、邵力子等将东南高等师范专科学校改组为上海大学。次年10月参与发起组织新南社,撰有《新南社发起宣言》,同年冬参加由部分社友组成的岁寒集。1924年被选为国民党第一届中央执行委员,任宣传部长。1925年与邹鲁等一起组织西山会议派,受到弹劾。1926年北伐战争中任国民党中央党部和国民政府联席会议秘书长、上海临时政治分会委员。后历任国民党上海执行部青年部长、妇女部长,江苏省建设厅厅长、省政府委员、省政府秘书长。1930年任江苏省政府主席,后又任广州国民党中央政治会议秘书长、约法起草委员、国民政府委员、国民党中央宣传委员会主任委员、立法院副院长、中国文艺社社长、国民党中央出版事业管理委员会主任委员等职。抗战胜利后任苏浙皖三省及京沪两市宣慰使。工诗善文,参加国学商兑会、鸥社、春音词社。又创办《文艺月刊》,编印"文艺丛书"。1946年在上海病逝。著有《新儿女英雄》《古戍寒笳记》等。今有叶元辑《叶楚伧诗文集》行世。原配夫人周湘兰,亦为南社社友;继室吴孟芙则隶属新南社。

叶楚伧诗文集 诗文集。1册。叶楚伧著，叶元编。三联书店上海分店1988年1月出版。有叶楚伧及纪念会照片、叶楚伧手迹、叶楚伧著作影印及其墓地照片数帧。叶元作《代先父叶楚伧序文》，吴练才作《叶楚伧先生简历》，于右任、姚鹓雏作《叶楚伧先生墓碑记》。集诗29首、文若干篇及小说若干。

叶楚伧故居 位于江苏昆山周庄西湾街。建于清同治年间。原称"祖荫堂"，系四进清式建筑，包括墙门、轿厅、正厅和堂楼、后天井等，数经修葺。厅堂内布置叶楚伧的画像、著作、墨迹，以及书画家们为纪念这位国民党元老所绘制的作品。居室内的家具陈设，多为清代和民国时期民居的风格。后天井中，花木扶疏，绿树掩映，环境幽静。2011年被列为江苏省文物保护单位。

甲乙唱和集 诗词唱酬集。杨鸿年编。1卷，1册。苏州文新印刷公司1925年铅印本。赵息尘题签。张茂炯、张荣培、黄钧分别作序。诗题有《甲子生日有感》《乙丑秋感》《四十有感》《题拈花微笑图》《题灵芝寿石图》《题菊花图》等。唱和者有杨鸿年、汪远翥、汪定执、张荣培、孙起尉、黄钧、诸懿德、潘梅伯、陶祖昌、王轶伦、顾建勋、王湛纶、九孝达、张茂炯、陈大鸿、郑钟祺、严寅恭、吴凤和、王德森、徐均爔、王一亭、杨遵路、方泽久、庞北海、李曾廉等。杨鸿年作《甲乙唱和集跋》。

申报 报纸名。1872年4月30日由英商美查等创刊于上海。初隔日出版一张，四个月后改为日报。1906年8月至1907年5月，王无生任编辑。1909年为席裕福购进，后由史量才接办。1911年8月25日，《自由谈》副刊创刊，王钝根主编。其后1915年3月由吴觉述主编。1916年4月1日姚鹓雏接办。同年10月31日由陈栩主办至1920年4月2日后，由周瘦鹃接办。至1932年12月《自由谈》改革，发表社会革新方面文章，由张梓生主办。周瘦鹃另辟《春秋》副刊，至抗战全面爆发止。《自由谈》至1935年10月31日停刊。两种副刊发表南社诗文小说很多，如包天笑的《上海春秋》等，郑逸梅也有多篇回忆南社人士文章发表。抗战胜利后由国民党接管。1949年5月上海解放时停刊。

申 柽(1879—1922) 韩国人。又名圭植，字睨观，号余胥，别署汕庐、青丘恨人。朝鲜族。南社社友。由辽宁流亡到上海，并于1914年8月24日由朱少屏、陈世宜、胡朴安介绍入社，入社书编号450。1911年在上海、南京等地参加辛亥革命，加入中国同盟会和寰球中国学生会，与孙中山、黄兴、宋教仁等均有往来。1912年斥资襄助戴季陶创刊《民权报》，任经理。同年7月与朴殷植、申采浩等韩国志士组织成立韩国独立运动在上海的机关同济社，被推举为理事长。又与中国革命党人陈其美、戴季陶等共同组织新亚同济社。1913年创办博达学院(博达，韩国的别名)。又创办《震坛》周刊，发表《韩国魂》。1916年8月参加在上海愚园倚翠轩举行的南社临时雅集，同年9月参加在北京徐园举行的南社第七次北京雅集。1919年4月大韩民国临时政府在上海成立后被任命为法务总长，并被选为临时议政院副议长。1921年又被大韩民国临时政府任命为外务总长兼代国务总理。是年10月以韩国临时政府专使身份赴广州谒见孙中山。1922年在上海病逝，遗体葬在上海虹桥万国公墓。1962年韩国政府为其追加颁发建国勋章总统奖。1993年8月其遗骸被运回韩国厚葬。著有诗集《儿目泪》等。

电影半路出家记 电影史著作。欧阳予倩著。1册。中国电影出版社1962年第一版，"电影回忆录丛刊"之一。有欧阳予倩像11帧。含《小引》《第一次学编电影剧本玉洁冰清》《三年以后》《第一次作电影导演》《想替被压迫者说句公平话的天涯歌女》《希望电影成为教育工具》《第一次拍有声影片新桃花扇》《企图暴露封建家庭罪恶的清明时节》《影片小玲子及其他》《电影讽刺喜剧如此繁华的尝试》《配合抗日战争宣传的木兰从军》《为什么编写关不住的春光》《香港永华影业公司种种》《关于大光明影片公司》等篇。

田 汉(1898—1968) 湖南长沙人。原名寿昌，乳名和儿，笔名田汉、陈瑜等。是易象(亦为南社社友)的外甥。新南社社员(1943年5月18日柳亚子在赠田汉女儿玛丽诗中，明确指出田汉为新南社社友)，剧作家、戏剧活动家。辛亥革命时参加学生军。就读于长沙师范学校期间曾写过《新桃花扇》等小剧本。1917年留学日本，入东京高等师范学校，其间曾回上海加入少年中国学会。

田汉

1922年毕业后回国，在上海中华书局编辑所任职，并任上海大学、大夏大学等校教员。参加发起组织创造社(后退出)。1927年接办上海艺术大学,改组南国影剧社。次年创办南国艺术学院,任院长兼文学系主任,并成立南国社,先后主编《南国周刊》《南国月刊》等杂志。1930年参加发起组织中国自由运动大同盟,旋又加入"左联"任执行委员,随后组织左联戏剧家联盟。1932年加入中国共产党。1933年任中国电影文化协会执行委员。次年入电通影业公司,电影《桃李劫》的主题歌《毕业歌》即由其作词,流传甚广。1935年被捕,不久由徐悲鸿等保释出狱。1937年抗日战争全面爆发后参加组织上海文化界救亡协会。后到武汉任国民政府军事委员会政治部第三厅文协理事,继续从事抗日宣传活动。1940年与欧阳予倩在桂林合编《戏剧春秋》。抗战胜利后到上海,主编《新闻报·艺月》。中华人民共和国成立后,历任中央人民政府政务院文化教育委员会委员、文化部戏曲改进局局长及艺术事业管理局局长、中国戏曲家协会主席兼党组书记、中国文学艺术界联合会副主席等职。"文化大革命"期间遭受迫害,1979年获得平反。著有《田汉全集》,译有《罗密欧与朱丽叶》《哈姆雷特》等。为影片《风云儿女》主题歌《义勇军进行曲》(由聂耳谱曲)所作的词,后被定为中华人民共和国国歌。

田名瑜(1892—1981)　湖南凤凰人。又名名誉,字个石,晚署老顽皮、半痴老人。土家族。南社社友、新南社社员、南社湘集社友。1917年3月3日由傅熊湘介绍入南社,入社书编号831。16岁从其叔田星六游。1910年入长沙湖南高等学堂。1913年在常德办《沅湘日报》。后在本邑文昌阁小学及省十二联合中学执教,为沈从文的小学业师。曾参加孙中山领导的讨袁和护法运动。1917年任职于湖南慈利县知事公署。1926年参加北伐。30年代担任过沅陵、凤凰等县县长。1936年3月和10月参加在长沙举行的南社湘集第十三、十四次雅集。1937年11月担任主要由湘西苗族、土家族、回族子弟组成的国民党军第一二三师(一说一二八师)驻衢州办事处主任。中华人民共和国成立后,1951年被聘为国务院文史研究馆(后改名中央文史研究馆)馆员。晚年随儿子去甘肃靖远,直至病逝。生平富有诗才,勤于吟咏。编有《残杂诗稿》5卷。

田　侨(1902—1960)　湖北蕲春人。字东里。田桐长子。南社社友。由社友介绍入社,未填写入社书,介绍编号64。幼聪慧。1916年11月参加在北京中央公园举行的南社第八次北京雅集。1919年师从著名学者黄侃,精通文辞,尤娴书法,甚得乃师赞赏。1922年毕业于武昌中华大学文学系。1927年参加北伐军,任师部秘书。1932—1948年任国民政府司法院院长居正的秘书。1949年随居正去台湾,不久即返回。中华人民共和国成立后,董必武曾邀其到南京江苏省文史研究馆做文史工作,终因体弱多病乃泪书谢绝。1960年病逝于重庆。著有诗集《又玄律存》(未刊)。

田星六(1876—1958)　湖南凤凰人。名兴奎,字星六,一字醒陆,号晚秋,别署辛庐,别号破帽僧。土家族。南社社友、新南社社员、南社湘集社友。1917年3月3日由傅熊湘介绍入南社,入社书编号830。早年习旧学及诸子百家,就读于常德西路师范学堂。继而留学日本,与黄兴、秋瑾、程潜等相过从,并先后加入同志会和中国同盟会。归国后任四川省军医学堂提调,创办《蜀报》。1911年参加武昌起义。民国初年任职于湖南省慈利县知事公署,与其侄田名瑜为同事。后参加孙中山领导的讨袁和护法运动。与柳亚子友谊甚笃,时有书信往返、诗词唱和。北伐时期参与湖北靖国军总司令黎天才戎幕,出征荆州、襄阳。后引退回乡,主持凤凰简易师范学校。1935年10月和1936年3月参加在长沙举行的南社湘集第十二、十三次雅集。中华人民共和国成立后受聘为湖南省文史研究馆馆员。著有《晚秋堂诗集》《蔗香馆词》。

田　桐(1879—1930)　湖北蕲春人。字梓琴,号玄玄,晚年署玄玄居士、江介散人,笔名恨海。南社社友。1910年11月由朱少屏介绍入社,入社书编号85。1903年留学日本,入东京弘文学院。1905年6月与宋教仁等创办《二十世纪之支那》。同年8月参与组建中国同盟会。1906年回国与高旭、柳亚子等创办《复报》,因宣传反清革命遭到清廷缉捕。1907年奉孙中山之命赴新加坡主持南洋同盟会机关报《中兴日报》,任主编,又到泗水创办《泗滨日报》。1909年回国。1911年3月在北京与程家柽、景定成等创办《国风日报》,8月又与景定成等发刊《国光新闻》。武昌起义爆发后赴鄂,任战

田桐

时总司令部秘书长兼随军参谋，随黄兴督战。1912年任南京临时政府内务部参事、临时参议院议员，同年4月与章炳麟、于右任、张继、张謇等发起成立通俗教育研究会。1913年任北京政府国会众议院议员。同年3月宋教仁遇刺后，竭力主张兴师讨袁，4月参加在畿辅先哲祠举行的南社第二次北京雅集。二次革命失败后逃亡日本。1914年7月支持孙中山组建中华革命党，并任中华革命党湖北支部长兼湖北中华革命军总司令。1916年9月和11月参加在北京徐园及中央公园举行的南社第七、第八次北京雅集。1917年参加广州非常国会会议，被委任为护法军政府海陆军大元帅府参议。后历任国民党广东办事处党务科主任、韶关北伐大本营宣传处长等职。1922年7—8月间参加在上海俭德储蓄会举行的南社临时雅集。1923年6月参加上海停云书画社。1926年北伐开始后任江汉宣抚使兼湖北省政府委员。1928年后历任国民政府委员、国民党山西政治分会委员、立法院立法委员、国民党党史史料编纂委员会委员等职。晚年闲居上海，独力创办《太平》杂志。工书法，善诗文。著有《扶桑诗话》等(后被合辑为《玄玄遗著》行世)。曾协助孙中山撰《建国方略》。今有《田桐集》行世。

田桐集 文集。田桐著。1册。广东省社会科学院主编。华中师范大学出版社2011年出版。辛亥革命当事人、民国初年重要历史人物文集丛书。有田桐与友人、著述、手迹、墓碑等照片数十帧。黄杰作序和跋。含《亡国惨记》《革命之首领》《曙沧诗话》《伦理通论》《亡国泪》《人生问题》《英雄模范》《扶桑诗话》《心语》及政论、书信、电报、演说等文章近千件。

田翠竹(1913—1994) 湖南湘潭人。号寿翁。南社湘集社友。少时师从王伯良、许笃斋学诗，1926年考入长沙广雅中学。后就读于湖南大学，师从常熟宗子威习国文。曾任湖南《衡报》等报社编辑。1940年宗子威、柳敏泉等在新化组织萸江吟社时，由宗子威介绍加入该社。抗战期间先后任西南游击干部训练班科员、桂林军官学校(黄埔后期)政治教官。1945年2月任湘潭县立中学国文教员。抗战胜利后又参加了恢复活动的南社湘集。1946年11月赴南京任国防部军法局秘书。1949年1月加入湘潭国民党革命委员会地下组织，是湘潭民革创始人之一。中华人民共和国成立后任湘潭私立化民中学、湘潭市第二中学教师、民革湘潭市筹委会委员等职。后任湘潭市政协委员、常委，湖南省政协委员、民革湘潭市委员会顾问、湖南省人民政府参事室参事等职。1994年1月在湘潭病逝。以诗、词、联著名，曾任湘潭白石诗社社长。刻有《龙标酬唱集》传世，辑有《东游纪事诗》，出版有《翠竹诗稿》《晚晴楼名胜古迹楹联集锦》等。

史文钦(1880—?) 浙江海宁人。南社社友。1914年6月16日由朱少屏介绍入社，入社书编号427。1914年在上海寰球中国学生会任职，协助朱少屏处理会务，并担任过南社干事。

史记入门 《史记》研究著作。郭步陶著。平装1册。上海文科专修学校1926年10月发行，交通印刷公司承印。汤济沧题书名。据郭氏自序称，此书系他“本梁启超读史记法大意，略为损益，并举年来研究所得，酌为补充”。该书共5章。第一章为“太史公之生平”，指导如何对司马迁生平进行考证；第二章为“太史公作史记之原因及其全书之内容”，论述“鸟瞰全书之必要”；第三章为“史记在国史中之位置”，分析“迁史成功之原因”；第四章为“司马迁在文学上之价值”，罗列各家对司马迁文章之评论来介绍“司马迁之文学”；第五章为“研究史记之步骤”，包括：一、普通研究法(其中再有“性近史学者”和“性近文学者”等不同侧重)；二、特别研究法(又分“纵”、“横”两种研究法)；最后，又指导如何分类整理史记中资料的方法。该书还将必要之古今学者对《史记》的研究文章之原文，概行列入，“使读者易于参阅，不至有寻书之苦”。

史伊凡(生卒年不详) 籍贯未详。南社纪念会会员。

史冰鉴(生卒年不详) 江苏松江(今属上海)人。女。新南社社员。曾与丈夫高尔松(亦为新南社社员)一起掩护过由瞿秋白领导并由侯绍裘具体负责的秘密电台，确保了中国共产党的对外联系工作。

叱叱咤咤之陈巢南 南社掌故。叱叱咤咤，戏谑地指声气、行为声势很大。郑逸梅在《南社丛谈》中写道：“叱叱咤咤陈巢南，指巢南使酒骂座也。”

四十年来吾国之文学略谈 文学史著作。陈柱著。1册。出版单位不详。此书为纪念作者母校交通大学建校四十周年(1896—1936)而作。涉及的内容有：一论古文，作者对古文的含义作了注解，认为“古文一名，学者多误会为复古摹古，虽倡之者亦不免以复古为辞”。书中论及的作者有吴汝纶、王先谦、唐文治、陈衍、陈三立、严复、章炳麟等。二论骈文，作者指出："凡文艺之事，莫急于辨雅俗而骈文尤要，吾曾谓骈文不难于富，不难于雄，而最难于雅。"作者持一雅、王闿运、李详、孙德谦、邓方、黄公渚等诸家。三论诗，论及的有沈曾植、文廷式、康有为等十多位作家。四论词，论及的有文廷式、沈曾植、张尔田、陈洵、叶恭绰、杨玉衡等。五论书法，论近三百年来之书学可分帖学期、碑学期、钟鼎期3个时期，其近代大家有李瑞清、曾熙、黄宏图、沈曾植、朱孝臧、康有为、陈衍、章炳麟、黄宾虹、梁寒操、叶恭绰等。

四川　期刊名。1908年2月在日本东京创刊。雷铁厓编辑。设有图画、论著、译丛、时评、杂俎、文苑、小说等栏目。铁厓发表有《警告全蜀》《今吾君事略》《题四川杂志·步剑夫维金知新韵》《忆蜀·步太痴韵》《寄飞鬼》《无题》《秦中诸君子组织夏声吾友剑华题赠四律因步其韵即以奉贺夏声》。因鼓吹革命，只出3号就被日本当局查封。

四川大学　学校名。创办于1905年，校址在四川省成都市外东九眼桥。最初由四川中西学堂、锦江书院、四川省城高等学堂、四川省通省师范学堂和五大专门学堂组合演变而成。辛亥革命后，先后改称四川高等学校、成都高等师范学校和国学、法政、外国语、工业、农业专门学校。1926年前后，演变为国立成都大学、国立成都师范大学、公立四川大学，1931年合并为国立四川大学，任鸿隽曾任校长。全民族抗战时期，于1939年迁往四川峨眉山。1943年迁回成都。1950年改今名。1994年、2000年先后与成都科技大学和华西医科大学合并。

四川大学历史博物馆所藏古铜鼓考·铜鼓续考　民族乐器研究著作。闻宥著。1册。成都巴蜀书社2004年初版，列入"巴蜀文化书系"与"华西研究丛书"。霍巍作代序。收入四川大学历史博物馆所藏古铜鼓考，含铜鼓的型式与花纹、关于铜鼓的一般问题等篇和后记。铜鼓续考含新得铜鼓的花纹、关于若干问题的订正和新得铜鼓的来历问题等篇。

四川汉代画像选集　美术考古著作。闻宥集撰。1册。上海群联出版社1955年初版。闻宥作序言。有编例。共收画像100幅，前70幅为汉代的石画，后30幅为汉代的砖画。均为绵阳、乐山、成都等地画像。每幅画像旁均有注释。

四元开方释要　南社掌故。郑桐荪20岁就考取江苏省留美公费，入康奈尔大学学习数学，后又进耶鲁大学深造一年，于辛亥革命前学成回国，成为清华大学最早的数学教授，前后执教清华25年。在西方教育气氛浓郁的清华，郑桐荪注意研究并吸收中国古代数学的成就，例如《墨经中的数理思想》《四元开方释要》，使学生掌握中国古代数学精华，培养学生爱国思想。在讲授《四元开方释要》时，他说："天元四元，中国宋元间发明之算法也。""天元一术，始见于秦九韶之《数书九章》与李治之《益古演段》。""盖元即西方代数学之未知数，而四元式即方程式也。"由于其教学深入浅出，循循善诱，造就了许多数学杰出人才。

四分律比丘戒相表记　佛教著作。弘一法师撰。中华书局1924年8月影印出版。1921年6月，弘一法师撰成《四分律比丘戒相表记》草本，1924年完稿，弘一法师以楷书工写定稿，并由穆藕初出资印刷。卷首有弘一法师序。全书分为"四波罗夷法""十三僧残法""二不定法""三十舍堕法""九十单提法""四提舍尼法""百众学法""七灭净法"8个部分，并有附录《南山对施兴治篇》《四分律比丘戒相表记校注》。创造性地将繁难的戒相以表解的形式呈现出来，并加按语，使明晰易学。

四六丛话　文艺理论著作。孙松友著，刘铁冷选辑，印鸾章校阅。1册。崇文书局1914年10月第三版。本书是一部四六骈文丛话的辑本。卷首有阮元、铁冷、秦潮、程杲、孙梅（松友）等人的序，论述了四六骈文的渊源流变与特点。全书分5卷：卷一收有论述选、骚、赋、制敕诏册等的文章；卷二收有论表、章疏、启、颂、书、碑志等的文章；卷三收有论记、论、铭箴赞等的文章；卷四收有论檄、露布、祭诔、杂文、谈谐、总论等的文章；卷五有作家论。卷后有陈广宁、许应衡的跋，谓此书是四六文论的集大成者，"于古今源流，各家得失，梳节详明，洵词林之宝"。

四知堂悼亡集附惜春馆遗稿　哀挽录。杨鸿年编。不分卷，1册。《惜春馆遗稿》1卷，朱杏仙撰，1926年铅印本。有《先室朱孺人遗像》，并有朱佩英自挽。杨鸿年作《题先室朱孺人遗像》。张旆作《题秋心先生悼亡集》。王斌作《四知堂悼亡集》《朱孺人小传》。杨鸿年作《先室朱孺人行述》《哭先室朱孺人》。潘飞声作《朱孺人墓铭》。尢孝达作《朱孺人诔》。王湛纶、徐缶、金祥麟、陆受昌、项寰、张荣培、徐均爔、陶继祖、王平格、姚光远、黄钧、孔宪瀛、吴放、胡龙等分别作《慰秋心悼亡》。杨鸿年、张荣培、陶钧、诸懿德、尢孝达、金祥麟、邹裕锡、殷宗熙、汪远翥、夏鼎、严宏卿等分别作《挽联》。郑钟琪、王泰、翁守藩、林躬、陈守治等分别作《题惜春馆诗稿》。《惜春馆遗稿》录朱杏仙佩英诗词25首。

四海群龙记 武侠小说。姚民哀著。世界书局1929年出版。此书描写了晚清镇江一带的帮会活动,引经据典之处甚多,包含不少当时帮会内幕等情况。

生活日报 报纸名。1913年10月20日创刊于上海。徐朗西主持编务,叶楚伧、邵力子等人参加编辑。其副刊《生活艺府》多发表南社人士王德钟、吴梅的诗文,柳亚子《磨剑室剧谈》《磨剑室随笔》,姚鹓雏的文章和小说,叶楚伧的文章和小说,姜可生的小说,叶中泠译诗,陈匪石文,徐自华文和竞雄女学消息等。1914年3月31日停刊。

生意经 经济理论著作。戴蔼庐著。1册。上海现代书局1929年初版。含钱业略史、双力、更拆与划头、长期存放等100余篇短文,介绍银钱业、衣食住行各行业的商业知识及其经商方法。

失业人及贫民救济政策 政治学著作。马君武著。1册。商务印书馆1929年初版。共4篇。第一篇为"失业人救济政策",论述了失业及其原因,避免失业的政策,救济失业人的政策,失业保险。第二篇为"工作介绍制度",介绍了工作介绍所和公立工作介绍所的性质。第三篇为"工人保险制度又名社会保险制度",涉及工人保险原理,工人保险的实行包括疾病保险、灾伤保险、残废衰老及遗族保险,私家雇员的养老费保险等内容。第四篇为"贫民救济政策",分析了贫穷的原因及贫民数,回溯了贫民救济史及救贫行政。

禾庐诗抄 诗集。丁立中撰。4卷附《禾庐新年杂咏》1卷,2册。八千卷楼1925年铅印本。武林丁氏家集。吴庆坻、李鹏飞分别作《禾庐诗抄序》。高时显题由王培根画的《禾庐主人遗像》。吴士鉴题《和甫姻丈遗照》。王毓岱、孙树理、金蓉镜、周庆云、张宗祥、周贞亮、王绍宗、高吹万、景崧、徐珂、孙祖燧、唐咏裳、方鸿珍、张荫椿、程良驭、顾浩、邹建侯、戴振声等分别题词。卷一收古近体诗127首,卷二收古近体诗129首,卷三收古近体诗105首,卷四收古近体诗165首。朱景彝、吴士鉴、唐咏裳分别作跋。附《禾庐新年杂咏》1卷,慕陆宧署端,方芸孙作叙。

丘志贞(1891—?) 浙江诸暨人。字梅白。南社社友。1914年9月由李叔同介绍入社,入社书编号460。1915年毕业于浙江师范学校图画手工专修科,曾受教于李叔同,与吴梦非等为同班同学。同年5月参加在杭州西湖孤山之西泠印社举行的南社临时雅集。喜爱篆刻,后与李叔同等在杭州发起成立乐石社。撰有《弘一法师印存跋》。

丘庚藻(1891—?) 江苏吴江(今苏州市吴江区)人。字纠生。南社社友、新南社社员。1917年9月29日由柳亚子、黄复介绍入南社,入社书编号968。民国初年在黎里县立第四高等小学堂任教员、校长。

丘 复(1874—1950) 福建上杭人。原名馥,字果园,又字瘦樵,号荷公,别号荷生,别署荷仙、念庐。南社社友、新南社社员、南社湘集社友、南社闽集社友。1911年7月7日由叶楚伧介绍入南社,入社书编号160。19岁中秀才,24岁中举人。1906年开办上杭民立师范传习所,任监督。同年秋又创办东溪立本两等小学堂,兼任校长。1911年受两广方言学堂监督丘逢甲之聘,出任该校教习。辛亥革命后,充任广东省代表丘逢甲随员赴南京出席筹组中央临时政府各省代表会议,选举孙中山为民国临时政府大总统。民国成立后当选为福建省临时省议会议员,旋为正式议员,并创办上杭县立中学。1916年被选为北京政府国会参议院候补议员,1924年补正为参议院议员。后南下广州,任孙中山大元帅府秘书。1925年任广东嘉应(今梅州)大学教授,编有《中华文学史》教材1册。1928年任长汀县志局总纂,此后又应聘担任《上杭县志》《武平县志》总纂。1935年在广东潮州创办汀龙小学。1941年创办私立明强初级中学,任董事长兼校长。生平诗文著述甚丰,著有《念庐诗文集》《念庐文存》等。有《丘复诗存》行世,后人辑有《丘复诗文选》。今有《丘复集》。

丘复

丘复诗文选 诗文集。丘复著,丘琼华、丘其宪编。1册。香港天马出版有限公司2005年5月出版。收入丘复等照片数帧、孔庆铨作《丘荷公先生诗文选序》,温祖荫作序,丘琼华作《丘荷公先生传略》。含诗集、文集。附《念庐居士岁纪》《丘复先生著作目录》《丘荷公诗文选》及后记。

丘望崙(1879—?) 浙江龙游人。字槛玉。南社社友。1910年4月由陈去病介绍入社,1911年8月6日补填入社书,入社书编号167。1910年4月10日参加在杭州西湖唐庄举行的南社第二次雅集。民国初年在浙江省衢州龙游县立高等小学堂任教,与南社社友杨聘之为同事。1915年5月参加在杭州西湖孤山之西泠印社举行的南社临时雅集。

丘新荣(1896—?) 广东梅县(今梅州)人。字辛梅。南社社友。1917年由何震生介绍入社,入社书编号956。

丘潜庐(1877—1970) 福建上杭人。原名日华,后改名翊华,字应升、海山,号潜庐、阶叔。南社社友、南社湘集社友。1911年12月23日由丘复、叶楚伧、柳亚子介绍入南社,入社书编号203。清优廪生。辛亥革命后供职于浙江台州军政府。1913年任平和县知事。1914年参加北京第三届知事考试,考取甲等知事,分发浙江任用。1917年丁母忧,归家守制,筹设忠实小学,任校长兼教员。三年后任青田县统捐局长,后调任余姚、海昌,代理双林,又调任江苏高淳、句容两县财政局长及金山县财政局副局长。1937年抗日战争全面爆发后辗转于湘、桂两省,1944年客居重庆。后应陕西省建设厅之邀赴西安任职。中华人民共和国成立后由陕西返闽,定居福州。1953年受聘为福建省文史研究馆馆员。曾编纂《上杭县志》《杭川文钞》。著有《潜庐文存·诗存》等,晚年撰有《潜庐老人回忆录》。

仪礼注疏 礼学研究。汉郑玄注,唐贾公彦疏,黄侃句读。1册。上海古籍出版社1990年初版,列入"十三经注疏丛书",影印本。含四库全书总目提要,士冠礼、士昏礼、士相见礼、乡饮酒礼、乡射礼、燕礼、大射礼、聘礼、公食大夫礼、觐礼、丧服、士丧礼、既夕礼、士虞礼、特牲馈食礼、少牢馈食礼和有司等50卷,每卷后都有校勘记。

白手谋生——江湖秘诀 通俗读物。戚饭牛编辑。公记书局1924年3月印刷发行。此书详细记述了江湖骗子,在江湖上白手谋生的百种骗术,如测字、拆字、相面、算命、画符、念咒、卖假药等,大都讲述设骗手法和做假过程。读者既可了解下层社会众生相,也可拆穿西洋镜不受骗上当。书后附有大量江湖通用切口,可作为研究20世纪二三十年代底层游民生存状况的资料。

白石上 法国小说。法郎士著,陈聘之译。1册。商务印书馆1935年初版,列入"世界文学名著丛书"。有译者序。本书由5篇随笔缀合而成,各自独立,但首尾衔接。涉及宗教史、哲学史、艺术史、社会发展史、人种学、考古学、神话学。

白石道人词笺平 宋词研究著作。陈柱编。8卷,1册。商务印书馆1930年初版。陈柱署端。有陈柱自序和例言。含版本考、白石道人事略、白石道人文艺之批评和白石道人词5卷。

白丝巾 翻译小说。谈善吾编译。甲寅杂志社1916年9月出版。叙说巴黎一男子福尔森突然死于女友雪格家,警察在雪家查得丝巾半块,有毒玻璃盅一具,雪被警察以杀人罪带走。雪工作的报社之主洛克芬兰不信雪会杀人,悬赏一万法郎破此案。雪因福死于自家身边而欲殉情,当庭要求速死。福弟史狂号而出,直拥雪颈说:"雪格未杀人,福尔森未被杀,福尔森活着。"原来他是戴着史特雷面具的福尔森。史因不满兄为雪耗资万金,遂戴上自制的兄面具及兄书之丝巾,赴雪家拒雪。仆亚利、嘉朋素恶史精算,乘机在酒中放毒害史死于雪家,并将有毒玻璃盅放雪家中,造成雪害福假象,又骗福说他外出后雪即死。史死福藏,家中一切皆由仆摆布。自以为此举天衣无缝,不料法网难逃。

白 炎(1876—?) 河北宛平(今北京市区西南)人。字卧羲,号中磊、中垒。南社社友。1914年4月由叶楚伧、柳亚子、陈世宜介绍入社,入社书编号410。1916年4月参加在上海徐园双清别墅举行的南社临时雅集。

白话玉梨魂 长篇小说。徐枕亚原著,何朴庵译为白话文,顾羽校订。1册。上海雨宜书局、正气书局1947年初版。何朴庵作自序。描写青年教师何梦霞,寄居在某大家庭,爱上这家的美丽寡妇梨娘,梨娘会心,也对梦霞心生爱意。但这种违反礼教之爱给二人造成巨大的痛苦。礼教的约束和社会的压力,使他们的爱情注定无法进一步发展。为摆脱这种困境,梨娘把自己的小姑筠倩介绍给梦霞。然而,梦霞与筠倩无爱的婚姻同样令人不堪忍受。最后"失爱"的梨娘和"无爱"的筠倩相继怀忧而逝。历经情感蜕变的梦霞亦奔赴日本参加革命党,最后在辛亥武昌起义中悲壮殉国。

白话诗研究 新诗研究著作。闻宥编。1册。上海青年书社1930年初版。闻宥作小叙。分析旧诗的“劣点”及诗歌的自然进化,对比了中国和西洋对白话诗的定义,进而解析诗歌产生的本源和不同历史时期上诗歌的发展特点,最后介绍了白话诗的创作方法、音韵规则和具体要求。作者希望中国诗歌界废除一切虚伪的形式,而另开心灵的眼光,使诗歌回归到自然。

白相朋友 期刊名。1914年9月在上海创刊。广益书局发行,胡寄尘编辑,柳亚子、胡朴庵为撰述,为消闲遣兴刊物。刊登有胡寄尘《波罗奢馆诗词选》《波罗奢馆杂记》,姚石子《秋棠馆迷选》《金鱼谱》,柳亚子《磨剑室剧谈》,小凤、匪石、方廷楷、剑华等诗词,还有《南社酒令》《南社社友姓氏对联》。本年12月停刊,共出版8期。

白屋说诗 诗论。刘大白著。1册。大江书铺1929年7月初版。为作者自集其论诗经、论楚辞、论孔雀东南飞暨双声叠韵、论八病、论诗步诸文而成。全书由《说毛诗》《杂说》《附录》3部分组成。《说毛诗》中的十节是对毛诗的重新评估。《杂说》是“把十年来各种说诗的旧稿,整理出来”,重要部分是“和人家辩论”,如《双声叠韵和句中用韵问题》是与胡怀琛辩论的,《孔雀东南飞底时代问题》是和马彦祥、曹聚仁辩论的,《毛诗邶风静女底讨论》是和顾颉刚、魏建功、郭全和、董作宾4位辩论的。《附录》前两篇有“说诗的性质”,后两篇“含有诗趣”。关于古音韵方面作者亦有新发现。

白屋遗诗 诗词集。刘大白撰。北京书目文献出版社1984年出版。共7种7卷,附录1卷。大致以创作时间编次,《龚云剩稿》选自作者16—24岁(1895—1903)时的习作。收诗79首。《冰庑集》《剑胆集》主要写于1905—1911年辛亥革命前后,分别收诗44首、47首。《北征小草》大部分是作者1910年北游期间的作品,收诗25首。《东瀛小草》收1913—1914年游学日本时的诗作55首。《南冥小草》写于1915年流亡南洋时期,收诗41首。《西泠小草》写成于1916年从苏门答腊返国后的诗词49首。另有散见作者其他著述中的诗词37首。作者是新文化运动兴起,诗坛发生巨变时期的诗人,作品具有新旧掺杂、承旧启新的独特风格。

白雪·现代名人杰作 短篇小说集。赵苕狂编。1册。上海世界书局1923年初版。列入“锦囊四妙丛书”。赵苕狂作序。含沈禹钟股息、车尘和客中佳节,胡寄尘人生之一幕和安慰,江红蕉狂笑,严芙孙销魂之地,张枕绿未完,恨波女士贫富阶级,俞印民遗产之毒等10篇。

白逾桓(1875—1935) 湖北天门人。字楚湘,别署楚香、楚乡。南社社友。1913年由田桐、高旭介绍入社,入社书编号378。1904年赴日本明治法律学校留学,翌年11月加入中国同盟会,任司法部干事。1906年毕业后回国。1907年与宋教仁一道赴东北组建同盟会辽东支部,并谋划起义。1911年3月与程家柽在北京创办《国风日报》,任社长兼总编辑。辛亥革命时任同盟会京(北京)、津(天津)、保(保定)分会参议长。武昌起义时南下参加阳夏保卫战,任督战员,后任湖北都督府参议。1913年当选为北京政府国会众议院议员,恢复《国风日报》。同年7月二次革命爆发时,任上海吴淞要塞总监兼宝山知事。二次革命失败后逃亡日本。1916年至汉口响应讨袁,谋划湖北独立。同年8月和11月参加在北京中央公园上林春举行的南社第六、第八次北京雅集,后赴广东任护法国会众议院议员。1927年去日本主办《中华民国》杂志。1935年在天津任《振报》主笔时,遭国民党特务暗杀。

白 蕉(1907—1969) 江苏金山(今属上海)人。本姓何,学名治法,字旭如,又名馥,字远香,号复生,别署复翁、云间生、不入不出翁等,笔名白蕉。南社纪念会会员,书画篆刻家。幼年就读于乡里高氏私塾。早年追随革命,1927年任国民党金山县党部青年部长。1928年春应黄炎培之邀,担任人文图书馆(后改名鸿英图书馆)《人文月刊》编辑,后升为馆主任。1935年12月29日参加南社纪念会成立会。工诗文,善绘画,尤以绘兰为世所称道,30年代海上有“白蕉兰”之赞誉。精书法,宗“二王”,兼取“欧虞”,尤以行书、草书著名。擅治印,篆刻取法秦汉玺印、泥封,又得明清遗意。中华人民共和国成立后任职于上海市文化局,历任上海中国画院筹备委员会委员兼秘书室副主任、上海中国画院专任画师、上海美术专科学校教师等职。著有《白蕉诗》《云间谈艺录》《济庐诗词》等。

白蕉

印林闲话　篆刻学著作。蔡守撰。1卷，1册。民国年间抄本。内容集印史、印论、技法、印人、印学流派、刻印用具及所见名印为一体，阐发印学精微，记录印坛旧事，讨论治印技法。

印度文学　外国文学研究著作。柳无忌著。1册。台北联经出版事业公司1982年初版。含绪论、赞诵明论、摩诃婆罗达、罗摩衍那、沙恭达罗、云使、五卷书、陀露哆、泰戈尔和印度独立前后的文坛等篇。有著者后记。

印度哲学史纲　哲学史著作。黄忏华编。1册。中山文化教育馆编辑，商务印书馆1935年印行。编者详细介绍、评述了内涵丰富、学说纷呈的古印度哲学。本书分4个部分："绪论"介绍"印度哲学的特质"和"印度文化概观"；第一篇"古代婆罗门哲学"介绍"赞诵明论的哲学思想""净行书的祭坛哲学""奥义书的自我哲学"等，并详解其中的哲理、术语等；第二篇"诸派哲学"介绍"数论""瑜伽""胜论""正义"等诸派哲学及内涵；第三篇"佛教哲学"解说"根本佛教的哲学""部派佛教的哲学""开发佛教的哲学"等。全书详细备至，是全面了解印度哲学之纲要。

尔雅正名评　国学研究。汪鋆撰，黄侃译。1卷，1册。章氏国学讲习会1936年铅印本。章炳麟作跋。

尔雅注疏　文字学著作。郭璞著，邢昺疏，黄侃句读。10卷，1册。上海古籍出版社1990年初版，列入"十三经注疏丛书"。有四库全书总目提要和尔雅疏序。根据黄侃句读，对尔雅注疏进行标点。含释诂、释言、释训、释亲、释宫、释器、释乐、释天、释地、释丘、释山、释水、释草、释木、释虫、释鱼、释鸟、释兽和释畜等篇。每篇后均有校勘记。

尔雅音训　文字学著作。黄侃笺识，黄焯编次。3卷，1册。上海古籍出版社1983年初版，影印本。有出版说明和略例。黄焯作序。含释诂、释言、释训、释亲、释宫、释器、释乐、释天、释地、释丘、释山、释水、释草、释木、释虫、释鱼、释鸟、释兽和释畜等篇。

乐石社　社团名。研究篆刻的艺术团体。1914年农历九月由浙江省立第一师范学校学生丘志贞发起成立。社名取"吉金乐石"之义。入社者多为一师师生，首任主任为陈伟。同年11月设社址于杭州后市街清行宫内臧社旧址，李叔同为主任，主持社务，李叔同、姚锡钧分别撰有《乐石社记》。1914年11月至1915年8月，该社共出版社刊《乐石》8集（一说10集），1915年6月编印《乐石社社友小传》，是民国篆刻史最早的一份印社作品集和史料汇编。同年农历六月，根据章程进行新职员的改选工作，改主任制为社长制，选经亨颐为社长，修订《乐石社简章》，后经亨颐主持编印《乐石》。自此时该社活动日趋衰落，至1917年停止活动。后该社改名寄社。

乐国吟　❶诗集。柳弃疾辑著，柳无非、柳无垢校。6卷，2册。磨剑室1923年铅印本。黄复作序。柳弃疾作后序。此书为柳氏与诸友于斜塘雅集唱酬之结集，有吴虞、吴恭亨、周锦荪题款。❷南社掌故。1921年冬柳亚子、陈去病等在周庄来鸿桥畔乐国酒家叙会。当时孙中山任非常大总统，誓师北伐，诗人们非常兴奋，连饮三日夜以贺。会上及会后所作诗词汇集成《乐国吟》，于1922年出版。

乐府古诗　乐府古诗选。徐澄宇选注。1卷。春明出版社1955年初版。编者依照时代发展的次序，精选270余首乐府诗和古诗，兼顾民歌和文人创作，精心校勘和标点，详加注释。洋洋万言的长篇"导言"，让读者对乐府诗有比较明晰的了解。

包　一(1871—1956)　福建上杭人。字千谷。南社社友。1917年5月15日由丘复介绍入社，入社书编号896。清优廪生，一生教书为业。曾参与编纂《上杭县志》《杭州新风雅集》。独立搜编《杭州文钞》。另有《东溪草庐诗钞》等。

包天笑(1876—1973)　江苏吴县(今苏州)人。初名清柱，后改名公毅，字朗生、朗孙、德宝，号天笑，别号包山，笔名天笑生、拈花、钏影楼主、秋星阁主等。南社社友，作家、小说家。1910年8月由朱少屏介绍入社，同年12月19日补填入社书，入社书编号104。秀才出身。早年在苏州参与组织励学社，出版《励学译编》月刊，创办并主编《苏州白话报》旬刊。1902年到上海，先后任职于金粟斋译书处、启秀编译局、广智书局编译所、珠树园译书处、《小说林》编译所，任校对、印制和编译员。曾为高旭、高燮、高增创办的《觉民》月刊主要撰稿人之一。后回苏州在吴中公学任国文教员，又去山东任青州府中学堂监督。1906年移居上海，任《时报》馆撰述员、编辑，后任《时报》副刊《余兴》编辑。1910年8

包天笑

月16日在上海举行的南社第三次雅集上被选为庶务。为有正书局主编《小说时报》，与陈景韩轮流任主编，后又主编时报馆附设的《妇女时报》，同时担任《小说林》编辑。参加江苏教育总会，兼女子蚕业学校、上海城东女学、民立女中等校教职。1912年入商务印书馆，重编高等小学国文教科书和主编课外读物《新社会》。1915年和1916年又先后为文明书局主编《小说大观》《小说画报》。1919年担任《晶报》主要撰稿人。1922年起又为大东书局编辑《星期》周刊，为文华印刷公司编辑《女学生》杂志。1925年受邀主编《小日报》。1928年11月出席在苏州虎丘冷香阁举行的南社成立20周年纪念会。1934年3月任国民政府监察院秘书。1935年任《立报》副刊《花果山》主编。1947年由上海去台湾，次年定居香港。1973年在香港病逝。著译甚丰，其中有受到教育部嘉奖的：《苦儿流浪记》《馨儿就学记》《埋石弃石记》，以及《上海春秋》《海上蜃楼》等，另著有《钏影楼回忆录》等，编有《中华民国大事记》。

包天笑小说集 小说集。包天笑著。12卷。大东书局1926年出版。作品或痛斥军阀专横，或描写城市贫民恶劣的居住与生活环境，或表现废除科举后中国知识分子巨大的精神压力与悲惨的命运，或表达拯救社会的美好愿望。小说《慈善机关的广告》通过几位同学对比强盗与军阀的慈善捐款，反映了军阀之害甚于强盗的现实。《军阀家之狗》通过描述军阀之狗比百姓之命更重要的黑暗现实，鞭挞了军阀的专横。《在夹层里》则描述了上海穷人极端恶劣的居住与生活环境，而《不自然的笑》则刻画了一位因巨大精神压力而精神失常的知识分子。也有一些作品表达了作者对婚姻与家庭变迁的困惑，如《再会》中描绘了一位获得自由的新女性抛弃家庭的故事。《专制的人类》则表达了作者对"人口减少"趋势的困惑。

包天笑代表作 小说集。包天笑著，范伯群选，中国现代文学馆编。1册。华夏出版社1999年第一版，列入"中国现代文学百家"。有包天笑像和包天笑作品书影。含《在夹层里》《沧州道中》《烟篷》《金粉世家》《同名》《武装的姨太太》《一缕麻》《爱神之模型》《挂碍》《富家之车》《慈善机关的广告》《过后光阴》《绕个圈子》《误绑》《黑幕》等篇。附包天笑小传和包天笑主要著译书目。

市政全书 市政管理。陆丹林编，蒋蓉生、刘郁樱、陈载明校。1册。51人撰稿。上海道路月刊社、中华全国道路建设协会印行1928年初版。卷首语为孙文遗墨建国大纲第二条。谭祖安、马君武分别题端。有《道路月刊》职员王正廷、吴山和陆丹林肖像。于右任、王伯群、蔡元培、许世英、叶恭绰、黄膺白、熊秉三和何民魂分别题词。张维翰、董修甲、邵元冲、顾在埏、萧冠英、王正廷和吴山分别作序。陆丹林作编者自序，蒋蓉生作例言，黄绳甫作跋。含论著、各国市政府制度、各省市政概况、各省市政计划与建议、各国市政概况、各省市制法规和附录等编。

冯　飞（生卒年不详） 江苏太仓人。更名济远，字南溪，号培风。新南社社员。南社社友冯心侠长子。

冯天柱（1884—?） 湖南零陵人。字一擎，又字翼经。南社社友、南社湘集社友。1916年10月15日由周咏康介绍入南社，入社书编号710。早年入长沙新军，加入兴中会、中国同盟会。1910年参与发动萍浏醴起义。1919年任湖南省长公署总务科长、政务科长，后外放新宁县知事。北伐时任湖南省民政厅长。抗战胜利后，先后出任岳云中学、船山农业学校校长，创办文德中学、耀祥书院。1949年8月，宣布和平起义。

冯心侠（1887—1950） 江苏太仓人。名平，字心侠，一字竞优，又字琴友，号复苏，别署壮公。南社社友、新南社社员、南社湘集社友。1909年11月由柳亚子介绍入南社，入社书编号33。是参加南社第一次雅集暨成立大会的17位社友之一。早年以第一名补太仓州生员，嗣后被选为县议事会议员。1905年留学日本明治大学研习法政，并在东京谒见孙中山，加入中国同盟会。1907年回国后奔走革命。1909年遭到清廷缉捕，脱险后秘密赶到苏州，参加于11月13日在虎丘张公祠举行的南社第一次雅集。同年在中斌公学任教务主任，后任《民立报》编辑，并集资支持中国少年社。1911年10月武昌起义时与同乡俞锷率众响应，策动太仓光复。1912年供职于上海《天铎报》。后又与叶楚伧等创办《民国日报》，任编辑。1915年袁世凯窃国后，与顾震生在太仓浮桥创刊《大江报》半月刊，抨击袁氏罪行，遭到北洋军阀爪牙通缉，被迫流亡日本。后回国，先后参加新南社和由南社骨干人员组成的岁寒集。1924年后在上海大学执教。1926年北伐时任国民革命军师部、军部秘书，并任南京国民政府筹备委员会委员，后在南京国民党中央党部任职。30年代初任国民党党史史料编纂委员会编纂。抗战期间隐居乡间。抗战胜利后任南京国史馆编纂。著有《三姝媚》等。夫人许湘(字竞存)，亦为南社社友。

冯　玉(1898—?)　广东香山(今中山)人。女。字孔嘉。南社社友、南社湘集社友。1919年9月1日由张倾城介绍入南社，入社书编号1078。丈夫莫鹤鸣，亦为南社社友、南社湘集社友。

冯自由(1882—1958)　广东南海(今广州)人。名懋龙，字建华，别署自由。南社社友、南社纪念会会员。由社友介绍入南社，未填写入社书，介绍编号50。生于日本，幼年回中国求学。1895年回横滨，后入东京专门学校(即后来的早稻田大学)，并加入兴中会。1899年秋在香港参与创办《中国日报》，次年1月正式出版，同时发行《中国旬报》。1900年11月在东京与郑贯公、冯斯栾等创办《开智录》半月刊，任主编。又与沈翔云等创办《国民报》月刊。1905年8月参与组建中国同盟会，旋携孙中山委任书赴香港组织同盟会香港分会，任书记兼《中国日报》记者。次年《中国日报》改组，任社长兼总编辑，并任同盟会香港分会会长、《大汉日报》主笔。武昌起义后任南京民国临时政府大总统府总务科秘书。1914年7月参与组织中华革命党，任党务部副部长。后赴美洲任中国国民党美洲支部长，刊行《民国》杂志，宣传反袁。1916年11月参加在北京中央公园举行的南社第八次雅集。1917年赴广东参加护法运动，在广州自设民治通讯社，后在上海任新新公司总经理。著有《革命逸史》《中华民国开国前革命史》《华侨革命开国史》等。

冯自由

冯余生(1883—?)　江苏金坛(今常州市金坛区)人。名泰，字余生，号玙声。南社社友。1910年由朱少屏介绍入社，入社书编号70。早年在广东汕头商业学堂任教。后参加左联，曾将鲁迅的《野草》译成英文，译稿后毁于1932年一·二八淞沪战火。夫人吴震中，亦为南社社友。

冯国鑫(1883—1920)　江苏常熟人。字一帆，亦字一范，号灵南。南社社友。1917年9月21日由姚民哀介绍入社，入社书编号959。1901年庠生。后东渡日本留学，入东京法政大学法科，并参加中国同盟会。1909年毕业，归国后授法科举人。后考取内阁中书，入大理院习推事。民国初年任江苏省武进县检察厅厅长，升江苏省高等检察分厅监督官。1913年二次革命时代理江苏都督。二次革命失败后被通缉，北走黑龙江，任将军府秘书。1917年复任职于浙江省第一高等审判庭分厅。1920年卒于任上。著有《宣城秋雨录》《白苹香馆诗抄》等。

冯宝龢(生卒年不详)　江苏武进(今常州)人。字森荪，一字森孙。南社社友。由社友介绍入社，未填写入社书，介绍编号23。1912年毕业于上海南洋中学。30年代曾供职于上海美孚洋行。

冯春航(1888—1941)　江苏吴县(今苏州)人。名旭，艺名小子和，字旭初，号春航，别号晚香庵主。南社社友。1915年5月21日由陈光誉介绍入社，入社书编号522。自幼随父学艺，12岁登台演出，一举成名。1911年上海光复时参加攻打江南制造局的战斗。辛亥革命后一边演戏，一边在育才公学学习英语、钢琴、西洋歌曲，并自学诗词、书法。与柳亚子相识后，加入南社。曾斥资自办“春航义务学校”，自任校长兼教师。所演剧目，多为新编古装戏和时装戏。还尝试改编或直接搬演西洋戏剧。以悲剧《血泪碑》为其代表作，以及《恨海》最为出色，时有“南冯北王(瑶卿)”之称。工青衣，兼习花旦，声音笑貌酷肖名伶常子和，故有“小子和”之称。1918年曾率戏班去福建，后又去青岛胶济铁路局担任小站职员。抗日战争期间返回上海，专事编剧，有《温如玉》《姐妹花》。柳亚子曾收辑社友投赠诗文，编为《春航集》2册。

冯复庵(生卒年不详)　广东惠阳人。南社湘集社友。

“冯党”与“贾党”之争　南社论争。1913年6—8月间，肯定京剧演员冯春航的柳亚子、林百举、陈布雷、俞剑华、姚光、庞树柏、叶楚伧、朱少屏、沈砺等人的所谓“冯党”，与推崇京剧演员贾璧云的姚鹓雏等人的所谓“贾党”之间围绕冯春航、贾璧云评价问题展开的论争。6月19日，《小说时报》为对抗广益书局即将出版柳亚子编《(冯)春航集》而先出版《(贾)璧云集》。8月间出版的《(冯)春航集》中所收裴郎《冯贾优劣谈》一文中说：“璧云靡靡，多亡国之者，又居燕中久，所与狎者，均虏廷亲贵，腥膻之俗习而与化。”“谓贾党为官僚派之代表可也。(冯)春航……十年前……演《玫瑰之花》革命新剧,一时名士,咸目为法国自由女神……(凡推崇冯春航者)……均为十年以来文字鼓吹革命之健者。”该文还认为冯春航、贾璧云评价之争,“实含有南北新旧之关系”,而且,“即民党与官僚派之奋争,共和主义与专制主义之激斗,皆于是观胜败焉可矣”。同年8月,柳亚子编、胡怀琛校订的《(冯)春航集》出版。至此,冯党与贾党之争告一段落。

冯党与贾党 南社掌故。清末民初上海梨园场中,著名的京剧旦角以冯春航、贾璧云两人为最。海上文人捧冯春航者,人目之曰“冯党”,如南社中柳亚子、林一厂、俞剑华等人。而捧贾璧云者,人称之为“贾党”。俞剑华曾评论冯春航之《血泪碑》曰:“春航之《血泪碑》,殆如正则《离骚》、长沙《惜誓》,美人香草,寄托遥深者欤?”

冯淑仪(1894—?) 广东顺德(今佛山市顺德区)人。女。南社社友。1917年5月9日由蔡哲夫介绍入社,入社书编号890。

冯超尘(生卒年不详) 江苏太仓人。名超,字超尘,一字超人,号北海。新南社社员、南社湘集社友。是南社社友冯心侠幼子。

冯斯栾(1883—?) 广东鹤山人。又名贡世,字乐天。南社社友。1917年3月24日由黄青海、蔡哲夫介绍入社,入社书编号845。早年参加兴中会。留学日本东京高等学校时与冯自由等创办《开智录》半月刊,宣传资产阶级自由、平等思想。1901年春与李自重、王宠惠、冯自由等发起成立广东独立协会。数年后毕业回国,改名冯贡世。著有《万国官制志》。

冯智慧(1886—?) 广东番禺(广州)人。字次伟,号春风。南社社友。1916年11月29日由蔡哲夫、胡伯孝介绍入社,入社书编号735。民国初期任职于广东高等师范学校。曾在广东《七十二行商报》主笔政。著有《春风论文集》。

冯　鬘(1906—1971) 广东鹤山人。女。字文凤。南社纪念会会员。幼年居住在香港。13岁能书法,14、15岁即以对客书屏而名噪华南。善绘画,又精雕塑。后从中外美术家游,艺更精进。在香港创办女子书画学校,后迁上海。又曾赴美国考察美术。1931年参加上海《新闻报》组织的全国女子书画作品展览,嗣后寓居沪上。1934年约集女画家多人,在上海创组中国女子书画会。同年4月在上海举行中国女子书画会第一次同人大会,被推举为临时主席,后当选为执行委员。工篆隶,书法遒劲,又善音乐、摄影以及骑马、游泳。

玄玄遗著 诗文集。田桐撰。2册。1937年铅印本。居正题签。1930年田桐逝世后,民国中央议决拨款刊印其著作,由其子田侨编辑出版《玄玄遗著》,收录了田桐的大部分著作。第一册《太平策》是其政论性著作;第二册包含《杂著》《诗存》《联存》《扶桑诗话》《革命闲话》和《祝叶楚伧续弦》,其中《革命闲话》是史料性笔记,记录了田桐所亲历的辛亥革命。

兰闺清课 诗集。胡寄尘编。1卷,1册。上海太平洋报社1912年铅印本。黄宾虹题签。李息霜署端。胡寄尘作序。题词者有高吹万、姚石子、王漱岩、高天梅、顾悼秋、保瑢女士、叶楚伧、余天遂、苏华女士等。录七绝63首。

半月 期刊名。1921年9月在上海创刊。周瘦鹃主编,主要撰稿人陈蝶仙、王钝根、赵苕狂、范烟桥、胡寄尘等。文章以诗词、小说、散文、杂感、随笔为主,间杂往事前尘、闲闻佚事的琐谈。设有6个专号:侦探小说号、秋季小说号、春节号、春季小说号、儿童号、夏季小说号。第一卷第十六期是“儿童特刊号”,有天虚我生、王钝根、沈禹钟等撰写的童年往事文章。其他作品有瘦鹃的《紫罗兰盒》《匣剑帷灯》,包天笑的《再会》,沈禹钟的《花影移杂谈》,朱鸳雏遗著《银箫集》,王西神的《老圃秋容》,吕碧城的《秘密求婚会》,陆澹庵的《烟波》。1925年终刊,共出96期。

半部论语与政治 政治修养著作。赵正平编。不分卷,1册。新中国建设学会1936年铅印本。有《会序》。赵正平作《本书序例》。前有《摘录王船山先生〈宋论〉》。上编为《基本修养》112节,下编为《政治理论》54节。

汉甘林瓦砚题辞 金石、诗合集。李叔同编。2卷。1899年编印出版。清光绪二十五年(1899年)春,李叔同得纪昀旧藏汉甘林瓦砚,遂在《游戏报》上以“醾纨阁主人”名义刊登启事,征求题咏。是年11月,他将征得的33人共39首题咏,与瓦砚拓本及纪昀《砚铭》一起集为《汉甘林瓦砚题辞》,分上、下卷。宋贞为题扉页,署“八红楼主”。内页署“己亥十月,李庐校印”,并署“醾纨阁主李成蹊编辑”。这些题咏作品或品鉴古砚之奇,或叹赏砚主之才,今多不存。

汉译英文法 汉英翻译研究著作。戴克谐编。1册。中华书局1935年初版。初中学生文库之一。含词类和句2章,有大量练习例子。附大写字母的用法、标点符号之用法、语尾、语头、缀字规则和习题。

汉帜 期刊名。1907年1月25日由《洞庭波》改名。主要栏目有论说、译丛、时评、时谐、小说、文苑、来稿、传记等。其创建在萍浏醴起义之后,在第一号就高度评价了萍浏醴起义的性质,提出革命胜利后建国问题,并打出汉族旗号,反清含义更明显。有陈家鼎(铁郎)《论各省宜速响应湘赣革命军》,垒仇《满虏亦欲恢复旧疆也》,屈魂《三合会讨满清檄文》等。出至第二期停刊。

汉魏六朝诗研究 文学史著作。陈家庆著。平装1册。安徽大学出版社1934年12月初版。有作者自序和诗序。作者时任安徽大学教授,讲授中国古典文学。该书分源流、派别、体制、修辞、描写、记事、抒情、乐府、时序、评论、列传11章,对汉魏六朝的诗歌做了翔实全面的介绍,在众多的诗人中遴选49位重点评说。吴梅为该书题写书名,徐英题扉页。

汉魏乐府风笺 诗歌研究。黄节撰。15卷(《补遗》1卷),4册。顺德黄氏1923年铅印本。罗惇曧题签。罗振玉署端。黄节作序。卷一至卷七、卷十四为汉风,卷八至卷十三、卷十五为魏风;《补遗》为汉风。

宁调元(1883—1913) 湖南醴陵人。字仙霞,号太一,又号辟支,别署大一,化名林士逸。南社社友。1911年6月19日由高旭介绍入社,入社书编号158。弱冠之年肄业于醴陵渌江书院。旋入长沙明德中学堂,后与黄兴、陈天华等组织大成会和华兴会。1904年底在醴陵续办渌江中学堂。1905年初被公派留学日本东京弘文学院,加入中国同盟会,与张继、胡汉民、汪兆铭、章炳麟等创办《民报》,担任庶务。1906年在上海参与创设中国公学,旋返醴陵主持渌江中学校务,并与禹之谟等组织湘学会。5月在健行公学与高旭、柳亚子、田桐合编《复报》,抨击清廷。因倡言革命,遭清廷缉捕,潜赴日本。同年10月在东京与陈家鼎、仇式匡、杨守仁、傅熊湘等创刊《洞庭波》杂志(后改名《汉帜》),任主编。1906年冬为策应萍、浏、醴起义而衔命回国,准备重组同盟会湘支部。起义失败后在岳阳被捕,囚禁长沙狱中凡三年。幸赖刘泽湘等具书抗辩请释,得不死。1909年11月保释出狱后,次年3月赴北京,主编《帝国日报》。同年8月在上海张园举行的南社第三次雅集上被推为文选编辑员(人在北京)。1911年武昌起义时被聘为湖南都督谭延闿秘书。1912年初在上海发起成立民社,创刊《民声日报》。1912年8月至广东,任三佛(由三水至佛山)铁路总办,并倡议在广州成立广南社。1913年"宋案"发生后到汉口,与熊樾山等密谋讨伐袁世凯,事泄被捕,同年9月25日被杀害。有《太一遗书》及《宁调元集》存世。

宁调元

宁调元革命纪略 传记。刘谦(约真)著。湖南官纸印刷局1929年代印。作者根据旧闻及目睹,不仅叙写了宁调元的革命经历,也刻画了一个孜孜不倦的学者形象,为研究宁调元及辛亥革命提供重要的文献资料。书中附有宁太一绝笔。

宁调元《南社序》跋 南社文献。傅尃(熊湘)撰。载1916年9月24日《长沙日报》。说明沪江通商大埠自游学盛行以来,过客往来不绝。南社吸引了一批豪杰能文的读书人,社籍益富,而尤以湖南、江苏两省的社员感情尤为密切,自南社成立至今9年,每年南社出版两三本诗文集,都在沪上出版,湖南长沙只于1912年出版一集,1916年夏出版一集。到1916年,湖南籍社员已达数十人。表示重检长沙壬子年一集时的激动感情。

宁调元集 诗文集。宁调元著。杨天石、曾景忠编。1册。湖南人民出版社2008年出版。宁调元一生写有大量诗文作品,1913年就义后,傅尃、刘谦收集宁调元的作品,经柳亚子编辑整理为《太一遗书》,于1915年、1916年相继刊行,后经杨天石、曾景忠编辑,又增加收入清末民初宁调元在报刊上发表的作品,辑录大量佚文,并附录宁调元的生平资料、在武汉被捕的案卷,编成此集。

讨袁贼檄 南社文献。王德钟撰。载《南社丛刻》第二十集。声讨袁世凯"有心媚外,甘弃国权"的卖国本质,揭露袁世凯私借外债、贿赂记者、违背《约法》、蹂躏民权、动杀多士、黜陟议员、遍布私党、增赋加税、组织筹安会、恢复帝制等罪行,号召全国各界奋起反对袁世凯,创造共和社会。

让婿记 哀情小说。徐枕亚著,许廑父评校。1册。上海清华书局1929年版。叙述梨云因家贫被卖于沈府为婢,沈府女儿蕙春见梨云俏丽端庄、敏慧静穆,甚是欢喜,便乞夫人见赐。沈府有公子剑华与夫人内侄戛夫,剑华风流蕴藉,戛夫英爽磊落。梨云与戛夫一见钟情,而蕙春爱戛夫,剑华爱梨云,由此引发了一场情场风波。剑华具慧心而斩情魔,蕙春却嫉妒不已,她设计让梨云隐遁。戛夫为之大病一场,并由此消极沉沦。蕙春悔恨无比,心忧成疾,病入膏肓之际,乞求找回梨云与戛夫,求得他们的原谅并竭力促成他们的婚姻。书中每一章都有许廑父的点评,深细而富有卓见。

礼拜六 期刊名。1914 年 6 月 6 日创刊于上海。该刊编辑人为钝根和剑秋,由上海中华图书馆印刷发行。王钝根在《〈礼拜六〉出版赘言》的"一编在手,万虑都忘,劳瘁一周,安闲此日,不亦快哉",集中体现编者们以游戏、消遣为目的的办刊宗旨和文学思想。前后发表的作品周瘦鹃译的《鬼新娘》,姜杏痴的《剑胆箫心》,天虚我生译的《孽海疑云》,王钝根的《拈花微笑录》,沈禹钟的《绵蛮录》,朱鸳雏的《樱唇语堕》,许指严的《强盗式的绅士》,吕碧城的《美洲通讯》,天虚我生的《笑啼难》,还有周瘦鹃的《淞园吊影图》和天虚我生的《留园觅咏图》。1916 年 4 月 29 日出第一百期后暂停出版。1921 年 3 月 19 日复刊。1923 年 2 月又出版百期后彻底停刊。

训诂学讲义 训诂学著作。黄侃撰。不分卷,1 册。油印本。全书由"训诂述略"与"十种小学根抵书"两部分所组成。前者属于学科理论部分,引入了现代分类思想和方法论思想,并相应列举训诂方法,有义训(含互训与义界)和声训两类。后者则属于学科文献部分,包含周代训诂学释例、汉宋训诂学释例、训诂书释例(上、下)等篇。

议论文作法范例 写作研究。胡怀琛著。1 册。上海大华书局、世界书局 1933 年初版。有编辑大意。含绪言、何谓议论文、充足的理由与强词夺理、议论文的作者与读者、自己发表意见的作法、和人家讨论的作法(上、下)和关于议论文用字造句的几个要点等 8 章。

永昌府文征 通代艺文汇编。李根源编。136 卷,26 册。苏州腾冲李氏 1941 年铅印本。列入"曲石丛书"之一。于右任题签。周钟岳署端。卷首 1 册,李根源、周钟岳、秦光玉、杨金铠、姚安、王灿、郑永清分别作序。李根源作跋。《诗录》60 卷 10 册,《文录》30 卷 6 册,《纪载》40 卷 8 册,《列传》4 卷 1 册。

永嘉金石百咏、永嘉三百咏、和永嘉百咏(合集) 金石吟咏汇编。丁立诚、丁立中撰。合 1 册。丁氏嘉惠堂 1920 年铅印本。《永嘉金石百咏》一卷,丁立诚撰,高时顾署端,朱寿保作序。《永嘉三百咏》三卷,丁立诚撰,郑一夔作序。《和永嘉百咏》一卷,丁立中撰。

民元前的鲁迅先生 南社掌故。篇名。1911 年 4 月由许广平撰文。该文记述:1910 年,鲁迅担任绍兴中学堂的教员兼监学。胡愈之、孙伏园、宋紫佩等先生都是该校的俊秀超卓者,而又是社会上知名人士。内中宋先生,比较沉着。他本来在求学时最先也是反对先生者之一,大约因为做监学的严峻,引起一部分人的不满吧。不知这么一来,到后来倒是先生最知己的亲切朋友,而且加入南社也是宋先生介绍的。不过对于南社的作风,先生似乎不赞同,所以始终是一个挂名的社员,没有什么表现,甚至许多社友也不知道他是同志之一。

民主报 报纸名。1912 年 8 月 1 日在北京出版。由《东亚日报》改成,总理仇亮,总编辑景耀月,撰稿人有陈范、阳兆鲲、张继、汪精卫、雷铁厓、周咏康等人。《民国春秋》栏发表太一、张芍岩、周咏康等人的诗,高旭、柳亚子亦在副刊发表诗文。又有景耀月《大招阁诗话》。本年 10 月停刊。

《民立》三妙 南社掌故。于右任 1907—1910 年在上海先后创办《神州日报》《民呼日报》《民吁日报》《民立报》。其中《民立报》的附刊《杂录部》登载有小说、游记、丛话、文苑、世界丛谈、东西南北等,其中南社谈善吾的寓言小说《逐日演义》、叶楚伧的散文、徐血儿的政论文章读者最多,被称为"民立三妙"。

民立报 报纸名。创刊于 1910 年 10 月 11 日。于右任为社长,参与编辑的有王无生、范鸿仙、景耀月、徐血儿、谈善吾、杨千里、邵力子、陆秋心、朱宗良等。以"提倡国民的独立精神""唤起国民责任心,造成国民的正当言论"为宗旨。宋教仁从日本归来后,即行加入,以"渔父"笔名发表大量文章。叶楚伧在《太平洋报》停刊后也加入其中。陈其美任该报外勤记者。主要栏目有社论、新闻、译电、杂志、文苑等,第八版为副刊版,发表过叶楚伧、邵力子、宋教仁、景耀月、高天梅、陈去病、柳亚子等文艺作品。连载陆秋心《葡萄劫》达三年,写外国革命党人斗争事迹。又有《天声人语》《东南西北》等小栏目。武昌起义爆发时,曾最早发表消息，在上海引起巨大轰动。为辛亥革命前著名的革命派报纸，“竖三民”之一，是辛亥革命前南社人士发表文章的重要阵地。1913年9月4日被查封。

民立报出版日少屏索祝爰赋四章(选一)　诗篇名。七律。周实作于1910年。赞颂朱少屏出版《民立报》像站在昆仑山顶上大声疾呼，力挽狂澜，期望《民立报》唤醒广大人民，不要依草附木，坚持独立政治立场。诗情激越，诗句雄健通畅，意象新鲜活泼。

民立报岁除前一日作　诗篇名。七律。周实作于1910年2月8日。作者在除夕前一天抒发革命豪情，推重游侠精神，表示在无限国仇面前应一起磨砺刀剑，人人掌握天道，就像运用武器一样。在夜雨潇潇的冬日，连睡梦中也怀着雄健的精神推翻清廷统治。诗情豪迈，语言晓畅。

民权报　报纸名。1912年3月1日在上海创刊。戴季陶、周浩等主持编务。周浩曾在报端发表宣言说：“头可断，志不可屈。”可见其强硬态度。有社论、新闻、专电等栏目。撰稿人有牛柽、蒋箸超、汪子实、何海鸣、徐天啸等。以《胆大妄为之袁世凯》《讨袁世凯》为栏目，公开向袁贼宣战，发表文章几十篇。“宋案”发生后，更配发大量揭露袁贼的秘密文件，深受读者欢迎。以敢说而成为“横三民”之首。蒋箸超主编副刊，多刊载小说，徐枕亚的《玉梨魂》、吴双热《孽冤镜》、李定夷的《霣玉怨》等都是从此报首先刊出，对当时影响颇大。1914年4月被迫停刊。以后转发行《民权素》杂志，共17集。

民权素　期刊名。1914年4月25日创刊于上海。刘铁冷、蒋箸超先后任主编，由民权出版部发行。蒋箸超、陆秋心、苏曼殊、徐枕亚等为其撰稿。该刊由《民权报》副刊演化而来，设有名著、艺林、游记、诗话、说海、谈丛、谐薮、瀛闻、剧评、碎玉等栏目。该刊的特点文言多于语体，创作多于翻译。主要小说如蒋箸超的《白骨散》、秋心的《梅仙外传》、张冥飞的《襟上酒痕》、徐枕亚的《三云碑》、刘铁冷的《嫠妇血》、周瘦鹃的《万里飞鸿记》等，笔记如李怀霜的《装愁庵随笔》、冥飞的《无所不谈》、苏曼殊的《燕子龛随笔》、汪洋的《影生杂记》、戴天仇的《天仇丛话》，还有钝剑的《愿无尽庐诗话》、庄恫百的《庄庄诗话》、苏曼殊的《燕子龛诗话》、陈匪石的《旧时月色斋词谭》等。1916年4月15日终刊，共出17集。

民权素序　南社文献。蒋箸超撰。1914年4月25日，《民权报》被袁世凯下令封禁后，设立民权出版部，出版《民权素》月刊。该序指出辛亥革命后，袁世凯政府更加忌讳民间，民权运命遭到中斩，南社社员等进步人士希望“有所表记”，于是遵照文士之请，择其重要者，陆续编成书，这就是《民权素》的由来。指出《民权素》虽篇幅不多，但“不乏苦心孤诣惨淡经营之作”，抨击袁世凯政府“血舌箝于市，谠言粪于野”，于是可歌可泣之文学湮没而不彰，而雕虫小技的文字，反而能与天下人相见，嗟叹世道人心式微。

民权素粹编(第一卷)　杂集。蒋箸超主编。上海民权出版部1914年出版。《民权素》是诞生于民国初年的一本以骈文创作为主的文学杂志。其宗旨既是严肃的，又带有休闲消遣的成分。该书是从《民权素》杂志中精选作品的汇编，共3集：第一集为古文类，包括古文55种、骈文38种。第二集为诗词类，包括古风73首、绝句90首、律诗98首、诗余(词)88首。第三集为笔记类，收录游记18篇。该杂志的诗文作者多为当时的著名文人，其中不乏南社社员。

民吁日报　报纸名。1909年10月3日创刊于上海。总编辑景耀月，于右任、范鸿仙为社长。王无生、杨千里等人参与编辑。报纸由《民呼日报》被剜去双眼，而成民吁之形得名。以“振发国民精神”“痛陈民生痛苦”等为宗旨。创刊之初，值日本首相伊藤博文在哈尔滨被朝鲜爱国志士安重根刺杀，报纸发表大量时评和诗文，引起日本驻沪领事不满，要求上海和租界查封报纸。南社成立时的主要文件《南社启》《南社例十八条》《南社诗文词选叙》《南社雅集小启》即刊于此报。为辛亥革命前著名的革命派报纸，“竖三民”之一。1909年11月29日停刊。

民声日报　报纸名。1912年2月20日在上海创刊。由民社名义创办，主持人为黎元洪，实际主编为宁调元。宁调元撰《发刊词》，后来该刊转向。宁调元退出，由黄季刚主持，编辑人员有杨性恂、汪兰皋等。柳亚子主编副刊时，设《上天下地》栏，发表过柳亚子《新刊介绍》等文章多篇，后来柳亚子退出。4月30日停刊。

民声丛报　期刊名。1910年5月23日创刊于上海。主编陈匡、陈其美，参加撰稿的有高旭、雷昭性、林白水、于右任、景耀月等人。以“发扬民气之先声、起祖国之魂”为宗旨，号召人们以革命的手段来实现立宪。内容分政论、时评、译述、纪录、诗歌、小说等栏目。作品有钝剑《诗中八贤》、剥果《半哭半笑楼》、帝召《爱之歌》、季刚《落花》等。该报出2期后停刊。

民报　期刊名。1905年11月26日创刊于日本东京。由《二十世纪之支那》改刊而成，张继、汪精卫等先后主编。为中国同盟会机关报。该刊的宗旨在于批判封建主义和改良主义，鼓吹民族、民主革命。孙中山在为该刊撰写的《发刊词》中提出了资产阶级民族、民主革命的三民主义纲领。汪东、汪精卫、宋教仁、黄侃、陈去病、苏曼殊、马君武、柳亚子、冯自由等南社社员为其主要撰稿人。刊载的文艺作品有苏曼殊译的印度小说《娑罗海滨遁迹记》，汪精卫《驳新民丛报最近之非革命论》，汪东《论支那立宪必先以革命》，冯自由《民生主义与中国政治革命之前途》，陈去病《明清最初之交涉》。同时，该刊与《新民丛报》就革命与立宪的问题曾展开激烈争论。出版第二十四号后被日本政府查封，后在日本秘密继出第二十五、二十六号后停刊。连同增刊《天讨》一号，共出版过27号。

民国十周纪事本末　大事记。许指严编，姜抱慷校。10卷，2册。上海交通图书馆1922年初版。谭延闿题签。有孙中山、袁世凯、黎元洪、冯国璋、徐世昌、伍廷芳、张作霖、吴佩孚、曹锟、阎锡山、姜桂题、张勋、梁士诒、靳云鹏、叶恭绰、章行严、王占元、鲍贵卿、孟恩远、孙烈臣等像片近百幅。寿孝天作序，许指严作自叙和编例，分别记叙1912—1921年的大事189起。

民国五年元旦作　诗篇名。七律。丘复作。这首诗系作者为1916年新年述怀之作。1915年12月12日袁世凯宣誓即帝位，至天坛行祭天大礼。1916年元旦改元"洪宪"。作者在诗末附记道："此诗作于帝制极盛洪宪改元之时"，"当时之意，以谓将与民国永别矣。"开篇表述民国居然有五年出乎意料，目睹各地讨袁气势，深感民国可以永续。抒写自己的许多理想都已落实，抨击袁世凯复辟帝制。希望祖国大地不要再起烽烟，自己不再关心世事，干脆超然隐世了。表示自己比孔子高足颜回还要贫寒，箪食屡空，从无田产，也就只能独善其身了。语言浅显，用典自然，风格清新，诗味清新、浓郁。

民国日报　报纸名。1916年1月22日在上海创刊。为中华革命党机关报。以"拥护共和，保障民权，发展民生，阐明真理"为宗旨。由陈其美、于右任主持，叶楚伧、邵力子等主编，编辑还有陆咏黄、朱宗良、朱凤蔚、姚鹓雏等人。极力反对袁世凯专制统治。袁贼垮台以后，该报继续抨击北洋政府，不遗余力。其副刊多发表南社人士的诗文，是继《太平洋报》之后最为集中的南社阵地。其副刊初称《艺文部》，1917年9月1日分开为《民国艺文》《民国闲话》栏。前者主要刊登小说、诗词、笔记等，后者刊出社会新闻等。两副刊都为南社人士发表文章的阵地，如叶楚伧的小说《如此京华》、姚鹓雏也发表过小说《衣冠禽兽》。1923年5月9日出版《国学》专刊，由胡朴安主编，多发表国学方面的研究论文，也发表一些南社人士的诗文。1917年6月发生柳亚子与朱鸳雏关于同光体评价的笔战，发表南社人士等大多数人拥护和支持柳亚子的声明。1919年6月16日发刊《觉悟》，邵力子主编，成为新文化运动时期著名的四大副刊之一。1924年2月，中国国民党第一次全国代表大会以后，成为国民党的机关报。1925年为西山会议派把持，态度转右。1932年停刊，改出《民报》。1938年上海沦陷停刊。1945年10月6日抗日战争胜利后重新出版，由胡朴安主持编辑。1946年出版副刊《艺林》，胡朴安诗文最多。1947年停刊。

民国史料丛刊·政治、政权机构　民国公文作法。朱剑芒著，张研、孙燕京编。2册。大象出版社2009年初版影印本。收朱剑芒编辑的国民政府公文程序大观。含公文要诀、政界文件范式、党部文件范式、军界文件范式、各公团文件范式和杂项文件范式6编。

民国笔记概观　随笔集。郑逸梅著。1册。上海书店1991年初版。承名世题签。有郑逸梅手迹。郑逸梅作前言。含李怀霜的装愁庵随笔、汪旭初的寄庵随笔和叶楚伧的几种札记等48篇。

民国第一次修泗阳县志　方志。25卷，首1卷，12册。李佩恩修，张相文纂。1926年出版。陈陶遗、张伯英、李佩恩、郝金章、张相文、王聿望分别作序。督修为历任江苏省长韩国钧、陈陶遗，淮扬道尹胡翔林、于书云。监修为李佩恩、郝金章。

民国新闻　报纸名。1912年7月25日在上海创刊。由吕志伊、邵元冲等主持编辑，汪精卫、邵元冲、林庚白、陈毓川参与编辑。以"巩固共和政体"为宗旨，反对袁世凯专制统治，为"横三民"之一。社评栏发表林庚白文章八、九篇，如《拟收复北京露布》等，其副刊多发表南社人士吴梅、道非诗文。吴梅《奢摩他室曲旨》、张昭汉译小说《瞳影录》等，吴梅的《镜因记传奇》即刊此，另刊有姜可生小说《杏花泪》。时评《民国春秋》《世界潮音》栏，发表姜可生的短评五六十篇。1913 年 7 月停刊。

民呼日报 报纸名。1909 年 5 月 15 日在上海创刊。于右任任社长，范鸿仙、戴天仇、景耀月为主笔。以“实行大声疾呼，为民请命”为宗旨，除通讯、广告外，分言论、纪事、丛录、社说、专论、艺苑等专栏。无副刊。但报末多发表诗文，以王无生最多，有《无生诗话》《惨离别楼词话》等，撰稿人有高旭、柳亚子等人。为辛亥革命前著名的革命派报纸，“竖三民”之一。1909 年 8 月 14 日被停刊，共发行 92 期。

民信日报 报纸名。1915 年 12 月 15 日创刊于上海。《发刊词》称：“借耶苏复活之节，卜共和复活之兆。”主要撰稿人有陈去病、柳亚子、叶楚伧、邵力子、杨铨、胡怀琛等人。1916 年 7 月停刊。

民哀说集 小说集。姚民哀著。1 册。上海国华书局 1921 年初版。有于秋墨、李定夷、吴双热、吴绮缘、周瘦鹃、周剑云、胡朴庵、徐枕亚、俞天愤、张丹斧、郑正秋、郑鹧鸪、严独鹤、严谔声等人的序，柳亚子、叶楚伧、王大觉、傅屯艮、姚鹓雏、宋痴萍、周芷畦、范烟桥等人的题词。上编收小说 14 篇，中编收小说 4 篇，下编收小说 1 篇。杨尘因、唐忍庵和张心芜分别题跋。

弘一大师文钞 诗文集。弘一法师著，李芳远编选。上海北风书屋 1946 年印行。叶恭绰题写书名。卷首有弘一法师书法、金石、乐谱手稿等作品图片，以及李芳远叙述编印缘由、选文概况，和 6 篇序文(分别为丁福保、柳亚子、蒋维乔、陆丹林、蔡丏因、朱剑芒撰)、3 首《弘一大师文钞题诗》(分别由费慧茂、太虚法师、李芳远作)。全书共分为诗、词、歌曲、碑铭、赞颂、记文、序跋、疏启、论述、传记、琐墨集锦 11 类。其中诗词歌曲多为弘一法师在俗时所作，赞颂碑铭则多为出家后所作，而所收数量最多的当为序跋。这是较早、较全面的弘一法师文字作品编选本。

弘一大师书信手稿选集 尺牍书法。弘一大师撰书，刘雪阳、丰一吟编。影印本，上海书画出版社 1990 年出版。赵朴初署端。本书据刘雪阳、丰一吟藏弘一大师(1880—1942)书信手稿影印。录弘一大师从留学日本到圆寂为止卅余年间致杨白民、夏丏尊、刘质平、丰子恺、李圆净等的书信手稿计 201 件。刘雪阳、丰一吟合作编后记。

弘一大师写经集 佛经书法集。4 册。释弘一书。影印本，北京华夏出版社 1993 年第一版。第一册为《金刚般若波罗蜜经》，赵朴初作跋；第二册为《药师本愿功德经》，沙门一音作序，沙门月音、叶恭绰、夏丏尊、赵朴初分别作跋；第三册为《阿弥陀经普门品般若心经》，赵朴初作跋；第四册为《华严集联三百》，赵朴初作跋。

弘一大师李叔同讲演集 佛教文集。李叔同著，秦启明编。1 册。中国广播电视出版社 1993 年第一版。秦启明作前言。含普劝发心印造经像文、初发心者在家律要和劝人听钟念佛文等 52 篇。附夏丏尊《晚晴老人讲演集题记》、蔡丏因《养正院亲闻记叙》、李叔同《养正院亲闻记后跋》《弘一大师讲演续录后记》。秦启明作李叔同生平活动系年和李叔同著述系年。

弘一大师罗汉长卷 佛教人物画集。李叔同著。1 册。杭州西泠印社出版社 2005 年第一版。长卷为弘一大师 1933 年在浙江慈溪伏龙寺所画百位罗汉图。后有弘一大师手书佛说五大施经。张人希题“先师弘公罗汉真迹”。陈星作弘一大师罗汉长卷出版说明。

弘一大师遗墨 书画集。李叔同著，夏宗禹编。1 册。华夏出版社 1987 年第一版。赵朴初题签，丰子恺题端。徐悲鸿、范曾、丰子恺分别所作弘一大师造像。有叶圣陶弘一法师的书法，赵朴初翰墨因缘。含弘一大师遗墨选、李息翁临古书法和李叔同诗词、美术、戏剧、音乐、金石剪集。附林子青、叶圣陶、刘质平、夏丏尊、丰子恺、欧阳予倩、黄炎培、内山完造、广洽等纪念文章 19 篇。夏宗禹作编后记。

弘一法师书僧伽六度经 一名《僧伽和尚欲入涅槃说六度经》。佛经书法。释僧伽撰、释弘一书。1 卷，1 册。1935 年影印本。朱庆澜题签。内有叶恭绰题“僧伽六度经，民国乙亥春，从子公超自英伦博物馆摄影，弘一律学大师依以写布”。

弘一法师在俗时遗著·前尘影事集 文集。李叔同著，丰子恺编。1 册。上海康乐书店 1949 年初版。有丰子恺绘弘一法师造像。丰子恺、张心逸分别作序。有弘一法师二十一岁造像、弘一法师在俗时所作油绘、歌曲春游、临天发神谶碑、自书小词喝火令，弘一法师生西时之绝笔悲欣交集和弘一法师与夏居士诀别书。含诗集11首、词集7首和歌集13首(均为手稿影印)。附释广义等弘一律师略史及弘法记。

弘一法师——李叔同 诗文集。闻逸书卷编著。1册。四川文艺出版社2007年第一版。有弘一法师像、遗墨等插图3帧。有夏丏尊代序《弘一法师之出家》、丰子恺代序《我与弘一法师》、丰子恺代序《为青年说弘一法师》和叶圣陶、弘一法师的书法。含演讲29篇、诗词歌9首和书法24幅。附夏丏尊《怀晚晴老人》《弘一大师的遗书》、丰子恺《缘和法味》及龚明德《弘一法师佛事纪要》。

弘一格言录 佛经书法集。李叔同著,柯文辉编。1册。北京线装书局2003年第一版。有初版前言。收录大师出家后的作品65篇。部分抄自大师最钦佩的明代高僧澫益《灵峰宗论》中的《警训寒笳集》,部分抄自大师终身研读的格言联璧,部分为大师自撰。

辽社 社团名。南社分支机构。1911年春,由南社成员陶小柳发起成立,以在辽宁的报人为主。曾刊行《辽社》一期。该社没有传统的命题分韵社集,唱和寄赠自由。社刊《辽社》内容有发刊词、骈散文、古近体诗、诗余、小说、笔记、杂俎等。《发刊词》提出:"以我骚人,尽成志士,加以冤禽衔石,蹈沧海而不归;征雁传笺,阻重关而望远""拣恒河之沙,碎金可拾;吹山阳之笛,旧雨堪联。追复社之后尘,修兰亭之禊事。"表示同人吟诗作文抒写"去国之思",寄托"忧时之恨"。同年冬,该社停止活动。

辽社发刊词 南社文献。陶牧撰。当时未发表。指出19世纪中叶以后,"家习行之学""人尚萧空之谈",中国传统文化丧失已久;指出成立辽社目的是"追复社之后社,修兰亭之禊事",有助于发展中国文化,"词人有鉴于此,集辽社于沈阳旅次"。

辽金元文学史 文学史著作。吴梅著。1册。商务印书馆1934年初版。介绍辽朝的文家和诗家以及金和元朝的文家、诗家、词家和曲家。

加里波的·少年丛书第六编 人物传记。林万里著。商务印书馆清光绪三十四年(1908年)发行。加里波的今译加里波第,是意大利著名爱国志士及军人,号称"现代游击战之父"。他一生致力于意大利统一运动,领导许多军事战役,在南美洲、欧洲军事冒险的履历,让他赢得了"两个世界的英雄"美称。林万里是把加里波第作为率领意大利人民独立的民族英雄进行刻画的,详述其生平,且多有联系中国自身情况的评论。意在以加里波第之伟业激发国人,争取民族独立与国家统一,显示了作者保国保种的决心。

边疆述闻 边疆见闻。许公武编。1册。重庆正中书局1943年初版,列入"中国边疆学会丛书"第一辑。吴忠信作序。含吉林、黑龙江、宁古塔、新疆和西藏等篇。

台湾视察报告书 地理志。汪洋著。1卷。中华书局1917年6月初版,1928年9月再版。该书缘于1916年5月,作者奉福建巡按使委任,赴台湾参加"劝业共进会"开会,从而对当时台湾的政治、风俗和拓殖程序进行了详细的考察。具体内容既包括台湾地区的土地、森林、气候等自然状况,亦包括其行政管理、人口、经济、宗教、卫生等人文状况。政治与行政管理方面,有对行政区划、司法、警察与监狱系统,以及教育、信仰和少数民族的管理的介绍。经济方面,有对于农、畜、水产业,工矿业,金融、贸易情况,以及政府财政和专卖制度的介绍。交通通信和市政建设方面,有对于铁路、道路、邮政、电报、电话、港口建设,以及市政改造的介绍。附录部分为《日本领台后台湾重要史表》《中日度量衡对照表》和《台湾日记》。注重对各种统计数据的搜集,配有60余张统计表格及30余幅图片资料,图文并茂。

台游追记 游记。江亢虎著。中华书局1935年出版。1934年,江亢虎由福建抵基隆,9月9日自台北经基隆回。书中诸文章先经《上海晨报》单篇发表,后按照入台游览的时间顺序重新编排,刊印成书。该游记为追忆,并非每日浏览的流水账,而是略有总结之意,如《台北税驾》《会馆组织》《高等学校》等,不仅有实景描述,也兼有评论,较为真实地反映了20世纪30年代的台湾在经历荷兰殖民、清政府经营和日本占领之后的状况。

六　　画

匡怀瑾(生卒年不详)　湖南醴陵人。字槐静。南社湘集社友。1935年10月至1937年4月先后参加在长沙举行的南社湘集第十二、十三、十四、十五次雅集。

匡社　社团名。1908年2月，浙江绍兴府中学堂学生宋紫佩(宋琳)与该校教师陈去病发起组织。蓄志排满，匡复中华。该社社员有陈去病、马可兴、王文灏等人。当年暑假，绍兴府中学堂国文教员陈去病去杭州筹备秋瑾烈士殉难一周年的活动，匡社社务停顿。1910年夏，宋紫佩从浙江两级师范学校毕业回绍兴山会师范学堂任教。当年年底，为配合反清革命形势，宋紫佩以原匡社社员为基本力量，在绍兴各校掀起剪辫风潮。

匡　弼(生卒年不详)　湖南醴陵人。字尧臣。南社湘集社友。

邢启周(1888—?)　浙江嵊县(今嵊州市)人。字知鼾，号志汉。南社社友。1912年5月7日由高旭、陈去病介绍入社，入社书编号267。民国初年任职于浙江澄潭镇警察分署。

邢钟翰(1890—?)　浙江嵊县(今嵊州市)人。原名朗，字诵华。南社社友。1912年6月8日由陈去病、高旭、柳亚子、邹铨介绍入社，入社书编号283。

考古学通论　考古学译著。日本滨田耕作著，俞剑华译。商务印书馆1931年初版。本书系统地介绍了考古学的基础理论和知识，较全面地阐述了考古发掘、考古文物的分类和鉴定、考古工作应该运用的科技手段、考古文物和遗迹的年代确定、考古资料的分析和研究、考古文物的修复和保存，以及建立考古博物馆等内容。还介绍了德国考古学家温克尔曼(Johann Johachim Winckelmann)等人的考古学理论。全书列举的有关考古学遗迹和实物的来源广泛，不仅包括欧洲、非洲，还有不少中国许多地区和亚洲其他一些国家的有关资料。书前有考古文物和遗迹的图录约30幅，以及温克尔曼等3位考古学家的肖像。尤其是该书提出了考古发掘和研究的资料应该与传世的文献资料进行综合研究的理论，对考古学学科本身的研究以及历史学和人类学等学科的研究，都有重要的学术价值和理论指导意义。

托尔斯泰与佛经　比较文学论著。胡寄尘编。世界佛教居士林1923年出版。全书共分6章。通过对托尔斯泰儿童文学中的一部分寓言和思想与佛经故事进行对比，认为托尔斯泰看过佛经，并吸取了佛经的思想，其思想的一部分受到了佛学的影响。作者编写此书时曾认为托尔斯泰抄袭佛经，待到该书印成，据耿济之先生来信说，托尔斯泰的俄文原本这几个寓言注明取材于佛经，只是译本上不曾注明。因此作者在跋里重申了本书的宗旨，即“研究托氏学说，多少总受了佛学的影响”。全书观点明确，文字简洁，通俗易懂。

老上海三十年见闻录　地方史。陈无我(辅相)编著。1册。上海书店出版社1997年1版，列入民国史料笔记丛刊。周瘦鹃作序。含淞滨掌故、瀛海爪泥、绮窗宵谈、歌场忆语、情澜蠡勺、墨妙豹窥、粉墨春秋、园林风月、竹枝妙咏、花冢仁声、燕语莺声、瑰意琦行、平康本纪、耆旧遗风、奇案捃奇、趣谭撷取、乩仙灵判、幽怪闲谭、艳榜三科、春灯八角、笑林新雅等篇。

老子与庄子 老庄研究著作。陈柱著。1册。上海商务印书馆1931年初版,列入"万有文库"第一集与"百科小丛书"。分老子平传和庄子平传两篇。"老子平传"含老子传略、老子之学说和老学之变迁等章;"庄子平传"含庄子传略、庄子书之内容、庄子之学说和庄子之文学等章。

老子韩氏说 哲学论著。陈柱编。全1册。商务印书馆1939年出版发行。编者自叙:道家之有老子,犹儒家之有孔子,老子之后,有庄、韩,犹孔子之后有孟、荀。世人皆知韩非之为法家,而不知韩非之学本于道家与儒家。老子注解之最古者如汉书所载傅氏、徐氏经说等均已失传,而今传世之河上公本则是伪书。故编者认为,传老子之学者莫善于庄周,而注释老子的最古者,莫善于韩非的《解老》《喻老》两篇,本书的宗旨就是介绍韩非对老子的解读。该书收《老子》原文,在每一章之后,特地采用韩非"解老""喻老"的观点来解说各章的内容,与老子之言互相阐发,互相反证。并再以编者的语言作进一步详细的解析,此书对于解读《老子》,研究老子和韩非子思想及两者的关系,以及了解古代思想史,学术流派的演变史都具有重要的价值。

老子集训 老子研究著作。陈柱编。1册。上海商务印书馆1928年初版。陈柱自署。有陈柱自序和凡例。含史记老子例传和老子集训上下篇81章。

老学八篇 哲学论著。陈柱著。全1册。商务印书馆1927年出版发行。"国学小丛书"之一种。陈柱在序言中自叙:他于1926年秋为诸生讲解老子,曾编有《老子集训》一书,其中略采用诸家之说,参以己见,欲使学者粗明训诂,稍通大意,遂著此《老学八篇》,作进一步的阐述。共分8个篇章:一、老子之大略(讲述了老子的大致情况,包括生平和他的思想学说);二、老子之别传(讲述了有关老子的轶闻轶事);三、老子之文学(是对老子的《道德经》的文学意义的探讨);四、老子之学说(讲解了老子的道家学说中的主要思想);五、庄子之老学(讲述了庄子对老子思想的解释);六、韩非子之老学(介绍了韩非子对老子思想的阐发);七、庄、韩两家老学之比较(以作者的观点将庄子、韩非子的老学进行比较);八、新定老子章句(是作者对老子《道德经》中章句的新的解读)。作者认为,此《老学八篇》可与《老子集训》相辅相证,成一经一纬之功。

扩大会议 资料汇编。邹鲁撰文。非正式出版单行本。1930年中原大战期间,阎锡山、冯玉祥联合改组派汪精卫、陈公博和西山会议派邹鲁、谢持于1930年6月13日在北平召开"中国国民党中央党部扩大会议"(简称"扩大会议"),邹鲁发表了这篇《扩大会议》(1931年12月18日完稿),目的是阐述扩大会议的意义及目的。全文分为:一、扩大会议成立之意义。二、扩大会议之基础条件。三、扩大会议之工作,包括:1. 党务工作——(甲)登记审查;(乙)三全大会等。2. 政治工作——(甲)剿共;(乙)国民会议;(丙)约法等。四、扩大会议目前之态度。该书保存了"扩大会议"相关的详细的方案、条款等文献资料,并贯穿着邹鲁关于会议主旨的总结,具有一定的史料价值和历史价值。

地文学 地理学教材。张相文撰。中国地学会光绪三十四年(1908年)初版,宣统元年(1909年)再版,1913年修正第三版。1913年10月19日由教育部审定为教材,供中学堂、师范学堂及程度相等各学堂用作教科书。全书分星界、陆界、水界、气界和生物界5编。分别介绍星云、太阳系和地球的形成、形状、运动以及地磁力、地质年代、土壤、地貌、山岳、空气,介绍火山、地震、水力、雷电等形成的原因以及大气、气候和天气的预测。介绍地球上生物的分布、变迁以及人类的进化和人种之分布,并有包括世界雨量配布图、七月等压线、动植物化石和气流循环图等大小插图七十余幅。全书内容丰富,图文并茂。尤其是早在清末时期就提出人类进化的观念和论述,对传播科学和进步,推动科技知识的普及,具有非常积极的意义。本书对世界人种的分类,主要根据人们的头发分为直发种、卷发种和绒发种3种,为人类学研究史提供有用的历史资料。

地心旅行 一名《地球隧》。科学小说。1册。周桂笙译。上海广智书局光绪三十二年(1906年)初版。共6章。讲叙英国人濮龄锡,年少笃学,热爱科学,并赋有冒险探求精神。他的老师哈馥卿是一名著名的学者,发现地球由北极到南极有隧道可通,即所谓地心,拟与濮沿此隧道作一次探险活动。哈的女儿宝林与濮相爱,遂决定三人同游。哈制成一鸟笼式升降机,三人共入其中,由南极隧道而入。然而将至北极时，吸力剧增，无奈之下老师牺牲自己以减轻重量，使得濮与女儿得以出隧道而重见天日。

地藏菩萨圣德大观 佛学著作。释弘一撰。上海佛学书局1933年4月出版。此书卷首有卢世侯居士割指滴血所绘地藏菩萨圣像写影。全书分为《译名辨异》、《十轮经》大旨、《占察经》大旨、《本愿经》大旨、《法身赞及仪轨》大旨、《他经流传》、《诸家章疏》、《诸家忏仪》、《诸家赞述》、《问答遣疑》10章。弘一法师在《地藏菩萨圣德大观序》中论述编撰缘起。

耳顺集 诗词集。天虚我生（陈蝶仙）著。1册。此集是陈栩园60岁前的诗词曲结集。约成于1938年。其中《丁戊余生草》录1927—1938年的作品，描写谈禅说理的湖上生活。此集后有补遗，收古体长诗《飞行篇》《再飞行篇》《分明篇》等。《耳顺集》描述抗战中的颠沛生活，悲愤激昂。

共产党宣言 译著。马克思、恩格斯著，陈望道译。上海社会主义研究社1920年8月出版。《共产党宣言》1848年2月在英国伦敦以德文首次发表，它是国际共产主义运动的第一个纲领性文件。陈望道在参考资料极少的情况下，依据日文本并参考英文本进行工作，"费了平时译书五倍的功夫，才把全文译了出来"。作为《共产党宣言》的第一个中文全译本，成为国民党统治时期在国内流传最广、影响最大的一部马克思主义经典著作。

共和国宣讲书·新社会（第三、四、五集） 科学杂文集。天笑生（包天笑）编。5册。商务印书馆1913—1918年初版。含俄蒙事件、公债、说工艺、模范自治、勤俭、交通事业、划除做官思想、商业道德、守时刻、提倡国货、农业大意、农家副业、天文浅理、女子医院、说女学、审判制度、新刑律等31章。

共通原则论 社会科学著作。郭步陶撰。3卷，1册。铅印本，上海新闻报馆1935年初版。黄葆戉署端。李浩然作序。郭步陶自序，叙述作共通原则论之动机、目的、经过、责任和希望。3卷分别有何谓共通原则、共通原则究有如何用处、为何需用共通原则、共通原则所必需之要素为何、客观上之共通原则和发明共通原则之重要等篇章。

亚东丛报 期刊名。1912年12月在北京创刊。唐群英、仇鳌主持。设有图画、社说、译著、选论、女子教育、实业、选瑜、专件、时评、时事、文苑、小说、谈丛等栏目。发表有宋教仁的《墨迹》，陈汉元的诗录，唐群英的译著、诗录，蜕庵的《平权国偕游记》，曼殊《燕京随录》，瘦桐《姻缘误我》，何昭《某友虐待其妾作诗以归之》。

朴学斋学术文杂抄 学术杂录。胡韫玉编。不分卷，2册。民国年间稿本。抄录各类著述，有《周末学术史序》《社会学史序》《宗教学史序》《政法学史序》《教育学史序》《理科学史序》《哲理学史序》《文字学史序》《工艺学史序》《法律学史序》《文章学史序》等，共约18万字。

朴学斋集 诗文集。胡韫玉撰。4卷，1册。1918年铅印本。王蕴章题签。郑孝胥署端。梅豫栎、高燮、汪洋、胡韫玉分别作序。含《歇浦咏》1卷，许世英署端；《闽海吟》1卷，萧蜕署端；《北游草》1卷，秋杨逸署端；《和陶诗》1卷，陈去病署端，潘飞声作《和陶诗序》。胡寄尘作跋。

过武昌作 诗篇名。五言排律。杨铨作。具体写作时间不详。诗作抒写在烽火连天的年代，作者奔赴武昌，饥肠辘辘，得父老馈饭，心存感激。叙写在漫天烽火的年代，作者到武昌参加保卫战，空腹投入战斗，直到傍晚才吃上饭。市中老人为战士们准备了用野菜煮成的羹，推却也推却不了，战士们非常感激。世上的人重视小利而忘大义，见小利而忘了兄弟之情。市中的陌生老人慷慨馈赠一餐饭，令人想起汉代淮阴侯韩信少时钓于城下，有漂母看见韩信饥饿，拿饭给韩信吃，后来韩信成为楚王后，召漂母，赠予千金。也想起陶渊明饥饿时，有人请吃饭，作《乞食》诗，决心死后报答。表示市中老人的恩惠一定铭记在心，谨祝老人康泰亨通，交好运。夹叙夹议，情真意切。

过莽苍苍斋吊谭复生 诗篇名。五律。潘飞声作。刊于1916年4月《南社丛刻》第十六集。本篇是诗人经过清末著名维新人物谭嗣同故居莽苍苍斋有感而作的悼念诗。诗人有感于时世艰危，感慨如今又到了谭嗣同题"莽苍苍斋"的时候了。感叹乱世污浊，只有谭嗣同的故居留下了一片净土，谭嗣同并非佯狂。深情礼赞谭嗣同等"维新六君子"拯救祖国的雄心壮志激励着后人，他们杀身成仁的精神永远闪耀着光辉。抒发自己经过谭嗣同英勇就义的北京菜市口时不胜悲痛的感情。用词端庄沉稳，感慨遥深，诗艺娴熟。

过基隆书感 诗篇名。七绝。马骏声作。刊于1911年6月《南社丛刻》第四集。诗篇热情歌颂了怀有反清复明之志的郑成功率兵收复台湾、结束荷兰人统治台湾历史的英勇行为，又感叹、抨击清政府将台湾割让给日本；抒发了诗人经过日本帝国主义统治下的台湾省基隆市时的伤心情怀，表现了强烈的爱国主义深情。感情强烈，艺术表现上委曲有致。

西北旅行日记 游记。郭步陶著。全1册。大东书局1932年印刷发行。1929年秦中旱灾时，著者作为新闻工作者应国民政府赈灾委员会邀请前往视察，归后根据途中记录，整理编写此书。全书以游记形式，逐日记录1929年9月20日从上海出发赴西北至10月7日返沪17天中的见闻。分为36篇，每篇以一个标题点出主题，重点记载豫、陕、晋各地遭受水、虫、旱、匪灾的情形及具体调查数据，另有对途中风景名胜、文物遗迹、乡土民俗的描写，并插有著者的赋诗和途中摄影多帧。书中屡屡可见“饥民死于途中无钱掩埋”“到处劫火，烧屋八十来家”“有人卧地食土以求速死”等惨不忍睹的记录。李浩然、俞剑华等为此书作序曰：“读者如置身废田荒陌，与嗷嗷者对语，满目疮痍之状，悲惨呼唬之声，犹在字里行间，令人不忍卒读。”书中有胡怀琛、西神等题词、题诗。

西北揽胜 旅游画册。邵元冲主编，许师慎摄影。精装1册。正中书局1936年印行。邵元冲于1935年春赴西北地区视察游览，其间遍游黄土高原上承载着悠长历史和丰富人文的名山大川，历时约半年。本书中的照片依陕西、甘肃、青海、宁夏、绥远、山西之次序排列，共360幅。全书分为30节，每节都根据方志专集及实际采访记叙，以明原委。凡著名历史遗迹均阐明建置年代。所写山川胜迹，登临怀古，即景咏诗，启人兴感。本书于图文之中附以古今诗作多首，以寄思古之幽情。书中的图片附译英文标题，以便利国际人士浏览。本书所用之素材均由邵元冲在旅途中精心采集、编撰，图文并茂，展现出一幅我国西北地区历史、文化、艺术和民俗的壮丽画卷。

西北漫游记 游记。侯鸿鉴著。3卷，1册。无锡锡成印刷公司1937年初版。寒厓题签。周佛海、黄绍鸿题词。秦仁存作序。侯鸿鉴作绪言。有各种插图11幅。含漫游前之琐记、陇海途中杂志、西安、自陕至甘、兰州、自兰飞青、西宁、自青返兰、重至皋兰、自兰飞宁、宁夏、自宁飞兰、三抵皋兰、甘肃省教育之概况、自甘返陕、重抵长安、自陕返锡等章。

西行日记 考古报告。陈万里著。1册。北京朴社1926年初版。北京大学研究所国学门实地调查报告。胡适题签。李有行绘万里向安西和敦煌北魏图案及塑像。朱乐之题诗。沈兼士、马叔平、顾颉刚、陈万里分别作序。记录作者从1925年2月16日离家到7月31日，往返行程9 400余里的所见所闻。附敦煌千佛洞三日间所得之印象、泾川石刻校释及考证、万里校碑录、官厅调查表、旅程表和《国学周刊》读者赐函。

西行逐日记 游记。叶玉森著。1册。广州永兴印务局1935年初版。萧佛成、邹鲁、邓青阳、陈融、陈中孚、蔡廷锴、方振武、李仙根、杜之秋和谢英伯联名作介绍。萧佛成、邹鲁、谢英伯、叶夏声分别作序。有孙中山宋庆龄夫妇、方振武、叶夏声等人物、风景等照片53帧。为作者从1934年4月24日从广州至香港登船，途经日本赴欧美各国考察，于当年12月30日抵达香港的逐日游记。

西园雅集第二图 南社掌故。1920年冬，余十眉应邀参加柳亚子的从弟柳公望在吴江芦墟的婚礼，并同游吴江汾湖。游罢，余十眉特邀柳亚子、陈去病一行赴嘉善西塘一游，在西塘余十眉家中仁荣堂设宴款待，同时参加的还有西塘的南社社友蔡韶声、陈觉殊、郁佐皋、郁佐梅、郁慎廉等。宾主即席联吟，盛极一时，并在西园摄影留念，名曰“西园雅集第二图”。

西画概要 美术著作。吴梦非著。1册。商务印书馆1926年初版，列入“百科小丛书”。含绪言、总说、铅笔画、木炭画、水彩画、油画、擦笔画、钢笔画、派使脱尔画、色铅笔画等篇。

西泠怀古诗 诗集。丁立中撰。2卷，1册。铅印本，留云宾月馆1924年线装本。武林丁氏家集之一。高丰署端。章箴、徐珂分别作序。丁立中作《西泠怀古诗自叙》，有“曩予积十数寒暑，为西溪怀古诗，至甲寅首夏哀录成册，方载笔西溪也”描述。

西南漫游记 游记。侯鸿鉴著。4卷，2册。无锡锡成印刷公司1935年印刷。寒厓题签。周佛海、黄绍鸿题词。作者绪言。有插图若干。作者于1933年秋从上海出发，乘船溯江而上，开始西南游览考察之旅。全书皆为作者在数月旅程中所做的记载及感言。卷一记江西，卷二记湖北，卷三记重庆、四川，卷四记湖南。作者此番旅行考察的目的是：一、教育行政之实施概况；二、湖广之地质；三、游览山水风景；四、少数民族特长及地方风俗语言；五、各省政教特点。全书文字即围绕此行目的记录实况。黄绍鸿题诗赞此游记曰："鹤唳长天恣往复，龙腾沧海任纵横。携来燕许如椽笔，快写身经十万程。"

西洋文学研究　文学研究著作。柳无忌著。1册。中国友谊出版公司1985年初版。范存忠作序。有作者简介。含西洋文学的研究、西洋文学与东方头脑、西洋戏剧发展的阶程、希腊悲剧中的人生观、莎士比亚的尤利乌斯·凯撒、莎士比亚时代的抒情诗、柯律治的诗、近代英国小说的趋势、三部战争小说、二十世纪的灵魂、少年歌德与新中国、蒲柏与讽刺的艺术和阿诺德论文学与人生等篇。另附后记。

西洋哲学史　哲学史著作。黄忏华编。商务印书馆1923年初版。本书从哲学史就是哲学的立足点出发，把哲学概论和哲学史结合起来进行陈述。全书共3篇。第一篇是"序论"，介绍哲学的概念（包括哲学的起源，哲学和宗教、艺术、科学的关系，哲学的分类等），哲学史的概念（包括哲学史的概观、黑格尔的见解、哲学史的要素等）。第二篇为"本论"，按照时间顺序（即古代哲学、中世哲学、近世哲学）将西洋哲学的变迁历史作大概介绍。第三篇为"结论"，以前一篇的内容为中心，横向再叙述一遍：其中有"认识问题"（包括认识的形式、起源和本质）；"实在问题"（包括根本原理的数目、本体论、现象论、神学的原理，意志的问题和价值论）。此书可作为研究西洋哲学史之简明导引，编者希望"能将西洋哲学和东洋哲学树立一种调和而且一致的人生观，指示人生的高远的途径"。

西洋哲学史纲　西方哲学史。黄忏华著。1册。岳麓书社2010年初版，列入"民国学术文化名著丛书"。有弁言。含古代哲学、中世哲学、近世哲学和现代哲学等编，提纲挈领式叙述西方2 000多年哲学思潮及其发展轨迹，并意图统一科学和宗教的精神，对普及哲学常识的提倡，颇有见地。附参考书目和后记。

西神小说集　短篇小说集。王西神（蕴章）著。世界书局1924年发行。该小说集前有赵笞狂的作者小传，正文收录王西神的《针楼艳忆》《陌上花飞》《一枝桃》《杏花春雨记》《新旧夫妻》《秋蕤阁》等9篇小说。文笔简练，题材较广，有警示世人择妻无论是新式还是传统的，都以贤惠为要，有讲述侠义女子保护爱国青年等，对研究民国时期的社会史有积极的意义。

西陲吟痕　游记。张默君著。出版单位、日期不详。收录作者游历陕西的轩辕黄帝陵、周文武陵、秦始皇陵、华山玉泉院、骊山华清池、终南山、杜公祠、唐三藏塔、慈恩寺与庆寿寺，甘肃的千佛洞壁画，青海的塔尔寺与宁夏的贺兰山以及山西的华严寺、晋祠与云冈石窟等地时的照片和墨迹。

西湖游览指南　导游书籍。徐珂编纂。1册。商务印书馆1913年初版，1920年增订第十一版，1925年增订第十六版。该书详尽地介绍杭县的沿革、疆界及山水，配有西湖景区大量摄影图片，以及游客须知、游客行程。附录杭余省道汽车票价、行车时间及沿途名胜、旅馆、舟车、货币、饮食、物产、各种事业单位名称地址等。书末还附有钱塘江的《观潮指南》。对研究西湖文化历史和发展变迁具有文献意义。

在山泉诗话　诗话集。潘飞声撰。3卷，2册。上海广益书局1914年排印本。列入"古今文艺丛书"。胡怀琛、潘飞声分别作序。论及当代张维屏、黄香山、邱菽园、彭玉麟、黄遵宪、何绍基、冒鹤亭、朱祖谋、招子庸、王鹏运、林旭、杨锐、陈衍、蒋万里、胡寄尘等数十人的诗作，侧重粤籍诗人。兼有掌故、轶事等200多则。

百弊丛书　笔记小说。王钝根编。50卷，副刊2卷，6册。上海中华图书集成公司1919年初版。含沃丘仲子《官场百弊》39篇，前有王钝根概论；庸言《县署百弊》8篇；阿庸《议会百弊》5篇，前有指严总论；冥飞《政党百弊》1篇；是龙《外交百弊》7篇；孤鹤《军界百弊》1篇；守险《司法百弊》11篇，前有阿庸总论；鸥波《律师百弊》1篇；愤世《乡绅百弊》7篇；阿庸《警务百弊》10篇；守险、士谔、观渡闲人《侦探百弊》8篇；楚狂《禁烟百弊》1篇；文俊《厘税百弊》36篇；汉泊、无桐《盐务百弊》19篇；阿庸、士谔《矿务百弊》5篇；阿庸、蜇庐《航务百弊》9篇；梅郎《河工百弊》1篇；仲燕、孔好德《邮电百弊》35篇；指严《教育百弊》3篇；公愤《商会百弊》9篇；守险、士谔《公司百弊》11篇；许奸《工厂百弊》9篇；士谔《银行百弊》3篇；陆寅《钱庄百弊》6篇；守险《贷款百弊》9篇；士谔《股票百弊》2篇；士谔《买办百弊》3篇；守险、士谔《掮客百弊》7篇；守险《空盘百弊》5篇；守险、士谔《地产百弊》8篇；忍庵《银楼百弊》6篇；士谔《珠宝百弊》4篇；守险《骨董百弊》16篇；士谔《书业百弊》4篇；愤励《报馆百弊》22篇；鲁滨生《药房百弊》7篇等笔记小说。

有怀秀元三妹北洋女师范即次其均　诗篇名。七律。陈家英作。抒写作者怀念在北洋女师范学堂求学的三妹陈家庆（字秀元）的深情。作者系湖南宁乡人，因而表示湖湘诗词继承屈原骚体的传统，进而以东晋谢家兄弟比况自家兄弟。尾联叙写张勋复辟的战乱。抒写乱离中的亲情，语言朴素，风格自然清新。

有神论 基督教神学著作。杭海(席洋)著。2卷。上海广学会及协和书局1917年出版。上卷为灵界窥奥，通过阐发科学、哲学的观点，从造物论、宇宙论、真我论、性理论、灵魂论、灵魂不灭论、灵魂世界论等诸方面来论证基督教的有神论。下卷为道系探源，利用儒家的学说来阐发原性、原道、原教、原天命、原真宰等基督教的基本教义。作者学识广博，充分利用中国传统儒家文化和当时社会盛行的各种科学思潮来阐释基督教教义，将其作为一种文化的思想渊源介绍给中国的知识分子。本书用文言写成。在扉页，作者自述其写作目的为“上卷本科学以证神道，下卷据儒理而参景微；推阐天道，而以修己、爱人、救世为归；哲理湛深，胥切实用，好道君子，幸垂察焉”。

有感 诗篇名。七律。阳兆鲲作。刊于1912年10月《南社丛刻》第十集。首联写时局动荡而自己无可奈何，只能平居流泪。颔联说已觉东南的革命之气消歇了，哪里忍受得西边和北边依然重重密布的战云？表现了诗人反对南北议和的政治主张。颈联认为没有吸取前车之鉴，南北议和无异于引狼入室，表示南北议和，那些在反清反袁中立功和牺牲的人的勋名不会再被人提起了，等于被历史一笔勾销了。尾联表示革命的大局被“和议”误了，革命者在莽莽乾坤中也只能形同枯木了。诗作感慨遥深，用典自然。

有感三章(其一) 诗篇名。七律。陈子范作，刊于1912年7月14日《南社丛刻》第五集。抒写对清廷覆亡后军阀混战局面的感慨。表示自己参加革命本来想澄清浊世，自己胸中有用兵谋略。抒发自己志在千里的豪情，宣示自己在混乱局势下不平则鸣，当效法古人闻鸡起舞的精神。国家山河破碎，南北抗衡，血战连连，许多壮烈之士牺牲了。表示永远不会忘记辛亥革命成功，组建中华民国临时政府时的南京。诗篇笔力雄健，用典自然，浑然天成。

有赠 诗篇名。七绝。苏曼殊作，刊于1910年1月《南社丛刻》第一集。诗作抒写春雨潇潇，尺八声声，诗人漫步在樱花盛开的美丽春景里，却一心想着要回到祖国观看浙江钱塘的秋潮。诗作抒发了作为混血儿的特殊身份身处异国、情系祖国的真挚情感。短短四句，充分表现了特定时间、地点、身份、场景下的落寞感受，感情深沉，真挚动人。

达尔文 传记。马君武著。1册。商务印书馆1930年初版，列入“万有文库”第一集与“百科小丛书”。马君武作序。含达尔文之家世、达尔文之儿童时期、大学生活、比格尔之旅行、自还英国至结婚时期、自结婚居伦敦至退居宝恩时期、移居宝恩之后、达尔文之日常生活和达尔文身后之荣哀及其著作9章。

达尔文物种原始 《物种起源》的第一个汉译本。马君武译。4册。1920年初版，列入“新文化丛书”。马君武作序词。有略史和导言。含家养变异、自然变异、生存竞争、天择、变异定律、学说之困难、对天择说之诸驳议、本性、间种、论地质记录之不完全、有机物之地质继续、有机物之地理分布、有机物之交互关系和复叙及结论等章。有附图和译名表。

列宁私淑弟子 南社掌故。印章文。柳亚子私章所刻，以表明自己对无产阶级革命导师列宁的崇敬。

死死生生 战争小说。玛克司潘姆白吞(Max Pemberton)著，赵苕狂译。分上、下两卷。上海进步书局1927年初版。叙写战争中两对年轻人不同的生死遭遇。上卷8章，名死死；下卷12章，名生生。上卷叙英国少女安娜在海边，忽被一物击臂，旋即昏却。醒来见一浑身是血男子卧于她臂，他系驾飞艇坠落的德国人考立森。旋被救住安娜家，二人病榻相陪，爱蕴于中。但是伯父作梗，硬拆鸳鸯，欲将她另嫁纨绔子威廉，遭安娜拒绝。伯父将她赶出家门后，又遭威廉设计强逼，幸被考立森救出。却遇英德两国交战，考立森回国，两人相聚再散。一次在德军夜袭英国军队战斗中，各为本国参战的二人都身负重伤，艰难相见后即亡。下卷叙法德两国宣战后，法军遭德军重创，爱米家乡被战火夷为废墟，情人戳斯登传被德军所杀，亲人舅舅中弹而死。她孑然一身，四处奔走，寻找亲人。目睹了战争的残酷，同时认识了德军少佐房菲琳，暗中相爱。后房菲琳遭复仇的戳斯登伏击，负伤濒临死亡。爱米在他身边结婚，以求一生。

成本璞(1877—?) 湖南湘乡人。字琢如，号天民，又号櫂渔、愚公、愚民。南社社友、南社湘集社友。1912年9月13日由陈去病、傅熊湘、谭作民介绍入南社，入社书编号336。1895年考中秀才，后留学日本，入东京法政大学速成科。1905年11月日本文部省发布《取缔清国留学生规则》后，东京数千名中国留日学生罢课抗议，其被推为中国留日学生代表与日方据理力争未果，于次年返国。归国后参加募资筹建中国公学。未几即游宦江南，出任浙江巡抚张筱帆幕僚，任职期间兴办师范教育、设立劝学所。后授朝记大夫、浙江后补知府等职。民国成立后任北京政府国务院秘书、简任官等。1917 年 6 月在吉林参与发起成立吉林松江修暇社，出版诗集《松江修暇集》及《九经新义》《通雅斋丛稿》等。

成立中国南社和柳亚子研究会发起书 1989 年 3 月由“中国南社与柳亚子研究会筹备委员会”邀请周谷城、费孝通、赵朴初、屈武、胡绳、高天、彭清源等各界人士 51 人联名向中共中央统战部呈送。“发起书”提出六点建议：（一）1989 年 11 月 13 日在北京举行南社与柳亚子研究会、南社成立八十周年纪念会、第二次南社与柳亚子研究国际学术讨论会。（二）同时在北京举办南社与南社代表人物事迹、文物与书画展览。（三）促请国家新闻出版署商请影印《南社丛刊》《越社丛刊》《新南社社刊》《南社湘集》等珍贵文献，并催促有关出版社加快《南社选集》《柳亚子选集》《苏曼殊文集》《宁调元集》等新编书籍的出版，以配合前两项活动。（四）印行一套纪念南社成立八十周年的邮票。（五）在苏州虎丘开辟南社纪念馆。（六）筹备成立南社联谊会。上述建议未能落实。

成舍我（1898—1991） 湖南湘乡人，生于南京。原名希箕，别名汉勋，又名平，字舍我，别署成则王，外号文头先生。南社社友，报人。1916 年 5 月 8 日由林景行、叶玉森介绍入社，入社书编号 597。早年就读于安徽省安庆第四公学。辛亥革命后赴沈阳任《健报》记者、校对及编辑。1915 年到上海，次年任《民国日报》校对、助理编辑，后任该报要闻及副刊编辑。因“同光体”之争，被柳亚子开除出社。1916 年发起成立上海记者俱乐部，任《太平洋》杂志助理编辑。1918 年考入北京大学国文系，兼任北京《益世报》编辑、采访主任、主笔和代总编辑。后与人合办《真报》，并在北京大学任教、在北京联合通讯社任编辑等。1924 年 4 月在北京创刊《世界晚报》及副刊《夜光》，次年 2 月又创办《世界日报》及副刊《明珠》。不久出版《世界画报》，为中国报界第一个独立办三份报纸的报人。还创设北平新闻专科学校，为“三报”培养初级人才。1926 年曾被奉系军阀逮捕，获释后赴沪。1928 年在南京创办《民生报》，任主编兼南京国民政府司法行政部秘书。1935 年 9 月在上海创办小型日报《立报》。抗日战争全面爆发后任国民参政会参政员。1942 年在桂林恢复世界新闻专科学校。与程沧波在重庆创办中国新闻公司，出版重庆版《世界日报》。抗战胜利后恢复《上海立报》和北平《世界日报》。1947 年当选为国民政府立法院立法委员。1949 年赴上海，旋去香港，在香港出版《香港立报》。1952 年去台湾。1956 年在台北创办世界新闻专科学校，任校长，兼任《立报》董事长等。1967 年任世界书局董事长。

成舍我

成舍我立草万言书 南社掌故。成舍我年轻时曾任沈阳《健报》记者，后又任上海《民国日报》副刊编辑，并加入南社。后因朱鸳雏之事与柳亚子闹翻，并辞去《民国日报》编辑之职，仅以 100 元小说稿费作路费毅然北上，欲进北京大学以谋深造，但苦于无中学文凭。彷徨愁闷中他情急生智，立草万言书致北大校长蔡元培，自述好学之殷。蔡元培见其行文流畅，顿生怜才之意。与此同时，成舍我又请出在上海时有过交往的陈独秀（时任北大文科学长）出面说项。这样双管齐下，成舍我终于被收为北大旁听生，半年后居然考试名列前茅，转为正式学生。

成都曾孝谷先生遗诗 亦名《梦明湖馆诗》。诗集。曾延年撰。2 卷，1 册。成都 1947 年铅印本。李植署端。谢无量作序。收 80 余首诗。李德龙作跋。

成家和（1913—?） 江苏南京人。女。南社纪念会会员。1929 年考入上海美术专科学校，习西洋画。1933 年 10 月随刘海粟赴德国柏林，次年 1 月参加在柏林举办的中国现代美术展览会。是刘海粟的继配夫人，1943 年 5 月与刘海粟离婚。

夷门乐府 词集。邵瑞彭编。1 卷，1 册。河南大学 1933 年刻本。廉方题签。邵瑞彭署端并作《夷门乐府序》。卢冀野题词。汪志中跋。录有桑继芬、金希庭、徐世璜、谢兰英、王鸿儒、王元生、王式渠、王文忠、汪志中、何宝钧、吴维和、吴重辉、金长瑛、范凝池、袁郁文、常芸庭、许敬武、康永乐、郭登峦、郭筱竹、张承祖、张沛霖、张玉璧、刘楚萧、刘惠民、蔡伯亚、戴祥骥、龚化南、栗文同的词作共 232 阕。

毕世勋（生卒年不详） 湖南慈利人。字嘉乃。南社湘集社友。

毕希卓(1892—1926) 江苏仪征人。名振达,又名倚虹,字希卓,号几庵,又号清波、娑婆生、春明逐客等。南社社友。由社友介绍入社,未填写入社书,介绍编号20。幼时随父迁居杭州。11岁即以诗文与海内外闻人相交游。光绪末年至上海,列席于《同文沪报》、消闲诗社。曾师事包天笑,协理编辑《时报》。后走京师,入政界,官兵部郎中。民国初就读于中国公学,习法律,并与同学创刊《夏星》《学艺》等杂志。1916年后应狄楚青、包天笑之邀主持《时报》笔政,兼编《小时报》,又为《小说时报》《妇女时报》撰稿。1919年担任《晶报》主要撰稿人。1920年在上海执律师业,兼写小说。1925年6月创刊《上海画报》,任主编。1926年病逝于上海。诗、词、散文皆通。著有《光绪宫词》《清宫谈旧录》等,小说《未来之上海》等。

毕斯麦·少年丛书第一编 人物传记。林万里著。商务印书馆光绪三十四年(1908年)发行。毕斯麦今译为俾斯麦,为德国近代史上杰出的政治家和外交家,被称为"铁血宰相",在其强势武力下,德国完成了统一。本传记即以上述历史为依托,对俾斯麦的家世、成长历程、政治思想、铁血政略、民权自由等一一撰述,每章后又附"批评",以表明作者之意见。俾斯麦逝世于1898年,10年之后的中国即已有传记刊行,一方面是因为俾斯麦确实为现代德国发展中的里程碑式人物,对整个欧洲都有影响,另一方面,他的"铁血政策"对当时卑弱落后的中国人是一种激励。

至集美 诗篇名。七律。丘复作。本篇抒写福建厦门市集美的山川形胜与古今气象。诗人凭吊明末清初曾在集美屯师、操练水兵的郑成功,颂扬郑成功在集美屯兵"雄师十万",至今还保存遗迹"延平故垒"。描写集美北峙天马山,南临大海,气势壮阔,三面环海,像是海中蓬莱仙岛;隔海遥望厦门,犹如数点浮烟。热情颂扬华侨领袖陈嘉庚在集美投巨资兴办文化教育事业,改变集美荒僻旧貌,如今的集美一派蓬蓬勃勃气象,好像旭日东升。语言浅显,诗味浓郁;诗句流畅,风格清新。

贞社 社团名。综合性艺术社团。1912年4月,黄宾虹、宣哲等发起成立于上海,黄宾虹任会长。社址初期设于宁波路江西路转角处四明银行二楼,活动地址在哈同花园等处。社名取"抱守坚固,行久远名"之义(一说取"抱守坚固,持行久远"之义)。该社以"保存国粹,发明艺术,启人爱国之心"为宗旨。同年4月29日,该社在广州设立支部。同年6月26日举行该社社员第一次聚会活动。黄宾虹、邓尔雅主持该社工作,因资金匮乏等原因,该社至1922年6月停止活动。

贞毅先生陈陶遗诗文集 诗文集。陈陶遗撰,陈颖选编。1册。上海科学技术文献出版社2015年出版。图片内容包括陈陶遗与黄炎培早年合影、健行公学校友会合影、陈陶遗书法、陈陶遗摩崖题刻、陈陶遗函札、陈陶遗题签书籍杂志、陈陶遗扇面等。近代史专家杨天石、上海图书馆副馆长周德明分别为此书作序。正文部分分诗词、文选、函电、联语、公文、附录六大部分,集中了陈陶遗从1907—1946年去世前的主要诗词、文章。其中函电中有部分内容为首次公开,内容涉及辛亥革命前同盟会在日本的一些活动及20世纪20年代上海收回会审公廨等的细节。公文主要是陈陶遗任江苏省省长期间处理江苏政务的一些文件,其中涉及文职人员的任选政策、烟草税的征集使用、地方治安法令的相关制定执行等。附录则包括顾廷龙撰写的《陈陶遗先生墨迹》跋、陈叔通撰写的《陈君陶遗家传》、陈陶遗哀挽录的部分内容以及陈陶遗年谱等。

尘海燃犀录 社会小说。贡少芹著,陈云柯校。1册。上海国华书局1925年初版。含走捷径餐间逢横逆·攫优差阃内运机谋、大逞狮威夫妻反目·密商诡计母女谈心和咄咄奇闻交换妻妾·真真失望赔折资产等12回。

光复会 变称"复古会"。社团名。为清末革命团体。1904年冬在上海正式成立,蔡元培任会长。以"光复汉族,还我山河,以身许国,功成身退"为宗旨。1905年中国同盟会成立后,部分会员加入同盟会,但仍以光复会名义独立活动。1910年2月陶成章又在日本东京成立光复会总会,推章炳麟为会长,赴南社发展组织,并在浙江、上海等地组织光复军。1911年武昌起义,光复军在汕头、浙江、上海、镇江等处响应。1912年陶成章被陈其美派人刺杀,光复会解体。

光复志喜(其一) 诗篇名。七绝。沈昌直作。刊于1912年12月1日《南社丛刻》第七集。这组诗抒写推翻清廷光复中华之喜。抒写辛亥革命民军阵营严整,武装起义轰轰烈烈。清廷统治者辫发胡装,统治中国将近300年,没有想到能再见到汉官的威仪,推翻清廷统治,恢复中华。诗句通俗、风格清新。

光复志喜(其二) 诗篇名。七绝。沈昌直作。刊于1912年12月1日《南社丛刻》第七集。形象描绘武昌起义时黄鹤楼头金鼓齐鸣、锣鼓震天的威武气势,生动展示继武昌起义一个多月后上海起义时城门上悬挂白旗及军旗的严肃热烈景象。表现起义军决心趁武昌起义、上海起义成功的大好形势,趁势北伐,直捣清廷统治的老巢,夺取反清的彻底胜利。诗句形象、生动,意气风发,有很强的艺术感染力。

当代人物志 名人轶事。陆丹林著。1册。上海世界书局1947年初版,列入"世界集刊丛书"。张大千题签。陆丹林作序。含康有为与李提摩太、吴佩孚与杨圻、林语堂与周树人、诗坛耆宿陈三立、标榜文治徐世昌、苦学成名马君武、敢作敢为徐谦、落华生许地山、老子军创组人张一麐、诗言志的叶恭绰、全能画家张大千、雕刻家刘开渠、开路先锋赵祖康、六不将军陈孝威和妇女运动先锋张竹君等篇。

当代名人尺牍 尺牍汇编。王文濡辑。2卷,2册。上海文明书局1926年铅印本。王文濡作序。共录王德钟、古直、朱慕家、吴士鉴、李详、李祚辉、沈昌直、沙文君、周祥骏、邵瑞彭、姚锡钧、姜可生、柳弃疾、洪允详、胡韫玉、胡怀琛、凌景坚、徐世阶、徐道政、徐梦、徐珂、徐蕴华、马其昶、马晋羲、高燮、高旭、张素、梁启超、梁鸿志、章炳麟、章士钊、章誾、陈衍、陈训恩、陈去病、陈世宜、傅尃、景崧、程颂万、冯君木、冯平、黄节、叶玉森、廖平、蔡元培、蔡蒙、蔡心觉、蒋智由、刘泽湘、刘筠、欧阳渐、潘大道、宝熙等人的书信。

当代名家中国画全集·黄宾虹 国画集。黄宾虹绘。1册。古吴轩出版社1995年初版。列入"当代名家中国画全集丛书"。张瑞林作前言。收深山幽居、溪亭独坐和山林深秀等作品22幅。

曲石丛书 杂纂汇编。李根源编。19种,29册。苏州腾冲李氏民国年间刻本。收有《观贞老人哀挽录》《娱亲雅言》《吴郡西山访古记》(三册),《镇扬游记》《洞庭山金石》(三册),《虎阜金石经眼录》《焦尾集》《文氏族谱》《腾越杜乱纪实》《东斋诗抄》(二册),《滇西兵要界务图注》3卷(二册)。于右任题签,李根源署端,李曰垓作序,王惕山、周迦陵题辞,李根沄作跋。还收有《治平吟补草》(二册)、《罗生山馆诗集》(三册)、《九保金石文存》《陈圆圆事辑》《交养轩遗集》《阙茔石刻录》《观贞老人寿序录》《罔措斋联集》等。

曲石诗录 诗集。① 李根源撰。8卷,1册。重庆国民公报馆1943年铅印本。张一麐署端。分别为剑影录、险难吟、螳川集、还乡吟、霜镜草、湖上闲吟、荷戈吟、入川杂咏,共录古近体诗725首。诸祖耿、周服之、江絜生分别作《曲石诗录序》。王灿作《险难吟稿序》。题辞者有张一麐、吴廷锡、章士钊、熊廷权、赵式铭、王灿、张绅、方树梅、何秉智、滕固、刘楚湘。附《曲石丛书目》。② 李根源撰。16卷,1册。云南滇云曲石精舍1978年油印本。附存收1949后李根源两篇文章。附录收李希泌作《先君李根源事略》和后记。并附有朱德《读大公报载印师"七·七"三周年纪念,赠抗战将士七绝五首,民族正义溢于词章,读之下莫名钦感,谨和原韵,邮呈指正》。

曲史 曲学研究。陈家庆编著。安徽大学印行,印行年份不详。全书共14章。第一章是关于曲的起源、发展历史的概述。第二、三章则介绍了南北曲的渊源关系和南北曲的派别情况。第四章是对词和曲的界别的解释。第五章至第八章是专门介绍研究元代曲学的部分,包括元曲的完成、元曲的内容、作家和元曲的存亡等。第九章至第十一章是明代曲学部分,包括明代的曲学、曲本和明代的曲作家等。第十二章至第十四章则专论清代的曲学,包括清代的曲本、曲家以及清代戏曲发展的盛衰等。是书是作者继承其师吴梅对曲学研究的精粹并有所更新、拓展。

吕六韬(1891—?) 安徽太湖人。字渭仙。南社社友。1919年3月20日由卢铸、蔡哲夫介绍入社,入社书编号1059。为时任广东滇军总司令部督办署参谋。

吕寿名(1873—?) 浙江嵊县(今嵊州)人。字子虚。南社社友。1916年5月由邢钟翰介绍入社,入社书编号604。曾与同邑赵镜年、郭庆嵩创组嵊县鹿山吟社。

吕志伊(1881—1940) 云南思茅(今普洱)人。原名占东,字天民,一字旭初。南社社友、新南社社员。1911年9月15日由朱少屏介绍入南社,入社书编号172。1904年赴日本早稻田大学留学。次年9月加入中国同盟会,为云南籍最早之会员,任同盟会评议部评议员、同盟会云南支部支部长。1906年4月与赵伸、李根源等创办《云南》杂志和《滇话报》,发起成立云南独立会,并组织人员支援1908年4月举行的云南河口起义。1908年冬至仰光,与居正同任《光华日报》《进化日报》主笔。

吕志伊

1910年到上海，任《民主报》主笔。1911年参加广州起义，同年7月与宋教仁、陈其美等组织中国同盟会中部总会。云南光复时任云南都督府参议。是年12月以云南代表身份参加在南京召开的各省代表会。1912年南京临时政府成立后任司法部次长，并被推为临时参议院议员。1913年4月参加在畿辅先哲祠举行的南社第二次北京雅集。后辞去议员职务，任同盟会上海机关部副部长、《民国新闻》社总编辑。二次革命失败后流亡日本。1914年5月参加在上海愚园云起楼举行的南社临时雅集。同年7月参与组建中华革命党，为该党领导成员之一，8月又参加在上海徐园双清别墅举行的南社临时雅集。1916年8月参加在上海愚园倚翠轩举行的南社临时雅集，同年11月又参加在北京中央公园举行的南社第八次北京雅集。1918年再度到上海。1921年起历任内政部次长、内政部总长、大元帅府大理院院长、云南省政府委员兼建设厅厅长等职。1923年1月被孙中山委任为国民党本部参议，同年冬参加南社部分成员组成的岁寒集。后任国民党政府立法院立法委员、监察院委员等职。1940年去世。著有《逊敏斋诗集》《偶得斋诗集》等。

吕　俊(1888—?)　广东新会(今江门市新会区)人。字哲公，号苦蝶。南社社友。1917年2月14日由蔡哲夫介绍入社，入社书编号807。

吕　陶(1875—?)　安徽旌德人。字篙雨。南社社友。1912年10月14日由胡寄尘、汪洋、胡朴安介绍入社，入社书编号342。

吕碧城(1883—1943)　安徽旌德人。女。一名兰清，字圣因、兰因，号遁天，晚年法号宝莲。南社社友。1914年6月1日由朱少屏介绍入社，入社书编号418。18岁入天津《大公报》任见习编辑。又师事严复。1904年主持天津北洋女子公学，为该校创办人之一。两年后又于公学中增设北洋女子师范科，任监督。民国初年被袁世凯聘为北京政府大总统府秘书，后因“筹安会”事辞职赴上海。1914年8月参加在上海徐园双清别墅举行的南社临时雅集，1917年4月参加在徐园举行的南社第十六次雅集。1920年赴美国哥伦比亚大学旁听，专攻文学、美术，兼为上海《时报》撰稿。1922年归国后居沪上，后经商致富。1926年再游欧洲、美洲，在瑞士日内瓦居住近10年。1930年在日内瓦皈依佛教，法号宝莲。晚年以宣扬佛学为志，潜心研究和翻译佛典，并以英语向西方传播，颇为欧洲人敬重。1940年初由欧洲回到香港定居。1943年1月24日病逝于九龙。擅诗词，词比诗更有名，文亦佳。龙榆生编《近三百年名家词选》称赞其为“三百年一见之绝代女词人”，胡先骕称赞其“天资绝世，为南宋以来女词人第一”。亦擅绘画，能治印，对音乐、舞蹈等亦娴熟。一生著述甚丰，涉及诗、词、文及佛教诸方面，有《吕碧城集》《信芳诗录》等，另有《观无量寿佛经释论》《观音圣感录》等行世。

吕碧城

吕碧城集　诗文集。吕碧城著。5卷，上下两册。中华书局1927年出版。卷一为文，是当年刊登在《大公报》《中国女报》等报刊上的时文，倡导妇女解放。如《女子宜急结团体论》一文就阐述了女子要实现自立、平等非“合群”的观点。也收录了吕与当时社会精英的通信。卷二为诗，大多抒发争取自由、谋求平权的抱负，如《民国建元喜赋一律和寒云由青岛见寄原韵》《书怀》等。卷三为词，有情意缠绵的少女思春、男女情怀的传统题材，也有表现故园沧桑的现实之感，如《祝英台近・缒银瓶》《汨罗怨・过旧都作》等。卷四为海外新词，吟咏域外风光、异国风情，如《绛都春・禅六妙婂》《浣溪沙》《玲珑玉・谁斗寒姿》等，视界开阔，意境深幽，豪放中又有寂寞凄苦之悲音。卷五为《欧美漫游录》，是遍访欧美亚途中所记录、所考察的异域风俗与文明，其中不乏对中国文化与文学的思考。

同光体　清代诗歌流派。其代表人物为陈衍、陈三立、郑孝胥、沈曾植等。同光指清代同治、光绪两个年号。1884—1887年，陈衍、郑孝胥开始标举此派诗名，明确提出“同光体”系指“同、光以来诗人不墨守盛唐者”。该派理论旗帜是不学盛唐而学中唐和宋，并主要是学宋。中唐韩愈、孟郊等人的诗实质上也与“宋诗”相通，故该派是道光、咸丰年间“宋诗派”的继续与发展。因代表诗人的地域、宗尚不同，分为闽派、赣派、浙派三支。闽派陈衍为诗学杨万里，论诗主张“三元”之说，郑孝胥学孟郊、柳宗元；赣派陈三立直承江西诗派，学韩愈、黄庭坚；浙派沈曾植、袁昶学谢灵运、韩愈、孟郊。在诗歌艺术上，“同光体”要求创新，学古而能变化运用。但同光体的问题不在他们对写诗的主旨上，而在于他们常偏离自然，注重艺术趣味，而刻意“创新”，过分求涩。“爱艰深，薄平易。”唱和酬答，描山绘水较多，有脱离现实的倾向。有人称之为“复古诗派”，也有人称之为“形式主义诗派”。“同光体”对清末民初诗坛发生过广泛影响，在近代诗坛上有比较重要的历史地位。南社在文学上标举唐音，主张抒发爱国主义激情，反对脱离现实的晦涩艰深的“同光体”诗风，但是南社内部，如姚锡钧等对“同光体”也有不同评价。

同光体评价之争 南社论争。1917 年 6 月上旬至同年 8 月底，南社部分社员围绕对陈三立、郑孝胥等人诗作的评价问题引发评价之争。1917 年 6 月 9 日、24 日，闻宥（野鹤）先后在上海《民国日报》发表《怬簃诗话》，赞扬郑孝胥、陈三立的诗，引起柳亚子等人的批评。6 月 28 日、29 日，柳亚子在《民国日报》发表文章，不同意闻宥的观点，表示“要使中华民族政治走上轨道，必须扫尽北洋派；要使中华民国的诗学有价值，必须扫尽江西诗派”，并认为“所谓同光派，盖亡国之音也”。6 月 30 日到 7 月 3 日，闻宥在《民国日报》发表《答亚子》，再次肯定同光体，表示对柳亚子的说法不敢赞同，并称郑孝胥、陈三立、陈衍为诗界巨子，表示“誓为西江派及郑、陈张目”。7 月 6—8 日、17—21 日，柳亚子连续在《民国日报》发表长文《再质野鹤》，全面反驳闻宥的观点，认为陈三立、郑孝胥等同光体诗人“以钩章棘句为工，以死灰槁木诩趣，殆所谓拂人之好恶以为性者”。指出闻宥甘心作陈、郑驯奴。朱玺（鸳雏）于 7 月 9 日在《民国日报》发表文章为陈衍、郑孝胥辩护，认为他们虽附于清廷，但“未尝迎合干进，反噬同种”。这场论争，原来只是在柳亚子、闻宥之间进行，由于朱玺介入，由此进入第二阶段。此后，陈去病、胡朴安、姜可生等南社社员先后在《民国日报》发表文章，支持柳亚子对同光体的批评。7 月 27—30 日，柳亚子在《民国日报》连续发表《斥朱鸳雏》，批评朱玺《平诗》一文，继续批评同光体诗，认为郑孝胥以“诗文歌颂公卿，为房酋端方赏识，遂获‘硕学通儒’之徽号”，因此，“今之鼓吹同光体者，乃欲强共和国民以学亡国士大夫之性情”，是荒谬绝伦的。7 月 31 日，朱玺转而在《中华新报》发表《论诗斥柳亚子》，赞誉郑孝胥、陈三立等同光体诗人的诗，嘲笑柳亚子不识诗坛派别，并对柳亚子进行攻击谩骂。朱玺的谩骂、攻击，激怒了柳亚子。他在未经南社社员讨论的情况下，仓促之间于 8 月 1 日以南社主任名义在《民国日报》刊登《南社紧急布告》，驱逐朱玺出社。针对柳亚子驱逐朱玺出社的行为，8 月 7 日，成舍我在《南社社员公鉴》，以“老羞成怒”等刺激性字眼反对柳亚子驱逐朱玺。对此，柳亚子十分震惊，翌日在《民国日报》发表《报成舍我书》，要他与朱玺断绝关系。成舍我接连在《民国日报》《中华新报》发表声明和启事，宣布退出《民国日报》，并进一步宣布退出南社。面对成舍我的决绝态度，柳亚子又一次仓促行事，在 8 月 11 日《民国日报》发布《南社第二次紧急布告》，宣布开除成舍我出社。至此，由 6 月初的围绕对陈三立、郑孝胥等人诗作以及对同光体的评价问题，进入围绕柳亚子是不是应该开除朱玺与成舍我两人出南社为问题，论争双方分别以《民国日报》《中华新报》为阵地展开了激烈的论战，论争进入第三阶段，更加远离正常的学术论争。8 月 29 日，凌景坚在《民国日报》发表《与柳亚子书》，批判同光体，指责朱玺、成舍我、王无为，怀疑他们受“当道者”指使，指责朱玺、成舍我、王无为“为戾气所钟，心术之恶，昭彰在人耳目”。凌景坚的文章发表之后，这场历时近三个月、许多南社社员参加的关于怎样评价陈三立、郑孝胥等同光体诗人的论争就此结束。

同南社 社团名。1911 年农历九月由范烟桥、周瘦鹃等发起，成立于江苏省吴江同里镇。因袁东篱复斋“在同里之南，故号同南社”。该社以“保存国粹、淬励道德、联络情谊、交换智识”为宗旨，凡“志在昌明国学，与本社宗旨吻合，经社友介绍”，均具社友资格。该社 1921 年因发起人范烟桥“迁吴下，乃告消歇”。社友著籍以江、浙为多。由范烟桥、徐穉穉主持社事。社刊《同南》社集共出版 10 期。

吊邹容 诗篇名。五律。邓家彦作。邹容 1903 年自日本归国，发表《革命军》反对清廷，提出建立“中华共和国”，这篇文章是辛亥革命准备阶段最重要的政论著作。因遭清廷忌惮，同年 6 月 29 日被捕，1905 年 4 月 3 日瘐死狱中。作者作此诗吊之。首联抨击清廷黑暗，哀伤邹容生不逢时。颈联礼赞邹容鸿文《革命军》策动排满风雷。颔联以邹容生于望帝之乡，故以“鹃魂”写其瘐死，礼赞其侠士风骨长存。尾联表示邹容的革命理想尚未完全实现。诗句通俗易懂，诗意明晰。

因明学 哲学著作。陈望道著。上海世界书局1931年10月出版。中国第一部以白话文写作的因明学著作。全书分为4篇,即"概说""真能立""似能立""余论"。作者用现代逻辑工具来分析因明义理,阐述了因明学的起源以及新古"因明学"的区别与特点,并运用"逻辑互证、比较说明"的方法,全面考辨了因明和逻辑的关系,阐发因明的要义,阐发语言的逻辑力量,提出"因明实是一种研究主客往复论辩的法则的学术",科学地阐明了因明的实质。书中还附有8幅欧氏图和20余幅图表。在20世纪30年代是一本很有影响力的因明通俗读物,它从理论上为学术界进一步研究"因明学"和逻辑的关系以及相互的内在联系打下了一定的基础,对文学创作也起到一定的借鉴作用。

岁时景物日咏大全 岁时吟咏集。徐珂编纂。商务印书馆1929年出版发行。作者博览群书,悉心搜集古诗中吟咏岁时景物的诗句,并按日月、节气进行归类。全书分为:每日景物之咏(从正月初一至十二月三十一日);闰及闰月各日之咏;二十四节气(如立春、雨水、惊蛰、春分、清明等)之咏;附其他时令之咏(包括春社、寒食、梅季、伏季、秋社等)。每一类再以诗句之字数归类,如五字、七字、十字、二十八字等。内容丰富、搜罗广博,集岁时吟咏之大成,是研究古代农业、气象、民俗以及赋诗填词的珍贵参考资料。

岁寒二集 新南社雅集。1923年12月30日在上海福州路小花园都益处菜馆举行。到者有陈去病、狄狄山、胡朴安、朱凤蔚、胡惠生、张心芜、叶楚伧、陈绵祥、吴孟芙、柳亚子、陈贞利、于右任、汪兆铭、陈陶遗、朱宗良、冯壮公、徐自华、吕志伊、张继、郑佩宜、蔡景明、胡沛平、易寅村共23人。此次雅集摄有一影,照片今有留存。

岁寒三集 新南社雅集。1923年12月31日假莫利爱路总理宅第举行,由汪兆铭召集。柳亚子有"十二月三十一日,岁寒社第三集,精卫招饮中山先生别邸"一诗记述。

岁寒初集 新南社雅集。1923年12月25日南社部分人员在上海福州路小花园都益处菜馆举行。"岁寒"取"岁寒然后知松柏之后凋"之义。到者有柳亚子、于右任、徐自华、吕志伊、胡朴安、狄狄山、张心芜、张继、陈去病、叶楚伧、陈陶遗、汪兆铭、张剑曜、胡沛平、陈绵祥、吴孟芙共16人。此次雅集摄有一影,照片今有留存。

岁寒社第七集 新南社雅集。1924年1月19日夜举行。参加者有陈去病、柳亚子、朱凤蔚、冯心侠、许纫秋、七襄等寥寥数人。这次雅集结束后,岁寒社也就不再有什么活动。柳亚子有"一月十九夜,岁寒社第七集"一诗记述。

岁寒社第五集 新南社雅集。1924年1月13日举行。参加人员不详。柳亚子有"一月十三日,岁寒社第五集"一诗记述。

岁寒社第六集 新南社雅集。1924年1月16日举行。由汪兰皋召集。徐蔚南第一次参加岁寒雅集活动,余下出席雅集的人员不多。柳亚子有"一月十六日夜,岁寒社第六集,兰皋招饮"一诗记述。

岁寒社第四集 新南社雅集。1924年1月1日举行。由张心芜、冯心侠召集举行。除已知有柳亚子、张心芜、冯心侠、朱凤蔚参加外,其余参加人数不详。柳亚子有"十三年元旦,岁寒社第四集,张心抚、冯心侠招饮"一诗记述。

岁暮杂感(其三) 诗篇名。七律。周实作。抒说自己像晋代大书法家王羲之那样文采风流,准备像晚唐诗人杜牧一样上奏章,提出与当局不同的政见。感慨神州城廓如故,人民却一年比一年贫穷,而有权有势的统治者穿金戴银,贵族妇女环佩声声,处处笙歌。感叹自己过着与世隔绝,有点像隐居的生活,自己实在曲高和寡。抒说自己写文章并不是为了生计,下决心要投笔从戎。感慨深沉,真情流露。

回顾录 传记。邹鲁著。2卷,1册。重庆独立出版社1944年初版,列入"传记丛书"。邹鲁自署书端并作自序和凡例。含从家世说到幼年、私塾教育、办学与入党、广州读书与初次革命失败、民意机关服务、广州三月二十九之役、光复广东与北伐、整理金融与北上、国会内的奋斗、讨袁失败出亡在日本、洪宪夭折国会再开、从护法到陈炯明叛变、在国会争法统与讨陈、创办广东大学与读校三民主义、与共产党奋斗和北上侍疾、西山会议、中央特别委员会、环游世界和编辑党史等篇。

朱一依(生卒年不详) 湖南醴陵人。名可,字一依。南社湘集社友。

朱大倬(1879—?) 安徽休宁人。字甫田,号绮琴。南社社友。1917年2月26日由程华魂介绍入社,入社书编号815。

朱子学派 哲学著作。谢无量著。1册。中华书局1916年初版，1919年第三版，1932年12月第九版。全书分2编7章。第一编序论，介绍宋代哲学家朱熹的生平、学术渊源，关于朱子思想的评论；第二编本论，论述朱熹的哲学、伦理学、教育学、道统说，以及朱熹对老庄、佛家和同时代学术思想的评论。书末附有《朱子门人及宋以来朱学略述》。

朱子湘（1886—1962） 上海人。名葆芬，字子湘，一字紫湘。南社社友。1909年由其兄朱少屏介绍入社，入社书编号8。早年与其兄一起在上海王氏育材书塾（后改名南洋中学）就读，1903年毕业后被公派去美国康奈尔大学留学。1909年回国后先后加入中国同盟会。1911年返上海任江南制造局工程师兼兵工学校教员，1913年任复旦公学（徐家汇）算学部教员，后赴湖南任长沙高等工业专门学校机械科主任。1914年回上海任上海南洋路矿学校教务长。1917年任中华职业教育社特别社员。1918年进入交通部任铁路技术委员会专任委员。1923年供职于唐山京奉铁路，参与上海交通大学铁木工厂建造和多条铁路的修建及管理。抗战期间任交通部工程处处长，并于1939年参加滇缅铁路的修建以及多处机场、公路建设。后任国民政府铁道部技正、机务科科长。1949年去台湾。

朱云平（生卒年不详） 江苏吴县（今苏州）人。南社纪念会会员。朱云光弟。曾任教于苏州中学。

朱云光（1901—1987） 江苏吴县（今苏州）人。名汝昌，字云光，一字灵修。新南社社员、南社纪念会会员。1917年与王大觉创组正始社，刊行《正始社丛刻》。20年代末在上海求学，先后毕业于大同大学英文专修科、大夏大学教育预科、沪江大学新闻专修科。30年代初任《时事新报》记者，后历任《时事新报》《文汇报》等报编辑，兼坤范女子中学、复旦中学等校教员。抗战胜利后参与《文汇报》复刊，担任副总编辑，后又任复旦中学和中国新闻专科学校教师。1955年加入中国民主促进会，并任民进上海市淮海支部主任。编撰有《柳亚子年谱资料汇编》《柳亚子著作目录稿》等。86岁时逝于沪寓。弟云平，亦为南社纪念会会员。

朱少屏（1882—1942） 上海人。名葆康，字少屏，号屏子，别署朱三、平子等。朱子湘兄。南社社友、新南社社员、南社纪念会会员。1909年11月由柳亚子介绍入南社，入社书编号6。是参加南社第一次雅集暨成立大会的17位社友之一。早年就读于上海南洋中学，1903年毕业后留校任教。1905年留学日本，在东京组织中国同盟会。1906年与瞿绍伊等相偕返沪，创办中国公学。又与陈陶遗、高旭、瞿绍伊等另创健行公学，又襄理南洋中学，并常驻同盟会江苏支部秘密机关“夏寓”。

朱少屏

1909年南社成立后任会计员、书记、庶务员等职，并与柳亚子合办《复报》《铁笔报》《警报》，又与于右任创办《民呼日报》《民吁日报》《民立报》，任《民吁日报》发行人。后又与美国人密勒氏及伍秩庸、聂云台、李登辉等创办《大陆报》，并被推举为5位华董之一，兼总理《铁笔报》。辛亥革命时与陈其美共同在上海起义，参加攻打江南制造局的战斗。上海光复后协助陈其美组建沪军都督府，任总务科长。1912年南京民国临时政府成立时应孙中山之邀赴南京襄组总统府，任秘书。曾随孙中山北上，后返沪任职于《生活日报》。同年4月又与叶楚伧、柳亚子等创办《太平洋报》。1914年参加中国科学社，并任该社《科学》杂志总务，是《科学》月刊的主要发行人之一。1915年10月与吴稚晖、章木良等组织《中华新报》，后又与张云抟、汪汉溪等组织全国报馆俱进会，任会长。1916年任寰球中国学生会总干事。后又与美国傅步兰等主持盲童学校，任副校长。1919年又兼任《申报》职。1920—1923年出游欧美，历游美、英、法、德、意、俄等20余国，并任《申报》驻欧记者、《中国评论周报》社总经理。1923年回国，任黎元洪总统府咨议。1932年被聘为上海市通志馆副馆长，与柳亚子等人一起整理地方文献资料和编纂《上海市通志》。1937年抗日战争全面爆发后与沪江大学校长刘湛恩在上海同组国际友谊社，出版英语刊物《回声》，揭露与谴责日寇的侵略暴行。1940年1月出任驻菲律宾领事。1942年4月17日被占领马尼拉的日军杀害。抗战胜利后被国民政府追认为烈士。1947年7月7日遗骸被运回国内，安葬在南京雨花台区菊花台公园。1989年1月30日，被民政部批准为革命烈士。擅书法，在南社中有“圣手书生”之誉。原配夫人周湘云早故，继室岳麟书亦早故，再续弦蔡景明，后两位为南社社友。

朱少巽（生卒年不详） 湖南慈利人。南社湘集社友。

朱凤蔚(1889—?) 浙江海盐人。名谦良,字凤蔚,号凡鸟,别署劲草。朱宗良兄。南社社友、新南社社员、南社湘集社友、南社纪念会会员。1917年12月7日由叶楚伧、朱宗良介绍入南社,入社书编号1002。民国初年任浙江省议会议员。1916年供职于《民国日报》,任主笔。30年代初任上海市政府第三科科长。著有《南社影事》《党国人物志》等。妻龚兰因,为南社纪念会会员。

朱文中(生卒年不详) 江苏武进(今常州)人。字佛公。新南社社员。曾任国民政府秘书。1924年10月10日参加新南社第三次聚餐会。

朱文鑫(1883—1939) 江苏昆山人。字贡三,号槃亭,又号盘亭。南社社友、新南社社员,天文学家。由社友介绍入南社,未填写入社书且未予编号。清末附贡生,早年入江苏高等学堂,与叶楚伧一同赴上海参加爱国学社。后回苏州任苏州师范传习所教员,又与柳亚子等创办苏州女学,提倡女子教育,被举为校长。1907年毕业于上海南洋中学,同年11月留学美国威斯康星大学,获理学士学位,并留校任教。1912年回国后参加中国同盟会,先后执教于长沙高等工业专门学校、上海南洋路矿学校、上海开明女学,1916年兼任南洋大学(上海交通大学前身)教授,1917年又兼任复旦大学教授,并任上海南洋路矿学校教务长、校长。1919—1921年被选为全国欧美同学会总干事。1924年又创办东华大学,并任校长。1927年后历任江苏省建设厅技正、江苏省政府秘书兼课长、江苏省土地局局长、江苏省通志编纂兼总务主任等职。1933年在中国天文学会第十届年会上当选为评议员。1939年当选为中国天文学会"永久会员"。1939年5月15日病逝于上海。著有《史记天官书恒星图考》《天文考古录》等。

朱文鑫

朱双云(1889—1942) 上海人。名树鹤,字立群,又字双云,号云甫,又号云父,别署朱八小子。南社社友,剧评家兼新剧家。1916年由陈万里介绍入社,入社书编号645。肄业于敬业中学、民立中学、南洋中学诸校,后毕业于速成师范学校。1905年冬与汪优游、王幻身等发起成立并主持开明演剧会,提倡新剧。1908年冬与汪仲贤创办一社。1909年春又创设上海演剧联合会。主持新剧小说社、笑舞台、导社等戏剧团体,长期从事新剧创作和演出,经常有剧评刊诸报端。1913年鼎助郑正秋创办新剧,多有擘划。性好交友,与王瘦月、管义华、周瘦鹃、汪优游等时相往来。著有《新剧史》《新剧春秋》以及新剧剧本《淝水之战》《平壤孤忠》等。

朱兰英(1900—?) 广东番禺(今广州)人。女。字纫秋。南社社友。1917年5月20日由蔡哲夫介绍入社,入社书编号899。是同为南社社友李昌赓的夫人。

朱师海(生卒年不详) 湖南醴陵人。字伯深。南社湘集社友。

朱屺瞻(1892—1996) 江苏太仓人。原名增钧,一作增均,字屺瞻,号起哉,又号二瞻老民。南社纪念会会员。早年考入邮传部上海实业学堂(上海交通大学前身),师从唐文治习艺。1913年11月入刘海粟等创办的上海美术院(1915年更名上海图画美术院)学习西洋画,后留校任教。1917年夏东渡日本,学习西方绘画、印象派画法。同年回国后定居上海,深研中西美术,并加入天马会。1928年与王济远、江小鹣、潘玉良、张辰伯等在上海创办艺苑绘画研究所。1930年任新华艺术专科学校教授。1933年与杨秀涛、周碧初等组织洋画实习研究会。1934年出资建造新华艺术专科学校绘画研究所,任主任和导师,还在太仓创办乡村改进社,教农民识字。1935年加入诸闻韵、潘天寿等发起组织的白社画会。1936年又与汪亚尘、徐悲鸿发起组织默社画会。1937年第二次东渡日本,考察日本美术教育。1949年10月发起组织中华新美术教育社。1956年4月受聘为上海文史研究馆馆员。翌年上海画院成立,被聘为画院画师。曾先后担任华东师范大学和上海大学兼职教授、中国美术家协会上海分会常务理事。1995年5月上海建成朱屺瞻艺术馆,并举办朱屺瞻105岁个人画展。作品有《朱屺瞻画选》《朱屺瞻画集》等。书法亦佳。

朱屺瞻

朱汝玉(1894—?) 江苏吴县(今苏州)人。女。一名慧,字琼琼,号月明。南社社友。1917年1月1日由费公直、吴素秋介绍入社，入社书编号784。

朱汝珏(1895—?) 江苏吴县(今苏州)人。字璧人。朱汝玉族弟。南社社友。1916年9月15日由王大觉介绍入社，入社书编号688。

朱寿蘐(1890—?) 江苏南汇(今属上海市浦东新区)人。名惟恺，字寿蘐。南社社友。1910年由夏昕蕖介绍入社，入社书编号93。

朱克昌(1898—?) 广东番禺(今广州)人。字凤言。南社社友、广东分社社员。1917年3月20日由蔡哲夫介绍入社，入社书编号843。1917年3月参加南社在广州六榕寺举行的广东分社第一次雅集。

朱伯裳(1878—?) 江苏南汇(今属上海市浦东新区)人。名芾，字伯裳。南社社友。1910年8月由俞锷介绍入社，同年12月2日补填入社书，入社书编号95。

朱彤筠(1891—?) 浙江嘉善人。女。名颖，字彤筠。南社社友。1921年8月14日由柳亚子、余十眉介绍入社，入社书编号1099。

朱纯经(生卒年不详) 湖南慈利人。南社湘集社友。

朱枕薪(生卒年不详) 江苏吴县(今苏州)人。新南社社员。1919年8月与江苏省立苏州第一师范学校学生张建初、华有文及陈德徵等组织人社，接受新思想。1922年1月作为中国代表团成员出席在莫斯科举行的远东各国共产党及民族革命团体第一次代表大会。编译有《俄国革命史》(1923年)、《罗素论思想自由》(1924年)、《俄罗斯之妇女》(1926年)等。

朱叔建(1885—1977) 江苏松江(今属上海)人。名肇升，字叔建，又字建刚。南社社友、南社纪念会会员。1910年12月17日由朱少屏介绍入南社，入社书编号101。辛亥革命前参加朝廷拔贡选考，在法部任职。曾在北京松江会馆供职。1906年留学日本，并加入中国同盟会。归国后历任《申报》《神州日报》编辑、记者等职。1912年任南京民国临时政府司法部秘书，同年8月随孙中山至北京，任国民党本部总务部机要股长，9月中旬参加在黄兴临时寓所举行的南社第一次北京雅集。后又随孙中山南下。先后任江苏省参议会秘书长、上海市参议会秘书、松江县教育局局长等职。1927年创办松江景贤女子中学。1935—1949年历任中华职业教育社教员、上海鸿英图书馆主任和中华职业工商专科学校教授。1935年12月29日参加南社纪念会成立会。中华人民共和国成立后历任松江县政协副主席、苏南行政区政协委员兼副秘书长、江苏省政府参事、上海市政府参事、上海市政协委员。工诗词。有诗集《白下酬唱集》《华亭酬唱集》等。

朱叔源(1879—?) 江苏南汇(今属上海市浦东新区)人。名增濬，字叔源。南社社友。1910年8月由陈陶遗介绍入社，入社书编号53。中国同盟会会员。曾任上海浦东中学校长，与戴季陶相交甚厚。1910年8月参加在上海味莼园(亦称张园)举行的南社第三次雅集。1923年秋受戴季陶委托，安排蒋经国、蒋纬国入浦东中学就读。

朱味莼(1878—?) 安徽泾县人。名琼，字味莼。南社社友。1912年10月4日由胡朴安、周伟、胡寄尘介绍入社，入社书编号317。民国初年担任上海《国粹学报》编辑。

朱季恂(1888—1927) 江苏松江(今属上海)人。名肇旸，字季恂。新南社社员。1905年就学于上海健行公学，次年转学于南洋公学，并加入中国同盟会。1913年任松江县立第一高等小学教员。后主办松江景贤女子中学，并与侯绍裘在景贤女中成立三五社，宣传三民主义和五权宪法。1924年加入改组后的国民党，创办《松江评论》，组织成立松江救国同志会。后奉命组建国民党江苏省临时省党部，旋任国民党江苏省党部执行委员和常务委员、主要负责人兼组织部长。1926年被选为国民党中央执行委员，坚持孙中山倡导的“联俄、联共、扶助农工”三大政策。1927年病逝于广州。

朱侣霞(1875—?) 湖南醴陵人。名德龙，字侣霞。南社社友、南社湘集社友。1912年12月23日由傅熊湘、黄梦蘧、郑叔容介绍入南社，入社书编号330。民国初年供职于《长沙日报》馆。1912年9月参加在长沙烈士祠举行的南社临时雅集。参加1934年4月在长沙妙高峰南园举行的南社湘集第九次雅集及1936年3月在定王台举行的第十三次雅集。

朱念慈(1877—?) 广东东莞人。号介如。南社社友、广东分社社员、南社湘集社友。1917年3月25日由邓章兴、蔡哲夫介绍入南社，入社书编号848。1917年3月参加南社在广州六榕寺举行的广东分社第一次雅集。

朱泽润(生卒年不详) 湖南攸县人。字伯雅，又字释达。朱泽溥兄。南社湘集社友。

朱泽溥(1890—?) 湖南攸县人。字仲雅。朱泽润弟。南社社友、南社湘集社友。1920年4月由张端瀛介绍入南社,入社书编号1082。曾组织攸县春晖文社。

朱宗良(1893—?) 浙江海盐人。原名仲良,字尘仙,一字纯先,号无射。朱凤蔚弟。南社社友、新南社社员。1913年11月17日由朱少屏、叶楚伧、柳亚子介绍入南社,入社书编号389。民国初年任《民立报》主笔,后任《生活日报》编辑。1914年5月和8月参加在上海愚园云起楼及徐园双清别墅举行的南社临时雅集。1916年8月又参加在愚园倚翠轩举行的南社临时雅集。曾任国民政府监察院监察委员。

朱贯成(1891—1971) 安徽泾县人。字尊一,室名壮悔堂。新南社社员。1908年毕业于芜湖安徽公学,后参加辛亥革命,在安庆加入北伐队。1912年任安徽都督府机要科员,后任《安徽船报》社编辑。同年秋入上海神州大学习经济,肄业后在北平、安庆等地以写稿为生。后应聘在上海女子中学、建国中学、私立国民大学等校任教。与胡朴安等一起创办俭德储蓄会。1923年5月起与胡朴安同执《俭德储蓄会月刊》笔政。1936年秋回家乡任私立培风中学校长。抗战胜利后任泾县简易师范学校校长,兼任泾县文献委员会主任委员。中华人民共和国成立后任泾县中学校长。生平长于书法,尤精篆刻,擅长篆书隶书,1934年春专为黄宾虹刻"黄宾虹""黄宾虹印"双面印,两件皆为黄宾虹晚年最常用之印。著有《壮悔堂印说》。

朱荇青(1889—1954) 浙江海盐(一说平湖)人。名英,字荇青,号杏卿。南社社友、南社纪念会会员。1919年10月由周芷畦、徐半梦、黄复介绍入南社,入社书编号1080。早年求学于古乐名家李芳园所办之私塾,并向李芳园之弟子吴伯均学习琵琶,研究大套古曲20余年,技巧自成风格。其演奏的《十面埋伏》《浔阳琵琶》深受时人赞赏。1919年前后供职于北洋政府国务院院部处事务委员会。1927年任教于上海国立音乐院,兼学生宿舍指导员。1929年该校改称上海音乐专科学校后,专任琵琶教员。抗战时期创作许多激发爱国热情的琵琶乐曲,如《哀水灾》《难忘曲》《淞沪血战》等。1945年任湖北师范学院音乐系国乐教授。1946年2月至1951年7月应乡友、校长戈宗法之聘,回故乡任教。1953年被聘为中央音乐学院民族音乐研究所特约演奏员。1954年6月12日病逝于故里。创作有历史题材《秋宫怨》《长恨曲》及《"五卅"惨案》等琵琶名曲,器乐合奏曲有《枫桥夜泊》等。

朱南岑(生卒年不详) 籍贯未详。新南社社员。

朱砚英(1900—1981) 浙江海盐人。女。名端,字砚英,一字砚因,号幽芳居士。南社湘集社友。1932年与黄宾虹之侄女黄映芬联合顾慕飞(名飞)筹组女子书画社。1934年4月中国女子书画会在上海成立时,与冯文凤、李秋君、唐冠玉、虞澹涵、吴青霞等当选为执行委员。曾编撰《海盐画史》。1952年初春赴杭州栖霞岭黄宾虹寓所小住,与乃师观古画,谈画理,由其笔录成文,题为《虹庐画谈》。

朱品莹(生卒年不详) 湖南湘潭人。女。南社社友。由社友介绍入社,未填写入社书,介绍编号31。

朱剑芒(1890—1972) 江苏吴江(今苏州市吴江区)人。原名长绥,后改名慕家,字仲康、仲亢,号剑芒,别署太赤、朱肆、古狂等。南社社友、新南社社员、南社纪念会会员、南社闽集社友。1914年7月由柳亚子、顾悼秋、周云介绍入南社,入社书编号437。1911年与陈佚孟创办黎里平民小学,编印《禊粹报》,后任平望英毅两等小学教师、梅堰第一国民学校校长、苏州博文学校和桃坞中学教员。1919年五四运动时期执教于上海寰球中国学生会日校,兼教竞雄女校和市北中学等校,曾率领学生上街游行受阻。1922年7—8月间参加在上海福生路(今罗浮路)俭德储蓄会举行的南社临时雅集。1924年起兼任上海世界书局编辑,编《学生会周刊》、编朱氏国文课本。1927年后任苏州关监督、浙江全省禁烟总局秘书、南京特别市财政局文牍主任、上海市财政局秘书。30年代初任上海国学整理社编纂,编辑《国学丛刊》及10余种各类辞书。1936年与赵苕狂将《陶庵梦忆》等10种书考订汇编为《美化文学名著丛刊》。1939年任福建监察院审计部驻外稽查兼审计处第三组主任。1944年在福建永安办《长风报》。1945年与林秋叶、罗稚华等组织南社闽集,被公举为社长。抗战胜利后调至上海审计处,任代理处长。中华人民共和国成立后回到家乡,任禊湖中学校务委员会副主任。旋即赴常熟中学执教,并任常熟县政协副主席。生平长于诗词、小说和杂文,著有《辛亥革命沧桑录》《南社诗话》《朱剑芒文杂著拾存》等。兄朱剑锋,亦为南社社友。

朱剑芒发起闽社 南社掌故。1941年底太平洋战争爆发，香港沦陷，柳亚子历尽艰辛到达桂林，与在福建永安监察院审计部工作的朱剑芒取得联系。朱剑芒为组织闽社，致信柳亚子征求意见。柳亚子鉴于时局，回信表示："南社已完成历史任务，旧社员中人鬼异途（指汪精卫等人已堕落成汉奸），不宜恢复。"于是闽社一事暂时搁置下来。直到 1945 年端午节，经过长期酝酿的闽社，在南社旧友的努力下，在福建永安终于正式成立。入会人数为 17 人，到会者公推朱剑芒为社长。抗战胜利后，闽社人数近 40 人。闽社老前辈林秋叶住在福州偏僻的柴门乡，朱剑芒登门拜访，以师礼事之。林秋叶赋诗一首给朱剑芒，鼓励他为南社闽社做出成绩。诗曰："韩偓飘零庾信哀，帷灯匣剑出群才。即今南社消沉后，蒌苹分工左海来。"

朱剑芒退出寰球中国学生会 南社掌故。1920 年，上海各学校组织纪念五四运动一周年，反对北洋军阀政府的黑暗统治，在游行集会时遭到反动军警的殴打，其中也包括寰球中国学生会的高年级学生。朱少屏当时主持寰球中国学生会校务工作，从爱护学生出发劝导学生，但部分学生并不理解。时任学生会教务与《学生会周刊》的朱剑芒则积极支持学生，对于朱少屏的举动并不赞成，愤而退出寰球中国学生会。

朱剑锋（1888—约 1948） 江苏吴江（今苏州市吴江区）人。原名祖绶，更名霞，字佩侯，号剑锋，别署少云、秋水、桃椎仙史。南社社友。1915 年 6 月 27 日由柳亚子、顾悼秋、周云介绍入社，入社书编号 545。少年时期深受康有为、梁启超影响，作诗均以排满反清为宗旨。字学黄山谷体，论诗尊宋。擅画梅，极受时人称赏。中年丧妻，为了儿女不再续弦，有《元吊梦图》一幅表明心态。弟朱剑芒，亦为南社社友。

朱觉奩（1881—？） 江苏武进（今常州）人。名濂，字觉奩。南社社友。1916 年由顾鸣盛、胡寄尘介绍入社，入社书编号 708。民国早年曾在上海本埠跑马厅医药书局供职。

朱络英（1891—？） 安徽泾县人。女。南社社友。1917 年 11 月 22 日由其丈夫黄忏华和柳亚子介绍入社，入社书编号 999。

朱鸳雏（1897—1921） 江苏松江（今属上海）人，原籍苏州。名玺，字鸳雏，号孽儿，别署尔玉、银箫旧主。南社社友。1915 年 11 月 9 日由杨锡章、姚鹓雏、高旭、李拙介绍入社，入社书编号 569。幼失双亲，由邻里朱姓夫妇收为养子。幼特颖悟，十余岁即能诗文。又喜戏剧，登场饰旦角，楚楚动人。松江杨锡章爱其才、怜其苦，收为义子，并由其主办的松江孤儿院抚育成长。参加张破浪等人组织的梅社和松风诗社，又为松江剧社梁柱。文宗林琴南，爱读林琴南所译小说，写了不少诗词，发表于报刊上。后在上海鬻文，以笔墨文字谋生，并曾一度任《申报》副刊《自由谈》编辑。因"同光体"评价之争被南社主任柳亚子驱逐出社。后病逝于松江。著有诗词《凤子词》《断肠草》等，小说《桃李因缘》《玉楼珠网》等，杂著《红蚕茧集》《二雏余墨》（与姚鹓雏合作）等。

朱鸳雏遗著 现代文学作品集。时希圣编纂。4 辑。中西书局总店 1936 年特约发行。该书搜辑朱鸳雏生前发表于书刊杂志上的作品。其中一辑为小品文，收录《巨灵记》《诛情记》《离京记》等 14 篇；二辑为手札，收录《与妇笺》节录 19 通；三辑收录诗词 19 首；四辑收录纪念文 17 则。时希圣在叙言中称其"运笔如西洋狄更斯"。

朱救黄（1874—？） 江苏松江（今属上海）人。名照，字救黄。南社社友。1910 年由柳亚子介绍入社，入社书编号 80。

朱翊新（1896—1985） 江苏吴江（今苏州市吴江区）人。新南社社员、南社纪念会会员。1914 年江苏省立苏州第一师范学校毕业，后历任周庄小学教员和校长。1919 年又考入国立南京高等师范学校。1924 年夏任上海世界书局编译所教科书部的编辑和主任，又受聘任《民国日报》编辑，主编教育和体育专版。1932 年《民国日报》改组，任主笔。1924—1937 年期间先后编辑出版数十种中小学教科书。抗日战争全面爆发后在上海《中美日报》任编辑，宣传抗日。1945 年抗战胜利后《民国日报》复刊，其仍回报社主编教育版。同年被上海大东书局聘为编辑部编审，主编中小学知识文库。1949 年 5 月又应上海联合出版社之约，主编部分中小学国语课本。由其主编的大型工具书《学习词典》影响广泛。

朱智千（？—1951） 江苏吴江（今苏州市吴江区）人。新南社社员。

朱锡梁（1873—1932） 江苏吴县（今苏州）人。字梁任，号纬君，又作纬军，别署君仇。南社社友、新南社社员。1909 年 11 月 13 日入南社，1911 年 6 月 6 日由柳亚子介绍补填入社书，入社书编号 153。是参加南社第一次雅集暨成立大会的17位社友之一。1899年东渡日本，入东京弘文学院速成科学习。1903年6月《苏报》案发生后，常去提篮桥监狱探视章太炎。同年11月与包天笑、苏曼殊、范烟桥、杨韫玉等在苏州郊外狮子山举行以诗文招国魂活动。后加入中国同盟会。1911年武昌起义时参加江苏军北伐先锋营，由镇江北上亲历战阵。1915—1921年先后任上海《商务报》编辑部副主任、苏州《正大日报》社社长等职。1924年任南京东南大学教授。1927年任苏州美术专科学校校董，并主讲金石学，还担任过吴县和江苏省古物保管委员会委员。1932年11月12日乘船赴甪直保圣寺参加唐塑罗汉古物馆开幕典礼时，不幸因覆舟而殁。一生在天文、乐律、小学、金石、书法等领域均有造诣，尤精于甲骨文字的研究。著有《甲骨文释》《草书探源》《词律补体》等，大都散佚。部分诗文刊于《南社丛刻》。

朱谨侯(1887—1914) 广东梅县(今梅州)人。名骞，字谨侯。南社社友。1912年5月15日由业师古直介绍入社，入社书编号276。曾主持过黄竹小学、滂溪小学校务。1913年到汕头担任古直所办的《大风日报》社务，后报社业务停顿遂返归乡里。翌年春复回汕头，因目睹袁贼窃国，觉国事不可为，悲愤忧心，于1914年在汕头病逝。

朱静宜(生卒年不详) 湖南湘潭人。女。朱品莹姐，李德群夫人。南社社友。由社友介绍入社，未填写入社书，介绍编号30。丈夫李经舆，亦为南社社友。

朱熙瑞(生卒年不详) 湖南慈利人。字絜陶。南社湘集社友。

朱蔚真(1881—?) 湖南湘潭人。名炳，字蔚真。南社社友。1917年6月23日由方旭之介绍入社，入社书编号919。

朱蔚堂(1880—?) 浙江萧山(今杭州市萧山区)人。字恬生。南社社友。1917年4月8日由王海帆介绍入社，入社书编号860。民国初期在萧山临浦高等小学任教，后到浙江省立杭州女子师范学校任教员。1917年4月参加在杭州西湖葛荫山庄举行的南社临时雅集。

朱儁良(1893—?) 江苏金山(今属上海)人。南社社友。1911年8月8日由沈砺介绍入社，入社书编号168。早年就读于松江府中学堂。

朱瘦桐(1899—?) 江苏太仓人。名翱，字瘦桐，号泪痕。南社社友、南社纪念会会员。1915年3月28日由胡寄尘介绍入南社，入社书编号491。著有《马浪荡》。

朱潄六(生卒年不详) 籍贯未详。名文艺，字潄六。南社社友。由社友介绍入社，未填写入社书，介绍编号34。

朱穀荪(1870—?) 浙江吴兴(今湖州)人。名文颖，字春蛰，号穀荪。南社社友。1910年由莫质誉介绍入社，入社书编号90。辛亥革命前在湖州中学堂任教员。

朱震一(生卒年不详) 浙江嘉兴人。南社社友。由社友介绍入社，未填写入社书，介绍编号35。

朱鹤孙(1885—?) 江苏松江(今属上海)人。名普，字鹤孙。南社社友。1914年6月16日由卫克强、杨锡章、张聘斋介绍入社，入社书编号426。

朱镜宙(1889—1985) 浙江乐清人。字铎民。南社社友。1916年9月由邵瑞彭介绍入社，入社书编号765。早年毕业于杭州师范讲习所。1912年入浙江法政学校读书。毕业后任杭州《自由报》《民铎报》编辑、温州《天声报》主笔，并自创《天钟报》。1915年赴沪入《民信报》供职。1916年任北京《民苏报》编辑。1917年任广州护法军政府参议。1918年任新加坡《国民日报》总编辑。后历任福建中国银行副行长兼厦门大学教授，甘肃省民政厅长、财政厅长，陕西省财政厅长等职。1946年返沪，任上海瓯海银行总经理。后赴南华山出家，随侍虚云和尚，取法名宽镜，法号佛显。1949年去台湾，寓观音山凌云寺、台中正觉寺。著有《五乘佛法与中国文化》等。

朱羲农(生卒年不详) 江苏镇江人。南社纪念会会员。20世纪30年代初曾任《新闻报》记者。夫人黄冰清，亦为南社纪念会会员。

朱嬾仙(1885—?) 湖南醴陵人。名沃，字继仁，号懒仙。南社社友。1916年9月9日由黄梦蘧、傅熊湘介绍入社，入社书编号682。

先三乡贤年谱 年谱。黄映奎、黄佛颐编。1册。纯渊堂1903年刻本。《黄氏家乘续编》收黄瑜(1426—1497)的《双槐公年谱》、黄畿(1465—1513)的《粤洲公年谱》、黄佐(1490—1566)的《文裕公年谱》。杨裕芬作序。

先秦诸子批判 思想史论著。杜守素(国庠)著。作家书屋1948年8月出版。全书共分6篇。《论公孙龙子》,考证战国名家公孙龙的哲学与逻辑。《论荀子成相》,提出"成相篇"中有更加深刻的法术思想。《荀子从宋尹黄老学派接受了什么》,一篇认为荀子的思想批判地接受了道家的自然天道观,并从荀子论著中得以考证。《中国古代由礼到法的思想变迁》,主要阐述了荀子与韩非子思想之间的关系。《关于〈墨辩〉的若干考察》,重点论证了墨家"思辨"、注重实事求是的思想。《略论礼乐起源及中国礼学的发展》,是针对当时社会上一些人盲目鼓吹"复兴礼学",而不重民主与科学的现象所作的批判。通过礼乐的起源以及礼学的发展,提倡现代中国应实行民主与科学,而并非恢复古代礼乐。其著作重视用马克思主义观点总结中国古代思想文化遗产,研究问题重视资料的占有、考证。

先秦诸子的若干研究 先秦哲学研究著作。杜守素(国庠)著。1册。生活·读书·新知三联书店1955年第一版。以孔子到韩非以来的儒家、墨家、道家、法家、名家为主要代表,阐述了先秦诸子思想学说的涵义,具体梳理分析了先秦诸子各家之间互相制约,互相依存,以及各家与各家、各派与各派之间千丝万缕的关联。重点对公孙龙、荀子、墨子的思想体系作了深入的研究,特别是对中国古代由礼到法的思想变迁、礼乐起源及中国礼学提出了独到的见解。

先秦诸子思想 思想史论著。杜守素(国庠)著。生活·读书·新知上海联合发行所1949年发行。全书有9章,分别论述先秦儒、墨、道、法、名家的思想,其中包括孔子、墨子、宋钘、尹文、孟子、庄子、荀子、韩非子等。诸子思想涉及范围广泛,从哲学到政治,从修养到教育,无所不包。先秦诸子围绕天人之际和古今之变以及名实礼法等问题各抒己见,学派之间既互相克制争辩又互相补充吸引,而每个学派内部也不断分化发展,因此在客观上形成了一个有机而庞大的思想体系。作者对先秦诸子思想进行了系统、全面、独到的研究,以唯物主义的方法逐一深入分析诸子思想中所阐述的宇宙本源和自然规律问题、天人关系问题、人性善恶问题以及认识论和逻辑学。该书所进行的探索为我国哲学研究乃至思想研究的理论和方法奠定基础。

先烈陈仲权先生遗著 诗文集。陈以义(仲权)撰。1卷,1册。陈乃和等1936年铅印本。蔡元培题签。内有《国民政府二十三年十一月十七日褒扬命令》。蒋介石题《陈仲权先生遗像》。于右任署端。林森、蔡元培、吴敬恒、戴传贤、叶楚伧、于右任、邵元冲、丁惟汾、陈果夫、陈立夫、孔祥熙、朱家骅、吴铁城、曾养甫、邵力子、余井塘、陈肇英、苗培成、刘峙、商震、周启刚、陈布雷、王柏龄、王伯群、杨树庄、庄钟骥、王日极、林铮、谭天、蒋凤墀等分别题词。野僧著《传略》。收录诗文若干。附《倚云楼唱和集》1卷,程云修撰;《陈仲权烈士纪念集》1卷,陈乃和等著。

乔 湘(1900—?) 上海人。字士衡,号节庵。南社社友。1917年12月8日由姚鹓雏、杨贻谋介绍入社,入社书编号1003。

传无尽灯——黄宾虹·艺术大展作品集 美术著作。王检养、陈浩、莞城美术馆、浙江省博物馆编。1册。广西美术出版社2010年初版。陈浩作前言《成一家法传无尽灯——黄宾虹生平事略》。含郎绍君《笔墨和黄宾虹笔墨研究——在黄宾虹与笔墨问题论坛上的发言》、王中秀《试论黄宾虹画学的时代属性》、骆坚群《笔墨有道直抵精神——黄宾虹五笔七墨法的渊源与辩证》、陆易《从美展国画谈来看黄宾虹的传统坚持以及美术史的地位——以1929年第一届全国美展为例》和任晓华《脉传新安——新安派画家对黄宾虹的影响》等文。选编的黄宾虹作品有山水篇之新安本色、山水篇之澄怀观化、山水篇之面壁求破、山水篇之穿茧蝶飞、花鸟篇之水流花放、书法篇之舒和之致和印章篇之冰上鸿飞。附黄宾虹年表和谢钧的后序。

伍平一先生珍藏先烈黄克强陈英士两公遗墨 辛亥革命史料。王钝根编。1册。上海全球华侨总公会秘书处1933年铅印本。有《旧金山中华革命军筹饷局成立摄影》,照片前有黄兴作《中华革命军筹饷局事略》,照片中有孙中山、伍平一等18人。王钝根作序。录《先烈黄克强陈其美两公遗墨》《伍主席澄宇致华侨总公会函》《附上孙中山先生书》《附建议将中国同盟会改组政党计划大纲》《附致蓝天蔚将军论飞战队组织暨计划大纲》和《附伍平一先生谒灵十首》。

伍 仲(1894—?) 湖南沅陵人。字子恒,一字子衡,号涵虚。南社社友。1916年12月13日由张传琨介绍入社,入社书编号771。

伍崇学(1881—1955) 江苏江宁(今南京)人。字静虑,号仲文。回族。南社社友。1912年4月25日由苏曼殊、朱少屏、柳亚子介绍入社,入社书编号263。1899年考入南京路矿学堂,与鲁迅为同学。1902年

5月和鲁迅一道赴东京入日本弘文学院习日文，后入东京高等师范学校理化科。学成归国后任两江学务处参事。辛亥革命后任南京民国临时政府教育部普通教育司第三科科员，后随民国临时政府北上。1912年9月中旬参加在黄兴临时寓所举行的南社第一次北京雅集。1913年3月任北京民国临时政府教育部视学。1915年4月任教育部普通教育司司长。1917年9月任江西省教育厅厅长，旋改任浙江省教育厅厅长。1921年1月又调任江西省教育厅厅长，同年底辞职退出政坛。1928年支持中国回教学会在上海创办伊斯兰师范学校并任该校义务教员。翌年参加胡朴安、姚光等发起成立的中国学会，研究国学。后任上海敦化学校（回民中学）教员。1953年3月受聘为江苏省文史研究馆馆员。

伍澄宇（生卒年不详） 广东广州人。字平一。南社湘集社友。

伏枥轩四种诗钞 近体诗集。杨赓笙著。1册。1937年初版。闵孝吉题签。杨赓笙作弁言和西湖补诗赘言。陈鉴阳、闵孝吉分别作序。含西湖补诗、羊城鸿爪、三载呻吟和苏降集4种，共449余首，均为作者60岁之后的作品。王时彦题卷尾。

仲　中（1895—1970） 江苏泰县（今泰州）人。字遂民，号一侯。南社社友、新南社社员。1914年6月25日由柳亚子介绍入南社，入社书编号430。1917年毕业于江苏省立南京第一工业学校。先后任教于溱潼、广武等地和泰县女子职业学校、泰县县立中学、泰县县立师范、私立时敏中学、泰州城中和城北业余学校。1923年，与父仲少卿于泰州发起创建来复社。1940年10月9日，与人联合发起成立泰社。历任全国古物保管会泰县支会委员、泰县修志局编纂、泰县文献委员会委员、泰州工商联历史资料编纂和泰州市政协委员等职。工诗文，擅书法。夫人陈佩章，亦为南社社友。

仲可随笔 随笔集。徐珂著，李云编校。1册。中共中央党校出版社1998年初版，列入"近世文史随笔选粹丛书"。姜纬堂作丛书前言和徐珂和他的随笔。含杂感87题、记述124题、谈故111题、人物65题和诗词68题。附夏敬观《杭县徐仲可先生墓志铭》、陈灨一《徐珂工词》、郑逸梅《徐仲可提倡天足》和徐新六《康居笔记汇函题记》，以及徐珂《范园客话弁言》《呻余放言自序》《云尔编自序》《梦湘呓语自序》《知足语自序》。

仲泰林（生卒年不详） 江苏松江（今属上海）人。南社纪念会会员。

仲素其（1886—?） 江苏沭阳人。字行然。南社社友。1914年5月24日由柳亚子、周伟介绍入社，入社书编号413。

任传薪（1887—1962） 江苏吴江（今苏州市吴江区）人。名侠，字味知。南社纪念会会员。是吴江同里退思园主人任兰生之遗腹子，故小名唤作"遗官"。幼年与柳亚子同读于同川公学。1905年春支持柳亚子创办《复报》，次年在自家退思园内创办丽则女学。后到上海入健行公学、上海震旦学院就读，又赴德国、日本考察女子教育。回国后，在丽则女学设艺术专修科，又开设师范本科，为家乡培养女教师。先后任上海南洋中学教员、上海圣约翰大学教授。在圣约翰大学执教期间，与青年教师陈从周结成忘年交。

任茂梧（1884—?） 浙江海盐人。名凤冈，字茂梧。南社社友。1917年由张心芜介绍入社，入社书编号905。民国早期任职于杭州《良言报》馆。1917年4月参加在杭州西湖葛荫山庄举行的南社临时雅集。

任凯南（生卒年不详） 湖南湘阴人。字戆沉。南社湘集社友。1924年4月6日参加在长沙刘园举行的南社湘集第一次雅集。

任梦痴（生卒年不详） 江苏吴江（今苏州市吴江区）人。新南社社员。1923年与范烟桥等一道加入盛泽小说研究会苏州分会。

任鸿隽（1886—1961） 四川垫江县人（今重庆市合川区），祖籍浙江吴兴（今湖州）。字叔永，别署庶允。南社社友，科学家。1914年由朱少屏介绍入社，入社书编号440。1904年中秀才。1907年入中国公学。1908年留学日本，入东京高等工业学校应用化学科。次年加入中国同盟会。辛亥革命后任南京民国临时政府大总统府总务科秘书，后往天津主持《民意报》。1913年赴美国留学，入康奈尔大学攻读理化等科，获学士学位。1914年与赵元任、胡先骕、杨杏佛等发起成立科学社，创刊《科学》杂志。1915年当选为中国科学社社长，主持社务前后达30余年。还在上海与胡明复、杨杏佛等

任鸿隽

发起创立中国科学社图书馆(今黄浦区明复图书馆)。1918年获哥伦比亚大学硕士学位。同年回国后历任教育部专门教育司司长、北京大学教授、商务印书馆编辑、东南大学副校长、四川大学校长、中华教育文化基金会董事兼干事长、中央研究院总干事兼化学研究所所长等职。中华人民共和国成立后,历任政务院文化教育委员会委员、上海科技图书馆馆长、上海图书馆馆长、上海市科学与技术协会副主席、全国政协委员等职。能诗,有《岁暮杂咏》《嫦娥》等,著有《科学概论》等。今有《任鸿隽文集》。

任鸿隽陈衡哲家书 书信集。任鸿隽、陈衡哲著。1册。商务印书馆2007年初版,民间家书第三辑之一。前有雷颐《任鸿隽的今日意义(代序)》。收任鸿隽和陈衡哲的40封家书,以及家书原件与部分老照片,除了有家书正文外,还有家书背景。附任尔宁后记和赵慧芝的任鸿隽年表、陈衡哲年表。

伤乱四首(其三) 诗篇名。七律。卜世藩作。诗作先抒发诗人心忧天下的感情,并借用东晋王导"新亭对泣"典故,慨叹辛亥革命成果被袁世凯篡夺;批评辛亥革命后南北议和为多事,错将临时大总统宝座让与袁世凯,认为辛亥革命败于外力,而不是革命队伍内部措置不当。进而慨叹时世荒乱,自己拙于谋生,经历十年时局忧患动荡,人老了,成了铩羽的"倦鸟"。诗篇忧时伤乱,满纸苦味;用典自然,意象贴切。

伤昙录 哀挽录。高燮编。1卷,1册。闲闲山庄1914年铅印本。野侯等分别署端。有编者亡儿五、六岁时小影。姚锡钧作序。高吹万作自序和自序二。柳亚子、邓尔雅、杨了公、姚石子、丁三在、陶小柳、范烟桥、胡朴安、周人菊、高天梅、傅屯艮等分别作《哭丰儿文》。

伦理学精义 伦理学著作。谢蒙编。中华书局1914年初版。全书分4编(共20章):一、序论;二、善恶之本原及行为标准论;三、义务论;四、德论。论述伦理学的定义、东西方伦理学异同、研究法、效用及范围,人对自身、家族、社会、国家、天地万物的义务,德之意义、修养、分类、应用、超绝之德等。为国内早期出版的伦理学著作。作者认为,伦理学是"论风俗习惯之科学,而为人间行事之指导,大抵近于我国之礼","伦理之义,实与礼互通"。认为"伦理之本既立,则人之行为,皆有常道以处之"。

华　龙(1881—约1929) 江苏无锡人。字无闷,号子翔。南社社友。1910年由赵正平介绍入社,入社书编号56。曾任苏州苏苏女校和沧浪亭江苏师范学堂教员,治宋明性理之学。著见《南社丛刻》。弟华鸿,亦为南社社友。

华龙

华兴会 社团名。中国近代资产阶级革命团体。1904年2月15日成立于湖南长沙。以"驱除鞑虏,复兴中华"为宗旨,以"湖南发难,各省响应,直捣幽燕"为斗争策略。会长为黄兴,副会长为宋教仁、刘揆一、秦毓鎏等人。华兴会对外称"华兴公司",以"兴办矿业"为名,入会者均称入股,"股票"即会员证,并以"同心扑满、当面算清"为口号,隐含"扑灭满清"之意。其总机关为"华兴公司",设在长沙南门外。在长沙小吴门正街设立东方补习所,名为教授日文,实为华兴会活动机关;又在东街设立作民译社,"以讲求实学,翻译新书为宗旨",作为华兴会的宣传和联络机关。此外,在醴陵设立禄江学堂,刘揆一任监督,负责调度各路发难事宜。在省外,又设"上海爱国协会""华兴会湖北支部",其活动超出一省范围。会员发展到五六百人,绝大多数是从日本留学归来或在国内学堂肄业的进步知识分子,并构成了华兴会的领导层。1904年初春,黄兴、刘揆一会晤同仇会首领马福益,共同商订11月在长沙起义计划。因事泄起义未成,黄兴与大批华兴会成员东渡日本。马福益避走湘西,于次年谋划再次举义,事败被捕,1905年4月20日在长沙浏阳门外英勇就义。至此,华兴会在国内的活动基本停止。1905年8月20日,华兴会与兴中会、光复会等组织合并成立中国同盟会,华兴会遂停止活动。

华严字母学音篇 语言学著作。萧蜕撰。1卷,1册。1933年铅印本。汪家玉作序。前有例言云"华严字母学音篇,慧脱居士草创"。"此表为研习华严字母而作"。有华严字母发音表、华严字母三十六字母对照表、华严字母国音字母切音表。附录北京音字母表、注音字母表。

华严集联三百 佛学著作。弘一法师编。上海开明书店1931年印行。弘一法师从晋译《华严经》偈颂中集辑百联,从唐译《华严经》偈颂中集辑百联,又从唐贞元译《华严经普贤行愿品》偈颂中集辑百联,共

300联。全书于1930年秋集成，弘一法师作序，刘质平作跋。此书系弘一法师为生母70冥诞而挥毫恭写，被公认为其书法代表作品。弘一法师曾在《华严集联三百序》中道其初衷："缅怀罔极，追念所生，发宏誓愿，从事律学撰述，并以余力集华严偈缀为联语，手录成册。冀以善巧方便，道俗利生。""惟愿后贤见集联者，更复发心读诵研习华严大典。以兹集联为因，得入毗卢渊府，是尤余所希冀者焉。"书中还编录了弘一法师1931年所撰的《华严经读诵研习入门次第》。

华侨 华侨史。涂开舆著。1册。商务印书馆1931年初版，列入万有文库第一集和"百科小丛书"。含绪言、南洋之华侨、日本西伯利亚及港澳之华侨、美洲之华侨、大洋洲之华侨、非洲之华侨、欧洲之华侨、华侨人数之估计和华侨每年之寄金等章。

华侨革命开国史 华侨史。冯自由著。1册。重庆商务印书馆1946年初版。居正题端。冯自由自序。含香港之部、檀香山之部、日本之部、越南暹罗之部、美国之部、南洋英荷二属之部、缅甸之部、加拿大之部、其他各部和华侨革命党选举归国参政代表之经过等内容。

华侨革命组织史话 华侨史。冯自由著。1册。台北正中书局1954年初版。于右任列表题端。本书记述的清末海外华侨组织含兴中会时期和同盟会时期两编，有檀香山兴中会、香港辅仁文社、香港兴中会、横滨兴中会、南非洲兴中会、新加坡同盟会、越南西贡堤岸同盟会、香港《东方日报》、越南河内同盟会、缅甸仰光同盟会、美国同盟会、檀香山同盟会、新加坡《星洲晨报》、加拿大致公堂及《大汉日报》、加拿大同盟会、香港金利源药材行等内容。

华泾梅林 南社掌故。刘季平嗜花成癖，爱梅若渴。他的家在上海华泾，寓所称为"黄叶楼"，楼旁有一片梅林。据说刘季平在镇江执教时，应学生黄胜白之邀游扬州，购得盆栽梅花数百盆。寒假返回上海在昼锦里设摊出售，结果卖出盆花不多，只得将一部分梅花赠给亲友，一部分携归华泾种在屋旁，若干年后，蔚然成一片梅林。

华振域(1884—?) 江苏无锡人。字书城。南社社友。1914年8月6日由华龙介绍入社，入社书编号443。

华盛顿 传记。林万里编。1册。商务印书馆宣统元年(1909年)初版，列入"少年丛书"。含绪论、华盛顿之家世及其少年、英法殖民地之战争、英王压制殖民、独立战争、独立告成和华盛顿之退隐及其轶事7章。每章结尾处附批评。

华龛诗稿 诗词集。2卷，2册。余鲲撰。民国年间抄本。《华龛诗稿》1卷，谭延闿题签。黄膺膺作《华龛诗稿书后，用集中酬刘艮生师诗韵》1卷。姚大慈作序。

华族祖国歌 诗篇名。歌行体。马君武作于1906年。热情讴歌祖国幅员广大，赞美祖国历史上受到周边许多民族尊崇，礼赞祖国历史悠久、风景优美、物产丰富，歌颂黄帝挥斥八极、开疆拓土的伟绩，赞美夏禹根治水土，礼赞历史上祖先保卫祖国的大无畏精神。认为祖国存亡每个中国人都有责任，号召每个中国人为保卫祖国而英勇战斗。全诗七节，一至四节每节开头设问句，一问一答，引人入胜，以否定句作结，坚定有力。全诗各节押同一韵脚，音韵铿锵，韵味悠长。

华 鸿(1886—?) 江苏无锡人。字裳吉。南社社友。1914年8月6日由其兄华龙介绍入社，入社书编号444。民国初年就读于杭州浙江医业专门学校。

自由与组织 政治学著作。罗素著，陈瘦石(云峰)、陈瘦竹译。1册。商务印书馆1936年初版，列入"中山文库"。王文山作序。有著者序。含正统主义、思想的进展、美国的民主政治与财阀政治、国家主义与帝国主义4部32章。附参考书目。

自由花弹词 弹词唱本。天虚我生(陈蝶仙)著。家庭工业社1917年8月第二版。作品以说唱和白话两种表达方式，以留日学生杨世空所办女学为中心，讲述俪萧、剑华、爱兰、世空和女扮男装的徐恋春之间的爱情纠葛；中间以剑华被骗事件为核心，引入善用催眠术的穆志诚、江湖大盗盖天青、侠女穆紫英和神探杨二之间开展的追捕故事；最后以徐恋春之弟徐万书与俪萧、爱兰的完满结合收尾。弹词兼具了小说情节的生动性与戏曲本身的韵律之优美，催眠术和男扮女装(女扮男装)是推动故事发展的故事情节，民国年间的社会动荡与吐司、催眠、现代式婚礼等因素是促使俪萧、剑华、爱兰和徐恋春4朵自由花奔放的时代背景。故事生动，其中还夹杂侠义、侦探情节。

自由的理论与实际 政治著作。萧公权著。1册。商务印书馆1948年初版。列入"光华大学丛书"。有作者序。是书为作者应上海光华大学之约所作的学术演讲。含自由的历史基础、自由的误解与真解和自由秩序与道德3讲。

自由原理 政治学译著。英国弥勒·约翰著，马君武译。1903年2月发行于日本东京，由上海开明书店销售。梁启超作序，被列为“少年中国新丛书”之一。本书共有总论、论思想及议论之自由、论个人为世间福祚之原质、论社会之主权对于个人之界限、论自由之用五章，探讨了自由的含义、思想自由和讨论自由、个性自由、社会权威的限度以及个人自由与政府干涉等自由主义的基本原则问题。梁启超在序中赞此书“可以为我民族药者，此编为最”，“深喜《天演论》以后，吾国得第二之善译本。以是为我学界前途贺”。

自主独立论 政治理论著作。郭步陶著。1册。复旦大学新闻学会1935年发行。全书分为5部分：第一部分“诸论”，说明了现在中国的环境有自主独立的必要，中国人应为全世界人类而自主独立，并解释了自主的意义和独立的意义。第二部分“理由”，更进一步阐述了中国人民愿与全世界、全人类合作；危害中国人民的亦自危害他的人民，全世界已临危境非自主独立便无生路。而在第三部分“内部组织的方案”中，作者提出了成立一个“自救时期的自救组织”的具体设想，和此组织的制度、要点、功能等。第四部分是“对外应付的方案”，包括“自主独立必须从不受侵略做起”“政府的外交和人民的外交”等5点。第五部分“结论”，提出了“政府和人民必须通力合作”“人民自救是本问题最后的归结”“我们是被侵略的弱者，必先自己不放弃独立的人格和国格”等观点。

自传·年谱·日记 自传年谱。柳亚子著，柳无忌、柳无非编。1册。上海人民出版社1986年初版。柳亚子文集之一。廖承志题签。有柳亚子像、手迹影印等18帧。含自传，自撰年谱，五十七年、五十八年回忆，乘桴日记，乘桴日记第贰，旅港日记，北行日记。附分湖胜溪柳氏世系表、分湖柳氏祖先谱传、柳公钝斋墓志铭、英文柳亚子传记、英文柳亚子和编后记。

自厦门泛海登鼓浪屿有感 诗篇名。七律。陈去病作于1908年。抒写诗人傍晚自厦门泛海登鼓浪屿的感受，但见西风落日，暮天晚晴，外国船舶正连成鹅鹳阵一般，海上怒涛如鼙鼓声。诗人凭高望远，浮想联翩，想到各派军阀争权夺利，哪里还有像郑成功一样为祖国的独立、统一而英勇反抗外国侵略者的爱国将领？诗作意象独创，感慨遥深。

自题磨剑室诗词后 诗篇名。七律。柳亚子1908年作，刊于1910年7月《南社丛刻》第二集。抒写自己刚柔相济的士人心态，表达自己的初始期望，只有坚如顽石才能除恨，自嘲创作诗词是人生痴情，戏谑地说自己的诗词能惊动鬼神，那就不妨让世人随意去品评罢了。只惭愧自己一介书生写诗，与东晋过江诸人相比，现在反对清廷封建统治是“又一时”了。直抒胸臆，坦荡磊落。

血巾案 奇情小说。宋紫瑚、胡寄尘译。上海文明书局1915年印行。叙柏林富翁钱愚被秘书杀害，秘书嫁祸与醉卧雪中的苏乐。只是作案时不慎将一绣有自己姓名并有血迹的手帕失落于地，后被一无赖拾到，便以手帕要挟秘书索钱。此事被秘书老仆得知，用计劫得手帕，将无赖杀死，向其主索取钱财，达目的后老仆改名置田购屋并当了富翁。可怜苏乐被诬入狱，家中断了生计，妻女沦为乞丐，被老仆之子招为女佣。老仆夜入苏女室谋不轨，苏女死命抵抗，夺得老仆身上血手帕。遂告发老仆强奸，并以血手帕为证。法官提审老仆，二起杀人案件也随之告破。故事离奇曲折，译笔简练明晰。

《血泪碑》之争 南社论争。1912年7月至1913年8月姚鹓雏与柳亚子、俞剑华围绕南社成员冯春航演出京剧《血泪碑》的评价问题展开的论争。1912年7月8日，姚鹓雏在《太平洋报》上发表《鹓雏之春航观》，表示观看《血泪碑》“竟全剧而索然”，“如读北碑，非不端遒，殊少飞动；又如食江瑶柱，多则发风动气。且春航盛名后，其举止尤率易不足观”。对于柳亚子推崇、称赞冯春航演出的《血泪碑》，姚鹓雏认为柳亚子“笃于偏嗜，恐未足为定评也”。胡怀琛在为姚鹓雏文章所加按语中说“亚子之于春航，誉不容口，而鹓雏则力非之，其皆不免于偏乎”“并观两家之说，即春航之真相现矣”。柳亚子在给胡怀琛信中认为他“刻意作调人，奈鹓雏所谓短处，正弟所谓长处，此则议论凿枘，万万不堪令并者也”。他肯定冯春航及《血泪碑》的观点非常鲜明。姚鹓雏在答复柳亚子的信中认为柳亚子“奖借春航之心，亦不贵强人而同之耳，一誉一毁，各行其心之所安可也”。此后，关于《血泪碑》的评价之争，停顿了较长时间。1913年8月18日，《民主报》发表俞剑华致柳亚子书，赞美冯春航演出的《血泪碑》“殆如正则《离骚》、长沙《惜誓》，美人香草，寄托遥深者欤？”同月，柳亚子编、胡怀琛校订的《(冯)春航集》由上海广益书局出版。至此,这一论争遂告结束。

血泪碑·附罗霄女侠 弹词唱本合刊。胡寄尘著。1册。上海广益书局1933年9月续版。《血泪碑》共有12回,前11回以京剧《血泪碑》和柳亚子《血泪碑本事》合成。第十二回假托大梦先生观冯春航演《血泪碑》为之动容,后应友人柳亚子之请草成《血泪碑》和《血泪碑》弹词开篇。书叙青年男女石如玉、梁如珍同在苏州读书,互相仰慕,订为金石之友。如珍随父坐车赴京,中途遭匪盗抢劫。家姐如宝与奸人勾结,暗中捣鬼,闹得梁家母亡父死、如珍被诬坐牢。才出狱,又被骗入青楼。后如珍虽被如玉奋救出火坑,但还是重病难医,玉殒香消。如玉提刀杀了仇人后,来到如珍墓前撞碑殉情。《罗霄女侠》8回,书叙少女陈阿清随父返乡,途中遇匪抢劫,只有阿清逃出虎口。不料她又误入盗窟,旋被骗入勾栏。所幸这两次遇难都被一少年救出。阿清为谢少年两次救命之恩,决定以身相许,不料这少年也是女儿身。相叙自家身世,方知二人竟是同父异母的姐妹。

向玉楷(生卒年不详) 湖南麻阳人。号笠隐。南社湘集社友。

行役吟 诗集。居正撰。1卷,1册。上海大东书局1947年出版。初版为线装本,觉生(居正)题签。书前有居正与家人1922年于西湖边的合影,诗集为作者抗战时期所作,他仿《诗经·魏风·陟岵》篇,作《行役吟》3篇,叙述战祸之惨,流离之苦,充满愍怜苍生、思念父母之情,"以示子孙不忘云尔"。

舟枕山人悼亡诗 挽诗集。王毓岱(海帆)撰。1卷,1册。1925年铅印本。吴士鉴署端。孙年伯作《哀辞》。主体内容为《追悼亡妻魏孺人燕林二十四绝并序》。邹寿祺作《海帆先生悼亡诗书后》,褚寿康作《敬题海帆先生悼亡诗后》,梅伯作《南归失母诗以告哀》。附刊有《乙丑二月十九灯下述怀》和《重游泮水有感》,以及张宗祥、朱宝璇、陈宝焕、朱家驹、朱家骅、刘绍宽、汪致中、章喆、黄光、朱锡秬、姜会明、沈大淳、柯志颐、丁文右、丁仕奎、高夔、黄炎、刘绍宽、杨青、李钟岳、章箴和朱谷旸的挽诗、挽联。

全国农产地理新书 农业地理。王汝通著,贡少芹编,蒋凤鸣校。1册。上海国华书局1922年初版。黎元洪、韩国钧、张一麐和王震等分别题字。张謇、张轶欧、严家炽、王文典和王汝通分别作序。前有例言。根据地域分为25章,并各附全区图。有中华民国农产地理全图。

企言诗存词附 诗词集。周葆贻撰,蔡培编。3卷,1册。1935年铅印本。蔡培题签。钱振锽署端。有作者小影。蔡培、金武祥、解振霖分别作《企言诗词集序》。周葆贻作自序。内有《题丹阳束疏园避秦图》。《企言诗存》2卷,录诗231首。《词存》1卷,录词39首。

杂感(其一) 诗篇名。七律。胡先骕作于1915年,刊于1916年1月《南社丛刻》第十五集。形象揭示袁世凯紧锣密鼓为复辟帝制作准备、南社中极少数成员鼓吹帝制,国家政治形势非常险恶,自谦缺乏贾谊的治国安邦之才,而国家又将有兵戈之事,面对风雷龙蛇巨变,自己漂泊湖海,孑然一身,无可奈何。抒写自己真想借酒浇愁的满腔为国忧愁的情怀。风格老成持重,沉着痛快。

杂感寄楚伧、一厂(其二) 诗篇名。七律。古直作。抒发面对乱世,忧愁之极,因而想退隐。责斥北洋军阀政府执政者沐猴而冠,比喻人而徒有其表。感叹自己蹉跎岁月,无用武之地。揭露社会黑暗,自己看不到出路,像三国时王粲一样有回到故乡的情思。勉励叶楚伧、林百举(号一厂)北上驰骋中原。风格沉郁顿挫,用典丰富、自然、贴切,有浓郁的书卷气。

各国革命史略 历史著作。邵元冲著。全1册。新华书局1925年发行。本书系邵元冲在黄埔军官学校的演讲。共有7讲。第一讲为"绪论",认为革命的发生盖自大多数人觉察到社会或政治之不良。第二至六讲分述美国、法国、德国和俄国的革命运动。各讲逐一剖析这些国家的政权和社会状况,进而讲述各国革命之过程及结果。文中阐述了美国独立宣言的产生、成功建国的原因,勾绘了法国三次大革命的复杂历程,分析了德国只经过短短数月便达目的的革命何以基础不稳,讴歌了俄国革命。第七讲论述世界其他各国革命运动的趋向,从中得出资本主义已到了崩溃时期的结论。各讲囊括对历史进程产生重大影响的几个国家的革命史,抓住时局变化的主线。

各界交际全书·正编 礼仪著作。刘铁冷著。2卷,2册。私印本。卷一未见。卷二含各政府部门公函样本多种,包括总统府、国务院、内务部、外交部、财政部、海军部、陆军部、参谋部、交通部、司法部、农商部、教育部、督军、巡阅使、省长、镇守使、师部附旅部、道尹、财政厅、检审厅、警察厅、水警厅、教育厅、实业厅、知事、县警察所等。附学界通用信函样本。

多情种，问消息 南社掌故。南社刘三(即刘季平)之印章文。苏曼殊与刘三友谊深厚，刘三经常资助陷于窘境之苏曼殊。为此，苏曼殊有诗句曰："刘三旧是多情种，浪迹烟波又一年。""多谢刘三问消息，尚留微命作诗僧。"后来，刘三便请南社篆刻家费龙丁、寿石工刻成"多情种""问消息"两印章，与文友通信，辄钤牍尾。

邬克昌(生卒年不详) 江西南城人。字可疆。南社纪念会会员。

冰上鸿飞·黄宾虹书画集 中国画集。黄宾虹著，冰上鸿飞·黄宾虹书画集编委会编。1册。上海人民美术出版社2004年初版。王伯敏题签。王伯敏代序。图编含山水篇97幅、花鸟人物篇含6幅和书法篇17幅。附纪念(1865—1955)和黄宾虹常用印篇。王小红作《茫茫艺海觅知音·一代大师黄宾虹与傅雷友情琐记》(后记)。赵军作编后记。

冰上鸿飞馆 南社掌故。印章文。1945年日本宣布无条件投降，南社黄宾虹闻讯大喜，遂刻此印章，寓意"宾虹得自由"。

冰天艳影 章回小说。周瘦鹃译述。中华书局1932年9月第6版。全书7章。叙述英国贵族西佛斯从伦敦来到华沙情人乌尔珈家，想给她一个惊喜，不想乌尔珈已被诬流放西伯利亚。乌尔珈宁埋冰天雪地，也坚拒诬她为波兰"乱党"的俄加西末大佐的无理要求。西佛斯在友人白屈姆等人的帮助下，到西伯利亚将乌尔珈从监狱中救出，并躲过加西末的追击，有情人终得团聚。

冰清玉洁 章回小说。李定夷著。上海国华新记书局1938年8月第四版。全书10章，全用文言文写。书叙吴中名士黎燕与夫人伉俪素笃，旅沪10年，黎燕身居声色之地，却洁身自好。赴京遇鼓姬王翠，却被她倾倒，几乎难解。后黎燕念妻子之情，离京赴津。王翠在京遭兵匪欺，赴津求救，欲嫁燕为妾。黎燕只肯以兄妹相称，并为其择婿。王翠全家感激不尽。

庄　山(1877—?) 江苏武进(今常州)人。字秋水。南社社友。1916年5月15日由汪文溥介绍入社，入社书编号601。

庄之盘(1881—?) 浙江奉化(今宁波市奉化区)人。字辛如。南社社友。1915年由陈泉卿介绍入社，入社书编号513。

庄子义证 庄子研究。马叙伦撰。35卷，共8册。商务印书馆1930年铅印本。马叙伦署端并作《庄子义证自序》。有《庄子义证》33卷，《庄子年表》1卷，《庄子义证佚文》1卷，并附《庄子义证校补记》(勘误表)。

庄子内篇学 庄子研究。陈柱著。1册。中国学术讨论社1929年初版。陈柱自署。陈柱作重刊自序和例言。陶中作叙。陈柱作自叙。含史记庄子列传、庄子天下篇、内篇通论、逍遥游通读、齐物论通读、养生主通读、人间世通读、德充符通读、大宗师通读和应帝王通读等篇。

庄玉坡(生卒年不详) 台湾人。号樱痴。南社湘集社友。曾参加台北瀛社，唱和诗词。

庄尚严(1899—1980) 直隶大兴(今属北京)人。原名严，字慕陵，号默如。南社社友。1916年11月24日由余裴山介绍入社，入社书编号730。1920年入北京大学哲学系，毕业后经北京大学教授沈兼士推荐任清室善后委员会事务员。后任故宫博物院古物馆科长。1937年7月抗日战争全面爆发后，负责押运故宫博物院珍贵文物到南京，后辗转奔波于湖北、湖南、广西、贵州、四川等省，并担任安顺办事处主任、巴县办事处主任等职。抗战胜利后又负责把这批珍贵文物押运回南京。1948年12月又把藏于南京分院的这批故宫博物院珍贵文物押运到台湾。后任台北故宫博物院古物馆馆长、副院长等职。1980年3月12日病逝于台北。汇编有印谱《金薤留珍》，其著作及回忆文章悉数收于《山堂清话》中。辑有《清宫旧藏历代花鸟集珍》等。

庄通百(1882—1965) 江苏武进(今常州)人。名先识，字士器，一字通不，号通百，又号恫百，别署感孺子。南社社友。1915年10月15日由李叔同介绍入社，入社书编号565。清附贡生。1904年留学日本，入东京弘文学院师范科，与鲁迅同校。1906年毕业后回国。同年在常州创办第一所女子学校——粹化女学(1912年易名武进县立女子师范学校)，任教员。1908年又创办第一所学前教育机构——武进县城内私立涤氛蒙养院。历任常州半园女学教务长、武进阳城议事会议员、江苏省议会监督、浙江省江山县公署教育主任兼《江山日报》编辑主任，苏州东吴大学及江苏省立第二女子师范学校教员，交通部电报传习所中等函授班教员，上海轮船招商总局秘书。抗日战争爆发前，任南京国民政府教育部特约编辑、国立编译馆编审员。抗战胜利后，在上海任善后救济总署上海分署专员，新亚药厂秘书，爱国女中、圣约翰大学语文教员。中华人民共和国成立后，于1953年8月受聘为上海文史研究馆馆员。精古文，擅诗词，工对联，善射文虎，亦擅制谜。对诗钟思路尤为敏捷，参加上海诗钟组织联社、秋生社等，被推尊为“钟王”。好藏书，惜抗战时焚掠殆尽。笃信佛教，喜听高僧讲经，亦喜广交朋友，乐于聚会，并因此获“聚头”雅号。著有《惜日短室文篦》《知夜长斋诗简》《有性情簃词篋》等。

庄通百日记 日记。庄先识(通百)撰。不分卷，40册。稿本。前29册为作者自清光绪二十五年(1899年)至1924年的日记。其余为《杂记》《国朝姓氏韵编》《国朝闺秀姓氏韵编》《桂荫山房试帖》《梦缘交游表》《合五峰隐者览》《各国近事闻见录》《试帖偶录》《通百手抄诗》《日笑具所》《戊戌春中始春暮终》《通百用帐》《发信日期录》。

庄翔声(1878—1941) 江苏江阴人。名庆祥，字翔声，号了于。南社社友、江阴陶社社员。1912年10月21日由陈蜕庵、吴有章、沈诵之介绍入南社，入社书编号321。早年任教于上海民立中学，后任职于上海商务印书馆编译所，与许指严、蒋维齐等编教科书。编有《共和国教科书文法要略》《文字源流》等。

刘三义葬邹容 南社掌故。1903年6月上海《苏报》案发生，《苏报》被清政府查封，章炳麟、邹容被判监禁，1905年邹容瘐死狱中。死讯传出，革命党人咸以葬事相商，陈去病曾致函刘季平(字三)“乞谋片土”。刘季平遂于5月28日携柩捐地，将邹容遗体葬于他在上海华泾镇家宅黄叶楼旁，“义声布天下”。1924年清明，章太炎、于右任等20余人祭扫重建邹墓，感于刘三义行侠气，纷纷作诗相赠。

刘大白(1882—1932) 浙江绍兴人。原姓金，本名庆棪，字伯桢，又字伯贞，后改姓刘，更名靖裔，字清斋，号大白，别号白屋，笔名汉胄。新南社社员，诗人。清末贡生。早年游学日本，加入中国同盟会和光复会。归国后，主持《绍兴公报》笔政。辛亥革命后参加反袁斗争，二次革命失败后流亡日本及南洋各地。1916年回国，后任浙江省议会秘书及浙江省立第一师范学校教师。1919年五四运动时期，参加新文化运动，加入文学研究会，尝试用白话写新诗，是白话诗的倡导者之一。1921年到上海，任复旦大学教师和上海大学中文系教授、系主任，复旦实验中学主任，国民党上海政治分会教育委员及上海世界书局编辑等职。1927年回浙江，任浙江省教育厅秘书及浙江大学秘书长。后任南京国民政府教育部政务次长、代部长等。著有《刘大白诗选》《白屋说诗》《白屋遗诗》及专著《中国文学史》《文学史概论》，另有《刘大白遗集》等。

刘万章(生卒年不详) 湖南慈利人。字倬云。南社湘集社友。

刘天徒(1880—?) 江苏武进(今常州)人。南社社友。1916年由汪文溥、柳亚子介绍入社，入社书编号698。

刘云昭(1886—1962) 江苏萧县(今属安徽)人。字汉川。南社社友。1917年2月20日由徐世阶介绍入社，入社书编号811。早年考入清江江北师范学堂，加入中国同盟会。1910年毕业后回萧县，翌年2月受江苏省民政公署委任为萧县民政长。1912年被选为临时参议员，并在萧县组建国民党支部，自任支部长。1924年参加国民党第一次全国代表大会，被选为中央执行委员。后历任河南省延津县县长、广州国民革命军第七军参谋、江苏省政府委员兼南京特别法庭庭长等职。1937年七七事变后受李宗仁之邀赴徐州任第五战区抗敌总动员委员会秘书长。抗战期间在安徽太和、界首等地经商，开设中华贸易公司。抗战胜利后出任江苏省参议员、国民政府立法院立法委员。1948年初迁居上海。中华人民共和国成立后历任民革中央团结委员、苏北人民行政公署委员、苏北行署救灾委员会主任、扬州市政协副主席、江苏省政府参事室参事、民革扬州市委员会主任委员等职。1962年任江苏省对台工作委员会主任委员，因病逝世而未到职。

刘文骧(1881—?) 山东沂水人。字云浦，号云隐。南社社友、南社湘集社友。1919年9月10日由蔡哲夫、黄蕙、谢英伯介绍入南社，入社书编号1076。

刘去非(1886—?) 江苏淮安人。南社社友、淮南社社友。1914年11月6日由张冰介绍入南社，入社书编号473。

刘世杰(1894—?) 江苏萧县(今属安徽)人。字中英，号冲虚。南社社友。1917年11月由徐世阶介绍入社，入社书编号1000。民国初期在铜山县江苏省立徐州第七师范学校任教。

刘古狂(1891—?) 江苏江都(今扬州)人。名哲,字一明,一字佚民,号古狂。南社社友。1917年2月26日由程华魂介绍入社,入社书编号814。民国初期在安徽休宁县公署收发处供职。

刘汉贞(1889—?) 广东香山(今中山)人。字冠廷。南社社友。1917年1月1日由蔡哲夫、胡伯孝介绍入社,入社书编号755。

刘民畏(1886—?) 四川夔州(治今重庆奉节东)人。名岩,号曙星。南社社友。1912年10月21日由胡朴安、邓家彦、汪洋介绍入社,入社书编号322。民国初年在《中华民报》社任编辑。

刘西航(1876—?) 广东南海(今广州)人。名凤锵,字耀岐,号西航。南社社友、广东分社社员。1916年12月1日由蔡哲夫、胡伯孝介绍入南社,入社书编号738。民国初期在广州《南越报》社供职。1917年3月参加南社在广州六榕寺举行的广东分社第一次雅集。

刘成禺(1876—1953) 湖北江夏(今武昌)人。生于广东番禺(今广州)。本名问尧,字禺生,曾名刘麟生,笔名壮夫、刘汉、汉公。南社社友。由社友介绍入社,未填写入社书,介绍编号54。早年肄业于武昌经心书院和两湖书院,后转入武昌自强学堂,毕业于京师大学堂。1901年加入香港兴中会,随后东渡日本留学,入东京成城学校。1902年受孙中山之托,开始撰写《太平天国战史》,宣传排满思想。1903年1月与李书城等在东京创办《湖北学生界》(后改名《汉声》月刊)。1904年春回国,旋赴美留学,入加利福尼亚州立大学伯克利分校学习。后在美国加入中国同盟会,兼任旧金山致公党机关报《大同日报》主笔、总编辑。1911年武昌起义时回国。1912年1月与黎元洪、宁调元等发起成立民社,后任南京民国临时政府临时参议院议员、南北议和代表。4月民国临时政府北迁后,任北京政府临时参议院议员。同年与人盘下上海集成图书公司,成立民国第一书局。1913年二次革命时遭通缉,逃亡上海。后加入中华革命党,1916年8月国会复会后仍为参议院议员。1917年随孙中山南下广东开展护法运动,任非常国会参议院议员、广州护法军政府海陆军大元帅府参议。1921年先后被任为非常大总统府宣传局主任、北伐大本营宣传委员和国民党临时中央(委员会)执行委员。1924年6月又被任命为大本营参议。次年执教于武昌高等师范学校。1931年任国民政府监察院监察委员。1947年被派为监察院两广监察使。1949年初任国史馆总纂修。中华人民共和国成立后任湖北省人大代表、省人民委员会参事室参事、中南军政委员会文教委员等职。1953年卒于武昌。与黄侃交厚,著述甚丰,尤以诗名海内。所著《洪宪纪事诗本事簿注》《太平天国战史》均有较大的影响。另著有《中国五大外交学者口授录》《世载堂诗集》等。

刘师陶(1876—1935) 湖南醴陵人。字少樵,号沧霞。南社社友、南社湘集社友。1912年10月8日由傅熊湘、郑叔容、黄梦蘧介绍入南社,入社书编号331。早年就读于醴陵渌江书院。1905年初偕弟子宁调元东渡日本留学,入东京弘文学院师范科习教育。同年底归国,主持醴陵高等小学堂校务。1911年10月湖南光复后任都督府教育司科长、醴陵县救荒事务所主任及教育局局长等职。1912年任《长沙日报》编辑,同年9月25日参加在长沙烈士祠举行的南社临时雅集。1913年9月与刘约真搜集宁调元遗著,捐资刊印《太一遗书》行世。同年9月和第二年4月参加在长沙枣园及半园举行的南社临时雅集。1924年10月参加在长沙赐闲园举行的南社湘集第二次雅集。公余之暇,常与海内诗友相唱酬,曾汇成《删余吟草》若干卷。

刘仲钱(生卒年不详) 湖南醴陵人。名声铿,字仲钱。南社湘集社友。

刘仲蘧(1886—1912) 湖北黄安人。名瑗,字崑孙,号仲蘧。南社社友。1912年3月4日由黄侃、柳亚子、陈陶遗介绍入社,入社书编号222。

刘守璞(生卒年不详) 广东番禺(今广州)人。名伯端,字守璞。南社湘集社友。

刘约真(1883—1959) 湖南醴陵人。名谦,字约真,号无净居士。南社社友、南社湘集社友。1912年12月23日由傅熊湘、龚尔位、黄梦蘧介绍入南社,入社书编号332。早年入醴陵渌江书院,后毕业于长沙湖南优级师范学堂。与傅熊湘、宁调元结庚庚诗社。是中国同盟会员,后受宁调元委托,参与领导重建同盟会湖南支部。1912年与傅熊湘、文斐等主编《长沙日报》。1912年9月参加在长沙烈士祠举行的南社临时雅集。1913年宁调元被枪杀于武昌。其闻讯后即从长沙赶至武昌将宁灵柩归葬于醴陵西山,又与刘师陶、柳亚子一起搜集宁调元遗著辑成《太一遗书》行世。后一度任湖南财政厅科员秘书。1916年6月和9月参加在长沙寿星街琴庄及枣园举行的南社临时雅集。次年4月又参加在半园举行的临时雅集。1924年与傅熊湘等在长沙组织南社湘集，至1937年4月共参加南社湘集第一、二、十一、十二、十三、十四、十五次雅集，并积极资助社事。抗战时期返乡兴办基础教育。主持重修《醴陵县志》，任《醴陵县新志》总编纂。1951年寓居上海，并受聘为湖南省文史研究馆馆员。著有《戊午集》《新生室诗稿》等。辑有《钝安遗集》23卷。其兄刘泽湘，亦为南社社友。子刘佛年，1924年10月参加南社湘集第二次雅集。

刘约真归葬宁太一　南社掌故。辛亥革命后，袁世凯据位专横，日谋称帝。宁调元(号太一)密谋联合七省讨之，1913年9月25日被枪杀于武昌抱冰堂。刘约真闻耗后急忙赶往武昌，归其榇，葬于湖南醴陵西山，并饮痛写下《哭太一诗并序》。

刘寿朋(1886—?)　江西九江人。字仲生。南社社友。1916年由李根源介绍入社，入社书编号760。曾与张群等一起赴南洋任教员。归国后先后在陕西省长公署、广东乐昌县署、韶州督办署等处任秘书。1935年张群主鄂时，邀其任湖北省建设厅厅长。1946年后历任重庆市行辕秘书长、西南军政长官公署秘书长等职。

刘志远(1878—?)　湖南耒阳人。字培初。南社社友。1917年6月由文湘芷、谢晋介绍入社，入社书编号922。民国初期供职于长沙中华书局。

刘作华(1884—?)　福建武平人。字香亭。南社社友。1917年5月20日由丘复介绍入社，入社书编号901。民国初期执教于上杭县岩前城崇正学校。

刘伯伦(1901—1960)　江西宜春人。号拜农。新南社社员。1919年江西省立第一中学毕业后任小学教员。1923年1月与方志敏、赵醒侬等秘密建立中国社会主义青年团南昌临时地方委员会，任临时书记，同时出版《青年声》周刊，兼任编辑。同年6月经邓中夏、徐梅坤介绍加入中国共产党，主编《新江西》半月刊。10月参加新南社，并以个人身份加入中国国民党。1924年1月作为江西代表出席国民党第一次全国代表大会，会后任国民党中央宣传部秘书、中央执行委员会上海执行部干事。同年在《新南社社刊》上发表《中国的乱源》一文。1925年10月国民革命军东征讨伐陈炯明时任随军记者，兼东征军政治部宣传干事。后由周恩来派往澄海县组建国民党县党部，任执行委员兼组织部长。1926年夏回乡组建国民党铜鼓县临时县党部，当选为执行委员。与叶楚伧、邵力子等相交厚，先后任上海《民国日报》编辑兼翻译、《香港晨报》总编辑、广州《民国日报》编辑、江西《民国日报》总编辑、《河南民报》社长兼总编辑等。1927年四一二反革命政变后隐居家乡。1937年抗日战争全面爆发后，历任江西省各界民众抗敌后援会主任秘书、省临时参议会参议员等职。抗战期间回乡在铜鼓中学、省立赣西北临时中学、省立奉新简易师范等校任国文、英文教员。1946年6月任南昌市参议会秘书主任。1949年4月宣布脱离中国国民党，加入中国农工民主党。1960年5月去世。著有诗集《江海集》。

刘伯端(1887—1963)　福建闽侯(今福州)人，寄籍广东番禺(今广州)。南社社友。1916年9月29日由蔡哲夫介绍入社，入社书编号703。早年供职于广东学务公所。1913年移居香港，民国初期就职于香港华民署政务司，任文案。50年代又与人创办坚社。工诗词，与其叔刘子平、弟刘叔庄合称“番禺三家”，出版有《番禺三家集》，词作集有《沧海楼词钞》《心影词》《燕芳词册》等。

刘国钧(1881—?)　湖南长沙人。一名靖，字君曼，一字君迈。南社社友。1912年9月17日，由朱少屏、仇亮、徐大纯介绍入社，入社书编号308。1912年供职于北京《民主报》。

刘国瑛(1892—?)　江苏武进(今常州)人。字菊侣。南社社友。1917年3月由柳亚子介绍入社，入社书编号839。

刘季平(1878—1938)　上海人。原名钟龢，字季平，别字江南，号离垢，自署江南刘三、黄叶老人。南社社友、新南社社员。1909年南社创建时入南社，1916年7月补填入社书，入社书编号640。1903年初赴日本东京成城学校留学，加入兴中会。是年学成归国，任江苏和浙江陆军学堂教官。1904年2月与刘东海、费公直、秦毓鎏等在家乡创办丽泽学院(后更名青年学社)，与爱国学社相呼应。1905年邹容瘐死狱中，其冒险将邹容遗体运回华泾，埋于家宅黄叶楼旁。同年冬与费公直密谋

刘季平

刺杀两江总督端方未遂被捕。出狱后再次赴日，加入中国同盟会。1907年4月与陈去病、高旭、朱少屏及沈砺一行5人游览苏州虎丘，凭吊抗清英雄张国维祠，为后来在此召开南社成立大会作了准备。同年8月与陈去病、柳亚子、高旭、吴梅等10人在上海愚园集会，成立神交社。民国成立后，历任北京大学、北京高等师范学校教授。1922年回到江南，应镇江敏成中学之聘任校长。后又任南京东南大学、上海持志大学教授。1927年任长江要塞司令秘书长。1928年陈去病主持江苏革命博物馆时，任编纂主任、江苏省通志编纂委员会委员。1931年2月任国民政府监察院委员。其间还在复旦大学、国民大学任教授。1938年病逝于上海。平生为人好义仗侠，素有“义士”之称。喜藏书，工诗擅书，能篆、隶、行三体，尤擅汉隶。著有《拨灰集》《焚椒录》《华泾风物志》等。夫人陆灵素，亦为南社社友。

刘　炎(1886—1923)　江苏海门人。字继彤。南社社友。1911年8月5日由费公直介绍入社，入社书编号165。曾留学日本长崎医学专门学校。1923年7月13日在开封病故。

刘泽湘(1868—1925)　湖南醴陵人。字今希，晚号钓月老人。南社社友、南社湘集社友。1914年由傅熊湘、柳亚子、刘约真介绍入南社，入社书编号484。早年肄业于城南、岳麓、渌江诸书院。1894年后尝试以教育救中国，先后创立树业局、蚕桑讲习所，改渌江书院为学堂等。1905年赴日本东京弘文学院师范科习警政，其间结识孙中山，并于1906年6月参加中国同盟会。归国后任教于湖南铁路学校，并在秘密组建的同盟会湖南支部中主持文檄，并任县议会议员。1906年12月宁调元不幸被捕后，其愤而具书抗辩请释，宁得不死。1913年继宁调元后担任三佛铁路总办，不久去职，回归故里，与友人卜世藩、傅熊湘、刘师陶等唱和为乐。1916年程潜率护国军驱逐湖南都督汤芗铭时，在军中任秘书，参赞机要。平素好诗文，亦喜书法，慕苏东坡。著有《鞭影楼词》《劫余残泪》《钓月老人遗稿》等。弟约真、子鹏年，亦为南社社友。

刘泽湘

刘学清(生卒年不详)　四川人。字郁樱。南社纪念会会员。1930年与陆丹林、蒋蓉生等合著《都市建设学》。

刘宗向(1879—1951)　湖南宁乡人。字寅先，号盅园。南社社友、南社湘集社友。1916年9月由傅熊湘介绍入南社，入社书编号705。1904年入长沙明德学堂，旋考入京师大学堂。毕业后授内阁中书，后调学部，任山西大学教授。1911年回到湖南，先后任湖南高等学堂、中路师范学堂教员。曾任《湖南教育》编辑，创办宏文书社，后任湖南高等师范学校校长、湖南大学教授。1916年9月参加在长沙枣园举行的南社临时雅集。1921年创办私立含光女子中学，任校长。中华人民共和国成立后受聘为湖南省文史研究馆馆员。生平治经学、史学，长古文辞、词曲，工小篆。曾主修《宁乡县志》。有《刘宗向先生遗著选》。

刘宗向先生遗著选　诗文选。刘宗向著，湖南大学长沙校友会编。1册。湖南大学长沙校友会1992年第一版。刘世善书签。刘正题词。有盅园七十留影、手迹等照片4帧。黄曾甫作弁言。王石波作刘宗向文集序。张舜徽、易祖洛分别作刘宗向传。诗文卷含文章23篇、随笔37篇、诗词11题和对联16对；志乘卷含岳麓志形胜篇；剧本卷含木屏记传奇；卷四为《青云集》。附著者夫人、晚香阁主傅延年部分诗词、生前友人题赠诗联和其侄婿、学生等怀念文章。有后记。

刘振华(生卒年不详)　湖南湘阴人。字汉藩。南社湘集社友。1936年10月23日参加在长沙赐闲园举行的南社湘集第十四次雅集。

刘晓东　即“刘啸东”。

刘铁冷(1881—1961)　江苏宝应人。名绮，又名文楣，字汉声，笔名铁冷，别署松涛、鸥梦轩主。南社社友。1918年1月16日由姚民哀介绍入社，入社书编号1015。出身于世代儒学之家，工骈体文。1912年入《民权报》，主笔政。1914年4月与蒋箸超在上海创刊《民权素》月刊，同年5月又与徐枕亚等合办《小说丛报》。1918年后在上海青年会中学执教，任国文教员。创作小说多种，作品多言情之作。著有长篇小说《桃李姻缘》《求婚小史》，短篇小说集《铁冷丛谈》《铁冷碎墨》等。

刘海粟(1896—1994)　江苏武进(今常州)人。原名槃，字季芳，号静远老人，笔名刘九。南社纪念会会员，艺术家、教育家。14岁到上海学西洋画。17岁时与乌始光等发起创办上海图画美术院，任副校长。1920年改名上海美术学校，次年又改名上海美术专门学校，并于1925年设中国画系。1930年遵照教育部令将学校定名为上海美术专科学校，任校长。首倡男女同校、上课使用女模特儿、组织学生野外写生，发行《美术》月刊，在当时引起极大社会反响，因此获得"艺术叛徒"之称。1918年任江苏省美术教育会副会长，后升会长。1919年9月与汪亚尘等发起成立美术团体天马会，任西洋画审查委员。1927年起遍游日本及法国、意大利、英国等欧洲诸国，考察美术，多次举办个人画展，并受聘在德国法兰克福大学任教。1932年9月《画学月刊》创刊时，与黄宾虹等同任主编。中华人民共和国成立后曾任华东艺术专科学校校长、南京艺术学院院长，后任名誉院长。为全国政协常务委员、中国美术家协会理事、书法家协会名誉理事、全国文化艺术界联合委员会委员、上海美术家协会名誉主席。1981年被聘为意大利国家艺术院名誉院士、美国世界大学文化艺术博士。作品多次获国家奖励和荣誉称号。画集有《海粟国画》《海粟老人书画集》，著有《画学真诠》《中国绘画上的六法论》等。

刘海粟

刘　焘(生卒年不详)　湖南宁乡人。字耐五。南社湘集社友。

刘啸东(1888—?)　广东东莞人。亦名晓东，字恕庵。南社社友。1918年1月5日由陆丹林介绍入社，入社书编号1012。民国初期在广州《共和报》供职，与陈秋霖、潘抱真、梁民为同事。4人已于1917年10月17日填写过入社书，介绍人同为陆丹林。后来4人于1918年1月5日又一同填写南社入社书，其中一份姓名栏填上刘晓东，介绍人仍是陆丹林。后柳亚子在为入社书编号时，发觉入社书重复而剔除陈、潘、梁3人，没有再给第二份入社书编号，但又给刘晓东的第二份入社书一个编号1041。故刘啸东与刘晓东实为同一人，并非二人。

刘庸民(生卒年不详)　籍贯未详。南社社友。由社友介绍入社，未填写入社书，介绍编号48。

刘绮痕(1896—?)　江苏青浦(今属上海)人。女。名曾玲，字绮痕。南社社友。1916年3月25日由许竞存介绍入社，入社书编号762。

刘超武(1890—?)　广东香山(今中山)人。字汉声，号甦盦、甦庵，别号甦莽。南社社友。1915年10月10日由缪鸿若、蔡哲夫、孙仲瑛介绍入社，入社书编号563。夫人李锦襄，亦为南社社友。

刘惠安(1908—1992)　江苏丹阳人。字哲民。南社纪念会会员。1922年丹阳务商学校毕业，入上海永庆钱庄、晋成钱庄、正和银公司任练习生、会计和协理等职，任职期间曾被推为丹阳同乡会副会长。1936年在上海参与集资创办《华美晚报》，任总管理处主任兼《华美周报》经理，并出资赞助《大美晚报》。1942年参与开办中国比较法学院，任院务委员兼会计主任。后又资助丹阳正则师范学院、丹阳正则艺术专科学校、上海树民中学、上海致中女中等学校。抗战胜利后与柯灵、郑振铎、施蛰存等先后创办《周报》《文艺复兴》《活时代》3种刊物。为《周报》发行人，并先后担任上海出版公司总经理、董事长、编辑委员会主任委员等职。为中国民主促进会创建人之一。中华人民共和国成立后，先后任职于新文艺出版社、古典文学出版社及中华书局上海编辑所。为民进第四、第八、第九届上海市委委员，第十届民进上海市委顾问。编有《郑振铎书信集》《近代新闻出版法令汇编》等。

刘景初(1885—?)　广东宝安人。南社社友、广东分社社员。1917年3月25日由刘筱云、蔡哲夫、释铁禅介绍入南社，入社书编号824。1917年3月参加南社在广州六榕寺举行的广东分社第一次雅集。

刘楚乔(生卒年不详)　籍贯未详。南社湘集社友。1937年4月参加在长沙妙高峰南园举行的南社湘集第十五次雅集。

刘煦焘(生卒年不详)　湖南宁乡人。字蜀云。南社湘集社友。1935年10月参加在长沙怡园举行的南社湘集第十二次雅集。著有《鳌矶旅闻录》。

刘锦江(1898—?)　浙江绍兴人。字哲庐，号裴邨，一作裴村，别署苦海余生、懵懂书生。南社社友。1915年10月由胡寄尘、姚鹓雏介绍入社，入社书编号568。1915年在上海三马路进步书局供职。1917年4月在上海创刊《学生周刊》，任编辑。1918年曾以"苦海余生"名义在上海创刊《小说俱乐部》，任编辑。并创办小说函授学校，课文多选用古文。

刘　筠(1894—?)　浙江镇海(今宁波市镇海区)人。幼名筠郎，字筱墅，号蒨翁，一作蒨侬，别号花隐。

南社社友、南社纪念会会员。1914年入社，入社书编号411。为中国同盟会会员。早年就读于宁波启绪学校。1922年7—8月间参加在上海福生路(今罗浮路)俭德储蓄会举行的南社临时雅集。妻子陆梅，亦为南社社友。

刘筱云(1883—?) 广东番禺(今广州)人。字豫齐。南社社友、广东分社社员。1916年11月25日由蔡哲夫介绍入南社，入社书编号733。1917年3月参加南社在广州六榕寺举行的广东分社第一次雅集。

刘鹏年(1896—1963) 湖南醴陵人。字雪耘。南社社友、新南社社员、南社湘集社友。1914年10月29日由柳亚子介绍入南社，入社书编号472。早年就读于长沙陆军小学。1930年南社湘集社长傅熊湘去世后，接任南社湘集社长职务，定期举行雅集，以诗文会友。1934年4月至1937年4月参加在长沙举行的南社湘集第九、十三、十四、十五次雅集。全面抗战开始后因湘桂战事节节败退，遂携家眷离开长沙赴外地躲避战乱。抗战胜利后到南京。1948年末回到长沙。中华人民共和国成立后寓居北京。著有《鞭影楼词》《涉江集》，编有《傅钝安先生年谱》等。其父刘泽湘，亦为南社社友。

刘鹏年

刘德龙(生卒年不详) 湖南醴陵人。字首春。南社湘集社友。

刘德馨(1885—?) 四川新繁(今成都市新都区)人。字培芝。南社社友。1917年5月28日由吴虞介绍入社，入社书编号908。

刘毅夫(生卒年不详) 广东香山(今中山)人。南社湘集社友。

刘膺古(1897—1966) 浙江宁海人。字邦锐。南社湘集社友。早年就读于保定陆军军官学校，毕业后历任国民革命军第四路军第十五师参谋长、第四路军参谋长。抗战时期任第八十七军军长、第十九集团军副总司令及代总司令。抗战胜利后任长沙绥靖公署副主任、后方勤务总司令部第二补给区司令。1949年去台湾。

刘豁公(1889—约1971) 安徽桐城人。名达，字豁公，号梦梨，别署哀梨室主。南社社友。1917年11月9日由刘锦江、胡寄尘介绍入社，入社书编号993。早年就读于安徽陆军小学，后被保送入保定速成军官学校。曾在安徽任将校讲习所区队长、教官等职。辛亥革命时在南京担任铁血军马队营连长、福建警备队连长、都统副官等职，并担任过安徽某报主笔。民国成立后不久退伍回家，以诗文小说投寄王钝根所编之《游戏》杂志。后到上海，担任《新申报》等各大报撰述。在《游戏世界》《半月》等刊连载小说。又擅写剧评，为各舞台编剧、创作剧本。1919年后转入南洋兄弟烟草公司主撰广告，余暇仍作小说。1921年为《新声》月刊主要撰稿人，1924年任《心声》半月刊主编，发表戏剧小说。1928年主编《戏剧月刊》。1934年又为《戏剧与电影》刊物主要撰稿人之一。创作剧本有《复辟梦》(又名《恢复共和》)、《大观园》等，编有《京剧考证》《梅郎集》等，还著有小说《孽海孤鸳》《沧桑记》等。

齐东新语 小说。范烟桥著。1册。苏州观前小说林书社1928年8月初版。1926年范烟桥去济南助编《新鲁日报》副刊《新语》，目睹辛亥革命失败后北洋政府腐败无能，军阀内部派系林立、割据一方，百姓民不聊生。因此引发了反对北洋军阀的北伐战争。作者根据当时的所见所闻有感而发，揭露了官场的黑暗腐败、官僚的昏聩龌龊，嘲讽了一些斗方名士的阿谀逢迎和不学无术，以及平民百姓的无奈和悲惨。如B知事想讨官做，买了窑姐欲送A督办，只因D副官和七姨太阻扰，此事未成。但A督办曾采用同样的方法一年间从师长爬到督办，而贫苦百姓闯关东回家乡，扒火车蹲车顶，有冻死的摔死的，民不聊生。

交际全书·补编 公函知识读物。刘铁冷撰，楚声注。1册。商务印书馆1919年初版。含特殊交际类的国史编纂处、蒙藏院、各旗都统、财政部造纸厂、京师图书馆、税务处等65种政企单位的公函样本。附清代名人书札选14种和公文举例38种。

交通政策 交通运输译著。奥地利菲里波维著，马君武译。1册。中华书局1924年初版，列入"新文化丛书"。马君武自作序文。全书共分交通事业通论、铁路、国内水路和海上航业4部分。第一部就交通事业通用性问题，如交通之效用、交通之概况，予以相应阐述。第二至四部分则按不同交通形式，分别从铁路、国内水路及海上航业3方面，综述交通部门与国家的关系、交通经营制度、交通机构设置与运转、交通的历史发展沿革、欧洲地区当时交通总体状况等。

次韵和南湖二律(其一) 诗篇名。七律。吕碧城作。刊于1915年3月《南社丛刻》第十三集。南湖，指廉泉(1868—1931)，字惠卿，号南湖，近代诗人。这是一首和与晚清革命党人徐锡麟、秋瑾、孙中山等人有往来的有识之士廉泉的唱和之作，以超脱的态度相互勉励。开头四句以旷达情怀营造笛声销愁、残阳人散、皓月当空、举杯晚酌的闲适、散淡意境，后转入抒写旷达心境，谓言谈中一空色相，不为外物所累，思入风云，看淡变幻不定的时局，陶醉于品酒赏花之中。用典故而不给读者用典的感觉是本诗的显著特点。

问佛·观心：弘一法师李叔同的佛法智慧 佛学著作。李叔同著。1册。北京华文出版社2010年第一版。有夏丏尊代序《索性做了和尚》。含佛因5篇、佛意7篇、戒持11篇、法门9篇和讲经5篇。附丰子恺代后记《怀李叔同先生》。

问松里郑氏诗存 诗集。郑之章编。不分卷，1册。昭阳1923年铅印本。吴庆坻分别题签与署端。朱邦彦、吉之章分别作《问松里郑氏诗存序》。吴士鉴、沈金鉴、盛沅分别题词。共录27人、310首诗。

问学谏往录 传记。萧公权著。1册。台北传记文学出版社1972年初版，“传记文学丛刊”之一。萧公权题端。有萧公权像。含引言、家乡与家世、蒙师与业师、青年会中学的师友、清华两年的收获、问学新大陆·密苏里大学的三年、问学新大陆·康奈尔大学的三年、归国途中、上海六个月、教学相长·南开东北燕京五年半、教学相长·清华五年、飘泊西南·从北平到重庆、飘泊西南·糊口于四校、飘泊西南·成都十年、何莫学乎诗·谊兼师友的吴雨僧、何莫学乎诗·朱佩弦及其他诗友、是亦为政·谈教育、是亦为政·谈宪政民主、转徙东南、万里寄踪·华盛顿大学十九年、结语和后记。

关于西北农林教育之所见 乡村教育著作。戴季陶著。1册。南京新亚细亚学会1934年初版。“孝园丛刊”之一。戴季陶作国立西北农林专科学校奠基祝词。含建设西北专门教育之初期计划、修复咸阳诸陵及编纂周陵志办法概要和对于改定校址及工作进行之意见等9篇。附中央关于开发西北之计划和确立自信心拯救中国。

关于护国军之谈话 历史著作。李印泉、李梓畅口述。北京中华新报1917年印行。全书包括两篇文章。第一篇为“护国军始末谈”，为1917年云南倡义纪念日第一次在京开会时应记者要求，由李根源(印泉)口述、刘寿朋记录。该文叙述了1915年袁世凯篡政复辟帝制后，西南的各派反袁势力结成联合阵线，成立护国军政府、军务院，掀起讨袁护国运动，终使袁氏帝制灭亡的经过情况。第二篇为“云南护国军入川之历史”，由李曰垓(梓畅)口述、周隐硕记录。该篇主要记叙了在护国运动中，由蔡锷、唐继尧、李烈钧领导的护国军兵分三路开往川黔湘桂等战场与北洋军阀作战，最终打败袁氏势力，获得护国运动的胜利。两篇文章详细描述了一些重要事件、战役的经过以及蔡锷、唐继尧、李烈钧等人在整个事件过程中所起的作用，是研究护国运动历史的重要史料。

关外查案日记 办案日记。周天石(亮才)撰。1册。稿本。是作者1915年8月26日奉命派往哈尔滨查办电报局长李建勋之日记，共26页。

江山渊(1888—?) 广东廉江人。名瑔，字玉泉，号山渊。南社社友。1916年5月由胡寄尘介绍入社，入社书编号599。清廪生。日本明治大学法科毕业。中国同盟会会员。辛亥革命后，为广东临时省议会议员。1917年任国会众议院议员。著有《诗学史》《山渊阁诗草》等。

江山渊

江亢虎(1883—1954) 江西弋阳人。名绍铨，字亢虎，号洪水，别署无文、抗斧、康瓠。南社社友、南社纪念会会员。1912年8月11日由陈蜕庵介绍入南社，入社书编号289。早年肄业于北京东文学社。1901—1907年曾三次赴日留学，考察政治，研究社会学。归国后被袁世凯聘为北洋编译局总办兼《北洋官报》总纂，任刑部主事。1911年7月在上海创立社会主义同志会(又称社会主义研究会)，编辑《社会星》杂志。同年11月将该会改组为中国社会民主党，任本部部长，拥护共和，抵制君主立宪，支持孙中山出任临时大总统。次年5月1日在上海召集举行国际劳动节纪念会，并创办《新世界》半月刊。曾以该党代表身份参加共产国际第三次代表大会。1913年5月该党解散后赴美国加利福尼亚大学任中国文化课讲师，后回国。1922

江亢虎

年在上海创办南方大学。1925年又重新成立中国新社会民主党，鼓吹无政府主义。1935年在上海发起以保存文言、反对白话和汉字改革为宗旨的存文会，主编《讲坛》月刊。抗战期间应汪精卫之邀回国，任汪伪政权考试院副院长、院长。抗战胜利后被捕。1954年病死于上海提篮桥监狱。著有《洪水集》《江亢虎文存初编》等。

江亢虎文存初编 文集。江亢虎著。1册。现代书局1944年刊印。1932年即编撰完成，拟由中华书局出版，但被全国出版审查委员会禁刊。本书以时间为经进行编次，清光绪二十六年至宣统二年(1900—1910)的论著、演说词等为上编；1911—1921年的言论为中篇；1922—1931年的文字为下编。江亢虎在序中提出，是书按年编辑，在于"以觇世运之升降并卜吾言中与不中"。从中可以窥览近现代社会的变迁与时人之应对策略，并为未来社会发展提供思考。文集中所收录的与蒋介石、阎百川(锡山)等人的书信，江亢虎散落于各报刊的只言片语也是可资参考的历史资料。

江亢虎先生讲演录 演讲集。江亢虎著。1册。太原山西省教育会1921年编印。收作者于1920年11月17—21日在山西的演讲稿，演讲题目含社会主义之今昔、女子在社会上之地位、中国文化及于西方之影响、西方文化及于中国之影响、教育之新趋势、国民大学和代议制改良。

江亢虎南游回想记 游记。江亢虎著。1册。中华书局1924年初版，1936年第六版。1923—1924年江亢虎视察南洋时，对荷兰、英法美等属地、新加坡、槟榔屿、巴生、柔佛、仰光、盘古、西贡、马尼拉诸埠参观调查，着意于上述地区的机关团体事业、华侨与土著生活状况、学校教育，为作者归国旅途中回想而成。虽为游记，但是其中绝少闲情雅趣，更多的是作者对于民族兴亡与海外华侨生活的忧虑。书中附有照片，是研究19世纪初期南洋诸国的重要参考资料。

江亢虎思想一斑 文集。江亢虎著。1册。北京出版社1935年出版。全书共辑录江亢虎思想史文章3篇：《社会制度改造发凡》作于1921年，以经济、政治、国际局势问题为先导，分析社会主义、新民主主义、新国家主义的策略利弊，阐述其社会改革理念；《中国文化复兴大义十六则》撰于1923年，提出文化为国家民族根本，列举保存文化16条守则为参照，以图民族复兴；《养生十箴》写于1928年，提倡布衣、蔬食、露宿、早起、节欲等10条养生法。上述3篇文章是江亢虎政治思想、文化理念与生活态度的集中展示。另有《中外文化协会章程》《存文会发起旨趣书》《存文会成立大会宣言》《存文会章程》《亢虎讲学征收弟子通启》《江亢虎著汉英书目》等附录，对研究近代以来文化保守主义及江亢虎教育思想有参考价值。

江东杂志 期刊名。1914年8月在上海创刊。破浪、姚鹓雏编辑，上海江东书局发行。刊内设说部、乐府、文苑、杂俎等栏目。发表有鹓雏的《学词随笔》，破浪的《惟精惟一室文话》《棠英绣果录》，还有杨了公、朱鸳雏等南社社员的作品。共出4期。

江红蕉(1898—1972) 江苏吴县(今苏州)人。名铸，字镜心，笔名红蕉。南社纪念会会员，作家。早年肄业于苏州草桥学舍和上海龙门师范学校。后去杭州，并开始创作小说。1919—1920年在上海襄助友人创办华商实业银行，在此期间分别在《礼拜六》《星期》《快活》《半月》《申报》《国闻周报》等报刊发表小说。曾参与组织星社。后主持《新申报》副刊《小申报》笔政，主编《家庭》杂志等。著有《萧郎画樱记》，短篇小说集《红蕉小说集》，长篇小说《灰色眼睛》《交易所现形记》《江南春雨》等。

江苏 期刊名。1903年4月27日创刊于日本东京。由江苏同学会所主办的宣传爱国和革命的报刊。分设图画、论说、学说、教育、军事、卫生、实业、译篇、时论、小说、记言、杂录等栏目。介绍西方社会政治学说，宣扬推翻清王朝，歌颂革命，提出建立资产阶级民主共和国的政治纲领。除自撰的文章外，也译载外国报纸(主要是日本报纸)有关中国问题的评论。发表过陈去病、柳亚子、高旭、侯鸿鉴、蔡治民、刘三、朱锡梁、宁调元等南社社员的作品，如柳亚予以"亚卢"笔名所写的《郑成功传》，还有狮子山招魂幡事件等文章。共出12期。

江南第一书家 南社掌故。印章文。著名金石篆刻家赵古泥为萧退庵镌刻此印章，但萧不肯用，赵又刻一方"虞山第一书家"印章给他，他仍未用。但萧退庵"江南第一书家"的名气就此传开。

江雪塍(1892—1962) 浙江嘉善人。号励庵，又号桐村雪子，别署雪子。南社社友。由社友介绍入社，未填写入社书且未予编号。早年就读于嘉兴府中学堂，毕业后潜心于诗词和书法篆刻。1923年参与创办《平川》半月刊。1925年创立胥社，任社长。1935年又发起成立平川金石书画研究社，为首任社长。后参与创办昭华女校，并亲自义务教授。1947年被聘为嘉善县修志馆编纂。晚年移居吴县。1962年病逝。一生与沈禹钟交谊甚笃。工诗，善刻印。著有《舍北草堂诗》《三两窠斋词》等。

江湖技击传 武侠小说。奚燕子等著。上海中央书店1947年版。本书实为名家合著的武侠笔记小说。第一部《绿沉沉馆笔记》(奚燕子著)，收有刘虚舟劲敌、钱载扬神叉、巨贼绝影飞、飞蝗石灰袋、绳妓、铁腿、铁骨余天罡、拳师鞠茂堂、铁枪王、马永贞等35篇。第二部《推仔第二楼笔记》(闻野鹤著)，收有信阳女盗、秀云女士、樵夫、铜镖、巨铃、黑衣女折柳道士、罗铁足、陈铁臂、黄家枪、三姑等35篇。第三部《忆红楼笔记》(吴绮缘著)，收有灵岩履迹、翠袖伏猿、铁钵禅师、嵩山女侠、旅店婢、弱女复仇、针神、尼侠、义盗薛玉、桃花剑、历城僧侠、记侠盗云中燕兄妹事等22篇。第四部《襟霞阁笔记》(平襟亚著)，收有铁钵丐、铁骨熊、绿绡女侠、江湖散人、美髯艄公、赤脚阿三、碧霞、慧娘等33篇。本书共收入文章125篇，记有人物数百，从内容来看有道、僧、盗、侠、婢、丐、樵夫、艄公、拳师、禅师等，擅使神叉、铜镖、铁钵、铁枪、绳、剑、针、铃等，更令人称奇的是女子篇竟占了总篇目的三分之一左右，且多为褒扬。文章叙事或平铺直叙，或曲折离奇。写人则出神入化、栩栩如生，音容笑貌跃然纸上。

江湖剑客传 武侠小说。张冥飞著。4卷，4册。上海世界书局1924年初版。茗狂作序。描述了明亡后，民间64位反清复明侠客的故事。含蟠桃老小隐柳仙墩、腊梨僧大闹药王庙、腊梨僧怒诛刺棍、时松甫力战淫魔和金官屯一童子试技、洪武乡众豪杰遁身等32回。

江镇三(1888—?) 湖南新宁人。字海飘。南社社友。1917年3月14日由王瘦月介绍入社，入社书编号835。早年留学日本，毕业于东京明治大学法科。归国后历任上海南方大学、群治大学、法科大学、中国公学、大陆大学、复旦大学、大夏大学、法政大学、暨南大学教授及法科、法律系主任。抗战期间任汪伪政权内政部民政司长、县政训练所教务长等职。著有《新刑事诉讼法精义》《新刑法各论》等。

江镜清(1876—?) 浙江奉化(今宁波市奉化区)人。字颃磬。南社社友。1911年4月5日由陈其美介绍入社，入社书编号138。民国初年供职于上海新学会社。1913年4月27日参加在北京畿辅先哲祠举行的南社首次北京雅集，并被推为南社北京总部书记。

汝景星(1900—1958) 江苏吴江(今苏州市吴江区)人。名人禄，又名叔平，字景星。新南社社员。幼年就读于黎里镇九成湾小学、吴江县第四高等小学，后考入江苏省立苏州第一师范学校。1923年曾为柳亚子、毛啸岑等创办的《新黎里报》校对清样。1924年由柳亚子介绍进入国民党吴江县党部任职。1927年四一二反革命事变后专事于教育，任吴江第四区教育委员会委员。1931年任黎里民众教育馆馆长。1937年吴江沦陷后，改名叔平，改行从商。中华人民共和国成立后任黎里禊湖中学语文教师，撰写《语法修词浅说》一书。1958年夏末病逝。

汤宾南(生卒年不详) 籍贯未详。一作滨南。南社湘集社友。1924年10月参加在长沙赐闲园举行的南社湘集第二次雅集。

汤鸿基(1893—?) 江苏如皋人。字剑胡。南社社友。1911年10月5日由阳兆鲲介绍入社，入社书编号183。

汤增敭(1908—?) 浙江吴兴(今湖州)人。南社纪念会会员。上海艺术大学、复旦大学文学士。曾参与组织草野社、狮吼社，出版《草野》半月刊，并开设世界文学函授学校，担任江南学院讲师。抗日战争全面爆发前后，任暨南大学、复旦大学教授及上海民光中学校长。著有《自然科学史大纲》《社会学概论》《现代教育通论》等。

忏因醒呓 小说汇编。程善之编。铅印本。上海有正书局1917年初版，1923年再版。收录有《天边羊》《徐学功轶事》《李叟》《徐宝山轶事》《文正窃比曹操》《哥老会二则》《鄞儒、栖霞两和尚》《陈国瑞轶事》《薄命女》等短篇小说。

忏悔 回忆录。俄国托尔斯泰原著，张墨池、景梅九编译。1册。上海大同书局1922年第二版。全书共16章，是托尔斯泰50年人生经历和心路历程的回忆与追溯。托尔斯泰第一次公开表示与上层贵族阶级决裂的决心，摒弃了过去的生活，努力寻求新的生活，在宗教信仰及东西方各伟大思想间的求索，以寻找生命的意义和灵魂的慰藉。

忏慧词、度针楼遗稿 诗词集。徐自华、徐蕙贞撰。2卷,1册。1908年铅印本,"百尺楼丛书"。陈去病题签。《忏慧词》1卷,刘三署端,有忏慧词人小影,陈去病作《叙》。柳弃疾题《百字令》,诸宗元题《五言二截句》,收词48阕。《度针楼遗稿》1卷,刘三署端,徐自华作《兰湘姊传》,徐自华、徐蕴华分别题词,收诗28题。陈去病作跋。

兴中会 社团名。以在中国开展资产阶级民主革命为职志的革命团体。1894年11月24日由孙中山成立于美国檀香山。刘祥、何宽任正副主席。会上通过了孙中山草拟的《兴中会章程》,章程明确该会以"振兴中华,挽救危局"为宗旨,后来这一宗旨发展为"驱除鞑虏,恢复中华,创立合众政府"。次年2月成立香港兴中会,筹划发起乙未广州起义(第一次广州起义)。这次起义虽以失败告终,但革命局面逐渐打开。1895年秋,兴中会总会几次集会,议决九月初九重阳节(10月26日)举义,因事泄被清政府缉捕,被捕去70余人。事泄后次日晚,孙中山逃离广州,东渡日本,创立兴中会横滨分会。1896年,杨衢云创立兴中会南非分会。1897年,陈少白创立台湾分会。1900年1月,杨衢云辞去兴中会会长职务。兴中会、三合会、哥老会代表在香港开会,共推孙中山为总会会长,别名"华兴会"。1902年,由孙中山牵头在越南河内成立越南兴中会即河内兴中会。到1905年兴中会与华兴会、光复会并为同盟会之前,兴中会是国内外最为重要的一支革命力量。

兴国记 历史著作。赵正平著。共2集。新中国建设学会1933年出版。此书为"新中国建设学会丛书"之四。列举中国古史中自尧舜起,至孙中山止,包括商汤、吕尚、嬴政、刘邦、诸葛亮、李世民等在内的约40位开国领袖的兴国业绩。作者以"有功民族者""有功民生者""建国施政规模与其精神人格有特色者"为择取标准,认为"开国以及中兴时代之首领,其经国利民之心之术,与近世政治较,其施设之方虽殊,而其为天下国家之意,固有未尝不同者",因此可以从历史人物的兴国经历中汲取经验。引用包括《尚书》《史记》《通鉴》等历史文献,亦有梁启超《中国六大政治家》等近代史学著作,每篇首先叙述领袖兴国的历程,继而以按语总结施政要义,并分类与时下政治进行比较,主旨在于宣扬历史上兴国首领的"善政",为政治家谋求"天下为公"的思想提供借鉴。

守玄阁文稿选 文集。陈柱著,崔龙、沈切编。7卷,1册。上海中国学术讨论社1938年初版。有陈柱自序。含辞赋铭颂、传记述志、论说、序跋、书启、赠序和祭诔等卷,共收文62篇。附守玄阁所著目录、守玄阁撰文润格和守玄阁粥书润格。

守玄阁诗学 诗经研究。陈柱撰。不分卷,11册。1922年油印本。唐文治作《守玄阁诗学序》。

守愚斋题画诗词残存录 题画诗词集。大厂居士(易廷熹)著。1册。上海逸经社1937年初版,列入"逸经社丛书"。大厂居士戏墨署端。前有大庵居士弁言。含作者的画7幅、题画诗40题、题画词56题。

字正初编 亦名《佩文韵字正》。文字学著作。黄侃著,黄念华编,黄焯校。1册。武昌武汉大学出版社1983年初版。全书依平水韵韵部标目。于韵目下,注明广韵目次。每字之下,则注明其为正、为变、为通、为借及后出别体或讹体、俗体,其字在今时承用与不承用,亦加以说明。而古籀文与今体有异者,也间列出,以明字体迁变之迹。黄焯作跋。

字原学讲义 汉字字源学专著。胡韫玉著。1册。商务印书馆函授学社国文科民国间出版铅印本。全书共分10章,第一章讲述汉字字源学之基本概况及概念;第二章讲述六书的基本概念;第三章至第八章是对象形、指事、会意、形声、转注、假借进行详细解说并列举了大量例证;最后两章则是讲述字源学、六书学在识字、辨字、分析字形变迁过程中的作用。

安居 南社掌故。住宅名。南社管际安善评剧,能昆曲,演生角。1936年他与胡朴安在上海延平路(今康定路)各造一幢三层楼房,因二人名字中皆有一"安"字,故胡朴安将之题为"安居"。

安徽白话报 期刊名。1908年10月5日创刊于上海。发起人范鸿仙,王钟麒编辑。旬刊。该报虽标为白话报,在"文化界"栏目刊登文言作品和正文白话体作品,是文言与白话合一的刊物。设有演说、要闻、科学、新戏、小说、谕旨、时评、大事记、调查等栏目。有天僇生《论安徽白话报复活的关系》《中国无国民说》《白玫瑰》,三爱著《说戏曲》。后因报馆失火停刊,共出6期。

军制学讲义 军政讲义。黄郛撰。18章,1册。1922年铅印本。为黄郛演讲稿。有绪言、战争、国保、军制、国军编成之基础、兵制、国军具备之要素、兵役代偿税、国家之组织、陆海军之威力、陆军之编制、中国现行编制、中国军制之沿革、各国军制之概要、警保、人事、经理、赏罚、结论等篇章。

军政府内政方针草案 文件汇编。叶玉森起草，顾时济、丁震、王度、郑振春、关瑞琛、方策、詹德烜编辑，张育万、冷崇黄、关作玢、沈宝瑚襄校。1册。军政府内政部总务厅1928年初版。有军政府内政部职员摄影。徐绍桢作序。叶夏声作原序。丁震作序。有凡例和总说。含内政方针宜以普设全国警察为第一要务、内政方针宜以修复全国道路为第二要务、内政方针宜以疏浚全国河道为第三要务和内政方针宜以促行全国征兵为第四要务等篇。

讷尔逊 传记。林万里编。1册。商务印书馆宣统元年(1909年)初版，列入"少年丛书"。含绪论、讷尔逊幼年时代、初航海、结婚、意大利之赴援、胜平新得岬之海战、英雄之失败、尼罗之捷、英雄与美人、丹麦之征服和最后之大海战11章。每章结尾处附"批评"。

讷尔逊·少年丛书第四编 人物传记。林万里著。商务印书馆光绪三十四年(1908年)发行。讷尔逊今译为纳尔逊，为18世纪末19世纪初英国著名的海军将领，他因1797年的圣文森特角海战一举成名，1805年在特拉法尔加海战中打败了拿破仑的法国、西班牙联合舰队。纳尔逊也有凡人的一面，恋情波折很多。上述的英雄之战争和英雄美人的佳话是此传记的论述重点。传记中也附有西印度人士、海马(图片标为海马，实则为海狮)、白熊、印度之风景等图片。

许文韶(1883—?) 浙江海宁人。字伯奇。南社社友。1912年3月27日由费公直、邹铨、柳亚子、周亮才介绍入社，入社书编号239。

许半龙(1898—1939) 江苏吴江(今苏州市吴江区)人。名观，又名观曾，字盥孚，号半龙。南社社友、南社湘集社友、南社纪念会会员。1917年5月16日由柳亚子介绍入南社，入社书编号897。早年受学于金松岑，善诗文，尤喜五言古体。后参加国学商兑会、沧社。1919年遵母命随舅父陈秋槎学医，1922年到上海拜丁甘仁为师，研习外科。1924年返乡参与组建红十字会芦墟分会。1925年又赴上海，入上海中医专门学校学习。毕业后回乡，悬壶开诊。是年冬应其师丁甘仁之召，重赴上海任广益中医院外科主任。1927年与秦伯未、章次公、王一仁等创办上海中国医学院，担任训育主任、教授、院董等职，同时还出任中国上海中医学会执行委员、上海市国医公会执行委员。1939年岁末病逝于家乡。著有《静观轩诗钞》《两京游草》(合著)，编有《中医外科学大纲》《内经研究之历程考略》《中西医之比观》等。兄许康侯，亦为南社社友。

许庆炳(生卒年不详) 福建闽侯人。字彪如。南社社友。1917年9月由吴修源介绍入社，入社书编号977。

许苏民(1867—1924) 江苏嘉定(今属上海)人。原名朝贵，字稚梅，号苏民，亦作甦民，别号鄦厂。南社社友。1911年9月28日由朱少屏、朱子湘、柳亚子介绍入社，入社书编号179。早年应县试中秀才，创办寻源学堂。1903年创立南翔学会，任总干事。1906年创办南翔四市小学，先后被举为嘉定县学务公所学务董事和县劝学所议员。1909年创办江苏南翔义务小学。后因参加中国同盟会而遭通缉，遂去日本避难。辛亥革命前回到上海，1911年8月当选为嘉定县自治会议员、候补参事员。同年11月宣布光复后任嘉定县军政分府民政长，主持县政。翌年9月辞职回南翔悉心办学，并主办《南翔公言报》。1913年当选为江苏省议员，并先后任教于南京高等工业学校、上海南洋中学。1916年8月参加在上海愚园倚翠轩举行的南社临时雅集。1923年募款扩建校舍将义务小学改为南翔公学。1924年7月病逝于南翔公学。编有《许选国文》《蒙求必读》《礼记节要》等教材。

许苏民

许念慈(1898—1984) 湖南长沙人。名彦飞，字念慈。南社湘集社友。曾入长沙雅礼大学学习。后任《湖南日报》编辑、安徽省民政厅秘书。1928年任青浦县县长。后从事新闻工作，任湖南《民报》、南京《华报》、上海《新闻报》等报记者、编辑或经理。1937年抗日战争全面爆发后蛰居上海，以开湘绣店作掩护，在家中设中共秘密电台，为共产党做联络工作。抗战胜利后任国防部新闻局少将主任秘书，以特殊身份从事革命活动。中华人民共和国成立后任《新闻日报》经理。1957年被开除公职，1981年初平反。1984年病逝于上海。

许指严(1875—1923) 江苏武进(今常州)人。名国英，字志毅，一字指严，又作子年，号甦庵，别署不才子、砚耕庐主、弹华阁主等。南社社友。1914 年 3 月 27 日由王蕴章、庄翔声、胡寄尘介绍入社，入社书编号 401。幼承家学，补博士弟子员。1899 年与蒋维乔等在家乡创办修学社，任文学编译。1903 年应盛宣怀之聘掌教南洋公学，任国文教员。后应邀任商务印书馆编辑，编辑《中学国文史学讲义》《国文读本》等教科书。一度编过《小说月报》。辛亥革命后在南京高等师范学校教授国文，同时创作小说发表于上海各报章杂志。1916 年应同乡财政部次长赵椿年之邀，北上任北京政府财政部机要秘书。次年在北京创办《说丛》杂志。1918 年辞职返归沪上。1919 年在上海任《小说新报》编辑时，在该报连载长篇小说《京华新梦》。1923 年病逝于上海。工诗、古文辞，又精史学和书法。为著名旧派小说作家，常以掌故写笔记小说。著有《近十年之怪现状》《指严小说精华》《许指严说集》等。

许修直(1881—1954)　江苏无锡人。名卓然，字修直，号西溪，晚号百砚室主。南社纪念会会员。早年留学日本中央大学法科，在日本加入中国同盟会。毕业后回国任教于苏州私立法政学堂、浙江官立法政学校、中国大学等校，并担任过浙江高等审判厅推事兼代理厅长、北京大理院推事等职。1927 年后历任南京国民政府上海特别市法制室主任、行政院驻北平政务整理委员会委员、轮船招商局监督、交通部参事、交通部秘书长、中央古物管理委员会主任委员等职。1935 年出任内政部常务次长。抗战期间落水，出任华北新民会厚生部部长、华北临时政府行政委员会调查处处长、汪伪政权行政院司法行政部部长、北京市市长等伪职。1954 年在北京去世。一生钟情砚石，堪称藏砚名家。

许祖谦(1874—1953)　浙江海宁人。又名葆光，字行彬，号西湖闲人。南社社友。1917 年由张心芜介绍入社，入社书编号 907。清末秀才。1904 年考入浙江高等学堂。毕业后任杭州师范学校、温州瓯江师范学校教员。1906 年加入光复会和中国同盟会。1910 年在杭州办《浙江白话报》，后协助杭辛斋合办《浙江白话新报》，宣传民主革命，并提倡白话。辛亥革命后出任浙江省议会议员、浙江省财政厅秘书长。又先后办《汉民日报》《西湖报》《杭州报》等。1917 年 4 月参加在西湖葛荫山庄举行的南社临时雅集。同年在杭州海宁同乡会所办的《良言报》社任职，办报以外还经营实业，在家乡创办长安丝厂。后又担任杭州国医业公会主席。《申报》总经理史量才被国民党特务杀害后，被公推为史量才纪念碑撰写碑文。历任浙江省议会第一至三届议员、浙江财政委员会秘书长等职。1937 年抗战全面爆发后移居上海。1953 年在狱中病逝。著有《行彬文稿》。

许晓初(1901—1998)　安徽寿县人。字孝雏。南社纪念会会员。早年毕业于复旦大学经济系，历任苏州萃英中学、江苏省立第二农业学校教员等。1928 年入上海中法药房，任营业主任、襄理、协理、董事兼总经理等职，并先后任上海新药业同业公会常务委员、上海市商会委员、纳税华人会执行委员、工部局华人委员等职。抗战期间曾任多家企业的董事长和总经理。抗战胜利后任全国新药业工会和全国制药工业联合会会长，并当选为第一届国民大会代表。1949 年去台湾。

许竞存(1889—?)　江苏太仓人。女。名湘，字竞存，一字苏华，号纫秋。冯心侠夫人。南社社友、新南社社员。1915 年 5 月 9 日由狄君武、俞锷、陆毅、金翼谋、冯心侠介绍入南社，入社书编号 509。

许陶熊(1889—?)　浙江嘉兴人。字梦飞。南社社友。1916 年 6 月 1 日由谭天介绍入社，入社书编号 612。

许崇灏(1883—1957)　广东番禺(今广州)人。字公武。许崇智堂兄。南社社友。1919 年 3 月 20 日由卢铸、蔡哲夫介绍入社，入社书编号 1054。辛亥革命前为湖北科学补习所成员。中国同盟会会员。1910 年曾在《南洋兵事杂志》发表《夜间之射击教育》。1911 年武昌起义时协助林述庆在镇江起义，任镇江都督林述庆参谋长、南京卫戍总督府监察处长。曾在广州黄沙车站监督处任职，后又任广东粤汉铁路局局长、国民政府委员、考试院秘书长。抗日战争时期在重庆。中华人民共和国成立后，1956 年 1 月受聘为上海文史研究馆馆员。出版有《中国政制概要》《伊斯兰教志略》《新疆简史》《土司制度略考》等。

许康侯(1889—1953)　江苏吴江(今苏州市吴江区)人。名豫，字豫曾，号康侯，亦作康由、亢由，别署太平。南社社友。由社友介绍入社，未填写入社书且未予编号。早年丧父，由母抚育成才。自小酷爱文学艺术，师从同里“吴江文皇帝”金松岑，并与柳亚子订交。1916 年参加分湖诗社。1922 年参与创办《芦墟报》，任编辑主任。1924年与其弟许半龙一道创建红十字会芦墟分会，行医乡里。1946年任芦墟镇教育会常务理事。中华人民共和国成立后，参与创建吴江县芦墟区卫生工作者协会、芦墟区联合诊所。1953年病逝。著有《池上小筑诗稿》《石鼓考略》《两京游草》(与弟许半龙合著)等。其弟许半龙，亦为南社社友。

许慎微(1901—?) 江苏太仓人。女。字慧墨。南社社友狄君武表妹。南社社友。1917年4月4日由冯心侠、俞锷、许苏民、许竞存介绍入社，入社书编号859。1922年6月参加在上海半淞园举行的南社第十八次雅集(最后一次正式雅集)。

许慕贞(生卒年不详) 安徽休宁人。女。南社纪念会会员。

许豪士(生卒年不详) 籍贯未详。新南社社员。曾在1914年第二期《新剧杂志》发表《最近新剧观》。1932年10月又与吴梅等成立紫霞曲社。

许演素(1881—?) 浙江瑞安人。名铸，字演素。南社社友。1912年5月4日由陈去病介绍入社，入社书编号266。民国初年供职于杭州不动产登记总所。

许肇南(1881—1960) 贵州贵阳人。又名石楠，字先甲，号石栅。南社社友。1915年6月2日由朱少屏介绍入社，入社书编号539。早年留学日本，参加中国同盟会。后又留学美国，获美国电气工程师学位。1914年在美国参与组织中国科学社及发起成立中国工程师学会。同年即在美国《留美学生年报》发表《论文学》。1915年回国后任南京河海工科专门学校校长，为张闻天业师。后历任下关电灯厂厂长、广州国立高等师范学校和中山大学教授、廖仲恺省长秘书、江西鄱乐煤矿公司矿长等职。擅长中国古文字研究。中华人民共和国成立后，1953年6月受聘为上海文史研究馆馆员。

许德彰(生卒年不详) 湖南醴陵人。字岳岑，号愚公。南社湘集社友。

许翰屏(生卒年不详) 籍贯未详。新南社社员、南社纪念会会员。

许藻青(1896—?) 江苏青浦(今属上海)人。字福初。南社社友。1917年10月5日由沈觉人、徐浦、朱剑芒介绍入社，入社书编号983。曾任苏州桃坞中学教员。

论佛书稿·第一集 佛教著作。杨棣棠著。2卷，1册。上海世界佛教居士林1924年初版。净觉居士题词，王莲航题字。为作者与族叔藻香、南社姚石子、族兄剑光等论佛学书37首。附《救劫度生平议》和《二十世纪文化之大潮流当以佛法为归墟》。

论佛书稿·第二集 佛教著作。杨棣棠著。2卷，1册。上海世界佛教居士林1924年初版。莲航题签。萧蜕、骆印雄、王莲航和杨棣棠分别作序。为作者与人论佛书27首，附《论世人崇拜英雄之结果以致造成世界之大乱》等7篇。

论语会笺 论语研究。徐英著。1卷。正中书局1942年印行。作者时任中央大学教授，兼任中国国学会会长。该书分导言和会笺两大部分。“导言”部分集中展示了作者多年研究和教学的成果，分孔子事略、孔子年表、孔子制行、孔门弟子、论语略说、论语旨要、论语源流、论语读法和会笺旨例9个章节。“会笺”部分则将历代儒家学者的注疏集中介绍，“采其英华，而翦其萧艾”，同时还阐述了自己的观点，重在发挥儒家精义。

论难文 初中教本。刘大白主编，朱剑芒、陈霭麓编辑。1册。上海世界书局1932年初版，世界活叶文选之一。含蔡元培《责己重而责人轻》、曾国藩《复陈右铭太守书》、鲁一《同秦论》、朱琦《名实说》、刘开《知己说》和章学诚《古文十弊》等篇。

农业政策 农业译著。奥地利菲里波维著，马君武译。1册。中华书局1921年初版，列入“新文化丛书”。马君武作序文。含导言、现代生产组织之基础、土地分配政策、农业团体、农业生产组织中工人之地位、农业经营和农业信用等篇。

农村问题集 政治论著。文诏云撰。1册。南昌新记和群印刷公司1934年铅印本。收入著者撰写的《农村工作在国策上之重要性》《农村工作应如何着手》《省政与农村建设》《从国联调查团报告书说到合作救国》《从振济灾民说到推行农村合作制度》《农村救济与救济方案》《社会化的农村组织》《合作的方式》《农村合作三讲》《农村合作运动的两大使命》《农村合作运动应当认识的几点》《豫鄂皖赣四省农村合作运动之内容及其目的》《创设农村合作社要义》《农村合作之指导制度》《农村合作指导员之使命》《农村合作指导员应具的美德》《大同之路》和《试拟训练党员服务农村方案及四省农村建设人员训练学院计划》等有关农村问题的论文。

访苏归来　政治著作。邵力子著。1册。中苏文化协会编译委员会编辑。1944年在重庆初版，1946年在沪第一次再版，1947年在沪第二次再版。此书为苏联卫国战争也是中国的抗日战争期间，作者随中苏文化协会赴苏联考察二年零五个月，回国后发表的演讲和文章的汇集。作者在自序中说，编书的目的是"研究苏联，认识苏联，从而促进中苏文化的交流和友谊的增进"。全书选编的演讲和文章共14篇，其中有"苏联战时经济概况""战时与战后的苏联""苏联抗战中的财政""苏联的工业化""苏联的组织力""古比雪夫的战时景色""苏联宪法中的三个特点"等。在文章里，作者将苏联战前战后的经济、军事、外交、教育、文化作了全面的介绍分析。

导淮兴垦条议　水利政策著作。柏文蔚著。南京印刷厂代印，印行年代不详。最早刊登于1912年8月的《东方杂志》。此条议针对长淮流域近10年来严重的水灾、旱患而定。作者分析了灾情的三个原因，提出治淮、兴垦的一系列建议和具体方案，制定了导淮兴垦大纲8条。其内容为：一、导淮由东北入海之正路；二、导淮自运筑堤束水归海之支路；三、导淮自运分泄入江之路；四、治洪泽；五、治皖北诸水；六、治沂沭诸水；七、屯垦；八、筹款，筹款的方法有借款、变通集股之法、参用国债票与彩票之法。

导淮说明书　水利政策著作。柏文蔚编。合1册。民国年间铅印本，印行年代不详。有张謇作《张謇导淮计划宣告书附治淮规划之概要》《江淮水利计划第三次宣言书》，柏文蔚《导淮说明书》，苏民生、武同举合作《促进导淮商榷书》以及《全国水利局呈稿》。

阮久巽(1886—1938)　浙江会稽(今绍兴)人。名文恒，笔名阮恒，字久巽，又作久荪、久孙、九孙。南社分社越社社友。曾在山西作幕友。后因患精神分裂症到北京，经鲁迅延医治疗无效，派人送回原籍。是鲁迅大姨妈之子。

阮子华(生卒年不详)　浙江人。名祖耀，字子华。南社纪念会会员。其妻方濬，亦为南社纪念会会员。

阮　式(1889—1911)　江苏山阳(今淮安)人。原名书麒，号翰轩，一号汉宣，字梦桃。南社社友、淮南社社友。是辛亥革命烈士。由社友介绍入南社，未填写入社书且未予编号。1903年肄业于江北高等学校，次年应岁试得中，为县学秀才。1906年考入南京师范学校，与同邑周实成为至交。毕业后在安徽宣城模范小学任教。1909年受上海《女报》之聘，任编辑。不久《女报》停刊，遂回淮安，先后任教于淮安敬恭学校、山阳高等小学。常为《克复学报》撰稿，并兼任上海、香港、宛平等地报刊特约通讯员。1911年6月协助周实创建淮南社，共掌社事，与海上南社相呼应。同年10月与周实在山阳组织学生队(旋改名巡逻部)响应武昌起义，任副部长，并于11月14日宣布山阳光复。未数日，与周实相继遭劣绅、民团暗算遇难。生平擅诗文，工书法。著有《梦桃杂剧》《翰轩丛话》《啼红惨绿庵杂识》等，后由其弟阮式一(亦为南社社友)编为《阮烈士遗稿》。

阮式一(1891—?)　江苏山阳(今淮安)人。名锦麒，字宝轩。南社社友。1913年1月14日由胡朴安、周伟介绍入社，入社书编号337。早年就读于上海吴淞中国公学。兄阮式(南社社友)遇难后，为其编《阮烈士遗稿》行世，并撰《先兄梦桃先生行述》附集后。后因事赴汉口，因轮船中途失事遇难。

阮步兵咏怀诗注　古诗注释。阮籍著，黄节注，华忱之校。1册。北京人民文学出版社1957年初版。诸宗元作序。黄节作自叙。有《晋书·阮籍传》。选注阮籍的咏怀诗82首。有《阮步兵咏怀诗注》补篇，选注阮籍的咏怀诗13首。附伏义与阮嗣宗书、稽叔良魏散骑常侍步兵校尉东平相阮嗣宗碑、庐播阮籍铭、颜延年五君咏阮步兵一首、嵇康与山巨源绝交书、李康家诫、戴逵竹林七贤论和袁宏七贤书。

阮尚介(1891—?)　江苏奉贤(今属上海)人。字介凡，一字介蕃。南社社友。1911年10月6日由柳亚子介绍入社，入社书编号189。早年就读于上海澄衷学堂、北京高等实业学堂。1914年毕业于德国柏林大学造船系。1915年任北京政府陆军部顾问、北京大学教授。1917年任同济德文医工学校、同济大学校长；创办《自觉周报》《同济杂志》《同济医学》等刊物。1938—1944年任北平大学工学院院长。1949年4月16日参加在北京中山公园来今雨轩举行的南社、新南社最后一次联合临时雅集。

阮尚臧(生卒年不详)　江苏奉贤(今属上海)人。字伣仁。南社社友。1917年9月由吴修源介绍入社，入社书编号975。

阮烈士遗稿　诗文集。阮式撰，阮式一编。不分卷，1册。1913年铅印本。邓家彦题签。胡朴安署端。有阮烈士遗像。柳亚子、叶楚伧、曹凤笙、张廷珍、周人菊、朱伯华、胡朴安、邹秋声分别作序。邹秋声诗四章。李正学作《挽联》。柳弃疾作《阮烈士梦桃传》。阮式一作《先兄梦桃先生行述》。

孙天逸(1892—?) 安徽寿州(今寿县)人。字以同。南社社友。1912年5月27日由苏曼殊介绍入社,入社书编号280。

孙中山历史 人物传记。于右任著。民权书局1926年4月初版,1927年再版。全书以孙中山自学生时代起的革命运动、初期挫折、三民主义发端、建立同盟会、失败十次以后的成功、辛亥革命中的努力、南北议和至二次革命、建立中华革命党、护法斗争直至病逝为中国民主革命奋斗一生的历史为主轴,附录孙中山的《自传》、吴稚晖的《中山年表》及戴季陶的《孙中山著述要目》。

孙文主义之哲学的基础 哲学著作。戴季陶著。民智书局1925年初版,上海三民书店印行。本书先介绍孙中山的重要著述及演讲,后详细论述孙中山的思想。戴季陶认为,孙中山三民主义的思想基础是民生哲学,其完全渊源于中国正统思想的中庸之道。书后附"民生哲学系统表说明"。

孙世雄(1891—?) 上海人,原籍福建济州。女。字世雄。南社社友。1910年由金静初介绍入社,入社书编号44。

孙达兰(生卒年不详) 浙江绍兴人。字达亭。南社分社越社社友。

孙竹丹(1882—1911) 安徽寿州(今寿县)人,原籍江苏上元(今南京江宁)。名元,又名铭,后更名负沈,字幼符,号竹丹。南社社友。1911年3月4日由柳亚子介绍入社,入社书编号132。毕业于南京江南陆师学堂,复入将弁学堂。后留学日本,入东京振武学校。1905年10月加入中国同盟会,被推为同盟会安徽分会会长。归国后,1906年冬与孙毓筠等密谋在南京响应萍浏醴起义,不料事泄,被迫逃亡日本。1909年在日本被共进会推举为安徽大都督。1909年初熊成基因领导安庆起义失败而逃亡日本期间,曾资助熊返国。1910年2月熊成基在哈尔滨被叛徒出卖遇难后,同盟会内部有人怀疑熊成基为其出卖,因而在1911年6月被暗杀。1912年由宋教仁、刘揆一等12人发布公启,以白其冤,柳亚子还撰有《孙君竹丹事略》及《为孙君竹丹昭雪启》。有《孙烈士竹丹遗集》存世。

孙延庚(1869—?) 江苏吴江(今苏州市吴江区)人。字謦僧,一字经笙,号今身。南社社友。1911年4月17日由柳亚子介绍入社,入社书编号140。旧学功底深厚,是南社社友郑佩宜的业师。1906年7月在上海创刊《新世界小说社报》月刊,任编辑。民国年间在上海民立中学任国文教员多年,南社社友周瘦鹃、陆澹安和顾德明均是其得意门生。1911年9月参加在上海愚园举行的南社第五次雅集。后任上海中学教员,大半生时间在上海教书。编著有《中国文学史集说及著作》。

孙仲瑛(1884—1953) 广东香山(今中山)人。名璞,字仲瑛,号阿瑛,别号顾斋。南社社友、广东分社社员、新南社社员、南社纪念会会员。1915年9月9日由蔡哲夫、邓尔雅、周亮夫介绍入南社,入社书编号557。早年就读于广州广雅书院。后赴日本留学,攻读法律、政治。归国后创设《云南日报》《滇南公报》。曾为孙中山秘书,历任广东阳春县县长、广东省省长秘书、省公安局秘书(代理局务),财政部和实业部法规委员会咨议科长等职。1917年3月参加南社在广州六榕寺举行的广东分社第一次雅集。30年代初先后任上海市政府秘书、市公安局秘书主任、吴国桢市长秘书等职。著有《重九战纪》《清宦秘史》《旅滇闻见录》等。夫人陈锦云,亦为南社纪念会会员。

孙汝砺(1888—?) 上海人。南社社友。1916年4月由胡寄尘、赵苕狂介绍入社,入社书编号589。

孙伯纯(1893—?) 安徽寿州(今州县)人。名湜,字伯纯。孙变齐兄。南社社友。1912年5月27日由苏曼殊介绍入社,入社书编号279。

孙变齐(1895—?) 安徽寿州(今寿县)人。字鲁望,号仲戟。孙伯纯弟。南社社友。1910年由俞锷介绍入社,入社书编号57。曾就读于天津私立南开第一中学堂。

孙举璜(1875—?) 湖南长沙人。字姬瑞,号虫天,自署虫天室主。南社社友。1916年9月23日由傅熊湘、郑叔容介绍入社,入社书编号693。有家学渊源,尤工于诗。1916年任职《长沙日报》馆时与曾纯阳、简易一道加入南社。

孙恭久(生卒年不详) 山东历城(今济南)人。字小舫。南社社友。曾在上海参加胡朴安等组织的鸥社。

孙烈士竹丹遗事 哀挽录。柳弃疾编。3卷,1册。

1917年铅印本。蔡寅题签和署端。《孙烈士竹丹遗事》一卷有遗像,宋教仁等作《公启》《传》《后传》《事略一》《事略二》《熊烈士供词》一卷及《熊案始末记》一卷。柳弃疾作跋。

孙雪泥(1889—1965) 江苏松江(今属上海)人,原籍江苏江宁(今南京)。原名鸿,字杰生,一字翠章,号雪泥,别署华津一士、枕流居士。南社社友、南社纪念会会员,画家。1918年1月11日由姚民哀、张心芜介绍入南社,入社书编号1013。16岁学画,擅画山水花卉,喜绘民间玩具,尤爱画梅。工诗,多咏景、咏物之作。曾任冠生园广告宣传员,后自办生生美术公司。1931年创办图画书局,出版儿童读物。参加出版《世界画报》《笑画》《滑稽》等画刊,编刊《俱乐部》等杂志。又与钱瘦铁、陈小蝶发起举办中国美术展览会。1932年6月参与发起组织中国画会。1934年任中国画会执行委员、常务委员、会计干事等职,并任上海美术会理事。后任上海彩印工业同业公会理事长。中华人民共和国成立后任上海中国画院画师、中国美术家协会上海分会理事。1962年4月受聘为上海文史研究馆馆员。有《雪泥诗集》《雪泥画集》行世。

孙雪泥

孙逸清(1885—?) 浙江嘉善人。原名英,一名时英,又名鹏,字逸清,号翼云。南社社友。1910年由陈陶遗介绍入社,入社书编号42。1911年2月参加在上海愚园杏花村举行的南社第四次雅集。1916年4月参加在上海徐园双清别墅举行的南社临时雅集。30年代曾在驻日本神户领事馆任职。

孙景贤(1886—1919) 江苏常熟人。字希孟,号龙尾,笔名阿负,别署藤谷古香。南社社友。由社友介绍入社,未填写入社书,介绍编号1。1907年随其师张鸿任职于驻日本长崎领事馆,并就读于明治大学法科,习法政。在日本参加中国同盟会。归国后,赐法科举人出身。民国初年曾受同盟会总部委派,筹组同盟会常熟分会。历任湖北、江苏高等检察厅检察官,北京政府国务院参议。后任职于司法部。工诗,诗学李商隐,为晚清西昆诗派名家,也是虞山派后劲,与常熟名流曾朴、张鸿、沈北山、黄谦斋常相过从。亦擅文学,与庞树柏并称为"虞山双笔"。1919年因病辞世。著有《轰天雷》《龙吟草》《龙尾集》等。

孙锡中(生卒年不详) 江苏六合(今南京市六合区)人。字佩绅。南社社友。1916年11月16日由曹斌、戴天球介绍入社,入社书编号723。

孙儆庐(1886—1961) 浙江绍兴人。名世伟,字儆仁,号儆庐,别号瓦鸣。南社社友。1912年5月22日由张云雷、沈钧业介绍入社,入社书编号278。早年曾留学日本,加入光复会。辛亥革命后,先任职于杭州民国公会支部,后历任浙江实业司司长、内务司司长、浙江瓯海道道尹、福建汀漳道道尹、河南政务厅厅长等职。

孙德卿(1866—1932) 浙江绍兴人。名秉彝,字德卿,一字长生。南社分社越社社友。1904年留学日本,在日本期间结识孙中山、陶成章、秋瑾等人,并加入中国同盟会和光复会。归国后曾资助徐锡麟等创办大通学堂,任总务长。1907年秋瑾被害后亦遭逮捕,旋获释。1911年武昌起义后出任绍兴民团局副局长。曾参与创办《越铎日报》,任编辑。后任复刊后的《越铎日报》社社长,参与创办成章女校、陶社。后长期从事乡村教育,开办农事试验场、组织剧社编演新戏等。

孙瀹泉(1897—?) 浙江嘉善人。名讷,字瀹泉。南社社友。1915年12月21日由李拙介绍入社,入社书编号580。

阳千山(生卒年不详) 江西赣县(今赣州)人。南社湘集社友。

阳兆鲲(1875—?) 湖南醴陵人。一名晁鲲,字伯笺,号惕生。南社社友。1910年由雷铁厓介绍入社,入社书编号72。1905年11月由黄兴主盟加入中国同盟会。

阳名传(生卒年不详) 湖南醴陵人。号侠君。南社湘集社友。

阳明学派 哲学著作。谢无量著。中华书局1915年初版,1920年第四版。为学生丛书、国学普及读物。全书共分4编20章。介绍明代哲学家王阳明的生平及其与陆九渊的关系、王阳明哲学思想、伦理思想与阳明学说的内在关系、王阳明关于古今学术的评论。书末附录《陆象山学略》《王门诸子略述》。

收入及恤贫政策 政治学译著。奥地利菲里波维著,马君武译。3卷。中华书局1925年出版。第一卷收入政策通论,论述收入政策的性质、直接收入政策、间接收入政策、国家收入政策之作用。第二卷工作收入政策，分为保障收入之施设、工资政策两篇。前篇是对工作介绍、失业救济、失业保险等制度的研究；后篇是对工资政策的任务、实际工资形式及自由工资构成、工资保障及增进、居宅救济的研究。第三卷为恤贫政策，论述了贫穷及原因、恤贫史、恤贫与社会救助、恤贫行政等。马君武有感于中国“数千年来沿用以国家为私产之制度，不知国民生计政策为何物”的现实，怀着对“方今军阀盗国、生民涂炭，举世将并仁政之虚名而亦忘之”的忧虑，自宣统二年(1910年)至1924年6月，翻译了菲里波维《国民生计政策全书》。共6册，此书为其中之一。

如何解决纷乱 政治学著作。郭步陶著。姚江书店1938年印行。系作者将抗战全面爆发前后所撰写的9本论著的纲要，加以编辑而成。编书宗旨为：“以人民为共通原则，以不为奴隶为基本条件，以人格平等为唯一目的。”全书以作者于1938年撰写的论文“如何解决纷乱”为主，要点为：一、认识现代战争为人格战争，表明与生存战争论不同。二、主张对纷乱需要根本解决，表明与议和者的市侩政策之不同。三、此文为著者综合其多年著作的要领，望全体人民共同研究，如何“对症下药”。论述了当时世界局势形成的原因和发展趋势，并提出他对“如何解决纷乱”的方法为：“解决纷乱必先正名；解决纷乱必先慎认识”，“天下乌定？定与一，一者非政治、非武力，人格平等为今日救世界、救人民最需要之哲理。”还选编著者及王培孙、严谔声、福开森等人为《不受侵略论文集》《不为奴隶论文集》《自主独立论》《共通原则论》等书写的序言多篇。

妇女杂志 期刊名。1915年1月5日在上海创刊。商务印书馆发行，王蕴章、胡彬夏、章锡琛等主编。设有图画、论说、学艺、家政、名著、小说、译海、文苑、美术、杂俎、传记、记载、余兴等栏目。发表有王蕴章的《寒泉一掬》《一朵云》《玉台艺乘》《多罗艳屑》《人间可哀集》《可中亭传奇》，叶中泠的《呜呼毒蛇》，叶小凤的《中萃官传奇》，徐仲可的《天足考略》，姚鹓雏的《绣余语》《塞垣花泪》《碧栏绮影》《青衫残泪》《红鹦鹉》《神龙鳞爪》，庞树柏的《清代女妃》《今妇人集》，余天遂的《余之女子教育观》，萧蜕的《庞景真女士小传》，高天梅的《何爱文传》，沈昌眉的《寒灯课子图记》，陈倦鹤的《Et用理化学浅说》，胡寄尘的《无才女子》《慕凡女儿传》，丁逢甲的《中馈谈》等。因一·二八事变商务印书馆遭日寇焚毁而休刊，前后共17卷204期。

妇女时报 期刊名。1911年6月11日在上海创刊。包天笑、陈景韩等编辑。以提倡女子学问，增进女界知识为宗旨。设有插画、短文、文苑、诗话等栏目。刊载了许多有关妇女运动的文章，为当时女性传播了许多文化科学知识。包天笑、周瘦鹃、马小进等发表有作品。停刊时间和原因不详，现见到21期。

妇女修养谈 妇女修养著作。谢无量著。1册。中华书局1917年初版，列入“女学丛书”。庄启传作序。含绪论、女子修学立身之基础、妇德之修养、母德之修养等3编17章。修学立身之基础分别阐述了女子在勤学与立志、常识与社会才能、身体之健康与勇气、德行之根本、艺术职业与自立之生活等方面应具备的知识。妇德之修养介绍了古训、婚姻中的责任、家政处理几方面应注意的问题。母德介绍的则是孩童的教养知识。

妇唱夫随 南社掌故。刘季平与陆灵素夫妻情深意笃，陆灵素深娴诗体，雅擅词章，长于南北曲。每逢宴客，妇唱曲，夫吹箫，别开生面，酒筵上情绪高涨。南社中将此二人比作为宋代女词人李清照与赵明诚。

戏考大全 唱本汇编。刘豁公编辑。上海文华美术图书印刷公司1931年初版，1933年第三版，后由胜利公司制成唱片。本书收集了近代71位戏曲老艺术家的200余篇曲词。从角色分有青衣类，如梅兰芳的《宇宙锋》《玉堂春》，程砚秋的《骂殿》《梅妃》，新艳秋的《红线盗盒》《红拂传》，荀慧生的《铁弓缘》，王幼卿的《打渔杀家》；老生类，如马连良的《鸿门宴》，孙菊仙的《李陵碑》，汪笑侬的《御碑亭》；老旦类，如李多奎的《钓金龟》；大面类，如金少山的《取阳》；小丑类，如王华甫的《戏迷传》；小生类，如姜妙香《木兰从军》。从剧种分有昆曲类，如白云生的《昭君出塞》、陶显庭的《长生殿谈词》；秦腔类，如张秀琴的《大登殿》、杨玉琴的《翠屏山》；大鼓类，如林红玉的《大西厢》，常树田的《武松杀嫂》；滑稽类，如陆希希的《笑话奇谈》；申曲类，如王新的《卖红菱》，马金生的《卖花唱曲》；苏滩类，如蒋婉贞的《小尼姑下山》等。尚和玉为本书题字曰：“大雅遗言”，智农时慧宝题“新腔古调”。

戏曲词语汇释 戏曲词典。陆澹安著，陆康编。1册。上海锦绣文章出版社2009年初版，列入“陆澹安文存”丛书。前有陆澹安前版序言。有凡例。戏曲词语汇释有根据笔画所作目录。附戏曲成语汇纂，则直接根据笔画顺序排版。陆康作编后记。

戏剧大观 戏剧知识读物。刘豁公主撰，刘哲庐编。1册。上海交通图书馆1918年初版。刘豁公作本书特别启事。编者作凡例。朱天目、陈白虚、冯叔鸾、罗慕天、戚饭牛分别作序。王钝根、张心芜、闻野鹤、吕碧城分别题词。丹桂第一台、天蟾舞台、新舞台、久记社等分别赠祝词。刘哲庐作发端。有名伶汪笑侬等照片9帧。含顾曲须知、俳优别传、粉墨阳秋、伶工趣事、梨园琐记、乐府新声和京剧考证等篇。

观无量寿佛经释论 佛学著作。吕碧城著。1册。1942年9月香港出版。按佛经体例列为5分。第一导言分，从实修唯识、求大乘种姓、修福及具足众戒不犯威仪、为圣教住世以及圆满净宗大法等角度，论述《观无量寿佛经》的重要性。第二通释分，从释名、出体、正宗、明相、致用5个方面进行通释。第三、第四释义分注分，对《观无量寿佛经》进行逐段解释和注释，解释部分多用唯识理论经典诸如《华严经》《解深密经》《瑜伽师地论》《成唯识论》《八识规矩颂》中的八识理论和种子理论。第五抉择分，以问答的形式对此经以及修行中的若干问题作了说明。附录部分“识与业”，是作者在泰国曼谷中华佛教研究社的演讲稿。《观无量寿佛经》是净土三经之一，作者称此经是“净土中之唯识学”，造此论的缘由是：“诠表此经属唯识故；说明净土属大乘故；矫偏救弊革新多分之旧说故；少分愚劣行人，德亏戒弛，应与警策导入规范故；文以载道，经义所依，应择要研习，若三藏十二部皆废置不讲，则佛教寝以式微，不能普及于世界故。”

观贞老人寿序录 贺寿文集。李根源编。1卷，1册。苏州阙园1925年刻本。吴荫培题签。黄葆戉署端。有岑春煊撰、章士钊书、伍廷芳和孙文等《腾冲李母阙太夫人六十有四寿序》，赵藩撰并书、蒋应树和李正阳等敬祝《腾冲李母阙太夫人六十有四寿序二》，郑开文和朱培德等敬祝《腾冲李母阙太夫人六十有四寿序三》，卢铸撰、邓尔雅书、杨晋和张荣庭等敬祝《腾冲李母阙太夫人六十有四寿序四》，孙光庭撰并书《李母阙太夫人七十寿序》，秦树声撰并书《李母阙太夫人七十寿序二》，李学诗撰并书《李母阙太夫人七十寿序三》。附有黎元洪赠题联额等。

观贞老人哀挽录 哀挽录。李根源、李根沄等编。2卷，1册。吴县陈海泉1928年刻本。曾熙题签。张一麐署端。卷一有张一麐撰、邓邦述书、李曰垓篆额《腾冲李母阙太夫人家传》，陆藻莹作《李母阙太夫人家传》，赵藩撰、邓尔雅篆书、朱孝臧题额《云南腾冲李太夫人阙太君墓碑铭》，孙光庭撰、于右任书、丁佛言篆额《腾冲李母阙太夫人墓碑铭》，金天羽撰、黄葆戉书、吴昌硕篆盖《腾冲李母阙太夫人墓碑铭》。黎元洪墓碑题字。章炳麟、王源瀚、马云章分别题《诔》。陈直题《灵表》。蒲圻题《赞》。孙雄、释静圆、王履中、周桂馥、李睿源、李学诗分别作《挽诗》。另有《祭文》。卷二全部为挽联。

观音灵异记 亦名《观世音菩萨灵异记》。佛经专著。万钧（公度）编。2卷，2册。无锡万氏1938年第五十二次再版。叶恭绰题签。熊秉三署端。有“圣迹纪略”“咒汇录”“发愿仪文”“拔除病苦”“脱离厄难”“求得福慧”“慈悲救度”“劝善惩恶”“神力摄化”“示现垂护”及附录“灵应”等篇。

红叶·现代名人杰作 短篇小说集。赵苕狂编。1册。上海世界书局1923年初版。“锦囊四妙丛书”之一。赵苕狂作序。含江红蕉萧郎画樱记和园中，沈禹钟清溪春影、王西神秋蕤阁、马二先生一幅仕女图、张舍我毋忘余、虎头后人卖梨娘、范烟桥快活之夜、徐哲身墙外桃花及屏嫣女士中秋之园会等篇。

红羊佚闻 笔记小说。胡仪郇、徐枕亚编。3卷，1册。上海小说丛报社1915年初版。天啸题签。胡仪郇作序。陈惜誓题词。卷上为胡仪郇、徐枕亚合著的《战血余腥录》，天啸署端；卷中为许指严的《天京秘录》，天啸署端；卷下为嵇问耕著、徐枕亚校的《从军速记》，天啸署耑。附无名氏著、徐枕亚校的《金陵癸甲新乐府》，天啸署端，徐枕亚作跋。

红花儿 亦称《慧心粲齿集》。笑话。郑逸梅著。1册。上海潮音楼出版社1927年初版。剑我女士、赵眠云和范君博分别题签。王西神、朱枫隐、许瘦蝶、蒋吟秋、屠守拙、赵眠云、胡石予、刘公鲁、环仙女士、王天恨、金季鹤、陈莲痕和吴双热等分别题词。周瘦鹃、程瞻庐、程小青、范烟桥、徐卓呆、姚民哀、张枕绿、顾明道、周无住、黄转陶、吴闻天、顾醉萸、徐碧波和黄若岩等分别作序。慧心集录诙谐幽默的随感数百则。粲齿集录笑话数百则。郑逸梅作慧心集跋，寿梅女士作粲齿集跋。

红蚕茧集 诗文集。朱鸳雏著，周瘦鹃编。1册。

上海大东书局1923年初版，列入“紫罗兰庵小丛书”。有朱鸳雏遗像。周瘦鹃作弁言。含《怨始记》《碎窗记》《乾蝶记》《投荒记》《拾遗记》《珰札记》《画心记》《战瘢记》《汉水记》《芳时记》《感逝记》《病因记》《劳工记》和《散学记》等篇。附鸳雏诗存60题。

红楼梦真谛 红楼梦研究。景梅九撰。2卷，2册。西京出版社1934年初版。张继署端并序。王婆愣作石头记真谛序。有石头记真谛纲要、石头记真谛和红楼梦真谛。石头记真谛含叙论、先论命名、次论薛林取姓、次论汉满明清、再专论宝玉、论书中诗词、论著者思想、附录和别录等篇。红楼梦真谛含杂评、杂录、评王、评邓等篇。

红薇感旧记题咏集 题咏集。傅熊湘编。1卷，1册。1919年铅印本。余天遂题签。刘三等署端。柳弃疾、傅熊湘分别作序。傅熊湘作《红薇感旧记》。有黄玉姣照片，黄宾虹、蔡哲夫分别作《红薇感旧画并诗》。共有2人作文、60人作诗、10人作词予以题咏。

约法与教育 思想随笔。经亨颐著。1册。1919年出版，出版社不详。包括《最近之感想》《关于教育之解释》《未尽之意见和希望》3篇。作者主要就约法、教育和改革三者之间的关系进行了详细论述。指出教育与政治的关系密切，认为过去的教育是为政治服务，通常都是跟随政治来制定策略，也就是所谓的宗旨了。作者以花木喻教育，认为剪枝整理便是对于花木的教育，这就似教育的被扭曲，因此主张纯粹教育。

约章成案讲义 法学著作。陈世宜撰。1卷，1册。清光绪宣统年间铅印本。江苏法政学堂校外讲义第一期第八册。有绪论、尼布楚条约、恰克图界约、恰克图市约、白门英约、爱珲俄约、天津英约等篇章。附《发行校外讲义章程》《江苏法政学堂校外学员姓名录》。

纪国振(生卒年不详) 浙江吴兴(今湖州)人。女。字侠中。南社社友、南社纪念会会员。由社友介绍入南社，未填写入社书，介绍编号72。曾任竞雄女校校长。

纪念南社成立二十周年虎丘雅集小启 南社文献。陈去病、朱葆康、柳亚子、朱梁任等联名，载1928年11月7日《民国日报》。叙写清朝末年与孙中山等在日本江户组织同盟会，又创立南社于苏州。说明为“爰结同俦，重寻旧好”而发起雅集，纪念南社成立二十周年。

纪念南社成立八十周年专栏 1989年南社成立八十二周年，《华声报》开辟《“纪念南社成立八十周年”专栏》发表纪念文章三篇：金绍先、柳无非、王晶垚联署的《缅怀南社的革命先驱者们》，高铦《纪念南社的几点感想》，朱少璋的《南社成立的意义》。亦有柳无忌的诗《南社八十周年纪念有感》。刊有1949年4月16日在北京中山公园来今雨轩举行“南社新南社联合临时雅集”照片。

七　画

寿石工(1885—1949)　浙江绍兴人。名玺,字石工,号印侯,又号印丏、珏庵,别署石公、硕功。南社社友、南社湘集社友。由高旭介绍入南社,1919年6月26日补填入社书,入社书编号1071。自幼随父至东北、山西,毕业于山西大学堂。后定居北京。民国成立前加入中国同盟会,并参加辛亥革命。民国初期曾在北京《民声报》社任职,又与陈师曾等筹划创办北京美术专科学校。先后执教于北京大学、北京女子文理学院。擅长刻印、填词,又工书法,曾自刻"南社中人"印。寓居北京时在琉璃厂的铭海阁、清秘阁挂牌鬻书刻印。又喜藏古墨和名人用过的毛笔。1949年4月16日参加在北京中山公园来今雨轩举行的南社、新南社最后一次联合临时雅集。著有《珏庵词》两种、《治刻琐谈》、《重玄琐记》(未刊)等,另有《蝶芜斋印稿——寿石工篆刻集》《寿石工藏印》等。

寿萱图题咏集　书画题咏。许观(半龙)编。1卷,1册。1925年影印本。王震题签。庄闲署端。杨了公题《许母陈太君六秩造像》。顾实作《许母陈太夫人赞》。吴昌硕书《寿蘐图》。另有陈去病、柳亚子、高燮等南社社员题咏40多幅与许观《自题寿蘐图》。

弄珠吟　题咏集。杨鸿年编。1卷,1册。1928年铅印本。张荣培作序。吴承烜作《题弄珠吟·调寄蝶恋花》。杨鸿年贡稿《丁卯十月四日生女有感,口占一律录呈》。杨荟亭、杨甓渔、王严士、黄颂尧、张荣培、徐公修、马遵轨、诸懿德、余信芳、吴剑门、荆凤冈和杨继贤等69人分别作《贺秋心生女》。杨鸿年又作《敬谢,诸大吟坛赐题弄珠吟》及杨鸿年其他和作19首。

麦伦中学科学馆　南社掌故。沈体兰1928年在英国牛津大学教育研究所读研究生时,即专注于教育问题。回国后,于1931年他被聘为上海麦伦中学(今上海继光中学)校长,推行教育与教学改革。1936年他发起募捐兴学,在麦伦中学兴建科学馆。沈体兰率先将老父遗产3 000大洋全部捐助,科学馆当年竣工落成。1951年,为表彰他对学校的贡献,将科学馆命名为"体兰馆",并由时任教育部长的马叙伦题词。

麦应荣(1882—?)　广东香山(今中山)人。字衮甫。南社社友。1917年1月1日由刘超武、蔡哲夫介绍入社,入社书编号781。

吞吞吐吐之朱少屏　南社掌故。吞吞吐吐,指说话不干脆或含混不清。郑逸梅在《南社丛谈》中写道:"吞吞吐吐之朱少屏,指朱少屏说话不爽快。"

扶余诗社　社团名。1947年12月柳亚子于香港组建。由柳亚子起草宣言,自任社长,宋云彬为秘书,钟敬文、陈君葆、孟超、孙霆为干事。社名取自唐人传奇虬髯客航海去国,称霸扶余之故事。"扶余"指香港。诗社旨在在海外推进民主运动;社约以提倡新诗,解放旧诗为职志。

贡少芹(1879—1939)　江苏江都(今扬州)人。名璧,字少芹,别署天忏生、天忏老人。南社社友。1916年4月20日由胡寄尘介绍入社,入社书编号590。清末主编汉口《中西日报》,并在该报连载其创作的传奇《苏台柳传奇》《刀环梦传奇》。辛亥革命后侨居武汉,与何海鸣合办《新汉民报》。后到上海,任进步书局、国华书局编辑，主编《小说新报》，与许指严等合编《笔记小说大观》。曾与儿子芹孙合办《风人报》，时有“贡家父子兵”之称。与李涵秋、张丹斧并称“扬州三杰”。1923年李涵秋去世后，曾搜集李涵秋家世经历和遗闻轶事，辑成《李涵秋传略》一书，并附《广陵潮索隐》，是研究李涵秋及清末民初扬州文人的珍贵资料。著有《亡国恨传奇》《近五十年见闻录》《新社会现形记》等。

赤石道人 南社掌故。南社姜丹书之号。他认为，自己以身世交游，略似宋代著名词人白石道人姜夔，窃以自比，自号“赤石道人”。

赤祸与中国之存亡 考察报告。杨杏佛著。1931年7月印刷品。该报告共分4部分。第一部分论述共产党在中国兴起的历史，说明共产党成长的民贫国弱的社会土壤，并将共产党的成长分为新文化运动、争取国民党党权和武装暴动3个时期。第二部分详细阐述共产党军民一体、军政结合的政治与军事组织构成情况。第三部分阐述共产党的十大政治纲领，以及以贫农、雇农和苦力为中坚力量，成立工、农协会，广泛发动群众的群众路线。第四部分论述国民党剿共的经过，以及屡次失败的根源分析。此报告与政治宣传家和社会事业家报告的不同之处，在于其从学者出发的、结合理论与事实的比较的客观研究。

孝经白话解说 孝经研究著作。刘铁冷、朱领中编。1册。上海国光印书局1938年初版。李庸署端。彭泽许作孝经白话解说流通序。刘铁冷作孝经白话注解原序。含开宗明义、天子、诸侯、卿大夫、士、庶人、三才、孝治、圣治、纪孝行、五刑、广要道、广至德、广扬名、谏诤、感应、事君、丧亲18章。有附录3章。劬劳社同人作跋。

孝经要义 国学研究著作。陈柱著。1册。商务印书馆1936年初版，列入“国学小丛书”。是陈柱对中华孝道的主要研究成果，介绍了《孝经》的渊源，今古文《孝经》的异同等。正文则分开宗明义、天子、诸侯、卿大夫、士、庶人、三才、孝治、圣治、纪孝行、五刑、广要道、广至德、广扬名、谏诤、感应、事君和丧亲等18章，分别列举《孝经》原文及后人经典释文。最后一节的按语是陈柱的阐释，他认为孝道根源于自然界的进化，爱万物是其最高层次。

孝陵砖砚 南社掌故。砚台名。1910年10月，高燮、高旭、姚光、高均、蔡守等赴南京，与周实、周伟等共同凭吊明故宫、明孝陵及方孝孺祠。高旭购得孝陵砖一方，制成砚台，命名为“日月重光砚”，并铭其背：“日未高，月初吐。斗室寂寥，沈吟正苦，磨洗认前朝，濡然一怀古。”并纪之以诗。

孝感记 中篇小说。老谈（谈善吾）著。甲寅杂志社·亚东图书馆印行。1916年初版铅印本。叙高子纯与秦孟敏相恋，高父以女方缺乏孝道而拒绝接纳。后孟敏回乡尽心侍奉双亲，并常写信问候高父。高父感念她的转变，遂同意了他们的婚事。

抗建和平之我见 政论著作。邹鲁著。1册。商务印书馆1944年初版。邹鲁自署书端并作自序。含对抗战建国应有之自觉与努力、中大员生应有之认识与责任、以本党史实证明抗战必胜、对于本届国联大会之希望、抗战建国与中国妇女、伤痕愈多光荣愈大、抗战中的青年、苏联革命纪念日之感想与期望、抗战与心理、抗战的回顾与前瞻、战后世界和平的我见、从废除不平等条约说到世界和平、中国国民党述略等篇。

拟护国军讨国贼袁世凯檄 南社文献。吕志伊撰。载《南社丛刻》第二十四集未刊稿。1915年12月12日袁世凯宣示承受帝位，南社社员纷纷作诗讨伐。1916年1月1日，云南都督府成立，组成护国军总司令部，发难讨袁，各地义师陆续兴起。作者撰此檄文揭露袁世凯“性本豺狼，行同枭獍，蔑弃《约法》，背叛共和”的反动本质，抨击其招权纳贿、害善残贤的罪行，揭露其辛亥革命以后窃柄营私、狐媚以取天下、徇私报怨、置毒买凶、亲佞远贤、侵权违法，揭露其民国年间骄横跋扈、独裁专制、苛政繁兴、殃民祸国、利用筹安会与请愿团矫称民意的独裁者与阴谋家的嘴脸。宣告护国军顺应舆情、讨伐袁世凯与恢复天赋人权、永葆祖国文明的决心。

抒情诗汇编 初中教材。刘大白主编，朱剑芒、陈霭麓编辑。1册。上海世界书局1933年初版，世界初中活叶文选之一。收谢婉台、朱湘、胡思永、汪静之、钟天心、徐志摩、徐玉诺、朱自清、俞平伯、郭沫若、周作人、刘大白、康白清、胡适、太戈尔、魏尔冷、密尔顿、黄遵宪、袁枚、叶昭齐、高启、陆游、元稹、白居易、杜甫、李白、纳兰性德、叶小鸾、萨都剌、蒋捷、李清照、辛弃疾、岳飞、李煜、孔尚任等人诗词。

劫花小影 文言侦探小说。英国勃雷登氏著，王蕴章、况梅合译。上下卷，平装2册。商务印书馆1915年6月初版。故事发生在19世纪末伦敦附近的一个名叫丽芳墩的乡村，主人公客兰的丈夫海德雷在伦敦失踪，随即被证实惨遭杀害。丈夫生前挚友、女儿黛西的老师雅登数年后使用卑劣的手段骗娶了客兰，客兰从亡夫的信件中发现蛛丝马迹，委托福禄斯登开始对前夫死因进行秘密调查，最终发现杀害海德雷的真正凶手居然是雅登。真相大白后雅登自杀，福禄斯登与黛西喜结连理。小说行文波折迭起，于爱情中迭现阴谋，展现了人性的阴暗面。

芙蓉娘　章回侠义小说。吴绮缘著。清华书局1918年10月初版铅印本。叙芙蓉娘父亲与夫婿被恶霸逼死，芙蓉娘设计把他们送到衙府处死。报了冤仇后，她索性落草为寇，专与贪官污吏作对。母亲死后飘然而去，不知所终。有徐枕亚评。

芙蓉影　小说。天虚我生(陈蝶仙)著。1913年12月在《游戏杂志》第一期发表，上海中华图书馆1917年初版。该书名为写情小说，实为伦理故事。讲述青年男子郁生与韵芙相爱，因岳丈不允而分离，韵芙投河自尽。多年后郁生重返故园，在好友韩君的引导下见到了神情貌似韵芙的弃儿绣襁，二人之间颇有好感。其实韵芙当年并未死亡，绣襁即是她与郁生的私生子，最终郁生与韵芙、绣襁一家团聚，绣襁与韩君相爱，结局完美。《芙蓉影》发表于新文化运动的前夜，其中不仅涉及了郁生与韵芙私通，且有私生子之社会“怪”现象，文中父与女倾心之情节着墨颇多，使小说具有了伦理色彩。这种情节处理方式在当今社会较为常见，但在近一百年前当为大胆之作。

芸编指痕　书评集。郑逸梅著，杨庆辰编。1册。北方文艺出版社2009年初版。郑逸梅美文类编·书话编。有前言。含南社湘集的内容、姚鹓雏的两种手稿、欧阳予倩与新桃花扇、几种油印书册、周实丹和白门悲秋集和钏影楼回忆录的刊行等109篇。

花雨满天悟禅机·李叔同的佛心禅韵　文集。李叔同著。1册。陕西师范大学出版社2007年第一版。有柳亚子代序一《怀弘一上人》、曹聚仁代序二《李叔同先生》、叶圣陶代序三《我所崇敬的弘一法师》和钱君匋代序四《忆弘一大师》。含慧海佛光、艺彩纷呈和一念红尘3篇。共收录诗、词、文150多篇。附弘一上人史略等10篇纪念文章。

花果小品　散文集。郑逸梅著，周瘦鹃校。1册。上海中孚书局1935年初版。吴湖帆、江亢虎和冯超然分别题签。周瘦鹃、朱天目分别作序。蔡震渊绘花果小品画4幅。内含梅花、瑞香和杏花等105种的花卉小品。

花信楼存稿·词存　一名《花信楼词存》。词集。洪炳文撰。1卷，1册。民国年间油印本。王岳崧作《花信楼词存序》。共收词56阕。

严几道文抄　诗文集。严复撰，蒋贞金、贡少芹编。5卷。上海国华书局1922年出版。蒋贞金署端，蒋贞金作序。附录1卷，收吴挚甫致严几道书7通。

严公上(1873—1953)　江苏淮阴人，寄籍安徽歙县。名达，字公上，号工上。南社社友、南社纪念会会员。1916年7月17日由费公直、刘季平、高旭介绍入南社，入社书编号642。早年留学日本。1905年4月与黄宾虹一道任歙县新安中学堂教习。1925年在上海进神州影片公司，参加电影《不堪回首》等的拍摄。1929年转入明星影片公司，参演影片《女儿经》等。曾为《自由之花》《空谷兰》《夜来香》《木兰从军》等影片作曲。1932年任明星影片公司演员普通话训练班教员。抗战全面爆发后参与拍摄《夜明珠》等影片。曾在国联影片公司训练班、金星影业公司训练班及其他电影和话剧等学校任教，专门教演员学习普通话。抗战胜利后参加拍摄影片《浮生日记》。著有《唱歌集》《诗曲与歌唱》等。

严庆成(生卒年不详)　江苏淮安人。淮南社社友。

严柠檬(生卒年不详)　广东新会(今江门市新会区)人。名梦，字柠檬。南社纪念会会员。20世纪30年代初任长城影片公司导演。1934年3月4日参加在上海西藏路宁波同乡会举行的南社临时雅集。

严　素(1899—?)　上海人。字贱王。南社社友。1919年3月19日由柳亚子介绍入社，入社书编号1049。毕业于北京工业专门学校。

严莲影(生卒年不详)　籍贯未详。南社纪念会会员。

严福葆(生卒年不详)　江苏宝应人。淮南社社友。

劳作学习法　教育学著作。姜丹书著。1册。中华书局1947年初版。是中学生劳作学习的理论指导之书，以提问解答的形式进行劳作课的教育与指导。全书共分3个部分：第一部分为“劳作学习与心理指导”，谈了“什么叫劳作”“为什么要进行劳作教育”等问题，以达到“致知”“诚意”“正心”而“力行”；第二部分为“劳作学习与身体力行”，介绍“劳作学习包括哪些内容”“这些课目有些什么作用”“应该如何学习之”等；第三部分为“劳作学习与技术顾问”，就竹工、陶瓷、木工、金工、园艺等劳作课目中的具体技术问题进行详细的指导。

劳纬孟(生卒年不详) 广东鹤山人。字梦庐。南社湘集社友。清贡生。曾任《华字日报》主编。著有《今梦曲》等。

克复学报 期刊名。1911 年 4 月创刊于上海。李瑞椿任编辑兼发行人。设有学说、言论、传记、外论、外稿、特别纪事、克复堂丛刻、谈乘、小说、诗词等栏目。主要撰稿人柳亚子、阮梦桃、秋心、愤民、剥果、怀霜、钝剑等。后被清政府查封，只出 3 期。

苏公龠(1889—?) 安徽太平人。名良，字公龠。南社社友。1917 年 5 月 6 日由黄复介绍入社，入社书编号 888。

苏　民(生卒年不详) 广东大埔人。字天纪。南社纪念会会员。

苏兆骧(生卒年不详) 籍贯未详。新南社社员。1924 年在《新南社社刊》发表《冬夜》。30 年代初曾与人合编《小学国语读本》。

苏州虎丘雅集 即“南社第一次雅集”。

苏州指南 地理著作。朱揖文原著，范烟桥重修，范荀竹校对。1 册。苏州文新印刷公司 1921 年初版。范烟桥作重修苏州指南赘言。唐忍庵、王干生分别作序。含风景摄影 8 幅、名胜 25 处和杂记 39 篇。附苏州城厢图。

苏州南社文化研究院 由安达等学者联合部分高校和社会各界人士共同发起，2006 年 9 月于江苏省苏州市成立。该院成立后，联络海内外众多南社研究者及社会各界力量，在苏州市地方政府的支持下，积极在南社发起地——苏州虎丘张公祠内筹建南社成立纪念馆，搜集、整理出版与南社相关的各类书籍、资料，筹划开展研讨、纪念南社的各种学术活动。办有南社网站。

苏报 报纸名。1896 年 6 月 26 日在上海创刊。1899 年由陈范接办，宣传改革，倾向进步。1903 年夏天开始，辟《学界风潮》专栏，支持中国教育会和爱国学社师生们的活动，由章士钊任主笔，主要撰稿人有章太炎、蔡元培等人。曾介绍邹容的《革命军》和章太炎的《驳康君政见书》，引起革命风潮。章太炎、邹容、柳亚子、蔡冶民 4 人合写有《革命驳议》。6 月，清政府串通上海公共租界工部局无理逮捕章太炎等人，邹容自动投狱，引发著名的“苏报案”。陈范被迫携家东渡日本避难。1903 年 7 月 7 日因被查封而停刊。

苏俄文学理论 译著。日本冈泽秀虎著，陈望道译。大江书铺 1930 年 12 月出版。作者根据片上伸所搜集的材料编译而成。书中介绍了十月革命后的文学思潮和俄国文学理论，并按时间顺序将俄国文学分成 3 期：第一期为 1917 年革命后到 1921 年新经济政策时期，主要介绍普罗列答利亚文学论、旧布尔乔亚文学、左翼未来派理论、《炼冶厂》文学论。第二期为 1922—1925 年苏俄文学的争论期，重要介绍普罗列答利亚文化论和文艺政策论、托罗斯基文学论、瓦浪斯基文学论、《列夫》文学论。第三期为 1925 年 7 月到 1930 年，主要介绍卢那卡尔斯基文学论。每一种文学思潮和文学理论均作了详细评论和具体分析，征引许多重要文献、论文作为例证进行阐发，是一部质实详明的俄国现代文艺批评史。译著以白话文为主，在忠实原著的基础上，对原著的疏忽草率之处予以修正。

苏斋遗稿 诗文稿。陆明桓撰。4 卷，1 册。1930 年铅印本。吴仁锡题签。有简敬遗像、简敬遗墨和《先考简敬府君行述》。柳弃疾、沈昌直分别作序。薛凤昌、沈昌眉、金天翮分别题词。《苏斋文稿》1 卷，收文 18 篇；《苏斋诗稿》1 卷，收诗作 77 首；《彼汾一曲楼词》1 卷，收词作 32 首；《附》1 卷。

苏浙皖三省联合会 南社掌故。1926 年 9 月沈钧儒与褚辅成、沈恩孚、黄炎培等发起组织苏浙皖三省联合会，谋求三省自治以反对军阀孙传芳，迎接国民革命军北伐，沈钧儒当选为上海市特别市民公会常务委员。孙传芳听到此消息后恼羞成怒，下令通缉沈钧儒。12 月 20 日，浙江宣布自治，三者联合会旋即解散。

苏曼殊(1884—1918) 广东香山(今中山)人。原名宗之助，后更名戬，又改名玄瑛，字子穀，后为僧，法号曼殊，尊号曼殊大师，别署燕子山僧等。南社社友，文学家。1912 年 4 月 5 日由柳亚子介绍入社，入社书编号 243。生于日本横滨。1894 年中日甲午战争爆发后随父返广东。12 岁时入广州长寿寺为僧。

1898年回日本求学，先入横滨大同学校习美术，1902年转入成城学校习陆军，1903年入早稻田大学高等预科习政治。不久由冯自由介绍参加留学生革命团体青年会，又参加拒俄义勇队(后改称军国民教育会)。1903年回国，在广东惠州削发为僧。旋抵上海，结交革命志士。先任教于苏州吴中公学，后任上海《国民日日报》译述。1904年游历南洋诸国，考察佛教圣地，学习梵文。不久回国，任教于长沙实业学堂、明德学堂、上海江南陆军小学堂等校。在上海加入光复会，1906年去芜湖皖江中学任教。1909年经陶成章推荐，任爪哇中华会馆英文教员。辛亥革命后到上海《太平洋报》任撰稿人。生平多才多艺，工诗文，善绘画。小说以爱情故事为主要题材。通晓日文、英文和梵文。1918年5月2日以肠胃病卒于上海广慈医院。著有自传式小说《断鸿零雁记》及小说《绛纱记》《碎簪记》等，另编有《梵文典》，所译《拜伦诗选》为外国诗歌的最早中文译集。

苏曼殊

苏曼殊小说诗歌集　别集。苏曼殊撰。1册。中国社会科学出版社1982年出版，列入"中国近代文学丛书"。集光绪二十九年(1903年)至1917年间的小说7篇、诗歌102首。前言介绍作者生平、政治活动与思想、与佛教之关系、文学艺术方面的成就等。

苏曼殊小说集　小说集。① 苏曼殊著，平襟亚编，储菊人校。1册。上海中央书店1935年初版。含《非梦记》《碎簪记》《焚剑记》《绛纱记》《断鸿零雁记》和《天涯红泪记》。② 苏玄瑛(曼殊)著，王文英、胡协寅编。1册。大达图书供应社1934年第二版，曼殊上人遗著之一。魏秉恩、杨鸿烈分别作序。含《断鸿零雁记》《碎簪记》《天涯红泪记》《焚剑记》《非梦记》和《绛纱记》。

苏曼殊文集　诗文集。苏曼殊撰，马以君编，柳无忌校。2卷，2册。花城出版社1991年出版，"近代岭南文学名家书系"。柳无忌作序。有前言。含诗歌，小说，杂论，序跋，题画、题照，笔记、书信，翻译诗、文、小说七部分。

苏曼殊书信集　书信集。苏曼殊著。1册。上海中央书店1948年第十一版，列入"文学研究丛书"。含与刘三、卢仲农、卢谦之、邓绳侯、高天梅、柳亚子、费公直、马君武、黄晦闻、蔡哲夫、萧公、默君女士、悲华、叶楚伧、朱少屏、邓以蛰、马小进、邓庆初、郑桐荪、陈陶怡、沈燕谋、何震生、平智础、徐忍茹、邵元冲、邓孟硕、孙伯莼、沈燕倾、杨沧白、刘半农、萧纫秋和丁景梁等人的170通信函。

苏曼殊年谱及其他　年谱。柳亚子、柳无忌编。1册。上海北新书局1927年初版。柳亚子题签。柳无忌作序。有曼殊大师狮子国造像、曼殊大师耶婆提造像、曼殊绘扇面、曼殊手迹、潮音跋原稿、曼殊上人墓和曼殊墓之位置等插图。含柳无忌苏曼殊年谱、苏曼殊作品提要、日本僧飞锡潮音跋及其考证柳亚子苏曼苏年谱后序、苏玄瑛传、苏玄瑛新传、苏玄瑛新传考证、苏曼殊之我观、苏曼殊作品索引、苏曼殊诗年月考证、苏曼殊文年月考证、关于苏曼殊的画、苏曼殊断鸿零雁记之研究、苏曼殊绛纱记之考证、对于飞锡潮音跋的意见、关于段庵旋燕子山僧集的我见、燕子龛遗诗序、苏曼殊诗集序和记陈仲甫关于苏曼殊的谈话等。附陈去病、郑桐荪、章士钊、葛克信、柳无忌、黄晦闻等人的信函。柳无忌作校勘后记。

苏曼殊全集　合集。苏曼殊著。分3册。段庵旋编纂。上海中原书局经销。卷首收集燕子山僧遗像、旧诗集、拜伦诗选集、小说集、随笔集、书札集、序跋杂文集七部分。小说部分收《断鸿零雁记》《碎簪记》二篇。序跋中有章太炎的《曼殊遗画弁言》、柳亚子的《苏玄瑛传》以及萧九重对段氏所编该书作的跋。该书和柳亚子所编的、北新书局1928年出版的《曼殊全集》相比，只能算是选集。

苏曼殊作品精选　诗文集。苏曼殊著，汪树东、龙红莲编。1册。长江文艺出版社2003年第一版，现代文学名家作品精选之一。编者作《苏曼殊其人其文》。含小说《断鸿零雁记》《绛纱记》《焚剑记》《碎簪记》《非梦记》《惨世界》和《天涯红泪记》(未完稿)；散文作家郭耳曼等38篇；书信13篇；诗歌38题。附《苏曼殊年谱简编》。

苏曼殊画册　由国际南社学会会员朱少璋重订编辑。为"南社艺术丛书"第二种。2000年出版。是书乃在蔡哲夫编刊之《曼殊上人墨妙》的基础上重新编订，收有苏曼殊画作22帧，并保留蔡书所录各家的题词。篇后有朱少璋的释文，并有附录多种：邓尔雅题画册诗墨迹，朱少璋译佛来蔗(Fletcher)英文题诗，朱少璋辑注《评点曼殊与画有关的诗作》，以及朱氏的跋语和后记。

苏曼殊诗文集 诗文集。苏曼殊著。1册。上海中央书店1948年第十一版，列入“文学研究丛书”。有柳亚子《曼殊新传》和《曼殊新传考证》。《曼殊文钞》卷首有胡韫玉《曼殊文钞序》及柳亚子《燕子龛遗诗》序，含梵文典自序、文学因缘自序和拜伦诗选自序等28篇；《曼殊诗集》含佳人、忆刘三天梅和寄晦闻等43题；译诗含赞大海、去国行和乐苑诗等10题。附《熊润桐苏曼殊诗考》《柳无忌苏曼殊年谱》。

苏曼殊诗集 诗集。苏玄瑛(曼殊)撰。1卷，1册。柳无忌1927年铅印本。柳亚子作叙。收诗作35首。柳无忌作校勘记，记录苏曼殊在《太平洋文艺集》、《生活艺府》、《民国》杂志、《甲寅》杂志、《半月》杂志、《燕子龛随笔》、《燕子龛遗诗》、《燕子龛诗》、《燕子龛残稿》、《燕子山僧集》中之诗作目录。

苏曼殊诗酬韵集、梵月碧冷词合刊 诗词合刊。苏玄瑛、霍洁尘撰。2卷，1册。尘影斋1934年铅印本。柳亚子题签、署端。《苏曼殊诗酬韵集》1卷，怜芳女子麦默署端。有作者与曼殊大师幻晤照像和作者近影。罗琼宇作序。比丘尼锡珏师、蔡洁莲女史、碧华女史分别题词。收苏曼殊原作38首。《梵月碧冷词》1卷，洁尘署端。朱奕樵作序。阮其栋题词。收霍洁尘词65阕。

苏曼殊故居 位于广东珠海前山镇沥溪村苏家巷。原为其祖父苏瑞文所建，为青砖土木结构平房，面积40多平方米。1984年曾作为侨房维修过。1986年被列为珠海市文物保护单位。

苏曼殊研究 文学研究著作。柳亚子著，柳无忌编。1册。上海人民出版社1987年初版。柳亚子文集之一。有柳亚子、苏曼殊像和手迹等多帧。分年表传略类、作品书目类、专著研评类、题序通讯类。附录含曼殊余集总目、柳亚子与苏曼殊、亡兄苏曼殊的身世、苏曼殊的籍贯和家族、苏曼殊研究的三个阶段。

苏曼殊雪夜诵拜伦诗 南社掌故。苏曼殊尝居日本径子樱山，侍候老母之余，唯好啸傲山水。一日，夜月照积雪，泛舟中禅寺湖，歌拜伦《哀希腊》之篇，歌已哭，哭复歌，歌声与流水相应，盖哀中国之不强盛起来，而以拜伦之身世相比况。舟子惶骇，疑其痴也。

苏跃云(生卒年不详) 籍贯未详。新南社社员。

苏榦宝(1880—?) 福建南安人。名南，字榦宝。南社社友。1912年9月16日由林之夏、林白水、林庚白介绍入社，入社书编号306。民国初年任北京陆军大学教员。

苏燕翩(1894—?) 广东顺德(今佛山市顺德区)人。女。字凤宜，一作凤仪，号凤子。南社社友。1917年10月15日由其丈夫陆丹林介绍入社，入社书编号1040。

杜之杕(1879—?) 广东南海(今广州)人。字贡石。南社社友、广东分社社员。1917年3月25日由凌鸿年、蔡哲夫介绍入南社，入社书编号847。1905年8月参与组建中国同盟会。1917年3月参加南社在广州六榕寺举行的广东分社第一次雅集。著有《广东地方自治研究录》，发表有《国家第一》等。

杜国玮(1882—?) 广东澄海(今汕头)人。字英三，号珊俦。南社社友。1916年由其弟南社社友杜国庠介绍入社，入社书编号718。民国初期曾在广东汕头澄海中学任教。

杜国庠(1889—1961) 广东澄海(今汕头)人。字守素，笔名林伯修、吴啸仙，化名吴念慈。南社社友。1915年1月18日由陈家鼎介绍入社，入社书编号485。1907年留学日本，入早稻田大学、东京帝国大学，获经济学博士学位。在日本期间与李大钊共同组织丙辰学社，进行反袁斗争。1919年4月归国后，经李大钊介绍相继在北京大学、中国大学、朝阳大学等校任教。1922年参加孤军社。1925年返乡任澄海中学校长，是年10月应东江各属行政委员周恩来的邀请，担任国民党澄海县执行委员会主席、潮州金山中学校长。1927年南昌起义军进驻潮汕期间，又被周恩来委任为潮阳县县长。同年底到上海，与蒋光慈、钱杏邨、洪灵菲、孟超等成立太阳社，创办《太阳》月刊、《时代文艺》《海风周报》《新流月报》和“太阳社丛书”。1928年2月在上海经蒋光慈、钱杏邨介绍参加中国共产党。同年5月与洪灵菲等发起组织我们社，创办《我们》月刊。同年夏任南强书局编辑兼撰述。曾参与领导左翼文化运动，并致力于哲学、历史研究，主编《中国文化》和《正路》杂志。30年代初与周扬、夏衍、田汉、阳翰笙等同为中共中央宣传部文化工作委员会成员，并任中国社会科学家联盟(“社联”)首任党团书记、中宣部干事，参与编辑中共中央机关报《红旗》。1935年被国民党政府逮捕入狱，1937年获释后历任八路军军法科书记、战地服务队队长。抗战时期在郭沫若领导的国民政府军事委员会政治部第三厅任对外宣传第一科科长，后又任政治部文化工作委员会委员。1947 年 3 月与侯外庐一起主编《文汇报》副刊《新思潮》，并参与编写《中国思想通史》。1948 年举家迁去香港。中华人民共和国成立后历任中南军政委员会委员、广东省人民政府文教办公室主任等职。著有《先秦诸子的若干研究》等，译有《金融资本论》，合编有《经济学辞典》等。今辑有《杜国庠文集》。兄杜国玮，亦为南社社友。

杜国庠中国思想史论集 思想史著作。杜守素（国庠）著，李锦全、李鸿生编。1 册。广东汕头大学出版社 1997 年第一版，列入“20 世纪潮人文化萃英丛书”。前有《李鸿生杜国庠传略》《李锦全时代的召唤》《历史的轨迹——杜国庠中国思想史论集序》。收先秦诸子思想概要等 22 篇文章。有后记。

杜　诗（1880—1912） 江苏嘉定（今属上海）人。字尚陵，号鹃魂。南社社友。1912 年 2 月 12 日由费公直、柳亚子、朱少屏介绍入社，入社书编号 212。曾任沪军都督府科员。

杜诗

杜　衡（1897—?） 广东香山（今中山）人。字维平。南社社友。1916 年 5 月由雷铁厓介绍入社，入社书编号 610。民国初期曾在新加坡《国民日报》社任职。

杜　羲（1887—1936） 河北静海（今属天津）人。字宥前，一字幼泉，号仲虙。南社社友。1911 年 12 月 20 日由俞锷、陈家鼎、景耀月介绍入社，入社书编号 201。早年留学日本东京振武学校和早稻田大学，1905 年 11 月加入中国同盟会。回国后任山西大学、陕西高等学堂教习。1911 年与南社社友景定成等共同创办《国风日报》。1922 年任北伐军警备军参谋长，1925 年任中路讨贼（陈炯明）军参谋长。1927 年后任国民政府参事、监察院监察委员。后因忧患于华北危机，投南京玄武湖自尽。

李大钧（1884—?） 四川长寿（今属重庆市长寿区）人。号鹏程。南社社友。1912 年 2 月 21 日由费公直、蔡寅、柳亚子介绍入社，入社书编号 216。

李大超（生卒年不详） 广东五华人。南社纪念会会员。1934 年任上海市政府第一科科长。其夫人王孝英，亦为南社纪念会会员。

李小峰（1897—1971） 江苏江阴人。名荣第，字小峰，一字晓峰。南社纪念会会员。北京大学哲学系毕业。参加五四运动，加入新潮社，编《新潮》杂志，并为《新潮》杂志后期骨干之一。1920 年起为《晨报》《民国日报》副刊撰稿。1924 年 11 月参加在北京成立的语丝社，并与鲁迅、周作人、林语堂、刘半农等创办《语丝》周刊。1925 年 3 月与孙伏园在北京创办北新书局，任常务董事。1927 年 10 月北新书局被军阀张作霖查封，同年底该书局总部迁往上海。1928 年 12 月联合开明书店、良友书店、现代书店、群众书店、乐群书店、亚东书局、泰东书局、新月社等 20 家出版机构成立新书业公会，当选为常务委员。1937 年以后担任该书局总经理。1942 年转赴安徽等地，继续从事书籍的印刷出版。抗战胜利后返回上海重振北新书局业务。中华人民共和国成立后，历任四联出版社副社长兼总编辑、上海文化出版社编辑部第一副主任等职。译有《两条腿》《格林童话》《蛮性的遗留》等。妹婿赵景深，为南社纪念会会员。

李子宽（1882—1973） 湖北应城人。名基鸿，字子宽。南社社友。1916 年 9 月 14 日由白逾桓、田桐、高旭介绍入社，入社书编号 687。早年留学日本，入东京法政学校。在日本参加中国同盟会和共进会。1910 年毕业后回国，翌年春赴南洋并被举为新加坡同盟会书记，后应泗水书报社聘请任《汉文新报》编辑。1911 年武昌起义胜利后回国，任湖北军政府秘书、参议兼议案审查厅主任。后受田桐之邀到北京协办《国光新闻》，任总编辑，继而任总经理。1913 年 7 月二次革命爆发后担任讨袁军参议。二次革命失败后避祸上海，次年在上海加入中华革命党，并创办海上通讯社。1916 年 9 月参加在北京徐园举行的南社第七次北京雅集。1922 年北伐时担任粤军第二军军部秘书兼任粤汉铁路局监督。后历任广东省筹饷总局局长、广东省财政厅长（廖仲恺被暗杀后）、福建省财政厅长、湖北省政府委员兼财政厅长、河南省财政特派员等职。1931 年调任财政部裁釐办公厅主任。次年任全国禁烟委员会委员、秘书长兼第二处处长。抗战期间任广东禁烟特派员、国防最高委员会党政工作考核委员会政务处副主任等职。1949 年去台湾，蛰居台北善导寺精研佛学，钻研佛经。著有《圣揆录》刊行问世，并撰有自传《百年一梦记》。

李开运（生卒年不详） 广东梅县（今梅州）人。字桐生，号桐庵。南社湘集社友。

李云夔(1883—?) 浙江嘉善人。字右铭，号一民。南社社友、广东分社社员、新南社社员。1911年2月18日由柳亚子介绍入南社，入社书编号124。曾任青岛市政府科长。

李支宇(1891—1936) 湖南岳阳人。字巨泉，一字柱乾，又字天柱。南社湘集社友。早年毕业于北京水务部统计讲习所，曾襄理税务多年。1935年任湖南省政府参议，督征岳阳县赋税。次年7月在湖南新墙遇害。兄李洞庭，亦为南社社友。

李少华(1884—?) 安徽太湖人。名光，字少华，号思声。南社社友。1915年6月10日由陈光誉介绍入社，入社书编号543。民国初期在宁波陆军第四十九旅司令部供职。

李少芳(1888—?) 广东番禺(今广州)人。女。字笑芳。南社社友。1919年4月10日由黄蕙介绍入社，入社书编号1065。1919年在广州东山培坤女校任教。

李曰垓(1881—1944) 云南腾冲人。字子畟，一字梓畅。南社社友。1919年3月20日由卢铸、蔡哲夫介绍入社，入社书编号1051。早年就读于云南昆明高等学堂，旋入京师大学堂经济特科。1909年加入中国同盟会。毕业后任永昌中学教习、土民(少数民族)学堂总办、蒙自中学堂监督等职。武昌首义后参加领导云南临安起义光复滇南，与蔡锷等组织大汉云南军政府，任军政部次长兼参议院参议、民政司司长、殖边总办、西藏宣慰使等职。后任护国军政府云南代表、护国第一军秘书长，自撰《讨袁檄文》声讨袁世凯。后因反对新军阀险遭不测，被迫流寓苏州、上海、香港等地，致力于先秦哲学研究，并在苏州与章太炎商兑国学。1928年返回云南卸职为民，读史著文。著有《云南护国军入川之战史》《天地一庵诗抄》《滇缅界务说略并图》等。

李书城(1882—1965) 湖北潜江人。字小垣，亦作晓园，笔名李唐，化名丁人俊。南社社友。1912年10月21日由朱少屏介绍入社，入社书编号324。清末秀才。1902年留学日本入东京振武学校。1903年1月与刘成禺等在东京创办革命刊物《湖北学生界》月刊，并出版增刊《旧学》。4月参与组织拒俄义勇队(后改称军国民教育会)，回武昌从事反清活动。1904年再次东渡日本，入日本陆军士官学校留学。1905年参加组建中国同盟会，为同盟会发起人之一。1911年毕业后回国参加武昌起义，任民军战时总司令部参谋部长。1912年民国成立后任南京临时政府大总统府军事科秘书。同年8月与蔡元培等在上海发起成立法律维持会。1914年随黄兴由上海逃亡日本，后赴美国。1916年回国后曾任北京摄政内阁陆军部总长。1926年任北伐军总司令部顾问。1930年4月中原大战爆发时，任山西冯、阎讨蒋军军事顾问。后又任湖北省政府建设厅长和民政厅长、湖北省通志馆馆长等职。中华人民共和国成立后历任政务院农业部部长、全国人大常务委员、全国政协常务委员。弟李汉俊，是中共一大代表。

李书城

李未农(生卒年不详) 籍贯未详。新南社社员。1924年在《新南社社刊》撰有《精神分析底意义历史和学说》一文。

李　生(生卒年不详) 广东五华人。南社纪念会会员。

李芑香(1874—1923) 江苏松江(今属上海)人。名维翰，字芑香。南社社友。1911年2月6日由朱少屏介绍入社，入社书编号112。早年留学日本，习法学。1905年9月加入中国同盟会。归国后任教于松江府中学堂。1910年创办《茸报》旬刊，任主编，后任职于上海《申报》馆。辛亥革命后任松江军政分府编核科长，主持松江地方自治。1912年8月参与同盟会改组为国民党，并随孙中山等赴北京。后任浙江余杭县地方审判厅厅长、浙江高等审判厅推事等职。

李仲南(1900—2007) 江苏扬州人。名宝琛，又名宝森，字天玉，号仲南。新南社社员、南社纪念会会员。由陈去病介绍参加新南社。毕业于上海复旦大学，获首届中国文学学士学位。曾任南京女中副校长。1929年起先后任浙江大学、复旦大学、暨南大学、上海商学院、法政学院、圣约翰大学等校教授，并受教育部委派以上海市教育局顾问名义赴东南亚各国考察教育。1935年任《商报》总编。抗战期间在上海办过扬州中学沪校。中华人民共和国成立后任河北工业专科学校教授、刊授大

李仲南

学扬州分校校长、《经济时报》高级顾问等职。2006年为上海南社纪念馆书写“诗书荒寂寂，雅颂又年年”的颂联及“松韵草堂”字幅。编著有《绝妙好词》《六书通义》等。

李华书(1884—?)　江苏宝山(今属上海)人。女。名钟瑶，字华书。近代上海绅商李平书妹。南社社友。1917年7月由其丈夫费龙丁介绍入社，入社书编号934。能诗文，与丈夫合著有《春愁秋怨词》。

李舟万(生卒年不详)　湖南岳阳人。字方民。南社湘集社友。

李汝航(1889—?)　湖南湘乡人。名涤，字汝航，号散木。南社社友、南社纪念会会员。1917年11月15日由陈洪涛介绍入南社，入社书编号995。出身于书画世家，自幼受到良好教育，长于书法、绘画。民国初期到吴江警察所担任警佐。1918年参加盛泽雅集。1923年《新黎里报》被勒令停刊时，秉公主持正义，使该报很快得以复刊。1926年7月曾为吴江中学创办人和首任校长薛公侠五十寿辰作画致贺。1935年在吴江留下最后一件手迹：“罗山朱氏迁吴江新阡碑记”大字篆额，下镌“李涤之印”。抗日战争全面爆发后不知所终。有《散木碎金》存世。

李安陆(生卒年不详)　云南人。南社社友。由社友介绍入社，未填写入社书，介绍编号38。曾任北京政府国会议员。1923年10月参加北洋政府国会会议。

李如焕(1875—?)　湖南湘潭人。字碧棠，号戅园。南社社友、南社湘集社友。1917年6月18日由傅熊湘、方旭之介绍入南社，入社书编号916。早年在湖南湘潭劝学所供职。

李寿铨(1859—1928)　江苏丹徒(今镇江)人。字劲臣，一作镜澄。南社社友。1912年10月25日由陈去病介绍入社，入社书编号329。早年任教于扬州安定、梅花两书院。后赴江西开办萍乡煤矿，任煤矿总局总办。1905年加入华兴会和中国同盟会，支持黄兴、赵声等人的革命活动。在安源路矿大罢工时曾派路矿代表与李立三、刘少奇等谈判，签订协议，使罢工顺利结束。著有《药石轩日记》《药石轩行录》《药石轩诗稿》等。

李远猷(1890—1953)　江苏兴化人。字远尤，号辛夷。南社社友。1917年7月1日由姜可生、王立佛介绍入社，入社书编号930。早年在湖州梅溪高等小学任教，后任兴化《昭报》记者、编辑。性诙谐，工诗文，擅书法，尤擅双钩，为人称道。

李志宏(1888—?)　江苏江宁(今南京)人，原籍湖南长沙。字心冥。南社社友。1914年由柳亚子介绍入社，入社书编号424。民国初年供职于苏州警察所消防队。

李杞芳(1884—?)　广东五华人。字柳汀。南社社友。1919年3月20日由卢铸、蔡哲夫介绍入社，入社书编号1057。曾任广东韶州督办署书记。

李作霖(1893—?)　湖北武昌人。字润生。南社社友。1916年8月25日由骆继汉、高旭介绍入社，入社书编号674。民国初期在湖北江夏会馆任职。1916年9月参加在北京徐园举行的南社第七、第八次北京雅集。

李希白先生(学诗)年谱　年谱。李根源撰。1卷，1册。江苏苏州腾冲李氏1928—1931刻本，列入“曲石丛书”。李希白，腾越增生人，历官顺云协副将、统领顺云各军调维西协副将、援藏先遣军第一纵队长、察勘滇缅界务专员，有诗文留世。

李况松(1888—?)　湖南衡阳人。名劲，字况松。南社社友、南社湘集社友。1917年4月4日由李洞庭、谢晋介绍入南社，入社书编号858。民国初期在《长沙日报》馆供职。

李沙川(生卒年不详)　籍贯未详。新南社社员。

李沧萍(1898—?)　广东丰顺人。字菊生，号汉声。南社社友、广东分社社员。1916年12月13日由蔡哲夫、胡伯孝介绍入南社，入社书编号752。1916年就读于广东高等师范学校。1917年3月参加南社在广州六榕寺举行的广东分社第一次雅集。后赴北京大学就读，毕业后任广州中山大学教授。

李怀诚(1883—?)　江苏无锡人。名光德，字怀诚。南社社友。1910年4月入社，1916年补填入社书，入社书编号643。早年加入中国同盟会。1910年4月10日参加陈去病在杭州西湖唐庄召集的南社第二次雅集。后因行刺汪精卫事件被株连下狱。

李怀霜(1878—?)　广东信宜人。名葭荣，字怀湘，号怀霜。南社社友。1911年9月29日由朱少屏、朱子湘、柳亚子介绍入社，入社书编号180。1907年12月与徐珂在上海创刊《振群丛报》，任主编。1911年任上海《天铎报》总编辑，主笔政。同年6月任上海中国国民总会书记。1923年6月参加上海停云书画社，并被推为主席。善书法。著有《炙蛾灯》《装愁庵笔记》《我佛山人传》(手稿)等。

李纯康(生卒年不详) 江苏吴江(今苏州市吴江区)人。名承沆,字纯康。新南社社员、南社纪念会会员。1923年与范烟桥等一道加入盛泽小说研究会苏州分会。

李 拙(1890—?) 浙江嘉善人。字康弼,一字康佛。南社社友、新南社社员、南社纪念会会员。1910年由陈陶遗介绍入南社,入社书编号43。曾任上海持志大学教授。

李述膺(1882—1955) 陕西耀州人。字龙门。南社社友。早年赴日留学。归国后曾到上海任《民立报》编辑。1915年10月在上海《中华新报》任编辑,与南社社友谷钟秀、徐溥霖等为同事。

李叔同(1880—1942) 浙江平湖人,生于天津。幼名文涛,一名广侯,字叔同,后改名哀,一字哀公、息霜,曾名凡,出家后释名演音,号弘一。南社社友,新文化运动的先驱者之一。1912年2月11日由朱少屏介绍入社,入社书编号211。1898年奉母至上海,加入城南文社。1900年与张小楼、许幻园等组织上海书画公会。1901年考入南洋公学特班,从蔡元培受业。1905年赴日本入东京美术学校洋画科习西洋绘画,并入音乐学校兼习音乐和戏剧。1906年与曾孝谷、欧阳予倩等人创立中国最早的戏剧团体春柳社。1911年4月毕业回国,在天津任教。1912年重返上海,任《太平洋报》广告部主任,主编该报文艺副刊《太平洋文艺》和《太平洋画集》。又与叶楚伧、柳亚子、朱少屏、曾孝谷等发起创立文美会,主编《文美杂志》。是年的南社通讯录,由其设计并题签。嗣后,先后任教于上海城东女学、杭州浙江省立第一师范学校及南京高等师范学校,教授图画、音乐。并与费龙丁等组织乐石社。1917年在杭州虎跑定慧寺皈依佛门。1918年披剃出家,受戒于灵隐寺,钻研南山律乘。藏佛经。1934年创办南普陀佛教养心院。1936年由其整理编辑的《佛学丛刊》第一辑出版。1942年10月13日圆寂于泉州不二祠温陵养老院。生前多才多艺,对诗词、演剧、音乐、书法、绘画、篆刻精通。且通日、英等数国文字。出家前,将所作印章藏西泠印社,手稿《寒笳集》《断食日记》为私人收藏。传世著作甚多,有《弘一大师文钞》《护生画集》《清凉歌集》等,还编译有《西洋画法》,今被辑为《弘一大师全集》《李叔同集》等行世。

李叔同

李叔同与《祖国歌》 南社掌故。李叔同曾于1905年东渡日本,除学习绘画、戏剧之外,还研习音乐。他早年曾创作了不少歌曲,如由他作词谱曲的《春游》、三部合唱《早秋》等歌曲在校园内广为流传。他首创采用外国歌曲填入新词的创作方法,对中国早期的艺术教育具有启蒙意义。他创作的《祖国歌》歌词为:"上下数千年,一脉延,文明莫与肩。纵横数万里,膏腴地,独享天然利。国是世界最古国,民是亚洲大国民。乌乎,大国民!乌乎,唯我大国民!乌乎,唯我大国民。幸生珍世界,琳琅十倍增声价。我将骑狮越昆仑,驾鹤飞渡太平洋。谁与我仗剑挥刀?乌乎,大国民!谁与我鼓吹庆升平?"词作充满爱国主义情感。

李叔同书法碑林 位于天津市河北区宙纬路27号原觉悟旧址。1990年建。占地面积625平方米。大门的上方悬挂赵朴初题写的"李叔同书法碑林"。院中矗立着李叔同坐像,塑像后的墙上有贺敬之录李叔同的《满江红》。四周镶嵌李叔同代表性的书法作品近80件,及启功、楚图南、沈鹏、王学仲、孙其峰、龚望等书家的纪念题词。

李叔同——弘一法师歌曲全集 歌曲集。李叔同著,钱仁康编。上海音乐出版社1990年9月出版。此书收76首歌曲,包含了弘一法师出家前与出家后的歌曲作品,是收集李叔同歌曲较全的一部书。

李叔同讲佛学 佛学著作。李叔同著。1册。凤凰出版社2010年第一版,列入"近代学术名家大讲堂丛书"。葛剑雄作"近代学术名家大讲堂"总序。含福建泉州开元慈儿院讲录、万寿岩念佛堂开堂讲演词和见月律师年谱等35篇,以及格言、诗词和歌曲。

李叔同讲国学 文集。李叔同著。1册。吉林人民出版社2008年一版,列入"大师眼中的国学丛书"。首有所选大师儒学传承简明谱系、所选大师佛学传承简明谱系和所选大师文学传承简明谱系。有编者的话、李叔同《我在西湖出家的经过(代序)》。含李叔同讲佛经3篇、李叔同讲佛理26篇、浅谈国画21篇、浅谈书法9篇、谈写字的方法1篇和浅谈篆刻20篇。

李叔同纪念室 见"李叔同纪念馆②"。

李叔同纪念馆 纪念馆。① 在浙江平湖市东湖公园内。2000年筹建。形如一朵绽放在碧水中的莲花。著名音乐家刘质平长子刘雪阳捐赠李叔同书法真迹159件和其他珍贵资料一批。2000年底举行奠基仪式。2002年5月8日土建工程正式动工。建成后占地16亩,高24米,两层楼。总面积1 506平方米。二楼设7个陈列室和1个能悬挂上百件书画作品的环形展厅。中间是一尊用汉白玉石雕琢的李叔同——弘一大师塑像。陈列室内陈列着李叔同各个时期的生活照片、书法真迹和历史资料,分别从绘画、音乐、话剧、诗词、书法篆刻、佛学成就和社会影响等方面展示李叔同卓越平淡的人生轨迹、展现出李叔同从世俗到佛门的心路历程。② 亦名"李叔同纪念室"。位于浙江杭州虎跑梦泉山林公园内。纪念馆共分3个展厅,正厅中央为一座高3米的李叔同铜质立像,两侧是"超脱"和"皈依佛门"两幅大型浮雕。展柜内有李叔同撰写的词以及早已绝版的《清凉歌集》,李叔同孙女提供的数十张珍贵照片,李叔同临摹的书帖、用过的书籍、印章和手绢等实物。左厅陈列着李叔同的墨宝,有手书石碑8块、木刻格言10幅。右厅为"书巢",挂有徐悲鸿的油画、丰子恺的木刻、费新我的弘一肖像、钱君匋的对联等书画作品。

李叔同的佛语禅心　佛学著作。李叔同著,孙岩编。1册。中国长安出版社2005年第一版。前有李叔同手迹多幅。有前言,含格言联璧、晚晴集、修行法语、敬三宝、人之患、改过实验谈、南闽十年之梦影、佛法大意、常随佛学、改习惯、放生与杀生之果报、授三归依大意、佛教之简易修持法、净土法门大意、律学要略、佛法宗派大概、佛法十疑略释等。附李叔同诗集和《我在西湖出家之经过》。

李叔同备布鞋四双　南社掌故。李叔同备有布鞋四双,人讶其多,他则曰:"一礼佛着,一闲时着,一外出着,一如厕着。"

李叔同诗文遗墨精选　书法集。李叔同著,李莉娟选编。1册。中国文联出版社2003年第一版,列入"白马湖作家群文丛"。有李叔同像等照片22帧。黄源作序。上卷含诗歌30题、词散曲15题、创作歌曲33首、填词歌曲29首、赞偈12篇、文选12篇、序跋15篇和疏铭传记10篇。下卷为遗墨133幅。附李叔同年表。

李叔同故居　位于天津市河北区粮店后街。李叔同出生于天津河南地藏庵(今河北区粮店街陆家胡同),后居住于今天津市河北区粮店后街60号。故居原是有150余年历史的清末建筑。2003年天津市政府决定修复李叔同故居。整体建筑布局呈"田"字形。总体占地4 000平方米,其中故居1 400余平方米。前后左右共有4道宅院,分正院、跨院,又各有前后院。院内东西房为正房。李叔同当年创作、待客的"洋书房"位于全院中央,仿西洋建筑。居室约20平方米,内有中式木床和书橱。书橱中有李叔同常用的碑帖、册页,还有在上海时的用款账本等。屋内摆着钢琴,墙上还挂有李叔同在日本创作的以日本女性为题材的油画作品。附设花园坐落在故居"田"字形居室的中部,约2 600平方米。八角门上有方形小匾额"意园"为李叔同亲笔。花园内有弘一法师纪念亭和雕像等。

李叔同美术广告作品集　美术广告集。李叔同著,郭长海、郭君兮编。1册。黄山书社2011年第一版。有编者前言。含太平洋报广告37幅、文化艺术活动广告23幅、学校广告11幅、社会团体广告8幅、报纸广告51幅、杂志广告12幅、出版机构图书广告58幅、医药广告5幅、商业广告12幅、禁烟广告8幅和其他广告2幅。有编者后记。

李叔同说佛　文集。李叔同著,星云大师点评。全1册。陕西师范大学出版社2004年11月第一版。本书主要为弘一法师晚年将其学佛心得整理、修订。卷首有李叔同《我在西湖出家的经过》一文;全书共分为《大师讲演录》《格言别录》《李叔同诗集》3个部分。《大师讲演录》收录弘一大师晚年开示佛徒的讲稿26篇,含改过实验谈、律学要略和青年佛徒应注意的四项等26篇,他以大才子、大学者、大艺术家的俗家修养向常人揭示出佛门的真谛,其中有解释一些佛教宗派的哲理,有教导初入门者如何修佛以及对初入门者修炼中的疑问的解辩等等;《处世格言》含学问类、存养类、持躬类、敦品类、处事类、接物类、惠吉类和悖凶类的格言。他的演讲稿与辑录的处世格言被梁实秋、林语堂等作家誉为"一字千金,值得所有人慢慢阅读、慢慢体味、用一生的时间静静领悟"。从中可以体会到大师慈悲的胸怀,堪称最能启悟世人的大德讲演录,对修佛法者起到重要的指导作用。附有李叔同创作的部分诗、歌,并插有历代佛画精品,以及丰子恺创作的佛教教义的绘画和弘一大师的书法作品。

李叔同谈艺录　文集。李叔同著,张耀南编。1册。湖南大学出版社2011年第一版,列入"名家谈艺丛书”。含文学与诗词38篇、音乐与话剧9篇、画图与绘画13篇、书法与篆刻14篇、出版与广告22篇、谈艺随笔11篇、谈艺书简21篇及附录3篇和作品欣赏61篇。附张竟无辑《先识后艺——李叔同文艺观辑评》《李叔同年表》及张耀南的编者后记。

李叔同集 文集。① 李叔同著,张竟无编。6卷,1册。东方出版社2008年第一版,列入“佛门三子文集丛书”。徐悲鸿绘弘一法师像及其他像片、画像等照片8幅。林子青作《弘一大师传(代序)》。含讲演录卷18篇,传记卷26篇,杂著卷论说7篇、杂志30篇,文艺卷诗词68题、联语22对、歌曲20首、题记29篇,格言偈语卷含格言4篇、歇语17题,书信卷含45人394通尺牍。有编者后记和张耀男《佛门三子之于佛门》(代跋)。② 李叔同著,郭长海、郭君兮编。1册。天津人民出版社2006年第一版。龚望题签。有李叔同自画像等照片手迹等7帧。编者作前言和凡例。含文章63篇、诗词43题、歌词37首、书信60通和译著2篇。附李叔同事迹系年(1880—1918)。编者作后记《缘啊缘》。

李叔同解经 佛学著作。李叔同、太虚著,行痴注。1册。陕西师范大学出版社2007年第一版,全彩图文本。有丰子恺代序一《我的老师李叔同》和朱光潜代序二《以出世的精神做入世的事业——纪念弘一法师》。含说解心经、金刚般若波罗蜜经讲录、佛说阿弥陀经讲要、弘一法师说佛和弘一法师诗词歌词集等篇。附有李叔同大量手书经文的墨宝真迹,以及欧阳询、苏轼、赵孟頫、康熙手书心经的真迹。

李叔同歌曲集 歌曲集。李叔同著,丰子恺编。1册。北京音乐出版社1958年第一版。丰子恺题端。丰子恺作序。含李叔同作词的《大中华》《祖国歌》《忆儿时》《人与自然界》《秋夜》《月》《朝阳》《落花》《幽居》《天风》《冬》《丰年》《长逝》《送别》《莺》《归燕》《西湖》《采莲》《梦》《悲秋和晚钟》;作曲作词的《春游》和《早秋》;作曲的《留别》;选曲的《涉江》和《废墟》;选曲配词的《春景》《送出师西征》《秋夕》《夜归鹿门歌》《清平调》和《利州南渡》。共32首。

李国凤(1885—?) 安徽合肥人。字少川。南社社友。1916年5月17日由胡朴安介绍入社,入社书编号603。

李昌赓(1896—?) 广东连县人。字仲扬。南社社友。1917年5月20日由蔡哲夫介绍入社,入社书编号898。夫人朱兰英,亦为南社社友。

李宗裕(生卒年不详) 浙江绍兴人。越社社友。民国初年曾任绍兴县立高等小学校校长,担任《越铎日报》《越社丛刊》编辑员,并参与编辑《民兴日报》。

李孟哲(1884—?) 广东番禺(今广州)人。又名哲,字少廷,又字哲郎。南社社友、广东分社社员。1916年11月23日由蔡哲夫介绍入南社,入社书编号729。1905年9月在香港加入中国同盟会。民国初期为广州《民主报》社成员。1917年3月参加南社在广州六榕寺举行的广东分社第一次雅集。

李经舆(1875—?) 湖南湘阴人。名德群,字经舆。南社社友、南社湘集社友。1911年3月1日由朱少屏介绍入南社,入社书编号131。曾在湖南省谘议局任职。1912年9月参加在长沙烈士祠举行的南社临时雅集,同年9月随陈去病一道护送秋瑾棺木由长沙到上海。1924年10月参加在长沙赐闲园举行的南社湘集第二次雅集。夫人朱静宜,亦为南社社友。

李思辕(1886—?) 广东五华人。字济章。南社社友。1917年1月28日由蔡哲夫介绍入社,入社书编号793。早年入香港皇仁书院,后加入中国同盟会。任《中国日报》主笔,并参加广州黄花岗起义。起义失败后赴南洋在吕宋办报宣传革命。民国成立后回国,为广州第八甫《采风报》成员。1913年参加二次革命。1919年后任广州市财政局局长。抗战期间病故。

李钟骐(1899—1982) 浙江嘉善人。字达三,号癯梅,别署红蚕。南社社友。1917年3月由其兄李绛云和郁佐梅、余十眉介绍入社,入社书编号851。早年在洪溪小学执教。后任平川印刷所经理。生平爱好诗词,善书法、工小楷,喜抄录前人遗著,对民间诗词及传说轶事独好。著有《红蚕室诗词》《平川棹歌百首》等。其兄李绛云,亦为南社社友。

李钟骐

李洞庭(1882—1955) 湖南岳阳人。名澄宇,字洞庭。南社社友、新南社社员、南社湘集社友。1916年8月22日由傅熊湘介绍入南社,入社书编号669。早年在岳州鱼巷救生局供职。1912年在岳阳主办《岳阳日报》,后致力于国学,师从名儒吴獬研习诗文、联语、篆刻,曾为船山学社董事、东池印社社员。与傅熊湘、谢晋、姚大慈、姚大愿被时人称为"湘中五子"。先后任湖滨大学、民国大学国文教授、国学馆教授及湖南大学教授等职。1930年任湖南省政府秘书、秘书长。1934年4月至1937年4月参加在长沙举行的南社湘集第九、十一、十二、十三、十四、十五次雅集。中华人民共和国成立后受聘为湖南省文史研究馆馆员。1955年4月病逝于长沙。著有《未晚楼全集》。弟李支宇,亦为南社社友。

李绛云(1884—1951) 浙江嘉善人。名鼎镛,更名好,字夷峙,别署彝士。南社社友。1914年11月29日由周芷畦、李云夔、俞锷、冯心侠、高旭介绍入社,入社书编号479。工诗词,擅文章,其书法尤其清秀娟媚,如出闺秀之手。晚年任平川金石书画社社长,兼书法顾问。著有《绛云阁诗集》。弟李钟骐,亦为南社社友。

李根源(1879—1965) 云南腾越九保乡(今属梁河)人。字印泉,又字养溪,别署雪生、高黎贡山人,晚署曲石老人。南社社友。1913年2月由宁调元介绍入社,1916年8月补填入社书,入社书编号670。1898年参加府试,中秀才。1904年官费留学日本,入东京振武学校习陆军并毕业于该校。1906年加入中国同盟会,并与吕志伊、赵伸等在东京创办《云南》杂志社,任经理。后又倡设云南独立会。1909年回国后任云南陆军讲武堂监督兼步兵科教官,旋升总办。1911年改任云南督练处副参议官。武昌起义后与蔡锷、唐继尧等发动新军响应,共谋云南独立。同年11月1日成立大汉云南军政府,任军政部总长兼参议院议长。1913年1月被选为北京政府国会众议院议员。二次革命失败后逃亡日本,入早稻田大学政治经济科。1914年8月与黄兴、程潜、章士钊等人成立欧事研究会。1915年返国,策动广西独立,讨伐袁世凯,任北伐联合军部参谋。1916年7月被黎元洪任命为陕西省省长。1918年1月到广东参加护法运动,任驻粤滇军总司令。1920年离开滇军寓居上海,后移居苏州。1922年任北洋政府农商总长与代总理。1923年10月与陈石遗、章太炎等成立苏州国学会。1932年一·二八淞沪抗战爆发时在苏州参加捐款和救护伤员。1937年七七事变后与马相伯、张一麐等倡议组织老子军,致力于抗日。1939年出任云贵监察使。抗战胜利后任国民政府国策顾问。中华人民共和国成立后任西南军政委员会委员、全国政协委员等职。1965年7月6日在北京逝世。生平勤于著述,尤喜收藏汉碑和唐代志石。主要著作有《永昌府文征》《腾冲战役纪事诗》《雪生年录》等,又辑有《河南图书馆藏石目》《云南金石目略》等。

李根源

李根源纪念馆 纪念馆① 位于云南腾冲市大盈江畔叠水河村中的"叠园"。1946年兴建,1947年落成,为土木结构庭院式建筑。1988年11月,腾冲县人民政府将"叠园"列为重点文物保护单位,拨专款维修,新建大门、陈列室、碑廊等建筑。1998年6月6日,纪念馆正式对外开放。故居大门为古典照壁式。门内,是植有草坪花木的场院。场院两翼、两厢围墙设碑廊。碑廊上嵌有原叠园和凤翅园遗存刻石50余方,存海内名家钱南园、左宗棠、翁同龢、吴昌硕、黄兴、黎元洪、章太炎、于右任、章士钊等人手迹,有滇中近代名贤周钟岳、赵藩以及腾冲名流的墨迹刻石。纪念馆内设3个展室。第一展室为生平图片展室,展出李根源各个历史时期照片68帧。第二展室为实物展室,陈列李根源曾使用过的生活用品,部分著作手稿、信函、题词、对联、著述200余卷以及辑印的先贤著作多种、藏书多种。第三为纪念书画展室,展出云南当代著名书画艺术中堂、条幅、对联等。② 位于江苏苏州吴中区藏书镇阙茔村舍内。由原吴县人民政府拨款复建,1985年7月6日李根源逝世20周年对外开放。

李逢钧(1900—?) 上海人。字相甫。南社社友、南社纪念会会员。1917年7月24日由费龙丁介绍入南社,入社书编号943。早年供职于昆山平泉书屋。

李涤筠(1889—?) 广东梅县(今梅州)人。名闵,字涤筠。南社社友。1912年5月17日由古直介绍入社,入社书编号277。

李桑樵(生卒年不详) 湖南新宁人。名涛,号桑樵。南社湘集社友。1924年10月参加在长沙赐闲园举行的南社湘集第二次雅集。

李盛钧(生卒年不详) 上海人。字坚甫。南社纪念会会员。20世纪30年代初曾任国际贸易局专员。

李晦庵(1880—?) 江苏宝山(今属上海)人。名中一,字晦庵,号老虬。南社社友。1916年9月24日由柳亚子介绍入社,入社书编号696。辛亥革命后任教于上海吴淞民国女校,后为北京《民苏报》编辑和撰稿人。1916年11月参加在北京中央公园举行的南社第八次北京雅集。

李鸿梁(1895—1972) 浙江绍兴人。字孝友。新南社社员。1911年入绍兴中学读书。1912年夏入浙江两级师范学校高级师范图画手工科,师从李叔同。1915年秋毕业,由李叔同推荐去南京高等师范专科学校代课。次年赴无锡、上海、厦门等地学校任艺术教师。1923年秋返绍兴,在绍兴第五中学等校任美术教师,其间除进行美术创作外,还涉足戏剧活动。1929年春发起成立梦幻剧社,任社长。先后自编自导话剧《沉睡的老人》《未来的艺术》等。1933年与徐生翁发起成立绍兴第一个金石书画社——时之社。1937年抗战全面爆发后创作《抗战歌》,以音乐、美术为武器,积极投身抗日运动。又和孙福熙等书画家成立绍兴美术工作者协会。1942年秋进温州省立师范学校任教,并任民众教育馆主任。1945年抗战胜利后返里,任浙江大学附中图画音乐教员,直到1956年退休。其间参加西泠印社和浙江省美术家协会。曾任绍兴市政协委员,参与绍兴鲁迅纪念馆的筹备和展出工作。退休后受聘为浙江省文史研究馆馆员。1972年春去世。著有《粉笔画法》《图画理论教材》《普通乐理》等,又有散文著作《雁荡山游记》。

李涵秋 作家传记。贡少芹著,贡少芹孙编校。1册。天忏室出版局1923年11月出版。卷首有孙癯、张丹斧、戈公振、冯叔鸾、周瘦鹃、谢介子、何海鸣、贡少芹、李镜安等序或题辞、题诗手迹。李涵秋遗像、手迹、图章、遗画等图片分置封面、卷首与正文内。全书分为涵秋历史、涵秋艺术、涵秋轶事、《广陵潮》索隐4编。其中涵有李涵秋年谱表、李涵秋著作表。

李隆建(1888—?) 湖南醴陵人。字仲庄。南社社友。1916年8月30日由刘泽湘、黄梦蘧介绍入社,入社书编号675。早年参加中国同盟会。1907年与刘约真一道联络黎尚雯、李剑农等组织重建同盟会湖南支部。辛亥革命时领导湖南省最先响应武昌首义,后任职于《长沙日报》。1916年9月参加在长沙枣园举行的南社临时雅集。

李超群(1893—?) 江苏昆山人。名伦,字超群,一字超窘。南社社友。1916年5月6日由胡惠生、狄君武介绍入社,入社书编号596。1916年9月参加在北京徐园举行的南社北京第七次雅集。

李煮梦(1887—1914) 广东嘉应州(今梅州)人。原名才,字煮梦,号小白。南社社友。1912年7月17日由叶楚伧介绍入社,入社书编号284。早年随家人在扬州居住。1908年后回到家乡广东任三堡学堂教员,并由同校教员卢耕甫介绍加入中国同盟会。1911年9月在汕头《中华新报》任职。民国初年为嘉应州民政署职员,次年转为行政厅职员。1912年初,当时的务本中学、梅东中学、东山初级师范学堂、嘉应官立中学堂等四所学校合并成立梅州中学,由其代作《梅州中学校开学训词》。1914年3月前病故。能诗词,尤擅小说家言。著有《闻〈中华新报〉警耗作》《祝〈中华新报〉用玉溪体》等诗作,另有两篇短文《书韩退之〈师说〉后一》《书韩退之〈师说〉后二》。小说有《新西游记》《滑稽侦探》《岂有此理》等多种。

李敬婉(1894—1984) 安徽合肥人。女。字季琼。南社社友。1917年11月20日由朱少屏介绍入社,入社书编号998。李鸿章四弟李蕴章的孙女,其父李经邦是李蕴章的次子。幼聪慧,十多岁即能诗善词。后入上海爱国女学,并毕业于该校。加入南社后曾在上海参加学生运动。中华人民共和国成立后参加上海民主妇联活动、上海各界人民代表会议。1984年5月卒于上海。

李落日 南社掌故。对李洞庭的美称。李洞庭著有《万桑园诗集》,其中有不少奇警句。如"落日当筵红可吞",此诗句想象力丰富,形象鲜明生动,为南社诗友所称颂,故称其为"李落日"。

李辉群(生卒年不详) 湖南长沙人。南社湘集社友。

李景康(生卒年不详) 广东南海(今广州)人。字凤坡。南社湘集社友。

李循公(1881—?) 江苏太仓人。名中,字循公。南社社友。1917年3月由朱瘦桐介绍入社,入社书编号841。民国初期供职于太仓县通俗教育馆。

李 赓(生卒年不详) 湖南平江人。字肱良。南社湘集社友。1924年4月6日参加在长沙刘园举行的南社湘集第一次雅集。

李焰生(生卒年不详) 广东五华人。南社纪念会会员。曾任《新垒》主编。

李瑞椿(1881—?) 陕西咸宁人。字季直。南社社友。1910年10月29日由朱少屏介绍入社,入社书编号83。辛亥革命前在天津和上海等地组织克复学会。1911年3月在上海创刊《克复学报》,并任该报主笔兼发行人。

李锦襄(1894—?) 广东香山(今中山)人。女。字绮仙。南社社友。1915 年 10 月 10 日由缪鸿若、蔡哲夫、孙仲瑛介绍入社,入社书编号 564。其丈夫刘超武,亦是南社社友。

李熙谋(1894—1975) 浙江嘉善人。号振吾。南社社友。1917 年 9 月 27 日由郁佐梅介绍入社,入社书编号 964。早年毕业于上海工业专科学校,后留学美国康奈尔大学和哈佛大学,获哈佛大学博士学位。归国后历任浙江大学理工学院院长、暨南大学理学院院长。抗战胜利后任上海市教育局副局长、局长。1949 年任联合国教科文组织驻日本代表。1953 年任台湾省立博物馆馆长,后又任台湾私立东吴大学理工学院院长。著有《通俗科学》等。

李肇甫(1885—1950) 四川巴县(今重庆市巴南区)人。字伯申,一字柏森。南社社友。1912 年 7 月 17 日由杨杏佛、田桐介绍入社,入社书编号 285。1905 年 9 月加入中国同盟会。1909 年 2 月任四川同盟会驻东京代表,其间曾帮助余英、熊克武购得手枪百余支和子弹万余发,并设法偷运回国内。民国前在北京财政学堂任教。1912 年 1 月任南京民国临时政府大总统府总务科秘书,2 月由蜀军都督委任为四川军政府参议员。1913 年 4 月任北京政府首届国会众议院议员,后任清室善后委员会委员等职。

李慧霄(生卒年不详) 籍贯未详。南社纪念会会员。

李樱钧(生卒年不详) 上海人。女。字小樱。南社纪念会会员。

杨天骥(1882—1958) 江苏吴江(今苏州市吴江区)人。原名锡骥,字骏公,号千里,别署天马、东方、闻道、茧庐。南社社友。由社友介绍入社,未填写入社书,介绍编号 66。早年肄业于上海南洋公学。1902 年被推为壬寅科优贡。1903 年《苏报》案发生时参与营救章太炎。1904 年起执教于上海澄衷学堂,后进蔡元培主办的《警钟日报》。1909 年起兼任《民呼日报》《民吁日报》《民立报》《申报》《新闻报》主笔及编辑。曾任上海龙门师范学校、中国公学、复旦公学、务本女学堂教习,常州府立师范传习所所长、法律学校校长。1911 年 6 月任上海中国国民总会书记。武昌起义爆发后参加陈其美领导光复上海的战斗。1912 年 1 月南京民国临时政府成立后任教育部参事、秘书等职。1913 年宋教仁被刺后去湖南,任湘岸榷运局稽核官。1917 年到广州任护法国会参议院议员,后至北京。1920 年任北京政府国务院秘书,后历任财政部主事、教育部视学、交通部秘书、司法部佥事和秘书等职。1925 年任江苏无锡县县长。1927 年起任吴江县临时行政委员会主席,旋任吴江县县长。1931 年任国民政府监察院秘书、代秘书长,1933 年任监察院监察委员。1936 年后脱离政界,以诗书金石自娱。抗战期间避居香港,以经济委员会委员名义协助吴铁城主持港澳党政。抗战胜利后在上海及苏州等地从事书法篆刻、诗文著述、文物鉴赏。中华人民共和国成立后任华东文物管理委员会顾问。因其家学渊源,擅长书法,于秦篆、汉隶、章草、魏晋诸家无一不精,又工治印。著有《茧庐吟草》《茧庐印痕》《茧庐长短句》等。

杨天骥

杨元伯(1884—?) 浙江吴兴(今湖州)人。名恺,字元伯。南社社友。1912 年 2 月 21 日由费公直、柳亚子、吴相融、蔡寅介绍入社,入社书编号 215。

杨玉衔(1869—1943) 广东香山(今中山)人。字季良,又字抱香,号铁夫,别署抱香翁,室名抱香室、枝萝庵。南社湘集社友。1902 年举人,1904 年考取内阁中书,后转内阁侍读。提倡经书实用之学,入京师大学堂师范科就读,毕业后回乡任小学校长。后应广西巡抚之邀助理新政,任广西镇安府知府。辛亥革命后,1914 年返回广东任揭阳县县长。旋赴上海,跟随朱祖谋学词,后毕生治词。晚年寓居香港。著有《梦窗词笺释》《抱香室词》《双书居词》等。

杨东溪(生卒年不详) 湖南凤凰人。名曙,字东溪。南社湘集社友。

杨东儒(1895—?) 上海人。名德钧,字东儒,号仲馨。南社社友。1914 年 9 月由朱少屏介绍入社,入社书编号 453。早年留学日本,入东京法政大学。

杨白花 传奇剧本。邹铨著。初载清宣统三年(1911 年)《天铎报》,后辑入《流霞书屋遗集》卷四,上海国光书局 1913 年 9 月代印。书叙摄政王之妻、宣统皇帝溥仪之母与名伶杨小楼私通,借武昌起义动乱之时,相携潜往国外的故事。

杨白花传奇 南社掌故。书名。邹铨编写。内容主要讲述清皇室福晋与著名京剧演员杨小楼的秘事,揭露清廷的丑恶腐败,歌颂反清革命。《杨白花传奇》曾在《天铎报》上连载。高旭曾计划将此传奇故事改编出版。

杨光铁(生卒年不详) 江苏嘉定(今属上海)人。字君元。南社纪念会会员。

杨刚存(生卒年不详) 广东香山(今中山)人。字伯起。南社湘集社友。曾任檀香山北台同乡会主席,并被檀香山华侨公推为中华总会馆筹建主任、劝捐委员,负责重建新会所,并于1954年11月21日举行开幕典礼。

杨廷溥(1882—?) 四川巴县(今重庆市巴南区)人。字啸苍。南社社友。1912年10月21日由朱少屏、陈其美介绍入社,入社书编号344。早年留学日本,入日本陆军士官学校步兵科及日本户山学校战术科学习,毕业后回国。1912年民国成立后,先后任南京临时政府军衡局科长、北京政府陆军部科长,旋任陆军部秘书、参事等职。1912年9月中旬参加在黄兴临时寓所举行的南社第一次北京雅集。1916年任四川督军府参谋长。1920年11月任北洋政府陆军部次长。1924年任清室善后委员会委员。次年任四川军务督办公署总参议。1926年任京畿卫戍司令部参谋。后任平津卫戍总司令部参谋处处长。1932年任驻日本国公使馆陆军副武官。1934年5月任国民政府参谋本部高级参谋。抗日战争全面爆发后落水,任民国临时政府行政部局长、建设总署副署长等伪职。

杨仲淦(1880—?) 湖北汉阳(今武汉)人。名崧,字仲淦。南社社友。1917年6月30日由古直、孙仲瑛介绍入社,入社书编号927。民国初期曾供职于云南电报局。

杨伦彝(1894—?) 广东潮安(今潮州)人。字柳堂。南社社友。1919年9月1日由吴履泰、李沧萍、蔡哲夫介绍入社,入社书编号1074。

杨兆兰(生卒年不详) 浙江上虞(今绍兴市上虞区)人。字挹芳。越社社友。

杨汝禧(1874—?) 广东香山(今中山)人。字仲禰。南社社友。1917年1月1日由刘超武、蔡哲夫、胡伯孝介绍入社,入社书编号756。

杨进卿(1875—?) 云南建水人。名晋,字进卿。南社社友。1919年3月20日由卢铸、蔡哲夫介绍入社,入社书编号1052。曾供职于广东岭南道尹公署。

杨杏佛(1893—1933) 江西清江(今樟树)人,生于玉山。名铨,字衡甫,一字宏甫,号杏佛,别署死灰。南社社友、新南社社员,爱国民主人士。1912年3月12日由柳亚子、雷铁厓、俞锷介绍入南社,入社书编号229。1907年考入上海吴淞中国公学,1909年参加中国同盟会。1911年毕业后考入河北唐山路矿学堂预科。武昌起义爆发后到武昌投身革命。1912年1月任南京民国临时政府大总统府秘书处收发组组长。1913年10月留学美国,入纽约康奈尔大学习机械工程,毕业后获学士学位,授机械工程师职。后又入哈佛大学攻读工商管理学、经济学、统计学等,获商科博士学位。1914年在美国与胡明复、赵元任、任鸿隽等组织中国科学社,编辑出版《科学》杂志,并担任第一任编辑部长,主编《科学》杂志。1918年回国,任汉阳铁厂会计处成本科科长,旋升为成本处副处长。后任南京高等师范学校(后改称东南大学)工科教授、东南大学工学院院长。1924年10月到广州再次担任孙中山秘书,并随同孙中山北上。1925年3月孙中山逝世后任总理葬事筹备处总干事。后回上海,任国民党上海市党部执行委员、常务委员,创办《民族日报》。1926年与恽代英等发起成立中国济难会,次年参加上海工人第三次武装起义,担任上海特别市临时政府常务委员。1927年南京国民政府大学院成立后,受蔡元培院长之聘,担任教育行政处主任。次年国民政府大学院改为中央研究院后,任中央研究院总干事。1930年秘密参加邓演达主持发起的中国国民党临时行动委员会。1931年曾到江西考察,所见所闻写成报道《中国共产党现状》发表在《字林西报》上。1932年12月与宋庆龄、蔡元培等在上海发起成立中国民权保障同盟,任总干事。1933年6月18日在上海被国民党特务暗杀。著有《杨杏佛文存》《战争与科学》《代议制与中国之乱源》等。

杨杏佛

杨杏佛文存 文集。杨杏佛著。3卷。平凡书局1929年11月初版。内容为作者回国后十一年来就实业改造、教育革命、民族独立等问题上的观点。第一卷主要集中了作者对于中国社会的经济、政治、教育、科学问题的观点与看法。包括对中国的“贫困与劳动”问题和纱业恐慌的分析，以及对中国的学术和思想堕性、大学教育、工程教育、学风与教风现状的批评。亦论述了代议制与中国之乱源、社会自救与中国政治之前途、教育革命与中国学术及政治前途、科学与革命等问题。第二卷主要围绕着“五卅惨案”和“各国退还庚款问题”，表明了作者反对帝国主义的民族主义态度。第三卷则是作者与梁启超、章行严、张东荪、江亢虎等人就农业国理想、科玄之争、新社会主义与新民主主义等问题进行争论的书信往来。

杨杏佛讲演集 演讲集。杨杏佛著。3卷，1册。商务印书馆1927年6月出版。演讲内容分为3部分。第一部分为劳动问题。介绍了劳动问题的意义、劳动问题与社会问题的关系、资本制度、劳动阶级进化。特别阐述了资本主义制度对于妇女与儿童，血汗工厂对于工人的剥削现象。指出社会贫困、工资低廉及失业问题的根源，以及罢工与同盟抵制等社会运动的意义。第二部分为实业改造。围绕资本主义与社会的关系，详细阐述了实业与政治、工程学与近代文明、工业与文化、商业与社会的关系。评述实业的未来发展，并特别讨论了资本主义与中国的未来等问题。第三部分为效率经济与安全。针对中国社会缺乏效率和安全知识的背景，介绍资本主义社会中增进工人、工厂效率的科学方法，内容涉及科学的办事方法、店员的修养、工厂的有效管理、会计制及在中国的实行，以及如何科学防火的安全知识。

杨贤江(1895—1931) 浙江余姚长河(今属慈溪)人。又名庚甫，字英父，一字英甫，笔名李浩吾、李膺扬、柳岛生等。新南社社员。1912年秋考入杭州浙江省立第一师范学校。1917年夏毕业后应聘南京高等师范学校任职。1919年7月参加少年中国学会，并被推为南京分会书记。次年被选为少年中国学会评议员。1921年起任商务印书馆编译所《学生杂志》主编。1922年5月加入中国共产党，并与侯绍裘、高尔松、高尔柏等组织青年问题讨论会。1924年6月由陈望道介绍参加新南社。担任过上海大学附中和上虞春晖中学教务主任及景贤女中教员。曾协助恽代英编辑《中国青年》，被选为中共上海地方执委会候补委员，参加五卅运动和上海工人武装起义，五卅惨案发生后与沈雁冰、侯绍裘等组织上海教职员救国同志会，宣传反帝爱国。1926年初出任国民党上海特别市党部执行委员，后又任常务委员兼青年部长。1927年四一二反革命政变后遭蒋介石通缉，被中共派往武汉北伐军总政治部担任《革命军日报》总编辑。同年7月15日汪精卫公开叛变革命、蒋汪合流后潜回上海。同年底流亡日本。1929年5月回国后，在上海发起组织中国社会科学家联盟。1931年8月病逝于日本长崎。著有《教育史ABC》《新教育大纲》等，编有《今日之世界》，译有《世界史纲》《家族、私有财产及国家之起源》等。

杨忠文先生实录 传记。5卷，1册。陈希恕、陈去病编。1927年铅印本。杨廷枢(1595—1647)，字维斗，号复庵，南直隶苏州府长洲(今江苏苏州)人。明代学者，复社领袖。崇祯三年乡试第一。后因反清事泄，为清吏所执，不屈被杀，门生私谥“忠文先生”。陈去病题签并作《叙》。含“实录”4卷，“补遗”1卷。

杨金海(生卒年不详) 广东香山(今中山)人。字振之。南社湘集社友。

杨性恂(1871—1913) 湖南长沙人。名德邻，一作德麟，字性恂，号宣生。南社社友。1912年4月17日由柳亚子、叶楚伧、朱少屏介绍入社，入社书编号257。早年在长沙明德学堂和经正学堂主讲，与黄兴一起以种族思想灌输青年。1905年东渡日本，入东京法政大学法科习法政，并加入中国同盟会。1908年后回国，任京师《中央日报》编辑。1909年被推为湖南省谘议局议员。1911年武昌起义时，与蓝天蔚、吴禄贞等奔走北方，密谋举事，直捣北京，不料事泄，因而潜往上海。民国初年任上海《东方日报》编辑，又为《民声日报》成员。嗣后应黄兴之聘，任南京留守处秘书。1913年二次革命时与谭石屏一起宣布湖南省独立，不幸事败后被捕遇害。著有《国民之声》《锦笈珠囊笔记》等。

杨性恂

杨弢侠(1879—?) 江苏江宁(今南京)人。字剑英。南社社友。1914年11月10日由白炎、叶玉森介绍入社，入社书编号475。民国初年曾在安徽省财政厅供职，与钱宪僧为同事，两人同时入社。

杨春时(1888—?) 浙江吴兴(今湖州)人。名乃荣，字春时。南社社友。1914年8月由朱少屏介绍入社,入社书编号447。民国初年曾在上海白克路(今凤阳路)宝隆医院供职。

杨贻谋(1893—?) 浙江桐庐人。字少碧,一字少穆,又字孝穆。南社社友、新南社社员、南社湘集社友。1916年3月15日由朱鸳雏、杨锡章介绍入南社,入社书编号586。

杨秋瀛(生卒年不详) 安徽当涂人。字晓帆。南社湘集社友。

杨笃生奋身蹈海 南社掌故。杨笃生,名守仁,号寒灰,为杨性恂之弟。他曾为《神州日报》主笔。广州黄花岗起事失败,杨笃生闻讯大愤,在英国利物浦跳海而死。

杨济震(1898—1959) 江苏吴江(今苏州市吴江区)人。字佩玉,号孤室。南社社友。1917年1月21日由徐麟介绍入社,入社书编号790。少时受父亲家教,颇有长进。1917年父亲弃世后开始主家,以教书谋生。平时喜欢吟咏,更爱创作小说。有《孤室记》《孤室小说稿》《孤室诗稿》等存世。

杨桐午先生暨配张夫人墓表 墓志铭。李根源撰,吴宝瑜书。1卷,1册。1948年影印本。李根源题签。于右任、蒋中正、吴敬恒、戴传贤、邵力子、翁文灏、龙云、朱绍良、周钟岳、吴铁城、卢汉、邓锡侯、吴鼎昌、贺耀组、陈树人、谷正纲、沈鸿烈、郭沫若、马寅初、何成睿、刘维炽、李宗黄、周开勋、张维翰、屈映光、王应嵩、谢无量、张镇、官维贤、陈大斋、张问德、但焘、宋沅等分别作各类书法作品。李根源撰、吴宝瑜书、于右任题额《腾冲杨桐午先生暨元配张夫人墓表》。杨作基作跋。

杨晖山(生卒年不详) 广东新会(今江门市新会区)人。号若山。南社湘集社友。

杨培纶(1894—?) 浙江吴兴(今湖州)人。字仲廉,一字仲濂。南社社友。1916年9月由余天遂介绍入社,入社书编号706。民国初期在江西萍乡煤矿局供职。

杨救炎(生卒年不详) 江苏常熟人。名济,字救炎,号随庵。南社社友。1913年由高旭、庞树柏介绍入社,入社书编号379。1916年11月参加在北京中央公园举行的南社第八次北京雅集。

杨鸿年(1886—?) 江苏丹徒(今镇江)人。字寿人,号秋心,别号瘦人。南社社友。1917年3月1日由柳亚子介绍入社,入社书编号872。

杨棣棠(1893—1965) 广东香山(今中山)人。字弘汉、宏汉,号友于、友宇,别署弘道居士。南社社友、南社湘集社友。1917年5月10日由刘超武、蔡哲夫介绍入南社,入社书编号892。生于檀香山,幼年父早逝后随祖父返国习中文。及长,师事林绥为桐城派之入室弟子。后游于上海,与柳亚子相友善。曾任檀香山华文中学教员。1931年九一八事变发生后曾代表檀香山华侨团体回国请愿,要求当局出兵抗日。1932年一·二八淞沪抗战爆发后即返回檀香山,并在当地华侨中募捐款项,支持国内抗战。1935年受聘主持华侨团体明德社台山分社,任副社长。翌年回原籍任县立中学教员。1940年迁居美国纽约,研究经史。1965年病逝于纽约。一生信奉佛教,著有《养晦庵书》。

杨赓笙(1869—1955) 江西湖口人。字咽冰。南社社友、广东分社社员。1915年11月22日由雷铁厓介绍入南社,入社书编号571。早年参加中国同盟会,后长期担任孙中山秘书。1913年任江西省议会议员。二次革命时任江西讨袁军总司令部秘书长,失败后逃亡日本。1914年7月在日本参加中华革命党,受孙中山之命赴南洋建立中华革命党南洋支部,任书记长,并创办《光华日报》《苏门答腊报》,任主笔,1916年募集经费支援蔡锷云南起义。1926年北伐时任赣军总司令部秘书长兼参谋长。1927年任江西省民政厅厅长、代省主席。抗战期间在江西黎川开办江西中学。1949年1月组织成立江西和平促进会,任主任委员,主张江西和平解放。中华人民共和国成立后任江西省政协委员,1955年在南昌逝世。撰有小说《双心史》。

杨道弘(生卒年不详) 江苏金山(今属上海)人。名世恩,字道弘。南社社友。由姚光介绍入社,未填写入社书。1912年参加国学商兑会。

杨曾蔚(1880—?) 河南大梁(今开封)人。字古霞,号少石。南社社友。1912年4月15日由宁调元、柳亚子、叶楚伧、朱少屏介绍入社,入社书编号253。1904年东渡日本,入日本陆军士官学校及振武学校学习。留学期间任东京《武学》杂志编辑,并与李烈钧、唐继尧等发起组织丈夫成城团。1906年5月在日本加入中国同盟会。1911年武昌起义后,先后应李烈钧、唐继尧之邀赴江西及云南参赞军务。民国初年曾在上海《民立报》馆供职。后寓居河南开封,抗日战争爆发后病逝。

杨聘之(1875—?) 江苏宝山(今属上海)人。名璠,字聘之。南社社友。1910年4月由陈去病介绍入社,1911年8月6日补填入社书,入社书编号166。1910年4月10日参加在杭州西湖唐庄举行的南社第二次雅集及1915年5月在西湖孤山之西冷印社举行的临时雅集。清末民初任浙江龙游县立高等小学堂教员,与南社社友丘望崙为同事。

杨嗣轩(1885—1916) 浙江吴兴(今湖州)人。字伯谦。南社社友。1912年2月6日由高旭介绍入社,入社书编号210。早年入其父主办的小学,中学肄业后到上海入高旭、柳亚子等主办的健行公学。1909年赴北京学习法律。1911年武昌起义时南下奔走革命。1912年1月南京民国临时政府成立后任职于实业部商政司,后到上海任尚侠中学教务长,兼授数学。1916年赴江西萍乡省亲,不幸在6月21日病逝于萍乡小学。性格随和,易与人交往,人多爱而敬之。与社友余天遂、蒋万里相厚。

杨嗣轩

杨锡章(1864—1929) 江苏松江(今属上海)人。字儿园、至文,号了公,别署蓼功、子文、乳燕等。南社社友。1911年9月17日由周亮才介绍入社,入社书编号175。中国同盟会会员。清末以岁贡出任宝山县教谕,后因上书江苏巡抚告发松江知府戚扬贪赃枉法被革职。此后回松江创办开明女校,同时在城西创办孤贫儿院,任院长。辛亥革命期间襄佐钮永建筹划军事,松江光复后任松江军政分府参谋部长。1913年后寓居上海,在沪以鬻字为生。1927年曾任奉贤县县长,不久辞职。生平擅长书法,尤精行草,诗文亦佳。还擅制联语,好用俗语撰联,语多讽刺。1929年12月24日殁于上海。著有《梅花百咏》。友人集其书法手迹、手写词稿付印成《杨了公先生墨宝》行世。

杨静宜(生卒年不详) 江苏吴江(今苏州市吴江区)人。女。名明暄,字静宜。南社纪念会会员。20世纪30年代初任尚文小学校长。

杨谱笙(1879—1949) 浙江吴兴(今湖州)人。名兆銮,亦名普生,字无闷。南社社友。1911年10月10日由朱少屏、宋教仁、陈其美介绍入社,入社书编号192。1906年在上海创办湖州旅沪公学,任校长。同年加入中国同盟会。1911年7月在上海参与组建中国同盟会中部总会,任会计部长。同年11月上海光复时与陈其美一道参加攻打江南制造局的战斗。沪军都督府成立后任参谋兼军需科长。1931年至1932年8月任南京国民政府监察院秘书长,1933年2月任监察院监察委员。后任国民党党史史料编纂委员会委员。1949年4月病逝于上海。辑有《中国同盟会中部总会史料》。

杨镇华(生卒年不详) 浙江义乌(一作兰溪)人。字莲岳,别署从冰,笔名夏民。南社纪念会会员。20世纪30年代起从事翻译工作,出版有《水婴孩》《原来如此》等童话。1947年10月上海世界书局出版范泉主编的《文艺春秋》,发表小说《只有一只手》。

杨德昭(1896—1983) 广东大埔人。南社纪念会会员。早年就读于上海暨南学校,后肄业于上海南洋路矿学校。中国同盟会会员。1923年发起创办上海浦东联益中学。1924年入国民党上海市党部任职,次年回广州历任国民革命军第四军参议、驻京沪办事处主任、西南政务委员会驻京代表等职。在此期间还兼任财政部改良税捐委员会副主任、盐务处副处长、军事委员会参议、行政院参议等职。1925年在家乡创办百侯中学,1933年请其好友陶行知聘晓庄师范优秀教师和学生来校任教。1937年八一三淞沪抗战爆发后任第十九路军和第四军驻沪办事处主任。抗战胜利后移居香港,担任私营国华银行董事。1983年病逝于香港。

杨鹤廉(1888—?) 广东新会(今江门市新会区)人。南社社友、广东分社社员。1917年2月5日由李孟哲、蔡哲夫介绍入南社,入社书编号797。民国初年任广东省议会议员。1913年与人创办私立觉觉小学校,并附设幼儿班。1917年任广州第八甫《民意报》编辑,与南社社友卢博郎为同事,同年3月参加南社在广州六榕寺举行的广东分社第一次雅集。

求婚小史 言情小说。刘铁冷著,梦鸥女史评点。上海中原书局1936年11月重版发行。清末民初,上海风气渐变,女子逐渐具有开放意识,主动追求独立、爱情与自由之婚姻。此书主人公梅影在这种潮流的影响下,在报纸上登出了一则征婚广告,由此引发了一段凄惨的恋爱故事。在恋爱与婚姻中,才、财与貌三者相互角逐，彼此竞夺。梅影与其奴婢春花及痴云、润甫间跌宕起伏的四角恋爱，最后虽以“有情人终成眷属”为结局，但“几家欢乐几家愁”的悲愤也跃然纸上。小说以大量情书充当情节，为民国初年书信体小说的代表作之一。言词华丽。章节之后的点评有画龙点睛之妙，将作者对民国初年女性的关注与思考一一展现。

更生斋全集 诗文集。① 周祥骏撰。不分卷，5册。古邳新华石印局1944年石印本。高铁岭题签与署端。有琐语、诗集、诗话、文集、文附录、笺启、讲义篇。郭爱棠作《周风山先生全集序》。程一夔、张树璜撰《周风山烈士传》。郭爱棠分别作《更生斋琐语序》《更生斋讲义序》《周风山先生行述》《更生斋全集跋》。周道銮作跋。柳亚子等鉴定。② 周骏祥撰。5卷，2册。1962年铅印本。吴彦求署端。卷首有程先甲作《周风山烈士传》、郭海棠作《周风山先生行述》、张伯英作《周仲穆墓志铭》以及《周仲穆烈士纪念碑文》。卷一为文录，收文20篇。卷二为诗录，收诗102题。卷三为志林，收琐语14篇、讲义22篇、诗话16则。卷四为剧本，收剧本6部。卷五为附载，收郭爱棠作《周风山先生全集序》，宋育仁作《风山类稿序》，郭爱棠作《更生斋琐语序》，程先甲作《更生斋诗话序》，郭爱棠作《更生斋全集跋》，柳弃疾、高旭、胡韫玉分别作《哭社友穆兄》，周斌作《悼家仲穆》，黄忏华作《哭仲穆先生》，陈立言作《悼仲穆先烈五十韵》，吴箴作《挽仲穆先生》，刘瑞卿作《挽仲穆亡友》，刘弘济作《题仲穆先生象》等。

束咏功(1887—?) 江苏丹阳人。字颂军，号疏园。南社社友。1917年10月1日由姜可生介绍入社，入社书编号980。

两京同游草、知北游草、两京同游 游记诗集。高燮、高均、姚光、高基、高圭撰。6卷，合1册。民国年间刊印。胡韫玉作序。前有高燮、高均、姚光、高基作《联句》1卷。《知北游草》1卷，收高燮诗作23题，其中附有思齐、瑞之等诗作。《两京同游》4卷，分别收高均诗作7首、姚光诗作12首、高基诗作9首、高圭诗作6首。

丽白楼自选诗 诗集。林庚白著。1册。开明书店1946年初版。柳亚子题端并作《林庚白家传》。林北丽作《庚白的死》和序。含五绝3题、七绝25题、五律23题、七律86题、五古19题、七古17题。附虎尾前集、虎尾后集、丽白楼文剩、丽白楼词剩、丽白楼语体诗剩、丽白楼诗话上编、丽白楼诗话下编、虎穴余生记、博学轩诗存和更生集。

丽白楼遗集 诗文集。林庚白著，周永珍编。2卷，2册。中国人民大学出版社1996年第一版，列入“国际南社学会南社丛书”第一套。尹瘦石题端。有林庚白像等插图。柳无忌作序。有编例。含急就集、急就外集、舟车集、诗存、藕丝集、燹馀集、过江集、水上集、吞日集、角声集、虎尾集、文集、书信集、孑楼日记和小说集。附《林庚白自传》、柳亚子《林庚白家传》，《林庚白先生追悼会缘起》，李济深和柳亚子的悼词，林北丽《庚白的死》，姚鹓雏《答庚白》、林庚白挽幛和题林庚白遗著，陈衍《近代诗抄·林学衡》，黄淑仪《水上集序附》，林北丽《丽白楼自选诗序》《风风雨雨五十年》，周永珍《林庚白年表》《林庚白著作系年》。周永珍作编后记。

丽绡记 中篇言情小说。天虚我生(陈蝶仙)著。平装2册。中华图书馆1917年6月初版。叙述女主人公丽绡由父母作主许配给夕颜，丽绡逃往姐夫处。时丽绡之姐已难产而死，姐夫已娶继室，乃劝丽绡嫁给自己的朋友翟爱为妾，被丽绡拒绝。而翟爱也不满父母所择之妻，与自己的所爱一起投入革命党，将家眷托付给好友夕颜。在一次聚会上，丽绡遇见夕颜，才知他的风仪人品，遂与之成亲。

丽情集 散文集。沈东讷编。4卷，1册。上海小说丛报社1917年初版。有沈东讷序。收陈维崧、尤侗、杭世骏、黄之隽、袁枚、邵齐焘、吴锡麒、汪中、杨芳灿、孙尔準、孔广森、洪亮吉、张琦、张成孙、刘嗣绾、乐钧、彭兆荪、郭麐、徐嵩、曾燠、王昙、陈文述、孙原湘、金应麟、张泰青、王衍梅、董基诚、董佑诚、方履篯、洪符孙、洪齮孙、袁翼、刘承宠、蒋学沂、何栻、周寿昌、许丽京、黄燮、顾文彬、杨岘、徐锦、傅桐、庄受祺、汤成彦、俞樾、汪瑔、谭献、沈景修、管乐才、许景澄、易顺鼎、屠寄等人诗文。

励 平(生卒年不详) 浙江鄞县(今宁波)人。字寄洲，号天游。南社纪念会会员。

来台集 唱酬集。汪兰皋(文溥)编。1卷，1册。1920年铅印本。傅屯艮署端。汪兰皋、胡玉、傅熊湘分别作序。“来台”者，诗韵也。此书缘起于1919年五四运动前夕，湖南督军张敬尧等军阀在湖南为非作歹，恣意杀人放火、奸淫劫掠，湖南人民掀起了一场声势浩大的驱张运动。以傅熊湘为代表的湘籍南社社员积极投身其间，他们在驱张运动中的文学创作，在其他省籍的南社成员中引起很大反响并衍生出大量的与驱张运动相关的诗歌作品。傅熊湘和汪兰皋此时创作的诗作，皆用“来、台、哀、杯”四韵。一时间，南社社友中用“来、台、哀、杯”四韵赋诗与傅唱和者有25人，得五律174首、七律23首。汪兰皋选辑为《来台集》，排印以遗同人。胡朴安评价此集云：“南社集会，自为周实丹殉义集会以后，激昂慷慨之气，渐渐沉沦，至民国八年、九年，无复声矣。兹集亦稍见南社当年之精神也。”

来复社　社团名。1923年南社社友仲一侯与其父仲少卿于泰州发起创建。社名取义于易经卦名“七日一来复”之意。每周星期日集会一次，每次由值课者备茶点邀集，命诗题下周交卷，并请名人王野亭评阅作品分等第。社员有罗君惕、吴南生、程少初、陈执钺、程习朋、陈碧孙、许渊如、陆传义、王冠华、朱峻岑、刘引先、王退斋等。集会之地有泰州绿雨楼茶楼、中山公园荷花池、杨柳巷仲少卿宅3处。1935年左右停止活动。

轩亭冤　全名《中华第一女杰轩亭冤》，又名《鉴湖女侠传奇》《绘图秋瑾含冤传奇》。传奇。湘灵子（张心芜）著。上海振兴图书社1912年石印本。卷首有中秋痴云、蠡城剑侠、萧山庸闲叟、谢企石、越州狂士叙事、序及书后题辞等。卷末有作者自题《〈轩亭冤〉成，因题七绝八首于后》。该剧浓缩秋瑾的一生，“叙其遗事，述其冤情”。

时报　报纸名。1904年6月12日创刊于上海。创刊之初，有包天笑发表的小说《空谷兰》《梅花落》《妾薄命》等。1906年包天笑进《时报》，担任《时评》撰述，与陈景韩合撰《时评》，笔名“冷笑”，颇有声于世。1907年7月秋瑾就义期间，包天笑、王无生等发表时评，揭露清政府的专制与黑暗。1913年设立《余兴》专栏，发表包天笑、范烟桥、毕倚虹、周瘦鹃等文艺作品。1916年毕倚虹主编副刊《小时报》，发表趣味性文艺作品。1927年6月姚鹓雏任编辑，又发表时评百余篇，副刊改称《新光》，并将长篇小说《江左十年目睹记》以龙公的笔名发表。1937年2月14日起至1938年10月23日止，连载高吹万的日记，后出版单行本《吹万楼日记节钞》。1939年9月1日以后停刊。

时事评论作法　新闻学著作。郭步陶编著。平装1册。正中书局1937年初版，1947年再版。是一本系统、完整地论述时事评论写作的著作。共分5章：第一章“评论的本质”，阐述了“评论是什么？”“评论能做什么？”“评论有什么功用？”第二章“评论的种类”，将评论以性质（有说明、较量、判断、劝诫等）和地位（即在报纸上的位置）进行分类。第三章“评论的作法”，详解了撰评的步骤：题目的辨认、全篇的规化、修辞的注意。第四章“撰评者的修养”，指出撰评者提高自身修养和写作水平的要点：提高基础的知识、不断地观摩、偏私意见的铲除、透过一层观察问题。第五章为“结论”。该书每一论点都举实例说明，不厌其详；每章后还附各种问题，俾学者多有练习的机会。《时事新报》社主编薛农山为之作序曰：“概括叙述，旁征博引，别具一格，是每个评论记者最良好的参考书。”

时事新报　报纸名。1911年5月18日在上海创刊。由《时事报》扩版而来，为研究系机关报。潘公弼主持编务。1916年6月聘林寒碧主持编务，所写社论有30多篇。林庚白在其上发表文章多篇。邵飘萍也经常为其撰稿。1918年新文化运动期间，开辟《学灯》副刊，宣传新思想，为新文化运动重要宣传阵地，新文化运动中“四大著名副刊”之一。1949年5月上海解放后停刊。

吴山禺（1881—？）　浙江奉化（今宁波市奉化区）人。字杲明。南社社友。1915年由陈泉卿介绍入社，入社书编号514。民国初期任上海吴淞水产学校教员。

吴门纪游　诗集。高旭编。1907年春，高旭、陈去病、朱少屏、沈道非、刘三赴苏州游览，饮酒作诗，追慕先贤，后高旭将5人所作诗，辑集为1册，题为《吴门纪游》。此游使柳亚子萌发日后南社虎丘雅集之念头。

吴门依易生韵（其十）　诗篇名。七绝。苏曼殊作于1913年6月二次到江苏盛泽小住之时，刊于1914年5月《南社丛刻》第九集。抒写吴国都城的小红楼在烟云笼罩之下、绿树环抱之中，杨柳春风，系缚着片片远方来的船只。抒写自己住宿在春秋末年曾经是吴国都城的苏州，物是人非，沧桑百变，令人生无限伤感。融会古今，意象鲜明。

吴之良（1880—？）　江苏金山（今属上海）人。字恢善。南社社友。1913年12月由吴剑士、姚光、朱偶良介绍入社，入社书编号 390。

吴子垣(1883—1944) 广东香山(今中山)人。又名紫垣，字少微，一字少薇，号刚父，别署松庐、微子。南社社友、新南社社员。1917 年 5 月 10 日由蔡哲夫介绍入南社，入社书编号 893。青年时赴澳门、加拿大等地经商，后办学堂，组织体育会。1909 年归国后组织革命军，辛亥革命后参加广东北伐军。1914 年入广东法政专科学校，后毕业。1917 年任广州军政府自卫局局长。1919 年后在上海受命组织中国国民党第一分部，并创办《评论日报》。1923 年后任国民党上海市党部执行委员兼组织部长、建国军豫军北伐先遣队总指挥、孔教青年会主任委员兼讲师等职。1926 年参加孙文主义学会。后在上海、广东两地兴办义校、商校，创办孔教中小学校。1938 年在上海设立星光小学。1944 年病逝于上海。今人辑有《革命老人吴子垣先生文集》。

吴开先(1898—1990) 江苏青浦(今属上海)人。南社纪念会会员。早年就读于上海法政大学。毕业后任江苏省立松江中学教员，后创办思毅中学，任校长。1922 年加入中国国民党，并在上海大学就读。1925 年在上海东亚同文书院加入中国共产党。1926 年在上海当选为国民党二大代表，同时又与陈云、高尔松、高尔柏等在上海成立青浦旅沪学友会。曾参加上海工人三次武装起义。1929 年后历任国民党上海市党部执行委员兼组织部长、监察委员及常务委员、国民党中央候补执行委员、执行委员及国民政府立法院立法委员。1938 年 4 月任国民党中央组织部副部长。1939 年任上海统一委员会常务委员兼书记长。1946 年任上海市社会局长，后任市党部执行委员、党团统一委员会委员。1949 年去台湾。退出政界后以编书、经营书局为生，曾协助陈立夫出版《四书贯通》。1990 年 1 月 30 日病逝于台北。夫人夏淑芳，亦为南社纪念会会员。

吴天雁影 南社掌故。民国初年，南社诸子，如高旭、赵正平、杨济、冯心侠、庞树松、庞树柏等同游吴门，瞻虎丘，谒范坟，访五人墓，坐千人石，并合摄一影，题为“吴天雁影”。

吴　云(1894—?) 安徽歙县人。字阏父，号梅痴。南社社友。1915 年 3 月 23 日由陆澹安介绍入社，入社书编号 490。

吴中和(生卒年不详) 籍贯未详。新南社社员。

吴公虎(1904—1978) 广东儋州(今属海南)人。原名世璋，字一山，别署海南布衣。南社纪念会会员，画家。初从高奇峰学画，又师从高剑父和陈树人。后考入北京大学艺术学院，毕业后曾赴日本、南洋群岛等地考察美术，归国后任教于美术学校。1935 年 1 月与温克刚一起到上海举办书画赈灾展览会。1936 年 9 月中华美术协会主办第一届美术展览会时，被推为筹备委员。曾任北京政府参事，上海市政府专员，财政部苏北财政处长，江西省吉安县长，江西省政府秘书，国民党中央经济委员，广东省政府查禁委员，中山日报社长，广东省侨务处长等。1938 年到香港举办画展，所得款项赈济海南灾民，1947 年又在香港举办第二次个人画展。

吴立崇(1866—?) 江苏吴县(今苏州)人。字子翔，号寿梅。南社社友。1919 年 9 月 30 日由蔡哲夫、黄蕙、谢英伯介绍入社，入社书编号 1077。

吴邦钰(生卒年不详) 安徽人。字听雨。南社社友。

吴邦藩(生卒年不详) 浙江绍兴人。字桂轩。越社社友。1908 年 12 月毕业于山阴县学堂。1924 年任百合影片公司经理，1930 年任联华影业公司总经理。1937 年创刊《民族呼声》，宣传抗日。中华人民共和国成立后倡议联合各私营电影公司与上海电影制片厂合股成立公私合营长江影业公司，任私方代表兼常务董事。1952 年 1 月并入国营的上海联合电影制片厂，任副厂长。

吴有章(1883—?) 江苏武进(今常州)人。字镜予，号漫庵。南社社友。1912 年 10 月 21 日由陈蜕庵、胡寄尘、姚鹓雏介绍入社，入社书编号 320。

吴仲辉(1886—?) 浙江诸暨人。名霨，字仲辉。南社社友。1915 年 5 月 24 日由柳亚子介绍入社，入社书编号 526。民国初期任职于浙江第六师司令部。

吴企云(生卒年不详) 江苏金山(今属上海)人。女。名云，字企云。南社纪念会会员。其丈夫徐蔚南，亦是南社纪念会会员。

吴冰海(生卒年不详) 江苏无锡人。女。南社纪念会会员。20 世纪 30 年代初任上海市社会局秘书。其妹吴澍，亦为南社纪念会会员。

吴江三诗人 南社掌故。金松岑、陈去病与柳亚子的并称。因为他们的籍贯同属吴江，而且在辛亥革命前均以诗歌为武器鼓吹民族民主革命，为吴江诗坛增添了光彩，故名。

吴江沈氏长次二公剩稿 诗词集。沈眉若(昌眉)、沈颖若(昌直)著，沈有美编。1册。社会科学文献出版社1994年出版。列入国际南社学会编“南社丛书”。柳无忌作《南社丛书总序》。本书合《长公吟草》及集外诗暨《爨爨集》遗稿劫后拾零而成。附《长公吟草》的编印和现状、眉若夫子寿诞发刊诗集启、柳序、次公序、长公自序。集诗作318首、词作20首，有附录。

吴江诗录 诗集。陈去病编。26卷，4册。1929年铅印本，列入“百尺楼丛书”。钱崇威题签。《吴江诗录初编》4卷，萧蜕署端。陈去病作《吴江诗录自叙》。《吴江诗录二编》22卷，柳弃疾作《吴江诗录后序》。

吴抗云(1894—约1948) 江苏吴江(今苏州市吴江区)人。原名庭表，又名侬，字长寿，号抗云。南社社友。1917年10月10日由王大觉介绍入社，入社书编号987。1911年曾受业于沈昌眉、沈昌直兄弟，1913年随昌直师到吴江中学就读。1914年沈昌直受聘于无锡师范离开吴江后，因失师教而独身游走海上，耽于游乐。后经昌直师循循善诱，指明前途，诗词大有长进。1916年有诗集《分湖行吟草》，1918年又有《婉芳集》。抗日战争期间曾出任芦墟镇维持会会长。抗战胜利后郁郁而终。夫人赵君达，亦为南社社友。

吴县冢墓志 冢墓志。吴荫培、李根源编。2卷，1册。江苏苏州吴中保墓会铅印本，1931年9月增印。李根源题签。为《吴县志》(民国版)第40、41卷。所涉范围有吴县、长洲县、元和县范围，从周代以来的名人之墓以及平民义冢墓园等。王謇作《吴县冢墓志跋》。

吴沈时(1888—?) 浙江嘉善人。字企彭。南社社友。1917年6月由郁佐梅介绍入社，入社书编号921。民国初期任西塘天凝庄第四高等小学教员。

吴青霞(1910—2008) 江苏武进(今常州)人。女。别名德舒，号龙城女史，又号篆香阁主。南社纪念会会员，画家。早年毕业于武进县立女子师范学校，后随家移居上海。凡山水、人物、花卉以及翎毛、走兽都十分擅长，均能挥洒自如，以所绘鲤鱼、芦雁最为著名。曾与周炼霞、李秋君、陈小翠、顾青瑶等组织中国女子书画会。先后在加拿大、新加坡、印尼、意大利、瑞典、丹麦等国，以及香港、上海等地举办个人画展，获得许多荣誉奖。1949年后任上海中国画院画师、上海师范学院兼职教授、意大利欧洲学院院士，为中国美术家协会会员、上海美术家协会理事，又任民革上海市委委员、上海市政协委员。1979年10月受聘为上海文史研究馆馆员。著有《吴青霞画集》等。

吴其英(1894—?) 广东嘉应州(今梅州)人。女。原名畸，字奇隐。南社社友。1917年4月15日由其兄吴幹介绍入社，入社书编号869。

吴国镛(生卒年不详) 籍贯未详。南社纪念会会员。

吴秉钧(1872—?) 广东香山(今中山)人。原名权，改名秉钧，字衡之，号香山老衲。南社社友。1921年2月1日由蔡哲夫、谢英伯、高剑父、黄宾虹介绍入社，入社书编号1095。19世纪末在上海掌教惜余英文学塾，注重商务英文教育。民国初，学塾改名汉英务商学校，任校长，1912年7月又改名上海务商中学，学校注重商务专门学识及汉英文字，旁及各种有关商务职艺，培养商学全材。清末民初，其是英美租界艺术活动的常客，常作翻译解说之事，曾兼任在上海开业的德国律师佛盛的翻译。1914年为外国古玩商史德匿所编的一部《中华名画——史德匿藏品影本》彩色图录独立翻译成英文译本，促成第一部汉英合璧收藏图录的出版，并于次年7月正式向国内外读书界推出。当时《申报》《时报》《神州日报》等连登广告，称之为“二十世纪新发明”。1915年以年老辞去校长职。

吴泽庵(1884—1925) 广东揭阳人。名沛霖，字泽庵，号觉非，别署梅禅、礐石山楼主、人隐楼主等。南社社友。1913年3月16日由高燮、姚光、高旭介绍入社，入社书编号367。1902年考中秀才。后就读于榕江书院、广州两广优级师范学校。毕业后热心办学，先后执教于榕江书院、礐石中学、新加坡端蒙学堂等校。1911年回家乡创办守约学校。并在《国学丛选》上与高燮反复商谈国学情事。工诗擅画，尤精画梅。著有《谈艺录》《梅禅室诗存》等。辑有《泽庵诗集》，撰有《觉非说》。

吴定九(1890—1930) 江苏嘉定(今属上海)人。名鼎，字定九，号伯子。南社社友。1912年11月24日由朱少屏、胡寄尘、王培孙介绍入社，入社书编号361。早年就读于上海南洋中学，1911年毕业后留学日本，入名古屋高等工业专门学校习土木工科。1919年回国，供职于北京市政公所，曾主持“公理战胜纪念碑”牌坊设计，兼职经营《京报》。1923年辞去前职，专任《京报》经理之职。1925年建成的《京报》馆新大楼即由其勘测、设计，并负责监工建造，镌刻在楼顶上端的“京报”两字及《京报》报头亦出其手笔。管理之外还从事采访写作。著有《新闻事业经营法》等，合译有长篇科幻小说《人耶非耶》。

吴肃群（1884—？） 广东梅县（今梅州）人。南社社友。1917年6月19日由何震生介绍入社，入社书编号917。曾在南洋八打威八帝宫中华学校任教。

吴孟芙（1893—1972） 浙江杭县（今杭州）人。女。名蓉，字孟芙。新南社社员。好书画，能习大小篆暨西洋水彩画。早年就读于上海竞雄女校，毕业后留校任国文教员。1913年春陈去病介绍其为黄宾虹门下习中国画法。1923年10月14日新南社成立后，担任新南社第一届干事职务。同年冬参加第一、二和第三次岁寒社雅集活动。叶楚伧原配夫人周湘兰殁后，1923年10月10日与叶楚伧结婚。其父吴灏，为南社纪念会会员。

吴绍裘（1887—1928） 江苏吴江（今苏州市吴江区）人。字鸣冈。南社社友。1916年6月4日由陈洪涛、黄复介绍入社，入社书编号619。1928年8月20日在乡里病故。

吴相融（1888—1949） 江苏吴江（今苏州市吴江区）人。原名炳蔚，字豹军，号破虏。南社社友、新南社社员。1910年12月18日由朱少屏、柳亚子介绍入南社，入社书编号103。早年与柳亚子同属同里自治学社。1905年加入柳亚子发起组织的自治学会，支持柳亚子创办《自治报》（后改名《复报》）。1906年春赴上海入健行公学就读。1911年2月参加在上海愚园杏花村举行的南社第四次雅集。同年毕业于上海南洋中学。1917—1920年任江苏昆山县县长，后任丹阳县县长。1922年7—8月间参加在上海福生路（今罗浮路）俭德储蓄会举行的南社临时雅集。1934年再次出任昆山县县长。1937年供职于陕西省洋县政府。抗战期间曾去重庆国民党中央党部任职。

吴钦业（1880—？） 江苏金山（今属上海）人。字一清。南社社友。1912年8月由高旭、姚光介绍入社，入社书编号341。其弟吴钦嶅，亦为南社社友。

吴钦嶅（1894—？） 江苏金山（今属上海）人。字心庵。南社社友。1915年9月由朱偁良、金兰畦介绍入社，入社书编号561。其兄吴钦业，亦为南社社友。

吴修源（1884—？） 江苏金山（今属上海）人。字汉叹，号信三，又号省三。南社社友。1912年3月5日由柳亚子、陈陶遗、俞锷介绍入社，入社书编号223。中国同盟会会员。1912年9月中旬至1916年11月参加南社在北京举行的第一、二、三、八次北京雅集。1949年4月16日参加在北京中山公园来今雨轩举行的南社、新南社最后一次联合临时雅集。夫人余铭，亦为南社社友。

吴剑士（1877—？） 江苏金山（今属上海）人。名锐，字剑士。南社社友。1912年11月24日由高旭、姚光、钱攘白介绍入社，入社书编号360。1912年加入刚组建的中国国民党。

吴炼才（生卒年不详） 籍贯未详。新南社社员。与叶楚伧交好，曾撰叶楚伧墓志铭。

吴郡西山访古记附镇扬游记 游记。李根源撰。6卷，线装1册。上海泰东图书局1926年铅印本。李根源题签。李曰垓署端。《吴郡西山访古记》5卷，记录作者从1926年2月29日到4月19日的旅游经历。张一麐、金天羽、赵藩、孙光庭、亢惟恭分别作《吴郡西山访古记序》。赵藩作《谒郝将军李中丞墓记书后》，王謇作《虎丘金石经眼录跋》，何秉智、方树梅分别作《吴郡西山访古记跋》，吴颖芝、赵藩、陈直、李维源、尤志逵分别题辞（卷一至卷三为日志，卷四为一些见闻的补叙。卷五为《虎丘金石经眼录》记载此地自后周至清代的碑刻的情况）。《镇扬游记》1卷，邓尔疋署端，陈荣昌作序，李维翰题词，记录作者从1926年8月29日到9月3日镇扬游。赵藩作《镇扬游记书后》。

吴眉孙（1878—1961） 江苏丹徒（今镇江）人。名清庠，一名庠，字眉孙，号寒竽，别署竽公、竽叟、双红豆斋主等。南社社友、南社纪念会会员。由社友介绍入南社，未填写入社书，介绍编号26。清优贡。1896年中秀才。1914年与叶玉森等人发起成立海门吟社，参加午社、丽则吟社。工诗词，与吟社中蔡芝眉有“社中二眉”之称。寓居北京时，1916年11月参加在北京中央公园举行的南社第八次北京雅集。曾一度担任梁士诒秘书，并任北京审计院编纂处处长、北京交通银行秘书处处长等职。1953年6月受聘为上海文史研究馆馆员。著有《寒芋词》《绿幺韵语》。

吴素秋(1889—?) 江苏镇江人。女。名粲,字素秋。南社社友。1912年5月12日由柳亚子、郑佩宜、朱少屏介绍入社,入社书编号274。

吴恭亨(1857—1937) 湖南慈利人。字悔晦,号岩村,别署弹赦。南社社友、南社湘集社友。1917年1月1日由傅熊湘介绍入南社,入社书编号782。清诸生。一生以游幕、教读为业。1900年曾因唐才常案牵连入狱。辛亥革命后赴长沙被举为湖南省议会议员,后又佐门人唐牺支荆州军幕僚。好作碑传铭志之文。工诗,诗亦诡异。喜刻书。著有《对联话》《悔晦堂诗集》《弹赦集》等。

吴恭亨自作墓表 南社掌故。南社吴恭亨,字悔晦,喜好作碑传铭志之文。生前他自作墓表,述其生平,可代传略。《墓表》云:"吴悔晦,慈利人。少年称生员,读书应举,为功名人。喜言利害兴革,抵隙贪官污吏,是为畸人。清庚子,牵连陷狱,是为党人。辛亥反正,被推湖南特别省议会议员,是为法人。"文末曰:"诗人吴氏,名恭亨。有三子八孙。自题墓之岁,年六十六,县志再杀青前一月也。"

吴桐坡(生卒年不详) 湖南凤凰人。原名侃,字运陶。新南社社员、南社湘集社友。

吴家骅(1893—1937) 江苏吴江(今苏州市吴江区)人。字介庵,也作介安。南社社友。1917年2月15日由黄复介绍入社,入社书编号808。幼时研习诗词、文章,一手小楷工整清丽。参加酒社,与柳亚子、顾悼秋、周云、陈洪涛等人杯酒言欢,作诗填词。亦喜藏书,家有"绿野草堂",专门用于藏书和写作。

吴容斋(生卒年不详) 籍贯未详。南社社友。由社友介绍入社,未填写入社书,介绍编号46。

吴梦非(1893—1979) 浙江东阳人。幼名贻毂,学名翼荣,笔名嘉白、嘉平。南社社友。1916年9月由李叔同介绍入社,入社书编号697。早年师从李叔同、马叙伦、姜丹书等习音乐、美术。1915年到上海城东女学任教。次年起在杭州浙江省立第二师范学校、江苏省立上海第二师范学校、上海爱国女校、南洋女子师范学校、上海大学等校教授音乐、图画。后任上海美术专科学校教务主任及艺术教育系主任,兼讲授音乐理论。1919年与丰子恺和刘质平共同筹设上海专科师范学校,任校长,并主编《艺术评论》刊物。1920年发起组织中华美育会和全国艺术协会,与丰子恺、刘质平、欧阳予倩、姜丹书等创办《美育》杂志,任总编辑。1926年离开上海艺术大学去宁波担任浙江省立第四中学音乐教员,并兼授育德女学及宁波工业学校音乐课。次年又兼白马湖春晖中学课程。半年后应邀赴杭州任浙江省立高级中学音乐课教师及艺术系主任。1933年担任《音乐教育》杂志特约撰稿人,同年11月又参与发起组织百川书画会,当选为第一届理事会理事。后又任国民党中央党部宣传干事、浙江省教育厅督学等职。1937年浙江省教育厅曾计划筹设省立音乐馆,被聘为筹备副主任。中华人民共和国成立后历任浙江省文联组织部副部长、上海音乐学院教务处副主任等职,参加编写《中国近现代音乐史》教材。编著有《和声学大纲》《中学新歌选》等。其作品由女儿嘉平汇编成《圆梦集》出版。

吴 梅(1884—1939) 江苏长洲(今苏州)人。字瞿安、癯庵,又字灵鳷,号霜厓、霜崖,别署逋飞、厓叟、东篱词客等。南社社友,戏曲理论家、藏书家。1912年3月20日由柳亚子介绍入社,入社书编号236。清诸生。1903年赴上海东文学社习日文。次年成为《二十世纪大舞台》杂志撰稿人之一。1905年至东吴大学堂任教习。1907年8月参加在上海愚园举行的神交社雅集。1909年至开封府作幕僚,数月后返吴县。1910年任江苏存古学堂监学。武昌起义后在《江苏大汉报》任职,后先后任江苏省立南京第四师范学校、上海民立中学教员。1917年后历任北京大学、北京高等师范学校、东南大学、中山大学、中央大学、金陵大学、上海光华大学等校教授,讲授古乐曲、金元散曲、词曲等课程,培养了众多戏曲研究家和教育家。1939年3月17日病逝于云南大姚。曾发起成立春音词社、潜社、琴社、六一词社等。精通曲律和戏剧,长于文词及制谱,为我国近代著名的曲学大师,与王国维并称两大家。生平著述等身,著有《曲学通论》《中国戏曲概论》等。另有《霜厓诗录》《霜厓词录》等。今有《吴梅全集》行世。

吴梅与昆曲 南社掌故。吴梅(字瞿安)年青时受教于唱曲名家俞粟庐、诗人陈三立、词家朱祖谋,精于词曲之学。夏敬观说:"瞿安为曲学泰斗。"他还参与倡导"苏州昆曲传习所",为俞振飞及传字辈昆曲传人讲课,进行表演,以示声情。汪东在《寄庵随笔》中说:"南北歌伶中能昆曲者,必就正瞿安,瞿安亦乐教之。弋阳腔与昆近,班中旦角,有韩世昌者,受瞿安指点,自附门下，誉骤起。歌《刺虎》一折，听者满座。”吴梅为振兴昆曲，先后参加苏州道和曲社、南京紫霞曲社及潜社。

吴雪东（生卒年不详） 籍贯未详。南社社友。由社友介绍入社，未填写入社书，介绍编号47。1913年5月参加在北京城南崇效寺举行的南社第三次北京雅集。

吴 淇（1897—?） 江苏吴江（今苏州市吴江区）人。字敏於，号茗余。南社社友。1917年9月29日由柳亚子、王大觉介绍入社，入社书编号967。出身于儒商之家。早年在平望县立第七高等小学任教员，平时好练习书法和丹青，亦喜吟诗填词。后加盟酒社，与柳亚子等人常以诗词唱和。为人潇洒、幽默而又滑稽，好结交文人墨客。

吴绮缘（1898—1949） 江苏武进（今常州）人。名惜，字绮缘，一字起原，笔名天猫、冷红女士。南社社友。1917年9月5日由姚民哀介绍入社，入社书编号958。少时即开始写小说《冷红日记》，发表于《小说月报》，后又在《小说丛报》上连载短篇小说《反聊斋》。20年代初在《解放画报》《星光》《小说新报》等杂志发表短篇小说《偶鬼》，长篇小说《军阀混战记》《奇人奇事录》等。抗战期间全家避居上海，为华盛烟草公司做广告，撰写小说《小桃红》《回春之曲》《宦海浮沉录》等，与公司广告一并刊于《新闻报》，广告效果奇佳。除前述之外，还著有小说《芙蓉娘》《游侠外传》等。

吴 琦（生卒年不详） 江苏武进（今常州）人。女。字秀民。南社纪念会会员。其丈夫王远勃，亦是南社纪念会会员。

吴景文（生卒年不详） 籍贯未详。新南社社员。

吴 幹（1884—?） 广东嘉应州（梅州）人。字小枚。南社社友。1911年6月14日由高旭、朱少屏介绍入社，入社书编号156。其妹吴其英，亦为南社社友。

吴 楚（生卒年不详） 湖南平江人。字焕熙。南社湘集社友。1936年10月参加在长沙赐闲园举行的南社湘集第十四次雅集。

吴楚昌（1901—?） 安徽庐江（今合肥）人。字逸尘。南社社友。1917年12月1日由朱少屏、李敬婉介绍入社，入社书编号1001。民国初期就读于上海澄衷中学。

吴 虞（1872—1949） 四川新繁（今成都市新都区）人。原名永宽、姬传，一名吾，字又陵、幼陵，号爱智，笔名吴吾，别署不丘生、启明翁、饮水居士等。南社社友、新南社社员。1917年3月12日由柳亚子、谢无量介绍入南社，入社书编号834。1891年入成都尊经书院习经学。1905年赴日本东京法政大学留学，主编《醒群报》。1907年毕业回国，先后任嘉定府中学堂（乐山第一中学前身）、成都府中学堂、官办法政学堂等校教员，一度主编《蜀报》。辛亥革命后一度担任《西成报》总编辑、《公论日报》主笔、川西道署代理内务科长、四川《政治公报》主编等。1918年起先后在成都国语专门学校、四川法政学校及国学专门学校教授国文、法制史、文学史。1919年五四运动前后，在《新青年》杂志发表《家族制度为专制主义之根据论》《吃人与礼教》《说孝》诸文，对封建礼教和儒家学说予以严厉抨击。1921年被北京大学聘为国文系教授，又任北京高等师范学校国文系教授。1923年加入新南社。1925年新南社旅京同人于中央公园水榭宴集。同年8月离京返回成都。次年初在成都公学任教，后被成都大学聘为教授。1931年成都大学、四川大学、成都师范大学三校合并为国立四川大学后，在该校讲授国文和诸子文。1933年因遭尊孔复古派的排斥与打击，被迫去职。此后潜心佛礼，过隐居生活。1949年在成都病逝。著有《秋水集》《吴虞文录》等，编过《骈文读本》《宋元学案粹语》等。今有《吴虞集》。夫人曾兰，亦为南社社友。

吴虞

吴虞日记 日记。吴虞撰，中国革命博物馆编。2册。四川人民出版社1984年出版。有作者肖像照片。从宣统三年（1911年）至1947年。有评学术交游，涉及廖平、黄侃、谢无量、柳亚子等数百人的学术动态。特别是蜀中戏曲演出史料百余则，含戏院、剧种、剧名、演员及顾曲短评。

吴虞·易白沙 文选集。吴虞、易白沙著，李玉刚编。1册。人民日报出版社1999年第一版，“五四风云人物文萃”之一。有吴虞、易白沙像。丁守和作“五四风云人物文萃”序。李玉刚作“反孔非儒两斗士”。收吴虞作品23篇、易白沙作品5篇。

吴虞集 诗文集。吴虞著，赵清、郑城编。1册。四川人民出版社1985年初版。前有吴虞像片和吴虞著述照片。赵清、郑城作前言。收文章59篇、诗400余首、书信21通。附吴虞妻曾兰文7篇、小说1篇，青木正儿《吴虞底儒教破坏论》，范朴斋《吴又陵先生事略》和赖鸿翻、周裕冕《吴先生墓志铭》。

吴愈材(生卒年不详) 湖南慈利人。字楚良。南社湘集社友。

吴静山(1895—1977) 江苏江阴人。新南社社员、南社纪念会会员。早年毕业于北京高等师范学校。1932年进入上海市通志馆，兼任中国公学教授、新亚书店编辑部主任等职。30年代与徐蔚南等发起成立上海通社，编辑《上海研究资料》正、续两集。后这些资料曾汇编成"上海通社丛书"3集出版，尔后上海通社又辑刊"上海掌故丛书"。抗战胜利后任上海市文献委员会编纂主任。中华人民共和国成立后历任上海历史与建设博物馆筹备处副主任、上海市文物保管委员会地方历史研究部主任等职。长期从事上海地方历史研究，编有《上海史料丛编》等。

吴慕尧(1877—1914) 贵州黎平人。名鼐，字慕尧，一作慕姚，号虎头。南社社友。由社友介绍入社，未填写入社书，介绍编号45。1908年由贵州德政中学保送至京师大学堂，后肄业。1912年加入中国同盟会，并任天津《国风日报》编辑、主笔。因揭露袁世凯篡权阴谋、报馆被封而逃离天津。1913年二次革命时任南京讨袁军总司令部秘书，二次革命失败后逃至上海。又为反对袁世凯独裁统治，多次谋划，联络党人，不料被奸人告发，遭逮捕解往北京。1914年12月24日在北京就义。

吴慕尧

吴震中(1890—?) 江苏昆山人。女。字启华。南社社友。1910年由其丈夫冯余生介绍入社，入社书编号71。早年毕业于北京师范学堂。

吴 澍(生卒年不详) 江苏无锡人。女。南社纪念会会员。20世纪30年代初曾任沪宁、沪杭甬两路局科长。其姐吴冰海，亦为南社纪念会会员。

吴履泰(1894—?) 广东揭阳人。字砥如。南社社友、广东分社社员。1917年2月12日由蔡哲夫介绍入南社，入社书编号806。早年毕业于广东高等师范学校。1917年3月参加南社在广州六榕寺举行的广东分社第一次雅集。

吴 灏(生卒年不详) 浙江杭县(今杭州)人。字子琴，号半山，又号木石居士。南社纪念会会员。叶楚伧岳父。其女吴孟芙，亦为南社纪念会会员。

足本三国演义 章回小说。罗贯中著，赵苕狂编。2册。上海文艺出版社、世界书局1934年初版。有三国形势图、编者本书特点、赵苕狂三国演义考、编者标点符号说明、毛宗岗凡例和清溪居士原序。附《赵苕狂人名辞典》《李崇孝地理辞典》。

足本聊斋全集 诗文集。蒲柳泉著，路大荒、赵苕狂编。2册。上海世界书局1936年初版。有蒲柳泉居里、墓、墓表和真迹等插图。路大荒编蒲柳泉先生年谱。有胡适跋张元的蒲柳泉先生墓表。赵苕狂作聊斋全集序和编余随笔。有淄川土语辞典。含聊斋文集、聊斋诗集、聊斋词集、聊斋鼓词集和聊斋俚曲集等。

邮吻 新诗集。刘大白著。上海开明书店1926年12月出版。作者继《旧梦》之后的第二部诗集，共收1923年5月至1926年5月写的诗共31首。内容风格不一，有《卖花女》反映卖花女可怜，贫富不均，含义深刻，反映现实的诗；有《深秋晚眺》《秋晚的江上》这样写深秋晚景的写景诗；有表现卿卿我我、委婉缠绵的抒情诗，如《邮吻》《别后之泪》《双笑》等。诗集中以抒发内心感受的诗篇居多，在一定程度上流露出孤寂、伤感、惆怅的情绪，与早期揭示民间疾苦、具有强烈反帝反封建的作品相比，社会价值与意义不大，但在探索人生意义上具有较鲜明的时代特色，并且在情感的表现上真挚动人，诗意更为圆熟。语言明白晓畅，通俗平易，受传统旧诗词影响比较明显。

呐喊 现代白话小说集。鲁迅著。是鲁迅1918—1922年所作的短篇小说的结集，1923年8月由新潮出版社出版，集中有《狂人日记》《药》《孔乙己》《明天》等小说14篇及自序1篇。作品真实地描绘了从辛亥革命到五四时期的社会生活，揭示了种种深层次的社会矛盾，对中国旧有制度及陈腐的传统观念进行了深刻的剖析和彻底的否定，表现出对民族生存浓重的忧患意识和对社会变革的强烈渴望。以严谨的现实主义手法，形神兼备的艺术形象，巧妙的艺术构思，揭示了深刻的社会问题，反映了整整一个时代。

吹万以诗见赠次韵酬之 诗篇名。七律。丁三在作。高燮赠诗《柬丁不识展庵》给丁三在,作者即次其韵。本篇记述曾与高燮有西湖十日游,彼此交情甚笃,披肝沥胆,真诚相见,表示作者与高燮之间文字交往,这种深厚的缘分就是神仙眷属也难修炼到,抒写了实现与高燮共游杭州西溪的约定,一起泛舟于秋水芦花之中。语言于平易中见精准,格律在工巧中透出自然。

吹万楼日记节钞 日记。高吹万著。为1937年正月至1938年9月期间,先生夫妇藉扶乩术与其亡幼女韵芬(1936年岁末亡故)谈话或唱和之作。爱女生前不精佛学,死后极融通;生前不甚能诗,死后则清丽异常,此一奇也;日记中又及扶召已死亲友谈话,皆符合事实,口吻宛然,此又一奇也;日记中又及阴间官制与其他,真若另一组织,此又一奇也。有此三奇,作者愿意将日记公之于报端,以供世上之研究神鬼学者参阅。故此,吴灵园于1938年秋始将之刊于《时报》。后于1940年仲春,由顾芷庵加以标题,刊为单印本,并有金松岑、鲁启亭、陈师诚、江惟一、朱寿仁、佛裔、毛蔚文、胡朴安、姜烈等作序,沈维、董玉书、王希曾、陈杜、崔龙、孙沧叟、苏息、顾视高、周东方、郑雪心、瞿镜人等人题词。

吹万楼文集 文集。高燮撰。18卷,6册。金山高氏1941年刻本。孙儆题签。黄宾虹署端。金天羽、谈文灯、金兆蕃、温廷敬、胡朴安、叶玉麟、王大隆、唐文治和沈维贤分别作序,收有论辩22篇、序跋62篇、书牍77篇、赠序9篇、传状30篇、碑志19篇、游记5篇、杂记9篇和铭颂哀祭题像22篇。附《愤悱录》1卷。

吹万楼诗 诗集。高燮、高吹万、高君介、高君藩、高君湘、高君岳编。18卷,线装4册。袖海堂1947年铅印本。台湾中文听阁图书有限公司2009年再版。封面有钱崇威题签。内封由陈名珂题写"吹万楼诗十八卷"。卷首有孙儆、瞿蜕、姚鹓雏等序。卷末附沈世骐校后记。录1899—1947年诗1 883首。

我与文史掌故 回忆录。郑逸梅著。1册。文汇出版社1992年初版。有郑逸梅近影等照片6帧。含弁言、我与渊如同日生、买看不懂的书、一本作文簿、名师门下、师弟情等47篇。

我之农业计划 农业研究。丁逢甲撰。1册。民国年间抄本。作者曰:"逢甲生长田间,喜谈农政,虽非专家,夙有研究。窃谓我中国而欲转贫为富、转弱为强,惟有师商鞅之尽地力、广生殖、规划振兴最为上策。"有"绪言""农田""垦殖""蚕丝""茶""棉""森林""牧""渔"篇。

我们的父亲柳亚子 回忆录。柳无忌、柳无非、柳无垢著。1册。中国友谊出版公司1989年初版。尹瘦石题签。前有邓颖超《缅怀柳亚子先生》和屈武《亚子先生今不朽、诗文湖海同长久》。含分湖大胜柳家、童年与少年时代的教养、从满清秀才到中国同盟会会员、父母亲的婚礼、苏州虎丘——三百年无此盛会、革命历程的开端——讨袁笔战、二十世纪大舞台、李宁私淑弟子等30篇回忆文章。附柳亚子年表等。

我对于教育之今昔意见 教育学著作。邹鲁著。1册。商务印书馆1945年初版。邹鲁署端。含自序、教育与和平、全国国民皆受高等教育原则案、改革现行教育制度、改革现行学制之商榷和再论寒假暑假及缩短修业年限等篇。

我在六十岁以前 自传。马叙伦著。全1册。1947年6月第一版,1983年生活·读书·新知三联书店根据作者遗留的校订本重排再版。作者从家世、脱蒙、求学于杭州养正书斋开始,自述60岁之前曾任浙江都督府印铸局局长,上海《大共和日报》、上海《国粹学报》《大共和日报》编辑、总编辑,清华大学、北京大学教授,北洋政府和国民党政府教育部次长等职业经历。其间历经辛亥、"五四"、抗战等时期,也记述了积极投身反帝反封建民主革命、抗日救亡爱国活动的经历。作为学者的他,其间也在文字学、金石学、训诂学、老庄哲学等领域写出《古书疑义举例札迻》《庄子札记》《六书解例》等。自叙朴素平实,展现了作者从事政治活动和教育的人生经历。

我在西湖出家的经过——李叔同回忆录 回忆录。李叔同著。1册。华夏出版社2008年第一版,列入"中国现代名人回忆录文丛"。含自述日记8篇、书信往来20篇、佛学讲演24篇和消息杂言17篇。附李叔同年谱。

我和朱鸳雏的公案 南社掌故。篇名。柳亚子与朱鸳雏发生关于宋诗的争论,最后把朱鸳雏驱逐出南社。事后,柳亚子写了一篇《我和朱鸳雏的公案》文章,抱着坦白后悔的态度,详细叙述南社内讧闹得最厉害的这一件事的前因后果。

我的歌 儿童诗歌。胡寄尘著,姜书琴编。1册。上海商务印书馆1934年发行。书中有《早起》《早操》

《勤学》《游戏》《猴戏》《唱山歌》《卫生歌》《磨豆腐》《月亮》《催眠歌》等十几首儿歌，编排得当，把小朋友一天的生活都用儿歌串起来。每首儿歌都朗朗上口，内容健康向上。所配诗画童趣盎然，是一本图文并茂的儿童读物。

利溥集·神功济众水十周征文 中药诗文。张洗桐(心芜)编。2册。上海济众报社1914年出版。集钱锡麟、邹鲁望、赵穆诗、汪元文、杨南邨、吴耳似、张洗桐、翟楚材、徐古裳、李怀白、吴觉民、霍天民、马千里、黄连璧、花月魂、谢家燕、垂虹亭长等各界名流百余人的序、跋、诗、词、联、歌曲等各类作品，赞扬神功济众水(航海止呕吐药)。另有神功济众水创始人施德之、编者张洗桐和敬贺者的像片。

秀水董氏五世诗抄 诗集。徐珂编。1卷，1册。上海书店出版社1994年影印本。《丛书集成续编·集》第一百五十四册。据"天苏阁丛刊"二集之五本影印。收董世勋、董鸿、董涵、董棨、董燿、董念棻等诗作75首。徐珂作跋，中有"秀水董氏，文献之家也。夙闻以诗书画闻于时者五世矣"语。

何元文(1891—1986) 湖南醴陵人。字少悌。南社湘集社友。早年毕业于北京中国大学。后任长沙建国中学校长，曾任湖南省资兴、衡阳、常宁等县县长，湖南省民政厅秘书、建设厅代理厅长等职。1932年任长沙市政筹备处处长，翌年任长沙市第一任市长。1935年10月参加在长沙怡园举行的南社湘集第十二次雅集。1949年去香港，后到台湾任中坜圆光寺佛学讲习所、新竹光复中学、新竹师范学校等校国文教员。

何心冷(1898—1933) 江苏苏州人。新南社社员。早年毕业于北平国民大学。1921年进入国闻通讯社，1924年在《新南社社刊》撰有《不如归的一幕》一文，同年又任上海《国闻周报》编辑。1926年参与筹组新记公司，续刊天津《大公报》，并主编《大公报》的第一个综合性文艺副刊《艺林》，后又主持《铜锣》《小公园》等副刊编辑，主办《电影》《儿童》《摩登》等专刊。其所编辑的这些副刊内容归类，形色多样，为《大公报》增色不少。因办副刊成名，被誉为"中国现代报纸副刊的开拓者"。擅书魏碑体字，报上的小刊头大多出于其手。亦喜写小说，发表有《战地归鸿》《老人的心》《边外英雄记》等。

何扬烈(生卒年不详) 湖南长沙人。字仲伟。南社湘集社友。

何亚希(1877—1966) 江苏金山(今属上海)人。女。名昭，字亚希，号亚君。南社社友。1909年与其丈夫高旭同时入社，入社书编号4。幼时在家中受到良好的教育，入女塾读书，课余泛览新书新报，倾向新潮。务本女校毕业后，在无锡竞志中学任教。1904年与高旭相识，互通情愫。1906年高旭创建健行公学时，举行新式婚礼，开风气之先。又任金山钦明女校校长。1909年高旭倡立南社，曾参与南社成立前的先期工作。抗战期间迭任教职。1962年7月受聘为上海文史研究馆馆员。著有《华曼室诗》，已佚。

何亚希

何冰甫(生卒年不详) 广东南海(今广州)人。南社湘集社友。

何荣光(1877—?) 湖北安陆人。字澹香，号宝生。南社社友。1917年2月10日由汪洋介绍入社，入社书编号804。

何香凝(1878—1972) 广东南海(今广州)人，生于香港。女。原名谏，亦名瑞谏，别署双清楼主。新南社社员，中国民主革命家。廖仲恺夫人。1902年赴日本东京目白女子大学等校就读。1905年8月参加中国同盟会，为同盟会中第一位女会员。1911年回国参加辛亥革命。二次革命失败后流亡日本，加入中华革命党。参加孙中山领导的讨袁和护法运动，后与廖仲恺一道协助孙中山改组国民党，1924年出席国民党一大，被推选为国民党中央妇女部长，并出版《妇女之声》旬刊。并与陈树人、经亨颐、柳亚子等筹组寒之友社。1926年国民党二大时当选为中央执行委员，并续任妇女部长。1927年四一二反革命政变后，回广州创办仲恺农工学校。1928年3月任上海政法学院校产整理委员会委员，同年曾赴南洋举办画展。1929年旅居法国。1931年11月回沪。1932年一·二八淞沪抗战时为十九路军征集军用品、慰问品，并与宋庆龄等在蒲石路(今长乐路)公时中学创设伤兵医院。1934年参与

何香凝

倡设中华民族武装自卫委员会。1936年七君子事件发生后与宋庆龄等发起救国入狱运动,并与沈钧儒等组织全国各界救国联合会,当选为执行委员。1937年七七事变后在上海与许广平、史良、沈兹九、胡子婴等发起成立中国妇女抗敌后援会,任主席。抗战胜利后参与筹组中国国民党民主促进会。1948年1月与李济深、冯玉祥、谭平山等组织中国国民党革命委员会,任中央常务委员。1949年9月出席第一届全国人民政治协商会议。中华人民共和国成立后历任中央人民政府委员、政务院华侨事务委员会主任、全国人大常委会副委员长、全国政协副主席、民革中央主席、中国美协主席及全国妇联名誉主席等职。1972年9月1日病逝于北京。能诗擅画,尤工画虎和松、梅。著有《回忆孙中山和廖仲恺》《何香凝诗画集》《双清文集》等。

何香凝美术馆 位于广东深圳华侨城。1996年3月1日动工,1997年4月18日正式开馆。建筑面积5 000余平方米。是中国第一个以个人名字命名的国家级美术馆,也是继中国美术馆之后的第二个国家现代博物馆。以收藏、陈列、研究何香凝书画作品为主,亦将关注相关的美术家并对美术史料加以整理、保存,并组织海内外高品位的美术展览与精品典藏。

何 觉(生卒年不详) 广东顺德(今佛山市顺德区)人。字觉夫。南社湘集社友。

何振镛(1900—1973) 湖南长沙人。字静涵,号磊龛。南社湘集社友。曾任湖南省零陵县县长、湖南省盲哑学校校长、省救济院副院长等职。1935年10月参加在长沙怡园举行的南社湘集第十二次雅集,次年3月又参加在长沙定王台举行的第十三次雅集。1961年2月受聘为上海文史研究馆馆员。

何竞南(1893—?) 江苏金山(今属上海)人。名痕,字竞南,号钟伊,别号瘦秋。南社社友。1910年由高旭介绍入社,入社书编号64。著作见《南社丛刻》。为南社社友何亚希从弟。

何雅选(生卒年不详) 广东南海(今广州)人。南社湘集社友。

何惺常(生卒年不详) 广东顺德(今佛山市顺德区)人。字惕若。南社湘集社友。

何 瑞(1877—?) 广东新会(今江门市新会区)人。字玉宸,号荔村。南社社友。1917年4月1日由释铁禅、刘西航、蔡哲夫介绍入社,入社书编号826。

何慕韩(1868—?) 江苏松江(今属上海)人。字野臣,号绿野耕夫。南社社友。1910年由卢淦介绍入社,入社书编号89。

何震生(1887—?) 江苏金山(今属上海)人。名聿慈,曾名佐新,字震生,又字振新,别号公脑。南社社友。1909年由高旭介绍入社,入社书编号24。早年与柳亚子为爱国学社同学,并介绍柳亚子与朱少屏、高旭相识。1911年毕业于上海南洋中学。曾赴南洋群岛爪哇泗水,在华侨商会办的中华学校任教员,与南社社友张云雷为同事。著作见1915年《甲寅》月刊。

何凝冰(生卒年不详) 籍贯未详。新南社社员。

但杜宇和殷明珠 传记。郑逸梅著。1册。上海文艺出版社1982年初版。有但杜宇、殷明珠像和桃花梦、传家宝剧照。含早期电影在我国、贵州广顺但氏的世系、但杜宇的画艺与影艺、殷明珠的家世和她的行径、最早的国产爱情片海誓、小明星但二春等篇。

作文法讲义 作文指导。陈望道著。讲义各章在1921年9月26日至1922年2月13日的《国民日报》副刊《觉悟》上连载,上海民智书局1922年3月成书出版。共12章,科学地阐述了文章的构造、体制和美质,其中第一章导言从文章的元素、作文的态度、今后的问题3个方面加以宏观阐述。另外用5章的篇幅阐述文体论,用4章分别介绍了选词、造句、分段、标点、书法等语言形式的技法问题,用两章的内容阐述了文章的构造和美质问题。其突出成就在于从写作原理出发,把文章的体制划分为记载文、记叙文、解释文、论辩文和诱导文5类,这种新的作文法上的文体分类,为以后的文体分类基本沿用。另一个突出成就在于阐述了"文章美质",把文章的美质归结为明晰、遒劲、流畅3个方面,显示出作者的写作审美观。第三个突出成就则表现在较为全面地论述了写作的技法,对选词、造句、分段、标点等技法也均有独到的见解。

作文研究 一名《中等学校国文科作文研究》。写作研究著作。胡怀琛著。1册。商务印书馆1925年初版。胡怀琛作序。含绪论、为什么要作文、中学毕业最低限度之标准、文的实质与形式、字句的错误与说文及文法的关系、作文是技术么、实用文作品与文学作品、文言与白话、怎样教学生作文、实质上的练习、形式上的练习、题目和文的关系、指定范围举例、日记之研究、笔记之研究、译文言为白话之研究、译文言为白话举例、缩长为短举例、演短为长举例、改文之研究和教学经验谈等22章。

作诗百法 诗歌创作技法著作。刘铁冷编纂，卢寿笺选辑。2卷，2册。上海中原书局1934年版。有编辑大意。上卷含较准平仄法、划定四声法到对句作法等56法；下卷含探讨远流法、研究变迁法和作挽诗法等44法。

佛三身赞、佛一百八名赞、广大发愿颂（合集） 佛经书法。宋释施护译，弘一书。1卷，1册。上海金山姚石子1922年影印本。陈匋遗署"佛三身赞、佛一百八名赞、广大发愿颂，弘一禅师写"。是年姚石子连遭父母及长子之丧，哀痛欲绝，三次致书好友弘一法师，请其抄佛经以超度先人，并请弘一法师指导迷途。此书即为弘一法师答作。内分佛三身赞、法身、报身、化身、回向、佛三身赞、佛一百八名赞和广大发愿颂。姚后超作跋。

佛耶居士 南社掌故。南社费龙丁之号。费龙丁的书法篆刻造诣精深。他说："我信佛，也信耶稣，二者合并而已。"

佛学大纲 佛学著作。谢无量著。2卷。中华书局1916年出版。上卷为序论，以佛教史为线索，分别介绍释迦牟尼的生平及其十大弟子的事迹、释迦牟尼灭度后佛教的传播及教义之分判、佛教在中国的传播以及中国佛教的十大宗派等。下卷为本论，以佛教教义为线索，分别阐述佛教论理学（即佛教因明学）、佛教心理学与佛教伦理学。本书以文言写成，是民国初年较早的一部系统地介绍佛教理论的书籍。陈兵在《中国20世纪佛学研究的成果》中称此书为"最早用近代方法综述佛教思想者"。

佛学丛话 佛学著作。黄忏华述。上海佛学书局1934年1月初版，1947年再版。黄忏华在卷头语中说："这一本佛学丛话里所搜集的，是散见在《海潮音》《中国佛学》《中国佛教会公报》底几篇稿子，多半是为初学者而作。"全书共分22部分，其中正文10部分：一、卷头语。二、佛法与宗教哲学。佛陀从人生问题出发，体验洞晓宇宙人生真相是三界唯心万法唯识。三、唯识学底轮廓。佛陀一代教法，以一切法因缘生而唯识现为中心。四、三论家底中道观。宇宙万有的诸法实相是非有非空的中道。五、华严宗底根本教理，华严宗是法界缘起的性起法门，一心法界含摄四法界，一切万有具足十玄门。六、天台宗底根本教理，天台宗讲三谛圆融一念三千。七、密宗教义一斑。八、大乘起信论底真如缘起学说。九、业感缘起说概要。十、有部宗底万有解释。附录12部分：十一、中国佛教会宣言。十二、金光明佛学会宣言。十三、中国佛学发刊辞——佛法大海上底秋潮。十四、唯识三字经释论序。十五、写给新南社底一封信。十六、写给太虚法师底一封信。十七、写给法舫法师底第一封信。十八、写给法舫法师底第二封信。十九、写给某某底一封信。二十、释迦牟尼佛礼赞。二十一、游牛首山记。二十二、金波罗花散记。

近人游记丛钞 游记集。胡寄尘编。1册。上海广益书局1914年初版。第一辑共17种。潘飞声署签。胡寄尘作序。名胜照片8幅。含赵国华《江宁山水记》，王葆桢《兰亭游记》《大禹陵游记》《东湖游记》《快阁游记》，潘飞声《游萨克逊日记》和《游大潭笃记》，周实岩《山游记》，陈衍登《泰山记》，王蕴章《西泠尘梦录》，徐渊如《游云台山记》，宝青《庐山一日记》，罗惇曧《曲阜谒圣记》，游艺中原客《历下志游》，窃名《游玄武湖记》，孙雄《古北日行记》和《居庸关至宣化府行记》等。

近世三大主义与中国 演讲录。江亢虎著。南方大学京校出版部1924年8月印行。该书为江亢虎于1924年8月24日在南方大学京校的演讲录，方慰堂、张悔先记录整理。全书分为两大章节。第一章节主要论述社会主义、共产主义与无政府主义的源流、发展与异同；第二章节集中探讨三大主义在中国的演变及对中国近现代社会所造成的影响。该书为江亢虎个人政治理念的集中表达。

近世文学史述义 文学史研究。吴梅撰，王鼎笔述。1卷，1册。民国年间抄本。所收文上均有批语。

近世宇宙论 天文学著作。英国麦克罕森著，朱文鑫译。商务印书馆1935年初版，1939年长沙商务印书馆再版，台湾台北商务印书馆1968年再版。该译著把西方最新宇宙学成果引进中国，介绍现代宇宙学主流派广义相对论。

近代中国与新世界：康有为变法与大同思想研究 近代思想家研究著作。萧公权著，汪荣祖译。1册。江苏人民出版社1997年初版，列入"海外中国研究丛书"。汪荣祖作译者序言。萧公权作序言。含家世与生平、哲学思想、变法蓝图、大同理想4编，跋《现代中国与新世界》和引用书目。附汪荣祖《萧公权先生学术次第》《萧公权学术年表》。

近代文学思潮 文学研究著作。黄忏华编述。1册。商务印书馆1924年初版。列入"新智识丛书"。黄忏华作卷头语。有概说。含从古典主义经过浪漫主义到自然主义和新浪漫主义两篇。附乡土艺术梗概。

近代名人丛话 散文集。郑逸梅著。1册。中华书局2005年初版。郑逸梅作前言。含任伯年诞生一百五十周年、画坛寿星朱屺瞻、天虚我生陈定山父子、章草巨擘王蘧常、一百一十岁人瑞苏局仙和郑逸梅自传等31篇。

近代美术思潮 美术理论著作。黄忏华编述。商务印书馆1922年9月出版。全书共3章。介绍了西方新兴绘画中的印象主义、立体主义、未来主义、后期印象主义、构图主义、恶魔主义，雕塑大师罗丹(Auguste Rodin)、穆立尔(Constantin Meunier)等艺术思潮及其作品，以及新兴建筑和工艺美术中的自然派、构造派、历史派、分离派等。

近代野乘 笔记小说。郑逸梅著。1册。新中书局1948年初版。黄葆戉题签。杨宛叟、孙沧叟、陈蒙庵、黄宾虹、朱大可、金息侯、陈仲陶分别题词。含叶楚伧之唯一酒友林一厂、刘三解带处、胡朴安之警惕语等66篇。记述清末民初的墨客文人等社会名流的轶闻逸事。

彷徨 现代白话小说集。鲁迅著。1926年8月北新书局出版。收录鲁迅于1924—1925年间创作的《祝福》《在酒楼上》《伤逝》《长明灯》等11篇小说。反映20世纪20年代中期在封建势力重压下的知识分子及农村妇女的痛苦和挣扎，表现作者在这一时期的人生征途上的彷徨、探索的心情。

余一中(生卒年不详) 广东香山(今中山)人。字君武。南社湘集社友。

余十眉(1885—1961) 浙江嘉善人。名其锵，更名一，字秋楂，一作秋槎，号十眉。南社社友、新南社社员、南社湘集社友、南社纪念会会员。1914年11月29日由周芷畦、李云夔、孙翼云、俞锷、冯心侠介绍入南社，入社书编号480。1903年应县试中秀才，后入浙江两级师范学堂就读，毕业后在柳溪和松江泖泾柘湖高等小学任教。1915年起先后四次出席南社第十二、十三、十四、十六次雅集。1917年随陈去病赴广东，任广州护法军政府宣传部秘书。1921年应上海竞雄女校校长徐自华之聘赴该校任课，并兼南洋女子师范学校教职，又任南社书记处书记，还与陈去病一起编辑《南社丛刻》停刊前的最后一集(第二十二集)。1923年10月新南社成立时为8位发起人之一，并担任新南社书记处书记(书记处即设于竞雄女校内)。30年代初任教于嘉兴女子中学。抗战期间应嘉兴女子师范学校之聘前往该校执教。抗战胜利后任职于嘉兴中学。中华人民共和国成立后在嘉兴中学留任，并一度担任嘉兴图书馆馆长及嘉兴市政协委员。毕生从事教育事业达50年。著有《寄心琐语》《楚辞新论》等，编有《壬戌诗选》等。夫人沈琬华、子余湘、弟余辛甫，均为南社社友。

余十眉

余之妻 哀情小说。徐枕亚著。大众书局1934年版。吴绮缘序，姚民哀跋。叙写江南富商秦氏有二女，名玉纤、明霞。玉纤自小与客居她家的沈公子秋星订有婚约。秦氏长年在外经商，家中财产均由其妻舅掌管。妻舅好赌且贪，家中资财被他挥霍殆尽。他欠富商金氏二百金，无力偿还时怂恿其姐卖女抵债。玉纤与秋星由此劳燕分飞。玉纤进入金门后素缟守身，拒与金同居，直至金意外身亡后重返娘家。秋星自玉纤出嫁后四处漂游，偶遇一哈尔滨男子玉卿，自谓当年沈父做官时曾为其父申冤，今欲寻找恩人图报。玉卿鼓动秋星一同赴哈经商。三年后，秋星积有资产欲回江南寻玉纤，怎奈玉纤心如槁灰，以尸谏让明霞偶秋来全两家旧谊。秋星无奈与明霞成婚，育二子后出家遁世。

余天遂(1879—1930) 江苏昆山人，原籍安徽休宁。原名寿颐，字祝荫，号荫阁，别号疚侬，又号仇公，别署颠公、仇僧、大颠、三郎。南社社友、淮南社社友。1910年8月由柳亚子介绍入南社，入社书编号63。出身中医世家，精通岐黄之术。1904年任苏州苏苏女校教员，学校停办后在苏州自办宏志女学，后执教于草桥中学。1912年南京民国临时政府成立后，任临时大总统孙中山的秘书。是年1月入北伐军粤军总司令姚雨平戎幕。同年9月与周伟、秦铸花等重组淮南社。后任《太平洋报》新闻专栏编辑。北伐期间写有以北伐为内容的小说3种。1913年二次革命时参加反袁斗争。又在上海参加春音词社。1916年应上海澄衷中学之聘开始担任该校教职，历时十余载。工书善画、精治印，有“三绝”之称，并会医道。1930年夏殁于上海。平生著述大多散佚，仅有《余天遂遗稿》存世。

余先砺（1896—？） 湖南湘潭人。字砥吾。南社社友。1912年10月由傅熊湘、黄梦蘧、刘约真介绍入社，入社书编号349。是时就读于长沙湖南公立第一中学。

余芷江（1884—1964） 上海人，祖籍江苏赣榆（今连云港市赣榆区）。名沅，字芷江，别号瀛帆。南社社友。1912年2月26日由费公直、朱少屏、柳亚子介绍入社，入社书编号218。少时进上海南洋公学就读，后毕业于神州法律专科学校。曾东渡日本留学、考察。回国后历任教员、校长、校董、道视学，前清后期被委为上海道、县的秘书、科长，一度代理县知事以及社会善堂董事等职。1912年南京民国临时政府成立后被孙中山委任为（南北）议和代表办事职员兼外交部秘书。后在国民政府外交部任第一科科长。1930年辞去公职，执律师业。抗战期间深居简出。黄炎培在沪创办中华职业学校时邀其任该校校董，并担任上海民立中学和务本女中两校校董。中华人民共和国成立后，1957年7月受聘为上海文史研究馆馆员。擅长古诗作文，书法工小楷。著有《共和关键录》。

余辛甫（1890—？） 浙江嘉善人。名其钰，字辛甫。南社社友、新南社社员。1916年11月11日由其兄余十眉和周芷畦介绍入南社，入社书编号721。民国初期任嘉善西塘镇俞家汇崇新学校教员。

余　铭（1883—？） 江苏奉贤（今属上海）人。女。字义华。南社社友。1917年9月23日由柳亚子介绍入社，入社书编号963。丈夫吴修源，亦为南社社友。

余　湘（1907—1997） 浙江嘉善人。字选初，号小眉。南社社友、新南社社员。1917年3月由郁佐梅、余十眉介绍入南社，入社书编号838。早年入西塘求益国民小学，毕业后进入第二高等小学。1925年入上海大同大学。毕业后在南京女子中学、无锡女子中学、杭州民众教育学校、绍兴中学等校任教。抗战期间跟随学校辗转于浙东一带躲避战祸。抗战胜利后任宁波盐政局产销科长。退休后受聘于宁波天一阁，对天一阁所藏古籍作校对、编目及抄录，抄有《天一阁书目》《李氏萱荫楼藏书目录》《别宥斋书目》等。1997年2月25日投水弃世而逝。撰有《我和天一阁》《柳亚子轶事》等文。父余十眉，亦为南社社友。

余裴山（1890—？） 安徽休宁人。名崑，字裴山，号贞一。南社社友。1916年7月1日由柳亚子介绍入社，入社书编号636。

余德沅（生卒年不详） 湖南攸县人。字麓农，一字陆亭。南社湘集社友。

余　鲲（生卒年不详） 湖南宁乡人。字华龛。南社社友、南社湘集社友。1913年4月由陈家鼎、高旭介绍入南社，入社书编号369。1913年4月参加在畿辅先哲祠举行的南社第二次北京雅集。1916年9月参加在长沙枣园举行的南社临时雅集。1934年4月参加在长沙妙高峰南园举行的南社湘集第九次雅集。著作见《南社丛刻》。

坐北顾楼 诗篇名。七律。胡韫玉作于1917年夏，刊于1919年12月《南社丛刻》第二十一集。叙写是年夏与南社社员傅钝根、高吹万同登镇江北固山上北顾（又名北固）楼的感受，感叹在如此美好的江山然而又是战祸弥漫的乱世，与二位友人一起登上北顾楼。形象展示祖国浊浪滚滚，九州大地，乱草遍布。转眼一想，今日的胜游，仿佛是在梦中，今后不可能再同游了。表现自己应该作画纪念，以记住此刻的无尽怀念。

谷忏梅（生卒年不详） 湖南桑植人。字梅桥。南社湘集社友。

谷思慎（1881—1946） 山西神池人。字仲言。南社社友。1913年入社，入社书编号383。1904年留学日本明治大学，攻读法政。1905年8月参与筹组中国同盟会，任经理部经理、同盟会山西分会干事兼会员入会主盟人。1907年9月与景定成、景耀月、狄楼海等在东京创办《晋乘》杂志，主张振兴实业，富强国家，发扬国粹。并参与出版《第一晋话报》等革命刊物。后受孙中山派遣回国返山西，宣传反清革命，准备武装起义，事泄被迫离开山西。1911年10月武昌首义胜利、山西光复后，被山西省推为南京民国临时政府临时参议院议员。1913年任北京政府国会众议院议员。1937年七七事变后为避战祸逃离北平，途中不幸遭日军捕获，后逃离日军羁押。回到神池又被八路军俘获而送往延安，见到毛泽东等中共领导人。后出任晋绥边区临时参议会议员。1946年协助晋绥军区进取绥远，不幸在途中得病，逝于山西右玉县。

谷钟秀（1874—1949） 直隶定县（今属河北）人。南社社友。由社友介绍入社，未填写入社书且未予编号。早年留学日本。1907年1月《中国新报》在日本东京创刊发行，为主要撰稿人之一。归国后任直隶督署秘书。1911年11月作为直隶省（今河北省）代表出席在武昌召开的各省都督府代表联合会，议决《中华民国临时政府组织大纲》。同年12月以直隶省代表身份参加在南京召开的各省代表会，会议选举孙中山为中华民国临时大总统，筹组民国临时政府。1912年1月南京临时政府成立后任临时参议院议员。1913年任国会宪法起草委员会委员。1914年在上海与欧阳振声等创办泰东图书局，任总编辑。1915年10月任由章梓（木良）创办的《中华新报》编辑，与欧阳振声、徐溥霖、李述膺等为同事。1916年任段祺瑞政府农商总长兼全国水利局总裁。1923年任收回铁路筹备处总办。1926年任河北省政府委员兼井陉矿务局局长。1949年12月在北京病逝。著有《中华民国开国史》（又名《中华民国临时政府实录》）等。

犹太灯 侦探小说。法国玛利瑟·勒勃朗著，周瘦鹃译，董皙芗校订。中华书局1917年7月印行，1928年11月第五版。书叙法国巴黎狄勃莱男爵家中的犹太灯和灯内所藏的稀世珍宝遭窃。法国警方无力侦破此案，男爵遂特邀英国大侦探福尔摩斯来侦查此案。福尔摩斯接案后，带助手华生一起前往巴黎侦查。案子疑窦重重，侦破中枝节横生，险象不断，助手华生险遇刺身亡。福尔摩斯毫不退缩，力排众议，终破此案。因男爵夫人被骗，两封私信落入骗子手中，骗子捏此把柄，不断威胁夫人。夫人无奈，暗中私将犹太灯和珍宝让骗子窃走，以换取两信件。全书以文言文译成。此书颇具柯南道尔侦探小说之风格。

狄狄山（1893—1967） 江苏溧阳人。名侃，字狄山。新南社社员。早年就读于复旦大学文科，兼读东吴大学法科，两校同时毕业。参加上海爱国学生运动，被推选为上海学生联合会评议部部长、全国学生联合会理事长。1919年加入中华革命党。1922年任广东北伐大本营秘书。1923年10月14日参加新南社成立大会，同年冬参加第一次和第二次岁寒社雅集活动。翌年10月参加新南社第三次聚餐会。1924年1月出席在广州举行的国民党一大。次年随孙中山北上，历任交通部参议、司法部秘书等职。孙中山逝世后参加国民党右派召开的西山会议。后历任武汉国民政府秘书、安徽法学院院长、安徽省政府秘书长、南京国民政府秘书、最高法院监察官、中央公务员惩戒委员会委员等职。抗战期间出任汪伪政权监察委员会委员、宪政实施委员会设计委员等伪职，兼任中央大学、南方大学、中国公学等校教授。抗战胜利后在南京主持中国公学、国立中央大学校务，后去上海。中华人民共和国成立后回溧阳定居。1967年秋去世。著有《爱静室译丛》《法学概论》等。

狄君武（1895—1964） 江苏太仓人。原名福鼎，又名膺，字君武，号雁月。南社社友。1914年3月3日由沈嘉康、沈砺、俞锷、吴相融、冯心侠介绍入社，入社书编号394。1911年11月参加上海光复之役。后入上海龙门师范学校（江苏省立上海第二师范学校）就读，并毕业于该校。旋入北京大学，1919年曾参与发起五四爱国学生运动。曾任上海《寰球中国学生会学报》编辑。1921年赴法国留学，入里昂中法大学和里昂大学研究院文科、法科。1925年毕业后回国，历任国民党南京市党部宣传部长、国民政府立法院立法委员，国民党中央候补监察委员、中央执行委员等职。后去台湾，任国民党党史史料编纂委员会副主任委员。夫人顾瑛，亦为南社社友。

狄君武先生遗稿 诗文集。狄膺（君武）著。6卷，1册。台北台湾中华书局1965年初版。罗家伦署端并作前言。前有狄君武像片10帧。卷一录自传等5篇，卷二录狄太夫人事略等18篇，卷三为凯复堂诗稿影印，卷四含雁月楼诗词和宁楼诗词，卷五为对联，卷六含萍踪偶寄等。

狄楼海（1874—1938） 山西临猗人。字观沧。南社社友。1913年入社，入社书编号384。1903年进士。初在京任刑部主事。1904年赴日本留学，在日期间加入中国同盟会。1908年2月在东京与景耀月一道创刊《国报》，任主编。1909年回国后任教于京师大学堂。辛亥革命后，以山西代表身份赴上海参加筹组民国临时政府会议。1912年南京临时政府成立后任特别宣慰使。同年任山西省教育司司长，次年当选为北京政府首届国会众议院议员。1916年8月参加在北京中央公园上林春举行的南社第六次北京雅集。1917年与部分议员随孙中山南下广东参加护法运动，任护法国会众议院议员。后任北洋政府国会众议院议员。1923 年 10 月参加北洋政府国会会议。1928 年被聘为山西大学文学院教授。1930 年发起成立道德学社山西分社，任社长。继又任太原绥靖公署参议、山西省文献委员会委员。1937 年返乡养老，次年在家中病逝。一生嗜书，藏书颇丰，对训诂学造诣尤深。

邹浚明（生卒年不详） 广东番禺（今广州）人。字静存，号听泉。南社湘集社友。

邹　铨（1887—1913） 江苏青浦（今属上海）人。字亚云，一字亚雄，又字秉衡，号天一，别号民铎。南社社友。1910 年 4 月由高旭介绍入社，入社书编号 40。早年在吴江同里自治学社就读，师从金松岑。1908 年到杭州浙江高等学堂就读，为陈去病的得意弟子。1910 年 4 月 10 日参加在杭州西湖唐庄举行的南社第二次雅集。民国初年进入上海《天铎报》，佐陈布雷主笔政，在《天铎报》上发表《杨白花传奇》。后又介绍柳亚子进《天铎报》主持笔政。1913 年 3 月 10 日不幸病逝，年仅 26 岁。喜词章，诗文清丽。生前所著诗文杂作，刊为《流霞书屋遗集》。还曾纂修《章练小志》。妻宣剑花，亦为南社社友。

邹铨

邹　遇（1881—？） 江苏宜兴人。字忍伯，号秋士，又号悔悔生。南社社友。1914 年 11 月 6 日由柳亚子介绍入社，入社书编号 474。出身于诗礼之家，性早慧，操笔为文，饶有奇气。奈屡次应试皆不中，遂愤而专攻诗词，常与柳亚子、陈筱舫等相唱和。又善游，性率直，狂放不羁，对阴险奸佞之徒往往仗酒骂座，无所顾忌，故誉之者半，毁之者亦半。晚年执笔游四方，竟一无所遇，因更号为悔悔生，并作《悔悔生自传》，另撰有《哭阮烈士梦桃即题其遗集》。

邹　鲁（1885—1954） 广东大埔人。原名澄生，字澄斋，一字澄庐，号海滨，别署亚苏、阿苏。南社社友。1916 年由蔡哲夫、柳亚子介绍入社，入社书编号 758。1903 年就读于潮州韩山书院。1905 年经人介绍到大埔县任教，同年加入中国同盟会。1907 年在广州创办潮嘉师范学校，后入广东法政学堂。1910 年在广州创办《民报》，宣传革命思想。1911 年 4 月参加广州起义，失败后逃亡香港。同年武昌起义爆发，与朱执信、胡汉民等在广州响应起义。广东光复后与姚雨平等组织广东北伐军，任兵站总监。翌年，以广东省代表身份出任南京民国临时政府临时参议院议员。1913 年任北京政府首届国会众议院议员，因揭露袁世凯杀害宋教仁、亲自起草弹劾袁世凯违法大借款议案，遭秘密通缉而逃亡日本，入早稻田大学。1914 年 7 月加入中华革命党，担任《民国》杂志编辑，旋加入欧事研究会，后回国。1923 年被孙中山委任为广东高等师范学校校长、广东大学筹备委员会主任，后数校合并为广东大学，任校长。1924 年当选为国民党中央执行委员、常务委员兼青年部部长。1925 年参加西山会议，与林森等组成西山会议派，年底随该派中央党部迁到上海。1932 年任国民政府委员兼广州中山大学校长。抗战胜利后历任“国大”代表、国民政府委员、国民党中央监察委员会委员、非常委员会委员。1949 年 9 月去香港，后又去台湾，任国民党中央评议委员、监察委员等职。1954 年在台湾去世。著有《邹鲁文存》《澄庐诗集》等，撰有《中国国民党党史稿》《日本对华经济侵略史》，编有《黄花岗七十二烈士事略》。

邹鲁文存 政论著作。邹鲁著，梅萼编校。1 册。北平北华书局 1930 年初版。前有邹鲁启事。梅萼作序。含国会文件中弹劾案、查办案、建议案、意见书、质问书及附属函电、民国杂志论文、建设杂志论文、正谊论文、主张清党后至扩大会议成立止言论中分论文、函电、提案序言、传记杂文、专著专件和译件 6 集。

邹鲁未刊稿 文集。邹鲁著，程焕文、张靖、周旖辑注。2 册。桂林广西师范大学出版社 2008 年初版，列入“中山大学图书馆学术丛书”第二种，手稿影印本。邹永作序。有整理说明和凡例。有各类照片 46 帧和各类书画作品 35 幅。含函件 238 通、治丧文稿 85 件、遗产文件 96 件和杂项 10 件。有原文释读。附邹鲁生平略述、邹鲁与赵淑嘉——信札里的爱情故事、邹永口述历史访谈记录、邹鲁未刊稿涉及亲友关系示意图并人物注释、胡汉民未刊往来函电稿中相关资料索引。有编者后记。

邹鲁回忆录 回忆录。邹鲁著。1 册。北京东方出版社 2010 年初版，“民国名人回忆录”之一。有邹鲁像、手迹等照片 17 帧。有编辑说明。有自序和凡例。含从家世说到幼年、私塾教育、办学与入党、广州读书与初次革命失败、民意机关服务、广州三月二十九之役、光复广东与北伐、整理金融与北上、国会内的奋斗、讨袁失败出亡在日本、洪宪夭折国会再开、从护法到陈炯明叛变、创办广东大学与读校三民主义等篇。

邹鲁先生文集 诗文集。邹鲁著。1 册。台北中国国民党中央委员会党史委员会 1984 年初版。有凡例。有邹鲁先生遗像、合影、遗墨和墨绘等图片。含议案、论著、演讲、序跋、缄电、公牍、碑记、诗词、杂著和附录 10 编。

邹鲁全集 文集。邹鲁著，台北“国立”中山大学校友会编。10 册。台北三民书局 1976 年初版。有邹海滨遗像、合影、手迹及石牌国立中山大学全景等照片。有邹鲁全集编印经过。张镜影作邹鲁传。含回顾录、中国国民党史稿、红花冈四烈士传、广州三月二十九日革命史、中国国民党概史、中国国民党史略、二十九国游记、澄庐文选、澄庐诗集和广州辛亥三月二十九日革命记碑文等篇。

饭牛翁小丛书 文言小品集。戚牧著，郑逸梅校阅。铅印平装 3 册。上海中孚书局 1934 年出版。戚牧（别号饭牛翁）长期从事报社编辑工作，平时为文喜作小品，以诙谐幽默著称。黄炎培题写书名，徐朗西书扉页，许息庵、金芳雄作序。赵六壑、谢玉岑、季守正、张大千、朱其石等分别为各卷题名。该丛书为汇编其数十年所作小品而成，共分 5 卷。第一卷“饭牛庵笔记”，所记者为野史、地理、古迹、人物、传闻、掌故等，其中尤以吴地为多；第二卷“绿杉野屋诗话”，为对古诗之解读、诗人轶事之介绍；第三卷“红树楼吟草”，为作者之诗作；第四卷“双鱼馆尺牍”，选辑作者致友朋之书信；第五卷“天问阁杂俎”，其中包括书画小记、书坛清话、楹联挽对、墓志、日记、祭文寿序、婚词、道情等。该丛书内容翔实，包古孕今，文字典雅可颂，亦为研究历史、民俗、诗词、书画之珍贵参考资料。

饭牛嵌字格 南社掌故。嵌字格，古代作诗的一种方法。即依照对方所提出的词语，填入格式创作诗歌，称为“嵌字格诗钟”。戚饭牛某日与杨锡章同去浴室洗澡，入“官座室”，杨锡章说“官座”二字，戚饭牛不假思索便说：“何逊官梅诗兴动，孔融座客酒狂多。”其中第一句与第二句的第三个字，即是以“官座”二字嵌入。

言文对照古文笔法百篇 文章学著作。胡怀琛编，吴曼青校点。1 册。湖南人民出版社 1984 年初版。系根据民国版而作的古文译注本。含事理辩驳法 5 篇、一字立骨法 2 篇、感慨生情法 3 篇、抑扬互用法 10 篇、逐层推论法 6 篇、严婉并用法 4 篇、一气承接法 4 篇、虚境实写法 2 篇、跌宕取神法 4 篇、夹叙夹议法 2 篇、纯用叙述法 2 篇、匣剑帷镫法 2 篇、驭繁以简法 7 篇、复笔取神法 2 篇、虚字取神法 2 篇、写景琢句法 2 篇、先喻后正法 2 篇、步步传神法 7 篇、用笔矫变法 2 篇、步步停顿法 1 篇、起讫不平法 1 篇、结处点睛法 3 篇、小题大做法 2 篇、三段分叙法 2 篇、谐笑讽刺法 4 篇、前后呼应法 2 篇、正喻夹写法 3 篇、措词得体法 4 篇、狭题宽做法 3 篇、宽题狭做法 1 篇、两两比较法 2 篇和托物寓意法 2 篇。

言言斋书话 随笔。周越然著。1 册。陕西师范大学出版社 1998 年初版，列入“华夏书香丛书”第一辑。徐雁作《言言斋及其藏书主人周越然》。

言言斋古籍丛谈 古籍研究著作。周越然著，周炳辉编，周退密校。1 册。沈阳辽宁教育出版社 2001 年第一版，新世纪万有文库第五辑“近世文化书系”之一。陈子善作本书说明，周退密作序。本书从古籍版本、内容、批校、藏家之印、得书年月等方面论及古籍，共有 221 篇，均为作者发表于上海《晶报》之短文。

言言斋西书丛谈 随笔集。周越然著，周炳辉辑。1 册。辽宁教育出版社 2003 年第一版，新世纪万有文库第六辑“近世文化书系”之一。陈子善作本书说明，周退密、躲斋分别作序。本书为作者发表于上海《晶报》短文的合集，含致《晶报》编辑函 2 则、按摩女日记提要等 213 篇，均为西洋古今书刊特别是有关性学和性文学的书话、掌故类文章。文笔朴素，半文半白，自成风格，对外国性文化史的研究具有史料价值。

言言斋性学札记 性科学著作。周越然著。广西师范大学出版社 2004 年第一版。躲斋作序。本书从生理、心理、病理、卫生、优育等诸方面介绍了关于性的观念、知识以及世界各地的性俗习惯、奇闻趣事共 226 篇短文。

冷红日记 言情小说。吴绮缘著。中国图书公司、小说丛报社 1916 年出版。该书以 30 余则日记，记述了正值豆蔻年华的冷红小姐一年中的生活。冷红出身官宦，移居上海后，和瑶英、清芬等众姊妹一起或在园中吟诗作画、鼓瑟描红，或结伴外出游孤山、吊岳坟，过着其乐融融、超尘脱俗的生活。冷红发誓："愿为怡红公子，长守花丛，永驻香国"，更反对其弟外出做官，争权攘利。兰英本是冷红闺中故友，早年嫁入商门，因羡慕冷红等人的清雅生活，甘愿割舍夫妇之爱，归其绮罗队之中。徐枕亚在序言中评价此书"胸襟放旷，思想高尚，笔头干净"。

冷御秋(1882—1959) 江苏丹徒(今镇江)人。名遹，字御秋，一字雨秋，别署遇秋。南社社友。1919年5月10日由蔡哲夫介绍入社，入社书编号1070。1902年入安徽武备学堂，1905年毕业后参加南京新军，任队官、管带等职。1906年加入中国同盟会。1909年赴广西，与耿毅、何遂等建立同盟会广西支部。1910年9月在桂林创办同盟会广西支部机关报《南报》，次年2月改名为《南风报》。1911年武昌起义后任同盟会广西支部代理支部长，同年11月广西光复后，任广西民军混成协帮统，北上援鄂。1912年南京民国临时政府成立后任江苏陆军第三师师长，被孙中山授予中将军衔。后又任安徽军政府参谋部部长。二次革命中率兵讨袁，事败后逃亡日本，与程潜、李根源等在东京创设欧事研究会。1915年回国后参加讨袁、护国及护法运动，任广州护法军政府总参议、内政部代理部长。1918年5月护法运动失败后致力于实业和教育。1921年回镇江创办江北盐垦公司，与陆小波、严惠宇创办益民、三益、均益蚕种场，四益农场以及镇江女子职业学校等，在上海与黄炎培创办中华职业教育社。1925年秋任江苏省水陆警备司令。1928年5月任山东省政府委员兼民政厅厅长。1936年任镇江商会主席和江苏省商会执行委员。1937年镇江沦陷后发起成立镇江民众组织委员会，任副主任。抗战时期任历届国民参政会参政员，与黄炎培等组织中国民主建国会，任常务监事和常务委员。又参与创建中国民主同盟，任常务委员。抗战胜利后任江苏省临时参议会议长、江苏省农民银行监理委员等职。中华人民共和国成立后历任华东军政委员会委员兼华东水利部部长、江苏省副省长、全国人大代表、全国政协委员兼江苏省政协副主席、民建中央常务委员兼江苏省主任委员等职。1959年病逝于南京。

庐山指南 旅行必备。徐珂著。3卷，1册。商务印书馆1921年初版。徐珂作序。有凡例。有庐山总图、庐山牯牛岭图和附图31幅。上卷含庐山概说、五日游程甲乙丙、节录明清游庐山记；中卷含牯牛岭、滴水岩、剪刀峡、佛手岩、御碑亭等名胜古迹；下卷节录庐山志。

庐山游记及诗 游记诗集。黄侃撰。2卷，1册。武昌黄鹄书店1930年铅印本。黄侃署端。章炳麟作序。《游庐山记》1卷，记录从1930年7月17—7月27日的旅游所见。《游庐山诗》1卷，集诗37首。黄侃作后记。汪东宝作跋。

辛丑北征泪墨 日记、诗词集。李叔同撰。1901年5月于上海出版。是年春，李叔同从上海回天津探亲，但家人为避战事，已转赴河南，其本人也因路途受阻而滞留天津约半个月。回到上海后，李叔同将此行所撰日记并诗词10余首辑成《辛丑北征泪墨》出版。此书系感时之作，振高亢、悲壮之气，抒爱国、忧民之心。赵元礼(幼梅)为此题诗曰："与子期年常别离，乱后握手心神怡。又从邮筒寄此诗，是泪是墨何淋漓?!"

辛臼簃 南社掌故。王均卿楼池的场圃名。王均卿晚年购地苏州北寺塔东石塘湾，鸠工建屋，并辟场圃，名之曰"辛臼簃"。"辛臼"乃"新旧"二字之谐音，无非自谓"半新半旧不新不旧不合时尚"而已。

辛亥七夕吊杨笃生 诗篇名。七律。朱锡梁作于1911年(辛亥)七夕。悼念先烈杨笃生。叙写先烈杨笃生辛勤译著，耻为清廷臣民，跳海自尽，自己为他的壮烈跳海所为深深感动，涕泪沾巾。抒写深痛哀悼杨笃生的心情，认为杨笃生有关于英国两党关系的译著，仰慕英国体制，又是在英国跳海而死，魂魄可能留在英国，因而抒发向英伦招魂的真诚情怀。

辛亥暮春书感二律(二首录一) 诗篇名。七律。张昭汉作于1911年春。抒发身处国亡家破之际，自己像屈原泽畔行吟那样忧心忡忡，表达自己心系祖国的情怀。胸怀旷达，结构谨严。

冶城话旧 散文集。卢前(卢冀野)著。1册。万象周刊社1944年6月出版。此书为卢前于1937年为张恨水主编的《南京人报》撰写的专栏文章的结集。有张恨水序及作者自序述及两人的文字因缘。

闲闲山庄 ❶ 见"高燮故居"。❷ 南社掌故。高吹万宅名。高吹万家在金山县(今金山区)张堰镇。"闲闲山庄"属江南古典式园林建筑，占地十余亩，池亭水榭，曲槛长廊，凿石引泉，开轩延翠。黄宾虹曾绘有《闲闲山庄图》。

间岛问题 地理学著作。宋教仁撰。1 册。上海中国图书公司清光绪三十四年(1908 年)铅印本。郑孝胥署端。孟森作序。间岛,指图们江以北、海兰江以南的一处滩地,自古系中国领土。后来日本捏造所谓“间岛悬案”,恶意歪曲“间岛”范围,将纵十里、宽一里的滩地,扩大到“海兰河以南、图们江以北,宽约二三百里,长约五六百里之地”,即中国延吉、汪清、和龙、珲春四县所在地区,妄图一举侵吞这些地方。朝鲜人趁机骚扰中国边境。1907 年,宋教仁到东三省试图发动革命,革命没有成功,他却发现日本企图侵吞中国领土的野心。不仅是因为对边疆史地的浓厚兴趣,更是出于爱国情怀,促使他写出该著作。通过大量历史文献,尤其是朝鲜方面的文献,证实“间岛”之领土主权,自唐中叶迄于明末,即属通古斯人之传来取得者,不特与朝鲜国家绝无关系,即与朝鲜人民亦无丝毫之关系。

汪大千(约 1890—1928) 江苏吴江(今苏州市吴江区)人,祖籍安徽歙县。名光祖,字大千,以字行,笔名呆虫。新南社社员。1923 年由柳亚子介绍入社。早年在乡里发起识字运动,创办商读学校,组建平民教育促进会,任主任。并参与成立救国十人团,揭露和反对袁世凯的卖国罪行。1924 年任国民党盛泽区党部书记,同年 8 月 24 日在国民党吴江县第一次党代会上与邵力子、朱季恂、侯绍裘、徐蔚南等议决成立县党部,当选为县党部执行委员。1923 年协助徐蔚南创办《新盛泽报》,任编辑和主要撰稿人。1927 年春北伐军途经嘉兴、吴江,受命迎接,并作为向导引领军队北进。次年病故。

汪文溥(1869—1925) 江苏武进(今常州)人。字幼安,号兰皋,别号忏庵,别名北海后身。南社社友、新南社社员。1912 年 4 月 14 日由柳亚子、朱少屏、叶楚伧、宁调元介绍入南社,入社书编号 252。先后参加兴中会和民社、鸥社。1898 年其妻舅陈蜕庵接办《苏报》后,聘其为主编,并任主笔。1903 年 6 月《苏报》案发生、报社被封后赴湖南,任醴陵县令。1906 年冬萍浏醴起义时,因竭力保全革命党人而丢职。1907 年 5 月潮州黄冈之役时以运动军队事被逮,后经新军协统刘玉堂及陈范等营救始得释放。1911 年湖南光复之后参加湘桂援鄂联军,为联军司令沈秉堃幕僚,后因意见不合离职去上海。1912 年民国成立后主持《中华实业丛报》《民声日报》等事务。1914 年 5 月和 8 月参加在上海愚园云起楼及徐园双清别墅举行的南社临时雅集,1916 年 4 月和 8 月参加在上海徐园双清别墅及愚园倚翠轩举行的临时雅集。1925 年 4 月卒于上海。曾编《梅陆集》。有《汪文溥日记》《桃源痛史》等,编有《来台集》。

汪　东(1890—1963) 江苏吴县(今苏州)人。原名东宝,字叔初,后改名东,改字旭初,号梦秋,别号寄生、寄庵,别署宁庵。南社社友。1912 年 3 月 13 日由黄侃、柳亚子、叶楚伧介绍入社,入社书编号 234。早年在上海震旦学院肄业。1905 年东渡日本留学,先后入成城学校、早稻田大学预科和哲学馆学习。1905 年 9 月加入中国同盟会,并任同盟会机关报《民报》撰述、主笔。其间与黄侃、钱玄同、吴承仕等一同受业于章太炎的国学振起社,为章先生高足,有章门“四弟子”之称。为《民报》主要撰稿人之一。1910 年回国后参加辛亥革命,任江苏都督程德全秘书,并任上海《大共和日报》总编辑和《民声日报》编辑。1913 年后历任北京政府大总统府法政咨议、北京政府内务部佥事、内务部编订礼制会员、政事堂礼制馆嘉礼主任等职。1919 年起先后任浙江象山、於潜(今属杭州市临安区)、余杭等县知事。1923 年与章太炎等在上海创办《华国月刊》,宣传国学。1925 年任江苏省长公署秘书。1927 年起任中央大学文学院中文系教授兼主任、东南大学文学院院长。1938 年后任国民政府监察院监察委员、重庆复旦大学中文系教授、国立礼乐馆馆长等职。1947 年任国民政府国史馆纂修。中华人民共和国成立后任上海市文物保管委员会委员兼中国画院筹备委员、苏州市人民委员会委员、苏州市人民代表。1954 年起先后任苏州市政协常务委员、副主席,江苏省政协常务委员,民革苏州市委员会主任委员,民革中央团结委员,民革江苏省委员会副主任委员等职。长期从事音韵学、训诂学、文字学诸方面的研究,造诣很深,亦擅长诗词和书画,以篆书和画梅著称,尤以词章名世。参加南京的画社畸社和上海的画社正社。著有《梦秋词》《词学通论》《汪旭初先生遗集》等。

汪东画梅 南社掌故。汪东对于音韵学、文字学、训诂学深有研究,尤擅长诗词,并以篆书与画梅著称。他的画梅,自称“画法出于钱叔美(杜)”。他曾参加上海的画社——正社,社友有吴湖帆、张大千等人。又参加南京的画社——畸社，社友有陈之佛、傅抱石等人。汪东曾为吴湖帆画梅、作山水画，吴湖帆认为其画富有书卷气，十分珍爱。晚年汪东为周瘦鹃画了一幅墨梅，虬干老枝，疏影横斜，似有冷香透过纸背。

汪主席和平建国言论选集 政论著作。汪精卫著，中央电讯社编。1册。南京中央电讯出版委员会1944年初版，列入“时局丛书”第三辑。有汪精卫像。收汪精卫卖国电讯和他致伪“致中央常务委员会国防最高会议书”和曾仲鸣行状等各种著述150篇。

汪汉滔(1891—1963) 浙江衢县(今衢州)人。字纪南。南社湘集社友。早年就读于上海神州法政大学，并加入中国同盟会。毕业后历任衢县及台州等州县承审员、上海《大生报》主笔、北京中俄督办公署秘书长、青岛鲁案督办公署秘书长等职。1925年参加国民革命军，任东路北伐军军法处长。北伐胜利后历任嘉善、开化等县县长，南京国民政府工商部、实业部参事等职。1935年任财政部参事。抗战期间由财政部简派任福建省税务局局长，后辞职回归故里创办萃文中学，任校长。抗战胜利后在杭州执律师业。1951年去台湾任财政部高级顾问。1963年在台北病逝。工书画、诗文、金石。

汪亚尘(1894—1983) 浙江杭县(今杭州)人。字云隐。南社纪念会会员。1913年与乌始光、刘海粟创办上海图画美术院(上海美术专科学校前身)。1915年与陈抱一等创建东方画会，同年赴日本东京美术专门学校留学。1917年回国后任上海美术专门学校西洋画教授。1919年5月主编《时事新报》副刊《学灯》及《艺术周刊》。1926年春又参与创办上海新华艺术专科学校，任教务长、校长，同时兼任新华艺术师范学校校长。1929年与郑午昌、贺天健、谢公展等发起成立中国画团体蜜蜂画社。次年出版《蜜蜂画报》《蜜蜂画集》。1931年在蜜蜂画社的基础上成立中国画会，编印《国画月刊》，出版现代中国画集等。1935年初被选为中国画会候补执行委员，旋任执行委员、常务委员。1936年1月与徐悲鸿等在上海创立默社。1947年赴美国，先后在耶鲁大学、哈佛大学等校讲学，并在美国举办画展。1980年回国，定居上海。1983年去世。擅长花鸟虫鱼，尤善画金鱼，人称“汪金鱼”。其所画金鱼和徐悲鸿的马、齐白石的虾并称“画坛三绝”。著有《艺术论文集》《汪亚尘画集》等。

汪兆铭(1883—1944) 广东番禺(今广州)人，祖籍浙江山阴(今绍兴)。字季新，一字枝辛，又字继新、季辛、季恂，号精卫，别署枝头抱香者。南社社友、广东分社社员、新南社社员。1912年4月18日由田桐、景耀月、陈家鼎介绍入南社，入社书编号260。1902年与朱执信等组织群知学社。1903年留学日本，入东京法政大学速成科。1905年8月参加中国同盟会成立大会，被推选为评议部评议长。为同盟会在东京创办的机关报《民报》编辑及主要撰稿人。1910年赴北京谋刺清廷摄政王载沣未遂，被捕入狱。1911年武昌起义后获释。同年12月组织成立同盟会京(北京)、津(天津)、保(保定)分会，任会长。1912年任职于广东都督府。1912年8月赴法国，习文学，次年7月回到上海。1913年二次革命失败后随孙中山东渡日本，随后又去法国。后回国，1917年3月参加南社在广州六榕寺举行的广东分社第一次雅集。1923年10月参加新南社，同年冬参加由南社部分人员组成的岁寒社，并主持第三次岁寒社的雅集活动。1924年国民党在广州召开第一次全国代表大会时参与会议文件起草，并当选为中央执行委员。1925年7月任广州国民政府主席、军事委员会主席和国民党中央政治委员会主席。1927年到上海，再至武汉主持武汉国民政府，7月15日在武汉发动七一五反革命政变。1931年九一八事变后，主张对日妥协。1932年后，历任国民党中央政治会议主席、南京国民政府行政院院长和外交部长等职。抗日战争初期担任国民党副总裁、国民参政会议长和国防最高会议副主席。1938年12月潜离重庆去越南，在河内发表声明公开投降日本。1940年3月在南京成立伪国民政府，任主席。1944年11月10日死于日本。有《汪精卫文存》《双照楼诗词稿》等。

汪兆铭

汪承宽(1879—?) 江苏青浦(今属上海)人。字颂良。南社社友。1912年12月25日由王培孙、胡寄尘、吴定九介绍入社，入社书编号364。民国初年任教于上海南洋中学预科。辑有《秋老七旬唱和集》等。

汪　洋(1881—1921) 安徽旌德人。字子实，号影庐，别署影生、破园。南社社友。1912年3月13日由陶小柳、朱少屏、叶楚伧介绍入社，入社书编号230。曾在《东三省日报》《中华民报》主笔政。民国初年任职于上海《民权报》。后依附许世英，为(江苏省)上海电报局局长。1916年8月参加在上海愚园倚翠轩举行的南社临时雅集。平生性喜游历，曾去过西伯利亚、圣彼得堡等地。喜集邮。1921年病殁。著有《影生杂记》《西湖四日记》《息影枝谭》等。

汪振镛(1893—?) 江苏吴县(今苏州)人。字闰知，号桐生。南社社友。1911年2月12日由俞锷介绍入社，入社书编号119。民国初年供职于江苏铁路营业所上海火车站电报房。

汪莹中(生卒年不详) 籍贯未详。新南社社员。

汪容甫文笺 文集。3卷，2册。古直撰。中华书局1924年初版，铅印本。1929年再版，列入"层冰草堂丛书"。罗庸署端。有广陵对、黄鹤楼铭、汉上琴台之铭、经书院吊马守贞文、泰伯庙铭、浙江始祀先蚕之神碑文和自序、哀盐船文、吊黄祖文、孤父之盗颂以及李君之铭、贾君之铭、冯君之铭、乔君之铭、毕尚书母张太夫人神祠之铭等篇。附录有王引之《汪先生行状》、卢文弨《祭汪容甫文》、顾千里《汪容甫哀词》。

汪啸叔(生卒年不详) 安徽合肥人。淮南社社友。

汪　谦(1899—?) 江苏太仓人。字受益。南社社友。1916年由朱瘦桐介绍入社，入社书编号628。

汪　痴(1878—?) 江苏金山(今属上海)人。字叔宜，号甦鹿，别号野鹤。南社社友。1909年由高旭介绍入社，入社书编号23。民国初期与戚饭牛等合编《销魂语》杂志。擅联语。种菊亦有方。

汪精卫先生文集 政论著作。汪精卫著。6编，1册。上海中山书店与群众图书公司民国初版。第一编"党义"收中国国民党史概论等35篇，第二编"党务"收四月六日寄李石曾的一封信等22篇，第三编"政治"收论革命的趋势等26篇，第四编"国际问题"收巴黎和议后之世界与中国绪论等8篇，第五编"杂著"收执信的人格和廖仲恺先生传略等4篇，第六编"诗词"收戊戌狱中杂诗等70题诗词。

汪精卫先生讲演集 政论著作。汪精卫著。1册。上海爱知社1926年初版。含政治与群众、三月一日在全国国民会议促成会演说辞、平和奋斗救中国、孙大元帅北上入京之经过、国民革命之意义、廖仲恺同志之人格与事业、悼廖仲恺同志勖诸同志、革命的分子应有之决心、广东人民今日应有之决心、十月二日在陆军军官学校就职党代表演说词、国民政府特别党部成立日演说词、我们应该怎样的努力、欢迎港侨之演说词、国民党第二次全国代表大会开幕日演说词、国民党第二次全国代表大会欢迎词和什么是反革命等讲演16篇。

汪精卫先生讲演集·第二集 政论著作。汪精卫著。1册。上海爱知社1927年初版。含我们怎样实行三民主义、东征之意义、说明组织代表团赴京原因、特别委员会宴会商界之演说、莅军政学农工商大会之演说、莅罢工委员会报告关于军事计划、莅罢工委员会报告政治、东征胜利即罢工胜利、莅各界人民大会之演说、国民政府庆祝双十节之演说、莅各界妇女联欢大会之演说、怎样才能实行民生主义、中国国民党何以有此次的宣言和中国实业之救济方法14篇。

汪精卫先生集·双照楼诗词稿 诗词集。汪精卫著。1册。汪主席遗训编纂委员会刊本，1945年5月出版。全书分小休集(上)、小休集(下)、扫叶集、三十年以后作，共4卷。每卷前均有汪氏小序，另"小休集"下附有曾仲鸣跋。

汪精卫全集 政论著作。汪精卫著。4册。上海三民公司1929年初版。褚民谊署端。前有作者肖像、革命传略、序文墨迹和中文签字。含最近言论集、历年诗文集、历年讲演集、国际研究集、中国国民党史料和补编。

汪　粹(1866—?) 江苏金山(今属上海)人。字叔纯。南社社友。1910年由高旭介绍入社，入社书编号48。

沙世杰(1885—?) 江苏海门人。字凤千。南社社友。1917年5月由陆曾沂介绍入社，入社书编号889。曾留学日本，1906年在东京《法政杂志》上发表《山路爱山论清国法律学之事》。

沪上遇邵元冲即送之奉天 诗篇名。七律。叶玉森作，刊于1914年8月《南社丛刻》第十一集。这首诗写于上海，是一首送邵元冲赴奉天(今沈阳)的赠行诗。写雨夜于上海遇邵元冲，脱帽礼敬，相互之间立谈胜利"快史"，观演《嘉定屠城记》的惨剧，表现作者与邵元冲都有游子的思乡之梦，青少年时代都曾想征战沙场，抒发何时一起登上昆仑山顶，看黄河一线向东流的理想。诗人善于创造意象，营造意境，末句"笑看河流一线黄”，将“黄河”的“黄”倒调句末作韵脚，新颖巧妙。

沈天行(1894—?) 江苏常熟人。字怀北。南社社友。1914年7月由高旭、拓泽滨、姚鹓雏、冯心侠、狄君武介绍入社，入社书编号438。早年毕业于上海震旦大学。

沈见羊(生卒年不详) 籍贯未详。新南社社员。

沈凤章(1894—?) 浙江嘉善人。字君怀。南社社友。1917年9月23日由郁佐梅介绍入社，入社书编号962。早年在西塘镇第二高等小学任教。

沈文华(1869—1934) 浙江嘉兴人。字一均。南社社友。1916年12月1日由张传琨介绍入社，入社书编号740。民国初期任职于杭州浙江省议会嘉兴丙辰俱乐部。1917年4月参加在杭州西湖葛荫山庄举行的南社临时雅集。

沈文杰(1881—1960) 江苏吴江(今苏州市吴江区)人。字龙圣，又字龙笙。南社社友。1909年由柳亚子介绍入社，入社书编号16。与沈昌直、沈昌眉合称“芦墟三沈”。早年入京都大学堂习法律，并在北京大学法科任教。辛亥革命后赴上海，任《太平洋报》《民国日报》编辑。后又应徐谦之聘去北京任法语学校教师，为赴法勤工俭学学生教授法语。后又回到北京大学法科继续学业，毕业后参加民国招聘县长的考试，录取后分到江西，先后任峡江、南城等县知事。1926年随东路北伐军到江苏，出任建设厅主任秘书、代厅长，1927年四一二反革命政变后去职。后从事司法工作，自吴县地方法院推事递升至最高法院推事。抗战时期出任苏州高等法院院长伪职。中华人民共和国成立后寓居苏州，为图书馆编写英、法、日、德等外文书目。今人辑有《三凤堂诗存》行世。

沈文炯(1867—1948) 江苏吴江(今苏州市吴江区)人。字祥之，号中路，别署翠娱。南社社友。1917年9月由沈志儒介绍入社，入社书编号971。幼年勤奋好学，能诗善画，后中秀才。1902年协助金松岑创办同川公学及体育会。1905年创办正则小学，后与任味知同创丽则女学，任校长。后赴上海结识于右任。30年代初任鸿昌煤厂秘书。抗日战争后期，曾在吴江一家煤炭公司当秘书。1948年病逝。工诗兽画，性格豪爽。自号中路，称“中国的路索”(卢梭，一译路索)。著有《翠娱堂野乘》。

沈尹默(1883—1971) 浙江吴兴(今湖州)人，生于陕西兴安(今安康)。原名实，字中，又名君默，一作君墨，更名尹默，号秋明，又号东阳仲子，别署瓠瓜。南社社友，书法家。1917年6月由刘季平介绍入社，入社书编号923。早年肄业于嘉兴师范学校。1905年随兄留学日本，1912年毕业于京都帝国大学文科。归国后任教于浙江省立第一中学、浙江高等学堂及浙江两级师范学校。1914年赴北京，任北京大学文史教授，还先后兼任北京女子师范大学、中法大学教授。曾力荐陈独秀到北京大学担任文科学长。1918年与陈独秀等创办《新青年》杂志，任该杂志编辑，倡导文学革命和白话新诗。1919年五四运动时期参加新文化运动。1929年任河北省政府委员兼教育厅厅长。次年改任国立北平大学校长及北京大学文学院中国文学系名誉教授。1931—1933年任中法大学教授、中法大学孔德学院院长兼中法文化交换出版委员会主任委员。1934年参加北平研究院史学研究会，任研究员。抗战期间到重庆担任国民政府监察院监察委员。抗战胜利后辞去监察委员职务，寓居上海。中华人民共和国成立后任中央文史研究馆副馆长，上海文史研究馆馆务委员，上海市人民委员会委员及全国人大代表，第二、三届全国政协委员，上海文联副主席，上海中国画院画师，上海中国书法篆刻研究会主任，上海文物保管委员会委员，复旦大学教授等职。长于诗、词。擅长正、行、草书各体，尤以行书见长。对于笔势、笔法的理论阐发和艺术实践，对近代书法界有深刻影响。著有《秋明集》《秋明室杂诗》。另有《书法论丛》《历代名家学书经验谈辑要释义》《沈尹默书法集》等。

沈尹默

沈尹默书澹静庐诗剩 书法。金士衍撰，沈尹默书。1卷，1册。1948年影印本。钱罕题签。

沈尹默故居 位于上海海伦路504号。为沿街三层两开间西式住宅。占地面积96平方米，建筑面积200平方米。1988年7月公布为虹口区文物保护单位，1989年10月装修落成，1990年10月正式对外开放。2007年对故居重新修缮，重新布局。修缮后的沈尹默故居，展室主要集中在一楼，分为3个部分，分别为新文化运动先驱、一代清才书法家、老树逢春也着花。在故居展室的100余件沈尹默遗物中，有1950年12月26日中央人民政府主席毛泽东任命沈尹默“为上海市人民政府委员”的通知书原件，1960年7月29日国务院总理周恩来签发、聘任沈尹默为“中央文史馆副馆长”的国务院聘任书原件。有沈尹默不同时期创作的书法作品、台湾友人捐赠的《沈尹默书法作品集》等。

沈右揆(1888—1937) 浙江嘉兴人。女。原名铮，字右揆。南社社友。由社友介绍入社，未填写入社书，介绍编号25。民国前期任嘉兴女子师范、县立女子中学等校美术教员。喜绘事，师从谢公展，工花卉。后得秀水(今嘉兴)画派潘雅声之教，又改习仕女，作有《金陵十二钗图》《黛玉葬花图》《贵妃图》《明妃出塞》等。1937年病故于吴兴(今湖州)。其兄沈钧儒，亦为南社社友。

沈东讷(1890—?) 江苏松江(今属上海)人。名章，字东讷。南社社友。1918年1月11日由姚民哀介绍入社，入社书编号1014。民国初期任职于上海《小说丛报》社。著有言情小说《三白桃传》《闺语》等。

沈玄庐(1883—1928) 浙江萧山(今杭州市萧山区)人。名定一，字剑侯，号玄庐。新南社社员。早年曾充任云南广通县知事、武定府知州、省会巡警总办等职。1908年4月因暗助河口起义被告发，流亡日本，加入光复会。1910年回国。武昌起义后参加上海光复之役，任苏浙学生军团总长。民国初年被推为浙江省议会议员。1913年参加二次革命，失败后再次流亡日本。1916年回国，任《民国日报》撰稿人，并被选为浙江省议会议长。1918年5月护法运动失败后由浙江避居上海。1919年在上海参与创刊《星期评论》，任主编。1920年与陈独秀在上海发起成立马克思主义研究会，并为《新青年》《共产党》等刊物撰稿。1921年2月《劳动与妇女》周刊在广州出版，任编辑和撰稿人。同年又在萧山衙前领导农民运动。1924年在上海加入国民党，参加刚成立的新南社活动。1926年出席西山会议派在上海召开的国民党二大，当选为中央执行委员。1927年四一二反革命政变后，任国民党浙江省党部改组委员兼秘书长。1928年在萧山衙前车站遇刺身亡。曾在《新南社社刊》第一集上发表《最近的新俄罗斯》《留别俄罗斯同志们的一封信》等文，著有《玄庐文存》。

沈半峰(生卒年不详) 安徽合肥人。名钧，字半峰。南社社友。由社友介绍入社，未填写入社书，介绍编号59。

沈　机(1888—?) 浙江嘉善人。字履夷，号天民。南社社友。1912年4月6日由柳亚子、邹铨、吴相融、冯心侠、费公直介绍入社，入社书编号245。

沈达先(生卒年不详) 浙江绍兴人。南社社友。1915年11月27日由姚鹓雏介绍入社，入社书编号575。民国初期任职于上海进步书局，与沈骏声为同事，两人同时加入南社。

沈华昇(1896—1974) 江苏吴江(今苏州市吴江区)人。女。新南社社员、南社纪念会会员。早年在盛泽女校任教。1923年10月与毛啸岑结婚后调黎里县立第四高等小学任教，并与其丈夫同时参加新南社。1956年3月赴京出席全国工商业者家属和女工商业者代表会议，受到党和国家领导人接见。还介绍其弟沈复镜加入新南社。

沈次约(1894—1932) 江苏吴江(今苏州市吴江区)人，原籍浙江嘉兴。字剑霜，一字剑双，号秋魂。南社社友、新南社社员。1915年8月12日由顾悼秋介绍入南社，入社书编号553。自幼即有神童之誉，能诗词，工篆刻。民国成立前与朱剑锋、朱剑芒、周云、顾悼秋5人被里人称为“梨中五子”“梨村五子”。父早亡，家境贫寒，20岁即坐馆授徒。曾在上海文生氏英文补习学校习英语，翻译过英国拜伦诗作。1914年腊月与顾悼秋等人组织销寒社，作诗填词，后来汇集所作诗词成《销寒集》。1915年夏“梨中五子”又在周云家开鉴草堂成立销夏社。同年秋又与柳亚子、王大觉等人组织酒社。书法及篆刻亦佳，且善于丹青。1932年一·二八淞沪抗战时返回故里。作有《剑霜龛遗稿》。

沈汝瑾(1858—1917) 江苏常熟人。字公周，号石友，别署钝居士、听松亭长。南社社友。由社友介绍入社，未填写入社书，介绍编号2。1883年庠生。平生性行专亮，自晦于时，足迹不出吴越间。家藏金石书画甚多，尤专于砚，因爱收藏古砚，故取号以石为友。所蓄古砚多为前代稀珍品，并皆有吴昌硕篆铭，后刊有《沈氏砚林》。工诗词，善书，师宗王羲之。能作花卉，与吴昌硕过往甚密，并时与蒲华合作。精刻砚。著有《石友诗砚谱》《鸣坚白斋诗》等。

沈观察晋弭兵记 杂史。陈守谦述稿。2卷，1册。英商顺成书局清光绪二十九年(1903年)石印本。伊立勋署端。有《退敌篇》上下和《平教篇》上下各1卷，叙述江苏候补道沈公敦庚子(1900)九月、辛丑(1901年)二月退敌记。

沈志儒(1872—1946) 江苏吴江(今苏州市吴江区)人。名大椿，字子如，号志儒。南社社友、新南社社员。1911年10月6日由钱祖宪介绍入南社，入社书编号188。1946年病故。

沈体兰(1897—1976) 江苏吴江周庄(今属昆山)人。原名流芳，字体兰，以字行。南社社友、新南社社员。1918年7月4日由柳亚子介绍入南社，入社书编号1030。1922年毕业于苏州东吴大学理科。1927年与吴耀宗等发起组织中国基督教学生运动协会，任中华基督教青年会全国协会学校组干事。1928年赴英国留学，获英国牛津大学文学硕士学位。1931年回国后任上海麦伦中学校长。曾创办民众学校、补习学校和义务学校。九一八事变后发起组织时社。1936年参加上海各界救国联合会，任理事，并参加救国十人团等活动。是年，在麦伦中学建立科学馆(1951年被学校董事会命名为“体兰馆”)。1937年八一三淞沪抗战爆发后，加入宋庆龄等人发起组织的保卫中国大同盟。1941年赴内地办学。抗战胜利后返回上海，复任麦伦中学校长。后任上海圣约翰大学教授，与张志让等发起成立上海各大学民主教授联谊会，发表宣言支持学生运动。1946年参加中国民主同盟。1949年1月离开上海，转道香港赴北京。4月16日参加在北京中山公园来今雨轩举行的南社、新南社最后一次联合临时雅集。后参加第一届全国青年代表大会，任主席团副主席。继又参与筹备并出席第一届全国人民政治协商会议，任副秘书长。曾任东吴大学文学院院长、燕京大学教授、华北高等教育委员会委员。中华人民共和国成立后历任政务院文教委员会委员、华东军政委员会教育部副部长、全国政协委员、上海市政协副主席、上海市体育运动委员会主任、民盟中央委员等职。1953年加入中国民主建国会，任民建上海市委员会常务委员。著有《撷劳楼诗话》。从兄沈肤云，亦为新南社社员。

沈君匋(1893—) 江苏吴县周庄(今属昆山)人。原名惟埏，更名延。新南社社员。曾出席1923年10月14日新南社成立大会。曾受朱文鑫之聘担任南洋路矿学校教师。后任国民党中央执行委员会秘书处秘书。1934年9月起担任中央公务员惩戒委员会委员，直至1948年9月被免职。兄沈君崇，亦为新南社社员。

沈君崇(生卒年不详) 江苏吴县周庄(今属昆山)人。新南社社员。1921年9月《蚬江声》半月刊在吴县创刊后，每期四版由其弟君匋二人负责在上海排版，印好后再运回吴县发行。弟沈君匋，亦为新南社社员。

沈英领(1896—?) 浙江绍兴人。字铁民，号饮冷。南社社友。1918年9月1日由高旭、宋琳介绍入社，入社书编号1033。

沈昌直(1882—1949) 江苏吴江(今苏州市吴江区)人。乳名阿存，字古愚，一字次公，号颖若。南社社友、新南社社员。1909年11月由柳亚子介绍入南社，入社书编号15。年仅19岁即与其兄昌眉搜拾先君零星诗稿辑成《春壶残滴》两卷，并到黎里开鉴草堂坐馆当塾师，结识柳亚子。次年应县童子试，未几科举废止，入上海理科学堂习西学。1909年初与兄昌眉倡办分湖文社。1912年赴江苏省立无锡第三师范学校任教，后又赴苏州中学任教。教学之余潜心古文，钻研音韵学，擅长考据。与陆简敬创办求是学社。著述颇多，可惜毁于日寇战火，劫后曾自定《爨余集》一稿和《爨余集遗稿劫后拾零》。著有《文字源流》《存庑读书偶笔》。1992年遗稿与其兄昌眉遗稿一起编定为《吴江沈氏长次二公剩稿》1册。

沈昌眉(1872—1932) 江苏吴江(今苏州市吴江区)人。字长公，号眉若，别署昂青。南社社友、新南社社员。1909年由柳亚子介绍入南社，入社书编号14。1896年中秀才。1909年初与其弟昌直在家乡成立分湖文社。一生从事教学，早年在私塾执教，后任教于芦墟陶冶学堂和黎里树人学堂。1922年江苏省立苏州第一师范学校开设吴江分校后，任职于该校教职员培训班。后接办高等小学，襄理筹划，继办完全小学。与柳亚子交谊甚笃，被引为知己。著有《长公吟草》等。1992年遗稿与弟昌直遗稿被编定为《吴江沈氏长次二公剩稿》1册。

沈肤云(生卒年不详) 江苏吴江周庄(今属昆山)人。原名泽民，字肤云，以字行。新南社社员。曾任国民党中央执行委员会秘书处干事。1924年10月10日参加新南社第三次聚餐会。从弟沈体兰，是南社社友、新南社社员。

沈怡中(1888—?) 江苏嘉定(今属上海)人。名琨，字怡中。南社社友、新南社社员。1911年5月15日由朱少屏介绍入南社，入社书编号152。早年参加中国同盟会。

沈宗畸（1864—1926） 广东番禺（今广州）人。字太侔，号南雅，别署南野、孝耕等，晚号晚闻翁、繁霜阁主。南社社友。1912年8月12日由陈蜕庵介绍入社，入社书编号291。幼年随父宦游扬州，1889年中举人，官至光禄寺署正。1908年在北京与延清、金绶熙等人成立著涒吟社，并创办社刊《国学一斑》（后改名《国学萃编》）半月刊，任主编。后寓居南京、北京，与各地名士冒广生、袁祖光等谈诗论词。工诗词散文，中年因赋《落花诗》得名，人称"沈落花"，为人风流倜傥，潇洒不羁。曾任《女子白话旬报》主笔。平生喜刊书，辛亥革命后寄寓北京番禺馆，鬻文自给。1926年病逝于北京。生平著述甚丰，著有《晚闻室随笔》《南雅楼诗话》《便佳簃杂抄》等，辑有《炼庵骈体文选》《实获斋文钞》《东华琐录》等数十种。

沈括诗词辑存 诗词集。胡道静编。上海书店出版社1985年11月出版。作者后记曰："余自校注梦溪笔谈，留心沈氏逸著，自历算医农以至诗文，凡有可寻，悉加钩沉。毕读永乐大典残存七百卷弱，于存中诗作得十许篇，皆皇朝文鉴、宋艺圃集、两宋名贤小集、宋诗纪事所未著录，别自天台集、瓮牖闲评、后村千家诗、以至地志山记检搜共逾周甲之数。"

沈厚和（1891—?） 广东番禺（今广州）人。原名澂，亦作彻，字季蔼，又字天素，号向生。南社社友、南社湘集社友。1910年由蔡哲夫介绍入社，入社书编号77。其兄沈厚慈，亦为南社社友。

沈厚慈（1884—1915） 广东番禺（今广州）人。字冰雪，一字孝则，号澹静。南社社友。1910年由蔡哲夫介绍入社，入社书编号76。为军阀所陷，被羁押于广州高华里看守所，1915年夏死于狱中。著有《在莒吟草》《悼亡诗百绝》。其弟沈厚和，亦为南社社友。

沈厚慈

沈钟英（1900—?） 江苏吴江（今苏州市吴江区）人。字积孙。南社社友。1916年3月24日由沈志儒介绍入社，入社书编号587。

沈钧业（1884—1951） 浙江绍兴人。字越民，一字馥生，又字馥荪，号复生，又号复庵、馥庵。南社社友。1911年8月27日由陈陶遗介绍入社，入社书编号169。1899年中秀才，后入绍兴府中学堂。1905年加入光复会。同年随徐锡麟等留学日本早稻田大学，并在日本加入中国同盟会。1907年皖案、秋案发生后遭通缉，避祸南洋，在爪哇、泗水等地为重建光复会奔走。1910年章太炎、陶成章在东京重组光复会总部时，任光复会南洋执行总部执行委员，并在泗水《汉文新报》主持笔政。辛亥革命浙江光复后回国，任浙江军政府教育司司长。后调任省政务厅厅长、金华道尹、山东省政务厅厅长、浙江省议会第三届议长等职。1925年任直隶省署顾问。1929后任吴淞沙钓船稽征局局长、江苏省财政厅观察等职。1931年九一八事变后，回绍兴从事地方公益事业，纂修县志，从事著述。40年代初投入抗日救亡运动，兴办慈善事业，筹办难童教养所。卒后遗留日记30余本，诗稿1册。编辑有《绍兴县志资料》，校勘有《祁忠敏公日记》，重印有《嘉泰会稽志》《山阴县志》，撰有《绍兴县氏族考》等。

沈钧儒（1875—1963） 浙江嘉兴人，生于苏州。字秉甫，号衡山，又号隐佛、美髯公，晚号民主老人。南社社友、广东分社社员、南社纪念会会员，法学家。1912年8月7日由陈去病、徐自华、张恭介绍入南社，入社书编号287。15岁中秀才。1904年中进士，被签分刑部贵州司主事。次年被公派留学日本，入东京私立法政大学习法政，加入光复会。1907年学成回国后在浙江等地从事立宪活动。同年9月任浙江省谘议局筹办处总参议，旋即当选为谘议局副议长。1909年任浙江两级师范学堂监督（即校长），次年又与人联合创办了全国第一座私立法专——浙江省私立法政专门学校，任维持员、宪法教师、代理校长。1911年参加辛亥革命，浙江光复后任临时警察局长。第二年当选为浙江省教育会副会长、省临时议会议员、省教育司司长。同年4月被选为统一共和党参议，5月加入中国同盟会，年底当选为国会参议院浙江省候补议员。1913年二次革命失败后参加欧事研究会，并参与组织民宪党。1918年到广州参加护法军政府，任护法国会参议院议员。1920年9月任广州护法军政府总检察厅检察长。

沈钧儒

1922年在上海任《中华新报》主笔。同年6月北上，任北洋政府国会参议院秘书长，并当选为国会宪法起草委员会委员。1923年辞职回上海，并当选为上海市特别市民公会常务委员。东路北伐军攻克浙江后，出任省长公署政务委员会委员兼秘书长。1927年四一二反革命政变时，与褚辅成同时被捕，后获释回上海。同年秋任上海法科大学（后改名上海法学院）教务长，同时执律师业。1933年创办正行女子中学，任董事长，后又亲任校长。同年参加发起组织中国民权保障同盟，任法律委员。1935年率先响应中国共产党建立抗日民族统一战线的号召，先后发起组织上海文化界救国会（任执行委员）、上海各界救国联合会（任主席）。1936年与宋庆龄、马相伯等成立全国各界救国联合会，任执行委员兼常务委员。同年11月与章乃器、邹韬奋、李公朴、史良、王造时、沙千里7人被国民党政府当局逮捕入狱，史称"七君子事件"。抗日战争全面爆发后出狱。1942年参加中国民主政团同盟，1944年9月改组为中国民主同盟，任民盟中央执行委员、常务委员。抗战胜利后任中国人民救国会主席。中华人民共和国成立后历任中央人民政府委员、最高人民法院院长、全国人大常委会副委员长、全国政协副主席等职，并当选为民盟中央第一副主席、主席。1963年在北京逝世。著有《宪法要览》《家庭新论》《寥寥集》等。其妹沈右揆，亦为南社社友。

沈钧儒文集 文集。沈钧儒著，周天度编。1册。北京人民出版社1994年第一版。前有沈钧儒肖像。黎澍作序。收沈钧儒先生从清末参加科举考试和投身救国运动，直到他为社会主义事业努力工作达60年的思想和活动的记录。有后记。

沈钧儒纪念馆 位于浙江嘉兴南帮岸3号。原为沈钧儒祖居。始建于清嘉庆、道光年间，是一幢江南常见的清代风格民居建筑。前为厅堂，后为两层的座楼，中间隔一个天井，两侧是厢房，外面围以砖墙，自成一个独立的院落。院落内的空地处置假山水池，植草坪佳树。头门在抗战初期被毁，仪门在20世纪70年代即已破敝不堪。保存比较完整的是大厅、吉门和堂楼。后按原样重建，占地面积2 100平方米，建筑面积740平方米，辟为"沈钧儒纪念馆"。1998年6月11日开馆。纪念馆前厅放置铜铸的沈钧儒坐像。前厅和堂楼陈列、展出400多幅照片和100多件实物。

沈钧儒家书 书信集。沈钧儒撰，沈钧儒纪念馆编。群言出版社2008年6月出版。该书收入沈钧儒1901—1957年间不同历史时期的217封家书（书后附有《沈钧儒大事年表》）。这些书信既寄托了沈钧儒对亲人们的深情厚意，又反映了沈氏政治活动的轨迹，是研究沈氏学术思想的第一手资料，具有重要的史料价值。

沈秋凡（1862—?） 浙江嘉兴人。名云，字秋凡，号闻湖蘧庐生。南社社友。1910年由柳亚子介绍入社，入社书编号75。早年曾执家乡盛湖公学教习。为郑佩宜父郑式如作《留余斋后记》一文。采摭渊博，亦足名家。著有《盛湖竹枝词》。

沈重威（1893—?） 江苏吴江（今苏州市吴江区）人。名圻，字重威。南社社友。1917年8月由沈志儒介绍入社，入社书编号953。民国初期曾在吴江南门外第二国民学校任教。

沈复镜（1897—1978） 江苏吴江（今苏州市吴江区）人。名宝钰，字复镜。新南社社员、南社纪念会会员。其姐沈华昇，亦为新南社社员。

沈禹钟（1898—1972） 浙江嘉善人。名德镛，字禹钟，别署默庵、春剩。南社社友。1918年2月14日由余十眉介绍入社，入社书编号1019。毕业于嘉兴府中学堂。1917年任职于上海商务印书馆编译所。除参加南社外，还加入青社。20年代曾主持编辑《东方朔》《社会之花》等杂志。善诗，又工书法。曾任南方大学教授。抗战时投笔从商，任中法大药房董事会秘书，业余从事写作，常为西塘的《平川》《乡心》等家乡报刊撰稿。晚年犯气喘病，1972年病逝于上海。著有《照楼诗》《谈艺录》《沈禹钟小说集》等。

沈禹钟小说集 短篇小说集。沈禹钟著。1册。上海大东书局1926年初版。含故屋、荒碑记、山居、婚夕、电话的时间过去了、迁居、蹇宇记、有些疯了、两日记者、环境之爱、春夜、归来、归宁和邂逅记等篇。

沈觉人（1884—?） 江苏吴江（今苏州市吴江区）人。名天民，字觉人。南社社友。1917年7月由柳亚子、陈洪涛介绍入社，入社书编号945。民国初期曾任教于苏州桃坞中学，后又任吴江县第一初等小学校长。

沈冠时（生卒年不详） 籍贯未详。新南社社员。

沈诵之(1893—?) 江苏武进(今常州)人。名沅,字诵之。南社社友。1912年9月9日由陈蜕庵介绍入社,入社书编号302。

沈 砺(1879—1946) 江苏松江(今属上海)人,原籍浙江嘉善。字勉后,一字嘐公,号道非。南社社友、新南社社员、南社湘集社友。1909年11月由柳亚子介绍入南社,入社书编号10。是参加南社第一次雅集暨成立大会的17位社友之一。早年任上海浦东中学堂教员,1906年1月加入中国同盟会,1907年5月清明节与陈去病、高旭等5人赴苏州虎丘谒张国维祠。民国初年任松江军政分府参谋长,1912年7月25日参与创刊上海《民国新闻》,任撰述、编辑兼文苑栏主任。后历任南京国民政府秘书、文官处参事。1946年冬在南京寓所因煤气中毒而身亡。

沈骏声(生卒年不详) 浙江绍兴人。南社社友。1915年11月27日由姚鹓雏介绍入社,入社书编号574。民国初期曾任职于上海进步书局,与沈达先为同事,两人同时加入南社。

沈琬华(1892—?) 浙江嘉善人。女。字范娟。南社社友。1917年3月由其丈夫余十眉和周芷畦介绍入社,入社书编号837。

沈雁冰(1896—1981) 浙江桐乡人。原名德鸿,亦署德洪,字雁冰,笔名茅盾。新南社社员,作家、文化活动家。1916年北京大学预科毕业后到上海,进入商务印书馆编译所任职。1918年接编《小说月报》。1919年参加五四运动和早期共产主义小组活动,参加建立中国共产党的筹备工作。1920年12月,与郑振铎、叶圣陶等在北京发起成立文学研究会。

沈雁冰

1921年5月与郑振铎、欧阳予倩、熊佛西等13人在上海成立民众戏剧社,并创办《戏剧》杂志。同年7月中国共产党正式成立后,成为第一批中共党员。10月参与开办上海平民女校,任教员。翌年任中共上海地方兼区执行委员会委员,负责宣传工作。1924年6月由陈望道介绍入新南社。1925年五卅运动中参与编辑《公理日报》。同年12月去广州出席国民党第二次全国代表大会,会后担任国民党中央宣传部秘书、《政治周报》副总编辑,并在上海与恽代英等组成国民党上海特别市党部,任主任委员。1926年当选为中共上海区委委员,同年10月赴武汉任中央军事政治学校武汉分校政治教官,其间又担任汉口《民国日报》总编辑。1927年四一二反革命政变后因遭到国民党的通缉,被迫潜回上海,以笔名"茅盾"创作《幻灭》《动摇》《追求》三部曲。1930年3月离开日本回上海,参加中国左翼作家联盟。1937年抗战全面爆发后从事抗战救亡工作,任上海文化界救亡协会理事,8月任《救亡日报》编委,9月与巴金等主编《呐喊》周刊。不久去广州创办并主编《文艺阵地》,并担任香港《立报》副刊《言林》主编。1938年底去新疆大学文学院任教,并担任教务主任、院长,主持新疆文化协会工作和担任中苏文化协会新疆分会会长。1940年到延安参观学习和讲学,曾在鲁迅艺术学院和陕甘宁边区文协讲课。此后辗转于重庆、桂林、香港,曾担任郭沫若主持的文化工作委员会常务委员,创办并主编《笔谈》,参加邹韬奋主持的《大众生活》编委会,主持中外文化联络社,主编《文阵新辑》等。1946年底应邀访问苏联。1947年底又在香港创办《小说》月刊,主编《文汇报》《文艺周刊》。1948年底由香港绕道回到北京。次年3月与郭沫若等发起组织全国文学艺术界联合会,任筹委会副主任。同年4月16日参加在北京中山公园来今雨轩举行的南社、新南社最后一次联合临时雅集。中华人民共和国成立后当选为中国文联副主席、作协主席,并任政务院第一任文化部长,历届全国人大代表、全国政协常务委员和第四、第五届全国政协副主席。著译宏富,主要作品辑有《茅盾文集》10卷、《茅盾全集》40卷等。夫人孔德沚,亦为新南社社员。

沈舜廷(生卒年不详) 浙江嘉兴人。名诰,字舜廷。南社纪念会会员。曾主编《电影月刊》。

沈嘉康(1883—?) 浙江绍兴人。字希侠。南社社友。1910年由俞锷介绍入社,入社书编号54。

沈毓清(1885—1951) 江苏吴江(今苏州市吴江区)人。字咏裳。南社社友。1911年7月4日由沈昌直介绍入社,入社书编号159。1901年与其兄毓源双双考中秀才,后因取消科举考试而以执教为业。生性活跃,与沈昌直素有交情。与其兄毓源(亦为南社社友)两人终身以教书为业。

沈毓源(1884—1932) 江苏吴江(今苏州市吴江区)人。字咏霓。南社社友。1915年1月29日由柳亚子、沈昌直介绍入社,入社书编号486。1901年与其弟毓清双双考中秀才,后因科举考试取消而以执教为业。1917年始,曾为柳亚子搜罗乡邦文献,觅得署名上元侍史费淑的《红梨阁诗草》抄本。与其弟毓清(亦为南社社友)两人终身以教书为业。

沈墨仙(1879—1967) 江苏松江(今属上海)人。名翰,字懒龙,一字孟骞,号墨仙。南社社友。1910年由高旭介绍入社,入社书编号94。早年从胡公寿学画,山水花卉均能入品,后以此为业,尤擅梅竹。后居于沪上,加入上海邑庙书画善会,并任城东、坤范女子中学教师。1961年7月受聘为上海文史研究馆馆员。合作出版有《当代名画大观》。

沈　镕(1886—1949) 浙江吴兴(今湖州)人。名一作熔,字伯经,号天贶生。南社社友。1915年9月由胡寄尘介绍入社,入社书编号558。早年入南洋法官养成所习法政。擅长诗文,爱好绘画和篆刻。民国初年在《民权画报》发表《外债亡国》《爱国纳捐》漫画。后应上海国学扶轮社之聘,担任上海大东书局、进步书局、中华书局编辑,编撰过《中华新字典》《中华万字字典》《虚字指南》等字典及书籍。后又任职于吴江农民银行,执教于南浔镇中小学及南浔国学讲习馆。晚年在故里与同为中华书局编辑的王建民等发起成立愚社,编印《愚社唱和》二集。

沈镕坚拒伪职 南社掌故。沈镕在湖州南浔执教37年,桃李满天下。抗战时期,闲居在家乡,创设时化补习学校,课徒为生。时日伪教育会有甄别教师之举,沈镕认为此乃奇耻大辱,坚拒不试。有来询者,均以所作《满江红》词答之:"羞曳裾,侯门侧。懒长揖,将军客。但杜门兀坐,醉醒皆得。五斗何如归去好。一瓢差胜嗟来食。视不义、如浮云……"当时物价飞涨,沈镕虽遭解聘,亦无所畏惧。

怀太炎狱中即和其赠邹容韵(其一) 诗篇名。五律。黄人作。具体写作时间不详。1903年章太炎因《苏报》案被捕入狱,次日致书邹容,"大义相招",已躲入传教士之家的邹容见信,慨然投狱,以示无畏。章太炎作《狱中赠邹容》曰:"邹容吾小弟,被发下瀛洲。快剪刀除辫,干牛肉作糇。英雄一入狱,天地亦悲秋。临命须掺手,乾坤只两头。"章太炎入狱,黄人派儿子肇伯前去探望,并写下两首和韵诗,表达向望与声援之意,此为其一。抒写章太炎、邹容双双入狱后,二人在上海中方上海县令与英美各国公共租界公廨多堂会讯期间,于法庭上宣扬革命,一时声名大震,认为强权尚且能赦覆巢之卵,民德却坏在干粮上,因小利而乱大德。学界泰斗章太炎虽然被囚,但意气风发,斗志雄壮,而清廷却已呈现衰败气象。一座铸钱的铜山,价值难以估量,但也无法超出一颗腐儒的头颅。由此热烈赞颂了章太炎的英勇的反清革命精神。诗句跌宕多变,对比鲜明,瑰奇多姿。

怀旧集 文集。柳亚子撰。1册。上海耕耘出版社1946年初版,1949年再版。收有《怀念阿英先生》《怀念胡道静兄》《新诗和旧诗》《关于大明英烈传》《我的儿童教育观》《辛亥革命外史》《一九四三年的期望》《杂谈阿英先生的南明史剧》《江左少年夏完淳传》《羿楼旧藏南明史料书目提要》《纪念诗人节》等21篇散文、杂论。

怀亚子海上 诗篇名。七律。高旭作于1913年。本篇怀念在上海活动的柳亚子,所思不见,千愁万绪,怅惘寻找。诗人忆起1912年10月27日南社在上海举行第七次雅集,自己推翻了柳亚子改"三头制为一头制"的改革主张,还有讲话不当令柳亚子难堪并于次日声明永远脱离南社的往事,故在本篇中劝柳亚子要顺应时变,不要意气用事,而要去除名士气,艰难时刻要懂得老朋友的良苦用心。向柳亚子表达自己不愿沾上六朝金粉气的诗歌美学理念,自己耿直孤行,愤世嫉俗,但由于曾经言语不当致使柳亚子离开南社,与知心朋友断交。表示应当爱护、珍惜患难之交如同琴瑟一般和谐的友情,把心交给挚友。感情真挚动人,用典自然,浑化无迹。

忧患 诗篇名。七律。余天遂作。抒写对时局的忧患,开宗明义,以月上高楼,夜气清朗,反衬时局动荡、连年忧患、暗中胆战心惊的心情;以碧海青天、帆樯远影反衬现实动荡。在抒写时局忧患基础上,后四句表现自己忧患至极、转向平静的心情。述说自己看惯了社会动荡之后,渐渐熟悉了社会浪潮的规律性,自己无意避人,也无意避世,但已厌倦听那如同风雷的不平之鸣,也就处之泰然了。诗句通俗易懂,忧患感情深厚,表面说内心转向平静,实质忧患愈发强烈。

宋大章(1888—1955) 辽宁广宁(今北宁市)人。字寰公,号辽鹤。南社社友、南社纪念会会员。1916年7月18日由景定成、杜羲介绍入南社,入社书编号652。1905年留学日本,入东京陆军士官学校,后参加中国同盟会。辛亥革命胜利后任关东都督府秘书长。民国初期任北京《新民报》《国风日报》主笔，并因撰文抨击袁世凯窃国而入狱。1916 年 8 月至 11 月参加在中央公园上林春及徐园举行的南社第六、七、八次北京雅集。1917 年任广州海陆军大元帅府咨议。1921 年任非常大总统特派驻奉天联络员。1925 年任奉天省议会议员。1928 年冬曾会同国民政府代表张群、吴铁城面晤少帅张学良，促使张学良宣布“东北易帜”。1931 年九一八事变后赴河北涿州，担任行政长官。后应吴铁城之邀赴上海任上海市政府机要秘书，兼淞沪警备司令部办公厅主任、军需处处长。后又任两广禁烟委员会主任委员、国民党中央执行委员会秘书处专门委员、国民政府行政院参议等职。平生喜爱书法篆刻，又好诗词古文，家多书画、藏书。

宋大章

宋元明诗评注读本 古诗译注。王文濡编，汪劲扶、沈镕注释。6 卷，2 册。上海文明书局 1916 年初版，1934 年第十九版。王文濡作序。收有宋元明三朝的论辩、序跋、书牍、赠序、传状、碑志、杂记、箴铭、颂赞、哀祭等篇。

宋公园 南社掌故。1913 年 3 月 22 日，宋教仁在上海北火车站被袁世凯所派凶手暗杀。葬于当时的上海闸北墓园，后墓园改称“宋公园”。今为上海闸北公园之“宋园”，有宋教仁之墓及塑像供人凭吊。

宋成钦(生卒年不详) 浙江绍兴人。越社社友。曾任《越铎日报》《越社丛刊》广告兼庶务员。

宋 沅(1880—1962) 浙江会稽(今绍兴)人。字芷生。南社社友宋琳堂侄。越社社友。

宋词举 词集。陈匪石(世宜)编著。1 册。上海正中书局 1947 年初版。陈匪石作叙。收南北宋张炎、王沂孙、吴文英、姜夔、史达祖、辛弃疾、周邦彦、秦观、苏轼、贺铸、柳永和晏几道词 53 首。每位作家有简介简评。每首词均有字数、校记、考律和评论。

宋词举(外三种) 词集。陈匪石(世宜)编著，钟振振校点。1 册。南京江苏古籍出版社 2002 年第一版。前有钟振振前言。除收宋词举外，还录声执、旧时月色斋词谭和旧时月色斋论词杂著。附钟振振的陈匪石先生传略及读陈匪石先生宋词举、唐圭璋的金陵书画社 1983 年版宋词举后记、霍松林的怀念匪石师和陈芸的先父陈匪石生平二三事。

宋金元尺牍 尺牍。王文濡编。1 册。上海文明书局、中华书局 1927 年初版，列入“历代名家尺牍丛书”。有历代名家尺牍例言。王文濡作历代名家尺牍宋金元尺牍序。有宋金元尺牍作者小传。含司马光、王若虚和倪瓒等 46 人尺牍 87 通。

宋家钵(生卒年不详) 江苏奉贤(今属上海)人。字静庵。南社社友。1917 年 10 月 5 日由顾敫、朱寿蘐介绍入社，入社书编号 985。

宋教仁(1882—1913) 湖南桃源人。原名鍊，字遯初，亦作钝初、顿初，别署遁初，号渔父、桃源渔父。南社社友，民主革命家。1911 年 8 月 4 日由朱少屏介绍入社，入社书编号 164。1903 年考入湖北武昌文普通学堂。次年 2 月与黄兴、刘揆一等在长沙创立华兴会。同年 7 月在武昌组织革命团体科学补习所(后改称日知会)。是年 11 月华兴会决定在长沙发动武装起义，后因事泄被通缉，逃亡日本。1905 年入东京法政大学，继改入早稻田大学，习法政。1905 年 8 月参与筹组中国同盟会，任同盟会司法部检事长，后又被举为同盟会湖南分会副会长。1906 年代理同盟会庶务长，主持总部工作。1907 年 4 月与白逾桓等赴东北组建同盟会辽东支部。1911 年初到上海，在于右任创办的《民立报》任主笔，并在《民立报》设立《南社丛刻》发行所。4 月赴香港，参加香港统筹部准备广州起义。7 月与谭人凤、陈其美等在上海成立中国同盟会中部总会，被推为总务干事兼文事部长。9 月在上海愚园举行的南社第五次雅集上，被推选为《南社丛刻》文选编辑员。1911 年 12 月参加在南京召开的各省代表会，会议选举孙中山为中华民国临时大总统，筹组民国临时政府。1912 年 1 月南京临时政府成立后任法制局总裁，同年 5 月到北京任唐绍仪内阁农林总长，不久辞职。1912 年 8 月同盟会改组成国民党后，被选为理事并受孙中山委托代理理事长职务。同年 8 月 13 日与景耀月、田桐、陈蜕庵、杨杏佛、仇亮等在北京发表启事，宣告设立南社北京事务所。并于 9 月在黄兴临时寓所举行南社北京首次雅集。1913 年 3 月在上海闸北火车站被袁世凯所派的刺客暗杀。著有《间岛问

宋教仁

题》《民国宪法草案》《宋教仁集》等。

宋教仁血案 民国史研究。徐血儿(徐天复)等编，蔚庭、张勇整理。1册。岳麓书社1986年初版。近世文史资料之一。伍国庆作前言。含徐血儿等的宋渔父、杞忧子的宋渔父、民立报关于宋案证据之披露、蔡寄鸥的鄂州血史(节选)、方祖燊的三湘渔父、开国史(节选)和北洋军阀史料选辑(节选)。

宋铭谷(1881—?) 江苏长洲(今苏州)人。字绳祖，号诒于。南社社友。1911年2月12日由陶赓照介绍入社，入社书编号120。民国初年供职于江苏铁路营业所。1914年5月参加在上海愚园云起楼举行的南社临时雅集。

宋渔父遗著·东瀛游学日记 日记。6册。宋教仁著。1920年桃源三育乙种农校印行。封面是文骏题"宋渔父遗著"。扉页是宋氏本人所题"我之历史"。篇前有蔡元培、于右任、章炳麟、文骏、罗萇、孙安仁、朱玉、田尚志、凤高翥等各家叙言，以及冯为崟所撰《宋教仁(传)》。书末附有宋氏"中央行政与地方行政之划分"一文及彭泽笃的跋语。此书是宋氏1904—1907年的日记(其中缺1905年9月22日至12月底)，原名《我之历史》，也曾以《宋渔父日记》为名，连载于1933—1935年的南京《建国月刊》(九卷四期至十一卷四期)，记录中国同盟会成立及初期活动，有很高的史料价值。

宋　琳(1887—1952) 浙江会稽(今绍兴)人。字克强，号紫佩、子佩。南社社友、越社社友。1911年4月22日由陈去病介绍入南社，入社书编号141。早年就读于杭州浙江两级师范学堂。后在绍兴府中学堂与陈去病等组织匡社，又与鲁迅等一起组织越社。绍兴光复后邀集鲁迅、张越民、王文灏等以越社名义创刊《越铎日报》，任总经理。后又任绍兴县教育会会长，创办《民兴日报》《天觉报》。1913年到北京，京师图书馆分馆供职。同年4月参加在畿辅先哲祠举行的南社第二次北京雅集。1916年9月参加在徐园举行的第七次北京雅集。1949年4月16日参加在北京中山公园来今雨轩举行的南社、新南社最后一次联合临时雅集。其堂侄宋沅，为越社社友、南社社友。

宋遁初先生大政见 政治文件。宋教仁著。1卷。约作于民国后。印刷品，无出版单位。收宋教仁关于国家政治体制和各种政策的施政纲领。内容包括，明确中华民国的国体是单一国制而非联邦制，实行由政党组织的责任内阁。政策上包括整理军区、统一军制，划分中央与地方的行政权限，鼓励会计制度、设立中央银行，开发实业，振兴民政，兴办国有交通，振兴教育，统一司法，运用外交等一系列关于政治、经济、文化、司法、教育、外交等方面的施政纲领。

宋痴萍(1885—1926) 江苏无锡人。名一鸿，字心白，一字辛伯，号痴萍，别署忏红。南社社友。1912年8月29日，由傅熊湘、黄梦蘧、郑叔容介绍入社，入社书编号294。曾参加云社、春柳剧社，并在无锡编辑《苏民报》。民国初年供职于《长沙日报》。1912年9月参加在长沙烈士祠举行的南社临时雅集。后到上海，执教于上海公学多年。1914年5月参加在上海愚园云起楼举行的南社临时雅集。曾为明星影片公司撰写广告、编辑特刊，并客串演戏。能诗词、写小说。晚年赋闲在家，后受乡人吴观蠡之聘编辑《新无锡报》。著有《如此江山》《是非图》等。

评论作法 新闻学著作。郭步陶著。著作时间约为1936年。全书共分3章。第一章"解题"，分为2节：第一节举例说明评论的本质，包括"评论是什么?""评论能作什么?""报纸的评论究竟是代表舆论还是创造舆论?"第二节"评论的准备"，介绍了评论的两种分类——以性质分类，包括说明、较量、判断、辩驳、劝诫等性质和以(在报纸上的)地位分类，如社论、社评、时论、专论、辩论、述评、选评、书评、剧评等。第二章"作法"，也分为二节：第一节提出了从意识上提高的要求，即基础学识的提高、不断地观摩、偏私意见的铲除、透过一层的观察；第二节提出从技术上提高的方法，即题目的辨认、全篇的规划。第三章为结论。本书作为申报新闻函授学校的讲义，是学习撰写新闻评论的实用教材。

初等博物教科书 博物教育。侯鸿鉴译。1册。文明书局1903年铅印本。卜纶章作序。全书分3部分，第一部为花虫鸟，分别对樱、芸苔、豌豆、桑、赤松、小麦、马铃薯、罂子粟、蒲公英、蝶、蜜蜂、燕的形态结构和生理功能作了简要介绍，并附以详细插图说明。第二部包括果实、种子、昆虫、鸟兽，分别以图说的形式对黄大豆、大麻、稻、柿、栗、蚜虫、红娘、蛟蜻蛉、鲤、家鸡、红啄木鸟、犬、鼠的形态结构和生理功能作了简要介绍。第三部则简要介绍了地球、石英、长石、云母、方解石、地壳、岩石及生物间的关系。

社友李叔同先生手稿 手稿影印。李叔同书。1册。杭州李叔同纪念馆2011年影印本。陈伯衡题端。此手稿为李叔同断食日志稿，原为章氏霜盦藏，辗转为朱孔阳收藏。朱孔阳之子朱德天于2010年李叔同诞辰130周年之际，秉承家父遗愿，捐赠杭州李叔同纪念馆。

社中二眉 南社掌故。吴眉孙，名清庠，丹徒优贡生，别号双红豆斋主。他参加南社，还加入午社、冶春雅社、丽则吟社。而吟社中尚有工诗词之蔡芝眉。因二人名字皆有一“眉”字，人称“社中二眉”。

社会问题演讲录 演讲集。江亢虎演讲，高维昌编记。1册。商务印书馆1923年发行。1922年，东南大学邀请江亢虎为特别讲师，三个月内共开设演讲16次，高维昌负责记录整理，后付梓。第一编为前论，对社会、社会学、社会科学、社会主义、社会政策和社会主义政策6个名词进行解释，以便于读者理解演讲内容；正文共分4章，第一章为资产问题、第二章为劳动问题、第三章为女权问题、第四章为家庭问题；最后附录“江亢虎宣言暨新民主主义新社会主义说明”。江亢虎为民国时期社会学家，学贯中西，比如对“劳动问题”的解释既引入西方的 productive、recreative、destructive 三种形态，也辨析孟子的“劳心劳力”概念，使读者有所比较。

社会改造问题 政治理论著作。诸青来著。1册。上海启智书局1932年初版。著者作例言。含何谓资本主义、国家资本主义与私人资本主义孰得孰失、社会主义之得失若何、改造之初步、共产主义与共产党、苏俄共产制沿革述评和社会主义批评等3篇7节。

社会柱石 话剧剧本。易卜生著，周瘦鹃译。上、下卷，平装2册。商务印书馆1921年10月初版。剧本写模范公民培尼克船主，其实是一个道德败坏的伪君子。他用破船运货载客，使船工死于“事故”，以此获得巨额保险金。这是易卜生写的第一部现实主义戏剧代表作，通过此剧来探讨社会道德问题，以及现代社会的经济制度在道德上的价值问题。作者藉剧中培尼克夫人姐姐劳娜之口道出：“那诚实精神和自由的精神，才是社会的柱石。”有人评论说“易卜生似乎像一个无情的大力士一样，摇撼腐朽的社会支座”。周瘦鹃在此剧本卷首也说，易卜生的这一“代表作，攻击伪君子，真是笔下有刀，十分刻毒也十分痛快”。张舍我在序言中除对周的翻译剧本作文字上的肯定外，更指出周翻译此剧本是要求学习易卜生的现实主义创作态度，研究易卜生的“剧本构造学，以为创作中国现实派剧本打好基础”。

社会科学与自然科学 演讲稿。杨杏佛著。1卷。年代不详。为青岛市观象台学术讲演会所刊之印刷品。其主要内容是说人类的各种学问都有科学化的倾向，自然科学如工程学、物理学、生物学进步最快。比较自然科学而言，社会科学则因为受到地域、阶级、国家法律和传统的风俗习惯的种种限制，难以科学化。尽管存在巨大困难，但社会科学亦应该具有终生奋斗的科学精神。

词曲概论讲义 词曲入门。徐珂著。商务印书馆出版。此书为商务印书馆函授学校国文科讲义。全书共分5章。第一章“总论”，介绍词和曲的演变历史；第二章“规律”，教授填词、制曲的各种规则；第三章“作法”，包括一、词的作法要点；第四章“作家”，介绍从唐五代至明清的著名词家和曲家；第五章“研究书目”，列举从唐五代至明清的主要词、曲集和研究书籍。该书可谓是集词、曲有关知识大成之作。

词余讲义 词曲论述。吴梅撰。不分卷，1册。北京大学1929年铅印本。吴梅作《词余讲义自叙》。有曲原、宫调、调名、平仄、阴阳、作法上、作法下、论韵、正讹、务头、十知和家数等篇章。另有民国年间同名油印本存世。还有民国年间不同名的《曲学通论》，有内容相同的东南大学的铅印本存世。

词学指南 词学著作。谢无量著。1册。中华书局1918年初版。初中学生文库之一。吴兴皞皞子作序。含词学通论和填词实用格式等2章7节。介绍了词之渊源及体制、作词法、古今词家略评、词韵、小令、中调和长调。

词学通论 词学史。吴梅著。商务印书馆1932年12月初版，1947年2月第五版。为王云五主编的“新中国文库”之一种。全书共分9章。前五章分别为“绪论”“论平仄四声”“论韵”“论音律”“作法”；后四章按历史时期分别为唐五代、两宋、金元、明清，并以词人的名作为例，综述了词“发始于唐，滋衍于五代，而造极于两宋”的历史发展概况。其中所论述的词人有唐7家、五代十国23家、北宋21家、南宋21家、金16家、元14家、明10家、清27家，所举词目有200首。

译诗三式 南社掌故。指近代作家苏曼殊、马君武、胡适翻译外国诗歌的三种不同形式。李思纯谓："近人译诗有三式：苏曼殊式，以格律轻疏之古体译之。马君武式，以格律谨严之近体译之。胡适则曰白话直译，尽弛格律矣。"《仙河集》收录陈子展《最近三十年中国文学史》："三式中却爱马式，如译嚣俄（雨果）题其情人《阿黛尔遗札》诗云：'此是当年红叶书，而今重展泪盈裾。斜风斜雨人将老，青史青山事总虚。两字题碑记恩爱，十年去国共艰虞。茫茫乐土知何在？人世苍黄一梦知。'诵之荡气回肠，不能自已也。"

灵南遗著 诗文集。冯国鑫撰。2卷，1册。1922年铅印本。庞超题签。《白苹香馆诗抄》1卷，邵松年署端。有《灵南遗像》，星圃老人作《行述》，金鹤翔作《传》，吴承垣、徐兆玮、陆宝树分别作序。徐兆玮、吴承垣、单恩藻、金鹤翔、周之纲、王承霖、许瘦蝶、戴吟古、陆宝树、吴翔凤、俞炳龙、胡福沅、俞鸿寿、丁恩龙分别题词，录诗79首。《金陵十日游记》1卷，俞钟颖署端，收录作者庚戌(1910)秋九月十六日至二十八日的南京游记。

即席送秋叶归闽兼示亚子秋陆(其四) 诗篇名。七绝。林庚白作。刊于1914年7月14日《南社丛刻》第五集。诗作为即席赠别之作，送林之夏（号秋叶）回福建，同时给柳亚子、景耀月（字秋陆）看。抒写与林之夏杯酒论交，倾倒肺腑，胆气豪壮，各自提醒对方，要珍惜自己生命，好好保护自己。抒写当大汉的旗帜飘扬在中华大地上时，谁还能记得今日的快语雄谈吗？诗风豪爽晓畅，用典自然。

层冰草堂丛书 文史资料。古直撰。5种，16卷，8册。中华书局1928年排印本。陈洵署端。《曹子建诗笺》4卷，罗常培署端。《阮嗣宗咏怀诗笺定本》1卷，曾运干作《阮嗣宗诗笺定本序》。《陶靖节诗笺定本》4卷。《陶靖节年岁考证》1卷。《层冰文略》6卷，含《诸葛忠武侯年谱》1卷，陈铭枢署端，李详《诸葛忠武侯年谱序》，古直作《诸葛忠武侯年谱自序》。《钟季子文录》1卷，钟天静著，首有天静先生肖像，古直作《钟季子文录序》，含《叙梅州》《观梅州》和《诏梅州》。《东林游草》1卷，闵孝吉作《东林游草序》。

张王乐府 乐府选注。徐澄宇选注。1卷。古典文学出版社1957年8月出版。是唐朝中期著名的诗人张籍、王建的乐府诗选注本。选注者通过对时代背景的分析，与中唐时期的其他诗人的比较，阐述张王乐府的主要特点和艺术成就，指明张籍、王建乐府诗在唐代新乐府诗歌运动中的文学史地位。由于历来张籍、王建的乐府诗只有刻本而无注本，该书填补了普及古典诗歌工作的一项空白。

张开儒(1879—1935) 云南巧家人。字藻林。南社社友、广东分社社员。1917年3月25日由蔡哲夫介绍入南社，入社书编号846。16岁中秀才，后赴昆明入五华书院，又进云南武备学堂。1904年留学日本振武学校，次年在东京加入中国同盟会。后又入日本士官学校步兵科。1908年毕业回国后任云南陆军讲武堂教官兼提调。1915年讨袁护国战争爆发后，任护国军第二军第一梯团长，后任靖国军滇军第三师师长，兼任南(雄)、韶(州)、连(县)镇守使，后又任驻粤滇军第五军军长、总司令，广州护法军政府陆军部总长、海陆军大元帅府及大本营参谋总长等职。1917年3月参加南社在广州六榕寺举行的广东分社第一次雅集。1924年因病辞职去澳门，潜修佛典。后重返昆明，1935年在昆明病逝。著有《滇军旅粤七载》。

张云飞(1879—?) 广东南海（今广州）人。名沂康，字云阶，号云飞。南社社友、南社湘集社友。1916年9月29日由蔡哲夫介绍入南社，入社书编号704。

张云林(1888—?) 江苏松江（今属上海）人。名翀，字云林，号东谷，晚号晚翠老人。南社社友。1916年5月20日由柳亚子、姚鹓雏介绍入社，入社书编号607。夫人郑咏梅，亦是南社社友。

张云雷(1883—1977) 浙江乐清人。原名廉，又名烈，字云雷。南社社友。1911年6月16日由何震生介绍入社，入社书编号157。1905年留学日本，入早稻田大学师范科，并在日本先后参加中国同盟会和光复会。1908年毕业后受陶成章指派赴南洋群岛爪哇泗水，在华侨商会主办的中华学校任教员，编辑发行《汉文日报》。1911年武昌起义后回国，任浙军与沪军、苏军之间联络员，为江浙联军攻打南京奔波于沪、杭、宁一线。民国成立后，被选为浙江省参议会议员，并创办浙江兴业银行。1913年4月参加在畿辅先哲祠举行的南社第二次北京雅集。同年参加二次革命。1922年任大总统府顾问。次年与友人在温州开设瓯海实业银行。后皈依佛门，是高僧印光大师的弟子。中华人民共和国成立后被选为乐清县人民代表大会常务委员会副主任和浙江省政协委员，并受聘为浙江省文史研究馆馆员。生平擅诗词，与苏曼殊交厚。撰有《辛亥革命见闻琐谈》。

张心芜（1883—1937） 浙江桐乡人。名长，字心芜，一作心抚，号一鸣，别署洗桐，又署东南游侠。南社社友、新南社社员。1911年10月12日由周亮才、杨锡章、陶赓照介绍入南社，入社书编号197。1913年4月和5月分别参加在畿辅先哲祠及城南崇效寺举行的南社第二、第三次北京雅集。1915年5月参加在杭州西湖孤山西泠印社举行的南社临时雅集，次年4月参加在上海徐园双清别墅举行的临时雅集。1917年4月参加在杭州西湖葛荫山庄举行的临时雅集。1923年12月至1924年1月参加在上海举行的岁寒社第一、二、四次雅集。30年代初曾任招商局秘书。1934年3月4日参加在上海西藏路宁波同乡会举行的南社临时雅集。与长沙张烝并称"南社二张"。工草书。著有《洗桐随笔》。

张心量（1898—?） 湖南慈利人。名权，字心量，号翩隽。南社社友。1917年4月10日由吴恭亨介绍入社，入社书编号865。

张世桢（1878—1935） 浙江海盐人。字树屏。南社社友。1917年2月1日由高旭介绍入社，入社书编号796。1901年秀才，后入安徽法政学堂。1911年杭州光复后出任浙军军需处长。1913年被选为北京政府国会众议院议员。同年与人集资在杭州创办《之江日报》。1918年仍当选为国会众议院议员，并在家乡海盐创办兴武小学，任校长。在上海等地经营以金融、航运为主兼及电力、矿业等实业，并支持陈光甫创办上海银行及中国旅行社。1926年曾参与筹办海盐农工银行。其所经营的企业后因受洋商买办与官僚资本双重挤压及内部管理不善而破产。

张石樵（生卒年不详） 籍贯未详。新南社社员。

张平子（1886—1972） 湖南湘潭人。名启汉，字平子，号平生。南社社友、南社湘集社友。1916年6月6日由傅熊湘、黄梦蘧、龚尔位介绍入南社，入社书编号648。早年肄业于湖南高等专门学校，后加入中国同盟会。1911年任《湖南公报》记者。1912年在长沙与李抱一等成立湖南通讯社。1914年任《公言》杂志编辑。1915年被创办人刘人熙聘为湖南《大公报》主笔。1916年9月和1917年4月参加在长沙枣园及半园举行的南社临时雅集。1924年4月至1935年10月先后参加在长沙举行的南社湘集第一、九、十二次雅集。1927年因《大公报》被查封而停职。1929年《大公报》复刊后，仍回长沙任报社社长。抗战胜利后在长沙与柳敏泉一起恢复南社湘集。并回乡筹组湘潭文献委员会，任主任委员兼《湘潭文献》主编，组织编纂《湘潭县志》。中华人民共和国成立后任湖南省人民政府参事室参事、湖南省政协委员，并受聘为湖南省文史研究馆馆员。1972年病逝于长沙。

张尔泰（1890—1938） 江苏松江（今属上海）人。字思九，号痴鸠，又号叔耐。南社社友。1917年7月24日由费龙丁介绍入社，入社书编号939。早年毕业于松江府中学堂，在南开大学肄业，后加入中国同盟会。耽诗、书、画，为松江松风诗社成员。1919年由姚鹓雏介绍赴新加坡主持《新国民日报》笔政，兼任华侨公会会长及华侨公学名誉校长。1923年被孙中山任命为广东北伐大本营咨议，派任驻新加坡海外文化宣传部主任。1938年初辗转回到上海，后在上海病故。著有《载如录存》，惜未能留存。其兄张尔鼎，亦为南社社友。

张尔鼎（1882—?） 江苏松江（今属上海）人。字定九。南社社友。1917年7月24日由费龙丁介绍入社，入社书编号938。其弟张尔泰，亦为南社社友。

张汉英（1872—1915） 湖南醴陵人。女。字蕙芬，一字慧芬，号惠风。南社社友。1911年10月10日由傅熊湘、黄梦蘧、阳兆鲲介绍入社，入社书编号194。早年肄业于长沙女子学堂。1904年与丈夫李发群一起留学日本，入青山实践女校师范班。1906年6月和丈夫一道加入中国同盟会。同时还参加中国留日女学会。1907—1910年为营救被捕入狱的丈夫多次往返于日本和国内，终获成功。1910年毕业回国后在上海协助黄兴开展革命活动。武昌起义时与唐群英等在上海组织女子后援会，募集军资、救护伤兵，并组织成立女子北伐队，任队长。辛亥革命后在湖南与唐群英等联袂在长沙创立中国女子参政同盟会和女子参政同盟会湖南支部，并发起创办《女权日报》。1913年与陈德辉等在上海发起万国女子参政会中国部会，创刊《万国女

张汉英

子参政会旬报》，任经理兼编辑主任。二次革命失败后遭袁世凯悬赏通缉。1914 年回家乡创办醴陵第一所女子学堂，自任校长兼教员，大力倡导女子教育。后因劳累过度，于 1915 年咯血而死。长于诗词，可惜大多散失。

张圣瑜（1892—1982）　江苏吴江（今苏州市吴江区）人。名锡佩，字圣瑜。南社社友。1916 年 2 月由钱祖宪介绍入社，入社书编号 581。早年与范烟桥在吴江发起油印报纸，后改用铅字排印，为吴江报纸首创。民国初期在吴江县立第二小学任教，与南社社友徐麟为同事。著有《四十无闻》。

张光厚（1881—1932）　四川富顺人。字荔丹，一字飞鬼，号天民。南社社友。1909 年由俞锷介绍入社，入社书编号 58。清末秀才。早年留学日本早稻田大学，并在日本参加中国同盟会。后游历南洋各地，归国后参加南社。1912 年辛亥革命的成果被袁世凯窃取后，与南社同人以诗歌和文字为武器，声讨和讽刺袁世凯窃国、复辟称帝的罪行。1916 年元旦创作的 18 首组诗《丙辰岁首感怀》，矛头直指袁世凯。1924 年后回到四川，与熊克武等共事，曾任遂宁县县长、崇庆县征收局长、四川省政府秘书等职。1932 年在成都病逝。生平善诗词，兼擅书法。著见《南社丛刻》。

张光萱（1901—？）　四川营山人。女。字稚香。南社社友、广东分社社员。1917 年 4 月 28 日由蔡哲夫介绍入南社，入社书编号 879。姐张光蕙、兄张光翮，亦为南社社友。

张光蕙（1899—？）　四川营山人。女。字稚兰，一字蕴香，号琅姑，别号心琼。南社社友、广东分社社员。1917 年 4 月 10 日由蔡哲夫介绍入南社，入社书编号 862。著有《项羽论》《〈三月三日哭母诗〉序》《与柳亚子书》等。弟张光翮、妹张光萱，亦为南社社友。

张光翮（1900—？）　四川营山人。字抟九，号餐霞。南社社友、广东分社社员。1917 年 4 月 10 日由蔡哲夫介绍入南社，入社书编号 863。撰有《先妣朱太恭人行状》。姐张光蕙、妹张光萱，亦为南社社友。

张同光（生卒年不详）　籍贯未详。新南社社员。

张廷华（1867—？）　浙江吴兴（今湖州）人。字蓴荪。南社社友。1915 年 7 月 24 日由胡寄尘介绍入社，入社书编号 550。民国初期在上海进步书局供职，任编辑。与同乡王文濡一起编印新式教科书，颇受各校欢迎采用，风行一时。

张传琨（1889—1961）　浙江平湖人。字卓身，号子石，笔名葡萄仙子。南社社友。1911 年 2 月 18 日由陈其美介绍入社，入社书编号 126。清末秀才，曾从章太炎学文，随霍元甲习武。后留学日本，参加中国同盟会。1911 年 11 月上海光复时曾与陈其美等一道攻打江南制造局，后息隐故乡。夫人范慕蘭，亦为南社社友。

张延礼（1868—1937）　江苏仪征人。原名扆，后名延礼，字丹斧，号丹甫、丹父、丹翁，别号无为，室名伏虎阁、环极馆、敬敬斋等。南社社友。由社友介绍入社，未填写入社书且未予编号。早年曾是扬州冶春诗社重要成员。后赴上海，任《大共和日报》主编、《神州日报》编辑，又在《晶报》供职十余年，任主笔。1919 年 4 月受韩天受之邀主编《小日报》。1929 年后参加蜜蜂画社，与贡少芹、李涵秋并称“扬州三杰”。好金石、古董，喜藏古钱、书画、甲骨，擅书法，能融合章草与瘦金体为一，亦善治印。还收藏有毛公鼎拓片，对甲骨文亦颇有研究。1937 年抗日战争全面爆发后病逝于苏州。著有社会小说《拆白党》，辑有《环极馆印谱》《敬敬斋古钤印集》《周末各国镘金考及汉铜玉印》等。

张　冰（1883—1939）　江苏淮安人。原名紫文，又作子文，后改名冰，字余生，号雪抱。南社社友、淮南社社友、新南社社员、南社湘集社友。1914 年 3 月 13 日由柳亚子、周伟介绍入南社，入社书编号 398。1909 年考入南京两江法政学堂。1910 年加入中国同盟会。1911 年在家乡举事响应武昌起义，任巡逻部稽查。1912 年秋任南京高等法院推事，后出任浙江明州（今宁波）法院检察官。袁世凯篡权后，辞官返里。1916 年张勋复辟期间曾被捕入狱，旋因张勋复辟失败下台而获释。1927 年后历任浙江宁海、衢州、嘉善等县地方法院首席检察官。抗日战争全面爆发后携眷室幼子回淮安。1939 年 5 月病殁于乡间。著有《冰湖诗集》《冰雷合稿》（合著）。

张　农（1877—1927）　江苏吴江（今苏州市吴江区）人。原名肇甲，字都金、多金，号鼎斋，别署蓬庐。南社社友。1917 年 9 月 3 日由陈洪涛介绍入社，入社书编号 954。清末秀才。弱冠之年到南京，在造币厂供职。而立之年回到家乡开办村塾，广收儿童。后来，其所办村塾被列为吴江县第一批公立小学之一。1916年初受黎里县立第一女子小学高小部之聘，任国文教员。1918—1919年曾任柳亚子三妹柳公权塾师，教读梁萧统《昭明文选》及宋元明清诗词。1927年四一二反革命政变发生后，因其女儿应春惨遭杀害而忧伤过度，不到半年即告病逝。有《葫芦吟草》诗集存世。

张聿光(1883—1968) 浙江山阴(今绍兴)人。号冶欧斋主，别署鹤苍头。南社纪念会会员。早年曾在上海徐家汇土山湾孤儿院画馆习西洋画。后在上海、宁波等地担任照相布景、舞台布景画师，学堂国画教师。1909年起为《民呼日报》《民吁日报》《民立报》等报绘讽刺漫画插图，为中国报纸漫画插图的最早实践者之一。民国初年任上海图画美术学校校长。后创办青年会聿光图画学校，自任校长。1914—1919年任上海美术专门学校教授及校长。1921年1月与陈抱一等发起创立西洋画团体晨光美术会。1926年任新华艺术专科学校教授。1928年任新华美术专科学校副校长。30年代初主持《太平洋画报》《神州日报》画刊，并担任新舞台布景主任、明星影片公司美术主任等职。1934年2月任中国画会执行委员和常务委员。抗战期间辗转西南各省写生，1945年夏返回上海，曾在上海西藏路宁波同乡会举办画展。中国画会复会后任常务理事。中华人民共和国成立后任上海中国画院画师，1956年4月受聘为上海文史研究馆馆员。擅油画、国画、漫画。国画得任伯年遗风，工人物、山水、花鸟、走兽，尤擅画鹤。代表作有《黄山云海图》等，出版有《聿光画集》。

张　纪(1883—?) 广东南海(今广州)人。字少连，号啸堪。南社社友。1919年3月20日由蔡哲夫介绍入社，入社书编号1050。曾任广州财政厅秘书。

张远煦(1875—?) 广东番禺(今广州)人。字悔庵，号笠琴。南社社友、广东分社社员。1917年1月1日由蔡哲夫、胡伯孝、刘超武介绍入南社，入社书编号780。1917年3月参加南社在广州六榕寺举行的广东分社第一次雅集。

张志让(1893—1978) 江苏武进(今常州)人。字季龙，幼年号季隆。南社社友，法学家、教育家。由社友介绍入社，未填写入社书且未予编号。早年就读于清华学校、北京大学预科和上海复旦公学。1909年11月13日与其叔父张寀甄作为来宾出席在苏州虎丘张国维祠举行的南社第一次雅集暨南社成立大会。1914年在上海大同学院毕业。次年留学美国加利福尼亚大学文科学院。1920年毕业于美国哥伦比亚大学法律系，获硕士学位，后又去德国柏林大学法律系学习。1921年夏回国，历任北洋政府司法部参事、大理院推事，并任北京大学、东吴大学教授。后在其堂弟张太雷的影响下，投身反帝反封建的大革命，赴武汉出任国民革命政府最高法院审判员。1927年四一二反革命政变后回上海执律师业。1931年九一八事变后参加抗日救亡活动。1932年春起任复旦大学教授、法律系主任，并兼任该校法学院院长。1936年任“七君子”律师团的首席辩护律师。1940年在重庆北碚复任复旦大学教授、法学院院长，兼《文摘》总编辑。后与黄炎培等创办《宪政》月刊，负责编辑。1946年随学校回到上海，后与蔡尚思、沈体兰等发起组织上海各大学民主教授联谊会。1949年初辗转到达北京，任北京大学教授并出席4月16日在中山公园来今雨轩举行的南社、新南社最后一次联合临时雅集。同年7月到上海任复旦大学校务委员会主任委员，9月参加第一届全国人民政治协商会议。中华人民共和国成立后先后任最高人民法院副院长、全国人大法案委员会委员、中国政治法律学会副会长等职。1978年任第五届全国政协常务委员。同年病逝于北京。著有《抗战与青年训练》。

张志修(1891—?) 江苏嘉定(今属上海)人。字身立。南社社友。1917年9月30日由沈觉人、徐浦介绍入社，入社书编号970。民国初期曾任苏州桃坞中学教职。

张花魂(1893—?) 江苏太仓人。名剀，字花魂，号嫣红。南社社友、南社湘集社友、新南社社员。1914年10月由胡寄尘介绍入南社，入社书编号465。夫人顾璿，亦为南社社友。

张丽真(1896—?) 广东南海(今广州)人。女。名励贞，字丽真。南社社友。1917年6月12日由蔡哲夫介绍入社，入社书编号914。民国初期曾就读于广州爱莲里开明女校。

张时敏(生卒年不详) 籍贯未详。南社纪念会会员。

张我华(1886—1938) 安徽凤阳人。南社社友。由社友介绍入社，未填写入社书，介绍编号32。早年毕业于日本明治大学法科，在日本加入中国同盟会。

归国后，历任吉林省法政学校教员、上海《神州日报》记者等。1913年2月当选为北京政府国会参议院议员。二次革命爆发后去上海。1916年8月国会复会时仍为参议院议员，同年8月27日参加在北京中央公园上林春举行的第六次北京雅集。次年9月任广州护法国会参议院议员。1918年2月任广州护法军政府海陆军大元帅府咨议。1922年3月任“鲁案”善后事宜督办顾问、黎元洪政府顾问，国会第二次恢复时继任参议员。1924年任国会参议院秘书长。1925年任全国烟酒事务署署长。1928年任国民政府外交部条约委员会委员。次年10月任外交部常任次长。1930年4月任内政部常任次长兼外交部条约委员会委员，12月任内政部代理部长。1932年辞职后寓居宣城。抗日战争全面爆发后曾组织抗敌后援会。1938年11月26日遭日机轰炸遇难。

张佚凡(生卒年不详) 浙江平湖人。女。名雪，字佚凡，一字逸帆，后改姓林，改名宗雪。南社社友。1910年8月由社友介绍入社，未填写入社书，介绍编号10。早年加入光复会。曾任上海尚侠女校教员。1910年8月和1911年2月参加在上海张家花园及愚园举行的南社第三、第四次雅集。1911年11月上海、江苏光复时，任女子北伐敢死队队长。后创办女子植权公司。曾发表《女子参政同志会宣言书》。

张怀奇(1877—?) 江苏武进(今常州)人。字芍岩。南社社友。1912年9月17日由仇亮、朱少屏、徐大纯介绍入社，入社书编号311。民国初年供职于北京《民主报》社。工诗。著有《思古轩词》。

张雨樵(1881—1938) 浙江东阳人。名浩，字雨樵。南社社友。1913年由杭辛斋、陈去病、高旭介绍入社，入社书编号381。曾当选为国会众议院议员。1916年11月参加在北京中央公园举行的南社第八次北京雅集。

张国权(1898—?) 浙江嘉善人。字秋爽。南社社友。1917年9月21日由何震生介绍入社，入社书编号960。

张明培(1891—?) 浙江嘉善人。字君达。南社社友。1917年5月1日由李拙介绍入社，入社书编号885。

张　和(1895—?) 浙江吴兴(今湖州)人。女。字起亚。南社社友。1912年4月26日由吴素秋、费公直、郑佩宜介绍入社，入社书编号273。

张彼得(生卒年不详) 广东番禺(今广州)人。南社纪念会会员。

张经锦(生卒年不详) 广东梅县(今梅州)人。南社社友、广东分社社员。

张南通诗文钞 诗文集。张謇著，王文濡编。8卷，1册。上海文明书局、中华书局1926年初版。端友作序。含五言古诗42首、七言古诗21首、五言律诗99首、七言律诗89首、五七言绝句139首、五言排律4首和杂文37首。

张相文(1867—1933) 江苏泗阳人。字蔚西，一作慰西，号南园，晚号沌谷居士。南社社友。1916年由高旭介绍入社，入社书编号759。1899年任上海南洋公学教习，讲授地理与国文。1901年编著我国第一部地理教材《初等地理教科书》，次年又编著《中等地理教科书》。1903年任寿州“阜丰”及淮安“阜财”两所商业学校校长。次年去广州任两广师范讲习所教员。1905年到上海，撰写《地文学》和编写《地质学教科书》，是为我国最早的自然地理学和地质学教材。又在上海与张謇等组织教育总会，并加入中国同盟会。后任泗阳教育会会长，并任淮阴江北师范学堂教务长、天津北洋女子高等学堂教务长，旋任校长。1909年9月与白毓崑等在天津发起成立中国地学会，任会长，并于次年2月编辑出版中国最早的地理学期刊《地学杂志》。1912年辞去教职，专事于中国地学会会长职责。曾当选为国会议员。后任北京大学国史馆编译、江苏省通志编纂委员会常务编纂。1916年9月参加在北京徐园举行的南社第七次北京雅集。晚年悉心研究佛学，并拜浙江黄岩高僧谛闲为师，取法号显鉴。著作除《地文学》外，另著有《中国地理沿革史》《长城考》等，均收入《南园丛稿》。还著有《佛学地理志》。

张　柱(1882—?) 广东顺德(今佛山市顺德区)人。字处莘。南社社友、广东分社社员。1910年由蔡哲夫介绍入南社，入社书编号78。清末民初任职于上海宪民学堂。1917年3月参加南社在广州六榕寺举行的广东分社第一次雅集。

张修爵(生卒年不详) 江苏江宁(今南京)人。字遵午。南社社友。1916年入社，1917年6月由陈世宜、俞锷介绍补填入社书，入社书编号910。1916年11月参加在北京中央公园举行的南社第八次北京雅集。

张庭辉(1882—?) 浙江嘉善人。字雅言,号彦成,一作彦臣。南社社友。1911 年 2 月 13 日由孙逸清介绍入社,入社书编号 123。曾任职于北京政府国会众议院。1912 年 9 月中旬参加在黄兴临时寓所举行的南社第一次北京雅集。参加 1916 年 8 月在北京中央公园上林春举行的第六次雅集及同年 9 月在北京徐园举行的第七次雅集。

张 恒(1891—1968) 江苏吴江(今苏州市吴江区)人。字久之。南社社友。1917 年 9 月 29 日由沈次约、黄复、陈洪涛介绍入社,入社书编号 966。民国初期在苏州梅堰第一中学任教。

张 素(1877—1945) 江苏丹阳(今镇江)人。字挥孙,又字穆如,号婴公。南社社友、南社湘集社友。1911 年 2 月 6 日由林懿均介绍入南社,入社书编号 113。1902 年中举人,后就读于南菁书院。曾在丹阳商会供职,继而赴上海执笔《南方日报》及《新闻报》。后应陶小柳之邀,赴东北哈尔滨主持《远东报》笔政,并与陶小柳等发起组织辽社。1917 年应复县(今辽宁省瓦房店市)知事程廷恒之邀,担任《复县志略》总编撰。同邑姜若出任浙江绍兴、嘉兴县县长期间聘其为佐理,出任县政府秘书。除吟诗填词外,还致力于《丹阳乡邦文献词传》的收集和整理。1936 年受同郡吴清庠推荐参加上海交通银行史的编撰。1937 年抗日战争全面爆发后家乡沦陷,遂辗转流离,但是仍吟咏不辍。不久到上海,筹备书画赈助会,创设沧海文艺商兑社。1945 年病逝。著有《闷寻鹦馆诗抄》《草间集》《瘦眉词卷》等。今辑为《南社张素诗文集》。

张素的"边塞诗" 南社掌故。1911 年 4 月陶小柳在东北沈阳发起成立南社的分社——辽社。张素应陶小柳、连明星之邀,"别乡里,陟关塞,渡辽河,绝沙漠",赴东北哈尔滨主持《远东日报》笔政。在东北生活的数年间,张素的部分诗词内容,发生很大的变化,从描写江南的秀丽风光,变为侧重表现关外边塞苍茫雄浑的山河,以及充满寒冷的边地生活。如《琵琶仙·客窗坐雨》:"漫嫌是衣袂寒单,镇炉霰微蒙篆烟结。更有最消魂处,在黄昏檐滴。关塞外春愁欲碎,舞柳花侧面风急。奈此芳草天涯,数声啼鴂。"张素的这些诗词,被称为"边塞诗"。

张振麒(1864—?) 甘肃武威人。字天石,号醉石,别署醉僧。南社社友。1916 年 12 月 7 日由高旭介绍入社,入社书编号 769。

张 恭(1877—1912) 浙江金华人。一名临,又名共绕,后改名万年,字伯谦、同伯,笔名卷重、卷施。南社社友。1912 年 8 月 22 日由陈去病、柳亚子介绍入社,入社书编号 292。1903 年举人。1904 年 6 月在金华创办《萃新报》,又创立积谷会、千人会,后与人组织龙华会,自任副会主。徐锡麟、陶成章创办大通学堂时,入校就读并加入光复会。《萃新报》被清廷查封后,又于 1905 年 4 月在金华创办《浙源汇报》。1907 年与徐锡麟、秋瑾等共同组织光复军,任分统,参加皖、浙起义。徐、秋遇难后潜往上海,一度任报馆主笔,后流亡日本。在东京加入中国同盟会,并主持《民报》及《民报》附刊《天讨》笔政。1908 年归国后与熊成基、陈其美等策划趁机起义,被捕下狱。浙江光复后始获释。南北议和后奉命至杭州建立同盟会浙江支部,任浙江支部长兼浙江都督府参议,并在杭州创办《平民日报》。1912 年 11 月 13 日病殁于金华。著有《剧史》,译有《社会主义纲要》等。

张恭

张破浪(1891—?) 江苏松江(今属上海)人。名祉浩,字破浪,号春水,又号普朗。南社社友、新南社社员、南社湘集社友、南社纪念会会员。1915 年由胡寄尘、高燮、姚鹓雏介绍入南社,入社书编号 549。民国初年供职于上海进步书局。著有《破浪漫笔》《春水楼谈薮》《秋娥碧血》等。曾藏有章太炎所著医术稿本,并撰有《章太炎先生医学记》刊于《锦报》。

张铁生(1904—1979) 江苏高邮人。又名铭鼎。新南社社员。1923 年入厦门大学,次年转入上海大夏大学,并参加新南社。1927 年加入中国共产党。1929 年赴德国柏林留学,曾任中共旅德支部负责人。1938 年回国,任国民政府军事委员会政治部第三厅设计委员。后长期从事文化、新闻工作,尤其精于国际问题研究。中华人民共和国成立后,历任中共中央对外联络部处长、中央国际活动指导委员会副秘书长、对外文化联络委员会副秘书长、中国亚非研究所副所长、亚非学会秘书长、中非友好协会副会长、西亚非研究所副所长、第五届全国政协委员等职。1979 年 11 月 19 日在北京病逝。著有《近代国际关系史》

《中非交通史初探》等。

张倾城(1893—?) 广东合浦人。女。名洛，字倾城，号独立，别署秋喜、阮簃。南社社友、广东分社社员、南社湘集社友。1917 年 2 月 7 日由郑佩秋、郑佩宜介绍入南社，入社书编号 800。丈夫蔡哲夫，亦为南社社友、广东分社社员、南社湘集社友。

张涤洲(1887—?) 浙江余姚人。南社社友。1912 年 10 月 21 日由汪洋、胡朴安、邓家彦介绍入社，入社书编号 346。民国初年供职于上海《中华民报》。

张冥飞(1881—?) 湖南长沙人。名焘，字季鸿，号冥飞。南社社友，小说家。1915 年 5 月 24 日由丁三在介绍入社，入社书编号 527。工诗文，擅戏曲。长期寓居上海，以鬻文为生。又擅医术，曾悬壶济民，能治疑难杂症。民国初期任上海《民权报》编辑。1914 年任上海《民权素》编辑。后一度任上海艺术师范大学及南方大学国文教授。为人落拓不羁，人称"名士派"。1937 年八一三淞沪抗战爆发后为躲避战祸，逃离上海，后客死他乡。著有医书《历代儒医象志》，小说《十五度春秋》《江湖剑客传》等，剧本《元宵谜》《黛玉葬花》，另有《无所不谈》《国文百日通》等。与尤墨君等共编《古今小说评林》。

张通典(1858—1915) 湖南湘乡人。字伯纯，一作伯钝，号天放楼主，晚号志学斋老人。南社社友。1914 年由朱少屏介绍入社，入社书编号 467。早年曾参两江总督戎幕，兼江南水师学堂提调。1896 年陈宝箴巡抚湖南时，曾为陈宝箴创设矿务总局，又办保卫局。1898 年与谭嗣同、康有为、梁启超、陈三立等创设南学会，并创办时务学堂、《湘报》、《时务报》等。同年戊戌变法失败后逃亡湖北、上海，与章太炎等在上海味莼园发起成立国学会。又参与筹办江南制造局及上海广方言馆。旋任两江学务处参议，并倡办养正学堂、女塾及湖南旅宁公学等。后又出任芜湖皖江中学堂监督。1906 年 1 月加入中国同盟会。1911 年武昌起义时参加苏州光复之役。1912 年任南京民国临时政府内务部司长、大总统府民事科秘书。临时政府迁往北京后退隐上海、湖南湘潭等地。1915 年秋在湖南病逝。著有《天放楼文集》《袖海堂文集》《志学斋笔记》等。女默君、婿邵元冲，亦为南社社友。

张通典

张 继(1882—1947) 直隶沧州(今属河北)人。原名溥，字博泉，后改名继，字溥泉，别署自然生、黄帝子孙之多数人。南社社友、新南社社员。1912 年 3 月 23 日由陈家鼎、柳亚子、景耀月介绍入南社，入社书编号 238。早年就读于保定莲池书院。1899 年留学日本，先后入东京善邻书院和早稻田大学。后与王宠惠等创办《国民报》月刊，1902 年与秦毓鎏等组织青年会。1903 年与章太炎、章士钊、邹容结为金兰，以年龄居第三，人称"三将军"。同年 4 月与黄兴、钮永健等组织拒俄义勇队，后被逐回国。到上海后任《苏报》参议。《苏报》遭查封后，与章士钊、陈去病等创刊《国民日日报》，继续鼓吹反清革命，不久亦遭清廷封禁。1904 年赴长沙，任明德学校教习，2 月与黄兴等在长沙创立华兴会。次年在日本参与组建中国同盟会，任同盟会总部司法部判事。同年 11 月同盟会机关报《民报》创刊，为第一任编辑与发行人。翌年 3 月离开日本赴南洋。1908 年赴法国，与吴敬恒、李石曾等创办《新世纪》杂志。辛亥革命后回国，任同盟会总部交际部主任兼河北支部长。1912 年南京民国临时政府成立后被推为临时参议院议员，次年被选为北京政府首届国会参议院议长。后参加二次革命和护法运动。1917 年任广州护法军政府驻日本代表。1918 年回国，后历任国民党宣传部长、国民党华北办事处主任。1923 年 10 月加入新南社，又参加上海停云书画社。同年冬参加由部分南社社友组成的岁寒集。1924 年 1 月被选为国民党一大中央监察委员会委员。1928 年曾任第一届全国美术展览会筹备委员。后历任南京国民政府委员、国民政府司法院副院长、国民党北平政治分会主席、国民党党史史料编纂委员会主任委员及国民政府国史馆首任馆长、故都文物研究会理事长等职。擅长书法，苏州寒山寺之"枫桥夜泊"4 字为其重写。1947 年 12 月 15 日在南京病殁。有《张溥泉先生全集》。

张继

张雪庐(生卒年不详) 籍贯未详。新南社社员。

张雪雷(生卒年不详) 籍贯未详。新南社社员。

张惟聪(1898—?) 江苏松江(今属上海)人。字蕴文，号彤锦。南社社友。1917 年 12 月 14 日由杨贻谋、乔湘介绍入社，入社书编号 1006。

张维城(1895—1942) 江苏青浦(今属上海)人。一名维仁，字廷珍。南社社友。1916 年 9 月 1 日由胡朴安、胡惠生介绍入社，入社书编号 679。14 岁求学于上海龙门师范学校，后入吴淞中国公学商科，兼攻新闻学。继又进北京大学法科，获学士学位，并赴日本考察政治经济，归国后任华北大学教务长。1916 年 9 月参加在北京徐园举行的南社第七次北京雅集。1925 年后先后任教于中国公学、上海法学院、爱国女校大学部。1926 年出任北京正谊通讯社社长。1928 年协助王正廷筹组外交部情报司，任司长。1931 年九一八事变后被调任驻芬兰公使，因坚辞不就而去职。后返回上海，执律师业。1936 年应监察院院长于右任之聘出任国民政府审计部审计。后又应邵力子之邀到西安任审计部驻外审计兼陕西省审计处处长。1938 年到成都华西大学任教，并参与编辑《国际与中国》杂志。1940 年又兼任交通部顾问。1941 年 11 月 15 日病逝。一生善诗能文。撰有《朝鲜排华惨案》《改进外交行政之刍见》等。

张堰救国演剧纪念录 戏剧史料。姚石子编。1 册。1915 年初版。高吹万署端。姚石子作序。有剧史、剧谈、诗苑、词林、剧员姓氏录等篇。含来生缘、家庭恩怨记、恒娘 3 个剧本，剧谈 3 篇，诗 20 余首，词 8 首。附张堰救国储金演剧团收支报告和纪念录印费捐助名单。

张越民(生卒年不详) 浙江绍兴人。一名越铭。越社社友。《越铎日报》的发起人之一，任编辑和经理。

张萼林(生卒年不详) 籍贯未详。广东分社社员。

张敬垣(1877—?) 江苏松江(今属上海)人。名葆培，字敬垣。南社社友。1916 年 6 月 4 日由杨锡章介绍入社，入社书编号 618。1921 年曾当选为松江地方自治会众议员。

张景逊(生卒年不详) 江苏武进(今常州)人。字谌斋，一字士侪。南社湘集社友。1937 年 3 月 2 日与其夫人李卣匋、蔡哲夫、谈月色、黄宾虹、张如愿、李千里在蔡哲夫南京寓所寒月行窠举行雅集。

张瑞彤(1884—?) 广东番禺(今广州)人。字倩徽。南社社友、南社湘集社友。1920 年 12 月 22 日由蔡哲夫介绍入社，入社书编号 1088。

张聘斋(1881—约 1929) 江苏金山(今属上海)人。名家珍，字聘斋。南社社友。1912 年 4 月 11 日由朱少屏介绍入社，入社书编号 248。1905 年 12 月由高旭主盟加入中国同盟会。民国初年曾在松江清华女校任教。著有《鹃唳草》。

张聘斋

张 靖(1880—1967) 陕西咸阳人。字仲明，号寒杉，别号木鸡散人，又署剑人、庄谐、漆室，化名秦时敏。南社社友。由社友介绍入社，未填写入社书，介绍编号 19。早年留学日本早稻田大学，1911 年毕业后回国执教于中国公学、大夏大学等校。工书画，善诗词，长于写意花卉。中华人民共和国成立后任陕西省文史研究馆馆长、西北文物研究会副主任、中国美术家协会西安分会副主席等职。

张溥泉书张继诗 南社掌故。张溥泉，又名张继，与唐代诗人张继同名。一日，吴湖帆忽发奇想，托人请张继(溥泉)书写唐代张继的“月落乌啼霜满天”诗句。不久，张溥泉去世，其书法作品竟成绝笔，后张溥泉所书诗碑立于苏州寒山寺中。

张静庐(1898—1969) 浙江慈溪(一说镇海)人。笔名张卒、张静、张老卒、吴齐仁。新南社社员。早年毕业于家乡龙山演进学校。后在天津《公民日报》副刊任编辑。1919 年在上海泰东图书局任编辑，编辑《新的小说》。五四运动中是上海救国十人团联合总会代表，曾赴北京请愿。1924 年起先后与人合办光华书局、现代书局、上海联合书店，出版《萌芽》《拓荒者》等。1934 年创办上海杂志公司，自任总经理，还出版《读书生活》《文艺画报》《自修大学》等书刊。抗日战争全面爆发后先后在武汉、广州、桂林、重庆等地设立分店。1943 年在重庆联合 20 多家出版社组成联营书店，任总经理。中华人民共和国成立后历任国家出版总署计划处处长、北京古籍出版社编审、中华书局编审、近现代史编辑组长等职。著有《中国小说史大纲》《在出版界二十年》，编有《中国近代出版史料》《中国现代出版史料》《中国出版史料补编》等。

张端瀛(1877—?) 江苏松江(今属上海)人。字蓬洲。南社社友。1917 年 9 月由张云林介绍入社，入社书编号 974。

张增泰(1896—?) 上海人。字岱青。南社社友。1918年11月28日由钟观诰介绍入社，入社书编号1044。

张震西(生卒年不详) 江苏南通人。南社纪念会会员。中国同盟会会员。早年肄业于南京两江师范学堂。参加隶属于上海光复会的侠团，在南通学生运动中负责为北伐募捐。后侨寓上海，与张謇等人交厚。抗战胜利后为东北某省厅长，但仅挂空衔，未曾充职。曾继任南通大聪电话公司董事长，后客居上海，任南通旅沪同乡会理事长。有文学根底，善诗，有《西湖杂咏八首》等存世。

张毅白(1893—?) 广东东莞人。南社社友。1917年2月10日由邓寄芳、蔡哲夫介绍入社，入社书编号805。

张　翰(1902—?) 广东香山(今中山)人。字迂庐。南社社友。1921年5月13日由蔡哲夫介绍入社，入社书编号1098。曾参加广东香山沙溪莘粹文社。

张翰仪(生卒年不详) 湖南醴陵人。字莼安，一字若荪。南社湘集社友。1924年4月6日参加在长沙刘园举行的南社湘集第一次雅集。著有《沅湘耆旧集续编》。

张默君(1883—1965) 湖南湘乡人。女。幼名宝嫱，后改名昭汉，字默君，一字漱芳，号涵秋，西名莎菲亚(Sophie)，别署墨君、穆素。南社社友、南社湘集社友。1911年12月20日由陈去病、傅熊湘、柳亚子介绍入社，入社书编号200。早年毕业于上海务本女校师范科。1906年任江苏启明女校教员，同年参加中国同盟会。1911年就读于上海圣约翰女子书院文科，后肄业。辛亥革命时与其父张通典游说江苏巡抚程德全举义反正、和平光复苏州，并在苏州与陈去病、傅熊湘等创办《大汉报》，任社长兼总主笔。1912年任职于国民党上海总部通讯部，倡建女子北伐队，组织神州女界共和协济社，任主任。后创刊《神州女报》，任总主笔。同年秋创办神州女校，为首任校长。后任江苏省立第一女子师范校长多年，其间参加南社第十、第十六次雅集和1914年8月在上海徐园双清别墅举行的临时雅集。1918年赴美国哥伦比亚大学攻读教育学。1921年环游英、法、意、瑞士诸国，著《战后之欧美女子教育》一书。回国后复任神州女校校长，主持《神州日报》，并任上海《妇女周刊》主编。1924年在上海与邵元冲结婚。1927年后历任国民党中央政治会议上海分会教育委员、杭州市教育局长、国民政府考试院考选委员会专员、立法院立法委员、国民党南京市党部监察委员会委员等职。1935年当选为国民党中央监察委员会委员、常务委员。1936年12月返回湘乡，专意于诗文著述。抗战时期参加莨江吟社。1947年任考试院考试委员。后去台湾。工书法行草，作品秀丽逸致。其诗书皆能，素有“神州才女”之誉。著有《默君诗草》《正气呼天集》《红树白云山馆词》等，后结集为《大凝堂集》。译有《盗面》《裴迺杰奇案之一》等。其父张通典，亦为南社社友。

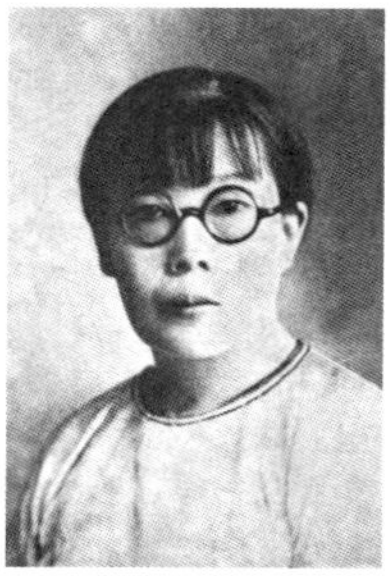
张默君

张默君先生文集 诗文集。张默君著。1册。台北中国国民党中央委员会党史委员会1983年初版。有凡例、彭醇士作张默君先生传略，有张默君遗像和手迹8帧。含论著、演讲、公牍、诗词和杂著等编。附高梦弼的大凝堂年谱和彭醇士的张默君先生墓表。

张懋荣(生卒年不详) 江苏松江(今属上海)人。南社纪念会会员。

张　彝(1885—1946) 江苏高邮人。字则民。南社社友。1911年1月14日由朱少屏介绍入社，入社书编号107。1906年考入复旦公学。辛亥革命前在汉口高等商业学堂任教，后在上海商务印书馆编译所供职。30年代任华商纱厂联合会总干事，曾代表华商纱厂联合会及上海的银行、钱业、商会等团体提出“纺织业救济案”，并列席国民政府行政院讨论救济纺织业具体方案的会议，在会上要求政府应提高棉纱布的进口关税，促使政府调整了关税政策。译有《汉译温德华士几何学》。

张謦黄(生卒年不详) 浙江绍兴人。越社社友。曾任《越铎日报》《越社丛刊》编辑员，并参与编辑《民兴日报》。

陆子美(1893—1915) 江苏吴县(今苏州)人。名遵熹，字焕甫，号子美。南社社友，戏剧家。1914年5月26日由柳亚子介绍入社，入社书编号415。早年为江苏师范学校高材生，后投身新剧活动，加入民鸣社。曾与冯春航同演《血泪碑》。又擅长演出《红鸾禧》《恨海》《家庭革命》等新剧。演剧之外，亦能作水彩画，曾为柳亚子绘《分湖旧隐图》。1914年5月参加在上海愚园云起楼举行的南社临时雅集。柳亚子有《梨云小录》，以记载与其遇合因缘，并为其刊《子美集》。卒后亚子又为其撰刊《陆生传》。

陆子美

陆丹林（1894—1972） 广东三水（今佛山市三水区）人。字自在，号枫园，别署非素。南社社友、新南社社员、南社纪念会会员。1916年12月12日由蔡哲夫、胡伯孝介绍入南社，入社书编号750。幼时就读于达立学堂，后入广州培英学校。1911年广州起义前参加中国同盟会。曾任上海艺术专科学校、国立重庆艺术专科学校教授，中国艺术专科学校总务主任，中国画会执行委员、常务委员，文学家艺术家作家协会委员等职。又曾主编过香港《大光报》《中国晚报》《大风》《道路月刊》《国画月刊》《逸经》《蜜蜂画刊》《广东文物》《人之初》等报刊。30年代初曾任道路协会秘书。能诗，亦善书法，性喜书画文物，常收罗当代名人画作。擅长美术评论，又熟谙文史掌故。生平著作颇多，著有《岭南吟》《艺术论文集》《枫园琐谈》等十数种，编有《中国美术年鉴》。夫人苏燕翩，亦为南社社友。

陆礼华（1900—1997） 江苏青浦（今属上海）人。女。别名雨粟。南社纪念会会员。1919年毕业于中国女子体操学校。1922年创建上海两江女子体育专科学校，任校长。1931年5月率领两江女子篮球队出征日本长崎、大阪、东京、京都等地及朝鲜汉城。1935年，又赴南洋各国进行比赛。抗日战争全面爆发后在上海参加抗日救亡运动，任上海妇女促进会主席、中国妇女慰劳自卫抗敌将士上海分会（简称妇女慰劳会）理事。中华人民共和国成立后任上海市政协委员。1980年7月受聘为上海文史研究馆馆员，1984年被聘为上海市体育文史委员会委员。

陆仲坚（生卒年不详） 籍贯未详。新南社社员。

陆灵素（1883—1957） 江苏青浦（今属上海）人。女。名守民，一作秀民，字恢权，号灵素，别署繁霜、华泾乡姑、黄叶遗孀。南社社友。1916年7月补填入社书，入社书编号641。早年就读于杨白民等创办的城东女学，后转入黄炎培所办的广明师范。毕业后于1906年去安徽芜湖皖江女校任教，后回沪。1907年6月赴日留学，在日本参加革命进步团体女子复权会，后又参与《天义报》。1908年初《天义报》刊出民鸣翻译的《共产党宣言》序言。1910年与刘季平结婚。不仅能诗善文，而且长于昆曲。喜植梅花，又善酿酒。1938年秋刘季平病逝后悉心搜集整理其遗著，辑成《黄叶楼诗稿尺牍》数卷。1946年又搜辑刘季平遗诗，油印为《黄叶楼遗稿》。1957年12月15日病逝于华泾。撰有《论女子受制之原因》《女子平权论》《女子军歌》等，其诗文大多被辑入《南社丛刻》。丈夫刘季平，亦为南社社友。

陆明桓（1902—1929） 江苏吴江（今苏州市吴江区）人。字简敬，号苏斋。南社社友。1918年5月28日由陈洪涛介绍入社，入社书编号1029。出身于书香之家，能诗文。1920年初娶柳亚子叔父柳无涯之女蒨雯为妻，惜蒨雯早丧。为纪念亡妻，撰写了《权厝志》，同时精心整理妻子所抄词册，并补写《龙禅室诗》1卷。1927年编辑《松陵陆氏丛著》，收集、整理和刊刻乡邦文献。更喜刊印先贤著作。1928年代柳亚子筹备了纪念南社成立20周年活动。曾发起创办求是学社，出版《求是》刊物。书法亦佳，笔锋挺秀多姿。1929年6月10日病逝。有《苏斋遗稿》印行。从兄陆明堃，亦为南社社友。

陆明堃（1887—?） 江苏吴江（今苏州市吴江区）人。字简能。南社社友。1916年6月4日由杨锡章介绍入社，入社书编号616。从弟陆明桓，亦为南社社友。

陆放翁生活 名人轶事。胡怀琛著。上海世界书局1930年5月出版。共8章。将陆放翁的家庭生活、宦游生活、任侠生活、爱国生活、乡村生活以及闲适生活等，用客观的见解详为叙述，并取陆放翁在以上各种生活中所作的诗词以为佐证，故立论均有根据。在《放翁的文学生活》一节中，对于陆游诗的风格与变迁，则以清代赵翼评陆放翁的诗说："放翁诗凡三变，宗派出于杜，中年以后则益自出机杼，尽其才而后止……是放翁诗之宏肆，自从戎巴蜀，而境界又一变。及乎晚年，则又造平淡。并从前求工见好之意，亦尽消除，所谓'诗到无人爱处工'者，刘后村谓其皮毛落尽矣。"主要章节后有附录，列放翁著述考及关于研究放翁文学的书籍。

陆炜光（生卒年不详） 广东人。南社纪念会会员。

陆孟飞（1887—？） 广东鹤山人。南社社友。1917年4月2日由陈耿夫介绍入社，入社书编号856。民国初期在广州《民主报》社供职。

陆绍明（生卒年不详） 浙江杭县（今杭州）人。字亮人。南社社友。由社友介绍入社，未填写入社书，介绍编号3。

陆绍棠（1894—？） 浙江杭县（今杭州）人。字衷奇，号鄂不。南社社友。1915年5月20日由丁三在介绍入社，入社书编号517。1917年4月参加在杭州西湖葛荫山庄举行的南社临时雅集。

陆挺生（1888—？） 浙江平湖人。南社社友。1916年9月29日由钱红冰介绍入社，入社书编号699。

陆峤南（1887—？） 广西容县人。字侠飞，号更存，别署玄同居士、都崎山人，一作都峤山人。南社社友、广东分社社员。1916年由高旭、邵瑞彭介绍入南社，入社书编号598。1916年4月参加在上海徐园双清别墅举行的南社临时雅集。

陆起华（生卒年不详） 籍贯未详。新南社社员。

陆 梅（1894—1938前） 浙江镇海（今宁波市镇海区）人。女。字梅痕。南社社友。1915年7月12日由其丈夫刘筠和柳亚子、郑佩宜介绍入社，入社书编号548。丈夫刘筠，亦为南社社友。

陆康弼（生卒年不详） 籍贯未详。南社社友。

陆 旋（1884—1944） 江苏江宁（今南京）人。字连寰，又字润青，号泳黄。南社社友。1914年6月1日由朱少屏介绍入社，入社书编号420。1916年任《民国日报》编辑，后又入《生活日报》，为编辑。

陆 鸿（1900—？） 江苏太仓人。字彬儒。南社社友。1923年2月13日由胡惠生、顾震生、朱瘦桐介绍入社，入社书编号1110。

陆棫人（1898—？） 江苏海门人。南社社友。1916年由陆曾沂介绍入社，入社书编号621。

陆曾沂（1884—1927） 江苏崇明（今属上海）人。字冠春，号秋心，别署南梦、秋江。南社社友。1910年12月18日由柳亚子、朱少屏介绍入社，入社书编号102。是上海爱国学社成员。曾任上海南洋中学教员。1909年任上海《民呼日报》撰述，后又任《民立报》主笔。1917年任复旦大学国文教授。1927年9月殁于上海。著有短篇小说集《秋心说部》《双泪碑》《墨沼疑云录》等，译有《葡萄劫》《茵梦湖》等。

陆福庭（1885—1960） 安徽灵璧人。又名嘉佑，字心亘。南社社友。1917年10月由徐世阶、陈心泠介绍入社，入社书编号978。早年曾考中安徽凤阳府附生，后入南京两江师范学堂学习。1912年入保定陆军军官学校炮科，毕业后历任安徽陆军督练公署教习、北京陆军大学教官、陆军炮兵团团长等职。1917年随孙中山到广东参加护法运动，后参与黄埔军校筹建，任筹建委员会委员，并担任该校首期教官。1925年2月任国民革命军东征军团长、旅长，率军东征陈炯明叛军。后历任津浦铁路管理局局长、陇海铁路管理局局长等职。抗战期间曾被选为国民党中央执行委员。抗战胜利后曾任第一届国民大会代表及交通部顾问。能诗善书。1960年病逝于台北。有《交通战史》存世。

陆 毅（1887—？） 江苏太仓人。字君宜，号小倩，又号北庐。南社社友。1910年由俞锷介绍入社，入社书编号61。

陆澹安（1894—1980） 江苏吴县（今苏州）人。名衍文，字剑寒，号澹盦，改号澹庵，又改澹安，别署悼翁、幸翁、莽书生。南社社友、南社纪念会会员，作家。1915年5月5日由胡寄尘、孙延庚介绍入南社，入社书编号499。早年就读于上海民立中学，后入江南学院法科。毕业后任上海正始中学校长，同时兼任上海大学、同济大学、上海医学院、上海商学院等校国学教授以及务本中学、敬业中学、国华中学、民立中学等校国文教员。曾任广益书局、世界书局编辑。又为中华电影公司和新华影片公司编剧、导演，并任电影讲习班教师。曾主编《侦探世界》杂志，又协助施济群、严独鹤、孙玉声等办《金刚钻报》，任主编。一生著述甚多，散见于上海《金刚钻报》《大世界报》等报刊。其中长篇小说有《落花流水》《游侠外传》等，著述有《群经异诂》《诸子末议》《说部卮言》等，另有弹词《啼笑因缘正续集》《秋海棠》《满江红》等，还创编《弹词韵》。并辑有《小说词语汇释》《戏曲词语汇释》两书。

陈九韶（1872—1968） 湖南郴州人。字雯裳。南社社友。1913年2月由陈家鼎介绍入社，入社书编号368。1913年当选为北京政府首届国会众议院议员。1923年10月在北京参加北洋政府国会会议。中华人民共和国成立后受聘为湖南省文史研究馆馆员。

陈乃乾（1896—1971） 浙江海宁人。曾名新陈，笔名东君。南社纪念会会员，版本、目录学家。曾任上海进步书局、中华书局、大东书局、开明书店、北京古籍出版社编辑。1928年与胡朴安、姚光发起组织中国学会,出版《中国学术周刊》。翌年1月1日召开中国学会成立大会。后历任中国书店经理,上海市通志馆编纂,上海南洋中学教员,南洋大学、持志大学、国民大学等校教授,并曾在上海市文献委员会、上海市文化局社会文化事业管理处任职。中华人民共和国成立后,就职上海市文管会顾问、中华书局等。著有《南洋中学藏书目》《元人小令集》等,还影印有《经典集林》《永乐大典》《四库全书总目提要索引》等。

陈乃乾文集(上下集) 文集。陈乃乾撰,虞坤林整理。2册。2009年4月国家图书馆出版社出版。由胡道静作序,顾廷龙扉页题签。包括海上书林、读书识小录。"海上书林"中大部分是作者有关版本目录学精粹文章,文坛名人轶事和上海历史掌故的文章,颇含珍贵的史料。"读书识小录"则是以读书笔记为主;另外还有共读楼札丛、善本书经眼录、人物年谱、二十四史注补表谱考证书籍简目、上海地方志综录等类目。附录包括:共读楼所藏年谱目、共读楼藏近人墓志目、慎初堂藏书目珍贵以及陈乃乾先生年谱简编等,为陈氏所撰写的读书笔记、版本考证、书目、序跋等等的资料的汇集。此书是图书版本学、地方志研究方面的珍贵资料。

陈万里(1892—1969) 江苏吴县(今苏州)人。名鹏,字万里,一字剑魂,号优优,别署梅筠。南社社友。为鲁思(原名陈鹤,字九皋)之兄。1912年4月2日由陈去病介绍入社,入社书编号242。早年入北京协和医科大学。1917年毕业后在北京大学任校医,并在该校历史语言研究所兼职。后任职于杭州浙江省民政厅卫生科。其兴趣广泛,对音乐、美术、昆曲、戏剧等诸多领域都有所涉及。1919年开始从事摄影研究,最早提出摄影创作"造美"观点,对我国早期摄影美学理论有很大影响。1923年发起成立国内第一个摄影艺术团体——艺术写真研究会(即"光社")。1924年出版《大风集》,为中国摄影史上第一个个人摄影艺术作品集。1926年在上海举办第一个个人摄影艺术作品展。溥仪出宫后,曾参加清室善后委员会工作。其时拍摄、编辑的《民十三之故宫》小册子,为后人留下了废帝溥仪出宫这一重要历史事件的宝贵史料。

陈子芬(1903—1928) 湖南醴陵(一说湖南耒阳)人。原名元菊,一名芬,字绍陶,又字子芬,号剑锋,化名林青。新南社社员、南社湘集社友。1921年肄业于衡阳湖南省立第三师范学校。1923年加入中国共产党。1925年回耒阳创办民治小学,旋任中共耒阳县委委员,中共郴县地方执行委员、书记。1927年任衡山县委书记兼军委书记,参加南岳暴动,后任耒阳等县特派员。1928年5月被捕牺牲。

陈子英(1882—1950) 浙江绍兴人。名浚,谱名文雄,字子英,又字子骝。越社社友。早年参加光复会,并参与创办热诚学堂、大通学堂。1905年冬与徐锡麟同受萧山巨富许仲卿资助向清廷捐官(亦易名志军)。1907年皖浙起义事败后受牵连,被迫逃亡日本。1910年7月任职于绍兴府中学堂,任该校监督兼德文教员。同年参加越社。翌年又与鲁迅等参加了欢迎王金发革命军进驻绍兴的活动。绍兴光复后与鲁迅、王文灏、孙德卿一起创办《越铎日报》。后又担任过丝绸银行行长、县参议会议员、绍兴东浦镇镇长等职。1950年病殁于上海。

陈子范(1883—1913) 福建闽侯人。字勒生,号祢生,别署燕市酒徒、散发酒徒、大楚击筑。南社社友。1911年1月25日由柳亚子介绍入社,入社书编号111。是中国同盟会会员、辛亥烈士。早年习海军,供职于芜湖税关。曾主持《皖江日报》,后奉调上海。1913年宋教仁被刺后,与林庚白、林森、陈铭枢等创组"铁血铲除团",谋划暗杀北洋官僚及变节之军阀党人。同年夏天为谋刺袁世凯党羽岑春煊,不料在放入书内固封时引起炸弹受震自爆而不幸被炸身亡。死后,柳亚子为其编辑《陈烈士勒生遗集》,并撰传略。

陈无用(1870—?) 浙江诸暨人。字子韶,号虑尊。南社社友。1915年5月19日由柳亚子介绍入社,入社书编号516。沉静好学,工诗文词,不务标榜,不喜张扬,时人未识之。出版有《虑尊词》。其弟陈无名、陈无私,亦为南社社友。

陈无名(1871—?) 浙江诸暨人。字微庐。南社社友。1914年由柳亚子介绍入社,入社书编号470。其兄陈无用、弟陈无私,亦为南社社友。

陈无私(1873—?) 浙江诸暨人。一名弃,字子弁,号澹园。南社社友。1915年5月由柳亚子介绍入社,入社书编号535。其兄陈无用、陈无名,亦为南社社友。

陈云峰(1897—?) 广东三水(今佛山市三水区)人。字瘦石。南社社友。1917年2月16日由邓寄芳、蔡哲夫介绍入社,入社书编号810。有译著《自由与组织》《房龙世界地理》等。

陈友古(生卒年不详) 湖南长沙人。名朴,字友古。南社湘集社友。

陈凤元(生卒年不详) 广东中山人。南社纪念会会员。

陈心冷(1885—?) 江苏宿迁人。名崟,字金山,号心冷。南社社友。1917 年 2 月 27 日由徐世阶介绍入社,入社书编号 816。

陈予龄(1892—?) 广东潮安(今潮州)人。又名素,字无那,别署海东。南社社友、南社纪念会会员。1916 年 3 月 10 日由蔡哲夫、卢谔生、叶敬常、邵汝芳介绍入南社,入社书编号 761。早年加入中国同盟会。辛亥革命时加入学生军,参加光复潮汕之役。后主编汕头《大风日报》《民甦》及《汕头晨报》。1922 年接编《香江晨报》。先后任广东北伐大本营特务委员、饶平县县长。北伐时(在南京)任总政治部科长,后随军到湖北,创办《中山日报》,任嘉鱼县县长。1941 年 12 月太平洋战争爆发后任国民党港澳总支部委员。1949 年去台湾。著有《海东吟草》《双溪吟榭诗集》等。

陈去病(1874—1933) 江苏吴江(今苏州市吴江区)人。原名庆林,字佩忍,号巢南,别署垂虹亭长、病倩、法忍、醒狮等。南社社友、广东分社社员、新南社社员。1909 年 10 月入南社,入社书编号 1。南社 3 位发起人之一,也是参加南社第一次雅集暨成立大会的 17 位社友之一。1898 年在家乡同里与金松岑组织雪耻学会,响应维新运动。1902 年加入中国教育会,发起组织同里支部。1903 年东渡日本,加入中国留日学生组织的拒俄义勇队,旋改为军国民教育会,又主持《江苏》杂志笔政。是年归国后在上海爱国女学任教。1904 年任上海《警钟日报》主笔,10 月与汪笑侬等创刊《二十世纪大舞台》杂志,提倡戏剧改良。1906 年任教于徽州府中学堂,加入中国同盟会,并与黄宾虹等在徽州府中学堂组织黄社。1907 年到上海主持国学保存会会务,编辑《国粹学报》,是年,5 月清明节与高旭、沈砺等 5 人赴苏州虎丘谒张国维祠,埋下了创建南社的种子,后与吴梅、刘季平等发起神交社。1908 年初与徐自华等在杭州组织秋社。后赴绍兴府中学堂任教,与宋琳等会集秋瑾弟子结匡社。1908 年赴汕头主持《中华新报》笔政。1909 年与高旭、柳亚子等一起创建南社。后执教于上海爱国女校、苏州高等学堂、浙江高等学堂等校。1911 年 11 月应江苏都督程德全之邀,与张默君等创办《大汉报》。1912 年 1 月至绍兴担任《越铎日报》编辑,参与组织越社,旋改任杭州《平民日报》主编。1913 年参加二次革命,任江苏讨袁军总司令部秘书。1917 年赴广东参加护法运动,先后担任广州护法军政府海陆军大元帅府咨议、护法国会参议院秘书长、非常国会秘书长等职。1922 年随孙中山督师北伐,8 月到南京任东南大学教授。1924 年出任国民党江苏临时省党部委员。1927 年后历任江苏省党部监察委员、文物保管委员会苏州分会主任、江苏革命博物馆馆长、国民党党史史料编纂委员会委员、国民政府考试院委员、内政部参事等职。1928 年发起在苏州虎丘冷香阁举行纪念南社成立二十周年活动。1933 年 10 月 4 日病逝。一生著述宏富,且工诗词、精书法,其诗大多收入《浩歌堂诗钞》,并有"百尺楼丛书"之辑。今有《陈去病全集》《陈去病诗文集》等。

陈去病

陈去病公葬于虎丘 南社掌故。南社发起人陈去病于 1933 年 10 月 4 日逝世,次年 3 月 4 日南社同仁为陈去病开追悼会,并选择南社的发祥地苏州虎丘作为其墓地。1935 年 11 月 10 日,南社社友公葬陈去病于苏州虎丘。

陈去病全集 诗文集。陈去病撰,张夷编。6 册。上海古籍出版社 2009 年出版。有陈去病、南社第一次雅集、岁寒社第一次雅集、陈去病与家人友人、陈去病故居等照片,有民国本《浩歌堂诗抄》《吴江诗录》《笠泽词征》书影,有陈去病手迹 2 幅。杨天石、王飚分别作序。集浩歌堂诗钞、浩歌堂诗续钞、诗词集、浩歌堂诗补钞、联语箴铭、碑铭、哀诔、颂赞、行述、小说戏曲集、诗话词话集、诗赋论著集等。外编吴江诗录初编、吴江诗录二编、笠泽词征。附陈去病年谱和编后记。

陈去病诗文集 诗文集。陈去病著,殷安如、刘颖白编。2 编,2 册。北京社会科学文献出版社 2009 年第一版,列入"国际南社学会南社丛书"第三套。有陈去病像、手迹各 1 帧。柳无忌作总序。含浩歌堂诗钞、巢南词、巢南文集、巢南集外文、明遗民录、杂著、诗学纲要和辞赋学纲要 8 卷。附俞前、殷安如《陈去病年谱简编》。刘颖白、殷安如作"编后记"。

陈去病诗文集·补编 诗文集。陈去病著，郭长海、郭君兮编。1册。北京社会科学文献出版社2009年第一版，列入“国际南社学会南社丛书”。含浩歌堂诗钞外编、浩歌堂诗钞后编、百尺楼丛书补辑和巢南文集外编4卷。有补编后记。

陈去病故居 位于江苏苏州吴江同里古镇三元街，为清代民居。故居原占地二亩二分半，共有房屋42间，1 360余平方米。大门面街临河，罩墙高耸，环境幽静。门楣上方原有“孝友旧业”匾额，进门原有半亭、家祠旧迹等现已不存。宅内主要建筑有浩歌堂、百尺楼、绿玉青瑶馆等。浩歌堂面阔三间，1920年此屋落成时，陈去病适阅香山的“浩歌行”，欣然神会，将新屋取名为“浩歌堂”。浩歌堂是陈去病会客之所，堂中原悬有“女宗共仰”及“浩歌堂”横匾。“女宗共仰”匾系孙中山褒扬陈去病之母倪老夫人“鞠育教诲，以至于成”而亲笔所题。百尺楼是陈去病藏书和写作的地方，一楼一底，十分简朴。因编著“百尺楼丛书”而定名。绿玉青瑶馆又称堂楼，坐西面东，五楼五底二厢房，共有13间。堂中楣额“绿玉青瑶馆”5字为近代书法家杨千里手书。堂楼北侧及北厢楼系陈去病的卧室和写作的地方。

陈世宜(1883—1959) 江苏江宁(今南京)人。字小树，号匪石，别号倦鹤、白下老鹤。南社社友、南社纪念会会员。1912年4月25日由柳亚子、朱少屏、苏曼殊介绍入南社，入社书编号264。早年肄业于尊经书院。1901年就任幼幼学堂国文教习。1906年留学日本修习法律，加入中国同盟会。1908年回国后任教于苏州江苏法政学堂。1911年参加辛亥革命，参与江苏光复活动。1912年赴南洋槟榔屿任《光华日报》记者。翌年回国后历任上海《民权报》《生活日报》《民信日报》《国民日报》及北京《民苏报》等报记者，上海《中华新报》《国民日报》驻北京记者，兼任《申报》特约通讯员。1914年5月参加在上海愚园云起楼举行的南社临时雅集。1916年9月和11月在北京参加徐园及中央公园举行的南社第七、第八次北京雅集。曾主编《七襄》杂志，并任过上海中国公学、持志大学、北京中国大学等校教授。1923年任北洋政府农商部秘书兼华北大学教授。1927年南下，历任江苏省建设厅秘书及工商、实业、经济等各部参事、商标局局长。1947年后又任国立中央大学中文系教授。中华人民共和国成立后被聘为上海市文物保管委员会通讯编纂。精于词学，参加吴梅等组织的春音词社。著有《宋词举》《声执》《南天集》等。

陈布雷(1890—1948) 浙江慈溪官桥(今属余姚)人。名训恩，字彦及，号布雷，笔名彦、畏垒。南社社友、新南社社员。1910年由邹铨介绍入社，入社书编号69。1904年考中秀才。后进入慈溪县中学堂就读，1908年考入浙江省立杭州高等学堂。1911年毕业后到上海担任《天铎报》撰述记者、主笔。同年9月17日参加南社在上海愚园举行的第五次雅集。与陈去病、高旭、朱少屏等创办《黄报》。同年3月到宁波效实中学任教，兼《申报》特约译述员，并在宁波加入中国同盟会。1914年5月参加欢迎柳亚子回归社内的临时雅集。1920年赴上海，任商务印书馆《韦氏大字典》编译。1921年1月出任《商报》编辑主任、主笔，开始用“畏垒”笔名撰写评论。1923年在上海参加新南社成立大会，被选为新南社干事。1924年起兼任通商银行文书员。1927年赴南京任国民党中央党部书记长，次年辞职回上海任《时事新报》总主笔。1929年被选为国民党中央候补监察委员。历任浙江省政府委员兼教育厅厅长，教育部常务次长、政务次长，中央宣传部副部长等职。抗战期间任国防最高委员会副秘书长。抗战胜利后任国民党中央政治会议副秘书长、代理秘书长，总统府国策顾问等。1948年11月13日在南京寓所自杀。著有《陈布雷回忆录》《陈布雷集》《畏垒评论集》。

陈布雷

陈布雷回忆录 回忆录。陈布雷著。廿世纪出版社1949年1月初版。该回忆录为陈布雷毛笔手写体，1939年夏续成于重庆郊外之老鹰岩寓所。回忆录详细记载了陈布雷自出生(1890年)至50岁(1939年)的身体健康状况、求学经过与教学生涯、工作经历，兼及家庭各事、承担的家庭责任、服务于新闻界和政界的强烈责任感以及与南社社友宋教仁、胡怀琛、柳亚子、高剑父、陈陶遗等人的交往等。回忆录采用日记形式，按年份逐年记载。作者曾为蒋介石智囊之一，起草重要文件、讲话稿及政论文章。正因为跟蒋介石的特殊关系，回忆录中对中国近现代史上发生的重大事件都有涉及，如1927年8月间的“宁汉分裂”、1928年1月蒋介石入京复职继续北伐、1928年发生的“济南惨案”（史称济南“五三惨案”）、1929 年 7 月蒋（介石）阎（锡山）张（学良）北平会晤、1930 年夏秋之间的蒋阎冯（玉祥）中原大战、1931 年的九一八事变、同年 12 月 15 日的蒋介石辞职引退、1932 年一·二八淞沪战事、国民党内部高层权力之争、1936 年 12 月西安事变、1937 年七七卢沟桥事变、上海八一三抗战爆发、党政军机关向大后方撤退转移、全国建立战时体制、发动全面抗战以及 1938 年汪精卫潜行河内发表艳电投靠日本等。

陈布雷先生文集　政论集。陈布雷著，中国国民党中央委员会党史委员会编。1 册。台北中国国民党中央委员会党史委员会 1984 年初版。前有凡例、宋晞传略、陈布雷遗像、手迹照片。含政论 112 篇、演讲 9 篇、函牍 41 篇、杂著 17 篇。附程沧波重诉生平、陶希圣记陈布雷先生、卜少夫怀念布雷先生、蒋君章悼念布雷先生和芝翁陈布雷澹泊宁静。

陈布雷故居　故居。① 位于浙江慈溪官桥村。约建于清光绪初年。为传统的二层小楼，坐北朝南，前后进的正屋均三间两弄，东西厢房各三间。正屋前横楣有“陈氏故居”木匾。东屋有陈列柜，置有陈布雷相关著作。西屋墙上悬挂介绍其生平简历及手迹等。② 位于江苏南京市鼓楼区颐和路 6 号。1936 年兴建。占地 989 平方米。为一栋 9 间西式三层花园楼房和一栋二层 2 间西式小洋楼，以及 5 间砖木结构西式平房和一间旧式平房。陈布雷生前租居于此。现辟为陈布雷故居，对外开放。

陈布雷集　政论集。陈布雷著，张竟无编。1 册。北京东方出版社 2011 年第一版，列入“民国三大报人文集”。含翻云覆雨之政局、中国东南之大势、教育新闻青年与媒体、中国对日之态度、外交与国际局势、多难之国家与民族、人物与社会关系和回忆录等章。附蒋君章、程沧波、芝翁、陶希圣等的怀念文章。有后记。

陈尧祖（1890—1920）　四川筠连人。字宪民，号蜀鹃，别署筠山十六郎。南社社友。1912 年 8 月 30 日由杨杏佛、田桐介绍入社，入社书编号 297。少时考入云南陆军小学。1909 年在北京大学肄业，并加入中国同盟会。1911 年武昌首义后与汪精卫、李石曾等组织成立京（北京）、津（天津）、保（保定）同盟会（亦称同盟会京、津、保支部）。民国初年曾供职于北京《民意报》。后离京南下任南京民国临时政府大总统府内务部秘书。1913 年秋二次革命起，其父陈芷江讨袁殉国，本人亦被川督羁押，后经友人相助获释。1916 年护国军兴，其随蔡锷讨袁，任督军、省长两署机要秘书。后曾代理万县知事，兼征收局局长。1918 年靖国军起，又兼援鄂军总兵站部长。1920 年辞职回到四川筠连，病逝于成都。著有《先烈彭大将军家珍奔走京津谋炸良弼详志》等。

陈贞慧（1890—?）　福建闽侯人。女。字兰因。南社社友。1915 年 5 月由郑佩宜介绍入社，入社书编号 529。丈夫林之夏，亦为南社社友。

陈光誉（1888—?）　福建长乐（今福州市长乐区）人。原名天荡，字稺兰，一字稚兰。南社社友。1915 年 5 月 20 日由冯春航、林之夏介绍入社，入社书编号 518。1917 年 4 月参加在杭州西湖葛荫山庄举行的南社临时雅集。夫人周佩珍，亦为南社社友。

陈仲权（1876—1915）　浙江嘉善人。名以义，字仲权，号西溪，曾化名张桐。南社社友。1913 年 4 月由周志成、杭辛斋介绍入社，入社书编号 376。1905 年留学日本早稻田大学。在日本加入光复会和中国同盟会，并被举为嘉兴同乡会会长。归国后曾办学。1911 年武昌起义前夕任同盟会中部总会联络员。武昌起义时在浙江谋划起义，又曾随浙军北伐。民国成立后在嘉兴军政分府任军法科长，旋任参事。1913 年 5 月参加在北京城南崇效寺举行的南社第三次北京雅集。同年二次革命爆发后，联络长江中下游革命党人及帮会中的革命势力进行武装讨袁，并谋划上海起义。二次革命失败后遭通缉，被迫逃亡日本。1914 年 7 月参与将国民党改组为中华革命党。编辑《西洋革命史》，鼓吹“三次革命”。同年奉孙中山之命随陈其美潜返上海，回国后协助陈策划继续反袁。1915 年 11 月 13 日被袁世凯收买的死党山东军阀张宗昌在食物中下毒致死。生性聪颖，能诗善文。著有《倚云楼诗稿》《倚云楼唱和集》。

陈仲权

陈仲陶（1894—1953）　浙江永嘉人。名宏慧，一名闳慧，字仲陶，号剑庐。南社社友。由社友介绍入社，未填写入社书，介绍编号 68。1908 年毕业于温州府中学堂，后考入杭州浙江高等学堂。民国初年任瓯海关监督冒广生（字鹤亭）秘书，其间曾代理吉士小学校长之职。1918年参与组织慎社。1919年五四运动时曾响应创办救国讲演周刊及新学报季刊,任编撰。1939年应朋友之邀赴江西赣州任中央、中国、交通、中国农民四大银行联合办事处秘书。翌年抵重庆供职于中央银行总行业务局文秘科,后升任副主任。在重庆时与章士钊、江庸、汪东、沈尹默等成立饮河诗社。抗战胜利后返回上海仍任职于中央银行,并与郑午昌、邓散木、陈运彰、陈小翠等成立纱笼吟社。中华人民共和国成立后被聘为上海市文献委员会编纂,任职于中国人民银行华东区分行。1953年在上海病逝。工诗擅词喜吟咏,尤好宋诗,所作清腴峭劲,自成风格,为"永嘉七子"之一。著有《剑庐诗钞》《仲陶诗草》《将车集》等。

陈仲觚(1872—?) 浙江诸暨人。名蜕,字仲觚。南社社友。1915年5月由柳亚子介绍入社,入社书编号534。弟陈越流,亦是南社社友。

陈问陶(生卒年不详) 籍贯未详。新南社社员。

陈守治(1897—1990) 福建南平人。字瘦愚,一字守愚,号乐观词客,晚号乐观翁。南社湘集社友、南社闽集社友。早年肄业于北平燕京大学,后回乡以教书为业。先后任樟湖印山小学、西芹小学教员,福建陆军一旅三营书记长,南平县督学,尤溪县教育科科长,以及尤溪中学、福建省立沙县师范学校、南平中学、福州第一中学等校教员。中华人民共和国成立后弃教,悉心编写中小学教育书籍,印行有《国语同音韵字典》《注音符号手册》等,编著有《闽腔注音符号》《福州话怎样转变普通话》《福州音简易识字法》等。还担任过多种报刊的编辑、记者。提倡词学革新,晚年被誉为"南平第五词人"。曾任南社闽集理事、中华诗词学会及福建诗词学会会员,并参加过南京芳草社、福建逸仙艺苑诗社等社团。1957年受聘为福建省文史研究馆馆员。著有《愚窝诗稿》《愚窝诗词话》《张亨甫年谱》等,出版有杂文集《愚窝杂拌》、剧本《胡靖出家》。

陈守谦(生卒年不详) 浙江海宁人。字劼钦,一字劼嵚,号累庵,别署铭阁,室名嘉树堂。南社社友。1913年4月由杭辛斋、陈去病、高旭介绍入社,入社书编号377。1913年4月参加在畿辅先哲祠举行的南社第二次北京雅集。常与同邑褚嘉猷、叶宜春和王国维等朝夕过从,商量旧学,被乡里视为"海宁四子"。

陈运彰(1905—1956) 广东潮阳(今汕头市潮阳区)人。原名陈彰,亦作陈章,后改名运彰,字君谟,号蒙安、蒙盦、蒙庵、征常、蓬斋等,亦作蒙厂、蒙葊,又署阿蒙、蒙父、蒙公等。南社湘集社友。早年师从晚清四大词家之一的况周颐研究词学,擅书法,精篆刻,并集藏汉魏唐宋碑拓、书画、金石,所作诗词古文骊体论书题跋等甚为丰富。长期从事教育,精于金石碑版之学,曾任之江学院、太炎文学院、圣约翰大学等校教授,上海市通志馆特约采访等职。抗战胜利后在上海与郑午昌、邓散木、陈仲陶、陈小翠等成立纱笼吟社。与易大厂交谊甚笃,易大厂曾为其治印200多方,1943年辑成易大厂刻印《证常印藏》。著有《蓬斋脞记》等。

陈志皋(1911—1988) 浙江海宁人。小名闰儿。南社纪念会会员。早年就读于上海震旦大学,后转学上海法学院。1930年毕业后成立律师事务所,执律师业。曾为法商电车公司的罢工工人辩护,胜诉后获赠"正义之光"银盾。30年代初参与创设《世界与中国》社,并与柳亚子等建立炳生小学。曾任上海律师公会执行委员,参与起草《律师法》《冤狱赔偿法案》。1935年冬接办上海通易信托公司调停复业案,复业后成为该公司董事会、监事会的代表暨董事会秘书长,并参加上海银行俱乐部。曾任中华女子职业学校董事会主席。1937年参加营救"七君子"的律师团。抗战期间曾任中央赈济委员会第九战区特派委员,负责曲江(今广东韶关)地区中赈会工作,参与抢救滞留香港的爱国民主人士。1946—1948年任上海法政学院教授,后又任上海通易信托公司总经理。中华人民共和国成立后任上海临时救济委员会常务委员。后去香港,1988年病逝于台北。

陈克成(生卒年不详) 江苏青浦(今属上海)人。字子裁。南社纪念会会员。1927年前后曾任国民党青浦县党部第二区党部执行委员。为青浦旅沪学友会发起人之一。30年代初任上海市政府秘书。其夫人程健雄,亦为南社纪念会会员。

陈伯苏(1884—?) 广东宝安人。南社社友。1921年1月由谢英伯介绍入社,入社书编号1092。

陈应松(1872—?) 浙江海盐人。字雁公,号梦鹿。南社社友。1917年4月15日由谭天、张传琨介绍入社,入社书编号871。民国初期在浙江嘉兴禁烟善后局任职。

陈沔芹(1900—?) 广东南海(今广州)人。南社社友、广东分社社员。1917年1月1日由蔡哲夫、李孟哲介绍入南社，入社书编号777。1917年3月参加南社在广州六榕寺举行的广东分社第一次雅集。

陈词黄诗 南社掌故。近代作家陈恂词和黄节诗的并称。陈恂，广东新会（今江门市新会区）人，有《海绡词》；黄节，广东顺德人，有《蒹葭楼诗》。二人自少时友好，又成就特出，其乡前辈梁鼎芬常为之扬誉，称为“陈词黄诗”。

陈抱一（1893—1945） 广东新会（今江门市新会区）人，生于上海。南社纪念会会员，画家。幼时随父居上海，自幼喜爱西画。早年曾两度去日本学习油画，初入白马会洋画研究所，后入东京川端绘画学校。1915年与汪亚尘等组织东方画会。1921年毕业于上野美术专门学校，后回国与萧公权、汪英贤等创办晨光美术会。先后任上海图画美术院（上海美术专科学校前身）、神州女校艺术科、新华艺术专科学校等校教授。1925年在立达学园美术科任教，并与蔡元培、丁衍庸等创设中华艺术大学，主持校务兼负责西画科。1930年任上海艺术专科学校西画科主任。1936年与徐悲鸿、汪亚尘、潘玉良、颜文樑等发起组织默社画会。传世作品甚多，如油画《弘一法师像》《陈抱一自画像》等。

陈其美（1878—1916） ❶ 浙江吴兴（今湖州）人。字英士，号无为，别署高野英，化名朱志新。南社社友。1911年2月18日由柳亚子介绍入社，入社书编号125。早年为当铺学徒。1903年赴上海同泰康丝栈任佐理会计。1906年夏赴日本东京警监学校留学，习警政和法律，同年冬加入中国同盟会。次年转入东京陆军学校习军事，兼习政法。1909年在上海接办革命机关天宝栈。1910年1月创刊《中国公报》，5月协同姚勇忱创办《民声丛报》，协助于右任、宋教仁等创办《民立报》。1911年7月与宋教仁、谭人凤、杨谱笙等在上海成立同盟会中部总会，任庶务部长。同年10月10日武昌起义爆发后联络上海商团、帮会、会党和部分清军，于11月3日发动武装起义，并参加攻打江南制造局的战斗。11月4日上海光复，11月6日沪军都督府成立，被推举为沪军都督。后曾在沪创办中华银行，筹措军政费用。与韩国志士申圭植等组织新亚同济社。1912年3月被委任为唐绍仪内阁工商总长，迟未就任，旋因袁世凯撤销都督府而离职。同年9月参加在黄兴临时寓所举行的南社第一次北京雅集。1913年参加二次革命，任上海讨袁军总司令。二次革命失败后逃亡日本。1914年7月在日本支持孙中山另组中华革命党，被推为总务长。1915年5月中华革命军组建后被孙中山派回上海主持讨袁军事，任淞沪中华革命军司令。同月在上海创办《五七报》。1916年5月18日被袁世凯所收买的张宗昌部属刺杀于上海。有《陈英士纪念全集》。❷ 传记。潘公展著。1册。南京胜利出版公司1947年初版。列入“中国历代名贤故事集”第二辑和“历代贤豪丛书”。前有作者小传。潘公展作中国历代名贤故事集编纂旨趣和自序。含序幕、十三年的学徒生活、由求学到提倡教育、正式从事革命运动、辛亥革命的成功与陈其美、在沪军都督任内、二次革命、陈其美与中华革命党、再接再厉的讨袁运动和殉国等章。

陈其美

陈其槎（1872—1923） 江苏吴县（今苏州）人。字安澜，号安庐。南社社友。1911年4月3日由沈昌直介绍入社，入社书编号136。1903年到芦墟任公馆塾师。民国初年移家芦墟，并在芦墟陶冶学校任教。一生教书，兢兢业业，平时喜习书法，一手行草，飘逸潇洒。1923年秋卒于家乡。

陈英士先生文集 文集。陈英士（其美）著，中国国民党中央委员会党史委员会编。1册。台北中国国民党中央委员会党史委员会1977年初版。前有凡例、陈英士先生像、手迹等照片。含演讲10篇、函电73篇、公牍140篇、语录53条、杂著20题。附孙中山为陈其美醵资安葬之通告、孙中山与唐绍仪联名致各总长、各议员请国葬陈英士书、黄兴为陈其美被刺逝世致孙中山电和陈其美传。

陈英士先生革命小史 传记。邵元冲编。1册。1925年初版。有王一亭画肖像、照片、遗墨等插图。含陈英士与民国的关系、幼年时代及习商时代的陈英士、留学时代及运动革命时代的陈英士、辛亥革命及沪军都督时代的陈英士、宋案发生及二次革命时代的陈英士、中华革命党时代的陈英士、袁世凯帝制时期的陈英士和肇和战役、西南讨袁时代的陈英士及其遇害、陈英士的世界革命思想和陈英士的性格10章。

陈英士故居 位于浙江湖州府学前五昌里。建于清末。原为一处大型院落群,名“五昌里”。现尚存两路建筑,西路由三进建筑组成,其中的第一进建筑“存诚堂”。东路由五进建筑组成。故居为典型的江南传统民居建筑。现有历史建筑面积约 1 900 平方米。陈列展示分为纪念展览和故居风貌展示两个部分。纪念展览定名为“英士雄魂”。设于故居前广场,广场上竖有陈英士骑马像和背景墙。“英士雄魂”展览分成序厅和风云涌动、推翻帝制、维护共和、浩气长存 4 个单元。

陈英士墓 位于浙江湖州市南郊岘山东麓。始建于 1918 年,1934 年进行扩建,1998 年重修。重修后的陈英士墓由石牌坊、墓道和墓穴 3 部分组成。石牌坊为四柱三间冲天式花岗岩筑成,石牌坊两侧一对石狮分距左右。石牌坊正中匾额为孙中山手书“成仁取义”;左侧是林森题“浩气长存”,右侧为蒋中正题“精神不死”。两旁石柱对联,为于右任题“春尝秋禘生民泪,山色湖光烈士坟”,蔡元培题“轶事足征,可补游侠货殖两传;前贤不让,洵是鲁连子房一流”。第一层祭台两侧有一对石狮,祭台中央为巨型花岗岩石碑,上镌刻“孙大总统诔辞”。墓上圆下方,墓穴正面刻有“气壮山河”四字。墓穴圆顶上刻着覆盖的中国国民党党徽。墓前石碑上镌刻孙中山手书“陈公英士之墓”。

陈叔渠(生卒年不详) 湖南醴陵人。字石殊。南社湘集社友。民国时期曾任《今文月刊》杂志主笔。著有《国父军事学说》等。

陈国惠(生卒年不详) 浙江绍兴人。字伯翔。越社社友。

陈佩兰(生卒年不详) 江苏无锡人。南社纪念会会员。20 世纪 30 年代曾为无锡工人运动领导人之一。

陈佩章(1894—1968) 安徽建平人。女。一名珮章,字纫兰,又字银兰。南社社友。1917 年 4 月 1 日由其丈夫仲中介绍入社,入社书编号 853。幼年随父经商,与仲中结婚后寓居江苏泰州。能诗词,常与夫婿、家翁相唱和。有《蘅兰室吟草》(未刊行)。

陈阜荪(1881—?) 湖南湘潭人。原名阮,后改名沅,字阜荪,一字阜双。南社社友。1912 年 8 月 12 日由陈蜕庵介绍入社,入社书编号 290。民国初年在北京《民主报》社供职。曾独自至菜市口谭嗣同就义处唏嘘凭吊,甚至痛哭不已。晚年益发穷困,旅食于杭州西湖等地。

陈泽民(生卒年不详) 籍贯未详。南社纪念会会员。

陈宝书(? —1937) 湖北江夏(今武昌)人。字豪生,号尊我。南社社友、南社湘集社友。由社友介绍入南社,未填写入社书,介绍编号 56。工草隶,好游览,每值名胜古迹,辄为摩崖刻字或撰书联语,以记游踪。抗日战争全面爆发前去世。著有《工余谈艺》等。

陈宗实(生卒年不详) 湖南湘潭人。字伯肫。南社社友。1916 年 7 月由沈宗畸介绍入社,入社书编号 653。曾在湖北汉阳铁政厂机器股供职。

陈诤彦(1869—?) 浙江诸暨人。字亚汀,号亚公,别署浣花閒史。南社社友。1916 年 8 月 9 日由陈无名介绍入社,入社书编号 650。

陈绍枚(1874—?) 广东新会(今江门市新会区)人。字铁生,别署精武老铁。南社社友。1911 年 9 月 29 日由柳亚子、陈布雷、李怀霜介绍入社,入社书编号 181。是中国同盟会会员。民国初年任职于上海《天铎报》。后任上海精武体育会编辑,主编有“技击丛刊”等。出版有武术专著《达摩剑》。

陈绍虞(1893—?) 湖北人。名言,字绍虞。南社社友。1917 年 10 月 13 日由谢英伯介绍入社,入社书编号 1039。民国初期在上海《民权报》任编辑。

陈 柱(1890—1944) 广西北流人。原名郁瑺,后改名柱,字柱尊。南社社友、南社纪念会会员。1911 年 10 月 12 日由谭作民、傅熊湘、黄梦蘧介绍入南社,入社书编号 196。早年就读于上海南洋公学、徐家汇邮传部高等实业学堂(上海交通大学前身)。后留学日本,毕业于成城学校。归国后加入中华学艺社,主持编辑《学艺》《国学》《学术世界》(1935 年 6 月创刊)等杂志。历任无锡国学专修馆、大夏大学、暨南大学等校教授,广西大学筹备委员,上海交通大学教授兼中文系主任,安徽大学校长等职。治学之外,好治诗文、访求古书。又工书法,擅魏碑。且豪于饮,有“酒帝”之号。生平著述宏富,出版有《中国散文史》《四十年来吾国之文学略谈》《白石道人诗笺评》等。

陈柱讲国学 国学研究著作。陈柱著。1 册。北京华文出版社 2009 年第一版,列入国学经典藏书图文版与“大家讲国学”丛书。含儒家、道家、阴阳家、法家、名家、墨家的诸子概论及骈散未分时代之散文(夏商周秦)、骈文渐成时代之散文(两汉三国)、骈文极盛时代之散文(晋及南北朝)、古文极盛时代之散文(唐宋)、以八股为文化时代之散文(明清)的中国散文史。附陈柱年谱。

陈树人(1884—1948) 广东番禺(今广州)人。原名陈政,又名陈韶、陈哲,字亚哲,别号猛迈、猛进,别署葭外、葭外渔夫,晚号安定老人。南社社友。由社友介绍入社,未填写入社书且未予编号。17岁从其外叔居廉学画。历主香港《广东日报》《有所谓报》《时事画报》笔政。1905年东渡日本留学,入京都美术专门学校,并加入中国同盟会。民国初年回国后任广东高等学堂国画教习。1913年二次革命失败后复往日本,入东京立教大学文学科就读,曾参与编辑《民国》杂志。1916年奉孙中山之命赴加拿大任国民党总干事。第一次国共合作时任国民党党务部长、广东省政务厅厅长等职,并两度主掌广东省省长,以及任国民党二大中央候补执行委员。1927年四一二反革命政变后避居香港。1932年任侨务委员会委员长。抗战胜利后辞去公职,从事绘画艺术。擅画山水花卉,尤工木棉花,为岭南画派创始人之一,与高剑父、高奇峰兄弟并称"岭南现代画派三大家"。有《陈树人画集·近作》。亦能诗,著有《寒绿吟草》《专爱集》《战尘集》等。

陈树棠(1876—?) 浙江鄞县(今宁波)人。字露香,一作露芗。南社社友。1915年5月由陈泉卿介绍入社,入社书编号512。早年留学日本早稻田大学土木工程科,后毕业回国。1909年参与发起将同文义学改为同文小学。并先后设计了宁波灵桥、奉化溪口武陵学校、鄞县茅山乡村师范学校、象山军港、海宁海塘、湘桂铁路及日本北海道渔港等。

陈 钝(1886—?) 甘肃秦州(今天水)人。字鲁德。南社社友。辛亥革命前上海镜今书局主人陈竞全的儿子。1910年4月由陈去病介绍入社,1911年10月9日补填入社书,入社书编号191。1910年4月10日参加陈去病在杭州西湖唐庄召集的南社第二次雅集。1917年4月参加在杭州西湖葛荫山庄举行的南社临时雅集。

陈秋霖(1894—1925) 广东东莞人。原名沛霖,字独尊,别署秋霜。南社社友。1917年10月17日由陆丹林介绍入社,入社书编号1011。1906年就读于广州培正中学。民国初年为广州《共和报》成员。先后任漳州《闽星日报》、香港《新闻报》总编辑。1921年其主编的报纸撰文支持香港海员大罢工,被港英当局拘押并驱逐出境。回到广州后被孙中山委任为国民党中央监察委员,并兼任广州《民国日报》社长。1925年8月20日在广州随同廖仲恺前往中央党部出席国民党中央执行委员会会议时,与廖仲恺一齐被国民党右派暗杀。

陈泉卿(1876—1953) 浙江奉化(今宁波市奉化区)人。名毓川,字泉卿,号白水。南社社友。1911年4月5日由陈其美介绍入社,入社书编号137。光复会和中国同盟会会员。早年就读于风麓中学,与蒋介石等结为义兄弟,共同习武。1911年武昌起义后曾随蒋介石攻打浙江巡抚衙门。1912年南京民国临时政府成立后任临时参议院议员。1928年后弃政回乡,为地方知名绅士。1953年在家乡去世。

陈 俊(1881—?) 湖南宁乡人。南社社友。1912年9月27日由刘国均介绍入社,入社书编号313。

陈彦甫(1876—?) 江苏邳县(今邳州市)人。名士髦,字彦甫,号宴佛。南社社友。由社友介绍入社,未填写入社书,介绍编号5。为光绪秀才,后补廪生。1905年加入江苏学务总会(为江苏教育总会前身)。1906年应江北师范学堂教务长张相文之邀任该校国文教员。民国成立后当选为北京政府国会众议院议员。1916年9月参加在北京徐园举行的南社第七次北京雅集。1923年前后曾以国会议员身份参加宪法研究会。抗战期间在睢宁古邳发起成立峄阳诗社,不定期出版《峄阳诗抄》。1944年7月与柳亚子、郭爱棠等一起参与校订周祥骏遗著《更生斋全集》,同年12月受邀参加邳(县)、睢(宁)、铜(山)参议会,任驻会委员。一生从事教育,又赴全国各地考察各民族语言,对音韵学造诣深厚,曾任国音研究委员会委员,精韵律,研五音,后参与注音符号(声母、韵母)的制定。著有《美人风筝诗集》。

陈洪涛(1897—1920) 江苏吴江(今苏州市吴江区)人。字淮海,号厔厂,别署天梅。南社社友。1915年5月29日由柳亚子、顾悼秋介绍入社,入社书编号531。1915年参加酒社,并帮助柳亚子抄写《南社丛刻》文稿送印刷厂,从而保存了南社社友的许多珍贵资料(社友手稿真迹)。1917年随陈去病赴广州。著有《淮海游草》。

陈觉是(1880—?) 广东三水(今佛山市三水区)人。南社社友。1916年12月3日由蔡哲夫、陈萝生、胡伯孝介绍入社，入社书编号745。民国初期在广州供职于广东《中华新报》，与邓子彭为同事。后曾参加广州诗钟社。

陈觉殊（1871—1955） 浙江嘉善人。名淮，字觉殊，一字觉是，号菊如，别署瘦比黄花。南社社友。1917年3月26日由王大觉、郁佐梅、余十眉介绍入社，入社书编号850。1898年诸生。酷爱诗词，尤喜填词。也喜书画，山水花鸟皆入画，尤精人物，写照生动逼真，并得元、明各家之长，惟不轻易与人，故墨迹流传甚少。

陈觉殊

陈祖基（1880—?） 云南宣威人。字啸湖。南社社友。1919年3月20日由卢铸、蔡哲夫介绍入社，入社书编号1053。1909年拔贡，授广东知县。曾任云南《民报》《共和滇报》总编辑。1913—1924年任国会众议院议员，曾兼任广州督办署执法处长。1923年10月在北京参加北洋政府国会会议。1951年12月被聘为中央文史研究馆馆员。

陈匪石先生遗稿 诗文集。陈世宜撰。3种，3册。1960年油印本。沈尹默题签、署端。前有陈匪石先生遗像。徐森玉、钟泰分别作序。收录《声执》2卷，潘伯鹰署端，有夏敬观、汪东、向迪琮的题识。《旧时月色斋诗》1卷，钟山署端。《倦鹤近体乐府》5卷，向迪琮署端。《续集》1卷。陈芸作跋。

陈振铣（生卒年不详） 福建闽侯人。南社纪念会会员。抗战胜利后曾任国民政府国防部、交通部顾问。

陈起东（生卒年不详） 江苏吴县（今苏州）人。字莪人。新南社社员。

陈耿夫（1885—1918） 广东南海（今广州）人。字友亭，号耿耿。南社社友、广东分社社员。1916年11月24日由蔡哲夫、胡伯孝介绍入南社，入社书编号731。早年曾赴越南谋生，1907年加入中国同盟会，任同盟会海防分会书记。1909年后赴香港任《民谊》杂志编辑。1914年创办《现象报》，力倡反袁。1916年回到广州创办《民主报》，并主持广州《人权报》笔政。1917年3月参加南社在广州六榕寺举行的广东分社第一次雅集，同年联络广州报界公会拥护孙中山南下广东领导护法运动。次年因发表揭露桂系军阀的文章为忌者所害。

陈莲痕（1894—?） 江苏昆山人，原籍河北鹿城。原名定扬，一名侃，字燕方，一字俺舫，号莲痕，笔名旧燕。南社社友。1916年9月27日由张廷珍介绍入社，入社书编号702。早年就读于北京大学。为星社社员。曾主持《新鲁日报》《新鲁月刊》笔政，后到天津塘沽组织通讯社。继到上海写作，为《小日报》撰稿，因其所见所闻甚多，遂写成短篇小说集《京华春梦录》《秦淮画舫录》。又因熟谙清朝掌故，故为广益书局撰写清代十帝全史，写成并刊行的有长篇小说《顺治演义》《康熙演义》两书，其他还著有长篇小说《乾隆休妻》，中篇小说《同治嫖院》《董小宛演义》《春痕余墨》及论著《经学源流浅说》等。

陈烈士芷江先生事略汇志 传记。陈尧祖、陈其柱编。1卷，1册。1913年铅印本。陈芷江（1866—1913），辛亥革命烈士，曾任川江水师参谋长。该书收有《陈烈士芷江遗像》《陈芷江绝命词》《民国癸丑二次革命讨袁军川江水师参谋长陈烈士芷江先生事略》《民国二次革命讨袁军川江水师参谋长陈芷江死国战状》，苏子容代作《哀启》。

陈烈士勒生遗集 诗文集。5卷，1册。陈子范撰，江苏吴江柳弃疾1917年铅印本。傅钝根题签、署端。有遗像2幅。柳弃疾、邹遇作序。《古体近诗》1卷，收诗作27首。《杂文》1卷，收杂文6篇。《时论》1卷，收时论7篇。《短评》1卷，收短评29篇。《小说》1卷，收小说5篇。柳弃疾作跋。

陈圆圆事辑、陈圆圆事辑续合集 名人轶事。况周颐、李根源编。2卷，1册。苏州腾冲李氏1931年刻本，列入"曲石丛书"。《陈圆圆事辑》1卷，况周颐编，杨天骥署端，金天羽作《圆圆事辑序》。《陈圆圆事辑续》1卷，李根源编，章炳麟署端。

陈　倜（1879—?） 湖南平江人。字志钧。南社湘集社友。1937年4月参加在长沙妙高峰南园举行的南社湘集第十五次雅集。

陈兼善（1898—1988） 浙江诸暨人。字达夫，号得一轩主人。南社湘集社友，鱼类学家。1912年考入浙江省立第一师范学校，1917年毕业后又去北京读书。1921年毕业于北京高等师范博物部。1925年赴广州广东大学（后改名中山大学）动物学系任教，两年后升教授。1931—1934年间留学比利时、法国、英国，专习生物学（鱼类），后回国任广东让勤大学教授兼博物系主任。1937年抗日战争全面爆发后广州遭日机轰炸，家产、藏书俱毁，为避战祸举家迁贵州。1940年任贵州黔江中学校长。抗战胜利后赴台湾参加接收台湾博物馆及台北帝国大学（后改名台湾大学），任台湾博物馆馆长，兼台湾大学教授、总务长、训导长、秘书长。后任台湾东海大学动物学教授并创立鱼类研究室（标本馆），任主任。1966年退休。1972年10月赴美国定居，并在美国军部迁移动物病理调查所任顾问。1979年8月经国务院批准聘其为中国科学院南海海洋研究所名誉研究员、教授。1982年5月就任上海自然博物馆一级研究员。1988年8月在上海病逝。曾被推选为中国鱼类学会名誉理事长，中国水产学会顾问。是第六届全国政协委员。许多中国鱼类的新属、新种均为其发现和命名，是中国鱼类学的奠基人之一。著有《鱼类学》《台湾脊椎动物志》《普通动物学》等。

陈家庆（1904—1970） 湖南宁乡人。女。字秀元，一作秀园，又作绣原、秀原，别署丽湘、碧湘，室名丽湘阁、碧湘阁、小芸鞭草堂。陈家鼎三妹。南社社友、南社湘集社友。1919年7月由傅熊湘和其大姐陈家英介绍入南社，入社书编号1072。幼年时即由伯兄陈家鼎介绍参加中国同盟会。曾就读于周南女学、天津直隶第一女子师范学校、北京女子高等师范学校，毕业于东南大学。20年代任教于竞雄女学和苏州乐益女子中学、上海松江女子中学。30年代后任教于安徽大学、重庆大学、政治大学、东方语文专科学校，讲授词学。中华人民共和国成立后任教于上海中医学院。1962年11月受聘为上海文史研究馆馆员。为民革成员。1970年病逝于上海。工诗词古文，尤擅填词。著有《丽湘阁诗草》《碧湘阁集》《曲史》等。丈夫徐英，为新南社社员、南社湘集社友。

陈家英（1895—1936） 湖南宁乡人。女。字定元，又字定原，别署纫湘，室名纫湘阁。是陈家鼎、陈家鼐的大妹。南社社友、南社湘集社友。1911年4月25日由其兄陈家鼎介绍入南社，入社书编号143。早年就读于湖北江汉高等女学。后留学日本，在《留日女学会杂志》撰《女子复权论》，并加入中国同盟会。辛亥革命后协助其二嫂唐家伟开办天足会，并在唐家伟任校长的中华女子美术学校任教。1936年底病逝于上海。长于诗，亦善文，诗文散见于《神州女报》及《南社丛刻》。著有《纫湘阁集》。

陈家杰（1897—1921） 湖南宁乡人。女。原名家雄，字治元，又字志元。是陈家鼎、陈家鼐的二妹，陈家英妹。南社社友。1911年4月25日由其兄陈家鼎介绍入社，入社书编号144。早年就读于湖北江汉高等女学。后留学日本，并加入中国同盟会。辛亥革命后协助其二嫂唐家伟开办天足会。亦善诗，诗文散见于1911年的《留日女学会杂志》、1912年的《神州女报》及《南社丛刻》等。1921年病逝于上海。

陈家杰

陈家栋（1887—1971） 江苏嘉定（今属上海）人。字少芸。南社社友。1916年9月9日由高旭、凌蕉庵、胡朴安介绍入社，入社书编号683。早年随父旅居北京，就读于路矿学堂。后赴日本留学，入日本警监学校，毕业后回国任民政部外城巡警总厅七品警官。1916年9月参加在北京徐园举行的南社第七次北京雅集。1932年一·二八淞沪抗战后曾为修复古猗园奔走筹划，并捐资兴建"补阙亭"。曾任龙溪县长，沪宁、沪杭甬两铁路管理局专员，财政部山东省特派员，安徽省、江西省财政厅长，四川省烟酒税局长，上海华丰银行董事长，上海图书馆顾问等职。中华人民共和国成立后被推为嘉定县各界人民代表会议代表，并被选为驻会委员及政协嘉定县第一届委员会专职副秘书长。1958年4月受聘为上海文史研究馆馆员。1971年病逝于上海。

陈家鼎（1876—1928） 湖南宁乡人。原名曾，字可毅，号汉元、秃陀，别署半僧、毅君、汗园、汉援、小梅道人等。南社社友。1911年1月10日由柳亚子介绍入社，入社书编号106。1898年考入湖北武昌武普通学堂，后又入武昌两湖书院。1902年秋留学日本，入早稻田大学政治经济科，获法学士学位。1903年参加拒俄义勇队，襄助黄兴等办游学编译社，出版湖南《游学译编》，并为高旭、高燮、高增创办的《觉民》月刊撰稿。1904年在长沙加入华兴会及其分会同仇会，密谋举义长沙，事败后遭清廷通缉再度出走日本。1905年8月在东京加入中国同盟会，任总部评议部评议员，与章炳麟、胡汉民等创办同盟会机关报《民报》。同年10月与宁调元、杨守仁等在东京创办《洞庭波》杂志。1906年回湖南与禹之谟组建同盟会湘支部，并在上海、武昌、长沙等地建立同盟会分会机关。辛亥革命后，被举为南京临时政府临时参议院议员。1912年8月参与同盟会改组为国民党，10月被举为国民党人纪念武昌起义之共和纪念会总理。1913年2月当选为北京政府首届国会众议院议员。同年4月参加在畿辅先哲祠举行的南社第二次北京雅集。二次革命失败后流亡日本，在东京加入中华革命党。1916年袁世凯死后，国会重开，与在沪议员赴京复职，兼任国会宪法起草委员会委员。1917年南下广东参加护法运动，出席广州非常国会会议，参与组建护法军政府，推举孙中山为海陆军大元帅。1921年4月广州非常国会议决成立中华民国政府，选举孙中山为非常大总统。1923年2月孙中山在广州重建元帅府后，被委以大元帅府参议。1928年1月8日卒于北京。著有《百尺楼诗集》《半僧斋诗文集》等。其弟陈家鼐、弟媳唐家伟，其妹陈家英、陈家杰、陈家庆，均为南社社友，妹婿徐英为新南社社员、南社湘集社友。

陈家鼐(1880—1970) 湖南宁乡人。字寿元。南社社友。1912年3月12日由景耀月、柳亚子、朱少屏介绍入社，入社书编号227。1902年考入湖北武昌武普通学堂，不久即追随其兄陈家鼎东渡日本留学。1906年1月在东京加入中国同盟会，旋归国入湖北陆军学堂，当年毕业后任新军教练官。同年其兄受孙中山、黄兴之命回国与禹之谟创建同盟会长江机关。辛亥革命时曾任旅长、师长。民国初年供职于上海爱国女校。1913年讨袁失败后逃亡日本，先后就读于早稻田大学政治经济科及日本法政大学。毕业后被推为中华革命党湖南支部长。1916年9月参加在长沙枣园举行的南社临时雅集，次年4月参加在长沙半园举行的临时雅集。1918年协助夫人南社社友唐家伟创办中华女子美术学校。1921年参加由毛泽东、何叔衡等人发起于去年8月在长沙成立的俄罗斯研究会。1922年孙中山督师北伐时，任韶关大本营劳工宣传委员。1927年任国民革命军总司令部参议，畿南军第五师师长。1928年被选为国民党上海市党部宣传委员。1929年被选为国民党第三次全国代表大会代表。抗战时期任湖南省政府参事、国民政府委员。1970年在香港病逝。

陈宴春(1916—1996) 湖南隆回人。名明实。南社湘集社友。1937年入邵阳循程中学就读，一年后回乡任小学教员。1942年后曾任湖南省党部录事，以及永兴、邵阳、益阳等县科员，并在东安、辰溪、益阳等中学任教员。抗战胜利后在长沙加入南社湘集，与马少侨同为隆回县的南社余子。中华人民共和国成立之初，曾在湖南革命大学学习，此后在武昌、望城、宁乡等地任中学教员。1954年起先后在邵阳师范学校、湖南省立第五卫生学校、邵阳第六中学等校任教。1962年9月任隆回县第六中学教师，直至退休。1996年6月8日病逝于家乡。善诗，现存诗词遗作800余首，题名为《春宴园诗存》。曾加入岳麓诗社、邵阳诗社、湖南诗词协会等诗词社团。著有《楚辞注释》。

陈陶遗(1881—1946) 江苏金山(今属上海)人。原名公瑶，又名水，后更名剑虹，字止斋，号陶遗、卧子，亦作陶怡、陶夷，别署道一、陶公。南社社友、新南社社员、南社纪念会会员。1909年11月由柳亚子介绍入南社，入社书编号29。是参加南社第一次雅集暨成立大会的17位社友之一。1901年中秀才，后肄业于松江融斋师范学堂。1905年留学日本，入早稻田大学习法政，同年与高旭等创办《醒狮》月刊。1906年2月加入中国同盟会。又师事章炳麟，参加光复会。1906年春受命随高旭等回到上海，创立健行公学。后受孙中山之命赴日本中国同盟会总部任暗杀部副部长。1907年初回上海接任同盟会江苏分会会长。1910年受同盟会派遣赴南洋，在泗水华侨学堂任教。1911年11月作为江苏代表出席在武昌召开的各省都督府代表联合会，议决《中华民国临时政府组织大纲》。同年12月以江苏代表身份参加在南京召开的各省代表会，会议选举孙中山为中华民国临时大总统，筹组民国临时政府。1912年1月被选为南京临时政府临时参议院副议长，并被任命为考察欧美实业专使。袁世凯窃国后弃职赴黑龙江，经营东江垦殖公司。后又当过哈尔滨特别区行政长官朱庆澜的幕僚。1925年12月任江苏省省长。1933年任上海市临时参议会秘书长。1935年12月与柳亚子在上海发起成立南社纪念会。抗日战争全面爆发后蛰居上海。1939年与张元济、叶景葵等创办上海合众图书馆，任董事长。1946年4月27日病逝于上海。精书法，出入六朝碑版，上海玉佛禅寺内的“庄严慈护”匾额即为其所题。晚年致力于

陈陶遗

章书、草书。著有《陈陶遗先生墨迹》。其子陈端白，亦为南社社友、新南社社员。

陈陶遗先生分年事略 年谱。金兰畦编。1册。抄本，秦翰才据1946年《金山县鉴》第三期草本。有金兰畦《陈陶遗先生分年事略》、陈敬第《陈君陶遗家传》、朱叔建《我所知道的陈陶遗》、陈定作《家世纪略》和《我的父亲》，以及《陈陶遗遗闻佚事》。

陈陶遗先生墨迹 书法。陈陶遗书。1卷，1册。上海市合众图书馆编1948年影印本。刘垣题签。叶景葵署端。张元济题《陈陶遗先生小影》。收录陈陶遗18篇作品的手迹。

陈继训(1878—1962) 湖南长沙人。字杏聪，号猥庵、狷盦。南社湘集社友。清光绪年间赐进士出身，曾出使俄国，担任清政府驻俄国使馆参赞。后任清廷部主事兼军饷司司长。1935年10月参加在长沙怡园举行的南社湘集第十二次雅集。1936年纂修陈氏通谱时，任主修。撰有《狷盦诗草》《狷盦文草》《代农堂文稿》等，编有《朝宗书宬书目》。

陈萝生(1883—?) 广东南海(今广州)人。名大年，字萝生，一作梦生。南社社友、广东分社社员。1916年11月24日由蔡哲夫、胡伯孝介绍入南社，入社书编号732。民国初期曾任日本横滨华侨学校教员，后归国主持广州《中华新报》。1917年3月参加南社在广州六榕寺举行的广东分社第一次雅集。20世纪30年代在广州执律师业。曾参加考古学社。

陈菊伊(1880—?) 广东南海(今广州)人。名兆年，字菊伊，一字菊衣。南社社友、广东分社社员、南社湘集社友。1916年8月6日由蔡哲夫、孙仲瑛介绍入南社，入社书编号661。曾在新闻界工作多年。民国初期在香港南洋兄弟烟草公司供职，与南社社友简士骙为同事。1933年与蔡哲夫、罗志远、叶敬常等一起加入由章太炎、李根源、金松岑等发起成立的苏州国学会，商兑国学。

陈梦坡提倡节制生育 南社掌故。陈梦坡对于中国之富强与人口生育之关系，有独到的深刻见解。他曾说："中国欲强盛，当自限制生殖始。盖生殖繁，则教养艰，夭折者不知其数，孱弱愚钝者，亦不知其数。流离困顿，惨苦万状，何如不生之为愈乎！"

陈硕其(生卒年不详) 浙江鄞县(今宁波)人。字霭麓。南社社友。由社友介绍入社，未填写入社书且未予编号。辑有《世界名人佚事》等。

陈辅相(1884—1967) 浙江杭县(今杭州)人。字无我，别署老上海。南社社友。1912年5月9日由柳亚子介绍入社，入社书编号271。曾任《太平洋报》《民国日报》等编辑。著有《临城劫车案纪实》《满丽女郎》，与人合译有《新再生缘》《死椅》，编有《老上海三十年见闻录》等。

陈梨梦(1874—?) 浙江诸暨人。字亚子。南社社友。1915年5月由柳亚子介绍入社，入社书编号536。

陈望道(1891—1977) 浙江义乌人。原名参一，又名融，笔名陈佛突、陈晓风、仁子、陈雪帆。新南社社员，教育家、语言学家。早年留学日本，入东京物理学校、早稻田大学法科、东洋大学文科，1915年转入东京中央大学法科，获法学士学位。1919年回国后在浙江第一师范学校任教。1920年翻译出版《共产党宣言》，同年到上海任《星期评论》社编辑和参加《新青年》杂志的编辑

陈望道

工作，并与陈独秀、李达等发起成立马克思主义研究会，参加创立上海共产主义小组，任劳动部长(主任)。还协助陈独秀发起成立纺织工会、邮电工会、上海机器工会等。1921年10月参与创办上海平民女校，并在该校和外国语学社任文化教员，同时还担任《共产党》月刊和《劳动界》杂志编辑，社会主义青年团的负责人之一。同年底任中国共产党上海地方委员会第一任书记。1923年退党。同年10月与柳亚子、邵力子等发起组织新南社，为八位发起人之一。1923—1927年任上海大学中文系主任、教务长，并曾担任上海艺术师范大学国文教授，后任复旦大学中文系主任。之后创办大江书铺、中华艺术大学。1932年任上海著作家抗日会秘书长。次年担任《文学》月刊编委。1934年参加发起大众语运动，并在上海创刊《太白》半月刊，任主编。1937年参加上海文化界救亡协会，在上海提倡拉丁化新文字运动。后历任安徽大学教授，广西大学中文系主任，复旦大学新闻系主任、文学院院长。中华人民共和国成立后，1952年9月任复旦大学校长。1960年任《辞海》编委会主编。还担任民盟中央副主席、上海市政协副主席、上海市社会科学联合会主席等职，并任中国科学院哲学社会科学学部委员、全国政协和全国人大常务委员会委员。

1977年10月29日在上海病逝。著有《修辞学发凡》《文法简论》《美学概论》等，有译作《社会意识学大纲》等。出版有《陈望道文集》。

陈望道故居 位于浙江义乌市城西街道分水塘村。建于1909年。1998年8月对故居进行整体维修。现为义乌市级文物保护单位。整体建筑坐北朝南，呈“凹”字形布局，正室五间，前设弄堂，左右厢房各二间。南面山墙为“一”字形照壁，明间辟石库大门，大门上方悬挂“陈望道故居”匾额为汪道涵题写。弄堂东西两头山面辟边门，南面辟单间屋宇式院门。建筑为二层楼屋，明、次间底层开敞，梢间隔断，其特点是雕工精细，内容雅俗共赏。故居内陈列陈望道生平大幅照片。

陈绵祥(1900—1985) 江苏吴江(今苏州市吴江区)人。女。字馨丽，一字亨利，号希虙，别署秋梦斋主。陈去病长女。南社社友、新南社社员、南社纪念会会员。1921年8月14日由柳亚子、余十眉介绍入南社，入社书编号1100。早年就读于上海竞雄女校。后数次东渡日本求学及考察蚕商技术。1922年参加在上海半淞园举行的南社最后一次(第十八次)正式雅集。1923年加入新南社，同年冬参加第一、二、三次岁寒社的雅集活动。1924年任江苏省民治建设会秘书。1928年参与筹备南社20周年纪念活动。30年代初任国民政府司法院秘书。1935年参加南社纪念会。擅诗词，能文能书，练就一手漂亮小楷。著有《秋梦斋焚余诗草》《先考佩忍府君行略》，编有《吴江陈氏褒扬后录》等。

陈　瑛(1882—1958) 浙江绍兴人。字永霖。南社纪念会会员。早年曾在上海执律师业。1956年8月受聘为上海文史研究馆馆员。

陈越流(1885—1923) 浙江诸暨人。名槱，字药义，号越流。南社社友、新南社社员。1914年由柳亚子介绍入南社，入社书编号469。喜欢高吟朗诵，旁若无人。工书法，尤擅行书、草书，其书法非当时名流所能及。1915年5月参加在杭州西湖孤山之西泠印社举行的南社临时雅集。1923年冬逝于上海。著有《春航谈》。兄陈仲觚，亦为南社社友。

陈景贤(生卒年不详) 浙江杭县(今杭州)人。字鉴吾。南社社友。1913年4月由杭辛斋、张心芜介绍入社，入社书编号370。1913年4月和5月参加在畿辅先哲祠及城南崇效寺举行的南社第二、第三次北京雅集。

陈　锐(1880—1951) 江苏吴江(今苏州市吴江区)人。字次青。南社社友、新南社社员。1914年6月5日由金光弼介绍入南社，入社书编号423。为晚清秀才。曾在钮家私塾任教。1904年曾把好友钮凤生遗诗编辑、校订成4卷本《沧桑小筑遗诗》。1921年参加竞选省议会议员。抗战期间参与筹备创立中学，开设补习班。1943年9月被聘为私立盛湖初级中学教师。

陈湛纶(1881—?) 广东顺德(今佛山市顺德区)人。字新吾。南社社友、广东分社社员。1917年2月6日由陈耿夫、李孟哲、卢博郎、蔡哲夫介绍入南社，入社书编号799。民国初期供职于广州法政学校。1917年3月参加南社在广州六榕寺举行的广东分社第一次雅集。

陈聘之(1877—?) 安徽六安人。名嘉渭，字炳森，号聘之。是王明(陈绍禹)的父亲。南社社友。由社友介绍入社，未填写入社书，介绍编号33。幼时读过私塾。1924年其妻子喻幼华倡议创办女子学校(后改为女子小学)，任副校长兼教员。1929年5月被任为六安县六区赤色互经会主任。1932年先后被调任鄂豫皖革命根据地霍山县专用公司、霍丘县运输公司经理。后返里开店，以后又以教书为生，当过几年乡村教师。译有《白石上》。

陈虞熏(生卒年不详) 籍贯未详。新南社社员、南社纪念会会员。

陈蜕庵(1861—1913) 湖南衡山人，曾祖迁居江苏阳湖(今常州)。初名彝范，又名范，字叔柔，号梦坡，晚年更名蜕，号蜕庵，一作退安，别署蜕翁、退翁、蜕僧、蜕存等。南社社友。1911年5月14日由傅熊湘介绍入社，入社书编号150。1889年举人，后出任江西铅山县知县。1894年被罢官后滞居上海。1898年购买和接办《苏报》后，支持蔡元培等创立中国教育会和爱国学社。1903年6月又延聘爱国学社的章士钊担任《苏报》主笔，公开发表邹容的《〈革命军〉自序》，选录章太炎的《驳康有为〈论革命书〉》等文。武昌起义后参加湘、桂援鄂联军。不久回到上海，任《太平洋报》编辑。后至北京任《民主报》主笔。1912年秋曾提出节制生育、提高人口质量为强国之道的主张。1913年6月20日在上海病逝。著有《蜕翁诗词刊存》《蜕僧余稿》《映雪轩初稿》等。

陈蜕庵先生文集 文集。陈范(蜕庵)著。本集为柳亚子、王大觉、姚石子等人集其遗文而编就。1914年出版。全集共分10类：一、赋类；二、学说类；三、论类；四、序跋类；五、庆贺类；六、告祭类；七、传赞墓志类；八、书信类；九、杂文类；十、寓言类。其中收录了蜕庵遗作如《哀朝鲜赋》《国学概言》《读孟子不动心篇》《岳阳楼游记》《题罗两峰鬼趣图》《鱼鸟》《化游》等。文集中《言论岂以危民国乎》《论女子参政》等篇均可见其卓远的见识和对社会变革的热心。而《列石头记于子部说》《梦雨楼石头记总评》两篇可谓我国红学之先驱。附录为柳亚子等为纪念蜕庵所写的传记、纪念诗文汇编。

陈锡田(1892—?) 江苏松江(今属上海)人。字新俪。南社社友。1916年8月1日由谭天介绍入社，入社书编号659。民国初期曾任职于浙江嘉兴电报局。

陈锦云(生卒年不详) 广东香山(今中山)人。女。名纫兰，字锦云。南社纪念会会员。丈夫孙仲瑛，是南社社友、广东分社社员、新南社社员、南社纪念会会员。

陈　慈(1879—?) 浙江海盐人。字让旃，号勉之。南社社友。1915年5月21日由柳亚子介绍入社，入社书编号521。民国初年曾主持杭州《之江日报》。

陈嘉猷(1886—?) 江苏吴县(今苏州)人。字运千。南社社友。1911年12月31日由宋铭谷、汪振镛、陶赓照介绍入社，入社书编号206。

陈毓华(1883—1945) 湖南桂阳人。字仲恂，号石船。南社湘集社友。1906年东渡日本留学，与杨度兄妹常有往来，曾赋诗相赠。归国后与政界亦多有交往。抗战初期流寓重庆，1942年底返回桂阳，后在故乡病逝。工诗，以诗名重海内。著有《东游鳞爪录》《石船诗存》《石船诗文存》等。

陈端白(1900—1948) 江苏金山(今属上海)人。原名小道，一名定，字若木，号端白。南社社友、新南社社员。1914年5月7日由柳亚子、李拙介绍入南社，入社书编号412。1920年入上海同济医工专门学校学习。1923年曾在《时事新报·学灯》副刊发表文章。后赴德国名兴大学医科学校深造，1925年秋毕业并获医学博士学位，同年又进汉堡热带病研究所讲习班，翌年修业结束。30年代又至日本在东京帝国大学附属传染病研究所(目黑)从事恙虫病、皮肤病研究，并在该校皮肤科进行真菌学实习。1936年归国后，历任江苏省立医科大学皮肤病学教授兼附属医院皮肤病科主任、江苏省立南京医院内科主任、上海同德医学专门学校风土病讲师、生生同德妇产科、内科、皮肤科教授等职。后在上海自行开设诊所。父亲陈陶遗去世后，其曾将家中所有藏书捐赠给上海合众图书馆。1948年在上海去世。一生致力于医学研究，撰有多篇医学论文和著作，如《一位工程师的医药观》《两个月之乡村医生》《续发性贫血》等。其父陈陶遗，亦为南社社友、新南社社员。

陈端志(生卒年不详) 江苏金山(今属上海)人。字光辉。南社纪念会会员。早年留学日本，毕业于庆应大学。归国后任国民政府社会部秘书、中国青年工读团团长、中国青年工读团建村农学院院长、上海新亚中学校长等职。并在家乡创办湘姚中学，以纪念其夫人。著有《五四运动之史的评价》《博物馆学通论》《抗战与社会问题》等。

陈粹劳(1903—1987) 湖南醴陵人。字允遐，号草草。南社湘集社友。1926年加入国民革命军参加北伐，任北伐军师政治部科员、秘书，兼任《湖南民报》编辑。后因"清党"被迫逃往南京。1928年6月在南京加入国民党。1930年随军参加蒋阎冯军阀的中原大战。后往山东、安徽两省财政厅任职，编刊财政公报并兼安徽《民国日报》编辑。抗战初期赴成都任中央军校政治部编审组组长、总务组组长、主任秘书等职。抗战胜利后调南京任国民政府文官处编审，撰写各种文稿、报告。1949年春返回湖南，被任命为湖南第一兵团司令部高参。同年8月随程潜在湖南起义，9月赴北京出席第一届全国人民政治协商会议。中华人民共和国成立后，历任湖南省人民政府参事室参事、文物管理委员会委员兼组长、第一届人民代表。工诗、善对，曾被湖南吟坛誉为醴陵才子。著有《奋翁诗词选》《关于西周漆器之研究》等。

陈蝶仙(1879—1940) 浙江杭县(今杭州)人。原名寿嵩，字昆叔，后改名栩，字栩园，号蝶仙，别署超然、惜红生、天虚我生等。南社社友、南社纪念会会员，作家、实业家。1916年4月由姚鹓雏介绍入南社，入社书编号595。清附贡生。1895年主杭州《大观报》笔政。1900年出版《泪珠缘》。次年在杭州开设萃利公司，经营书籍和文具纸张，1902年又开设石印局。1906年12月在杭州设立著作林社，次年创办文艺刊物《著作林》月刊(1908年8月迁往上海，12月并入《国闻周报》)。1909年起在绍兴、靖江、淮安等县任幕僚,曾代理镇海县知事。1913年在上海与王钝根合编《游戏》杂志,并任《申报·自由谈》副刊特约撰述。次年主编《女子世界》杂志。1916年任《申报·自由谈》副刊主编,并任《礼拜六》周刊编辑。翌年研制成功牙粉,1918年创办家庭工业社,生产"无敌牌"("蝴蝶牌")牙粉和化妆品,并先后在上海、无锡、宁波、海宁、镇江、杭州、太仓等地设厂,生产日用化学制品。1930年创刊并主编《上海机制国货联合会会刊》,宣传提倡国货。1932年将企业扩大为股份有限公司,并离开《申报》专营工商实业。抗日战争全面爆发后因在上海的总厂被炸毁,遂将部分企业内迁至湖北宜昌、四川重庆和云南昆明,继续生产。1940年3月病逝于上海。生平著译甚多,创作有言情小说《泪珠缘》《新泪珠缘》《柳非烟》等,通俗小说《新官场现形记》《续海上花列传》《玉田恨史》等,侦探小说《福尔摩斯侦探案》《自杀党》等,诗词编有《栩园诗话》《栩园丛稿》等。

陈德徵(生卒年不详) 浙江浦江人。新南社社员。1923年10月参与发起成立新南社,为新南社的8位发起人之一。1923年与胡山源等创建弥洒社,并出版《弥洒》月刊。1926年任上海《民国日报》总编辑。1927年起任国民党上海市党部主任委员兼宣传部长。曾任上海各界反对日军暴行委员会主席。在《新南社社刊》上撰有《诗人拜伦的百年祭》一文。

陈翼郎(1888—?) 湖南湘乡人。南社社友。1913年由胡朴安、程善之、汪洋介绍入社,入社书编号366。民国初年曾在《中华民报》馆供职。

陈麟瑞(1905—1969) 浙江新昌人。字林率,笔名有百合、石华父等。南社纪念会会员。1921年入北平清华学校,毕业后公费留学美国,入威斯康星大学英文系,1930年获学士学位。翌年在哈佛大学获硕士学位。在美国时,曾与柳亚子等合编《文艺杂志》。后赴法、英、德等国游学。1933年归国,任上海暨南大学外文系主任,并先后任上海复旦大学、光华大学、震旦女子文理学院等校教授。1939年开始话剧剧本创作,出版有剧本《孔雀屏》《晚宴》《雁来红》等8种。中华人民共和国成立后在上海大同大学兼课,后历任新华社上海分社英文部主任,《上海新闻》(英文版)编辑部主任,《中国建设》编辑室主任、副总编辑等职,并任全国政协委员等职。长期从事外文翻译和戏剧创作,著有《石华父戏剧选》,译有剧本《传记》《十二镜容貌》等。

邵力子(1882—1967) 浙江绍兴人,生于江苏吴江(今苏州市吴江区)。初名景奎,又名凤寿,后改名闻泰,字仲辉,号力子。南社社友、新南社社员,著名爱国人士。1914年4月15日由朱少屏、叶楚伧、柳亚子介绍入南社,入社书编号408。1901年举人。1902年到上海南洋公学特班就读,1905年入震旦公学,次年随马相伯创办复旦公学,并转入该校。1906年10月东渡日本留学,翌年加入中国同盟会。稍后归国任上海南洋中学教员,先后协助于右任创办《神州日报》《民呼日报》《民吁日报》《民立报》《生活日报》,任《民立报》编辑和《民信报》记者。1913年兼任复旦公学教员。1916年1月《民国日报》在上海创刊后,与叶楚伧同任该报总编辑。1919年后又兼任该报副刊《觉悟》主编。1920年与陈独秀等在上海组织马克思主义研究会和上海共产主义小组,并参与中共一大的筹备工作。1922年与于右任等创办上海大学,任教授兼常务副校长,后任代理校长。1923年10月14日与柳亚子、叶楚伧等发起成立新南社。1924年当选为国民党第一届中央候补执行委员,后任上海执行部工农部秘书。1925年任黄埔军校秘书处处长,旋任军校秘书长,后任军校政治部主任。1926年任国民革命军总司令部秘书长,退出中国共产党。同年8月以中国国民党代表身份赴莫斯科出席共产国际第七届扩大会议。1927年后曾任中国公学和复旦实验学校校长、国民政府立法院院长、国民党中央监察委员会常务委员等职。1949年4月为国民政府和平谈判代表团成员。同年4月16日参加在中山公园来今雨轩举行的南社、新南社最后一次联合临时雅集。中华人民共和国成立后历任中央人民政府政务院委员、全国人大常委会委员等职。1967年12月在北京病逝。著有《建国在作战的时候》,译有《支那四千年开化史》(与黄炎培、张伯驹合译)等。论著编有《邵力子文集》。

邵力子

邵力子故居 位于浙江绍兴陶堰镇东市街。系清末建筑。故居坐北朝南,由主楼和东、西厢房组成。主楼高二层,三开间。东、西厢房各两开间。

邵天雷(1872—1934) 江苏淮安人，祖籍浙江余姚。原名崇炳，号肃庭，别号瓜佣，后更名天雷，号无妄。南社社友、淮南社社友、新南社社员。1912 年 10 月 26 日由柳亚子、曹凤笙、周伟介绍入南社，入社书编号 354。1906 年考入两江法政学堂，后辍学入淮盐张宫保幕。嗣后，回家乡任润东学校教员。民国初年曾在江苏省立清江第三法政学堂任教。1914 年 5 月与周伟一道参加在上海愚园举行的南社临时雅集。1925 年后应淮扬镇守使马玉仁之邀，为盐城马氏编撰宗谱，后又回原籍浙江余姚为邵氏编撰宗谱。1931 年由叶楚伧、胡朴安举荐任上海持志大学历史系教授，后因年高体弱辞职。1934 年病逝于家乡。著有《剥庐诗文》《磨砚拾沈》，编有《群史大纲》《群经大纲》《周易通义》。另有《剥庐诗文劫余》刊行。

邵元冲(1890—1936) 浙江绍兴人。名庸舒，字元冲，一字玄中，号翼如。南社社友、新南社社员。1912 年 10 月 27 日由沈砺、吕志伊介绍入南社，入社书编号 356。1903 年中秀才，1906 年考入杭州浙江高等学堂，加入中国同盟会。次年举拔贡，考取法官，任江苏镇江地方审判厅庭长。1911 年东渡日本留学，辛亥革命后回国。1912 年 7 月任上海《民国新闻》主编。1913 年爆发二次革命时赴江西湖口，任长江各军总司令部秘书长，襄助李烈钧起兵讨袁，失败后逃亡日本。次年在日本加入中华革命党，任《民国》杂志编辑。后回国任绍兴中华革命军司令，1915 年 12 月在上海参加肇和兵舰起义。1917 年任广州大元帅府机要秘书，并代行秘书长职务。1919 年冬赴美留学，先后肄业于威斯康星大学和哥伦比亚大学。1924 年国民党召开一大，被选为中央候补执行委员，不久递补为中央执行委员。同年夏回国，在上海与张默君结婚。1925 年 3 月孙中山在北京逝世后，参加谢持、邹鲁召集的西山会议，1929 年 4 月在上海创刊《建国月刊》杂志，任主编。1929 年后历任国民党中央执行委员、中央政治会议委员、国民党党史史料编纂委员会常务委员等职。1936 年 12 月西安事变发生时，被士兵开枪击伤，后卒于医院。著有《邵元冲讲演集》《孙文主义总论》及《元冲文集》等。

邵元冲

邵元冲先生演讲集(第一辑) 演讲集。邵元冲著。商务印书馆 1928 年发行。本辑汇录 10 个专题：一、近代革命运动的方法及策略。阐述革命的意义，指出其本质不是破坏而是建设。分析了革命运动与群众心理，以及革命的条件：主义、首领、组织、军事。二、大战前后之欧美实业情况。解释什么是实业，逐一介绍英、法、美、德、俄的实业，并作大战前后之对比，认为将来国家经营势必盛行。三、现代经济制度之不均不安及民生经济之条件。指出现代经济制度会造成贫富不均，而社会主义能矫正社会的不均和不安。民生经济使人尽其力，终使人人皆有合宜的生活。四、思想建设。指出建设是破坏的对立面，国民党的建设内容：一是“物质建设”，如实业计划、交通计划；二是“精神建设”，即孙文学说、心理建设。五、发展工业与民生主义。认为工业制度使物质发展登峰造极，而劳动阶级的痛苦有增无减。社会发展若要适应大多数人，则需提倡民生主义。六、纪念秋瑾。认为要坚持民族革命，推翻清廷专制，又要打倒帝国主义；革命不分男女；组织民众，取得武力；肃清贪官劣绅。七、卫生运动之意义与价值。认为中国人一向不讲究卫生，戕害了身体。八、工人运动的基础。指出国民革命即全民革命，全民中首推农工。要解决工人的问题，必要解决工人的物质和精神问题。人民参与，民权主义方有基础。九、现在教育需要的是什么。指出教育的责任即造成“人之为人”，既发展固有知能，又授以社会进步常识。在智德体三育并进外，须把革命理论灌输给儿童。十、三民主义与农工运动。三民主义的成功在乎完成民生主义，而农工运动则是其中心。指出农工能觉悟则革命能成功。中国农工运动的对象为外国资本主义。

邵延庚(1899—?) 江苏淮安人。字少周。南社社友。1917 年 9 月 30 日由周伟、张冰、刘去非介绍入社，入社书编号 972。

邵汝芳(1878—?) 广东电白人。字丽云。南社社友。1917 年 1 月 15 日由蔡哲夫介绍入社，入社书编号 789。曾任职于广州雨帽街“八属学会”。

邵委员元冲死国始末 哀挽录。1 册。南京中文仿宋印书馆编辑，民国年间出版。含遗像、血衣遗著履、遗墨。林森、于右任、戴传贤、吴敬恒、居正、孙科、冯玉祥、李烈钧等分别题字。有邵翼如先生事略。附邵委员遗著、治学自叙和邵委员元冲死国始末。

邵瑞彭(1888—1938) 浙江淳安人。一名寿篯,字次珊,号次公。南社社友、新南社社员、南社湘集社友。1913年4月由高旭、陈去病、张心芜介绍入南社,入社书编号372。早年就读于浙江省立优级师范学堂。先后加入光复会、中国同盟会,并任同盟会浙江支部秘书。1911年从省立优级师范学堂毕业。辛亥革命时,参与光复浙江的军事行动。民国成立后被推为北京政府国会众议院议员。1913年4月和5月参加在畿辅先哲祠及城南崇效寺举行的南社第二、第三次北京雅集。1915年返乡任台鼎小学教员。1916年8月和9月参加在中央公园上林春及徐园举行的第六、第七次北京雅集。1921年4月与一批国会议员南下广州,出席非常国会会议。1924年11月任北京临时参政院参政员,次年2月参加段祺瑞临时执政府在北京召开的善后会议。后应聘担任北京大学、北京师范大学、民国大学教授,并参与创建思辨社,商榷朴学。1931年应聘担任河南大学教授兼国文系主任。晚年寓居开封。工词章,擅长经史,精通古历算学,曾参与编修《清史稿》。著有《扬荷集》《山禽余响》《书目长编》等。

邵飘萍(1887—1926) 浙江金华人。原名镜清,又名振青,字平子,号飘萍,别署青萍、阿平、素昧平生。南社社友,记者。1916年11月19日由邵瑞彭介绍入社,入社书编号726。清末秀才。1902年入浙江高等师范学堂,1905年毕业后返乡任金华中学教员,并被聘为《申报》通讯员。1911年武昌起义后任浙江都督府《浙江公报》编辑。1912年在杭州与杭辛斋创办《汉民日报》,任主编,并被推为浙江省报界公会干事长。二次革命失败后逃亡日本,入东京法政专门学校就读。1914年自设东京通讯社,兼《申报》通讯记者。1916年春回到上海主持《时事新报》笔政,同时为《申报》《时报》写稿。后任《申报》驻京特派员。1918年7月在北京创办新闻编译社。同年10月又在北京创办《京报》,并自任社长。是月还倡导成立中国第一个新闻学研究团体——北京大学新闻学研究会(由蔡元培任会长),并主持《新闻周报》。1919年五四运动时《京报》被段祺瑞政府查封,其被迫第二次流亡日本。1920年下半年回国后复刊《京报》,并先后出版《莽原》《妇女》《戏剧》《电影》等多种副刊。还先后到北京平民大学、民国大学、政法大学等校任教授,讲授新闻学。1925年经李大钊、罗章龙介绍加入中国共产党。次年3月北京三一八惨案发生后,因支持群众反帝反军阀斗争,4月26日被奉系军阀杀害。著有《实际应用新闻学》《新闻学总论》《综合研究各国社会思潮》等,译有《新俄国之研究》。

邵飘萍

邵飘萍纪念馆 纪念馆。① 位于浙江义乌横店影视城明清街拍摄基地内的三乡堂。纪念馆旁有紫檀色的八角"飘萍亭"。厅堂内四根托梁立柱上两副楹联为顾维钧和罗章龙手书。厅堂的木屏风中央为邵飘萍油画半身像。纪念馆设3个展室,陈列邵飘萍一生的图片、资料和遗物500多件。有各种报刊有关文章,以及海内外研究、记叙邵飘萍的资料。② 位于浙江东阳南市街道紫溪村。原为"邵氏祠堂",现为"飘萍小学"。学校前有罗章龙手写对联"亢斋革命先行侣,千秋纪念邵东阳"。教学楼中间为邵飘萍纪念馆,藏有邵飘萍的对联、折扇、闹钟等实物200多件。

邵飘萍故居 故居。① 位于北京西城区骡马市大街北魏染胡同32号。与原《京报》馆大门30号相连。进门是一狭长通道,过通道北拐为后院,三间北房是邵飘萍的工作室和会客室。北拐便入故居的头道院,头院有北房、东西厢房各三间。后院有北房五间,东西房各一间。建筑紧凑,布局合理。为北京市文物保护单位。② 位于浙江金华婺城区旌孝街。建于清代晚期。整幢房子为木结构、坐北朝南偏西,占地126平方米,建筑面积252平方米。原被工厂当仓库使用。2006年被确认为邵飘萍故居,并进行保护性抢修。

纸帐铜瓶 散文集。郑逸梅著,沈建中编。1册。江苏文艺出版社2006年初版。为大家散文文存五辑之一。含人往风微9篇、梅庵识录12篇、纸帐铜瓶8篇、艺林览赏5篇、游踪偶寄11篇、花果疏影10篇、清娱食趣11篇和味灯散叶8篇,共计8卷。沈建中作后记。

纸说 研究纸的专著。胡朴安著,萧退闇题字。有自序。1923年列为安吴胡氏刊《朴学斋丛刊》第三册。后收入胡道彦1983年在台湾印行出版之《朴学斋丛书》第二集(八)。此书为研究文房四宝之一——纸的发明、制作工艺以及品类、产地、纸工的专著。

八　画

环球旅行记　游记。侯鸿鉴著。上、下二册。无锡锡成公司1925年初版，有著者像。徐悲鸿画像，寒厓、廉泉题字。是作者1934年3—8月乘船游历日本、美国、英国、法国、德国以及南洋各地的游记，详尽记录了当地的社会状况、风土人情、名胜古迹、山水风景等，同时也对所经之地的社会风尚、教育行政及中小学教育状况进行深入考察。

武林丁氏家集　家族文集。丁立诚、丁立中撰。13种，26卷，14册。钱塘丁氏嘉惠堂1925年铅印本。包括《小槐簃吟稿》八卷、《小槐簃联存》一卷、《王风笺题》一卷、《东河新棹歌》一卷、《武林市肆吟》一卷、《永嘉金石百咏》一卷、《永嘉三百咏》三卷、《和永嘉百咏》一卷、《禾庐诗抄》四卷、《西溪怀古诗》二卷、《西泠怀古诗》二卷、《禾庐新年杂咏》一卷。

武林往哲遗著后编　文集。丁立中编。10种，32册。钱塘丁氏嘉惠堂刻本。清光绪年间成书，费念慈署端。丁立中作序。收录遗著有《韩忠献公遗事一卷补遗一卷》《汴都赋一卷附录一卷》《东轩集》《参寥集》《感旧篇图说》《石门文字禅三十卷》《牧潜集》《少保于公奏议十卷》《于肃愍公集八卷》《倪文僖公集》《青溪漫稿》等。

青年之路　青年修养。胡朴安撰。1卷，1册。孔圣学会1937年铅印本。有总论、人生价值、读书目的、修养方法、行为标准、结论等章。附录为《自励四十条》，有心理8条、身体8条、学问8条、处家8条、处世8条。

青年训练　教育著作。潘公展编著。1册。商务印书馆1937年初版。列入“社会教育小丛书”。含概论、几个重要国家的青年训练和我国的青年训练3章，介绍国内外对青年进行体格训练、精神训练、知识训练和技能训练。附参考书目。

青年实业补习教育　教育学著作。许公武(崇灏)辑。1卷。南京民智书局1930年初版，重庆独立出版社1943年再版。胡汉民、戴传贤分别作序。有绪言、青年实业补习教育的本旨、青年实业补习教育的办法、实业补习学校修业年限、教授的时数时期时刻、学科及课程、各科教材的选定、教授要目之编成、教授方针、教授的主眼点与教授案、实习、实业补习学校宜彻底训练、实业补习学校的设备、实业补习学校教员、实业补习教育条例、出席就学之督促、农村经营、结论共18章。

青海志略　地方志。许公武(崇灏)编。1册。重庆商务印书馆1943年初版。戴传贤题签。自作绪言。含总说、青海之历史沿革、青海之地理环境、青海之自然区域及政治区域、青海之经济状况、青海各民族分布之状况、青海之宗教及寺院、青海人民之生活习尚、青海省之交通路线、青海之教育和结论11章。

青箱集　诗词集。王德钟编。6卷，2册。铅印本，上海国光书局1915年初版。高澹盦题签。王思署端。有王氏宾竹公、静波公、伯瀛公三先生遗像。有伯瀛公手迹。王德钟作《跋伯瀛公手迹一》。陈去病、柳弃疾、丁逢甲、叶叶、陈匡厂和王德钟分别作叙。有《琴言馆诗稿》1卷，王浚撰。《吟香馆剩稿》1卷，王楫撰，王德钟作跋。《伯瀛诗草》1卷，王炳华撰，有《读书》《茆屋》

等诗，王德钟作跋。《扬风雅唱》1卷，王德钟编，是明清名家对其家藏明代贤达周顺昌遗扇的题咏。《泛瀛图题词》1卷，王德钟编，王德钟作《泛瀛图记》，有《伯瀛公自题泛瀛图》和《附作》等。《别录》1卷，王德钟编，有多篇家族中人传。王德锜作《青箱集·跋》。

现代中国作家自传 作家自传。柳亚子等编。1册。上海光华书局1933年出版。为"光华小文库"之一。编者在"弁言"中说："自传是作者自己最真切的表白，我们读了可以知道作者的成功与失败。"收录柳亚子、鲁迅、茅盾、王独清、白薇、洪深、章衣萍、许钦文、钟敬文9位作家的自传。其中涉及南社的人物有4位，即柳亚子、沈雁冰(茅盾)、鲁迅、章衣萍。其中《柳亚子自传》回忆了他创建南社时的一些情况，是了解和研究柳亚子早期活动和当时文学创作情况的重要资料。

现代科学发明谈 科普著作。英国威廉布拉格等著，任鸿隽译，英国文化委员会编。1册。商务印书馆1948年初版，列入"英国文化丛书"。朱经农作丛书序。含科学揭开自然秘幕、显微镜、低级生命世界的居民、生命的工作室·细胞·染色体·遗传、有魔力的毒菌与疾病研究、原子与分子、定制新的物质、化学作用的最前线、X线在冶金研究的地位、X线与织物纤维的研究、生命原始问题、打破原子、电子·使无线电成为可能的小东西和宇宙线的奇异现象13讲。

现代哲学概观 哲学著作。黄忏华编。商务印书馆1923年初版，1929年再版。编者在"引论"中说，编此书的目的是："将现代哲学及生活，大概叙述一下，希望读者由这里进入世界最新最高的思想视野，抓着它的核心，去改造或者构成自己的生活和思想。"全书共两个部分。第一部分"现代哲学的研究法"分为3章：一、"实在和哲学"(包括"方法和哲学"等三节)；二、"价值与哲学"(包括"依方法的分类"等三节)；三、"生命和哲学"(包括"价值哲学和生命哲学"等两节)。对研究哲学的方法进行了详细的讲述、探讨。第二部分"现代哲学的梗概"，详述了现代哲学的特色以及"实用主义""新理想主义""直觉主义""新实在主义"等各种现代哲学学派的代表学者和他们的理论。最后，编者的结论是：现代哲学是拿生命做中心，拿活动以及创造做本位的哲学。

拓泽滨(？—1950) 贵州贵阳人。字鲁生。南社社友。由社友介绍入社，未填写入社书，介绍编号57。1905年东渡日本留学，加入中国同盟会。回国后任国民党上海交通部名誉交际干事，1916年4月19日曾参加于上海徐园举行的南社临时雅集。后信奉佛教，1932年10月在北京参加由张学良、朱庆澜等发起组织的金刚法会。晚年皈依佛门，崇信密宗，研习佛学，与高僧太虚法师、大德法师、怀一法师、圣露活佛等都结下佛缘。1940年回贵阳。1950年圆寂于黔灵寺。

抱衾集 题咏集。杨鸿年编。1卷，1册。1927年铅印本。张茂炯、张荣培、黄钧分别作序。诸懿德、张荣培分别作《阴历九月十四日，为寿人兄纳宠吉期，赋诗贺之》。杨鸿年作《阴历九月十四日，余奉母命纳妾，口占律诗两首录呈》，题咏者有诸懿德、徐公修、项涵公、杨继贤等人所作的53首诗、5首词、2对喜联。杨鸿年作跋。

苦儿流浪记 小说。法国爱克脱麦罗著，包公毅(包天笑)译。3卷，3册。商务印书馆1915年初版，列入说部丛书二集第七十九编。讲述弃儿雷米的不幸流浪生活。雷米幼失父母，从小由一对石匠夫妇抚养长大。后石匠不幸受伤致残生活无着，将他卖给四处流浪的卖艺人维达里，心地善良的维达里与小雷米相依为命四处漂泊，但不久维达里不幸在一个风雪之夜冻死。小雷米再次失去依靠，几陷绝境，后被一位花匠所救。但不久花匠的花房被毁坏，由于还不起债，花匠也被关进了监狱。小雷米又重新开始了流浪生活。但他历尽千辛万苦，始终不向命运屈服，最后终于找到了亲生母亲。

苦女儿 弹词体小说。郭步陶著。上海新闻报馆1927年印。全书16回。叙说女主人公宋吟姑，父早死，其母被姑逼迫自刺双眼，携女沿途卖诗度日。母饥寒病亡，吟姑卖身葬母，买主吴常欲纳吟姑为妾，吟姑不从，遭吴毒虐。吴婶不忍带姑回，询明身份，认吟姑为义女。后送吟姑读书，吟姑毕业，为吟姑订婚，许给外侄刘骥。骥留学读书，吟姑与义母暇时出游，至一尼姑庵，与老尼相谈甚契，时相访。吟姑病，时去庵养病，遇盗劫，被老尼相救送医院。吟姑致信义母至医院相接，信误投吴常家姑叔叔，吟姑叔遂将侄女与老尼接回家中。刘骥留学归来，义母告吟姑被盗虏走，刘骥毅然亲往寻找，不幸遇难。吴常闻讯，便冒刘骥之名往迎娶亲，吟姑至，义母告吟姑实情，吟姑不露声色，仍与吴成婚礼，入洞房时，怒刺仇人，自己也自尽以明其志。全书情节离奇，文字哀艳悱恻。

英汉三昧集 英汉对照古诗文集。题“曼殊大师遗著”。平装1册。上海泰东图书局1926年第三版印行。诗词部分多采自《诗经》《楚辞》和曹子建、陶渊明、李白、杜甫等人作品，共53首；文二篇为：《大乘起信论真如门》《李陵答苏武书》。逐页英汉对照。卷首有德汉对照的一节《离骚》诗篇，另有“日月忽其不淹兮，春与秋其代序。惟草木之零落兮，恐美人之迟暮”为书之序以及译者苏曼殊青年时期的一幅西服照。

英字切音 英语教学书。周越然编著。商务印书馆函授学校英语科印行，逐年随开课印发，20世纪20年代初即见出书。商务印书馆1952年1月重版。本书专为初学切音者而设，共分24课，规定以24小时授毕。第一课至第六课专授字母及简便切音，第七课至第十二课习练长短音之切法，第十三课后则列入复杂之音。每课之末附加注语，供教者参考。作者谓教授切音者有三大目的：“练学生之目力，练学生之耳力，练学生之舌力。”教材编辑简明清晰，便于初学者学习。

英英皇皇之胡朴安 南社掌故。英英皇皇，是戏谑词，形容声音洪亮。郑逸梅在《南社丛谈》中写道：“英英皇皇之胡朴安，指朴安闹酒，声最宏大也。”

英国文学史 大学用书。莫逊、勒樊脱著，柳无忌、曹鸿昭译。1册。商务印书馆1947年初版。有罗伯穆勒樊脱著者原序和译者序。含盎格鲁撒克逊时代、现代文学趋势等17章，先按时代、后按文学体裁叙述自古代至1930年的英国文学史。附英汉专名对照表。

英国劳动组合法 法学专著。内务部编译处1920年出版。杜守素(国庠)转译自日本田子一民的日译本。原书分为正文、解释、判例3部分。此译本略去判例，分为7章。第一章绪论，内容包括英国工会之发展史，工会在刑事、民事上责任之变迁；第二章内容包括工会之本质意义、定义、权限、登记法、受信托人、权利与义务，以及登记与未登记工会之比较等；第三章内容包括对于劳动及资本之直接干涉，包括对于合同及非合同的干涉的刑事、民事责任——即对于劳动争议法之解说；第四章内容为职业自由之制限，解说了职业制限及其适法性；第五章内容规定了裁判所可受理之诉讼行为之范围；第六章则介绍了诉讼程序，包括：工会之地位，民事、刑事上的诉讼程序；第七章内容是《劳动组合法》之正文。

英国的新村市 社会学著作。英国许士(W.R. Hughes)著，潘公展译述。1923年12月与冯飞所著的《都市发达之历史的考察》一文合刊，以《新村市》为名，列为“东方文库”第十九种，由商务印书馆初版发行。本书介绍英国社会曾经出现过的社会改造运动组织“新村市会议”及其主张。作者对“新村市”的组织、计划与建筑、工业、农业、教育、家庭与社会生活、“新村市会议的期望”等作了详细的描述。这个组织主张在英国设立“乡村式的市”，提倡互助合作的社会生活，目的是要“造成正当生活的境遇，使人类的人格得以完全发展”，使人们既能“尽量发展自己的个性”，又能“为社会公共的利益而共同作业”。这是一种试图把“个人主义”与“社会主义”两种“理想”糅合在一起的乌托邦式的无政府主义主张。

英音引钥 英语教学著作。周越然编。1册。国华书局1912年初版。含字母、元音、仆音、音号、转成字和习练等12课。

英雄冢墓碑 南社掌故。1931年九一八事变后，李根源满腔热情地投入抗日救亡运动。他曾参加苏州的群众集会，发表反对投降政策的声明，作抗日救国的讲演。淞沪抗战发生后，李根源与爱国群众一起，参加捐款，筹集棉衣药品，在吴县善人桥马冈山安葬了阵亡将士忠骸78具，并亲书《英雄冢墓表》，由当时的第五军军长张治中为英雄冢题字刻石，李根源执绋送葬。

英属马来半岛 地理著作。朱镜宙著。1册。1920年自印。蔡元培署端。章炳麟题词。黄郛作序。朱镜宙作再版自序。折地图。含总论、海峡殖民地、马来联邦、马来属邦等编。

英德法美国民性与教育 教育学著作。朱叔源、赵南编译。上、下2编，2册。江苏省教育会1915年初版。袁希涛作叙。黄炎培题词。朱叔源作序言，赵南作弁言。前有凡例。有绪论、英国之部、德国之部、法国之部、美国之部。

范亚侃(1889—?) 江苏吴县(今苏州)人。字天声。南社社友。1915年5月24日由柳亚子、冯春航介绍入社，入社书编号525。

范　光(1886—?) 江苏吴江(今苏州市吴江区)人。字茂芝，号天籁，别号天籁词人。南社社友。1912年6月6日由唐耕余、费荣锦、沈昌直、柳亚子介绍入社，入社书编号282。民国初年在平望多所学校执教。参加酒社及范烟桥等创建的同南社。工书法，善绘画，爱吟咏。曾绘有《寻诗读画图》。有《半秋倡和集》印行问世。从弟范烟桥，亦为南社社友。

范君博(1897—1976) 江苏吴县(今苏州)人。名广宪，字君博，一字子宽，别署龟岁、比珠、比珠词人、百琲、鹦哥。与范烟桥同宗，为其叔辈。南社社友。由社友介绍入社，未填写入社书且未予编号。民国时期曾任苏州救火联合会主席、吴县商会监事长、吴县参议会议员。1920 年与赵眠云合办《游戏新报》月刊。为星社的创办人之一。抗战胜利后加入江苏省新闻记者工会，任监事，并任《苏州日报》社社长。精书法，工文章，而于诗词尤为精湛。1935 年 11 月 10 日在苏州虎丘参加陈去病公葬，后在中央饭店举行南社临时雅集。中华人民共和国成立后，曾任苏州市第一届人民代表会议代表。著有《比珠词》《吴越国宫词》《百琲词》等。

范国才(1879—?) 安徽怀远人。字俊夫，号淮狂。南社社友。1917 年 2 月 21 日由余裴山介绍入社，入社书编号 813。民国初期曾在哈尔滨吉林省立甲种商业学校任校长。

范爱农(1883—1912) 浙江绍兴人。名肇基，字斯年，号爱农，又号霭农，小名阿庆。越社社友。清末生员。早年就读于绍兴府中学堂，为徐锡麟的得意门生，并由徐介绍加入光复会。1905 年冬毕业后东渡日本留学，入东京物理学校。1907 年夏因徐锡麟在安庆提前举行皖浙起义事失败，受到牵连。后辍学回国，任绍兴府中学堂监学。1911 年辛亥革命绍兴光复后，被聘为山会初级师范学堂监学，并参加越社。1912 年 4 月被恶势力欺压排挤而失业，后任《民兴日报》社外编辑。同年 7 月不慎落水而亡。

范烟桥(1894—1967) 江苏吴江(今苏州市吴江区)人。名镛，字味韶，号烟桥，别署含凉、鸱夷、西灶、愁城侠客等。南社社友、南社纪念会会员，作家。1917 年 9 月 30 日由凌景坚、黄复介绍入南社，入社书编号 969。早年就读于同川公学，后就读于吴中草桥中学。其后又入南京东南大学。早年即喜写作、发表文章，与同学张圣瑜发起油印报纸，初名《元旦》，继改为《惜阴》，后又扩充为《同言报》，二三年后改用铅字排印，为吴江报纸之首创。辛亥革命后与徐平阶、张圣瑜等结同南社。从事地方教育，任八坼第一小学和八坼女子小学教员、吴江县劝学所劝学员、吴江县第二高等小学和第一女子小学教员，并被举为吴江县教育会会长。1921 年创办《吴江报》。1923 年随父移家吴中，与赵眠云、郑逸梅、范君博等人发起成立星社，主办《星报》周刊，编辑《珊瑚》杂志。1923 年加入盛泽小说研究会苏州分会。1926 年去济南佐编《新鲁日报》副刊《新语》。1932 年受聘于东吴大学，主讲小说史。抗战期间避居沪上，仍以教书写作为生。中华人民共和国成立后历任江苏省政协常务委员、苏州市文化局局长、苏州市文物保管委员会副主任、博物馆馆长等职。1967 年因遭受迫害去世。擅长诗词，尤工近体诗，更以小说创作见长。著有《吴江县乡土志》《中国小说史》《民国旧派小说史略》等。从兄范光，亦为南社社友。

范烟桥

范烟桥故居 位于江苏苏州临顿路温家岸 17 号。原为元代文学家顾阿瑛私宅。1922 年范烟桥随父亲迁入此宅。院落为典型的苏州风格，主体坐西朝东，分为三部分，南为花园，中、北为住宅。因年久失修，已拆迁不少，但中间部分砖刻门楼、轿亭、大厅等老建筑仍在，尚保存当年面貌，范烟桥题门匾“邻雅旧宅”仍存。

范烟桥说集 短篇小说集。范烟桥著。上、下两册。上海大东书局 1927 年 5 月初版。收入短篇小说 30 余篇，包括《不自由恋爱》《猫》《原来如此》《画》《芦花》《牺牲者》《富有翁的起居注》《向平愿了》《酒钱》《秘笈》《续弦》《无事忙》《牛语》《海上》《灯的三个时代》《夕阳西下》《官》《儿孙福》《信心》等。这些小说“始于瘦鹃创办之《半月》杂志。旁游戏之作，亦传诵一时”。其中有的作品写得比较深刻，有一定的感染力，如描写吝啬守财过着难堪生活的《富家翁的起居记》；随着科学技术进步，给学校和社会生活带来变迁的《灯的三个时代》；特别是《信心》，记述了苏州一户三代教徒人家，加入了所谓的“信心会”，竟把重病卧床奄奄一息的小儿生命全权交给耶稣，执迷不悟地反复进行祷告和忏悔，对社会上迷信教会者的揭露比较深刻。

范　教(1889—?) 浙江天台人。字甫英，号痴佛。南社社友。1911 年 4 月 29 日由高旭介绍入社，入社书编号 146。清末民初曾在嘉兴府中学堂任教。

范鸿仙(1882—1914) 安徽合肥人。原名纯黄，改名光启，字鸿仙，一字鸿轩，号孤鸿，别署解人。南社社友。1910 年 8 月由朱少屏介绍入社，1911 年 9 月 28 日补填入社书，入社书编号 177。1908 年春赴上海，投身于反清革命，加入中国同盟会。同年与李铎等在上海创办《安徽白话报》，并为《神州日报》撰稿人。1909 年 5 月至 1913 年 10 月襄助于右任创办《民呼日报》任编辑和撰稿人，《民吁日报》任社长和《民立报》任总理兼主笔政。1910 年 8 月参加南社在上海张家花园举行的第三次雅集。1911 年 7 月在上海参与组织中国同盟会中部总会，被推为中部总会评议员、候补文事部长，并赴安徽设立中部总会分机关——中部同盟会安徽分部，任部长。武昌起义爆发后返沪参加上海武装起义，上海光复后赴南京策动新军第九镇统制徐绍桢率部起义。1912 年 1 月被推为南京民国临时政府临时参议院议员。南北议和后退居上海，重新担任《民立报》主笔兼总理。二次革命失败后逃亡日本，协助孙中山组建中华革命党。后受孙中山之命返回上海，在嵩山路设立中华革命党机关部，并任该党上海地区军事负责人，筹划组建中华革命军，准备再次发动反袁。1914 年 9 月 20 日被刺杀身亡。

范鸿仙

范慕蘭(1890—?) 浙江嘉兴人。女。南社社友。是范古农妹，南社社友张传琨的夫人。1912 年 10 月 26 日由陈其美、章木良、杨谱笙介绍入社，入社书编号 355。曾就读于爱国女学，为该校高材生。

范鹦哥 南社掌故。范君博，一名"鹦哥"，是因写了一首鹦哥诗而著名，人称"范鹦哥"。张丹斧有《喜范鹦哥见访》一绝云："江南喜见范鹦哥，浊世翩翩奈汝何！惆怅平生负三绝，诗书画外病愁多。"

茅祖权(1883—1952) 江苏海门人。字咏薰。南社社友。1912 年 4 月 16 日由袁圻、刘炎、黄亚康介绍入社，入社书编号 255。早年留学日本，加入中国同盟会。民国初年在苏州同盟会支部任职，并被选为北京政府国会众议院议员。1916 年 11 月参加在北京中央公园举行的南社第八次北京雅集。1923 年 1 月被孙中山任命为国民党参议。1924 年被国民党第一次全国代表大会选为中央候补执行委员。后历任江苏省民政长、国民党中央公务员惩戒委员会主任委员、行政法院院长、司法院秘书长、总统府国策顾问等职。1950 年在上海被捕。1952 年病死狱中。

林下云烟 散文集。郑逸梅著，杨庆辰编。1 册。北方文艺出版社 2009 年初版。郑逸梅美文类编・艺事编之一。有前言。含花衫名角绿牡丹、刻碑名手黄怀觉、胡亚光为弘一大师画像和吴湖帆为八骏之一等 120 篇。

林之夏(1878—1947) 福建闽侯人。字凉笙，一作凉生，又字亮生，号秋叶，别署复生、黄须儿，化名刘躬，字伯行。南社社友、南社闽集社员。1909 年 11 月由柳亚子介绍入南社，入社书编号 128。是参加南社第一次雅集暨成立大会的 17 位社友之一。1902 年入福州英华书院，后入福建武备学堂。1904 年毕业后在南京任军队教练官，次年加入中国同盟会。后兼任南京江南讲武堂教官，暗中策划起义。曾任镇江苏军都督林述庆参谋。1911 年光复南京时身先士卒，与清军血战在紫金山天堡城下，中弹负伤后犹冲锋陷阵。1912 年南京民国临时政府成立后任中央第一师师长、临时大总统警卫司令。后任福建都督府顾问、军务司司长，浙江巡阅使署秘书等职。1943 年又曾与朱剑芒、丘复、邱潜庐等组织南社闽集。为人豪情侠气，兼文武才。擅诗词，长于书法。著有《幕府集》《海天横涕楼诗文集》《埋瓷挖瓷歌》等。夫人陈贞慧，亦为南社社友。

林友琴(1892—?) 江苏丹阳人。名梧，字友琴。南社社友。1917 年 9 月 21 日由林素瑛、王立佛介绍入社，入社书编号 961。

林公铎先生学记 传记。徐英编著。1 册。上海正中书局 1943 年初版。含前言、事略、师承、伦理正名论、论性、政治思想、老学、辞章学、辞章、著述目略、学侣、交游和余论 13 篇。附诗词、寿序和墓表。

林白水(1873—1926) 福建闽侯人。原名獬，后更名万里，又名宣樊，字少泉，一字肖泉，号白水，别署地雷、白话道人、退室学者。南社社友，著名报界先驱。1910 年 8 月由陈去病介绍入社，同年 12 月 17 日补填入社书，入社书编号 98。20 岁到杭州，任蚕桑学堂及养正书院讲席、求是书院(1901 年 11 月改名浙江大学堂，为浙江大学前身)总教习。1901 年 6 月创刊《杭州白话报》旬刊，任主笔。1903 年与章太炎、蔡元培等人发起成立中国教育会，组织爱国学社，出版《学生世界》杂志，创办爱国女校，并与蔡元培等创办《俄事警闻》。同年东渡日本，与黄兴等组织华兴会，继入早稻田大学法科，兼习新闻科，并加入拒俄义勇队，任分队长。旋返上海，佐陈竞全创办《中国白话报》，并与刘申叔、陈去病同主《警钟日报》笔政。后参加中国同盟会。1908年第二次留日归国。1910年5月担任《民声丛报》主要撰稿人。1911年武昌起义、福建光复后，任福建都督府法制局局长，主编《新中国日报》。后去北京，历任北京政府国会众议院议员、大总统府秘书兼直隶省督军署秘书长、政治会议委员、参政院参政等职。1916年9月在北京与友人创办《公言报》。1919年在上海创办《平和日报》。1921年返回北京创办《新社会报》(后改名为《社会日报》)，任社长。1926年8月6日被杀害于北京天桥。著有《中国民约精义》《各国宪法源泉》《生春红室金石述记》，译有《日本明治教育史》等。有《林白水先生遗集》行世。

林白水传 作家传记。林慰君著。平装1册。台湾传记文学出版社1969年出版。卷首有林白水遗像、爱国学生师生合影、公祭邵飘萍与林白水的合影、林慰君与胡适的合影和作者自序等。书末附作者《生春红宝金石述记》，黄翼云、陈与龄合撰《林白水传》，陶惠英对《林白水传》的补充，容庚与陈汉第的跋，徐佛苏的《哀诔》，正文题《先父的一生》共14节。

林百举(1882—1950) 广东嘉应州(今梅州)人。原名钟嵘，一作钟荣，字百举，号一厂，别署老举。南社社友、新南社社员。1909年由叶楚伧介绍入南社，入社书编号67。1902年考入丘逢甲创办之汕头岭东同文学堂。毕业后留校任教，并兼任《岭东日报》编辑。1907年加入中国同盟会。翌年被延聘为《中华新报》总编辑。1911年任姚雨平为总司令的广东北伐军参议。民国初年任上海《太平洋报》《民立报》主笔、编辑，并与高燮、姚光等发起组织国学商兑会。1913年2月与古直一起主编汕头《大风日报》。同年4月参加在畿辅先哲祠举行的南社第二次北京雅集。参加1914年3月在上海愚园举行的南社第十次雅集和5月在愚园云起楼、8月在徐园双清别墅举行的南社临时雅集。1927年至广州任国民党中央政治会议秘书。后曾任江苏省政府秘书。30年代初任国民党党史史料编纂委员会编纂、国史馆纂修等职。抗战胜利后回乡，1950年在家乡病逝。编有《三民主义简本》《总理史迹稿》，并主持增修《总理年谱长编》。撰有《哭母诗一百首》《林一厂日记》。

林好修(1897—?) 江苏金山(今属上海)人。女。南社社友。1915年5月由高燮、姚光介绍入社，入社书编号506。1915年5月参加在杭州西湖孤山之西泠印社举行的南社临时雅集。其父林棠，亦为南社社友。

林克聪(生卒年不详) 籍贯未详。南社纪念会会员。20世纪30年代曾在上海执律师业，并与唐冠玉等创办妇女提倡国货会。

林味书(1887—?) 江苏六合(今南京市六合区)人。南社社友。1914年6月20日由朱少屏介绍入社，入社书编号428。

林庚白(1897—1941) 福建闽侯人。原名学衡，字浚南，号愚公，自号摩登和尚，别署众难、孑楼主人。南社社友、南社纪念会会员。1912年2月27日由林之夏、陈子范、柳亚子介绍入南社，入社书编号219。早年入燕都顺天府中学堂，后转至天津译馆，又转入北洋客籍学堂。14岁入京师大学堂，在学期间曾为《国光新闻》撰写小说，并与姚鹓雏两人谋各以诗百首合刊《太学二子集》，故有“太学二子”之誉。1911年武昌起义爆发后与梁漱溟、李石曾等同创京津同盟会，并任文事部副部长。后南下至上海，结识柳亚子，加入南社。1912年7月与吕志伊等创办《民国新闻》，后赴北京主持《民国报》笔政。曾任中国大学及北京俄文专修馆法学教授、北京政府国会众议院议员暨国会宪法起草委员会秘书长。1917年南下广东参加护法运动，后任非常国会秘书长兼总理(孙中山)秘书。1924年任铁路局局长、铁路会办，兼办《复报》。1932年任国民政府立法院立法委员。1933年在上海创办《长风》半月刊。抗日战争全面爆发后去重庆，1941年12月初去香港，同月19日被日军杀害。工诗文，以诗著称。著有《林庚白集外诗》《空前词》《丽白楼自选诗》等，今辑为《丽白楼诗集》。夫人林北丽，为南社社友林景行、徐蕴华之女，亦能诗。

林庚白

林庚白逡巡走避 南社掌故。南社社员林庚白与柳亚子过从甚密，但某次林庚白在柳亚子的生日宴上，酒至半酣时，林突然问柳：“当年南社为何不拉张一麐、黄炎培、章士钊、金鹤望、胡汉民、钮永建、王秋湄等参加？”柳亚子答：“曾经直接或间接征请过，但他们都婉辞谦谢，不肯入社。”林接着又说：“那时恐怕你的文学地位还不够高，不能号召他们吧。”柳亚子认为林庚白有意挖苦，遂不与林庚白来往，经徐蔚南调解才言归于好。此后，林庚白又常去柳寓所谈天，一天因论诗不合争闹起来，柳亚子大发脾气，举起一棒向林庚白掷去，庚白逃，亚子追，环走室中，亚子因眼睛深度近视追赶不上，后亚子夫人赶来劝阻，庚白才得以溜走。柳亚子在《怀旧录》中也谈到此事：“民十七以还，庚白与我过从最密。中间曾以细故失欢，余操杖逐之于客座中，庚白逡巡走避，亦未以为大忤。厥后寄余诗，有‘故人五十尚童心，善怒能狂直到今’之句。”

林拾穗(生卒年不详) 福建闽侯人。字拾采。南社社友。由社友介绍入社，未填写入社书，介绍编号4。

林美衍(？—1942) 籍贯未详。南社纪念会会员。曾与人创设恒社，并任国民党上海市党部委员。1933年任上海私立大公职业学校首任校长。1934—1937年任大公中学校长。抗战期间任内迁四川工厂联合会委员。1942年4月病逝于重庆。

林素瑛(1896—?) 江苏丹阳人。女。字慧如。南社社友。1917年9月3日由柳亚子介绍入社，入社书编号955。

林　恭(1893—?) 广东普宁人。字肃庵。南社社友。1919年9月1日由吴履泰、李沧萍、蔡哲夫介绍入社，入社书编号1075。

林　棠(1877—?) 江苏金山(今属上海)人。字憩南，号尚木。南社社友。1915年5月由姚光介绍入社，入社书编号504。1915年5月参加在杭州西湖孤山之西泠印社举行的南社临时雅集。其长女林好修，亦为南社社友。

林景行(1886—1916) 福建侯官(今福州)人。原名昶，字亮奇，一字亮祺，号寒碧。南社社友。1909年由陈去病介绍入社，入社书编号13。早年肄业于上海圣约翰书院，1902年东渡日本留学，入中央大学政治经济科。1911年归国参加辛亥革命，奔走戎幕间，颇著功勋。1912年受宋教仁之邀，任北京民国临时政府农林部秘书。次年任北京政府国会众议院秘书。1913年4月27日参加了在北京畿辅先哲祠举行的南社临时雅集。同年因二次革命失败而举家避居辽东，在奉天兴华书院讲授日语。1916年春返回上海，主持《时事新报》笔政。是年9月4日刚由西湖回到上海，从报社出来往访梁公，被英国商人克明所驾车辆撞倒，虽经医院抢救，终因伤重不治而亡。长于诗文，亦擅长书法，诗学谢灵运和柳宗元，书法宗“二王”、钟繇。著有《寒碧集》。女儿林北丽，亦能诗，为南社社友林庚白的夫人。

林景行

林德宇(生卒年不详) 籍贯未详。南社纪念会会员。

林懿均(1881—1951) 江苏丹阳人。原名蛎，字力山，一字盖天，号立山，别署心枢，晚号天因居士。南社社友、新南社社员。1909年11月由柳亚子介绍入南社，入社书编号9。14岁考中秀才，1902年入南京江南陆师学堂。1903年与章士钊等同入中国教育会创办的爱国学社，同时为《苏报》撰稿。1905年考取官费留学日本，入东京弘文学院师范科学习，并加入中国同盟会。1909年归国，当选为江苏省谘议局议员。同年11月13日赴苏州虎丘出席南社第一次雅集，是参加南社成立大会的17位社友之一。次年任丹阳县劝学所总董兼视学，并创办简易汉字学塾，致力于汉字简化。1911年武昌起义、丹阳光复后被推为丹阳军政分府司令，后历任丹阳、金坛、扬中、如皋、宿迁、盐城等县知事(县长)及江苏省视学、江苏省立松江第三中学校长、丹阳和丹徒两县浚河总指挥等职。1927年以后先后任江苏省农矿厅、实业厅、教育厅、民政厅等科长、秘书，并与金国宝等参加江苏省教育会。1937年被举为丹阳抗敌后援会副主任。抗战期间在重庆担任行政法院评事、党政工作考核委员会专门委员，并加入柳亚子、谭平山等发起组织的三民主义同志联合会。1951年蒙冤病死乡里。1986年12月平反。

松江剧社 社团名。话剧社团。民国初年成立于江苏松江。主要成员有朱鸳雏等，曾演出《双鸳碑》等剧目。

松陵文集初编 文集。陈去病纂辑。1911年春季印，无出版单位。本书为“百尺楼丛书”之一，由柳亚子叔父柳慕曾题签，刘师培、柳亚子作叙。纂辑者的家乡苏州吴江古称“松陵”，本书即是古代吴江籍文人作品的选集，是对前人所辑《松陵文集》“有所补缀，以存一方掌故”，“发潜德之幽光，明文章之信美，以表章前哲，昭示来许”。全书共3编，本书为初编，收自汉至唐(即当地未置县以前时期)11 人的 67 篇文章。

松陵陆氏丛著 文集。陆明桓编。10 种,9 册。苏斋 1927 年刻本。潘飞声署端。金祖泽、金天羽、薛凤昌、沈昌眉、沈昌直等分别作序。收有《辛夷花馆诗剩》《西村词草》《梦逋草堂劫余稿》《梦逋草堂劫余稿补遗》《梦逋草堂文剩》《颂芬馆诗抄》《少蒙诗存》《思嗜斋诗剩》《思嗜斋文剩》《溉釜家书》《陆氏诗剩汇编》《陆氏文剩汇编》《古柏重青图题识》《寿萱集》等诗文集。

杭州西湖西泠印社临时雅集 南社重要活动。1915 年 5 月 16 日在杭州西湖孤山之西泠印社举行。到者有林好修、顾婉娟、郑佩宜、高倚云、王粲君、林憩南、高君介、邱梅白、杨聘之、平复苏、周佚生、郦赓九、邱槛玉、陈越流、姚石子、丁展庵、高吹万、姜敬庐、丁不识、李息霜、程弢堂、柳亚子、王幼度、徐病无、张心芜、王海帆、楼辛壶共 27 人。这次雅集是浙江社友为欢迎高吹万、柳亚子、姚石子 3 人携眷同游杭州而举行的。此次雅集摄有一影,照片见《南社丛刻》第十五集,照片标题作《南社临时雅集摄影》。

杭州西湖葛荫山庄临时雅集 南社重要活动。1917 年 4 月 8 日在杭州西湖葛荫山庄举行。到者有陈稚兰、朱舜五、查中坚、李息霜、朱恬生、经子渊、王海帆、周佚生、秦吉人、许行彬、胡止安、任茂梧、朱文轩、嵇竟益、沈一均、沈恺如、徐溥泉、郦赓九、程光甫、张心芜、郁九龄、陈鲁德、陆鄂不、徐公孟、徐绍曾共 25 人。此次雅集摄有一影,照片见《南社丛刻》第二十集,照片标题作《南社杭州雅集摄影》。

杭州师范大学弘一大师·丰子恺研究中心 中国高等学校中唯一的弘一大师研究与丰子恺研究机构。成立于 1997 年 10 月 30 日。中心设有李叔同艺术成就奖、丰子恺文艺奖、人文社会科学专业研究生科研成果奖。中心藏有丰富的弘一大师与丰子恺研究资料和国内外艺术家捐赠的艺术品。

杭州南社研究会 亦称"钱塘南社研究专业委员会"。1994 年 9 月 5 日成立于杭州,从属于杭州钱塘书画研究社。主旨是为了扩大和加深对南社的研究,继承并发扬南社的爱国主义精神与优秀的创作传统,弘扬中华民族优秀文化,促进社会主义精神文明建设。20 世纪 80 年代后,年青时曾与柳亚子先生相识的郭谷尼画师积极致力杭州南社研究团体的建设,然而就在杭州南社研究会成立前夕,郭老竟溘然逝世。后研究会主任为吴亚卿,副主任朱馥生,秘书长吴仲谋,委员有黄星宇、欧阳诚、高卓、卢前、郭易琦、杨玉峰等人。研究会成立以来,编印会刊《南社研究》,发表如《柳亚子叠韵诗词再探》《柳亚子抗战诗作举隅》《忆刘狮》《弘一法师纪年款文浅释》《于右任其人其诗》《苏殊曼墓营葬始末》等一批有影响的文章。

杭辛斋(1869—1924) 浙江海宁人,原籍仁和。名慎修,字辛斋,别字一苇,又字宇斋,号夷则。南社社友。1910 年由冯心侠介绍入社,入社书编号 62。早年就读于杭州正蒙义塾,后入北京国子监读书,肄业于同文馆。1897 年在天津与严复等创办《国闻报》,任主笔。1901 年 6 月在北京创办《启蒙画报》。1904 年 12 月与连襟彭翼仲在北京创刊《中华报》《京华日报》。次年加入中国同盟会。后因两报触怒清廷权贵被羁押刑部狱中,1906 年 10 月被递解回原籍监禁。1907 年获释后出任浙江农工研究会会长,并主编《农工》杂志。1909 年底创刊《杭州白话新报》,任主笔。翌年该报与《浙江白话报》合并为《浙江白话新报》,仍由其为主笔。浙江光复后与邵飘萍在杭州创办《汉民日报》。1913 年当选为北京政府国会众议院议员。同年 4 月和 5 月参加在畿辅先哲祠及城南崇效寺举行的南社第二、第三次北京雅集。1916 年 8 月参加在中央公园上林春举行的第六次北京雅集,同年赴上海组织全浙公会。1917 年南下广东参加护法运动,出席非常国会会议,任护法国会众议院议员。1924 年 2 月 28 日病逝于上海寓所。通易学,著作甚富。著有《易学笔谈》《易楔》《易数偶得》等,后合辑为《易藏丛书》。

杭席洋(1890—?) 安徽定远人。名海,字席洋,号潋滟。南社社友。1912 年 9 月 17 日由仇亮、陈蜕庵、徐大纯介绍入社,入社书编号 312。民国初年在北京《民主报》社供职。1912 年 9 月中旬参加在黄兴临时寓所举行的南社第一次北京雅集。1916 年 8 月参加在上海愚园倚翠轩举行的南社临时雅集。

枕亚浪墨 一名《枕亚浪墨初集》。诗文集。徐枕亚著。6 卷,1 册。上海清华书局 1915 年初版。徐天啸署端。胡仪郕、倪轶池、姚鹓雏、吴双热、徐吁公、章水心和陈惜誓分别作序。陈卜勋题词。含余归也晚、自由鉴、一死难、毒药瓶和弃妇断肠史等小说 5 篇,断碎文章、枕霞阁吟草、庚戌秋词、冰壶寒韵、红楼梦余词、惆怅诗、珠沈碎词、荡魂词、闺情限字诗、懵腾室丛拾、快活三郎文集、快活三郎诗话、儿童俱乐部参观记和闽游纪略等诗文。

枕亚浪墨二集 一名《枕亚浪墨续集》。诗文集。徐枕亚著。4卷,1册。上海大众书局1946年版。徐天啸署端。含神女、红豆庄盗窃案、碎画、骷髅山、一颗梅、芙蓉扇、孽债、平回传信录、白杨衰草鬼烦冤、泣颜回、骈指案、黄山遇仙记、洞箫怨和香莲塔等小说;花花絮絮录和古艳集等绮谈;懵腾室丛拾、酒话和快活三郎诗话等笔记;吴语真脚本、惧内小史和诗钟选粹等杂纂。

卖春害 社会研究著作。顾鸣盛编。1册。上海文艺编译社、文明书局1915年初版。有提要。含总论、卖春妇之生活程度、检梅法、德京柏林记、普鲁士记、奥京维也纳记、丹麦哥卑纳吉记、意京罗马记、法京巴黎记、比京不律悉记、荷兰记、瑞士记、英美两国记、日本东京记、大同医院诊疗记和神州医院诊疗记等章。附"梅毒经过之大略"。

厔庐府君追悼录 哀挽录。沈廷镛、柳弃疾辑。1卷,1册。1921年铅印本。沈维中题签。有《厔庐府君遗像》,柳弃疾题《沈先生厔庐像赞》。周麟书、丁祖荫、李涤、万以增、吴厦、费揽澄、费承禄、陶绍煌、陈文湝、沈昌直、夏宗麐、梅先、柳弃疾、许豫、许观、陆明桓、戴步三、戴震殊、徐毅、柳遂分别作挽诗。范镛作挽词。陈去病、朱尔康等分别送挽联、幛额。《墓志铭墓表行略》不分卷,柳弃疾编。其中有金祖泽作《沈厔庐先生暨配凌夫人墓志铭》、费树蔚作《沈君咏韶墓表》、孙沈应榴作《先祖咏韶太府君行略》。

郁九龄(1885—?) 浙江萧山(今杭州市萧山区)人。南社社友。1915年6月5日由柳亚子介绍入社,入社书编号541。民国初年在浙江省西湖图书馆供职。1917年4月参加在杭州西湖葛荫山庄举行的南社临时雅集。

郁世烈(1884—?) 浙江嘉善人。字慎廉。南社社友。1917年3月15日由王大觉、余十眉和其弟郁佐梅介绍入社,入社书编号836。民国初期在嘉善西塘镇县立第二高等小学任教。其兄佐皋、弟佐梅,亦为南社社友。

郁 华(1884—1939) 浙江富阳人(今杭州市富阳区),祖籍萧山。原名庆云,后更名华,字曼陀,别署曼君、曼公,斋名静远堂。南社社友、南社纪念会会员。由社友介绍入南社,未填写入社书,介绍编号11。早年留学日本,先后就读于早稻田大学和东京法政大学。1910年毕业后归国,供职于北京外务部。辛亥革命后任京师高等审判厅推事。1913年再赴日本,考察司法。次年归国后任北京大理院推事,并先后兼任司法储才馆、朝阳大学、东吴大学等校刑法教授。1928年任国民政府司法行政部科长。1929年调至沈阳,任最高法院东北分院推事及刑庭庭长。1931年九一八事变后沈阳沦陷,避至北平。1932年到上海任江苏高等法院第二分院刑庭庭长,曾参与营救一些被捕的爱国志士。其间还兼任东吴大学、法政大学等校教授。1937年八一三淞沪抗战爆发后,继续留在上海。1939年11月23日遭敌特暗杀。工诗善画,在日本留学时曾发表组诗《东京竹枝词》。著有《刑法总则》《静远堂诗画集》等。胞弟郁达夫,为著名作家。

郁华

郁佐皋(1883—?) 浙江嘉善人。名世为,字佐皋,一字左皋。南社社友、新南社社员。1917年2月29日由周芷畦、余十眉和其弟郁佐梅介绍入南社,入社书编号822。其弟世烈、佐梅,亦为南社社友。

郁佐梅(1892—1965) 浙江嘉善人。名世羹,字佐梅。南社社友、新南社社员。1916年8月19日由周芷畦、余十眉介绍入南社,入社书编号666。曾任嘉善西塘镇私立昭华女校教员、圣堂小学校长、西塘商团副会长等职。其妻裘明溥,兄佐皋、世烈,亦为南社社友。

郁佐梅

郁曼陀先生血衣冢志铭 南社掌故。祭奠南社郁曼陀先生之墓碑铭文。1947年由郭沫若撰文,马叙伦书写,浙江富阳参议会敬立。

郁颖炯(生卒年不详) 浙江萧山(今杭州市萧山区)人。字稚青。越社社友。曾任《民兴日报》编辑和《天觉报》编务。

奇人奇事录 短篇小说集。吴绮缘著。中国新光印书馆1949年7月出版。收小说16篇。作者代表作,"目的只在于暴露现社会的黑暗,鼓吹群众团结的力量,发挥各个人的本能,反抗一切恶势力,争取最后胜利"。故事情节比较简单,体现出惩恶扬善的主题,例如《柳生夫妇》说一徐姓恶霸,横行当地,作恶多端,忽出柳生夫妇两人,本领高强,制徐于惨败,并反复教训他,终使其改恶从善。其他故事亦有类同。小说的特色是塑造的人物总能高人一头,有出奇之处,在一定程度上反映了底层人民的良好愿望。

瓯社词钞 词集。陈闳慧(仲陶)编。2卷,1册。1921年铅印本。半樱题签。陈寿宸署端。林鹍翔作序。《瓯社词钞姓氏录》有林鹍翔、王渡、郑猷、夏承焘、梅雨清、曾廷贤、徐锡昌、严文黼、黄光、翟騋、龚均、王理孚、郑锷、陈闳慧、王蘅芳等。

欧阳予倩(1889—1962) 湖南浏阳人。名立袁,字予倩,号小草,又号南杰,艺名莲笙、兰客,笔名春柳、桃花不疑庵主。南社社友,剧作家、戏剧家、戏剧教育家、京剧表演艺术家。1917年10月20日由徐浦介绍入社,入社书编号988。早年入长沙经正中学堂。1903年留学日本,先后入成城学校、明治大学、早稻田大学。1907年与曾孝谷、李叔同等创立春柳社,并在东京参加《黑奴吁天录》和《热血》等新剧的演出。1911年回国,在长沙组织文社剧团,倡导新剧运动。1912年3月与陆镜若等在上海成立新剧同志会、春柳剧场等新剧团体,以春柳社之名演出新剧《猛回头》《社会钟》等。1916年起正式成为京剧演员,并任电影编导。演出京剧10余年,先后编演了《黛玉葬花》《晴雯补裘》《人面桃花》等。曾与周信芳合演《武松与潘金莲》。善饰旦角,自成一派,一时与梅兰芳齐名,有"南欧北梅"之誉。1919年与姜丹书、丰子恺、刘质平等成立中华美育会。同年还担任张謇创办的南通伶工学社社长,并主持更俗剧场。1921年5月与沈雁冰、熊佛西等成立民众戏剧社,创办《戏剧》杂志,倡导爱美剧(话剧),并参加上海戏剧协社。1926年加入南国社,担任南国艺术学院戏剧系主任、民新影片公司编剧,创编和导演了《玉洁冰清》《三年以后》和《天涯歌女》等影片。1929年离开上海,创办广东戏剧研究所,任所长。1931年加入中国左翼戏剧家联盟。同年11月在上海组织现代剧团,并赴欧洲诸国考察戏剧。归国后,为新华影业公司编导有声片《新桃花扇》。1935年加入明星电影公司,翌年参加联华影片公司和中国文艺家协会。抗日战争全面爆发后任上海文化界救亡协会理事。组织中华剧团,并参加周信芳的移风社,编写京剧《梁红玉》等宣传抗日。1939年任广西艺术馆馆长兼桂剧团团长,主持西南戏剧联展会。1945年在重庆参加中国民主同盟。1946年又到上海,在上海戏剧学校任教。1947年去香港。1949年4月16日参加在北京中山公园来今雨轩举行的南社、新南社最后一次联合临时雅集。中华人民共和国成立后历任中央戏剧学院院长、中央实验话剧院院长,并当选为中国文学艺术界联合会副主席、中国戏剧家协会副主席及中国舞蹈家协会主席。1962年病逝于北京。著有回忆录《自我演戏以来》,论文集《一得余抄》《话剧、新歌剧与中国戏剧艺术传统》以及《原动力》《黑奴恨》《天涯歌女》等话剧剧本20余部(后辑为《欧阳予倩剧作选》)。其弟欧阳立袠,亦为南社社友。

欧阳予倩

欧阳予倩文集 作品综合集。欧阳予倩著,欧阳予倩文集编辑委员会编。2卷,2册。北京中国戏剧出版社1980年第一版。有欧阳予倩像。田汉作序。第一卷含独幕话剧《泼妇》《屏风后》《车夫之家》《小英姑娘》《买卖》《同住的三家人》《越打越肥》《桂林夜话》,默剧《言论自由》,十六景话剧《不要忘了》,五幕话剧《忠王李秀成》,三幕话剧《桃花扇》和九场话剧《黑奴恨》;附《黑奴恨后记》、欧阳予倩《剧作选》后记和欧阳予倩选集前言。第二卷含京剧《黛玉葬花》《馒头庵》《晴雯补裘》《黛玉焚稿》《人面桃花》《渔夫恨》《桃花扇》和《孔雀东南飞》剧本,桂剧《梁红玉》《木兰从军》《抢伞》和《关王庙》剧本以及歌剧《荆轲》剧本,附桃花扇序言2篇。

欧阳予倩代表作 剧作集。欧阳予倩著,中国现代文学馆编,葛聪敏选。1册。华夏出版社1999年第一版,列入"中国现代文学百家丛书"。有欧阳予倩像、手迹和作品书影照片3帧。戏剧篇有《回家以后》《潘金莲》《屏风后》《越打越肥》《忠王李秀成》和《桃花扇》;文论篇有《予之戏剧改良观》《怎样完成我们的戏剧运动》《戏剧改革之理论与实际》《关于西南第一届戏剧展览会》和《话剧新歌剧与中国戏剧艺术传统》;散文篇有《回忆春柳》《说文明戏》和《我怎样学会了演京剧》。附欧阳予倩小传和欧阳予倩主要著作书目。

欧阳予倩全集 作家手迹汇编。欧阳予倩著，凤子编。6卷，6册。上海文艺出版社1990年第一版。杨尚昆题签。有作者像、合影和剧照等47帧。夏衍作序。田汉作《他为中国戏剧运动奋斗了一生》。卷一收1922—1939年创作的《回家以后》等17个话剧剧本；卷二收1940—1959年创作的《战地鸳鸯》等10个话剧剧本；卷三收8个京剧、4个桂剧和3个歌剧剧本及1个舞剧；卷四收话剧艺术和戏剧教育的论文、随笔及译文52篇；卷五收有关戏曲、舞蹈和歌剧艺术的史论和随笔36篇；卷六收1928—1958年所写的回忆及自述文章17篇。有编后记。

欧阳予倩戏曲选 剧本集。欧阳予倩著。1册。长沙湖南人民出版社1982年第一版。有欧阳予倩像和手迹。郭汉城作序。含京剧《人面桃花》《京剧渔夫恨》《京剧桃花扇》《桂剧梁红玉》《桂剧木兰从军》和京剧《孔雀东南飞》剧本。

欧阳予倩戏剧论文集 戏剧评论。欧阳予倩著。1册。上海文艺出版社1984年第一版。谢翼卿题签。有欧阳予倩像等照片5帧。张庚作序。含《中国戏曲研究资料初辑序言》《改革桂戏的步骤》和《谈文明戏》等27篇。附欧阳敬如、董锡玖《欧阳予倩年表》和欧阳敬如所作后记。

欧阳予倩剧作选 话剧剧本集。欧阳予倩著。1册。人民文学出版社1956年第一版。欧阳予倩作前言。含独幕剧《屏风后》《车夫之家》《买卖》《同住的三家人》，十九景剧《不要忘了》，五幕剧《忠王李秀成》和《桃花扇》等。欧阳予倩作附记。

欧阳立裴(1894—?) 湖南浏阳人。字剑叔，号寒锋。南社社友。1917年10月20日由徐浦介绍入社，入社书编号989。其兄欧阳予倩，亦为南社社友。

欧阳振声(1885—?) 湖南宁远人。字笃初，号俊民，一作骏民，又作正民。南社社友。1919年3月20日由蔡哲夫介绍入社，入社书编号1062。早年就读于湖北武昌普通学堂。1904年与吕大森、刘静庵、宋教仁等组织科学补习所，后留学日本早稻田大学，并加入中国同盟会。1906—1907年间参与吴玉章主持的各省同盟会负责人联席会议。1911年辛亥革命后被湖南省推选为南京民国临时政府临时参议院议员，并参加统一共和党，任常务干事。民国初期任泰东图书局总经理。1915年10月任上海《中华新报》总经理。后任职于广州军政府秘书厅。

欧战之教训与中国之将来 政治学著作。黄郛著。新中国建设学会1918年12月初版，1935年4月第三版。本书共分3编。第一编为欧战之解剖的观察，以纵观、横观的历史循环说观点，以18世纪以来英、法等国屡屡发生的战争实例，来论证当前欧战发生的必然性及各参战国之意义及其价值；第二编为战时各国之苦境与战后必取之政策；第三编为我国兴亡之关键，阐述兵祸起于门外，有延及门内之运势，忧患曾经伟大的祖业，如今日趋堕落。堕落的内因是无教之国民，无法之国家。外因是治外法权的影响，物质文明的毒害。呼吁复兴我国应重教育，培养国民具备"个人性与共同性""服从心与权利心""崇拜性与自慢性""组织性与解剖性"。提出了解决国际时局问题的3点意见：分治制度的确立，驻防政策的撤销，议宪问题与直接选举制的实行。初版有赵正平序，再版时附蔡元培、黄炎培、俞风韶书。

欧美之光 佛教文集。吕碧城编译。1册。上海佛学书局1931年初版。叶恭绰署端。有吕碧城肖像。凌楫民作序。吕碧城作凡例。含世界动物节、美国动物节、各国保护动物近讯、西渐梵讯等。附玄学与科学将沟通乎。有插图37帧。

欧美名家短篇小说丛刊 外国短篇小说集。周瘦鹃编译。中华书局1916年出版。丛刊分上、中、下3卷。有天笑生、天虚我生、钝根的序，作者小传和部分作者的像。上卷为英吉利之部，刊有英国短篇小说18篇；中卷为法兰西、美利坚之部，刊有法国、美国短篇小说17篇；下卷为俄罗斯、德意志、意大利、匈牙利、西班牙、瑞士、丹麦、瑞典、荷兰、芬兰、塞尔维亚之部，刊有上述国家作家的短篇小说11篇。其中不仅有狄更斯、马克·吐温、大仲马等英、美、法大作家的作品，也介绍了名不见经传的塞尔维亚作家的作品。1916年此书翻译出版后，鲁迅认为"当此淫佚文学充塞坊肆时，得此一书"，"犹如昏夜之微光，鸡群之鹤鸣"，"足为近来译事之光"(《欧美名家短篇小说》评语)。

卓启堂(1875—?) 四川华阳(今成都)人。字玉斋。南社社友。1912年8月11日由陈蜕庵介绍入社，入社书编号288。民国初年供职于河南省督练公所。

卓尚诚(生卒年不详) 江苏江宁(今南京)人。字真吾。南社社友。1910年4月由社友介绍入社，未填写入社书，介绍编号12。是中国同盟会会员。

1910 年 4 月曾从南京赶往杭州西湖唐庄参加南社第二次雅集。

虎头 南社掌故。南社贵州籍社友吴慕尧之别号。1913 年二次革命起，吴慕尧因反对袁世凯坐龙廷称帝，增号“虎头”，以表白“龙虎相斗，水火不容”，誓与袁贼抗争到底的决心。

尚书论略 古代史著作。陈柱著。1 册。商务印书馆 1924 年初版，列入“国学小丛书”。含尚书之起源、尚书之删述、尚书之定义、尚书之今古文、伏孔皆有古今文、书序百篇之真伪、尚书之价值、研究尚书之步骤和结论等篇。

尚书新义 学术著作。胡朴安著。有作者亲手书写的《朴学斋读书随笔》(手稿本)(复旦大学图书馆藏)，未刊行。附有阳历说、五子之歌(手稿本)。后收入胡道彦 1983 年在台湾印行出版之《朴学斋丛书》第二集(十五)。胡朴安为该书撰有自序。全书按《尚书》之《尧典》《舜典》《大禹谟》《皋陶谟》《益稷》《禹贡》《甘誓》《五子之歌》各章节作注，以阐发新义。

尚慕姜(生卒年不详) 浙江杭县(今杭州)人(一说上海人)。名志，字志军，号慕姜，别号老僧。南社社友、南社纪念会会员。由社友介绍入南社，未填写入社书，介绍编号 21。

味镫漫笔 随笔。郑逸梅著。1 册。出版者和初版时间不详。高吹万题签。许瘦蝶、沈禹钟、郑雪耘、汪旭初、姚鹓雏、柳亚子、屈弹山、陈涵度和秦伯未分别题词。含江南刘三抗议赛马、林庚白预知陈英士死期、黄摩西旧居吴中严衙前、王大觉醉后狂态、南社之圣手书生朱少屏和陆士谔述西太后轶事等 91 篇。

昆剧表演一得·第一集 昆剧表演研究著作。徐凌云演述，管际安、陆兼之记录整理。1 册。上海文艺出版社 1959 年初版。有周玑璋、俞振飞和吴白匋合影及剧照 8 帧。周玑璋作序。分别介绍了寄子、议剑·献剑、小宴、嫁妹、梳妆·跪池和见娘等昆剧剧目。徐凌云作跋。

昆剧表演一得·第二集 昆剧表演研究著作。徐凌云演述，管际安、陆兼之记录整理。1 册。上海文艺出版社 1959 年初版。有剧照、徐凌云与韩世昌和徐凌云 49 岁像 12 帧。俞振飞作序。分别介绍了藏舟、偷桃盗丹、狗洞、出猎·回猎、借茶、刘唐、惊丑和借靴等昆剧剧目。

昆剧表演一得·第三集 昆剧表演研究著作。徐凌云演述，管际安、陆兼之记录整理。1 册。上海文艺出版社 1960 年初版。有剧照和徐凌云 1915 年在康定路徐园招待王欣甫、恽兰荪和赵子敬时的合影 6 帧。赵景深作序。分别介绍了梳妆·掷戟、云阳、乐驿、学堂、问路、搜山·打车和照镜等昆剧剧目。

国木田独步集 短篇小说集。日本国木田独步著，夏丏尊译。上海文学周报社、开明书店 1928 年第二版。列入“文学周报社丛书”。前有著者像和译者的《关于国木田独步》。含牛肉与马铃薯、疲劳、夫妇、女难和第三者等篇。

国风日报 报纸名。1911 年 3 月 1 日在北京创刊。程家柽主办，白逾桓为社长兼总编辑。以宣传反清革命为主要宗旨，批判袁世凯的专制统治。“宋案”发生后，大量报道事实真相。主要撰稿人有景定成、宋寰公、吴鼐等。为南社人士在北方的宣传阵地之一。刊有高旭、柳亚子、胡朴安、周咏康等诗，景定成的《罪案》，高旭、马君武的文章。又有南社在北方活动的报道。1914 年 7 月刊发《忠告政府与军警同胞》，遭查封。1916 年 7 月 26 日复刊。1917 年 6 月 28 日以后停刊。

国文百日通 国文教学理论。张冥飞著。3 卷。有康有为、章炳麟题字。中华图书集成公司印行(初版年份不详，上海中华国学研究会 1928 年 12 月再版)。内容为：一、文学通论；二、文法概论；三、修辞学。作者从介绍古代典籍经史子集入手，叙述文学的一般常识、初学者常常会碰到的困难以及如何克服，文学写作与语言能力的关系，文法的常识，写作与国学的关系和文章的美感等。并用较大的篇幅论述诗歌，介绍《诗经》的句法、上古的歌谣、古诗的体裁和韵律等。强调写作要“明体”和“达用”，要求写作者必须用恰当的文体来表达文意和思想。为此，作者列举历代文章中所出现的论、驳、辩、议、言、语、考、策、序、跋、引、评、述、奏、表、传、家传、小传、外传、世家、箴、铭、戒、盟文、誓文等 206 种体裁，在中国文章的类别和体裁的研究史上自成系统、别具一格。书后辑有《古今论文精华》，收古今 24 位名家的书信、序跋、杂文、论著共 34 篇。

国文课外讲义 国文教学理论。胡怀琛著。普通图书局 1919 年出版。孙飁蝯、萧蜕、王引才、潘飞声为之作序，其《叙目》包括组合法、习惯法、写景法、传神法、比喻法、双管齐下法、脱胎换骨法等 23 项作文技巧思路。书中举古人文章为例，以说明作文技巧。

国民日日报 报纸名。1903年8月7日在上海创刊。由张继、卢和生、陈去病等人参与创办，主编章士钊。正刊发表有关时评文字，是革命党人的重要宣传阵地，被视为《苏报》第二。副刊为《黑暗世界》，设《新诗片片》一栏，有《惨离别楼诗》，发表陈去病、高天梅、高燮、苏曼殊、柳亚子、包天笑等人《新乐府》诗多篇，王无生诗话等。其中高天梅《海上大风潮起放歌》最为突出，苏曼殊在报馆内任英文翻译，《惨社会》小说即发表于此报。1904年报刊文字曾结集为《国民日日报汇编》，共4集，由东大陆图书译印局出版。同年12月因内部矛盾被停刊。

国民立身训 修养著作。谢无量编。1册。中华书局1917年初版。史仲瑾作序。含立志论、力行与勇气、科学工艺发明家之模范、职业与处世、人格论和修养论6编。

国民革命与中国国民党 政治教材。戴季陶著。1册。上海戴季陶办事处1925年初版。戴季陶作导言。含何谓中国国民党、中国国民革命之历史的因缘、革命思想的变迁和革命党员的分化、第一次代表大会之精神的意义、总理逝世后党的中心是什么、中国国民党的两大病、党的秩序的基础、右倾病的救治、何谓民主的集权制等23节。附"邵元冲读国民革命与中国国民党书后"和"戴季陶告国民党的同志并告全国国民"。

国光新闻 报纸名。1911年8月9日在北京创刊。田桐、景定成等主持编务。是辛亥革命前国民党人在北方创办的报纸。以"倡导立宪，排斥官僚政治"为宗旨，声称"痛国人之疲顽，外族之强横，非武装不足以求平和"。反对袁世凯专制独裁统治。林庚白在上面发表过小说。"宋案"发生后，大量报道宋教仁被刺真相。南社北京事务所即附设其中。1914年被查封。

国际私法 法学译著。日本太田政弘、加藤正雄、石井谨吾合著，李叔同(署名李广平)译。上海开明书店清光绪二十九年(1903年)五月发行。该书篇幅约两万字，分绪论与本论两部分。其中，绪论部分包括3章，分别讨论"国际私法之意义""国际私法研究之必要""待外人之法"；本论部分包括4章，主要讨论"折衷主义""关于人事法律之抵牾""关于财产法律之抵牾""关于诉讼法律之抵牾"。

国际条约讲义 法学著作。陈世宜编著。上海藜光社1914年出版。共有4编。第一编为总论；第二编为第一时代之国际条约，内容包括尼布楚条约、恰克图界约、恰克图市约等；第三编为第二时代之国际条约，内容包括白门英约、中国瑞典挪威条约、伊犁塔尔巴哈台通商章程、爱珲俄约、天津英约、天津法约、天津美约、天津俄约、中英通商章程善后条约、北京英法俄各续约、中美续增条约、中英烟台条款、收回伊犁条约、中法越南条约、中英缅甸条约、藏印条约等；第四编为第三时代之国际条约，内容包括中日马关条约、中德胶澳租约、中俄会订条约、英租威海卫专条、法租广州湾条约、英人展拓香港界址专条、辛丑各国和约、中英商约、中俄交收东三省条约、中日会订东三省条约、中英修订藏印条约等。

国际南社学会 由柳亚子的长子柳无忌联同多位国际学者高铦(当时高氏在美国)、柳存仁(澳大利亚)、林徐典(新加坡)、高利克(捷克)、赛奇(荷兰)、刘绍唐(台湾)等人，于1989年5月4日在美国加州成立。柳无忌任会长，杨玉峰(香港大学)任秘书长。秘书处设在香港大学中文系，杨玉峰主理其事。会员主要有南社成员或其后裔和亲人。会员地域分布极广，主要来自中国港台地区、欧美地区及澳大利亚、新加坡、日本、马来西亚，以美国的会员最多。学会编辑《国际南社学会丛刊》，作为研究南社的园地，发表南社研究的论著和会员的创作。学会编辑出版"南社丛书"，致力于抢救幸存的各种南社资料，给予研究者以研究文献有征的便利，并刊布一些翔实的学术论著，促进南社研究的发展。

国学十六讲 国学研究著作。章太炎、陈柱著。1册。北京中国友谊出版公司2009年第一版，列入国学经典藏书图文版·大家国学十六讲。含概论、国学的派别、诸子流派、诸子、儒学、原道、原墨、原名、小学略说、大学大义、经学略说、史学略说、文学略说、论读经有利而无弊、论经史儒之分合和结论"国学如何进步"。有编后记。

国学大纲 国学著作。徐英编。上海华通书局1933年初版。编者曾在上海大夏大学、暨南大学、交通大学等校任教国学，深感教者学者无善本可用，乃将讲义编纂成书，"述其源流，演其派别，论其得失，详其变迁，凡为大纲，十有八卷"。内容涵盖书籍制度、书籍类别、群经源流和略说、汉学的派别和发展、宋学的派别和发展、字学和音学、诸子源流和派别、诸子之余、文学定义、诗赋流别、骈文流别、散文流别。最后又提出治学方略，归纳为：识途径、知伦类、别真伪、较同异、通小学、通考据、明地理、宜博览与精通、求善本。

国学丛选 期刊名。1912年9月创刊于上海。为国学商兑会会刊。主编高吹万、胡朴庵，经理姚石子。办刊宗旨为“扶持国故、交换旧闻”，分通论、经类、子类、文类(文录、诗录、词录)、商兑通讯录六大栏目。其文类中多以南社社员如叶楚伧、胡韫玉、胡寄尘、高旭、柳亚子、高君介、高基、庞树柏、陈去病等作品为主。商兑通讯录栏目里多为社员讨论学术的往来书信如高吹万《答吴泽庵书》、姚石子《与高吹万书》、姚鹓雏《与胡朴庵论学说史书》。1922年再版时对某些作品进行删节，1926年终刊。

国学丛选第五集 国学选录。高吹万、胡蕴玉编。上海国学商兑会1914年铅印本。汪粹题签。王毓芳署端。有《国学商兑会第一次改定章程》、高旭《学术沿革之概论》、姚光《自在室读书随笔》、高燮《读诗札记·续》、胡韫玉《政法史通论》、高燮《庄子通释》和《愤悱录·续》、谷增辉《情欲说》、胡怀琛《文论》，以及文录16首、诗录79首、词录20首、商兑通信录43通。

国学汇编 国学著作。胡朴安主编。共3集，12册。第一集、第二集，1924年国光书局出版。第三集，1925年国光书局出版。后有1972年台北国学研究社影印本，1983年台北胡道彦影印本。是书为胡朴安于1927年在上海创设国学研究社，从事国学之研究，并出版《国学周刊》，后汇编为《国学汇编》。

国学扶轮社 社团名。1909年南社成立期间，由王均卿与黄人等人于上海创办。刊行清政府所禁诗文集，为海内珍秘之本。王均卿还编辑《小说季报》，征集南社擅长小说社友的作品，刊印《南社小说集》。该社何时停止活动不详。

国学研究法 国学研究。洪北平编。4卷，1册。上海民智书局1930年初版。有国学方法论、经学通论、子学通论和史学通论等篇，录郑奠、胡适、王舟瑶、龚自珍、章学诚、陆德明、胡培翚、陆懋德、司马谈、班固、江瑔、姚鹓雏、柳翼谋、刘知幾等人文章。

国学保存会 社团名。1905年1月，邓实、黄节、刘师培、陈去病、马叙伦、陆绍明、诸宗元、高天梅等人在上海创办。章太炎虽未加入该会，却是该会的精神领袖。该会旨在“研究国学，保存国粹”，反对醉心欧化。拟定《国学保存会章程》，对经费来源、入会条件、会费收缴和使用等都作了详细规定，还专门建造了一栋藏书楼，收藏古代典籍、家刻书籍、金石碑版等，还办有印刷所，设立出版机构神州国光社。同年2月23日创办、出版会刊《国粹学报》。该刊办刊风格以1910年为界，表现出很大的不同，1910年之前的几年，表现出学以致用、热心政论的特点，其后则加大对传统学术的关注，政治色彩逐渐淡化，学术转向更趋明朗化。撰稿人中后来加入南社的有黄节、马叙伦、陈去病、高旭、柳亚子、王无生、诸宗元、刘三、蔡守、黄宾虹、陈蜕、庞树柏、胡朴安等。该会每月举办国学讲习会，聘请刘师培等人为讲师，并将讲稿编为《国学讲义录》，每月一册。还按照新式学堂章程，组织编写伦理、经学、中国文学、中国历史、中国地理五种国学教科书，刊刻“国粹丛书”“国粹丛编”及《神州国光集》，创办有《政艺通报》。1912年初，《国粹学报》停刊，该会停止活动。

国学唱歌集 歌曲集。李叔同编。上海中新书局国学会1905年6月发行。共收录21首歌曲，其中前15首为《葛藟》《繁霜》《黄鸟》《无衣》《离骚》《山鬼》《行路难》《隋宫》《扬鞭》《秋感》《菩萨蛮》《蝶恋花》《喝火令》《柳叶儿》《武陵花》，被编为“扬葩”“翼骚”“修诗”“摛词”“登昆”5部分，由李叔同以简谱配曲，“或谱以新声，或仍其古调”；而作为附录的另6首为李叔同早期歌曲创作中的重要作品，被命名为“杂歌十章”，即《哀祖国》《爱》《化身》《男儿》《婚姻祝辞》各1章，《出军歌》5章。

国学商兑会 社团名。1912年5月23日，由高燮、高旭、姚光、蔡哲夫、叶楚伧、姚锡钧、柳亚子、胡朴安、李叔同、余天遂、林百举、陈范、周伟以及非社友文雪吟、闵瑞之等发起组织。该会是高燮组建的寒隐社的扩大组织，初由高燮、姚光两人任该会主持人。成立该会的目的“冀挽颓波”，以扶持国故、交换旧闻为宗旨。该会设于松江县张堰镇(今属上海市金山区)东市，通信处设于该镇姚光家。同年6月30日，该会在张堰镇召开大会，姚光被推为理事长。会上由理事长推举张仲传为文牍员，高君深、何献臣为书记员，卢少云、汪叔纯为庶务员，周人菊为驻沪庶务员，会计员暂由理事长兼任。另议定向教育部立案，各省设分会。该会先筹设藏书楼、每年出版选集四册，后实际出版会刊《国学丛选》18 集。1930 年停止活动。

国学商兑会小启 南社文献。高燮撰。载 1912 年 5 月 3 日《太平洋报》。文中指出秦始皇焚书坑儒，但“《六经》尚存孔壁”，汉武帝罢黜百家之后，“百家犹在人间”。指明学习国学的重要性，认为“国而无学，国将立亡”“学之不讲，古义奚知?”批评当时不少士人不重视国学，“视典籍如苴土”。阐明成立国学商兑会的目的是“冀挽颓波”“系绝学于一线”，阐发与保存国学精义。

国学商兑会成立宣言书 南社文献。高燮撰。载 1912 年 7 月 5 日《太平洋报》。指出不重视国学的危害性，分析孔学在中国历史上经历的兴衰之路，历代统治者对于孔学，不是践踏，就是利用，孔学成为利君之学，认为“国学莫先于儒术，而儒术之真莫备于孔学”，而且国学“原非止孔学而已，即孔学之真，亦非止攘夷一端而已。是在好学深思，详稽博考，以会通其旨耳”。反对当时有人提出的停止祭孔的建议。

国学商兑会章程 南社文献。确定国学商兑会的宗旨、商兑的学科及各学科附属的子学科，规定经、史、子、文各学科评辑员、理事长人数、常会的日期及主持人、每月常会的内容、每年大会次数及内容，明确会址。

国语辨音 语言学著作。严工上编。商务印书馆 1924 年 10 月出版。编者针对读者在学习国语时容易误读的具体情况，将相关的一组声母或韵母编入朗读材料，如“j”与“z”、“su”与“shu”、“hai”与“han”、“zeng”与“zhen、zheng”、“ei”与“ui”、“in”与“ing”、“ue”与“iao”(原文用注音字母)。全书将所有的朗读练习的文本都标上汉语注音字母，通过比较和对照，来正确掌握国语的发音，并根据不同方言区人们的语音特点，以强调掌握正确发音的注意点。书中还引入汉语中有关浊声字、开口呼、合口呼、齐齿呼等较为专业的术语和有关汉语语法的概念。本书为研究民国期间的北京语音、汉语拼音的沿革史和国语推广运动提供有价值的文献资料。

国粹学报 期刊名。1905 年 2 月创刊于上海。1904 年冬，黄节与章太炎、邓实等在上海创建国学保存会，并创办了该刊，由黄节任主笔。其办刊宗旨在于“发明国学，保存国粹”“爱国保种，存学救世”。该刊提倡“国粹”，借复古主义来抒发民族主义、爱国主义的思想感情和反清的革命精神。每期分为上、下篇，上篇设社说、政篇、经篇、史篇、子篇、谈丛等栏目，下篇常根据所刊载的文章来设文苑、诗录、诗余等栏目而定。该刊的撰稿人，多为在世的或者已经去世的著名国学专家、文学界名流以及国学保存会的会员，其中有陈去病、高天梅、柳亚子、黄节、黄侃、邓实、王钟麒等南社成员。该刊于 1911 年 9 月停刊，共出版 82 期。

明代尺牍 尺牍。王文濡编。1 册。上海文明书局、中华书局 1927 年初版，列入“历代名家尺牍丛书”。有历代名家尺牍例言。王文濡作历代名家尺牍明代尺牍序。有明代尺牍作者小传。含刘崧、文徵明和史可法等 52 人尺牍 94 通。

明苍雪大师赵读彻行年考略 人物年谱。王培孙著。全 1 册。台湾商务印书馆 1978 年 7 月出版发行。这是王云五主编的“新编中国名人年谱”丛书之第五辑。书前有王云五为本丛书写的序言。苍雪(1586—1656)，明末高僧。俗姓赵，名读彻，字见晓，后改为苍雪，号南来。有《南来堂诗集》闻世。王培孙于 1933—1940 年将《南来堂诗集》注解校印，还考证、详注了苍雪大师的年谱，编此年谱，作为诗集的附录。

明清八大家文钞 杂文集。王文濡编，赵伯陶导读，李保民、冷时峻整理集评。1 册。上海古籍出版社 2008 年出版，列入“世纪人文系列丛书”。收录明清时期归有光 59 篇、方苞 52 篇、刘大櫆 42 篇、姚鼐 60 篇、梅曾亮 57 篇、曾国藩 45 篇、张裕钊 42 篇和吴汝纶 29 篇古典杂文作品，包括《贞女论》《谱例论》《天道上》《原才》等。

明雷石庵胡二峯遗集合刊 诗文集。黄膺、李根源编。2 卷，1 册。云南丛书处 1914 年刻本。施汝钦作《雷石庵尚书胡二峯侍郎遗集序》。《石庵尚书集》1 卷，收文 2 首、诗 93 首。《二峯侍郎集》1 卷，收文 4 首、诗 2 首。李根源作跋。

明滇南五名臣遗集 诗文集。李根源编。10 卷，1 册。云南图书馆 1914 年刻本，列入“云南丛书”。陈荣昌、孙光庭、李根源分别作序。遗集包括《杨文襄公文集》1 卷、《杨文襄公诗集》1 卷、《孙清愍公文集》1 卷、《孙清愍公诗集》1 卷、《杨文毅公文集》1 卷、《杨文毅公诗集》1 卷、《传忠壮公文集》1 卷、《传忠壮公诗集》1 卷、《王忠节公文集》1 卷、《王忠节公诗集》1 卷。

易白沙(1886—1921) 湖南长沙人。名坤，字越郴，一字月村，别号白沙子。南社社友。1916年9月由郑之蕃介绍入社，入社书编号677。辛亥革命前曾任旅皖湖南中学校长、安徽师范学堂教习。武昌起义时曾游说皖中诸将领声援武昌。1913年参加二次革命，失败后逃亡日本。后回国投身于新文化运动，1916年在《新青年》发表《孔子评议》，反对儒学。历任湖南省立第一师范学校教员，南开大学、复旦大学教授。因不满社会之黑暗，于1921年在广东新会白沙村跳海自尽。著有《教育与卫西琴》《广尚思》《诸子无鬼论》等。

易白沙集 杂著。易白沙著，陈先初编。1册。湖南人民出版社2008年第一版，"湖湘文库"之一。有易白沙像1帧。陈先初作前言。含《教育与卫西琴》《转注》《国务卿》《广尚同》《平和》《铁血之文明》《涓蜀梁》《游诗》《述墨》《我》《战云中之青年》《孔子平议》《中国古代社会钩沉》《诸子无鬼论》和《帝王春秋》15篇。附章炳麟《易白沙传》和易培基《亡弟白沙事状》。

易廷熹(1880—1941) 广东鹤山人。原名廷，又名孺，字季复、季馥，号睟民，别署大庵、甦莽、大厂居士、南华老人等。南社社友、南社纪念会会员。1912年9月5日由杨杏佛介绍入南社，入社书编号301。早年肄业于广雅书院，中年游学日本。回国后曾应江宁提学使陈伯陶之邀襄理学务。1912年后历任北京高等师范学校、上海暨南大学、上海国立音乐专科学校教授，印铸局技师等职。一生才艺广博，于诗文、金石、书画、篆刻、碑版、词曲、乐理、声韵训诂、文字源流等无不精研。曾应聘赴南京刻制中华民国国玺。曾任孙中山大元帅秘书，创作中国国民党党歌，并与萧友梅合作《新歌曲》10余册。1925年初息影沪上，创设华南印书社，创制北碑字模。1929年后与黄宾虹一道兼任暨南大学中国画研究会教习。著有《大厂词稿》《宜雅斋词》《中国金石史》等。

易林分类集联 楹联合集。徐珂选辑。1卷，1册。商务印书馆1927年初版，1935年第二版。黄葆戉题签。此书掇拾易林而自集分类，分为赠答类、春联类、仕宦类、商业类、生育类、婚姻类、寿诞类、哀挽类、移居类、祠庙类、园林类、戏台类、妓院类、杂类14类，计2 752联。有的门类再细分，如商业类又细分为金融、典质、金、珠宝、粮食、南北货、水果、酒、酒馆、旅馆、运送、客帮、堆栈、医室等，选辑289联。《易林》为汉焦赣撰，以每一卦演为64卦，共4 096卦，各系繇词，占验吉凶。此书"采其隽语，缀为俪言"。书中选联面广、量多，曾多次出版。

易昌楫(1873—1926) 四川富顺人。字倩愚。南社社友。1912年4月1日由雷铁厓、张光厚、阳兆鲲介绍入社，入社书编号241。1890年入四川资州艺风书院就读。1893年受聘任泸州经纬学堂监学。1905年加入中国同盟会。民国初，任北京政府稽勋局审议官。1917年冬客居上海时加入髓社。旋受孙中山之邀至广州幕府，被任命为司法部高等顾问官，后以职闲无功而上书辞职。1918年秋由广州出海寄寓英属槟榔屿，创办《华侨新报》、创立平民朋友莨会，为华侨服务。1926年夏某日在槟城街头不幸被英人所害。

易宗夔(1874—1925) 湖南湘潭人。原名鼐，字蔚儒，一字伟舆，别署味月叟。南社社友。1916年12月4日由高旭、陈家鼎、田桐介绍入社，入社书编号768。1898年戊戌变法期间为《湘学报》史学编撰，曾发表《中国宜以弱为强说》。1904年留学日本，入东京法政学堂。回国后任湖南省谘议局议员、北京资政院议员、法典编纂委员会纂修。1913年任北京政府国会众议院议员兼国会宪法起草委员会委员。1916年和1922年又两度担任国会众议院议员。1923年任北京政府国务院法制局局长，同年10月参加北洋政府国会会议。次年被国务院免职，流寓北京，执教于清华学堂。著有《新世说》。

易经学 一名《易经学讲义》。易学研究。胡韫玉编。1卷，1册。国民大学民国年间油印本，印行时间不详。胡朴安于1922—1923年著。手抄本。后收入胡道彦1983年在台湾印行出版之《朴学斋丛书》第二集。书前有序言1篇。全书共23章：一、绪论，二、命名，三、释惑，四、论卦，五、论爻，六、论象，七、论十翼，八、论互体，九、论变卦，十、论比例，十一、辟图，十二、读易法，十三、后汉易经学之派别，十四、三国晋南北朝隋唐易经学之派别，十五、宋元明易经学之派别，十六、清代易经学之派别，十七、易经之文字学，十八、易经之文章学，十九、易经之哲理学，二十、易经之礼教学，二十一、易经之史地学，二十二、易经之艺术学，二十三、研究易经之书目。

易 象(1881—1920) 湖南长沙人。字枚丞，号梅僧，又号梅园。南社社友。1912年10月21日由刘国钧、朱少屏介绍入社，入社书编号327。1898年入长沙南城书院攻读经书。1906年结识同盟会会员林伯渠，后加入中国同盟会。1907年随林伯渠一道与宋教仁、白逾桓等赴东北组建同盟会辽东支部，策划武装起义。民国初年在北京任《亚东新闻》编辑。不久回到湖南，二次革命失败后被迫流亡日本。1914年参加中华革命党，并考入东京法政学校。次年与容伯挺发起创立乙卯学会。1916年乙卯学会与李大钊创立的中华学会合并为神州学会后，任干事，并编辑出版《神州学丛》。后到上海创办《上海晚报》，回到湖南组织护国军，任护国军总司令部秘书、湖南省民政厅厅长。1916年9月25日参加在长沙枣园举行的南社临时雅集。1920年11月25日在长沙被军阀赵恒惕杀害。

易藏丛书　易学研究。杭辛斋撰。6种20卷，8册。研几学社1923年铅印本，列入"学易丛书"。《学易笔谈初集》4卷，蒋智由署端，狄楼海作《学易笔谈序》，杭辛斋作《学易笔谈述恉》，共有文章90篇。《学易笔谈二集》4卷，徐绍桢署端，罗永绍、严复分别作序，共有文章57篇。《易契》6卷，于右任题签，袁克文署端，杭辛斋作序。《易数偶得》2卷，于右任题签。《读易杂识》1卷，于右任题签。《愚一录易说订》2卷，于右任题签，陆庆楹署端，陈守谦、杭辛斋分别作序，卷一、卷二后有辛斋按语。《沈氏改正揲蓍法》1卷，周震鳞署端，杭辛斋作序。

忠王李秀成　历史剧本。欧阳予倩著。1册。文化供应社1941年10月初版，1942年9月修订再版。本剧以李秀成为主角，意在表彰其忠诚之心。中国历代的皇帝，在打下天下之后，对于功臣无一不进行杀戮，李秀成并非不明事理，但在革命受到打击、太平天国面临危机时，他无暇顾及，以己身担负起外抗强敌、内抚百姓的重任。他无时无刻不受着倾轧、埋怨、冤枉和猜忌，但他对于国家忠贞坚定、绝不动摇。他既善治军，又善智民；既能公忠体国，又体贴民情。所以在他死后，部下有两万多人聚而自刎，无一个人投降；南京、苏州的百姓，甚至罢市哭奠。作者创作本剧，目的在于鼓励有为的青年，以李秀成为榜样，忠勇坚强，保持气节，担当起时代的责任，并对人际交往中一直存在的猜忌进行了批评。作者序言阐述了他的戏剧观。

咒红忆语　中篇小说。王大觉著，柳亚子序，凌莘子评。新民图书兄弟公司1926年10月出版。小说记述了咒红与秋蓉间先喜后悲的爱情故事，秋蓉作为一名年轻的知识女性，聪慧美丽，才华横溢，终因不能如愿成婚而早逝，全书写得凄美缱绻，哀怨动人。本书虽为小说，实是继承了明清抒情小品的传统，如郑逸梅所说的那样："可以媲美《影梅庵》和《香畹楼》，书中主人为秋蓉，此中当别有影事，惜不知为何许人。"

咏史（其二）　诗篇名。七律。胡怀琛作，刊于1914年3月《南社丛刻》第八集。诗作名为咏史，实有感于时事。抒写1913年7月孙中山为首的资产阶级革命派发动的反对袁世凯的武装斗争失败，繁华的南京变成沙场，讨袁的将士历尽艰辛。谴责袁世凯妄图恢复帝制、镇压革命派而给国家、人民带来的浩劫，抨击他屠戮革命者的罪行，他的心地不仁，造成一次次的战争与杀戮，指出从眼前的时事就能悟到佛理的妙旨。直陈时事，风格质朴平实。

咏鹰　诗篇名。五律。黄兴作于1909年秋。诗篇开头形象描绘鹰的独立长空、万里无敌的雄姿，借以抒发作者的革命壮志。随之用反问句突出鹰冲破樊笼的豪杰性格，进而写鹰渡海高飞，展翅高翔，更直接点明自己慷慨东渡日本，像鹰一样，意气风发，搏击长空。结尾两句描绘霸气肃杀、万山木落的深秋景色，形象展示雄鹰迎战秋霜的阔大空间，表现雄鹰的远大志向和坚定志气。诗作借物咏怀，托物言志，句句咏鹰，实质句句抒发自己的特立独行性格、高洁情操和坚定的革命志向。

罗人铸(1847—?)　四川什邡人。字剑农，号云沤。南社社友。1917年11月15日由黄复、王念祖介绍入社，入社书编号996。为南社中年龄最长的一位社友。

罗天觉(1873—?)　湖南湘潭人。字醒无，号醒吾，别号真吾。南社社友。1911年10月24日由阳兆鲲介绍入社，入社书编号199。早年与齐白石交往，又联络其他友人共同结龙山诗社，以白石年长为社长。加入南社前后曾任湘潭县劝学所所长。

罗世彝(生卒年不详)　广东梅县(今梅州)人。南社湘集社友。著有《螺盦遗稿》。

罗尔瞻(生卒年不详)　湖南常德人。字心冰，号壶公。南社湘集社友。1935年10月参加在长沙怡园举行的南社湘集第十二次雅集，次年10月参加在赐闲园举行的第十四次雅集。

罗伍洲(生卒年不详)　广东南海(今广州)人。南社湘集社友。

罗志远(1887—?) 广东顺德(今佛山市顺德区)人。字敏夫。南社社友、广东分社社员、南社湘集社友。1917年1月1日由蔡哲夫、叶敬常介绍入南社,入社书编号778。1917年3月参加南社在广州六榕寺举行的广东分社第一次雅集。1933年与蔡哲夫、叶敬常、陈菊衣等一道加入苏州国学会,商兑国学。

罗伯年(生卒年不详) 浙江绍兴人。越社社友。曾任《越铎日报》《越社丛刊》发行员。

罗星集 诗文集。郑逸梅、顾明道编。1册。潮音楼出版,联益贸易公司总发行1926年初版。赵眠云题签。郑逸梅作卷首语。姚民哀作题罗星集。含程小青、赵眠云、范菊高、吴闻天、范烟桥、顾明道、程瞻庐、蒋吟秋、姚赓夔、金季鹤、范佩萸、陈莲痕、黄转陶、徐碧波、尤半狂、郑逸梅、屠守拙、黄若玄等人作品28篇。每篇附印电影明星肖像。

罗剑仇(1885—1917) 湖南大庸(今张家界)人,一说醴陵人。南社社友。由社友介绍入社,未填写入社书,介绍编号62。青年时曾东渡日本,接受孙中山民主革命思想,后因参加反清活动被清廷察知而遣送回国。1912年组织湘西反袁独立军,宣布讨袁。1915年9月到上海加入程潜领导的民义社,后回大庸组织武装,进行反袁护国活动。1916年初组建湘西护国独立军,自任司令。4月末湖南宣布独立,任湘西护国军司令,后被任为大庸县知事。同年6月谭延闿任湖南督军后,调其任湖南省督军府顾问。9月参加在长沙枣园举行的南社临时雅集。次年4月又参加在长沙半园举行的临时雅集,后离开长沙到沅陵。1917年在从桑植返回沅陵途中不幸遭人暗杀身亡。

罗晋士(1889—1927) 江西武宁人。原名象陶,字黑芷,一字晋思,号黑子。南社社友,作家。1911年10月17日由费公直、张传琨、章木良介绍入社,入社书编号198。早年留学日本庆应大学,并加入中国同盟会。归国后在上海参加辛亥革命。1923年参加文学研究会。曾任湖南省图书编译局编译、长沙岳云中学和楚怡工业学校教员。1927年11月18日病逝于江西故乡。出版有小说集《醉里》《春日》,散文集《牵牛花》等。

罗絜纲(生卒年不详) 湖南醴陵人。南社湘集社友。

罗植乾(生卒年不详) 湖南衡阳人。南社湘集社友。

罗稚华(1904—?) 福建连城人。名丹,字稚华。南社闽集社友。曾在福建永安县永安桥垅开办风行印刷厂。性耽声律,好交游,又擅书法,在吟哦之余常常挥毫泼墨。1944年7月在永安与朱剑芒、朱大炎创办《长风报》。1945年6月14日南社闽集在永安桥垅其寓所正式成立,被公推为副社长。抗战胜利后到厦门拓展风行印刷厂业务。著有《稚华诗稿》《张迁碑》等。

罗　翥(生卒年不详) 籍贯未详。字艺夫,号亦佛。南社社友。由社友介绍入社,未填写入社书,介绍编号49。曾抄录日本宇田川榕庵所译之《菩多尼诃经》。

罗赛云(生卒年不详) 广东顺德(今佛山市顺德区)人。南社湘集社友。

岭南南社 社团名。1928年黄节等在广州组织成立。

岭南游草 旅游诗集。陈洪涛撰。1卷,1册。1919年抄本。陈去病署端。记录作者1919年三月二十二日由上海乘"德安"海轮赴粤时所作诗35首。

图释中国佛教史 佛教史著作。黄忏华著。1册。吉林出版集团有限责任公司2010年初版。图释经典系列之一。黄忏华作弁言。含中国佛教之肇始时代、中国佛教之进展时代、中国佛教之光大时代和中国佛教之保守时代等章。有阿房宫图等各种有关佛教插图。

钏影楼回忆录 回忆录。包天笑著。2册。系作者为《大华》半月刊和《晶报》陆续撰写登载的回忆文章汇集,香港大华出版社1971年6月出版(续集1973年出版)。在这本回忆录里,作者对自己90多年人生道路和对所见闻的社会变迁、重大历史事件、知名人物的言行作了详细的叙述。其中《我的母亲》《上学之始》等是对家庭、父母、童年生活、青年时的求学经历的回忆;《木刻杂志》《译小说的开始》《时报怀旧录》等是作者从事报刊编辑、教育、翻译的经历和当时的报馆、学校的情况介绍;《集会结社》《息楼》等讲述作者参与南社等激进知识分子团体活动的情况。

钏影楼回忆录续编 回忆录。包天笑著,刘幼生点校。2册。山西古籍出版社、山西教育出版社1999年第一版,列入"民国笔记小说大观"第四辑。

有导言。包天笑分别作自序和缘起。内容含关于留芳记、辛亥风云和记上海《立报》等 26 篇。附日记(1949.2.22—12.18)和后记。

物的分析——罗素演讲录之三 演讲集。英国罗素著,任鸿隽、赵元任译记。商务印书馆 1922 年发行。1920 年英国哲学家、教育家罗素应北京大学等邀请来华访问,并作了 5 次演讲,《物的分析》即为其中之一。演讲受到学界欢迎,翻译者功不可没。爱因斯坦的相对论之传入中国并迅速被学术界接受,《物的分析》厥功至伟。演讲作了 6 方面的阐述:物的问题有两方面,一是物理学上的研究,一是哲学上的研究,物兼合空间与时间的特性,爱因斯坦的相对论证实了这一点;相对论公式中的时间性分离和空间性分离;特别(狭义)相对论描述的是等速直线运动,而普遍(广义)相对论则能解释不等速的一切曲线运动;特别相对论的算式只适用于欧几里得几何,而普遍相对论公式是对牛顿万有引力论的修正,是相对论在哲学上的影响和结果。

和仓海秋怀八首(其五) 诗篇名。七律。叶楚伧作。本题为《和丘仓海秋怀八首》。仓海,即丘逢甲,别署仓海君,近代诗人。辛亥革命后不久,胜利果实被袁世凯篡夺,诗人感慨万千。首联谓四万万人都作了楚囚,劫后不堪寄生于神州大地。孙中山在南京的临时政府失败,诗人担忧重蹈前朝覆辙,落个像南宋在厓山最后覆亡的悲剧。想起前线将士英勇作战,皇宫里笙歌不断,庆祝皇帝千秋万岁,形象地展示了革命队伍领导层的腐败。诗人不由得想起唐玄宗统治下开元、天宝年间由盛转衰的往事,引出无限感慨。感慨遥深,哀感动人。借古喻今,用典贴切。

和议纠正会 社团名。邹铨与夏重民、柳亚子等于 1912 年 2 月 10 日组织成立。以"维持中华民国,监督临时政府为目的"。本月 12 日,于张园集会,并议决改名为国事纠正会。

和寒山子诗 诗集。胡朴安著。有手抄稿本,未刊行。后收入胡道彦 1983 年在台湾印行出版之《朴学斋丛书》第二集(二十六)。此书共收入 307 首诗。胡朴安在 1941 年所作《和寒山子诗序》一文中曰:"余自病废以来,学佛以宁心,则寒山子之诗固极宜乎余也,因取其诗次第和之。"

岳州被捕感赋一律 诗篇名。五律。宁太一(调元)作。1906 年底,作者在日本受孙中山、黄兴委派,回国响应萍浏醴起义。赶回湖南时,萍浏醴起义已失败。翌年 1 月在岳州被捕下狱而作此诗。诗作从揭露清政府捕风捉影、滥捕无辜落笔,接着忆述自己创作诗文抨击清廷黑暗,不为当局所容,抒发了视死如归的豪情,表达必死的决心,同时表示自己死后愿与屈原在九泉下唱酬往来的心情。语言流畅自然,感情深沉。

岳德威(生卒年不详) 湖南宁乡人。字谷谦。南社湘集社员。1936 年 3 月参加在长沙定王台举行的南社湘集第十三次雅集,同年 10 月参加在长沙赐闲园举行的第十四次雅集。

岳麟书(1887—1910) 浙江嘉兴人。女。名雪,字麟书。南社社友。1909 年由朱少屏介绍入社,入社书编号 7。早年毕业于松江景贤女校。21 岁与朱少屏结婚,为朱少屏的继夫人。平生持博爱主义,乐于慈善事业,夏天给贫儿院送扇,冬天赠帽,并常募捐赞助。1910 年 9 月 8 日病逝于家乡。是时朱少屏正在上海忙于《民立报》出版事宜,忙不暇顾又自己患病,待其卒后月余始获知噩耗,不竟抚膺长恸、哀之过情,并撰《岳君麟书行述》以怀之。

使藏纪程 西藏史料。黄慕松著。1 册。北京中国图书馆文献缩微复制中心 1991 年初版。列入"西藏学汉文文献丛书"第二辑,影印本。吴丰培作重印使藏纪程、西藏纪要序。是书记录了作者 1934 年 2 月 10 日至 1935 年 2 月 1 日抵达香港,率员赴西藏吊祭十三世达赖喇嘛的逐日按程所记。附黄镇球、黄慕松事略和王维崧付梓赘言。本书与吴忠信《西藏纪要》、朱少逸《拉萨见闻记》合刊 1 册。

侠女奇男传 武侠小说。范烟桥著。3 册。上海世界书局 1929 年初版。范烟桥作自序。含一棹芦花深处·两壶竹叶青边、扶醉归来忽逢飞剑·破空远逸遍布侦骑和假称疾啸众劫行李·喜同志合力讲屯垦等 40 回。

侠奴血(上卷) 亦名《西印度怀旧记》。小说。法国嚣俄(即雨果)著,天笑生译。17 章。小说林社清光绪三十一年(1905 年)初版。作者讲述 18 世纪末在奴隶制度下黑奴起义过程中发生的惊险历程。白人杜伯宁与从妹曼殊青梅竹马,但在成婚之日却发生了黑奴暴动,心仪曼殊已久的黑奴比爱伦在混乱中劫走了曼殊,与奉命前来平叛的杜伯宁发生了武装冲突。最终,比爱伦用鲜血捍卫了爱情与尊严。作者不仅揭露了罪恶的奴隶制度，抨击种族主义，且字里行间透露出人文关怀。本书是19世纪反对蓄奴制度和种族歧视的代表作。

版本与书籍 书话集。周越然著。上海知行出版社1945年初版，列入“文学丛书”。前有作者自序。收作者书史随笔26篇，内容有谈孤本词曲小说者，也有谈版本及收书经验者。包括《古书的研究》《书能治病》《〈红楼梦〉的版本和传说》《古滑稽文汇》《四游记》《〈西厢记〉研究》《谈〈上林春〉》等。

金山卫佚史 地方佚史。姚光撰。1卷，1册。1911年铅印本。高旭、胡韫玉、姚光分别作序，姚光作跋。为姚氏搜集正史、方志、私人著述中有关金山卫史料及乡里故老传闻的抗清史实汇编而成。

金山艺文志 南社掌故。由南社姚光著。共8卷，其中卷一至卷四为经史子集部，卷五为丛书部，卷六为寓贤著述部，卷七为邑人校刊书籍部，卷八为金石部。姚光逝世后，该志曾载松江地方报，由周迪前加识语。

金山县鉴·民国二十五年 年鉴。丁迪光、朱履仁、姚石子、王杰士编。1册。金山县鉴社1937年初版。高燮题签。王鸿逵序。目的为记录金山当年当地之事，传播先贤之迹，以启后人之思。内容所述，或采自档案，或实地访查，务求翔实。含地图、气候、司法、公安、保卫、会计、邮政、电灯、商会、金融、教育、火政、人物等篇。王杰士作编后赘言。

金石书画丛刻 艺术丛编。易大庵(廷熹)、黄宾虹编。1卷，1册。上海金石书画社1934年影印本。有金石、书画、碑揚、印谱、画谱、续刻等。

金兰畦(1891—?) 江苏金山(今属上海)人。名兆芬，一名吉，字吉香，号兰畦。南社社友。1910年由柳亚子介绍入社，入社书编号52。1914年5月参加在上海愚园云起楼举行的南社临时雅集。弟金桂畦，亦为南社社友。

金光弼(1885—1941) 江苏吴江(今苏州市吴江区)人。字梦良。南社社友。1911年4月3日由沈昌直介绍入社，入社书编号135。1912年前曾在西塘平川学堂任教。民国肇建，与同邑王湛霖创办盛泽南区小学(1915年后称淘沙弄小学)和北区小学(1917年后称仲家弄小学)，分别担任北区小学校长和南区小学校长，兼教师。

金刚顶发菩提心论浅略释 亦名《金刚顶瑜伽中发阿耨多罗三藐三菩提心论浅略释》。佛学著作。黄忏华著。上海佛学书局1933年10月出版。本书分3部分，分别从行愿、胜义、三摩地菩提心3个方面依密教之教旨进行略释，认为欲求菩提者当发如是菩提心，修如是菩提行。第一部分为行愿菩提心者，修大悲万行，救济一切有情，令发起菩提心之利他妙行也，修行发愿故名行愿。第二部分为胜义菩提心者，修一切法无自性观，证得无上菩提之自利妙行也，止息劣法，观显胜义，故名胜义。第三部分为三摩地菩提心者，修五相三密等秘密观行，即身现证本尊身之妙行也，三摩地译为等持、等念、等至。行者入信解地，修三密相应之五部密观，等持诸佛自行化他之万德，故名等持；遍入有情界，平等摄受而护念之，故名等念；无所不至，故名等至。行愿以大悲为体，下转方便也；胜义以智慧为体，上转方便也；三摩地上转下转，随所向处，悉是金刚体。此三者即大悲、大智、大定三德也。附录为黄忏华诗集《金波罗花集》。

金刚钻报 报纸名。1923年10月18日创刊于上海。发起人为10人共同署名，施济群经常负责日常事务，陆澹安主持编务。为与《晶报》相对立的刊物。有《小金刚钻》《金刚钻扶轮会》等副刊，由10人分别编一天。刊头署名郑逸梅的副刊，经常发表南社人士的稿件，如包天笑、胡石予《画梅赘语》，奚燕子的《绿沉沉馆笔记》。是南社停止活动后，又一块较为活跃的阵地。施济群曾选取其中稿件结集为《金刚钻月刊》共出版16期。1937年8月停刊。

金壮春(生卒年不详) 湖南长沙人。字次猷。南社湘集社友。

金次仁(生卒年不详) 湖南慈利人。字灼三。南社湘集社友。

金问源(1890—1978) 浙江嘉兴人(一说平湖人)。字敬渊，号勤斋。南社社友。1916年12月14日由张传琨介绍入社，入社书编号753。早年毕业于复旦大学财政学堂，曾任中央银行国库局襄理、科长。平时喜欢吟诗赋词，因与其二弟金问洙分居两地，故通邮唱和不绝，后集唱和之作裒为《双鱼活水集》。中华人民共和国成立后寓居上海。1961年9月受聘为上海文史研究馆馆员。著有《勤斋诗词集》。

金国宝(1894—1963) 江苏吴江(今苏州市吴江区)人。字侣琴。南社纪念会会员，统计学家。早年师从金松岑，后毕业于上海复旦公学。1916年起先后在吴江中学、江苏省立苏州第一师范学校任教，并为上海《时事新报》副刊、北京新学社《解放与创造》半月刊撰稿。1919年翻译并发表列宁的《布尔什维克之所要求与排斥》《苏维埃政权之当前任务》及《建设中的苏维埃》，为国内最早翻译列宁著作的人。1923年赴美国留学，入哥伦比亚大学攻读统计学，次年获硕士学位。回国后历任国民党中央党务学校、吴淞中国公学、复旦大学、上海暨南大学、上海法学院等校教授以及国立上海商学院教授、教务长。1929年担任南京特别市政府财政局局长。1931年起历任上海交通银行襄理、副经理，交通银行总行业务部副经理、总稽核，中央银行经济研究处专门委员、会计处处长，中央、中国、交通、中国农民四大银行联合办事总(管理)处秘书长等职。曾与南社社友林懿均等参加江苏省教育会。中华人民共和国成立后先后任复旦大学商务学院教授兼统计专修科主任、上海财经学院教授、上海社会科学院经济研究所教授、九三学社上海市委委员等职。著有《统计学大纲》《美国所得税论》《中国经济问题之研究》等。

金保泰(1857—?) 广东番禺(今广州)人，原籍辽东。字柳桥，号悔翁。南社社友、广东分社社员。1917年4月1日由释铁禅、刘西航、蔡哲夫介绍入南社，入社书编号825。

金祖荣(1891—1936) 江苏吴江(今苏州市吴江区)人。字剑平，又字缄瓶，号夕阳。南社社友。1917年4月28日由沈昌眉、陈洪涛介绍入社，入社书编号881。民国初期在黎里县立第四高等小学任教。后参加范烟桥创建的同南社。家中富藏书，平时以读书为乐。1918年吴江成立松陵文献保存会，被列为吴江的藏书家之一。

金桂畦(1893—?) 江苏金山(今属上海)人。名兆芳，字桂畦。南社社友。1914年5月由柳亚子、朱少屏、金兰畦介绍入社，入社书编号414。兄金兰畦，亦为南社社友。

金陵杂咏 诗篇名。七绝。叶楚伧作。诗人咏唱金陵，从它万旌旗拥的军事形势、动乱的国家政局入手，自然地转折，写它曾是六朝金粉之地，以“南城箫鼓北城兵”作结，委婉含蓄地嘲讽了现实生活。

金阊纪事、和金阊纪事 唱酬集。柳遂、陆明桓撰。2卷，1册。吴江柳氏1922年刻本。《金阊纪事》1卷，柳遂撰，柳弃疾作序。《和金阊纪事》1卷，陆明桓撰，陆明桓作跋。

金鸿翔(1875—1946) 江苏高邮人。名玉菡，字兆渠。南社社友。1916年6月由曹凤仪介绍入社，入社书编号624。民国初年在高邮临泽镇邮政局供职。后任高邮萧陵乡议会议长、第四学区学董、《三续高邮州志》编纂等职。一生酷爱书籍，家藏经史子集近万卷及民国年间主要报刊。早年设馆广收学生，并延请受过新文化教育的教师授课，开一方教育之新风。

金惟一(1895—?) 江苏金山(今属上海)人。字励孙，一字励生，号萍影。南社社友、新南社社员。1916年4月1日由沈砺介绍入南社，入社书编号588。

金葆光(1887—?) 浙江长兴(今湖州)人。名体乾，字葆光。南社社友。1914年7月1日由雷铁厓介绍入社，入社书编号433。1907年毕业于京师大学堂译学馆。1910年12月20日中国同盟会南洋支部和槟榔屿分会机关报《光华日报》在槟榔屿创刊，为该报撰稿人。1912年秋任北京《民主报》《亚东新闻》编辑。1914年任北京《国民日报》编辑。1916年任湖南船山学社北京分社总编辑。1940年任国民政府考试院秘书，次年任考试院参事。著有《国民大会之理论与实际》《台湾的地方自治》等。

金缄三(生卒年不详) 湖南湘乡人。字云心，一字云隼。南社社友、南社湘集社友。1917年4月参加在长沙半园举行的南社临时雅集。1924年4月6日参加在长沙刘园举行的南社湘集第一次雅集。

金静初(1877—1946) 上海人。名庆章，字静初。南社社友。1914年6月由高旭介绍入社，入社书编号431。1898年以官费生派往日本留学，入东京弘文学院师范科，旋转入法政大学速成科、早稻田大学法科学习。1908年6月毕业归国，官授内阁中书，后改外务部考工司司员、日本股股员。次年调任驻朝鲜仁川中国领事馆领事，在职18年并创办仁川侨民小学，自任校长。后回国出任宝山县县长、松江县县长。曾两度捐款建设江苏省立松江中学图书馆及闵行孤儿院图书馆。1932年一·二八淞沪抗战后又复任宝山县县长。1933年因病辞职返里。1946年病逝于上海寓所。著有《学校管理法》《各级地方行政制度》等。

金鹤翔(1865—1931) 江苏常熟人。字琴一，号幼香，别号病鹤居士，后署病鹤。南社社友。1911年冬由庞树柏介绍入社，后补填入社书，入社书编号757。曾为常熟虞社发起人及名誉社长。著有《病鹤诗稿》

《读越缦堂日记随录》《浙游诗词草》等。

金夔夔(生卒年不详) 贵州贵阳人。南社湘集社友。

金翼谋(1877—1947) 江苏太仓人,原籍安徽休宁。原名寿耻,一作寿芝,后改名燕,字翼谋。南社社友。1912年8月27日由冯心侠、陆毅、余天遂介绍入社,入社书编号293。家富藏书,幼年习科举之学,未得功名。辛亥革命前后曾主编《娄钟报》,宣传革命。民国初年在江苏省立苏州第二农业学校任教。擅作骈体文。

念兹笔谈 佛学文集。陈念兹著,陈无我选编。上海大法轮书局1944年出版。此书共收录陈念兹杂文26篇。陈无我为陈念兹之父,为弘扬佛法而创办大法轮书局。书中所收都是1943—1944年陆续发表在沪报副刊上的文章,因大部分都以宣传佛教为目的,故又称《佛教宣传资料》。文章大体可分为3类:一以宣传佛教为目的,有学佛心得、对佛教概念的解释,以及用佛教观点来点评文学、戏剧、人物、著作等;二是人物小记,既有对佛教中人的记录,也有对一般著名人物的品评;三为辞章考辨,针对古籍中某一概念或字句提出自己的不同意见或解析。本书深入浅出,通俗易懂。

瓮庐 南社掌故。费龙丁1898年留学日本,攻读数理及美术。但费龙丁的一生则以书画金石名世,时人评为金石第一,书法第二,画则不多作,作则湛然物外,不受人间烟火。他平生所好,潜心诗文书画及金石文物。所居名"瓮庐",收藏极丰。如秦宫瓦当砚、商代父癸鼎、商代蕲尊、三国吴之赤乌砖砚等。曾绘有《金石缘图》,征诸名人题咏。1924年军阀混战,瓮庐被占作兵营,所藏书画文物颇多损失。

周子美(1896—1998) 浙江吴兴(今湖州)人。原名延年,又名默,曾用名思孟,字君石,一字君实,号子美。南社社友、南社纪念会会员。1917年3月由曹应仲介绍入南社,入社书编号852。1913年毕业于浙江法政专门学校政治经济科。回乡后历任小学、中学教员,盐栈职员,湖州府修志局采访员,又先后为吴江同南社社员及金松岑等人创办的苏州国学会会员。1917年编撰《南浔词征》2卷,刊本行世。1924年任南浔嘉业堂藏书楼编目部主任,并被吸收为第一届中华图书馆协会会员。曾执教于上海圣约翰大学中文系、上海震旦大学文学院、中法国立工学院等院校。1952年起历任华东师范大学教授,1961年调入该校图书馆,任参考阅览部主任,编成《华东师范大学目录之目录》《华东师范大学善本目录》等。1971年调入二十四史标点组,参与《新唐书》《新五代史》等古籍点校。1987年退休。编有《嘉业堂藏书目录》《嘉业堂明刊善本目录》等书目,著有《庄氏史案考》《洛阳伽蓝记校注》《嘉业堂校钞本目录》《天一阁藏书经眼录》《施北研年谱》《南浔镇志稿》,编辑出版罗振常的《善本书所见书》等。

周子美学述 文集。周子美著,徐德明整理。1册。浙江人民出版社1999年第一版,列入"当代人文社会科学名家学述"丛书。周子美作自序。含求学与探索、嘉业堂的书海、圣约翰的教学、蟫隐庐的刻书、华东师范大学的生涯和退休之后等章。附年表、著述目录和研究评介资料。

周子美游记 游记。周子美撰。1卷,1册。上海1930年石印本。朱培署端。收作者1918—1929年到普陀、严陵、天台、莫干山、九华、黄山、白岳、邓尉、宜兴、梁溪、天平山、溆浦永安湖、绍兴等地的游记。

周开山(生卒年不详) 浙江绍兴人。字仲翔。鲁迅的堂叔。越社社友。1894年参与创办绍兴著名的咸亨酒店。1912年任《天觉报》编辑。

周　云(1891—1951) 江苏吴江(今苏州市吴江区)人。原名世恩,字一粟,号湛伯,别号酒痴。南社社友。1914年6月4日由柳亚子、李拙、顾悼秋介绍入社,入社书编号422。1914年冬与朱剑锋、朱剑芒、顾悼秋、沈次约一起成立销寒社。次年夏5人又成立销夏社。同年秋柳亚子、王大觉等在销夏社基础上成立酒社,5人一起参加酒社,被里人称为"梨中五子""梨村五子"。"五子"均加入南社,"五子"诗词作汇成《销寒集》1册,由柳亚子作序《销寒社录序》。1917年春"五子"结伴同游杭州,会晤杭州的诸多南社同仁,所作诗词甚多,载于《南社丛刻》。今人辑有《南社周云诗词选》。

周长宪(生卒年不详) 湖南长沙人。字邦式,号恕斋。南社湘集社友。

周介子(生卒年不详) 籍贯未详。新南社社员。1926年受聘任江苏东台县私立安丰初级中学教员。

周公权(1887—1959) 江苏睢宁人。原名道和,后改名公权,字衡伯。南社社友。1917年1月30日由柳亚子、徐世阶介绍入社,入社书编号794。1902年入清江学堂就读，后毕业于南京三江师范学堂。1914年5月其父被张勋杀害后携幼弟道銮避走淮阴。1917年在古邳经营旧邳州博济药栈。1919年曾为无锡商会会员。1920年任睢宁劝学所所长。曾一度在镇江任教，后在徐州开设衡伯诊所，为坐堂中医，尤擅医治癫狂等病症。其间曾整理、笺注乃父诗稿，又搜集遗著通俗唱本多种，《更生斋选集》的3卷诗作、戏曲均由其考订后收录。1959年10月去世。遗作有《周公权诗稿》。父周祥骏、夫人魏电岩、妹周道芬、幼弟周道銮，均为南社社友。

周礼注疏　周礼研究。汉郑玄注，唐贾公彦疏，黄侃经文句读。1册。上海古籍出版社1990年初版。列入"十三经注疏丛书"，影印本。含四库全书总目提要、周礼正义序，收天官冢宰第一、地官司徒第二、春官宗伯第三、夏官司马第四、秋官司寇第五、冬官考工记第六等42卷。每卷后有黄侃校勘记。

周刚直(1894—1926)　江苏江阴人。原名侃，又名树平，后改名水平，号刚直。新南社社员。早年入常熟沙洲公立高等小学补修科就读，后考入江苏省立无锡第三师范学校讲习科，毕业后在家乡任顾山小学教员。1918年秋东渡日本留学，入东京高等体育学校学习，兼修军事、司法、社会等科。1921年上半年毕业后回国，任江阴县立第五高等小学教员。后去江苏铜山，任江苏省立徐州第七师范学校教务主任。1924年3月在上海参加中国共产党，不久又以个人身份加入中国国民党。同年任上海大学中学部体育教师。1926年1月因在江阴提倡农民革命、领导农民运动而被地方豪绅勾结军阀非法逮捕，惨遭杀害。生前撰有诗集《悼英集》。

周　伟(1885—1940)　江苏山阳(淮安)人。字人菊，一字伟人，又作伟仁。南社社友、淮南社社友。1910年由周实介绍入南社，入社书编号46。与张冰、周实(周伟从弟)3人为"淮上三杰"，均加入南社。1907年12月与周实一道进南京两江师范学堂。1911年武昌起义时回到家乡担任巡逻部署务，成为光复淮安的中坚分子。同年11月17日周实遇害后为其草就《周烈士就义始末》。1912年9月与余天遂、秦铸花等重组淮南社。在上海加入《太平洋报》，任主笔。后赴广东汕头，入《大风日报》撰写社论。1914年5月参加在上海愚园云起楼举行的南社临时雅集。翌年回乡从事教育，曾执教江苏省立第九中学，并担任县参议员。1931年叶楚伧任江苏省主席时，被叶楚伧举荐为上海私立持志大学文学教授。后又赴南京任江苏省通志馆编纂，主持《南京日报》笔政。一生著作甚丰，却均未印行。

周安元(1873—?)　浙江绍兴人。字善伯。南社社友。1917年10月22日由孙仲瑛介绍入社，入社书编号990。

周志成(1883—?)　浙江嘉善人。名珏，字志成，一作自成。南社社友、南社纪念会会员。1911年2月13日由孙逸清介绍入南社，入社书编号122。1912年9月中旬参加在黄兴临时寓所举行的南社第一次北京雅集。曾参加辛亥革命。1913年当选众议院议员。后历任北洋政府国会参议院议员、驻日本横滨总领事、驻日本东京代理公使、国民政府外交部秘书兼驻沪办事处主任、驻日本神户总领事等职。1916年4月参加在上海徐园双清别墅举行的南社临时雅集。抗战时期担任华北临时政府满洲通商代表、华北临时政府政务委员会政务厅外务局长、汪伪政权外交部公使(驻部办公)等伪职。兄周芷畦，亦为南社社友。

周芷生(1888—?)　江苏淮安人。女。字沅芗，号兰客。南社社友。1911年5月8日由其兄周实介绍入社，入社书编号148。

周芷畦(1878—1933)　浙江嘉善人。名斌，字志颐，一字子怡，又字子畦，号芷畦，别署汾南渔侠、汾南渔隐。南社社友。1912年4月14日由陈去病、李云夔、顾彦祥介绍入社，入社书编号251。早年从事革命，辛亥年武昌起义时竖白旗以响应。1912年任浙江省议会议员，并在杭州民政司禁烟课任职。1913年4月和5月参加在畿辅先哲祠及城南崇效寺举行的南社第二、第三次北京雅集。1914年3月参加在上海愚园举行的南社第十次雅集。1922年7—8月间参加在上海福生路(今罗浮路)俭德储蓄会举行的临时雅集。善饮啖，为诗文下笔立就，不耐苦思。所居地陶庄别名曰柳溪，尝辑宋、元以来里人所为诗作，刊成《柳溪诗征》6卷，与所著《柳溪竹枝词》《燕游草》《燕游续草》《台宕游草》《探梅游草》等一并印行于世。弟周志成，亦为南社社友。

周伯严(1895—?)　广东开平人。名刚，字伯严。南社社友。1915年3月23日由胡寄尘介绍入社，入社书编号489。

周张帆(1894—?)　广东开平人。字破浪。南社社友。1914年9月17日由胡寄尘介绍入社,入社书编号456。

周坤雄(1896—?) 广东四会人。女。字新姒。南社社友。1917年9月26日由蔡哲夫介绍入社,入社书编号1038。民国初期曾就学于广州西关历荣新街学圃。

周松年(1897—?) 广东南海(今广州)人。字竹朋。南社社友、广东分社社员。1916年12月由蔡哲夫、蔡行严介绍入南社,入社书编号775。1917年3月参加南社在广州六榕寺举行的广东分社第一次雅集。

周尚宽(1881—?) 江苏金山(今属上海)人。字平泉。南社社友。1910年由陈陶遗介绍入社,入社书编号51。

周易论略 国学研究著作。陈柱著。1册。商务印书馆1929年初版,列入"万有文库"第一集。内容为作者对易学思想及易学义理的研究。除对《周易》名称、结构、文体、编纂过程的阐述考证外,结合严复《天演论》,从宇宙的起源阐释《易经》经义,揭示《易经》所蕴涵的科学原理。

周迪前(1901—1976) 江苏金山(今属上海)人。名大烈,字迪前,一字遏潜,号述庐,斋名通书阁、小书种堂、后来雨楼等。南社社友。1919年由姚光介绍入社,未填写入社书且未予编号。10岁能为文,未弱冠即由高燮介绍加入国学商兑会。加入南社后始有志于校雠目录之学,编撰有《书目考》《知见辑佚书目补》《南史艺文志》《清代校勘学书目》等。同时加入中华图书馆协会,并被推为金山亭林图书馆馆长。1937年抗日战争全面爆发后家乡沦陷,乃走避沪上,以佣书为生活。抗战胜利后不复归里,以抄校事维持生计。1950年妻兄姚光后人将姚氏"复庐"藏书5万余卷(10余万册)捐赠于上海市文物管理委员会。寓居上海期间,先后写有《南齐书校注》《四库附存简明目录》《清代词人征略》《谷水词征》等稿。1960年纂辑《云间陈子龙先生事状汇录》一书。1962—1965年为中华书局上海编辑所校订清代阮元《经籍纂诂》一书。2003年其子女将所留藏之古籍4 000余册捐赠于上海图书馆。另辑有《云间词征》《松江文钞诗钞》等。

周迪前

周迪斐(生卒年不详) 浙江象山人。名澄秋,字迪斐。南社纪念会会员。

周忠毅公残集、周忠毅公年谱 诗文集。周宗建撰,周麟书编。2卷,1册。吴江柳氏1920年抄本。《周忠毅公残集》1卷,周宗建撰、周麟书编。《周忠毅公年谱》1卷,周麟书编。后有柳弃疾撰后记。

周图瑞(生卒年不详) 广东顺德(今佛山市顺德区)人。字玉镌。南社湘集社友,画家。擅长白描山水。

周佩珍(1892—?) 江苏无锡人。女。字毓芬。南社社友陈光誉的夫人。南社社友。1915年5月25日由郑佩宜介绍入社,入社书编号528。1902年6月东渡日本,入日本实践女学校,后归国。1907年毕业于务本女塾中学。后由吴稚晖推荐在熊希龄创办的香山慈幼院任教员。亦曾在南社社友侯鸿鉴及其夫人侯夏素非创办的私立无锡竞志女学校担任乐歌教员。

周学仕(1877—?) 广东番禺(今广州)人,原籍浙江嘉善。字通甫。南社社友。1917年3月20日由蔡哲夫介绍入社,入社书编号842。民国初期曾任广东罗定县知事。撰有《广东省罗定县志》。

周宗泽(1881—?) 湖北襄阳人。字景瞻。南社社友。1913年12月由朱少屏、汪洋介绍入社,入社书编号393。1916年4月参加在上海徐园双清别墅举行的南社临时雅集,同年8月和9月参加在北京中央公园上林春及徐园举行的南社第六、第七次北京雅集。

周　实(1885—1911) 江苏山阳(今淮安)人。字实丹,号无尽,别署无劲、和劲、桂生、山阳酒徒等。南社社友、淮南社社友。1909年由高旭介绍入南社,入社书编号45。是辛亥革命烈士。与周伟(周实从兄)、张冰同称"淮上三杰"。1908年入南京两江师范学堂预科,翌年毕业后转入本科。1911年又创建淮南社,自撰《淮南社启》,并延请姚光作《淮南社序》。武昌起义爆发后,与同邑南社社友阮式、周伟等立刻回到淮安响应起义。同年11月14日在山阳县召开光复大会,宣布淮安光复,成立淮安地方军政府。11月17日被原山阳县知县姚荣泽勾结土豪劣绅发动反扑、密谋诱杀。著有《无尽庵遗集》《无尽庵札记》。柳亚子撰有《周烈士实丹传》。

周承德(1877—1935) 浙江海宁人。字佚生,一字翼舜。南社社友。1910年4月由陈去病介绍入社,入社书编号68。1893年中秀才,后补廪生。后赴日本留学，入成城学校预习，旋考入东京专门学校(1902年更名为早稻田大学)博物科。1900年前后毕业回国，受聘为杭州求是书院(后改名浙江高等学堂)教习。为光复会会员。后在杭州优级师范、浙江第一师范学校任教，教授博物以外，兼教数学、书法。1910年4月10日参加在杭州西湖唐庄举行的南社第二次雅集。为西泠印社创始人之一，一度担任社长。1912年前曾在浙西鹾务学堂任教。1915年5月参加在杭州西湖孤山西泠印社举行的南社临时雅集。工书法，平常勤学苦练，汉魏碑铭、唐宋法帖，均有所涉猎，自成一格。后以鬻字为生，手迹流传极广。能以书法写兰竹，涉笔成趣。亦能治印，有秦汉六朝风韵。早年又曾研读达尔文的进化论，成为浙江早期宣传进化论者。

周亮才(1887—?)　浙江嘉兴人。名亮，字天石。南社社友。1910年由陶赓照介绍入社，入社书编号82。民国初年为北京《民苏报》成员。1912年9月和1913年4月参加在北京黄兴临时寓所及畿辅先哲祠举行的南社第一、第二次北京雅集。曾任国民政府交通部秘书。1916年8月和9月参加在北京中央公园及徐园举行的南社第六、第七次北京雅集。曾任北京政府交通部航政司司长。1931年任上海市政府秘书。1932年11月任国民政府交通部参事，1947年8月免职。著有《天石诗钞》《鸣凤楼诗草》《阅江楼吟草》。

周亮夫(1885—?)　广东开平人。名明，字亮夫，又字量父，别署量富，号疾仇。南社社友、南社湘集社友。1914年9月24日由胡寄尘介绍入南社，入社书编号461。民国初期曾在广州公立监狱学校任教。著有《梦霞楼记》《忆霞忏语》等。

周　觉(1880—1933)　浙江吴兴(今湖州)人。原名延龄，字君鹤，亦字柏年，号讱庵，别署一觉百年。南社社友。1910年8月由社友介绍入社，未填写入社书，介绍编号17。早年曾留学日本，参加中国同盟会。旋受同盟会总部委派，任职于同盟会上海分会。清末寓居上海期间曾在望平街福州路口开店，专售印泥水晶图章等。辛亥革命时曾为陈其美刻印章，并协助陈其美参加攻打江南制造局的战斗。1911年11月4日上海光复后任同盟会上海分会评议员，兼常驻议员。未几又任《民权报》驻京记者。1913年二次革命失败后避走日本。1914年7月加入由国民党改组的中华革命党。后奉命返国，与于右任等利用《民权报》从事反袁活动，揭露袁世凯的窃国阴谋。此后随孙中山南下广东，任广州民国政府监察院监察委员、国民党中央常务委员会秘书长。1926年又参加北伐。30年代初与人合开万和酱菜厂，以经营扬州酱菜为特色。一生性喜文墨，工书法，能诗善书，每为吟咏，直抒性情。

周秦两汉尺牍·附蜀汉　尺牍。王文濡编。1册。上海文明书局、中华书局1927年初版，列入"历代名家尺牍丛书"。有历代名家尺牍例言。王文濡作历代名家尺牍周秦两汉尺牍序。有周秦两汉尺牍作者小传。含范蠡、东方朔和诸葛亮等69人尺牍83通。

周桂笙(1873—1936)　江苏南汇(今属上海市浦东新区)人。名树奎，字桂笙、桂生，号新盦、新庵，又作辛盦、辛庵，别署辛、新、新新子、知新子等。南社社友。1917年9月28日由朱宗良介绍入社，入社书编号965。早年入上海广方言馆，后肄业于上海中法学堂。曾任天津电报局领班，后到上海任职于英商怡泰轮船公司。曾两度游日本。最初为梁启超主办的《新小说》杂志撰稿，后到汪庆祺创办的《月月小说》任译述主笔。1900年发表译作童话《新庵谐译初编》。1906年秋发起成立译书交通公会，以《月月小说》为该公会机关报，自任翻译、编辑。1912年又佐李怀霜编辑《天铎报》。为中国早期翻译家，中国用白话进行翻译的第一人。擅长侦探小说、科幻小说。著有随笔《新庵五种》《新庵九种》《新庵译萃》，译有《海底沉珠》《红痣案》《毒蛇圈》等，还写有科幻小说《地心旅行》《飞往木星》等。

周烈士就义始末　南社掌故。周烈士，即周实，"淮上三杰"之一。武昌起义爆发后，周实在故乡淮安力申大义，配合辛亥革命收复淮安，与阮式一起被举为巡逻正副部长，登坛誓众。后被山阳县令姚荣泽杀害。为纪念周实的功绩，其从兄周伟撰写《周烈士就义始末》，昭告天下。

周积芹(1869—1933)　江苏吴江(今苏州市吴江区)人。字洛奇。南社社友、广东分社社员。由社友介绍入南社，未填写入社书，介绍编号69。弱冠之年应县试，中秀才。20世纪初赴日本留学，习法政。1906年结识在东京警监学校的陈其美，旋即加入中国同盟会。民国成立后出任嘉定县地方审判厅法官，继而在上海担任律师。1913年二次革命爆发时，参加讨袁。1916年5月返回家乡开办律师事务所，执律师业。1921年5月赴广州出任非常国会众议院议员。次年6月陈炯明叛变革命后，保护宋庆龄从广州突围脱险，避居上海。后出任黎元洪总统府顾问、政治讨论委员会委员等职。1925年任江苏省水上警察厅总参议、江苏省实业厅顾问。1926年任阜宁县知事。1927年后回归法律界，与同乡在上海南京路开设律师事务所。一度担任震泽江丰农工银行法律顾问。编有《绿庐诗稿》(未刊)。

周颂南(1888—?) 江苏淮安人。字一风、一峰。南社社友、淮南社社友。1917年10月3日由张冰、刘去非、王鼎介绍入南社，入社书编号982。

周　浩(生卒年不详) 安徽旌德人。字少衡。南社社友。由社友介绍入社，未填写入社书且未予编号。清末曾在哈尔滨办报，因事触忤当道遭通缉，到上海避祸。后受戴季陶之邀任《天铎报》编辑。1912年3月在上海与戴季陶等创办《民权报》，任主笔。1913年宋教仁案发生后，在《民权报》上撰文痛骂袁世凯，反对袁世凯独裁统治。二次革命失败后该报被迫停刊。后去北平创办《中报》。1928年在南京任江宁县县长，一年后辞职。

周祥骏(1870—1914) 江苏睢宁人。字仲穆，号更生，别署春梦生、风山。南社社友。1909年11月由高旭介绍入社，入社书编号36。辛亥革命烈士。1885年补为秀才，是清贡生。1892年在家设馆授徒，历任睢宁昭义书院(养正学堂)和上海宪政讲习所教习。后发起天足会，倡导男女平权，主张振兴女学。又与程元甲等组织朴学会。1909年11月13日南社第一次雅集(成立大会)在苏州虎丘张国维祠举行时，待其赶到苏州却因地址不明、寻访不遇而未及出席。1911年2月13日参加在上海愚园举行的南社第四次雅集。武昌起义后去镇江，在柏文蔚军第一镇任顾问，随军参谋军务。在光复徐州时，潜入徐州策反，不幸被张勋逮捕入狱，旋出狱。后入铜山县江苏省立徐州第七师范学校任教。1914年不幸再次为张勋所捕，同年5月16日被杀害于徐州武安门外。生平著述百万言，多数散佚，著有《更生斋类稿》《更生斋诗》《更生斋琐语》等。其长子周公权、媳魏电岩、女周道芬、幼子周道銮，均为南社社友。

周培焘(生卒年不详) 安徽合肥人。字亮孙。南社湘集社友。

周梦熊(生卒年不详) 江苏松江(今属上海)人。字佩姜。南社社友。由社友介绍入社，未填写入社书，介绍编号8。20世纪30年代初曾任上海《申报》副总主编。

周越然(1885—1962) 浙江吴兴(今湖州)人。名之彦，字越然，号复安，别署走火。南社社友，藏书家。1914年8月21日入社，入社书编号448。好藏书，室名"言言斋"。1914年到上海，任上海公学教员。翌年任国华书局编辑，并在商务印书馆编译所任职，编辑《英文周刊》及数十种英文教材、讲义。曾任上海商务印书馆函授学社副社长兼英文科科长。30年代常为《晶报》撰稿。喜购书，藏书极富，宋、元旧版，明、清精钞，中外秘籍均集藏。所藏《金瓶梅》版本，竟多至数十种。1932年一·二八淞沪抗战时曾被火烧毁古本书近两百箱，西书十几大橱。待人极谦恭，青年晚辈亦尊称之为"兄"。著有《生命与书籍》《书与观念》《文学片面观》等。近年出版其著作有《蠹鱼篇》《书与回忆》《言言斋古籍丛谈》等。

周越然书话 书话集。周越然著，陈子善编。1册。浙江人民出版社1999年第一版，"近人书话"系列之一。陈子善作叙略。含言言斋书话、版本与收藏、笈囊故事、说部丛语、事类之属和书里书外的著作家等辑，共录文82篇。

周铸青(1887—?) 江苏南汇(今属上海市浦东新区)人。女。南社社友。1911年8月3日由朱少屏介绍入社，入社书编号162。

周詠康(1888—?) 湖南长沙人。名咏，字詠康。南社社友。1912年9月17日由仇亮、朱少屏、徐大纯介绍入社，入社书编号309。民国初年供职于北京《民主报》。1912年9月中旬参加在黄兴临时寓所举行的南社第一次北京雅集，1917年4月参加在长沙半园举行的南社临时雅集。曾被捕入狱，有《狱中记事诗》记其事。

周道芬(1899—1923) 江苏睢宁人。女。字晋嫔。南社社友。1917年6月29日由其兄周公权介绍入社，入社书编号925。幼年在私塾从父(周祥骏)、兄学，文理俱佳。1914年其父就义后南社诸子非常关心烈士遗属的生活状况以及其父遗著的校订、整理工作，其在回信中曾告知其父牺牲前后情况及遗著整理情事。《南社丛刻》第十四集刊载周祥骏的《长江赋》即由其整理、抄寄。1918年与父亲在江苏省立徐州第七师范学校任教时的学生张仁序(字雁秋)结婚。

1923 年因病去世。

周道銮(1904—1986)　江苏睢宁人。字扬季。南社社友。1917 年 6 月 29 日由柳亚子介绍入社,入社书编号 926。幼时师从乡邑名儒吴逢之,后卒业于徐州中学堂。1914 年随长兄周公权避难淮阴。1937 年抗日战争全面爆发后参加革命,加入八路军陇海南进支队,任独立三中队队长。1939 年 3 月初加入中国共产党,曾担任萧县、铜山、睢宁、灵璧四县抗日总队参谋长。历任邳县、睢宁、铜山大队副大队长,自卫大队地下党支部书记,邳县、睢宁、铜山、灵璧四县食粮委员会主任,邳县、铜山、运西办事处警卫大队长,淮北七专署秘书等职。抗战胜利后主持筹建光华肥皂厂,任经理。1948 年后历任宿迁大华肥皂厂经理、建华化学企业公司经理、蚌埠建华肥皂厂厂长等职。中华人民共和国成立后曾任蚌埠市工商局副局长、蚌埠市轻工局副局长、蚌埠市政协常务委员等职。1986 年 11 月 29 日病殁。

周湘兰(1889—1922)　湖南湘阴人。女。南社社友。1912 年 5 月 9 日由郑佩宜介绍入社,入社书编号 270。叶楚伧原配夫人。早年入苏州苏苏女校学习。后转入女子师范,毕业于音乐体育科。毕业后,任周庄女校教务。1908 年与叶楚伧结婚。1913 年任职开明女学,后并入竞雄女学。1922 年因病去世。

周锡三(1886—?)　广东三水(今佛山市三水区)人。南社社友。1914 年 4 月 3 日由朱少屏介绍入社,入社书编号 404。1909 年曾襄助于右任办《民呼日报》,任撰述。后又任《民吁日报》撰述。民国初期任职于上海《大陆报》。1914 年 5 月参加在上海愚园云起楼举行的南社临时雅集。

周静庵(1892—1979)　湖南新化人。名方,字静庵。南社湘集社友。毕业于湖南高等师范学堂。1920 年回长沙任教。后从事平民教育,是湖南平民教育的发起人之一。1921 年与方克刚等提出《湖南平民教育倡议书》及《实施大纲》,先后创立平民补习学校、平民女子职业学校,继办女子工学社。1924 年倡议成立湖南平民教育促进会,任总干事。1931 年又在长沙市北郊枫树坪创建枫林农村实验学校,免费招收贫民子弟入学。1936 年 3 月参加在长沙定王台举行的南社湘集第十三次雅集。抗日战争全面爆发后该校迁至新化继续办学,并得到黄炎培、陶行知等人的支持。曾提出"劳动化、生产化、社会化"的"三化"教育方针,并为此进行了不懈的努力。中华人民共和国成立后受聘为湖南省文史研究馆馆员。后定居北京,1979 年病逝。

周静涵(1892—?)　江苏南汇(今属上海浦东新区)人。名均,字静涵。南社社友。1911 年 8 月 3 日由朱少屏介绍入社,入社书编号 163。1906 年毕业于上海南洋中学,与南社社友钱新之为同届校友。1928 年任上海中华职业教育社建筑委员会委员,参与筹划建造中华职业教育社新社所。1937 年前后曾供职于财政部盐务署。

周瘦鹃(1894—1968)　江苏吴县(今苏州)人,生于上海。原名祖福,后改名国贤,号瘦鹃,别署泣红、侠尘、兰庵等。南社社友、南社纪念会会员,作家、翻译家、园艺学家。1915 年 5 月 9 日由叶楚伧介绍入南社,入社书编号 508。早年肄业于上海民立中学,并留校任教。1915 年 5 月 9 日参加南社第十二次雅集活动。1916 年任中华书局编辑。后历任《申报》编辑、《新闻报》常任撰述,主编《申报·自由谈》副刊、《春秋》及主持《小申报》笔政,并任《礼拜六》《紫罗兰》《良友》等杂志主编。与赵苕狂合编《游戏世界》杂志。1917 年起翻译出版《欧美名家短篇小说丛刊》3 册、《世界名家短篇小说集》,是将俄国高尔基介绍给中国读者的第一人。1919 年担任《晶报》主要撰稿人。1921 年《礼拜六》周刊复刊后仍任主编。同年创办《半月》杂志。1922 年创办《紫罗花片》月刊。后曾编《乐观月刊》。1926 年接办《上海画报》,任主编。1936 年 10 月与鲁迅、郭沫若、茅盾、巴金、包天笑等联名发表《文艺界同人为团结御侮与言论自由宣言》,呼吁文艺界人士同仇敌忾、团结抗日。抗战期间寓居上海愚园。中年以后移居苏州,组建含英社,研究苏州盆景传统艺术,被誉为"盆景专家"。中华人民共和国成立后任全国政协委员、苏州市博物馆副馆长等职,并受聘为江苏省文史研究馆馆员。1968 年"文化大革命"期间含冤弃世。生平创作颇丰,著有《周瘦鹃短篇小说集》《行云集》《拈花集》等,编有《紫罗兰庵言情丛刊》,译有《福尔摩斯新探案全集》(与成舍我等合译)等。今人辑有《周瘦鹃文集》。

周瘦鹃

周豫才(1881—1936) 浙江会稽(今绍兴)人。原名樟寿,字豫山,后改名树人,字豫才,笔名鲁迅,后以笔名行世。南社社友、越社社友,文学家、思想家和革命家。由社友介绍入南社,未填写入社书且未予编号。1898年进南京江南水师学堂,次年入江南陆师学堂附设的矿务铁路学堂。1902年考取官费留学日本,先入东京弘文学院,毕业后进仙台医学专门学校习医。1906年4月从仙台回到东京,开始文学创作,并参加中国同盟会,1908年加入光复会。1909年8月归国后,先后在杭州两级师范学堂、绍兴府中学堂任教。辛亥革命后被聘为绍兴山会初级师范学堂监督。1911年参与组织南社的支社——越社。1912年在绍兴发起创办《越铎日报》,后又编辑出版《越社丛刊》。同年2月应教育总长蔡元培之邀到南京民国临时政府教育部任职,后任北京政府教育部部员、佥事等职,并在北京大学、北京女子师范大学执教。1918年5月首次以"鲁迅"笔名发表中国现代文学史上第一篇白话小说《狂人日记》。1919年五四运动前后参加《新青年》杂志编辑,是新文化运动领袖人物之一。1924年11月《语丝》创刊,任主编。1926年任厦门大学文科教授。1927年3月任广州中山大学文科主任兼教务主任,并在广州芳草街开办"北新书屋"。同年10月移居上海,先后主编《莽原》、《奔流》(与郁达夫创办)、《萌芽》、《文艺研究》、《十字街头》、《译文》等文艺期刊。并与柔石等组织朝花社,出版《朝花周刊》《朝花旬刊》。领导和支持《未名社》等文学团体。发起主持"木刻讲习会",编辑出版《艺苑朝花》《朝花小集》《版画丛刊》等美术刊物。1930年2月参加和领导中国自由运动大同盟,3月与创造社、太阳社、文学研究会及其他进步作家在上海成立中国左翼作家联盟,被选为执行委员。1932年底与宋庆龄、蔡元培、杨杏佛等发起成立中国民权保障同盟和参加反帝反战同盟等进步组织,任上海分会执行委员。在此期间写了大量杂文,分别收入《而已集》《三闲集》《二心集》等。1936年初曾提出"民族革命战争的大众文学"口号。是年10月19日在上海病逝。据许广平回忆:"鲁迅是参加南社的,只是因为观点不同,很少参加南社的活动而已。"出版有《鲁迅全集》。

周豫才(鲁迅)

周 翰(1882—?) 江苏吴江(今苏州市吴江区)人。字良翰。南社社友。1914年8月14日由郑之兰、华龙、柳亚子介绍入社,入社书编号446。民国初期在苏州沉坊师范学校任教。

周麟书(1888—1943) 江苏吴江(今苏州市吴江区)人。字嘉林,号迦陵,又号笏园。南社社友。1912年11月24日由沈昌直介绍入社,入社书编号328。早年毕业于苏州府中学堂。民国初年任吴江亮叔小学堂教员、校长,后又曾任过吴江的中学教员和校长。1924年秋江苏军阀齐燮元和浙江军阀卢永祥交战时,举家避居同里,协助陈去病编辑《松陵文集》。1938年受江苏省立苏州第一师范学校吴江乡村师范分校之聘,出任国文教员。家富藏书,为吴江文献保存会列出的十二位吴江大藏书家之一。生平诗歌作品较多,题材广泛,落笔皆成妙章。著有《笏园诗钞》《沧浪杂吟》《周迦陵诗稿》等。

鱼雷 侦探小说。亚塞里芙著,周瘦鹃译。中华书局印行。被收入《小说汇刊》第二十七种。此书为《蛇首》续编。全书共12章。写鱼雷模型被窃,克雷失踪。为夺取鱼雷模型,盗首戴尔玛伪装成侦探与善于巧妙化装的克雷斗智斗勇,展开了多次激烈的交锋。最后,戴尔玛的潜水艇被克雷发明的鱼雷击中。故事紧张而曲折,夹杂不少科技内容,同时也涉及克雷与爱兰的爱情,可视为科学奇情侦探小说。

变相之宰相 后称《假面具》。侦探小说。俄国贝尔斯著,贡少芹译。1920年初版,上海国华新记书局1936年3月第三版。化装之术唯西方侦探最神,本书叙述的革命党人也采用此术来实施暗杀。全书共10章,讲述俄国首相梭伦赴满洲与日本签署边界条约,归国途中失踪。不久,梭伦归朝,但人极瘦弱,且政见每与前相反,非常同情反对专制的虚无党。梭伦因刺杀尼古拉沙皇未遂被捕而自杀,遗书自白乃勃林司,他劫杀俄相后,化装成俄相往觐俄皇欲刺之。小说中并无侦探事宜,谓侦探小说其实不确,当为晚清民国间盛行的虚无党小说之一。

京华春梦录 纪实文学。陈莲痕著。1册。竞智图书馆出版,广益书局1925年3月发行。西禅题书名。此书主要描述清末民初北京教坊(八大胡同)内妓院行业的情状。书前有程瞻庐、顾明道、程小青等序言7篇和作者的自序,还有姚民哀、郑逸梅、范烟桥等为手书诗词10首，书后有作者跋语。本书详细叙述了教坊中妓院行业的兴起，妓院内的行话、行规、费用、陈设、果品饮食，妓女的服饰、发型、化妆用品，以及业内掌故、趣闻和逸事等。尤其是《丽品》一章为本书的重点，作者描写了苏佩秋、颜凤仙、青云、小凌波等70几位妓女的出身、容貌、身姿、风韵、性格或归宿等，对妓女的苦难身世寄予同情，对社会的黑暗进行揭露。《雅游》一章介绍了北京的白云观、天宁寺和雍和宫等名胜古迹。本书内容曾在《海上世界小报》中陆续刊登过，后单印成册。

庞成宇(1879—?) 广西容县人。字栋岩。南社社友。1918年3月20日由蔡哲夫介绍入社，入社书编号1043。

庞树松(1879—?) 江苏常熟人。字樗农，一字栋材，又字树坤，号独笑，别号病红，别署病红山人。南社社友。1914年入社，入社书编号451。1900年与黄人在苏州创办《独立报》，任经理。辛亥革命前后组织诗钟社。民国初期曾为无锡《明星报》社成员。著有《依雅》《吴梼杌》《灵薤阁诗话》等。其弟庞树柏，亦为南社社友。

庞树柏(1884—1916) 江苏常熟人。字芑庵，号檗子，别号龙禅，别署龙禅居士、绮盦、绮庵、剑门病侠。南社社友。1909年10月14日由陈去病介绍入社，1911年4月29日补填入社书，入社书编号145。是中国同盟会会员，也是参加南社第一次雅集暨成立大会的17位社友之一。15岁入江苏师范学堂，受业于该校监督罗振玉。毕业后历任江宁思益、苏州木渎、常熟等地两等学堂教习。1900年与黄人组织三千剑气文社，提倡民族气节。曾任《国粹学报》编辑。南社成立后被推为《南社丛刻》第一届词选编辑员。1911年武昌起义时正在上海圣约翰大学任教，与宋教仁、徐天复等参与策划上海光复事宜，并策动常熟响应。1913年二次革命时后移家沪上，任教于圣约翰大学文学系，兼任澄衷中学、爱国女校、竞雄女校等校教职。1914年5月和1916年4月参加在上海愚园云起楼及徐园双清别墅举行的南社临时雅集。1916年病逝于上海。诗文秀丽，工小楷，喜填词。曾与诸多南社社友如叶楚伧、姚鹓雏等组织春音词社。诗亦负盛名，又善戏曲。著有《三原诗词集》《庞檗子遗集》等，杂剧《碧血碑》《花月痕传奇》等。其兄树松，亦为南社社友。

庞树柏

庞禄康(1877—?) 江苏吴江(今苏州市吴江区)人。字竹生。南社社友。1917年6月24日由钱祖宪介绍入社，入社书编号920。民国初期曾在黎里第一国民学校任校长。

庞檗子遗集 诗文集。庞树柏撰。2卷，1册。1917年铅印本。王西神题签。有《庞檗子遗像》。高吹万作《吊庞檗子即题其诗词遗集》；萧蜕作《庞檗子传》；柳弃疾等分别作叙；题词者有朱孝臧、邵瑞彭、吴清庠、陈世宜、徐珂、吴梅、周庆云、白曾然、俞锷、叶玉森、王蕴章；《玉琤瑽馆词稿》1卷，朱强村署端，录词47首；《龙禅室诗》1卷，萧蜕署端，录诗65首。王蓴农作跋。

夜雨 诗篇名。五律。饶真作。刊于1915年5月《南社丛刻》第十四集。本篇抨击没有公理，由枪杆子定是非的世道，揭露与讽刺袁世凯倒行逆施，凭武力篡夺政权，阴谋称帝，神州大地一片黑暗，国家局势混乱危险。诗作抒发忧国忧民情怀。颔联上句“英雄三尺剑”用宋胡仲弓《延平舟中》成句，下联下句“天地一戎衣”用宋韩彦质《高宗皇帝挽词》成句，工稳天成。颈联“日落中原暗，云寒北极微”，以景语比喻国家危急局面，不但意象鲜明，而且准确贴切。音节响亮，诗风慷慨、激昂。

底奇峰刻印 南社掌故。底奇峰，人名，专长刻印章。辛亥革命爆发后，沪上陈英士起兵响应。底奇峰秘密接受镌刻文告大印的任务，为起义立了大功。后追随陈英士。南京临时大总统府设立印铸局后，底奇峰得陈英士之保荐，出任局长。

“废孔用墨”之争 南社论争。1912年9月间南社周祥骏、姚鹓雏、高旭之间围绕废除孔学、采用墨家学说展开的论争。当月，周祥骏发表与高旭书，主张参稽世界学说，研究孔学真面目。高旭发表《答周仲穆书》，不同意周祥骏提倡孔学的主张，建议“废孔用墨”，认为尊孔的结果必将危及共和政体。与此同时，姚鹓雏发表与高旭书，反对废孔用墨，认为《兼爱》《非攻》等破碎不全，不能成为“举国之学鹄”。他在《与高剑公论孔学书》中认为墨子的兼爱学说“至今已成卑论”，“墨学中绝，其咎固不专在墨子，若其无伟大之学家光昌之学说，仅抱其《兼爱》《非攻》破碎不全之陈言，以为举国之学鹄，不令觇国者笑吾拙耶！”针对姚鹓雏贬低墨子与墨学的观点，高旭在《与姚鹓雏论孔学书》中推崇墨子为“中国之圣人”“胜孔子万倍”，墨子在提倡实利主义时，主张薄葬说、节用说、非乐说，“以此救贫弱之国”。“子墨子生君权未衰之时，其裁抑君权，已不啻民主主义开祖矣。”而孔子“拘于家族、贵族制度，专以尚贤、尚尊、尚亲为务，虽有爱众嘉善之说，已非本根，仅属枝叶”。孔子“但知为现在说法，但知为专制说法，而子墨子能为未来说法，为共和说法”。墨子之学“以实利为前提，以平等为结论，其学传诸后代，亘战国、秦、楚、两汉、三国而未灭，不专议论，要在实行”。高旭还提出，“墨子的坚白异同之辨，实开中国论理学之先河”，《墨子》《经上》《经下》又开了格致学的先河，其学说圆满，没有人能超过，胜过孔子万倍。不久，姚鹓雏发表《答高剑公论孔学第二书》，认为“旧学商量，贵存其实，与新学所偶合者，不妨引以参列，与新学所终异者，亦不必强为沟通”。因此主张学术上“兼收并蓄，惟其是而已，初不必有孔、墨之见存，而后昌明光大，有所折中”。认为孔子的儒家学说与墨子的学说，都不是完美无缺的，各有瑕疵。因此主张“要之为未来学术计，唯有以石破天惊，自造新理，方足与世界潮流相支柱；对旧学，只有舍短取长，而并无门户党派之可言”。通过这场论争，姚鹓雏的这些观点，无论对孔孟儒学，还是对墨子学说，都有了比较客观公允的认识，因此这场论争至此告一段落。

废婚论 南社掌故。林庚白幼失怙恃，始由叔父抚育，继由姐姐悉心照顾。后来姐嫁给同邑许氏，因此将小姑嫁给当时仅18岁的庚白，但二人性格不合思想迥异，后离婚。林庚白因此次失败的婚姻，思想上深受刺激，曾一度提倡废除婚姻制度。同时林北丽也有此主张，不意两人相遇，却又情投意合，二人于1937年结为夫妇。林北丽者，南社林寒碧、徐小淑之女，从小濡染家学，“秀外慧中，使气矜才”。林北丽于婚后曾赋一古风纪其事：“昔日曾同废婚论，于今循俗竟背之。”

刻骨相思记 白话章回言情小说。徐枕亚著。2册。上海大众书局1929年初版。上海清华书局1927年再版。有作者胞兄徐天啸评语。全书28回，叙扬州才子江笑山精于篆刻，因厌恶科举，被父赶出，浪迹天涯。父母早逝的才女颜三姑与江笑山邂逅，一见钟情。因恶人作梗，婚姻不遂。笑山父因时人赞誉笑山的刻字巧夺天工也生悔意，把笑山召回家中。笑山的刻品传到京城，翁宰相见后赞赏不已。在京中做官的三姑干爹趁机上禀他俩的婚事，有情人终成眷属。

郑之兰（1886—1922） 江苏吴江（今苏州市吴江区）人。又名传，字伯凤，号詠春。南社社友。1911年3月1日由柳亚子介绍入社，入社书编号130。幼时与弟郑之蕃肄业于父亲开设的郑氏小学（后改名盛湖公学），后二人同赴上海就读于震旦学堂，旋转学于复旦公学。1908年毕业后到苏州任教，先后在苏州江苏高等学堂、江苏铁路学堂、江苏省立工业专科学校任英文教员。自幼饱读诗书，国学修养颇具根基，且酷嗜围棋。为人乐于交友，且待人心诚坦白。1922年9月因病去世。其弟郑之蕃、郑竞存、妹郑佩宜，亦为南社社友。妹郑佩亚为南社纪念会会员。

郑之章（1867—1955） 浙江桐乡人。字折三，号郑乡。南社社友。1914年11月30日由谭天介绍入社，入社书编号481。1953年受聘为浙江省文史研究馆馆员。

郑之蕃（1887—1963） 江苏吴江（今苏州市吴江区）人。名一作之藩，又名鹓序，字仲鹓，号桐荪、赓螽，别号仲蕃、焦桐、无竞庵主人。南社社友、新南社社员，教育家、数学家。1910年由柳亚子介绍入南社，入社书编号65。幼时肄业于父亲开设的郑氏小学（后改名盛湖公学），后赴上海就读于震旦学堂，又转学于复旦公学。1907年考取公费留学美国，入纽约康奈尔大学习数理，获数学学士学位。1910年又进耶鲁大学研究院深造。1911年回国后历任福建马尾海军学校、上海南洋公学、安庆安徽高等学校、北京农业专门学校等校教员。1912年秋在安庆时与苏曼殊、沈燕谋为同事，曾合编《汉英词典》《英汉词典》。1920年后任清华大学教授，为该校算学系创办人之一，并任系主任和学校教务长。抗战时期赴长沙临时大学、昆明西南联大任教。1940年因病返沪后入震旦女子文理学院任教。抗战胜利后清华大学在北京复校，其乃返校任原职。1949年4月16日参加在北京中山公园来今雨轩举

郑之蕃

行的南社、新南社最后一次联合临时雅集。1952年自清华大学退休。著有《墨经中的数理思想》《四元开方释要》等。又擅治文史诗词，创作甚富。有《禹贡地理新释》《吴梅村诗笺释》《宋词简评》等。其兄郑之兰、弟郑竞存、妹郑佩宜亦为南社社友，妹郑佩亚为南社纪念会会员。

郑天健（生卒年不详） 广东香山（今中山）人。号水心楼主。南社湘集社友。善诗，20世纪20年代常与同乡郑守一吟诗唱和。后为张惠长（曾任广东航空学校校长、广东航空处处长、南京航空署署长）随从秘书，1932年5月奉张惠长之命与刘植炎一道由香港赴福州与蔡廷锴商议组建福建空军飞机队事宜，经蔡同意后组建成十九路军航空队（同年冬改名为福建人民政府航空大队）。翌年冬福建人民政府遭蒋介石海、陆、空军三军围攻，1934年1月福建政府失败后，航空队亦随即解散。1949年曾继张惠长之后出任中山县县长。

郑中炯（生卒年不详） 福建闽侯人。字华中。南社社友。1917年9月由吴修源介绍入社，入社书编号976。民国初期曾供职于长春吉长路局。

郑冬心（1881—1938） 安徽英山人。南社社友。由社友介绍入社，未填写入社书，介绍编号36。与入社书编号326的郑衡之为同一人。详“郑衡之”。

郑成功传 传记文学。陈匪石（世宜）著。东京并木活版所光绪甲辰年（1904年）十一月印刷，清国留学生会馆发行。全书10节，附有郑成功世系表和郑成功年谱。叙其父郑芝龙原为海盗部下，后投靠明朝福建巡抚。清军入关后郑芝龙拥立康王。康王见郑成功忠心，赐姓朱，改名成功。后其父芝龙要降清，郑成功哭谏无果。在父降清、母受清兵之辱自杀、康王被俘身亡后，郑成功在泉州举兵起义，攻下泉州、厦门、漳州等福建东南沿海城市后，名声大振。清廷命郑芝龙写书招降，被郑成功坚拒。并挥师北上，克瓜州，攻镇江。在攻南京时中计失败，退回厦门大败清军。其父被清廷以“通海”罪遭诛杀后，郑成功率兵攻打台湾，并于康熙元年二月光复台湾。同年五月郑成功卒，时年三十九岁。是书史料翔实，脉络清晰。作者为郑成功立传，称之为“中国之英雄”，要人学习其不降清之不屈精神，是清末反清志士，为推翻清政府而制造舆论。

郑师许（1897—1952） 广东东莞人。原名沛霖。南社纪念会会员。早年毕业于南京金陵大学，后历任国立交通大学、上海暨南大学、大夏大学、广东中山大学、无锡国学专修学校等校教授，凡20余年。曾任上海博物馆筹备委员兼艺术考古部主任、寿县史迹考查团秘书、《广东年鉴》编撰委员会总编撰、教育部史地教育委员会委员、中华学艺社《复兴丛书》编撰委员会委员、广东文献委员会委员兼整理组组长、东莞明伦堂教育委员会委员、广州市参议会议员、《西沙群岛志》编撰委员会总编撰、广东文化教育协会常务理事等职。旅沪十年间曾参与创办建设大学。抗战胜利后回广东，在中山大学历史系任教，并筹办东莞旅省中学。1952年在广州病逝。时以写作为乐事，已成书稿近百种。主要著述有《中国文化史》《中国金石学概论》《古文字学通论》等。

郑仲敬（1878—1939） 福建闽侯人。名权，字仲敬，一字仲劲。南社社友。1912年10月27日由沈砺、吕志伊介绍入社，入社书编号357。1901年考入南京江南水师学堂，次年与黄展云等创建益闻社。1903年在上海参与成立旅沪福建学生会，又在江南水师学堂发起成立阅书报社，参加拒俄运动，遭校方查办而辍学，返回福州到侯官两等小学堂任教。1905年加入中国同盟会。1909年因参与筹划广州新军起义而遭清廷通缉，避往上海。1911年6月任上海中国国民总会编辑，同年11月镇江光复时任军政府军政司干事。民国初年到上海任《民国新闻》记者、编辑，与南社社友邵元冲为同事，并兼任中国公学教员。1917年7月赴广州追随孙中山，任护法国会众议院秘书、广州护法军政府海陆军大元帅府参议等职。1926年随国民革命军入闽，任福建平潭县知事。1930年调任国民党党史史料编纂委员会编纂。1939年5月病逝。

郑守馨（生卒年不详） 福建闽侯人。字季明。南社社友。由社友介绍入社，未填写入社书，介绍编号37。是中国同盟会会员。1907年4月创立福州桥南公益社，实为同盟会支部机关总部，任社长。1912年1月福建同盟会支部派其赴永泰县任民国成立后的首位县知事。1927年任福州总商会会长。1928—1931年任福州总商会商立小学校长。1931年学校脱离商会改名为私立福商小学并组建学校董事会，任董事长。后续任福州桥南公益社副会长、会长。

郑叔容（1882—1920） 湖南长沙人。名泽，字叔容,一字叔瀛,号萝庵、萝厂。南社社友。1911年5月14日由傅熊湘介绍入社,入社书编号151。早年任长沙明德学堂教员。1912年9月参加在长沙烈士祠举行的南社临时雅集,1916年6月参加在长沙寿星街琴庄举行的临时雅集,同年9月又参加在长沙枣园举行的临时雅集。攻文选学,尤长五言。1920年卒。著有《郑叔容诗文词集》《萝庵遗稿》《萝厂词》等。

郑国准(1892—?) 江苏武进(今常州)人。字仄尘。南社社友。1914年由姜可生介绍入社,入社书编号466。1914年8月和1916年8月参加在上海徐园双清别墅及愚园倚翠轩举行的南社临时雅集。

郑咏梅(1895—?) 浙江平湖人。女。字鬟华。南社社友。1916年6月10日由柳亚子、郑佩宜介绍入社,入社书编号623。其丈夫张云林,亦为南社社友。

郑佩亚(生卒年不详) 江苏吴江(今苏州市吴江区)人。女。名光颖,字佩亚。南社纪念会会员。30年代初任尚文小学教员。后曾任中学教师、校长。一生从事教育,未嫁。其长兄郑之兰、次兄郑之蕃、弟郑竞存亦为南社社友,姐郑佩宜为南社社友、新南社社员、南社纪念会会员。

郑佩宜(1888—1962) 江苏吴江(今苏州市吴江区)人。女。名瑛,字子佩,号佩宜,别署红梨湖上女郎。南社社友、新南社社员、南社纪念会会员。1909年由丈夫柳亚子介绍入南社,入社书编号5。1906年10月与柳亚子结婚。婚后跟随丈夫赴上海、杭州,到广州、南京,参加南社雅集。1949年4月16日参加在北京中山公园来今雨轩举行的南社、新南社最后一次联合临时雅集。1950年9月起定居北京。1958年柳亚子去世后整理丈夫遗物,分别将数千件珍贵文物捐赠给中国历史博物馆和苏州市文物管理委员会。1962年末病逝于北京。编有《太原闺秀比玉集》。其长兄郑之兰、次兄郑之蕃、弟郑竞存亦为南社社友,幼妹郑佩亚为南社纪念会会员。

郑佩宜

郑佩秋(1882—?) 福建闽侯人。女。名凤仪。南社社友。1916年12月1日由孙仲瑛、蔡哲夫介绍入社,入社书编号743。

郑宝善(1885—1941) 山西屯留人。字楚珍,一字楚箴。南社社友,冶金学家。1912年3月12日由陈家鼎、景耀月、朱少屏介绍入社,入社书编号226。是山西省早期的中国同盟会会员。少时就读于路村私塾,17岁考中秀才。1906年在山西大学堂毕业。次年考取官费留学英国,入谢菲尔德大学专攻采矿冶金专业。1912年归国,先供职于统一共和党事务所,后任北洋政府农商部佥事、矿政司技士和技正及北平(今北京)市河道管理处副处长、南京国民政府蒙藏委员会编译室主任、北京工业试验所所长等职。著有《铁世界》一书。

郑织云(1887—?) 江苏青浦(今属上海)人。名文。南社社友。1916年6月4日由杨锡章介绍入社,入社书编号617。

郑宪武(1880—?) 广东香山(今中山)人。字叔子,号叔允,别号粟园。南社社友。1918年2月22日由刘超武介绍入社,入社书编号1022。民国初期曾任职于上海沪北医院,后又在广州西堤王绍薪律师事务所供职。

郑竞存(生卒年不详) 江苏吴江(今苏州市吴江区)人。名永,字竞存。南社社友,体育家。由社友介绍入社,未填写入社书且未予编号。其兄郑佩亚,为南社纪念会会员。

郑家祚(1899—?) 江苏江宁(今南京)人。字肖厓。南社社友、新南社社员、南社纪念会会员。1923年1月22日由胡朴安、胡寄尘、胡惠生介绍入南社,入社书编号1105。

郑雪耘(1890—1969) 广东潮安(今潮州)人。名翼,字雪耘。南社湘集社友。曾长期在上海经商。擅书画文章,精谜语,工诗词,其家藏书甚丰,毕生勤于著述,有"岭南才子"之称。后客居上海,与上海文人如高燮、郑逸梅、易大厂等交往甚密,唱和诗词,切磋诗章。又为上海文虎社成员,常与吴莲洲、薛梦梅等社友搜奇索隐,悉心制谜,且谜作富有诗意。于考古学、潮州方言等亦颇有研究。

郑逸梅(1895—1992) 江苏吴县(今苏州)人,生于上海。原名鞠愿宗,学名际云,字际玉,号逸梅,笔名冷香,别署纸帐铜瓶室主。南社社友、南社纪念会会员,著名作家、文史掌故家,人称"补白大王"。由社友介绍入南社,未填写入社书且未予编号。1913年肄业于苏州草桥学舍(即江苏省立第二中学),读书时即向《民权报》投稿,后又为《生活日报》《小说丛报》《小说新报》等报刊撰稿。1920 年起先后担任《申报》《新闻报》《时报》等副刊的特约撰述。先后主编过《游戏新报》《消闲月刊》《秋声》《联益之友》《金刚钻报》《明星日报》《学生生活》《永安月刊》等报刊，并主编有《小说集》《罗星集》《小说家之言》《云外朱楼集》等。1927 年任上海影戏公司编剧。1933 年任中孚书局编辑，并兼任新华影业公司宣传主任。后转至中央书店，标点晚明秘籍，主编"国学珍本丛书"。历任上海诚明文学院、新中国法商学院、志心学院等校文学教授，又兼任国华中学校长，徐汇中学、务本女子中学、大夏大学附中、大同大学附中等校教员。中华人民共和国成立后任晋元中学副校长。1980 年 11 月受聘为上海文史研究馆馆员。一生著书、教书、藏书，著述宏富。代表作品有《南社丛谈》《艺坛百影》《艺林拾趣》等。1990 年出版有《郑逸梅选集》。

郑逸梅

郑逸梅选集·第一卷 个人作品选集。郑逸梅著。1 册。黑龙江人民出版社 1991 年初版。顾廷龙题签。陈从周作序。郑逸梅作引言。含《南社丛谈》《书报话旧》等。

郑逸梅选集·第二卷 个人作品选集。郑逸梅著。1 册。黑龙江人民出版社 1991 年初版。含《清末民初文坛轶事》《清娱漫笔》《文坛花絮》《艺坛百影》等。

郑逸梅选集·第三卷 个人作品选集。郑逸梅著。1 册。黑龙江人民出版社 1991 年初版。含《艺林散叶》《艺林散叶续编》《拈花微笑录》《花雨缤纷录》等。附郑逸梅自订年表、我所熟悉的郑逸梅和郑逸梅著作一览表。

郑逸梅选集·第五卷 个人作品选集。郑逸梅著。1 册。黑龙江人民出版社 2001 年初版。含《掌故小札》《淞云闲话》《三国闲话》《逸梅文稿》《花果小品》《尺牍丛话》《叹凤伤麟录》《唐诗三百首考证》等。

郑逸梅选集·第六卷 个人作品选集。郑逸梅著。1 册。黑龙江人民出版社 2001 年初版。含《名人掌故》《艺苑琐闻》《民国旧派文艺期刊丛话》《艺人轶事》《天花乱坠录》等。附郑逸梅自订年表和编后记。

郑逸梅选集·第四卷 个人作品选集。郑逸梅著。1 册。黑龙江人民出版社 2001 年初版。含《人物品藻录》《小阳秋》《逸梅随笔》《味灯漫笔》《近代野乘》《人物》《集藏》《集藏散稿》等。

郑逸梅笔下的书画名家 名家传记集。郑逸梅著，朱孔芬编。1 册。上海书画出版社 2002 年初版。陈子善作序。分别介绍了沈石友、吴昌硕、程瑶笙、吴杏芬、黄宾虹、苏局仙、赵子云、赵叔孺、萧蜕庵、高野侯、李叔同、江翊云、沈尹默、冯超然、吕凤子、汤临泽、贺天健、陈季鸣、朱屺瞻、颜文樑、汪亚尘、吴湖帆、刘海粟、赵眠云、陶冷月、潘天寿、林散之、邓粪翁、邓国治、丰子恺、王遽常、朱复戡、张大千、陈巨来、胡亚光、谢闲鸥、陈师曾、石伽、白蕉、钱君匋和张辛稼等人。有后记。

郑衡之(1881—1938) 安徽英山人。字树滋，号玉斋，别号冬心、蜕奴。南社社友。1912 年 10 月 21 日由徐大纯、仇亮、朱少屏介绍入社，入社书编号 326。早年应县试赴安庆数敷书院(后改为安徽大学堂)就读，是清贡生。后官费东渡日本入明治大学法学专科学习，并正科毕业获明治学士衔。在日本期间加入中国同盟会。1910 年回国后历任安徽高等警务学校、山东法律学校教员、皖北法政学校校长。1911 年赴北京、天津与人合办天津《国风日报》。后接办北京《中央新闻》，旋任《国光新闻》《国光日报》《民主报》《亚东新闻》等报记者。民国初年被选为安徽省众议会议员，同年任南京临时政府临时参议院议员。1922 年随孙中山北伐，驻韶关任北伐大本营宣传处编辑主任。曾任云南都督蔡锷幕僚、孙中山非常大总统府秘书等职。1938 年 4 月家中不幸遭当地土匪抢劫遇害身亡。著有《石城诗集》行世。

单聿荇(1899—?) 湖南慈利人。字汉采。南社社友。1917 年 5 月 20 日由吴恭亨介绍入社，入社书编号 900。

炎黄种族皆兄弟，华夏兴亡在匹夫 南社掌故。1895 年甲午海战，丧师辱国，陈去病愤慨之余，在吴江同里与金松岑组织雪耻雪会，寓革命爱种族为国报仇之意。又自榜一联"炎黄种族皆兄弟，华夏兴亡在匹夫"，颇具号召之力。

法华经普门品华英合璧(中英对照) 佛学工具书。吕碧城编辑。上海佛学书局 1933 年印刷发行。此书的封底署《妙法莲花经普门品》华英合璧(中英对照)。妙法莲华经(法华经)为佛教的重要经典之一，被称为"经中之王"。全经共分 28 品，《普门品》为其一。吕碧城所编辑的法华经普门品华英合璧本，英文部分选用了她所认为的“直译自梵文、比较可据”的英人克尔恩的英译本，而汉文部分则来自鸠摩罗什大师所译之通行本。对中文、英文译本中的文句的不同之处，在书后的“普门品中英译文之比较”一文中有详细说明。该书在中国编印中英对照佛经、弘扬佛法方面作了可贵的探索。

法学门径书 法学译著。日本玉川次致著，李叔同(署名李广平)译。清光绪二十九年(1903年)三月上海开明书店发行。内容主要包括“养成法律全体之概念”“国民有知法律之义务”“研究法律当依实际研究法”“法律学研究法”“法学之智识与普通之智识”“学法律学有必要之学科”6个方面。该著篇幅极为短小，语言浅白，是清末名副其实的法学启蒙读物，也是中国较早以中文刊行的现代法学著作。

法政丛志 法学研究。叶玉森编。1卷，1册。广东法政学堂清光绪三十三年(1907年)铅印本。夏同龢作《法政丛志序言》。有叶玉森的《领土租借与取得》《论国际法上之追放权》《最惠国条款与传教约款》，以及翻译的意大利讲义《国际责任论》。

泪珠缘 白话章回言情小说。天虚我生(陈蝶仙)著。平装6册。浙江杭州《大观报》曾于光绪二十六年(1900年)刊载。中华图书馆1916年初版。卷首有何春旭弁言，何春楙、赵祖章、陈蝶仙、米素仙题诗。卷末附跋及金振铎、汪大可等评论。《泪珠缘》总计96回，叙写越国公秦府日趋衰败的没落贵族生活以及千金小姐秦宝珠等人的情爱生活。作者自题“旁人道似《红楼梦》，我本《红楼梦》里人”，这道出该作品为民国时期模仿《红楼梦》的言情作品，作者笔下的人物、情节、场景、写作技巧、语言风格等均类于《红楼梦》。从艺术成就上分析，《泪珠缘》较之《红楼梦》差距甚远，但它代表了晚清、民国时期言情小说由模仿《红楼梦》走向自创言情悲剧的趋向，文笔优美。

泣路记 章回侠义小说。许指严著。小说丛报社1915年11月初版。卷首有作者序。全书共20回，描写明崇祯皇帝第三子定王的亡命生涯。明末，闯王李自成攻下京城，崇祯皇帝自缢而死，皇亲国戚作鸟兽散。闯王为斩草除根到处搜寻诸皇子，终捕获太子及永王，三太子定王则逃逸。闯王命部下搜捕，而定王为太监王德所携避于民间。一日，定王为闯王先锋杜将军所捕，交与闯王，后又逃出。又遇闯王部下毛将军，得庇护。吴三桂引清兵攻入北京，王德自杀。毛将军携定王避于故乡也被清兵追赶后自刭。定王为乡中一老儒救往他乡，途中老儒病亡，他又被王绅收留。后王绅病故，定王乃自鬻于一富贵之家。几番辗转，颠沛流离，他尝遍兵荒马乱之苦，叹曰阅尽繁华一场春梦，遂入钱塘天竺寺。后又遇一娴静美女，为上门女婿。清朝则一直不废抓捕，终将三太子定王捕获押入大牢。定王由此而有为何生于帝王末路之时的苦痛之叹。最后作者结语为：明朝文字狱兴，人人自危，数百年后，清朝人步其法还治其人之子孙，此为物极必反也。书中有些错误，如有时将定王误为永王，有时又将永王误为定王。

波罗奢馆 南社掌故。胡寄尘居上海26年，几乎每年迁新居，凡26次。他曾迁居西门大吉路永兴里47号，其居室不大，然布置井然，瓶花盎茗，棐几纹帘，颇饶雅致，榜曰“百瓶花斋”。胡寄尘认为：“衣服不必讲究，讲究了仅仅给人看，居室不能太随便，这是自己的享受，非常实惠的。”但到30年代中后期，日本侵华及国内迫害进步人士之形势日渐紧迫，他陡生孤寂之感。他于某年秋日曾吟成一诗：“小楼寂寞似荒庵，养病闲居亦所甘。听罢西窗连夜雨，起看黄叶满江南。”情绪上的这种冷落孤寂，使他怀念起老友李叔同来，虽未像李叔同那样遁入空门，他将“百瓶花斋”改为“波罗奢馆”，以大乘佛教中的“禅定”别称来反省自己。

治家酬世全书 生活指南。陈蝶仙著。上海崇文书局小说丛报社1919年发行。甲编为治家宝笈，下有家庭教育、婚礼大全等共计13章；乙编为酬世金针，集有应酬文字、寿诗举例等共计15章。此书堪称生活万宝全书，日常生活所需知识均可从中查询，譬如卫生要旨一章既有各种药物说明，也有各类疾病治疗方法，普通尺牍一章列出了我们所能想到的各种场合所用信函。可作为记录民国时期社会风俗史的典籍研究。

学生的新生活 教育著作。潘公展著。1册。南京正中书局1935年初版。列入“新生活丛书”。含绪言、过去中国之一般学生界、新生活运动之内容、新生活运动之意义、新生活运动中的小学教师与小学生、新生活运动中的中学教师与中学生、大学生的新生活和新生活运动的中心力量等篇。

学礼录 国学研究。戴传贤撰。3卷，1册。正中书局 1945 年铅印本。戴传贤题签，戴传贤作自序。卷一为《礼制通议前编初稿》，卷二为《读礼札记》，卷三为书牍。

学校卫生讲义　学校卫生著作。俞庆恩著。1 册。上海江苏省教育会 1915 年初版。有图与表格。俞庆恩作凡例、序。黄炎培另作序。含弁言、教室、课桌课椅、教室内之卫生、学校之建筑、换气与采温、传染病之感染、体育之障碍、低能儿之研究、清洁之注意、学校医之职务、公众卫生与学校卫生等篇。附录日本文部省令学校传染病预防及消毒法和濑川昌耆氏学校儿童卫生。

学儒味淡合逃禅　南社掌故。1922 年胡兆焕(字梦珠)应黄炎培之邀，赴上海任浦东中学学监。后曾参加五卅运动，又创办嘉善县立中学。但他除了一生从事教育之外，另外一生吃素，并注意收集佛教经典，潜心研究。曾创设佛教研究会于西塘镇雁塔寺。先后从谛闲、印光法师学习显宗净土，又从班禅、诺那二师探究密宗。他的《述怀》诗曰："制锦才疏渐服政，学儒味淡合逃禅。"体现了他人生观的转折。

宝剑篇　诗篇名。五言排律。胡怀琛作。本篇托剑喻志，咏剑寄怀。开头四句连用《晋书·张华传》和太平天国石达开《白龙洞题壁》两个典故，表达了"剑气如虹"之意。其次六句借谓宝剑无用武之地，干脆改变其性能，或化铁砚，或化金钏，以适应世俗，由此抒发怀才不遇的感慨。再次四句以剑拟人，表达天性难改、恩怨不忘的人生态度。最后以宝剑自言报恩复仇之事毕，就可化龙飞去，展示诗人功成身退的人生态度。借物喻人，托物言志，形象生动，自然贴切。

宗仰上人集　亦名《黄宗仰集》。诗文集。黄宗仰著，沈潜、唐文权编。1 册。华中师范大学出版社 2000 年初版。列入"辛亥人物文集丛书"。有黄宗仰像、孙中山与黄宗仰书信墨迹。顾廷龙题签。章开沅、卞孝萱和沈潜分别作序。含文录 40 篇、诗录 79 题。附盛成、杜负翁、冯自由、章太炎、蔡元培、刘永昌、孙中山、曾朴、沈汝瑾和梁启超等人的寄怀文章，沈潜作《宗仰上人年谱简编》。

宜兴潘履武先生家传　家传。吴庠撰，沈尹默书。1 册。民国年间影印本。吴湖帆署端。吴庠撰、沈尹默书《潘履武先生家传》。

空谷兰　言情小说。包天笑译编。上海育新书局 1926 年出版。该小说描写了兰生伯爵与平民之女纫珠夫妇之间发生的曲折离奇、悲欢离合的故事。全书以纫珠的命运为主线，展开纫珠、兰生和兰生的表妹柔云三者间的爱情关系，最终以"大团圆"为理想结局，宣扬"善有善报，恶有恶报"的观念。小说中兰生伯爵抛弃"门当户对"的传统观念，追求婚姻自主，以及纫珠的柔顺善良、善待家中仆人等，在一定程度上表现出反封建的民主意识。该小说曾被作者改编为电影剧本，先后于 20 世纪 20 年代及 30 年代在香港拍摄成无声影片、有声影片。

实用一家经济法　理财著作。邵飘萍编，王蕴章校。1 册。上海商务印书馆 1917 年初版，列入"妇女丛书"。邵飘萍作编例。含家事经济之根本、贮蓄及保险之必要、主妇与一家经济、家族将来之幸福策、家庭之良否、生计难之防御法、日常生活之不经济、一家经济之万全策、负债及其整理法、一家贫困之原因及预防之方法、金钱与个人之关系等 8 编 15 章。

实用北京指南　旅游读物。徐珂编。1 册。商务印书馆 1920 年初版。有国子监大成殿等北京风景画 24 幅和使用北京指南序例。含地理、礼俗、法规、公共事业、交通、实业、古迹名胜和地名表等 10 辑。书中有各种表格多幅。

实用有机化学教科书　教材。马君武著。1 册。商务印书馆 1919 年 12 月初版。作者序曰："以图二十世纪竞存至成功，而亟亟吾国科学基础之道。"前有导言，正文分两章，第一章论述泽气级炭素化合物，第二章论述芳香级炭素化合物。附录是《德华有机化学名词列表》。

实用修辞学　写作理论著作。郭步陶著。世界书局 1934 年印行。卷首有俞长源序。作者对于中国古代"艺文商权之学"钻研较深，吸收古人修辞术之精义，再参证欧人之新法而编成此书。全书共分 3 章：第一章为"概要"，辨析"词"与"辞"的区别；论述品词与修辞之作用以及修辞学之定义与范围。第二章"修辞现象之过程"，内容包括一、总略，二、修辞之预备(包括"去弊""储词""辩句")，三、修辞之方法(有"比较""表出""布置"三法，每一法还包含在各种场合不同的修辞法，均举例详解)，四、修辞之归结(是关于文体分类的研究)。第三章"中国古籍中的修辞学"，是作者对中国古代名著《文心雕龙》的研究探索，"采菁撷英，分条析缕，尽发前贤之秘"。本书对提高写作者的修辞技术有实际指导的作用。

实用美文指南 诗词骈文基础知识著作。谢无量著。3卷，1册。中华书局1917年初版。有绪言。含诗学指南、词学指南和骈文指南等7章。

实际应用新闻学 一名《新闻材料采集法》。新闻学著作。1册。邵振青(飘萍)著。京报馆1923年初版。黄炎培题签。邵飘萍作赘言。顾维钧、颜惠庆、汤尔和、江庸、伊文思、王正廷、黄郛、蒋梦麟、张东荪和徐宝璜分别作序。孙洪伊、冯玉祥等分别题字。含外交记者之地位、外交记者之资格与准备、外交记者之外观的注意、外交记者之工具与杂艺、访问之类别与具体方法、访问时之种种心得、外交记者之分类、探索新闻之具体方法、新闻价值测定之标准、新闻价值减少之原因等14章。

实验勿药医病法·家庭必备 医学著作。顾鸣盛编。1册。上海文明书局1919年初版。分上下编。顾鸣盛作序。上编含传染病、血行器病、呼吸器病、消化器病、神经器病、泌尿生殖器病、代谢机诸病、妇人科诸病和产科诸病。附医学术语解、饥饿疗法和精神长寿法。下编含总论、医神之由来、神官之医权、术士之隆盛、古代之医术与魔术、医术与宗教之关系、医术与哲学之关系、医术与自然科学之关系、美索不达米民族之医病法、前亚细亚人之医病法、印度人之医病法、日本人之医病法、埃及人之医病法、希腊人之医病法、爱德鲁司恺民族之医病法、罗马人之医病法、噶尔顿民族之医病法和日耳曼人之医病法等18章。

实验良法房中医 一名《房中医》。医学著作。顾鸣盛编。1册。上海文艺编译社1916年初版。顾鸣盛作提要和序言。有例言。除绪言外，分别有男女泌尿生殖系统的解剖生理篇和疾病篇，以及药物篇、处方篇和语术篇。

诗人之酒、酒人之酒、狂人之酒 南社掌故。南社诗人中由不少人既能写诗，又能喝酒。顾悼秋品评曰："沈剑霜、余十眉，诗人之酒也；叶楚伧、陆伯觞，酒人之酒也；胡朴安、柳亚子、王大觉、周酒痴、朱剑芒，狂人之酒也。"

诗人生活 文学研究著作。胡怀琛著。上海世界书局1929年出版。该书《弁言》提出问题："什么是诗人？怎样是诗人？"全书20个章节，涉及诗人的情感、诗人的气节、诗人的创作、诗人的革命性、诗人与酒、诗人与恋爱、诗人与梦、诗人与自然等方面，以作回答。著者通过书中所引述的古代诗人如屈原、杜甫、陶渊明等的人生经历，说明诗人的情感要比一般的人丰富得多，说明诗人善于从大自然、善于从社会生活中去捕捉鲜活的有时代感的语言，更重要的是诗人善于把握诗的语言特征。

诗文集 诗集。黄人著，江庆柏、曹培根整理。1册。上海文化出版社2001年初版。有编者前言。含《编年集》4卷、《红情阁余稿》1卷、《鹤墅箭音》1卷、《闻声对影稿》1卷、《膏兰集》3卷、《尔尔集》2卷、《年代未明》1卷、《摩西词》1卷、《集文》1卷、《小说小话》1卷和《中国文学史》(节录)。附各家序跋和事略。

诗旨纂辞 诗经研究。黄节撰。全1册，共5卷。系作者在北京大学授课时的讲义，今有北京大学出版组自行印制的线装本传世。共分《诗旨纂辞》《变雅》两部分，《诗旨纂辞》是对《诗经》"国风"的考述与研究，《变雅》是对《诗经》"小雅"的考述与研究，而《诗经》的其他篇章，则付阙如，是本书之憾。此书的特色是：作者对《诗经》，盖以《毛诗正义》为底本。探讨诗旨，首举《诗序》，再博采众说，依次举证诸家不同的和相同的说词，对比考述后独抒己见，虽不能以此作为定论，但亦足供《诗经》研究者之旁参。同时书中对于诗学及语言学尤其是联绵字的研究，极富参考价值。

诗别萧叔絅燕京 诗篇名。七言排律。胡先骕作。刊于1916年1月《南社丛刻》第十五集。系作者第一次赴美前夕为告别同乡兼同学萧纯锦(1893—1968，字叔絅)而作。开头12句赞美萧纯锦年轻有为，风骨奇特，头角崭露，所作文章能感天动地，发挥重大作用，歌颂萧纯锦把人民的疾苦放在心里，决心创造新世界，到美国学习先进的学问，不甘心终老乡间；追叙他与萧纯锦曾向清廷献策，不被采纳，清廷一贯重用庸才，俊才被冷落。接着10句互相勉励，先写自己由京师返回江西南昌，不久即赶上江西省教育司选派留学考试，如今自己也将赴美留学，但不是为了个人前途，而是为了国家振兴，不忍看国家遭受外国列强的蹂躏，因而决心在美国苦读，他年回国后与萧纯锦一起回国效劳。结尾八句希望萧纯锦为国自爱，国家急需人才，希望他与朋友及时想办法拯救祖国，以改变国家缺乏人才状况为己任；抒写自己心中彷徨，但已下定决心远赴美国留学，自己临行忧心重重，怅望北方，怀念着还没有离开北方远赴美国留学的萧纯锦。典故丰富、自然，感情真挚、热烈，艺术感染力强烈。

诗余选、词选、乐府、乐志 诗词乐选读本。吴梅、黄侃编。4卷，1册。民国年间油印本。《诗余选》1卷，吴梅编，为文科本科三年级文学门教材。《词选》1卷，吴梅编，为文科本科一二三年级文学门教材。《文·乐府第七》1卷，黄侃编；《乐志三》1卷，黄侃编，为文科国文门一年级教材。

诗的作法 诗学著作。胡怀琛著。世界书局1931年5月出版。全书共3章：第一章为作诗的基本知识；第二章为如何写诗；第三章为杂论。另有附录旧诗话的目录，包括：历代诗话27种、历代诗话续编30种、清诗话43种等。

诗法通微 诗学著作。徐英著。成书于1929年，正中书局1931年10月改订出版。全书由提要、正文和附录3部分组成。提要部分提纲挈领地阐述本书的写作宗旨和全书体例。正文分为6章，依次为诗体杂述、学诗总略、古诗法、绝句法、律诗法、律外之法。第一、二章总论诗学、诗法。第三、四、五章分论不同体裁的古典诗歌的特点和作法。第六章探讨了各种诗歌风格的形成、发展和特征。附录部分《诗学目录举要》列举了该书论及的近200种诗歌总集、诗人专集和诗话等，几乎涵盖所有有关中国古典诗歌的主要著作。该书是作者的讲稿，“敷说排比，积成卷轴，纂而存之”“以示后生以楷范”。虽然冠以诗法之名，但作者对浩如烟海的我国古典诗歌，从流别、技法和风格诸方面作了条理清楚的分析和评说，对其形成和演变作了详尽的阐述。该书在论述诗学、诗法的剀切得当，品评不同流别、不同风格诗人的作品准确精到，言简意赅。

诗学讨论集 诗歌理论著作。胡怀琛编著。1册。上海晓星书局1924年初版。含郭沫若给李石岑的信，胡怀琛给郭沫若的信，胡怀琛胡适之派新诗根本的缺点，刘大白、胡怀琛“双声叠韵”和“句里用韵”的问题底讨论，余裴山、吴芳吉给胡怀琛的信，胡怀琛答吴芳吉的信，王庚尝试集批评与讨论的结果到底怎样，王无为、胡怀琛改诗的问题，吴江散人评大江集，胡怀琛答吴江散人等篇。

诗学纲要 诗学理论著作。陈去病著。2册。南京东南大学1927年初版，列入“百尺楼丛书”。杨天骥题签。为陈去病晚年执教东南大学时所作讲义。全书共分19篇，其内容既包括诗之源流考、诗在各不同朝代的发展沿革和特点等，也包括对诗歌的社会功用进行了深入阐述。作者提倡保持文学的独立品格，强调文品与人品的统一。在创作方法上，既赞成传统诗教，同时又主张诗歌创作上的创新精神。

诗学指南 诗学著作。谢无量编。1册。中华书局1941年第四版。初中学生文库之一。该书分3章。第一章论诗之渊源，谈及诗与歌的关系；诗与比、赋、兴的关系；诗自二言至九言的发展；诗之分体，有以时分体者、以人分体者、以风格分体者、以篇章分体者、以句法分体者、以题目分体者、以韵分体者、以对句分体者、杂体等；论作诗之法，有命意、造语、下字、用事等。第二章论古诗，内容包含乐府及古诗体诗论，古诗实用格式。第三章论律诗，谈及声韵与律体的渊源，指出平头、上尾、蜂腰、鹤膝、大韵、小韵、旁纽、正纽八病，“大抵自双声叠韵而变”，并录有《广韵》及《平水韵》四声韵目；论句法，涉及五言诗句法、七言诗句法；律诗实用格式，包含有五言绝句格式、七言绝句格式、五言律诗格式、七言律格式等。

诗经学 诗经研究。胡朴安著。1册。民国年间安吴胡氏线装铅印本。商务印书馆1928年作为“国学小丛书”初版，有章炳麟的署检。后收入胡道彦1983年在台湾印行出版之《朴学斋丛书》第二集（十）。台北商务印书馆1970年铅印本。全书共21节。前9节解释诗经涉及的如“作诗采诗删诗”、“大小序”（对“三家诗”之源流详细予以说考），写了“鲁诗遗说考序”“齐诗遗说考序”“辑诗遗说考序”，使学习者由此可略知《诗经》之大旨、“六义”（即风、雅、颂、赋、比、兴，指出“风雅颂者诗之体，赋比兴者诗之用，赋比兴即在风雅颂之中”）、“四说”（对诗之四说即毛诗之说、齐诗之说、韩诗之说、鲁诗之说逐条进行剖析）等问题。次6节叙述诗经学之源流及诗经学的变迁。再次5节从不同学术角度论述《诗经》之内容，由此引发对《诗经》作不同角度的研究。书末附载《研究诗经学之书目》，收《四库全书总目》未收之书目114种、1 090卷，既收总论注释之书，又收对于诗的考证、拾遗、辑佚等著作，是诗经研究的重要书目索引之一。

诗经学纂要 《诗经》研究。徐英著。1卷。中华书局1936年出版。诗经三百篇作为中国文学的渊源，历朝历代的研究者不胜其数，形成诗经学。作者对历朝历代的诗经学者的研究成果,"条分而件系之",详加论述。全书分为22个章节,分别为正名、原始、采删、诗序、六义、四始、正变、诗谱、诗乐、诗教、征行、三家、毛郑、训诂、声韵、词章、史地、博物、制作、汉学、宋学、清学,几乎涵盖有史以来各家各派对诗经的种种研究成果,且纂其要者加以评说,纲举目张,便于学者之览观。

诗经研究 诗经研究著作。谢无量著。1册。商务印书馆1923年初版。"国学小丛书"之一。共分5章。第一章论述诗经的起源、流传及其注家的研究;第二章论述《诗经》产生的社会背景;第三章论述《诗经》的史料价值,即《诗经》的历史考证;第四章论述《诗经》中包含的道德观;第五章论述《诗经》的艺术成就。

诗钟汇编初集 诗集。李叔同编。1900年出版,出版单位不详,收录李叔同所搜集的诗钟。有序,内题"当湖惜霜仙史识"。据李叔同所作序,此书编印缘起略谓:"已亥之秋,文社叠起。闻风所及,渐次继兴。义取盍簪,志收众艺。……鄙谬不自揣,手录一编。"书今已不存。

诗钟鸣盛集初编 诗钟诗集。沈宗畸等选。10卷,1册。著涒喰社清光绪三十四年(1908年)铅印本。四痴题签。吴仲署端。伊藩麓、王树荣、邵阿麟等分别作序。介绍诗社有吴社、啸园、湘烟阁、惠园、诗梦钟声、鲸华社、榆社等。沈宗畸作跋。

诗集 马君武著。上海文明书局1914年初版。书前有马君武1913年写的自序,正文共收录五言古诗、七言古诗、五绝、五律、七绝、七律和译诗126首。题材多样,有爱国诗作如《华族祖国歌》《从军行》,有校歌《中国公学校歌》,有赠别友人的诗作《蒲芦塞逢中山先生将以翌日适伦敦》《壬寅春梁任公之美洲》等。还有不少是在出国旅途中所写的诗作,如《京都寄宿舍》《自上海至玛赛途中得诗十首》等。译诗中,英国浪漫主义诗人拜伦的《哀希腊歌》,被认为是中国近代有较大影响力的译作之一。译诗全部附有英文原诗。

诗歌学ABC 诗学著作。胡怀琛著。1册。世界书局1929年初版。被列为"ABC丛书"之一。此书为中国诗歌概论。全书分为3编。第一编从诗歌产生的年代及原因阐述了何谓诗歌。第二编叙述中国诗歌形式上的变化,分为两章:第一章从口诀到诗词散曲新诗,作者认为诗歌形式的发展是口诀与诗歌的混合(五七言诗的成立),口诀与诗歌的分离(杂言古诗的复活及词曲的产生)的过程;第二章论述诗歌的旁枝(戏曲)。第三编分析中国诗歌实质上的变化,分为三章:第一章因民族关系而发生的变化;第二章因哲学关系而发生的变化,谈到孔子温柔敦厚的情感,老庄的玄谈,释氏的觉悟语,宋儒的理学语;第三章因政治关系而发生的变化,谈到治世的歌颂,乱世的呼吁,外族压迫下的呻吟。

房龙世界地理 地理学著作。房龙著,陈瘦石(云峰)、胡淀咸译。1册。上海世界出版合作社1933年初版。有纪元前5 000万年和1932年地形图两幅。房龙作序。有译者引言。含和我们平分这个世界的生物等47章。结合历史事实,叙述了世界各国地理。附历史事实。

话剧、新歌剧与中国戏剧艺术传统 戏剧理论著作。欧阳予倩著。1册。上海文艺出版社1959年第一版。扼要说明中国戏剧的发展情况,分析传统戏曲在剧本和表演艺术上的艺术特点。着重论述了我国话剧和新歌剧怎样更好地向这些丰富的艺术遗产学习。

建国大纲评论 政论。诸青来著。1册。1928年初版。有著者序。含革命与反革命、三民主义、对外问题、训政、直接民权、省与县、财政问题、官营业之范围、五权和宪政与党治10节。附党国、容共、翻云覆雨、党人以中华民国为试验场、以党治国之失败和打到新偶像等党国闲评6则。1931年再版时有著者再版序,改为革命与反革命、废约乎抑修约乎、训政、直接民权、省与县、财政问题、官营业之范围、五权和宪政与党治9节,附党国、新偶像、与胡适之论法、党治与个人独裁、举国一致须以取消党治为前提、党治之下果能实现民主政治乎和剥夺自由之法令应立即撤销等党治论丛7则。

居　正(1876—1951) 湖北广济(今武穴)人。原名之骏,一名毓崧,字觉生,号梅川,别署生公、东辟、药石、杨行老农。南社社友、新南社社员。由社友介绍入南社,未填写入社书,介绍编号51。1899年考中秀才。1905年留学日本东京法政大学习法律,同年12月加入中国同盟会。1906年赴新加坡协助田桐主持《中兴日报》笔政。1907年参与组织共进会。1908年前往仰光创办《光华报》,担任主笔,倡言革命,一边办报,一边创立缅甸同盟会分会——仰光同盟会。

1910年再度赴日本,同年与宋教仁、谭人凤等在上海组建中国同盟会中部总会,被推为中部同盟会湖北分部主盟人。武昌起义爆发后指挥汉口保卫战,同时参与组建湖北军政府。同年12月以湖北代表身份参加在南京召开的各省代表会。1912年出任南京临时政府内务部次长(代理部务),并当选为临时参议院议员。1913年二次革命爆发时任上海讨袁军总司令陈其美的参议,二次革命失败后逃亡日本。1914年加入中华革命党,任党务部部长,兼《民国》杂志经理。1916年回国后赴山东组编中华革命军东北军,任总司令。1917年随国会南下广东参加护法运动,任广州护法军政府内政部政务次长、代理内政部总长。1921年任孙中山非常大总统府参议。1922年后先后担任广东国民政府内务部长,国民党中央执行委员、常务委员,国民党上海执行部组织部长。1925年参加北京西山会议。后历任国民党、最高法院院长、国民政府委员等职。1949年4月任国民政府国史馆馆长,同年11月去台湾。1951年在台湾去世。著有《梅川日记》(又名《辛亥札记》),出版有《居觉生先生全集》,亦有《居正集》等。

居 正

居正日记书信未刊稿 日记书信。居正著,谢幼田编。8册。广西师范大学出版社2004年第一版。影印本。居载春、谢幼田分别作序。有出版说明。有居正夫妻合影。第一至六册为居正最后7年日记(1945—1951)。第七册为往来函件220通。第八册为狱中便条,附狱中便条录入件、营救居正函件、居正被捕入狱友人慰问函、居正被捕入狱相关资料、居正诗稿和居正遗墨。

承家麟(1882—1939) 江苏江阴人。字玉书。南社社友、新南社社员。1911年2月11日由俞锷介绍入南社,入社书编号118。1912年前供职于江苏铁路营业所,在上海火车站任会计。1914年5月参加在上海愚园云起楼举行的南社临时雅集。

孟子 传记普及读物。胡怀琛著。商务印书馆出版。内容有:孟子的少年时代、孟子周游列国、孟子的性善论、孟子的仁政说、孟子说话的方法、孟子学说的宗派及其反对的各学说、孟子的晚年及其著书、孟子学说和后世哲学思潮的关系等。

孟子新解 孟子研究著作。赵正平著。1册。国立上海大学出版部1944年初版。赵正平作序。含为何要讲孟子·讲孟子就是讲孔子、孔子的中心思想、孟子思想的中心·仁与义、民本或人本主义、民生、民乐、民意、非战、施政方略之本、修养与人格、性善论和其他等12讲。

孟昭文(生卒年不详) 湖南慈利人。字尧章。南社湘集社友。

孟宪慈(生卒年不详) 湖南慈利人。字彝铭。南社湘集社友。

孤芳集 笔记小说。郑逸梅著。1册。益新书社1932年初版。郑逸梅自序。含苏曼殊之与山芋、诗人胡石予先生之悼亡、陈英士不忘其旧和余天遂轶事等140多篇。

孤掌惊鸣记 武侠小说。范烟桥著。1册。上海大东书局1925年3月出版。该书主人公袁一掌,本是江苏吴江同里人,从小喜武厌文,后拜苏州甘凤池为师。甘接京城衙役的职位后赴京,袁同往,途至镇江,见一妇人遇难,袁出手相救。自此在当地留名。袁在京城与师傅一起叙旧兼习拳法,进步更多。回到同里,袁和家人一起乘舟去看戏,不想与几个挑衅的汉子争执起来。袁仗着自己力大,打倒一片。一名僧人轻拍一掌于袁左肩,袁被废左手,后改用右手施力,得了"一掌"的称号。后受师傅的嘱托,袁奔赴湖州解决案子后回到家乡,又恢复半耕半读的生活。其间,又除一土豪,土豪师傅寻机报复,袁早命家人自备棺木,报说已故,并上京找师傅,逃过一劫。官府慕其名多次招募,袁无意功名,返乡修身养性。

孤愤 诗篇名。七律。柳亚子作。具体时间写作时间不详。刊于1917年7月《南社丛刻》第二十集。抒发耿直孤行、愤世嫉行的思想感情,以"怒而触不周之山,天柱折,地维绝"(《淮南子·天文训》)的共工之怒来形容自己的愤怒,表达怒看向妄图复辟的袁世凯劝进的筹安会中人。以扬雄歌唱王莽新政权、阮籍代撰劝进司马昭文,比喻筹安会一伙人劝袁世凯称帝,讽刺袁世凯沐猴而冠,怎么能当皇帝?进而抨击已经被辛亥革命废掉的宣统皇帝、筹安会一批人也妄图乱中乘机捞一把。抒写梦中亡秦,誓死北伐,表现坚决反对袁世凯称帝、英勇北伐的鲜明政治态度。讽刺入木三分,比喻新鲜。

孤愤集 旧体诗集。徐澄宇、陈家庆等著，陈家庆编。1卷。安徽大学出版部1935年刊印发行。徐澄宇和陈家庆夫妇均为新南社诗人，时任安徽大学教授。九一八事变之后，日本帝国主义加紧侵略中国的步伐，而各地军阀却拥兵自重，政府当局置外患于不顾，热衷于争权夺利，甚至打内战。徐澄宇感于时事，作孤愤诗12首，袒露了其忧国忧民的心迹，抨击军阀官僚沉湎于灯红酒绿的骄奢淫逸，抒发爱国救亡的情怀，雄浑沉郁，悲愤无端，一时和者甚众。陈家庆有和作12首，表现了同样的思想感情。全书共有诗120首。和诗作者分别为陈家庆、杨大沁、叶古红、王衍曾、龚章甫、李均民、李正太、潘寿田、宋则要。

迦尔洵 传记。苏联别亚列依著，陈瘦石（云峰）译。1册。上海新文艺出版社1958年第一版，据1955年俄文版译。有迦尔洵像。介绍了19世纪俄国作家迦尔洵的生平，分析了迦尔洵的主要作品《四天》《懦弱者》《勤务兵和军官》《一件意外事》《红花》和《画家》等。

细菌 科学普及读物。胡先骕著。商务印书馆1929年10月初版。内容包括细菌的命名、细菌学的简略历史、细菌学的研究范围、细菌的简单介绍、细菌在宇宙间的分布、细菌的形态、细菌的分类、细菌的生活及其作用、细菌与疾病等。全面而系统地介绍有关细菌的各种知识及细菌学研究的内容和范围，最后得出结论：光能杀死细菌，细菌不怕严寒、不怕高温，唯独怕光，尤其是太阳光中的紫外线能够杀死户外的大量细菌，雷雨时的闪电亦能杀菌。

经亨颐(1877—1938) 浙江上虞（今绍兴市上虞区）人。字子渊，号石禅，晚号颐渊，别署石禅居士、临渊阁士、临渊居士，斋名长松山房，自号长松山房主人。南社社友、新南社社员，教育家、书画篆刻家。1917年3月由李叔同介绍入南社，入社书编号823。幼时入敬修义私塾。1894年到上海，寄寓伯父经元善家中。1903年东渡日本留学，入东京高等师范学校数学物理科。在日本期间加入中国同盟会。1908年回国任浙江官立两级师范学堂教务长。1909年二度赴日，继续学业。1910年毕业归国后仍任该校教务长。后曾任浙江两级师范学校校长、浙江省立第一师范学校校长，兼任浙江省教育会会长。其间曾主持出版《教育周报》《教潮》等杂志。1914年加入李叔同主持的乐石社。1920年，应北京高等师范学校校长之邀到该校任总务长兼学生自治指导委员长。后不久回到上虞，在白马湖畔主持春晖中学，任校长。1924年兼任宁波浙江省立第四中学校长。1925年参加国民革命，历任国民党第二届中央执行委员、国民政府委员、全国教育行政委员会委员和委员长等职，并一度担任中山大学副校长及北京师范大学教授。1925—1926年间客居上海，与陈树人、何香凝、姜丹书、谢公展等发起组织寒之友社。1931年九一八事变后投入抗日救亡运动，举办救国书画义卖。1938年9月病逝于上海广慈医院。一生致力于教育三十余年，培养了众多杰出人才。还爱好诗书画印，尤擅金石篆刻。著有《经颐渊篆刻诗书画集》《长松山房诗书画印集》等。其女经普椿，为廖承志的夫人。

经亨颐日记 日记。经亨颐著。1册。浙江古籍出版社1984年初版。廖承志署签。有经亨颐遗像，手迹一幅。收作者从1917年1月1日至3月18日，1918年2月14日至7月11日，10月17日至1919年11月15日的日记。附姚辉、黄建国点校后记。

经亨颐作品选 书画、篆刻、诗歌合集。经亨颐著。1册。杭州西泠印社1994年第一版。赵朴初署签。含书画篇62幅、篆刻篇61方、诗歌篇73首，于右任作序。

经亨颐故居 位于浙江绍兴上虞区徐岙村村口象山脚下白马湖畔。1933年经亨颐所建花园洋房，名“长松山房”，为当年诸多艺术家聚会之所。长松山房由三间二层楼房、三间平房及东侧两排平屋组成。长松山房主楼房楼上东侧为经亨颐夫妻卧室。中、西两间则连成一大间是经亨颐的画室兼书房，墙上常年轮流挂着当代大师们的书画。楼下东西两间为女儿们的房间。中间为小客厅，也常以书画布置。长松山房四周的花园面积不大，房后山上，有茂盛的毛竹和杨梅、桃、杏等果树。树下山坡上有一平台，平台下有一个20来平方米的小水池。东边山脚下有一口清冽的泉井，是长松山房的饮水来源。门前是一条连接白马湖的小河。1956年楼房为台风所毁，后又拆去剩余建筑。

经亨颐教育论著选 教育理论著作。经亨颐著，张彬编。1册。人民教育出版社1993年第一版，列入“中国近代教育论著丛书”。有经亨颐像、手迹等照片6帧。张彬作前言和编者的话。收经亨颐从1913—1929年的文章、演说辞，含《全浙教育私议》《师范学校之特质》《愿为社会作牛马》《北京学潮平议和解决方法》《我最近的感触和教育方针》等81篇。附日记选录(1917—1919年)、范寿康《经亨颐先生传》和《经亨颐主要教育论著年表》。

经亨颐集　杂著。经亨颐著,张彬、经晖、林建平编。1册。浙江大学出版社2011年第一版,浙江文化研究工程成果文库与浙江文献集成之一。前有经亨颐离开浙江第一师范时与同仁合影等照片四帧。有前言。收作者发表于《教育周报》《教育潮》《浙江第一师范学校校友会志》《教育丛刊》《春晖》等刊物的论说34篇,在浙江省立第一师范、北京高等师范学校及上虞春晖中学等校任职时的演说61篇,有任浙江省教育会会长时所写的文牍24篇,有1927—1936间的诗集和1917—1919年间的日记。

经学提要　国学著作。朱剑芒编。1册。上海世界书局1930年12月出版。全书分10章,为总论、易经、书经、诗经、礼经、孝经等。各章有注并附表。为读经者的入门用书。

经学源流浅说　经学通俗读物。陈燕方(莲痕)著。上海文明书局1922年3月出版。全书分上卷总说、中卷汉学派别和下卷传受源流等3卷,共30章。作者介绍了汉字和六经的起源,介绍了《周易》《尚书》《诗经》等十三经的经学源流。本书对有些较复杂的学术传承关系,用图标式叙述加以说明。作者把经学分为汉学和宋学,并以介绍属于汉学的经学为本书的重点,这对于阐明经学的源流和推动经学的研究具有意义。经学有古文经学和今文经学的区别,书中虽有所提及,但没有专列章节加以阐述,为本书的不足之处。

经　珊(1901—?)　江苏江都(今扬州)人。女。字琢珊。南社湘集社友。与其丈夫韩道明一道参加南社湘集。

经颐渊金石诗书画合集　金石诗书画集。经亨颐撰。不分卷,3册。1936年影印本。《颐渊印集》,叶为铭署端,方岩作序,集印68方。《颐渊诗集》,柳亚子题签,谢无量署端,于右任作序,收诗240首。《颐渊书画集》,余绍宋题签,郑岳作序,集画51幅及书法5幅。

九　画

春日　文集。罗黑芷(晋士)著。1册。上海开明书店1928年初版,列入"文学周报社丛书"。有本书著者及其家族合影。含《客厅中之一夜》《春日》《乳娘》《遁逃》《不速之客》《或人的日记》《烦躁》《雨前》等篇。附黄醒《罗黑芷死了》、李青崖《予所知于罗黑芷者》、黎锦明《罗黑芷的小说》和赵景深《罗黑芷的散文小品》。

春日山行步适之韵　诗篇名。五律。杨铨作。本篇是作者留学美国康奈尔大学时次韵同为留学该校的胡适的诗作。首联、颔联描写春日山行所见,抒写浓郁的春意,满目苍翠,百鸟鸣叫,山泉淙淙,日暖草香,一派春光。颈联转向抒写心情,笑陶渊明借酒消愁,说诗人寄心于流水,自然远离尘世的烦忧。诗作由景入情,转折自然,收情景交融的艺术效果。

春水沉冤记　白话章回言情小说。蝶魂述意,胡寄尘遣词。1册。文明书局1915年初版。书叙李娇红父有两忘年交,一名钱淡人,一名杜万青,李父欲把娇红许配给钱。武昌起义爆发,娇红在逃难中与父母失散,投河自尽,被商人徐英生救起,两人萌发感情,但被徐母阻拦。娇红出家为尼,不幸被人拐骗,幸遇杜万青相救。两人欲寻李父,不料被已任北洋政府大官的钱淡人抓获,钱以革命党人定罪杜,娇红投江自尽,徐英生闻讯也随之殉情。

春江梦　社会小说。包天笑著。4册。上海大益图书局1929年初版。全景式社会小说,含吴棉越锦检点作春游・翠袖红妆殷勤逢俊侣、凄迷绿野战地认栖霞・惆怅白门新都联旧雨和伤逝怨别影事如潮・织恨罗愁人生似梦等16回。由若干个故事构成,通过主人公柯连孙、周蕊英的所见所闻及所忆关联全篇。反映民国时期上海及周边法律、教育、交通运输、婚姻、妓女等社会问题,也讲述主人公的爱情及日常生活。

春声　期刊名。1916年1月创刊于上海。姚鹓雏主编。设有插图、短篇小说、长篇小说、笔记、诗词选、传奇、剧谈等栏目。主要撰稿人尤玄父、鹓雏、善之、寄尘、檠子、可生、柳亚子、天虚我生、红鹅生、宋忏红、季尘、苕狂、傅尃、黄节、次公、中泠、王文濡等。作品有叶小凤的《博爱》,周瘦鹃的《情苗怨果》,陈倦鹤的《学狱》,叶中泠的《萧云郁史》,胡寄尘的《奴界轮回》《丑妇》《密约》,包天笑的《摩托车谈话会》,姜可生的《湖上双鬟记》,天虚我生的《女飞行家》等。同年6月停刊,共出6集。

春奁艳影　社会言情小说。姚鹓雏著。1册。沈东讷评阅并题写封面。中国图书公司1917年初版,中原书局1936年重版。叙述清末民初文人春镜生旅居沪上,得遇妓女艳秋。艳秋与春镜生互生爱意,情意绵绵。春镜生要离沪就职,鸨儿逼艳秋接客,艳秋竟吞金自尽,幸遇救。春镜生决定留在艳秋身边,并为之赎身。艳秋知春镜生筹款有难,即暗赠昂贵钻戒,以解燃眉之急。最后春镜生得重病,艳秋衣不解带日夜服侍,竟使春镜生起死回生。但艳秋染病,终告不治。该书描述了江南沪渎文人墨客吟诗作对饮酒狎妓的遗文韵事和乡邦掌故,以东社影射南社,反映了当时社会的种种历史风貌和人情世故。台湾新丰图书馆 1976 年翻印。

春雨及时喜而得句即赠同人 诗篇名。七律。于右任作于 1918 年。袁世凯死后，关中发生战乱，诗篇题曰“春雨及时喜而得句”，实际上是有感于关中战乱而发，抒说老天怜悯关中战乱，有意下雨补偿，但反动统治者弱肉强食，恶人欺负好人。诗人期待人人都能肝胆相照，开诚布公，岂料关中发生战乱。诗篇抒发迫切期望净洗甲兵、停止战乱的心情。诗人在西安城郊喜见陌上花开，尽管战乱频仍，仍对时局充满信心。诗作借物咏怀，化用唐宋杜甫、苏舜钦等人诗句贴切、自然，不露痕迹。

春柳剧社 社团名。清末民初综合性文艺团体。1906 年冬由曾孝谷、李叔同、陆镜若、欧阳予倩等在日本东京创立，称前期春柳。剧社分设戏剧、音乐、诗歌、美术等部门。后在日本公演《茶花女》《黑奴吁天录》等剧，取得成功。李叔同回国后，与欧阳予倩组织“春柳剧社”“新剧同志会”，在全国各地公演反映民族独立与民主革命题材的新剧，称后期春柳。后于 1915 年解散。

春晖中学 学校名。1908 年浙江上虞乡绅陈春澜创办私立春晖初小学堂。随后 12 年间，陈春澜及其后裔又渐次接办高小、初中、高中。到 20 世纪 20 年代，春晖中学成为浙东中部的教育中心。经亨颐于 1920 年担任该校首任校长，聘请夏丏尊、刘薰宇、朱自清、丰子恺、朱光潜、匡互生、杨贤江、吴梦非、张孟闻、王任叔、范寿康等来校任教，学校享有“北有南开，南有春晖”的美誉。学校提倡纯正教育，哲人治校，提出教育要“与时俱进”，推行人格教育、英才教育和动的教育。该校自 1920 年至今培养毕业生 2 万多名，胡愈之、黄源、谢晋等都毕业于该校。

春晖文社社选 文集。高燮编。2 集，2 册。1916—1919 年间铅印本。第一集高吹万署端，高吹万、张增颐、陈祚昌、周明、张作楫、姚光、王祖庚、谢慎修、高基、高圭分别作序。题词者众多，周尚惠、王鸿逵、张本良分别作“弁言”。记录春晖社 15 次活动情况和每次评选情况。第二集有《姓氏录》等春晖社文件，高燮等作序，记录春晖社 16—20 次活动情况，共有 51 人的 119 首作品。

春航义务学校 学校名。沪上成人艺术学校。冯春航于 1912 年在上海创办。自任校长兼教师，校址在龙门路。凡伶界中人来校读书，免一切费用。学校所演剧目，多为新编古装戏和时装戏，如自编自演的《玫瑰花》等。后由于经费不足，仅开办一年左右就停办。

春梦 白话章回滑稽小说。贡少芹著。2 册。文明书局 1915 年 6 月初版铅印本。本书叙述贫家女阿娇的一场春梦。邯郸城外一对夫妇，穷得饔飧不继，却生有一女，如花似玉，名阿娇。其父欲将女嫁乡宦为妾，以求温饱，女不从，非意中富人不嫁，整日如梦如痴，积思成疾。其母为治女病，假托人为媒哄女，结果弄假成真，嫁官宦人家少年为妻，从此过上纸醉金迷的贵妇人生活。夫家娶阿娇为媳后，公公官运亨通，步步高升，全家好梦连连。然泰极否来，因婆家作恶多端被人告发，遭撤职查办。阿娇被逼嫁给原先拒绝的官宦人家为妻，受尽凌辱，正欲上吊之际，猛然惊醒。该故事“由梦幻梦，至三至四，令阅者，徜恍迷离，莫测究竟”。全书语言通俗风趣，且夹了许多苏北方言，似扬州评话。

春游曲 诗篇名。七律。李叔同作。作者自 1912 年秋起任浙江两级师范学校高师图画手工专修科的图画教员及全校音乐教员，后又兼任南京高等师范学校音乐、美术教员，前后共 7 年。这首诗即写于这一时期。诗作抒写春景和春游感受。作品将春景与游人有机地交织起来抒写。从写春风入手，接着写春人妆束。颔联反之，先写春人，再写春风，再写春花。颈联复写春景，四种春花有色有香。尾联写游人归去，莺啼钟鸣陪伴春花夕阳。短短八句，紧扣诗题，动静结合，有声有色。尾联含蓄蕴藉，含不尽之意于言外，收象外之象、余味悠长的艺术效果。

帮会名家姚民哀代表作 短篇小说集。姚民哀著，范伯群、范紫江编。1 册。江苏文艺出版社 1996 年初版。为鸳鸯蝴蝶礼拜六派经典小说文库之一。范伯群作《善侃江湖帮会秘闻的说书人——姚民哀》。收龙驹走血记、侠骨恩仇记、甘侉子、周四先生、喳叭全全、青龙元元、盲盗蒋妞妞儿、记齐村三义店、三不党、无情弹和血誓 11 篇。

珊瑚 期刊名。1932 年 7 月 1 日在苏州创刊。范烟桥主编，上海民智书局发行。半月刊。陈去病、柳亚子、胡朴安、邵力子、包天笑、周瘦鹃等南社社员为其撰稿。其栏目主要有小说、日本通信、名士诗文、笔记、学术研究等，爱国小说是该刊的主旋律。范烟桥撰发刊词《不惜珊瑚持与人》，刊有柳亚子的《亚子近作》、胡寄尘的《文坛老话》、陈去病的《浩歌堂近谭》、范烟桥的《烟茶歇》等作品。1934年6月停刊,共18期。

毒蛇圈·甲卷 侦探小说。法国鲍福著,周桂笙译。上海广智书局光绪三十二年(1906年)七月初版。该书原本于光绪二十九年在《新小说》第八号起开始连载,仅刊23回。此书共20回,标为甲卷,显然未完。小说写贾尔谊设计骗取妙儿的爱情和巨额财富,瑞福与妙儿父女果真上当受骗,经历很多磨难,而瑞福的雕刻学徒陈家鼎则一力为之破案。该书采取以对话开头的倒叙方式,对中国小说叙事模式的转变起了首开风气的作用。此外,书中吴趼人的评点也很值得关注。

封未镕(1891—?) 广西容县人。南社社友。1921年5月11日由陆峤南、蔡哲夫介绍入社,入社书编号1097。

封光甲(生卒年不详) 浙江绍兴人。南社纪念会会员。

项 骧(1880—1944) 浙江瑞安人。字伟人,一字微尘。南社社友。1912年4月16日由朱少屏、宁调元、柳亚子介绍入社,入社书编号254。1902年南洋公学特班学生。为1904年进士,后留学美国。归国后授翰林院编修、参议厅行走。1912年任临时政府财政部参事,兼中国银行监督、盐务署参议,1922年改任财政次长、盐务署署长、盐务稽核所总办。1924年11月被免去职务。著有《说关税》《浴日楼诗文稿》。

政艺通报 期刊名。1902年2月24日在上海创刊。邓实、马叙伦主编。设有上谕全录、上篇(政学文篇、政书通辑、内政通纪、外政通纪)、下篇(艺学文编、艺书通辑、艺事通纪)栏目。发表有黄纯熙、剑公、慈石、马叙伦、君武、平子、天笑生、蜕公、去病、次公、伯严、贞壮、谢无量、雪抱、郁仁、人权、季平、伯纯等作品。1908年停刊。

政治训育丛书 政治教育著作。甘乃光、戴季陶演讲。1册。真美书社1927年初版。汤澄波作序。含甘乃光以党建国、甘乃光中国国民党党史的研究、甘乃光农民运动初步、戴季陶三民主义的国家观、甘乃光小组的运用和戴季陶三民主义的一般意义与时代背景等篇。

政治学荟要 政治学著作。黄忏华编。上、下2册。商务印书馆1944年初版。全书共分5部分:其一为政治学总论,内容有政治学的意义、范围、科学性和观点、与其他学科的关系等;其二为国家论,内容有国家的定义、起源、要素、分类以及国家和民族、国家与政府、政治组织、主权、现代国家的生命力、各种国家观、国际法、宪法与法律等;其三为政府论,内容为国体、政体、三权分立说和权能划分说、政体的组织、治权组织和它的运用等;其四则介绍了当时英、美、法、德、意、苏联、瑞士等各国的政治制度和政党;其五介绍了中华民国训政时期中国的政治制度、政权机构、治权机构和中国国民党的历史、组织等情况。该书对当时最新之政治动态,亦择要编入。

政党与民初政治 政党史著作。戴天仇等著。1册。中华书局2007年初版。“近代史料笔记丛刊”之一。有近代史料笔记丛刊出版说明、整理说明。含共和政党与政党内阁、政界最近之潮流、三党合并纪事、进步党之内容、进步党破裂之可怜、共和党脱离进步党、论政党变动与民国前途之关系、统一党之政务讨论会和论民主党等篇。

赵天放(1890—?) 贵州遵义人。南社社友、新南社社员。1923年1月12日由胡朴安、胡惠生、管际安介绍入南社,入社书编号1103。

赵长吉(生卒年不详) 湖南慈利人。字禅父。南社湘集社友。

赵从勋(1898—?) 广西桂林人。字克周。南社社友。1917年5月30日由蔡哲夫、卢谔生介绍入社,入社书编号909。

赵正平(1886—1945) 江苏宝山(今属上海)人。字厚生,一字厚圣,又字后声,号仁斋。南社社友。1909年11月由柳亚子介绍入社,入社书编号30。是参加南社第一次雅集暨成立大会的17位社友之一。早年考入浙江武备学堂,后往日本早稻田大学留学,后在东京加入光复会和中国同盟会。归国后在南京两江师范学堂任化学译员,在广西陆军学校任教员,先后编辑、主持桂林《南报》《南风报》月刊。武昌起义时任南京兵站总监部参谋长,后又历任南京留守处调查局局长、交通局局长、江苏都督府副参谋长等职。1913年3月在北京创刊《大陆周报》。同年讨袁失败后亡命日本,再由日本到南洋(爪哇)从事华侨教育。1916年袁世凯死后回国,同年8月参加在北京中央公园上林春举行的南社第六次北京雅集。后赴南京设立暨南学校,任校长,旋赴南洋募捐。回国后于1920年左右在上海创建暨南大学真如新校及中学部,1922年任暨南大学校长。1925年在上海主编《太平导报》。1929年主编《复兴月刊》。后又任北平特别市社会局长、青岛特别市教育局长等职。1939年投靠汪精卫,历任汪伪教育部长、上海大学校长等职。抗战胜利后逃亡镇海,后畏罪自杀。著有《仁斋文选》《老子研究与政治》《兴国记》等。

赵世钰(1883—?) 陕西三原人。字其相。南社社友。1910年由俞锷介绍入社,入社书编号60。1912年1月被选为陕西省参议会议员,并作为陕西省参议员代表出席当月28日在南京召开的临时参议院成立大会,被推为民国临时政府临时参议院议员。后任北京政府国会议员。1916年4月参加在上海徐园双清别墅举行的南社临时雅集,同年8月参加在北京中央公园上林春举行的南社第六次北京雅集。1923年10月参加北洋政府国会会议。

赵丙麟(1882—?) 湖南湘潭人。字台生。南社社友、南社湘集社友。1917年7月9日由方旭之介绍入南社,入社书编号933。

赵尔正(1905—?) 河北大兴(今属北京市)人。字谦侯,号涤厂。南社社友。1920年11月4日由黄复、李洞庭、黄定禅介绍入社,入社书编号1086。

赵式铭(1873—1942) 云南剑川人。字心海,一作星海,号弢父,又号拗叔,亦作韬父、弢甫。白族。南社社友。1919年2月15日由蔡哲夫介绍入社,入社书编号1046。1894年中举人。旋任家乡小学堂校长。1904年起先后创办《永昌白话报》《丽江白话报》。1909年编辑《云南日报》时参加全国举贡会试,考取后分派四川灌县任都江堰治河小官。辛亥革命后任云南都督府秘书,兼撰《云南光复志》。1917年随南社社友赵藩到广东,任广州护法军政府交通部总核司司长兼八省铁道督办公署秘书。1919年后随赵藩返滇,在省府督署任职。1926年后返乡里重执教席。1931年后历任云南通志馆副馆长、馆长及《新纂云南通志》副总纂、总纂。1934年参加章太炎、李根源、金松岑等发起成立的苏州国学会。1942年在云南通志馆馆长任上去世。著有诗歌《睫巢诗稿》《希夷微室诗钞》以及滇剧演唱剧本《苦越南》《莲花生传奇》等,并有小说《并头莲》以及《滇志辨略》《汉书补正》等。散著见于《国学论衡》。

赵光荣(1857—?) 江苏丹徒(今镇江)人。字子枚,一字芷湄,号枚叟。南社社友。1916年由叶玉森介绍入社,入社书编号631。

赵次胜(1880—?) 浙江奉化(今宁波市奉化区)人。字申之,号申志。南社社友。1915年由陈泉卿介绍入社,入社书编号515。早年与陈泉卿一起加入光复会。

赵赤羽(1898—1965) 江苏崇明(今属上海)人。字蕴安,一字允安,号流沙,别署司徒王、东山谢、红柳村人。南社社友、新南社社员。1922年6月由茅祖权介绍入南社,入社书编号1102。早年曾从吴叔和游,诗作受西昆体影响。且常写短篇小说,散刊于民国初期各种报章杂志。参加鸣社,1921年与闻野鹤一起在上海主编《礼拜花》周刊。1928年与陈去病、姚光、庄通百、陆简敬等参加南社虎丘雅集。著有《南征记》《赤羽诗稿》等。

赵声煦(生卒年不详) 湖南湘潭人。字子融。南社湘集社友。

赵君达(1899—?) 江苏吴江(今苏州市吴江区)人。女。南社社友。1918年10月1日由柳亚子和其丈夫南社社友吴抗云介绍入社,入社书编号1034。能诗善文,且写有一手好字。1916年与吴抗云结婚,两人恩爱相得,曾手抄《红梨阁诗草》赠予柳亚子,深得柳亚子赞赏。

赵苕狂(1892—1953) 浙江吴兴(今湖州)人。名泽霖,字雨苍,号苕狂,别号忆凤。南社社友,小说家。1915年7月27日由胡寄尘、徐思瀛介绍入社,入社书编号551。早年肄业于上海南洋公学,与管际安、李定夷同为许指严的弟子。后致力于小说创作,作品发表于包天笑主编的《小说大观》及《春声》等刊物。曾任大东书局《游戏世界》编辑。1922年后任《回民报》《红玫瑰》等报刊主笔。擅长写侦探武侠小说,当时有“门角落里福尔摩斯”之誉。所作社会小说《两个限制生育的宣传者》《典当》及《窗内和窗外》等,曾传诵一时。1939年在上海创办《玫瑰》半月刊,发表长篇小说《新江湖奇侠传》《灵犀感旧录》等。另外,还著有各类小说几十种,如《赵苕狂说集》《十五年侨沪记》《世外探险记》等。翻译小说有《死死生生》《黑奴魂》等。

赵苕狂说集 短篇侦探小说集。赵苕狂著。全1册。大东书局1927年出版。共10个短篇,分别是《半月》《儿戏》《窗》《两篇账目》《证据误人》《钻祸》《来去自由》《琴韵鞋声》《理想与实行》《自寻烦恼》,有译作和著作。作品中所写的已经不再是福尔摩斯似的经典侦探形象，天真的儿童、高明的盗贼、流浪的小提琴师、与人寻开心的闲人都临时充做了高明的侦探。该书具有“反侦探小说”的特点。

赵炜如(1884—1960) 安徽太湖人。又名恩彤，字坚白。南社社友。由社友介绍入社，未填写入社书，介绍编号73。早年就读于安徽高等学堂，曾受教于严复。毕业后官授湖北省候补知事。1911年为避战乱，举家从安庆搬到太湖老宅居住。后无意仕途，居家闭门课徒，开设经馆，招收学生，授课之余潜心书画，广读经书，对佛经亦颇有研究。一生以教书为业。夫人陈慧(字仲瑄)通晓韵律，能诗会文，虔诚信佛。1920年支持儿子赵朴初前往上海求学。工诗擅画，精书法，常与夫人唱和为乐。1947年离开家乡回到安庆，后由安庆到上海，1960年病逝于上海。

赵宗健(1885—?) 江苏溧阳人。字古松，号无我。南社社友。1916年12月8日由谭天介绍入社，入社书编号747。曾在嘉兴县公署政务科任职，与南社社友唐文骏为同事。

赵宗瀚(1889—1944) 云南剑川人。字澄甫。白族。南社社友、南社湘集社友。1919年2月20日由蔡哲夫介绍入南社，入社书编号1047。年少即随父南社社友赵藩入川，后考入四川省法政学堂。1912年随父回到昆明，被委任为滇军都督府秘书。后又出任蜀军都督府秘书、广州军政府交通部秘书长及路政司司长。1920年辞职返滇，任云南省长公署秘书，1922年被选为省议会议员。1929年起先后任云南省政府枢要处秘书室主任、省政府办公厅主任、省政府秘书长兼秘书室主任等职。1944年病逝于昆明。生平工诗词，擅书法，云南许多名胜古迹题字，多出于其手。著有《淡静室诗文》《石宝山小记》《淡静室日记》等。

赵建藩(1889—1950) 浙江萧山(今杭州市萧山区)人。字叔屏，号汉卿。越社社友。早年毕业于上海中国公学。为光复会会员，曾任陶成章的秘书。1909年11月与友人在上海创刊《越报》。1911年12月南北方议和时曾任南方议和团秘书。翌年1月《越铎日报》问世时，亦是发起人之一，任经理。其间加入沈定一领导的公民激进党，同年绍兴成立“成章女校”，其与鲁迅、蔡元培等为该校校董，又任浙江省参议会参议，并在杭州主持《浙事新闻报》。1913年赴福建任龙溪县知事。1925年任浙江省自治法会议代表。1926年任江苏省电报局局长、浙江省实业银行公债基金委员会委员。1927年四一二反革命政变后在南京被捕，经蔡元培、邵力子保释后脱离政界，进入上海银行工会任职。

赵 珅(1878—?) 云南剑川人。原名伸，字致中。南社社友。1919年2月20日由蔡哲夫介绍入社，入社书编号1048。1906年4月与李根源、吕志伊等在东京创办《云南》杂志社，任杂志社发行人。1919年加入南社时任广州军政府交通部司员。

赵修五(1889—?) 江苏铜山(今徐州市铜山区)人。字慎之。南社社友。1917年10月由徐世阶、王庆康介绍入社，入社书编号979。

赵 悔(1892—?) 江苏丹徒(今镇江)人。字悟楼，号思白。南社社友。1917年7月1日由姜可生、王立佛介绍入社，入社书编号929。

赵家善(1899—?) 江苏吴县(今苏州)人。字芳积。南社社友、新南社社员。1919年5月21日由王大觉介绍入南社，入社书编号1069。

赵逸贤(1880—?) 江苏丹徒(今镇江)人。字朗斋，号念梦。南社社友。1917年7月16日由柳亚子、姜可生介绍入社，入社书编号936。其夫人王梦仙，亦为南社社友。

赵景深(1902—1984) 四川宜宾人，生于浙江丽水。字旭初，笔名冷眼、博量、邹啸等。南社纪念会会员。1922年在天津棉业专门学校纺织科毕业，后入《新民意报》社，任文学副刊编辑，并为绿波社社长，编辑社刊《绿波》等。1923年参加文学研究会。后任湖南第一师范学校教师。1925年到上海，始为《小说月报》撰写世界文坛消息，主编《文学周报》第五至七卷，后在中国公学、上海大学、上海艺术大学、立达学园等校执教。1927年任开明书店总编辑，年底辞职，从事译书。1930年起任复旦大学教授直至终身。同时兼任北新书局总编，主编《现代文学》月刊。抗战期间为《申报》副刊《游艺界》《自由谈》撰写“民族曲话”和“民族小说话”，为上海剧艺社演出的话剧写剧评。中华人民共和国成立后历任上海昆曲研究社社长、中国戏剧协会委员、中国俗文学学会名誉会长、上海民间文学研究会会长、上海社会科学院文学研究所特约研究员等职。1984年病逝于上海。著有《中国文学史新编》《小说戏曲新考》《文学概论讲话》等。译有《格林童话集》《安徒生童话集》《柴霍甫短篇小说集》等。夫人李希同，为南社社友李小峰之妹。

赵镜年(1875—?) 浙江嵊县(今嵊州)人。字佩雄。南社社友。1916年5月由邢钟翰介绍入社，入社书编号605。早年曾加入光复会。后曾与同邑吕寿名、郭庆嵩等成立鹿山吟社。

赵 藩(1851—1927) 云南剑川人(祖籍大理)。字樾村，一字介庵，号瓯北，又号石禅，晚号石禅老人，室名向湖村舍、小鸥波馆。白族。南社社友、广东分社社员。由社友介绍入南社，未填写入社书且未予编号。清监司，官易门县训导。1886年被云贵总督岑毓英聘为文案兼塾师。清末历任四川酉阳知州、四川川南道、盐茶道、按察使、永宁道等职。1911年武昌起义时曾举兵响应，与蔡锷、李根源、唐继尧等共同促成云南光复。辛亥革命后当选为北京政府首届国会众议院议员。1918年曾代表唐继尧出席广州护法军政府七总裁会议，并出任广州军政府交通部长。1920年秋辞职，从广州回到昆明，受聘为云南图书馆第一任馆长，兼任"云南丛书"总编纂。凡经史子集、百氏杂家、金石文字，旁及古今文章派别，皆涉猎考查，又涉笔成卷，诗词、文章，卓然成家。亦擅书法，还善书墨梅。著有《赵樾村诗选》《向湖村舍诗集》《桐花馆梦缘集》等。其子赵宗瀚，亦为南社社友。

指严小说精华 小说选。许指严著。上海国华书局1935年1月再版。本书由13篇内容各异的短篇小说组成。《秘密外交》为黑幕政治小说，叙某国独裁首相利用小妾的美貌设置秘密电话联通各国公使以行卖国之事。《女苏秦》讲某人用金钱魔力拉拢美人却反被侮弄。《喇嘛革命》叙喇嘛亦倡导共和，实则争权夺利。《九日龙旗》讥讽一商人利用制作龙旗而谋利。《胜蓝痛语》描写世风日下，某生饮水忘了掘井人。《武员丑史》述民国以来武人骄奢淫逸闻所未闻之状。《秘密谈》写光怪陆离的社会之奇人奇事。《度劫庵》说的是老牛啃嫩草，却被嫩草所害。《桃花毒》讥讽一些人的纸醉金迷。《杨为我》讽刺一杨姓男子赚钱与荒淫都有术。《八面锋》写一小人外表柔滑内心奸狠，投机钻营为政界新人。《姐妹花》讲一对姐妹被势利父母送入妓院的滑稽故事。情怨小说《可怜虫》写了一个看不到出路的青年女子的可悲故事。作者常于小说结尾处进行议论，表明褒贬态度。全书都用文言写成，文笔善于描摹。

指严余墨 文言笔记，短篇小说。许指严著。国华书局1918年印行。全书分上、下两卷。上卷为短篇笔记，内容涉及报刊所载，共10篇。另编为《清史野闻》(上海国华书局印行)。下卷为"说部"，涉及社会、家庭、艳情、怨情、侠情等18篇。前13篇另编为《指严小说精华》(上海国华书局印行，1935年1月再版)。余5篇为《坠花怨》等。

指严笔记三则・骨董祸 清末稗史。许指严著。1册。重庆出版社1998年初版，列入"清末稗史精选丛书"。含指严笔记三则(百尺楼、陆沈集和红花铺)及《骨董祸》。与罗惇曧的《太平天国战纪》，陈徽言、炯斋的《武昌纪事》，李岳瑞的《春冰室野乘》和佚名的《所闻录》合册，书名为《太平天国战纪・春冰室野乘》。

指严随笔 文集。许国英(指严)著，张镯编校。1册。中共中央党校出版社1998年初版，列入"近世文史随笔选粹丛书"。姜纬堂作《近世文史随笔选粹丛书前言・许国英和他的随笔》。含《南巡秘纪》9篇、《十叶野闻》60篇、《新华秘记》26篇。附许国英的南巡秘纪自序、南巡秘纪补编自叙、十叶野闻自叙和新华秘记自叙，郑逸梅的许指严饮酒渡僧桥和许指严事略。

革命 诗篇名。七绝。蒋士超作。诗作表达中国历史本来有"革命"的传统，但可惜没有被继承下来。因为天子受天命称帝，所以朝代更替，君主易姓，都称为"革命"。诗作开头说我国传统意义上革命没有被继承下来，商汤、周武都是革命的始祖，从那时起就已种下了革命的种子。现在没有革命意识的4亿人民，甘当奴隶，屈服于封建专制制度。3000多年来，无论怎样改朝换代，从《史记》到《明史》24部史书，古代历史走过了24个王朝，都没有改变封建主义的政治体制。诗作从自由、民主的政治思想出发，揭示了中国历代王朝一脉相承的封建主义本质。诗人读史有得，见解新颖。

革命史话 民国史料。陆丹林著。1卷。大东书局1947年9月初版。此书对孙中山领导的国民革命，从檀香山成立兴中会、同盟会成立到黄花岗起义、武昌起义、广东光复和云南起义等相关历史资料进行搜集与整理。还对文学与革命的关系做了分析。亦记载了清末民初无政府主义思想的传播情形。

革命史谭 民国史料。陆丹林著。1卷。重庆独立出版社1945年8月初版。此书是对近代革命史料的搜集、考证与议论。如对孙中山习医年龄、习医校名的考证，对陈少白、杨襄甫、吴山、钟荣光、李仙根等民国人物的事迹介绍。而《研究中国革命史之我见》《对金著"清史大纲"的党史研究》《革命党与基督教》等文章,则阐述了作者对资产阶级革命史的观点与看法。文章一半以上曾陆续在《中央周刊》《三民主义半月刊》等报刊上发表。冯自由为之作序,认为该书"本诸目击耳闻与各方研求,考证得失,分析异同,虽一名一字之微,亦潜心探讨,务求正确,是诚有志史事者矣"。

革命诗社 1945年5月张西曼与柳亚子、郭沫若、田汉、熊瑾玎、林北丽等创立。柳亚子为诗社社长,张西曼为主编。该社以张西曼主办的《民主与科学》杂志为阵地,发表部分诗人的佳作。后因《民主与科学》杂志被迫停刊。

"革命诗社"征诗启 革命诗社在《民主与科学》杂志1卷9、10期合刊发表"征诗启"以年龄为序,由柳亚子、郭沫若、熊瑾玎、张西曼、田汉、林北丽等同启署名。

革命逸史 民国史料。冯自由著。上、中、下3册。商务印书馆1946年初版,新星出版社2009年1月出版。蒋中正题签。孙科作序言,冯自由作弁言及自序。有《孙中山委托书》、民国版《革命逸史》、台湾商务版《革命逸史》、中华书局版《革命逸史》书影照片。此书根据香港《中国日报》及他个人多年笔记、往来书信、稽勋局调查表册等资料编写,记录辛亥革命前后无数无名英雄的业绩,也保留了不少文学史料,尤其是《开国前海内外革命书报一览》为研究近代文学提供了重要资料。全书6集,收文252篇。

茵梦湖 南社掌故。译著名。陆曾沂是教育家,1917年应邀担任复旦大学国文系教授,先后达10年。他又是著名的翻译家,所翻译的中篇抒情小说《茵梦湖》是德国9世纪中叶著名小说家和抒情诗人台奥多·斯托谟在青年时期创作的。该小说的中文翻译本由商务印书馆印行,在青年读者中流传甚广,影响深远。

茶烟歇 文言笔记集。范烟桥著,郑逸梅校订。平装1册。中孚书局1934年12月初版。题签者为章太炎、吴湖帆、曹纫秋。作者在扉页上缀有小诗一首:"酒力醒,茶烟歇,四十年闻见从头说。等闲白了少年头,讲坛口舌,文坛心血。"全书收笔记文271篇,内容涵盖文史掌故、读书笔记、艺坛轶事、民间传闻诸方面,时人称其书:"其事则史,其志则洁,其文则清俊,其语则风趣,于政治社会道德文艺,皆有可观。"其中记载南社人物活动的文章就有《苏曼殊与麦芽塔饼》《陈佩忍之赎碑记》《柳亚子点将》《南社二十周年》等,书中有金鹤望、包天笑、柳亚子、王西神等20余位名家题词,孙东吴、严独鹤、周瘦鹃等名家序言,还有照片《烟桥四十造像》《鸥夷室著书图》以及沈雪庐绘《鸥夷室酿诗图》等。对南社研究的史料不无可补。

荣宝斋画谱·132·山水部分 国画选。黄宾虹绘。1册。荣宝斋出版社2001年初版。有陈毅题词。有黄宾虹照片和简介。卢辅圣作序。含峨眉龙门峡、沽酒还山图和黄山西海门等山水画60幅。

荣宝斋画谱·133·花卉部分 国画选。黄宾虹绘。1册。荣宝斋出版社2001年初版。有陈毅题词。有黄宾虹照片和简介。王中秀作《粗枝大叶话宾虹》。含墨梅、绣球和芙蓉翠鸟等花卉画44幅。

胡子婴(1907—1983) 浙江上虞(今绍兴市上虞区)人。女。原名晓春,笔名宋霖。南社纪念会会员。青年时代即从事民主革命运动。1927年到上海参加总工会活动,四一二反革命政变时遭通缉。1931年九一八事变后投入抗日救亡运动。1935年12月参加发起成立上海妇女界救国会,与史良、罗叔章、沈兹九等共同创办中华女子职业学校。1936年6月任全国各界救国联合会干事会总干事,在营救"七君子"时为宋庆龄的重要助手。1937年抗日战争全面爆发后与何香凝、许广平、史良、沈兹九等在上海成立中国妇女抗敌后援会(后改名中国妇女慰劳自卫抗敌将士总会上海分会)。抗战期间在重庆主持办理小学、简易医院、消费合作社等福利事业。1945年参与发起组织民主建国会,并支持宪政促进会、经济事业协进会等进步团体。中华人民共和国成立后历任政务院财经委员会副秘书长,上海市人民政府委员,商业部副部长兼任全国工商业联合会副秘书长、代理秘书长、常务委员,第一、二、三、四届全国人大代表,第五届全国政协常务委员,民建中央常务委员,全国妇联常务委员,中国儿童和少年基金会副会长等职。1983年11月30日在北京病逝。著有小说《滩》。

胡允恭(1878—?) 江苏丹阳人。字尹谐,亦字寅阶,号畏盦。南社社友。1911年3月15日由林懿均介绍入社,入社书编号133。民国成立前曾供职于丹阳商会。

胡石予(1868—1939) 江苏昆山人。名蕴,字介生，号石予，别署石翁、萱百、瘦鹤等。南社社友。1911年10月6日由高旭、余天遂、柳亚子介绍入社，入社书编号190。为南社耆宿。早年与同学友人结文社，学画梅，习刻印。1884年设家塾收学生授经书。1885年考中秀才。1906年考入上海甲种师范，次年毕业后在苏州草桥中学（亦称江苏省立苏州第二中学、草桥学舍）任国文教员兼舍监职务。后参加国学商兑会，与高燮等交谊甚厚。时有昆山胡石予、金山高吹万（燮），加之武进钱名山（振锽），被誉为“江南三大儒”。曾在私立振华女学、江苏省立苏州第一师范学校任教。1937年抗日战争全面爆发后，为避战火，先后避居陈墓、铜陵，1939年因病客死他乡。生平著述甚多，主要有《半兰旧庐诗集》《半兰旧庐文集》《炙砚诗话》等。又擅画，尤以梅花著称于时。

胡朴安(1878—1947) 安徽泾县人。原名有忭，后更名韫玉，字仲明，一作颂民，号朴安，又号朴庵，别署半边翁。南社社友、新南社社员、南社纪念会会员，语言文字学家。1910年12月17日由朱少屏介绍入南社，入社书编号97。1906年赴上海加入国学保存会，后又进邓实主编的《国粹学报》，任撰稿、编辑。1909年加入中国同盟会。1911年与戴季陶在上海主办《民权报》。同年11月《民国报》在上海创刊，与邓实、黄节等为该报主要撰稿人。1912年任《太平洋报》专电编辑。曾先后任《民立报》《中华民报》《天铎报》《民强报》《民国新闻》等报编辑，并兼任中国公学、复旦公学教授。还参加民国初年成立的国学商兑会，与高旭、高燮同为编辑，出版“国学丛选”。1914年任福建省巡阅使署秘书，后又任福建省图书馆馆长。1920年与汪子实在上海发起成立鸥社。1923年与柳亚子、叶楚伧、邵力子、陈望道等8人发起成立新南社，任新南社编辑主任兼会计。1926年任《民国日报》社社长。1928年与姚光、陈乃乾发起组织中国学会，并于次年1月1日召开成立大会，担任会议主席，会后被推为编辑部主任干事。1930年应叶楚伧之请出任江苏省政府委员兼民政厅厅长、考试院考选委员会专门委员，二年后辞去职务返回上海，任教于大夏大学、复旦大学、东吴大学、暨南大学、上海大学等校，并任正风文学院教务长、新中国文学院院长、上海市通志馆馆长等职，主持《民国日报》笔政。1937年抗日战争全面爆发后任上海政论社社长。抗战胜利后复任《民国日报》社长、上海市通志馆馆长。1947年7月9日在上海病逝。工诗，长于训诂之学。生平著述颇富，主要有《中国学术史》《中国文字学史》《中国训诂学史》等，编有“朴学斋丛书”及《南社词集》《南社诗话》等。弟胡寄尘为南社社友，女胡渊为新南社社员，子胡道彤为南社纪念会会员。

胡朴安

胡朴安讲文献 学术著作。胡朴安著。1册。江苏凤凰出版社2011年初版。列入“近代学术名家大讲堂”第四辑。葛剑雄作近代学术名家大讲堂总序。含古书校读法与文字学ABC。其中，古书校读法包括绪论、论校书法和论读书法等篇；文字学ABC包括文字源流、六书条例和研究书目等篇。

胡先骕(1893—1968) 江西新建人。字步曾，一作先啸，号忏庵，亦作忏安。南社社友，诗人、植物学家。1914年由杨杏佛、梅光迪、柳亚子介绍入社，入社书编号441。早年就读于京师大学堂，后两度留学美国。1916年获美国加利福尼亚州伯克利大学学士学位，1925年获哈佛大学植物分类学博士学位。1914年在美国时参与发起组织中国科学社。归国后历任南京高等师范学校、东南大学、北京大学及北京师范大学、清华大学等校教授。为国立中正大学首任校长、中央研究院院士、评议员。1922年1月与梅光迪、吴宓等人在南京创办《学衡》杂志。1928年与秉志创立北平静生生物调查所。1933年与江西农业院合办庐山植物园。历任中国科学社生物研究所植物部主任、北平静生生物调查所植物部主任及所长、庐山森林局局长、中国植物学会第一任会长等职。1938年又与云南教育厅合办云南丛林植物研究所，任所长。长期从事植物分类学、经济植物学、植物地理学及古植物学研究。1948年与郑万钧联合发布《水杉新科及生存之水杉新种》论文，轰动国际植物学界。1949年4月16日参加在北京中山公园来今雨轩举行的南社、新南社最后一次联合临时雅集。平生广结文友，能诗擅词。1968年7月16日去世。著有《忏庵文稿》《忏庵诗稿》（由钱钟书代为

胡先骕

编订)等,编有《植物分类学简编》《中国植物图谱》(5卷,与陈焕镛合编)。译著有《汉译科学大纲》(与任鸿隽、杨杏佛等合译)等。今有《胡先骕文集》行世。

胡先骕文存 文集。胡先骕著,张大为、胡德熙、胡德焜编。2册。江西高校出版社1995年初版(上卷);南昌中正大学校友会1996年初版(下卷)。有胡先骕像10余帧。上卷收论著49篇、忏庵诗、忏庵词,附胡总宪公遗草、墨香居士诗稿、忏庵诗篇名索引、胡先骕著作及论文总目录(人文科学部分)、新人文主义在中国的首次倡导和胡先骕与古典诗;下卷收论文73篇、译著17篇,附胡先骕著作及论文总目录、胡先骕传、"乐天宇事件"与"胡先骕事件"和编后记。

胡先骕先生诗集 一名《忏庵诗稿》。诗集。胡先骕撰。1册。由台北原中正大学校友会1992年初版。柳诒徵、范军、卢弼、马宗霍分别作序,陈三立、江翰、袁思亮分别题识。收1916—1964年古近体诗280余题近400首。钱钟书校订并作跋。

胡伯孝(1884—1958) 广东顺德(今佛山市顺德区)人。名熊锷,字伯孝。南社社友、广东分社社员。1915年12月6日由蔡哲夫、缪鸿若、孙仲瑛介绍入南社,入社书编号577。曾任广州市教育局督学。1917年3月参加南社在广州六榕寺举行的广东分社第一次雅集。20年代参加广州诗钟社。抗战胜利后恢复重组广州诗钟社,并发起征求新社友。善诗,尤其对"小学"颇有研究。中华人民共和国成立后受聘为广东省文史研究馆馆员。

胡伯翔(1897—1989) 江苏江浦(今南京)人。南社社友、新南社社员、南社纪念会会员。1923年2月8日由胡朴安、胡惠生、郑家祚介绍入南社,入社书编号1108。为画虎名家胡郯卿之子,有家学渊源,又擅画山水。1913年迁居上海。曾任东方美术出版社、中华摄影杂志社经理,上海家庭工业社常务董事兼总经理。画作有《嘶风图》《春风烂漫牧牛陂》等。

胡伯翔画集 国画选集。胡伯翔著。1册。上海书画出版社1997年初版。周谷城题签。有胡伯翔照片。苏步青作前言。龙榆生题词。王一亭画、吴昌硕题胡伯翔画像。收作者画作40多幅。后记叙述胡伯翔艺术生涯。

胡宝贞(生卒年不详) 浙江嵊县(今嵊州)人。女。南社纪念会会员。丈夫王晓籁,亦为南社纪念会会员。

胡承枢(1890—?) 浙江嘉善人。字斗文。南社社友。1916年6月3日由余十眉、李拙介绍入社,入社书编号613。

胡 荦(1884—?) 湖南宁乡人。字锷尘。南社社友。1916年10月26日由傅熊湘介绍入社,入社书编号715。1911年曾为《大江报》主要撰稿人。民国初期任职于湖南《长沙日报》。

胡剑鸿(生卒年不详) 籍贯未详。新南社社员。

胡洪湛(生卒年不详) 江苏南汇(今属上海市浦东新区)人。字砚锄,号一庐。南社社友。1917年10月5日由顾敡、朱寿蘐介绍入社,入社书编号984。

胡栗长(1878—?) 浙江绍兴人。名颖之,字栗长,别署力涨,又号幸止。南社社友。1909年11月由陈去病介绍入社,后补填入社书,编号91。是参加南社第一次雅集暨成立大会的17位社友之一。曾为江苏巡抚瑞澂幕府。1923年7月主编《新奉化》。著有《粪心簃诗草》《全韵诗》《客蜀杂录》等。

胡 渊(1901—1926) 安徽泾县人。女。名透珠,后改名渊,字沣平,号南香,别署安吴女子。胡朴安之女。新南社社员,画家。毕业于城东女学,肄业于南方大学,曾任爱国女学教员。嫁于秋浦许氏。工诗善画。曾为高燮绘《风雨勘诗图》《黄山看云图》,画艺颇得黄宾虹等老画师称誉。1923年秋作《朴学斋话酒图》,画上有余十眉、胡寄尘、胡朴安、胡渊、陈希虞、叶楚伧等人题诗。同年冬参加由南社骨干人员组成的岁寒集三次雅集活动,并有摄影留念。1942年高燮有《题沣平女史遗画册》七绝5首以纪念之。著有《南香诗钞》《南香画语》《随感录》等。

胡寄尘(1886—1938) 安徽泾县人。原名有怀,后更名怀琛,字季仁、季尘,号寄尘,别署秋山。南社社友、新南社社员、南社纪念会会员。1910年12月23日由朱少屏介绍入南社,入社书编号105。幼年随二哥朴安学习"四书"。稍长负笈上海育才学堂(南洋中学前身),接受新学。1911年毕业后任《神州日报》编辑。武昌起义爆发后与柳亚子在上海主编《警报》,并结为金兰。辛亥革命后又佐助柳亚子办《太平洋报》,任编务。1913年二次革命失败后报纸停办,转任文明书局、广益书局、进步书局编辑。1925年任《戏剧丛报》编辑。1924年起任商务印书馆编辑,主编《小说世界》。1932年起任上海通志馆编纂,主纂《学艺编》。曾任上海沪江大学、中国公学、国民大学、持志大学、正风文学院、上海艺术师范大学、南方大学、上海大学、爱国女校等校教授。1938 年在上海病逝。生平著述宏富，主要有《中国文学史概要》《中国历代小说史论》《中国民歌研究》等，以及《清季野史》《胡寄尘说集》《修辞学要略》等。兄胡朴安亦为南社社友，子胡道静为南社纪念会会员。

胡寄尘说集 短篇小说集。胡怀琛著。上海大东书局 1927 年 5 月出版。收录反映社会情状小说 14 篇。《心血与粪土》描述作家感慨于为生活而创作的艰辛；《不得了》则以教师忙于教学、姑娘忙于牌局、富绅忙于应酬、佛学家忙于讲经的社会众生相为描述对象；《飘泊》则以写实的手法，描写一位单纯的女子在婚姻上所受到的挫折。其余还有《过渡时代的痛苦》《歌者》《闲人》等。

胡蒉卿(生卒年不详) 籍贯未详。南社社友。由社友介绍入社，未填写入社书，介绍编号 55。

胡惠生(1894—1956) 安徽泾县人。原名道笈，后改名道吉，字蕙荪，一字惠生，化名朱晓春，笔名孤芳。胡朴安的侄子。南社社友、新南社社员、南社纪念会会员。1915 年 7 月 29 日由胡寄尘介绍入南社，入社书编号 552。19 岁进入《太平洋报》任职。20 年代初期在沪宁、沪杭甬铁路局编查课任课员。后又在胡朴安、朱贯成等创办的“俭德储蓄会”所出版的学术月刊中任主编，并主持月刊的《三余漫载》栏目。1923 年冬参加由南社部分人员组成的岁寒社集。30 年代初曾任江苏省民政厅厅长秘书、《民报》馆编辑。1941 年 12 月太平洋战争爆发后由上海返回泾县，创办龙坦中学。先后任《民国日报》《文汇报》《正言报》及昆明《中央日报》等主笔、总编辑等职。后又任重庆“中央通讯社”编辑。

胡道彤(1921—2006) 安徽泾县人。胡朴安三子。南社纪念会会员。1933 年始在上海求学，1938 年入上海圣约翰大学攻读经济学。1946 年在上海市文献委员会任助理编辑。中华人民共和国成立后在上海市政府行政处任职。1982 年迁居澳门。与其兄胡道彦整理胡朴安所编“朴学斋丛书”，并在台湾出版。

胡道静(1913—2003) 安徽泾县人。笔名火焉、李诗、绵铃。南社纪念会会员，中国科技史、中国古农史、《梦溪笔谈》研究学者。1928 年入上海持志大学文学院国学系，师从胡朴安、陈乃乾治版本学、目录学，1931 年毕业。次年随父亲胡寄尘进入上海市通志馆任编辑，后任上海《通报》主编。曾任南社纪念会事务部主任。1937 年抗日战争全面爆发后在中学执教。后任《中美日报》《大晚报》编辑、记者。1941 年 12 月太平洋战争爆发后去金华、屯溪继续从事抗日新闻工作。抗战胜利后回到上海。中华人民共和国成立后历任华东军政委员会文化部文物处图书馆科科长、中华书局上海编辑所编辑，后任上海人民出版社编审、农业出版社顾问、国务院古籍规划小组成员、上海市古籍规划小组顾问，兼任上海师范大学古籍研究所、华东师范大学图书馆系教授，并任上海科技史学会理事长等职。1981 年被选为国际科学史研究院通讯院士。2003 年 11 月 5 日在上海病殁。著有《梦溪笔谈校证》《农书与农史论集》《上海图书馆史》《沈括诗词辑存》等。

胡道静

胡蒙子(1880—1955) 浙江嘉善人。名兆焕，字梦珠，一字梦朱，号蒙子。南社社友。1917 年 4 月 15 日由郁佐梅、余十眉介绍入社，入社书编号 870。1899 年秀才。曾就读于上海师范学堂。辛亥革命后入南京政法专门学堂习法律。1915 年在江苏金山县创办金山师范讲习所，任所长。1917 年到嘉兴任浙江省立第二中学学监。1918 年曾随浙江省教育厅考察团赴日本考察。1920 年应张謇、黄炎培之邀，任江苏南通女子师范学校教员及上海浦东中学学监。1925 年在上海与学生一起参加五卅运动。1926 年回到嘉善创办县立初级中学，为首任校长。1927 年任南京中学校长秘书，襄理校政，后改任南京女子中学校长秘书。1931 年任浙江省教育厅干事，兼省法律法规审查委员会委员、浙西水利议事会议员等职。1934 年任浙江大学文学股主任。抗战期间任昆明西南联大总务处干事。1946 年退休后回原籍，任嘉善西塘文化馆馆长、嘉善县修志馆馆长。1953 年受聘为浙江省文史研究馆馆员。著有《张氏二先生集序》等。

胡蒙子

胡藻斌(生卒年不详) 广东顺德(今佛山市顺德区)人。字显声。南社纪念会会员。

南北词简谱 曲谱词韵。吴梅编著。2 册。河北教育出版社于2002年7月出版。为《吴梅全集》之一。全书共10卷，分南词、北词两部分，其中卷一至四为北曲，卷五至十为南曲，共收录曲牌1 212个，包括北曲曲牌332个、套数格式62个、南曲曲牌880个、套数格式92个。卷首有“诸家论说”，分北曲诸说和南曲诸说两部分，杂采《太和正音谱》《宗北归音》、词隐旧谱诸书成之。在内容上，该书“书中征引，北主《太和正音》，南主《九宫谱定》，所收每一曲牌，皆系于所属宫调以下，详细注明字格、韵脚、管色、正衬、用法”。每一宫调后，还附录数套格式。全书还附录1 000多首历代曲文佳作作为例曲。吴梅从1920—1931年编写此书，自谓“集毕生精力”。吴梅生前一直未能付梓。直至吴梅去世后，才由其学生卢前于1939年将此书在重庆白沙镇石印问世。

南北党会英雄传第一集·哥老会演义 小说。姚济民著。1册。上海华成书局1936年初版。含救侄女深宵杀势恶·遇吐蕃绝处得名师、食客被捕激怒大师子·公差仗义释放今孟尝和误会寻仇莽文高当场受辱·好勇狠斗义周忍出任调停等10回。每回有一插图。

南讯 江苏省南社研究会会刊。不定期。编辑由柳光辽、白坚、张末梅等担任。1994年创刊。该刊的主要栏目有南学文萃、人物留踪、文史掇拾、南学动态、诗词园地、南社遗篇等。并先后以纪念专栏的形式刊载陈去病、姚鹓雏、范光启、柳抟霄、俞剑华、胡怀琛、高天梅、林庚白、叶楚伧、郑桐荪、胡朴安、刘三、高吹万、沈体兰、周实、阮式、朱少屏等南社成员纪念回忆文章。

南巡秘纪 笔记。许指严著。1册。上海书店出版社1997年初版，“民国史料笔记丛刊”之一。顾美华作出版说明。含自序、补编自序。含幌子僧、水剧场、幻桃、无发国母、野叟曝言全稿、一夜喇玛塔、唯一之孔雀翎、青芝岫小史和海宁陈墓拾闻等10篇。

南巡秘纪补编 传奇小说。许指严撰。国华书局印行（出版日期不详）。全书包括“黄角蜂”“西湖画稿”“锦缆牙樯”“烟花三月”“小霸王案”“西域邪咒”“无遮大会”“伪皇孙案”“同乐园之买卖街”“杨瑞莲”“福康安”“朱印孽缘”“黑牡丹诗”“一柱楼诗”“倡优大学士”“拒谏”“破铜烂铁”“盗玉马”“热河热”“黄鹤楼”“镜湖亭”等20余篇，讲的都是清朝乾隆皇帝南巡过程中的传闻轶事。小说多叙述乾隆奢侈糜烂的生活，对其贪恋江南山水及女色不乏批评之意。小说也写乾隆对待纪晓岚等文人的讽谏采取强硬而不接受的态度。书中涉及宠臣和珅及一些达官贵人的劣行，也有不少奇闻怪事。

南园丛稿 文集。24卷，12种，15册。张相文撰。北平中国地学会1929—1935年出版。张一麐题签、署端。庄蕴宽、柳诒徵分别作序。卷一为《西游录今释》；卷二为《湛然居士年谱》；卷三为《成吉思汗陵寝辩证书》；卷四为《游记七篇》；卷五为《韩边外志》；卷六为《南园诗存》（189题）；卷七、卷八为《南园文存》（45篇）；卷九至十二为《沌谷笔谈》，前有傅增湘署端，张慰西先生六十五岁时肖像；卷十三、十四为《帝贼谱》；卷十五、十六为《中国地理沿革史》，前有傅增湘署端；卷十七至十九为《佛学地理学》，有慰西居士周甲留影；卷二十至二十四为《万法精理》，前有傅增湘署端；附有《沌谷居士他种著作有时代关系不需再印者备目》《泗阳张沌谷居士年谱》《泗阳张沌谷居士荣哀录》。

南沙马宋湘莲悼集 哀挽录。沈天民（觉人）编。不分卷，1册。浦东大团马传经堂1926年铅印本。王西神题签。有扶风世伯母宋夫人遗像。宋傅功作《诔扶风胞妹》。沈天民作序。有《扶风世伯母宋夫人家传》。有悼词、悼诗、联额等。沈天民、张天方、陈润之、唐其寅、杨了公。闵廷栋、金廷儒、金静僧、顾宪融分别作五古律绝悼诗。吴孝仁、朱梦梅、翁平江、盛世莹、金韫冰分别作五律悼诗。闵廷栋、康焕文分别作五绝悼诗。胡懒陀、王麟书、宋傅第、孔祥伯、蒋元庆、华文锺、王一亭、王韫章等作七古、律、绝悼诗。

南社 社团名。清末民初全国性的特大文学团体。1909年11月13日在苏州成立。南社之冠名为南，有多种诠释，其中被普遍认知的是：“南者，不忘本也。”南社主要发起人为陈去病、高旭与柳亚子。前后两任主任（即社长）为柳亚子与姚光。南社社址（即常设联络点）与主要根据地则始终在上海。江苏、浙江、福建、湖南、广东及辽宁六地均先后建立分社（其中以湘社活动时间最长，辽社仅创立而无连续活动）。南社创世之初即与中国同盟会并称为反清革命的一双犄角。同盟会江、浙、湘、鄂、粤等分会的领导人多属南社社员。南社出版《南社丛刻》，先后共出版22集。1923年因内讧而解散。同年10月由柳亚子、叶楚伧等改组为新南社，社长仍为柳亚子。姚光、朱少屏、叶楚伧等绝大多数南社老社员均转入新南社，并出版《新南社社刊》(仅出版1集)。1935年12月29日南社与新南社社友又一同举办南社纪念会，仍由柳亚子任会长，并推举蔡元培为名誉会长。1937年抗战全面爆发后，上海沦陷，南社集体活动从此终止。直到1949年4月16日中华人民共和国成立前夕，柳亚子在北京具有纪念意义的中山公园来今雨轩邀聚最后一次南社、新南社联合雅集，正式宣布南社光荣完成使命。

南社一百零九将　南社掌故。1934年3月4日白天，南社同人在上海西藏路宁波同乡会召开追悼陈去病大会，晚上在又上海北四川路新亚酒店举行临时雅集。参加者既有南社社员，也有向风慕义的非社员，共109人。柳亚子、胡寄尘等仿东林点将录，以水泊梁山英雄的绰号相拟，排出109将，名单如下：

1. 梁山泊开山头领托塔天王蔡元培
2. 天魁星呼保义柳亚子
3. 天罡星玉麒麟郑佩宜
4. 天机星智多星陈陶遗
5. 天闲星入云龙朱少屏
6. 天勇星大刀叶楚伧
7. 天雄星豹子头刘季平
8. 天猛星霹雳火林庚白
9. 天威星双鞭林一厂
10. 天英星小李广徐蔚南
11. 天贵星小旋风潘公展
12. 天富星扑天雕包天笑
13. 天满星美髯公孙仲瑛
14. 天孤星花和尚朱凤蔚
15. 天伤星行者宋寰公
16. 天立星双枪姜可生
17. 天捷星没羽箭姚雨平
18. 天暗星青面兽费公直
19. 天佑星金枪手余十眉
20. 天空星急先锋吴豹军
21. 天速星神行太保陆丹林
22. 天异星赤发鬼冯心侠
23. 天杀星黑旋风冯自由
24. 天微星九纹龙毛啸岑
25. 天究星没遮拦张心芜
26. 天退星插翅虎张挥孙
27. 天寿星混江龙丘潜庐
28. 天剑星立地太岁周志成
29. 天平星船火儿朱剑芒
30. 天罪星短命二郎王立佛
31. 天损星浪里白跳朱云光
32. 天败星活阎罗高君介
33. 天牢星病关索胡寄尘
34. 天慧星拚命三郎胡惠生
35. 天暴星两头蛇徐忏慧
36. 天哭星双尾蝎徐小淑
37. 天巧星浪子陈希虙
38. 地魁星神机军师郑正秋
39. 地煞星镇三山吴开先
40. 地勇星病尉迟朱羲农
41. 地杰星丑郡马姚菊影
42. 地雄星井木犴马祝眉
43. 地威星百胜将殷孟俶
44. 地英星天目将李坚甫
45. 地奇星圣水将军章衣萍
46. 地猛星神火将军陈志皋
47. 地文星圣手书生吴曙天
48. 地正星铁面空黄定慧
49. 地辟星魔云金翅卢葆华
50. 地阎星火眼狻猊陈锦云
51. 地强星锦毛虎郑佩亚
52. 地暗星锦豹子杨静宜
53. 地轴星轰天雷夏漱芳
54. 地会星神算子黄冰清
55. 地佐星小温侯黄鸿荚
56. 地佑星赛仁贵柳无非
57. 地灵星神医许半龙
58. 地兽星紫髯伯凌昭懿
59. 地微星矮脚虎李大超
60. 地慧星一丈青王孝英
61. 地暴星丧门神章铁民
62. 地煞星混世魔王曾今可
63. 地猖星毛头星吴冰海
64. 地狂星独火星吴澍
65. 地飞星八臂哪吒陈宝璋
66. 地走星飞天大圣纪侠中

67. 地巧星玉臂匠唐蓉裳
68. 地明星铁笛仙丁怀芬
69. 地进星出洞蛟陈炳煌
70. 地退星翻江蜃丁炳章
71. 地满星玉旛竿林众可
72. 地遂星通臂猿汤曾敭
73. 地周星跳涧虎陈鹤年
74. 地隐星白花蛇钱释云
75. 地异星白面郎高君万
76. 地理星九尾龟李沆东
77. 地俊星铁扇子郑竞存
78. 地乐星铁叫子凌诵益
79. 地捷星花项虎朱鸿杰
80. 地速星中箭虎黄苗子
81. 地镇星小遮拦严柠檬
82. 地羁星操刀鬼陈无那
83. 地魔星云里金刚吴少薇
84. 地妖星摸着天马公愚
85. 地幽星病大虫陈克成
86. 地僻星打虎将沈君匋
87. 地空星小霸王王秋厓
88. 地孤星金钱豹戴云超
89. 地全星鬼脸儿宋之强
90. 地短星出林龙唐闰生
91. 地角星独角龙唐荃生
92. 地囚星旱地忽律朱云平
93. 地藏星笑面虎唐一民
94. 地伏星金眼彪冯超尘
95. 地平星铁臂膊沈志远
96. 地损星一枝花高尔柏
97. 地奴星催命判官沈中路
98. 地察星青眼虎顾依仁
99. 地恶星没面目朱翊新
100. 地丑星石将军张景龙
101. 地数星小尉迟周宪文
102. 地阴星母大虫陈明珠
103. 地刑星菜园子李迦陵
104. 地壮星母夜叉何梅英
105. 地劣星活阎婆王安浦
106. 地健星险道神金瑞石
107. 地耗星白日鼠金鲁望
108. 地贼星鼓上蚤张鑫长
109. 地狗星金毛犬陈霭麓

南社三友 南社掌故。周实丹，名桂生。周伟，字人菊。高旭，号天梅。三人因以桂、菊、梅为“南社三友”。后来周实丹成仁逾年，周人菊赠天梅一诗云：“块垒填胸酒满卮，伤心怕忆白门时。寒梅瘦菊都无恙，独少飘香桂一枝。”

南社三刘遗集 诗文合集。刘今希、刘约真、刘鹏年撰，巫雪敖编。1册。中华印刷厂1993年印行。郑逸梅题签。有刘今希、刘约真、刘鹏年照片和刘约真、刘鹏年手迹影印。周子美作《序文》。分别有刘泽湘、刘约真和刘鹏年传略。收有钓月山房文存、钓月山房诗存、峭嶙吟馆文存、峭嶙吟馆诗存、鞭影楼文存、鞭影楼诗存和鞭影楼词存。有附录和编后记。

南社大事记 南社文献。柳亚子于1936年撰，1938年修改。载郑逸梅《南社丛谈》。记载1909年11月至1922年南社18次雅集的时间、地点、到会者人数、来宾人数、活动内容、所推定的编辑员、书记、会计、庶务员以及《南社丛刻》第一至二十一集出版的年月、编者，写明自1914年3月29日第十次雅集起改编辑制为主任制，并记明1912年10月29日第七次雅集时柳亚子宣布出社，1913年3月16日、10月16日先后两次函请柳亚子复社，均未允，直到1914年10月10日第十一次雅集时，柳亚子当选为主任（1918年10月10日辞主任职）兼会计、书记，当时增设的干事的姓名；记载1923年10月新南社成立到翌年10月三次活动的具体时间、地点、到者人数、两次南社临时雅集的时间、地点、社长、编辑主任、干事、会计、书记；记载南社20周年纪念的发起人、时间、地点、到者人数、两次南社临时雅集的时间、地点、到者人数以及南社纪念会成立的年月、到者人数以及第二次聚餐会的时间、到者人数、南社纪念社名誉会长、文书部、会计部、事务部主任的人员。

南社上海俭德储蓄会临时雅集 南社重要活动。1922年7—8月间部分南社社友在上海福生路（今罗浮路）俭德储蓄会举行。此次雅集由胡朴安发起，到者有胡朴安、姚光、于右任、叶楚伧、邵力子、田桐、徐珂、包天笑、周斌、刘筠、余十眉、吴相融、朱剑芒、汪精卫共14人。此次雅集未有照片留存，但朱剑芒《南社感旧录》中有所记述。

南社上海徐园双清别墅临时雅集 南社重要活动。1916年4月19日在上海徐园双清别墅举行。到者有高旭、赵其相、拓鲁生、朱少屏、陆更存、孙逸清、钟慎庵、周志成、钱新之、白中垒、汪文溥、周景瞻、张心芜、庞檗子、徐粹庵、陈家鼎共16人。此次雅集摄有一影,照片见《南社丛刻》第十七集,照片标题作《南社临时雅集摄影》。

南社上海愚园倚翠轩临时雅集 南社重要活动。1916年8月20日在上海愚园倚翠轩举行。到者有萧韵珊、徐梦鸥、戴星一、周越然、钟慎庵、杭席洋、谢英伯、申睨观、朱无射、黄箕荪、王蓴农、叶楚伧、曹凤仪、吕志伊、蔡冶民、许苏民、朱少屏、徐朗西、姚鹓雏、刘季平、汪文溥、费龙丁、马君武、汪子实、姜杏痴、郑仄尘共26人。此次雅集摄有一影,照片见《南社丛刻》第十九集,照片标题作《南社临时雅集摄影》。

南社小说集之编纂介绍 南社文献。载郑逸梅《南社丛谈》。说明《南社小说集》是《南社丛刻》以外的辅佐读物。1917年4月由文明书局发行。只出一期,没有续刊。简介书中有周瘦鹃《自由》、成舍我《黑医生》、程善之《儿时》、叶小凤《贼之小说家》、王钝根《予之鬼友》、赵苕狂《奇症》、胡寄尘《黄金》、闻野鹤《媒毒》、姜杏痴《蛇齿》、叶中泠《云》、王大觉《红爪郎》、孙阿瑛《伤心人语》、项少芹《哀川民》等社员小说。

南社广东分社 即"广南社"。

南社广东分社第一次雅集 南社重要活动。1917年3月25日在广州六榕寺举行。到者有陈洒芹、杜

南社广东分社第一次雅集

贡石、卢博郎、李孟哲、杨鹤廉、谭愚生、黄青海、刘景初、凌去愚、谢次陶、陈耿夫、刘筱云、邓绍穆、朱介如、徐信符、陈萝生、邓芰郎、张悔庵、孙仲瑛、萧吉珊、朱凤言、李菊生、方韵松、莫凤孙、陈新吾、蔡寒琼、姚粟若、蔡行严、罗敏夫、周竹朋、梁宇皋、刘西航、吴砥如、张藻林、汪精卫、释铁禅、尹笛云、叶梦庐、张处莘、胡伯孝共40人。此次雅集摄有一影,照片见《南社丛刻》第二十集,照片标题作《南社广东分社第一次雅集摄影》。

南社广东籍成员名录 广东南社研究会整理,刊出在《广东南学》第一期第三版。名录前有"按语":广东籍的南社成员颇多,兹从郑逸梅《南社丛谈》中录出169人,以供研究参考。基于史料所限,容有不实、不详,敬祈识者救正。本报欢迎有心人士撰写这批成员的传稿,或提供佚闻资料。

南社广东籍社员一览表 1992年刘逸生根据1935年《南社诗集·姓名籍贯考》、1935年《南社广东分社社员姓氏录》、第六期《湘集·南社湘集姓氏录》、郑逸梅《南社丛谈·南社社友姓氏录》4种资料整理的关于广东南社社员姓、名、字、籍贯的"姓氏录"。去除重复,共计收录213人。载广东中华诗词学会编《更振天声唱大风——纪念南社83周年学术论文集》。

南社王大觉诗文集 诗文集。王大觉撰,王之泰、丁俭编。1册。香港中国美术出版社2009年出版。有王大觉遗像,费公直题字,柳亚子诗《哭玄穆》,柳光辽作序。含《风雨闭门斋遗稿》(刘三署端,陈去病作《王玄穆传》,丁逢甲、沈昌直、柳弃疾、凌景坚分别作序,傅熊湘、周斌题词,柳弃疾文《风雨闭门斋记》),《风雨闭门斋诗稿》(胡朴安署端),《乡居百绝》(曹家达署端),《留都游草》(姚鹓雏署端),《风雨闭门斋外集》,《王大觉诗文拾遗》,《海天新乐府》,《风雨闭门斋诗稿笔存》等。

南社巨子多半凋零矣诗以恸之 诗篇名。七律。余一(十眉)作。刊于1916年1月《南社丛刻》第十五集。自辛亥革命至诗人创作这首诗的1915年左右,其间以孙中山为首的革命在推翻清政府以及讨伐袁世凯的二次革命等战斗中牺牲的南社社员依次有周实丹、阮梦桃、宋教仁、宁调元、杨德邻、陈子范、周祥骏、范光启、陈家柽、吴鼎、仇亮、姚勇忱、陈以义等,诗人为悼念这些牺牲的社友创作了此诗。本篇抒发了感叹死者,嗟怨生者,意兴慵懒,只能借酒浇愁的深情,感慨无数人多年来为这些死难的烈士流尽了眼泪,这些革命志士的一代雄文仿佛消失在黑暗中了。

革命力量遭摧残，仿佛夜半疾风摧碧英，残春微雨打落花。清政府已经被推翻，像南宋谢翱在浙江桐庐严子陵钓台的西台哭祭爱国亡灵成什么事呢？痛悼死难烈士，伤时感世，感情深沉；熔铸古诗词，古色古香。

南社长沙分社 社团名。南社支社之一。南社社友傅熊湘、孔昭绶等于1912年9月25日，在长沙烈士祠举行第一次雅集上发起成立。1916年6月9日雅集于长沙寿星街琴庄。当年秋，又雅集于长沙枣园。1917年4月25日，举行第四次半园雅集。1923年，柳亚子将南社改组为新南社。南社一般思想保守的社友纷纷参加长沙分社，社长刘鹏年，在长沙分社基础上于1924年4月成立南社湘集。

南社长沙雅集纪事 南社文献。① 载1912年10月10日《太平洋报》。报道当年9月25日（夏历中秋）由社员陈佩忍、李经畲、傅钝根发起，借长沙烈士祠举行南社临时雅集。具体记叙雅集时傅钝根报告雅集缘由、陈佩忍讲述南社过去之历史及对南社将来之希望，略述文牧希、孔攘夷相继演说。② 载1916年9月25日《长沙日报》。记叙南社长沙社员傅尃、黄钧、陈家鼒、孔昭绶、马卓等30人于长沙枣园举行雅集的盛况，由主席傅尃（熊湘）报告事务，出示宁调元所作《南社序》，并作跋，追忆当年湘、吴两地文人过从交往情况。

南社六老 南社掌故。指当时南社中6位年高德重的老人。他们是王海帆、方宗钧（字鹤卿）、洪炳文（号楝园）、饶芙裳、赵光荣（号枚叟）、吴恭亨（字悔晦）。据郑逸梅《南社丛谈》记载："南社社友中，当时德高望重的有余杭王海帆、湘潭方鹤卿、瑞安洪楝园、梅县饶芙裳、丹徒赵枚叟、慈利吴悔晦。共六人。"

南社北京通讯处 或称"北京南社事务所"。社团名。南社分支机构之一。1912年7月由田桐、杨杏佛发起成立于北京《国光新闻》社内。随后，在北京南社社友举行过多次雅集。1913年4月27日，北京畿辅先哲祠雅集，决议将南社机关部设于北京。同年5月1日，《民主报》发表《南社启事》，正式公布4月27日畿辅先哲祠雅集各项决议，宣布"设立总机关于北京"，并推举陈去病为北京通讯处主任，公布"暂设前门外大蒋家胡同松江会馆高天梅"为通讯处。此后在京南社社友时有雅集。1913年6月10日，在京社员以崇效寺赏花为名举行雅集。同月，举行北京陶然亭雅集。1916年8月27日，北京中央公园上林春雅集。1916年9月24日，北京徐园雅集。1916年11月22日，北京中央公园雅集。

南社北京第五次雅集 南社重要活动。1913年6月在北京的南社社友为追悼宋教仁、陈蜕庵两位社友而于徐园举行。参加人数不详，高旭有诗记其事，诗题为《南社追悼宋渔夫陈蜕庵两社友席上分韵得"本"字》。此次雅集的文献资料，除高旭所遗一诗之外，其他均无存。

南社四剑 南社掌故。南社俞锷字剑华、傅熊湘号君剑、高旭别号钝剑、潘飞声别署剑士，四人号称"南社四剑"。

南社丛书 国际南社学会编印，柳无忌、高铦、谷文娟、杨玉峰主编。自1994年起出版，至2008年底已出3套20余种。"南社丛书"的编印，是希望丛书能收集保存南社的珍贵材料，供后来的研究者参考采用，同时也提供一个园地，让南社研究的专家学者，发表他们的著作和成果，藉以推动南社的学术研究。

南社丛刻第一集 南社文献。南社编，陈去病、高旭、庞树柏编定。为南社社员诗词文章集。1909年冬出版，前有陈去病《南社诗文词选序》，文选有王无生（钟麒）《登海陵岳墩吊岳少保文》、庞芑庵（树柏）《张鹜庵先生传》与《张永夫先生传》，宁太一（调元）《庄子补释自序》、沈昌眉《分湖文社序》。次为柳亚子《磨剑室文初集》，包括《悲吴图》《巢南杂著叙》《家藏松陵书目叙》《神交社雅集图记》《陶君佐虞家传》等11篇。另有高旭《愿无尽庐诗话》8则。"南社诗录"部分收有刘三、徐自华、徐小淑、苏曼殊、宁太一、姚石子（光）、沈道非、邹亚云、周实丹、高吹万、景耀月、林万里等诸人的作品。其次为高旭《未济庐诗集》、俞剑华《蜚景集诗》、蔡哲夫《有奇堂诗集》。词选部分，吴梅、沈石友等计13首。另收入高旭《钝剑词》、俞剑华《蜚景集词》、袁希谢《寄尘诗稿》和《寄尘词稿》。袁希谢并非南社社员，因其署名寄尘，陈去病录其诗词，徐自华同样署名寄尘，故一并纳入。

南社丛刻第二十一集 南社文献。傅熊湘编。南社社员诗词文章集。1919年12月出版。首冠摄于1919年4月6日上海双清别墅的南社第十七次雅集照片。收文50篇、诗700首、词117首。文录部分宋痴萍《陆镜若传》，叙述新剧运动。诗录部分殷人庵

《天女散华曲》，运用许多梵典。胡朴安《六朝梅》《周鼎》《吸江亭》《听松石》等诗，后来都收入其《京锡游草》。附录一为南社广东分社1917年广州六榕寺第一次雅集分韵诗，附录二为《禺楼清尊集》第一集。

南社丛刻第二十二集 南社文献。陈去病、余十眉编。南社社员诗词文章集。1923年12月出版，姚光印行。首有南社于1922年6月11日于上海半淞园江上草堂举行的第十八次雅集摄影。收文105篇、诗874首、词232首。分订二册，文一册、诗词合一册。王钟麟《感遇篇》、陈柱尊《守玄阁诗学叙例》等两篇为长文。所收李澄宇、刘约真、吴恭亨、丘复、徐仲珂、邵瑞彭、侯鸿鉴、张增泰、姚石子、王大觉、吴梅等人的文章，都是序文。傅屯艮（熊湘）、周树奎、胡石予等人的文章都是记人记物文章。朱梁任《五声》专谈音律，见解新颖。诗录部分文斐《狱中》8首、孙璞《五年二月八日狱中作》，郁怒情深。谢国华、程善之、徐仲珂等人诗作，各具风格。词录部分景梅九《狱中拟春愁》《狱中拟春闺》《狱中清明感事》《狱中拟秋怀》等词作，感时伤怀。附录有《陈佩忍先生征文启》，收入吕志伊、余其锵（十眉）、吴梅、唐昌治、叶楚伧、于右任、马君武、姚光、柳亚子等20多人的应征文章，作者大多是南社社员，主其事者为柏文蔚。

南社丛刻第二十三集·第二十四集未刊稿 南社文稿。柳亚子编。1册。社会科学文献出版社1994年初版。列入国际南社学会“南社丛书”。柳无忌作总序。马以君作前言。第二十三集含30人的文录92篇，23人诗录480首。附文录12篇、南社雅集长沙枣园诗等。第二十四集含12人文录49篇，20人诗录1 124首。

南社丛刻第二十集 南社文献。柳亚子编。南社社员诗词文章集。1917年7月出版。首有邓子彭、温静侯、江山渊、仇冥鸿、陈治元、程韵荪、戴誉侯、王梦仙、张聘斋、蒯啸楼、吴虎头等遗像。后依次为：南社1917年4月15日第十六次雅集，摄于上海双清别墅；南社杭州雅集摄影，1917年4月8日摄于杭州葛荫山庄；南社长沙第四次雅集摄影，1917年4月22日摄于长沙半园；南社广东分社第一次雅集，广东六榕寺；南社长沙雅集摄影，1912年摄于长沙烈士祠；南社雅集摄影，1912年摄于北京黄克强寓所；南社雅集摄影，1916年摄于北京中央公园。文121篇、诗1 042首、词163首。文录部分收王大觉30篇，如《镜里桃花图序》《分湖晚棹图序》等都是风格秾郁之作。所收柳亚子文有《陈勒生传》《陈勒生遗集序》《孙竹丹遗事跋》以及《江苏癸丑以来殉国先烈事略序》。另有孙延庚（署名“今身”）所撰《上海民立中学校友通讯录》。诗录部分收王大觉诗204首。词录部分以邵瑞彭为最多，凡92首。另有《景定成与柳亚子书》，姜可生《王梦仙遗稿征题启》《梦仙遗诗》，丹徒赵逸贤《哭梦仙内子》，金山吴修源《阮太夫人六秩寿辰征诗文启》5个附录。

南社丛刻第二集 南社文献。南社编，南社社员诗词文章集。陈去病、高旭、庞树柏编定。1910年夏出版。“南社文选”部分仅宁太一、王无生、陆绍明等所作共3篇。“南社诗录”部分收入傅君剑、苏曼殊、陈陶遗、杨了公、余天遂、诸宗元、雷铁厓、华子翔等南社社员作品。“南社词选”部分收入陶小柳、高佛子、胡栗长、徐小淑等南社社员的作品。次为《巢南杂著》，收《漠南北建置行省议》，附列表。其次柳亚子《磨剑室诗集》、高旭《未济庐诗集》、周仲穆《更生斋诗》，末附《王席门先生杂记》。席门，明代人，为金山卫遗民，姚石子抄得5篇，作为乡邦文献收入。

南社丛刻第十一集 南社文献。南社编，柳亚子编。为南社社员诗词文章集。1914年8月出版。收文52篇、诗458首、词160首。文录中有黄摩西《清文汇序》《小说林发刊词》《蛮语摭残自序》，瑰丽恣肆。周仲穆（祥骏）八通长札，饶有哲理。诗录如胡石予的律诗，颇得陆游神髓。高天梅《南社哀吟》12章，如《吊宁太一》《哭夏昕蕖》《哀陈蜕生》《悼周仲穆》等，都是悼念南社社员的篇章。

南社丛刻第十二集 南社文献。南社编，柳亚子编。南社社员诗词文章集。1914年10月出版。首冠张同伯（恭）遗像，后页为南社临时雅集摄影。收文77篇、诗712首、词132首。所收文多书札，如胡朴安、姜可生、黄宾虹、姚鹓雏、李经舆、傅钝艮、苏曼殊等人的书札，都是写给柳亚子的。诗如雷铁厓《荒川观樱》、俞剑华《岛南杂诗》，歌咏异域风光。附录一为畿辅先哲祠分咏，咏诗有21人。附录为周公权致南社剑公、石子、安如、剑华、少屏、凤兮等人的一封信，述其父周仲穆（祥骏）的死状，谋刊遗稿。信后，录周仲穆七律《被逮下狱口号》。

南社丛刻第十七集 南社文献。柳亚子编。南社社员诗词文章集。1916年5月出版。首冠南社临时雅集摄影。1916 年 4 月 19 日摄于上海双清别墅，共 16 人。收文 55 篇、诗 494 首、词 132 首。文中有白中垒《阿娜恨史序》《柳溪竹枝词序》，以及吴眉孙《叶中泠词卷序》，都是讲究辞章、文采风流之作。徐半梦《书锗铸生》《书燕之奴》《书馨女丐》，简峭生动。徐血儿《宋先生传略》，范光启《纪宋先生遗事》《再纪宋先生遗事》，均属革命史料。诗多长篇，如叶玉森《温则宫词》《咏英皇维多利亚寝宫宫闱事》。白中垒《梦坡招饮晨风庐》，用十七洽全韵。赵光荣《里湖纪游》长篇 14 章，谢无量《还蜀淹泊峡中》长千余言。词录部分有胡先骕《一枝春》《天香》《声声慢》《齐天乐》，咏西方名花，为创新的佳作。

南社丛刻第十八集 南社文献。南社编。南社社员诗词文章集。1916 年 6 月出版。首冠王道民（时杰）遗像。收文 58 篇、诗 614 首、词 136 首。文录有张破浪的《塔射园感言》，为松郡乡邦文献。万以增《记章公及练夫人事》记唐天祐间诗人章仲德及夫人杨氏事。诗录部分蒋同超 156 首，多纪游之事，如《岳阳》《马当》《浔阳》《琵琶亭》《江宁瞻园》等，都是五言古诗。姚鹓雏 122 首、朱鸳雏 107 首。此外如杨了公、费龙丁、张破浪、顾保瑢、高燮、何昭、高增、姚光，三分之二诗及词是松江人作品。词录部分收入姚鹓雏、杨了公、朱鸳雏、顾保瑢、高燮、高增、姚光的作品。附录一为《九江王时彦致柳亚子书》，附录二为《云崖室遗诗》，附录三为吴梅北越调《寿俞丈粟庐七秩》

南社丛刻第十九集 南社文献。柳亚子编。南社社员诗词文章集。1916 年 11 月出版。首页陈英士遗像二帧，次页黄克强遗像二帧，后依次为杨性恂、吴虎头、林寒碧、杨伯谦、庞檗子等人遗像。第五页为南社第十四次雅集摄影。第六页南社第十五次雅集摄影。第七页南社北京第一次雅集摄影。第八页南社北京第二次雅集摄影。第九页南社长沙雅集摄影。收文 86 篇、诗 684 首、词 132 首。文录部分收入苏曼殊《与邓孟硕书》，余天遂《杨君伯谦传》，蒋万里《吴兴杨君伯谦哀词》及《公祭杨伯谦文》。胡石予《跋快翁墨梅》《大通桥古银杏记》二文，古宕清朴。诗录部分张荔丹《感怀》18 首，都抨击袁世凯称帝。傅屯艮的八律次酒社诗韵，其主题骂袁。诗以湘人所作为多，傅屯艮外，张默君、龚隼庵、龚尔位、骆迈南、刘今希、刘约真、刘雪耘、陈阜苏等湘籍诗人都有诗作入集。另有包天笑《上海竹枝词》《味莼园杂咏》，周瘦鹃《新情歌》及冯春航诗三首。词录部分有陈匪石《逐初三周忌日感赋》《调寄桃源忆故人》。附录一为《陈英士先生事略》《杨性恂先事略》《仇冥鸿先生事略》《吴虎头先生事略》，附录二为《哀陈英士先生》《悼英士先生杂语》《谨书黄克强先生》《悼克强先生杂语》，附录三为长沙南社雅集分韵诗 20 首，附录四为叶玉森《五凤砖砚歌》征求题咏，末附校勘表。

南社丛刻第十三集 南社文献。南社编，柳亚子编。南社社员诗词文章集。1915 年 3 月出版。首冠徐江庵仿瓯香梅花小景，后页录灵芬馆杂著《亡友徐江庵墓志铭》，附柳亚子跋。次页南社王无生（钟麒）、范鸿仙、叶典任（振谟）、李小白（煮梦）、黄摩西、朱谨侯、沈孝则、夏笑盦等 8 人遗像。收文 107 篇、诗 581 首、词 138 首。文有傅钝艮《钝庵诗自后序》《钝庵词自序》《钝庵诗词后序》，程善之《骈枝余话自序》《倦云忆语自序》，胡寄尘《儿童诗歌读本序》，苏曼殊为烂柯山人而作的《双枰记序》。诗录中苏曼殊《东居杂诗》19 首，在《燕子龛集》中允推杰作。刘约真《哭太一》前后 20 首。附录一为吴梅题傅钝艮《红薇感旧图》所作曲。附录二为周仲穆之子周公权来信两封、周仲穆之女周道芬来信两封，都是谈周仲穆遗稿事。附录三为申睨观与同社诸子书。

南社丛刻第十五集 南社文献。柳亚子编。南社社员诗词文章集。1916 年 1 月出版。首冠南社第十二次雅集摄影。这次雅集于上海愚园路云越楼，到 42 人，其中冯超尘、冯皎月、叶南 3 位不是社员。第二页是南社第十三次雅集摄影。地点仍为愚园云起楼，到 27 人，其中王兆坤、姚昆玉 2 位不是社员。第三页为南社临时雅集，地点在杭州孤山西泠印社，合影收入《三子游草》。第四页为南社张伯纯、张惠风、陈仲权、姚勇忱、徐血儿、华子翔 6 位照片。该集收文 102 篇、诗 711 首、词 122 首。文录有苏曼殊信四通，马君武从德国致朱少屏、高天梅信，以及郑叔容《纪侠》《纪盗》《纪暴》等 4 篇。诗录有沈太侔（宗畸）《题高丽闵王妃遗像》等作品。词录部分景梅九《分湖柳》、胡先骕《海国春》。

南社丛刻第十六集 南社文献。南社社员诗词文章集。1916 年 4 月出版。收文 117 篇、诗 842 首、词 133 首。林学衡《梅花同心馆词话自序》、张廷华《香艳丛书序》两篇骈文，雕章缛彩；程心丹的《听英国古乐记》，讲究辞章。诗录部分陈梨梦《毛郎曲》、徐道政《游颐和园》、潘少文《题亚子分湖归隐图》、朱德龙《我所思》、孙璞《壮士行》等都是古风。王海帆《乙卯自述》篇幅最长，有 140 韵。词录中以邵瑞彭 54 首为最多。

南社丛刻第十四集 南社文献。南社编，柳亚子编。南社社员诗词文章集。1915 年 5 月出版。首冠陆子美遗像、《陆生传》。收文 103 篇、诗 869 首、词 164 首。周仲穆《长江赋》用古韵，长一千数百言。程善之的《说枪》《说炮》，仿《考工记》笔法。胡石予《乞兰居》《寄翁菜子》，寥寥数十言，绝类六朝小品。徐半梦《沧海星辰室文存自序》，词藻清丽。王大觉与柳亚子的一通长函，品评文艺有如《典论·论文》。诗歌方面，收有邢启周、刘筱墅、刘泽湘、刘鹏年等人的作品。龚隼庵《九秋诗》、许指严《四十初度祭稿诗》，为长篇古风。另收有丘翊华《自讼》，谢佩青《自励》《自遣》，张荔丹《自祝》等一组文章。

南社丛刻第十集 南社文献。南社编，柳亚子编。为南社社员诗词文章集。1914 年 7 月出版。首列南社社员孙竹丹、陈勒生（子范）、邹亚云、宁太一、夏昕蕖、杜尚陵、周仲穆（祥骏）等遗像，后附各人简历。次为南社临时雅集摄影，下注民国三年五月二十四日。本集收文 61 篇、诗 468 首、词 126 首。文中吕志伊《杨振鸿事略》《黄毓英事略》，都略述先烈生平与事迹。黄摩西《血花飞传奇序》内容与写法都很独特。诸宗元《缶庐先生小传》为后来评论吴昌硕艺术创作提供史实依据。沈太侔（宗畸）以《落花诗》著名，该集诗录中即收有其 10 首《落花诗》。词后附录夏五社集愚园云起楼即事分韵，陈匪石撰有"小识"。

南社丛刻第七集 南社文献。南社编，高燮、柳亚子、王蕴章编辑。为南社社员诗词文章集。1912 年 12 月 1 日出版。收文 45 篇、诗 556 首、词 114 首。文有庞檗子（树柏）《拟沪军都督北伐誓文》、叶楚伧《建国战纪序》、柳亚子《丹徒赵君传》。诗选部分收入姚石子、高佛子各 1 首，俞剑华 117 首。

南社丛刻第八集 南社文献。南社编，胡怀琛代编。1914 年 3 月出版。收文 36 篇、诗 373 首、词 112 首。文中黄宾虹《论上古三代图画之本源》《论画法之宗唐上下编》，胡朴安《中国文学史序》，陈巢南《南粤分疆设治议》，均为长文。诗有宋教仁 11 首。本集载陈蜕庵和儿媳幼孙的合影，照相后页有胡寄尘《蜕老遗事》、柳亚子《哭蜕盦诗》4 首。

南社丛刻第九集 南社文献。南社编，柳亚子编。1914 年 5 月出版。首有南社第十次雅集合影，次页为宋教仁遗像，后有叶楚伧《不尽余哀录》。本集收文 51 篇、诗 414 首、词 129 首。所收文章多传记，如沈道非《越中三先生传》，陈巢南《鉴湖女侠秋瑾传》《徐自华传》《高柳两君子传》，柳亚子《孙竹丹传》《邹亚云传》等。诗以姚鹓雏 61 首为最多。宋教仁诗又补录了 1 首。词后附录《南社第十次雅集记事》，陈匪石笔述。

南社丛刻第三集 南社文献。柳亚子、俞锷代编。1910 年冬出版。本集在编制上开始正规，社员作品得以普遍刊载。第一、二集封面本是粉红色的，自本集起才一律改为瓷青色。文选 43 篇、诗 433 首、词 116 首。专栏取消。首页为岳麟书遗像，麟书系朱少屏夫人，朱少屏撰有其行述。另有苏曼殊《与高天梅论文学书》、黄宾虹《叙印谱》、王无生《明季烈士传叙》、徐自华《鉴湖女侠秋君墓表》、沈昌直《灵芬馆遗址记》、陈去病《垂虹亭长传》。诗选部分收入苏曼殊的绝句、郁曼陀《东京竹枝词》等作品。

南社丛刻第五集 南社文献。南社编，柳亚子代编。1912 年 6 月 1 日出版。本集收文 49 篇、诗 371 首、词 183 首。"文录"中有周仲穆《先祖考太府君墓表》、周实丹《无尽盦札记序》、宁太一《文学林维岳墓志铭》、陈勒生《吊登州董志英女士文》及柳亚子《周烈士实丹传》《阮烈士梦桃传》《追悼会祭周阮二烈士文》等文，充满激情。诗如古直《吊杨笃生》《吊赵伯先》，雷铁厓《哭广州殉义诸烈士》《追悼革命诸先烈》。

南社丛刻第六集 南社文献。南社编，由柳亚子代编。南社社员诗词文章集。1912 年 10 月 1 日出版。收文 56 篇、诗 393 首、词 115 首。首冠烈士周实丹遗像，后附其《寒夜枯坐》诗 4 首之一。文录中苏曼殊的几封书札，风趣幽默。李叔同《音乐小杂志序》《二十自述诗序》，笔墨华赡。叶玉森《调寄甘州·夜渡太平洋》、张挥孙（素）《调寄百字令·渤海舟中》，都作豪语，但各具机杼。陈蜕庵深慕红拂为人，有死葬红拂墓侧愿望，其《上红拂墓诗》4 首、《金缕曲·题红拂墓》，均载该集。

南社丛刻第四集 南社文献。南社编，柳亚子、俞锷代编。为南社社员诗词文章集。1911 年 6 月 26 日出版。本集收文 34 篇、诗 371 首、词 124 首。本集所收高吹万《陈卧子先生传》及陈去病《神交社启》《秋社启》《越社叙》。

南社丛选 诗文集。胡韫玉编。24卷，线装12册。上海国学社1924年出版，解放军文艺出版社2000年再版。朱贯成题签与署端。汪兆铭、傅熊湘、柳弃疾、胡韫玉分别作序。文选10卷，收107人的398篇文章。诗选12卷，收167人的3 037首诗作。词选2卷，收60人的397首词作。

南社丛选序 南社文献。柳亚子撰。系为胡朴安1924年4月编辑的《南社丛选》所作的序。指出自己酉(1909年)至癸亥(1923年)14年间，南社分为三期，自己酉至辛亥(1911年)为第一期，为南社酝酿时期、全盛时期，士气振奋，为辛亥革命成功作出了贡献；自壬子(1912年)至丙辰(1916年)5年间，是南社摧残时期，历数周实丹、宋遁初、陈英士、宁太一、杨性恂、陈勒生、周仲穆、仇蕴存、范鸿仙、程韵荪、吴虎头、姚勇忱等社员惨遭袁世凯阴谋杀害，“几几乎举吾社之良而尽歼之”；自丁巳(1917年)至癸亥(1923年)7年间，是南社堕落时期，南社中少数社员参与安福系、政学系活动，有19名社员参与曹锟贿选，少数社员“反颜事贼，奔走伪廷”，是南社大辱。指出胡朴安编纂《南社丛选》的意义与价值。

南社丛谈 南社史料。郑逸梅编。1册。上海人民出版社1981年初版。卷首有前言，柳亚子、高天梅、陈去病等人手迹以及南社第一次雅集照片等。叙述了南社的成立、活动、出版物和后期的纠纷、斗争，以及新南社的继起，含南社成立前的酝酿、南社的成立及其他支社、南社的纠纷和斗争、南社后期活动、新南社的继起、南社纪念会、南社大事记、《南社丛刻》的内容及其他汇刻、南社社友事略、南社社友作图寄意、南社雅集的几个地点、《南社湘集》的内容、南社杂碎、南社诗选简注。附《南社社友姓氏录》《南社社友著述存目表》《南社社友斋名表》《参加南社纪念会姓氏录》《新南社社员名录》《南社湘集姓氏录》《南社广东分社姓氏录》《柳亚子自谈名号》《表录拾遗》等。

南社成立二十周年纪念会 南社纪念活动。1928年11月12日在苏州虎丘冷香阁举行。出席者有陈去病、费公直、吴相融、凌景坚、陈绵祥、朱剑芒、朱锡梁、包天笑、余天遂、姚光、高君介、沈砺、冯心侠、狄君武、赵赤羽、程光甫、胡颖之、邵力子、丘望嵩、陶牧、黄宾虹、胡朴安、胡怀琛、胡惠生、郭步陶、吕志伊、陆明桓、范烟桥、朱秋岑、范君博、陆翥双、庞树松、唐奇、冯飞、冯超尘、庄先识、韩亮夫、陈乃乾、平智础、张百川等40人。此次纪念会摄有一影，并于靖园聚餐，通过包括恢复南社事务、出版纪念特刊和诗文纪念册等内容的《南社二十周年纪念》决议案。

南社纪念会 社团名。为继承南社、新南社的革命精神而成立的纪念性组织。1935年12月29日由柳亚子发起组织。由柳亚子、陈陶遗两人用南社纪念会名义发请柬，当日举行纪念会第一次聚餐会于上海西藏路南京路口晋隆西菜社。以纪念南社及新南社过去在文坛历史上之光荣为宗旨。柳亚子为当然会长，蒋慎吾任书记，郭孝先任会计，胡道静任庶务，以上海萨坡赛路(今淡水路)291号上海通志馆为通信处。1936年2月，该纪念会举行第二次聚餐会于上海福州路同兴楼，会上提议蔡元培为名誉会长，议决设立编辑部，由徐蔚南任编辑部主任；改书记为文书部主任，会计为会计部主任，庶务为事务部主任，仍请蒋慎吾、郭孝先、胡道静3位担任。至1936年2月，纪念会已有会员182人、志愿会员215人，共计397人。纪念会何时停止活动不详。

南社纪念会成立会议 南社纪念会重要会议。1935年12月29日在上海西藏路晋隆西菜社举行。出席者有柳亚子、徐蔚南、陈道怡、姚光、高燮、朱少屏、陈乃乾、周志成、朱凤蔚、黄宾虹、胡朴安、孙仲瑛、黄苗子、陆丹林、马君武、高君湘、白蕉、朱叔建、唐鸣时、葛昌楣、王济远共21人。通过《南社纪念会宣言》《南社纪念会条例》，以柳亚子为当然会长，蒋慎吾为书记，郭孝先为会计，胡道静为庶务，以上海通志馆为通讯处。

南社纪念会条例 南社文献。载《南社纪略》。该条例共8条。确定南社纪念会的宗旨在于纪念南社及新南社过去在文坛历史的光荣，规定南社社长、新南社社长为南社纪念会当然会员、志愿会员的条件、入会手续，每年雅集的次数与地点、日期的通知办法，该会的领导班子组成办法，该会活动费用的筹措办法、该会通信处、该纪念会的通信处以及领导班子的组成。

南社纪念会宣言 南社文献。柳亚子撰于1935年12月19日。说明南社已成为历史上的名词，南社的文学绝对不需要复活了，但南社的精神却还有可以纪念的价值。阐明发起南社纪念会的目的，新南社和南社的性质虽然不同，精神却是一贯的，说明纪念南社包括新南社的意义。

南社纪念会第二次聚餐会　南社纪念会重要会议活动。1936年2月7日在上海福州路同兴楼举行。出席者有柳亚子、郑佩宜、陶神州、朱剑芒、柳无非、徐蔚南、范烟桥、许半龙、毛啸岑、郑佩亚、杨静宜、陆澹庵、朱翊新、朱云光、高君介、高君湘、白蕉、朱叔建、高尔柏、吴开先、夏淑芳、陈克成、奚燕子、朱瘦桐、顾澄亚、吴冰海、胡伯翔、朱少屏、瞿绍伊、李坚甫、陈匪石、周志成、余十眉、唐鸣时、陈乃乾、陈志皋、朱凤蔚、龚兰因、纪中侠、汤增敭、马公愚、王济远、胡朴安、胡寄尘、胡惠生、林庚白、冯自由、孙仲瑛、黄苗子、陆丹林、陈无那、郭步陶、宋寰公、王虹逸、任味知、李纯康、沈华昇、沈复镜、金侣琴、凌文之、徐孟廉、陶秋英、蒯斯曛、江红蕉、席涤尘、管际安、郑逸梅、顾期仲、曾虚白、魏冰心、吴企云、陈端志、仲泰林、姜菊生、张破浪、张懋棠、王钝根、陆礼华、程健雄、朱屺瞻、杨君元、姜季超、吴秀民、吴青霞、刘海粟、许修直、薛保伦、包亚辉、李宝森、姜怀素、谢公展、董肖骞、刘哲民、韩景琦、徐砥平、张震西、黄寄平、蒋慎吾、郑肖崖、丁慕冰、曹民父、李小樱、洪梦梅、鲍冰雪、吴半山、尚慕姜、郭孝先、陈林生、郁曼陀、沈衡山、沈舜廷、顾南农、周子美、毛和源、戴美华、励天游、周迪斐、王思默、封光甲、张聿光、陈永霖、谢凝远、戴仪仲、王晓籁、胡宝贞、杨莲岳、楼辛壶、方静我、阮子华、曹聚仁、邬可疆、许慕贞、胡道静、许晓初、汪亚尘、李汝航、张彼得、简琴石、胡显声、梁亚潮、郑师许、陈凤元、陈抱一、易大庵、瓮子光、闻一如、苏天纪、黄天鹏、李焰生、王远勃、吴一山、陆炜光、黄波拉、谢五知、刘郁樱、阎甘园、郭玉如等157人。柳亚子仍为会长，推举蔡元培为名誉会长，设立编辑部由徐蔚南任编辑部主任，改书记为文书部主任、会计为会计部主任、庶务为事务部主任，仍分别由蒋慎吾、郭孝先、胡道静三人担任。

南社纪念馆　位于上海市金山区张堰镇。经南社第二任社长姚光哲嗣姚昆田等多年策划准备，2004年经上海市政府文物管理委员会批准，在姚光故居成立。2007年5月正式对外开放。南社纪念馆是当前国内唯一的一座全面陈列南社历史人物事迹的纪念馆，综合反映了自20世纪初至40年代中国先进知识分子参与社会革命及各种社会文化活动的史实。纪念馆分为十大部分：1. 青史垂功(南社创始人及综合介绍)；2. 烈士流芳(南社在各个时期牺牲的烈士介绍)；3. 舆论开先(南社人士开拓中国近代新闻出版事业的介绍)；4. 教育兴邦(南社人士对中国近代教育事业的介绍)；5. 绩学扬辉(南社人士对国学与中国近代社会科学事业的贡献)；6. 德艺双馨(介绍南社人士在中国传统书画及金石艺术上的丰硕成就)；7. 学贯中西(南社在学术领域中涌现出卓越的自然科学家)；8. 家学传承(南社中汇聚了许多家学渊源很深的文化世家)；9. 巾帼英才(南社中有一批妇女界的杰出风云人物)；10. 海外蜚声(南社人士普遍具有国际视野并重视对外交往)。

南社纪略　回忆录。柳亚子著。1册。开华书局1940年初版，上海人民出版社1983年再版。卷首有亚子《南社记略序》手迹。书中《我与南社的关系》分为10节，记述南社成立以前的酝酿、虎丘雅集前后的南社、从唐庄雅集到张园雅集、辛亥革命前后的南社、我的脱离南社和重新加入、从第十一次雅集到第十八次雅集、新南社的始末、从南社二十周纪念到南社纪念会等内容。书中附录“南社社友姓名录”“新南社社员录”。是研究南社的最直接最重要的历史资料。再版作为柳亚子先生逝世25周年纪念，由柳亚子文集编辑委员会编辑的《柳亚子文集》的第一种。

南社纪略序　南社文献。柳亚子撰《南社纪略》毕，于1940年12月12日作此序。抒说抗战全面爆发后作者居住上海三年的无奈心情，说明印行《南社纪略》的目的；指斥投降日寇，堕落成为汉奸的南社社员。

南社启　南社文献。高旭撰。载1909年10月17日《民吁报》。宣示结社宗旨：“乐操南音，不忘其旧”，“南之云者，以此社提倡于东南之谓”，并解释道，明末复社，当清军入侵时，曾经“东南之义旗大举，事虽不成，未始非提倡复社诸公之功也”，表明南社反清的宗旨。认为“欲存国魂，必自存国学始；而中国国学中之尤为可贵者，端推文学”，因而“欲一洗前代结社之积弊，以作海内文学之导师”，“以挽既倒之狂澜，起坠绪于灰烬”。该启高举弘扬国学大旗，以振兴国家为己任，富有号召力。

南社启事　南社文献。载1913年5月1日《民主报》、1913年5月7日上海《中华民报》、1913年5月9日《长沙日报》。本年4月27日，南社在北京社员于畿辅先哲祠雅集。该启事宣告南社对当时国家政治、文化现状的体认以及会议作出的各项决议，通告从当月起南社总机关设于北京、决议征集明季以来迄于辛亥革命光复前后诸先烈的遗闻轶事，分类编纂，刊布杂志，以为民史馆之预备；公布会议所推举的南社主任、编辑员、评议员、会计员、书记、庶务名单以及南社的通讯处。

南社社友通讯录 南社文献。1911年2月出版。收高天梅《南社启》《南社第三次修改条例》《南社社友通讯录》。通讯录著录社员193人，声明以入社书收到先后为序，其中已填入社书135人，未填入社书者58人。因岳(麟书)已去世，实存192人。到第三、四次印"通讯录"，改称《南社姓氏录》，除了姓氏及通讯处外，加入了字号、籍贯。1916年出版《重订南社姓氏录》，分为上、下两编，上编自陈巢南至杨汝喜，以收到入社书先后为序，共750人，已故40人。下编为未收到入社书以介绍先后为序，自俞栋至张遵午，共75人，已故6人。"姓氏录"末页，附有两个启事。后郑逸梅将《南社社友通讯录》收入《南社丛谈》。

南社张素诗文集 诗文集。张素著。2册。大众文艺出版社2008年12月第一版。有张素照片、张素"南社入社书"、张素诗作手迹、《闷寻鹦馆诗钞》抄本照片。柳亚子作序。金建陵、张末梅作编校说明。收张素光绪三十二年(1906年)以前、三十四年至1942年间诗作、1918—1944年词作以及佚文多篇。附金建陵所作《南社社员张素的修志实践》《张素编年事辑》，郑逸梅作《丰才啬遇一词人》，唐邦治作《张孝廉挥孙传》等。书前有2007年印行本《南社张素诗文辑存》。

南社陈去病公葬仪式 南社纪念活动。1935年11月10日南社同人在苏州虎丘举行。晚宴于苏州城内中央饭店进行，并举行临时雅集。出席者有柳亚子、郑佩宜、费公直、凌景坚、陈绵祥、范烟桥、凌光谦、范君博、陆翥双、王秋厓、朱少屏、朱凤蔚、邱翊华、林百举、郭步陶、柳绳祖、柳均权、周麟书共18人。此次雅集摄有一影，照片上有24人，柳亚子母太夫人、朱凤蔚夫人龚兰英等为临时参加。

南社陈去病追悼大会 南社纪念活动。1934年3月4日由柳亚子、胡朴安、朱凤蔚、朱少屏发起，在上海西藏路宁波同乡会召开。推举上海市长吴铁城为名誉主任，南社同仁来会者数十人。晚间假座北四川路举行临时雅集，到者社友和非社友有109人。柳亚子仿照东林点将录和乾嘉时诗坛点将录办法，拟了一张点将录名单，后称南社一百零九将。当时曾在报上披露，并编入《上海市年鉴》内。

南社金兰契 南社掌故。金兰契，旧谓友情契合，语出《易经系辞》："二人同心，其利断金。同心之言，其臭如兰。"后引申为结拜弟兄之间友情深厚，如"义结金兰""金兰契"。南社中义结金兰者有胡寄尘与柳亚子、奚燕子与戚饭牛等。

南社诗文词选叙 南社文献。陈去病撰。载1909年10月28日《民吁日报》，收入《南社》第一集。认为"自古羁人、贬宦、寡妇、逋臣、才子、狂生、遗民、逸士，苟其遭逢轗轲，侘傺穷途，志屈难伸，身存若殁，莫不寄托毫素，抒写心情"，因而主张效法屈原、贾谊、谢翱等人，写"不得已"之作；提倡南社的诗文词应当"语重心长""伤时涕泣"，发挥引导南社社员创作风格雄健的诗文的作用。

南社诗序 南社文献。宁调元撰。载1909年10月29日《民吁日报》，另见《南社》第二集、《太一遗书》。序中简要说明诗歌的由来、性质、作用，简述明末诗文社团的兴盛情况，认为其时"流派虽别，大都以诗古文词相砥砺，而统归于复社"，表示继承复社传统，提倡写作怨、怒、哀、思的作品。

南社诗话两种 诗话。曼昭、胡朴安原著，杨玉峰、牛仰山校点。1册。中国人民大学出版社1997年初版。列入"南社丛书"第一辑。柳无忌作总序。含曼昭南社诗话和胡朴安南社诗话。杨玉峰作曼昭南社诗话校点与体例说明，牛仰山作胡朴安南社诗话校点说明。曼昭南社诗话收诗话27则，胡朴安南社诗话录诗话24则。

南社诗集序 南社文献。载《南社诗集》第一册。胡朴安撰于1936年1月。系为柳亚子主编《南社诗集》所作序。指出"文章不在乎工拙，而真者为佳；所谓真者，各受其环境之感触而流露于自然者也"。认为"南社文章，不失为时代之产生物""唯南社时代，应有合于南社时代之文章"，南社文章"于思想言，为革命之前驱，有骤然不可抵挡之气势；于文艺言，开解放之先路，有肆然不受拘束之情形""南社文章，历史上自有价值之存在"。

《南社研究》丛辑 广东南社研究会会刊。马以君主编，柳无忌顾问。封面由尹瘦石题签。设有作家研究、史料辑存、史实考订、亲友忆旧等固定栏目，根据稿源情况辑有"译诗"属谁、悼念逸梅等栏目。共出版

7 辑。

南社闽集　社团名。朱剑芒、罗稚华于 1943 年 6 月 7 日在福建省永安县永安桥尾组织成立。朱剑芒任社长，罗稚华任副社长。参加当日成立会共 17 人。抗战胜利后，省会机关迁回福州，许多社员回到福州工作，该社又发展了 20 多人入社，但只举行过一次雅集，参加的也不过十数人。不久，南社闽集停止活动。

南社首次北京雅集　南社活动。1912 年 9 月中旬在北京的南社社友于黄兴北京临时寓所举行。到者有杭席洋、夏光禹、伍仲文、顾养吾、朱少屏、蔡治民、陈陶遗、吴信三、周天石、张彦成、朱叔建、周咏康、彭侠公、叶楚伧、殷铸夫、姚雨平、黄兴、程韵荪、陈英士、杨啸苍、周志成等 23 人。这次雅集为欢迎黄兴到达北京而临时举行。此次雅集摄有《南社北京民国元年雅集摄影》。

南社举行二十周年纪念会决议　南社文献。载 1928 年 11 月 14 日《新闻报》。记载当年 11 月 12 日南社社员在苏州虎丘召开纪念会的活动地点、内容、临时主席以及沈道非、朱梁任、冯心侠、陈巢南、范君博、陆翥双、姚石子、余天遂、冯天海、沈砺等社员提出的南社事务应否继续进行、失节社员应否除名、该社纪念特刊应否负责编辑、诗文纪念册应否审查等 11 个议案与会上就这些议案作出的决议。

南社第一次雅集　亦称“苏州虎丘雅集”。南社重要会议活动。1909 年 11 月 13 日在江苏苏州虎丘张东阳(国维)祠举行。出席者有胡栗长、黄宾虹、诸贞壮、朱少屏、庞树柏、林秋叶、张采甄、景秋陆、朱梁任、冯心侠、陈去病、陈陶遗、张季龙、赵厚生、柳亚子、蔡哲夫、俞剑华、林立三、沈道非共 19 人，其中来宾二人：张采甄、张季龙。此次雅集有照片留存，参加者名单按前述次序印于照片下方。林立三、沈道非后至，未及合影。此次雅集宣告南社正式成立，并通过《南社条例》，决定出版《南社丛刻》，推选出陈去病为文选编辑，高天梅为诗选编辑，庞树柏为词选编辑，柳亚子为书记，朱少屏为会计。是年冬，《南社丛刻》第一集出版，由高天梅编辑。

南社第二次雅集　南社重要会议活动。1910 年 4 月 10 日在浙江杭州西湖唐庄举行。出席者有陈去病、柳亚子、陈陶遗、朱少屏、邹铨、蔡模、杨璠、李光德、章梓、卓尚诚、王文熙、丘望崙、周承德、马叙伦、程宗裕、雷昭性、陈钝共 17 人。此次雅集有照片留存，通过修改《南社条例》，晚宴聚丰园。是年夏，《南社丛刻》第二集出版，由陈去病编辑。

南社第十一次雅集　南社重要会议活动。1914 年 10 月 10 日在上海愚园举行。出席人数无考。始采用正式选举法，柳亚子当选为主任，兼会计、书记。以朱少屏、史文钦、汪文溥、胡朴安、胡怀琛、姚光为干事。

南社第十二次雅集　南社重要会议活动。1915 年 5 月 9 日在上海愚园云起楼举行。出席者有朱少屏、余疚侬、王蕴农、高燮、姚光、陆澹安、周瘦鹃、陈去病、徐只一、杜仲虙、余十眉、章巨摩、钱新之、白中垒、周景瞻、张荔丹、朱无射、李一民、蔡治民、周芷畦、汪兰皋、叶楚伧、李心冥、陈仲权、周湘兰、徐忏慧、许苏华、蔡景明、郑佩宜、徐小淑、陈匪石、刘雪耘、刘筱墅、冯心侠、狄君武、柳亚子、陈布雷、顾旦平、胡寄尘、邵力子、曾勇父、宋痴萍共 42 人。此次雅集摄有《南社第十二次雅集摄影》。由柳亚子编辑的《南社丛刻》第十三集、第十四集于雅集前后出版。

南社第十七次雅集　南社重要会议活动。1919 年 4 月 6 日在上海徐园双清别墅举行。出席者有刘筱

南社第十七次雅集

墅、宋痴萍、文牧希、文湘芷、罗剑仇、吴刚父、顾养吾、汪兰皋、朱凤蔚、何振生、朱宗良、傅屯艮、钟爱琴、朱少平、朱瘦桐、邵仲辉、王大觉、余疚侬、田梓琴、刘谿公、王蕴农、张心芜、姚光、姚民哀、胡朴安、汪子实共 26 人。此次雅集摄有《南社第十七次雅集摄影》。12 月，《南社丛刻》第二十一集出版。

南社第十八次雅集　南社重要会议活动。1922 年 6 月 11 日在上海半淞园江上草堂举行。出席者有高天梅、顾悼秋、郁左皋、张花魂、吴少薇、丁白丁、徐梦

鸥、赵赤羽、胡惠生、余十眉、张萼荪、沈伯经、洪荆山、顾旦平、徐忏慧、陈希虡、许慧墨、胡朴安、朱剑芒、张心芜、周芷畦、朱宗良、于秋墨共 23 人。此次雅集摄有《南社第十八次雅集摄影》。1923 年 12 月出版《南社丛刻》第二十二集。

南社第十三次雅集　南社重要会议活动。1915 年 10 月 17 日在上海愚园云起楼举行。出席者有郑仄尘、叶楚伧、陆秋心、周芷畦、汪兰皋、刘筱墅、姜杏痴、陈匪石、黄篑孙、李心冥、王均卿、余十眉、张荔丹、申睆观、李一民、蔡恕庵、胡寄尘、张冥飞、邵力子、王道民、钟衡臧、刘雪耘、朱少屏、王粲君、姚光、狄君武、蔡治民共 27 人。此次雅集摄有《南社第十三次雅集摄影》。

南社第十五次雅集　南社重要会议活动。1916 年 9 月 24 日在上海愚园倚翠轩举行。出席者有蒯啸楼、于秋墨、陆秋心、郁佐梅、黄病蝶、谢抱香、吴梦非、汪兰皋、刘天徒、黄篑孙、张卓身、张冥飞、何瘦秋、章巨摩、凌莘子、叶楚伧、汪子实、钱红冰、姚鹓雏、张云林、程苌碧、邵力子、张心芜、奚燕子、周芷畦、柳亚子、郑佩宜、蔡景明、朱屏子、姚光、李叔同、朱梁任、徐梦鸥、丁湘田共 34 人。此次雅集摄有《南社第十五次雅集摄影》。11 月，第二次《南社姓氏录》出版。

南社第十六次雅集　南社重要会议活动。1917 年 4 月 15 日在上海徐园双清别墅举行。出席者有王均

南社第十六次雅集摄影

卿、顾平之、黄病蝶、闻野鹤、李晦庵、张荔丹、沈一均、孙逸清、郁佐梅、汪兰皋、邵元冲、奚燕子、丁展庵、周芷畦、姚襄陶、丁白丁、姚民哀、丁不识、郁佐皋、余疚侬、郁慎廉、柳亚子、郑佩宜、张默君、沈笵娟、蔡景明、吕碧城、朱屏子、朱梁任、沈剑霜、叶楚伧、刘筱墅、吴小枚、朱无射、邵力子、余十眉、张冥飞、汪子实、成舍我共 39 人。此次雅集摄有《南社第十六次雅集摄影》。柳亚子编《南社丛刻》第二十集出版。

南社第十四次雅集　南社重要会议活动。1916 年 6 月 4 日在上海愚园倚翠轩举行。出席者有盛剑星、成舍我、奚燕子、陈匪石、陶小柳、张挥荪、胡蕙荪、李心冥、顾平之、姚鹓雏、叶竞生、邓孟硕、方秋士、汪兰皋、周芷畦、刘民畏、胡朴安、杭席洋、陆澹安、陈屋厂、庞树柏、申睆观、朱少屏、朱无射、张心芜、杨了公、丁不识、郑织文、白中垒、李康弼、林浚南、公羊石年、孙逸清、叶楚伧、陆简能、戚饭牛、刘筱墅、张云林、黄病蝶、余十眉、贡少芹、汪子实、许苏民、顾旦平、王大觉、朱瘦桐、柳亚子、柳无忌、狄君武、程苌碧、邵力子、钱新之、张荔丹、郑佩宜、余疚侬、陈蝶仙共 56 人。此次雅集摄有《南社第十四次雅集摄影》。由柳亚子编辑的《南社丛刻》第十五集、第十六集、第十七集、第十八集、第十九集出版。

南社第十次雅集　南社重要会议活动。1914 年 3 月 29 日在上海愚园云起楼举行。出席者有陈去病、叶楚伧、庞树柏、俞剑华、冯心侠、汪文溥、蒋同超、朱少屏、周斌、胡朴安、胡怀琛、林一厂、吕志伊、沈天行、陈世宜、程苌碧、张默君、萧公望共 18 人。《南社条例》修改，改为选举主任制。晚宴春申楼。函请柳亚子复社，得应允。此次雅集有《南社第十次雅集合影》。此一年中，《南社丛刻》第八集（胡怀琛编）、第九集（柳亚子编）、第十集（柳亚子编）、第十一集（柳亚子编）、第十二集（柳亚子编）出版。

南社第七次雅集　南社重要会议活动。1912 年 10 月 27 日在上海愚园举行。出席者有柳亚子、郑佩宜、陶赓照、宋铭谷、庞树柏、高旭、姚光、沈砺、朱少屏、李拙、孙鹏、钱厚贻、胡朴安、胡怀琛、汪洋、陈家英、陈家杰、高燮、王粲君、杨锡章、姚锡钧、陈蜕、汪文溥、沈沅、吴有章、蒋同超、王蕴章、庄庆祥、姜可生、李云夔、张传琨、杨嗣轩、俞宗原、程善之、殷仁共 35 人。席间柳亚子建议修改条例，改编辑员三人制为一人制，因高旭反对而未能通过。推选高燮、柳亚子、王蕴章为文、诗、词选编辑员，姚光为书记员，胡怀琛为会计员，胡朴安、汪文溥、朱少屏为庶务员。此次雅集有照片留存。晚宴雅聚园。10 月 29 日，柳亚子宣布退出南社。《南社丛刻》第七集出版。

南社第八次雅集　南社重要会议活动。1913 年 3

月16日在上海愚园举行。出席者有姚光、高燮、姚锡钧、周伟、程善之、胡朴安、胡怀琛、汪洋、钱钧、林百举、郭步陶、王汉章共12人。通过《南社第五次修改条例》,改编辑员三人制为一人制,函请柳亚子复社,未允。晚宴雅聚园。《南社姓氏录》出版。

南社第九次雅集　南社重要会议活动。1913年10月16日在上海愚园举行。出席者有陈去病、高燮、杨锡章、姚锡钧、俞剑华、汪文溥、王蕴章、朱少屏、李云夔、胡朴安、胡怀琛、汪洋、周斌、郑权、徐朗西共16人。雅集的中心议题是再函请柳亚子复社,仍未允。晚宴醉沤斋。

南社第三次雅集　南社重要会议活动。1910年8月16日在上海味莼园(张园)举行。出席者有柳亚子、朱少屏、冯心侠、黄宾虹、雷昭性、包天笑、余天遂、朱增浚、朱芾、钟英、蔡权、何痕、华龙、周觉、张雪、孔庆莱、王毓仁、范光启、林獬共19人。此次雅集有照片留存,通过《南社第三次修改条例》,并推选景耀月、宁调元、王钟麒分别为诗选、文选、词选编辑员,张雪、包公毅为庶务,朱少屏为书记,柳亚子为会计。晚宴岭南楼。是年冬,《南社丛刻》第三集出版,由柳亚子、俞锷代编。

南社第五次雅集　南社重要会议活动。1911年9月17日在上海愚园杏花村举行。出席者有柳亚子、朱少屏、庞树柏、俞剑华、陶庚照、宋铭谷、姚光、高旭、钟英、蔡权、沈砺、华龙、张庭辉、周亮、黄宾虹、胡朴安、阳兆鲲、郑传、郑瑛、孙延庚、姜仁、韩苏、程振杰、陈其美、宋琳、陈布雷、陈子范、叶振谟、胡怀琛、傅尃、黄钧、宋教仁、李瑞椿、吕志伊、朱葆芬共35人,此次雅集有照片留存。通过《南社第四次修改条例》,并推选宋教仁、景耀月、王蕴章为文、诗、词选编辑员,柳亚子为书记员兼会计员,高旭、朱少屏、黄宾虹为庶务员。出版《南社社友第二次通讯录》。

南社第六次雅集　南社重要会议活动。1912年3月13日在上海愚园举行。出席者有柳亚子、朱少屏、冯心侠、庞树柏、姚光、邹铨、钟英、顾彦祥、王文熙、黄宾虹、胡朴安、阳兆鲲、雷昭性、叶楚伧、汪东、徐宗鉴、杜诗、沈琨、袁圻、吴修源、沈翰、周伟、陶铸、汪洋、陶牧、谭介夫、陈家鼎、陈家英、陈家杰、黄侃、刘瑗、马骏声、梁龙、王锡民、曾镛、陈柱、黎庶从、曾延年、李叔同、李云夔、冯泰共41人。此次雅集有照片留存。晚宴杏花楼。《南社社员第三次通讯录》与《南社丛刻》第五集、第六集出版,由柳亚子代编。

南社第四次雅集　南社重要会议活动。1911年2月13日在上海愚园杏花村举行。出席者有柳亚子、陈去病、余天遂、朱少屏、俞剑华、钟英、蔡权、何痕、沈砺、张雪、沈昌直、钱祖宪、费公直、费荣锦、吴相融、陶赓照、宋铭谷、姚光、高旭、李维翰、陆曾沂、冯泰、周祥骏、瞿钺、李拙、周志成、孙英、张庭辉、顾彦祥、钱厚贻、周亮才、胡朴安、漆云卿、阳兆鲲共34人。此次雅集有照片留存。晚宴大庆楼。出版《南社社友通讯录》。6月26日,《南社丛刻》第四集出版,柳亚子、俞锷代编。

南社雅集小启　南社文献。陈去病撰。载1909年11月6日《民吁日报》,另载《国粹学报》第六十期、《南社》第四集。说明夏历十月"天气肃清,春意微动""爰集鸥侣,觞于虎丘",以同人名义订于夏历十月初一(1909年11月13日)在苏州虎丘举行南社第一次雅集。

南社粤支部　即"广南社"。

南社粤支部序　南社文献。谢英伯(国华)撰。宁调元等人1912年9月9日在广州成立南社粤支部。该序采用骈文形式,表明南社粤支部是文人雅集,目的在于"结苔岑于岭表,莫抱遐心;张朴学于中原,共存国粹",并说明南社粤支部是在宁调元到广东后在他推动下成立的,期望从此"招来学士""探骊得路",推动南中国文运的发展。

南社湘集　社团名。南社支社之一。1924年4月6日于湖南长沙成立,推傅尃为首任社长。是南社守旧派的一个反对新文化运动的组织,其起源于南社长沙分社。自1924年4月6日成立,到1937年4月3日,南社湘集先后于长沙刘园、赐闲园、长沙省立教育馆、长沙妙高峰南园、曲园、天心阁、怡园、定王台等地,举行过15次雅集,其间出版过8期《南社湘集》。社址设长沙妙高峰南园。1926年4月出版第三次姓氏录,录129人,以湖南籍最多,广东、江苏籍次之。1935年7月4日成立两粤支社。1937年8月出版《南社湘集》第八期以后停止活动。

南社湘集导言　南社文献。傅尃(熊湘)撰于1924年1月1日。载《南社湘集》第一期。批评新南社"宗旨盖亦稍异",说明南社湘集旨在"保存南社旧规","用以联络同志,保持社事,发扬国学,演进文化"。

南社湘集两粤支社　见"南社湘集"。

南社湘集第一次雅集 南社湘集活动。1924 年 4 月 6 日在长沙刘园举行。到者有傅钝根、邓钟岳、侯服周、王永年、张翰仪、文斐、刘约真、谭戒甫、张启汉、谢植黄、秦毅、方荣杲、黄锷、孔昭绶、骆鹏、任凯南、龚芥弥、彭焌文、王世龙、金缄三、李赓、王竞、戴邃庵共 23 人。此次雅集摄有一影，照片见《南社湘集》第一期。

南社湘集第二次雅集 南社湘集活动。1924 年 10 月 7 日在长沙赐闲园举行。到者有刘约真、刘泽湘、甘融、骆鹏、谢植黄、彭焌文、文斐、汤宾南、李德群、刘师陶、谭戒甫、马惕冰、龚芥弥、李桑樵、傅钝根、王国毅、侯服周、王世龙及刘泽湘儿子刘佛年共 19 人。此次雅集摄有一影，照片见《南社湘集》第一期。

南社湘集第十一次雅集 南社湘集活动。1935 年 4 月 5 日在长沙天心阁举行。到者有刘约真、龙曙、龚尔位、黄正理、马惕冰、文斐、李澄宇、王世龙、黄钧、柳昶鋆、王竞、王存统、方克刚共 13 人。

南社湘集第十二次雅集 南社湘集活动。1935 年 10 月 6 日在长沙怡园举行。到者有匡怀瑾、萧石朋、罗尔瞻、张启汉、龚尔位、彭焌文、黄正理、何振镛、龙曙、黎梧生、刘约真、何元文、李澄宇、刘煦焘、田兴奎、蔡彤、陈继训、黄钧、骆鹏共 19 人。

南社湘集第十三次雅集 南社湘集活动。1936 年 3 月 25 日在长沙定王台举行。到者有左纪勋、方克刚、谭元征、朱德龙、刘约真、刘鹏年、颜昌峣、田名瑜、田兴奎、龙曙、李澄宇、岳德威、龚尔位、匡怀瑾、甘融、钟藻、周静庵、何振镛、王存统、蔡彤、王竞、黎梧森、黄正理共 23 人。

南社湘集第十五次雅集 南社湘集活动。1937 年 4 月 3 日在长沙妙高峰南园举行。到者有刘约真、王耐园、李澄宇、刘鹏年、文斐、左铭三、方克刚、颜宗鲁、骆鹏、龙曙、钟藻、龚尔位、傅绍禹、丁良桢、刘楚乔、陈志钧、匡怀瑾、黄修杞、龚承上、颜昌峣共 20 人。

南社湘集第十四次雅集 南社湘集活动。1936 年 10 月 23 日在长沙赐闲园举行。到者有田名瑜、骆鹏、李澄宇、颜昌峣、蔡彤、文斐、左铭三、王世龙、刘约真、匡怀瑾、黄修杞、丁良桢、左纪勋、吴楚、甘融、彭焌文、王竞、谭元征、黎梧森、龙曙、刘振华、岳德威、黄钧、黄正理、钟藻、王存统、龚尔位、罗尔瞻、刘鹏年共 29 人。

南社湘集第十次雅集 南社湘集活动。1934 年 10 月 16 日在长沙曲园举行。到者 18 人。

南社湘集第九次雅集 南社湘集活动。1934 年 4 月 16 日在长沙妙高峰南园举行。这是南社湘集停顿 5 年活动之后又开始进行雅集。到者有刘鹏年、骆鹏、甘融、王存统、萧石朋、龚尔位、马惕冰、傅绍禹、方克刚、谢鸿熙、李澄宇、张启汉、余鲲、蔡彤、文斐、朱德龙、刘少樵、左纪勋、潘世模共 19 人。分韵作诗，附载于《南社湘集》第四期。

南社湘集第三次雅集 南社湘集活动。1925 年 3 月 26 日在长沙湖南省立通俗教育馆举行。出席 18 人。

南社湘集赐闲园雅集 南社湘集活动。1929 年 10 月 11 日在长沙赐闲园举行。到者人数不详。

南社湘集简章 南社文献。南社湘集系南社支社之一，1924 年 4 月 6 日于湖南长沙刘园举行了第一次雅集，通过《南社湘集简章》，刊《南社湘集》第一期。简章共九条，提出湘集“继续南社”“以提倡气节，发扬国学，演进文化为宗旨”，规定加入湘集的条件、手续、社金数目、组织编制、社长任期、每年雅集次数和时间、社刊刊期与内容类别、社址。

南社感旧录：俭德储蓄会雅集 南社文献。朱剑芒撰。载 1943 年 10 月 16 日福州《人报》。说明此次临时雅集于 1922 年在上海俭德储蓄会举行，由胡朴安召集，推姚光为临时主席，于右任、叶楚伧、邵力子、田桐、徐珂、包天笑、周斌、刘筠、余十眉、吴相融、朱剑芒、汪兆铭等参加。姚光提出重整南社，一定要柳亚子担任社长；田桐表示请姚光辅助柳亚子，但此后南社陷于停顿如故。

南社、新南社联合临时雅集 南社新南社联合活动。1949 年 4 月 16 日下午在北平中山公园来今雨轩

南社、新南社联合临时雅集

举行。到者有80人，其中南社社友柳亚子、郑佩宜、黄复、郑桐荪、宋琳、寿玺、阮介蕃、邵力子、吴修源、欧阳予倩、胡先骕、沈体兰、徐德培、张志让14人；新南社社员沈雁冰、孔德沚2人，来宾有周恩来、叶剑英等60余人。雅集由柳亚子主持，周恩来、叶剑英、连贯、李立三、符定一、杨之华、王志超、张西曼等均以来宾身份讲话，南社社友讲话的有欧阳予倩、邵力子和沈体兰三人，最后柳亚子以主席身份致谢辞。雅集中间于来今雨轩门前摄有一影。

南武公学会 社团名。1901年，黄节、杨渐逵、黄汉纯、李蕴石、谢华国、何锡朋、潘达微等人为修学励行，租赁广州河南龙溪首约创立“群学书社”，不久迁到海幢寺圆照堂，易名“南武公学会”。因广东创办新学之风兴起，黄节与谢华国等人遂议决在该公学会增设教育一部筹办学堂，学堂于1905年3月3日开学，分班教授，名为“南武两等小学堂”，即日后之南武公学，由谢华国为首任校长。黄节曾撰《南武公学叙》。何时停止活动不详。

南林丛刊正集 郡邑艺文汇编。周延年(子美)编。5种，3册。铅印本，南林周氏，1936年初版。黄孝纾署端。刘承干作《南林丛刊序》。3册分别收《南浔镇志》《浔溪纪事诗》《朱文肃公诗集》等5种15卷。周延年作跋。

南枝北枝 南社掌故。吴泽庵，名沛霖，号梅禅，为山水画家。泽庵居岭南，而高旭居金山，号天梅，因二人姓名中皆有“梅”字，故有“南枝北枝”之称。

南欧北梅 南社掌故。欧阳予倩1903年留学日本，入明治大学商科。同年在东京参加春柳社，辛亥革命后回国，继续从事话剧艺术活动。同时，他还刻苦地向陈祥云、江梦花等习京剧，向薛瑶卿习昆曲，1916年正式成为职业京剧演员。此后15年中，他对京剧加以革新创造，编演了20多个新的京剧剧目，在舞台上创造了许多具有反抗精神的古代妇女形象，自成一派，在戏剧界与北方的梅兰芳有“南欧北梅”的赞誉。

南明史纲·史料 研究专著。柳亚子著，柳无忌编。1册。上海人民出版社1994年出版。柳亚子文集之一种。廖承志题签。有柳亚子、柳亚子和夫人、柳亚子与友人照片和《南明史纲自叙》等书稿手迹影印件。有南明史纲初稿(八篇)、南明人物志、南明史料研究3部分。有附录、编后记和后记。

南京理工大学学报社科版“南社研究”专栏 大学学报专栏名。1994年12月由南京理工大学学报社科版创建的“南社研究”特色栏目。目的为海内外南社研究人士提供发表学术论文的阵地。发表文章内容涉及南社研究的各个领域和各个方面，包括南社的人物研究、著作研究、历史研究、文献资料以及有关南社的专题文章等。作者队伍包括知名专家、学者和教授，南社成员的后裔、高等院校和科研院所的教师、研究人员、硕博研究生，以及热心于南社研究的社会各界人士等。有的论文对南社的历史地位和作用，进行了重新的定位与评价，特别是对南社在辛亥革命中的历史地位，进行了深入的研究和探讨，如王飚《从诗界革命到革命诗潮——再论南社诗歌的文学史地位》、姚昆田《南社与辛亥革命》等。有的论文，在学术上提出新的见解，如孙之梅《南社与“国粹学派”》、胡迎建《论南社与同光体》、曾景忠《传统文化与西潮之交汇——南社创立思潮酝酿过程研讨》等。还有的论文，对南社长期以来有争议的问题进行了学术探讨，例如：柳光辽《南社诗歌研究中的一桩陈年公案——柳亚子〈七律·感事呈毛主席〉的“牢骚”新探》和郭长海《〈南社诗选〉在南学领域的建树及其缺憾》等。

南学通讯 中国南社与柳亚子研究会1991年创办。2006年由中国近代文学学会南社与柳亚子分会接续主办，中国近代文学学会南社与柳亚子分会秘书处编辑的不定期内部通讯刊物。主要记录、报道中国近代文学学会南社与柳亚子研究分会(前“南社与柳亚子研究会”)的章程、组织、活动、研究及相关研究组织的情况。前20期设有南学信息、南学论坛、南风文萃、南风诗坛、南学书简、会员活动、悼念会友、读者作者来信等栏目。2006年10月25日第21—22合辑“刊首语”阐述“中国南社与柳亚子研究会”组织、名称变更原委、经过及《南学通讯》主办单位变更原因。刊出变更过程的有关文件、报告、通知、信件等。栏目有悼念会友、南社研究论坛、学术争鸣、近代文学与南学研究信息、会友诗作及征稿启事。

南闽梦影 散文集。李叔同著。1册。天津教育出版社2007年第一版，列入“名家散文经典丛书”。含风风雨雨忆前尘11篇、不如归去归故山20篇、心地光明一笑呵22篇、亦俗亦佛论长物30篇。附夏丏尊《弘一法师之出家》、叶圣陶《两法师》、丰子恺《怀念李叔同先生》和朱光潜《以出世的精神做入世的事业——纪念弘一法师》。

南洋 地理类著作。黄栩园编著。中华书局1924年印行。是一本全面介绍南洋群岛情况的书。共分10章，介绍了南洋的范围；南洋诸岛的名称、历史、位置、面积、人口、人种、行政、交通、教育等情况，并特别对各岛之名称及译名进行了考证；作者还对南洋诸岛丰富的物产，土著居民之独特的风土人情、有趣的风俗习惯进行搜罗、记载；而对当地华侨的社会，风俗，教育等情况亦作全面、详细报道，并对其中不完善者亦“不惮直率言之，以祈当地华侨，知所改进”；对英、荷、西、葡各国在南洋各国的殖民政策、管理制度等具体内容，亦作逐一介绍，并对其功过加以评论。

南洋中学 学校名。1896年，王维泰在江苏松江秀野桥畔开办中西学堂，弃教八股，提倡新学，旨在维新强国，培养人才，振兴中华。翌年迁上海南市大东门王氏家祠省园，名育材书塾。1900年由其侄王培孙接办，并任校长。1904年改名南洋中学。南社社友马君武、叶典任(振谟)、许苏民、朱少屏、任味知、陈乃乾、邵力子、陆秋心、顾平之、凌文之、郭步陶曾在该校任教。1905年实行五年制，春季始业。附设联属学校，高小3年，为预科。课程除国文外，特设国语；四年级加修第二外国语。其办学注重言教身教，以身教为主；尊师爱生，师生亲如一家；注重培养良好校风，德、智、体三者并重；创造条件让学生优游于学；按学生年龄特征认识规律办事；注重循序渐进与因材施教。1907年，健行公学并入。1909年迁中山南二路现址。1923年改为六年制完全中学。1937年八一三淞沪抗战开始，学校均停课，图书仪器运往租界保存。1938年2月，学校租北京东路盐业大楼设立分部开课，又在法租界汶林路(今宛平南路)“岐庐”开设初中分部，于9月开课。上海沦陷期间，南洋中学在王培孙校长的领导下，拒绝向汪伪政权办理登记，不挂校牌，拒绝参加汪伪组织的童子军活动和军训，拒领敌伪的“补助费”和“配给米”。1946年春迁回原址。1956年改为公立学校，1959年被确立为重点中学，2005年被评为“上海市实验性示范性高级中学”。多年来，该校培养了包括外交家顾维钧、文学巨匠巴金、国际摄影大师郎静山，中国科学院院士周仁、钱崇澍、饶周泰、罗宗洛、张钟俊、殷之文、黄葆、於崇文以及中国工程院院士余峻南、朱高峰、周永茂、顾国彪等一大批人才，朱葆芬、朱少屏、叶振谟、叶楚伧、钱永铭、周均、朱文鑫、郭步陶、吴相融、吴鼎、胡怀琛、戴克谐、冯宝如等社会各界著名人士也都毕业于该校，或在该校求学过。

南洋中学藏书目录 藏书目录。陈乃乾编。南洋中学图书馆筹建于1913年左右，馆藏校长王培孙家藏的四部要典及其本人10余年所收罗的古籍及参考图籍。1918年，该校教师陈乃乾整理馆藏书籍，翌年7月编印成《南洋中学藏书目录》1册。铅印线装，由罗振玉题签，吴昌硕题写扉页。该书共分为3个部分：第一部分为序言，撰写者为汤济沧、顾平子、陈乃乾。序言介绍了南洋中学图书馆的历史、藏书的内容以及将来发展之规划等。第二部分为南洋中学图书馆的分类目录：计有周秦汉古籍之部、历史之部、政典之部、地方志乘之部、小学之部、金石书画书目之部、记述之部、天文算法之部、医药术数之部、佛学之部、类书之部、诗文之部、汇刻之部等共13部，每部下再分为诸类、诸属。第三部分为具体的书目，总共有4 000余种、数十万卷。收罗完备，分类详细，而且其中包括了大量珍品。该书全面完整地反映了享誉沪上的南洋中学图书馆的馆藏内容和管理方法，在图书馆学著作中颇具影响，现存世极少。

南洋群岛·英属之部 地理著作。朱镜宙著。1册。商务印书馆1920年初版。前有南洋群岛24位教育家照片。卢永祥作南洋群岛题词。第一编含南洋之名称、范围等篇。第二编含沿革、面积、气候、人口等篇。黄炎培题南洋杂感四首。黄炎培、朱镜宙作跋。

南雅楼诗斑 诗词集。沈宗畸撰。2卷，4册。国民印书馆1916年铅印本。袁克文署端。何震彝、刘茂寅、沈宗畸分别作序。上卷为《人境孤喧集》，收清光绪十三年(1887年)至1913年诗约300首。下卷为《塞上雪痕集》。附《繁霜词》。

查人伟(1887—1949) 浙江海宁人。字仲坚、中坚，又号诵坚、若庐。南社社友。1917年由张心芜介绍入社，入社书编号906。早年考中秀才，后入杭州求是书院、武备学堂、政治学堂，并参加中国同盟会。1911年辛亥革命后历任平湖县承审员、桐庐县专审员、浙江省议会参议员、国民党浙江省党部监察委员等职。曾任职杭州《良言报》，与南社社友任茂梧、许祖谦为同事。1917年4月参加在杭州西湖葛荫山庄举行的南社临时雅集。后又创办《新浙江日报》。

1927年四一二反革命政变后被捕，经营救出狱后随即脱离国民党。后执律师业。1936年5月参加全国各界救国联合会。1941年参加中国民主政团同盟(后改名为中国民主同盟)。

查天纬(1886—?) 浙江海宁人。字啸铁，号虹隐。南社社友。1914年9月由柳亚子、谭天介绍入社，入社书编号462。

柏文蔚(1876—1947) 安徽寿县(今寿州)人。字烈武。南社社友。1916年11月21日由朱少屏、戴季陶介绍入社，入社书编号727。早年与同乡孙毓筠等创立阅书报社。1899年考入安徽大学堂就读。1900年与赵声等在南京组织强国会。1903年毕业于安庆武备学堂。1904年去芜湖安徽公学任教。1905年与陈独秀、常恒芳等以安徽公学为基地创立岳王会，任南京分会会长。次年春季率领岳王会全体成员加入中国同盟会。1911年武昌起义时赴秣陵关策动镇江和南京第九镇新军起义，组织江浙联军光复南京，后任革命军第一军军长兼北伐联军总指挥。1912年南京民国临时政府成立后出任安徽都督兼民政厅厅长。1913年7月响应孙中山号召发动二次革命，宣布安徽省独立，在蚌埠成立安徽讨袁军总司令部，任总司令。二次革命失败后匿居上海，避走日本、南洋。1914年加入中华革民党，同年8月参加欧事研究会。后奉孙中山之命回国，赴川、湘、鄂地区策动地方军开展护法运动。1918年任靖国军川鄂联军总指挥，1920年兼任鄂西靖国军总司令。次年任建国军第二军军长。1923年奉孙中山之命去广州参加改组国民党。1924年当选为国民党第一届中央执行委员。后历任国民革命军第三十三军军长、国民政府委员、国民党中央政治会议委员等职。1937年七七事变后拥护国共合作抗日。1947年4月26日在上海病逝。著有《五十年革命大事记》等。

柳无忌(1907—2002) 江苏吴江(今苏州市吴江区)人。原名锡礽，笔名啸霞。南社社友、新南社社员。1916年6月由其父母柳亚子和郑佩宜介绍入南社，入社书编号629。为南社中入社年龄最小的社友。幼时在家中私塾读书，后进黎里镇第四高等小学。1920年就读于上海圣约翰中学、圣约翰大学。1925年考入北京清华学校，1927年毕业后赴美国留学4年，攻读西洋文学，先后获劳伦斯大学学士学位和耶鲁大学英国文学博士学位。1932年回国后任天津南开大学教授兼英文系主任。抗战时期历任南岳文学院、西南联合大学、重庆中央大学文学院等校教授，重庆师范学院教授兼代理系主任。抗战胜利后赴美国讲学，任耶鲁大学、匹兹堡大学、印第安纳大学等校教授，并在印第安纳大学创建东亚语言文学系，任主任。1989年在美国发起成立国际南社学会，任会长。1990年11月13日中国南社与柳亚子研究会在北京正式成立，任名誉会长。2002年在美国病逝。生平主要从事研究翻译，著述颇丰。主要有《柳亚子年谱》《柳无忌散文选》等，编有《苏曼殊全集》(与柳亚子合编)、《柳亚子文集》(与妹柳无非合编)、《苏曼殊年谱及其它》。主要译作有《葵晔集》(三千年中国诗选，英译本)、《凯撒大将》(莎士比亚戏剧之一，中译本)等。

柳无忌散文选 散文集。柳无忌著。1册。中国友谊出版公司1984年初版。有柳无忌近影，赵朴初题签，许德珩题字，罗念生作序，柳无忌作诗《庆古稀》代序，含新录鬼簿、乐于回首、退休闲趣4部分23篇。费孝通作柳无忌散文选书后。

柳无非(1911—2004) 江苏吴江(今苏州市吴江区)人。女。字小佩。柳亚子长女。新南社社员、南社纪念会会员。早年就读于上海圣玛利亚女校、大同大学附中。1924年10月10日参加新南社第三次聚餐会。1927年四一二反革命政变后随父亲柳亚子亡命日本，次年回到上海。1934年3月4日参加在上海西藏路宁波同乡会召开的陈去病追悼会，以及在会后举行的南社临时雅集。1936年2月7日参加在上海举行的南社纪念会第二次聚餐会。中华人民共和国成立后历任全国政协委员、民进中央委员及妇女委员会主任委员、民进中央参议委员会委员等职。著有《菩提珠》(与兄无忌、妹无垢合写)，编有《柳亚子诗词选》(与妹无垢合编)等。丈夫陈麟瑞，亦为南社纪念会会员。

柳无垢(1914—1963) 江苏吴江(今苏州市吴江区)人。女。字小宜。新南社社员。6岁进黎里女子小学就读。1926年入上海大同大学附中。1927年四一二反革命政变后随其父柳亚子亡命日本，次年回到上海继续入大同大学附中就读。1932年进清华大学社会学系。1935年3月被捕入狱，出狱后留学美国。1935年入劳伦斯大学社会学系，次年毕业后进威斯康星大学研究院。1939年到香港参加保卫中国大同盟。1944年在美国战时情报局桂林分处任职。1946年调入上海美国总领事馆,任《世界知识》专栏编辑。中华人民共和国成立后进入外交部,先在政策委员会,后转入新闻司。1963年病逝于北京。著有《菩提珠》(与兄无忌、姐无非合写),译有《阿莱罕姆短篇集》、《毛泽东论持久战》(英文)、《宋庆龄:为新中国而奋斗》(英文)。

柳公望(1902—1951) 江苏吴江(今苏州市吴江区)人。名绳祖。柳亚子从弟。新南社社员。幼时受过良好启蒙教育,喜搜罗乡邦文献,且为人慷慨,曾将柳亚子高祖柳树芳生前未刊的《分湖小识》木刻翻印数百部分赠亲友。1923年春曾请南社社友李涤绘《分湖访旧图》,邀集朋辈作序、撰跋和题咏(柳亚子为此作了《分湖访旧图记》)。1923年10月赴上海参加新南社,并参加1935年11月10日在苏州中央饭店举行的临时雅集。抗战期间居屋惨遭日寇纵火焚烧,20多年搜罗的乡邦文献、刻印的书籍及自己的吟咏全部化为乌有。

柳亚子(1887—1958) 江苏吴江(今苏州市吴江区)人。初名慰高,字安如,号亚庐,一作亚卢,后改名人权,再改名弃疾,字亚子。南社社友、新南社社员、南社纪念会会员。1909年10月入社,入社书编号3。是南社的三位发起人之一,也是参加南社第一次雅集暨成立大会的17位社友之一。1903年初由陈去病、金松岑介绍入中国教育会。后到上海加入爱国学社。1906年2月由高旭、朱少屏介绍参加中国同盟会,同时又由蔡元培介绍加入光复会。此后留在上海任健行公学国文教员,与田桐一道主编《复报》,宣传革命。1907年与陈去病、高旭等酝酿结社,1909年11月13日南社成立于苏州虎丘,被选任书记员,此后历任编辑员、主任等职。1911年辛亥革命后又与朱少屏、胡寄尘等创办《警报》,任主编。1912年4月1日,在上海发起组建文美会。后历任上海《天铎报》《民声日报》《太平洋报》三报主笔,并任南京民国临时政府大总统府秘书。其后从事南社领导工作,组织召集雅集,编辑出版社刊《南社丛刻》以及《南社诗集》。1923年在家乡创办《新黎里报》,提倡新文化。同年5月在上海与叶楚伧、邵力子、胡朴安、余十眉、陈望道、曹聚仁、陈德徵等发起组织新南社,10月召开成立大会后任新南社社长。次年加入改组后的国民党,历任江苏省党部常务委员兼宣传部长、中央监察委员会委员等职。1927年四一二反革命政变后携家眷流亡日本。次年4月归国后定居上海,从事反蒋民主革命活动。1931年九一八事变后从事抗日救亡运动。1932年上海市通志馆成立后任馆长,编辑出版《上海市通志馆期刊》,对研究上海史志颇多擘画。1935年12月29日发起组织成立南社纪念会,任会长。1945年在重庆参加中国民主同盟。1947年12月,于香港组建扶余诗社。1948年1月与李济深、何香凝等发起成立中国国民党革命委员会,任常务委员兼秘书长。1949年4月16日在北京稷园(今中山公园)召集最后一次南社、新南社联合临时雅集。同年9月出席中国人民政治协商会议。中华人民共和国成立后任中央人民政府委员、政务院文教委员会委员、全国人大常委会委员、中央文史研究馆副馆长。1958年6月21日病逝于北京。一生著作宏富,主要有《柳亚子文集》《柳亚子诗词选》等。主持有《南社丛刻》《南社诗集》《太一遗书》等。夫人郑佩宜,子无忌,女无非、无垢,均为南社社友或新南社社员。

柳亚子

柳亚子文集补编 文集。柳亚子著,郭长海、金菊贞编。社会科学文献出版社2004年初版。列入"南社丛书"。有柳亚子像和手迹影印。柳无非作序。收作者从1903年起的各类诗文220多首(篇)。附联语20对。

柳亚子年谱 年谱。柳无忌编。1册。中国社会科学院出版社1983年初版。编者从谱主1887年1岁写起逐年记叙谱主的经历、活动直至1958年逝世。此书根据《柳亚子年谱》《五十七年》《南社纪略》和朱荫龙《柳亚子先生年表》以及其他资料编纂。另有照片数帧及柳亚子手稿。王晶垚作《南社爱国诗人柳亚子》代序。卷末附录柳亚子先生墓碑文、吴江胜溪柳氏世系表、柳亚子家属六代世系表等。

柳亚子纪念馆 位于江苏苏州吴江黎里镇中心街30号。建于清乾隆年间,原为清乾隆工部尚书周元理的私邸,坐北朝南,临街面河,原有跨街雨棚,七开间门面,深六进,占地3 513平方米。1922年柳亚子向周家后裔典租这座深宅大院,成为柳亚子故居。1982年3月柳亚子故居被列为江苏省级文物保护单位。1987年5月28日在故居的基础上建立柳亚子纪念馆。纪念馆门厅正前方挂着屈武题写的“柳亚子纪念馆”匾额，后内门楣上方有廖承志题赠的“柳亚子先生故居”横匾。第二进茶厅，现在作为陈列的序厅，中间是柳亚子汉白玉雕像，雕像座基上有邓颖超题词“柳亚子先生像”。两边金柱上为周恩来给柳亚子题“铁肩担道义，辣手著文章”。东西两壁陈列着柳亚子和毛泽东的《沁园春》唱和词。第三进正厅名“赐福堂”。正中悬挂着乾隆朝大学士嵇璜为原房主周元理题写的匾额。此厅东侧紧接一楼一底厢楼，西侧建有三楼三底，七开间一字儿排开，廊下有飞椽。赐福堂现在是柳亚子生平事迹展厅。第四进为柳亚子一家的生活起居楼，柳亚子曾名之为“拜孙悼李楼”。第五进为藏书楼。第六进为下房。与第五进之间的庭院内，新辟了“柳氏家谱碑廊”，36块碑刻记载着柳亚子上五代的行状事迹，是研究柳亚子及其祖辈的重要资料。

柳亚子诗词选 诗词集。柳亚子撰。1册。柳无非、柳无垢编。人民文学出版社1959年初版，1984年再版。何香凝署端。郭沫若作序。有柳亚子像、南社第一次雅集合影、柳亚子手迹影印。含《诗选》《词选》。《诗选》收作者自1903—1951年间的诗作954首。《词选》收1907—1950年间词40阕。

柳亚子故居 见“柳亚子纪念馆”。

柳亚子选集 诗文选。柳亚子著，王晶垚、王学庄、孙彩霞编，张枬校。2册。北京人民出版社1989年初版。邓颖超题签。有周恩来1945年的题字手迹影印、柳亚子像片等插图。王晶垚作序。有柳亚子传略和编辑说明。将柳亚子先生著述按文、诗词和自传、回忆录、日记分为三大类。

柳亚子致高旭电 南社文献。柳亚子1923年10月13日致电高旭，电文以《柳亚子致高旭电》为题，署名柳人权，载1923年10月14日《民国日报》。电文谴责高旭参与贿选，宣布从此与他绝交。电文如下：“宛平伪国会转前众议院议员高天梅兄：骇闻被卖，请从此割席。二十四载旧交，哭君无泪，可奈何！柳人权，元。”

柳亚子家书 书牍。柳亚子等著，上海图书馆历史文献中心近代文献部编。长沙岳麓书社1997年初版。尹瘦石题签。有柳亚子与家人像片7帧及手迹影印4帧。胡道静作序。收柳亚子1919—1950年致家属的信387封，收儿女致双亲的信130多封。附柳亚子、郑佩宜、柳无忌、柳无非、柳无垢生平简历。

柳亚子脱离《天铎报》 见“柳黄之争”。

柳亚子集外诗文辑存 诗文补遗。柳亚子著，张明观、黄振业编。1册。上海人民出版社2011年初版。前有柳亚子像和手迹影印。柳光辽作序。辑存柳亚子从1904年起各类作品270多篇。附联语54对、吴江文献保存会书目、养余斋松陵书目、养余斋书目补编和养余斋书画目录。

柳抟霄(1888—1928) 江苏吴江周庄(今属昆山)人。名冀高，字北野，又字栗庐。柳亚子从弟、率初兄。新南社社员、南社湘集社友。早年入上海徐汇公学，辛亥革命后毕业，返回家乡周庄以教书为业。1917年与王大觉、朱云光、朱汝钰等共创正始社，出版过《正始社丛刻》一集。平日兴趣广泛，琴棋、书画、乐器、昆曲、体育无不通晓，尤其偏爱搜罗金石篆刻作品。编有《栗庐藏印》《磨剑室藏印》等。

柳非杞(1911—1982) 江苏无锡人。名希宗，字非杞，别署潜麟，室名真气庐。南社纪念会会员。曾任上海市立图书馆资料部主任。1980年7月受聘为上海文史研究馆馆员。

柳荣煦(1892—?) 浙江绍兴人。字煦甫。南社社友。1916年12月29日由蔡哲夫介绍入社，入社书编号776。

柳高之争 南社掌故。高天梅(即高旭)和柳亚子本是同学。但是二人都有些脾气，也较自负。天梅曾作吊岳王七古诗，自称“可以惊天地，泣鬼神”，又自称“江南第一诗人”。亚子颇不服气，做了一首诗讥讽他，其中“自诩江南诗第一，可怜竟与我同时”表示有我在，第一诗人你就不配。天梅不免耿耿于怀。后来南社在虎丘成立，天梅没有赶去。亚子笑他杜门避着矰缴，天梅听了很不愉快。《南社丛刻》第一集是天梅编的，出版了，亚子认为编制太杂乱、没有条理。说“天梅书生习气，做事太马虎”。但二人并无根本矛盾。

柳黄之争 南社掌故。黄侃曾师从章太炎学习文字训诂之学，深得太炎先生的看重，黄本人也对章太炎十分钦佩。民国初年，柳亚子是《天铎报》的骨干，与章太炎有政见上的不同。当时《天铎报》编辑夏重民发了一个短评，矛头对准章太炎，黄侃看了大怒，以为是柳亚子写的，于是立刻赶去《天铎报》与亚子大闹，并要柳亚子脱离《天铎报》。后来柳亚子听了他的话，离开了《天铎报》，专任《民声日报》的编务工作，此次纠纷才算了结。

柳敏泉(1889—1958) 湖南湘阴人。名昶鋆，又名永，号餍庵，亦号餍龕。南社湘集社友。是清末秀才，曾参加辛亥革命，当过县长。1935 年 4 月参加在长沙天心阁举行的南社湘集第十一次雅集。1938 年和 1939 年之际流寓上海。1940 年辗转至新化，任县政府主任秘书。抗战期间与常熟人宗志威在新化组织荚江吟社，任副社长。抗战胜利后任职于长沙湖南大学，并与张平子等一些老社友恢复了南社湘集的活动，任南社湘集社长。工骈文，善书法。出版有《听秋山馆诗集》。

柳率初(1899—1980) 江苏吴江周庄(今属昆山)人。原名景高，后更名遂，字仰之，一字子文，别号十三。新南社社员、南社湘集社友。1924 年曾与李鼎山、李惠民等组建怡社(后改名建社)，任常务委员。1926 年又创立《薛浪》编辑部，出版《薛浪》月刊和《薛浪日报》。1927 年建社开设平民夜校，义务为平民扫盲。曾任国民党中央执行委员会宣传部文书科干事。中华人民共和国成立后在上海文博系统供职。早年随从兄柳亚子辑有《松陵艺文志》，并与柳亚子合辑《迷楼集》，著有《迷楼续集》。兄抟霄，亦为新南社社员、南社湘集社友。

柳暗花明录 翻译长篇小说。英国却而斯佳维著，天虚我生(陈蝶仙)译。上海文明书局 1915 年 10 月初版，1929 年 4 月上海文明书局第四版，1917 年 5 月至 8 月曾在《申报》连载。讲述了一薄情女子裘狄斯把丈夫钱财挥霍殆尽后，又以伪签支票之罪把丈夫送进牢狱，最终丈夫查明真相，二人同归于尽的悲剧故事。其中还穿插了薏德与罗伦一对恋人也惨遭裘狄斯迫害，伯爵维廉亦为其蒙蔽的多重故事。作品揭露社会伦理、法制情状，略带悬疑色彩。该书虽为翻译小说，但经过陈蝶仙润文，文气通畅，既保留了原作的异域情貌，也用中国人的审美口味进行了改编，是民国时期比较成功的翻译小说。

柳溪竹枝词 诗集。周斌(芷畦)撰。1 卷，续 1 卷。1915 年铅印本。傅钝安题签。傅钝安、黄鸣銮、陈陶遗分别署端。汤寿潜、李晦庵、白炎中、胡蕴玉、陈去病、柳弃疾、周春霆、顾九一、沈昌直、黄复、丁清藩、顾承份、袁锡麟、谢壬澜、王大觉、陈安澜、诸弘肃、叶小凤、沈砺、周斌分别作序。《续柳溪竹枝词》1 卷，李息翁署端。陈匪石、倪继昌、陶耘经、谢珠亚、袁鸣钟、许应奎分别作跋。另有民国版油印本存世。

柳溪诗征 诗集。周斌(芷畦)编，柳亚子校。6 卷，1 册。中华书局 1936 年初版。柳亚子、沈德镛分别作序。周斌作自序。叶楚伧、柳亚子、李康佛、余十眉分别题词。集宋起乡贤 148 人的诗作。柳亚子作跋。

柳慧侬(1905—1987) 江苏吴江(今苏州市吴江区)人。女。名均权，又名静，字慧侬。是柳亚子妹，南社社友凌光谦夫人。新南社社员。

柱尊诗选 诗选。陈柱著，萧德浩、陈三百校。1 册。南宁苏州大学广西校友会 1991 年第一版。有陈柱遗像。萧德浩作前言。有陈柱待焚诗稿一集序和待焚诗稿二集序。含三言古诗 4 题、五言古诗 95 题、六言古诗 1 题、七言古诗 47 题、五言绝句 8 题、六言绝句 3 题、七言绝句 54 题、五言建句 26 题、七言律诗 112 题。

树倒猢狲散 南社掌故。插图名。孙雪泥曾主持上海生生美术公司，出版《世界画报》《笑话》等美术刊物。1935 年又编刊了《俱乐部杂志》，其中有一幅名为《树倒猢狲散》插图中绘了一棵大树，树上攀了许多猴子般的小人物，另在树枝上画了男女二人，伸出头，形貌极像蒋介石与宋美龄。树下画一穿和服木屐的，正在挥斧砍此树。这幅画被国民党当局认为是"诬辱党国要人"，并禁止该刊物出版。孙雪泥也因此遭到不少麻烦。

郦　忱(1878—?) 浙江诸暨人。字赓九。南社社友。1914 年 9 月 18 日由李叔同介绍入社，入社书编号 458。民国初年任教于杭州浙江省立第一师范学校。1915 年 5 月参加在杭州西湖孤山之西泠印社举行的南社临时雅集。

威廉退尔 剧本。德国许雷(即席勒)著，马君武译。1 册。中华书局 1925 年初版。席勒的最后一部重要剧作。描述 13 世纪瑞士农民团结起来反抗奥地利暴政的故事。当时统治瑞士的奥地利总督肆意压迫人民，瑞士人民处于被奴役、被欺凌的状况。更有甚者，奥统治者于闹市竖一长竿，竿顶置一帽，勒令行人鞠躬于帽。一日，农民射手威廉退尔经其处，因抗命不鞠躬而被捕。总督命于退尔幼子头顶置一苹果，令退尔以箭射之，射中方得免罪。退尔射中苹果，却同时又出示一箭，声称如不幸射中幼子，即以此箭反射总督。总督怒，再次捕退尔。押解途中，登舟经一湖面，风浪大作，将士危惧，退尔伺机一箭射杀总督后逃脱虎口。民众拥之，共起反抗奥地利统治，终得自由。

研究国学之门径 国学研究著作。陈柱著。中国学术讨论社编辑印行（文中显示的发行时间约为1927年）。本书为有关国学研究资料的汇编，主要部分为陈柱所撰《研究国学之门径》文，传授初学国学的步骤为：一、求师，二、求书，三、勤学；而为无师自修国学者指点的方法尤为详细，其为：一、阅读，二、先通大意，三、深求，四、研究（分三层：一、思辨，二、考证，三、校订），对每一个步骤都举例讲解。第二部分是陈柱的"三书堂丛书"书目，罗列他所著的有关诗、书、易、礼、春秋、大学、中庸的释义训诂，老、庄、墨诸子的探索研究等书籍以及其他著作共50种，由其侄孙陈起予逐一作提要。

鸥社 社团名。1920年胡朴安、汪子实在上海发起成立。每月雅集两次，加入该社的都是南社社友，如王尊农、胡朴安、胡寄尘、傅屯艮、潘兰史、徐仲可、陶小柳、宋痴萍、汪兰皋等。出版有《鸥社集》。何时停止活动不详。

鸥社诗稿辑 南社文献。汪欣辑。为南社分支鸥社文献资料。载国际南社学会秘书处编《国际南社学会丛刊》第六期（1997年8月印行）《旧文新载》栏。前有鸥社题名：胡朴安、胡寄尘、傅屯艮、宋痴萍、汪子实、徐仲可、王尊农、潘老兰、孙小舫、陶小柳、汪兰皋、梅长木、王大觉、胡筱庄、叶楚伧、陈佩忍。另载有无相、佚名二人的诗作。共收入鸥社第一至九次雅集的诗作。另附汪兰皋、陶小柳、王德钟、王西神、傅屯艮、孙恭久、徐仲可、胡朴安诗手稿影印件。

残水浒 长篇小说。程善之著。秋风、湘亭点评。镇江新江苏日报社1932年出版。本书继施耐庵《水浒传》70回之后续写梁山英雄好汉之事，为《水浒传》续篇。全书共分为16回，结构精巧紧凑，文笔亦佳，然而故事情节以及人物性格却与施耐庵前70回中所描述的有很大不同，作者根据自身对《水浒传》以及当时社会背景的理解，将原著中的人物形象加以重新塑造，颇具新意。

残年余墨 诗文集。周鼎金撰，沈昌眉编。2卷，1册。1923年铅印本。李散木题签、署端。柳弃疾、钱祖宪、吴鸿一、陆天庐分别作序。附录收其弟沈昌直作《书外祖周笑梅翁遗事》，沈昌眉作跋、跋二，周命新作跋三。

轻轻悄悄之胡寄尘 南社掌故。轻轻悄悄，指某人说话声音小而轻。郑逸梅在《南社丛谈》中写道："轻轻悄悄之胡寄尘，指寄尘说话低声小气。"

蚕尾毒 白话章回谴责小说。不才子（许指严）著。2册。中国图书公司和记1916年8月初版。该书旨在揭露民国初年地痞、乡绅、官府相互勾结、沆瀣一气，鱼肉百姓的现实。

韭花帖 南社掌故。沈尹默从20世纪30年代起，开始致力于书法艺术，与白蕉、马公愚、邓散木、刘季平等形成一个书法家群体，其中不少是南社社员。沈尹默的早期书法强调继承中国书法传统，极力推崇"二王"书风，并喜爱杨凝式的《韭花帖》，认为："《韭花帖》接衍兰亭，最为可取。"沈尹默书法用笔精湛，技法圆熟，篆、隶、楷、正行、草各种书体融会贯通，尤以行书擅名。

战后之世界 国际形势著作。黄郛著。1册。中华书局、新中国建设学会1920年初版，1935年第三版。有赵正平本书三版弁言和黄郛凡例。含绪论、巴黎和会之概观、欧洲之新形势、欧洲以外各洲之新形势、中华民国之新忧患和结论6章。附德约全文等8种。

战时文选 小学教材。吴鼎（定九）著。2册。汉口华中图书公司1938年第三版，战时国语教材小学高年级适用。所选之文以培养儿童民族意识、激发儿童爱国精神、提高儿童抗敌情绪、坚持儿童复仇决心为宗旨。所选之文均为当代名家作品，大都悲壮雄伟，激昂慷慨。上册适合小学五年级应用，下册适合小学六年级应用。每册均为24篇。

尝试集·批评与讨论 文学批评。胡怀琛编。1册。上海泰东图书局1921年初版。胡怀琛作序。含编者关于胡适诗集尝试集的批评和与他人讨论尝试集的通信两部分。讨论者有胡适、胡怀琛、刘大白、朱执信、朱侨、刘伯棠、胡涣、王崇植、吴天放、井湄、伯子等人。

禺生四唱 南社掌故。为刘成禺所撰《洪宪纪事诗》《广州杂咏》《金陵今咏》《论版本绝句》4种诗集的合称。因刘成禺字禺生，故名。

贵池坞渡湖北垞古松歌为汪鞠友题 诗篇名。排律。黄质（号宾虹）作。发表于1923年12月《南社丛刻》第二十二集。汪鞠友系黄质安徽歙县同乡，曾因反对袁世凯称帝、不满军阀混战而退隐贵池坞渡湖，潜心诗词书画。全诗28句，前14句热情抒写乡友汪鞠友手植黄山松盆景，虬枝夭矫，在斗室中犹如奇峰，并由湖水深深想到隐者汪鞠友，由陶渊明《桃花源记》桃源中人避秦联想到汪鞠友的盆栽松树因未受秦始皇的封赏反而显得更古、更雅。由古松枝叶交加联想到乡友汪鞠友解衣露怀，坐在松树下吟诗作画，自然忘记了夏日的炎热，披览书画，松风谡谡。后14句抒写在古松树下作画任意挥洒，阳光洒落窗前，喜悦之情涌上心头，心在出世用世、进退之间，且让松树化龙而去，还是让瑶琴般的松涛声留下吧！希望乡友不要慨叹知音少，曲折地表达自己就是知音，祝老朋友像松树般长寿。为了供卧游而采制盆景，抚琴得真趣，师法自然。诗作笔酣墨饱，浓墨重彩，韵味醇厚。

虹 长篇小说。茅盾著。开明书店1930年3月出版。故事以女主人公梅行素的成长和社会经历为小说发展的主线，借此表现五四新女性在五四到五卅这一历史时期中，由开始追求个性解放到投身革命的心路历程和精神转变。这部小说是茅盾的第二部长篇小说，是茅盾创作转变的过渡。之前他创作的长篇小说《蚀》中透露一种强烈的低迷情绪——苦闷、彷徨、消沉。那时的他正在为中国大革命的失败而痛心。而通过《虹》可以感受到茅盾的转变，一改以前的消沉而出现较为乐观向上的基调，标志着茅盾的小说创作开始进入成熟阶段。

思古诗社 社团名。1908年前后，中国留日学生在东京发起成立。其主要成员有杨楚孙、侯疑始、唐企林、刘揆一、盛倚南、郁华、黄子彦等，日人森槐南也加入其中。该社何时停止活动不详。

思玄集 哀挽录。姚光编。1卷，1册。金山姚氏1922年铅印本。系姚光为夭殇幼子姚昆璧（又名昭明）而编。由金兰畦题签。龚丁题《姚童子昭明小像》。姚光分别作《思玄集序》《昭明忆语》。姚竹心、祝君尧、陈陶遗、高基、高燮、杨了公、高圭、高垣、高筠、高埏、高增、周钟游、冯心侠、梅雨清、朱惟公、蔡树蘐、余韶美、王兆堃、陈去病、傅熊湘、黄质、姚锡钧、柳弃疾分别作哀文。林晦庐、王立佛、邓尔雅、姜可生等南社社友分别作挽诗、挽词。

思家 诗篇名。五律。宋教仁作于1907年流亡日本之时。诗人紧扣诗题，一落笔就抒写家国之思，去国三载，年年思家，深情绵邈。转而抒写思念老母亲与妻子的感情，从写老母亲与妻子对自己的担忧与思念落笔，谓老母亲因思念自己而满头白发，妻子因思念自己无心打扮而"首如飞蓬"，更突出了自己思念亲人之深。进而更深入一步，抨击清廷统治。天涯远隔，道路悠悠，强烈期望消灭仇人。诗作用词讲究。全诗感情层层深入，感人至深。

钝安诗 诗集。傅熊湘撰。8卷，2册。1924年刻本。有古今体诗800首。傅熊湘作后序。

钝安遗集 诗文集。傅熊湘撰。22卷，6册。1931年铅印本。胡汉民题签。赵启霖署端。有傅钝安先生遗像，钝安遗墨二。吴恭亨作序及《傅钝安墓碑》。李澄宇作《傅钝安墓志铭》。有《钝安先生行状》。刘鹏年作《傅钝安先生年谱》。《钝安诗》14卷，张继署端，有诗1 312首。《钝安词》1卷，叶楚伧署端，有词34阕。《钝安文》3卷，胡汉民署端，有文66篇。《钝庵脞录》3卷，傅绍岩署端，撮录500余事。《钝安杂著》1卷，谢无量署端，有《中学国文教科之商榷》等文。

钟天游（1888—?） 广东新会（今江门市新会区）人。南社社友。1917年2月10日由杨鹤廉介绍入社，入社书编号803。

钟记室诗品笺 诗评笺注。3卷，1册。南北朝梁钟嵘著，古直笺。上海聚珍仿宋印书局1928年铅印本。"隅楼丛书"第四种。闵孝吉署端。古直民国1925年、1927年分别作《发凡》。《诗品序》《诗品卷上》《诗品卷中》《诗品卷下》均为钟嵘著、古直笺、闵孝吉校。

钟观诰（1875—?） 浙江镇海（今宁波市镇海区）人。字衡臧。南社社友。1914年由叶楚伧介绍入社，入社书编号482。南洋公学校友。曾与兄钟观光一道参加中国教育会，任爱国学社理化教员。民国初年任职于江苏省立上海第二师范学校。1912年7月与陈其美、虞洽卿、王云五、黄宾虹等同任上海务商中学校董。

钟　英（1881—?） 江苏松江（今属上海）人。字惧庵，一字韵庵，又字惧葊。南社社友。1910年由朱少屏介绍入社，入社书编号39。1906年2月由高旭主盟加入中国同盟会。1914年5月参加在上海愚园云起楼举行的南社临时雅集。

钟道英（生卒年不详） 江苏松江（今属上海）人。字寿芝。南社纪念会会员。胡小石诗弟子，能书画。

钟楼怪人 电影介绍。潘毅华、周瘦鹃编，顾肯夫、周伯长译，闻野鹤订。1册。上海环球影片公司1924年初版。闻野鹤题签。介绍法国电影《钟楼怪人》。有主要演员的小史。周瘦鹃作钟楼怪人的作者嚣俄。有主要演员的肖像、剧照和剧情提要。潘毅华节译小说钟楼怪人，周瘦鹃译热爱·钟楼怪人之节本。附钟楼怪人在各处开映之情形、编排电影费时三年、嚣俄之轶事和纽约著名评剧家爱伦旦尔对此片之论调。

钟静怡（生卒年不详） 籍贯未详。南社纪念会会员。

钟薛生（1879—1943） 广东嘉应州（今梅州）人。名动，又名用宏，字李通，一字天静，又字薛生，号辟生。南社社友。1912年10月14日由胡朴安、周伟、胡寄尘介绍入社，入社书编号319。幼年到广州入广雅书院侍读，弱冠后考中附生。旋赴日本留学，入早稻田大学，并在东京加入中国同盟会。1907年底曾回乡与古直、曾颐等组织成立冷圃诗社，宣传反清革命。后返回东京继续学业，并担任嘉应州留学生同乡会会长，创办《梅州杂志》。1911年武昌起义爆发，梅州光复后任梅州军司令部参谋长。1913年二次革命爆发时应江西都督李烈钧之邀赴南昌，参与起兵讨伐袁世凯。二次革命失败后逃亡日本。1916年支持云南举义，参与发起反对袁世凯复辟称帝的护国战争。后寓居昆明，曾任云南省教育司司长。退出政坛后隐居于上海，参悟佛理，直至终老。著有《钟季子文录》，遗著有《天静楼诗存》。

钟 藻（1893—?） 湖南醴陵人。字爱琴，一字琴盦，号耐勤，又号焦桐馆主。南社社友、南社湘集社友。1919年4月由傅熊湘介绍入南社，入社书编号1067。1936年3月25日参加在长沙定王台举行的南社湘集第十三次雅集。

钮擎球（1897—1941） 江苏吴江（今苏州市吴江区）人。新南社社员。家中经商，其父在盛泽开有仁寿堂国药铺，颇有信誉。幼年受业于晚清秀才陈锐（后来参加南社）。曾经开设正大照相馆。1937年抗日战争全面爆发后受中共地下党员、第三游击区大队长俞清志委派，以公开身份出任汪伪政权盛泽镇区公所助理员，收集情报，接待和掩护外地革命同志，并资助中共地下党活动经费。后被伪区长向日军告密，不幸被捕，先关押在吴江，旋即被移解上海。在狱中遭受酷刑，坚贞不屈，1941年2月12日英勇牺牲。

拜伦诗选诗集 翻译诗集 苏曼殊译。日本东京三秀舍1909年10月出版。苏曼殊盛赞英国诗人拜伦参加希腊民族独立战争的行为与作品。其《〈拜伦诗选〉序》称："善哉。拜伦以诗人去国之忧，寄之吟咏，谋人家国，功成不居，虽与日月争光，可也。"

拜鸳楼枝刻 杂文汇编。沈宗畸编。4种，4册。番禺沈氏清光绪二十六年（1900年）刻本。《影梅庵忆语》，冒辟疆著，宋颖庭、冒辟疆分别题辞，杨复吉作跋，李明睿、陈焯、高世泰分别作《书影梅庵忆语后》。《欠愁集》，史震林著，李叔同署端，夏仁瑞题辞，沈宗畴作跋。《海鸥小谱》，赵执信著，杨复吉作跋。《影梅庵悼亡题咏集》，沈宗畴作识。4种都与董小宛有关。

怎样学习 学习方法指导。英国毕尔著，浦漪人、陈瘦石（云峰）译。1册。上海开明书店1935年初版，列入"开明青年丛书"。艾伟作序。有译序。含致读者、何谓学习、动物如何学习、人类如何学习、学习难度的差异、如何听讲、如何集中注意、如何养成学习的习惯、记忆的经济方法、帮助记忆的实际方法、学习的进境、聪明与愚笨、何谓好的记忆和记忆能否训练12章。

香光小录 佛学著作。吕碧城编，法香居士校。1册。上海大法轮书局1939年初版。含例言、自然断除肉食之方法、河东夫人生西记、阿弥陀经、莲邦之路、无量寿经、瑞士妇死兆、观无量寿佛经、美国因果案、普贤行愿品、予之念佛方法和发行志略等篇。

香艳丛话 散文集。周瘦鹃著。中华图书馆1924年1月再版。作者在有一些篇章中表露心迹，如《愿天速变作女儿》梦想颠倒众生，不能达到目的时幻想化身女郎来圆梦。另外，书前有多幅作者的女装照片及一些西方经典话剧的剧照。

秋日登高 诗篇名。七律。刘去非作。具体写作时间不详。抒发对社会黑暗、国运淹蹇的愤懑感情，表达推翻封建统治独裁的决心，礼赞1911年黄花岗起义的反清先烈，表现坚决投身推翻封建统治者的大无畏精神。感情激烈，语言坚定有力。

秋风诗 南社掌故。1911年辛亥革命爆发，喜讯传来，胡蕴（号石予）奋笔欢呼，每日撰《秋风诗》若干首，并以眉批形式简注报载新闻。胡蕴自叙云："秋风诗，石予纪事之作也。其作始何时？辛亥八月十九日，武汉风云传东南。石予于是有诗。其第一首第一句有'秋风'字，遂以名其篇也。"自叙末句云："十月十三日叙于半兰旧庐，则南京光复之第二日也。”《秋风诗》共66首，其所纪事自武昌起义至孙中山任临时大总统，颇有史料价值。郑逸梅所撰的《胡石予先生小传及其他》评《秋风诗》云：“可作史诗读。”

秋心居士四秩唱和集 酬唱集。杨鸿年编。1卷，1册。江苏苏州观西三吴公司1924年铅印本。有秋心居士小影，杨遵路《题秋哥玉照》。戚饭牛作《杨鸿年小传》。黄钧、张荣培、孙绮芬、张仁甫、张庆璠、栗无忌分别作《秋心居士四秩唱和集序》。唱和词七阕，和诗67首。

秋兴 诗篇名。七律。谢树琼作，刊于1915年5月《南社丛刻》第十四集。此诗取杜甫《秋兴》诗意。感叹年华被文字消磨，自己流转异乡，荆榛满目，引发许多感触。抒发枕戈待旦、仰天长啸、壮怀激烈的豪情壮志。夜月鸣蝉，好像在悲叹国家遭逢伤乱，秋风哀号好像在凭吊关山、河流。表示人生需具有匡救时艰的志向，不能虚度光阴，抒写积极用世、救国救民的人生态度。风格激越，哀感动人。

秋兴八首和少陵韵(其三) 诗篇名。七律。庞树柏作。本篇表达身处干戈遍地的丧乱中自己从不曾想到退缩，以怒蛙、退鹢自况，表达自己虽身处劣势而仍勇往直前，虽然时世变了，离开了故乡，岁月不再，但自己还在积极参加推翻清廷统治的革命活动，真怕遭到隐逸的人耻笑。诗句凝练，用典精当，风格沉郁、高古。

秋社 社团名。清末民初文学社团。1908年2月25日，陈去病在浙江杭州西湖西泠桥畔秋瑾追悼大会上提议组织，目的为纪念秋瑾。徐自华任社长，陈去病为干事，社员有褚辅成、姚勇忱、杨侠卿等数十人，决定每年农历六月六日为秋瑾成仁纪念日。同年7月4日(农历六月六日)，是秋瑾牺牲一周年纪念日。陈去病、徐自华、褚辅成、姚勇忱等秋社同人数十人，在西湖凤林寺秘密追悼秋瑾。同年12月，秋瑾墓遭清政府反动当局毁坏。直到1912年1月中华民国成立，孙中山任临时大总统，才重建秋瑾墓，重筑风雨亭，重开秋社。

秋社启 南社文献。陈去病撰。载《南社》第四集。控诉清政府对秋瑾在“狱状未具”的情况下“遽婴显戮”，抒发对秋瑾“悲悼怅侧，曷云能已”的深切怀念感情，赞扬秋瑾慷慨殉义的英勇精神，“义侠干风去，才情掩闺阁”的崇高品德和杰出才华，说明成立秋社“庶来吊屈之人”的目的。

秋明室杂诗、秋明长短句 诗词集。沈尹默撰。2卷，1册。1951年石印本。《秋明室杂诗》1卷，沈尹默署端。《秋明长短句》1卷，沈尹默署端。均为1946年秋至1949年春末的作品。沈尹默作跋。

秋明集 诗词集。沈尹默撰。4卷，2册。北京书局1929年铅印本。《秋明集诗》3卷，收光绪三十一年(1905年)至1927年词作111阕。《秋明集词》1卷，收光绪三十一年(1905年)至1928年词作71阕。

秋侠墓 诗篇名。七律。庞树柏作，刊于1914年8月《南社丛刻》第十一集。秋侠，即秋瑾。这是一首谒秋瑾墓而哀悼烈士的诗作。作者所拜谒的应是1913年秋回葬杭州西湖西泠桥畔原葬处的秋瑾墓。诗作开头从谒墓的时间、空间环境落笔，为诗篇营造沉重、孤独的氛围，进而忆起秋瑾绝笔词“秋风秋雨愁杀人”，从而礼赞秋瑾的侠骨使湖山添声价、增光辉。以“碧血痕”“红心草”热情讴歌秋瑾的刚烈，抒写她的遗恨。结尾谓在秋瑾墓1908年2月第二次迁葬由绍兴常禧门外严家潭迁至杭州西泠桥西侧时就曾前来拜谒凭吊，现在重来拜谒，尽管墓碑上10字旧题仍在，但碑已换，自己斟酒祭奠烈士时，禁不住泪流满面了。诗句凝练苍劲，风格沉着雄健。

秋　复(1892—1958) 浙江绍兴人。名锡辰，字壬林。秋瑾之侄。越社社友。毕业于绍兴府中学堂，与周建人同学。1912年参加越社。1912年初陈去病主持《越铎日报》期间，与陈有唱和诗，并助陈去病、徐自华举行追悼秋瑾大会。王金发督绍期间，曾短期任电报局长。后入北京大学，在法律系就读。学习期间兼任总务处助理会计职务，以作半工半读直至毕业。1957年参与绍兴举办秋瑾就义五十周年纪念活动，会后接受采访作《回忆秋瑾》一文。1958年在绍兴病逝。

秋梦馆诗剩 诗词集。陈绵祥著，蔡恒胜编。2册。香港中国美术出版有限公司2011年第一版。有陈绵祥遗像等照片15幅。柳光辽作重编陈绵祥秋梦馆诗剩序。有作者简介。含秋梦馆焚馀诗草、秋梦馆诗剩、秋梦馆词剩和集外诗。附陈绵祥南社入社书、陈绵祥先考佩忍府君行略和陈绵祥在竞雄女学成绩画。蔡恒胜作编后记。又附陈绵祥秋梦馆诗剩部分手稿和陈绵祥秋梦馆诗剩附纪念文章8篇。

科学 期刊名。1915年1月创刊于上海。1915—

1934 年由杨铨任主编，是我国最早的定期的科学杂志。创办该刊的目的，是唤起中国人对科学的重视，提高民众的科学文化水平。以介绍纯科学为主，涵盖数学、几何学、化学、物理学、生物学、测量学、气象学、逻辑学、采矿学、经济学、林业学、农业学、心理学、力学、军事理论、商业理论等学科。马君武曾为其撰稿。至 1950 年共发行 32 卷 384 期。

《科学》杂志 南社掌故。中国最早的科学期刊。1935 年任鸿隽留学美国康奈尔大学期间，与胡明复、赵元任、周仁、秉志、杨铨等发起组织中国科学社，创刊《科学》杂志。对于推动中国科学事业的发展，传播科学技术知识，曾起了筚路蓝缕的作用。黄兴为该杂志题写刊名。《科学》杂志办至 1960 年停刊。

科学救国之梦——任鸿隽文存 文集。任鸿隽著，樊洪业、张久春编。1 册。上海科技教育出版社 2002 年初版，"八面风文丛"之一。含追问科学之为物、播撒科学种子、运筹因材而笃、痴情说国策和漫述前尘 5 部分。附陈衡哲任叔永先生不朽、樊洪业任鸿隽——中国现代科学事业的拓荒者、任鸿隽年表。

科学概论 科普丛书。任鸿隽著。商务印书馆 1926 年出版。本书叙述了科学的基本性质，共分 8 章。第一章，科学的起源；第二章，知识的进化；第三章，知识的分类及科学的范围；第四章，科学知识与科学精神；第五章，科学的目的；第六章，科学方法 I：理论方面；第七章，科学方法 II：实施方面；第八章，或然与切近——科学方法的限度。本书以科学发展的历史为经，以科学的各种原则及问题讨论为纬，以经证纬。首先阐明何为科学的精神和科学的方法，其次介绍科学的本身和科学的成果，使读者在明晰科学性质的同时，了解科学发展的由来和重要事实。在讨论科学问题时凡征引各家学说者皆附注出处，便于读者检索。

科学演义 科学普及读物。胡怀琛著。全 1 册。上海文明书店 1917 年 1 月出版，至 1929 年已出第六版。此书以科学小实验、小游戏为例，介绍物理、化学等科学知识。上卷有水学、气学、力学、光学，下卷有声学、化学、电学、算学、代数、几何、测绘、地理、图画、制造、游戏法。每个游戏实验皆配图说明，图文并茂，以增进读者的知识与兴趣。

重上京华示诸同志 诗篇名。七律。陈去病作。具体写作时间不详。诗人到北京参加国会议员会议，写作此诗示革命同志，表达自己的哀愁。抒写北上见同志死的死，走的走，感逝怀人而悲哀。表示处事是从是违，必须有决断；胸中有郁结不平之气，必须设法排除。抒写对时局绝望的心情和生不逢时的感慨，由衷赞美才德高尚的革命者。感慨自己双鬓如雪、年华老大，但又决心摆脱惆怅心情，决心有所作为。运用多种典故非常自然，对仗工整而达意巧妙。

重组南社启事 南社掌故。启事文。1933 年 12 月 26 日原南社成员嵇鼎铭在湖州约集陈勤士、李吉甫、沈若臣、唐钰升、钮味青、陈季封、黄志樵、周声伯、卢作霖、许垂青、陆伯觞、姚韵员为发起人，重组南社。《重组南社启事》云："夫保存国粹，经史与子集俱崇；牖启民心，词曲偕讴歌齐唱。新生活为救时急务，旧吟咏乃救俗良方。……仆系出樵国，隶吴兴，诗礼守鲤亭之训，风姿无凤尾之称。负郭有田畴，不谙耕凿……庶几《广陵》曲奏，续南社不绝之遗音；别墅棋敲，写东山赋闲之逸趣。"

重修邵武县志(民国) 方志。秦振夫等修，朱书田等纂。37 卷，首 1 卷，1 册。江苏古籍出版社、上海书店影印本，巴蜀书社 2000 年《中国地方志集成・福建府县志辑第 10 册》，此本据 1937 年永生堂铅印刻本影印。张钫、丁超五分别作序。

复古社 社团名。1907 年 9 月 15 日，景耀月、景定成、谷思慎、荣炳等在《第一晋话报》的基础上，在日本东京创办不定期刊物《晋乘》杂志。景耀月在《晋乘》上提出"发扬国粹"的主张。为了贯彻这一宗旨，景定成、李镜蓉、杜羲、狄楼海、邵修文、景耀月 6 人于 1908 年 6 月在日本东京创立复古社。复古社以"研究古学，以与新说相融合"为号召。上述诸人，除李镜蓉、邵修文外，后来均加入南社。

复旦大学 学校名。前身为复旦公学。1905 年由原震旦学院院长的马相伯创立于上海吴淞提督行辕。1913 年初建立董事会，曾聘请孙中山为董事，学校聘请李登辉为校长。1917 年复旦公学改为私立复旦大学。1922 年学校迁到江湾镇五角场，即现复旦大学所在地。到 1929 年，学校拥有文、理、法、商 4 个学院共 17 个系。1920 年起，陈望道执教于该校，1952—1977 年任校长。抗战全面爆发后，该校分成两部分，校本部先迁庐山，后迁重庆。一部分师生留沪。1942 年 1 月改为国立大学。1946 年，在重庆改为国立的复旦大学迁回上海，两部分合并称国立复旦大学，章益任校长。1947年学校进行了反对美国暴行运动，5月进行了“反饥饿、反内战、反迫害”运动。1949年5月上海解放，上海市军管会接管该校，后经院系调整为文理科综合性大学。2000年上海医科大学并入。

复旦公学 学校名。1905年上海震旦学院部分爱国师生因不满教会的过多干涉而相继离校，由马相伯、严复等于上海吴淞提督行辕组织自立复旦公学，马相伯任监督(校长)，李登辉任总教习。辛亥革命时，校舍为光复军占用。曾在震旦学院求学过、时任交通部次长的于右任，邀集复旦校友邵力子、胡敦复以复旦学生名义上书孙中山，请求拨上海徐家汇李公祠为复旦校舍，得到临时政府同意。1912年9月学校在李公祠复校开学。1917年改名为复旦大学。

复报 期刊名。1906年5月8日在上海创刊。前身为江苏吴江油印小报《自治报》，柳亚子等主编。与《民报》相呼应，宗旨是“发挥民族主义，传播革命思潮，为革命之霜钟，作魔王之露檄”。主张宣传民主革命，反对君主立宪。设有社说、政法、传记、小说、文苑、批评、谭丛、来稿等栏目。柳亚子撰发刊词，陈去病、高燮、高旭、马君武、沈砺等作品在此发表。1907年夏停刊，共出11期。

复庐聚书献书记 南社掌故。文章名。南社后期主任姚光不仅是诗人、学问家，也是著名藏书家。他家中的藏书室，号称“复庐”。姚光于1945年5月因病去世。1949年上海解放后，姚光之子姚昆田、姚昆群在友人高君宾的襄助下，将家中4万余册珍稀善本与孤本古籍图书及许多金石碑版图录，悉数捐献给上海市文物保管委员会，后来归属上海图书馆收藏。此举受到时任上海市长陈毅的嘉奖，上海的各大报纸亦作了报道。姚昆田、姚昆群撰有《复庐聚书献书记》一文，记载了家中世代藏书之艰辛经历以及献书的由衷。

复辟之黑幕 笔记集。天忏生(贡少芹)、京华归客著。翼文编译社1917年7月出版。该书分上、下卷，共记“张勋复辟”(1917年7月1—12日)逸事近200则，揭露了当时的种种丑闻。作者在序中称：“吾之以滑稽之笔，记滑稽之事，成滑稽之书，虽曰游戏以出之，谈笑以道之，其实字字是血，句句是泪，为我国我民，不啻作十日哭也。”此书也为了解、研究张勋复辟这一历史事件提供了资料和线索。

复辟半月记 时事著作。许指严著。1册。上海交通图书馆1917年8月出版。此书为许指严旅京实录在京所见社会杂象，起自1917年7月1—17日。为研究民初历史之珍贵文献。

便桥集 哲学论文集。杜守素(国庠)著。1册。广东人民出版社1960年初版。收集作者在报刊上发表过的一部分有关中国思想史和中国哲学问题的论文、札记等共30篇。全书共分4组。第一组是关于中国哲学史，主要内容是批判冯友兰的唯心著作《新原道》《新原人》等；第二组是关于中国哲学思想史上的古代唯物思想，介绍了范缜等人的唯物思想；第三组读书札记，主要是批判唯心论对唯物论的歪曲；第四组关于逻辑学，收关于先秦逻辑及古代其他逻辑理论研究的论文六篇。

顺治出家 章回小说。陈莲痕(陈侃)著。初版日期不详，大达图书供应社1936年再版。“顺治出家”是清宫四大奇案之一。小说围绕顺治皇帝、冒辟疆和董小宛三人的感情纠葛，以评书的方式向读者一层层剥开顺治出家的谜底。小说语言通俗易懂，有戏说之味。

顺治演义 历史小说。陈莲痕(陈侃)著。上海广益书局出版。本书是“清代十大帝皇全史”中的第一种，搜罗顺治朝的军政大事、宫闱秘史、名人轶闻，择要演述而成。取材很广却并不完全出于《齐东野史》，不悖正史却又不为《东华录》等许多官书所蒙蔽。且前人笔记有误会之处也用考证方法更正校订。顺治帝乃清代开国之君，本书讲述了清太祖、太宗两朝大事。有明末李自成、张献忠农民起义，崇祯帝杀长平公主后在煤山自尽，马士英、阮大铖的作奸逢恶，侯朝宗、陈定生、冒辟疆的清高超俗，名妓柳如是、李香君、卞玉京等的深明大义，史可法的殉国，以及明末遗臣在江南建立南都、直至其灭亡等事件。也说及清主入关后汉人中最为出力的文官洪承畴、武将吴三桂。顺治进京后，摄政王多尔衮独揽大权，沿袭明朝制度开科取士，且娶兄妻太后庄妃，后因服药暴毙。顺治帝亲政后与董小宛的爱情，董小宛死后顺治帝的悼亡和出家等。

修辞学发凡 修辞学专著。陈望道著。大江书铺1932年1月、8月分上下两册先后出版。全书共分12篇，分别讲述修辞学的各个方面。首先提出“消极修辞”和“积极修辞”两大分界的理论，接着述说消极修辞的一般情况，再把积极修辞分为辞格、辞趣两种。

辞格归纳为38格，每格又分若干式，对汉语修辞格式作了全面的概括。辞趣则从辞的意味、辞的音调和辞的形貌3个方面讲述提高话语文章的情趣。最后一篇结语，述说修辞学的变迁、发展，提出了修辞学研究应做的努力。该书体系严谨、阐述清晰、归纳系统、引例丰富、观点鲜明，堪称中国第一部用科学方法研究修辞学的著作。

修辞学要略 修辞学专著。胡怀琛著。上海大东书局1923年6月出版。此书专门论述古文写作所涉及的内容结构、句式语法、谋篇布局方面的理论知识。有上、下两编。上编为文章之结构，包括：用字、造句、措词、谋篇。下编为文章之精神，包括：声、色、格、律、神、理、气、味。著者在序文中说："下编则惟有心领神会而已。今人多不重视古文，夫不欲知古文则已，苟欲知之，则得此书，当未必无小补。"

俄事警闻 报纸名。1903年12月15日在上海创刊。为上海对俄同志会的机关刊物。陈去病、林獬等参与编辑并任撰述，内容分社说、要闻、外论、时评等栏。正刊发表反对沙俄侵占中国的各种消息。无副刊，但在版末一角有诗词栏发表诗文，作者有陈去病、高天梅、柳亚子等。陈去病有《警告某青年书》《论中国不与俄战之危险》两文。1904年2月24日停刊，次日改为《警钟日报》。

俗语典 语言类工具书。胡朴安等合编。共4册。上海广益书局1922年初版，日本汲古书局1974年重印，上海书店出版社1983年、中国古籍出版社1992年又先后据1922年上海广益书局铅印本重印。卷首有黄炎培等题字。是一本集古代流行于民间的通俗词语及语句的辞典。收常见名词、成语、俗语等。书前有杨树达、胡怀琛及胡朴安本人所撰的序言。全书分为12集，每集以"干支"的地支标目。

信芳集 诗文集。吕碧城撰。5卷，1册。1929年铅印本。卷首有像片7张：上海静安寺路吕碧城自造之宅照片1张；《信芳集题辞》；有诗、词、手书和跋，其中有吴佩孚手书1则。收《诗》1卷、《词》1卷、《词增刊》1卷、《文》1卷、《鸿雪因缘》1卷。凌启鸿作跋。

皇甫楚佛（生卒年不详） 湖南慈利人。字勇吾。南社湘集社友。是南社社友吴恭亨的弟子。著有《锅园类稿》。

禹贡地理新释 南社掌故。《禹贡》是《尚书·夏书》中的篇章，主要内容涉及大禹治水时代中国的疆域，保存了上古的地理资料。郑桐荪学识渊博，虽然专攻数学，但于文史诗词无所不窥，著有《禹贡地理新释》。

侯服周（生卒年不详） 湖南宁远人。字凌勋。南社湘集社友。1924年4月6日参加在长沙刘园举行的南社湘集第一次雅集。同年10月又参加在长沙赐闲园举行的第二次雅集。

侯鸿鉴（1872—1961） 江苏无锡人。字葆三，一作保三，号梦狮，又号病骥，别署了叟、病鳏、汗漫生。南社社友。由社友介绍入社，未填写入社书，介绍编号6。早年在乡里创办《白话报》《时务报》。1902年留学日本，入东京弘文学院师范科。回国后创办无锡竞志女学校、模范小学、速成师范、商业半日学校等。历任竢实学校校长、江阴南菁高等学堂学监、蚕业学校校长、江苏和江西等省视学、河南第一师范教员、集美学校校长、福建省教育厅秘书、上海致用大学校长等职，并创设无锡县立图书馆、竞志图书馆、福建省立图书馆，还先后应奉天、天津等地诸校之聘，任教职。继而游历南洋菲律宾、爪哇、巴城、槟榔屿、新加坡各地，到处搜集各种标本与科学仪器，加上家传的金石书画、晋唐宋元各朝古物，设立"家庭博物馆"。辛亥革命时曾策应秦毓鎏等光复无锡，后任无锡市议会副议长。中华人民共和国成立后任无锡市人民代表、政协委员。著有《古今图书馆考略》《无锡图书馆先哲藏书考》《塞外纪游》等。

待焚诗稿第二集 诗集。陈柱撰。5卷，《首》1卷，3册。北流陈氏1933年刻本。"变风变雅楼丛书"。陈柱署端。陈柱作序。《首》1卷，为序、赠言录，作者有陈遗衍、张尔田、徐绍桢、朱孝臧、叶恭绰、龙赓言、金鹤望、陈天倪、吴轩康、刘乐陶、邵潭秋、冯心振、黄明表等人，共有诗作400多首。

律数说 乐律专著。胡朴安著，听松题字。1卷。有自序。见1923年安吴胡氏刊《朴学斋丛刊》第三册中。后收入胡道彦1983年台湾印行出版《朴学斋丛书》第二集（八）。

须弥日报 报纸名。1908年8月26日在上海出版。于右任任社长，李季直主编。无副刊，文艺性文字发表于报尾，有于右任、高旭、黄节的诗词，陈去病时谐文为多，苏曼殊有漫画、胡寄尘有小说《华胥园》等。1908年10月10日停刊。

俞廷材（生卒年不详） 江苏宝山（今属上海）人。

女。名栋,字廷材。南社社友。由社友介绍入社,未填写入社书,介绍编号7。曾在金山钦明女校任教,与高旭夫人何亚希交厚。性灵敏而气豪侠,师从高旭,闲暇时学习吟咏,有诗一卷,名为《圯上客游草》。

俞庆恩(1884—1930) 江苏太仓人。字凤宾。南社社友。1911年9月4日由朱少屏介绍入社,入社书编号170。1908年在上海圣约翰书院医科毕业,获博士学位。1912年自费赴美国宾夕法尼亚大学医学院进修内科学、热带病学及公共卫生学。1915年毕业,获公共卫生学博士学位。归国后与颜福庆等发起成立中华医学会,任第三任会长,兼《中华医学》杂志主编,并与同行一起组织医学名词审查会,统一医学译名。曾任南京政府卫生部中央卫生委员会委员、上海市政府建设讨论会委员、上海市卫生局委员、上海医师公会副会长等职,还兼任中央大学医学院、圣约翰大学医科教授。著有《卫生丛话》《个人卫生篇》。译有《肺痨康复法》《婴儿保育法》《学校卫生讲义》等。

俞武华(1891—?) 浙江吴兴(今湖州)人。字侠民。南社社友。1914年7月15日由朱少屏介绍入社,入社书编号434。

俞诚之(1895—1969) 广东番禺(今广州)人,祖籍浙江钱塘(今杭州)。原名祖猷,别名棪,字薇生。南社社友。1917年4月3日由陆丹林、卢谔生介绍入社,入社书编号857。1906年考入省随宦学堂。1910年考入北京清华学堂游美预备科,次年底因武昌起义爆发而返粤。1913年春毕业于广东高等师范学校。曾应聘过小学教员、师范学校教员,担任过广州《中原报》主编、潮州《民报》撰述及记者和香港《国是报》主笔等职。1918年秋到北京任参议院秘书厅办事员、科员,后又兼任铁路协会月刊撰述。后担任过《民生月刊》主编、上海《晨报》驻北京记者,并在1920年冬与许地山等创办《共和民报》。1923年5月南下广州,任北伐大本营财政部秘书。次年秋北上返京,又任交通部秘书。1926年春改任司法部秘书。1929—1931年在上海国立音乐专科学校任文牍员。1932年元旦应叶恭绰之邀赴南京任铁道部参事,旋任业务司司长,并兼任联运处处长。1935年离开铁道部门后长期寓居上海,潜心研究学术,擅长文史,偏重考古,以写作卖稿为生。中华人民共和国成立后,1955年10月受聘为上海文史研究馆馆员。著有《中国政略学史》《中国文化起源论》《先秦货币概论》及《整理全国铁路业务联运计划书》等。

俞诚镐(1895—?) 浙江奉化(今宁波市奉化区)人。南社社友。1914年7月30日由朱少屏介绍入社,入社书编号436。

俞语霜(1875—1923) 浙江归安(今湖州)人。原名原,后更名宗原,字宜长,号语霜,别署子亮、女床山民。南社社友,画家。1911年2月11日由阳兆鲲介绍入社,入社书编号117。工诗,善画山水,师法八大山人、石涛,近取任伯年,并治金石碑版之学。尤精金石古器鉴别。钱瘦铁曾为其门下。性喜旅游,民国后定居上海,曾与吴昌硕等创立海上题襟馆、金石书画会(会所初设福州路,后迁汕头路"俞宅")。待友豪爽,当时有"画孟尝"之称。1923年冬殁于上海。传世作品有《大士像》轴(现藏上海博物馆),另有《语霜遗墨》《春水草堂遗墨》存世。

俞祖望(1893—1948) 江苏青浦(今属上海)人。字渭儒,一字慧殊,号仗之,后又号谅只。南社社友、新南社社员、南社湘集社友。1916年11月由王大觉介绍入南社,入社书编号728。幼时初师叶袖东(昌陛),后从师任堇叔。工诗,喜种花木,又善烹调,姚鹓雏、邓散木均有诗赞誉。仅存手迹《慧殊诗稿》留于其表兄沈瘦东处。

俞　琪(1882—1943) 江苏高邮人。字玉其,号毓奇。南社社友、新南社社员、南社湘集社友。1916年7月由卞永璋介绍入南社,入社书编号649。早年应科举试,府考名列榜首。辛亥革命前加入中国同盟会。曾与同邑姜景伯等在高邮县三垛镇成立玄灵诗社。家藏有柳亚子、何香凝、傅熊湘等赠送的字画。抗战期间在家乡病故。

俞　锷(1886—1936) 江苏太仓人。原名侧,后更名锷,字则人,号剑华、建华,别署老剑、一粟、吴牛等。南社社友、广东分社社员、新南社社员。1909年11月由柳亚子介绍入南社,入社书编号31。是参加南社第一次雅集暨成立大会的17位社友之一。早年就读于上海震旦公学,1903年东渡日本留学,后加入中国同盟会。1906年归国,在《民国新闻》《民国日报》《七襄》任编辑。1911年武昌起义后奉命回太仓策动光复太仓。1912年任南京民国临时政府大总统府秘书。1913年9月二次革命失败后,奉孙中山之命与雷铁厓同往印尼爪哇,宣传革命。次年归国,8月参加在上海徐园双清别墅举行的南社临时雅集。1916

年9月和11月参加在北京徐园及中央公园举行的南社第七、第八次北京雅集。1918年后历任福建省立图书馆馆长、教育局局长、东南大学图书馆馆长、暨南大学南京分校文史系教授等职，又组织青年成立俱乐部，以《蠡言月刊》为阵地评论时政。同时创办妇女半日制补习班和职业班，提倡男女平等。1928年国民政府成立后归隐家园，1936年5月病逝于家乡。工诗词。著有《剑华集》《蜚景集》《中国通史》等。

剑庐诗钞 诗集。陈闳慧撰。1卷，1册。1924年铅印本。符璋值作序。吕渭英题词。收诗作60多首。

剑胆琴心录 社会小说。赵苕狂著。1册。上海春明书店1941年初版。赵苕狂自序。讲述秀才真剑如在真家庄辟一荒园享归隐之乐。谁知邻舍富绅施丽润与当地恶棍邹鼻涕、知县钱是敏与施串通一气设计陷害真剑如，霸占真家产业，真剑如无奈赴武进投奔岳丈。其后施丽润、邹鼻涕又与知县发生内讧，致使知县最终被撤。18年后，真剑如返回真家庄。这时施丽润亦已被邹鼻涕气死，施家产业被邹占为己有。而真家庄因出现抢劫案，新任知县秦镜高来庄勘察，在其细心侦勘下，终将盗匪一网打尽。恰巧施丽润之弟来庄料理兄嫂之后事，仗剑如之助，与新知县将邹鼻涕绳之以法，施弟亦扶柩回乡。最终小说以施弟舍产办学，剑如夫妇协力相助作结。

剑胆箫心 长篇章回小说。姜杏痴撰。2册。上海中华图书馆1921年再版。共32回。初稿名《剑气珠光》，连载《生活日报》，未完；二稿改现名，连载《华侨杂志》，未完；三稿连载中华图书馆的《礼拜六》周刊，登完。

独立周报 期刊名。1912年9月22日创刊于上海。王无生创办。设有纪事、社论、专论、投函、文苑、评论之评论、别报等栏目。发表有王无生的《文林摭语》《血海花魂记》《无生文录》，黄侃《独弦集诗》，公羊寿文《再论世界语》，汪精卫《狱中述怀》，丁以布《论修订名词之不可缓》，刘瑗《杂诗》。

独笑斋金石文考·生春红室金石述记 金石考古文集。林万里撰，郑业学编。1卷，1册。东莞容氏颂斋1934年铅印本，考古学社考古丛书乙编第二种。林万里著《生春红室金石述记》，有《名砚展览会述记》《极大极小之鼎》《袁珏生之盘爵》《陶北溟新得古兵》等篇。容庚作《独笑斋金石文考残稿序目》。陈汉第、容庚分别作跋。文章均从《社会日报》副刊《生春红》中辑录。

狱中口占(其二) 诗篇名。七律。张恭作。本篇是诗人1908年被捕关押于南京狱中所作。认为史笔不可尽信，自己襟怀坦白，则事无不可对人言，从微瑕中见璧玉的坚硬，有错则不必翻悔。抨击清廷严密的法网和酷烈的专制，即使天际的冥鸿也再次触网；清朝官场腐败不堪，无能之辈也能取得禄位。愤激地表示聪明反被《离骚》所误，屈原是“愚忠”，不要去吊投湘江而死的屈原了。感情愤激，叛逆精神充满全篇。

狱中有赠(其一) 诗篇名。七律。汪兆铭作。原载《南社诗集》。1910年4月2日深夜，作者与人埋伏北京醇亲王府与鸦儿胡同之下的石板桥下，准备在摄政王载沣上朝必经之路引爆炸弹，实施刺杀计划，后事情败露，与黄复生等均被清廷逮捕。作者抱定慷慨赴死之心，在狱中创作了本诗等述怀之作。诗篇由北京景山想到云树凄然，世道不知已经过几番荆棘铜驼的变化了。感慨如今是清廷的天下，要死也死不到干净的地方了，重重的忧虑来了，只能呼唤着“怎么办”，干着急而毫无办法。作者以后汉林宗自比，抒说乱世无所归依的痛苦，复以前汉贾谊自况，以为寿不得长。结尾抒写推翻清廷统治的愿望还没有实现，自己愿悬头国门之上，等待革命成功的那一天。比兴自然，意象贴切，韵味悠长。

狱中有赠(其二) 诗篇名。七律。汪兆铭作。抒写落叶空庭，秋声微茫，故人入梦，情意绵绵。表示今日刺杀摄政王载沣的举动与当年荆轲刺秦王是一样的。唐朝诗人杜甫传闻李白流放夜郎已死而梦之；风传故人展堂(胡汉民)已归道山，自己在狱中一样梦见他，自己与杜甫一样怀疑度枫林而来之魂，一样也不是平生之魂。抒说如果自己死后与地下故人相逢，一定不会自愧不如，但却无法劈山开路而回。最后满怀激情地说，当年曾与志同道合的反清志士共同为国家处于清廷统治下而洒下满腔热泪，今天更是啼痕满青衫。感情真挚，用典自然，情深意长。

狱中闻温生才刺孚琦事 诗篇名。七律。汪兆铭作。原载《南社诗集》，又载《双照楼诗词稿》，两处题目不同。本诗题目取自后者。创作本诗时作者已系狱一年，有感于同盟会会员温生才刺杀广州副都统孚琦而作。作者热情讴歌以鲜血警醒世人的革命行动，认为温生才刺杀孚琦比两千多年前张良博浪沙狙击秦始皇更英勇壮烈。用《史记·李将军列传》李广以石为虎、射之没羽比况温生才原拟刺杀广东水师提督李准而刺杀广州副都统孚琦，以城狐比喻倚仗权势作恶的小人，并进而充分肯定温生才的刺杀行动能震慑政府地方反动统治者。在礼赞温生才英勇刺杀孚琦基础上，诗篇以后汉时死节同姓义士温序和晋代照妖之温峤隐指温生才。结末叙写温生才就义时正木棉花盛期，提出要永远记住越王台这个英雄花开放的暮春。用典妥帖、自然，意象丰富、生动，韵味悠长。

狱中感事(其二) 诗篇名。七律。邓家彦作。诗作先借用乐府旧题“有所思”，表现自己思念家室的心情，进而感叹流年与漂泊，沉痛表达因在《中华日报》上发表反袁文章而遭逮捕，身陷文字狱，冤情莫辨，而今乾坤狭窄，避秦无地，欲寻世外桃源亦已迟矣的愤慨心情。典故入诗，浑化无迹；诗思缜针密线，诗情层层递进，十分动人。

狱珊瑚 南社掌故。诗集名。邓家彦曾任《中华民报》总理，其时袁世凯正谋帝制，该报一再揭露袁氏之阴谋后，邓家彦被袁氏陷害入狱。在狱中邓家彦写了三首《狱中诗》，发表在《民权报》上，和诗者不下数十首，后准备集刊成书，取名《狱珊瑚》。

饶芙裳(1856—1941) 广东梅县(今梅州)人。名集蓉，字芙裳，又字绍曾，号槐堂，又号德依，晚年号松溪老渔、大印山人。南社社友。1916 年 10 月 7 日由林百举介绍入社，入社书编号 709。1885 年举人。早年与丘逢甲、黄遵宪等在潮州、汕头、梅县等地创办岭东同文书院、松口高等小学堂、松口初级师范传习所、梅县师范学堂、体育传习所等，并加入中国同盟会。1908 年避居南洋槟榔屿，在南洋创立庇能中学。辛亥革命后回国，任广东省教育司司长。1913 年当选为北京政府首届国会众议院议员。二次革命失败后遭通缉再次出走南洋，在槟榔屿庇能中学任教。1916 年 9 月回国后复为国会众议院议员。次年南下广东参加护法运动，出席国会非常会议，为护法国会众议院议员。1919 年任广东琼崖道尹，为海南岛最高行政长官。1922 年第二次恢复国会时仍为众议院议员。1923 年 10 月在北京参加北洋政府国会会议。后返回广州任广东省通志馆馆长。生平擅诗词，工书法。著有《趣庐诗稿》《辛庐吟稿》等。

饶 真(1875—1945) 广东梅县(今梅州)人。字一梅。南社社友。1915 年 3 月 21 日由林百举介绍入社，入社书编号 488。1904 年被选派往日本留学。翌年 9 月在东京加入中国同盟会。次年回国任教于松口师范传习所。1906 年底梅东书院改为松口公学后，担任校长。后松口公学依新制设初中兼办高等小学时仍复任校长。

饶 锷(1891—1932) 广东潮州人。字纯钩，号纯庵，别署莼园居士。南社社友。由社友介绍入社，未填写入社书且未予编号。早年毕业于上海法政学校。曾任《粤南报》主笔。家富藏书，藏书之楼名曰“天啸楼”，家藏典籍达 10 万余卷。饶家世代经商，其父曾任潮州商会会长。曾创瀛社。1932 年初，又与友人创立诗社——壬社，被举为社长。6 月竟病逝。平生致力于考据之学，且工于诗文词章，熟谙佛典，尤喜谱志。著述甚富，有《王右军年谱》《佛国记疏证》《潮州西湖山志》等，撰有《韩社题名录叙》《壬社序》等，并辑有《天啸楼藏书目》2 册。其子饶宗颐，是当代著名的国学大师。

饶锷文集 诗文集。饶锷著，陈贤武、黄继澍整理，曾楚楠校阅。香港天马出版有限公司 2010 年初版，潮汕文库文献类之一。吴南生作潮汕文库序。有饶锷照片、饶氏家族合影、饶锷书法等照片。曾楚楠作前言。有凡例。含天啸楼集、西湖山志和拾遗卷。陈贤武作饶钝庵先生作品系年和整理后记。

蚀 中篇小说。茅盾著。开明书店 1930 年 5 月初版。《蚀》是茅盾的小说处女作，写于 1927—1928 年春。包括 3 个连续性中篇：《幻灭》《动摇》《追求》。1927 年 8 月，从庐山牯岭回到上海后，茅盾将自己参加革命的经历写成小说《幻灭》，这是茅盾的第一篇小说。接着又完成另两个中篇《动摇》《追求》。1930 年结集为《蚀》，由开明书店出版单行本，故《蚀》又称《蚀》三部曲。三部曲既有联系又有区别。《幻灭》通过静女士在政治上和爱情上屡遭幻灭的悲剧，揭示小资产阶级知识分子“幻灭”的精神状态，从侧面反映大革命时期的时代风云。《动摇》反映的是 1927 年春夏之交，湖北一个小县城错综复杂的斗争现实，表现了小资产阶级知识分子在革命斗争剧烈时动摇的本性。《追求》写的是大革命失败后，一群小资产阶级知识分子在各自的追求中所遭受的不同的悲剧命运，暴露 1928 年初春的知识分子的病态和迷惘。《蚀》真实地反映了大革命时代部分小资产阶级知识分子的精神面貌，形象地描绘了他们在急剧动荡的社会现实中所表现出来的狂热性、软弱性和动摇性。

哀希腊歌 诗篇名。英国近代自由诗。拜伦作，马君武1905年冬以歌行体译出。此诗共16章。译者诗前小序谓："裴伦哀希腊，吾方自哀而不暇尔。"诗作热情讴歌希腊古代爱国女诗人萨福和英雄人物，哀叹希腊如今衰落、沉寂。抒写希腊古代英雄人物的诗篇传诵至今，令人感慨当年辉煌的宫殿如今都成为废墟，人民都成为奴隶，光荣历史湮没，诗人为希腊的命运痛哭。诗人深信斯巴达今日一定会有忠义之士出现，表示要用歌曲鼓舞人民振奋起来，热切期望希腊独立自由。表示国民是国家的主人，暴君何足道。诗人以古希腊名将米太亚德打败波斯军队的壮举，激励希腊人民打败入侵外敌，赢得独立自由。译者借拜伦此诗抒发了期望祖国人民觉醒起来推翻清廷统治，赶走帝国主义侵略者的强烈愿望。译作忠实地传达了原作的思想感情，诗句简洁典雅。

哀范君三章(其二) 诗篇名。五律。鲁迅(1912年8月21日绍兴《民兴日报》发表时署名黄棘)作于1912年7月22日。这首诗沉痛哀悼被封建复辟势力迫害而死的反清革命组织光复会早期会员、自己的早期战友范爱农，以非常精炼的诗句，概括地叙述了范爱农短暂然而是战斗的一生，叙说他青年时期曾在日本留学，辛亥革命时期积极地迎接了这场革命，但是清廷统治刚被推翻，封建复辟势力又上台了，祖国黑云密布，寒流翻滚，黑暗社会吞噬了范爱农。怀疑范爱农自杀，但投身清冽水，难道能洗涤尽满腹的为国为民的忧愁吗？诗作热情赞颂范爱农，有力鞭挞封建复辟势力，意象新鲜，意境深远。

哀弦集 哀挽录。姚光为纪念亡妻而编。1卷，1册。1935年铅印本。傅增湘题签。叶恭绰署端。高燮作《哀弦集弁言》。收有佛像、写经、遗影等。沈惟贤、黄宾虹、柳诒徵分别作《祭文》。蔡守、谈月色合作诗画《生刍一束》。白蕉、刘鸣夔、王晋瓒、沈惟贤、杨铨、张破浪、沈锡麟分别作《诔辞》。张堰图书馆同人、姚后超分别作《祭文》。陈洙、王培孙、唐文圃、黄宾虹、梅雨清、王晋瓒、蒋吟秋、沈大椿、俞祖望、张孝申、何锡琛、王鸿逵、沈瘦狂、赵松铨、柳诒徵、李澄宇、高增、田兴奎、费砚、沈世纶、吴恭亨、刘鹏年、金天翮、王蕴章、余十眉等分别作挽诗、挽词。柳亚子、郑佩宜、沈恩孚、胡惠生、徐新六、朱凤蔚、黄炎培、郭成爽、俞志成等分别送挽联。汪兆铭、李根源、姜可生分别送幛额。

哀悼列宁氏 南社掌故。文章名。1924年2月1日柳亚子撰。同年2月16日发表于《新黎里》，文章鲜明地表示对列宁的崇敬，以及对列宁所领导的无产阶级革命的向往，称："我哀悼列宁氏，我更希望中国有列宁第二出世。"

帝国日报 报纸名。1909年11月24日在北京创办。陆鸿逵任社长兼总编辑，白逾桓等为之撰稿。宣传反清革命，以"扶持宪政，指导舆论，扩张国权，发表政见"为宗旨。1910年，宁调元主持该报期间，发表大量短评《太一丛话》及《民族诗话》，另有南社人士诗文发表，如陈去病、柳亚子、高旭等的诗文，杨德邻戏曲《青阳碧血》《政党新闻》等，是南社人士在北方发表诗文的阵地之一。1911年8月末停刊。

帝国主义侵略中国的趋势和变迁概论 政治著作。汪精卫著。1册。上海太平洋书店、青年爱国书店1927年初版。含帝国主义的定义、帝国主义在世界上的势力、帝国主义在中国的势力、中国国民革命抵抗帝国主义、在国民会议关于国际问题的提案等章。

施方白(1889—?) 江苏崇明(今属上海)人。南社社友、新南社社员。1922年6月1日由茅祖权介绍入南社，入社书编号1101。

施　準(1896—?) 江苏常熟人。字士则。南社社友。1917年8月10日由冯心侠、许竞存、俞锷介绍入社，入社书编号949。

闺秀日记 翻译小说。美国马雷西威儿著，赵苕狂译。上海大达图书供应社1935年出版。少女罗拉蓓特寄住于叔叔家，叔、婶待其如婢女，待她初长成人，出落得颜如玫瑰。偶因躲雨，进得富豪人家，被女主人平桐的姑妈看中，要她陪侍。从此改变了人生。她躬入奢华之境，不改贫女子本色。后来她与主人侄子汉甫罗相爱，几经考验，后两人在坐船遇大风恶浪、生死未卜之时，紧紧地相拥在一起。本书"收束处戛然而止，以二人之入险出险作结"，可比水浒之奇境。

闻苏曼殊归国奉柬一首 诗篇名。七律。高燮作。抒说与苏曼殊分别五载，料想对方一定非常思念自己。表现自己冷眼看世界，因同情老百姓的疾苦而滚下太多热泪的佛家观点与民生理念。针对袁世凯滥杀无辜的社会现实，认为在当时社会不允许奴隶讲平等，刚刚成立的民国变成战火遍地的屠场，袁世凯成为独夫民贼。揭露世俗社会浮躁喧嚣，赞颂苏曼殊保持独立人格，卧独眠，醒独歌，不随波逐流。紧扣所咏对象苏曼殊的思想与行状，抨击袁世凯独裁行径。外来佛家术语“住心”“奴才”“修罗”“红尘”运用妥帖，与本土语言结合得非常自然。

闻野鹤(1901—1985) 江苏松江(今属上海)人。原名世凤，又名宥，字子威，号野鹤，又号在宥，别署人凤。南社社友，民族语言学家。1916 年 5 月 23 日由姚鹓雏介绍入社，入社书编号 609。1920 年毕业于松江中学，考入上海复旦大学。次年与南社社友赵赤羽一起在上海主编《礼拜花》周刊。曾为《申报》编辑部见习编辑。后任《民国日报》主笔。1925 年主编《中国画报》。翌年入上海商务印书馆编译所任编辑，主编“新文学丛书”。当时与姚鹓雏、朱鸳雏并称“云间三才子”。1929 年起先后任教广州国立中山大学、北平私立燕京大学、国立山东大学、国立四川大学、国立云南大学、私立华西协合大学、西南联大、中央民族学院等，从事民族语言文字研究。曾被选为法国远东博古学院通讯院士、西德(今德国)德意志东方学会会员、土耳其国际东方研究学会会员和中国民族语言学会理事等职。对古铜鼓亦有开创性研究之功。1985 年 9 月 27 日在北京逝世。著有《四川大学历史博物馆所藏古铜鼓考》《读〈爨文丛刻〉兼论倮文之起源》《中国文字之本质的研究》等，并著有小说《玄珠》《补敝案》《古井波澜》等。

养余斋书画目录 书画目录。柳弃疾编。6 卷，1 册。民国年间稿本。卷一为堂轴之轴类的目录，卷二为条幅类目录，卷三为堂对楹帖类目录，卷四为横批类目录，卷五为手卷类目录，卷六为图册、墨迹册、尺牍册、诗册、图册目录。卷一到卷五，每一作品都注明尺寸、作者、印章、题诗、题识和年代等。

美人劫 哀情小说。贡少芹著。上海进步书局 1916 年发行。共 24 章。书叙女主人公秦倩，长得惊鸿倩影，工诗能文，尤娴书画，与万秋舫暗定婚约。但倩时乖命蹇，父亡后，其母迫她嫁一军官作小妾。倩嫁后受尽大妇虐待几濒于死，可是大妇还不罢休，设计将她卖入勾栏。鸨母拳脚相加，软硬兼施逼她接客，倩宁死不从，才葆其贞节。秋舫寻踪而至，倩羞见其面，自缢而死。全书用文言文写成，通体语语是血，字字是泪，两封绝命信更是凄绝彻骨，悲怆不忍读。

美化文学名著丛刊 散文集。朱剑芒编。10 种，合 1 册。上海国学整理社、世界书局 1935 年初版。朱剑芒作绪言。前有美化文学名著年表。含《窈闻》和《续窈闻》《陶庵梦忆》《影梅庵忆语》《三侬赘人广自序》《乔王二姬合传》《足本浮生六记》《香畹楼忆语》《秋镫琐忆》《扬州梦》和《小螺庵病榻忆语》。除《影梅庵忆语》和《足本浮生六记》外，均有赵苕狂、朱剑芒的考文、校读记。

美术史参考书 教材。姜丹书编纂。1 册。商务印书馆 1918 年出版。该书章节完全按当时师范学校新教科书美术史编辑。书中引用大量中外典籍、画论等，对中外美术史重要人物、作品、流派、术语以及相关的历史事件和遗址等进行诠释。

美术丛书 艺术评论。黄宾虹、邓实编。20 册。上海神州国光社 1911 年初版，民国 1947 年增订 4 版。有黄宾虹序、邓实原序、略例和胡韫玉引。含书画、雕刻摹印、磁铜玉石、文艺和杂记等 5 类，共分 4 集 40 辑，收 250 余篇。

美术丛书·初集(第五辑、第六辑) 美术论文集。黄宾虹、邓实编。1911 年孟春初版刊行，1928 年第二版复印，1936 年第三版续完，1947 年秋第四版增订，神州国光社出版。内容论述书画、题跋、印、石、砚、墨、笔、琴、瓶、古铜、陶瓷等文物和艺术品。作者有梁同书、王懿荣等 14 人。其中有梁同书论书法、书画跋、古铜瓷器、笔史；袁宏道论瓶史；宋荦论画绝句、怪石、墨品；屠隆论书、帖、画、琴；诸九鼎论石；曹溶论砚；王懿荣述及古籍、字画、瓦当、彝器、古泉、玉玦、印章、刻石、断碑、残片等。

美术概论 美术理论著作。黄忏华著。商务印书馆 1927 年初版。为王云五主编的“百科小丛书”之一，是从理论角度讲解美术基本知识的著作。共分为 8 章。第一章，“美术的本质”，讲述了艺术的分类、起源和条件；第二章，“美术的要素”，介绍了美术创作的材料、内容、形式(包括形式法则、原理)；第三章，“美术的制作”，讲述了美术制作的心理过程、手法和样式；第四章，“美术的分类”，介绍了美术作品以其材料、内容、手法不同的分类法和划分的各种门类；第五章，讲述了美术和别的文化如哲学、科学、宗教、道德等的关系；第六、第七章，“绘画艺术”“雕刻艺术”，分别介绍了它们的起源、观念、分类、材料和鉴赏；第八章为“余论”，论述了有关艺术家的主义等问题。

美利坚建国史纲 美国历史著作。美国帕特饶伯子原著，吕碧城译。1 册。1925 年初版。卷首有译者肖像和译者序。前有凡例，含阿美利加之发见者等3章40节。附美国公民须知、独立宣言摘要和宪法撮要。

美国制度大要　美国政治著作。沈彭年、周越然译。1册。国华书局1912年初版。张愫作叙。含合众国议院规制、议院议事之范围及其制裁、行政及司法之大要、前三章外重要之专条、各州政事之大要等章。附各州官制略表、乡村市镇官制略表。

美国资本主义之胜利　美国经济著作。美国哈克著，陈瘦石(云峰)译。1册。商务印书馆1946年初版，列入“中山文库”。孙科作序。含背景、欧洲的渊源、美国商业资本主义在革命中的胜利、美国工业资本主义在南北战争中的胜利、终点与新起点等篇。附1850—1880年美国制造业之发张。陈瘦石作译后记。

美育　期刊名。1920年4月20日创刊于上海。由中华美育会主办，总编辑吴梦非。初为月刊，后成为不定期刊，分别由上海国光书局、上海民友社出版，中华美育会发行，是中国第一本美育学术刊物。该刊旨在通过普及美育知识，发动大家共同研究美育，并探索在学校教育、社会教育中实施美育。

美学略史　美学史著作。黄忏华著。由商务印书馆1924年7月初版。本书分为14章。介绍了美学的内涵、起源及其发展历史、流派和现代的美学等。并从心理学、社会学、哲学诸方面对希腊、罗马等古代美学思想进行了概括的分析和论述。第一章“概论”介绍了“美学”一词的起源及其含义；第二章至第四章讲述了美学所研究的内容是什么？其中包括美学对心理学、社会学、哲学等研究的意义；第五章至第七章是对欧洲古代美学史的概述，包括古希腊、古罗马以及中世纪欧洲各国的美学史；第八章至第十章则介绍了17—18世纪的欧洲美学史及学派，并重点讲述了康德的美学及康德以后的“哲学的美学”；第十一章至十四章起则是对19—20世纪美学理论和研究流派的介绍。

美学概论　美学专著。陈望道著。上海民智书局1927年8月出版。这是中国第一部现代意义上的简明美学著作。全书共7章，作者借鉴了西方美学家(特别是立普斯等人)的思想，对“美的特殊性”、“美的形式原理”、艺术的“制作和欣赏”等方面作了论述。其中对“美的形式”的系统阐释更具特色，在论述“反复与齐一”“对称与均衡”“调和与对比”“比例”等这些美的形式原理时，采用了大量实例作为印证，理论框架与具体例证相互印照，为中国最早探究形式美的美学论述之一，在20世纪20年代对中国美学的建设与美学的推广具有开创性意义。

姜长麟(生卒年不详)　江苏松江(今属上海)人。一作长林，字菊生。南社纪念会会员。

姜　仁(1874—?)　江苏金山(今属上海)人。字公勇，号伯承。南社社友。1911年9月16日由高旭介绍入社，入社书编号173。民国前后曾在张堰镇尚仁学堂任教。

姜丹书(1885—1962)　江苏溧阳人，寄籍浙江杭州。字敬庐，号赤石道人，别署金濑子。南社社友，画家、美术教育家。1914年由李叔同介绍入社，入社书编号459。早年毕业于南京两江师范学堂图画手工科。后应部试，授师范科举人。辛亥革命前到杭州，应聘任教于浙江两级师范学堂。还任教于浙江省立女子师范学校、浙江省立第一中学等校。1919年赴日本、朝鲜考察教育，并与欧阳予倩、丰子恺、刘质平等成立中华美育会。1921年创办中华教育工艺厂，发明地形模型制法。1924年到上海，任上海美术专门学校教授。翌年兼任中华书局艺术科编辑主任。1927年仍任上海美术专门学校教授兼艺术教育系主任，后又兼任上海新华艺术专科学校教授和江苏省立女子师范沪校艺术教师，同时兼任国立杭州艺术专科学校教职。又讲授艺用解剖、透视、美术史等课。1952年上海美术专科学校、苏州美术专科学校与山东大学艺术系合并为华东艺术专科学校(在无锡)后，被该校聘为教授。1958年华东艺术专科学校迁至南京、改称南京艺术学院后，从该校退休回到杭州，并被选为中国美术家协会浙江分会副主席。初学西洋画，师从日本画家盐见竞。后专研国画，师承李瑞清、萧俊贤。擅作写意山水、花鸟、蔬果，尤长于红柿、红叶，故画室名曰丹枫红叶楼。曾参加寒之友社和莼社等书画组织。1962年6月8日病逝。著有《丹枫红叶楼诗词集》《敬庐画集》《姜丹书艺术教育杂著》等10余种。

姜丹书艺术教育杂著　文集。姜丹书撰。不分卷，1册。浙江教育出版社1991年初版。刘海粟署端。有双鸡图和雁荡山橐驼峰照片。谢海燕作序。含艺文论议、艺林史事、师友传记、晚近美术家小传篇，另有姜丹书教育生活年鉴(自编年谱)。姜书凯作后记。

姜可生(1893—1959) 江苏丹阳人。谱名鸿纬,原名崙,字君西,一字俊兮,号杏痴,别署海棠、阿棠、慧禅等。南社社友、南社湘集社友。1912年5月29日由张素、胡允恭、姜若介绍入南社,入社书编号281。早年毕业于上海神州大学政治经济科。民国初年曾任上海《民国新闻》《生活日报》等报编辑、主笔。又任《礼拜六》《锡报》《镇丹金溧扬联合月刊》等刊主编。1913年后发起创办《大同周报》《丹阳正报》《丹阳平报》《长途月刊》等报刊。1916年8月参加在上海愚园倚翠轩举行的南社临时雅集。历任江苏丹阳县临时县长、江苏建设厅代理厅长、国民政府农矿部参事等职。创办和经营镇(江)丹(阳)金(坛)长途汽车股份有限公司和丹阳肇明电气公司。中华人民共和国成立后,1951年任中央人民政府委员会委员柳亚子的私人秘书。1953年受聘为江苏省文史研究馆馆员。1959年3月转入上海文史研究馆为馆员(用名姜慧禅)。著有《怀人集》《春闺梦》《剑胆箫心》等。今有《姜胎石姜可生诗文选》《姜可生小说选》。其兄姜若,亦为南社社友。

姜可生小说选 小说集。姜可生撰。1册。香港天马出版有限公司2009年出版。扉页有作者姜可生简介。有姜可生照片1帧。单行本剑胆箫心封面影印。含中长篇小说《杏花泪》《剑胆箫心》《春闺梦》《凤去离宫记》《偷儿日知录》《江上涕洟录》和短篇小说15篇。附《姜可生先生传》《姜胎石姜可生诗文选勘误表》《编后记》。

姜怀素(生卒年不详) 江苏镇江人。南社纪念会会员。

姜 若(1879—1944) 江苏丹阳(今镇江)人。谱名鸿宝,字参兰,号胎石,别号证禅、枕仙。南社社友、南社湘集社友。1911年2月6日由林懿均介绍入南社,入社书编号114。1909年拔贡生。曾先后任丹阳、兴化、安吉、奉化、海盐、鄞县、绍兴及嘉兴等县知事、县长。参与创办绍兴大明电气股份有限公司。与同邑张素一道加入南社。著有《国文法纲要》《胎石先生六十自述诗(附词六阕)》。其弟姜可生,亦为南社社友。

姜胎石姜可生诗文选 诗文集。姜胎石、姜可生撰。1册。香港天马出版有限公司2009年出版。扉页有作者姜胎石、姜可生介绍。有姜胎石、姜可生照片和《南社入社书》及二人手迹(姜胎石3件、姜可生5件)。另载姜胎石著述封面影印、姜可生所创办报刊影印。含姜胎石诗选、姜胎石词选、姜胎石文选、姜可生诗选、姜可生词选、姜可生文选。附《姜胎石年谱简编》《姜可生年谱简编》等。

姜常在(1883—?) 江苏松江(今属上海)人。名五,字常在,号电心。南社社友。1911年10月5日由高旭介绍入社,入社书编号184。

姜景伯(生卒年不详) 江苏高邮人。字仰山。南社湘集社友。工诗,为高邮三垛镇玄灵诗社成员。

姜 豪(1908—?) 江苏宝山(今属上海)人。字季超。南社纪念会会员。早年入上海南洋大学(上海交通大学前身)附中,并毕业于南洋大学。1927年加入中国国民党,次年参加汪精卫、陈公博为首的国民党改组派,担任交通大学区分部负责人。1928年济南发生"五三惨案"后,任上海反日会调查科主任、上海工人运动委员会主任委员。1931年秋因反蒋被捕入狱,后获释放。1932年一·二八淞沪抗战后至南京中央民运会任职,并被派驻上海联系工人运动。次年春当选为国民党上海市党部执行委员、监察委员,后又兼任上海市新生活运动促进会书记。1937年八一三淞沪抗战爆发后参加由郭沫若、彭文应任正、副主任委员的设计委员会。1940年春任中统专员,后辞职进军事委员会西南运输处,任总部秘书。1946年1月任上海老闸区区长及上海市参议员。同年还担任《市民日报》总经理,创刊《电影与话剧》杂志。中华人民共和国成立后,1980年12月受聘为上海文史研究馆馆员。曾在叶灵凤主编的《现代小说》发表过作品,出版有长篇小说《爱的爱》及政论文《王安石新政纲要暨其政论文选》等。

送别 南社掌故。歌曲名。1915年南社李叔同所创作的歌曲有《送别》《早秋》《忆儿时》《月夜》等。其中,《送别》一首流传最广,也最为著名。其曲采用美国作曲家奥维德所创作的歌曲《旅愁》之旋律。

送别·我在西湖出家的经过 诗文集。李叔同著。1册。复旦大学出版社2006年第一版,列入99经典文库·现代作家精选本·第2辑。陈子善作导言。分无上清凉、天心月圆两编。《无上清凉》录诗词歌100题,《天心月圆》录杂文31篇。

娄江骊唱集 唱酬集。陶牧(陶小柳)编。1卷,1册。1930年铅印本。陶小柳署端。有《饯别陶小柳县长纪念》。陶牧作《弁言》。陶牧原作，唱酬者有狄斗南、吴保纯、吴雨苍、李景枚、奚子为、张福霖、陈士桃、赵恺、毕光祖、钱诗棣、吴诗永、顾公亮、汪承修、钱诵盘、洪保婴、吴锡麟、蒋平阶、陆诵芬、陆曾翰、陆勤之、蒋恩鉴、章钦亮、徐忏庵、闻冠尘、徐丰焘、俞镇、俞锷、凌祖诒、王熙元、邵棠、何济翔、蒋钤炜等。

前尘旧梦 散文集。郑逸梅著，杨庆辰编。1册。北方文艺出版社2009年初版。郑逸梅美文类编·掌故编之一。有前言。含黄摩西撰长联、黄宾虹画卷被骗、沈钧儒的与石居和黄季刚之凶宅等149篇。

前柳后姚 南社掌故。南社文史专家郑逸梅在其所著《南社丛谈》中说："南社主政者，前有柳亚子，后有姚石子"，故有此称。

前辈先生 长篇小说。叶楚伧著。1册。上海光华书局1927年10月初版，1929年9月第二版。此书在辛辣而不失风趣的讽刺中，展现民国初年教育界一幕幕腐败、丑恶的现象：贪婪的省教育科长王子由一年做两次寿，意在收取贺礼，而且在做寿当天装病谢客，省下一桌饭钱；学款处委员何少卿贪污新田二等小学的学款；经理留美学款的蓝慕陶博士骗取留学生徐约翰的钱；江湖医生顾东因看好了厅长夫人的病，摇身一变成为江苏省视学员，到处搜刮，满载而归；教育厅长因顾视学送礼太薄而故意请其吃素；章实沉、徐焕文提倡实业教育，借"教育救国"之名谋取私利；山西薛将军以"热心教育"之名据地为王；还有基督教会女校董事长邱太太和北京教育家王朝栋、金珏的愚昧无知，程一贯、秦小戎、瞿子英等遗老遗少的故作风雅，都跃然纸上。真正有学识、懂教育的宗民节看破一切，改行养猪。作者针砭时弊，通过刻画教育界的丑陋，表现了当时的社会、文化状态，可说是一部教育界的"官场现形记"。

首届中华南社学坛国际学术交流研讨会 2012年4月26日在江苏苏州周庄召开。参加会议代表来自海峡两岸暨香港、澳门知名专家学者、南社后裔、南社研究会会员共300多人，提交论文百余篇。大会发表《周庄宣言》。中华南社学坛的常设机构及坛址设立在苏州山塘街南社纪念馆。

洪水集 文集。江亢虎撰。1卷，1册。1913年铅印本。有江亢虎30岁造像，自寿四律。江亢虎作自叙。为作者30岁以前旧作，有《世界教育公会公启》《环游留别词》《无家庭主义意见书》《幼儿教育宜立公共机关说》《拟发起个人会意见书》《忠告女同胞文》《社会主义与女学之关系》《江南工商研究会演说词》《城东女学社毕业演说词》《惜阴公会演说词》《社会星发刊词》《社会主义研究会宣言》《社会主义研究会演说词》《释个人》《介绍地税归公之学说》《三无主义悬论上篇》《社会主义商榷案》等文。另有"附编"1卷。

洪白蘋(1893—1953) 江苏仪征人。名为藩，字白蘋，一字白苹，号北平。南社社友。1914年5月由柳亚子、朱少屏、吴相融介绍入社，入社书编号417。早年就读于南京高等师范学堂文科，毕业后执教于江苏省立第一中学、扬州中学、天津南开中学、上海光华大学、复旦大学等多所大中专院校。主要研究声韵方言，一生效力于教育文化界凡30年。其间曾辞去教职应邀赴重庆主编《南京晚报》，并与兄洪晓薇计划筹组日新文化出版公司。教学期间编写出版有《白话文苑》《国学研究法》。1914年5月24日为欢迎柳亚子重新入社而举行的临时雅集后第三天，与陆子美、卫灵水同时加入南社。中华人民共和国成立后任教于苏北师范专科学校。1953年于扬州病故。

洪兰祥(生卒年不详) 上海人。字梦梅。南社纪念会会员。

洪荆山(1897—1967) 浙江慈溪人。原名完，更名璞，字荆山，号太完。南社社友、新南社社员。1919年7月13日由沈宗畸、黄定禅、黄复介绍入南社，入社书编号1073。曾在北京殖边银行总管理处供职。后又任宁波旅沪同乡会图书馆主任、古籍出版社和中华书局特约编辑。1960年1月受聘为上海文史研究馆馆员。

洪炳文(1852—1918) 浙江瑞安人。字博卿，号棟园，别署祈黄楼主、绮情生、寄愤生等。南社社友，杂剧、传奇作家。1911年10月6日由许演素介绍入社，入社书编号185。清廪生。曾任江西余江县幕府、瑞安中学堂教习、温州浙江省立第十中学教员等职。1909年任浙江余姚县教谕兼训导，未多久即辞职回乡。一生创作不辍，常在《月月小说》发表杂剧、传奇作品。著有传奇《白桃花》《悬吞猿》《警黄钟》等和杂剧《吉庆花》。其从侄女洪锦襄嫁与同邑南社社友薛钟斗。

洪炳文集 文集。洪炳文著，沈不沉编。1册。上海社会科学院出版社2004年初版，列入"温州文献丛书"第2辑。有洪炳文像。沈不沉作前言。含戏曲剧本23本、诗词歌谣6篇和花心楼文稿30篇。附洪炳文传、洪楝园先生五十寿序、洪楝园先生七秩双庆征诗文启、洪炳文年表、洪炳文及其空中飞行原理、洪炳文戏曲剧本的声腔与形式和洪炳文剧本创作思想管窥。

洪宪纪事诗三种 诗集。刘成禺、张伯驹著。1册。上海古籍出版社1983年出版。吴德铎作前言。《洪宪纪事诗》含刘成禺自题洪宪纪事诗等4种、洪宪纪事诗(200首)和又洪宪纪事诗(8首);《洪宪纪事诗本事簿注》含孙文洪宪纪事诗叙辞、章炳麟洪宪纪事诗序、赵藩题洪宪纪事诗、陈嘉会题洪宪纪事诗、凡例和刘成禺洪宪纪事诗本事簿注(98首);《续洪宪纪事诗补注》含张伯驹续洪宪纪事诗补注(103首)。

洪宪纪事诗本事簿注 纪事诗。刘成禺著。2卷,1册。北京京华印书馆1922年初版。赵藩题签。孙文作洪宪纪事诗叙辞。有凡例。章炳麟作洪宪纪事诗序。赵藩、陈嘉会题诗。以袁世凯称帝为题材的纪事诗300首。每首诗后附长篇注释,有的是著者叙述的事实经过,有的则是摘引时人的记述。

洪祖迈(生卒年不详) 福建尤溪人。字聿干,号爱文。南社湘集社友。有《活水亭怀古图》《读书楼遭劫图》征题。

洪堇父(1893—?) 浙江淳安人。名奂,字堇父。南社社友、新南社社员、南社湘集社友。1916年6月24日由邵瑞彭介绍入南社,入社书编号763。民国初期曾任淳安县城雉山小学教员。

洪雄声(1867—1927) 江苏吴江(今苏州市吴江区)人。名鹗,字雄声。新南社社员。晚清秀才。1901年受柳亚子岳父郑式如之聘,任盛泽郑氏小学教员。1903年与同乡郑式如、张嘉桐一起创办盛湖公学,任校长。1905年自费东渡日本,考察教育。返国后于1906年独自创设盛湖女校,任校长。1912年该校添设蒙养院(即幼儿园),后改名为吴江县第一女校。1921年参加竞选省议会议员。1923年7月徐蔚南、徐蘧轩创办《新盛泽报》时,任该报特约撰述员。1924年8—10月江苏军阀齐燮元与浙江军阀卢永祥打仗时,参与成立红十字会吴江分会,设立收容所和救护队。1926年国民革命军北伐时与汪大千等人组织临时保卫处,迎接北伐军。平生精于治学,擅诗嗜酒,与同邑知名人士柳亚子、金松岑等相友善。著有《东游记》,并有《洪雄声先生六十双寿汇刻》传世。

洞庭波 期刊名。1906年10月18日在东京创刊。陈家鼎、宁调元等创办。设有图画、论著、译丛、时评、文苑、谭苑、附录等栏目,具有强烈的反满革命思想。发表有陈家鼎《二十世纪之湖南》,宁调元《仇满横议》《电灯欤?炸弹欤?》,傅尃《伟哉俄国革命党危哉俄国首相》。后于1907年1月25日改名《汉帜》。

洮河绿石砚 南社掌故。王蕴章,别号西神残客。他喜爱收藏文物,家中藏有一块极为名贵的洮河绿石砚。此砚背面刻有宋度宗赵禥时名校书苏翠像,并有明代马湘兰题诗:“绿玉宋洮河,池残历劫多。佳人留砚背,疑妾旧秋波。”附识云:“苏翠面目似妾,右颊亦有一痣,妾前身耶?果尔,当祝发空门,来生不再入此孽海。”由此可知这砚乃是马湘兰妆阁中的故物。

洛潼道中(其二) 诗篇名。七绝。于右任作。抒写在河南新安县的汉函谷关,经华山时所见景象。开头两句描写黄河蜿蜒东流,函谷关上行人立马看西岳华山。末两句描写看到一大群乌鸦日暮时分争投对岸位于山西永济东南15里的中条山。整首诗用语看似浅显平易的大白话,但诗中有画,启人想象,引人深思,很有画意。

恬养簃诗·苍雪词 诗词集。姚锡钧著。1册。河海大学出版社1993年出版。有屈武、杨纪珂题字。有姚鹓雏照片和自题造像,姚鹓雏与家人照片。有程十发、黄宾虹、吕凤子、丰子恺绘画4幅,有姚鹓雏、方还、刘三、张泽阳手迹。柳无忌、施蛰存作序。含恬养簃诗、苍雪词。附汪岳尊、夏承焘题词等。

恨海鹃声谱 哀情小说。王无生(钟麒)著。1册。上海民权出版部1915年3月初版。蒋箸超署签。作品以欧洲战争为背景,讲述瑞士少女媚里与法国军官亚德两情相悦,法公爵公子恋上媚里,陷害亚德,媚里含愤离世。战乱中的爱情悲剧可歌可泣。

举发贿选通电 ❶南社文献。邵瑞彭撰。载1923年10月7日《民国日报》。1923年10月2日,北京国会选举总统,直系军阀头目曹锟以金钱收买议员,议员、南社社员邵瑞彭拒不受贿,向京师警察厅告发,同时通电全国。该通电表明自己的鲜明政治立场,揭露曹锟重贿议员,向京师警察厅告发曹锟派人授他5 000元支票的丑行,说明附告发状原文在报纸发表布告天下的原因。❷南社掌故。1923年10月2日北京国会选举总统,直系军阀头目曹锟以金钱收买议员,其中南社社员19人有参与贿选之嫌。时南社社员中唯独邵瑞彭(国会议员)拒不受贿,并向京师警察厅告发,同时在10月7日通电全国,其所发电文《举发贿选通电》载《民国日报》。10月21日国会议员田桐发表《致南社社友书》,要求开除参与贿选的南社社员。10月29日陈去病、柳亚子等13人发表启事,宣布不承认参与贿选的高旭等16人的"社友资格"。

觉民　期刊名。1903年11月7日在江苏金山创刊。高旭、高吹万主编,觉民社发行。高旭在《发刊词》中说,"欲扫数千年之蛮风,不可不觉民;欲刺激国民之神经,使知合群爱国之理,不可不觉民;欲登我国于乐土,不可不觉民"。设有论说、哲理、教育、军事、卫生、传记、时局、小说、谈丛、杂录、文苑等栏目。发表有高旭、高燮、包天笑、马君武、黄节、高增、高均等南社社员早期的诗词文赋,具有强烈的爱国民族主义思想。所刊小说有吴魂的《狮子吼》;剧本有大雄的《侠客传奇》、觉佛的《女英雄传奇》,还有《无邪庐诗选》等。共刊行10期。

觉民发刊词　南社文献。载1903年11月7日高旭、高燮、高增于江苏金山创办的《觉民》月刊第一至五期合订本。指出"国之兴即国民之荣,亡即国民之责","欧美之所以雄长地球者,人人有觉民之责任,若士、若农、若工、若商,皆有主人翁之资格",因而"我侪堂堂男儿,觉民之责任不容放弃"。号召当时青年"顾救国之责任,我与诸君共之"。论述了提高民众觉悟的重要性和每个国民的责任,在国家存亡绝续之秋,每个有觉悟的爱国者"安忍坐视祖国之沦亡,而不为援手,使重见天日也!"感情真挚,说理透彻,鼓舞力强。

觉民社　社团名。高旭、高燮、高增三人组建于1903年。社刊《觉民》(月刊)由三人合编,创刊于当年11月7日,在江苏金山(今属上海市)张堰镇出版。"觉民",本"先觉觉后觉"之意,故名。高旭在《觉民》上的文章署名包括天梅、秦风、汉剑、慧云,高燮署名包括黄天、慈石,高增署名包括大雄、觉佛。其他作者有顾灵石、郁脱羁、黄节、陈家鼎、包天笑、马君武、马一浮、高君平等人。《觉民》的办刊宗旨是宣传反清攘夷,启发国民觉悟,宣传爱国主义,剖析时局,号召救亡,反对列强侵略,要求改造社会,谋求国家独立富强,宣传民主与科学、教育与卫生,强调妇女地位,破除旧俗,反对鬼神迷信,介绍新思想。《觉民》停刊于1904年8月,总共出版10期。

宣剑花(1893—?)　江苏青浦(今属上海)人。女。南社社友。南社社友邹铨之妻子。1912年8月2日由柳亚子、郑佩宜、陈布雷介绍入社,入社书编号286。

宪法论　亦名《戴雪宪法论》。宪法研究著作。英国戴雪原著,谢无量编译。1册。上海右文社1914年初版。列入"政法丛书"。有译者凡例。英宪精义原书有序论释宪法真性、国会之主权、法律之支配和宪法法律与宪法默契之关系3编和附录12章。本书仅译该书的序论、释宪法真性和第一编国会之主权。论述了宪法的本质及国会主权与联邦政体等。

宪政与民主　法学研究著作。萧公权著。1册。清华大学出版社2006年初版,"汉语法学文丛"之一。许章润作编者说明。汪荣祖作弁言。著者原序。含均权与均势、均权与联邦、论县政建设、施行宪政之准备、宪政的条件、说言论自由、宪政卑论、县政实施后之中央政制、怎样研究宪草、宪政的心理建设、宪政二疑及其答复、英美民主政治、中国君主政体的实质、地方民意机构的初步检讨、低调谈选举、制宪与宪草、中华民国宪法述评、说民主、中国政党的过去与将来和论选举等22篇。附汪荣祖《萧公权先生传略》《萧公权先生学术次第》《萧公权学术年表》。有索引。

窃电案　一名英日同盟密电被盗案。侦探小说。郁曼陀译述。小说林社光绪三十三年(1907年)出版。此书描述了日本外务省秘书藤村在深夜归家途中,所携英日同盟之密电被抢走。警视厅侦探局长矢追迅通过追踪调查强盗所遗失的纸片上的人名而巧妙破案。盗者为东京筑地一希腊教堂主教、俄国密探薄姑,他意欲出卖该密电给俄国公使以谋利,并破坏英日同盟。此乃有关国事密信题材之侦探小说。

客人三先生诗选　诗集。3卷,1册。古直编。1930年12月铅印本,"客人丛书"之二。陈洵署端。古直作《客人三先生诗选序》。收宋芷湾、黄公度等人的诗若干。

客人对　客家研究。2卷,1册。古直编。1930年铅印本,"客人丛书"之一。老晚署端。李详作《客人对题词》。古直作《客人对跋》。李详作《客人对笺后跋》。

客感一律示亚子　诗篇名。七律。朱剑芒作。具体写作时间不详。抒写自己一年里乱世潦倒、内心煎熬的痛苦,表现自己决心拯救祖国、誓将青春报效祖国的决心，抒写梦中呼喊杀贼、手持利剑扫烽烟的革命情怀。感情真挚，语言自然朴素。

语体·天方夜谈 民间故事。屺瞻生、包天笑译。1册。中华书局1928年初版，列入“学生文学丛书”。有译者序。含《一千零一夜》《记渔父》《异马记》《求珍记》《致富术》《神灯记》《橄榄案》《记玛奇亚那杀盗事》等13篇。

神交社 社团名。南社的前身。陈去病、柳亚子、高天梅三人1907年7月发起成立于上海。7月29日，陈去病在上海《神州日报》上发表《神交社雅集小启》，追叙明末复社、几社等文化社团成立的情况，痛斥清政府“文网日张”的严酷文化专制主义，认为“当此俗敝风颓之日，正吾侪论交讲学之年”，提出自己的结社主张。在发布《神交社雅集小启》的同时，还发表《神交社例言》，宣称神交社略似前辈诗文雅集，而附会欧美茶会之风，并表明吸纳的对象主要是新兴的知识分子，但也容纳旧派耆儒硕彦、名人后裔。同年8月15日，神交社正式成立，并在上海愚园首次举行雅集，到会陈去病、吴梅、刘季平、冯绍清等11人。神交社成立后只举行过这一次雅集，因此影响不大，但该社是陈去病等人结成团体向清政府黑暗社会进攻的初步尝试。

神交社例言 南社文献。陈去病撰。载1907年7月29日《神州日报》。宣示成立神交社的目的、性质、本例言登报的目的以及该社相邀的对象，表明该社“略示前辈诗文雅集，而含欧美茶会之风”，起到了宣传神交社、凝聚广大反清志士的作用。

神交社雅集小启 南社文献。陈去病撰。载1907年7月29日《神州日报》，另见《国粹学报》第三十一期、《南社》第四集。指出明朝“人才鹊起，文章学术，灿乎彬彬”；赞美明末东南地区东林、复社、几社等文学社团相继成立的盛况，抨击清朝统治者“文网日张”的文化禁锢政策，提出“际吴会之名区，结海天之胜侣，论文道故，一朝而集”，结社讲学。这是一篇神交社成立的宣言，由是而神交社成立。

神州女子新史正续编 妇女历史著作。徐天啸编，神州图书局编译所校。1册。上海神州图书局1913年初版。有徐天啸小影。吴双热题词。蒋箸超、吴双热分别作序。正编含序论、上古时代、中古时代、近古时代和结论等篇。续编含发端、明臣起义时代、太平建国时代、民国成立时代等篇。附陆丽芳的书后和勘误表。

神州女报 期刊名。① 1907年12月创刊于上海。主要撰稿人柳亚子、陈去病、高旭、徐自华等。以“提倡中国女学，扶植东亚女权，开通风气”为宗旨，并将秋瑾案及秋瑾事迹、遗著作为重要内容。发表有亚庐、陈去病《神州女报题词》，天僇生《吊秋瑾女士》，寄尘《挽秋女士七绝四首》等。1908年2月停刊，共出3期。② 1912年11月在上海出版。初为旬刊。经理张昭汉，主编汤国黎，神州女界协济社发行。以“普及教育、提倡实业、研究政法、鼓吹女子参政”为宗旨，反映民初女子参政及爱国思想。设有社论、传记、学术、小说、文苑、时评、杂俎、报余等栏目。发表有吕碧城、陈家英、陈家庆、侠魂、元冲、胡朴庵、默君等作品。1913年3月后改为月刊。1913年7月停刊。

神州日报 报纸名。1907年4月2日创刊于上海。创办人为于右任，担任编辑的还有杨笃生、邵力子、王无生、范鸿仙等。不奉清廷正朔，用干支和公元纪年。有社论、学界、新闻等栏。王无生发表了多篇论文、小说、戏剧、诗话等。1907年7月秋瑾被杀案发生后，《投函》栏发表许多读者来信和诗文，如吴芝瑛、徐自华等。陈去病、高天梅在《神州诗选》栏发表南社人士诗文。1919年3月3日副刊《晶报》发表南社社员诗文为多。1926年12月31日停刊，1927年改组为《国民日报》。

神州酒帝酒社小启 南社文献。神州酒帝（顾悼秋）撰于1915年夏历八月五日。收入《南社》第二十集。指出“风景不殊，河山已异，腐鼠沐猴，滔滔皆是”，说明在中秋佳节之际成立酒社是一批洁身自好之士为“遁迹糟窟，以雪奇恨”，同时“结一段因缘，留他年佳话”。

神龟·古书里的故事 寓言。范烟桥、陈洁编辑，侯长春插图。1册。北京通俗文艺出版社1957年第一版。前有庄子简介。含《大瓠瓜》《无功不受禄》《杀牛的经验》《楚国的神龟》《猪和祭祀官》《鹓雏鸟》《丑女和西施》《齐桓公和车轮匠》《读书人太少了》《秦王的痔疮和车子》《猴子发抖》《两个牧童》《庄子借粮》《杀龙的本事》等30个故事。

神话杂论 神话学专著。茅盾著。世界书局1929年6月出版。汇集茅盾20世纪20年代陆续发表的4篇关于神话研究的论文，包括《各民族的开辟神话》《自然界的神话》《中国神话研究》《希腊神话与北欧神话》。其中《各民族的开辟神话》是将各民族开天辟地的神话进行比较研究;《自然界的神话》是解释自然现象的神话;《希腊神话与北欧神话》是将两者的神话加以比较;《中国神话研究》则是茅盾研究中国神话的第一篇论文,首次尝试运用欧洲人类学派的神话理论来阐释中国神话。

说文笺识四种 文字学著作。黄侃笺识,黄焯编次。4种,1册。上海古籍出版社1983年初版,稿本影印。有出版说明。含说文同文、字通、说文段注小笺和说文新附考原。附黄焯论文篆文中多古文说、形声字借声说、说文义异形同举证和说文形声字有相反为义说4篇。

说文解字六书疏证 文字学专著。马叙伦著。30卷,15册。始作于1911年,十数年间三易其稿,1928年完成。北京科学出版社1957年出版,线装大开本。该书依据六书分析《说文解字》文字,各归其类,联系古音,明其音转;研究转注甚精辟,对于假借,亦多归纳。其最大的功绩是纠正《说文》根据小篆形体,解释形义的谬误,故其意义重要。此书被称为是"《说文》学的一部总结性的巨著"。

说话流口辙 一名《北平口语练习法》。北京话辅助教材。严工上编著。世界书局1945年出版。全书以北京语音中的"a、o、e、i、u、eu(ü)ei、ou、an、en、eng、ang"等17个韵母为类别,编入人们常在交际中使用的熟语、俗语、成语和俚谐语等,并全文标上拼音方案的字母。编者以一个韵母,安排一个章节的阅读练习材料,有重点地进行有节奏的训练和说讲,并注重有些字同而音不同的区别。本书不仅为研究民国期间的北京语音、汉语拼音的沿革史提供了有用的资料,而且也对研究当时的语言文化和社会文化有积极的意义。

说契、䂓契枝谭、殷契钩沉(合集) 金石甲骨文研究。3卷,2册。叶玉森撰,北平富晋书社1929年影印本。《说契、䂓契枝谭》1册,《说契》不分卷;《䂓契枝谭》1卷。《殷契钩沉》1册,殊盦题签,柳诒徵作序,分甲乙卷。

说剑堂著书 诗文集。潘飞声撰。6册。仙城药洲1898年刻本。有《老剑文稿》2册,颜清华作序。《西海纪行卷》《天外归槎录》合1册。《柏林竹枝词》《游萨克逊日记》《游樵漫草》《论粤东词绝句》《海上秋吟》《悼亡百韵诗》合1册。《香海集》1册,李东沅作序,梁湆作跋。《海山词》1册,陶森甲作序,有《花语词》《珠江低唱》《长相思词》等。

说剑堂集 诗词集。潘飞声撰。4卷,2册。上海百宋铸字印书局1934年铅印本。叶恭绰题签。夏敬观作《番禺潘兰史先生说剑堂集序》。《说剑堂诗集》3卷,叶恭绰署端,叶恭绰作《潘兰史先生诗序》,共有诗作383首。《说剑堂词集》1卷,有词作76阕,谭敬作《说剑堂词集跋》。

说部卮言 小说研究。陆澹安著,陆康编。1册。上海锦绣文章出版社2009年初版,列入"陆澹安文存"丛书。含《水浒传》研究、《三国演义》研究、《红楼梦》研究和《儒林外史》研究4部论著。

说部精英·丙寅花(第一集) 短篇小说集。刘豁公、王钝根编。上海五洲书社1926年2月出版。此书收录20多个短篇,作者皆以名家为主,包括陆律西、郑逸梅、徐振亚、包天笑、周瘦鹃等。小说取材具有多样性,其中有哲理类,如《战神与穷神》等;有社会类,如《贼厅长》《婢学夫人》《大佛寺僧》《夜里的卖报童子》等;有武侠类,如《拳术内外家的分别在哪里》等;有滑稽类,如《二万元之快婿》《打诗谜的名士》《娼门之表》等;有言情类,如《画家艳史》《明星昏暗记》《碧寒鸿影录》《同性恋爱者》(下)等。另据编选启事云,为了提高读者的兴味,也收录编者所撰小说,如刘豁公的《明星昏暗记》等。

说部精英·甲子花(第一集) 短篇小说集。刘豁公、王钝根编。雕龙出版部1924年7月出版,上海五洲书社·大陆图书公司印行。此书收入短篇小说35篇,均为1924年的作品,多数为文言文。部分小说如张静庐的《铁窗旧梦录》、严独鹤的《火车站上的皮包》、顾佛影的《慈母之坟》、严芙孙的《心血》,分别描写五四运动后赴京请愿团在京被关押的种种遭遇,以唤起读者的正义感和同情心,加深对黑暗社会的认识。周瘦鹃的翻译小说《灯》,描写普法战争中法国某军官奉令枪杀其亲兄弟的惨局,表现了反战意识,发人深省。还有郑逸梅以《玉虫缀艳》总名穿插于书中的6篇诗话文章。

说解文 初中教材。刘大白主编,朱剑芒、陈霭麓编辑。9册。上海世界书局1933年初版,列入世界活叶文选(世界初中活叶文选)。前有说解文文体说明。收王世颖、朱孟实、蒋维乔、胡思永、刘大白、胡适、周树人、周作人、郑振铎、郭沫若、陈师曾、汪亚尘、华林、梁启超、蔡元培、章炳麟、汪兆铭、黄昌谷、戴传贤、吴虞、薛福成、郭嵩焘、曾国藩、姚鼐、章学诚、苏洵、韩愈等人的著述。

费公直(1880—1952) 江苏吴江(今苏州市吴江区)人。原名善机,字天健,号一瓢,别署秋明、霜红、霜庵等。南社社友、新南社社员。1910年4月由柳亚子、陈去病介绍入南社,入社书编号66。1896年冬考入宁波中西储才学堂。1900年赴京考取庚子科二等第一名,分派浙江签叙候补通判。后东渡日本,先后在东京同文书院、正则理化速成专科学校留学。在日本参加黄兴等发起组织的拒俄义勇队(后改名军国民教育会),后受东京军国民教育总会派遣回国活动。1904年与刘季平等在上海创办丽泽学院(后改名青年学社)。1905年第二次东渡日本,一年后返国,与陈去病同去徽州新安中学堂任教,加入中国同盟会。1908年秋第三次东渡日本,入东京医学专门学校习医科。1911年毕业回上海。上海光复时参与陈其美指挥攻打江南制造局之役。1912年4月回周庄行医,开办"天健"诊所。1924年秋与王大觉等人发起组织红十字会周庄分会,救济难民。行医之余,擅长绘画、书法和篆刻,亦喜摄影。1934年冬黄宾虹在上海寓所创设国画研究社,曾聘其担任图画教员。中华人民共和国成立后被选为吴县第一届人民代表会议代表。著有《秋明阁诗稿》《秋明阁笔记》。弟费善衡,亦为南社社友。

费龙丁(1879—1937) 江苏松江(今属上海)人。名砚,字见石,一字剑石,号龙丁,又号聋丁,别署云楼子、长圩行人、佛耶居士。南社社友、南社湘集社友,书画家、篆刻家。1915年由李叔同、丁上左介绍入南社,入社书编号520。1898年留学日本,习数理及美术。归国后任教于广西测量学校。后返乡潜心诗文书画及金石古物,书法攻行、楷、篆、隶、石鼓,并能诗善画,又精篆刻。曾参加贞社雅集,与舅兄李平书、同邑杨锡章等均为海上题襟馆、金石书画会会员。1916年8月参加在上海愚园倚翠轩举行的南社临时雅集。1920年曾与吴昌硕、王一亭、李平书等同为美术团体天马会的中国画审查委员。后又参加古欢今雨社、西泠印社,并与李叔同等组织乐石社,参加编辑《乐石集》,并延请姚鹓雏作《乐石社记》。1937年在家乡遭日军机枪扫射致死。除书画诗文稿等遗存外,还著有《瓮庐印存》《抚印宗派绝句》《佛耶居士印存》等。夫人李华书,亦为南社社友,两人合著有《春愁秋怨词》。

费仲修(1891—?) 江苏吴江(今苏州市吴江区)人。名德,字仲修。南社社友。1917年12月由朱剑芒、顾悼秋介绍入社,入社书编号1007。

费荣锦(1882—?) 江苏吴江(今苏州市吴江区)人。字悟梦,一字宗洁,号织云。南社社友、新南社社员。1909年11月由柳亚子介绍入南社,入社书编号20。晚清秀才。早年与柳亚子义结金兰,后来又加入新南社。民国成立前任黎里镇禊湖公学、黎里树人小学等校教员,曾一度到南社社友袁翰清家任塾师。后来家庭迁到莘塔,继续坐馆,终身执教。爱好文学,尤喜吟咏诗词。曾加入范烟桥组织的同南社,在社刊《同南》上发表过《明史杂记》组诗。

费善衡(1893—?) 江苏吴江(今苏州市吴江区)人。字公威。南社社友。1917年5月12日由费公直、叶楚伧、朱汝珏介绍入社,入社书编号894。民国初期曾在南京上河掩护队供职。兄费公直,亦为南社社友。

娇娇滴滴之叶楚伧 南社掌故。娇娇滴滴,原形容女性娇滴滴的姿态,此处含有戏谑意。郑逸梅在《南社丛谈》中写道:"娇娇滴滴之叶楚伧,指楚伧别署小凤,饶有女性美也。"

姚大慈(1890—?) 湖南平江人。字叔子,号大知。南社社友。1916年9月10日由傅熊湘、李洞庭介绍入社,入社书编号684。早年与乃兄一道赴日本留学,在东京加入中国同盟会,追随孙中山参加反清革命。1911年4月参加广州黄花岗起义之役,曾受重伤被误认为阵亡而列入烈士名单之中,后获救。民国初年结识在岳阳办《岳阳日报》的李洞庭,1916年任湖南《长沙日报》编辑,又与傅熊湘、李洞庭为同事。同年9月和次年4月参加在长沙枣园及半园举行的南社临时雅集。在护法战争中,受孙中山派遣与兄姚大愿、柏文蔚等返湘说服谭延闿转变态度参加讨伐桂系军阀的战争。其诗文俱佳,诗初学唐,后学宋,为邑人所赞誉,与醴陵傅熊湘、岳阳李洞庭、衡阳谢晋及兄长姚大愿等并称为"湘中五子"。中华人民共和国成立后受聘为湖南省文史研究馆馆员。著作大多散佚,今仅见《音学发微集》《老子类编》《杂储》等。兄姚大愿,亦为南社社友。

姚大愿(1885—?) 湖南平江人。字仲子。南社社友。1916年11月8日由傅熊湘介绍入社,入社书编号720。早年与其弟姚大慈一道赴日本留学，习生物学，在东京加入中国同盟会，追随孙中山参加反清革命。在护法战争中，受孙中山派遣与弟姚大慈、柏文蔚等返湘说服谭延闿参加讨伐桂系军阀的战争。后又奉孙中山之命在平江发动兵变，将谭延闿赶下台。1927年曾出任江西省政府秘书长。其诗文亦佳，为“湘中五子”之一。弟姚大慈，亦为南社社友。

姚夫人王粲君女士挽诗 诗篇名。七律。刘鹏年作。具体写作时间不详。深情抒写20年前在上海愚园会上与姚石子夫人王粲君匆匆识面，赞颂她与姚石子的游杭之作《浮梅草》精神高尚、词藻秀丽，赞美她辛劳持家的崇高品质，对她的不幸逝世表达永远的哀思。感情深沉，意境深远。

姚云曹（1894—?） 广东潮阳（今汕头市潮阳区）人。字鹤侣。南社社友。1917年11月17日由吴履泰介绍入社，入社书编号1042。曾就读于广州法政学校。

姚节母何太君家传 荣哀录。姚光为纪念祖母何氏而编。1卷，1册。1914年刻本。蔡守题签。有《遗影》。姚裕谦作《先妣何太淑人行述》。高燮作《姚节母何太君墓志铭》。高煌作《寿联》。高燮作《姚节母何太夫人七旬晋一寿序》。何汝良作《诔词》。有《幛额》35幅、《挽联》29对。

姚礼权（生卒年不详） 广东番禺（今广州）人。字仲衡。南社湘集社友。

姚礼修（1882—?） 广东番禺（今广州）人。字粟若。南社社友、广东分社社员，国画家。1916年8月6日由孙仲瑛、蔡哲夫介绍入南社，入社书编号664。1917年3月参加南社在广州六榕寺举行的广东分社第一次雅集。20年代曾任广东公立法官学校校长。1921—1926年间与徐绍棨等组织广州诗钟社。1923年曾与潘和、邓尔雅、黄少梅、黄般若、卢子枢等创组癸亥合作画社（1926年2月改组为国画研究会）。擅丹青，为广州清游会会员。兄姚礼恭，亦为南社社友。

姚礼恭（1878—?） 广东番禺（今广州）人。字伯寿。南社社友。1916年8月6日由孙仲瑛、蔡哲夫介绍入社，入社书编号663。弟姚礼修，亦为南社社友。

姚民哀（1893—1938） 江苏常熟人，寄籍太仓。原名朱兰庵，后入嗣姚家，改名姚联，字天亶，号民哀，别号肖尧，别署小妖、老匏、花萼楼主等。南社社友，作家。1916年2月1日由柳亚子介绍入社，入社书编号583。早年毕业于虞西高等小学，因家道中落辍学。后从生父朱寄庵习评弹，随父出游江浙等地，以弹唱为生。1909年至上海，师从南社社友冯心侠，参加光复会。1911年辛亥革命时赴苏州谒李燮和，被聘为淞沪光复军秘书。又参加中华少年社。后数年继承父业，与胞弟朱菊庵为双档，以说唱《西厢记》闻名。后任职于徐枕亚主编的《小说丛报》社，并开始写小说，多发表于《小说丛报》《小说新报》《红杂志》《红玫瑰》等。创作的《民哀小说集》《小说之霸王》风行一时。1921年协助周剑云编辑《春声日报》。1923年主编《世界小报》，又先后编《戏剧志》《新世界报》等。抗战初期在《国闻周报》发表特写《义军寄语》。常熟沦陷后因充任敌伪绥靖司令部秘书，1938年秋被抗日部队捕获处死。著有随笔《息庐丛谈》《南技杂谈》《爪哇杂记》，长篇小说《箬帽山王》《商妇琵琶记》《山东响马传》《南北十大奇侠》等。

姚式训（1884—?） 浙江临海人。字式训。南社社友。1913年12月由朱少屏介绍入社，入社书编号391。早年曾任临海耀梓师范学堂体操教习。1908年学堂停办后赴广西，同年8月随庄蕴宽、钮永建等人自广西出发赴日本。

姚存竞（生卒年不详） 籍贯未详。南社社友。由社友介绍入社，未填写入社书，介绍编号39。

姚　光（1891—1945） 江苏金山（今属上海）人。谱名后超，字石子，号凤石，又号复庐，别署佚史氏。南社社友、新南社社员、南社湘集社友、南社纪念会会员。1909年由高旭介绍入南社，入社书编号26。幼承家学，工诗文。是中国同盟会会员，南社创始时骨干。1906年与高旭在家乡创办钦明女校，1912年5月与高燮、高旭、柳亚子等同创国学商兑会，任理事长。同年6月被推选为中国同盟会金山分部副部长。1918年继柳亚子后成为南社主任，主政社务。故有“前有柳亚子，后有姚石子”之说。曾于上海徐园主持举行雅集，出资刊印《南社丛刻》第二十一、二十二集。1923年参加组建新南社。1924年任国民党金山县党部执行委员，曾为李一谔等共产党人和国民党左派人士提供活动资金和场所，又致力于家乡的经济、文化事业，资助创办

姚光

张堰济婴局、创立张堰图书馆。又重搜集清人文集足本及乡邦文献，所藏多为海内珍本孤本。1928 年与胡朴安、陈乃乾发起组织中国学会。后又发起组织金山县鉴社，编印《金山县鉴》2 期。抗战期间蛰居上海寓所，编著《金山艺文志》。1945 年 5 月 17 日病逝于上海。中华人民共和国成立之初，其哲嗣姚昆群、姚昆田兄弟遵循先人遗愿，将复庐藏书 5 万余卷（10 余万册）悉数捐献给上海市文物管理委员会。辑有《金山卫佚史》《复庐文稿》《钱汪二先生行述》等，著有《浮梅草》《续浮梅草》《荒江樵唱》等。舅父高燮、原配夫人王灿，亦为南社社友。

姚光日记 日记。上海市金山区档案局编。3 册。复旦大学出版社 2023 年初版。是姚光自 1908—1945 年去世前所记日记，共 34 本，今藏金山区档案馆。内容为一部个人回忆录、家庭生活史，对研究姚光、南社、江南文化等方面具有重要意义。

姚光全集 诗文集。姚光撰，姚昆群、姚昆田、姚昆遗编。5 卷，1 册。社会科学文献出版社 2007 年初版。国际南社学会"南社丛书"之第二辑。柳无忌作《南社丛书总序》，顾廷龙"题姚光先生遗集"。有姚光及家人照片 6 帧。含文集、诗集、书牍偶存、专著和读书札记 5 卷。附生平事迹、亲友悼念、藏书与献书目录。有编后记和续编后记。

姚光集 文集。姚光著。3 卷。姚昆群、姚昆田、姚昆遗编。社会科学文献出版社 2000 年初版。第一卷，文集。系作者论文、序、跋、传记等的集合，按时间顺序分为 3 个时期。文集反映了作者创立文学社团，提倡种族革命，以及从家国天下的实践中提倡儒家学说的思想。亦反映了作者"乡治"的政治理想，以及重视家庭与婚姻的观念。第二卷，诗集。亦基本按照时间顺序将作者的诗词汇编。其中于 1909 年、1915 年，携妻与亲朋遨游酬唱而作诗词《浮梅草》与《续浮梅草》，曾分别以单行本印行。第三卷，书牍偶存。为与早期南社成员、亲朋之间的往来书信。文集比较全面地搜集了作者的诗文、书信，为研究南社及其成员的重要资料来源。

姚雨平（1882—1974） 广东平远人。原名宇龙，字雨平，号汉强，又号立人。南社社友。1912 年 3 月 13 日由叶楚伧、朱少屏、柳亚子介绍入社，入社书编号 233。晚清秀才，1905 年考入汕头岭东同文学堂。同年秋赴广州黄埔考入两广陆军中学（后改为陆军速成学堂）。1907 年加入中国同盟会。1911 年 4 月与黄兴、赵声等策划、组织广州黄花岗起义，任起义统筹部调度课课长。起义失败后被捕，经多方营救始获释。同年广州光复后组织广东北伐军，任总司令率军北伐，冬北伐军抵达上海，旋转往南京。1912 年民国成立后曾与孙中山同登南京狮子山，遥望江北筹划继续北伐，所率军队改编为第四军，任军长。1912 年 9 月中旬参加在黄兴北京临时寓所举行的南社第一次北京雅集。后赴上海与宋教仁一起主办《太平洋报》，任社长。1917 年随孙中山南下广东参加护法运动，担任广州军政府顾问。1922 年任中央直辖警备军司令。1924 年任广东省治河督办。1925 年任广州国民政府军事参议、监察院监察委员。1937 年抗日战争全面爆发后返回家乡，参加广东省自卫团统率委员会。1939 年任重庆国民政府监察院监察委员。1944 年任国民政府顾问。1948 年从南京到香港。1950 年举家由香港返回广州，任广东省人民政府参事室主任，后被选为广东省政协常务委员、民革中央委员，并受聘为广东省文史研究馆馆员。1953 年出任中国佛教协会理事。1956 年参与发起筹组广州市佛教协会，并任第一、第二届会长。1974 年病逝于广州。生平能诗善文，亦擅书法。著有《武昌起义后粤军北伐始末》。

姚勇忱（1879—1915） 浙江吴兴（今湖州）人。原名永贞，字勇忱，一字永成，号志强，化名劫灰。南社社友。1912 年 6 月由陈去病介绍入社，入社书编号 340。早年在上海学习理化。毕业后应秋瑾之邀赴绍兴任大通学堂教员，并与秋瑾等成立蠡城学社。后加入光复会，创建光复军。1907 年徐锡麟与秋瑾遇害后，潜往上海，追随陈其美。又与陈去病、徐自华、褚辅成等在杭州风林寺组织秋社。1909 年赴河南洛阳创办理化讲习所，并亲任理化教员。一年后返回上海，协助编辑《中国公报》，又佐助陈其美创办《民声丛报》，并加入中国同盟会。1911 年 4 月 27 日广州黄花岗起义时曾以上海新闻记者身份去广州，起义失败后参与营救起义人员。1911 年 7 月回上海，协助陈其美、宋教仁等组建中国同盟会中部总会，领导上海光复。同年 11 月沪军都督府成

姚勇忱

立，被推为参议员。1912年任中部同盟会上海分部部长。旋改入中国民主党，任副部长，并被推为南京临时政府临时参议院议员。与陈去病、王金发等创办竞雄女校。1913年二次革命失败后逃亡日本。一年后回国，以翻译小说自遣。1915年陈去病撰有《王逸（金发）姚勇忱合传》。

姚菊隐（1876—1939） 广东梅县（今梅州）人。字菊存，号潜然主人。南社纪念会会员。是中国同盟会会员。1911年底任广东北伐军总司令姚雨平秘书，参加北伐到上海。

姚焕章（1896—1963） 江苏青浦（今属上海）人。字襄陶，一字湘涛。南社社友。1917年4月10日由郁佐梅介绍入社，入社书编号866。早年就读于江苏省立上海第二师范学校。毕业后曾在南翔第二高等小学、印尼爪哇华侨学校任教。回国后在家乡任教，并被选为青浦县教育会副会长。1922年会同教育界进步人士组织青光社，创办《青光报》（月刊），宣传民主革命思想。1927年四一二反革命政变后遭通缉，潜逃洛阳。二年后回上海，任教于南洋女子中学。抗战胜利后在上海从事地下革命活动。1946年加入中国共产党。1949年被捕，经多方营救出狱。中华人民共和国成立后任晋元中学校长，后调任东南中学、民立女中分校、南洋女中等校校长。撰有《青浦地方小掌故》等。

姚琴如（1893—?） 福建宁德人。南社社友。1923年2月9日由胡惠生、胡伯翔、郑家祚介绍入社，入社书编号1109。

姚锡九（1892—1946） 江苏宿迁人。南社纪念会会员。早年入陆军小学堂学习，并由该校派往法国留学，始习陆军后改学航空。回国后先后任北京南苑航空学校教官、教育长，北洋政府航空署航运厅厅长。1929年后任国民政府军政部航空署副署长、军政部参事、中国航空公司理事、国民政府航空委员会参事等职。抗日战争期间加入伪政权，出任民国临时政府军事委员会航空署署长、参谋本部总务厅长、空军参谋部次长等伪职。抗战胜利后被逮捕，次年在南京以汉奸罪被处决。

姚鹓雏（1892—1954） 江苏松江（今属上海）人。名锡钧，字雄伯、容伯，号鹓雏，别号宛若、龙公、红豆词人。南社社友、新南社社员，作家。1912年5月9日由柳亚子、陈陶遗、叶楚伧介绍入南社，入社书编号268。早年入松江府中学堂，毕业后入京师大学堂。在校期间与林庚白欲各以诗百首合刊《太学二子集》，故有“太学二子”之誉。辛亥革命后先后任《太平洋报》《民国日报》和《申报》副刊《自由谈》等报刊编辑，主编过《江东》《春声》等文艺刊物，并任上海进步书局编辑。又参加国学商兑会、文学研究会、京江曲社，并组建七襄社，主编《七襄》杂志。诗词誉满东南，为“南社四才子”之一。1916年8月参加在上海愚园倚翠轩举行的南社临时雅集。20年代初在南京美术专科学校任教。抗战前夕任南京市政府秘书长、江苏省教育厅秘书、江苏省政府秘书，并先后兼任东南大学、河海工程学院及江苏医政学院教授，主讲国学。1937年抗日战争全面爆发后举家迁至重庆，被于右任聘至国民政府监察院任编纂，后任监察院监察委员兼主任秘书。中华人民共和国成立后任松江县副县长。工诗词，又擅长小说创作。著有《苍雪词》《恬养簃诗》《春奁艳影》等。今辑为《姚鹓雏文集》。

姚鹓雏剩墨 诗文集。姚鹓雏著，杨纪璋编。1册。社会科学文献出版社1994年出版。为国际南社学会“南社丛书”之一。有柳无忌所作总序。郑逸梅作前言。姚明华作作者生平简介。集十四榆眉室文录、笔记、饮粉庑笔语、春水相干室拾隽、记苏曼殊、几园、宣南感旧录、峨眉老人、记湖杭异人事以及文论、诗词话论、小说杂谈、杂剧等篇。有编后记。

姚彝伯（1894—1969） 江苏兴化人。原名公良，一字夷白，号伯子，别署恬翁、一禅等。南社社友。1919年1月13日由柳亚子介绍入社，入社书编号1045。幼年家贫，以读书为乐。工诗文辞，尤好医学，师从名医江景元，立志以医济世。曾在兴化中学教授国文，编有《国学常识讲义》。抗战期间避居乡间，以诗词记述日军罪行，家藏并研读毛泽东的《论持久战》、斯诺的《西行漫记》。从医之余专攻词学，考订词谱，未刊行。撰有《中国医学发展史》等。

贺　冕（1885—?） 湖南华容人。字云侠，号云厦。南社社友。1917年11月1日由卜世藩介绍入社，入社书编号992。

癸丑元旦 诗篇名。七律。高旭作。具体写作时间不详。抒写1913年辛亥革命胜利果实落入北洋军阀袁世凯之手、袁世凯建立军阀官僚政府的愤懑情绪，认为虽然帝制推翻了，建立了新朝，但本质未变。表达自己关心国家，以天下之忧乐为忧乐的心情，认为肝胆义士出在下层民间屠狗之辈，指出投靠恶势力窃据权位的人如同傀儡，非常可笑，表示自己将退出政界，浪迹江湖。

癸丑暮秋偕璧子漫游长江歌以纪事 诗篇名。歌行体诗。张昭汉作。具体写作时间不详。诗作抒写1913年暮秋偕同友人陈鸿璧长江十日游的见闻与感受，展示了从镇江到武汉的长江两岸景色，着重抒写舟行到镇江、南京、芜湖、彭泽、九江、武昌等地时兴发的人生感慨，诗情丰富，既悼念策划、组织黄花岗起义、悲愤病逝的先烈赵丹，萌发结庐隐居的念头，想起父亲办学的建树，赞美神州女界共和协进社的众多女士，礼赞二次革命时江西民军的威武、仁慈，哀悼阵亡壮士，揭露北军的凶险，表达仰慕陶潜的淳真古道，赞美周瑜的雄才、小乔的奇福，嗟叹周瑜、诸葛亮的并世和将星的殒落，由白居易的贬逐和琵琶女的沧落，兴发人生要超然忘机的感悟，感叹人生进退兴废，不甘心革命的失败，也抒发了到武昌后倦游回舟、人生悲慨的心境。诗情跌宕起伏，感慨深长，浮想联翩，不拘形迹。

绛纱记、焚剑记(合本) 文言小说。苏曼殊著。上海甲寅杂志社1916年出版。《绛纱记》(1915)以四对青年的爱情故事为中心，展现了较为广阔的社会背景，批判了资产阶级以金钱财富为轴心的婚姻关系的卑鄙，揭露了西方资产阶级腐朽的生活方式在中国的恶劣影响。《焚剑记》则在表现主人公爱情生活的同时，反映辛亥革命前夕的社会动乱面貌：兵乱匪劫，人民颠沛流离，军中以人肉为食。小说的两个女主人公，一个为姨母迫嫁，逃亡在外，又为人逼嫁，再度逃亡，终于流离而死；另一个在未婚夫死后，被逼抱着“木主”成婚，终身守寡，对封建礼教进行了沉痛控诉。两篇小说都以爱情为题材，展示了男女主人公的追求与社会阻挠间的矛盾冲突，作品以悲剧结尾，有浓重的感伤色彩。

骆迈南(1886—?) 湖南湘阴人。名鹏，一字曼南，又字万涵。南社社友、新南社社员、南社湘集社友。1915年9月4日由傅熊湘介绍入南社，入社书编号556。民国初年在湘阴县城高等小学任教。1916年9月参加在长沙枣园举行的南社临时雅集，次年4月又参加在长沙半园举行的临时雅集。1924年4月至1937年4月分别参加在长沙举行的南社湘集第一、二、九、十二、十四、十五次雅集。

骆继汉(1885—?) 湖北枣阳人。字墨荪。南社社友。1913年由陈家鼎、高旭介绍入社，入社书编号380。早年留学日本，入东京法政大学速成科。1906年9月在东京加入中国同盟会。辛亥革命后曾被选为北京政府国会众议院议员。1923年10月参加北洋政府国会会议。

绝命诗(其一) 诗篇名。七律。仇亮作。1917年7月，北洋军阀张勋拥戴清末代皇帝溥仪复辟。诗作抨击张勋等封建余孽死灰复燃、独夫称元首的行径，深信革命志士定会勇担历史重任，期望清平盛世早日到来。诗作感情充沛，意象生动。

骈文指南 骈文研究。谢无量著。1册。中华书局1933年初版。吴兴㘄皞子作序。含骈文通论和骈文体格及变迁论等2章、8节，介绍了骈文的渊源、骈文研究法、齐梁以前之骈文和元明四六之不振及清代诸家略论。

骈枝余话 小说集。程善之著。江南印刷厂1912年印刷。作者在序言中说明“骈枝余话”，即为虚幻、虚构之意，所以书中所述皆为小说、逸事。该书为程善之担任《中华民报》编辑之时也即任孙中山秘书之前所作。共有74篇短篇小说，大部分小说以主要人物名字命名。小说内容简练，情节丰富，语言浅白，通俗易懂，富有人情味和生活情趣。从小说精炼的语言、丰富的故事情节中可以看出作者极富观察力与想象力。

十　画

泰社　社团名。1940年10月9日南社江苏省泰州籍社友仲一侯联合高征寿、沈本渊、王退斋、吴南生、朱峻岑、许杏农、王少云、洪揖侯、桂六符、汪启我、陆善欣等人，以及寓居泰州的外地文士杨博泉、金干城等共数十人，继承来复社办社精神，接纳“海凌诗社”同人成立。以发扬民族气节、提倡爱国主义、阐发地方文史为宗旨，公推邱立麒为名誉社长，沈本渊为社长，仲一侯为副社长。社员众多，经常集会，唱和频繁，自成立之日到1940年底，活动6次。1941年正月泰州沦陷后，县长邱立麒移署泰县下和叶甸乡。同年阴历六月六日，在高寿徽宅第六次集会，以《绿牡丹》为课题；同月第七次集会，课题《提前晒腹》；第九次集会课题《延秋》。该社何时停止活动不详。

秦吉人（生卒年不详）　籍贯未详。南社社友。1917年4月参加在杭州西湖葛荫山庄举行的南社临时雅集。

秦宫瓦当十二字砚　南社掌故。砚台名。此砚用秦宫瓦当做成，周围刻有12字“维天降灵，延元万年，天下康宁”，故名。南社篆刻家费龙丁得此砚台后，十分高兴，即以“砚”字为自己取名以志禧。

秦恩述（1864—?）　广西桂林人。字仲勤。南社社友。1919年3月21日由蔡哲夫介绍入社，入社书编号1063。其时任职于广州旧将军署。

秦寄宇（生卒年不详）　湖南华容人。字绮新。南社湘集社友。

秦铸花（1887—?）　江苏淮安人。名选之。南社社友、淮南社社友。1912年3月11日由柳亚子、周伟、夏焕云介绍入南社，入社书编号225。1912年9月与周伟、余天遂等重组淮南社。

秦善泽（1889—?）　广西桂林人。字诚孚。南社社友。1919年3月20日由蔡哲夫介绍入社（后补填入社书），入社书编号1061。曾任陕西凤翔县县长。入社时供职于韶州北江矿务局。弟秦善培，亦为南社社友。

秦善培（1890—?）　广西桂林人。字振夫。南社社友。1919年3月20日由卢铸、蔡哲夫介绍入社，入社书编号1055。是时供职于韶州北江矿务局。兄秦善泽，亦为南社社友。

秦　毅（1878—?）　湖南华容人。字少湄，号刚武。南社社友、南社湘集社友。1917年4月21日由傅熊湘介绍入南社，入社书编号873。民国初期供职于长沙《民国日报》。1917年4月参加在长沙半园举行的南社临时雅集。1924年4月6日参加在长沙刘园举行的南社湘集第一次雅集。

秦锡圭（1864—1924）　上海人。字镇国，号介侯，晚号见斋。南社社友、广东分社社员。由社友介绍入南社，未填写入社书，介绍编号70。1893年乡试中举人，1895年中进士，授翰林院庶吉士。1898年官授山西寿阳县知县，曾为陕甘总督升允幕府。1913年被江苏省议会推选为北京政府首届国会参议院议员。著有《补晋书执政表》《补晋书方镇表》《见斋诗文集》等。

起社　社团名。1931年上半年苏州美专学生王栖霞等发起成立。社长黄颂尧，名誉社长朱锡梁。校内外社员50余人，社刊分诗选、词选、文选3部分，出4

期后停刊。

埋石弃石记 文言章回教育小说。天笑生(包天笑)著。1册。商务印书馆1912年12月初版,铅印本。某府立师范学校毕业生沈宝铨牢记校长将教育比作“埋石弃石”的教诲,带着生病的母亲到一个偏远山村任教。村庄遭受暴雨洪水之灾,沈宝铨不顾老母和妻子的安危,只身前往学校抢救校中财产,搭救被困学生。村民受灾严重,他竭尽所能抚慰被伤病困扰的乡亲,收养孤儿。此外,他还指教家长如何教育引导孩子,劝诫欲放弃学习的同学重振信心,并甘愿放弃外调的机会留守在山村任教。小说长于景物描写,即景抒情,烘托气氛,通过描写母子之爱、夫妻之爱、师生之爱,刻画了一个爱家、爱校、爱生、爱教育事业的模范教师形象。结尾呼吁青年都能以埋石弃石之心贡献教育事业,以此强固国家基石。

袁天庚(1866—?) 浙江绍兴人。字梦白,别署无耳尊者。南社社友,画家。1917年7月由叶玉森介绍入社,入社书编号937。工花鸟,笔意近张子祥。精鉴赏,盛京大内所藏及宁波天一阁、上虞天香楼等秘籍文物大小万余件,都得目赏,由此鉴别特精。辛亥革命前程雪楼视军黑龙江时,被聘为军署顾问,为外省有顾问之开始。民国成立后曾任职于安庆省长公署、蚌埠安武军行署秘书处。后卖画于沪上。

袁　圻(1887—?) 江苏海门人。原名葆良,后改名圻,字怀南,号剑侯,又号建侯。南社社友。1911年4月22日由俞锷介绍入社,入社书编号142。是年任教于海门高等小学堂。

袁金钊(1893—1957) 江苏吴江(今苏州市吴江区)人。字铁铮、一字枕石,号天真。南社社友、新南社社员。1917年4月28日由沈昌眉、陈洪涛介绍入南社,入社书编号880。从小与沈昌眉、沈昌直兄弟相熟。民国初年任教于黎里县立第四高等小学。平时喜好书法,碑帖并重,家藏《瘗鹤铭》传世墨本,据考证是崩落长江之前的宋代拓本,十分珍贵。1920年曾与从兄南社社友袁翰清同赴镇江焦山定慧寺,观赏《瘗鹤铭》原石。其书法融有篆隶笔意。后参加范烟桥等组建的同南社。中华人民共和国成立后任吴江县粮食局文书。

袁　柳(生卒年不详) 湖南汉寿人。字鹿宾,一作麓宾。南社湘集社友。

袁雪安(1874—1933) 湖南醴陵人。名家普,字雪安,一字雪庵。南社社友、南社湘集社友。1920年4月由傅熊湘介绍入南社,入社书编号1081。早年就读于渌江书院,后留学日本东京法政大学。辛亥革命后任云南省财政局局长、财政厅厅长。1912年4月与蔡锷等发起成立统一共和党,为参议,后任国民党云南支部副支部长。1916年任湖南省财政厅厅长,张敬尧主湘时被迫避走上海。1921年任湖南省公路局长。1926年任国民革命军湖南军资处处长,次年任湖北省政府委员兼秘书长。1929年任山东省财政厅厅长。次年移居安徽,后以疾退出政坛。1933年病逝于庐山。有《雪安遗稿》存世。

袁鉴云先生行状 哀挽录。袁翰清编。1卷,1册。1929年石印本。费树蔚题签。有《袁鉴云遗像》,胡汉民、王伯群、宋子文、金天翮、柳弃疾、张乃燕、蔡寅、许修直、沈昌眉、阎幼甫、朱宝璇、汪东、刘靖夫、王国华、陈步蟾分别作《像赞》。吴邦珵作《诔词》。陈汉章作《题吴江袁君行略七言二十二韵》。黄侃作《吴江袁生以其大父事状见示敬题一章》。阮毓麒作《袁公架叟先生冥鉴》。袁翰清作《哀启》。

袁翰清(1884—1954) 江苏吴江(今苏州市吴江区)人。字镜涵,一字噤寒,号金南。南社社友。1916年8月由沈昌直介绍入社,入社书编号668。早年在家坐馆,招收蒙童。民国成立后到新式学堂任教师。喜书法,是既尊碑又临帖的好手。对《瘗鹤铭》的历史沿革及来龙去脉曾作过一番考证,并撰写一篇考证记,惜已佚。从弟袁金钊,亦为南社社友。

袁镜波(1895—?) 江苏武进(今常州)人。南社社友。1914年7月由洪白蘋、卫灵水、柳亚子介绍入社,入社书编号432。

哲学问题 哲学著作。潘公展著。东方杂志社编印,商务印书馆1924年初版。为东方文库第三十三种。本书为潘公展对英国哲学家罗素(1872—1970)所著《哲学问题》一书的讲述,指出“此书所长,在能以浅明之文字达艰深之学理,使人读之不觉沉闷,真能引人入胜者,通俗丛书中之善本也”。本书分15个问题进行讲述:现实与实体、物之存在、物之性质、观念论、“识知的知识”和“解释的知识”、论归纳、论兴于普遍原则之知识、如何能有“先天的知识”、普遍界、论关于“普遍”之知识、论直觉的知识、真实与虚伪、知识误谬与或然的见解、哲学知识之制限、哲学之价值。全书依据罗素的书本理念,结合当时人们的认识状况,向国人推介罗素的先验论和新实在论哲学，认为这种哲学可“富于吾人智力想象，减少武断之坚信，使吾心得以自由设想”。

哲学纲要 哲学著作。黄忏华编。1册。商务印书馆1922年初版，至1929年已再版5次。本书为哲学入门之书。全书共分3篇：第一篇“绪论”共10章，讲述了哲学、心理学的起源和历史，哲学和宗教、艺术、科学的关系，哲学的分类等基本知识；第二篇“认识论”共15章，解释了认识问题、认识的起源、各种认识论及“判断论”“批判论”“实在论”“观念论”“唯理论”“经验论”等哲学名词的概念和内容；第三篇“形而上学——超物理学”共16章，解释了“唯物论”“唯心论”“相制论”“并行论”和“原子论”“超绝神论”“机械观和目的观”等哲学名词的概念和内容。

换巢鸾凤 艳情小说。包天笑著。1册。北京中央民族学院出版社1994年第一版，鸳鸯蝴蝶派艳情名著系列之一。共40回。含绣阁娇娃沉酣香梦·绮筵名士物色芳踪、飞絮扑身渐成美眷·散花着体终结良缘和雪衣缟袂冷招魂地·青磬红鱼日长绣佛天等篇章。

莽男儿(说部) 小说。陈去病著。国光书局印刷，新民小说社发行。小说撰写起因是：1915年，南社反袁主将姚勇忱被叛徒朱瑞出卖，在杭州被杀害。陈去病得知消息后，撰《莽男儿》(说部)。传奇《莽男儿》中主角金凯，据书中凡例：“书中所称之莽儿，既确有其人，为一篇之主。”一说是为近代革命传奇人物王金发立传。

莫兆文(生卒年不详) 湖南慈利人。字同仁。南社湘集社友。

莫伯恒(生卒年不详) 籍贯未详。新南社社员。

莫怀珠(1901—?) 浙江吴兴(今湖州)人。女。字醉侬。南社社友。1917年4月25日由朱少屏介绍入社，入社书编号876。是时就读于上海爱国女校，与南社社友徐蕴真为同学。

莫质誉(1886—?) 浙江吴兴(今湖州)人。名文源，又名森，字质誉，号则禹、佛予，别号则一。南社社友。1910年由柳亚子介绍入社，入社书编号79。

莫树德(生卒年不详) 湖南慈利人。字恒孚。南社湘集社友。

莫冠英(1882—?) 广东新会(今江门市新会区)人。字凤孙。南社社友、广东分社社员。1917年4月1日由萧吉珊、蔡哲夫介绍入南社，入社书编号854。1917年3月参加南社在广州六榕寺举行的广东分社第一次雅集。

莫祖介(生卒年不详) 湖南慈利人。字子伟。南社湘集社友。

莫　载(生卒年不详) 湖南慈利人。南社湘集社友。

莫鹤鸣(1872—?) 广东香山(今中山)人。名汉，字鹤鸣，号养云。南社社友、南社湘集社友。1921年1月9日由蔡哲夫介绍入南社，入社书编号1089。是时任职于广州沙面太古洋行。其妻冯玉，亦为南社社友、南社湘集社友。

荷属华侨废约运动 华侨史。熊理、林复彦、韩希琦著，上海华侨团体联合会、上海民众废约运动会、中荷条约研究会编辑。1册。南华通信社1927年初版。汪精卫题词。含第一次废约运动经过、第二次废约运动经过、对于中荷条约之我见3篇。另有公文、纪载、条约、舆论等。

晋初史略 原名《晋之统一与八王之乱》。历史著作。王钟麒编。商务印书馆1931年初版，1934年再版。本书以《三国志》《晋书》《资治通鉴·晋纪》《三国志》等为基础史料，讲述从司马氏代魏开晋(265年)至八王之乱终结(306年)数十年间波澜壮阔的宏伟画面。

晋乘 期刊名。1907年9月15日在日本东京创刊。由山西留日学生景定成、景耀月、谷思慎等主持。该刊宣称其宗旨为“发扬国粹，融化文明，提倡自治，奖励实业，收复路矿，经营蒙盟”。设有图画、论著、晋语、文艺、附录等栏目。发表有大招的《晋乘说》《复古社序》《犬狼吟》，莫愁的《情圆》等。共出版3期。

莎士比亚 传记。周越然编。1册。上海商务印书馆1929年初版，列入“万有文库”第一集与“百科小丛书”。含莎士比亚略传、莎氏剧本述要、莎氏诗篇述要、莎氏文法、莎氏诗律、小泉八云对于莎氏的评论和研究莎氏的书籍等章。

莎士比亚时代抒情诗 英国诗歌。莎士比亚等著，柳无忌译。1册。重庆大时代书局1942年初版。“世界文艺名著译丛”之一。柳无忌作绪言。录16—17世纪英国作家马洛、李雷、锡德尼、斯宾塞、莎士比亚、琼森、藤思、弥尔顿等25人的抒情诗共47首。附作者索引。

真西游记 章回体历史小说。胡怀琛著。共26回。上海佛学书局1942年7月出版。作者谓:"原有《西游记》及《三藏取经诗话》两书,多凭空结撰,绝非事实。"而以三藏法师传为本,与原有西游记凭空撰不同,故称《真西游记》。作者取材以《大唐西域记》为多,而小说的体裁则采用宋人平话体。宗旨在于"表扬玄奘,万里求经,不避艰险,努力奋斗,有志竟成"。

桐城派评价之争 南社论争。1915年3月,胡朴安发表《与同学诸君论国文书》,认为桐城派散文"空疏多间架,非致用之文",因而反对以桐城派古文来救时文弊端的观点,主张"振兴文学,当铲除一切文字之恶习"。1916年12月31日,姚锡钧在《民国日报》发表《桐城文》,高度评价桐城派散文的雅洁风格。在胡朴安、姚锡钧就桐城派评价问题发生争论时,1916年,陈去病写作《论文二首》,推崇韩愈和柳宗元,反对依傍桐城派。此后,未见再有南社社员发表评价桐城派的诗文,这场论争也就到此结束。

桃花扇 话剧剧本。欧阳予倩著。新创造出版社出版,出版时间不详。该剧塑造了一位富有反抗性格、具有坚贞爱国情操的风尘女子李香君的形象。此剧是新中国剧社演出台本之二,1947年2月15日在台北中山堂首次演出。由于这时已是抗战胜利之后,话剧本删去抗战时期过分影射时局的部分,突出正义与邪恶、爱国主义与卖国主义的思想斗争。它是欧阳予倩所著的未定稿,所以舞台说明不够详细,仅有必要的台词。其主要目的只是为了上演而不是为了阅读,在排演的过程中根据实际情况在台词、场景方面进行调整、更换。

桃源痛史(第一册) 纪实作品。北海后身(汪文溥)编述。群学书社1913年4月初版。本书以最快的速度、最真实的记录,向世人披露了宋教仁遇刺案真相,有力地揭露了袁世凯蓄意破坏共和的罪恶阴谋。全书共7章。第一、二章,记述了宋教仁在沪宁车站遇刺,及其抢救、亡故、葬仪的全过程;第三、四章为貌似正常的与非正常的各种函电;第五、六章为凶手武士英、应夔丞二犯落网的经过;第七章为法庭上的交锋。因宋教仁系湖南桃源人,故书名为《桃源痛史》。

校长的新生活 教育著作。胡朴安著。1册。上海正中书局1934年初版。列入"新生活丛书"。前有"新生活丛书"发刊旨趣。含绪言、校长对学校应负的责任、校长对社会应负的责任、校长对国家应负的责任、校长与校风、校长与经济、校长与同事、校长的新生活等篇。

校刊北宋三家词三种 词集。易孺(廷熹)辑校。1册。上海民智书局1933年出版,铅印本,"民智艺文杂俎丛书"之第一种。词集收录易氏家藏珍稀抄本《宋二十家词》中的舒亶、苏庠、曹组3家词,由易孺加以精校后合编刊印,这三人词均无刊本行世。其中收舒亶《信道词》50首、苏庠《后湖词》23首、曹组《元宠词》32首,各集均附有校记。原抄本还有劳权等人的校正手录,书前则附有三家事迹汇辑及易孺的校序、志语等。

栩园丛稿 诗文稿。陈栩园(蝶仙)撰。10册。上海着易堂民国年间铅印本。其中有《栩园诗集》《栩园词集》《栩园曲稿》《栩园诗剩》《天风楼诗剩》《栩园诗剩二集》《香雪楼词》《香雪楼词二集》《栩园文稿》等。

哥伦布·少年丛书第二编 近代人物传记。林万里著。清光绪三十四年(1908年)商务印书馆印行。"少年丛书"共计6编,此为第二编,原本应置于第一编的"少年丛书编辑之旨趣"出现在本传记之首,这对研究此套丛书较有参考价值。哥伦布是意大利航海家,在西班牙国王的支持下,他先后4次出海远航,发现了美洲大陆,开辟了横渡大西洋到美洲的航路。本传记即以哥伦布的地理观念和航海历程为重点,向国人介绍这位航海英雄。该书图文并茂,除了明白生动的文字外,还配有轮船、地球仪等图片,且重点论述地球情状,对中国传统的"天圆地方"观念形成极大的冲击。

贾文涟(生卒年不详) 湖南龙山人。字安清。南社湘集社员。

夏丏尊(1885—1946) 浙江上虞(今绍兴市上虞区)人。名铸,字勉旃,号丏尊,又号闷庵,别署无闷、默之、夏盖山民。南社社友、南社纪念会会员。1914年9月5日由李叔同介绍入南社,入社书编号454。1901年秀才。1902年入上海中西书院,1903年转入绍兴府中学堂继续就读。1905年留学日本,先入东京弘文学院,后考进东京高等工业学校,1907年辍学回国,任浙江两级师范学堂(后改名浙江省立第一师范学校)通译助教,编辑浙江省教育会刊物《新育潮》。1919年五四运动前

夏丏尊

后,改革语文教育,提倡白话文。后因支持学生运动而被迫离校,转往湖南省立第一师范学校任教。1921年执教于上虞县白马湖春晖中学,并加入文学研究会。此后在宁波浙江省立第四中学任教。1925年至上海立达学园任教,并与朱自清、刘大白、叶圣陶、陈望道等人发起成立立达学会,编辑《立达学会会刊》及《一般》杂志。1926年参加上虞青年协进会。同年参与创办开明书店,主持编务并任编辑所长,主编"开明青年丛书"。1927年任上海暨南大学中国文学系主任、暨南大学文学院院长。1930年到上海创办《中学生》杂志,任社长兼主编,兼编辑《少年》杂志。1931年九一八事变后,参与发起成立文艺界反帝抗日联盟。1936年被选为中国文艺家协会理事、主席。次年创办《月报》杂志。八一三淞沪抗战爆发后参加上海市各界抗敌后援会,参与创刊《救亡日报》,任编委,并担任《文化通讯》编辑。日军占领租界后深居简出,曾遭日军逮捕,经日本友人内山完造等营救始获释。抗战胜利后被选为中华全国文艺家协会上海分会理事。1946年在上海病逝。毕生从事语文教育、翻译与创作。著有《文艺论ABC》《生活与文学》《现代世界文学大纲》等,译有《社会主义与进化论》《爱的教育》《续爱的教育》等,编有《芥川龙之介集》《国文八百课》等。

夏丏尊文集·文心之辑 文集。夏丏尊著。1册。浙江文艺出版社1983年初版,《夏丏尊文集》第二卷。含文章作法、文艺论ABC、文心和文章讲话4篇。

夏丏尊文集·平屋之辑 文集。夏丏尊著。1册。浙江人民出版社1983年初版。《夏丏尊文集》第一卷。有夏丏尊像、手迹等图片。有出版说明。叶圣陶作序。姜丹书作《夏丏尊先生传略》。欧阳文彬作《夏丏尊先生年表》。含并存和折中、怎样对付教训和李息翁临古法书序等90篇文。

夏丏尊文集·译文之辑 文集。夏丏尊著。1册。浙江人民出版社1984年初版。《夏丏尊文集》第三卷。含翻译意大利作者亚米契斯《爱的教育》和孟德格查《续爱的教育》2篇。以及幸福的船、恩宠的滥费、夫妇、女难、秋、棉被、读缘缘堂随笔、南传大藏经本生经故事选等篇。

夏丏尊故居 位于浙江绍兴上虞区白马湖边象山脚下。1923年夏丏尊任教于春晖中学,盖平房7间,靠山面水,园内花草点缀。自名"平屋",取"平凡"之意。与李叔同"晚晴山房"、丰子恺"小杨柳屋"、经亨颐"长松山房"联为一体。1991年夏丏尊亲属将平屋赠送上虞市人民政府,由春晖中学管理。现平屋内新辟夏丏尊故居陈列室。

夏丏尊精品集 文集。夏丏尊著。1册。广东世界图书出版公司2010年初版。列入"中国现代文学大师精品集丛书"。前有作者小传。含自序、序跋与评论、怀人集、爱的教育与读书与冥想等编,共收文章58篇。

夏光宇(1890—1970) 江苏青浦(今属上海)人。名昌炽,字光禹、光宇。南社社友。1912年4月5日由叶楚伧、沈文杰、柳亚子介绍入社,入社书编号244。早年入江苏高等学堂,1910年毕业,旋入京师大学堂习土木工科。1913年以土木工科第一届第一名毕业。曾任郑州商埠局局长等职。民国初年协助叶楚伧办《太平洋报》,任编辑、撰稿人。后供职于交通部门,任路政史考工科科长,并两次赴美国考察。1915年作为参加巴拿马万国博览会的中国交通部代表出席万国工程师大会,任国际水利会议中国代表。回国后任广三铁路管理局局长、京汉铁路南段管理局局长等职。1927年任江苏省建设厅第一科科长。翌年去南京担任孙中山丧事筹备委员会主任干事、总理陵园管理委员会总务处处长,主持孙中山陵园陵墓的建设工程。1931年主持全国运动大会体育场的建设工程。1932年任建设委员会主任秘书、铁道部参事等职。曾提出修建武汉跨江大桥之建议。抗日战争全面爆发后任交通部专门委员、设计考核委员会副主任委员,兼任中央设计局设计委员。抗战胜利后任交通部接收武汉区特派员,兼武汉区、平汉区、粤汉区铁路管理局局长等职。为中国工程师学会会员、董事,中国工程师学会武汉分会会长,中国土木工程学会首任会长(后改任董事),中国经济建设协会发起人和理事。1949年离开武汉,寓居香港九龙,后任台湾交通研究所主任,1961年退休。

夏光鼎(1875—约1914) 上海人。字笑龛,号笑盦。南社社友。1912年4月7日由李叔同介绍入社,入社书编号246。

夏光鼎

夏声 期刊名。1908年2月26日在日本东京创刊。撰稿人景耀月、于右任、景定成等。该刊"以开通风气,谫除敝俗,灌输最新学说，发挥固有文明，以鼓舞国民精神”为宗旨。设有插画、论著、时评、学艺、文艺、杂纂、附录、时事汇录等栏目，第七期增加用白话写的通俗讲话一栏。于右任《爱国歌》《剥果词话》，剑华《祝词》，宥前《满江红》等诗词在此刊发表。

夏陆军（生卒年不详） 籍贯未详。南社纪念会会员。

夏昕蕖（1883—1913） 江苏南汇（今属上海市浦东新区）人。名允麐，字昕蕖，一作昕渠。南社社友。1911年3月29日由朱少屏介绍入社，入社书编号134。早年赴日本留学。1906年在日本加入中国同盟会。归国后任职于上海西门宁康里的健行公学。后为提高妇女地位，推动革命发展，遂于松江寓所附近创立清华女校，附设师范科，并将同盟会松江支部机关设在校中。1911年松江光复后任军政分府财政部总务科长。1912年12月27日孙中山曾视察清华女校，并予以表彰。1913年夏因病去世。

夏昕蕖

夏钟麟（1873—1954） 江苏吴江（今苏州市吴江区）人。原名麐，字应祥，号楦耳。南社社友。1909年由柳亚子介绍入社，入社书编号17。1900年前即中秀才。与同邑沈昌眉、沈昌直交厚。1910年沈氏兄弟发起成立分湖文社，即加入之。平时在家设馆授徒，以教书授课为业。36岁开始记日记，数十年日记不辍。雅好书法，尤擅楷书，作品酷似欧阳询。工诗，诗载于《南社丛刻》。

夏桂徵（1892—?） 贵州人。南社社友。1920年12月22日由蔡哲夫介绍入社，入社书编号1087。曾任广州公益女校教员。

夏焕云（1882—?） 江苏淮安人。字倬夫。南社社友、淮南社社友。1910年由周实介绍入南社，入社书编号47。民国成立前曾任教于南京两江师范学堂。

夏淑芳（? —1982） 江苏青浦（今属上海）人。女。是南社社友吴开先的夫人。南社纪念会会员。

夏　雍（1895—?） 浙江定海（今舟山市定海区）人。又名夏维，字秋风。南社社友。1916年4月23日由胡寄尘、姚鹓雏介绍入社，入社书编号592。1914年编辑《新剧杂志》。1915年主编《戏剧丛报》。1916年兼任上海商务报馆编辑。撰有《新剧界之对抗力》《剧史》《新旧剧之比较观》《旧剧与历史》等。

顾平之（1882—?） 浙江海宁人。南社社友。1914年6月由吴相融、柳亚子介绍入社，入社书编号425。民国初年任上海南洋中学教员。后曾在《金钢钻报》任职。

顾曲麈谈 曲学论著。吴梅撰。2册。商务印书馆1916年出版。文艺丛刻。全书共4章，依次为原曲、制曲、度曲、谈曲。论述南北曲的宫调、音韵、作法、唱法诸问题，品评各时期作家作品。尤偏重于昆曲文学，对昆曲声律和创作方法有独到见解，另外对昆曲的发声和演唱方法亦有所论及。

顾　余（生卒年不详） 浙江嘉善人。字九一。南社社友。1913年4月由周斌、周亮才、高旭介绍入社，入社书编号373。1913年5月参加在北京城南崇效寺举行的南社第三次北京雅集。

顾叔惠文稿 诗文集。顾鸣盛撰。不分卷，1册。民国年间抄本。前有徐祖基题识。有文30多篇，以序文为多。如《日用药谱序》《实用警察教科书序》《实扶的里血清疗法序》《精神病一夕谈序》《东西术士要诀序》《新内科临诊指南序》《汪氏医学汇编总序》《救急法及卫生法大意序》《阵中卫生心得小序》《产婆学讲义序》等。有诗近80首。

顾明礼（生卒年不详） 籍贯未详。新南社社员。

顾忠琛（1860—1945） 江苏无锡人。原名忠深，后改名忠琛，字荩忱。新南社社员。清末曾以操练新军担任安徽协统兼安庆武备学堂监督（后来任安徽都督的柏文蔚、江苏陆军第一师师长的洪承典、第三师师长的冷御秋均是其门生）。1907年秋与所部熊成基密谋欲趁太湖秋操之机击杀两江总督端方，不料事泄被捕下狱，幸赖其族叔学部郎中顾栋臣百般解释，遂免死被放逐热河。1911年10月潜归探视母病时适逢武昌起义，即赴苏州谒见江苏巡抚程德全，参与筹组江苏都督府，任参谋厅厅长。辛亥革命后任苏浙沪联军总参谋，1911年12月20日受黄兴委派代表南方与北方代表——保定姚村陆军小学堂监督廖宇春在上海文明书局会晤。1912年1月南京民国临时政府成立，任陆军第十六师师长。1913年7月黄兴在南京发动二次革命，失败后黄兴避往日本、美国，其亦出洋游历。后回国加入新南社。1924年10月10日参加新南社第三次聚餐会。1940年3月任汪伪政权监察院副院长伪职，1944 年 11 月任院长。1945 年 7 月 31 日去世。

顾鸣盛(1879—?) 江苏无锡人。字叔惠，号滨秋。南社社友。1916 年 5 月 15 日由赵茗狂介绍入社，入社书编号 600。曾师事丁福保。1904 年与李平书、蔡小香邀集沪上同仁 30 余人，创立医务总会(后改组为中国医学会)，并任该会所办《医学报》主编。1908 年又主编《上海医报》，以宣传中西医学知识。后又任职于上海进步书局，与南社社友贡少芹共过事。著有《中西合纂验方新编》《中西合纂幼科大全》《中西合纂妇科大全》等。另译有日本冈本爱雄著的《最新实用西法针灸》。

顾宝瑚(1889—1924) 江苏金山(今属上海)人。字珊人，号珊臣。南社社友。1910 年由柳亚子介绍入社，入社书编号 38。1911 年 6 月在北京清华学堂(清华大学前身)任教，并与胡敦复、顾养吾等组织成立立达学社。同年 11 月立达学社同仁相继赴上海筹办学校。翌年 3 月与胡敦复、顾养吾等在上海创办大同学院。1922 年 9 月改称大同大学。1924 年 6 月 6 日病殁于德国柏林。

顾宗况(1876—?) 浙江嘉兴人。字企先，号涤龛。南社社友。1917 年 1 月由张传琨介绍入社，入社书编号 795。

顾南农(生卒年不详) 浙江嘉善人。南社纪念会会员。20 世纪 30 年代曾在上海市通志馆供职，后由南社社友蒯世勋介绍入《大晚报》任事务部主任，直到 1941 年 12 月太平洋战争爆发，《大晚报》停刊。

顾彦祥(1883—?) 浙江嘉善人。字振庠。南社社友。1910 年由陈陶遗介绍入社，入社书编号 41。1911 年 2 月 13 日参加在上海愚园举行的第四次南社雅集。后在上海失踪。

顾养吾(1883—?) 江苏无锡人。原名浩然，又名澄，字养吾，号澄亚。南社社友、南社纪念会会员。1912 年 1 月 28 日由柳亚子、王蕴章、朱少屏介绍入南社，入社书编号 209。1911 年 6 月在北京清华学堂(清华大学前身)任教，并与胡敦复、顾珊臣等组织成立立达学社，培养人才。同年 11 月立达学社同仁相继赴上海筹办学校。翌年 3 月与胡敦复、顾宝瑚等在上海创办大同学院(后改名大同大学)。1912 年 9 月中旬参加在黄兴临时寓所举行的南社第一次北京雅集。后任交通大学教授，并与胡敦复、熊庆来等倡议筹建中国数学会。1935 年 7 月中国数学会在上海交通大学正式成立，担任董事会董事，兼任《数学杂志》主编。

顾　珩(1880—1953) 江苏吴江(今苏州市吴江区)人。字依仁。南社社友。1917 年 7 月 5 日由沈昌眉介绍入社，入社书编号 932。为晚清秀才，私塾先生。家中多藏书，曾为柳亚子搜罗乡邦文献提供不少珍稀藏本(如 1920 年提供的《屺荪诗钞》1 卷，柳亚子抄录副本后专门作了题记)。曾任上海商务印书馆编辑，参与编辑"常识小丛书"(凌昌焕主编)。30 年代初为上海民立中学教员。

顾　骏(1866—?) 江苏金山(今属上海)人。字伯超。南社社友。1911 年 10 月 3 日由沈砺介绍入社，入社书编号 182。

顾悼秋(1893—1929) 江苏吴江(今苏州市吴江区)人。字退斋，一字崧臣，号无咎，别号灵云，别署老服、服媚、神州酒帝等。南社社友、新南社社员、南社湘集社友。1911 年 7 月 11 日由表兄柳亚子介绍入南社，入社书编号 161。世居黎里夏家桥。1915 年秋与梨村诸人发起组织酒社，并在黎里举行酒社第一次雅集。家中富藏书。晚年流寓沪上，与范烟桥、宋痴萍、江红蕉等结云社。擅填词，喜听琴，善吹笛，能绘画，擅书法，篆刻亦佳。曾为自己刻一方印章，印文曰"词人半是娼家妇"，1929 年 4 月 1 日殁于家中。著有《服媚室酒话》《灵云别馆散记》，未刊行。又曾广征里人遗诗，自辑成《禊湖诗拾杂编》《笠泽词征补编》，并佐陈去病编辑《吴江县志》。

顾　瑛(1897—?) 江苏太仓人。女。字缀英。南社社友。1917 年 2 月由柳亚子、张花魂介绍入社，入社书编号 819。丈夫狄君武、姐顾璿，亦为南社社友。

顾期仲(生卒年不详) 江苏吴县(今苏州)人。名大栋，字期仲。南社纪念会会员。

顾葆康(1878—?) 江苏松江(今属上海)人。字稼轩。南社社友。1912 年 4 月 11 日由朱少屏介绍入社，入社书编号 250。早年留学日本，参加中国同盟会。归国后任松江清华女校教员，与南社社友张聘斋为同事。妹顾葆瑢，亦为南社社友。

顾葆瑢(1879—1966) 江苏松江(今属上海)人。女。亦名保瑢，字幼芙，号婉娟，又号怀鹃。南社社友。1915 年 5 月由柳亚子、姚光和丈夫高燮介绍入社，入社书编号 502。1915 年 5 月参加在杭州西湖孤山之西泠印社举行的南社临时雅集。擅诗文翰墨，与柳亚子夫人郑佩宜结为盟姐妹。兄顾葆康，亦为南社社友。

顾舜华(1896—?) 浙江嘉善人。字志瑾。南社社友。1917年11月19日由沈风章介绍入社，入社书编号997。曾在嘉善钟埭镇段墅学校任教。

顾　勄(1879—?) 江苏南汇(今属上海浦东新区)人。字榆清。南社社友。1910年由夏昕蕖介绍入社，入社书编号92。

顾震生(1897—?) 江苏太仓人。字旦平。南社社友。1914年9月由朱少屏、胡寄尘、胡朴安介绍入社，入社书编号464。

顾　璿(1891—?) 江苏太仓人。女。字蝶影。南社社友。1917年2月由柳亚子、郑佩宜介绍入社，入社书编号818。丈夫张花魂、妹顾瑛，亦为南社社友。

致南社社友书 南社文献。田桐撰。载1923年10月21日《民国日报》。抨击辽社有的社员参与国会贿选的行为是一种卖身投靠行为，紊乱国本，凡知耻之士警惕而又畏惧，近者江、浙、皖、鄂各省都采取了制裁行为；指出成立于清末的南社"以文章气节相砥砺"，斥责参与贿选者"甘心从贼，衣冠禽兽"，对这种行径一定要"鸣鼓而攻之"；要求开除参与贿选的议员，投畀豺虎，振作士林。

党人三督传 自传。胡汉民、李烈钧、柏文蔚著。1册。上海书店出版社2000年初版。为胡汉民自传、李烈钧自传和柏文蔚自传合订本。其中，柏文蔚自传含自序、代父课徒·院试中式、愤忧国事·投笔从戎、倡岳王会·鼓吹反清、出走东省·从事革命、提兵西关·光复南京、党人妥协·南北统一、就任皖督·改良省政、癸丑讨袁·兴师淮上、流亡日本·继续奋斗、洪宪登场·回国讨贼、转战西南·投身护法、追随总理·联俄联共、北伐告成·军权被夺、扩大会议·反蒋失败和退隐林泉·特务环伺等篇，记叙了作者人生57年的经历。

党国要人戴季陶最近言论集 政论。戴季陶著。3编，3册。上海大东书局1928年初版。有戴季陶像。含国民党的独立是中国独立的基础、求学与革命、我们要怎样宣传主义、全体的利益与部分的利益、国民政府是为人民造产的政府、中山大学的前途、东方问题与世界问题、三民主义的一般意义与时代背景、本党最近的发展与党员最重要的工作、革命的知识与革命的工作、民众运动的过去和将来、行易知难、三民主义的国家观、三民主义与民众的革命、田中之今昔和孝等篇。

晓行黄浦 诗篇名。五律。胡韫玉作。具体写作时间不详。抒写晓行上海黄浦江所见景色及思乡之情，描写破晓天空高远、空阔，下过雨之后江上空气湿润，风吹动市声高扬，远树含烟，孤帆映日。想起自己故乡皖南美好的山水，抒发早日回去息肩故园的感慨。语言平实，注重诗眼。

晓珠词(四卷合刊附惠如长短句) 词集合编。吕碧城、吕惠如撰。共5卷，线装1册。1937年铅印本。《晓珠词》4卷，吕碧城撰，叶恭绰署端，陈完题《沁园春》、徐沅题《法曲献仙》、樊增祥题《金缕曲》。《惠如长短句》1卷，吕惠如撰。卷一、卷二、四有樊增祥眉批。吕碧城作跋。

哭广州殉义诸烈士(其一) 诗篇名。七律。雷昭性为1911年4月27日广州黄花岗起义失败而作，刊1912年7月14日《南社丛刻》第五集。1911年4月27日同盟会在广州发动起义，遭清军镇压失败。诗篇开头说广州起义准备打到清廷的老巢，誓抵黄龙，不是为了皇帝的宝座，而是为了恢复中华。诗人又以历史上黄帝战蚩尤喻指同盟会义军与镇守广州的清军之间展开的激烈战争，又以王莽新朝末年刘玄、刘秀指挥的汉军在昆阳大破王莽军队，更因恰遇雷雨而获大捷为喻，婉转叙写义军的失败。复以项羽部下8 000名士兵全部在战争中死亡以及秦末齐国田横部下500名壮士尽皆自杀，比喻广州起义中牺牲的黄花岗烈士，结尾痛揭清政府惯于搞株连，斩草除根，但反清革命一定会继续下去。铺陈典故，但诗作仍流畅可诵。

哭太一次狱中原韵(二首录一) 诗篇名。七律。文斐作。具体写作时间不详。南社社员宁太一(调元)1913年6月策动湖北起义，同月26日被捕，9月25日以"内乱罪"被杀害，生前创作有狱中诗多首。此诗热情赞美宁太一长期为国事奔忙、不怕牺牲的献身精神与临难坚守节操的崇高品德，表现了强烈思念烈士的深厚感情。用典自然，托物传情。

哭杨笃生 诗篇名。七律。傅尃作。杨笃生(1871—1911)，原名毓麟，改名守仁，号叔壬，字笃生，湖南长沙人。曾留学日本。1906年加入同盟会。1908年赴英国留学。1911年听说广州起义失败，神情沮丧，于同年7月初在英国跳海自杀。本篇悼念杨笃生，痛感人才凋零。表达时势艰难，极目远望，广州起义许多人才伤亡，令人悲伤。认为牺牲者的灵魂是平等的，没有什么猿鹤、沙虫之分，世上没有梧桐，像杨笃生那样的高洁之士无处安身。抒发深切怀念1911年黄花岗七十二烈士的深情，那些牺牲的抗清烈士常常在自己的梦中出现，在现实生活中，北方军阀割据称王，许多小人张狂得志。叹息许多优秀人才惨遭摧残殆尽，转而怜惜那些兔葵燕麦太凄凉了。议论入诗，直抒胸臆；感时忧国，情见乎辞。

哭宋渔父先生 诗篇名。七律。姜可生作。具体写作时间不详。抒发宋教仁（号渔父）被袁世凯派人暗杀后的沉痛感情，形象反映辛亥革命胜利后北洋军阀统治下社会现实的黑暗和边疆地区敌人的入侵和骚扰，抒写增强革命力量、推翻北洋军阀反动统治的坚定信心。感情深沉，意象新颖、丰富。

哭张伯纯先生（其三） 诗篇名。七律。高旭作于1915年秋。此诗作于南社社员张通典（字伯纯）1915年秋病逝后不久，歌咏张通典生平事迹，抒写张通典在彻底摧毁清朝封建势力的斗争中做出的贡献感动神灵，定会留名青史。以西汉多才的贾谊比喻张通典，说他难拯救危难的祖国，赞扬张通典次女张昭汉精通经史子集，成为女中豪杰。表示想去湖南湘乡向张通典请教，忽然听到张通典病逝的噩耗，失去了求教和支持的机缘。痛定思痛，怎么能白白地作后死者，所以悄悄磨宝剑，磨砺意志，振作精神。感时忧国，感情深厚；用典娴熟，化古入今，融会一体。

哭钝初 诗篇名。七律。陈去病于1913年宋教仁被袁世凯派人暗杀后作。以极度悲痛的心情抒写宋教仁被暗杀后国内的政治低气压，表现诗人怀念宋教仁的深厚感情与忧愁情思，控诉豺狼当道的现实黑暗政治。随着感情的抒发，诗情由悲伤、幽怨转向高昂乐观，深信袁世凯反动统治即将灭亡，漫天烽火必将遍布神州。融情入景，意象新颖。

哭铸三尽节黄花岗（其二） 诗篇名。七律。宋教仁于1911年4月27日黄花岗起义失败后作，刊于1914年3月《南社丛刻》第八集。抒发凭吊黄花岗起义中壮烈牺牲的陈更新（字铸三），因清廷统治下时势险恶而深感不平，以文天祥、岳飞比况陈更新的文才武略，为他31岁的人生像梦境般短促而深感悲痛，赞扬他为民族解放英勇牺牲必定千古留下英名，痛恨自己未能如陈更新那样投入推翻清政府的战斗，也为陈更新烈士付出无价生命而痛哭。感情沉痛，对仗工整。

恩与仇 亦名《多情的女伶》。言情小说。包天笑著。1册。自由杂志社1926年9月初版。叙赵飞霞幼年与母相依为命，贫病交加时受一陆姓女性周济。赵成为红伶后四处寻访该女不得。赵到天津唱戏时，为韦督办纠缠，心中却深恋少年高侠。一天得知高侠和督办夫人在督办府约会，便前去大闹，从一串佛珠上认出督办夫人即是自己当年的恩人陆昭仪。原来陆和高侠本是青梅竹马的未婚夫妇，后被迫嫁与督办。为报当年之恩，赵遂用一种使人假死的毒药让陆服用，救出陆昭仪，欲成全她同高侠的婚姻，不想自己遭高侠误会而被刺身死。

峰泖题襟集·甲集 诗文汇编。张祉浩（破浪）编。4卷，1册。1916年铅印本，春雨杏花楼丛书。高燮作序。诗1卷，有耿道冲、唐幕燕、张定九、张祉浩、仲长风、仲泰时、林伯希、文克勋、祝衍庆、金惟一、吉拉敏、朱玺、沈宗梁、惠从龙、马超群、姜梅伯、沈维贤、朱运新、郁文盛、张孔瑛、惠大受、姚锡钧、俞白壶等人的诗。词1卷，有沈维贤、杨锡章、惠大受、杜重离、钱宗瑜、费源深、唐彦、仲泰时的词。文1卷，有张锡恭、胡长德、张孔瑛、杨锡章、张景良、冯涵初、陆士谔、吴遇春、惠大受、姚锡钧、唐彦、张祉浩等人的文。笔记1卷，收朱玺编《市隐楼偶谈》。

圆梦集：吴梦非、王元振作品汇编 诗词、歌曲集。吴嘉平编。2009年自印。有吴梦非照片。吴嘉平作前言。集吴梦非在美育杂志、民国日报中的文章34篇及在其他报刊发表的文章13篇。又集王元振诗词39首，吴梦非诗词52首和吴梦非、王元振的歌曲作品101首。还附有中国音乐家协会、中国音乐研究所对吴梦非的访谈录，纪念文章6篇，吴梦非先生年表，王元振女士简传等。

钱文蓉（1884—1974） 江苏常熟人。字镜芙。南社社友。1912年5月12日由冯心侠介绍入社，入社书编号275。是前清奖给举人。曾任吏部司务，法部举叙司七品官。民国初年任常熟女子师范学校教员。后历任国立中央图书馆编纂、南京图书馆编辑。1957年4月受聘为上海文史研究馆馆员。

钱贞元（1887—?） 江苏常熟人。字象复，号无我。南社社友。1916年6月7日由陆曾沂介绍入社，入社书编号 620。是时任教于苏州剪金桥巷县立女子高等小学。

钱仲英(生卒年不详) 江苏松江(今属上海)人。名竞。南社社友。由社友介绍入社,未填写入社书,介绍编号 44。曾参加国学商兑会。

钱红冰(1882—1932) 浙江平湖人。名厚贻,字鸿宾,一作鸿炳,别署红冰、顽石。南社社友。1909 年 11 月由高旭介绍入社,入社书编号 22。辛亥前曾任教于松江朱泾镇柘湖学校。骈文、散文都很出色,诗近晚唐。曾参加东林诗社。性嗜杯中物,饮酒半醉,兴致勃发,往往提笔作诗,顷刻而就,有“平湖才子”之称。著有《殉学记传奇》(未出版)。

钱孝女彤管录 一名《彤管录》。诗文集。钱诗棣、钱诗桢编。1 卷,1 册。1924 年铅印本。朱文熊题签。施保昌署端。朱文熊作序。收文传类 12 篇、诗类 45 首和词类 2 阕。

钱园唱酬集附潜园唱酬集 唱酬集。钱诗棣编。2 卷,1 册。潜园 1935 年铅印本。《钱园唱酬集》1 卷,王保譿作序,有 53 人次的唱酬,其中有陶牧、缪朝荃等人,钱诗棣作跋。《潜园唱酬集》1 卷,徐丰泰署端,王保譿作《潜园唱酬集序》。有 240 人次的唱酬,其中有陶小柳、俞剑华等,李澍、钱诗棣分别作《后序》。

钱伯良(生卒年不详) 籍贯未详。南社社友。由社友介绍入社,未填写入社书,介绍编号 63。

钱昌照(1899—1988) 江苏常熟人。字乙藜。南社纪念会会员。1918 年在上海浦东中学毕业。次年赴英国留学,毕业于伦敦大学经济学院,1922—1924 年在牛津大学研究经济。1928—1930 年任国民政府外交部秘书、国民政府秘书、国民政府教育部常务次长。1932—1947 年先后任资源委员会副秘书长、副主任、主任、委员长。1948 年秋出国考察工业。1949 年 6 月由香港到北京,9 月出席第一届全国人民政治协商会议,被选为全国政协委员。后任政务院财经委员会委员兼计划局副局长。为第一届至四届全国人大代表、法案委员会委员、全国政协副主席、民革中央副主席。又曾任中华诗词学会会长,并有诗集出版。1988 年病逝于北京。

钱诗桢(生卒年不详) 江苏太仓人。字宪民。南社社友。由社友介绍入社,未填写入社书,介绍编号 58。兄钱诗棣,亦为南社社友。

钱诗棣(1873—?) 江苏太仓人。字躬行。南社社友。1917 年 4 月 12 日由李循公介绍入社,入社书编号 867。是时任职于太仓通俗教育馆。弟钱诗桢,亦为南社社友。

钱 钧(1885—?) 江苏金山(今属上海)人。字卓然。南社社友。1912 年 11 月 22 日由钱攘白、高旭、姚光介绍入社,入社书编号 359。曾参加国学商兑会。

钱宪僧(1881—?) 浙江绍兴人。字寿萱。南社社友。1914 年 11 月 10 日由叶玉森、白炎介绍入社,入社书编号 476。民国初期任职于安徽省财政厅,与南社社友杨殁侠为同事。

钱祖宪(1884—1926) 江苏吴江(今苏州市吴江区)人。字叔度。南社社友。1909 年 11 月由柳亚子介绍入社,入社书编号 19。是清末秀才。早年执教于黎里树人小学、县立第四高等小学堂,任同里第二高等小学校长。后任吴江中学国文教师。1925 年秋受同邑王绍鏊之邀赴北平,次年即返乡。1926 年 7 月 29 日病逝于同里。编著有《河套新编》《潘节士力田先生遗诗》等。

钱葆珍(生卒年不详) 江苏松江(今属上海)人。字剑秋,号悔翁。南社社友。由社友介绍入社,未填写入社书且未予编号。清诸生。为杨古韫弟子。后执教沪上,余事鬻书。吴昌硕、郑孝胥等名家曾为其制订润例。擅书法,其书上自汉、魏、唐、宋,下逮明、清,合南北宗为一。浙江湖州陈其美墓石牌坊背后镌刻的孙中山诔词,即由其书写。

钱景颜(生卒年不详) 籍贯未详。新南社社员。

钱塘南社研究专业委员会 即“杭州南社研究会”。

钱新之(1885—1958) 浙江吴兴(今湖州)人,生于上海。名永铭,字新之,晚号北监老人。南社社友、南社纪念会会员,银行家。1915 年 5 月 9 日由朱少屏介绍入南社,入社书编号 510。1897 年进上海育才学堂(南洋中学前身)。1906 年毕业后入天津北洋大学,习财政经济学。次年公派留学日本,入神户高等商业学校,攻财经及银行学。1909 年回国后任教于南京高等商业学校。民国初年受临时政府新任工商总长陈其美派遣,赴北京参与接收清王朝旧农工商部,任会计课长。后任中国银行无锡分行经理、上海分行经理。1917 年参与发起成立中华职业教育社,又经张謇介绍任交通银行上海分行副经理、经理。1920 年被推为上海银行公会会长。1922 年 6 月任交通银行总行协理。1925 年 5 月任盐业、金城、中南、大陆等四家银行联合准备库主任及上海四行储蓄会协理。1927年春任上海商业联合会常务委员、江苏省兼上海市财政委员会委员，同年被任命为南京国民政府财政次长，后又任浙江省财政厅长。1929年弃政从商，历任中兴煤矿公司总经理、中兴轮船公司董事长，并长期担任中华职业教育社董事长。1931—1932年任驻法国公使。回国后任上海地方协会副会长、上海南洋中学董事长、复旦大学董事长等。1937年七七事变后，上海成立各界抗敌后援会，与黄炎培、王晓籁、杜月笙、潘公展、沈钧儒等11人组成主席团。同年11月去香港，从事赈济及帮助戴笠进行情报活动。1938年任交通银行董事长。抗战胜利后兼任金城银行董事长等职。1946年返回上海，先后任闸北水电公司、中国盐业公司、上海《新闻报》董事长。1948年又与杜月笙筹建复兴航运公司，任董事长。1949年4月去香港，复兴航运公司亦迁至台湾。中华人民共和国成立后仍任交通银行董事会董事。1958年病殁于台北。

钱模宗(1889—?) 江苏金山(今属上海)人。字迪先。南社社友。1916年由费公直介绍入社，入社书编号717。

钱攘白(1893—1938) 江苏金山(今属上海)人。名润瑗，又名瑗，字景蘧、攘白，号剑魂，别署镜明，斋号守山阁。南社社友。1912年11月由高旭、高燮、姚光介绍入社，入社书编号358。曾参加国学商兑会。绘有《深山练剑图》。

钱攘白

铁云藏龟拾遗附考释 甲骨文研究。2卷，1册。叶玉森编撰。叶氏五凤砚斋1925年石印本。久绍题签。《铁云藏龟拾遗》1卷，叶玉森编，镏启琳署端，有叶玉森像，叶玉森作序，集240版。《铁云藏龟拾遗考释》1卷，叶玉森撰，对前集240版进行考释。

铁世界 翻译科学小说。法国迦尔威尼著，包天笑译。上海文明书局1903年6月出版。叙炼铁村的主人、日耳曼人忍毗因仇恨罗甸人种而秘密制造大炮，准备炮轰法兰西人佐善建立的长寿村。法兰西英雄马克深入炼铁村探究秘密，死里逃生，于千钧一发之际拯救了长寿村民众。忍毗在炮轰计划失败后终于破产，被冻死在密室里，长寿村取得胜利。小说宣扬正义，反对邪恶，将现实与幻想结合，想象大胆，描写生动，充满科幻意味。作者盛赞科学小说为文明世界之先导，输入文明思想最为敏捷，热切呼唤科学大发展。译文的目的是启发民智，以法兰西人英勇反抗日耳曼人的野蛮行径激励国人自立自强，同时也为了纪念友人。开篇《译余赘言》表示，此书由日本森田思轩的日文版本转译而来，翻译过程中将日文名词洗刷大半，留部分较难翻译的名词仍保留原状，并略附小注加以说明。

铁血军总司令范光启宣言书 南社掌故。篇名。1912年元旦中华民国临时政府成立于南京，孙中山宣誓就任大总统。当时，清廷及帝国主义支持袁世凯以对抗革命，孙中山先生宣布北伐，南社范鸿仙请命孙大总统，组建铁血军参加北伐，并亲赴江淮招募五千健儿，组成铁血军，自任总司令。并发表《铁血军总司令范光启宣言书》，出师庐州，分兵南京，进攻颍上、亳州。正当与清军双方交战之际，由于帝国主义的干涉及内部分裂，南北谈判开始，最终南京临时政府总统孙中山辞职，政权被袁世凯窃取。

铁冷丛谈 笔记集。6卷。民权出版部1914年铅印本。刘铁冷撰。卷首有胡仪邷、王无闷、沈东讷、孙家树、秋梦、杨行民、徐振英序各1篇，以及庵虞、懒憎等15人题词。全书内容为颂扬奇侠、义仆、节妇、烈女等，也有鞭挞伪君子的，仿《聊斋志异》之例，略具讽刺小说的意味。

铁冷碎墨 亦名《铁冷碎墨·初编》。短篇小说和散文合集。刘铁冷著，刘晔、张彤主编。6卷，1册。杭州铁冷著作研究会2009年初版，根据1914年上海小说丛报社版复印。有刘铁冷青年时像等插图。含说粹、谭屑、游记、瀛谈、杂著和零缣墨渖6卷。含短篇小说《执牛耳》《棠影》《赘婿》《傲骨》《空谷佳人》《忙了一场空》等10篇，笔记《淮扬十日记》《南都胜览》等。

铁冷新嚼墨 杂著。刘铁冷著。《小说世界》杂志社1924年初版，1926年7月再版。作者身处龌龊世道，不能展其怀抱，“惟有以秃笔碎锦舒展胸中经纬”，“聊以自娱”。全书分4卷：卷一为小说，有艳情篇《金闺第一宵》、警世篇《妾之奇缘》、奇情篇《花月缘》等。卷二为散文、杂记，有《绣帷佳日记》《秋坟遗事》等。卷三为小品，有游戏文章、滑稽谈荟等类，其中“游戏文章”多为讽刺时政、时弊之作，如《戏拟洪宪帝登祚表》《土地奶奶上玉皇大帝书》《逐臭虫文》等。“滑稽谈荟”为自编之笑话，有《打相打》《庸医》等。卷四为笔记，有绮窗识小、清芬诗话。“绮窗识小”内容涉及民间奇闻怪谭，亦多史料。此书所述虽是“红男绿女碎事纷纷，牛鬼蛇神碎言喋喋”，但充溢着作者的沧桑感、孤愤气。

铁肩辣手 南社掌故。1918 年 7 月，邵飘萍在北京创办新闻编译社。同年 10 月又在北京创办《京报》。他在《创刊词》中说：“必使（军阀）政府听命于正当民意之前，是即本报之所为作也。”为了决心要成为当时新闻舆论界的中流砥柱，邵飘萍手书“铁肩辣手”四个大字，悬挂在自己的编辑室。五四运动爆发后，邵飘萍激于爱国义愤，在《京报》上揭露曹汝霖、陆宗舆、章宗祥的卖国罪行，《京报》遂遭到段祺瑞政府查封。后因坚持揭露帝国主义与军阀政府的罪行，1926 年邵亦被军阀张作霖杀害。

秘密女子 奇情侦探小说。英国哈葛德著，贡少芹译。全 1 册。进步书局 1915 年 4 月印行。共 12 章。写意大利名侦探孟尔因对虚无党为改革议院制度而暗杀政敌捺罗利伯爵一事表示同情，被捺罗利之子新捺罗利伯爵诬陷为阴谋暗杀国王而被处死。新捺罗利伯爵又垂涎其女麦绮伦小姐的美貌，于是派人暗杀麦绮伦之新婚夫约翰。麦绮伦遂伪嫁伯爵，私行侦探。她在一位侠女的帮助下，查到新捺罗利伯爵行凶证据，终于将其绳之以法。该长篇小说以类型而言，侦探中混合爱情与侠义；就叙事而论，不少地方杂用中国章回小说技巧。

秘密使者 地理小说。法国迦尔威尼著，天笑生（包天笑）据森田思轩日译本重译。小说林社 1904 年初版。故事发生在俄国国内发生叛乱之时，叛军烧杀抢掠，无恶不作；帝都莫斯科与西伯利亚间的交通被叛军切断，音信不通。禁中队员苏朗笏奉俄皇密令，乔装前往也尔克苦传达密旨，欲挽救皇帝大公爵性命，也是拯救国家于危难，以免生灵涂炭。小说以这一艰险旅途为线索，详细描述了俄罗斯各地的地理位置、山川地形、山脉河流、风土习俗、交通道路、物产气候、民族历史等情况。此书以小说的形式穿插叙述，避免了以往介绍地理知识时枯燥乏味的平铺直叙，实为了解俄国地理知识的入门书。

透视学 美术教学著作。姜丹书著。1 册。中华书局 1933 年出版。为中国早期研究西方透视学的艺术教材。全书分为 10 个部分。详述绘画制图应掌握的远小近大等透视学的根本原理、规律和技法。书中根据人的视点、视线，设定水平、垂直两个标准，将处于不同位置的直线分为 8 类，归纳为 8 种定律。对消失于不同视点的直线形体的透视规律，以及曲线形体的透视规律和阴影、反影的透视原则等，进行科学的研究分析。并附有翔实的应用图例。

笔志 文具研究著作。胡朴安著，萧退闇题词。有自序。1911 年在《国粹学报》上发表。1923 年印在安吴胡氏刊《朴学斋丛刊》第三册中。后收入胡道彦 1983 年在台湾印行出版之《朴学斋丛书》第二集（八）。此书为研究文房四宝之一——笔的发明史、制作工艺以及笔工、收藏、用笔演进的专著。

倾听李叔同 格言别录。梁静编著。1 册。京华出版社 2007 年第一版。含学问类 6 则、存养类 24 则、持躬类 37 则、敦品类 8 则、接物类 34 则、处事类 23 则和惠吉类 5 则。并收录李叔同创作的诗、词、散曲和创作歌曲。附李叔同年表简编。

倭都竹枝词 南社掌故。邓尔雅所作的诗。1906 年邓尔雅东渡日本学习美术，并常在刊物上发表《倭都竹枝词》。

倪中轸（1885—?） 江苏无锡人。字羲抱，号无斋。南社社友。1914 年 6 月由王蕴章、柳亚子、叶楚伧介绍入社，入社书编号 429。民国初期曾任教于上海南市函授国文专科学校。1915 年 3 月与人创办《双星杂志》（后改名《文星杂志》）月刊，提倡国学，刊载京剧与新剧评论等。

倪拱辰（1875—?） 浙江吴兴（今湖州）人。字星垣，号惺园，别号星园。南社社友。1918 年 3 月 30 日由莫质誉介绍入社，入社书编号 1024。

倪清如（1884—?） 江苏崇明（今属上海）人。女。字水月。南社社友。1916 年由陆曾沂介绍入社，入社书编号 611。民国初年曾任职于久隆镇尚平女校。

倦云忆语 笔记散文。程善之著。平装 1 册。江南印刷厂 1914 年印刷。书前有柳亚子诗稿手迹和程善之自序。该书多为作者生活琐事的回忆。全书分《趋庭》《坠欢》《师友》《杂记》《梦幻》5 篇。《趋庭》记载作者儿时成长故事；《坠欢》讲述成年以后的感情经历；《师友》回忆读书时代的老师与同窗以及当时所发生之事；《杂记》多记载生活中经历的一些令其印象深刻的事件。本书最后一篇《梦幻》讲述的多为梦境虚幻之事，亦有当时风俗、迷信之事。

健行公学 学校名。1906年春高旭、陈陶遗、朱少屏等在上海西门外宁康里创办。延请柳亚子担任国文教员，以《黄帝魂》《法国革命史》等为教材，培养革命青年。1907年并入南洋中学。

健忘斋类记 杂录。1卷，1册。庄先识（通百）编。民国年间抄本。录师门剩言13则，为孔子删诗、史记第一等文字、韩文第一杰作、宋人议论、国朝经学之失、读书当以经史为本、学贵宏通、檀弓辩诬、曾文正公古文、彭刚直公、曾惠敏公、霆军纪略、论文语杂述等。

徐大纯（1884—？） 江西赣县（今赣州）人。字只一。南社社友。1912年9月17日由景耀月、仇亮、朱少屏介绍入社，入社书编号307。是时任职于北京《民主报》。1914年5月参加在上海愚园云起楼举行的南社临时雅集。

徐子为（1906—1958） 江苏吴江（今苏州市吴江区）人。名炳恒，字子为，号恒庐。南社湘集社友。少时受业于金松岑、章太炎，又就读于上海文学院，擅长诗文。1933年曾协助创办育英中学，任校董。1936年创办岘塘医院，创立苏、嘉、湖长途汽车股份有限公司，任董事，并开辟平望至南浔的公路。抗日战争全面爆发前历任交通部电政材料处秘书、全国商会联合会执行委员、江苏省商会联合会执行委员、震泽区商会主席。抗战期间参加国民参政会川康视察团，又在黄炎培主持的战时公债劝募委员会内任秘书，兼滇省、沪市特派员及财政部货运管理局专员等职。又在中央银行、中国银行、交通银行三行联合组建的通济公司任经理。抗战胜利后任苏浙皖产业处理局专员、上海市财政局专员、军事委员会东南行辕高参、上海市商会理事、中华工商专科学校校董、中华职业学校校董、苏嘉湖长途汽车公司董事长、吴江县临时参议会副议长及议长等职。中华人民共和国成立后参加江苏和浙江等地纺织工业的筹建工作。工书法，在吴江博物馆内藏有其手迹多幅。

徐天复（1892—1915） 江苏金坛（今常州市金坛区）人。原名裕，字血儿，别署衣谷。南社社友。1912年11月24日由叶楚伧、胡朴安、余天遂介绍入社，入社书编号362。早年参加中国同盟会。1909年任《民呼日报》《民吁日报》记者。1911年在上海《民立报》主持笔政，辛亥革命后为《民立报》撰写之文章，深得于右任欣赏。1912年5月被选为同盟会本部驻上海机关部文事长。1913年1月与邵力子创刊大型文摘刊物《民国汇报》。同年3月宋教仁被刺后，所获证据经其审定后在报纸上首先刊布，影响极大。二次革命失败后与叶楚伧创办《世界杂志》，因揭露袁世凯复辟帝制阴谋遭北京政府通缉。1915年终因积劳成疾，在上海病逝。著有《沪上春秋》《宋教仁先生传略》《宋钝初先生之演辞》等。

徐天复

徐天啸印谱 印谱。徐天啸著，徐成治编。1册。上海开明书社2010年初版。前有徐天啸像；徐枕亚题天啸印谱和题天啸小影等影印件。徐成治作序言和后记。含天涯沦落人印话自序、天涯沦落人印话和各类印章拓印60多枚。每枚均介绍印文、边款、材料和印文面积。

徐文炳（1892—？） 四川南充人。女。字明丽。南社社友。1917年12月12日由李敬婉介绍入社，入社书编号1005。

徐世阶（1883—？） 江苏铜山（今徐州市铜山区）人。字希平，号悔生。南社社友。1915年6月4日由柳亚子介绍入社，入社书编号540。

徐半梦（1880—？） 江苏宜兴人。原名儴，字云石，号涤佛，别号半梦。南社社友。1914年11月10日由叶玉森、白炎介绍入社，入社书编号477。是时供职于北京大理院书记厅。工书法，书摹王梦楼（王文治），因署“半梦”。又喜读李商隐及龚定庵诗，故标其所作为《沧海星辰室文存》《海红楼诗录》。与南社社友黄复同客京师，亦常相唱酬。著有《临池琐语》。

徐亚伯（1885—？） 浙江诸暨人。字侠儿，号公庶。南社社友。1916年10月30日由费公直、高旭介绍入社，入社书编号716。是时任职于江苏金山县张堰警察所。

徐自华（1872—1935） 浙江崇德（今桐乡）人。女。字寄尘，号忏慧，自号忏慧女士。南社社友、新南社社员。1909年由陈去病介绍入南社，入社书编号11。少承家学，笃好典籍。擅诗文，尤长于词。1906年春受聘任南浔镇浔溪女学校长。同年褚辅成荐秋瑾来校任教，两人一见如故，遂订刎颈之交，结为盟姐妹。

是年夏天由秋瑾介绍其与胞妹蕴华一同加入中国同盟会和光复会。嗣后辞去女学校长职赴上海资助秋瑾创办《中国女报》。1907年秋皖浙起义事败、秋瑾于绍兴轩亭殉难后，为营葬盟妹四处奔走。1908年初邀集光复、同盟两会会员陈去病、褚辅成、杨侠卿、徐小淑等组织成立秋社，被举为社长。1909年因遭通缉避居上海。1913年再度赴上海接办竞雄女校，任校长。1916年滇、黔起义时，曾与陈去病策划占领苏州，以助金陵。1935年7月12日病逝。著有《忏慧词》1卷。另有《听竹楼诗集》《秋心楼诗词》《鉴湖女侠秋君墓表》等。今有《徐自华诗文集》行世。妹徐蕴华，亦为南社社友。

徐自华

徐自华诗文集 诗文集。徐自华撰，郭延礼编校。中华书局1990年出版。收文17篇、诗词589首。附郭延礼《徐自华年谱简编》、陈去病《徐自华传》、秋宗章《记徐寄尘女士》、佘十眉《语溪徐夫人五秩寿言》以及陈去病、柳亚子、诸宗元、吴梅等题词。

徐自华故居 位于浙江桐乡崇福镇横街庙弄19号。1873年由徐自华的祖父徐克祥所建，名"颐志堂"，是三厅一过楼的建筑。

徐 冰(1888—?) 浙江杭县(今杭州)人。字公孟。南社社友。1916年7月13日由邵瑞彭介绍入社，入社书编号639。1917年4月参加在杭州西湖葛荫山庄举行的南社临时雅集。

徐声金(1874—1958) 湖北天门人。字难愚，一字兰于，号兰如。南社社友。由社友介绍入社，未填写入社书，介绍编号53。1897年中秀才。1904年春考入湖北两湖师范学堂，次年秋毕业后以官费赴日本留学，先后入弘文书院及日本大学法科，1910年毕业后回国。1911年参加武昌起义，被推为湖北军政府编制部副部长。1912年初任湖北夏口县首任知事兼警察总办。后任湖北省高等检察厅厅长兼湖北法政学堂教习。历任江苏省高等检察厅厅长，甘肃省和河南省高等审判厅厅长、司法行政部参事。30年代任湖南省、河南省高等法院院长，四川省政府顾问等职。中华人民共和国成立后，历任湖北省人民政府司法厅研究委员、参事室参事等职。1958年12月病逝于武昌。

徐作宾(1881—1951) 浙江仙居人。字溥泉。南社社友。1914年9月15日由李叔同介绍入社，入社书编号455。1905年东渡日本留学，入大森体育专科学校，在日本参加中国同盟会。1906年回国执教于上海爱国女校，后任临海耀梓师范学堂教员。1912年应校长南社社友经亨颐之邀任浙江第一师范学校体育教员，与南社社友夏丏尊为同事。1917年4月参加在杭州西湖葛荫山庄举行的南社临时雅集。1924年去广东，后在国民革命军东路军总指挥部党代表办事处任职。1927年2月任浙江省义乌县县长，同年5月被恶势力排挤而丢职。1938年会同一些知名人士向政府建议恢复仙居初级中学校，由其负责筹建，经克服重重困难终使学校如期开办，惠泽桑梓。

徐 英(1902—1980) 湖北汉川人。字澄宇，笔名沉玉、枕玉，别署天风阁主，室名天风阁。新南社社员、南社湘集社友。早年毕业于北京大学文学院、中国大学哲学系。为人素负才名，工诗古文辞，尤精七律，为章行严所推重。自20年代起前后40年间历任上海交通大学、大夏大学、暨南大学、安徽大学、河南大学、政治大学、中央大学等校文科教授，1949年后任东吴大学法学院文史教授及复旦大学中文系教授。40年代曾任中国国学会会长、考试院委员。1962年11月受聘为上海文史研究馆馆员。1980年病逝于上海。著有《天风阁集》《诗经学纂要》《国学大纲》等。尚有七言和五言律诗、古体诗、绝句3 000余首散见于《安徽大学学报》月刊和季刊、《国民日报》副刊、《申报》副刊、《新民晚报》副刊等。夫人陈家庆，为南社社友。

徐枕亚(1889—1937) 江苏常熟人。名觉，字枕亚，别署徐徐、辟支、眉子等。南社社友，作家。1917年8月28日由姚民哀介绍入社，入社书编号951。早年毕业于虞南师范学校，曾当过小学教员。1912年由其兄啸亚(亦为南社社友)介绍应聘为《民权报》新闻编辑。因《民权报》反对袁世凯推行帝制被迫停版后，转入中华书局，任编辑。1914年5月与刘铁冷等集资创办《小说丛报》，任主编。1918年独资创办清华书局，同年8月《小说季报》月刊创刊于上海，由其编辑、发行。1922年与

徐枕亚

许廑父主编《小说日报》。1925年五卅惨案发生后，任常熟市民声援沪案委员会执行委员。1934年将清华书局盘给大众书局后，回常熟开设“乐真庐”。1937年9月27日卒于家乡。工书法，1922年曾为中共机关刊物《向导》周报题写报头。生平著述甚多，擅以四六骈体文和香艳诗词作长篇哀情小说，其中以《玉梨魂》《雪鸿泪史》最为有名。此外还有《秋之魂》《余之妻》等长篇，又辑有《锦囊》《谐文大观》《广谐铎》等。

徐宝泰(生卒年不详) 江西九江人。字公穌。南社湘集社友。

徐宗鉴(1882—?) 江苏常熟人。字粹庵，号维公，别号惕僧。南社社友。1912年2月21日由费公直、柳亚子、邹铨介绍入社，入社书编号217。民国初年曾任沪军都督府科员，为周实案，力证姚荣泽之罪。1914年5月参加在上海愚园云起楼举行的南社临时雅集。1916年4月参加在上海徐园双清别墅举行的南社临时雅集，同年8月和9月参加在北京中央公园上林春及北京徐园举行的南社第六、第七次北京雅集。

徐绍棨(1879—1948) 广东番禺(今广州)人。字信符，号舜符。南社社友、广东分社社员。1916年12月由蔡哲夫、胡伯孝介绍入南社，入社书编号737。早年肄业于学海堂、菊坡精舍。后与胡汉民、朱执信、史坚如等组织群智书社。又与南社社友姚礼修等组织广州诗钟社。1917年3月参加南社在广州六榕寺举行的广东分社第一次雅集。终身从事教育，历任广东师范学堂、广东大学、中山大学、岭南大学、广州大学等校讲师、教授。曾兼任广东省立图书馆馆长、广东编印局委员及修志局编纂等职。又创办广雅印行所，刊行“广雅丛书”。抗战期间避居香港、澳门，1946年返穗，任中山大学教授兼广东省文献馆理事等职。生前致力于乡邦文献搜集，筑有南州书楼，室名南州草堂，私人藏书甚富。著有《广东藏书纪事诗》等。

徐 珂(1869—1928) 浙江杭县(今杭州)人。原名昌，又名珂，字仲可，别署中可、仲玉等，室名天苏阁、纯飞馆等。南社社友。由社友介绍入社，未填写入社书，介绍编号67。1889年举人，曾官内阁中书。1898年在北京先后加入保国会和保浙会，赞同变法维新。戊戌变法失败后回到杭州。1901年移居上海，从事著述。次年入上海商务印书馆编译所，任《东方杂志》编辑。1908年参加《辞源》编辑。善诗工词，勤于著述。平时好野史杂谈，辑成《清稗类钞》。还辑有《国难稗钞》《晚清祸乱稗史》等。又博通掌故，寓居上海时交友甚多，且多为南社社友，颇为人称誉。1922年7—8月间参加在上海福生路(今罗浮路)俭德储蓄会举行的南社临时雅集，同年秋冬间黄宾虹曾为其作《天苏阁》《纯飞馆》两幅图。1928年去世。还著有《真如室诗》《纯飞馆词》《近词丛话》等，撰有《天苏阁丛刊》。

徐思瀛(1875—?) 浙江德清人。字梦鸥。南社社友。1915年由丁三在介绍入社，入社书编号532。1916年8月参加在上海愚园倚翠轩举行的南社临时雅集。

徐砥平(1902—1979) 江苏南通人。新南社社员、南社纪念会会员。早年毕业于上海震旦大学，后留学法国，获法国格勒诺布大学法学博士学位。1928年回国后，曾任上海法政学院教授。1929年应聘任厦门大学法学教授，次年2月起兼任该校法律系主任。1931年离校，历任国民政府立法院外交委员会秘书、上海法政学院教授、上海法商学院教授等职。抗战胜利后，任上海高等法院筹备处专员，奉命接收提篮桥监狱，后任代理典狱长。1946年1月离职，继任上海暨南大学教授。中华人民共和国成立后任上海中华工商专科学校、上海外语学院等校教师。1979年7月病逝于上海。著有《国际私法》等，译著有《公法的变迁》《〈拿破仑法典〉以来私法的普通变迁》等。

徐 倩(生卒年不详) 江苏吴江(今苏州市吴江区)人。字琼仙，号老兰。南社湘集社友。

徐 浦(1895—?) 江苏吴江(今苏州市吴江区)人。一名问礼，字孟廉，号剑珠。南社社友、南社纪念会会员。1917年7月30日由朱剑芒、陈洪涛介绍入南社，入社书编号946。是时供职于苏州桃坞中学，与南社社友沈觉人为同事。

徐朗西(1885—1961) 陕西三原人。字应唐，一字秦生，号峪云，别署峪云山人。南社社友，西洋画家。1911年6月9日由俞锷介绍入社，入社书编号155。早年留学日本铁道学校，加入中国同盟会，1910年回国。二次革命失败后在上海创办《生活日报》，任主笔。又与朱执信共办《民意报》。1914年夏任中华革命党党务部第五局局长。次年12月参与策划肇和兵舰起义。1916年8月参加在上海愚园倚翠轩举行的南社临时雅集。1927年3月参加上海工人第三次武装起义。1931年接办上海新华艺术专科学校，任校长。抗日战争全面爆发后与中共地下党组织建立联系，掩护、营救革命人士。1949年9月出席第一届全国人民政治协商会议。后历任第二届上海市政协委员，第一至三届上海市各界人民代表会议代表，第一、二届上海市人民代表大会代表。著有《艺术与社会》等。

徐啸亚（1886—1941） 江苏常熟人。字天啸，别署秋槐室主、天涯沦落人。南社社友。1917年8月28日由姚民哀介绍入社，入社书编号950。1912年入《民权报》社主笔政，撰写社说及评论。1914年创办《小说丛报》，还曾主持《黄花旬报》笔政。后赴广东主编广州《大同日报》。返回上海后任青年会中学国文教员，后在国民政府考试院任职。工书法，擅写草书，尤工刻印，颇得时誉。长于小说，著有《湖上百日记》《鸳鸯梦》《太平建国史》等。弟徐枕亚，亦为南社社友。

徐　深（1877—?） 江西金溪人。字亦生。南社社友。1918年1月24日由杨赓笙、孙仲瑛介绍入社，入社书编号1017。曾在广州农林试验场供职。

徐超群（1889—?） 浙江江山人。字伯耕。南社社友。1918年3月1日由邵瑞彭介绍入社，入社书编号1023。

徐　策（1878—1942） 浙江海宁人。又名徐张策，字励身，号骝良。南社社友。1918年由蔡哲夫介绍入社，入社书编号1037。早年留学法国达贝尔工程大学，毕业于巴黎铁道大学，懂英、法、德等国文字，并精通世界语。回国后曾创办铁路讲习所，当时在铁路界曾有“北詹（天佑）南徐”之说。清末曾以中国总代表身份出席万国铁道会议，并考察欧洲10余国的铁道工程。辛亥革命前加入中国同盟会。后曾因参加讨袁被通缉。以后大半生从事勘测及铁路土木工程，曾任浙赣、陇海、津浦、平汉等铁路总工程师。沪杭铁路勘测、制图即出其手。抗日战争全面爆发前在南京参谋本部城塞组，从事由城内富贵山通至城外紫金山之地下隧道工程建设。1938年后在昆明参加修建公路工程，任滇川公路督察工程师。1942年12月22日去世。撰有《全国铁路路线意见书》（获交通部第二名）。亦精历法，留有遗稿《子午历》1册。

徐道政（1866—1950） 浙江诸暨人。字平夫，一字平甫，号病无。南社社友。1914年9月18日由李叔同介绍入社，入社书编号457。为1903年举人，京师大学堂肄业，获文学士学位。后执教于浙江两级师范学堂及浙江省立第一师范学校，任国文教员。1915年5月参加在杭州西湖孤山之西泠印社举行的南社临时雅集。1919年任浙江省立第六师范学校校长，兼教中国文字学。在任期间联合台州各界人士成立救国会，编印《救国旬刊》。擅长书法，能奏古琴。撰有《中国文字学》《得古琴记》《浙江第一师范校友会志序》等，辑有《诸暨诗英》。

徐　鹏（1894—?） 江苏如皋人。字负天。南社社友。1918年5月4日由莫质誉介绍入社，入社书编号1027。

徐韵笙（1891—?） 江苏太仓人。字兰毓。南社社友。1917年2月由柳亚子、张花魂介绍入社，入社书编号820。

徐溥霖（生卒年不详） 籍贯未详。南社社友。由社友介绍入社，未填写入社书且未予编号。民国初期曾任上海《中华新报》编辑。

徐蔚南（1900—1952） 江苏吴江（今苏州市吴江区）人。原名毓麟，字蔚南，笔名徐卓呆、半梅、泽人、泽生。新南社社员、南社纪念会会员，作家、文学翻译家、出版家。早年毕业于吴江第三高等小学，后入上海震旦学院。1917年获官费留学日本，毕业于庆应大学。回国后至绍兴第五中学教国文。1923年创办《新盛泽报》和《前进》半月刊，并加入上海青年进步学会。同年加入文学研究会，在上海与南社社友王世颖等发起成立黎明社。1926年到上海复旦实验中学任教。后历任浙江大学、上海大夏大学、复旦大学及上海艺术学院等校教授。1928年主持上海世界书局业务，主编“ABC丛书”。1932年上海市通志馆成立后，被聘为通志馆编纂部主任。1934年12月组织上海市年鉴委员会，任主席，主持出版《上海市年鉴》。又与南社社友吴静山等发起成立上海通社，任编辑。多次参加新南社和南社纪念会雅集活动，1936年被推为南社纪念会增设的编辑部主任。1935年起历任上海市博物馆董事、博物馆历史部主任、南京国民政府中央宣传部主任秘书、重庆国民参政会秘书长等职。抗战胜利后恢复上海市通志馆，任副馆长，并参与《民国日报》复刊，任该报副刊《觉悟》的主编，又兼任上海大东书局编纂主任。中华人民共和国成立后任上海市文献委员会代理主任委员，并在上海市文化局任职。著有短篇小说《奔波》《都市男女》《水面桃花》等，散文集《春之花》《艺术哲学》《中国美术工艺》等，译有《她的一生》《莫泊桑小说集》，撰有《南社在中国文学史上的地位》。善作草书，颇为世重。其从兄徐蘧轩，为新南社社员。妻吴企云，为南社纪念会会员。

徐蕴华（1884—1962） 浙江崇德（今属桐乡）人。女。字小淑，号双韵。南社社友，诗人。1909年由陈去病介绍入社，入社书编号12。早年就读于南浔镇浔溪女校，后毕业于上海爱国女校。1906年由秋瑾介绍加入中国同盟会和光复会，并协助秋瑾创办《中国女报》，任编辑。1907年7月15日秋瑾殉难后，与其姐徐自华等共同为女侠秋瑾购地立碑营冢于西泠桥畔，并秘密结秋社。1910年出任吴江贞丰女校教师。1912年任职于上海竞雄女校。1914年8月出任崇德女子师范学校校长，并创办女子师范讲习所，自任所长。1927年初出任国民党浙江省党部妇女部长，同年四一二反革命政变后辞去部长职，仍归故里担任晚村小学校长。1929年崇德女校与乙种商业学校合并为崇德第一高等小学后，任校长多年。1934年任崇德女子中学校长。抗战胜利后去台湾，1948年又折返大陆。1956年4月受聘为上海文史研究馆馆员。1962年7月13日逝世于上海。工诗词，一生诗作颇丰，早年有《双韵轩诗稿》，著有《忆秋瑾》《徐寄尘史略》等。丈夫林景行、姐徐自华，亦为南社社友。

徐蕴华

徐蕴华、林寒碧诗文合集 诗文集。徐蕴华、林寒碧著，周永珍编。1册。社会科学文献出版社1999年初版。列入国际南社学会“南社丛书”。柳无忌作总序。前有编例。文怀沙作序。《徐蕴华诗文集》含徐蕴华诗集、徐蕴华词集、徐蕴华文集和徐蕴华信函。《林寒碧诗文集》含林寒碧诗集、林寒碧文集和林寒碧信函。附录含纪念诗文、酬唱题赠、年表及谱表、林北丽诗文集。周永珍作编后记。

徐蕴真（1897—?） 江苏常熟人。女。字药依。南社社友。1917年4月26日由朱少屏介绍入社，入社书编号877。是时就读于上海爱国女校，与南社社友莫怀珠为同学。

徐德培（1878—1951） 江苏兴化人。字笃夫，亦字笃甫，号南邨，又号南村。南社社友。1916年由赵正平、周亮才介绍入社，入社书编号689。早年执教于南京两江师范学堂，任算学教员。后应南洋群岛中华商会之聘，任教于爪哇市中华学校及印度尼西亚和奥地利等国。民国成立后曾任北京《民苏报》馆职员、国民政府交通部电政司佥事科长、汉口电话局局长、交通部参事等职。1916年9月参加在北京徐园举行的南社第七次北京雅集。1949年4月16日参加在北京中山公园来今雨轩举行的南社、新南社最后一次联合临时雅集。中华人民共和国成立后，1951年7月受聘为中央文史研究馆馆员，同年12月病故于北京。著有《盐铁论集释》《中国历代币考》《南村诗文集》等。

徐　毅（1893—1962） 江苏吴县（今苏州）人。字弘士，号铁儿。南社社友、新南社社员、南社湘集社友。1917年10月6日由叶楚伧、王大觉介绍入南社，入社书编号986。早年就读于苏州高等学堂，毕业后先在上海女子中学任教，后任《民呼日报》《民国日报》编辑。1925年3月孙中山逝世后，任国父葬事筹备处上海联络处书记。抗战时期先后任国民党中央党部文书科长、处长、专员等职。喜吟咏诗词，一生的大事每每以诗词记录。

徐澄宇论著第一集 文学研究专著。徐英著，陈家庆编。1册。上海华通书局1933年初版。黄侃署签。收唯生篇、性善篇、广论语骈枝纠谬、文选类例正失、书秋蟪吟馆诗后、覆杜公书、匡谬正俗、国学大纲序例、论近代国学、论近代风俗和致教育部长论景印四库全书珍本事11篇，系均曾刊布于海内各杂志报章的论文。汉川徐氏天风阁1937年又出增订版。含收唯生篇、汉学论略、九流余绪、性善恶辩、骈文留别、散文留别、书秋蟪吟馆诗后、复杜公论文书、治学总略、复潘生论词为诗余书、论近代国学、论近代风俗、文选类例正失、广论语骈枝纠谬、匡谬正俗、致教育部长论影印四库全书珍本事、诗经学纂要序旨、论都、沈德潜明清诗别裁书后、明清文学辩源、诗话学发凡、十五年来所谓白话文运动之总检讨和读经评议23篇。

徐蘧轩（1892—1961） 江苏吴江（今苏州市吴江区）人。原名兆麟，字蘧轩，笔名老癯。新南社社员。早年就读于盛湖公学。后至上海入龙门师范学校（江苏省立第二师范学校），毕业后赴日本考察教育。回国后历任绍兴浙江省立第五中学、鄞县县立女子中学、上海惠中中学、裨文女子中学等校教员。1923年与从弟南社社友蔚南共同创办《新盛泽报》，任主编。翌年协助柳亚子筹建国民党吴江县党部，成员有邵力子、邵季昂、朱季恂、陈亨利等多人。后任盛泽红木桥小学校长。北伐以后赴上海，先后任上海《民国日报》《大晚报》和上海市通志馆编辑。又与南社社友吴静山等合办《通报》。中华人民共和国成立后任职于上海市人民政府秘书处、上海市文献委员会、上海历史博物馆等。1961年12月15日病逝于上海。

徐　麟(1891—1974)　江苏吴江(今苏州市吴江区)人。字泉孙，亦字泉声，号麟书，又号芳洲。南社社友。1916年2月由钱祖宪介绍入社，入社书编号582。江苏省立苏州第一师范学校毕业，后留校任教多年，并任教于吴江县立第二小学。1923年第一师范在吴江设立农村师范分校，延聘其为教员，兼任训育员。1926年至南京任财政局文牍课长。1927年以后因病返家休养。喜藏书，收藏秦汉以来名家著作2 000余册。亦擅书法。早年诗稿墨迹有些藏于吴中书香轩主人家。

殷人庵(1887—1915)　湖南长沙人。名仁，字人庵，一作人菊，又字仁安，号三一先生，别号香坡居士。南社社友。1912年10月21日由邓家彦、胡朴安、汪洋介绍入社，入社书编号347。曾留学日本。民国初年在《中华民报》任职，与南社社友管际安、张涤洲、程善之为同事。曾为上海《女权》月刊撰《女权报序》。1915年先后在《南社丛刻》上发表《登凌云阁——阁在日本东京高十三级》《与南社诸子书》及《民国三年元日庐山晓望》等作品。1916年9月参加在北京徐园举行的南社第七次北京雅集。

殷汝骊(1883—1940)　浙江平阳人。字铸夫，号桂公。南社社友。1912年10月3日由周志成、朱少屏、朱叔建介绍入社，入社书编号315。早年在家乡创办卫西初等小学堂，提倡新学。后毕业于上海震旦大学。1908年留学日本，入早稻田大学经济科，并加入光复会和中国同盟会。1911年毕业后回国，任湖北法政学堂教习。翌年1月被推为南京民国临时政府临时参议院议员，并与南社社友褚辅成、沈钧儒等发起成立中华民国国民共进会，任统一共和党常务干事。1912年9月中旬参加在黄兴临时寓所举行的南社第一次北京雅集。二次革命失败后流亡日本，主持东京志成学校校务。次年8月在日本参与发起成立欧事研究会，同年回国后在上海创办《时事新报》。1916年夏任北洋政府财政部次长，8月参加在北京中央公园上林春举行的南社第六次北京雅集。1920年任琼崖实业交通事务处处长。后又回上海与褚辅成、沈钧儒等一起主持全浙公会。1923年任《中华新报》经理，并设副刊《创造日》为创造社成员提供舆论阵地。1925年任江苏省银行总经理。1927年4月任福建省政府委员兼盐运使。1932年任国民政府文官处参事，后辞职到上海经商，任会计师。并担任旅沪全浙公会主席团主席、东北义勇军后援会常务理事等职。1937年抗日战争全面爆发后迁居四川，晚年喜好书画。1940年病殁于成都。著有《开发琼崖计划书》《琼崖调查记》等。

殷剑侯(1888—约1945)　江苏吴江(今苏州市吴江区)人。名砺，字剑侯。新南社社员。1904年入同里自治学社高级班，旋与柳亚子为同学。1923年参加新南社。同年印行《春雨楼集》。1924年后曾任黎里第四区女子学校校长。终生以教育为业，一直在小学任教。

殷虚书契前编集释　甲骨文研究。8册。叶玉森撰。上海叶葓渔先生遗著同人会1934年影印本。书前有叶葓渔先生遗像和叶玉森所写序。《殷墟书契前编》8卷，收录罗振玉自藏及别家所藏甲骨拓片2229片，1913年初版，1932年修订再版，为研究殷墟书契的重要资料。叶玉森就“前编”加以考释，以书中所收拓本为纲，按片、按字列举前人成说及叶氏自己的研究心得，撰为此书。书中凡例称：“采众说悉依其著作印行之年月，先后为序。……后袭前者概置不录，有引申者仍节存之。……时贤有纠正前书者亦特著之。”

爱国女学校　学校名。资产阶级革命派创办的学校。由蔡元培、蒋智由、黄宗仰、林少泉、陈梦岐、吴彦复等于1902年冬创立于上海登贤里。初推蒋智由为总理，后由蔡元培继任。学校学生多为爱国学社社员妻女，以培养资产阶级革命人才为宗旨，开设法国革命史、俄国虚无党历史、理化知识等课程。1908年被迫解散。

爱国英雄小史　文言笔记选集。王瀛洲编。平装1册。上海交通图书馆1917年8月铅印本。卷首有江亢虎《名著小说一千种〈弁言〉》、王瀛洲自序。卷末有吴绮缘跋。全书分上、下两编，选收李涵秋、周瘦鹃、成舍我、吴绮缘等30位作家以时代真实英雄为原型的小说,吴绮缘评点。

爱的教育　日记体小说。意大利亚米契斯著,夏丏尊译。上海开明书店1926年初版,先后印行30余版。此书叙述一个意大利市立小学三年级的学生安利柯所写的一学年之纪事,记录他在校内校外之见闻及感想。日记涉及的人物有他的父母、姐姐、校长、同窗朋友、少年爱国者、烟囱扫除人、兵士、级长、少年侦探、贫民、少年鼓手、小小的卖艺者、盲孩、七十八号的犯人、格里勃尔第将军等;涉及的活动有愉快的行为、乡野远足、奖品授予式,到贫民窟、铁工场、监狱、畸形儿学院、聋哑学校参观等。通过这些人与事,安利柯得到了丰富的感情教育与爱的教育。译文忠实、晓畅,"是无数少年儿童成长过程中的良师益友"。

爱祖国歌　诗篇名,南社掌故。歌行体。高旭作。原刊《新小说》第八号(1903年8月15日),署名自由斋主人。抒写诗人拯救祖国的强烈责任感,抒发祝祖国壮健、康强的激情,表达祖国历史悠久、贤人辈出,应该在20世纪与世界各国竞争的强烈愿望。表现诗人因祖国在列强入侵、清政府黑暗统治而命运悲惨的悲伤情怀,抒发诗人求索祖国前途的豪情,热切期盼祖国成为平等之乐园,深信祖国未来会大放异彩,表现自己愿意成为祥风,一无阻挡,激起祖国自由的锦潮,祖国盛开文明鲜花的强烈愿望,抒发自己永远热爱祖国的深情。诗作感情激越、深厚,层层推进,运用拟人化手法,读来格外亲切。

奚　侗(1876—1939)　安徽当涂人。字度青,号无识。南社社友、南社湘集社友。1912年9月14日由叶玉森介绍入南社,入社书编号305。清附生。后毕业于日本明治大学法科,获法学士学位。1909—1911年先后任镇江地方审判厅推事,清河、吴县地方审判厅厅长。1914年起历任海门、江浦、崇明等县知事。1933年受聘于当涂县修志局,参与编纂《当涂县志》。抗战期间寓居南京治学自娱。工诗文,通训诂,善诠释。《南社丛刻》《南社湘集》均录有其作品。著有《庄子补注》《老子集解》《说文采正》等。

奚燕子(1876—1940)　江苏南汇杜行(今属上海市闵行区浦江镇)人。名囊,字生白,一字申伯,号燕子,别署江南燕子、在林、莲侬。南社社友、南社纪念会会员。1916年6月4日由张心芜、姚鹓雏介绍入南社,入社书编号593。早年家道丰厚,人称"浦左首富"。才思敏捷,擅绘事,工词章,所作《咏燕诗》《咏燕词》脍炙人口,传诵一时,人称"奚燕子"。曾与南社社友戚饭牛结金兰契,1914年与戚饭牛合辑《销魂语》月刊。曾为《国魂报》主要撰稿人,是"国魂九才子"之一。又参与丽则吟社。1921年受聘为新世界游艺场《新世界报》总编辑,并为《社会日报》撰稿。著有《香雪词》《燕子吟诗抄》《玳梁余墨》等。

翁之光(生卒年不详)　广东潮安(今潮州)人。南社纪念会会员。

翁同龢与戊戌维新　文集。萧公权著,杨肃献译。台北联经出版事业公司1983年初版。《萧公权先生全集》之一。有出版说明。汪荣祖作弁言。含导言、翁同龢的学术与心术、翁同龢与时人的渊源及关系、翁同龢与两宫的关系、翁同龢与康有为和翁同龢的罢黜及其意义等章。

胶澳接收纪念碑铭　南社掌故。铭文名。由王大桢撰写。1921年,王大桢曾被聘为参加华盛顿会议的中国代表团咨议。在出席会议的外交场合,由于他的精心策划,迫使大会签订承认中国独立、主权完整的《九国公约》。后又曾任中国青岛接收准备会委员。1922年中国收回青岛后,他又主持中国收回胶澳主权的具体事宜。在胶澳接收一周年之际,王大桢撰写《胶澳接收纪念碑铭》。此碑铭为四言叙事体铭文。

留日女学生会杂志　期刊名。1911年6月在日本东京创刊。为留日女学会所创办,湖南唐群英主编。季刊。以注重道德,普及教育及提倡实业、尊重人权为宗旨。其编辑方针是"总期内容完美,立论平和,辩而不华,质而不俚,以合社会心理"。主要栏目有图画、论说、译著、科学文苑、谭丛、小说、白话、来稿、附录等。

留诀内子　南社掌故。七言诗题。1921年,廖仲恺在广东石龙镇被粤军总司令陈炯明囚禁,在死亡威胁面前,作七言诗《留诀内子》,与夫人何香凝诀别。

留芳记(第一集)　历史小说。包天笑著。中华书局1925年出版,文明书局再版。伶人梅巧玲认识了来京会试的傅留青,成为知己。巧玲接济傅银子三千,傅执意立下借条,但未及奉还,怎奈傅先病死他乡,令老仆担心不已。吊丧时巧玲当众焚毁傅的三张借条。多年后巧玲梦见傅授其兰花,恰此时她二媳产下一子。为纪念傅,巧玲给其起名兰芳。巧玲及其次子亡故后。巧玲的长子到庚子事变后在京占卦的吴子佩那里去拆字，决定送兰芳学戏。吴则考入保定军校。1911年武昌起义，黎元洪被推举为都督，十多个省份宣布独立。清政府无奈请袁世凯复出，接管了军政大权。此时孙中山回国，袁派唐绍仪议和。各省投票，孙当选为临时大总统。辛亥年元旦就任，中华民国元年开始。

鸳鸯血、红丝网 奇情小说集。陈栩园(蝶仙)著。上海中华图书馆1917年6月出版。《鸳鸯血》于1912年11月20日至12月1日在《申报》连载，冠为奇情小说，以文言形式，用全知视角叙述了叶斐兰与孟载兰、孟莘淮两兄弟的爱情纠葛，其中还夹杂了孟载兰与苏媚梨的姻缘故事。《红丝网》于1914年2月13—19日在《申报》发表，归类言情小说，述男女主人公反抗父母包办婚姻私自出逃，因机缘巧合而相遇，最后才知对方就是当初父母定下之人。两篇小说开始均曾在《申报·自由谈》连载，故说书人痕迹较重。展示了近代小说蜕变的艰难历程。

鸳鸯梦 章回言情小说。贡少芹著。进步书局1915年4月初版。书叙苏州某少年自小与父亲同僚之女订婚，将要成婚之际，双方父母相继去世，少年只得投奔父友，渐与其女爱姑互生情愫。爱姑后母与人通奸，被爱姑撞见，后母怕奸情败露，故意撮合某少年与爱姑苟合，又逼迫他俩私奔。爱姑半路小产，少年将爱姑藏匿家中。少年未婚妻得知后暗自嗟叹，但终于予以谅解，决定与爱姑同嫁少年。不料爱姑得知家父、外祖母相继病故后，悲伤病殁，少年也随之离世。未婚妻将他俩合葬一穴，自己则守节终老。

凌光谦(1899—1974) 江苏吴江(今苏州市吴江区)人。字诵益，号吉六，别署结绿。南社社友、新南社社员。1917年8月4日由费荣锦介绍入南社，入社书编号948。早年就读于上海圣约翰大学。1924年10月10日参加新南社第三次聚餐会。30年代初在上海执律师业，在业界颇负盛名。夫人柳慧依、从弟凌颂南，亦为新南社社员。

凌仰霄(1896—1928) 江苏吴江(今苏州市吴江区)人。名圻，字仰霄，号秋蝉。南社社友。1917年11月14日由朱剑芒、凌景坚介绍入社，入社书编号994。

凌昌焕(1873—1947) 江苏吴江(今苏州市吴江区)人。字文之。新南社社员、南社纪念会会员。1900年到上海，进入刚成立不久的南洋劝业会研究会。1906年入上海商务印书馆编译所，任编辑。1907年被聘为上海浦东中学教员，后又任上海南洋中学教员。1912年6月重回商务印书馆，从事编译工作。1922年任编译所博物生理部编辑。1932年一·二八淞沪抗战中因商务印书馆遭日机轰炸损毁惨重停业，失业后避居浙江西塘女儿家。后又到上海，在上海中华教育工艺厂供职。1947年在西塘去世。从事编译工作达20余年，主编有"常识小丛书"，辑有《共和国教科书新理科教授法》《新法理科教科书》《动物学大辞典》等数十种。

凌颂南(生卒年不详) 江苏吴江(今苏州市吴江区)人。是南社社友凌光谦从弟。新南社社员。1924年10月10日参加新南社第三次聚餐会。

凌鸿年(1879—1962) 广东番禺(今广州)人。字去愚。南社社友、广东分社社员。1917年3月23日由蔡哲夫介绍入南社，入社书编号844。早年毕业于广东将弁学堂。1900年留学日本，在日期间参加中国同盟会。辛亥革命后曾作为南方政府代表之一参加南北和谈。1917年3月参加南社在广州六榕寺举行的广东分社第一次雅集。1919年出任广东省警察厅厅长。中华人民共和国成立后曾任番禺市政协委员。1962年在故居"愚园"中去世。

凌景坚(1897—1951) 江苏吴江(今苏州市吴江区)人。字昭懿，一字太招，号莘安，又号莘子，别署凯成。南社社友、新南社社员。1915年6月6日由王大觉介绍入南社，入社书编号542。1915年参加酒社，同年参加范烟桥创建的同南社。1917年汇集诗作辑成《紫云楼诗》一集，柳亚子为其撰序。家藏古籍颇多，柳亚子搜罗乡邦文献时得益不少。工诗。30年代初曾为《大分湖报》主干。著有《紫云楼诗集》《惜秋花馆诗钞》。

凌蕙纕(1897—1929) 江苏吴江(今苏州市吴江区)人。女。字纫芳。南社社友。1916年12月20日由郑佩宜介绍入社，入社书编号754。有家学渊源，喜吟诗填词。1916年秋与其弟南社社友王大觉结婚。1927年大觉病逝后，曾与其弟南社社友王德锜一道搜集丈夫遗稿，辑为《风雨闭门斋遗稿》，并于1930年出版。1929年8月19日病逝于周庄。

凌蕉庵(1885—1930) 安徽定县人。名毅，字蕉庵。南社社友。1916年8月由邵瑞彭介绍入社，入社书编号671。是时供职于北京《醒华报》。1916年

8月和9月参加在北京中央公园上林春及北京徐园举行的南社第六、第七次北京雅集。曾任临时参政院参政、护法国会众议院议员。

凄风·现代名人杰作 短篇小说集。赵苕狂编。1册。上海世界书局1923年初版。“锦囊四妙丛书”之一。赵苕狂作序。含徐枕亚《卖饧时节》《杜鹃鸣》《死前之三日》,江红蕉《半页之日记》,徐卓呆《壬戌之秋》《七月既望》,胡寄尘《国庆家不庆》,张敏生《心血之痕》,王定庵《卖花声里》,笑佛女士《形式上的夫妻》及俞印民《可怜春宵》等篇。

恋爱与结婚 恋爱婚姻。加罗威著,陈宝书译。1册。上海商务印书馆1928年初版,列入“新智识丛书”。含绪言、人类的爱、求婚的本性与意义、选择配偶时应当远虑的几点、一夫一妻制为解决人类婚姻办法、良好婚姻的几个条件和完美婚姻需有之教育等章。

恋爱之神 短篇小说集。胡寄尘著。1册。上海广益书局1939年初版。韬汉作序。收小说恋爱之神、嫦娥之怨、四面人、幸福之宫、怪医生、快乐之水、水晶人、不肖的子孙、中国之阿丽思和镜花缘补10篇。

高天栖(生卒年不详) 籍贯未详。新南社社员。1932年为电影《芸兰姑娘》插曲《燕双飞》作词作曲,歌词古色古香,意境深长,曲调婉转动听,曾流行一时。同年进入影坛开始电影创作,编有影片《有夫之妇》。次年任影片《飘零》编剧。1934年为电影《母亲》创作了主题曲《母亲》,翌年又编写了影片《艰苦的奋斗》。1939年再任影片《碧云宫》编剧。辑有《幽丛小憩图题咏集》。

高平子(1888—1970) 江苏金山(今属上海)人。原名均,字君平,号平子,别署在园。南社社友,天文学家。由社友介绍入社,未填写入社书且未予编号。1912年以最优等成绩毕业于上海震旦学院,后在松江佘山天文台师从法国传教士蔡尚质(S. Chevalier)台长学习天文理论、观察技术和计算方法。后自行潜研中国历代天文历法,并执教于震旦大学。1924年赴青岛接管德国人建造的青岛观象台,并主持1926年青岛观象台参加第一次国际经度联测。1928年任中央研究院天文研究所研究员,参加筹建南京紫金山天文台。1930—1932年主持中国改历工作。1935年代表中国赴巴黎出席国际天文学联合会第五届大会。1937年赴河南登封告成镇,测定周公测景台经纬度,并作圭表测量的考证。1948年冬去台湾。1970年3月23日病逝于台湾。著有《平子著述余稿》《学历散论》《平立定三差通解》等。诗文与书法俱佳。为高燮侄,高旭从弟。

高平子

高尔松(1900—1986) 江苏青浦(今属上海)人。字继郇,笔名希圣。新南社社员。1918年春到上海入青年会中学读书,同年秋考入南洋公学中院(即中学部)。1922年南洋公学中院毕业后选择自学,参加社会调查,与其弟高尔柏和侯绍裘等共同组织青年问题讨论会。1923年上半年由侯绍裘、朱季恂介绍参加中国国民党,同年10月与夫人史冰鉴一道参加新南社。1924年4月考入东亚同文书院专攻日语。同年由杨贤江、沈雁冰介绍加入中国共产党。1925年任宋庆龄创办的《民族日报》编辑。1926年4月与其弟高尔柏、陈云、徐勖等发起成立青浦旅沪学友会。1927年3月被公选为青浦县民主政府县长,四一二反革命政变后遭通缉,被迫于6月流亡日本,潜心著述。1929年6月回国,在上海相继开办平凡书店、开华书局、中学生书局等从事著译出版。抗日战争全面爆发后返回家乡躲避战祸。抗战胜利后重回上海继续从事著译出版,并恢复主持中学生书局业务。中华人民共和国成立后历任上海古籍出版社、中华书局、商务印书馆编辑等职,并加入中国民主同盟。1986年3月31日在北京病逝。译著有《社会科学大词典》《社会主义大纲》《新政治学大纲》等,编有《日华字典》《日本新语词典》《日语汉译词典》等。又与其弟尔柏合著《帝国主义与中国》。夫人史冰鉴、弟高尔柏,亦为新南社社员。

高尔柏(1901—1986) 江苏青浦(今属上海)人。字咏薇,笔名郭真。新南社社员、南社纪念会会员。早年就读于南洋公学中院(即中学部)。1923年10月与夫人唐纯茵一道参加新南社。1924年秋进上海大学学习时,任该校附中教师兼训育主任,并担任上海学联主要负责人。同年由杨贤江、施存统介绍参加中国共产党,后又加入国民党。1925年11月被选为中山主义研究会执行委员和《中山主义》周刊主编。1926年任国民党上海特别市党部宣传部秘书,兼任

《中南晚报》主笔。1927年2月转任《神州日报》主笔，3月底随侯绍裘到南京任国民党江苏省党部委员兼宣传部代部长，后又被任命为江苏省政府委员兼秘书长。四一二反革命政变后遭通缉，被迫与其兄高尔松一道流亡日本。1929年秘密回国蛰居上海，与其兄一起创办书局，从事著译与出版，并任上海开华书局编辑。1938年接办私立华华中学。1942年在松江创办茸光中学。抗战胜利后到上海复任华华中学校长，并兼上海市教育会常务理事和私立中小学联合监事长。中华人民共和国成立后到北京任高等教育部副处长，负责课程改革和政治课教学研究。并参加中国民主促进会，任该组织中央宣传委员会委员。1986年10月27日在桂林病逝。译著有《社会问题大纲》《新名词辞典》《各国社会党史纲》等。又与兄尔松合著有《帝国主义与中国》。其妻唐纯茵，亦为新南社社员。

高亚宾(生卒年不详) 安徽凤阳人。淮南社社友。

高 旭(1877—1925) 江苏金山(今属上海)人。原名垕，后改名堪，字天梅，号剑公，别号钝剑，别署江南快剑、慧云、慧子等。南社社友、广东分社社员。1909年10月入南社，入社书编号2。是南社的3位发起人之一。1903年在金山与叔高燮、弟高增创立觉民社，出版《觉民》月刊。1904年留学日本，入东京法政大学速成科。1905年9月加入中国同盟会，被推为江苏同盟会主盟人。

高旭

同年5月在东京创办《醒狮》杂志，年底回国，担任同盟会江苏支部长。1906年初在上海参与创办中国公学，旋退出。4月与陈陶遗、朱少屏等在上海西门宁康里另组健行公学。又设青年自治会，为会长，并与柳亚子、田桐等编辑《复报》。1907年健行公学并入南洋中学后，回乡里创办钦明女校，提倡女权和女子教育。同年与陈去病、朱少屏、柳亚子、刘季平、沈砺等18人在上海结神交社。1909年所撰《南社启》于同年10月17日首先在上海《民吁日报》发表，11月13日南社成立后被选为诗选编辑员，由其编辑第一期《南社丛刻》。1911年9月赴上海参加南社第五次雅集。辛亥革命后，任金山军政分府司法长，并被推选为中国同盟会金山分部部长。1913—1916年底曾发起并主持7次南社北京雅集。1923年10月在北京参加北洋政府国会会议。1925年8月25日病逝。平生为人颇自负，善饮酒，诗才敏捷。撰有《大汉纪念歌》《革命歌》《逐满歌》等，编有《诗界之黄帝魂》，著有《未济庐诗集》《浮梅词》《愿无尽庐诗话》等。今辑有《高旭集》。夫人何亚希、叔高燮、弟高增，亦为南社社友。

高旭元旦诗 南社掌故。高旭于1913年元旦创作。诗曰："新朝甲子旧神州，老子心期算略酬。摇笔动关天下计，倾樽长抱古人忧。剧怜肝胆存屠狗，失笑衣冠尽沐猴。满地江湖容放浪，明朝持钓弄扁舟。"该诗抒发了对辛亥革命失败的苦闷与愤慨，反映了相当多的南社社员当时的心态。

高旭故居 位于上海金山张堰新华东路65号。因原址飞龙桥畔有一泓清流万梅绕屋，故又名"万梅花庐"。原建已毁，仅前墙、门额"万梅花庐"、高旭手植的两株桂花树尚存。

高旭集 诗文集。高旭著，郭长海、金菊贞编。1册。社会科学文献出版社2003年初版。列入国际南社学会"南社丛书"。有高旭像、南社入社书和手迹等图片。柳无忌作总序。有编者前言。含天梅遗集和天梅遗集补编。附何亚希《何亚希诗辑》、陈去病《高柳两君子传》、柳亚子《高天梅传》、高镠《高天梅先生行述》、傅钝根《吊高天梅文》、陈蜕庵《高吟槐先生墓志铭》、高基《〈天梅遗集〉序》、高基《校刊从兄〈天梅遗集〉讫》《告墓有作》《高旭年谱》《高旭的笔名字号考》和《高旭著述考》。有编者后记。

高 杏(1885—?) 江苏金山(今属上海)人。女。字倚云。南社社友。1915年5月由柳亚子、姚光介绍入社，入社书编号505。1915年5月参加在西湖孤山之西泠印社举行的临时雅集，有《三子游草》以记其事。

高邮三曹 南社掌故。指曹凤笙、曹凤箫、曹凤仪三人。他们都为江苏高邮人，均隶属南社，故名。

高君介(1899—1971) 江苏金山(今属上海)人。名圭，字介子，号君介，别署介庐、介翁、介公等。高燮长子。南社社友、新南社社员、南社湘集社友、南社纪念会会员。1915年5月由姚光介绍入南社，入社书编号503。少时师从清末爱国教育家与文学家、吴江天放楼主金松岑，诗词文史等基础深厚，备受父母赞许。曾任上海光华大学国文教员。1922年集资出版金松岑的《天放楼诗集》。1925年与姚光、曹中孚、何公渡等创建金山张堰第一所公共图书馆——张堰图书馆。多次参加南社雅集和临时雅集，以及新南社聚餐会。1926年曾与姚光同时参加中国金石书画艺观学会。1959年3月受聘为上海文史研究馆馆员。1971年病逝于上海。一生所作诗词颇多，并长于书法。

高君定（1895—1969） 江苏金山（今属上海）人。名基。高燮侄子。南社社友。由社友介绍入社，未填写入社书且未予编号。自幼谨遵严命，饱读诗书，文才洋溢，尤精于诗词。辛亥革命时曾投笔从戎。后返回乡里，加入南社，又参加国学商兑会。一生嗜书，除个人富藏外，还与表兄姚光等人创立图书馆于金山张堰镇。抗日战争时期执教于上海圣约翰大学，讲授诗词文学。著有《药轩漫稿》《亡书忆语》等。又接受堂兄高旭生前重托，悉心编印《天梅遗集》16卷。

高君湘（1901—1996） 江苏金山（今属上海）人。名筠。高燮的三子。南社纪念会会员，律师。少时与其弟君宾同入南洋大学，在东吴大学法科毕业后留学美国，1925年获美国密歇根大学法学博士学位，翌年任职于美国底特律大学。1928—1932年任上海第一特区地方法院及江苏省高等法院第二分院推事。1935年12月29日参加南社纪念会成立会。其后一直在上海执律师业，抗战期间停止一切业务。后去香港，1954—1967年在香港任法学教授，后移居英国。1987年底返回香港定居。1996年病逝于香港。其长子高锟是著名科学家，在西方被誉为“光学纤维之父”。

高君藩（1900—1984） 江苏金山（今属上海）人。名垣。高燮次子。南社社友、南社纪念会会员。由社友介绍入南社，未填写入社书且未予编号。1908年从塾师姚文奎学习文史。后在松江等地经营银行、钱庄等金融业务多年。1930年接手经营松江大有农场。抗日战争期间农场毁于战火，抗战胜利后集资再办。1937年购得始建于明代万历年间的松江颐园（人称“高家花园”），成为当时松江南社社友等常来聚会活动之处。1984年病逝于上海。斋名为一砚斋。遗集有《一砚斋诗文录存》。

高君藩

高剑父（1879—1951） 广东番禺（今广州）人。原名麟，后名崙，字鹊庭，又号爵廷，别署剑父、剑甫、剑士等。南社社友，画家。辛亥革命前由社友介绍入社，未填写入社书且未予编号。早年师事花鸟画家居廉，后与潘达微、陈垣等刊行《时事画报》。曾两度赴日本东京艺术学校学习，毕业于东京美术学校。在东京加入中国同盟会，任同盟会广东分会会长。1911年4月参加广州黄花岗之役，任敢死队队长，率兵攻打两广督署。武昌起义、广东光复时，任广东东路军总司令，收复虎门要塞。辛亥革命后息影政坛，从事美术教育。1912年6月与其弟冠天、奇峰、剑僧到上海创办美术刊物《真相画报》，任主编。在上海创设审美书馆，并协助妻子开办上海女子刺绣院。1913年与黄宾虹等在上海组织艺术观赏会。后赴广东，历任广东工业学校、佛山美术院等校校长及中央大学教授，又先后创办画学研究所、春睡画院等。1945年在广州创立南中美术院，任院长。1946年任广东省文献馆理事。1947年创办南中美术专科学校，任校长。1951年3月在澳门逝世。擅画山水、花鸟、走兽，并在中国画传统技法基础上融合日本和西洋画法，着重写生，创立现代“岭南画派”的新风格。与其弟高奇峰和陈树人并称为“岭南现代画派三大家”。曾倡导“艺术救国”，被誉为“革命画家”。著有《绘事发微》《中国的现代绘画》《鸦声集》《佛国记》等。

高剑父

高等植物学 植物学教科书。邹秉文、胡先骕、钱崇澍等编著。1册。商务印书馆1923年初版。分第一、第二编。第一编主要介绍植物之构造及其生活，分10章：绪论、细胞与组织、叶、茎、根、花、果实、种子、天演学说与植物育种、植物之社会。第二编主要介绍植物之种类及其关系，分5章：植物之自然分类、菌藻植物、苔藓植物、蕨类植物、种子植物，又分为裸子植物和被子植物。此书具有规范专科名词的目的，凡以前所译的不合学理之名词，都一一作了更改。

高　增（1881—1943） 江苏金山（今属上海）人。字卓庵，号澹庵、澹安，别署佛子、大雄、东亚愤人等。南社社友。1909年由其兄高旭介绍入社，入社书编号21。1903年与高旭、叔高燮在家乡共同创办觉民社，出版《觉民》月刊，为主要撰稿人。学养精深，与高旭、高燮一起被称为“南社高氏三杰”。著有《澹庵诗存》《自怡轩诗钞》《啸天庐词存》存世。

高　燮（1879—1958） 江苏金山（今属上海）人。字时若，号吹万，又号寒隐，别署志攘、黄天。南社社友、南社湘集社友、南社纪念会会员。1912年3月31日由柳亚子介绍入南社，入社书编号240。为南社耆宿。1894年补县学生员。1903年与从侄高旭、高增共同创办觉民社，出版《觉民》月刊。1906年参加国学保存会。1908年组织寒隐社，任社长。1912年5月与姚光、高旭、胡朴安等成立国学商兑会，任编辑员。1917年曾被广东分社蔡哲夫等推为南社主任，同年建造寓所取名“闲闲山庄”，将国学商兑会由张堰镇姚宅移入山庄。翌年任金山县修志总纂、张堰图书馆董事。1930年被聘为金山县文献委员会主任。1948年被聘为上海市文献委员会顾问。平生治学严谨，勤于著述，好以文会友，以诗文书法著称于世。又喜藏书，曾在故乡建藏书楼。在上海时，前期赁屋居海格路（今华山路），寓所名“格簃”，书斋名“可读斋”。后期迁福州路原《时报》馆旧址一室，称“卷窝”，自号“卷叟”，居之以终。生平著述甚丰，主要有《吹万楼集》《吹万楼日记》《读诗札记》等。辑有《诗经大义》《素心簃集》（顾远香遗著）、《吴日千集》等。夫人顾葆瑢，子君介、君藩、君湘，侄高旭、高平子、高君定，甥姚光，均为南社社友或南社纪念会会员。

高燮

高燮故居 位于上海金山张堰镇秦望村。名“闲闲山庄”，取《诗经》“桑者闲闲”之意。初占地10亩，故居旁竹林茂密一片清幽，有花木回廊。原有书画270多箱均存于此。抗日战争中，“闲闲山庄”全成废墟，书画大半毁于此时。战事稍停，废墟中零星收捡，仅得书画碑帖2箱、残书24箱。

高燮集 诗文集。高燮著，高銛、高锌、谷文娟编。1册。中国人民大学出版社1999年出版。“南社丛书”第一套。有高燮中年、青年和夫人顾保瑢照片以及高燮手迹影印。柳无忌作丛书总序。高銛、高锌、谷文娟作前言。集论评37篇，序、跋、启74篇，传状、题记63篇，札记7篇，游记5篇，铭志18篇，信札128通。以及诗词、联语、集外集。附《高燮传略》。

郭人漳（？—1922） 湖南湘潭人。字葆生。南社社友。由社友介绍入社，未填写入社书，介绍编号52。历任山西道台、江西及两广巡防营统领、新军协统等职。后曾任广西钦（州）、防（城）边防督办。辛亥革命后任国会众议院议员。1916年任湖南矿警督办。

郭开第（1877—？） 湖南常宁人。字涛僧。南社社友。1916年9月1日由傅熊湘、陈家鼐介绍入社，入社书编号678。1916年9月参加在长沙枣园举行的南社临时雅集。1921年5月曾在湖南劳工会刊物《劳工》上发表论著《告工人》。

郭庆嵩（1868—1930） 浙江嵊县（今嵊州）人。字兰余。南社社友。1916年5月由邢钟翰介绍入社，入社书编号606。1913年后任“嵊县县志”总修纂、县议会议长。曾与南社社友吕寿名、赵镜年等组织嵊县鹿山吟社。晚年居家研究医学。著有《汉药新览》《麻疹病学》等。

郭孝先（生卒年不详） 浙江杭州人。名建。南社纪念会会员。南社纪念会主干。曾任上海市通志馆编纂。1935年12月29日在南社纪念会成立会上，被聘为会计，后为会计部主任。著有《上海的银行》《上海的钱庄》等。

郭步陶（1879—1961） 四川隆昌人。名成爽，曾改名惜，字步陶，号景庐。南社社友、南社纪念会会员。1910年由朱少屏介绍入南社，入社书编号84。早年就读于上海南洋中学，1910年毕业后留校任教，并为上海《通信晚报》见习编辑。民国初年任《申报》编辑。1917年进上海《新闻报》，任编辑、编辑主任、主笔。1930年起兼任复旦大学新闻系教授。1937年11月上海沦陷后辞职赴香港，在香港《星岛日报》任职，并在青年记者学会香港分会中国新闻学院任院长。著有《编辑与评论》《时事评论作法》《西北旅行日记》等。

郭身润（生卒年不详） 陕西蒲城人。字玉如。南社纪念会会员。20世纪30年代曾在上海市审计处任职，1936年12月作为审计处代表审查京沪、沪杭甬两铁路管理局的财务和物资使用、旧存材料估价查核等状况。

郭希隗（1884—1947） 湖南石门人。字东史，晚号枣园，别署丹羽山馆。南社湘集社友。早年入澧阳书院，后转入岳麓书院。在湖南加入中国同盟会。民国成立后去北京，入北京政府财政部学习计政。旋任记者、律师、交通部法规委员会委员等职，并在北京与邵飘萍等创办报界联合会。回到湖南后任《民业日报》《计政月报》社长及江西、湖北宣抚使署处长兼秘书长等，并创办法政监狱会自治学校。1931年东渡日本，先后任留学生监事秘书、中国文学会会长、太平洋学会成员，后又入明治大学研究法律学。1937年抗日战争全面爆发后回到上海，次年返回乡里到石门中学任教，后又执教九澧中学。1947年2月病逝于家乡。著有《丹羽山馆诗选》。

郭爱棠(1869—1947) 江苏睢宁人。字芨南，别署扬权子。南社社友。1910年由周祥骏介绍入社，入社书编号37。清拔贡。1892年受业于周祥骏门下。1897年设馆授徒。1910年在睢宁戴德学堂教书。辛亥革命爆发后协助陈兴芝发动睢宁起义。民国初期曾一度在沭阳县任职。后在睢宁、沛县、邳县等地设馆执教。1945年受邀出席邳县、睢宁、铜山、灵璧地区参议会。两年后病逝于家乡。著有《锅山文存》《好修斋诗稿》《好修斋籀言》等。

郭　醇(？—1950) 湖南常宁人。字竺真。南社湘集社友。与湖南同乡刘建绪相交颇深，后随刘赴福建，任福建省第五行政督署督察专员兼保安司令。后回乡闲居。1949年秋参加民主同盟，在常宁组织迎接解放联合会。次年初赴上海，旋转乘轮船赴美国，因遇海难而亡。

席涤尘(生卒年不详) 江苏吴县(今苏州)人。原名鸿绶，又名时贤，笔名涤尘、石耶、风笛。南社纪念会会员。20世纪30年代在上海市通志馆供职，后由南社社友蒯世勋介绍入《大晚报》任国际新闻翻译，直到1941年12月太平洋战争爆发，《大晚报》停刊。中华人民共和国成立后任职于上海市社会事业文化管理处。

席　绶(1886—1943) 湖南东安人。字资生，又字季五、克南。南社社友。1913年由陈家鼎、陈去病、高旭介绍入社，入社书编号385。清附生。中国同盟会会员。1909年任湖南省谘议局议员。1910年任湖南资政院议员。武昌起义后被推选为衡、永、郴、桂保安总会会长。1912年任同盟会湖南支部副支部长。1913年被推为北京政府首届国会众议院议员，后返回湖南在长沙创办《天民日报》。1917年在广州任护法国会众议院议员。1923年10月在北京参加北洋政府国会会议。1945年9月病卒里第。

病废闭门记 回忆录。胡朴安著。1943年铅印本。后收入1983年台北胡道彦影印本《朴学斋丛书》第二集(十九)。1998年6月由浙江人民出版社出版。主要记述作者在1939年4月27日脑溢血后的读书、著述、休养生活。

病鹤遗稿 诗词集。金鹤翔撰。6卷，2册。1933年铅印本。《病鹤诗稿》4卷，陈小舟写《病鹤先生遗像》，钱萼孙题词。卷一有五言古诗17首、七言古诗7首；卷二有五言律诗34首；卷三有七言律诗68首；卷四有五言绝句14首、七言绝句57首。《病鹤词稿》2卷。卷一有词84阕；卷二有词40阕。金鹤冲作《幼香府君家传》。金鹤冲、金剑华分别作跋。

病骥七十无量劫反省草 诗集。侯鸿鉴编著。1卷，1册。上海自刊本1941年初版。裘可桴、董玉书、钱振锽、臧维扬、姜证禅、梁稼畦、孙保圻、蒲石、王伟、邓春澍、曹允文、顾型、孙祖基、华重协、冯绪承、侯湘和侯敬舆等分别题诗、题词。作者自序。作者回顾70载人生，每岁一诗，有大量自注，予以反省。

效庾子山咏怀(其七) 诗篇名。五律。黄侃作。这组诗仿效庾子山(庾信，字子山)《拟咏怀》风格。庾信的《拟咏怀》大多怀念故国和抒写身世感慨。其所谓“拟咏怀”者，系效法晋阮籍《咏怀诗》。黄侃的咏怀诗，类乎阮籍的“志在讽刺”和“忧生之嗟”。本篇表现诗人陶醉在饮酒中像是为了掩藏才华，装出一副狂态不是为了避祸，而是为了不彰君恶。表示人民像原来一样，但国体已改为民国了。揭露革命功臣过着钟鸣鼎食的生活，而平民百姓坠入苦难之中。展示江南地区何等萧条凋敝，只是增加所谓的功勋卓著大臣的不满罢了。结尾自谦自己是草野之人，哪里能知道国家的政治呢？热切关怀世事，而故作出世示人，引人深思。

离骚补释 学术著作。胡朴安著。1910—1911年印本，在《国粹学报》上发表。原为手抄本。后收入胡道彦1983年在台湾印行出版的《朴学斋丛书》第二集(二十一、二十二)。书中引《说文》《尔雅》《尚书》，段注《说文》，桂馥《说文解字义证》等以注《离骚》。

唐人传奇选 传奇小说。胡朴安、胡寄尘选辑。1册。上海文艺小丛书社、广益书局1930年初版。前有虬髯客像。胡朴安、胡寄尘作小记。收《柳毅传》《虬髯客传》《南柯记》《枕中记》《会真记》5篇传奇小说。

唐文骏(1882—？) 浙江嘉善人。字仲乾，号蝶痴。南社社友。1916年12月8日由谭天介绍入社，入社书编号746。民国初期任职于嘉兴县公署政务科，与南社社友赵宗健为同事。编有《嘉善入泮题名录》。

唐卢锋(生卒年不详) 江苏昆山人。新南社社员。编著有《社会主义浅说》《中国名人传》《现代名人传》等。

唐代文学 文学史著作。胡朴安、胡怀琛合著。商务印书馆1929年出版。共10章，分为：绪论、唐代文学一览、唐代的诗歌、唐代的小说、唐代的戏曲、唐代的抒情散文、唐代的杂文、唐代文学与外国文学的关系、唐代文人的佚事、研究唐代文学的书目等。而在"唐代文学与外国文学的关系"中，重点介绍了西域诸国、印度、高丽、日本这些国家与唐朝的文学交流。而"研究唐代文学的书目"，则有两类：一为应该细读的书目，二为预备参考的书目。

唐代舞蹈 舞蹈史著作。欧阳予倩主编。1册。上海文艺出版社1980年第一版。欧阳予倩题签。有唐三彩骆驼载乐佣等照片插图；阴法鲁作序；欧阳予倩作引言；含唐代舞蹈总论、唐代舞蹈分述两章。另有杨荫浏作《怀念欧阳老》。吴晓邦作《回忆欧阳予倩对新舞蹈运动的贡献》。欧阳予倩作结语。王克芬、孙景琛、董锡玖作后记。

唐有烈(1897—?) 江苏吴江(今苏州市吴江区)人。字九如。南社社友。1917年5月由沈昌眉介绍入社，入社书编号904。自幼爱好作诗填词，后赴北京朝阳大学就读，毕业后任职于水利部门。1920年曾出资重印叶绍袁一家所著《午梦堂全集》。1926年沈昌眉移家司浜，与其为邻，两人相互谈诗论文，相交甚欢。

唐伯虎故事 名人掌故。范烟桥著。1册。江苏人民出版社1957年第一版。前有唐伯虎画像。含《卓越的画艺》《科场冤狱》《红粉知己》《良师益友》和《梅花梦》5篇故事。有唐伯虎字画插图6幅。附后记。

唐宋诗之争 南社掌故。在南社第一次雅集时，柳亚子、朱锡梁与社员谈论诗词风格各抒己见所引发的争论。柳亚子认为诗的创作必须崇尚唐音，而词的创作必须宗五代与北宋。而庞树柏、蔡哲夫等则主张词的创作应推崇南宋风格。

唐忍庵(1901—1970) 江苏太仓人。原名乃霈，改名奇，字润涵，又字忍庵、忍安，别号惹云。南社社友。1920年6月10日由冯心侠、狄君武、俞锷介绍入社，入社书编号1084。小学毕业后即进入无锡广勤纱厂做工，受到厂主杨寿楣识拔而与当时的报界文人有所交往。后离开工厂任太仓《思益旬报》副刊编辑，并任县议事会和商会文书。后曾任江苏新闻社社长、南京《中国日报》主编、国民代表大会候补代表等职。抗战期间曾任西安行营总务处长，兼西安《正报》社长。抗战胜利后递补为国民代表大会代表，后回到太仓任县参议员。中华人民共和国成立后因案被捕，并在1970年12月病殁于陕西富平县狱中。著有《怀素阁笔记》。

唐纯茵(生卒年不详) 江苏青浦(今属上海)人。女。新南社社员。1942年在松江创办茸光中学任校长。学校摒弃汪伪政权教育部编印的教材，而采用中学生书局印行的课本，藉此抵制奴化教育。丈夫高尔柏，亦为新南社社员。

唐鸣时(1901—1982) 浙江嘉善人。笔名吉鱼、白沙、桐叶。南社纪念会会员。曾任商务印书馆、《大陆报》及《神州日报》编辑，《申报》副经理，《导报》经理等职。为弥洒社社员，其作品多发表于同为弥洒社社员胡山源主编的《弥洒》《红茶》等刊。擅长国画，治法律。20年代曾在上海大学执教，并担任过中国民权保障同盟顾问。后执律师业，曾在国民党的法庭上为刘少奇夫人何葆珍作过辩护。1935年12月29日在上海参加南社纪念会成立会。1941年12月太平洋战争爆发后在上海租界被日军逮捕关押，后经陈陶遗等设法营救始获释放。中华人民共和国成立后曾任全国人民代表大会副秘书长。原配夫人侯佩莹，为革命烈士南社社友侯绍裘之妹。

唐荣阳(1878—1932) 湖南石门人。字晋棠。南社社友。1923年1月25日由吴恭亨介绍入社，入社书编号1106。早年入长沙湖南警官学校，毕业后任湖南省警务稽查。1905年8月随赵尔巽赴奉天(今沈阳)出任巡警总稽查兼厘金分局局长。辛亥革命后受命回湖南任省警察勤务督察长兼警察队长。1913年任湘军总司令部参议，7月参加二次革命。1917年参加护法运动。1920年被委为北伐军先锋指挥官，率军进攻长沙。旋被委为湖南陆军十一区(位于常德)副司令兼第一支队队长，并兼任湖南省警察厅厅长。1922年12月被授为常德、澧州区剿匪司令官，次年10月任常澧镇守使。在澧州创办九澧体育学校、女子师范学校等，自任校长。1932年病逝于津市。能诗，曾拜吴恭亨为师学诗。编有诗集《炮边集》行世。

唐荫庭（生卒年不详） 广西桂林人。名春森，字荫庭，号梦吟。南社社友。1917年7月31日由张抟九介绍入社，入社书编号947。

唐诵清（生卒年不详） 籍贯未详。新南社社员。

唐耕余（1890—1977） 江苏吴江（今苏州市吴江区）人。名九，字耕余，号懦夫。南社社友。1911年5月6日由费荣锦介绍入社，入社书编号147。幼时由其父启蒙，17岁时入存养书院（苏州东吴大学前身）。喜结交文人墨客，家中藏书较富，除阅读外，字画、书法、围棋、摄影等皆有所及，尤嗜书画，常为友人鉴别真伪。中华人民共和国成立后曾有友人介绍其到北京故宫博物院去鉴定字画，未成行。著有《书谱赘言》。

唐振铎（1886—1951） 湖南石门人。字子沐。南社湘集社友。早年就读于四川讲武学堂，后毕业于保定军官学校。1921年起历任湖南陆军团长、旅长、津澧区卫戍司令等职。1923年任修筑"常澧路"筹备处会办。1924年任建国军湘西援鄂第一路军旅长及湖南建国联军第六军旅长。1926年赴广州参加国民党第二次全国代表大会，同年8月率师参加北伐，并参与湖北汀泗桥之役。1928年任国民革命军（北伐军）第二军教导师师长及十四军新编第五教导师师长。1930年调任国民政府参议（未到任），旋即退出军职，潜心佛学。以吟诗填词自娱，间或以文会友。1949年返回故里，归隐田园。1951年在家乡猝死。

唐家伟（1888—1946?） 湖南宁乡人。女。字敏慎。南社社友。由社友介绍入社，未填写入社书，介绍编号27。是中国同盟会会员。清末跟随其夫南社社友陈家鼐奔走革命，亡命日本。辛亥革命后先后在武昌、宁乡、长沙、上海等地创立天足会，动员缠足女子放小脚。1912年9月参加在长沙烈士祠举行的南社临时雅集。1913年讨袁失败后又随其夫出走日本，在日本参加反袁斗争。1916年袁世凯死后随夫回国。1918年在上海霞飞路宝康里创办中华女子美术学校，自任校长。1919年6月又与陈家英、徐宗汉等在上海成立中华女子救国会，并于次年6月创办上海中华女子美术公司。1924年12月在上海女界国民会议促成会成立大会上被推举为委员。1928年6月任国民政府大学院（不久改称教育部）艺术教育委员会常务委员，并被推为第一届全国美术展览会筹备委员会委员。抗战胜利后病逝于长沙。擅湘绣，上海香山路孙中山故居内曾有其手绣花卉一幅悬于壁间。

唐群英（1871—1937） 湖南衡山人。女。原名恭懿，字希陶。南社社友。1911年10月10日由傅熊湘、黄梦蘧、阳兆鲲介绍入社，入社书编号193。少时即作《晓起》诗，人称"女中奇才"。1891年嫁给曾国藩堂弟曾传纲。1905年春赴日本留学，考入东京青山实践女校。同年先后加入华兴会、光复会和中国同盟会。1906年进成女校师范科，同年留日女学会成立，初任书记，后任会长。

唐群英

《留日女学会杂志》在东京创刊后，由其编辑发行。并协助宁调元、傅熊湘等创办《洞庭波》杂志，为撰稿人。1907年12月毕业，次年春回国。武昌起义前夕先后在沪宁、湘赣等地从事革命活动，联络革命同志，筹建女子军队。起义爆发后在上海组建女子北伐队、妇女后援会。1912年2月20日领衔在上海成立女子参政同盟会。1912年4月8日女子参政同盟会在南京成立，当选为会长。该会随民国临时政府迁北京后，先后创办《亚东丛报》和《女子白话旬报》，任总理兼编辑。1913年在长沙成立女子参政同盟会湖南支部，任支部长，并创办湖南第一张妇女报纸《女权日报》，同时开办女子美术学校、女子手工实业学校和自强职业学校。二次革命失败后避居上海等地。1916年2月回长沙发起讨袁运动。1924年复去长沙，发起恢复湖南女界联合会，并创办复陶女子中学。1925年创办衡山女校，1927年又在家乡创办岳北女子职业学校。1935年到南京，被聘为国民政府顾问及国民党党史史料编纂委员会委员。1937年6月3日病逝于故里。擅诗词，所作诗词在民国初年被各报刊纷纷登载，但未辑集。

唐德度（生卒年不详） 湖南湘潭人。字次裴，号海庐。南社湘集社友。

竞业旬报 期刊名。1906年10月28日创刊于上海。前期傅君剑编辑，后期胡适编辑。刊设社说、论说、学术、译丛、小说、歌谣、时闻等栏目。发表有陈去病、徐自华等南社社员的作品，马君武(欧化)译的《缝衣歌》也在此发表。

竞雄女学 南社掌故。学校名。1907年，秋瑾因徐锡麟刺安徽巡抚恩铭案株连殉难。为纪念秋瑾，陈去病、徐自华在上海设立“竞雄女学”，胡朴安、胡寄尘、余十眉、陈倦鹤、黄宾虹、庞树柏等皆曾在该校执教。

旅顺实战记 战争实录。樱井忠温著并画，黄郛译。1册。上海、东京新学会社和武学编译社1909年版。有大限伯爵序和樱井忠温自序、胡惟德旅顺实战记叙、庄蕴宽跋。著者为日本陆军步兵中尉，书中反映了他参加日俄战争中日军进攻旅顺的情况。含战友之血魂等28篇。附对于肉弹之舆评30篇。

烟士披里纯 南社掌故。英文 inspiration 之中文音译。其义为：吸入、吸气、鼓舞、激励，或解释为灵感、神灵的启示、灵机妙想。1903年，柳亚子发表《读〈史界兔尘录〉感赋》一诗，其中有诗句“一点烟士披里纯，愿为同胞流血矣”，直接以英文 inspiration 之音译“烟士披里纯”入诗。

浙江省立第一师范学校 简称“浙江一师”。学校名。五四时期著名学校。前身是设在浙江杭州的浙江两级师范学堂。创建于1908年。两级师范包括优级师范与初级师范，前者培养中学师资，后者培养小学师资。辛亥革命后，优级师范停办，专办初级师范。1913年起改名为浙江省立第一师范学校。校长经亨颐，提倡新文化，进行教育改革。李叔同、胡公冕、朱自清、陈望道、刘大白、夏丏尊、李次九、叶圣陶、俞平伯等文化教育界名人都曾在该校任教。学校学风淳朴，充满进取精神，为当时东南新文化运动的主要阵地，培养了如杨贤江、俞秀松、宣中华、柔石、丰子恺、潘天寿、吴梦非、朱文叔、傅彬然、冯雪峰等大批优秀人才。1923年与浙江省一中合并，沿用浙江省立第一中学校名。1929年改名为浙江省立高级中学。1933年改名为浙江省立杭州高级中学。抗日战争全面爆发期间，迁至丽水。抗战胜利后在杭州复校。1951年改名为杭州第一中学，以迄于今。

浦 武(1884—?) 江苏金坛(今常州市金坛区)人。原名军年，又名武，字君彦，号醒华。南社社友。1911年4月11日由叶楚伧介绍入社，入社书编号139。民国成立前曾在北京马神庙大学堂法政科供职。

酒社 社团名。1915年9月23日，柳亚子、王大觉、顾无咎在江苏吴江黎里镇组建，柳亚子任社长。该社每年秋季都有集会，吴江、昆山、嘉善、吴县等地的南社社员聚集在一起，狂歌痛饮，以抒发对袁世凯与北洋军阀统治下时局黑暗的愤懑之情，也表露了若干消极情绪。酒社一共有社员37人，现能查到名字的有35人，其中黎里人有柳亚子、朱剑芒、顾悼秋、沈剑霜、蔡寅、黄复、陈洪涛、蒯文伟、吴家骅、周云、黄元琳、朱霞、蒯贞干、平茂玉、黄良伯、王怒安、蒯仲诒、蔡志达等18人。除黄良伯、王怒安、蒯仲诒、蔡志达4人外，其余14人都是南社社员。该社出版有《酒社诗集》两集。至1923年停止活动。

酒社诗录序 南社文献。朱剑芒撰。载《南社》第二十集。介绍酒社成立的时间、地点以及《酒社诗录》的由来等，同时感叹国事日非，难浇尽胸头块垒，发为诗歌，当能消除净尽矣。作者借作序以抒发百端交集的心情。

消寒一绝 诗篇名。七绝。柳亚子作于1914年，刊于1917年7月《南社丛刻》第二十集。以层层递进方式抒写不同的消磨、度过寒冬的方式，说明像后汉袁安雪中高卧是最寒酸的方式，饮羊羔美酒消寒也难尽情欢畅，愿以300万健儿烧毁咸阳宫，才是最畅快的消寒方式。借古讽今，以咸阳宫比喻北洋军阀政府，以妄图复辟封建帝位的袁世凯为秦帝，有力讽刺、抨击袁世凯的复辟行径。议论入诗，层层递进，借古讽今，鞭辟入里。

浩歌堂诗钞 诗集。陈去病撰。10卷，2册。1925年铅印本，“百尺楼丛书”。李涤题签。扉页书名为张继所题。汪兆铭、侯鸿鉴、姚锡钧、柳弃疾、徐蕴华分别作叙。《东江集》，汪兆铭署端；《壮游集》，于右任署端；《黟山集》，胡汉民署端；《袖椎集》，廖仲恺署端；《岭南集》，胡韫玉署端；《呻吟集》，陈陶遗署端；《光华集》，柳诒徵署端；《湖上集》，吴梅署端；《护宪合集》，胡渊署端；《从征南雍合集》，忏慧署端。附《巢南五十寿言》，柳弃疾、余其锵选。有《为陈佩忍先生五秩征文启》《垂虹亭长传》《陈佩忍先生五十寿言》《陈巢南先生五十寿序》《陈佩忍先生五十寿言》《陈巢南先生五十寿序》《寿陈佩忍姊丈五十文》等。

海上大风潮起放歌 诗篇名。歌行体。高旭作。原刊《国民日日报汇编》第一集(1903年10月)，署名剑公。抒发对祖国危在旦夕的悲愤情怀，揭露清廷统治下鼠子跳梁、豺狼遍地、蓬蒿万里的黑暗现实，表达打破黑暗局面、昭苏万象、创造新世界的坚定决心，抒写沐浴日月、热潮奔涌的革命心声，形象描绘反动统治者狼狈失败的情景。感叹祖国侠义之士太少，期望涌现大批反清革命志士。表示要发展民权，呼吁祖国人民都来投入争取祖国独立的革命浪潮。强烈控诉清政府将台湾、青岛、旅顺、大连拱手送给日本等帝国主义国家的卖国行径。揭露清廷统治者对人民敲骨吸髓、恣意淫乐的腐败行径，抒发广大人民深受帝国主义侵略、清政府压迫剥削的"两重奴隶苦复苦"的愤懑情绪，表达广大人民推翻清廷统治、追求民族独立自由的决心。诗作元气淋漓，形象生动，比喻贴切，感情色彩鲜明，富有强烈的鼓动性和感染力。

海上文学百家文库·017·包天笑卷 小说集。包天笑著，栾梅健编。1册。上海文艺出版社2010年第一版。徐俊西作前言。含包天笑长篇小说《上海春秋》和短篇小说《诸神大会议》《一缕麻》《画符娘》《冥鸿》《牛棚絮语》等。栾梅健作编后记。附海上文学百家文库总目。

海上文学百家文库·028·徐枕亚、吴双热 小说集。徐枕亚、吴双热著，徐俊西、栾梅健编。1册。上海文艺出版社2010年初版。有凡例和徐俊西的前言。徐枕亚卷收长篇小说《玉梨魂》；吴双热卷收长篇小说《孽冤镜》。附编后记和海上文学百家文库总目。

海上文学百家文库·036·范烟桥、程小青卷 小说集。范烟桥、程小青著，徐俊西、栾梅健编。1册。上海文艺出版社2010年第一版。有凡例和徐俊西前言。"范烟桥卷"含《信心》《兰言拾隽》《秘籍》《到哪里去寻快乐》《小说家之烦恼》《疲于奔命》《以羊易牛》《茶烟歇(节选)》；"程小青卷"含《倭刀记》《一只鞋》《黄浦江中》《案中案》《龙虎斗》《潜艇图》。附编后记和海上文学百家文库总目。

海上文学百家文库·023·苏曼殊、李叔同、姚鹓雏卷 文学作品合集。苏曼殊、李叔同、姚鹓雏著，徐俊西、栾梅健编。1册。上海文艺出版社2010年第一版。含苏曼殊《断鸿零雁记》等13篇各类著述，李叔同步原韵《和宋贞题城南草图》等90多篇各类著述，姚鹓雏《龙套人语》《焚笔》和《牺牲一切》。附编后记和海上文学百家文库总目。

海上文学百家文库·024·叶小凤、恽铁樵卷 文学作品。叶小凤、恽铁樵著，徐俊西编。上海文艺出版社2010年第一版。含叶小凤长篇小说《古戍寒笳记》《如此京华》及恽铁樵短篇小说3篇。《古戍寒笳记》首有王大觉、范烟桥、凌景坚、吴绮缘分别所作序文。共46回。姚民哀作跋。《如此京华》含初集上下卷32回和二集上下卷16回。

海上文学百家文库·025·柳亚子、陈去病、高旭卷 文学作品。柳亚子、陈去病、高旭著，徐俊西编。1册。上海文艺出版社2010年初版。收柳亚子诗154题、词13阕和文24篇；收陈去病诗61题、文18篇；收高旭诗100题、词46阕和文20篇。

海上文学百家文库·027·严独鹤·郑逸梅·姚苏凤卷 文集。严独鹤、郑逸梅、姚苏凤著，徐俊西、李楠编。1册。上海文艺出版社2010年初版。徐俊西作前言。含严独鹤长篇小说人海梦、郑逸梅杂文《最早的铅印出版机构——墨海书馆》《辛亥革命时期的号角——民立报》《徐卓呆种种》《平襟亚的早年生活》等36篇，及姚苏凤的杂文、诗、中篇评弹等。李楠作编后记。附海上文学百家文库总目。

海上怀陈去病 诗篇名。七律。高旭作。写作时间不详。抒说用书信表达怀念之意，在上海黄浦江畔眺望看不见挚友。想起由隋入唐的李大师及李延寿两代人十多年修《南史》《北史》，南社等南方革命历史简单得多，几个人当可写成了，但人生苦短，最终都要凋谢。诗人由汉代灌夫酒后骂座，想起南社社友酒后争吵口角，自己就像狂放的三国魏阮籍一样，面对当下黑暗的社会现实看不到出路。不知道哪一年能与陈去病相约买草堂、穿上出仕前穿的衣服一起归隐。诗意含蓄，风格婉约。

海上追悼宋钝初三章(其一) 诗篇名。五律。林百举作于1914年。宋教仁被袁世凯派人杀害后，革命党人于1913年3月30日在北京虎坊桥召开追悼会。诗作赞美宋教仁道德高尚，文章天下推崇，认为他虽然魂归杳冥，但精神崇高、壮丽，气如长虹，全国都痛惜宋教仁不幸逝世，人人都追思他卓著的功勋，因此诗人对他表示由衷的崇敬仰慕。感情深厚，用典自然易懂。

海上蜃楼(第一、二集) 自传体小说。天笑生(包天笑)著。中华书局、文明书局1926年初版。作者以家境贫寒、15岁中秀才的主人公祖书城从故乡苏州赴山东青州办学，又辗转定居上海，在报馆、女校、印刷局等处任职的经历与所见所闻，作为对自己"居上海二十年""有欣有戚""几同梦幻"的回忆。书中翔实地记载了20世纪初期青州、苏州和上海的风土人情、市井百态以及当时知识分子与普通百姓的生活。

海上题襟馆 亦称“海上题襟馆金石书画会”“题襟馆”“题襟馆书画会”。清末民初美术社团。前身是1910年成立的中国书画研究会(又称上海书画研究会、小花园书画研究会),1911年改本名。最初的会址即为中国书画研究会的商余雅集楼上,民国后改设在四马路三山会馆(今福州路云南路口)间壁,20年代前后移在老闸区交通路(今昭通路)40号赵云舫家,1921年迁至汕头路3号画家俞语霜(原)家。其时,俞语霜为题襟馆公推为经办日常会务工作的驻会会员,直至1923年去世为止。1924年3月25日题襟馆迁至宁波路渭水坊2号上海西泠印社。1924年冬,又迁址于福州路浙江路西首的一条弄堂内。至1926年秋,因活动经费困难而解散。题襟馆首任会长为汪洵,副会长为哈少甫。汪洵去世后,由吴昌硕继任会长,哈少甫、王一亭任副会长。

海门吟社初编六集 诗词集。赵光荣编。不分卷,1册。海门吟社1916年铅印本。张金鉴署端。叶玉森、吴清庠分别作序。有海门吟社同人名单,其中有南社社友赵光荣、吴清庠、奚侗、叶玉森、姜若、陈世宜、姚锡钧。自1911—1916年,共6集诗词。第一集有水灾叹6首,镇江西门竹枝词38首,贺新凉·吊史阁部墓6首。第二集有袁韩储5首,凌云亭秋望4首,安公子·舟泊枫桥游重建寒山寺怀张懿孙4首,惜红衣·莫愁湖残荷6首。缺第三集内容。第四集有金山观东坡玉带6首,拟左太冲招隐二题18首,猩猩6首,无花果6首。第五集有石龙歌7首,岁暮感述37首,煤球15首,七绝·冬闺词78首,浣溪沙8首。第六集有滇池神马歌6首,赋得何处生春早22首,唐花8首,春灯词20首,清宫小乐府109首。

海门沈玠双二世兄殉身国难赴启 一名《沈玠双赴启》。讣告。沈钧撰。不分卷,1册。1939年铅印本。韩国钧题签。袁希濂题《玠双世兄遗像》。王贤题《玠双世讲象赞》。韩国钧题《玠双二世兄诔词》。王清穆题《次由二世兄诔词》。江谦题《诔沈玠双世讲祝生西》。沈钧作《亡儿玠双行略》。

海关权与民国前途 海关研究。金葆光编。1册。商务印书馆1928年初版。王正廷、张绍曾分别作序。前有凡例。含绪论、海关与关税紊乱时代、海关税权丧失时代、海关关权丧失时代、海关现行税则之批评、海关现行制度之批评、片面协定税则与主权、片面协定税则与财政及经济、恢复税权与民国前途、恢复税权之策略、海关与各国之关系、关权恢复之途径与预备和结论等章。附关税特别会议纪事。

海南岛 地理著作。许公武(崇灏)译,顾颉刚编。1册。南京新中国出版社1948年初版,列入“边疆丛书”。顾颉刚作“边疆丛书”总序。许崇灏作绪言。含总论、地质与矿产、农林渔盐及工业、岛内居民和结语等篇。附琼崖五县农艺调查报告、琼崖各属矿产分布调查表、琼崖昌江县亚玉山之铁矿、琼崖矿产调查报告、琼崖昆虫调查报告和琼崖橡树园调查表。

海虞二徐 南社掌故。指南社徐啸亚与徐枕亚两人为昆仲,同隶南社,二人均擅长书法,徐枕亚尤擅长写小说,名噪一时,故有此称。

涂开舆(1890—?) 湖南长沙人。字九衢。南社社友。1916年由李志宏、胡朴安介绍入社,入社书编号615。民国初期曾在福建石码区佐署供职。1919年3月经上海教育会会长黄炎培介绍,出任新加坡华侨南洋中学首位校长。参与组织少年中国学会,与毛泽东等同为会员。1920年初参加由陈独秀、王光祈等发起成立的上海工读互助团。

浮梅草 诗歌集。姚石子著。收录作者1909年南社成立前夕与新婚妻子王粲君在杭州访古游览时所写的17首诗。诗集前有金山高旭、合浦张独立的题词和作者的自叙。诗集中少有新婚燕尔的浪漫之情,却多表现出忧国忧民的情怀,其中《西湖怀古》“凭吊湖山欲断肠,沧桑堆里送斜阳;胡尘满地又今日,岳墓张坟哭一场”等诗句,读来令人动容。附录有蔡有守、柳弃疾等人和答《浮梅草》的诗作。

流霞书屋遗集 诗文集。邹铨撰。4卷,1册。上海国光书局1913年铅印本。胡朴安署端。柳亚子作《邹亚云传》,陈去病作《邹生传》,陈布雷作《报沈剑侬书》《与柳亚子书》。傅钝根、胡怀琛、高旭、俞锷、叶叶分别题诗。吴沛霖、胡怀琛、沈家璠、周人菊、高旭、高增、姚光、何痕、庞树柏、余寿颐、柳亚子分别作忆语;有叶叶、庞树松、庞树柏分别作挽诗。卷一收文33篇,卷二收诗50首,卷三收词26阕,卷四为剧本《杨白花传奇》。

浪墨三集 一名《枕亚浪墨三集》。诗文笔记。徐枕亚著。7卷,1册。上海清华书局1922年初版。含经传井观、续冰壶寒韵、欲海归槎记、辟支璅记、哑哑录、蝶梦花痕录和诗梦钟声集 7 卷。

浪墨四集 一名《枕亚浪墨四集》。诗文笔记。徐枕亚著。上海大众书局 1934 年版。本书共有 7 卷。卷一为"清史拾遗",塑造众多英雄儿女,如《沈文肃夫人》《谭嗣同妻》《虎将行》《香山寺健锐营》;记录当时政令人事,如《乾隆中禁满洲子弟学汉语》《河工》《张廷玉之谨慎终以要君获罪》;也有记载满洲风俗历史的《蒙古风俗》《筚路褴褛之满洲》等。卷二为"懵腾室丛话",汇集了社会上的三教九流,如僧人、道人、郎中、娼妓、秀才、巨富、县令、家奴等轶事。卷三为"孤村喋血记",叙述越中剑灶村抵御粤军的故事。卷四"趣闻百咏"与卷五"哑哑录"是社会趣闻的辑录。卷六"剖腹记"是对社会众生相的剖析。卷七"廋词选存"则是谜语精选。

悔悔生自传 南社掌故。南社邹遇,字忍伯,少年早慧,操笔为文,勤奋做诗,与柳亚子、陈筱舫相唱和。他喜欢流连风景,足迹遍大江南北,凭吊古今,辄多诗篇。性率直,深嫉趋炎附势,往往使酒骂座,无所顾忌,故毁誉参半。邹遇,自号"悔悔生",作有《悔悔生自传》。

悔晦堂对联话 对联集。吴恭亨撰。14 卷,4 册。长沙县对门鸿飞印刷局 1921 年铅印本。雷以动署端。吴恭亨自序。《题署》4 卷,《庆贺》1 卷,《哀挽》5 卷,《杂缀》3 卷,《谐谑》1 卷。卷七有"吴悔晦六十五岁摄影"。

悔晦堂诗集 诗集。吴恭亨撰。7 卷,《杂诗》3 卷,1 册。1922 年铅印本。封面由傅熊湘署端。柳弃疾、吴恭亨分别作序。卷前有"悔晦六十五岁摄影"。此书为作者清末民元之诗作结集。

家庭必读看护病人要诀 护理常识。胡宣明、杭海(席洋)译。1 册。商务印书馆 1920 年初版。有译者序。含病症、病室之照顾、床褥之照顾、沐浴、病室之用品、病人之饮食、药剂与治疗、发炎与压剂、患传染症者之照顾、普通疾病和童叟诸症之照顾 11 章。

家庭新论 伦理学著作。沈钧儒著。1 册。商务印书馆 1927 年第三版,列入"家庭丛书"。蔡元培、林志钧、朱希祖和张季鸾分别作序。含绪言、我对于家庭的感想、家庭应以儿童为主体、妇人的经济独立、结婚、财产继承与限制、泛家庭事项、家庭经济、家事教育、略论优生学等篇。

宾虹书简 书信集。黄宾虹著,汪己文编。1 册。上海人民美术出版社 1988 年初版。有黄宾虹像和黄宾虹致汪孝文、陈叔通书信手迹照片。傅雷作前言。含以讨论书画为主兼及金石文字的书简 91 通,以考据金石文字为主兼及书画的书简 25 通和其他方面书简 54 通。

宾虹纪游画册 画集。黄质(宾虹)绘。1 卷,1 册。1934 年刻本。于燮成、王秋湄、朱钵文、朱九苞、李沧萍、李韶清、何澄亚、宋小坡、宣愚公、胡有霖、秦更年、商承祚、张泽、张大千、张谷雏、程文龙、邓实秋、鲍扶九、简经纶、关藻新、朱砚英、黄映芬、赵含英、顾慕飞作序。收入宾虹游黄山、白岳、雁宕、四川、桂林、浙绍、苏锡、皖南等地所作画共 40 幅。

宾虹诗草 诗集。黄宾虹撰。4 卷,1 册。1933 年石印本。林志钧题签。潘飞声、许承尧分别作序。前三卷,收诗作 230 多首。补遗一卷,录诗作 89 首。

宾虹草堂玺印释文 篆刻研究。黄质撰,吴朴编。1 卷,1 册。1958 年石印本。吴朴堂署端。王福厂作序。有古玺、白文小玺、朱文小玺、秦汉之间印、汉魏六朝官印、汉玉印、汉私印、战国至汉肖形印。《宾虹草堂玺印释文附录》有叙言、自叙、弁言、古玉印叙、宾虹草堂藏古印自叙、宾虹草堂藏古玺序、藏鈢例言。

容伯挺(1885—1922) 广东新会(今江门市新会区)人。南社社友。1916 年 8 月 15 日由孙仲瑛介绍入社,入社书编号 764。早年留学日本,加入中国同盟会。1912 年回到广东从事党务活动。次年 5 月以广东代表身份赴天津参加各省议会联合会成立大会。1915 年 10 月受聘任广州《中华新报》主笔。翌年 5 月护国军在广东肇庆成立军务院后,任军务院秘书厅秘书,襄赞讨袁军务。后历任广东省参议会议员、省长公署公报所所长、财政厅参议、印刷局局长等职,仍兼任《中华新报》社长和主笔。1922 年遭暗害。

诸子二十六论 诸子通论。陈柱撰。4 卷,4 册。北流陈氏万卷楼 1935 年刻本。冯振谨、王蘧常分别作序。陈柱作《叙目》。卷一有原诸子(上下)、原儒(上下)、阐孟、阐荀篇;卷二有原道、阐管、阐老(上下)、阐庄(上中下)篇;卷三有原阴阳、原法、阐商、阐韩、原名篇;卷四有原墨、阐墨(上下)、原从衡、原杂、原农、原小说、子要等篇章。

诸子十六讲 先秦哲学。陈柱、章太炎、梁启超著。1 册。北京中国友谊出版公司 2009 年第一版,列入国学经典藏书图文版·大家国学十六讲。有出版前言。含儒家总论、儒家要旨、孟子、荀子、原道、道家总论、老子、庄子、阴阳家总论、法家总论、韩非子、名家总论公孙龙子、墨家总论、墨子和诸子略说等 16 讲。附时代背景及思想渊源、政治思想四大潮流及研究资料、儒家思想、道家思想、墨家思想和法家思想。有编后记。

诸子概论 先秦哲学。陈柱著。1 册。商务印书馆 1930 年初版，列入“万有文库”第一集与“百科小丛书”。全书共分 6 编，分别对儒家、道家、阴阳家、法家、名家、墨家阐明义理，扼要论述诸子十家学说，并考证其渊源流派。叙述各家的学术渊源、流派，论述儒、道、墨三家尤为详细。

诸青来(1881—1943) 上海人。名翔，字青来，号人凤。南社社友。1916 年 8 月 31 日由高旭、赵正平、周亮才介绍入社，入社书编号 676。1904 年留学日本。回国后在清廷农商、财政等部任职。民国初年曾在北京《民苏报》任编辑。后创办上海神州大学，任总务长，并任上海《时事新报》主编、《银行周报》编辑。先后执教过上海交通大学、大夏大学、持志大学、光华大学及中国公学等校。1933 年参加在上海成立的中国国家社会党。抗日战争全面爆发后附庸汪精卫，投降日本侵略者。1940 年 3 月在上海带头组织中国国家社会党政务特别委员会，并主持党务。后又出任汪伪国民党中央政治委员会延聘委员、交通部长、全国经济委员会常务委员、水利委员会委员长及立法院副院长等伪职。1943 年卒于上海。著有《政论集》《经济论集》《社会改造问题》等。

诸宗元(1875—1932) 浙江绍兴人。字贞壮，一字贞长，又字长公，号大至、大至居士，别署迦持。南社社友。1909 年 11 月由陈去病、柳亚子、朱少屏介绍入社(1912 年 4 月 28 日补填入社书)，入社书编号 265。是中国同盟会会员，也是参加南社第一次雅集暨成立大会的 17 位社友之一。1903 年举浙江乡试副贡。次年与黄节、邓实等在上海创设国学保存会，发刊《国粹学报》。旋应张謇邀往南通掌理翰墨林书局，不久经上海道台瑞澂延聘入幕，1907 年后随瑞澂历赴江苏巡抚、湖广总督任上，荐保至直隶州知州，曾署湖北黄州知府。民国成立后历任山东海关监督、全国水利局总裁张謇秘书、浙江都督府秘书、浙江巡阅使署秘书，参浙江都督卢永祥戎幕。1924 年任浙江电报局局长。1929 年任国民政府教育部秘书，1932 年病逝于上海。工诗善文，亦擅书法。著有《大至阁诗》《病起楼诗》《吾暇堂类稿》等。

读二十五史蠡述 历史著作。李澄宇著。3 册。北京图书馆出版社 2005 年第一版，“历代正史研究文献丛刊”之一。前有陈其泰序。第一册为读《史记》至《南齐书》蠡述，第二册为读《梁书》至《旧五代史》蠡述，第三册为读《新五代史》至《明史》蠡述。

读汉文记 读书笔记。胡朴安著。1923 年印在安吴胡氏刊《朴学斋丛刊》第四册中，后收入胡道彦 1983 年在台湾印行出版之《朴学斋丛书》第二集(九)。有作者自序。所读内容有贾谊《吊屈原赋》、司马相如《子虚赋》、董仲舒《有悲士不遇赋》、司马迁《报任少卿书》等汉代辞赋名家名篇。

读金器刻词(卷上) 古文字研究。马叙伦著。“学林”第二辑抽印本，1940 年 12 月出版。系作者手稿影印本。所谓金器刻词，系指铸刻在殷、周青铜器上的文字，又称“钟鼎文”。该书是探讨钟鼎文的形体构造及其演变规律的专著，共列 120 余个单字，每个字首列字形，其次列出作者的考释和解说，包括对该字字形的分析、字义的推论等内容，其中不乏精到创新之处。特别是书中有不少勾画和修改，说明此书是作者的原稿，更有其独特的价值。

读春秋国语四史蠡述 读史笔记。李澄宇撰。6 卷，5 册。1933 年铅印本。《读春秋蠡述》2 卷，何键题签，杨钧署端，黄兆枚作序，李澄宇自序。《读国语蠡述》不分卷，杨钧署端。《读汉书蠡述》3 卷，何键题签，曹孟其署端。《读后汉书蠡述》3 卷，何键题签，袁赞德署端。《读三国志蠡述》3 卷，何键题签，汲之署端。《读史记蠡述》3 卷，何键题签，孟徐琸署端。

读美国独立史有感 诗篇名。七绝。蒋士超作。具体写作时间不详。此诗是 1902 年出版的杨荫杭、杨廷栋、雷奋等人以译书汇编社名义出版的美国姜宁著、清章宗元译《美国独立史》的读后感。诗作赞美美国 1776 年《独立宣言》，宣布美国独立，提倡民权，纽约州、新罕布什尔州等英国在北美洲的 13 个殖民地，高举独立、自由大旗，脱离英国，组成美利坚合众国。纵情礼赞美国宣告独立的自由钟钟声对东方、对中国产生了巨大震动，美国文明盛大、卓著。感情鲜明，音节浏亮。

读爨文丛刻——兼论猡文之起源 民族古文字研究。闻宥著。《图书季刊》第三卷第四期抽印本，世界文化合作中国协会和国立北平图书馆编印。作者针对丁在君的《爨文丛刻甲编》上的有关论述，如猡文最早的文献、最先研究猡文的学者等问题，提出自己不同的看法，并对名为罗文笔的学者在丁在君《爨文丛刻》上的诸多注音，提出了自己不同的意见。文章还通过对西夏文字、日文假名、朝鲜谚文和磨些（纳西）文字的对比研究，对猡文的起源等问题提出了自己的观点，认为猡文有些是取自汉字的篆文，有些为该民族自己的创造，有些为表音符号用作假借，还有些是从猡文自身演变而来的。本文对研究彝文、纳西文和中国少数民族文字都有重要的参考价值。

调查琼崖实业报告书　调查报告。彭程万、殷汝骊编。1册。1920年铅印本。林葆怿题签。岑春煊、陆荣廷、伍廷芳、李烈钧、莫荣新、林森、吴景濂、王正廷、褚辅成、李煜瀛、吴敬恒、汪兆铭、林修梅、林虎、钮永建、赵正平、金兆棪、张大义、吴山等题词。岑春煊、赵藩、李根源分别作序。彭程万、殷汝骊作跋。

谈月色（1891—1976）　广东顺德（今佛山市顺德区）人。女。名溶，字月色，号溶溶，晚号珠江老人。南社社友、南社湘集社友。1920年10月27日由蔡哲夫介绍入南社，入社书编号1085。幼为尼，后还俗于31岁嫁给蔡哲夫。善诗书画，尤以篆刻、画梅出名，瘦金书造诣更深。1926年曾与蔡哲夫一道参加中国金石书画艺观学会。1937年3月2日与蔡哲夫、张谡斋、黄宾虹等在南京寓所“寒月行窠”举行雅集。中华人民共和国成立后被选为第三第四届全国妇女代表、南京市人民代表，并受聘为江苏省文史研究馆馆员。著有《月色诗集》《茶四妙亭印谱》《中国梅花史》，辑有《寒琼遗稿》等。

谈文灯（1887—1938）　浙江海盐人。字麟祥，号梦石。南社湘集社友。清末举人。民国后隐居不仕。精书法，以鬻书自给。抗日战争期间到上海避难，后病逝。著有《武原先哲遗著录》《八法丛谈》《梦石初稿》（未定稿）等。有《梦庐寻梦图》征题。

谈善吾（1868—1937）　江苏无锡人。又名治、长治，别号谈老谈，笔名老谈。南社社友。由社友介绍入社，未填写入社书，介绍编号29。与于右任相友善，因主《民呼日报》《民吁日报》《民立报》三报笔政，人称“三民记者”。其寓言小说《逐日演义》曾在《民立报》副刊《杂录部》连载，与叶楚伧的散文、徐天复的政论一起被称为“民立三妙”。1923年主编《中华新报》。于右任主监察院时，其供职于审计部。著有《夸父逐日记》《女蜮记》《白丝巾》等小说，出版有小说《真因果》《剖心记》《亡国奴传奇》等。

弱女飘零记　奇情小说。胡寄尘著。1册。上海广益书局1913年12月发行。书前有作者自序及吹万居士（高燮）题词。全书8章，叙说弱女方小翠被继母抛弃海边，又落海盗之手，后与先俘少女小红一起逃脱。乘船回福州时遇海浪漂到荒岛，意外遇见小红父亲。3人乘木舟离岛，遇浪冲散。小红被过往船只救起后，回到福州伯父家。后小翠和小红父也到福州，当小翠得知小红父为小红提亲的甘秋正是自己的恋人时，与小红反目。她借故返乡，途中遇劫，几于自杀。甘秋知情托人赠金相助，又与小红伯父商量，让小红与甘秋弟弟甘生联姻。得小红默认后，甘秋兄弟与小翠、小红分别结为伉俪。故事情节曲折，描写有嫌夸张。

弱水　诗文集。黄忏华著。1册。江苏省南京书店1932年初版。含卷头语、浮生、女生与沙漠、我的艺术观、香严集序、题宗白华的流云集和写给刘灵华、王平陵、宗白华、柳亚子的信等各类作品80题。

陶小柳（1874—1934）　江西南昌人。名牧，字伯荪，一字伯纯，号小柳，别署了庵、了盦、病鳏。南社社友、新南社社员。1909年由陈去病介绍入南社，入社书编号28。早年在沈阳组织辽社，后参加贞社。1916年9月参加在北京徐园举行的南社第七次北京雅集。1925年3月在北京清室善后会议秘书处供职，后寓居吴中和上海。1930年曾出任南汇县县长。1932年又任太仓县县长。偶作诗词，以传递唱和为乐。喜听琵琶，后来歌者喜用胡琴，便调寄《琵琶仙》一曲以志其感。生平所作，诗多于文，词更多于诗。

陶名珍（生卒年不详）　籍贯未详。南社社友。由社友介绍入社，未填写入社书，介绍编号41。

陶孝宗（生卒年不详）　湖南宁乡人。号绿叶。南社湘集社友。曾任《湖南日报》编辑。

陶冶公（1886—1962）　浙江会稽（今绍兴）人，生于福建厦门。原名延林，字雅翼，号成之，后改名铸，字冶公，号望潮，别号洁霜。南社社友。1912年2月15日由章木良、费公直、朱少屏介绍入社，入社书编号214。早年进东湖通艺学堂、浙江高等学堂就读。1906年赴日本，翌年入东洋学院、法政大学速成班，后入私立明治大学附中。在日本加入中国同盟会，任同盟会机关报《民报》发行干事。1907 年 3 月与章炳麟、张继、苏曼殊等发起成立“亚洲和亲会”。1909 年考取日本国立长崎医学专门学校药科。1910 年又加入光复会，次年暑假到京都帝国大学进修。适逢国内发生武昌起义即回国参加革命，任沪军先锋队第五队指挥官，参加光复上海攻占江南制造局的战斗和光复南京之役。1912 年 7 月与汪兆铭、吕志伊、林庚白等在上海创刊《民国新闻》，任社长。同年 8 月仍回日本继续学业，1913 年 7 月从长崎医学专门学校药科毕业。回国后任汉口市卫生局长。北伐后任国民革命军总司令部政治训练部代主任兼总务处长、第四集团军前敌总指挥部政训主任。1930 年在北平、太原等地参加反蒋活动。中年以后信奉佛教，皈依谛闲法师、印光法师和灵云和尚，并在南京与陈铭枢等开办金陵刻经处。1949 年拒绝去台湾。中华人民共和国成立后历任绍兴市人民代表、浙江省政协委员、绍兴市政协常务委员、绍兴市文物管理委员会副主任、民革中央委员等职，受聘为浙江省文史研究馆馆员。

陶岷原（生卒年不详） 江苏吴县（今苏州）人。新南社社员。早年曾就读于吴县公立高等小学和苏州草桥中学，与叶圣陶、顾颉刚等同学。

陶采彬（生卒年不详） 江苏南汇（今属上海浦东新区）人。南社社友。由社友介绍入社，未填写入社书，介绍编号 42。

陶绍煌（1872—1938） 江苏吴江（今苏州市吴江区）人。字粟已，号亦园。陶赓照从兄。南社社友。1917 年 7 月 2 日由陈洪涛、柳亚子介绍入社，入社书编号 931。家中开有陶懋隆酱园。曾请人绘有一幅《运甓图》，柳亚子并作诗《为陶亦园丈题〈运甓图〉》赞之。为人处世淡泊宁静，笃行好学，平时雅爱王羲之《十七帖》，亦临摹颜鲁公，习得一手好书法。至今在吴江博物馆内还藏有其多幅手迹。

陶秋英（生卒年不详） 江苏吴江（今苏州市吴江区）人。女。南社纪念会会员。是南社社友陶赓照的女儿，姜亮夫的夫人。夫妇合作辑录有《历代人物年里碑传综合表》。

陶渊明生活 作家评传。胡怀琛编著。上海世界书局 1930 年 1 月出版。为“生活丛书”之一种。本书用故事形式，既全面又通俗地分析了陶渊明的生平及其作品。其中分别记述了传主的家庭生活、县令生活、田园生活、闲适生活、悲愤生活、旷达生活和文学生活，并综合其各种生活内容，通过其不朽的诗篇，反映了他思想发展的轨迹和历史环境。全书资料翔实，笔墨有趣，可读性强。

陶惟坻（1856—1930） 江苏昆山人。字砥流，又字小沚。新南社社员。1888 年举人。以拣发知县签分发河南候补后回归家乡，潜心教育。早年为叶楚伧的启蒙老师，南社社友朱翊新、朱云光等均是其门生。1905 年创办元江两等小学堂。1907 年弟子叶楚伧以革命党罪被逮入狱后，旋即约集苏州名士联合写信给苏籍京官陆润庠保其获释。1907 年被举为江苏省谘议局议员兼乡议会议长。1912 年任江苏省农务总会副会长。1926 年任江苏省立第二图书馆馆长。1929 年被江苏省政府聘为《江苏通志》编纂委员会委员，主纂《职官志》。著有《说文集释》《陶惟坻文集》等。

陶　铸（1869—?） 浙江杭县（今杭州）人。字志渊，号痴鸳。南社社友。1917 年 5 月由王海帆介绍入社，入社书编号 903。

陶赓照（1888—1948） 江苏吴江（今苏州市吴江区）人。字承周，号神州。南社社友、新南社社员、南社纪念会会员。1910 年由柳亚子介绍入南社，入社书编号 81。1904 年与柳亚子一起到同里自治学社就读。1905 年与柳亚子等人发起成立自治学会，与曾经就读过的自治学社相对立，并协助柳亚子创办《自治报》，后改名《复报》。1914 年 5 月参加在上海愚园云起楼举行的南社临时雅集。1936 年 2 月曾带领女儿陶秋英赴上海参加南社纪念会第二次聚餐会。为南社社友陶绍煌的从弟。

陶磬园（1887—1951） 湖南醴陵人。名广，字思安，号磬园。南社湘集社友。早年入湖南瓷业学堂，毕业后进湖南瓷业公司，搞彩绘。后入北京宪兵学校及南京江南讲武堂学习。1926 年任北伐军团长，参加攻克武昌战役。1937 年八一三淞沪抗战爆发后，任国民党军第六十师（一说六十二师）师长，与 11 月 3 日由金山卫登陆的日军展开激烈战斗。1939 年 5 月率部进入敌后，军队化整为零与新四军一道共同对日军展开游击战。同年 6 月 23 日命所属军队将吹万楼藏书近 300 箱共 30 余万卷用 7 艘大船悉数运走，得不失于日军之手。抗战胜利后隐居杭州。1948 年 1 月参加中国国民党革命委员会。1951 年 8 月病逝。

陪陪坐坐之陶小柳 南社掌故。陪陪坐坐，指陪伴着坐一会儿。郑逸梅在《南社丛谈》中写道：“陪陪坐坐之陶小柳，指小柳不能饮酒，只能陪坐于旁也。”

娱闲录 期刊名。1914 年 7 月在成都创刊。创办人樊孔周，编辑有吴虞、方觚斋、刘觉奴、度公等。为《四川公报》的增刊。该刊设有杂说、益智集、异闻录、笔记、小说、谐薮、名优、名妓、杂俎、文苑、剧本等栏目。发表有爱智《观剧偶赋六首》《金缕曲·即事》，无瑕《新剧罪言》，曾兰《西剧经国美谈》等作品。1915 年 9 月停刊，前后共出版 27 期。

娱亲雅言 诗词集。李根源编。1 册。阙园印本 1926 年初版铅印本，列入“曲石丛书”。李根源题签。邓邦述署端。记述丙寅年(1926)初春，吴中贤硕集编者寓所阙园，进行消寒会的乘兴之作。与会并乘兴所作诗词者有金天翮、毕子应、黄岩玄、沈飏、吴颖芝、亢惕庵、汪鼎丞、张仲仁、王寅庵、彭云伯、费韦斋、彭子嘉、尤宾秋、周迦陵、李蔗村、卧云法师、况夔笙等。并有阙园中的石刻、诗刻等的记载。

通雅斋丛稿 诗文集。成本璞撰。8 卷，4 册。武林清宣统元年(1909 年)刻本。陈豪署端。颜钟骥作序。含《淡庵骈文》1 卷，《淡庵文存》1 卷、附 1 卷，《碧云词》1 卷，《泪影词》1 卷，《湘瑟秋雅》1 卷，《酒痕集》1 卷，《瀫溪集》1 卷，《松园集》1 卷。

桑　伊(1890—?) 江苏松江(今属上海)人。字伯尹，号白鹰。南社社友。1917 年 7 月 24 日由费龙丁介绍入社，入社书编号 940。

桑祖钦(1893—?) 江苏松江(今属上海)人。字仲明。南社社友。1917 年由费龙丁介绍入社，入社书编号 941。自中年起，师从冯超然学画，在上海嵩山草堂留有大量画稿。

十一画

春音词社 社团名。1915年2月由南社社员庞树柏、陈世宜、王蕴章、徐珂、白炎、叶玉森、吴梅、叶楚伧、姚锡钧、周庆云等在上海组织成立。周庆云是实际主事者和中心人物。成立会上推举清末常州词派人朱孝臧为社长。参加该社的词人还有李岳瑞、恽毓龄、况周颐、曹元忠、夏敬观、袁思亮、恽毓珂、潘飞声、邵瑞彭等人。社名由来，据王蕴章有两说：一、“（朱祖谋）取然灯之语，以‘春音’二字名社”，又谓“取互相劳苦之意”。据汪梦川研究，“春音”典出《楞严经》，并认为“社以‘春音’名，或寓意当日虽时局昏乱，而词人之词心仍在；又或虽自谦为春音，而实以词坛之钟鼓自任”。主要活动是举行各种雅集并制词酬唱，自1915年初夏至1918年2月22日前共举行17次雅集。何时停止活动不详。

堵申甫(1884—1961) 浙江绍兴人。原名福诜，一字申父，号屹山，别号冷庵。南社社友。由社友介绍入社，未填写入社书且未予编号。早年就读于绍兴大通学堂，毕业于浙江高等学堂。后参加光复会。曾任浙江模范小学堂校长，省立两级师范学校书法教师和学监、舍监，省立女子师范学校、上海圣仓明大学、浙江大学等校教员。为乐石社主要成员。1918年曾随校长经亨颐赴日本、朝鲜，考察教育。1924年赴北京董理补抄文澜阁残缺的《四库全书》。后曾两度任余姚县县长。1936年5月任浙江省图书馆设计委员会委员。又从事佛书的编辑。1953年受聘为浙江省文史研究馆馆员。1961年在杭州逝世。著有《补钞文澜阁〈四库全书〉阙简记事》《绍兴学校教育志》《社会教育志》等。

教育史略述 教育史译作。侯鸿鉴编辑。无锡速成师范学校1911年初版，“教育丛书”之四。书前有编者自序一篇，自云：“辛丑壬寅间，留学东邦，受教育史讲义于渡边几治先生，笔述大意，参以渡边先生之言论，成此教育史略述一卷。”书中起讲于古希腊、罗马及欧洲中世纪之教育史，而重点则在于介绍欧洲近代著名的20位教育家、哲学家，如培根、夸美纽斯、洛克、卢梭、裴斯泰洛齐、康德、黑格尔、赫尔巴特、福禄培尔、斯宾塞等人的教育学说，是早期介绍西方教育史的专著。

教育论 教育学论著。斯宾塞尔著，任鸿隽译述。1册。商务印书馆1929年10月初版。书前有译者序，指出本书有两个主要论点：“第一论主张科学知识为最有价值，第二论主张教育之要义，在令学者自由发展其材质。”评价此书：“不囿于学校，其价值亦不限于一时，盖在人类家庭社会一切教育不可缺之书也。”另有美国爱理亚1910年所作序，介绍此书出版于1854—1859年，分为篇一《论何者为最有价值之知识》与篇二《智育》两篇，此论分人类活动之重要者为自存、谋生、育子、作民与审美愉悦五部；而断言无论何类中，科学知识皆较他种知识为有价值。序中亦推崇斯氏关于信与疑、柔制教育与野蛮教育、驱迫教育与趣味教育等问题的见解。书的正文中“每节细目则译者所增，期使读者易于贯彻”。

著作林 期刊名。1906年11月1日创刊于杭州。陈蝶仙主编，月刊，后沈宗畸、戚饭牛加入编辑行列。

“保存国粹、搜集遗编”为其办刊宗旨。在16期以前分设说部、谈丛、评林、乐府、杂俎等栏目，而后取消。刊登作品多为生活写意之旧体诗，但也不乏针砭社会现实的佳作。陈蝶仙在此发表的作品主要有《鸳鸯渡河》《断爪感情记》《分牛案》《摘星楼词选》《雁来山馆诗钞》等。1908年，出版第二十二期后与《国闻日报》合并。

著君吟社诗词钞 诗词合集。沈宗畸编。线装1册。北京广益印字局光绪三十四年（1908年）铅印本。卷首有《著君吟社同人录序》，沈宗畸《小引》《著君吟社同人录》。著君吟社是该年在北京成立的诗社，有成员120人。该集即是该年10次集会所作诗词的结集。卷末附《著君吟社诗种集》。

黄　人（1866—1913） 江苏常熟人。原名振元，又名震元，后更名人昭，字慕韩、慕庵，又字羡涵，中年时易名黄人，号摩西，别署兰君、梦庵、慕云等。南社社友。由社友介绍入社，未填写入社书，介绍编号13。16岁考中秀才，在县衙任书吏。1892年到苏州收徒授课，并在求志书院、学爱精庐讲课。1900年与章太炎一齐受聘于东吴大学堂。同年与庞树柏等在苏州组织三千剑气文社。

黄人

是年又与庞树松在苏州创办《独立报》，任主编。1902年与王文濡在上海创办国学扶轮社，协助编辑《清文汇》。1905年9月与徐念慈等在上海创办小说林书社。1906年创办专门刊载小说的《雁来红丛报》，任主编。1907年2月又与曾朴、徐念慈等创刊《小说林》杂志，任编辑、主编。素富藏书。生平博学多才，举凡经史、诗文、词曲、小说、音律、医学、佛典、方技、遁甲之术，均能晓其大概，被称为“清末奇才”，又有“南社才子”之称。以诗词与小说理论和文学史著作闻名于世。后因罹患精神病，于1913年10月15日殁于苏州。著有《中国文学史》《小说小话》《石陶梨烟室诗》等，译有《大狱记》《哑旅行》《银山女王》等，辑有《普通百科新大辞典》等。今有《黄人集》。

黄人·评传·作品选 评传。黄人著，汤哲声、涂小马编。1册。中国文史出版社1998年初版，列入“清末民初文人丛书”。有黄人像等插图。刘纳作序。有黄人评传。含摩西文辑存、石陶梨烟室诗存、摩西词、和定庵无着词、和定庵怀人馆词选、和定庵影事词、和定庵小奢摩词选、和定庵庚子雅词、和龚定庵集外词、和张皋文茗柯词、和蒋剑人芬陀利室词、西河词选、摩西词辑及散曲。附后记。

黄人济（生卒年不详） 江苏吴江（今苏州市吴江区）人。新南社社员。

黄山卧游——黄宾虹黄山写生册页 国画选。黄宾虹绘。1册。合肥安徽美术出版社1985年初版。王伯敏作序。林散之题记。含潭渡村图、汤泉小补桥和狎浪阁等16幅。黄宾虹作跋。

黄山揽胜集 旅游日记。徐英、陈家庆著。中华书局1937年4月印刷并发行。用日记形式记录徐英和陈家庆夫妇从1936年7月11日至8月21日游历安徽黄山的见闻，其足迹循着人字瀑、慈光寺、天都峰、玉屏峰、后海奇观、莲花峰、光明顶、始信峰一路行来。作者用洁净的文言文和轻快的笔调描绘了黄山“峰奇松奇云亦奇”的壮丽风光。他俩还创作了百余首旖旎多采的旧体诗词，抒发对黄山景观的赞美和颂扬。因此当时即有人称誉他们“黄山奇景君能赋，不特松奇笔更奇”。书后附有“黄山旅游须知”10条。

黄天鹏（1905—1982） 广东普宁人。原名鹏，字天鹏，一字逍遥，别号天庐。南社纪念会会员。早年肄业于三都书院。1925年参加国民革命军。同年考入北平中国平民大学报学系，毕业后创立北平新闻学会，创办《新闻学刊》，任主编。1928年8月出版我国第一个《新闻周刊》，仍任主编。1928年底又将北平《新闻学刊》扩版易名《报学杂志》（月刊），在上海出版。同年底赴上海主持《申报》要闻版笔政。1929年夏留学日本，起初在东京新闻研究所修业，旋入早稻田大学新闻系，获硕士学位。1930年秋回到上海，担任《时事新报》通讯部主任。1930年任复旦大学新闻系教授。其间还曾兼任上海沪江大学新闻学教授。抗战初期任重庆《时事新报》经理，1939年5月在重庆主持《时事新报》《中央日报》《国民日报》《新华日报》《大公报》和《新民报》等十家大报的联合版，被推为联合版报经理。1941年在国民党军事委员会政治部主持军报及政训业务，与南社社友杜国庠为同事。抗战胜利后任中央印务局总管理处处长。后定居南京，从事侨务工作和讲学。1949年去台湾。晚年组织“中国宪政法学会”，创刊《宪政时代》，任主编。1982年3月24日卒于台北。著有《中国新闻事业》

《新闻学概要》《中国政治制度》等。

黄元琳(1893—1943) 江苏吴江(今苏州市吴江区)人。字稚鹤,号自愕。南社社友。1917年1月27日由黄复介绍入社,入社书编号792。1915年参加酒社。1923年佐助柳亚子在家乡创办《新黎里报》。擅书法、懂绘画,尤能写会算。曾供职于吴江县粮食局,不久辞职返回黎里。是南社社友蔡寅姻兄。

黄以宽(生卒年不详) 湖南常德人。字心禅。南社湘集社友。

黄正理(生卒年不详) 湖南湘阴人。字汉琼。南社湘集社友。1935年4月至1936年10月参加南社湘集在长沙举行的第十一、十二、十三、十四次雅集。

黄　节(1873—1935) 广东顺德(今佛山市顺德区)人。原名纯熙,字晦闻、玉昆,后改名节,别署晦翁、佩文、黄史氏。南社社友,诗人。1913年4月由陈去病、高旭介绍入社,入社书编号375。早年肄业于广雅书院。1901年创办群学书社。次年在上海协助邓实等创办《政艺通报》,任主编。1903年为高旭、高燮、高增创办的《觉民》月刊主要撰稿人之一。1905年倾其家产与章太炎、邓实、刘师培、陈去病等创办国学保存会,创设国学藏书楼,刊行《国粹学报》,主笔政。1909年在香港加入中国同盟会。1911年11月《民国报》在上海创刊,为该报主要撰稿人。辛亥革命后任广东高等学堂监督。1912年在广州与谢英伯等组织天民社,创刊《天民日报》。1928年4月任广东省教育厅厅长、广东省通志馆馆长。同年,在广州组织岭南南社。1929年8月辞去教育厅长职务,旋赴北京大学任教,兼清华大学文史与诗学教授,长期讲授汉魏乐府和古体诗。1935年1月24日病逝于北平。工诗文,擅书法,被称为"南国诗人"。藏书最富《诗经》《楚辞》《文选》3类。著有《中国通史》《中国文学史》《蒹葭楼诗》等,另著有《汉魏乐府风笺》《曹子建诗注》《魏文帝魏武帝诗注》等。今人辑有《蒹葭楼集外佚诗》。

黄节诗选 诗集。黄节撰,刘斯奋选注。平装1册。广东人民出版社1984年出版,"广东地方文献丛书"之一。集1895—1934年间诗作121题、139首,每首诗均有题解和注释,并按黄节《蒹葭楼诗》原有编年,集外之作,因其发表时间,或因其内容及时代背景尽量考订之。附刘斯奋《黄节年表简编》和刘峻《诗人黄节的思想和风格》。

黄节诗集 诗集。黄节撰,马以君编。1册。中国人民大学出版社1989年出版。马以君作前言。张尔田、诸宗元、陈三立分别作序。是书集1895—1934年间诗歌509首。还收入1916—1926年间词作3阕。附马以君的《黄节年谱》《各家论黄节诗》。

黄亚君(1883—1972) 北京人。女。本名刘雅君,婚后有时用夫姓。南社社友。1912年4月20日由费公直、李大钧、杨元伯、郑佩宜介绍入社,入社书编号262。中华人民共和国成立后受聘为北京市文史研究馆馆员。其丈夫黄喃喃,亦是南社社友。

黄亚康(1888—?) 江苏海门人。南社社友。1912年10月6日由袁圻介绍入社,入社书编号187。

黄仲琴(生卒年不详) 广东潮安(今潮州)人。号嵩园。南社湘集社友。著有《燕巢诗稿》。另有《九龙山色图》征题。

黄华集 题咏集。高燮编。1卷,1册。闲闲山庄1924年铅印本。黄宾虹署端。金天翮、顾熏分别作序。胡蕴、张孔瑛、胡韫玉、顾熏、韩绮章、高增分别题词。是集为高吹万为第三儿君香娶媳时,适山庄菊花大放之际,以家宴赏菊命题,其子女家人的作品。和诗者有朱家驹、叶秉常、柯志颐、王毓岱、顾熏、沈道非、朱锡秬、周龙章、朱家骅等。

黄冰清(生卒年不详) 江苏嘉定(今属上海)人。女。南社纪念会会员。1935年夏曾与吴开先伉俪、黄宾虹伉俪等十余人同游青浦,到圆津禅院观画。同年始受业于黄宾虹,从其学画。丈夫朱羲农,亦为南社纪念会会员。

黄忏华(1890—1977) 广东顺德(今佛山市顺德区)人。字璨华,号凤兮。南社社友、新南社社员,佛学理论家。1911年8月由黄宾虹介绍入南社,入社书编号338。早年入南京千仓师范学校,后毕业于南洋公学。《亡友周仲穆哀辞》发表于《南社丛刻》。1914年10月东渡日本求学,专攻哲学、文学,尤专心于佛学,在京都帝国大学毕业后回国。1919年五四运动前后加入少年中国学会。1926年夏结识太虚大师。1928年参与组织中国佛学会,当选为执行委员。1929年4月参与筹组中国佛教会,次年3月中国佛教会正式成立时被选为常务理事。后曾任国民政府考试院考选委员会专员、立法院行政部秘书兼立法院公报编辑等职。1937年抗日战争全面爆发前后曾一度任教于复旦大学、厦门大学。抗战期间到重庆,抗战胜利后回南京，后迁居杭州。中华人民共和国成立后任职于杭州灵隐寺修复委员会、上海静安寺图书阅览室。1961年受聘为浙江省文史研究馆馆员。参与《中国佛教百科全书》及《辞海》编撰工作。1977年8月28日因病在杭州去世。工诗善文，一生著作等身。著有《佛学概论》《中国佛教史》《佛教宗派源流》等，译著有《近代哲学概观》《现代哲学概论》《西洋哲学史纲》等，并写有小说《弱水》等，去世时留下遗著《水经注捃华》稿本。夫人朱洛英，亦为南社社友。

黄　兴(1874—1916)　湖南善化(今长沙)人。原名仁牧，一名轸，字杞园、廑午，后改名兴，号克强，化名张守正，别署董午、董坞、竞武、经武。南社社友。1912年10月21日由陈其美、朱少屏、姚雨平介绍入社，入社书编号323。辛亥革命领袖之一，与孙中山并称为“孙黄”。1893年就读于长沙城南书院，1896年被录取为县学生，入长沙湘水校经堂，1898年被选送武昌两湖书院。1902年赴日本留学，入东京弘文学院速成师范科，与陈天华、杨笃生等组织湖南编译社、“土曜会”，创办《游学译编》杂志。1903年4月与钮永建、秦毓鎏等组织拒俄义勇队，反对沙俄侵占东北三省。同年夏回国，执教于长沙明德学堂，又在经正、修业、实业等学堂及民立第一女子学校、安徽省旅湘公学等校兼任教员。1904年11月在长沙与蔡锷、陈天华、宋教仁、刘揆一等组织华兴会，任会长。次年又成立同仇会，任会长，与刘揆一等密谋在长沙起义，后因事泄避走上海。1905年由上海至日本会晤孙中山，两人于8月20在东京共同组织中国同盟会。1907年9月起先后参与、组织和指挥广西防城起义、镇南关(现称睦南关)起义、钦(州)、廉(州)起义、河口起义及广州新军起义。1911年4月27日与赵声等领导发动了广州黄花岗起义。1912年南京民国临时政府成立后，任陆军总长兼参谋总长。南北议和谈成、南北统一，民国临时政府北迁后，任南京留守，主持南方革命军队的整编工作。同年6月在汉口创设明德大学，9月中旬赴北京，参加在其北京临时寓所举行的南社第一次北京雅集。1913年7月与孙中山一道发动二次革命，被推为江苏讨袁军总司令。二次革命失败后流亡日本。1914年7月离日赴美。1916年10月31日病逝于上海。翌年4月15日国葬于长沙岳麓山。擅书法，书工北魏，工谨而洒脱，亦喜好吟诗填词。遗著有《黄兴集》《黄克强先生诗联选集》。

黄兴

黄兴归葬岳麓山　南社掌故。1916年10月31日，南社黄兴在上海病逝，次年4月归葬于岳麓山。

黄报出现　南社文献。1912年1月3日，陈去病、高旭、朱少屏、陈布雷等发起创办《黄报》，同月《天铎报》刊出《黄报》发刊词《黄报出现》，阐明创办该报目的旨在“言论鼓吹”，响应上海光复，“统筹全局”“以策进行”，并宣布苏州、上海、太仓等地的通信处及联系人。

黄花岗七十二烈士事略　历史著作。邹鲁编。1册。1923年初版。孙文、胡汉民、汪兆铭、姚雨平和邹鲁分别作序。有编者凡例。有黄花岗烈士被捕就义前、黄花岗烈士遗骸未葬前、黄花岗七十二烈士碑、黄花岗七十二烈士之碑和黄花岗部分烈士遗像等照片。邹鲁撰黄花岗七十二烈士碑记。章炳麟、铁崖、杨庶堪、天啸生、张根仁、陈融、邹鲁、丘哲分别作部分烈士传略。徐维扬作黄花岗县十八烈士殉难记。有黄花岗福建连江九烈士事略、黄花岗未有事略之烈士。胡汉民作黄花岗七十二烈士名碑书后。邹鲁作跋。附朱大符、邹鲁征集辛亥三月二十九日事实启等。

黄花岗起义报告书　南社掌故。由南社黄兴起草。1911年4月27日中国同盟会在广州举行起义，赵声、黄兴为此次起义的革命军正副司令。黄兴起草了《黄花岗起义报告书》。事后，《报告书》原件由谢良牧收藏，并根据原件摄影保存。

黄芥弥(生卒年不详)　湖南湘潭人。南社湘集社友。

黄克强先生上孙总理述革命计划书真迹　政论。黄兴撰。民国年间影印本。蔡元培题签。于右任署端。吴敬恒题：“开国大谋，省三先生珍藏。”后有居正、章炳麟等题识。

黄丽中(1885—?)　湖北随州人。字赘庵。南社社友。1918年8月14日由邵瑞彭介绍入社，入社书编号1031。

黄佛颐(1884—1946)　广东香山(今中山)人。字慈博。南社社友、广东分社社员、南社湘集社友。

1916年由蔡哲夫、胡伯孝介绍入社,入社书编号736。是时任职于广州惠爱七约时中学。

黄希宪(1875—?) 江苏吴县(今苏州)人,原籍安徽休宁。字履平。南社社友。1916年12月3日由高旭、陈去病介绍入社,入社书编号767。

黄应逵(生卒年不详) 湖南宁乡人。字渐之,号铁史。南社湘集社友。

黄冷观(1885—1938) 广东香山(今中山)人。名显成,字君达,别字仲弢,号冷观,亦号昆仑。南社湘集社友。幼年入广雅书院就读。1909年加入中国同盟会。曾与李怜庵、郑岸父等创办《香山旬报》《香山周刊》。后因声讨袁世凯被捕,坐牢经年,幸免于死。《十年旧梦》《廿年心影妆》《军狱琐记》3种书均著于狱中。1916年出狱后赴香港,后回邑主《民华报》笔政,再至香港主持《大光报》,兼司《香港晨报》笔政。曾受邑令郑朴荪之聘兼任炯洲两等小学校长。1926年春在香港创办中华中学。所撰小说以说部见长。其中有游侠传记《大侠青芙蓉》《沧溟侠影》《里巷伟人传》等,言情小说《青萍斐恨记》《桃花山庄》《鸳鸯枪》等,社会小说及闾里轶闻《剑庵稗剩》《梼杌新史》《畸人独行传》等。1931年九一八事变后,写有《野火》《狼烟鹃泪》《黄海之血》等。1938年1月13日病殁于香港。其第四子黄苗子,为南社纪念会会员。

黄冷观

黄社 社团名。反清进步团体。1905年黄宾虹在安徽歙县新安中学任教期间,与陈去病、许承尧、江炜、汪律本等组织成立。是为纪念明清之际思想家黄宗羲,继承与发扬黄宗羲的学风、文风而创立的。由许承尧起草的"黄社盟章",提出该社的宗旨为:"遵梨洲之旨,取新学以明理,忧国家而为文。"1907年,黄宾虹被人告密,遭通缉出奔上海,该组织遂止活动。

黄青海(1870—?) 广东香山(今中山)人。名永,字青海。南社社友、广东分社社员。1917年1月1日由蔡哲夫介绍入南社,入社书编号779。是时任职于广州香山公会。1917年3月参加南社在广州六榕寺举行的广东分社第一次雅集。

黄苗子(1913—2012) 广东香山(今中山)人。小名猫仔,名祖耀,后改名苗子。南社纪念会会员,漫画家、书法家。早年就读于香港中华中学。1931年1月从中华中学毕业后,进香港华仁书院习英语。翌年到上海,先后任上海市政府租界办事处办事员,上海市公安局秘书、科员兼大众出版社《大众画报》编辑,上海市禁烟委员会科员,南京《扶轮日报》社编辑,上海市政府机要室科员。1934年3月4日参加在上海西藏路宁波同乡会举行的南社临时雅集。同年5月《小说半月刊》创刊后,任该刊编辑。次年12月29日参加南社纪念会成立会。1936年夏举行全国第一届漫画展览时,任筹备委员。抗战全面爆发后任广东省省长吴铁城秘书。抗战期间在广州、重庆、上海等地参加抗日文艺活动。在广东参加漫画宣传队,参与创办《总动员画报》。在香港任《耕耘》杂志发行人,并任香港《国民日报》经理。在重庆,仍在国民政府任职,担任国民党中央海外部部长室总干事、中央秘书处秘书长办公室总干事。1944年与郁风在重庆结婚。抗战胜利后任财政部秘书兼广东省银行监察员、中国实业银行董事、中央银行秘书处副处长兼行政院美援运用委员会秘书处处长、中央信托局秘书处处长。中华人民共和国成立后在华北革命大学政治研究院学习,后任政务院秘书厅秘书,《新民报》总管理处副总经理,人民美术出版社编辑,中国书法家协会常务理事,中国美术家协会理事,民革中央监察委员会常务委员等职。是第五、六、七届全国政协委员。擅画又擅书法、美术评论。其岳父郁华,为南社社友。父亲黄冷观,为南社湘集社友。

黄欧查(生卒年不详) 广西容县人。女。字波拉,一字南茜。南社纪念会会员。

黄季刚先生手写日记 日记。1册。黄季刚著。台北台湾学生书局1977年初版,影印本。潘重规署耑。含六祝斋日记、阅严辑全文日记、潘逸录书眉日记和散叶日记。潘重规作跋。

黄季刚诗文抄 诗文集。黄侃撰。湖北省人民出版社1985年出版。有作者像、墨迹、墓处等照片4帧。陆宗达、殷孟伦作序。《量守碎金》集文52篇。《劳者自歌》集诗1 017首和词376阕。另有《阮籍咏怀诗补注》《李义山诗偶评》。有校订说明。

黄季通(1880—?) 广东曲江人。名兴谟,字季通。南社社友。1917年2月10日由黄青海、蔡哲夫介绍入社,入社书编号802。

黄　侃(1886—1935)　湖北蕲春人。幼名绪琳，谱名乔馨，学名乔鼐，后改名侃，字季刚、季子，号运甓，别署病禅、病蝉、量守居士等。南社社友。1912年3月1日由柳亚子、陈陶遗、叶楚伧介绍入社，入社书编号221。1901年秀才。1903年考入武昌文普通学堂。1905年东渡日本留学，入早稻田大学，在东京加入中国同盟会。1910年秋回国，在鄂、皖之间组织孝义会。后回武汉参加共进会与文学社。辛亥革命前夕在汉口参与创办《大江报》。1911年武昌起义时发动家乡孝义会会员参加革命。1912年在上海主办《民声日报》。1914年秋应聘为北京大学文科教授。1919年与刘师培创办《国故》月刊。后辞去北京大学教授职务，相继执教于武昌高等师范学校、武昌中华大学、东南大学、金陵大学、中央大学等校，任国文教授。又参加国学保存会、思辨社。治学上广有成就，擅经学、诗赋、音韵学、训诂学，兼及文字学，尤以填词为佳，又善书籀篆，被誉为“国学大师”。1935年10月在南京不幸猝死。著有《声韵通例》《尔雅略说》《文心雕龙札记》等。所著经后人整理为《黄季刚遗著篇目举要初稿》，还留有80余万字的《黄侃日记》。

黄侃

黄侃日记　日记。黄侃著，黄延祖重辑。3册。中华书局2007年初版。列入“黄侃文集丛书”。有黄侃文集出版说明。上册含癸丑日记、残叶日记、楚秀庵日记、六祝斋日记、感鞠庐日记、乙丑日记、读全史日记、京居日记、丁卯日记和戊辰日记；中册含阅严辑全文日记、戊辰日记、己巳治事记、读大戴礼记日记、读尚书大传日记、读韩诗外传日记、读春秋繁露日记、读白虎通疏证日记、读通纬日记、读国语日记、读山海经日记、读穆天子传日记、读汲冢周书日记、读战国策日记、读司马法日记、读古籀拾遗日记、读古籀余论日记和寄勤闲室日记；下册含寄勤闲室日记、避寇日记和量守庐日记。附黄侃日记存缺。

黄侃手批广韵　文字学著作。黄侃批校。中华书局2006年初版。列入“黄侃文集丛书”，影印版。前有黄侃文集出版说明。含广韵上平声、广韵下平声、广韵上声、广韵去声、广韵入声和双声叠韵发等篇。

黄侃手批白文十三经　群经合辑。黄侃校点。1册。上海古籍出版社1983年初版，批稿影印。黄焯作前言。有符识说明和《手批白文十三经》提要。对先秦古籍周易、尚书、毛诗、周礼、仪礼、礼记、春秋左传、春秋公羊传、春秋穀梁传、论语、孝经、尔雅和孟子等除了进行白文断句外，还做了详尽的批校。

黄侃手批尔雅义疏　文字学著作。黄侃批校。2册。中华书局2006年初版。列入“黄侃文集丛书”，影印本。前有黄侃文集出版说明。含黄侃批注的有重刻尔雅义疏足本书后、尔雅义疏序、尔雅义疏跋、尔雅郭注义疏释诂、释言、释训、释亲、释宫、释器、释乐、释天、释地、释丘、释山、释水、释草、释木、释虫、释鱼、释鸟、释兽和释畜等篇。

黄侃手批尔雅正名　亦名《尔雅正名》。文字学著作。清汪萤撰，黄侃评。1册。武汉大学出版社1986年初版。章炳麟作序。有杨岘原序。是书根据黄侃在尔雅正名上手批稿影印。含释诂、释言、释训、释亲、释宫、释器、释乐、释天、释地、释丘、释山、释水、释草、释木、释虫、释鱼、释鸟、释兽和释畜19篇。

黄侃手批说文解字　文字学著作。黄侃批校。1册。中华书局2006年初版。列入“黄侃文集丛书”，影印本。有出版说明。黄焯作弁言和序例。是书为黄侃几十年中，昕夕批读，每有所得，即在清孙星衍仿宋刻大徐本上写于书眉或行间，为黄侃的毕生精力之所萃。

黄侃论学杂著　近古音汉语研究。黄侃著。中华书局1964年出版；上海古籍出版社1980年新一版。张世禄作前言。章太炎作序。含说文略说、音略、尔雅略说等17种。

黄侃国学文集　国学文集。黄侃著，黄延祖重辑。1册。北京中华书局2006年初版。列入“黄侃文集丛书”。有章太炎先生序。含说文略说、音略、声韵略说、声韵通例、诗音上作平证、广韵声势及对转表、谈添盍帖分四部说、反切解释上编、求本字捷术、尔雅略说、春秋名字解诂补谊、蕲春语、讲尚书条例、礼学略说、汉唐玄学论等篇。附黄延祖重辑后记和1964年版杂著校勘纪要。

黄侃国学讲义录　国学讲义。黄侃著，黄延祖重辑。1册。北京中华书局2006年初版。列入《黄侃文集丛书》。前有黄侃文集初版说明。含黄侃讲说文解字序讲义、文字学笔记和声韵学笔记。附黄焯训诂学笔记、黄延祖重辑后记和国学讲义录细目。

黄侃经文句读·周易正义 周易研究。魏王弼、韩康伯注,唐孔颖达等正义,黄侃句读。1册。上海古籍出版社1990年初版。列入"十三经注疏丛书",影印本。有出版说明。含重刻宋版注疏总目录、重刊宋本十三经注疏后记、重校宋本十三经注疏跋、四库全书总目提要、周易正义卷首、校勘记序等。

黄侃经典文存 学术著作。黄侃著,洪治纲编。1册。上海大学出版社2008年初版。列入"经典启蒙文库"。有编者前言。含文心雕龙札记31篇、说文略说17篇、礼学略说、汉唐玄学论、春秋名字解诂补谊和释侠。附黄侃生平及著作年表。

黄侃故居 位于湖北省蕲春县青石镇大樟树村仰山堂湾西南的笔架山前台。原宅坐山向水,土木结构、上下两层,宅前为湖水。近宅杂草中有同治年间赐与黄侃父亲黄云鹄"圣旨碑"一对,碑文已无法辨认。原宅后山有"黄君墓",正面由石砖砌成了四层砖体的围墙,坐东北朝西南,鼻型封土。碑文为小篆阴刻的"蕲春黄君墓"5个大字。右有楷书竖书:"辛亥革命先驱黄侃先生生于一八八六年(夏历)二月廿九,殁于一九三五年(夏历)九月十一。黄若英夫人生于一九零三年(夏历)九月初二,殁于一九八二年双月初五。"1992年湖北省政府公布为湖北省文物保护单位。

黄佩珊(1892—?) 广东鹤山人。女。南社社友。1919年4月10日由黄蕙介绍入社,入社书编号1066。是时任教于广州东山陪坤女校,与南社社友李少芳为同事。

黄金祟 言情小说。天虚我生(陈蝶仙)著。初刊登于《申报》,上海三益出版社1914年结集出版,后栩园出版社、新文化出版社于1935年出版单行本。五洲书局1939年6月再版,改为《美人泪》。卷首有《筝楼聚饮图》1幅。卷末附周之盛等17位文人的题诗、题词,并周之盛的跋。小说以情窦初开的珊哥自述的方式,呈现近代社会大家庭中年轻男女的悲欢离合。珊哥与筝儿从小青梅竹马,两情相投。及长,珊哥奉父母之命,与门当户对的素素择吉成亲,筝儿也被其寡母安排嫁给有钱的主儿。原视金钱如粪土的筝儿开始设法骗钱,希望有朝一日能摆脱丈夫。素素知道珊哥与筝儿的情事后,愿意让珊哥把筝儿娶进门,与之共侍一夫,被筝儿拒绝。小说以珊哥、筝儿为主,旁及梅姐、丫鬟小昙等,在人物的安排上有模拟《红楼梦》的痕迹,描写普通的世人家庭,琐碎的日常生活细节随手拈来。作者旨在批判黄金作祟的封建婚姻。

黄宗仰(1865—1921) 江苏常熟人。原名浩舜,又名用仁,号中央,释名宗仰,别号宗仰山人、乌目山僧,别署金山寺客人、楞伽小隐等,众称印楞禅师。南社社友。由社友介绍入社,未填写入社书且未予编号。早年于虞山清凉寺剃度,1884年赴金山江天寺受戒。研习英文、日文、梵文。后赴上海主持讲授佛经。1900年与李叔同、高邕之等组织上海书画公会。1902年4月联络章太炎、蔡元培等在上海创立中国教育会。同年11月又由中国教育会创办爱国学社,又成立中国最早的女子学校爱国女校。1903年曾被选为中国教育会会长。同年6月《苏报》案发生时因营救章太炎、邹容不果,避往日本。1904年回到上海后仍居爱俪园,专事重刻日本宏教书院佛藏。1909年创办《商务日报》。曾先后参加光复会、中国同盟会。1911年武昌起义后亲至吴淞登轮迎接孙中山从海外归国。民国成立后回归山林。1914年充江天寺首座。1919年集资修复南京栖霞寺,次年任栖霞寺主持。1921年7月圆寂于该寺僧舍。著有《饯中山》《寄太炎》《革命军击节》等诗,及《论尊崇佛教为今日增进国民道德之切要》《佛教进行商榷书》《校经室秋夜禁谈》等文,绘有《丙辰纪念图》《望云图》《江山送别图》等,出版有《学术丛编》《艺术丛编》等。还主持出版中国第一部缩印大藏经《频伽精舍大藏经》。

黄宗麟(1876—1953) 上海人。字云深,号懒云,别署浦江野史。南社社友。1913年4月由吴修源、高旭、金静初介绍入社,入社书编号374。早年留学日本法政学校,毕业后回国钦赐法科举人。1912年任中国驻朝鲜仁川领事馆领事。1913年4月参加在北京畿辅先哲祠举行的南社第二次北京雅集。同年升任驻朝鲜京城中国总领事馆副总领事、代理总领事。1916年回国任外交部主事,兼中央防疫处主任、俄文专修馆馆长等职。1929年任吴县县长。1946年任上海县参议会议长,并与他人合股成立浦海银行,任经理。擅长隶书,工绘画,能诗词。又潜心研究中医,为乡里百姓治病。后迁居苏州,1953年病逝。辑有《闵行诗存》。

黄定禅(1879—?) 广东梅县(今梅州)人。名澜,字篑孙,一字篑荪,号定禅。南社社友。1914年4月1日由朱少屏、林百举、谢良牧介绍入社,入社书编号

403。是时任职于上海广益书局。1914 年 8 月和 1916 年 8 月参加在上海徐园双清别墅及愚园倚翠轩举行的南社临时雅集。著有《百琲珠》《改良江浙蚕丝议》等。

黄孟浏(生卒年不详) 湖南醴陵人。南社湘集社友。抗战期间曾与南社社友刘鹏年在贵州松坎比邻而居,常相往返,并相约访胜寻碑,或写诗互和,或分韵作诗钟。刘鹏年曾写有诗作《送别黄君孟浏二首》《谢孟浏社友伉俪赠香肠》等。

黄　复(1890—1963) 江苏吴江(今苏州市吴江区)人。字娄生,号病蝶,又号晏生。南社社友、南社湘集社友。1914 年由柳亚子、顾悼秋介绍入南社,1915 年 5 月 1 日补填入社书,入社书编号 498。早年肄业于江苏存古学堂,江苏法政专门学校毕业。清末曾任国史馆总校。1915 年参加酒社。1917 年赴京,历任清史馆协修、北京文献研究会秘书长。后在北京教私塾多年,参加梯园、哲园等诗社。1919 年中秋节柳亚子发函邀其回乡参加酒社之聚,竟急赶三千里南下相会于黎里镇金镜湖上。1946 年又请当时著名画家徐北汀、陈夷简画《闹红秋褉图》,广征题咏以寄意,得诗词 161 首。后又被他人编成《闹红遗集》,附于《闹红集》后,装帧 1 册。抗战胜利后在北平电信局秘书室主编月刊。1949 年 4 月 16 日参加在北京中山公园来今雨轩举行的南社、新南社最后一次联合临时雅集。1951 年 7 月受聘为中央文史研究馆馆员。著有《明史考证补》4 卷、《清史考异》6 卷及《须曼那室杂著》《须曼那室长短句》《戊申大丧述闻》《谈南社》等,多未刊。

黄修杞(生卒年不详) 湖南湘潭人。字钟勋。南社湘集社友。1936 年 10 月和 1937 年 4 月参加在长沙举行的南社湘集第十四、十五次雅集。

黄　郛(1880—1936) 浙江绍兴人。原名绍麟,字膺白,号昭甫,别署天生,笔名以太。南社社友、南社纪念会会员。1916 年 8 月由高旭、张廷辉介绍入南社,入社书编号 672。1904 年入浙江武备学堂,旋被选派留学日本,就读于东京振武学校。次年加入中国同盟会。1908 年转入日本陆军测量局地形科。1910 年毕业回国,任职于清廷军谘府。1911 年武昌起义后参加光复上海之役,担任沪军都督府参谋部部长。1913 年二次革命起,与陈其美在上海起兵响应。二次革命失败后逃亡日本、美国。1916 年护国运动起,由美国返回上海,参加策划浙军反袁活动。同年北上于 8 月和 9 月参加在北京中央公园上林春及徐园举行的南社第六、第七次北京雅集。1923 年起历任北洋政府外交部长、教育总长兼代国务总理。1927 年国民政府成立后被任命为上海特别市首任市长。1928 年 2 月出任国民政府外交部长,后因同年 5 月 3 日的“济南事件”被迫辞职。辞职后与夫人沈亦云蛰居莫干山“白云山馆”,出资兴办莫干小学。又倡议成立莫干农村改进会,自任理事长。1932 年 6 月在上海倡议组织成立新中国建设学会。1933 年 5 月任国民政府行政院驻北平政务整理委员会委员长、内政部长等职。1936 年 12 月 6 日病逝于上海。著有《欧战之教训与中国之将来》《战后之世界》等,译有《肉弹》(即《旅顺实战记》)等。

黄郛故居 位于浙江杭州南山路 113 号。1934 年,黄郛花费巨资在南山路西湖边建造的西式别墅,建筑面积有 950 平方米。别墅东侧一幢奶黄色的二层西式楼,构筑精致。别墅南部有一钢筋水泥浇砌的楼台,上为阳台,下为廊棚,汽车可驶入廊棚,直达门厅。此楼面临西湖,上下都有宽大阳台。整幢楼屋上下客厅、书房、卧室、餐厅等一应俱全,装饰考究。因黄郛字膺白,此楼又名“膺白楼”。

黄　觉(1896—?) 江苏吴县(今苏州)人。字醒华,号若玄,又号蘧园、蘧庵。南社社友。1915 年 9 月由卫灵水介绍入社,入社书编号 559。

黄觉民(1897—1956) 福建闽侯人。南社纪念会会员。1931 年获菲律宾大学硕士学位。1933 年获美国哥伦比亚大学硕士学位。回国后任大夏大学教授、教育系主任。1934 年起任商务印书馆《教育杂志》编辑,成都大学、华西大学、四川大学、金陵大学等校教授及福建省立研究院院长等职。中华人民共和国成立后历任福建省文化教育厅副厅长、华东师范大学教授。著有《教育心理学》《实验心理学》等。

黄　钺(1869—1943) 湖南湘阴(一作宁乡)人。字竹溪,一字幼禅,亦作幼蟾,又字佑禅。南社湘集社友。1906 年在上海参加中国同盟会。1910 年冬以候补道官甘肃,任甘肃督练公所总参议。辛亥革命陕西新军起义后,陕甘总督长庚派其(时为统领)率军前去堵击陕西革命军,但军队进驻秦州(今天水市)后,联络陇南驻军及当地革命志士,于 1912 年 3 月发动反清起义,光复秦州。旋成立甘肃临时军政府,任都督,并准备北伐。因受袁世凯干涉、阻挠，同年6月秦州军政府被迫撤销，北伐计划亦随即取消。后曾被委为孙中山非常大总统府参议。1943年11月在宁乡病逝。撰有《陇右光复记》。

黄宾虹（1865—1955） 安徽歙县人，生于浙江金华。名质，字朴存、朴人，号宾虹、滨虹，别署予向、虹庐、虹叟。南社社友、南社湘集社友、南社纪念会会员。1909年11月由朱少屏介绍入南社，1910年12月16日填补入社书，入社书编号96。是参加南社第一次雅集暨成立大会的17位社友之一。清廪生、贡生。1886年到扬州任两淮盐运使署录事。1898年戊戌维新运动兴起时，赞同变法。戊戌政变后返乡隐居，执教中学，被通缉。1903年襄理安徽公学。1905年任徽州新安中学堂国文教习。1906年春创办惇愫小学堂，任堂长，同年与陈去病等共同发起黄社，以诗文鼓吹革命。1907年因给同盟会筹款，再遭清廷通缉，避往上海。后参与组织国学保存会，协助邓实、黄节编辑《政艺通报》《国粹学报》《国粹丛书》。1909年被邓实挽留襄办神州国光社，编印画报《神州国光集》。1910年10月参与筹办上海留美预备学堂，任国文教习兼掌校务。1911年与邓实合编出版《美术丛书》，并参加编印《中国名画集》《历代名家书画集》《神州大观》等画册、著作。同年9月赴上海参加南社第五次雅集，并与朱少屏、高旭一道被推为庶务员。1912年起发起组织贞社，自任社长，并先后任《神州日报》《国是报》、上海《时报》编辑，商务印书馆美术主任，主编《美术周刊》。1926年发起组织中国金石书画艺观学会，主编《艺观画报》《艺观》杂志，又参加海上题襟馆金石书画会、中国画会。1928年3月任神州国光社美术部编辑主任。同年组织烂漫画社，被推为社长，并与易廷熹受聘为上海暨南大学中国画研究会讲席。1929年参加中国学会，还同郑午昌等合办蜜蜂画社。1930年初创办中国文艺学院，任院长，兼昌明艺术专科学校国画理论课教授。同年5月中国文艺学院遵照教育部章程改名为中国艺术专科学校，任校长。7月辞去校长职务，专任山水、文学、画理教授，并被新华艺术专科学校聘为国画教授。1932年2月受刘海粟之聘，任上海美术专科学校国画理论教授。同年9月《画学月刊》创刊，任主编。1933年参与发起百川书画会，任理事。1934年11月中国画会主办的《国画月刊》创刊，被聘为编辑。1935年12月29日参加南社纪念会成立会。1936年任上海博物馆临时董事会董事，负责收集、鉴定书画古物。1937年举家迁往北平，任北平艺术专科学校教授。1948年南下杭州，任杭州国立艺术专科学校国画教授。1951年任中央美术学院华东分校（原杭州国立艺术专科学校）教授。1953年被华东军政委员会文化局授于"中国人民优秀画家"荣誉称号。同年2月被聘为中央美术学院民族美术研究所所长，9月任中国美术家协会理事。次年4月被推为华东美术家协会副主席、中国美术家协会华东分会主席。1954年12月当选为全国政协委员。1955年3月25日病逝于杭州。生平擅长山水画，画风受李流芳、程正撰等影响，兼法宋、元。又注重写生，晚年尤精墨法。擅诗文、书法，兼治金石文字、篆刻之学。精鉴赏，对画论画史亦颇有研究。所藏书籍、字画、金石及自作书画、手稿等万余件，全部捐献给国家。著有《古画微》《画学通论》《画法要旨》等。又与邓实合编有《美术丛书》及辑有《中国画家人名大辞典》等。今人编有《黄宾虹文集》。

黄宾虹

黄宾虹入蜀山水精品册 国画选。黄宾虹绘，鄢盛焕、蒙中编。1册。重庆出版社2011年初版。竹庵题签。郎绍君作画图挽住千林秋·黄宾虹蜀游册。为黄宾虹当年游历四川时所画的作品，含天兴港、怀宁山、西梁山、都天庙、虎渡河等26幅。弋阳旧民作后记。

黄宾虹山水写生 国画选。黄宾虹绘。1册。杭州浙江人民美术出版社1981年初版。此集44幅作品，为作者近70岁的写生画稿，描绘了钱塘江、富春江、新安江和练江一带的风光。有的为当场速写，有的先铅笔速记后回旅舍勾勒。

黄宾虹山水写生课徒稿 国画选。黄宾虹绘，沈明权编。2册。杭州华宝斋书社2004年初版。王伯敏题签并序。收浙江博物馆馆藏黄宾虹的写生、临古及课徒画稿250余幅。

黄宾虹山水花鸟集 中国画集。黄宾虹绘，浙江省博物馆编。1册。北京中国工人出版社1993年初版。有傅雷摄黄宾虹像。贾方舟作序。含浙江省博物馆馆藏和夏子颐、钱学文、铁砚斋、汪孝文、汪韵方、蒋正鸿等私藏黄宾虹作品 251 幅。

黄宾虹山水画论稿　绘画理论。黄宾虹著，叶子编。1 册。上海人民美术出版社 2011 年初版。列入“名家讲稿书系”。叶子作山水画巨匠黄宾虹(代序)。含画理画法、画史画论和自述杂述 3 篇。穿插众多黄宾虹模范图。叶子作编后记。

黄宾虹艺术随笔　随笔。黄宾虹著，卢辅圣编选。1 册。上海文艺出版社 2001 年初版。列入“现代名家艺术随笔丛书”。有黄宾虹像及画作 7 帧。卢辅圣作序。含梅花古衲传、贞社征集同人小启、玉器总论、美术周刊弁言、华南特刊小引、画学月刊弁言和宾虹书简等 37 篇。

黄宾虹艺术集·花鸟编　国画选。黄宾虹绘。1 册。北京人民美术出版社 1997 年初版。有黄宾虹像。张仃作黄宾虹的圆通大道。收月季、萱草和杂花等各类花鸟作品 109 幅。附王靖宪《另辟了一个世界——读黄宾虹花鸟画杂记》。

黄宾虹文集·书画编　文集。黄宾虹著，上海书画出版社、浙江省博物馆编。2 册。上海书画出版社 1999 年初版。上编含滨虹论画、中华名画、史德匿藏品影本序、古画出洋、沪滨古玩市场记和美展国画谈等 72 题，下编含论中国艺术之将来、伦敦中国艺术展览预展会感言、美术馆之我见、拟设历代图画美术馆意见书和国画之民学、八月十五日在上海美术茶会讲词等 104 题。

黄宾虹巴山蜀水画选　国画集。黄宾虹著。1 册。四川人民出版社、四川美术出版社 1985 年初版。钱学文作前言。王伯敏作黄宾虹巴山蜀水画选浅介。收犍为小景、叙州舟次、巴蜀山石、蓬溪道中、广安天池、遂宁道次、嘉州江岸、嘉陵江边、北碚泉石、合江舟行、虎头岩景和青城山中 12 册页。附宾虹诗草，录诗蜀游杂咏等 66 首。

黄宾虹书画专集　书画集。黄宾虹著。1 册。北京人民美术出版社 2009 年初版。孙晓泉题签并作浑厚华滋民族性——黄宾虹三次祝寿述略(代序)。萧峰作忆宾老(代序)。图编卷含山水篇 174 幅、花卉篇 12 幅和书法篇 16 幅；信札篇含信札 42 通。赵军作编后记。

黄宾虹书法集　书法。黄宾虹著。1 册。江苏美术出版社 1990 年初版。有黄宾虹像。汪寅扉页题字。汪聪作前言。含手札、题画、题跋、篆联、信封、文稿、册页、诗稿、题印拓、题签、大篆、条幅、草书千字文、篆书轴、日课、篆书立轴、手札、横幅和扇面等作品 127 幅。附墨一作《非贯古今纵横宇宙不为功——黄宾虹书法浅见》。

黄宾虹书信集　书信选。黄宾虹著，上海教育学院古籍整理研究室编。1 册。上海古籍出版社 1999 年初版，手稿影印本。有编辑说明。含黄宾虹致卞孝萱、王任之、何治法、立亭、汪己文、汪孝文、汪铎、汪信生、吴载和、吴鸣、宋若婴、周扬、高燮、陈柱、陈敬第、陈景昭、陶鹤亭、曹熙宇、毕恩薄、张海清、程岳、尊一、傅雷、黄居素、黄高勤、黄骈南、黄铎、过旭初、裘柱常、刘汝醴、刘海粟、郑初民、郑维夔、郑轶甫、蒋文杰、释理岩、苏乾英、严独鹤和顾飞等朋友、弟子、同乡和家属书信 296 通。附自述生平。

黄宾虹书信墨迹　墨迹。黄宾虹著，钱学文编。1 册。荣宝斋出版社 1999 年初版。王伯敏扉页题签。有黄宾虹 80 岁时像和黄宾虹 1935 年游香港太平山时留影。黄居素所藏黄宾虹书画作品。黄宾虹致黄居素信札及实寄封。钱学文作编者前言。鲍义来作黄宾虹和黄居素。含黄宾虹致黄居素信函 64 通、致吴仲鸣信函 18 通和其他信函、信札和印跋等 6 件。均为手迹影印，并附释文。

黄宾虹全集·山水卷轴　国画选。黄宾虹著，王伯敏、黄宾虹全集编辑委员会编。1 册。山东美术出版社、浙江人民美术出版社 2006 年初版。前有黄宾虹像和编辑例言。王伯敏作序。梁江作《黄宾虹论》。有导语。收黄宾虹 1948 年前的山水画 260 余幅。

黄宾虹花鸟　国画选。黄宾虹绘。1 册。杭州西泠印社 1998 年初版。列入“西泠印社书画名作丛编”。王伯敏作序。收清露绉宫纱、墨梅、秋圃来禽、水墨花卉、折枝花卉、墨竹栖禽、设色牡丹、紫藤绣球、双禽图、百年好合、芙蓉飞鸟、白牡丹和花鸟等 16 帧。

黄宾虹画语录图释　画语图释。黄宾虹著，王伯敏、钱学文编。1 册。杭州西泠印社 1997 年版。钱学文、王伯敏分别作序。含画学综述、画法专论和自述 3 辑。附黄宾虹传略、论黄宾虹晚年的变法和近代山水画大师黄宾虹论。

黄宾虹画集　国画选。① 黄宾虹著。1 册。浙江人民美术出版社、上海人民美术出版社 1985 年初版。潘天寿作《黄宾虹先生简介》。共收录黄宾虹画 114

幅。附汪已文、王伯敏编的《黄宾虹年谱》。李槐之作跋。② 黄宾虹画，浙江省博物馆编。1册。上海书画出版社1992年初版，中英文对照。有黄宾虹像。卢辅圣作序。含正编图版和副编图版，共刊公私庋藏画作900余件。附生平纪略、笔墨款印和画论辑要。杨陆建作跋。

黄宾虹的画用加法 南社掌故。黄宾虹绘画不喜欢临摹前人作品，晚年作山水，墨气浓厚。有人贬评他的画："画幅漆黑一团，绝类乌金纸，古拓碑。"但画家郑午昌却不以为然，且驰函宾虹，请绘一加重浓墨的山水画，宾虹引以为知音。于是，连夜精心绘了一幅大黑而特黑的山水画送给他。又有人以黄宾虹和齐白石的画作对比："宾虹以繁胜，白石以简胜。宾虹的画用加法，一加再加，加到不可再加为止。白石画用减法，减到不可再减为止。"

黄宾虹金石篆印丛编 金石学。黄宾虹著，赵志钧编。1册。人民美术出版社1999年初版。钱君匋、杜镜吾分别作序。含以金石篆印论文为主的甲编、以陶玺文字为主的乙编、以长篇金石随笔为主的丙编和金石篆印诗歌书简选的丁编。附王福厂宾虹草堂鉨印释文序、王贵忱记黄宾虹钤赠高奇峰的集古印谱、黄惇黄宾虹先生印事、赵志钧宾虹老人集印轶事。有编后记和附图。

黄宾虹故居 故居。① 位于安徽歙县西潭渡村。建成于1781年。1987年重新修缮后正式对外开放，现为安徽省文物保护单位。故居大门上方建有造型别致的徽派门罩，门楣上方的石刻题字系当代草圣林散之的手笔"黄宾虹故居"。大门内是一个长方形院子，植琵琶树与金桂树。故居主体二楼三开间黄宾虹题名为"宾虹草堂""虹庐"。现在主体厅堂正中板壁上，高悬着李可染题写的"宾虹草堂"匾额，中堂画为挺立于锦山秀水间的黄宾虹全身造像，两侧的楹联"思如流水吟非苦，学似登山进岂难"系黄宾虹手迹。庭院西侧有一三开间平房为玉森斋，前院有一假山石，题"石芝"，人称之为"石芝室"或"石芝阁"，今辟为"黄宾虹纪念馆"。② 位于杭州西湖畔栖霞岭31号。不知何年所建。背依倚山崖。圆洞形门，内前黄宾虹亲手所植青桐树。现存主楼两层，前有黄宾虹坐像。平房四间，井一口。黄宾虹于1951—1955年居住此。今悬有"黄宾虹纪念室"镜框。

黄宾虹谈艺录 绘画理论。黄宾虹著，南羽编。1册。河南美术出版社1998年初版。列入"大师谈艺丛书"。潘天寿作黄宾虹先生简介。有编选例言。骆坚群作解读黄宾虹。含总论、笔墨章法、画理画法和论画史等篇。附黄宾虹与傅雷论画书简、傅雷观画答客问、王朝宾内美充盈齐化工和张同标编参考文献。

黄宾虹·雁荡山水册 国画选。黄宾虹绘。1册。上海画报出版社2001年初版。列入"名家精品丛书"。枕石作试读黄宾虹。含石梁西望、落云峰、峡门漳、初月潭、天柱峰、宝冠峰、凌云寺、九折溪、雁湖、道松洞、云闲峰和双髻峰等黄宾虹创作的国画。

黄宾虹蜀游画选 国画选。黄宾虹绘，王伯敏、张一弓编。1册。四川人民出版社1983年初版。李可染题签。编者作黄宾虹简介。含峨眉山色、峨眉道中、青城山水、青城樵者、青城宵深、青城向晚、青城途中所见、青城掷笔峰下、斗鸡台、关娄图、蜀江玉垒关、剑门山水、剑门归猎、浣花草堂、嘉陵山水、嘉陵江上、北碚纪游、渠河山色、拟李希古写蜀中山景、蜀山玲珑、蜀山诗意、蜀山写意、蜀山纪游和蜀山山居图等黄宾虹24幅国画。

黄宾虹精品集 国画选。黄宾虹著，中国美术馆编。1册。人民美术出版社1991年初版。刘开渠题签。有黄宾虹坐像。董玉龙作前言。收黄宾虹各类画作173幅。有汉英对照目录。附董雨萍中国山水画大家黄宾虹(汉英对照)和赵志钧黄宾虹年表。

黄宾虹题画墨迹 画页题款集。钱学文编、王克文注。1册。上海人民美术出版社1996年初版。王伯敏作序。含山水纪游83题、山水课稿20题、花卉15题、画理画法68题和画学篇及其他5题。每一题款下均有释文。钱学文作后记。

黄宾虹墨迹选粹 书法。黄宾虹著。1册。人民美术出版社2006年初版。张海作黄宾虹行书之妙。黄鉴作有感于父亲信札。含黄宾虹与陈柱尊信札17通和与守玄信札1通，并有释文。附张海黄宾虹行书之妙手迹和黄鉴有感于父亲信札手迹。

黄梦蘧(1889—1943) 湖南醴陵人。名钧，字梦蘧，号栩园，别署三难。南社社友、南社湘集社友。1911年5月14日由傅熊湘介绍入南社，入社书编号149。曾任上海《铁笔报》、湖南《长沙日报》及南洋巴达维亚《天声日报》等报编辑、主编。1916年6月和9月参加在长沙寿星街琴庄及枣园举行的南社临时雅集，次年4月又参加在半园举行的临时雅集。1935年4月至1936年10月参加在长沙举行的南社湘集第十一、十二、十四次雅集。著有《一昔词》《南洋》等。

黄盛启(1885—?)　安徽合肥人。字田光。南社社友。1911年2月22日由朱少屏介绍入社，入社书编号127。民国成立前在上海《民立报》任职。

黄寄萍(生卒年不详)　江苏海门人。南社纪念会会员。曾任《申报》编辑。1931年5月作为《申报》特派随队记者与两江女子篮球队一道远征日本、朝鲜，报道中国第一支女子篮球队出国比赛的盛况。

黄维坤(1898—?)　广东鹤山人。女。南社社友。1917年6月2日由蔡哲夫介绍入社，入社书编号911。是时就读于广州陶淑女校。

黄朝桐(1876—?)　广西隆安人。南社社友。1921年2月入社，入社书编号1096。

黄翘芝(生卒年不详)　广东番禺(今广州)人。字颖俦。南社社友。1917年5月1日由叶敬常、蔡哲夫介绍入社，入社书编号886。

黄喃喃(1883—1955)　北京人。原名辅周，又名二南。南社社友，新派演剧家。1912年4月20日由费公直、李大钧、蔡寅、景耀月介绍入社，入社书编号261。早年曾留学日本，参与创办春柳社。归国后创办自由剧团，演出剧目有《鬼士关》《情天恨》《社会钟》等。演剧之余尚喜书画，其舌头作画堪称一绝。1955年病逝于北京。夫人黄亚君，亦是南社社友。

黄巽卿(1882—?)　湖南湘潭人。名堃，字巽卿。南社社友。1912年9月12日由傅熊湘、黄梦蘧、方旭之介绍入社，入社书编号335。民国初年任教于省城长沙明德学校。1912年9月参加在长沙烈士祠举行的南社临时雅集。1916年9月和1917年4月参加在长沙枣园及半园举行的南社临时雅集。

黄　禹(1873—1951)　湖南祁阳人。字麓村，一字麓生，笔名红豆渔翁。南社湘集社友。早岁入长沙岳麓书院，以诗名，后专攻经史。一生大多从事教学，先后任长沙甲种农业学校、衡阳工业学校、祁阳模范小学、女子小学等校国文教员。亦私设经馆，传学授徒。曾任湖南省参议、祁阳劝学所所长。工于书法，篆、隶、楷俱佳。又喜金石，博采古代钟鼎、秦汉瓦当及六朝碑版之精华，自成一体。著有《孝经注》《禹贡发微》《瓷史》等，与社友陈瘦愚合著有《闲情偶寄唱和录》，并为乃师修订完成《祁阳县志》。

黄殿华(1885—?)　浙江杭县(今杭州)人。字奠华。南社社友。1919年4月6日由张心芜、邵力子、姚民哀介绍入社，入社书编号1064。

黄慕松(1884—1937)　广东梅县(今梅州)人。名承恩，字慕松。南社社友。1912年10月2日由朱少屏介绍入社，入社书编号314。早年就读于广东武备学堂，1904年毕业后入日本士官学校。在东京加入中国同盟会。1912年任南京民国临时政府参谋本部局长。曾受命赴蒙古考察边疆军事地理，被委任为陆地测量局局长。后再次东渡入日本陆军大学深造。1920年又前往英、法、德等国攻读军事学理论。回国后历任中俄界务公署参议、中俄会议专门委员、粤军总司令部编审委员会委员长。1928年任陆军大学校长。后曾赴英国出席万国航空会议、万国航空摄影测量会议等。翌年任参谋本部测量局局长，后任参谋本部次长。1933年以新疆宣慰使的身份入疆。返回南京后任国民政府蒙藏委员会委员长。1936年秋被任命为广东省政府主席。1937年春因病去世。著有《环球游记》《新疆概述》《使藏纪程》等。

黄　蕙(1888—?)　广东鹤山人。女。字少兰。南社社友、广东分社社员。1917年4月26日由蔡哲夫介绍入南社，入社书编号878。是时供职于广州陶淑女子师范讲习所。

黄蕴深(生卒年不详)　籍贯未详。南社纪念会会员。

黄德如(1896—?)　广东鹤山人。女。南社社友。1917年6月12日由蔡哲夫介绍入社，入社书编号913。是时任职于广州开明女学。

黄鹤楼晚眺　诗篇名。五律。朱谦良作。本篇抒写傍晚登黄鹤楼所见景色。黄鹤楼位于湖北武汉长江北岸蛇山的黄鹤矶头，始建于三国吴黄武二年(223年)，1884年被焚毁，后近百年未重修，直到1981年破土，1985年落成。作者所登之黄鹤楼当另有所指。诗人按剑倚危楼，江天呈现凝重的秋色，虽经战乱，景色依旧壮丽，但见远山衔落日，巨浪逐渔舟。诗人感慨辛亥革命后武昌保卫战烽火连天，云树迷茫，秋霞遮住了如钩的秋月。诗人环顾周遭，鹦鹉洲一带蓼花凄清地开着，不由得产生了不堪回首的伤感。诗作以情统景，情景交融；自然成句，不用典故；清新流畅，朗朗上口。

黄　镠(1888—?)　湖南湘潭人。字咸夷。南社社友、南社湘集社友。1916年9月8日由傅熊湘、黄梦蘧介绍入南社，入社书编号681。早年曾参与筹办《三楚新闻》，后任湘军第四师（师长程潜）机要秘书。1916年9月任湖南《长沙日报》编辑，同年9月参加在长沙枣园举行的南社临时雅集，不久接办《湖南新报》，任主笔。1917年4月参加在长沙半园举行的南社临时雅集。1924年4月6日参加在长沙刘园举行的南社湘集第一次雅集。

菲律宾马尼拉华侨义山殉难地 南社掌故。1942年4月17日，日寇将中国驻菲律宾马尼拉总领事馆杨光泩、莫介恩、朱少屏（南社社员）、姚竹修、杨庆寿、萧东明、卢秉枢、王恭玮以及中国驻山打根领馆卓还来9位官员，残酷杀害于马尼拉华侨义山。临刑前，8位外交官都拒绝用布条蒙住眼睛，怒视敌人，英勇不屈。第二次世界大战结束后，1946年国民党政府为8位烈士发布褒扬令。1947年7月6日，菲律宾各侨团在烈士殉难地举行烈士纪念碑奠基礼，随后将遗灵接往马尼拉，并由5 000侨胞组成移灵队伍，由国民党政府派专机迎回南京，安葬于南京菊花台忠烈公园墓地。

菊花台公园 南社掌故。原名"南京忠烈公园"。位于江苏南京市中华门外菊花台。1947年9月3日抗战胜利两周年时，南京市举行公祭，被日本人杀害的南社朱少屏等9烈士被安葬在菊花台公园墓地。

菩提珠 散文。柳无垢、柳无忌、柳无非著。1册。上海北新书局1931年初版。前有代序。有作者小影4幅。收柳无忌《有聚必有散开》等3篇、柳无非《红叶》等5篇和柳无垢《老婆婆》等9篇散文。附作者索引。

萍社 社团名。1912年王均卿、孙玉声发起创办成立。社友初有40余人，后发展到二三百人。社址初在上海九江路文明雅集茶馆，不久迁至福州路，后迁至王均卿、张劲秋、黄楚九合资创办的"新世界"内。"新世界"易主后，又迁至"神仙世界"（绣云天）游乐场。每10天雅集一次，值课月轮一夕。每次活动有征联、诗钟等。黄楚九聘孙玉声为《大世界》主笔，特辟"文虎台"栏，每期悬谜赏答，猜中者以游乐场券、香烟、文具作赠品。该社活动长达14年，谜作数以万计，选择佳谜5 000余条，编成《春谜大观》（上、下册），1922年由上海进步书局出版。

乾隆休妻 小说。清宫四大奇案之一。陈莲痕著。1册。大达图书供应社1935年出版。共26回。小说讲述了乾隆即位后流连声色，怠于政事，因不满富察后规劝，又得宠妃谗言，对富察后积怨日深，下诏休妻，将其贬至尼姑庵中。废后落发为尼，生活贫苦，最终惨遭陷害，死无定所。小说流露出对废后的同情和对乾隆无情无义的批判。

萧　干（生卒年不详） 湖南湘潭人。字玉衡。南社湘集社友。

萧公权（1897—1981） 江西泰和人。名笃平，字恭甫，号中权，后改公权，又号迹园，笔名巴人、石沤、君衡。南社社友。1915年6月1日由刘鹏年介绍入社，入社书编号538。1915年入上海基督教青年会中学。1918年入北京清华学校，次年参与创办《民钟日报》。1920年毕业后回到上海，次年与陈抱一、汪英贤、朱应鹏等创办晨光美术会。后留学美国密苏里大学和康奈尔大学，1926年获哲学博士学位。回国后历任南方大学、国民大学、南开大学、东北大学、燕京大学、清华大学、北京大学、南京政治大学、四川大学、华西大学等校教授。曾编辑《中国社会及政治学评论》。1932年9月参加中国政治学会，任理事。曾任国立编译馆编纂。1948年秋任台湾大学教授，并当选为"中央研究院"院士。翌年秋赴美，任西雅图华盛顿大学教授，直至1968年退休。1981年病逝于美国。著有《中国政治思想史》《康有为研究》《迹园文录》等。

萧公望（1880—？） 广东平远人。字韵珊。南社社友。1914年3月由朱少屏、胡寄尘、林百举介绍入社，入社书编号399。民国初年曾任上海《生活日报》编辑。1916年8月参加在上海愚园倚翠轩举行的南社临时雅集。

萧石朋（生卒年不详） 湖南长沙人。南社湘集社友。1934年4月参加在长沙妙高峰南园举行的南社湘集第九次雅集，次年10月又参加在长沙怡园举行的第十二次雅集。

萧吉珊（1893—1956） 广东潮阳（今汕头市潮阳区）人。名锡祥，字吉珊。南社社友。1917年2月9日由蔡哲夫介绍入社，入社书编号801。早年毕业于广东国立高等师范学校。1917年3月参加南社在广州六榕寺举行的广东分社第一次雅集，同年任潮阳县劝学所所长。1924年初黄埔军校创办时任军校秘书，1925年10月参加国民革命军东征讨伐陈炯明，次年参加北伐。1929年出任国民政府侨务委员，1930年当选为国民党南京市特别党部常务委员。翌年年底当选为国民党中央候补执行委员。1935年任中央执行委员，并兼任国民党中央海外党务计划委员会副主任、代主任。1936年任广东省政府委员，主持广东侨务事宜。1937年抗日战争全面爆发后继续担任国民党中央执行委员，并任中央监察委员会秘书长、海外部副部长、"国大代表"等职。1949年去台湾。

萧　萱(1886—1955)　湖北郧县(一作均县)人。字纫秋。南社社友。由社友介绍入社，未填写入社书且未予编号。早年毕业于北京高等巡警学校。1909年加入中国同盟会。1913年被选为北京政府首届国会众议院议员。同年8月二次革命失败后随孙中山去日本，任秘书。次年7月在东京协助孙中山组织中华革命党，任党务部局长。1917年9月赴广东参加护法运动，任海陆军大元帅府秘书。1921年12月任北伐大本营秘书。后任湖北省政府秘书长兼建设厅厅长、代理省政府主席、国民政府监察院监察委员、总统府国策顾问等职。1955年初在上海病逝。

萧湘雁(？—1993)　湖南新化人。字炳南。南社湘集社友。1947年由柳敏泉介绍加入南社湘集。早年就读于新化县复初中学，师从常熟宗子威、湘阴柳敏泉学诗。1940年参加萸江吟社。抗战胜利后南社湘集在柳敏泉、张平子等人的组织下恢复活动，每年春秋两季举行雅集。中华人民共和国成立后仍笔耕不辍，出版有《萧湘雁诗集》。

萧　蜕(1877—1958)　江苏常熟人。原名嶙，字退闇，又字中孚、盅孚，号蜕盦，别署蜕公、蜕庵、退庵、寒叟、无翁等。南社社友。1914年4月26日由柳亚子、陈去病、庞树柏介绍入社，入社书编号409。早年参加中国同盟会，又师从无锡名医张聿青学医。民国初年先后在苏州明德小学、上海爱国女校、城东女学等校任教，并代理爱国女校校长。兼行医，医术甚精，曾任上海中医公会副会长。1927年后寄居苏州。1928年3月与黄宾虹、胡朴安、汪声远等在上海创办国画补习社(原拟名上海国画学校)。工书，擅写各体，尤工篆书，有"虞山第一书家"之称。兼精小学，又善治印，出其门下者有邓散木等。喜禅悦，与弘一相友善。抗战期间穿僧服蓄胡须，不为敌伪所惑。中华人民共和国成立后受聘为江苏省文史研究馆馆员。著有《蜕盦诗钞》《劲草庐文钞》《华严字母学音篇》等。

萧蜕

萨坡赛路杂记　文艺杂谈。胡怀琛著。2册。上海广益书局1937年8月出版。共收入杂谈文章100篇。其中有借唐五代的俚曲《叹五更》谈当时的识字运动；有引古籍中记载的珍闻逸事，如明代李贤所著的《古儴杂录》，说明古人观察到植物有知觉；有谈民歌、谚语与文人诗，谈上海的新语汇及汤显祖的《牡丹亭》与葡萄牙人的间接关系等内容。杂谈内容文化气息浓厚，可读性强。作者在《序文》中说明书名中所用的"萨坡赛路"就是他当时居住在上海法租界的一条马路名。

梦仙遗稿　南社掌故。王梦仙，名漱芳，是丹徒赵逸贤的夫人，夫妇二人一同参加南社。王梦仙擅诗才，有"碧水有情环岸曲，青山无恙耸天空"等名句一时传为佳作。梦仙患病去世时，逸贤哀号欲绝，痛惜其夫人的佳作从此成为遗稿。

梦溪笔谈校证　学术著作。胡道静著。上海古籍出版社1987年9月出版。顾廷龙题词。前有胡道静《重印梦溪笔谈校证叙记》《梦溪笔谈校证总目》。作者采用1906年陶氏爱庐刊本作为底本，参校以1495年徐珤本、明毛晋津逮秘书本、明商浚稗海本、明崇祯嘉定马元调本、清嘉庆张海鹏学津讨原本等《梦溪笔谈》各种不同版本进行校勘而成书。书前录有沈括所作序文。《附录》有：刊本序跋第一、校读题识第二、诸家著录第三、沈括事迹年表、沈括著述考略、《梦溪笔谈》人名索引、重印后记。

梅川日记　原名《辛亥札记》。日记。居正著。上海大东书局1945年初版，1947年9月再版。熊十力作序。此书记述了自辛亥革命前酝酿中部同盟会成立至辛亥革命后同盟会改组为国民党期间的重大事项，共114篇，每篇据所述的历史事项设有标题。由于均系作者亲身经历，保存了大量原始材料，对研究辛亥革命史颇有价值。

梅光迪(1890—1945)　安徽宣城人。字觐庄，一字迪生。南社社友。1914年7月由杨杏佛、任鸿隽介绍入社，入社书编号439。辛亥革命前肄业于安徽高等学堂，1911年获官费留学美国，先后入西北大学和哈佛大学文学院。1914年在美国参与发起创办中国科学社。1920年回国，先后任南开大学英文系主任、东南大学西洋文学系主任。新文化运动期间主张白话文和文言文并用，反对废除文言文。1922年与吴宓、胡先骕等在上海创刊《学衡》杂志。1924年再度赴美国入哈佛大学留学。1927年回国，任中央大学文学院代理院长。后又往美国任哈佛大学教授，1936年回国。抗战全面爆发初期出任国民参政会参政员。1939年起任浙江大学文理学院副院长、浙江大学文学院院长等职。1945年12月27日殁于贵阳。著有《梅光迪文录》。

梅光迪文录 散文集。梅光迪著。1册。国立浙江大学1948年初版。王焕镳作序。含评提倡新文化者、评今人提倡学术之方法、论今日吾国学术界之需要、现今西洋人文主义、安诺德之文化论、孔子之风度、九年后之回忆、言论界之新使命、斥伪教育、近代大一统思想之演变、英美合作之必然性、卡莱尔与中国、双溪老人七十寿言、正和翁七十寿序、崐有翁六十寿序和日记选录。

梅岭先(1907—1980) 江西南昌人。南社湘集社友。1924年考入清华大学西洋文学系，在校主编《清华联刊》。1927年毕业后回南昌协助其父开设景康福颜料店，代理英国洋行进口商品。1937年七七事变后，举家从南昌迁往贵阳，开设鸿大颜料店，继续经营颜料生意。中华人民共和国成立后，先后被选为贵阳市、贵州省人民代表。1980年被选为民建贵州省委员会副主委，同年在贵阳去世。

梅郎集 人物传记及评论集。刘豁公编。上海中华图书集成公司1920年8月出版。本书汇集众多文人写的有关梅兰芳的生平，是国内最早全面介绍梅兰芳的书籍。全书共分8卷。第一卷包括《梅郎小史》《梅兰芳传》，主要介绍传主的籍贯、先祖、学戏等情况。其余各卷分别是：《评梅》《梅讯》《梅屑》《张蔷翁与梅畹华手札》《梅兰芳来申一月记》《梅电》《附录》。另内附4张插图，其中3幅是“天女散花”剧照，又梅氏洋装小照1张。读者通过本书可以对梅兰芳的学艺之路、所取得的成就及艺术风格等有一个比较全面、客观的了解。

梅绳武(生卒年不详) 籍贯未详。南社社友。由社友介绍入社，未填写入社书，介绍编号40。

梅瓣集 笔记小说。郑逸梅著，赵眠云编。1册。上海图书馆1925年初版。梅花馆主题签。钱释云题词。陈莲痕、华吟水和徐碧波分别作序。是郑逸梅第一本笔记掌故集，收有280余则短文，杂记近代人物逸事、地方传闻、志怪、联语、诗话等。

救国之急务 南社掌故。1919年10月18日，孙中山应南社朱少屏之邀，亲临中国寰球学生会，发表题为《救国之急务》的长篇演讲。

曹凤仪(1864—1932) 江苏高邮人。字翙廷。是曹凤笙兄、曹祖彬父。南社社友、淮南社社友。1915年3月30日由柳亚子、周伟、曹凤笙介绍入南社，入社书编号493。清廪生、贡生，主张教育救国。民国初期曾任高邮县王营镇第一小学校长。1918年被选为江苏省议会议员，并任崇正小学校长。1921年任《三续高邮州志》名誉采访。平生好《易经》，为人幽默，联语亦诙谐。晚年以诉讼闻名乡里。

曹凤笙(1886—1949) 江苏高邮人。字伯镛，一字百庸。南社社友、新南社社员。1912年4月17日由周伟、夏焕云、柳亚子介绍入南社，入社书编号256。幼年从胞兄曹凤仪就读，是清附生。后毕业于界首镇经正学堂。早年加入中国同盟会。民国成立后历任北安市教育会会长、高邮第四学区教育会会长、高邮第三小学校长、嘉兴县政府第一科科长、界首镇民众教育馆馆长兼省立界首乡村师范学校国文教员、宝应县教育局科长、高邮县第六区区长等职。著有《周实丹先生遗集序》《阮梦桃先生遗集序》《题分湖旧隐图后》等。其外甥谢鸣九，为新南社社员。

曹凤箫(1891—1950) 江苏高邮人。字仲韶，号觉庵。是曹凤笙弟。南社社友。1914年8月21日由柳亚子介绍入社，入社书编号449。1911年毕业于两江法政学堂别科。历任浙江省宁波地方审判厅民事庭推事、浙江省高等审判厅民事庭推事、庭长，最高审判厅民事庭推事、第八庭庭长，司法行政部次长，司法部常务次长等职。先后担任过杭州法科学校、南京中央大学、中央政治学校、法官训练所、台湾大学等校教授。闲暇时工书画，喜篆刻，好收藏古玩和集邮。1950年6月4日在台北病故。著有《民事诉讼实务》等。

曹毋固(1884—?) 浙江嘉善人。字君儒。南社社友。1916年12月1日由谭天介绍入社，入社书编号741。是时任职于嘉兴县公署教育科。

曹民父(生卒年不详) 江苏淮安人。名昌麟，字冷巢，号民父。南社纪念会会员。

曹应仲(1887—?) 江苏吴江(今苏州市吴江区)人。南社社友。1916年8月由郑之蕃介绍入社,入社书编号673。

曹经沅(1891—1946) 四川绵竹人。一名经源,字纕蘅,室名借槐庐。南社湘集社友。早年毕业于成都四川法政专门学校。1909年拔贡,曾任礼部主事。民国成立后历任北京政府内务部秘书、段祺瑞临时执政府秘书。1927年任内务部参事。1932年任安徽省政府秘书长。1933年任国民政府行政院简任秘书,次年改任行政院参事,后任国民政府蒙藏委员会总务处处长。1935年5月任贵州省政府委员兼民政厅厅长。1942年任立法院立法委员,嗣后主持国民大会代表联谊会,并主编《国大周刊》。著有《借槐庐诗集》,编有《采风录》。

曹祖彬(1885—?) 江苏高邮人。又名祖清,字亦华,号吟村。南社社友、淮南社社友。1916年6月由曹凤仪介绍入南社,入社书编号625。1916年与曹斌同期毕业于上海吴淞中国公学法政专科,获部给律师证书。后在南京执律师业,颇为知名。工余精研《周易》。父曹凤仪,亦为南社社友。

曹惟善(1893—?) 江苏松江(今属上海)人。字剑光。南社社友。1917年7月24日由费龙丁介绍入社,入社书编号942。

曹　斌(1887—1944) 江苏高邮人。字宪章。南社社友。1916年7月由曹凤仪、曹凤笙介绍入社,入社书编号657。1912年毕业于扬州府中学堂。后入上海吴淞中国公学法政专科,1916年毕业后获部给律师证书。后回乡执律师业。1944年病故。

曹聚仁(1900—1972) 浙江浦江(今属兰溪)人。字挺岫,号听涛,笔名陈思、丁舟等。新南社社员、南社纪念会会员。1915年考入浙江省立第一师范学校。1922年到上海,任教于爱国女中,并为《民国日报》副刊《觉悟》撰稿。1923年10月与柳亚子、叶楚伧、胡朴安等发起成立新南社。1923—1935年历任上海艺术专科学校、上海艺术大学、路矿学院、暨南大学、持志大学、光华大学、中国公学等校教师。1932年创办《涛声》周刊,为主编。接着又与陈望道等合办《太白》《芒种》等半月刊,任编委。1935年5月上海文化界救国会成立,被推为十位常委之一。1937年七七事变后任战地记者,为《申报》《立报》《社会日报》和中央通讯社采访战地新闻。抗战期间在赣南主持《正气日报》。1945年返回上海,又任《前线日报》主笔,后在复旦大学、大夏大学、上海法学院及苏州国立社会教育学院等校任教授,兼香港《星岛日报》驻京、沪特约记者。1950年移居香港,任《星岛日报》编辑,后又与友人创办《循环日报》,任主笔。1956年起曾多次回大陆参观访问,致力于祖国统一事业。1972年7月23日病逝于澳门。一生著作繁丰,有《中国学术思想史随笔》《鲁迅评传》《蒋经国论》,以及小说《酒店》,散文集《鱼龙集》,报告文学《万里行记》《大江南线》《采访外记》,自传《我与我的世界》等。

曹聚仁

戚饭牛(1877—1938) 浙江余姚人,寄籍江苏吴县(今苏州)。名牧,字和卿,号饭牛、饭牛翁,别署牧牛童、蓑笠神仙。南社社友。1913年7月26日由周伟、古直介绍入社,入社书编号386。幼聪颖,曾应科举试。师事杨古酝,与杨锡章、陈蝶仙、奚燕子、吴眉孙等均隶属丽则吟社。后又与光裕社演员魏钰卿相友善,向其学弹词。1908年到上海主编《国魂报》,与奚燕子、吴眉孙等并称"国魂九才子"。1914年与奚燕子、汪痴等合编《销魂语》月刊,发表小说《绿萍》。又与何东樵合办小报《海报》。多年从事教育,曾任中学教员、圣约翰大学教授,在电台讲授国学。民国初年加入上海民间灯谜团体——萍社,结识沪上名医吴莲洲和吴门曹叔衡,又加入大中虎社,还应邀担任《文虎》半月刊特约撰稿人。1938年卒于上海。平生诙谐成性,玩世不恭,曾刻一印曰:"饭牛一生真烂漫。"为文喜作小品,以诙谐入妙见称。擅书法,以善于摹写《云麾碑》著称。又喜作诗钟,在其主编的《国魂报》上,亦征人作诗钟。著有"饭牛翁小丛书"5卷,弹词《啼笑因缘》《欢喜冤家》,及短篇小说集《江湖秘诀百种》等。

奢摩他室曲丛(第一集) 元曲汇编。吴梅编。3种,2册。长洲吴氏清宣统二年(1910年)刻本。系吴梅精选自己20多年购置、收藏的传奇、杂剧、散曲等152种,经过详细校订并且附跋之后编排而成。第一集收清嵇永仁传奇2种、沈起凤传奇4种,所收录曲目包括《扬州梦》《双报应》《报恩缘》《才人福》《文星榜》《伏虎韬》。

龚介子(1877—?) 湖南湘乡人。名骞,字介子,号隼庵。南社社友。1912年10月由龚尔位、傅熊湘、黄梦蘧介绍入社,入社书编号352。

龚六英(1881—?) 江苏高邮人。字醉霞。南社社友。1916年7月由曹凤仪、曹凤笙介绍入社,入社书编号654。是清附生。1913年毕业于法政大学法律专科,获部给律师证书。曾任浙江省富阳县承审员、《三续高邮州志》名誉采访。弟龚六茎,亦为南社社友。

龚六茎(1893—?) 江苏高邮人。字瑞芝。南社社友。1916年7月由曹凤仪、曹凤笙介绍入社,入社书编号655。1913年毕业于江宁府中学。其兄龚六英,亦是南社社友。

龚尔位(1886—?) 湖南湘乡人。字醉厂,亦作醉盦、醉庵,号芥弥,别号介眉。南社社友、南社湘集社友。1911年6月6日由傅熊湘介绍入南社,入社书编号154。民国成立前毕业于长沙岳麓高等学堂文科。民国初年为长沙《大公报》编辑。1916年9月和1917年4月分别参加在长沙枣园及半园举行的南社临时雅集。1924年4月至1937年4月参加在长沙举行的南社湘集第一、二、九、十一、十二、十三、十四、十五次雅集。

龚兰因(生卒年不详) 浙江平湖人。女。又名兰英。南社纪念会会员。丈夫朱凤蔚,为南社社友。

龚承上(生卒年不详) 湖南慈利人。字言章,号寸园。南社湘集社友。1937年4月参加在长沙妙高峰南园举行的南社湘集第十五次雅集。

龚承祧(生卒年不详) 湖南慈利人。字宗大。南社湘集社友。

龚 逸(生卒年不详) 湖南长沙人。字粲真。南社湘集社友。

龚耀宗(生卒年不详) 安徽泗县人。字涤亚。南社社友。1916年11月16日由曹斌、戴天球介绍入社,入社书编号722。

盛世弼(1894—?) 安徽怀宁人。南社社友。1917年5月15日由成舍我介绍入社,入社书编号895。

盛昌杰(1892—?) 江苏南汇(今属上海浦东新区)人。字剑星,别署剑星楼主。南社社友。1916年6月4日由杨锡章、姚鹓雏介绍入社,入社书编号594。

盛湖竹枝词附杂录 诗词集。沈云(秋凡)撰。3卷,1册。1917年铅印本。李散木题签。《盛湖竹枝词》2卷,椒木署端。李世由、唐佩金、沈云分别作叙。柳弃疾、陈去病、范烟桥、陈次青、洪雄声、张嘉荣、简书勋、李世由、徐观荦、曹咏絮分别题词。《盛湖杂录》1卷,李涤署端。有盛泽成镇始末考、沈万三始末考、史仲彬致身录办、卜孟硕轶事、清初碧血录、汤豹处轶事、柳如是绝命书、计甫草轶事、孙金彪轶事、东西两庙庙神考、名媛纪略、绸业调查录、丝业调查录、绸类简明表、经成丝织厂、纪灾异、纪大火、残年新乐府等。

雪生年录 年谱。3卷,1册。李根源撰。铅印本,曲石精庐1929年初版,1934年再版,列入"曲石丛书"。章炳麟题签。卷一纪录作者从出生到民国前的生活工作轨迹,卷二纪录1912—1920年作者的生活轨迹,卷三纪录1921—1928年作者的人生轨迹。附周兆麟作简历,金天翮作跋。

雪生还乡吟惕山西行诗 诗词合刊。李根源、王灿撰。1册。1940年铅印本,列入"曲石丛书"。李根源题签。李根源作《雪生还乡吟序》。《惕山西行诗》,王灿作。附李希泌作《健行斋诗》。

雪耻学会 社团名。金松岑(1874—1947)1897年发起创建于江苏省吴江同里,并亲任会长。社员从同里延伸到黎里、松陵、平望等地,主要有钱崇威、薛凤钧、薛凤昌等40多人。会址初设金松岑书楼"天放楼",后迁同川书院教育楼。该社定期集会,商讨时政,研究新学,探求救国救民策略,对当时产生很大影响。

雪鸿泪史 章回小说。徐枕亚著。1册。托名何梦霞。上海枕霞阁1915年出版。封面为作者自题,署"泣珠生"。有作者(署名东海浪)诸家序、题词及跋。全书14章,全用文言文写成。故事情节基本上与《玉梨魂》相同。但在《例言》中,作者自叙此书由第三人称的章回体,改为由第一人称的日记体。人物虽一样,但篇幅比《玉梨魂》增加十之三四,诗词、书札增加十之五六,而且表现形式较《玉梨魂》新颖。此书与《玉梨魂》一样,都是"作者一方面写自己的心情,一方面也反映了为婚姻制度和种种人事所阻碍、破坏产生的婚姻悲剧"。此书一出版便风行国内外,曾再版数十次。

辅仁文社 亦称"辅仁书报社"。社团名。清末爱国进步团体。杨衢云(1861—1901)于1890年发起,1892年3月13日正式将总部设于香港百子里,成员有16人。该社以"进行中国大众的革新""驱除满族鞑虏”为宗旨，提倡学习西方，爱国维新，并秘密进行革命活动。推杨衢云为社长。1895年与兴中会合并，合并之后杨衢云任第一任会长。

虚字指南　南社掌故。沈镕曾在上海国学扶轮社、中华书局、大东书局等出版机构任编辑多年。他所编辑的《中华新字典》《中华万字字典》《虚字指南》等工具书，均为便利中小学生阅读而编。其中《虚字指南》详证博引，用文言与白话对照，很受学生的喜爱。因为五四运动以后提倡白话文，用意是对的，但它完全否定文言文、视文言文为推广白话文的阻力，以致割断了文化统绪，形成文化断层，致使青少年不能阅读文言文古籍。《虚字指南》主要帮助学生掌握文言文虚字之用法这一关键，解决古籍之阅读难点。

曼殊大师纪念集　纪念文集。苏曼殊著，柳无忌编。1册。上海正风出版社无限公司1949年初版。叶楚伧题签。有曼殊大师僧装和西装像，以及与柳亚子、叶楚伧、朱少屏、费公直、吕志伊、景耀月、田梓琴和梁龙合影等像片。有曼殊大师遗墨多幅。柳亚子作序。文公直稿、柳亚子订苏曼殊年谱。含诗集、译诗集、书札集、杂著集、小说集和译笑说集。附罗芳洲苏曼殊的生平及其作品、柳亚子曼殊的戒牒问题和冯自由苏曼殊之真面目笺注、柳无忌编辑后记以及苏曼殊家族表。

曼殊与绘画　南社掌故。苏曼殊把绘画看作是“亡国留痕”，常借此抒写胸中的积郁。他曾绘有《松下听琴图》《夕阳扫叶图》《登峰造极图》《江山无主图》《潼关图》等，仅在《民报》之增刊《天讨》上发表的有《猎胡图》《翠微亭图》《莫愁湖泛舟图》《题奇石图》《夜啸图》，在《天义》报上发表的有《女娲图》《孤山图》《江干萧寺图》《清秋弦月图》。他的这些画作，描绘祖国的大好河山，对号召民众缅怀故国，推翻腐朽的清朝统治、重整河山有潜移默化的启蒙作用。

曼殊小说　短篇小说集。苏曼殊著，时希圣编。3册。上海广益书局1929年初版，列入“曼殊小丛书”。时希圣作“曼殊小丛书”弁言。胡寄尘作“曼殊小丛书”序。有西湖曼殊之墓、绍琼女士遗像、曼殊僧装像、曼殊西装全身像和曼殊西装半身像等。收胡寄尘旧序、魏炳荣旧序、时孟邻新序、杨鸿烈对于断鸿零雁记、罗建业对于断鸿零雁记的意见、柳亚子关于断鸿零雁记、胡寄尘记断鸿零雁。录《断鸿零雁记》《天涯红泪记》《绛纱记》《焚剑记》《碎簪记》《非梦记》6篇。

曼殊手札　书信集。苏曼殊著，时希圣编。1册。上海广益书局1930年再版，列入“曼殊小丛书”。有西湖曼殊之墓照片1帧。含作者与柳亚子、刘三、邵元冲、高天梅、马君武、郑桐荪、刘半农、叶楚伧等15人的信函112通。

曼殊全集　诗文集。苏曼殊著。5册。上海北新书局1928年初版。柳亚子序。分5集。第一集为诗歌、译诗、文集及书札类。第二集为杂著和翻译小说。第三集为小说。第四、五集为附录。每集中附有曼殊的照片、手迹、画作等。

曼殊作品选集　别集。苏曼殊著，柳亚子选。1册。上海大光书局1935年第二版。有曼殊大师遗像。柳亚子作《苏曼殊正传》《苏曼殊略传》和《重订苏曼殊年表》。《曼殊诗集》含诗45题，《曼殊小说集》含小说6部，《曼殊书信选》含书信42通。

曼殊遗墨　画册。柳亚子编。1册。上海北新书局1929年初版。此画册是苏曼殊怛化后，由其生前挚友萧纫秋将所藏曼殊遗画、手札、照片等交柳亚子编印而成。封面由孙中山题签。此书共刊曼殊之遗画、手札、杂记、遗照、遗物共95件。所刊画作除首页着色佛像作者尚有争议外，其余24幅遗画虽皆无落款或跋语，一般都认为是曼殊所作，且多都认为是他绘画作品的底本。曼殊大师杂记真实地记录了曼殊生前生活状况。杂记二十为手抄真如门出世表、杂记二十八是禅宗自初祖达摩直至五家七宗的谱系表。其余还有不少曼殊学佛手记。

晚秋堂诗集　诗词集。9卷，3册。田兴奎（田星六）撰。长沙1931年铅印本。石瑜敬题签。张称达、柳弃疾、杨再苏、田名瑜、田兴奎分别作《晚秋堂诗集序》。田兴奎作《自跋》。陈完题《剑游集后序》。张称达、吴恭亨、王德钟、柳弃疾、黄心禅、金次仁、田名瑜分别作《晚秋堂诗集题词》。收古今体诗1 018首。卷一为《酒余集》。卷二为《剑游集》，吴恭亨署端。吴恭亨题诗。卷三为《破帽集》，张称达署端。卷四为《且归集》，田兴奎署端。卷五为《雨鞋集》，田名瑜署端。卷六为《一笻集》。卷七为《百一集》。卷八为《南音集》。卷九为《劫存集》，柳亚子署端。附《蔗香馆词》甲卷，田名瑜署端。另收词47首。

晚晴山房　位于浙江绍兴上虞区白马湖畔。1929年夏丏尊、丰子恺、刘质平等为弘一大师李叔同所筑背山面水的三椽平房。在丰子恺“小杨柳屋”、经亨颐

"长松山房"的中间，紧挨着何香凝先生的"蓼花居"。李叔同执笔自题"晚晴山房"。早年曾遭日寇的飞机炸塌。近年重建山房。现由春晖中学管理。

晚晴老人讲演录 佛学著作。弘一法师讲，弘一大师纪念会编。上海大雄书店1943年初版，1944年再版。卷首有夏丏尊所撰题记、蔡丏因所撰《养正院亲闻记叙》和弘一法师手记。全书收录弘一法师《人生之最后》《改过实验谈》《律学要略》《青年佛徒应注意的四项》《南闽十年之梦影》等12篇佛学讲演。

崔师贯（生卒年不详） 广东南海（今广州）人。字百越，号今婴。南社湘集社友。

崔镕深（1867—1925） 江苏下邳（今属宿迁）人。名一作荣申，字迅沈，又字巽臣，号柳湖。南社社友。1917年8月29日由周公权介绍入社，入社书编号952。12岁科举初试中秀才，16岁补为廪膳生员，后被选为廪生、贡生。1897年在古邳创办峄阳小学堂，并任校长。1905年任瑶湾天后宫小学校长，同年加入中国同盟会。翌年，邳州教育会成立后当选为首任会长。1915年被选为瑶湾商会会长，1917年任江苏省立徐州第七师范学校教员兼舍监。1921年当选为江苏省第三届省议会议员。次年在古邳创办明新中学。其工诗善书，但少有诗词书画作品存世。

圈圈点点之吕天民 南社掌故。圆圆点点，泛指在书或文稿上加圆圈或点，用作记号，此处则含有戏谑意。郑逸梅在《南社丛谈》中写道："圈圈点点之吕天民，指天民脸上有痘瘢也。"

银行家、银行员座右铭 银行理论著作。戴蔼庐译。1册。上海黎明书局1932年初版。"银行周报丛刊"之一。徐寄庼、戴蔼庐分别作序。含银行家之座右铭300则和银行员之座右铭100则。

梨村五子 南社掌故。顾悼秋、朱剑芒、朱剑锋、周酒痴、沈剑霜五人合称。因这五人都能诗，所以被称为"梨村五子"。

梨社 社团名。1914年春顾悼秋与朱剑芒、朱剑峰、沈剑霜、周云等在江苏吴江黎里镇发起组建。因柳亚子等曾将黎里改名为"梨花里"，社名由此而来。该社宗旨为"继续风骚，商量旧学"。同年冬停止活动。

笪赋权（生卒年不详） 籍贯未详。南社纪念会会员。

第二届中华南社学坛北京雅集暨学术研讨会 2014年9月20日在北京中山公园召开。民革中央宣传部、中国近代文学学会、中国辛亥革命研究会、南社与柳亚子研究会联合主办。中国南社研究会会长王飚主持会议。中国南社研究会名誉会长杨天石发表主旨演讲。来自全国的学者120余人参加会议，提交论文70余篇。会议举办论文交流6场次。同时举办有南社名人手稿真迹展、南社名人古籍展、建国65年来南社研究成果展、中国南社文化遗存保护联盟展、《百年南社南社诗画》——当代南社书画巡展等活动。

第二届全国慈幼会议实录 民政著作。陈铁生（绍枚）编。1册。1936年初版。林森题签。孔祥熙、林森、沈鸿烈、蒋作宾、于右任、王世杰等分别题词。有全体代表合影、大会筹备委员、大会主席团像片和青岛大会会场等摄影。林康侯作弁言。陈铁生作第二届全国慈幼大会会议述要。含文电、题名录、规程、大会记录、大会议决案、演讲录、各地慈幼团体概况和筹备经过8编。

得孟硕狱中诗依韵奉怀（其三） 诗篇名。七律。陈世宜作。南社社员邓家彦因在上海创办《中华民报》讨伐袁世凯，自1913年8月23日被袁世凯政府拘留，到1914年2月22日止，坐冤狱共半年。本篇系作者得邓家彦狱中诗依原诗韵而作，作于邓家彦被拘役期间。抒写千古冤狱无处申诉的悲愤心情，叙写邓家彦的报纸曾发表令袁世凯胆寒的文章，而袁世凯已有称帝的迹象。与邓家彦互相勉励，一起来扭转时局。广大人民正遭受无穷灾难，在这风雨如晦的乱世，更加迫切盼望邓家彦归来。感情真挚，表达含蓄，诗味隽永。

逸经·文史半月刊 民国期刊。谢兴尧、陆丹林编。4册。扬州广陵书社2010年初版，列入"民国期刊汇编"第三辑，影印本。1936年在上海创刊，半月刊。简又文任社长，前22期由谢兴尧任主编，后14期由陆丹林任主编。创刊号撰稿者有简又文、伏龙、俞平伯、胡怀琛、叶恭绰、柳亚子、谢兴尧、大华烈士、冯自由、徐彬彬、谢刚主、陆丹林、钱仁康、李应林、白蕉、徐钦文等。

逸梅小品 笔记小说。郑逸梅著。1册。中孚书局1934年初版。陆澹庵、王西神分别题签。漱六山房、王文濡、程瞻庐、许息庵和张恨水分别作序。海上漱石生、顾佛影、童爱楼、屠守拙、许瘦蝶、冰史、范烟桥和朱六阶分别题词。包含清道人以画易蟹、陈英士之笑话和西瓜之种种等160篇。

逸梅小品续集 笔记小说。郑逸梅著。1册。中孚书局1934年初版。王西神题签。陆士谔、刘铁冷、顾明道、范烟桥、周无住、范叔寒、蒋吟秋、邓铁造、朱天目、徐碧波、周瘦鹃和程小青等分别作序。胡石予、蒋梅笙、王均卿、江亢虎、赵焕亭、谢玉岑、屠守拙和高天楼等分别题词。含夏日之乐事、潘兰史轶事、故陈去病先生之著述和立像黄鹤楼之黄克强等近120篇。

逸梅丛谈 散文集。郑逸梅著。2册。校经山房书局1935年初版。朱其石题签。含于右任往事、垂虹亭长轶事、澹盦趣话等182篇。除了介绍名人轶事外,还兼涉书籍字画、饮食生活、杂俎、艺海点滴等。

逸梅随笔 随笔。郑逸梅著。1册。黑龙江人民出版社1988年初版。石伽、潘景郑分别题签。王春渠、边政平分别题诗。郑逸梅作前言。含李叔同纪念室、南社盟主柳亚子和状元女婿徐枕亚等129篇。内容涉及书画、影剧、教育、园林、书札、饮食以及风俗习惯等。

祭天梅文 南社文献。高旭1925年8月25日逝世,傅尃(熊湘)作此文哀悼,后收入《钝安文集》卷二。祭文满怀深情追忆他与高旭之间的交往与真挚情谊,表现双方豪放个性,描写两人交往的生活细节,认为高旭"素行坚白",决不会与旧势力同流合污。

祭扫张煌言墓 南社掌故。张煌言乃明代浙江鄞县(今宁波)人,字玄箸,号苍水。是崇祯十五年(1642)举人。明末清兵破南京俘福王,煌言等尊鲁王监国抗清军。清兵攻破舟山,鲁王入闽依郑成功。煌言劝郑攻取南京,自崇明入江,所向克捷。煌言先移师上游,克皖20余县。后郑军兵败镇江后撤。煌言隐居象山,被清兵所执,不屈而死。1905年5月,高吹万游杭州,访张苍水墓于南屏山麓,作《谒张苍水墓》以凭吊。其后,陈去病、刘三、黄节等人也曾前去祭扫。祭扫张苍水墓,表示对恢复汉人政权并驱逐鞑虏的一种政治寄托。

烹饪院院长 南社掌故。于右任喜爱吃羌饼,且善烹调。他自煮羊肉,谓亲得蒙古人之指授,有成吉思汗羊肉、高加索羊肉等各种特色口味。他和人论烹饪,谓:"我国的烹饪远胜于西方治膳,我们有熏、蒸、炒、炖、焖、拌、炸、溜、炝若干种之多,西方只有煎、烤、煮三种,真是有小巫大巫之别。"于右任时任国民党监察院院长,有人开玩笑地对他说:"你不如辞去监察院长,改任烹饪院院长吧。"

麻溪改坝为桥始末记 方志。王念祖编。4卷,2册。葴社1919年铅印本。王念祖作序。有《汤蛰先先生沉冤纪略序》。卷一为论著,有《刘葴山先生像附葴山先生传略》、先贤刘葴山遗像(画像)、《金汤侯先生与坝内父老书》等。卷二为记事,有《葴社成立记》《葴社题联》等。卷三、卷四为公牍。

康有为思想研究 近代思想家研究。萧公权著,汪荣祖译。1册。北京新星出版社2005年初版。《萧公权文集》之一。汪荣祖作"弁言"。萧公权作"序言"。含家世与生平、哲学思想、变法蓝图和大同理想四编,跋现代中国与新世界和引用书目。

康 振(生卒年不详) 湖南慈利人。字模斋。南社湘集社友。

盗花 言情侦探小说。英国莎士比亚著,贡少芹译。上海文明书局1916年出版,1929年3月第五版。该书叙述伦敦富家子欲娶娜芬为妻遭拒后,设计使海盗绑架娜芬之未婚夫毕玛,并威逼毕玛成为海盗女婿,毕玛不从被关入黑牢。娜芬与侦探分别乔装深入盗穴,历经风险与周折,终于杀死海盗,捣毁盗穴,救出毕玛,有情人终成眷属。该书为最早译介给中国读者的外国文学作品之一。作者把莎士比亚戏剧用文言来写,别具一格。

盗盗 侦探小说。法国大仲马原著,贡少芹译。1册。上海文明书局1921年第六版。叙述巴黎一寡妇遗失钻石一粒,遂悬赏破案。一侦探受雇,深入盗穴,历经困险,发现盗贼实为一妇人假扮老翁所为,而遗钻之寡妇竟然就是盗贼之首领。真相大白,侦探以公布为要挟,终与寡妇结为秦晋之好。

章乃器(1896—1977) 浙江青田人。原名埏,改名乃器,字子伟,又字金烽,别名嘉生。南社纪念会会员。早年求学于浙江甲种商业学校。1918年毕业后入浙江实业银行,由练习生到营业部主任、副经理兼检查部主任。1927年初曾任银行业工会领导职务,支援国民革命军北伐。四一二反革命政变后,独立创办《新评论》半月刊。1929年创设中国征信所,任董事长。1931年九一八事变后投身于抗日救亡运动。1934年与宋庆龄发起组织中华民族武装自卫委员会。1935年任光华大学

章乃器

和沪江大学教授。同年12月与马相伯、沈钧儒等组织上海文化界救国会，并署名发表《上海文化界救国运动宣言》。次年又共同发起全国各界救国联合会。11月与沈钧儒、邹韬奋、李公朴、史良等同时被捕入狱，史称“七君子案件”。1937年抗日战争全面爆发后获释。一度担任安徽省财政厅长，曾拨款资助新四军。1939年赴重庆创办上川实业公司，任总经理。1945年12月在重庆与黄炎培、胡厥文等发起成立中国民主建国会，任常务理事。1946年5月到上海，参与组建中国民主建国会上海分会。中华人民共和国成立后历任全国政协常务委员兼财经组组长、粮食部部长、政务院政务委员、政务院财经委员会委员、全国工商业联合会副主席、民建中央副主席等职。1957年被错划为右派。“文化大革命”期间因遭迫害，在北京病逝。1980年得到平反改正，恢复名誉。著有《章乃器论文选》《中国货币论》《国际金融问题》等。早年曾提倡内功拳，著有《科学的内功拳》。

章门四子与章门五王 南社掌故。章炳麟在《苏报》案解决后出狱，东渡日本，借神田大成中学讲堂为国学振起社定期讲授文字学、音韵学、庄子及中国文学，并于《民报》社另开专门讲授《说文解字》。在他的得意门生中，黄侃、汪东、钱玄同三人传其文字学，吴承仕传其经学，故有“章门四子”之称；再加上朱希祖，则有“章门五王”的雅号。

章木良(1880—?) 江苏江宁(今南京)人。名梓，又名质，字木良，一字莫良，号太素。南社社友。1910年4月由朱少屏介绍入社，1911年9月15日补填入社书，入社书编号171。早年赴日本陆军学校留学，并加入中国同盟会。1910年4月10日陈去病在西湖唐庄召集南社第二次雅集时，其曾邀约一些故人欣然前往杭州相聚。1911年4月受同盟会总部派遣返国，赴上海参与筹组中国国民总会，6月该会正式成立后任(总会)会计。同年7月中国同盟会中部总会在上海成立，被推为中部同盟会江苏分部会长。1913年二次革命时曾代理江苏都督。1915年10月与吴稚晖等在上海创办《中华新报》，后竟忧郁而亡。撰有《宪法问题与内阁问题》《教育改良为政治改良之前提》等。

章巨摩(1883—1934) 浙江丽水人。名闾，一名自，字叔言，一字巨摩。南社社友。1915年由陈布雷、柳亚子介绍入社，入社书编号511。早年肄业于浙江武备学堂。辛亥前加入光复会，曾参与密谋反清革命，事泄后遁走浙江慈溪，师从冯君木，致力于诗文。然时运不际、贫寒交加，被迫流寓上海，以鬻文教书为生，并撰说部文章刊于民初各种刊物。晚年任某大商店秘书。1934年因肺病在宁波去世。

章练小志 方志。高如圭、万以增编。8卷，2册。1918年铅印本。程兼善、陈世垣、柳弃疾、万以增分别作序。参校者有程兼善、蔡治民、柳亚子、陈去病、仲咸钧、陈世培、陈玉祥、陈世垣、万文焕等。后附诗文若干。

章铁民(1899—?) 安徽绩溪(一作浙江淳安)人。笔名古梦，别名章造汉。南社纪念会会员。北京大学毕业。1927年任上海暨南大学事务处出版科主任，并与汪静之等组织秋野社，编辑《秋野》月刊(1927年11月创刊)。1929年译有《波斯传说》(亚东版)。1934年3月4日参加在上海西藏路宁波同乡会举行的南社临时雅集。

商业政策 商业政策研究译著。奥地利菲里波维著，德国Somary改定，马君武译。中华书局1923年7月出版。此书叙述列国对外商业政策，尤详于税关政策。共分5篇，第一篇论国外商业政策之历史发展；第二篇论商业政策之理论根据，涉及自由贸易理论、保护关税理论两个内容；第三篇谈保护关税之实行；第四篇谈通商条约；第五篇论输出促进策。作者在序中谈到，对外商业政策之主要内容为税关政策，李鸿章不知政治，更不明世界情事，以吾国与各国生计政策皆有重大关系之税关政策拱手送诸英国，既不成自由贸易，复永远不能执行税关保护政策，税关保护政策不能行，则内地工商业不能振兴。

商君学说 商鞅学说研究。胡朴安著。被列为1924年《国学汇编》第一集第二册。1983年又被收入胡道彦于台北影印的《国学汇编》本《朴学斋丛书》第二集(二十)。内容有：一、总论；二、法治；三、农战；四、垦土，徕民；五、贵粟，轻末技；六、去文，尚武；七、壹赏，壹刑，壹教；八、结论。

望梨里参加北伐倚装步石予夫子原韵 诗篇名。七律。余天遂作。具体写作时间不详。抒写诗人参加北伐倚装回望家乡吴江梨里时的愁情满怀，不经意间写下了刻骨铭心的诗篇，联想家乡连年风雨，自己却在军营里经历了长期的戎马生涯，个人不同寻常的身世实在令人怜惜，尽管将束装北伐，但情牵家乡。

表达自己虽然只是一介书生，但在戎马生涯中，决心越关山、渡黄河，迎接北伐风烟的考验。感情真挚自然，诗句平易流畅。

望道文辑　论文集。陈望道著。读者书房1936年6月出版。全书共收30篇文章，分语文与文学辑19篇，杂论辑9篇，另附有2篇译文。主要由1934—1935年尤其是在建设大众语文学的论争中，在报纸杂志上所发表的文章集结而成。书中对大众语的性质、特点，怎样建设大众语和大众语文学，怎样做到大众语的普遍，大众语和文言、白话的关系等方面作了理论上和实践上有价值的探讨，提出了许多科学性、建设性的意见，促进了文学语言的大众化和大众语文的发展。另外，书中还探求新文学发展中的实际问题，论及日本文学家的水浒观，谈到对读经的意见，游记分版发行的益处以及女子教育、女子选举等问题。

阎甘园（生卒年不详）　陕西西安人。号晚照楼主。南社纪念会会员，画家。

阎古古全集　诗文集。6卷，6册。阎尔梅撰，张相文编。中国地学会1922年初版。张伯英题签、署端。张相文、张一麐分别作序。卷一含张相文作《年谱》。卷二起有杂体、古逸、乐府、四古、五古、七古、五绝、七绝、五律、七律、五七排诗和杂文等。

断虹　短篇小说集。王瀛洲著。丽泽编辑社1924年初版。收录《疯》《结婚记》《冷》等10个短篇。作者擅长人性描写，通常利用较少的人物、单纯的情节表现比较单一的主题。以《疯母之心》为例，主要人物阿生由于母亲的过分溺爱，成人后不学无术，终日游手好闲，最后染上赌博的恶习。在向母亲索要赌资未果的情况下，竟然对母亲动手，其母在众人的帮助下将他送进监狱。阿生后病死狱中，其母闻讯后遂发疯。小说警示人们思考教育子女的方法。

断鸿零雁记　章回小说。苏曼殊著。部分章节初载南洋某报，1912年5月12日起在上海《太平洋》报连载至27章。上海广益书局1919年出版单行本，上海启智书局1934年再版。该书叙写带有作者自叙传成分的爱情婚姻悲剧。主人公河合三郎的亲生父母为日本江户望族，惜父早逝，母携子再嫁旅日中国广东商人为妾，并随之到广东。不久义父又去世，义母生性刁钻，生母不堪忍受，只身回了日本。三郎卖花积攒路费以赴日寻母，在沿街卖花中又邂逅未婚妻雪梅。雪梅父母因三郎义父家境衰败而悔婚，但雪梅重情守节，出纹银百两，助其东渡。三郎与生母会面后又与表妹静子陷入情网，他既不能忘情于雪梅，又难以摆脱静子；既要恪守儒教的孝顺之道，又不能违背佛教的三戒法理，在情理冲突与挣扎中，决定到杭州灵隐寺做挂单和尚。然无意中又得知雪梅因反抗父母迫嫁他人绝食而死，遂又回广东寻找雪梅的坟墓，遍寻不着，而万念俱灰。此书因作者“自述其历史，自悲其身世”，表现了其在“世间法”与“世外法”夹击中的挣扎与情理冲突，加之复杂情感与细腻心理的描写而备受读者欢迎。

清二百家军政名牍汇编　亦名《清代军政名牍汇编》。尺牍汇编。刘铁冷编。18卷，首1卷，8册。崇新书局1925年初版，1926年再版。许德邻题签、署端。卷首为《清代名人姓氏爵里表》。含军事编4卷，防务编4卷，内政编4卷，外交编4卷，私函编2卷。

清末民初文坛轶事　掌故笔记。郑逸梅著。1册。学林出版社1987年出版。收入清末民初文坛知名人士轶文及文史掌故共85篇。涉及孙中山、章太炎、梁启超、柳亚子、姚石子、李叔同、高吹万、吴湖帆、李拔可、袁寒云、张伯驹、周瘦鹃等数百人。

清平乐·题郑所南画兰，次玉田韵　词篇名。中调。吴梅作。具体写作时间不详。抒发呼唤爱国诗魂的心声，决心继承屈原爱国主义精神，表现为郑所南画兰所感动的心情。由北风吹散繁华、高丘但有残花暗示清军入侵中原；借花托根天地，反衬在清政府统治下人民流离失所。借古抒怀，托物言志。

清史野闻　笔记小说。许指严著。上海国华书局印行（发行日期不详）。全书用浅近文言写了10个小故事。《藩变拾闻》叙清初三藩变乱，缙绅多有被荼毒者，而一女子靠智勇使全家免于厄运。《夺嫡志》《夺嫡续志》述清初宫廷内部围绕皇位继承权而展开的争夺。《玉妃案》讲清乾隆时权贵因奢惹祸之轶事。《慈禧垂帘记》述清同治初期所谓三奸（三亲王）并诛案，为首的肃顺与得到荣禄辅助的那拉氏之间展开的激烈的夺权斗争。《拳乱摭取》写庚子年义和拳自山东流布京师，于通衢之地设坛授徒，敌视外国人，并择肥而欺，杀人如麻。《三大吏别传》叙荆湖节帅、铁道总管、剑南节使之风流雅事和宦海沉浮。《老庆记公司》写清末某王骑墙于帝制与共和之间，闹出很多笑话。《妖术》纯属所谓奇人奇事。《宗社党轶事》写民国初年一落魄满人因丧失前清恩惠而结党反袁，以失败而告终。文字灵巧,风格幽默。

清代名人轶事 笔记。王瀛洲辑。上海交通图书馆 1917 年初版。辑录阙名、说元室主、霞枕、悔逸斋主、程善之、寂照、双剪、王虱隐、况梅、愿梨等撰写的数十位清代名人包括钱牧斋、孙延龄、顾亭林、年羹尧、和珅、纪晓岚、左宗棠、曾国藩、李鸿章、吴可读、徐晓秋、容闳等的轶闻逸事百余篇。如《钱牧斋轶事》谓钱广交友、勤读书、不惜百金求《汉书》,一生跌宕多事,少年富有,自负风节,晚年窘困易节,一度因蜚语入狱,唯有贤妻柳如是始终相随。《年羹尧遗事》述年氏与壮勇公生死之交,论兵事常至夜半,后年氏结识岳钟琪,以为今旦得奇才。壮提醒年氏,岳之心术不纯,后年氏果为岳所讦,年氏亦因骄恣暴戾,卒罹横死。《李鸿章轶事》讲李友裴伯谦来谒,李傲问:"汝欲刮广东地皮耶?"后裴又谒李,说是:"来刮南海地皮。"李大笑说:"十年前一语至今不忘耶!"《和珅与纪晓岚遗事》说珅少贫,多次求助别人,后为乾隆宠臣。珅主仆皆贪,嘉庆年间事发,一死一逮;纪晓岚学问渊博,滑稽雄辩,与珅同朝,轻珅之为人,曾以"竹苞"(草包)二字制匾送与珅而引出笑话,纪与乾隆帝言谈也多诙谐。亦有清宫廷纪事,如《纪顺治迁海始末》《林兴珠雅克萨之捷》《前清太监之不法一二》。还有奇闻,如《铜盆武夫》《狱囚利久之奇闻》《某武臣之讽谏》等。

清代骈文评注读本 文集。王文濡选编。蒋殿襄、陈乃乾注释。4 册。上海文明书局 1917 年初版,1927 年第十次出版。按年代编次,收录吴兆骞、陈维崧至李慈铭等 43 人骈体文章 110 篇。其中近代作家的骈文,仅阮元 2 篇、刘开 1 篇、梅曾亮 1 篇、袁翼 2 篇、傅桐 1 篇、周寿昌 1 篇、王闿运 1 篇、赵铭 1 篇、李慈铭 1 篇。各人文前附作者小传。

清议报 期刊名。1899 年 1 月 2 日在日本横滨创刊。每月 3 册,共设本馆论说、支那近事、寄书、杂文、外论汇译、诗文辞随录等 30 多个栏目。在第二十五期作者栏中开始出现"记者"字样,为报界首次。以强调"清议"与增进国人学识为宗旨,是资产阶级改良派在海外创办的第一份机关报。贵公、江南快剑等诗文在此发表。1901 年 12 月 22 日因报馆失火停刊,共出版 100 册。

清词选集评 词学评论集。徐珂编。全 1 册。商务印书馆出版发行。出版年份不详。该书是徐珂继《历代词选集评》《历代闺秀词集评》《清代词学概论》等书编辑的又一词学著作。专选清词中有名人评语者凡 620 余首,其作者皆为清代名家,如纳兰性德、朱彝尊、李雯、宋徵舆、王士禛、彭孙遹、沈谦、厉鹗、周济、邓廷桢、吴翌凤、汪潮生、何兆瀛、蒋春霖、程颂万等。而每首词的后面均由著名词家谭献、丁杏舲、况周颐所作的解读、点评。是清代词学研究的重要参考资料,对于初学诗词的入门者亦大有裨益。

清季野史 杂记。胡怀琛编。上海广益书局 1913 年 3 月出版。颠公题字。第一编有《中日兵事本末》(罗惇曧)、《庚子国变记》(罗惇曧)、《拳变余闻》(罗惇曧)、《都门识小录》(蒋芷侪);第二编有《述庵秘录》(王无生)、《故宫漫载》(刘识微)。该书系出一时名人手笔。所采辑的皆清末遗闻逸事,足补正史之不足。仿丛书之例,采各家杂记,订为一编。其中《都门识小录》《述庵秘录》原本甚多,其无关政治风俗者,稍删节一二。《多铎妃刘氏外传》《汉人不服满人表》非专记清末事宜,未编入,但其事足资参考,作为附录收入。

清季野史第二编 清廷外史。胡寄尘编。上海广益书局 1913 年铅印本。有阙名《铁路借款考》、胡适《美国退还庚子赔款记》、罗惇曧《中法兵事本末》、罗惇曧《割台记》、阙名《三贝子花园记》。附胡蕴玉《胤祯外传》和胡蕴玉《发史》。

清河闺秀联珠集 诗词集。郑瑛编。2 卷,1 册。吴江柳氏民国抄本。卷上有张学雅、张学鲁、张学仪、张学典、张学象、张学圣、张学贤诗 33 首。卷下有上述各人词 26 阕。

清凉歌集 歌曲集。弘一法师作词,刘质平、唐学咏等合作曲。上海开明书店 1936 年出版。夏丏尊作序。收《清凉》《花香》《山色》《世梦》《观心》5 首歌曲。因取《华严经》"获根本智,灭除众苦;证无上法,究竟清凉"句意,歌曲集名"清凉"。由于歌词文义深奥,弘一法师曾于 1931 年 9 月致信芝峰法师,请其代写歌词注释,于是芝峰法师为撰《清凉歌集达恉》,与歌曲一同刊印。弘一法师是应刘质平的要求而撰写《清凉歌集》歌词的,目的在匡扶当时音乐界"靡靡俗曲,流行闾阎"的风气。"此五首曲以数人之力经五年乃成,又实地试演二年",共历时 7 年,成为中国近现代歌曲创作的精品,其创作原则本求既略含佛教浅理又不带宗教色彩,被誉为"中国近代佛学歌曲的经典之作"。

清稗类钞 清朝野史。徐珂编。13 册。中华书局

1986年初版。根据商务印书馆1917年版影印。汇辑野史和当时报刊中有关清一代的朝野遗闻以及社会经济、学术、文化的事迹。时间上至顺治下至宣统，间有上溯后金天命、天聪、崇德者。分门别类，按事情的性质、年代先后，以事类从。共有92类、13 000余条，记载较为完备，既有稗于遗闻，也可以作为谈助，对研究清代历史的学者有重要参考价值。

清儒学术讨论集第一集　学术著作。陈柱著。1册。商务印书馆1930年初版。陈柱题端。有陈柱序。含姚际恒诗经通论述评、戴东原遗札真迹考证和赵瓯北诗之哲学3篇。

淞云闲话　掌故小品。郑逸梅著。1册。日新出版社1947年初版。系作者流寓上海期间所作，由此而得书名。但所记不限于上海的事，并偏重于事物考证。收《春灯谜话》《春牛与芒神》《海上琵琶会》等小品文100篇，写作时间跨越30年。作者以一种浅显易懂的文言写来，融知识性与趣味性于一体，推陈出新自成一家。

涿州志　方志。宋大章、冯舜生、孙维善修，周存培、张星楼编。9编，20卷，4册。1936年铅印本。周存培署端。宋大章、冯舜生、孙维善等分别作序。有《涿州志编纂委员会同人合影》，共二排十人，未注明姓名。有地方志2卷；建置2卷；事迹2卷；经济2卷；党政组织4卷；选举、职官2卷；人物3卷；艺文、艺术2卷；三坡1卷。吴为宪作序，周存培作跋。

渐江大师事迹佚闻　高僧轶事。黄质编。1卷，1册。民国年间刻本，虹庐画谈。陈柱题签署端。有绪论、氏族、身世、游踪、画迹、师友、藏弆、诗翰和结论等篇。附《渐江大师诗录》，录诗150首。

淮上三杰　南社掌故。周伟、张雪抱、周实三人的合称。因他们三人都是江苏淮安人，故名。

淮南社　社团名。南社支社之一。由周实发起，1910年农历六月正式成立于南京愚园。成立大会上与会者共推周实、阮式主持会务，决议刊行《淮南社集》，不定期出版。该社成员积极宣传革命思想，通过社友的各种关系在新军中开展工作，鼓动新军中的有识之士起来反清，为以后淮安在辛亥革命后的迅速光复作了充分的思想发动。1911年11月17日，周实、阮式惨遭清朝鹰犬山阳令姚荣泽残忍杀害。淮南社成员群龙无首，组织陷于瘫痪，编辑就绪的《淮南社集》第一辑也因为时局动荡未能刊印，该社不久也就停止活动。1912年9月26日，余天遂、周伟等发表启事，重组淮南社。1912年11月1日，宋琳在绍兴创办《天觉报》，以"振兴教育，提倡实业，指导社会，匡辅政府，以及鼓吹尚武精神，发展民生主义"为宗旨，南社、淮南社均表示祝贺。淮南社活动结束时间未详。

淮南社序　南社文献。姚光撰于1911年7月。载《南社》第五集。认为"文字之入人为至深"。文学是"国魂之所寄也"。指出周实丹"以文学提倡于二淮，结为淮南社"。南社"为海内之先声，而后如越、如辽、如粤，闻风响应，今淮又继起矣"。提倡利用文学激发人民的"保种爱类之心"，以便"挽狂澜""扶大厦"。

淮南社启　南社文献。周实撰。载1911年12月1日《少年中国晨报》。1910年农历六月，周实在南京发起组织淮南社。该社启指出文学的重要性，"盛世之文扬，国家光采"，而乱世"二三有心人，亦往往以其芒馨悱恻之思，慷慨悲歌之气，发为诗歌文章，冀以挽回劫运"。历数屈原、诸葛亮、庾信、谢翱、李白、杜甫、白居易、陆游的名作，认为这些诗文令人感慨奋发。号召广大爱国志士集合起来，创建淮南社，挽救颠危中的祖国。

深秋薄暮走访秋叶长谈痛饮并以所著幕府集出示感呈四诗　诗篇名。七律。李光作，刊于1923年12月《南社丛刻》第二十二集。秋叶，即林之夏，南社社员。抒写诗人深秋薄暮时光走访南社社员林之夏时海阔天空长谈不已，踌躇满志，虽然感到民生凋敝，国运蹇难，但豪气尚在。叙写与林之夏谈起在南京牺牲，或是与南京国民革命临时政府有关的旧友的往事，坐在他家黄公酒垆旁，互相感慨山河破碎，民不聊生。表示与林之夏谊兼师友，赞扬他有雄才，有侠客的气魄，也有儒士的风度。诗人感叹辛亥革命以来战乱频仍，抒写与他一起忧国忧民，涕泪沾襟的感伤情怀。语言沉郁顿挫，诗风明朗豪放。

梁六度(1887—1927)　广西扶南人。原名梁坚，化名梁堉。南社社友。1919年3月20日由卢铸、蔡哲夫介绍入社，入社书编号1060。1905年考入南宁府师范学堂，1908年入广西优级师范学堂。1910年加入中国同盟会，同年由广西优级师范学堂毕业后考入广西法政学堂。1911年11月7日广西光复后被推为广西省临时议会议员。1914年留学日本，入东京法政大学政治经济科，并于1917年7月毕业后归国。次年先后被委任为广东省钦(州)廉(州)道署秘书、粤赣湘边防督办署秘书。1919年任广州滇军总司令部督办署委员。1921年8月返回南宁，担任广西省议会议员，兼任南宁《岭表日报》编辑。1926年1月被选为国民党广西省党部执行委员会常务委员，兼任组织部长。1927年9月1日被国民党反动派枪杀于南宁。

梁　龙(1888—1968)　广东梅县(今梅州)人。字云松，一字云从，西名 Lone Liang。南社社友。1912年3月12日由叶楚伧、朱少屏、柳亚子介绍入社，入社书编号228。是中国同盟会会员。早年就读于松口公学，辛亥革命后赴上海佐南社社友姚雨平等创办《太平洋报》。后赴英国剑桥大学、爱丁堡大学习法学。归国后曾在广州的孙中山大元帅府任职。1924年广东大学(中山大学前身)筹办时担任筹备委员。1925年任国会宪法起草委员会委员。1928年任国民政府外交部条约委员会委员。后随驻德公使蒋作宾赴德国担任使馆参事。后历任驻捷克公使馆代办、罗马尼亚公使、英国代理公使等职。二战后又曾担任驻瑞士公使和捷克大使。1949年后去台湾，任台湾大学校长。晚年寓居美国纽约，1968年去世。

梁兰剑(1878—?)　广东高要人，原籍江苏南京。南社社友。1917年4月20日由叶敬常、蔡哲夫介绍入社，入社书编号872。曾任教于广州圣心学校。

梁　民(1894—?)　广东顺德(今佛山市顺德区)人。字一余，号乐天。南社社友。1918年1月5日由陆丹林介绍入社，入社书编号1009。是时为广州《共和报》成员，与南社社友潘抱真、陈秋霖、刘啸东共事。

梁扩凡(1883—?)　广东梅县(今梅州)人。字纪梅。南社社友。1914年3月10日由朱少屏介绍入社，入社书编号395。1905年9月在香港加入中国同盟会。民国初期任职于上海《生活日报》，与南社社友谢良牧共事。曾任汕头邮政局局长。

梁亚潮(生卒年不详)　广东顺德(今佛山市顺德区)人。南社纪念会会员。

梁宇皋(1888—1963)　广东南海(今广州)人。南社社友、广东分社社员。1917年3月25日由蔡哲夫、汪兆铭介绍入南社，入社书编号849。出生于马来亚霹雳州，幼年回到广州接受教育。1901年又返回马来亚，先后就读于怡保英华学校和槟城圣芳济学院。1906年在新加坡加入中国同盟会。1908年赴英国留学。1912年在伦敦时与同学陶孟和合作共同编写《中国乡村与城镇生活》，为中国研究社会学最早的一部著作。1917年3月参加南社在广州六榕寺举行的广东分社第一次雅集。1932年8月任国民政府侨务委员会委员、常务委员兼救济失业华侨委员会委员，是年11月任铁道部第一任行政专员。1937年抗日战争全面爆发后仍留在中国，担任部队联络官。1938年后转任英军及驻缅美军联络官。抗战胜利后赴美，1946年回到怡保重执律师业。1948年被委为马来亚联合邦立法议员。1949年与他人一道创办马华公会。1957年马来亚独立时受委为马六甲州长(现改称为州元首)。1959年以上议院议员身份出任司法部长，并在马华公会内担任总秘书职。

梁弢光(生卒年不详)　广东香山(今中山)人。字月初。南社湘集社友。

梁　复(生卒年不详)　浙江杭县(今杭州)人。字立群。南社社友。1913年4月由杭辛斋、张心芜介绍入社，入社书编号371。1913年4月、5月分别参加在畿辅先哲祠及城南崇效寺举行的南社第二、第三次北京雅集。

梁烈亚(1893—1982)　广西邕宁(今南宁)人。原名煊学，曾名默然，字山英，号烈亚。南社纪念会会员。早年入南宁府立中学堂就读。1911年加入中国同盟会，同年秋与在南宁的同盟会会员及讲武堂学生于11月间响应武昌举义，宣告广西独立。次年任湘桂北伐联军参议，赴南京面谒孙中山，任民国临时政府大总统府咨议，后到上海入伍廷芳创办的上海民国法律专门学校。1913年夏二次革命时回广西柳州，参加柳州镇守使刘古香发起的讨袁起义。起义失败后潜回上海继续学业，毕业后曾任《申报》《时报》《大公报》通讯记者。两年后赴日本，加入中华革命党。1917年赴广东参加护法运动，任护法军政府交通部电政司员兼海陆军大元帅府参议。次年到上海，自设集益通讯社，并兼中华革命党总务干事。后又与马君武、雷在汉等创立改造广西同志会，并兼任《新广西月刊》发行人。1920年后历任军政府秘书厅机要员、南宁县县长、南宁参议会议长、国民党广西分部南宁支部书记长、广西电政监督等职。1922年2月任西路讨贼军第三支队司令。次年任西路讨贼军广州行营副主任兼国民党广西旅穗党员办事处主任，参与国民党的改组。1926年任北伐军总政治部政治监察员、安徽省电政管理局局长兼交通部电政建设委员。1928年任山东省电政局局长。1945年抗战胜利后在上海组织上海辛亥革命同志会，被公推为主席。中华人民共和国成立后，1951年参加中国国民党革命委员会，先后担任上海市东中学、控江中学历史教员。1962年10月受聘为上海文史研究馆馆员。

梁培慰（生卒年不详） 湖南湘潭人。字君藉。南社湘集社友。

梁楚三（1884—?） 广东东莞人。南社社友、南社湘集社友。1917年1月25日由蔡哲夫、陈觉殊介绍入南社，入社书编号791。是时任职于广州第八甫《采风报》，与南社社友李思辕为同事。

情天劫 章回言情小说。天虚我生（陈蝶仙）著。平装1册。中华图书馆1917年10月初版。叙写茜霞与革命党人柳侠仙相爱，茜霞的表弟曾向她示爱而遭拒绝，怀恨在心的表弟乃向当局告密，致使被清政府通缉的柳侠仙入狱。侠仙出狱后，又落入茜霞表弟手中，为救侠仙，茜霞无奈嫁给表弟，不久病死。侠仙目睹民国政府的腐败，失望中在茜霞墓前开枪自杀。

情系大理·赵式铭卷 诗文集。赵式铭著，张文渤选注。1册。北京民族出版社2006年初版，列入"历代白族作家丛书"。顾伯平、赵立雄作序。有前言。含文选38篇、诗选138题和楹联45对。附赵式铭著述要目、观望的际遇·回忆白族早起南社社员爱国诗人赵式铭。赵寅松作跋。

寄心琐语 哀思录。余十眉撰。线装1册。1918年铅印本。刘三题签。傅钝根署端。柳弃疾作序。柳弃疾作《传》。王德钟作《别传》《墓碣》《跋》。此为余十眉追记夫人胡淑娟（亚子）的文字，书前有胡淑娟女士照片。

寄尘杂著丛存 杂著文集。胡怀琛著。1册。上海新民书局1934年出版，上海大达图书供应社1935年9月再版。收录24篇杂著文章。其中《螺屋记》《移居琐记》，记述著者早年在上海的居住情况。《东南劫灰录》《东南劫灰续录》，以诗歌见闻互注之形式记述1924年江浙战争的实况。序言曰："但就沪滨风声鹤唳之情形，及战地难民之所述，本诸见闻发为吟咏，长歌当哭，用纾己怀。"

寄南社同人 诗篇名。七律。马君武作。具体写作时间不详。表现在诗歌创作上摆脱旧套、自成模范的强烈愿望，主张推陈出新，反对蹈袭古人，抒发辛苦挥戈、殷勤蓄电的豪情壮志，赞扬南社"多才俊"，祝愿南社反清革命早日取得成功。风格明朗，诗境开阔。

谒岳王坟 诗篇名。七律。徐自华作。具体写作时间不详。诗作写谒杭州栖霞岭南麓岳飞墓，借歌颂民族英雄岳飞而抒发、寄托推翻清廷封建统治的雄心壮志。叙写南宋奸臣、主和派秦桧以"莫须有"罪名制造了岳飞的冤狱，点明岳坟位置在栖霞山。痛惜岳飞北伐功败垂成，冤魂碧血只能埋于南宋的半壁江山。礼赞岳飞"饥餐胡虏"的壮志，歌颂他为国家收复失地而"怒发冲冠"的豪迈志气。写岳飞坟前树枝尽南向张扬岳飞的忠义气概，岳墓墓门下有四铁铸人像以表示陷害岳飞的秦桧、王氏、张俊、万俟卨4人，发出了无辜的铁而被铸为佞臣的感叹。诗作运用赋笔，直陈史事，柔中有刚，风格鲜明。

续爱的教育 儿童文学。意大利孟德格查著作，夏丏尊译。1册。汕头大学出版社2010年初版。夏丏尊作译者序。含安利柯失败等59篇。附王统照《丏尊先生故后追忆》和姜丹书《夏丏尊先生传略》。

综合研究各国社会思潮 社会学著作。邵振青（飘萍）编著。1册。上海商务印书馆1920年初版。蔡元培题签。有编者凡例。含总论·社会问题之意义及由来、上编·社会主义之概念与历史5章12节和下编·社会主义系统之分类6章20节。

绿绮台琴 南社掌故。古琴名。1914年，南社邓尔雅以廉价购得明代遗民邝露之遗物绿绮台琴，并曾撰有《记得绿绮台琴》《绿绮台记》等诗文以志其事。文曰："明邝湛若先生，蓄古琴二。曰：南风，宋理宗物。曰：绿绮台琴，唐制而明武宗物也。"后邓尔雅迁居香港，建新居于大埔，以"绿绮园"名己宅。名园藏名琴，有《绿绮园落成》诗记其事。绿绮台琴为邓尔雅传家之宝，他去世后琴归广州博物馆收藏。

十 二 画

琼华劫 言情小说。陈栩园(蝶仙)著。平装1册。先于1913年1月在《游戏杂志》第二期发表,后由上海中华图书馆1917年刊印出版。小说以大家闺秀琼花寻找战乱后流离失所的父母为主线,穿插与冬青、李公子之间的爱情纠葛。故事情节紧凑,辅以革命后的社会乱象为背景,虽为言情,实则寄寓了个体命运在历史长河中的无常与无奈。小说情景交融,如开篇描写琼花留宿处之景:"荒鸡远唱,浓霜与残月相映,烂然如银,枝头宿鸟啾啾作声,微云为晓风所吹,渐泛白色。"读来心气寒凉,自有一股悲伤萧瑟之气,与主人公之遭际相映。

琼湖倡和集 唱酬集。傅熊湘编。2卷,1册。1928年铅印本。彭宪戊署端。邱才英作序。傅熊湘原倡诗《沅江景星寺,礼海印上人塔》《琼湖书院,今为县高等小学,风景特胜,示诸门人》等,集和者65人,集和诗258首。

瑯琊碎锦 短篇小说集。王大觉著。新民图书兄弟公司1926年10月出版。收短篇小说15篇,其中文言小说5篇、白话小说10篇。这些小说题材多样,有较浓的生活气息,在表现手法上也有所创新。其中有缠绵曲折的爱情故事如《银裳阁话月》《冯小娥》,有普及新知识的科学童话如《眼镜语》《毕竟靠不住》,有新编的惩恶扬善的民间故事如《平心之弟》《李三宝》,有入木三分的对社会现象的剖析如《才子》,有社会百态如《妒德》《刘一姐》,还有夫子自道如《酒人活》等。小说内容描写了社会生活的方方面面,对认识生活、改造现实有一定的积极意义。

越社 社团名。南社支社之一。1910年冬(一说1911年4月),由陈去病与宋琳等发起成立于浙江绍兴。1911年3月11日,陈去病在《越社成立序》中号召社员们以天下事为己任,努力担负至艰极巨的革命,挽狂澜,作砥柱,毅然决然,百折不回把祖国从危难中拯救出来。越社成立后,曾在北京《帝国日报》发表《越社简章》,明确越社是南社的分社,明确了立社的目的与主张。1912年1月3日创办《越铎日报》。1912年2月,创刊《越社丛刊》,仅出一集,由《越铎日报》发行。同年4月20日另办《民兴日报》,并于当年11月停刊(一说办至1927年3月停刊)。1912年11月1日创办《天觉报》。不久《天觉报》停刊,越社停止活动。

越社成立叙 南社文献。陈去病撰。载于1911年5月26日北京《帝国日报》。文中认为君子以百折不回之志,肩负极艰巨的任务,无所恐怖,经历险阴,如履坦途,才能克服困难进入顺境。指出当时中国处于危险境地,南社挺立在危难之中,南社社员具有独立品格,不依附于皇帝、诸侯,越社广大社员活跃于绍兴一带,这是越社的英雄气概,是南社的成功所在,越社的成立应该为文庆祝。同时表达南社发展壮大、值得南社庆幸的心情。

越社章程 南社文献。宋琳撰。载于1911年5月26日北京《帝国日报》。分为10条,说明"由南社分设于越",故名越社,"以益知辅仁,兼敦友睦任□之风为主义",规定入社条件、手续、社金数目、社的组织机构、各职位的人数、职责、社刊年出期数、刊费来源、每年雅集次数、职员产生办法。

越铎日报 报纸名。1912 年 1 月 3 日创刊于绍兴。由周树人、宋琳等越社人士联合发起。黄棘(周树人)作《越铎出世辞》,表达其宗旨为"抒自由之言论,尽个人之天权,促共和之进行,尺政府之得失,发社会之蒙覆,振勇敢之精神","灌输真知,表扬方物"。有《禹城阳秋》《稽山镜水》等栏目。1912 年 1 月 11 日起,陈去病为总编辑,发表一些社评和革命诗文。1 月中旬,请徐自华来绍兴为秋瑾开追悼大会。徐自华有诗《中原光复重入越中有悼璿卿》及《满江红》词记其事。1912 年 3 月以后,因内部矛盾,陈去病离去,宋琳等亦被迫离开。1927 年 3 月改为《绍兴民国日报》。

越铎出世辞 南社文献。黄棘(鲁迅)撰。原载 1912 年 1 月 3 日《越铎日报》创刊号。《越铎》,即《越铎日报》,1927 年 3 月停刊,"越"是绍兴的古称,"铎"是警钟的意思。指出绍兴地方的人民"复存大禹卓苦勤劳之风,同勾践坚确慷慨之志",赞美辛亥革命使"华夏故物,光复太半","越人于是得三大自由"。宣示该报宗旨是:"纾自由之言议,尽个人之天权,促共和之进行,尺政治之得失,发社会之蒙覆,振勇毅之精神。"

越调小桃红·题绘寄尘自华西泠悲秋图 词篇名。长调。吴梅作。具体写作时间不详。用"越调小桃红"曲调题绘胡寄尘、徐自华的《西泠悲秋图》,表现原先充满诗情画意的西湖当时的凄凉景物,秋风秋雨,鸱鸮悲鸣,抒发面对西湖景物胸中有恨难消的感情。《下山虎》曲抒写湖畔孤冢无人打扫,三尺荒茔也守不牢,描写山腰孤冢的冷落景象,表现愧对先人的愁怀。《五韵美》表现西湖畔既有民族英雄的墓,还有苏小小的墓,青山埋骨理应含笑,人们应多凭吊这些先人。《忆岁娇》表示在秋月高照、秋梦遥遥时节,不要向秋原悲恸市朝。抒写了"我"与十年故交胡寄尘、徐自华的深情。《尾声》抒写诗人面对西湖美景,在先烈的墓畔添一抔土,与后人共同悲悼,一起招先人的魂。

越调·天净沙·寄孙总司令蔚如 词篇名。小令。于右任作于 1938 年 8 月。是月,侵华日军沿同蒲路大举南侵,时任抗日第四集团军总司令的孙蔚如率三十八军夜渡黄河,在中条山苦战三年,先后几十次打退日军的进攻,被誉为"中条山的铁柱子"。诗人闻该部屡建战功,创作此小令遥寄前方,鼓励三秦健儿英勇杀敌。词作先形象展示冬季中条山一带恶劣的自然环境,从而反衬出孙蔚如所率部队的英勇气概。诗人热情讴歌孙蔚如所率领的三十八军英勇抗日、血洒战场,歌颂他们的抗日业绩。小令情景交融,格调明快,充分显示了诗人对孙蔚如将军的由衷钦佩和深厚感情。

博丽轩诗草 南社掌故。林北丽著诗集一卷。柳亚子非常赞赏林北丽的诗,评价为:"有意境,有格局,有神韵,有见解。凡是旧诗的三昧,所谓美具难并,无一不备,而又非唐非宋,非明非清,的确是 20 世纪 40 年代中国抗战已达后期的作品。"

喜吴稚晖先生来访夜谈即赠(其一) 诗篇名。五律。陈家鼎作。叙写秋夜吴稚晖二人探望养病的作者,形象描写吴稚晖见到病友的快乐神态,抓住谈话内容,表现主客双方的爱国热情。叙写吴稚晖与江苏武进同乡段孟陶一起来探望自己。谓吴稚晖与张继、汪兆铭、景定成、李煜瀛 4 人被时人称为"五君子",天下称贤。表示愿意随吴稚晖闯荡天下,为国效命。诗作意象鲜明生动,对仗工整,抒情从容自然。

彭久岳(1893—?) 江苏吴江(今苏州市吴江区)人。字惟清。南社社友。1916 年 9 月 24 日由蒯贞干、黄复介绍入社,入社书编号 701。是时任职于上海龙华纸厂。

彭飞健(生卒年不详) 湖南湘潭人。字孟庵。南社湘集社友。

彭饬三(生卒年不详) 籍贯未详。新南社社员。

彭昌福(1884—?) 安徽芜湖人。南社社友。1916 年 9 月 24 日由凌蕉庵介绍入社,入社书编号 694。曾任北京政府国会议员。1916 年 9 月参加在北京徐园举行的南社第七次北京雅集。1923 年 10 月参加北洋政府国会会议。

彭侠公(1889—?) 湖南长沙人。南社社友。1912 年 9 月 17 日由景耀月、仇亮、朱少屏介绍入社,入社书编号 310。民国初年任职于北京《民主报》,与南社社友徐大纯、刘国钧、周咏康、张怀奇、杭席洋等为同事。1912 年 9 月中旬参加在黄兴临时寓所举行的南社第一次北京雅集。

彭振纲(生卒年不详) 籍贯未详。新南社社员。1925 年 12 月受社会主义青年团中央委派到江西九江、安徽安庆等地指导、改组地方团组织。在安庆先后召开团支部干事会和团员大会,将青年团安庆特别支部改组成地方执行委员会，并帮助地方执行委员会健全组织机构、推选领导成员、制定工作计划，加强和推动了该地方团组织的工作。于月底返回上海。

彭焌文(生卒年不详) 湖南湘阴人。名冏，字焌文。南社湘集社友。1924 年 4 月至 1936 年 10 月参加在长沙举行的南社湘集第一、二、十二、十四次雅集。

彭鼎芬(1882—?) 湖南湘阴人。名斠雉，字鼎芬。南社社友。1916 年 4 月 22 日由骆迈南、郑叔容介绍入社，入社书编号 591。1898 年于湖南高等学堂预科甲班毕业。1912 年任平江县知县。1916 年任湖南高等师范学校附属中学教员，同年 6 月参加在长沙寿星街琴庄举行的南社临时雅集。1927 年 1 月参加在长沙稻田女子师范学校举行的湖南省第一次妇女代表大会。1928 年西征军入湘后曾拨款 20 万元委其续办湖南第一纺织厂，历时一年，成绩甚佳。

斯宾塞女权篇、达尔文物竞篇合刻 社会学译著。马君武译。不分卷，1 册。少年中国学会 1902 年出版，"少年中国新丛书"第一种。含女权篇、物竞篇两部。"女权篇"是英国社会学家、哲学家、不可知论者斯宾塞运用西方"自然权利"学说和进化论观点论证男女平等、男女同权的名著，反对在社会、家庭对妇女实行专制，认为对待妇女的态度是衡量一国文明进步程度的尺度之一，主张妇女应有参政权等。"物竞篇"是英国伟大的科学家、博物学家、现代进化论的奠基人达尔文名著《物种起源》的节译，实为原书"生存竞争篇"，主要论证了物种是可变的这一问题，认为生物是进化的，并且这种进化是极其缓慢、渐进的过程。

联对大全 对联。王文濡、王有珩编。26 卷，1 册。中华书局 1921 年初版。王文濡作序。有编辑大意。含组字、摭句、格言、白话、祝贺、唁哀、学堂、商肆、园墅、衙署、名胜、岁时、祠庙、寺观、会馆、剧场、赠遗、香艳、谐巧和杂组类。

葫芦吟草 诗集。张农著，俞前编，金建陵、张末梅校。1 册。大众文艺出版社 2007 年出版。有张农、张应春像片和《葫芦吟草》稿本、张农书法影印。柳光辽、孙悦良分别作序。有张农自序。集诗 130 余首及戊午日记。附俞前后记。

葛荫梧(1886—1964) 浙江平湖人。名昌楣，一作昌眉，字咏莪，号荫梧，又号雍吾，别署韬华。南社社友、南社纪念会会员。由社友介绍入南社，未填写入社书，介绍编号 71。历任民政部七品京官、学部郎中。曾创办稚川初级中学，任校长。1957 年 5 月受聘为上海文史研究馆馆员。工书法，喜篆刻。著有《靡芜纪闻》《抚六朝碑碣》，与其弟昌楹等合著有《传朴堂藏印精华》《丁丑劫余印存》等。

董书城(1867—?) 江苏吴江(今苏州市吴江区)人。字蓉申，也作蓉生，号亦庐。南社社友。1917 年 7 月 16 日由沈昌直介绍入社，入社书编号 935。自幼习医，终身以中医内科为业。与沈昌直相友善，1916—1920 年间与沈昌眉、沈昌直兄弟等一起成立分湖诗社，吟咏唱和。

董远智(生卒年不详) 江苏丹阳人。字肖骞。南社纪念会会员。

董肖涵(生卒年不详) 籍贯未详。南社纪念会会员。

蒋一民(1881—?) 江苏常熟人。名塘，字一民。南社社友。1915 年 4 月由沈天行、俞锷、冯心侠、公羊寿文介绍入社，入社书编号 497。是时供职于北京常昭会馆。

蒋乃均(约 1876—1962) 江苏太仓人。字平阶。南社社友。1917 年 4 月 2 日由李循公介绍入社，入社书编号 855。早年入县学，为增广生。1909 年充拔贡生。后赴上海入龙门师范学校学习。历任江苏省立第四中学、太仓师范学校、军事教官学校、娄东中学、毓娄中学、上海澄衷中学、民立中学、南洋模范中学、南光中学等校文史地教员与教务主任、训育主任等职凡 50 年。又先后为太仓县议事会议员、县参事会参事、县教育会会长等。抗战前夕被推为本县抗日委员会主席。抗战胜利后又任县临时参议员。中华人民共和国成立后被选为县各届人民代表会议代表。1962 年正月初七日病殁。生平爱好词章之学，尤擅长骈体文。1930 年任《续修太仓县志》编纂。

蒋万里(1879—?) 江苏无锡人。原名士超，后改名同超，字伯寅，号万里。南社社友。1912 年 9 月 2 日由陈蜕庵、潘飞声介绍入社，入社书编号 299。武昌起义后写有不少赞颂攻克南京之役的诗。民国初年任教于上海务商学堂。1914 年 5 月参加在上海愚园云起楼举行的南社临时雅集。1917 年 4 月参加在长沙半园举行的南社临时雅集。曾任职于江西萍乡安源煤矿公司，后客死于安源煤矿。一生落拓不羁，自称为"东南西北之人"。工骈文，多为怀念家乡、忧国命运之作。著有《振素盦诗集》《清朝论诗绝句》等。

蒋心余诗选 诗集。王文濡选辑。中华书局1937年3月出版。选入清人袁枚诗148首、蒋士铨诗211首。论者谓：袁诗专以性灵为主，以为诗者人之性情也，性情之外无诗。其诗才气横溢，自发其思，纵其才力所至。蒋诗沉郁雄俊，苍苍莽莽，激楚凄怆，读之使人流泪。

蒋幼士(1875—?) 福建闽侯人。名信，字幼士，号蒋山。南社社友。1912年2月27日由林之夏、陈子范、柳亚子介绍入社，入社书编号220。

蒋抡英(生卒年不详) 籍贯未详。南社纪念会会员。

蒋伯诚(1889—1952) 浙江诸暨人。号志迪。南社纪念会会员。1926年北伐期间任国民革命军第一军参谋长、东路军总指挥部参谋长。后历任陆海空军总司令部总参议、国民党中央执行委员、军事委员会委员等职。1930年任浙江省政府委员。1939年任上海统一委员会常务委员。抗战期间以蒋介石军事代表身份潜伏上海，主持对敌伪的策反活动。1941年12月太平洋战争爆发后曾被敌伪逮捕，旋释放。抗战胜利后继续作为军事委员会委员长驻沪代表，设署办公。

蒋保厘(1898—?) 上海人。字屏周。南社社友。1915年5月8日由孙延庚、陆澹安介绍入社，入社书编号507。1923年毕业于密歇根大学，获法学博士学位。1949年后定居奥地利。

蒋洗凡(1881—1915) 山东博山(今淄博市博山区)人。原名衍升，字锡蕃，以洗凡字行。南社社友。由社友介绍入社，未填写入社书，介绍编号22。自幼性颖聪慧，10余岁即中秀才。1905年清廷谕令“立停科举，以广学校”，遂与同人创办公立高等小学堂，开博山新学之先河。同年考入山东师范学堂，后东渡日本留学，先入东京弘文学院，后转入明治大学法政专科，加入中国同盟会，并成立山东分会。次年秋创办《晨钟》周刊，任总编辑。1911年1月同盟会拟召开军民会议。回国先后主持中国国民会上海总部和同盟会山东分会。1912年南京民国临时政府成立后任山东都督府秘书长，并创办《东亚日报》，自任总编辑。同年8月同盟会山东支部改组为国民党山东党部，被选为理事，并任山东省稽勋局局长。嗣后被推为国民党山东省党部部长，负责全省党务。1915年初为躲避袁世凯搜捕，隐匿于乡里从事《博山县志》纂修，于同年3月25日病逝。著有《日出处小吟》1卷，未刊行。

蒋道孙(生卒年不详) 湖南长沙人。字君约。南社湘集社友。

蒋蓉生(生卒年不详) 籍贯未详。南社纪念会会员。1930年与陆丹林、刘郁樱等合著有《都市建设学》。

蒋慎吾(生卒年不详) 江苏江宁(今南京)人。字心真。南社纪念会会员。为主干成员。1935年12月29日在南社纪念会成立大会上被纪念会当然会长柳亚子聘为书记，后为文书部主任。曾任上海市通志馆编纂。

蒋箸超(1881—1927) 浙江绍兴人。字子旌，号抱玄，别号箸庐、蔽庐。南社社友。1914年3月12日由陈世宜、胡朴安介绍入社，入社书编号397。早年曾游学于沈阳、南京、杭州等地，并加入光复会。1911年至上海，受聘为《民权报》副刊编辑。1914年4月与刘铁冷一道创办《民权素》月刊，任主编，又共同创刊《小说丛报》。后任上海会文堂书局编辑。1927年去世。著有《听雨楼随笔》《听雨楼诗话》《蔽庐日记》等。另著有长篇小说《白骨散》《绿凤钗》《琵琶泪》等。

落茵儿 杂剧剧本。原载1913年4月25日《小说月报》第四卷第一号。长洲张氏敬仓水馆校刊本。卷首有作者序2篇，末附香雪、铁樵题词及铁樵跋。书叙名门出身的素素抗拒媒妁之言，与一曾姓男子相爱并逃亡日本，未曾想曾某已有妻室，素素只得回国，沦落娼门。

韩汝绅(1882—?) 江苏高邮人。字搢之。南社社友。1917年3月由曹凤笙、曹斌、龚六英介绍入社，入社书编号840。清廪生。1911年在江南高等巡警学堂毕业。1912年递补为江苏省议会议员。1917年金陵法政学校法律别科毕业，获部给律师证书，得以执律师业。曾任泰兴县一等警佐及《三续高邮州志》名誉采访。

韩　苏(1885—1958) 江苏丹阳人。字觉我，号笔海。南社社友。1909年由柳亚子介绍入社，入社书编号34。幼年就读于私塾，后转学于改良学堂。1901年中秀才。1906年与林立山等东渡日本留学，入东京实科学校，参加中国同盟会。1908年毕业后回国。辛亥前任教于河南省彰德府中学堂。辛亥革命后与吕凤子一道创办丹阳正则女校。后又担任丹阳县副县长、丹阳县政协副主席等职，1956 年受聘为江苏省文史研究馆馆员。

韩苏故居 位于江苏丹阳北草巷。韩苏的祖父韩巨川因担任清政府官员，又开设油坊，家道殷实，故于 19 世纪 80 年代修建占地五亩的“韩家大院”。共计房屋 4 进，并有后花园。抗日战争期间，因韩家人支持抗日而被部分焚毁，“文化大革命”中再遭破坏。现仅有三间前庭和两间小屋为原建筑，后经修复保护。

韩非 名人传记。谢蒙著。中华书局 1916 年初版。全书分 2 编。第一编为韩非学术之渊源，分 5 章记述：韩非传略，道家、儒家、刑名法术为韩非学之渊源和关系，韩非与杨墨及诸子之关系。第二编为韩非之学说，分 8 章论述：非法古论、法术论、赏罚论、非仁义论、耕战论、亡国论、个人对国家论、人生道德观。

韩佩荃(1886—?) 广东三水(今佛山市三水区)人。原名秩猷，字子佩，号芷佩。南社社友。1918 年 1 月 16 日由刘筱云介绍入社，入社书编号 1016。

韩 烺(1885—1958) 江苏泰县(今泰州)人。字亮侯，又字亮夫。南社社友。1915 年 11 月 24 日由李叔同介绍入社，入社书编号 572。早年留学日本，毕业于东京高等师范学校。回国后历任泰州中学教员、泰州第一高等小学校长、无锡竞志女校教务主任、江苏省南京金陵道尹公署视学、上海吴淞警备区司令部总务科长、泰县县署视学、泰州古物保存所所长等职。1911 年曾与妻子一起创办泰县温知女校，开创泰州女子学校之先河。工诗文。弟韩棠，亦为南社社友。

韩 绪(1892—?) 浙江海宁人。字组原，号楚原。南社社友。1917 年 1 月 14 日由李拙介绍入社，入社书编号 788。是时任教于嘉善县第一高等小学。

韩 棠(1886—1919) 江苏泰县(今泰州)人。字召侯。南社社友。1915 年 11 月 24 日由李叔同介绍入社，入社书编号 573。早年留学日本，毕业于东京明治大学商科。回国后曾任工商部主事、江苏省将军府咨议、督军顾问等职。1905 年冬曾为赴日考察实业的江苏巡抚韩国钧担任秘书兼翻译。后师事李叔同。1919 年 5 月病故。著有《英文奇字解》《英文谚喻解》《华英商用文》等。其兄韩烺，亦是南社社友。

韩景苏(1877—?) 湖南长沙人。字君剑。南社社友。1912 年 10 月由傅熊湘、龚尔位、孔昭绶介绍入社，入社书编号 351。1916 年夏正谊社成立，《湘省日报》遂为该社机关报，聘其担任该报撰述。1932 年任长沙湖南大学文学院中国文学系教授。

韩景琦(生卒年不详) 江苏丹阳人。南社纪念会会员。为南社社友姜可生的外甥。

韩道明(1900—1966) 江苏句容人，迁居高邮。字恕存，号欣斋，又号荻庐主人，晚年更名行。南社湘集社友。早年从秀才卞小湖学，成年后在高邮县三垛镇以教书为业。工诗词、擅书法，自称高燮弟子，曾与高燮有诗词唱和往来。后与妻经珊一道参加南社湘集。抗战胜利后为高邮县商会会长幕僚。曾因经济问题被捕入狱。中华人民共和国成立后任樊川工商联合会文书。1966 年 10 月 20 日病故。

韩愈评价之争 南社论争。1912 年 8—10 月，南社社员吴泽庵与高燮之间，围绕韩愈的评价问题展开论争。1912 年 8 月，吴泽庵发表《与高吹万论文书》，批评韩愈“性情卑鄙，好强为大言以欺人，故其文适足为欺世盗名者之具”“且泥古过甚，往往故立奇以为高，立乎其外而观之，未有不见为可笑者也”。本月，高燮复书吴泽庵，批评韩愈的《原道》等文，认为历代推重韩愈，“唯恐其后者，则皆以耳代目之说也”。指出韩愈其文之称于世者，亦以《原道》为之最，而疵累杂出，以《原道》为最甚，认为“《原道》一文中有些言论偏激、浅陋、武断，亦徒见其谬妄而已”。指出韩愈“既尝言‘扬、墨行，正道废’，乃又谓‘孔子必用墨子，墨子必用孔子’”，自相矛盾。“其论佛骨也，居然以辟邪距诐为己任，乃旋斥潮阳，即与大颠往来”，韩愈的《上宰相书》“乞怜之不已”，“自比于盗贼管库”，不相信关于韩愈文章的“文能载道，是以起衰而济溺”的说法，因此准备编选《韩文去毒》一书，“将世之推崇最甚者，如《原道》《原性》《三上宰相》《与孟尚书书》，及一切谀墓无实之作，删削净尽，则于昌黎之文，未始无所裨益，而后之读者亦不为所误焉”。同年 10 月 6 日，吴泽庵发表与高燮论文第二书，进一步批评韩愈的为人和在潮州的作为。吴泽庵认为，韩愈在潮州“过化存神”，“欲借此以冀人怜悯而夸侈其政绩之隆盛也”。韩愈在潮州“既祭鳄鱼，复事神鬼，读其文集，祭文甚多，而怪诞不经者，尤比比而是”。韩愈“贫而善谄，富而善骄，乃如是之人，安有事业之可取也”。10 月 7 日，高燮发表答吴泽庵第二书，认为后世对韩愈“推崇过当”，但不同意吴对韩愈为人的批评。他在《答吴泽庵第二书》中认为吴泽庵“推论昌黎，开千古不敢开之口，尽情抉摘，铁案如山，虽昌黎复生，不能置辩，所论诚快”。高燮认为韩愈“其谏迎佛骨，徒欲借此以博美名，其乞哀上表也，无非自炫其文章尔。盖其无实之名，后世推崇过当，固自无谓；必谓其骄而且谄，似乎小人之为者，吾以为迹虽近似，其心固不如此，然亦未始非学之无实有以致之”。高燮此信发表之后，双方论争告一段落。

朝花夕拾 散文集。鲁迅著。为鲁迅1926年所作的追怀往事的散文的结集，共10篇。前5篇写于北京，后5篇写于厦门。最初以《旧事重提》为总题目陆续发表于《莽原》半月刊上。1927年7月，鲁迅在广州重新加以编订，并添写“小引”和“后记”，改名《朝花夕拾》，于1928年9月由北京未名社初版，列为作者所编的《未名新集》之一。1929年2月再版。1932年9月第三版改由上海北新书局重排出版。10篇散文，是“回忆的记事”，比较完整地记录鲁迅从幼年到青年时期的生活道路和经历，描绘了清末民初的生活画面。

植物学小史 植物学著作。胡先骕编。商务印书馆1932年8月初版，1948年2月第三版。内容大多取材于英国哈维·吉布生教授（Prof. R. J. Harvey-Gibson）所写的《植物学史纲要》，对相关内容略加删节，并按各门植物分科阐述，同时增加了关于隐花植物与显花植物的分类。而最新的研究成果，关于原始叶绿素和光合作用的各种问题，亦为原书所没有而增加补充入本书。全书的内容有7节：第一节为植物形态学与解剖学、细胞学之历史；第二节为种子植物分类学史；第三节为隐花植物学史；第四节为古代植物学史；第五节为植物生理学史；第六节为遗传学与天演论的历史；第七节为植物分布学与生态学的历史。

厦门弘一法师研究会 2007年4月于福建厦门华侨博物院成立。发起人陈飞鹏、吴孙权等。研究会成立后，举办“闽南弘一法师遗墨展示会”，并出版画册。在研究方面，主要收集弘一法师在闽南的史料图片，整理《弘一法师闽南踪影年谱》等。

雁来红丛报 期刊名。1906年5月在苏州创刊。由黄人（摩西）主持笔政。每期没有栏目之分，多连载不常见之文学名著，其宗旨在于开通民智，宣传反清革命，以反对清王朝的专制统治而流血牺牲的志士仁人的高节行为为主流思想。终刊期不详，仅见10期。

悲欣交集 文集。李叔同著，赵海燕编。1册。北京大学出版社2010年第一版，列入“美学散步丛书”。宗白华作《美学的散步》（代总序）。含早年诗文80首、谈艺论佛34篇、人生散记30篇和书札选录，共计4编。附朱光潜《以出世的精神做入世的事业》、叶圣陶《弘一法师的书法和全面调和》及丰子恺《李叔同先生的文艺观》。另有编者后记。

悲秋 诗篇名。七律。沈砺作。刊于1914年5月25日《南社丛刻》第九集。抒说自己的悲秋愁怀与宋玉不同，以“苍鹰飞黑塞”寓胡尘灭，说明清廷统治已被推翻。又以“几经白马祸清流”比喻民国初年北洋军阀势力对革命志士的杀害，又以王莽篡汉过程中各地官吏向王莽献祥瑞讽刺拥护袁世凯称帝的文人。复以在魏齐时代的魏收撰写国史时以北魏等为正统，贬低东晋及南方各朝等政权，讥诮辛亥革命后写“秽史”的文人，抒发强烈谴责袁世凯篡夺辛亥革命胜利果实后黑暗时代的愤怒心情。诗作感情激越，风格沉郁刚烈，多用典隶事。

悲惨世界 章回小说。苏曼殊著。1册。上海泰东图书局1921年初版，苏曼殊大师遗著之一。含太尼城行人落魄·苦巴馆店主无情、感穷途华贱伤心·遇贫客渔夫设计和世态炎凉有如此狗·婆心恺恻仅见斯人等14回。

紫兰小谱 散文集。周瘦鹃编。1册。上海大东书局1923年初版，列入“紫罗兰庵小丛书”。周瘦鹃作弁言。有紫罗兰石刻、法国名画《紫罗兰美人》等照片。此书介绍原产北欧的紫罗兰花卉，还介绍了与紫罗兰有关的事物以及陈栩园、萧菊君等人与紫罗兰的趣事。

紫兰芽 文艺小丛书。周瘦鹃编辑。上海大东书局1924年5月出版。本集为“紫罗兰庵小丛书”之六。封面“紫兰芽”为袁寒云题写。刊短文151篇。都为文言中偶杂外文。文章精炼，内容广泛，古今中外无所不包：文坛掌故、显贵轶事、各国风土人情、诗词写作趣闻、蔬果点心巧吃等，林林总总。周还把自己的“瘦鹃”也作趣闻，辑入其中。是一本供读者了解世界、增加各类知识的趣味性通俗读物。

紫罗兰外集 小说散文集。周瘦鹃著。上海大东书局1922年出版。周瘦鹃曾编有《紫罗兰》刊物，此集是应读者要求，选编《紫罗兰》上小说杂作24种汇集而成。其中有小说及译作《断肠人语》《奴隶》《金缕衣》《热爱》《最后之课》《画中人》《旧声》《英雄之母》《圆梦记》等，以及杂记散文《梦行记异》《华盛顿之家庭生活》《拿破仑之妻》《曼殊上人诗》等。周瘦鹃年轻时有恋人英文名紫罗兰，因女方父母嫌贫爱富，有情人难成眷属，《断肠人语》蕴含作者这段刻骨铭心的经历。

紫罗兰言情丛刊 短篇小说专刊。周瘦鹃著。上海时还书局印行。出版年月不详。本集为"紫罗兰言情丛刊"初集。所刊12篇言情小说，都在《礼拜六》周刊上发表过。《断肠日记》《花开花落》，叙述少男少女的痴情单相思；《玫瑰有刺》说采花不成反被花刺；《临去秋波》言求爱不成，终身不娶；《郎安在》记年轻寡妇独守空房，声声魂欲断；《心血》道本分男子娶了个恶媳妇，费尽心血还落得百般不是。这些都是怨情、哀情之作，但是《真假爱情》一篇叙述热血青年割断情丝不为情牵，投笔从戎参加辛亥革命，充满阳刚之气。

紫罗兰集 散文集。周瘦鹃著。2册。上海大东书局1922年初版。钝根题端。有周瘦鹃和紫罗兰照片。周瘦鹃作弁言。含玫瑰小筑、慈母、英雄、前尘、友道、孝、盲乎、家、悬崖、银匙、五年为期和幸福篇。

掌故小札 原名《今心史》。随笔集。郑逸梅著。1册。巴蜀书社1988年初版。为著者20世纪40年代连载在海天报刊上的作品，原有一百数十篇。书前有秋瑾女侠诗稿、王蘧常之章草、叶茳渔遗墨等照片16帧。郑逸梅自序。含汪兆镛兆铭兄弟异趣、夏丐尊触怒齐耀珊和陈英士于宋案被诬之因等150多篇。

最近二十年目睹之社会怪现状 章回小说。胡寄尘编著。上下集，2册。上海新华书局1921年初版。含说楔子自叙生涯、讬稗官略寓讽刺等10回。

最近约法论丛 宪法研究著作。汪精卫著。1930年初版。收平津报纸刊登的关于国民党训政时期约法草案论文10篇。含汪精卫论约法、再论约法、在中央党部纪念周报告和关于约法的几个问答，梅汝璈训政与约法，邹鲁答大公报、补答大公报和约法说明，鲁嗣香对于扩大会约法草案之我见，天津大公报汪精卫等约法草案。

最近货币金融学说 货币理论著作。戴蔼庐编译。1册。上海黎明书局1932年初版。列入"国立暨南大学法学院丛书"。郑洪年题签。含货币数量说、战后之汇兑学说、金本位废止论、金本位恢复论、通货政策之归趋、商业循环论、国际银行论和银行及信用国有论8章。

最完备本曼殊大师全集 诗文集。苏玄瑛著，文公直编。1册。上海教育书店1947年第二版。丰子恺题签。蔡元培题耑。有苏曼殊遗像、遗墨等图片。文公直作曼殊大师全集序、曼殊大师传和曼殊大师年谱。含诗文集5卷11种335题721篇章、小说集2卷8种43章回。另有5种不分章和附录3卷3编62题107篇。

最新式七个年单级教授法 教学法著作。侯鸿鉴编。1册。中华书局1914年初版。本书为当时中国普遍存在之单级小学试行新定的七年制教学法，并参考了新制普通教育教式及方案而编。全书共分12章，第一章"总论"介绍了单级小学之定义、性质、起源及沿革、单级小学与多级小学之异同等基本知识；第二至八章是有关单级小学的设备、编制、教材、教授时间以及教案等的详细规则、要求；第九章为单级小学的修身、语、数、史、地、音、体、美、劳等各科的教授方法；第十至十二章阐述了单级小学之训育、教师资格等问题；最后还将复式小学的编制附录于后，包括二学级及三学级之多级小学校、二个年及三个年之单级高等小学校等，以资参考。对当时推行七年制单级小学具有重要的指导作用。

最新苏州游览指南 旅游指南。郑逸梅编著。1册。大东书局1930年初版。有灵岩塔、西施洞、邓尉山麓等照片12幅及苏州城厢图。含苏州概说、城内名胜、城外名胜、交通、食宿游览、各业机关和清游小志7章。

量守庐 南社掌故。黄侃之宅名。汪东为其绘《量守庐图》，并作一长对联："此地宜有词仙，山鸟山花皆上客；何人重赋清景，一丘一壑也风流。"

量守庐群书笺识 文字学著作。黄侃笺识，黄焯编。1册。武汉大学出版社1985年初版。黄焯作前言。含经传释词笺识、尚书孔传参正笺识、尔雅释例笺识、广雅疏证笺、说文解字斠释笺识、说文外编笺识、说文释例笺识、经籍旧音辩证笺识、通俗编笺识、韵府钩沉笺识、校订陈氏初学编音学笺识、史记订补笺识和李义山诗偶评等篇。

晶报 报纸名。1919年3月3日在上海出版。余大雄主持，前为《神州日报》的附刊。后独立出版，三日刊，属小报性质。撰稿人有张丹斧、包天笑、毕倚虹、周瘦鹃、姚民哀、姚鹓雏、王蕴章、谈善吾、胡寄尘等，南社人士发表的诗文、杂记，也有长篇小说发表，如姚鹓雏的《夕阳红槛录》《槐淘絮语》，天笑《一年有半》《新上海春秋》,周瘦鹃《浪子》等。1940 年 5 月 23 日停刊。

景谷南社研究会 1994 年成立于云南省景谷傣族彝族自治县。至 2008 年,有来自昆明、临沧、普洱以及台湾会员 100 多人。2008 年 7 月 28 日举办座谈会庆祝南社成立百年。

景定成(1882—1949) 山西安邑人。字梅九、枚九、某九,又字梅久,笔名老梅、秋心。南社社友。1915 年由杜羲介绍入社,入社书编号 546。举人出身。1902 年官费派往日本留学,入日本本州第一高等学校。1904 年山西同乡会在日本成立后被推为会长。1906 年 3 月加入中国同盟会,任同盟会山西分会评议长。1907 年 1 月参与《汉帜》杂志编辑,同年 9 月与南社社友景耀月、谷思慎等在东京创办《晋乘》杂志。1908 年 2 月与白毓庚(同盟会陕西分会会长)等在东京创刊《关陇》杂志。回国后,1911 年 3 月与南社社友杜羲、程家柽等在北京创办《国风日报》。1913 年被选为北京政府国会众议院议员。因参加二次革命讨伐袁世凯,失败后被捕羁押,后获救出狱。1917 年赴广州任护法国会众议院议员。1923 年 10 月在北京参加北洋政府国会会议。1926 年参与组织乙巳俱乐部(旋转为中央党部)。1937 年抗日战争全面爆发后在西安创办《出路》周刊,并将《国风日报》迁至西安继续出版(1949 年停刊)。1949 年在西安去世。著有《葵心》《尚书新注》《石头记真谛》等。

景耀月(1882—1944) 山西芮城人。字秋陆,一字秋绿,号太昭、太招,别署帝召、瑞星。南社社友。1909 年 11 月由柳亚子、朱少屏介绍入社,1912 年 4 月 19 日补填入社书,入社书编号 259。是参加南社第一次雅集暨成立大会的 17 位社友之一。1903 年举人。1904 年留学日本,入早稻田大学习法政,获法学士学位。1905 年 8 月参与创建中国同盟会,任同盟会山西支部主盟人,并被选为留日同学会主席。1907 年 9 月与南社社友景定成、谷思慎等在东京创办《晋乘》杂志。次年与赵世钰创办《夏声》杂志,并参与《民报》《第一晋话报》等报编辑。1909 年回国,与于右任一道创办《民吁日报》后被迫流亡国外。后转赴越南与阮氏集团共谋革命事宜,在西贡、河内等地组建同盟会分支机构。辛亥前夕秘密返回上海。1911 年武昌起义胜利后,12 月以山西省代表身份参加在南京召开的各省代表会。1912 年民国临时政府在南京成立后被孙中山任命为临时政府教育部次长、代理教育总长,并兼任南京两江法政大学堂校长、上海中国公学教授等职。南北议和后任北京政府大总统府高等政治顾问、北京政府国会众议院议员兼全国土地经界局督办、经济调查局参议等职。1916 年 8 月国会复会时仍为众议院议员。同年 8 月和 9 月参加在北京中央公园上林春及徐园举行的南社第六、第七次北京雅集。1923 年 10 月在北京参加北洋政府国会会议。后历任北京大学法学院、俄文法政大学讲师,内政部警官高等学校、东北大学教授等职。晚年居北京,以鬻文为生。1944 年 4 月 28 日被日伪特务杀害。著有《新雅颂》。

遗产之废除 法律著作。美国黎特原著,潘公展译。1 册。中华书局 1921 年初版。列入"新文化丛书"。有原序。含总纲、从人类权利上考察遗产继承制、从经济结果上考察遗产继承制、从近代关于社会公道的理想上考察遗产继承制、遗产继承制和情操、便利之要求和补救之方法等编。附对于驳论的答案、附录和索引。

鹃声 期刊名。1905 年 9 月在日本东京创刊。是四川留日学生组织创办的综合性刊物。李肇甫、雷铁厓编辑。设有社说、论说、宗教、教育、政法、经济、历史、地理、小说、军事、文苑等栏目。发表雷铁厓《东京感事》《中国已亡之铁案说》《去家》《东渡》《咏游历官》《吊徐尔音歌》,荔丹《病中书怀》《偶成》《病中口占》《哀时歌》等。现存 1—2 期和再兴第一号。

啼笑因缘弹词 一名《啼笑因缘弹词前集》。弹词。陆澹庵(澹安)著,倪高风校。2 册。上海三一公司 1935 年初版。王西神题签。陆澹庵署端。有陆澹庵、汪仲年、戴桐秋、倪高风像和电影啼笑因缘和弹词名家赵稼秋剧照。严独鹤、周瘦鹃、孙玉声、张春帆、顾明道、范烟桥、徐卓呆、郑正秋、郑逸梅、徐碧波、张舍我、刘恨我、尤爱梅、倪高风和陆澹庵分别作序。姚民哀、徐哲身和吴玮卿分别题词。共 46 折。每折均有题签。附撰著啼笑因缘弹词的经过。

啼笑因缘弹词续集 弹词。陆澹庵(澹安)著,倪高风校。2 册。上海莲花出版馆 1936 年初版。李浩然题签。陆澹庵、倪高风署端。有陆澹庵与倪高风合影和弹词名家朱耀祥剧照。姚民哀、施济群、倪高风和陆澹庵分别作序。含"侠隐"等 46 折。

黑奴恨 话剧剧本。欧阳予倩改编。1 册。中国戏剧出版社1962年第一版。有欧阳予倩像。田汉作《谈黑奴恨》。孙维世作《回忆欧阳予倩同志创作〈黑奴恨〉》。是剧根据美国女作家斯托夫人小说《汤姆叔叔的小屋》改编的9场话剧剧本。欧阳予倩作后记。附剧照4帧。

黑海银灯 社会小说。包天笑著。1册。上海画报出版社1917年10月出版。此书反映上海社交场所的青年男女醉生梦死的生活,以及电影圈的一些黑幕。全书不分回目,行文也不分段落,一气呵成。封面书名为(袁)寒云题写,并附有女星玉照。

销夏社 社团名。1916年盛夏江苏省吴江黎里镇顾悼秋、朱剑芒、朱剑峰、沈剑霜、周云5位南社社员在周云的开鉴草堂成立。所作唱和结集成《销夏录》。柳亚子为之作骈文《销夏录序》。何时停止活动不详。

销夏社录序 南社文献。柳亚子撰。说明写作《销夏社录》的缘由和无拘无束的创作心态,以历代文采风流的文人雅士自况,表现自己的创作才华和豪放不羁的个性、白眼向天的傲骨。

销寒社 社团名。1914年冬周云、顾悼秋等在梨社基础上建立。社员除周云、顾悼秋外,柳亚子、王大觉、凌莘子、蒯一斐、黄娄生等也参加该社。柳亚子作《销寒社录序》。诗作后集成《销寒集》出版。

销寒社录序 南社文献。柳亚子1917年1月20日撰。载《南社》第二十集。回忆辛亥革命后袁世凯统治时期,作者与家乡文友曾成立酒社,赋诗言志的盛况。指出时局不太平,肯定章太炎对革命尚未成功的判断,批评销寒社同人不顾时代一味风雅的缺点,表达自己面对黑暗时代的愤怒心情。

短篇小说 短篇小说集。程善之著。江南印刷厂1914年印刷。本书共收录程善之短篇小说11篇。分别为《华鬘恨》《吹箫女》《铜人泪》《健儿语》《大还丹》《疑雨疑云记》《鬼语》《玉犀囊》《梨涡》《红英》《阿玉》。小说情节生动,结构紧凑,故事奇特,有些篇章所载专写灵异鬼怪之事,可读性很强。并且经常有一个别出心裁、令人意想不到的结尾。

嵇鼎铭(1877—?) 浙江吴兴(今湖州)人。字竟益。南社社友。1917年4月8日由许祖谦、张心芜介绍入社,入社书编号861。1917年4月参加在杭州西湖葛荫山庄举行的南社临时雅集。1934年12月29日其在《大晚报》发表《重组南社启事》文告,欲在湖州重组南社,后响应之人寥寥。

程习朋(1895—1976) 江苏泰县(今泰州)人。名习,一字习子,号小可,晚署红楼老人。新南社社员。由仲中介绍入社。幼承家训,喜爱诗文、书法、篆刻。早年曾任财政部科员兼新闻记者。后从事教育,在海安、南京等地任教,先后任淮南中学、时敏中学、联合中学等校教员,又任江苏省立第一中学、泰县县立中学国文教员。著有《山河易象》《选注尚书》《政治学原理》等,编有《古葩正精诗文抄》《讲台精读文抄》《家塾幼稚课本》等。

程少初(生卒年不详) 籍贯未详。新南社社员。

程光甫(1875—?) 浙江杭县(今杭州)人。名宗裕,字光甫,号弢堂。南社社友。1910年4月由陈去病介绍入社,1915年4月23日补填入社书,入社书编号496。1910年4月10日参加在杭州西湖唐庄举行的南社第二次雅集,是时任杭州《全浙公报》主笔。1915年5月参加在杭州西湖孤山之西泠印社举行的南社临时雅集。

程华魂(1892—?) 安徽休宁人。字光泽。南社社友。1915年3月由胡寄尘介绍入社,入社书编号494。

程苌碧(1895—?) 安徽黟县人。原名忠,字心中,号心丹。南社社友。1914年3月由陈去病、胡朴安、胡寄尘介绍入社,入社书编号400。

程　杰(1884—?) 浙江嘉善人。字振奇。南社社友。1911年2月28日由周志成、费公直介绍入社,入社书编号129。是时任教于西塘求益学堂。

程健雄(生卒年不详) 江苏青浦(今属上海)人。女。南社纪念会会员。丈夫陈克成,亦为南社纪念会会员。

程家柽(1874—1914) 安徽休宁人。字韵笙,亦作韵生,一字韵荪、韵孙,又字下斋,亦署下齐。南社社友。由社友介绍入社,未填写入社书,介绍编号24。1897年考取武昌两湖书院。1899年经张之洞和两湖书院选送,获官费赴日本留学,入京都帝国大学农科。在东京加入兴中会。1902年与张继、秦毓鎏等发起组织青年会,宣传革命。1903年4月在东京参与发起拒俄义勇队。1905年6月与宋教仁、黄兴、陈天华等在东京创办《二十世纪之支那》杂志,任编辑长。同年8月20日与孙中

程家柽

山、黄兴、宋教仁、白逾桓、田桐、张继等在东京共同创立中国同盟会，被推为同盟会执行部外交部长。1906年春回国，任京师大学堂农科教习。1911年3月与南社社友田桐、景定成等在北京创办《国风日报》。1911年11月与白逾桓、汪精卫等在天津创组京津同盟会，成立暗杀部，拟暗杀袁世凯。1912年8月同盟会改组为国民党后，任安徽军政府高等顾问。同年9月中旬参加在黄兴临时寓所举行的南社第一次北京雅集。1913年在北京策动二次革命讨伐袁世凯，二次革命失败后避居外地。1914年9月23日被袁世凯杀害于北京。撰有《袁世凯皇帝梦》。

程善之(1880—1942) 安徽歙县人，寄居扬州。名庆余，字行安，号小斋，别号尘龛，笔名善之。南社社友、新南社社员。1912年10月21日由邓家彦、胡朴安、汪洋介绍入南社，入社书编号348。幼时家教甚严，专学经史，又曾习武。1896年补博士弟子员，后加入中国同盟会。1908年起执教于扬州府中学堂。辛亥革命后任《中华民报》编辑，与南社社友管际安、张涤洲、殷人庵为同事。二次革命失败后归隐扬州，专事教育。1928年受邀担任镇江《新江苏报》主笔。1932年被聘为国难会议成员。1935年任教于扬州国学专科学校。1937年镇江沦陷后随《新江苏报》社迁往泰州，继渡江南下避居上海。1942年4月12日由上海迁居宜兴张渚，于常州途中病故。平生深于国学，为文古茂。中年后皈依禅悦，旁通佛乘，间为说部。一生著述甚多，以创作笔记小说为主。著有《骈枝余话》《倦云忆语》《印度宗教史略论》等，并有《说枪》《说炮》《锡兰茶园》等科学小品。

程善之先生时评汇刊 时评汇编。程善之著。1册。镇江新江苏报1934年初版，系新江苏报六周年纪念册。程善之作自序。包明叔作序。收录作者从1928年10月17日起至1934年9月26日时评。附程善之本报六周年纪事提要。

程　慈(1887—?) 安徽歙县人。字心慈。南社社友。1911年9月17日由黄宾虹介绍入社，入社书编号174。是时就读于上海留美预备学堂。

答畏友林子超 诗篇名。七律。陈子范作。刊于1912年7月14日《南社丛刻》第五集。林子超(林森)，字子超，号长仁。与陈子范为同乡、同学(商船学校)、同志(同盟会)、同事(海关)。抒发对畏友林森远道问候的应答，表示自己像漂流的舟船一样飘忽无定，更令人忧虑的是，家国沦丧，神州大地已无一片净土能容伤心人歌哭，我只能考虑乘船离开故国，流亡日本了。抒发诗人难以挽救危亡中的祖国的忧恨感情。表示自己将像劳燕分飞一样，远赴日本，自己将要像战国时的高渐离一样，要与敬畏的朋友分别了。笔力雄健，用典自然贴切。

傅卓霖(1882—?) 湖北鄂城人。字逸云。南社社友。1919年10月31日由傅熊湘、朱嬾仙、李隆建介绍入社，入社书编号1079。是时任职于福州东湖陆军廿四混成旅。

傅忠壮公文集 诗文集。李根源编。2卷，1册。上海书店出版社1994年影印本，《丛书集成续编·集》第179册，本书据"云南丛书"本影印。为《明滇南五名臣遗集》之一。《傅忠壮公文集》1卷，《傅忠壮公诗集》1卷。

傅　絅(1869—?) 江苏武进(今常州)人。字方修。南社社友。1916年10月1日由李寿铨、蒋万里介绍入社，入社书编号707。是时任职于萍乡安源煤矿局。

傅绍禹(1897—?) 湖南醴陵人。名道博，字绍禹，号沼采。南社社友、南社湘集社友。1916年6月17日由傅熊湘、潘世模介绍入南社，入社书编号632。1934年4月和1937年4月参加在长沙妙高峰南园举行的南社湘集第九、十五次雅集。

傅彦长(1891—1961) 江苏武进(今常州)人，生于湖南宁乡。原名硕家，又名硕介，字彦长。新南社社员。早年毕业于南洋公学。曾在上海专科师范学校、上海务本女校等校任教。1917年留学日本。1920年留学美国。回国后曾任上海艺术师范大学教师，同济大学、中国公学等校教授，并出任上海音乐会会长。1926年任上海《音乐界》《艺术界周刊》等杂志主编。1930年起参与日本东亚文艺复兴运动，并加入有关文艺团体，发起民族主义文学运动。1940年参加汪精卫的伪国民政府，在汪伪政权中任职。著有《西洋史ABC》《东洋史ABC》《五岛大王》等。

傅梦豪(1885—?) 浙江义乌人。字侠生。南社社友。1911年9月26日由朱少屏、蒋洗凡介绍入社，入社书编号176。早年留学日本，在东京加入中国同盟会。1911年初受同盟会东京总部派遣，一同与蒋洗凡等返国联络上海各界精英筹组中国国民总会。6月该会在上海召开成立大会，其与朱少屏等任中国国民总会庶务。

傅韵雄(生卒年不详) 广东南海(今广州)人。南社湘集社友。

傅熊湘(1882—1930) 湖南醴陵人。原名専,字文渠,一字钝根,亦作屯根、屯艮,号君剑,别署钝安、屯安、红薇生。南社社友、新南社社员、南社湘集社友、南社纪念会会员。1909年由高旭介绍入南社,入社书编号35。1903年就读于醴陵渌江书院,次年转入长沙岳麓书院。后不久入湖南高等师范学校。1905年赴上海,与宁调元、陈家鼎、秋瑾、姚勇忱等从事反清革命。后加入中国同盟会。1906年10月在上海主编由中国公学竞业学会创办的《竞业旬报》。1907年就聘于江西萍乡中学,并任该校附设小学校长。次年先后任教于醴陵渌江中学、长沙明德高等学堂。1911年7月赴上海参加《南社丛刻》的编辑。武昌起义后与张默君、陈去病等在苏州创刊《江苏大汉报》。1912年由沪返湘,担任《长沙日报》总编辑,兼任湖南省立师范学校及长沙中学教员。同年9月25日,邀集部分社友在长沙烈士祠举行第一次雅集,宣告南沙长沙分社成立。1916年重主《长沙日报》笔政。1918年12月赴上海与聂其杰、彭兆璜、袁家普等创立湖南善后协会,主办《湖南月刊》《天问》周刊。1919年4月6日与文斐、文湘芷、钟藻、罗剑仇等醴陵籍社友出席在上海徐园举行的南社第十七次雅集。1921年创办并主编《醴陵旬报》《通俗报》。先后任湖南省长署秘书、省议会参议员、湖南通俗教育馆馆长、第三十五军参议、湖南沅江县县长等职。1924年1月与陈去病、刘约真等在长沙创建南社湘集,被举为社长。1925年任长沙《民国日报》总编辑。1928年调任湖南省立中山图书馆馆长。1930年12月15日因病卒于安庆。生平喜书法、工诗词。著有《钝安诗文集》《钝安词》《冬夏朏录》等,编有《南社湘集》《湖南中山图书馆图书分类目录》。今有《傅屯艮集》。

傅熊湘集 诗文集。傅熊湘著,颜建华编校。1册。湖南人民出版社2010年初版。列入湖湘文库甲编。有傅熊湘墨迹影印2幅。颜建华作前言。前置吴恭亨傅钝庵遗集序和傅钝庵墓碑、李澄宇傅钝安墓志铭和钝安先生行状。收钝安诗14卷、钝安词1卷、钝安文3卷、钝安朏录3卷、钝安杂著1卷和钝安诗词文辑补各1卷。附刘鹏年傅钝安先生年谱。

傅　霖(生卒年不详) 湖南醴陵人。字客仙。南社湘集社友。

集韵声类表 韵书。黄侃撰。4卷,1册。上海开明书店1936年影印本。黄乔馨作序。

焦雨亭(生卒年不详) 浙江镇海(今宁波)人。南社纪念会会员。早年曾就读于镇海芦渎学堂。

储光霁(1887—?) 安徽阜阳人。字华亭。南社社友。1918年2月由陈洪涛介绍入社,入社书编号1021。是时任职于江苏吴江黎里警察所。

皖省学者传 名人传记。胡朴安著。发表于《国粹学报》,后收入胡道彦1983年在台湾印行出版的《朴学斋丛书》第二集(十七)。书中收入泾县胡承珙、桐城张聪咸、婺源董桂薪、泾县朱琦、绩溪胡培翚5位安徽籍乾嘉学派学者之生平及学术思想经历。

粤西词 词集。陈柱编。4种,2册。北流十万卷楼1934年刻本,"变风变雅楼丛书"。黄宾虹署端。《雪坡词》,陈柱署端;《彭子穆先生词集》,冯振敬署端;《槐庐词学》,王伯群署端;《梦篦词》,张尔田署端。

粤社 即"广南社"。

舒新城(1893—1960) 湖南溆浦人。原名玉山,学名维周,曾用名建勋,后改名新城,字心怡,号遁庵,笔名畅吾。南社纪念会会员,教育家、出版家、辞书编纂家。1917年于湖南高等师范学校毕业后,任福湘女校教员。1919年被迫离职,后任教于湖南第一师范学校,并创办《湖南教育》月刊。1921年到上海,主持吴淞中国公学中学部校务。1923年转至东南大学附中,加入少年中国学会,后在各地调查研究实际教育问题。1925年后专门从事著述,主编《中华百科辞典》。1928年应中华书局之约,主编现代综合性百科辞典《辞海》。两年后任中华书局辞海编辑所所长兼图书馆馆长,一度任代总经理,并创办《新中华》杂志,同时在暨南大学、复旦大学讲授近代中国教育史。1936年由其主编的《辞海》(第一版)出版。抗战胜利后重新主持中华书局编辑所。中华人民共和国成立后任上海市政协副主席、全国人大代表,曾主持文史资料征集工作。1953年退休。1957年提议重修《辞海》,次年5月担任《辞海》编辑委员会主任委员。1959年6月任《辞海》主编,主持修订《辞海》。1960年病逝于上海。著有《道尔顿制研究集》《近代中国留学史》《近代中国教育史》等数十种。

释永光(1861—1925) 湖南益阳人。俗姓张,字海印,法名永光,号憨头陀,长沙开福寺住持。南社社友。由社友介绍入社，未填写入社书，介绍编号 28。自少性聪慧、好学。1877 年皈依佛门，后潜心佛学，成为清末湖南地方名僧。曾先后驻锡沅江景星寺、宁乡密印寺、长沙开福寺，为各方信徒所敬仰。1912 年 9 月参加在长沙烈士祠举行的南社临时雅集。1916 年 6 月参加在长沙寿星街琴庄举行的南社临时雅集，同年 9 月又参加在长沙枣园举行的临时雅集。1925 年圆寂于景星寺。擅书工诗，又精篆刻。有《海公遗诗》2 卷。

释铁禅(1870—1946) 广东番禺(今广州)人。俗名刘秀梅，法名铁禅，通称铁禅和尚，法号心境，又名铁头陀。南社社友、广东分社社员。1916 年 11 月 25 日由蔡哲夫介绍入南社，入社书编号 734。1884 年加入刘永福黑旗军，参加谅山战役。后入广州六榕寺为僧，旋为住持。1903 年捐献寺产，为黄埔武备学堂毕业生赴日留学提供经费。1911 年辛亥革命后任广州中华佛教总会粤支部长。1912 年 4 月参与创办贞社广东支部，为贞社广东分社社友。1917 年 3 月南社广东分社第一次雅集(成立大会)即在其主持的六榕寺举行。抗日战争时期任日华佛教协会会长、国际佛教协会岭南支部长。抗战胜利后以汉奸罪被捕，死于狱中。擅长书画，书学黄庭坚，略变其体，大字行书、楷书，书体风格浑厚。晚年写意山水、花卉。

释曼殊谨代十方法侣宣言 南社掌故。宣言。苏曼殊撰。1913 年 7 月 21 日发表于《民立报》。该文谴责袁世凯的种种罪恶，文曰："呜呼！衲等临瞻故国，可胜怆恻。自民国创造，独夫袁氏，作孽作恶。迄今一年，擅屠操刀，杀人如草，幽蓟冤鬼，无帝可诉。诸生平等，杀人者抵，人讨未申，天殛不逭……"

鲁　迅 即"周豫才"。

鲁迅故居 故居。① 位于浙江省绍兴市东昌坊口(今鲁迅路 208 号)。是一所青瓦粉墙、砖木结构，坐北朝南的六进的大宅院。建于清代乾嘉年间。鲁迅从 1881 年出生至 18 岁去南京以及回故乡任教期间，基本居于此处。今故居临街的两扇黑漆石库门系原址的边门。石库门内，穿过台门斗，隔一小天井，便是一间普通的泥地平屋，往东走过侧门，绕过拐弯处的石栏水井，沿长廊进内就是当年鲁迅一家的住处。这里原为五间楼房，被称为"桂花明堂"。后院为百草园，占地近 2 000 平方米。距故居 100 米左右是"三味书屋"。房内正中墙上挂有"三味书屋"的匾额和《松鹿图》。房柱上有一副对联"至乐无声唯孝悌，太美有味是读书"。房内摆设有方桌、木椅，是当时原物。在书房的东北角有一张桌面上刻有"早"字的书桌，就是当年鲁迅使用的书桌。② 位于北京阜成门口内宫门口二条 19 号。鲁迅于 1924 年 5 月到 1926 年 8 月居住于此。主要分前后两个院，前院是住宅，后院是小花园。前院主要有如意门一间，倒座房四间，正房三间，东西厢房各两间。西厢房为厨房。在大门和前院之间有屏门。正房的左右两间分别是鲁迅母亲和原配朱安的居室，中间一屋向北接出一间房，被称为"老虎尾巴"，为鲁迅的居室。倒座房是鲁迅的书房和会客室，前院里有鲁迅亲自栽下的丁香树。从正房与西厢房之间的小门，进入第二进院。在院子西侧为厕所，院子中间为水井。院子里种有花草树木。1956 年在故居东侧建鲁迅博物馆。1979 年这里被列为北京市重点文物保护单位。③ 位于福建厦门思明南路 422 号厦门大学集美楼内。故居原是厦门大学图书馆的一间办公室，1926 年 8 月鲁迅就任厦门大学国文系和国学研究院教授时在这里居住四个半月。1926 年 12 月，鲁迅离开厦门前往广州。④ 1927 年 1 月 29 日，鲁迅南下广州就任中山大学教务主任兼文学系主任，居住在中山大学钟楼(今文明路鲁迅纪念馆)，3 月 29 日迁居白云楼。白云楼建于 1924 年，当年曾被用作邮政部门职工宿舍。西南拐角处原来挂有"白云楼"字样横匾，今已不存。1927 年 3 月 29 日至 9 月 27 日期间，鲁迅居住白云楼西侧的 26 号(现 7 号)二楼。鲁迅居住过的房间现在还大体保留了原貌。会客厅在入门处，陈设简朴，内摆有竹椅。鲁迅的房间，窗户正对马路。1927 年 4 月 15 日后鲁迅辞去中山大学的一切职务，在白云楼潜心写作。⑤ 鲁迅 1927 年 10 月从广州到上海先住在虹口区横浜路景云里。1933 年 4 月鲁迅搬至现山阴路 132 弄(原施高塔路大陆新村)9 号，这是鲁迅在上海最后的寓所。大陆新村是一群红砖红瓦砖木结构的三层新式里弄房屋，1931 年落成。故居建筑面积 222 平方米。现在故居按照鲁迅生前居住时的情景复原：屋前有小花圃，种植桃树、紫荆、石榴等花木。底层前间是客厅，沿西墙放有书橱和瞿秋白留赠的书桌。后间是餐室，东墙放着西式衣架、帽架。二楼的前间是鲁迅的卧室兼书斋。东面是张铁床，沿西墙放着大衣柜、茶几、两把藤椅和一只镜台，镜台上陈列着外国版画。一幅周海婴出生时的油画像挂在山墙的五斗橱的上端。南窗糊着彩色玻璃纸，窗下是书桌，桌上放着文具、烟具和花具。三楼前间有阳台。现在鲁迅故居内的家具绝大部分是原物。鲁迅故居现被列为上海市文物保护单位，故居旁的鲁迅公园内，建有鲁迅纪念馆。

鲁其濬（生卒年不详） 浙江会稽（今绍兴）人。字寄湘。越社社友。

鲁若衡（1895—1975） 湖南宁乡人。名荡平，字若衡。南社社友、新南社社员、南社湘集社友。1917 年 4 月 21 日由傅熊湘介绍入南社，入社书编号 874。早年入湖南铁路学堂。1909 年加入中国同盟会，1914 年加入中华革命党，任湖南支部总干事，在长沙主持《民国日报》。1917 年 4 月参加在长沙半园举行的南社临时雅集，后入北京法政学堂。1919 年任湘军总司令部顾问兼军法官。1920 年 5 月任湖南岳阳县知事，后调任益阳、安乡和湘乡等县知事。1922 年 6 月到广东任北伐大本营参议、驻粤湘军第三路军司令。后随孙中山北上入京，创办《民主晚报》。后历任山东省民政厅长、天津特别市社会局长、国民党天津市党部常务委员兼宣传部长、天津《民国日报》社长、南京《中央日报》社长兼总编辑、北平民国大学校长、国民党中央监察委员会委员、湖北省党部特派员、武汉行辕秘书长等职。在北平时曾创办《北辰报》及《社会杂志》。后去台湾，被推举为台北市湖南省同乡会理事长，创办《湖南文献》季刊。1975 年 6 月 6 日去世。

痛哭四章（其二） 诗篇名。七律。周实作于 1911 年 4 月 27 日广州黄花岗起义失败之后，刊于 1911 年 6 月 26 日《南社丛刻》第四集。诗篇痛悼黄花岗起义死难烈士，抒发强烈的反对清廷的情绪，抒写坚定的反对清廷的斗志。叙写自己生活的江苏淮安离黄花岗起义地方广州路途遥远，怀念起义牺牲的烈士就禁不住流泪。即使烈士的鲜血三年后化碧，烈士的壮心也不会磨灭，反对清廷统治的革命斗争要争朝夕，不能久等。如果反清斗争要像道家所说烧炼金丹要以九转为贵，那么，就要望眼欲穿了。表示自己誓言像鲁阳挥戈退日一样英勇投入反清斗争，哪里忍心让清人侵犯神州大地呢？自己的胸中时时刻刻有青锋呼啸，召唤自己投入反清斗争，决心作人中豪杰，不去羡慕神仙一般的隐逸生活。立象达意，意象鲜明；不用僻典，语言平易。

痛哭四章（其四） 诗篇名。七律。周实作于 1911 年 4 月 27 日广州黄花岗起义失败之后，刊于 1911 年 6 月 26 日《南社丛刻》第四集。本篇抨击清廷政府的黑暗统治，表现坚定的反清革命斗志。形象地反映广大人民群众被残暴的清廷统治者视为刍草狗畜，神州大地笼罩着日落时的阴云。表示自己精卫填海的壮志未酬，清政府还没有推翻，还妄想作负山的蚊子。表示自己决心要像汉初耻为汉臣、逃到海岛坚持反抗的田横和西汉时举兵讨伐王莽的翟义那样，不作降臣，要兴义师，誓死与清政府斗争到底，准备牺牲，向黄花岗七十二烈士看齐。比喻生动，诗句形象，音调激越，风格悲壮。

痛哭周烈士实丹（其一） 诗篇名。七律。周伟仁作。周实丹，为周伟仁族弟，1911 年 11 月 17 日在响应武昌起义的反清斗争中被山阳县令姚荣泽枪杀。诗人创作了近 20 首诗哭烈士，此诗是第一首。诗作哭诉老天也忌实丹这样的大才之士，竟使他满腔热血染红了楚州大地。回想烈士生前意气风发，但他生前躬耕偕隐的愿望竟然落了空。烈士含冤而死与南宋岳飞被秦桧以“莫须有”三字定罪杀害一样，也与春秋时苌弘被冤杀完全相同，他们的精神都是永垂不朽的。结尾借南朝宋鲍照与《晋书·张华传》匣中宝剑鸣叫、入水化龙的典故，抒写要为烈士报仇的强烈愿望。感情真挚，语言平实易懂，具有相当强烈的艺术感染力。

曾　兰（1875—1917） 四川华阳（今成都）人。女。字香祖，一字仲殊。南社社友。1917 年 4 月 14 日由其丈夫吴虞和柳亚子介绍入社，入社书编号 868。1912 年 4 月任成都《女界报》主笔。1914 年创作短篇小说《孽缘》，发表于上海《小说月报》。喜画花卉，善书法，篆体、隶体均佳，时人以“曾彦第二”目之。

曾延年（1874—1937） 四川成都人。字孝谷，号存吴，一作存吾。南社社友。1912 年 3 月 6 日由李叔同、朱少屏、俞锷介绍入社，入社书编号 224。1904 年留学日本，入东京美术学校西洋画科。翌年与李叔同、陆镜若等在东京创办新剧剧团春柳社。1911 年毕业后入西洋画科研究科学习。1912 年回国后曾在上海任《太平洋报》编辑，并与叶楚伧、柳亚子、朱少屏、李叔同等一道发起成立文美会。1913 年曾赴天津，不久即回成都。曾任当地行政官署工科技师，后任陶瓷讲习所图案教官。1915 年秋任成都高等师范学校艺术教授。1937 年在成都逝世。工诗词、绘画。有《梦明湖》诗集。

曾纯阳(1871—?) 湖南湘乡人。字元龙。南社社友。1916 年 9 月 20 日由傅熊湘介绍入社,入社书编号 691。民国成立后曾在《独立周报》《宗圣汇志》《民声》杂志等报刊发表文章。1916 年任湖南《长沙日报》编辑,与南社社友简易为同事,同年 9 月参加在长沙枣园举行的南社临时雅集。撰有《论审判制度》《经学通论》《湖南人满之救济法》等。

曾 择(1890—?) 广东梅县(今梅州)人。字伯慈。南社社友。1911 年 1 月 25 日由叶楚伧介绍入社,入社书编号 110。是中国同盟会会员。1907 年年末加入由南社社友钟薜生和曾赜等人在梅州创设的冷圃诗社。1911 年初任职于汕头《中华新报》,与古直、曾赜为同事。

曾贯吾(1888—?) 江苏仪征人,原籍湖南。南社社友。1921 年 1 月由谢英伯、蔡哲夫介绍入社,入社书编号 1094。是时任职于广东阳江县署。

曾 格(1893—?) 江苏常熟人。字品仁,号泣花。南社社友。1917 年 1 月 1 日由凌景坚介绍入社,入社书编号 783。是时任教于上海宝山路尚公学校。

曾虚白(1894—1994) 江苏常熟人。名焘,字煦白,亦作煦伯,笔名虚白。南社纪念会会员。上海圣约翰大学毕业后,历任长沙湘雅大学英文教授、财政部关税委员、天津交涉公署会计处主任、江苏省长公署顾问、国民政府参军处参议等职。1927 年与父曾朴在上海创办真美善书局,发刊《真美善》杂志(1931 年 7 月停刊)。1931 年担任金陵女子大学中文系主任。1932 年与友人创刊《大晚报》,任社长兼总主笔,又参加主编《时事新报》。1937 年任国民党中央宣传部国际宣传处处长,兼中央政治大学新闻学院副院长。1947 年任国民政府行政院新闻局副局长。1949 年去台湾。1954 年任台湾政治大学新闻研究所主任兼教授。1994 年在台北病逝。主编有《中国新闻史》,著有《德妹》《魔窟》《英文学 ABC》,译有《英雄与英雄崇拜》等,编有《曾孟朴先生年谱》《汉译东西诗文学作品编目》《大晚报评论集》等。

曾演复(生卒年不详) 福建上杭人。新南社社员。著有《听秋声馆吟草》等。

曾 赜(1890—1965) 广东梅县(今梅州)人。字勇父,一字勇甫,号繁霜。南社社友。1911 年 1 月 21 日由叶楚伧介绍入社,入社书编号 109。早年曾参与创立梅州冷圃诗社。1908 年东渡日本留学,入早稻田大学。在东京加入中国同盟会。1911 年初任职于汕头《中华新报》,与南社社友曾择、古直为同事。同年 10 月武昌起义爆发后,与钟薜生等人在梅州响应起义并成立民军司令部,任总司令,逼迫清军放下武器,实现梅州和平光复。1912 年到上海经商,并参加南社的雅集活动。1965 年在四川成都逝世。

曾 镛(1892—1929) 广西马平(今属柳州)人。字孟鸣。南社社友。1912 年 1 月 10 日由费公直、雷铁厓、朱少屏、陈陶遗介绍入社,入社书编号 207。15 岁时赴上海求学,后加入中国同盟会,并在于右任主办的《民立报》任职。1911 年上海同盟会发动光复之役时,率众攻打江南制造局。上海光复后任沪军都督府科员。1913 年二次革命失败后东渡日本。同年冬,奉命返回上海创办《救亡报》。1914 年 8 月参加在上海徐园双清别墅举行的南社临时雅集。1922 年 6 月陈炯明在广州叛变革命,其受孙中山之命回到广西,说服桂系军队出兵援粤以镇压叛军。后任广州北伐大本营军需官。1926 年广州革命军政府成立缉私保卫商业委员会,任会长。1928 年任江苏省禁烟局局长,次年国民政府任命其担任上海江海关监督,不料于同年 7 月 9 日因病卒于上海宝隆医院。

湖上 诗文集。周瘦鹃编。上海大东书局 1929 年 6 月初版。此书为游览杭州西湖专辑。卷首有湖上摄影照片待渡、双树、雨意、初日、搜求、优游、鱼乐、竹影 8 帧。所刊 13 位作者的 17 篇诗文,大多是作者应周瘦鹃之约赴杭州旅游后所写游记。有的描写西湖幽静清远的湖光山色,有的抒发清高出世的士大夫情调,有的记录众声嘈杂的市肆场景,诗文大多热情不足、冷淡有余。其中周瘦鹃的《平湖秋月》一文,写他一位年少才高、风流自赏的仁兄,游西湖时遇一"秋波如凤,春靥似花"之女,顿生爱意,回沪后更是想入非非,弄得患病住院,又遇此女,见到的却是一幅慈母弄子图。他只有再去平湖秋月,重温"在河之洲"梦,游记文章也变成"哀情小说"了。

湖山正气 南社掌故。黄萍孙集岳鹏举(飞)、于少保(谦)、张苍水(煌言)、徐伯荪(锡麟)、秋竞雄(瑾)5 位英烈之墓的照片,题字于上,曰"湖山正气"。柳亚子为之题金缕曲词。

湖艇漫笔·西湖杂记 文言随笔。许指严撰。常州新群书社1923年6月发行。全书分为5个部分。封面有童斐题签，篇前有钱振锽、许指严序各一。一部分为《湖艇漫笔》，包括“葛岭”“岳坟”等27篇，描摹风景特点，铺陈古迹典故。第二部分为《湖艇再笔》，主要记旅游行踪。第三部分为《西湖杂记》，由汪培会撰。包括“旅邸看雨湖”“月湖泛棹”“净慈消暑记”“张苍水墓”“理安寺”“记胡雪岩故居”“西湖图”7篇，介绍各观光点地形之胜、景物之妙及游历过程。对有些景点如灵峰玉泉，抄录了有关的楹联；又如对南高峰，抄录了有关的楹联及诗。第四部分为《附录·天竺瓣香》，由许主常女史（指严长女）撰。第五部分为佚名《游杭行程》，类似旅游指南。书用浅近文言写成，有标点。

湘中五子 南社掌故。傅熊湘曾主持南社之分支——湘集，并编撰《南社湘集》为社刊。他与姚大慈、姚大愿、谢晋、李洞庭一起，被称为“湘中五子”。

湘灾纪略 南社掌故。书名。1920年，军阀张敬尧督湘，横行霸道，湖南人民恨之入骨。文湘芷、傅熊湘等搜集报刊所载，撰成《湘灾纪略》《醴陵兵燹纪略》等书，酝酿驱张运动。

渤海舟中端午 诗篇名。七律。叶玉森作于1913年端午节。诗人端午节舟行渤海中作此诗，抒写由节日引发的联想，感叹如今百毒丛生，却一个钟馗难得，内地江上龙舟竞赛，自己却与人在渤海舟行，闲看海上山。想象自己像飞鸟一般在空中翱翔，气势非凡，自己的歌吟会使水龙出听一样吸引人。诗人更进一步展开想象的翅膀，想象自己将取海上珊瑚来炼丹。想象奇特，意象新颖，引人入胜。

温克刚(1896—1957) 广东大埔人。字一如，号潜庵。南社纪念会会员，书法家。1911年就读于潮州金山书院，并参加中国同盟会。1915年入武昌陆军第二预备学校。1917年升入保定陆军军官学校第六期炮科，1919年毕业后先后任粤军连长、参谋。1926年初任黄埔陆军军官学校教官兼炮兵大队副大队长。同年7月参加北伐任副团长兼第三营营长，在湖南平江战役中率部协同叶挺独立团作战。1932年初任十九路军总指挥部高级参谋，参加一·二八淞沪抗战。1937年七七事变后率部参加上海八一三淞沪会战。次年先后参加徐州会战、台儿庄战役，因功升职，任旅长。1939年4月任安徽省保卫处处长，后调任军事参议院少将参议。抗战胜利后退役，转任财政部湖南货物税局副局长。1949年赴香港。1955年夏由香港去台北，1957年11月病逝于台北。兵戎生涯之余，喜习字。书法、诗文均佳。遗作有《温克刚将军诗选》。

温著叔(1882—?) 广东梅县（今梅州）人。名见，字著叔。南社社友。1911年9月由叶楚伧介绍入社，入社书编号339。是时任职于梅县光华书局。

温雪簃(生卒年不详) 广东人。南社社友。由社友介绍入社，未填写入社书，介绍编号18。

温静侯(1877—1916) 广东梅县（今梅州）人。又作温靖侯，名士璠，字叔子。南社社友。1915年3月29日由林百举介绍入社，入社书编号492。早年留学日本，1905年在东京加入中国同盟会。翌年回国与谢逸桥等一起宣传反清革命，参与创办松口体育会，并以其居屋“温氏精庐”为革命活动据点，培养军事人才。

温静侯

滑稽谈话会 笔记小说。胡寄尘著。上海大东书局1921年8月出版。全书由物与物的谈话、人与物的谈话、今人与今人的谈话、古人与古人的谈话4编组成。刊有64篇短篇小说，都为滑稽的对话故事。取材广泛，构思独特，如笑话，似寓言，诙谐幽默，令人读后忍俊不禁。但作品噱而不俗，讽刺辛辣，常常切中时弊。在这几十篇貌似滑稽可笑的故事背后，处处隐藏着作者对世事复杂、人生艰难的感悟，使人读后在轻松中领悟到一些深刻的人生哲理，寓教于乐。

游艺集 杂文集。郑逸梅著。2册。潮音楼出版社1926年初版。程瞻庐题眉、许瘦蝶题词。范佩萸、徐碧波、胡亚光和戴季梅分别作序。含游戏诗话、避债庙上梁文、今之食客、一打得二美、游戏大辞典、哈哈镜解和俎河记等49篇。

游日纪要 政治考察著作。许公武（崇灏）著。1册。南京考试院收发股1933年初版。戴传贤题签并作序。许公武作绪言。介绍日本行政制度、考试制度、教育制度、地方自治制度、资源调查、内阁统计局、内阁印刷局、生丝检查所、东京兵工厂、东京米谷仓库、地方行政之组织及其概况、地方警察之组织及其教养状况、东京少年审判所、少年院、小管刑务所、社会事业、东京市政、神奈川县及横滨市概况、农村视察和事务处理等。

游戏杂志　期刊名。1913 年 11 月创刊于上海。王钝根、陈栩等编辑。设图画、小说、谈丛、乐府、杂俎等栏目，主要撰稿人有周瘦鹃、陈栩、剑秋等。短篇小说有吹万《冢中人语》，瘦鹃《断头台上》《何等英雄》，陈栩《芙蓉影》《琼华劫》《薄命女》《双花冢》，传奇有陈栩《桐花笺传奇》，钝根《夏慧娘弹词》。1915 年停刊，共出版 19 期。

游侠外传　白话章回武侠小说。吴绮缘著。2 册。新民图书馆铅印本。卷首有徐枕亚、俞天愤、周剑六序。书叙少年陈飞虹打猎时误伤府尹之子，畏罪潜逃。官府将其父母逼死。飞虹在侠士霞儿的帮助下，报了杀父弑母之仇，加入了以霞娘为首的侠客团伙，专事铲除恶霸贪官之事，后意识到单凭行侠除暴，不能从根本上解决社会弊端，乃各奔东西。

游学译编　期刊名。1902 年 11 月在日本东京创刊。由湖南留日学生黄兴、陈天华等创办，设有学说、教育、军事、时事、历史、传记、地理、外论等栏目，以翻译、介绍西方资产阶级的社会、政治学说与文化及其革命历史为主，进而宣传民主革命和民族独立。1903 年 11 月停刊，共出 12 期。

寒笳集　一名《蕅益大师警训略录》。佛学著作。蕅益大师著，弘一法师编订。上海协济出版部 1933 年出版，上海佛学书局发行。此书为弘一法师依据蕅益大师《灵峰宗论》，摘取警策语句编撰汇集而成。弘一法师于 1922 年、1931 年、1933 年反复增删，三易其稿，最后以《寒笳集》和《蕅益大师警训略录》两个书名并存流通。该书按照原文、法文、答问、普说、偶录、书、论、缘起、序、题跋、传、祭文、铭铬、诗偈 14 部分编辑，开示戒律、学教、学宗、念佛之要点。

寒琼遗稿　诗文集。蔡守撰。4 卷，1 册。1943 年铅印本。谈月色题签、署端。前有谈月色《附录碑记》。陈啸湖、黄宾虹、谌斐、谈月色分别作《蔡寒琼诗词序》。《诗》1 卷，集诗 292 首。《词》1 卷，集词 60 阕。《苏州游草》1 卷，集诗 16 首。《寒琼劫稿》1 卷，集诗 60 首。陈道量作《蔡寒翁遗稿跋》。

寒碧诗　一名《寒碧轩诗》。诗集。林景行撰。1 卷，1 册。1921 年铅印本。宣龚题签。黄葆戉署端。柳弃疾作《侯官林寒碧墓表》。陈去病作《林亮奇哀词并叙》。沈瑜庆作《林亮奇弥甥挽诗》。诸宗元题辞。

富人之女　小说。包天笑著。自由杂志社 1926 年初版。是包天笑为明星公司编写的电影剧本之一。出生富贵之家的康凤珠在父母的溺爱与纵容下，视人生如儿戏，频频出入交际场，玩弄爱情。因自己的第三者身份使同学夫妻反目后，又爱上了一位体育健将。她试图通过赛车来赢得爱情，却演化成一场惊心动魄的“杀人”喜剧。最后虽然通过相亲觅得这位佳婿，但还是陷入了悲惨的婚姻结局中。作者以诙谐的笔调讲述民国时期的都市女性虽然接受了新式的教育，但还是成了世俗社会的牺牲品。

禅灯梦影　诗文集。① 李叔同著，丰子恺配图。1 册。武汉出版社 2009 年第一版，列入图说经典·哲学名著系列·彩图珍藏版。丰子恺作《我与弘一法师》。含佛学著述选 29 篇、散文 7 篇和诗词 37 首。附世说弘一 5 篇、书信小札 7 通和弘一法师年表。② 李叔同著，丘桑编。1 册。东方出版社 1998 年第一版，列入民国奇才奇文系列·李叔同卷。有编者卷首语。林子青作《弘一大师传》。含仙音雅韵 70 题诗词、人淡如菊 55 题信函序跋和释门佛缘 56 题佛经佛文。附弘一法师生平大事年表。

禅里禅外悟人生　佛学著作。李叔同著。1 册。陕西师范大学出版社 2006 年第一版。有丰子恺序言一《怀李叔同先生》、赵朴初序言二《弘一大师书画金石音乐展弁言》、朱光潜序言三《以出世的精神做入世的事业》和夏丏尊序言四《弘一法师之出家》。含执象而求、咫尺千里、华枝春满、天心月圆、君子之交、地藏法门、药师经析疑和南山律在家备览 8 篇。

谢开勋(1893—?)　江苏睢宁人。字荩卿，号敬止。南社社友。1917 年 6 月 10 日由郭爱棠介绍入社，入社书编号 912。1912 年任江苏省立苏州第一师范学校附小教员。1916 年与郭爱棠一同任教于沛县县立高等小学。翌年均转入铜山县江苏省立徐州第七师范学校任教。1924 年前后任睢宁县教育局局长。著有《二十二年之胶州湾》。

谢无量(1884—1964)　四川乐至人，生于安徽芜湖。原名沈，又名大澄，字仲清，号希范，别署蒙、啬庵，后改名无量。南社社友。1914 年 9 月由朱少屏、杨春时、马君武介绍入社，入社书编号 463。1901 年考入上海南洋公学特班，并与马君武、马一浮等创办译学会社，编辑出版《翻译世界》杂志。后结识章太炎、邹容、章士钊等，参加《苏报》编务。1903 年 6 月因《苏报》案逃亡日本。翌年 3 月回国，先后在镇江、杭州等地学校任教。后去北京，肄业于京师译学馆。

1906年7月任北京《京报》主笔。1909年被聘为四川存古学堂监督兼国文教员。同年10月四川省谘议局成立后，与张澜一起参加立宪活动，曾受托撰写《国会请愿书》。1911年6月又与张澜等参加四川保路运动。辛亥革命后曾办矿业，力主实业救国。后任四川国学院院长。1912年夏任上海中华书局编辑。1923年2月受聘为广东大学教授，旋被孙中山委任为北伐大本营参议。翌年5月任广州大元帅府特务秘书（即机要秘书）。1926年7月任东南大学历史系主任，同年9月转入上海中国公学任教。1931年2月任国民政府监察院监察委员。九一八事变后在上海创办《国难月刊》，参加中国民权保障同盟。1940年任四川大学中文系主任。1947年当选为（行）制宪国民大会代表。中华人民共和国成立后历任四川省文物管理委员会主任委员、中央文史研究馆副馆长、中国人民大学教授、全国政协委员等职，并受聘为四川省文史研究馆馆员。生平擅长古诗词研究及书法。著有《诗经研究》《诗学指南》《楚辞新论》《佛学大纲》等，编有《中国大文学史》《中国妇女文学史》《中国哲学史》等。

谢无量书风 书法著作。谢无量著，程重庚、袁融编。1册。重庆出版社1999年初版。“中国历代书风系列”之一。有谢无量小传。含致程元直书6通、和程元直诗2首、赠程元直行书扇面1幅、赠邠斋诗笺1幅、行书立轴3幅和行书法海圆融并跋1幅。

谢无量自写诗卷 书法著作。谢无量著。1册。北京中国文联出版公司1987年初版。有作者像。刘君惠作《谢无量先生自写诗卷引言》。李国瑜作《峨岷奇秀掞天藻——题谢无量先生自写诗卷》。收谢无量自写诗40题。吴丈蜀《书题跋谢无量先生自书诗卷八首》。

谢公展(1885—1940) 江苏丹徒（今镇江）人。名寿，亦作翥，字公展。南社纪念会会员，画家。历任上海艺术大学、上海美术专科学校、新华艺术专科学校、暨南大学国画科以及南京美术专科学校等校教授。1927年暨南大学成立中国画研究会时，被聘为导师。1929年与郑午昌、贺天健、汪亚尘等发起成立中国画团体——蜜蜂画社。1931年任中国艺术专科学校国画花卉教授。1932年参与建立中国画会，编印《国画月刊》。1934年2月与陈树人、黄宾虹、经亨颐等任中国画会监察委员，同年3月加入上海百川书画会。翌年初改任中国画会执行委员，后又复任监察委员。1936年1月受聘为上海美术专科学校绘画研究所导师。后曾任西湖博览会艺术审查委员会委员、中华国货展览会艺术审查委员会委员、教育部艺术教育委员会委员等职。工书法、诗文，才思敏捷。擅花鸟鱼虫，尤精画菊，时人有“谢家菊”之称。著有《公展三十年教授文画之心得》《太湖吟啸录》《西湖吟啸录》等，出版有《谢公展画集》。传世作品有《春江水暖图》轴。

谢玉岑悼感录 荣哀录。陆丹林编。不分卷，1册。1935年铅印本。张大千题签。谢梦鲤作序言。含遗像、遗画、遗墨、遗札、文录、挽诗、挽词、挽联，其中不乏南社社员作品。

谢 达(生卒年不详) 四川巴县（今重庆市巴南区）人。字昌渠。南社社友。1917年2月15日由戴天球介绍入社，入社书编号809。

谢兴尧(1908—?) 四川射洪人。字五知，又字揖唐，号尧公，亦作荛公。南社纪念会会员，太平天国史学家。1931年毕业于北京大学。曾任北京大学女子文理学院、河南大学等校教授。1947年任北平《新生报》《文史周刊》主编。中华人民共和国成立后任《人民日报》理化教育组编辑。1956年起任《人民日报》图书馆馆长。1978年退休。1980年被西北大学聘为兼职教授。长期从事太平天国史研究，著有《太平天国的社会政治思想》《太平天国史事论丛》《洪杨史料选辑》《太平天国论文题跋》《太平天国前后广西的反清运动》等。

谢远定(1899—1928) 湖北枣阳人。字伯定，号伯平。新南社社员，革命烈士。1916年入湖北省立中学，次年转入武昌中华大学附中学习。在校期间参加由恽代英创建的进步团体互助社。1919年在武汉参加声援五四爱国运动活动。翌年参加利群书社。同年夏考入南京高等师范学校（后改为国立东南大学）工科，旋改读农科。1921年5月在南京加入中国社会主义青年团（对外以马克思主义研究会名义公开活动），次年下半年加入中国共产党，并联合学友创办《襄军》季刊，任主编。同年10月成立中共南京党小组，被派为组长，又在上海参加新南社成立大会。1924年夏于东南大学农科毕业，后回湖北在武昌以教书作掩护，赴鄂西地区发展党团组织，建立中共襄阳特别支部，任书记。1926年2月到广州参加北伐军，任国民革命军第四军十二师政治部秘书长，后调任军政治部宣传科科长。北伐军攻克武汉后，任国民党汉口特别市党部宣传部秘书，主编《汉声周报》。

1927年八七会议后再回鄂北，先后任中共随县县委书记、鄂北特委宣传部长。10月领导鄂北秋收暴动，建立工农革命军鄂北第九纵队。1928年夏在汉口不幸被捕，旋被杀害于汉口。撰有《谁是农民的死敌》《为惩蒋宣言》《告有志的武装同志们》等文章。

谢沉马浮　南社掌故。南社中国文学史家谢无量，名蒙，又名沉。他与马一浮友善，马一浮有时署名只写一"浮"字。郑逸梅称之为"谢沉马浮，相映成趣"。

谢良牧(1884—1931)　广东梅县(今梅州)人。一名延誉，字叔野，号圂人。南社社友。1914年3月10日由朱少屏、陈世宜介绍入社，入社书编号396。早年就读于岭东同文学堂，后赴日本留学。1905年8月在东京参加筹组中国同盟会，任会计部长，并赴南洋各地筹设同盟会分部。1907年5月回国策划和参加潮州黄冈起义。1908年8月与兄谢逸桥在汕头创办《中华新报》，宣传反清革命。1911年武昌起义后促成广东和平光复。次年南京民国临时政府成立后任临时参议院议员。二次革命失败后避走南洋。1914年任职于上海《生活日报》。同年5月参加在上海愚园云起楼举行的南社临时雅集。1917年南下广东参加护法运动。1924年1月参与国民党改组、出席国民党第一次全国代表大会，被选为中央候补执行委员。1931年6月在广州病逝。散著见于1914年的上海《华侨杂志》。

谢英伯(1882—1939)　广东梅县(今梅州)人。名华国，字英伯，一作瑛珀，号抱香。南社社友、广东分社社员、南社湘集社友、新南社社员。1912年9月9日由宁调元、蔡哲夫、邓尔雅介绍入南社，入社书编号303。早年肄业于香港皇仁书院。1902年在广州主编《亚洲日报》。此后又继冯自由之后主持《中国日报》，并先后在南武公学、梧州中华学堂、檀香山华文学堂等校任教。1907年参加中国同盟会。1910年在澳门筹建同盟会澳门支部。参加广西河口起义，并参与筹划广州新军起义和辛亥年4月的广州黄花岗起义。武昌起义后回到广州任同盟会粤支部部长、广东都督府咨议。1913年5月参加在北京城南崇效寺举行的南社第三次北京雅集，同年二次革命失败后流亡美洲。1914年在旧金山主编《民国》杂志。回国后参加护法运动，任广州护法军政府大元帅府秘书，并当选为护法国会众议院议员。1925年参加北京西山会议。曾任国民党中央监察委员。1927年后在沪、粤等地执律师业。1928年秋在广州创办中国新闻学院，兼主持广州市立博物院。1936年任广东省高等法院首席检察官。1939年8月病逝于广宁。著有《中国古玉时代文化史纲》，另有自传《人海航程》等。

谢鸣九(1901—1982)　江苏高邮人。字恩皋。新南社社员。是南社社友曹凤笙外甥。早年毕业于江苏省立淮阴第六师范学校。曾任高邮县立第三小学校长、界首乡附属实验小学主事、省立第五师范学校(扬州)实验小学校长。在高邮任校长期间曾组织师生排练《葡萄仙子》《麻雀和孩子》《小小画家》等歌舞剧，到县城和各镇义演，收入用于建校、购买图书仪器和体育器材，还致力于开展文体活动和工艺教育。1934年经考试院考试合格，担任上海教育局督学。1937年上海沦陷后创办私立正中中学，自任校长兼教师。1946年任上海中等教育处处长。1982年病故于上海。著有《小学普通教育法》等。

谢秉璋(1884—?)　湖南长沙人。名鸿熙，字秉璋，号同甫。南社社友、南社湘集社友。1916年11月2日由傅熊湘介绍入南社，入社书编号719。是时在长沙小东街湖南省农会任职。1934年4月参加在长沙妙高峰南园举行的南社湘集第九次雅集。

谢周翰(生卒年不详)　湖南华阴人。字矩庵，一字矩盦。南社湘集社友。

谢树琼(1885—?)　云南腾冲人。字佩青。南社社友。1914年10月12日由吕志伊介绍入社，入社书编号468。

谢星乔(1881—?)　广东梅县(今梅州)人。亦名星桥。南社社友。1912年10月3日由朱少屏介绍入社，入社书编号316。是中国同盟会会员。辛亥革命后参加广东北伐军，随南社社友姚雨平到上海。民国初年供职于上海《太平洋报》。后在漳州一带任职。

谢祖贤(1878—?)　广东番禺(今广州)人。字次陶。南社社友、广东分社社员。1916年10月15日由蔡哲夫介绍入南社，入社书编号711。1917年3月参加南社在广州六榕寺举行的广东分社第一次雅集。

谢振南(1891—?)　湖北蕲春人。南社社友。1915年10月20日由何震生介绍入社，入社书编号567。

谢　晋(1883—1956)　湖南衡阳人。字霍晋，号齐州外室主人。南社社友。1916年9月14日由傅熊湘、李洞庭介绍入社，入社书编号685。早年入衡阳岳屏书院，1901年于长沙优级师范学堂毕业后，任衡阳国民高等小学堂教员。1907年在上海加入中国同盟会。1912年奉孙中山、陈其美之命赴北京出任《世界新闻社》经理。1916年9月参加在长沙枣园举行的南社临时雅集，次年4月又参加在半园举行的临时雅集。1917年孙中山率海军和部分议员南下广东开展护法运动，其联合刘建藩等成立湖南护法军，被推为总司令部秘书长。1923年在广州秘密加入中国共产党。中华人民共和国成立后历任第一届全国人民政治协商会议特邀代表、第一届全国人大代表、湖南省人民政府委员、省人民监察委员会副主任、湖南省政协副主席、民革中央委员及民革湖南省委主任委员等职。平生博学多才，与傅熊湘、李洞庭、姚大慈、姚大愿等并称为"湘中五子"。除诗词外，对文学、历史亦颇有研究。著有《屡劫后集》《蓬莱词》《齐州外室札记》等。

谢浴淮(生卒年不详) 湖南醴陵人。名植黄，号浴淮。南社湘集社友。1924年4月和10月参加在长沙刘园及赐闲园举行的南社湘集第一、二次雅集。

谢悯生(生卒年不详) 籍贯未详。南社纪念会会员。

谢 惠(生卒年不详) 浙江绍兴人。字凝远。南社纪念会会员。

谢碧田(1882—1929) 广东梅县(今梅州)人。南社社友。1915年6月10日由柳亚子介绍入社，入社书编号544。是中国同盟会会员。辛亥革命前曾在南洋主持印尼美仑公益书报社。民国初期任职于上海永定垦务公司。1929年10月病逝于上海。

谢醒持(1891—?) 安徽灵璧人。名幼支，字醒持。南社社友。1918年1月4日由徐世阶、陈心冷介绍入社，入社书编号1008。

谢翱西台恸哭 南社掌故。沈道非与秋瑾、陶成章相友善，秋瑾、成章就义后，沈道非极为悲痛，并私下举行祭奠，以慰亡灵。知情者将此比作"谢翱西台恸哭"。

登韬光绝顶 诗篇名。五律。宋教仁作。具体写作时间不详。抒写雪后登上位于浙江杭江西湖北高峰半山处巢枸坞山顶韬光寺的情景，石阶道蹬因积雪而路滑，冬日的山头光秃秃的，树叶枯萎，显得很空旷。叙写慢慢寻找屈曲的路径，竟然登上最高峰。村庄市廛在阴云笼罩下，江上船只被树木掩映着。钱塘江潮正汹涌澎湃，诗人想挽强弓，抒发了作者远大的政治气魄与胆略。借景抒情，语言通俗晓畅。

编辑与评论 新闻学著作。郭步陶编著。全1册。商务印书馆1933年初版，1938年第三版。书前有张蕴和、谢六逸、李浩然等人的序。序者认为，此书取材精审，议论精辟，"治学理与经验于一炉"。称之为"国内第一部讲述'编辑'与'评论'的专著"。此书分为2编。第一编"编辑"，共分3章："编辑的准备"，对编辑者应有的品格、知识和能力提出要求；"编辑工作"，介绍报社的各类编辑工作和对新闻编辑的要求；"编辑的方法"，讲解两种新闻编辑方法，及将此两法综合的综合编辑法。第二编"评论"，论述"评论在报纸中的地位""评论文的基本条件""评"和"论"的种类及近代新闻评论的变迁等，并向读者传授了作评论的方法。

十　三　画

蓝渭滨（生卒年不详）　籍贯未详。南社纪念会会员。

蒯文伟（1892—1925）　江苏吴江（今苏州市吴江区）人。字一斐。南社社友。1917年3月1日由黄复介绍入社，入社书编号828。出身于书香之家，幼承家学，诗才敏捷。1914年冬参加销寒社。1915年又参加销夏社、酒社。家中多藏书，尤喜搜罗乡邦文献。著有《醒梦庵诗钞》。从兄蒯贞幹，亦为南社社友。

蒯世勋（1906—1987）　江苏吴江（今苏州市吴江区）人。字斯曛。南社纪念会会员。早年在黎里读小学。1924年考入上海复旦大学。曾组织白露社，编辑出版《白露月刊》。1932—1937年任上海市通志馆编辑，参与编写《上海研究资料》和该资料续集及《上海市通志馆期刊》，编有《上海公共租界史稿》。上海市通志馆《通报》停办后转入《大晚报》任国际新闻翻译。1938年参加《鲁迅全集》的校对。1940年在上海参加中国共产党。1941年编辑《译文丛刊》。次年奉调进入苏中抗日根据地，历任《滨海报》《苏中报》编辑。1943年调入部队，先后任新四军第一师师部秘书、华中军区司令部秘书、第三野战军司令部秘书处主任等职。1954年转业到上海，先后任新文艺出版社总编辑、上海译文出版社社长兼总编辑。著有小说《悼亡集》《总董老爷》《两兄弟》等，译有《新时代的曙光》《在敌人后方》《不合理的结合》等。

蒯贞幹（1878—1917）　江苏吴江（今苏州市吴江区）人。字虎岑，号啸楼。南社社友。1916年9月24日由黄复、余十眉介绍入社，入社书编号700。幼年受到良好的家庭教育。曾协助柳亚子校订编印《南社丛刻》。1915年参加酒社，次年参加销夏社，社友有柳亚子、顾悼秋、朱剑芒、周云等，雅集吟章颇多，由其结集《销夏录》出版。平生热心教育，倡导女学，曾创办黎里平民女子小学，获江苏省政府嘉奖。从弟文伟，亦为南社社友。

蒯贞幹

蓬心草·蓬心和草　唱酬集。柳弃疾、沈昌眉等撰。2卷，1册。吴江柳氏磨剑室1921年铅印本。柳安如署端。《蓬心草》1卷，柳弃疾撰，郑瑛作序，有诗35章，柳弃疾作跋。《蓬心和草》1卷，沈昌眉、沈昌直、凌景坚、许观曾、柳遂初撰。

蒹葭楼诗　诗集。黄节撰。2卷，1册。1913年铅印本。汪兆铭署端。张尔田作序。诸宗元、陈三立题诗。集1895—1898年的360首诗。后又出1934年铅印本，线装1册。收1906—1933年著作。卷首有张尔田、诸宗元、陈三立序和题诗。

蒙书考　蒙学研究。胡怀琛著。震旦大学图书馆校订。陈柱题字。主要考证介绍中国古代童蒙读本的版本。所收内容包括《弟子职》《仓颉篇》《三字经》《百家姓》《千字文》《千家诗》《蒙求》《兔园册子》《龙文鞭影》《幼学琼林》等各类中国古代童蒙读本。卷之四，考证各类蒙书的作者与版本、蒙书书名的原意。

蒙边鸣筑记　小说。叶小凤（叶楚伧）著。文明书局1921年出版。该小说以江南生为主人公，以记载截留满蒙地区重要的军事、地理和矿藏等情报的秘册为主要线索，叙述江南生在满蒙边境和东北等地与外国间谍小川、吉田展开殊死较量，成功截获小川准备发出的载有满蒙有关地区军事布防、商业和土地肥力等机密情报。小说有插图6幅，共分10章，情节曲折，人物众多，运用悬念等记述手法。

楚伧文存 文集。叶楚伧著。平装1册。正中书局1944年12月初版，1948年11月沪第二版。吴敬恒题写书名。篇前有叶溯中弁言。此书录存散文32篇、札记3种、小说13篇、政论3篇、小品《人海百话》8则、笔记《世徽楼笔记初稿》1则。其中多为1912—1913年在《太平洋报》《民立报》刊载之文，以及主编《生活日报》《民国日报》时期的作品。

楚辞札记 楚辞研究。徐英（字澄宇）著。成书于20世纪20年代，南京钟山书局1934年出版。系作者早年研读楚辞的笔记，30年代在大学讲课时作为讲稿用。全书分为8卷。卷一是全书的总论，作者对楚辞学的原委，楚辞与诗经在中国历史上的地位，屈原辞赋的篇目以及《离骚》的写作年代，提出自己的学术观点。卷二专论《离骚》，有感于历来诸家对这部伟大的诗作"详于训诂，支离名物，而于屈原旨意鲜有条理而阐明之者"，作者专释旨意；次论"驱词遣句之术"。卷三专论《九歌》，批驳了《九歌》非屈原之作的伪说。卷四是《天问》篇，作者辩驳种种关于《天问》的谬说，阐发屈原寄意之所指。卷五首论《九章》之次第，作者认为"屈原事实，多详《九章》之中"，《九章》篇目的次第应该反映屈原流放的行迹；然后解释《九章》的旨意。卷六解释《远游》《卜居·渔父》，同时指出上述诸篇均是屈原所作。卷七解释《九辩》《招魂》。卷八解释并论及《大招》《惜誓·招隐士》。作者不泥古、不从众，对前人、世人在楚辞研究方面的种种谬误，敢于陈述已见，澄清是非。

楝园杂著 杂著。洪楝园撰。不分卷，1册。1907年油印本。洪楝园作楝园主人自序。汤肇熙作评语。有花信楼主人姓氏籍贯家世郡望群从述略、主人著述编辑校录各书目数。含吉庆花、长生曲、四弦秋、瑞邑文庙创置乐器暨演习乐章记等。

楼辛壶（1880—1950） 浙江缙云人。名邨，亦写作村，后曾改名虚，字肖嵩，号辛壶，一字新吾，别署卓立、玄道人、玄根居士，晚号缙云老叟。南社社友、南社纪念会会员，书画、篆刻家。1915年6月由丁三在介绍入社，入社书编号537。书学颜柳，画擅山水、花卉，每画必系一诗，刻印力摹秦、汉。寓居西湖时，为西泠印社社员。1915年5月参加在杭州西湖孤山之西泠印社举行的南社临时雅集。后寓居上海，1928年参与筹划创办中国文艺学院，1930年中国文艺学院正式创立，旋改名中国艺术专科学校，任国画山水画教授、编辑主任。后任上海美术专科学校教授。与吴昌硕为至交。

楼辛壶金石书画 画册。楼辛壶绘画，楼禹编著。1册。上海人民美术出版社1999年初版。晓泉作金石书画家楼辛壶。有楼辛壶坐像。收萧寺僧归图轴、秋爽寻诗图轴、拟梅花道人墨竹图册（选二）和书礼器碑轴等各类书画作品56件及金石作品35件。

裘明溥（1896—？） 浙江嘉善人。女。字雪照。南社社友。1917年1月1日由其丈夫郁佐梅介绍入社，入社书编号785。曾任嘉善昭明女校校长。

甄　陶（生卒年不详） 广东台山人。字伯俊。南社湘集社友。

酬世文柬指南 应用文专著。徐珂编。商务印书馆1915年4月出版。是应当时社会交际之需而出版的一本工具书。按用途不同分为庆祝、婚嫁、丧祭、谒叙、馈赠、书牍、契约、簿据8类，凡属居家、经商之应用文，均已备具。全书收集各类应用文柬200余种，既可让读者藉增常识，亦可在应用时作为依据，并触类旁通，收举一反三之效。

感应篇直讲 宗教学著作。万钧（公度）编。1卷，1册。上海国光印书局弘化社1940年铅印本。慧渊题签。释印光作《感应篇直讲排印流通序》。李步瀛作《重刻太上感应篇直讲序》。《太上感应篇灵异记》，由总论、延年、愈疾、御灾患、得子、得功名、得富、成仙和其他种种灵异等组成。

感怀（二首录一） 诗篇名。七律。朱剑芒作。具体写作时间不详。表现诗人面对狐鼠成群、国事危难的社会现实的悲愤情怀，抒发诗人未能阵前杀敌、读书济世的内疚心情，借屈原遭谣诼、泽畔行吟的史实嘲讽人妖颠倒、是非混淆的现实社会。对仗工整，用典自然。

感事 诗篇名。① 方廷楷作。七律。刊于1914年8月《南社丛刻》第十一集。诗人运用战国时代燕昭王筑台国中，置千金于台上，招揽天下贤才的故事，感慨世上无人招揽贤才。感叹世间真理无人体悟，美丑不辨，贤愚不分，错将丑陋女子当作姿容美丽、有倾国之貌的女子。诗作以情理胜，有力地抨击了封建社会。② 吕碧城作。七律。写作时间不详，刊于 1914 年 8 月《南社丛刻》第十一集。抒写战乱过后，春回大地，雨润田野，枝头新绿，农业生产逐步恢复，心头涌起快乐的感情。想到二次革命失败、北方军阀胜利以及湘籍烈士的英勇牺牲，反映了诗人沉重的心情，同时表现了诗人目睹都市的繁华，期望天下永远太平。语言清新，意象鲜明。

感事二律(其二)　诗篇名。七律。古直作。本篇"感事"，系感叹 1911 年 2 月广州起义失败。诗人感叹许多革命志士在广州起义中壮烈牺牲，他们的鲜血染红了滚滚珠江，无人招冤魂。诗人坚信推翻清廷统治的愿望一定要实现，恢复中华的信念永远不会忘记。抒写在满族统治下的汉族人民谈论着往事，泪水洒在中原大地上，不忘"驱除鞑虏，恢复中华"的强烈愿望，真挚地礼赞那些为恢复中华而视死如归的烈士是国魂。隶事用典，功力深厚；抒情述怀，沉郁顿挫。

感事(二首录一)　诗篇名。七律。阳兆鲲作。具体写作时间不详。深情抒发了对反清烈士壮烈牺牲、革命力量遭受损失的沉痛感情，反映当时山雨欲来的政治气候，表现誓为推翻清廷统治献身的革命精神。感情深沉，用典自然。

感事四律(其二)　诗篇名。七律。周斌作。刊于 1919 年 12 月《南社丛刻》第二十一集。本篇愤慨于北洋军阀的篡权卖国，谴责袁世凯的窃国与卖国，揭露其 1915 年和日本签订"二十一条"秘密条款，割地输金，丧权辱国，派出去的使者没有一个是反对签订屈辱条约的有识之士，对爱国学生疯狂弹压，剥夺人民的言论自由比防河流的溃决还要严厉。呼吁全国人民起来像欧洲奥地利人民驱除权相梅特林一样，奋起驱除袁世凯。诗作词句锋利，尖锐泼辣，大气淋漓，极富号召力。

感悟——佛法与人生的解析　佛学著作。李叔同著，释德禅编译。1 册。华夏出版社 2008 年第一版，列入"佛法无边丛书"。有前言。含作者序、人生初感、佛法修持、佛教律学、佛事演讲、人生最后、晚晴集和格言别录 7 章。

雷铁厓(1873—1920)　四川富顺自流井石头沟(今自贡市)人。原名𥜿，又名龙言，后更名昭性，一作照性、昭信，字泽皆、𥜿皆，号铁厓，一作铁崖，别号铁铮。南社社友。1910 年 4 月由俞锷介绍入社，入社书编号 59。早年就读于炳文书院。1900 年中秀才。1904 年冬与熊克武等同赴日本，先后入大成学校和东京弘文学院。1905 年 8 月参加中国同盟会，同年 9 月与董修武等在日本创办《鹃声》杂志，后任主编。1907 年 12 月与吴玉章等在东京创办《四川》杂志，任编务及主要撰稿人。1908 年 2 月由陕甘留学生主持的《夏声》杂志在日本东京创刊，又与于右任等为该杂志主要撰稿人，并常为《民报》撰稿。1909 年 7 月回国，任教于上海新中国公学，兼任龙门师范学校及理科专修学校两校教习。同年秋为清廷指名缉拿，一度避难于杭州西湖白云庵为僧，并任《越报》编辑及主要撰稿人。1910 年 4 月 10 日参加在杭州西湖唐庄举行的第二次南社雅集。5 月与林白水一道担任陈其美创办的《民声丛报》主要撰稿人，同年 12 月应胡汉民之邀赴南洋槟榔屿创办《光华日报》，任编辑并主笔政。1912 年回国，被邀任南京民国临时政府大总统府秘书。1912 年南北议和后回到四川与黄复生等筹组垦殖协会蜀支部，任评议员兼总务科长。12 月由川至京，任北京政府稽勋局核审员、北京《民主报》代理总编辑，兼任京师女学堂教职。二次革命失败后再度赴南洋，在槟榔屿筹办新加坡版《国民日报》，并主笔政。1916 年曾与友人集资购一橡胶园，办实业。1919 年 2 月回到上海养病，后返回四川。次年 5 月 8 日病卒。工诗文、书法。有《雷铁厓集》。

雷铁厓集　诗文集。雷铁厓著，唐文权编。1 册。华中师范大学出版社 2011 年初版。辛亥革命百年纪念文库人物文集系列之一。有雷铁厓像和主办过的报刊图片 10 多帧。章开沅作总序。含文集和诗集篇。录著者从 1904 年起到 1916 年间的诗文。如中国已亡之铁案说、主张政治革命之非、光华释义、恫言、冰天恨、激言、再评报界、谠言、玉屑、大奇怪之千里眼等。附署名非雷铁厓或无署名的黄花岗烈士传略 18 篇、民报续刊启、民报续刊公函、重兴民报广告、垦植协会蜀支部章程和蜀支部垦植股份有限公司章程。有唐文权编《雷铁厓生平简明年表》和朱英文《集后记》。

虞小珠(生卒年不详)　籍贯未详。南社纪念会会员。

愚一录易说订、沈氏改正揲蓍法　周易研究。郑献甫、沈善登撰，杭辛斋编。3 卷，1 册。研几学社 1923

年铅印本。《愚一录易说订》2卷,郑献甫撰,杭辛斋订,于右任题签,陆庆槛署端,陈守谦、杭辛斋分别作序,卷一和卷二后有均有辛斋按语。《沈氏改正揲蓍法》1卷,沈善登撰,杭辛斋编,周震鳞署端,杭辛斋作序。

路亡国亡歌 诗篇名。歌行体。高旭作。原刊《南社丛刻》第二集(1910年7月15日),署名金山高旭钝剑。诗作愤怒谴责清政府将部分民办铁路抵押给英、法、德、美等帝国主义国家,抨击帝国主义的侵略扩张行径,揭露清政府将路权放弃,奉送给帝国主义国家,势必走向灭亡的危害性,揭发帝国主义的侵略本质,抒发诗人面对江苏、浙江民办铁路被清政府奉送给帝国主义时的痛惜情怀,热切期望中国人民觉醒起来,在国家危亡关头磨刀砺剑,奋起与帝国主义斗争。全诗文言与白话交融,长句与短句有机结合,淋漓尽致地抒发了诗人热爱祖国、痛斥清政府卖国行径的强烈感情。

蜕翁诗词文续存 诗文集。1册。陈蜕庵著。1915年初版,出版单位不详。汪兰皋题签。收诗276题,附录残句;收词10题;收文25篇。有陈蜕庵自跋、柳亚子题识和傅钝安跋。附傅钝根、周斌、王大觉、马超群所题诗文。

蜕翁诗词刊存 诗词集。陈蜕庵著。1册。1914年初版,出版单位不详。柳亚子、姚石子、高天梅、高吹万、高君深、高卓庵、陈端志、方星焕、朱景贤、汪兰皋编。汪兰皋题签。有作者各种像片4幅和画作4幅。收诗706首和残句附录,有陈蜕庵自序和自跋;汪兰皋作编者跋。书前有词21题。附牌迷。

锡山先哲丛刊 无锡先哲集。侯鸿鉴编,无锡市图书馆整理。4册。凤凰出版社2005年初版,列入无锡市图书馆藏精品丛书。含锡山先哲丛刊重版弁言,锡山先哲丛刊所收书作者简介,锡山先哲丛刊缘起。收《无锡县志》《愚公谷乘》《秋水文集》《竹垆图咏》《浦舍人诗集》《王舍人诗集》《澹宁居诗集》《邵文庄公年谱》《乐皋山堂稿》《高子遗书节抄》《锡山补志》等。

简士骙(1899—?) 广东南海(今广州)人。名华,字实卿,号士骙,一作士揆。南社社友、广东分社社员。1916年8月6日由孙仲瑛、蔡哲夫介绍入南社,入社书编号662。是时在香港南洋兄弟烟草公司供职,与南社社友陈菊伊为同事。1917年9月在上海加入中国精武体育会(简称精武会)为会员。1918年南洋兄弟烟草公司改组时任监察人,后任董事兼协理。1920年11—12月旅沪粤侨商业联合会组织广东戏班"群芳艳影"名优李雪芳(南海人)到上海广舞台作赈灾筹款演出,引起轰动。

简伯龙(1892—1957) 江苏吴江(今苏州市吴江区)人。新南社社员。出身于著名中医世家,自小受到良好的家庭教育。后考入吴江江震师范学校,肄业后继承父业,悬壶济世。医务之余,擅长诗文,好吟诗咏词,与徐蔚南、徐蘧轩兄弟交厚,并由兄弟二人介绍参加新南社。民国年间任盛泽区中医协会、吴江中医公会常务主席。1931年8月主持创刊《盛泽医药报》,任编辑及主要撰稿人。

简 易(1885—?) 湖南长沙人。字叔乾,号惕园。南社社友。1916年9月21日由傅熊湘、郑叔容介绍入社,入社书编号692。是时任职于湖南《长沙日报》,与南社社友曾纯阳、孙举璜为同事。1916年9月和1917年4月分别参加在长沙枣园及半园举行的南社临时雅集。撰有《简惕园学生诗文手稿》等。

简易字说 文字学著作。胡怀琛著。商务印书馆1928年10月出版。该书共18章。该书确定简化汉字的标准与方法,说明汉字简化的过程,书中《简易字表》,列表说明采用古字、俗字、方言等字体作为简体字。列表说明构成简体字的方法有删繁为简、化繁为简、加偏旁、改偏旁等。书中以较多的篇章列举各类简化字体。

简易修身课本 人生修养著作。杨天骥编。2编,1册。商务印书馆清光绪三十二年(1906年)三月初版铅印本,四月再版。含立志、力学、行检、宽恕、谨言、卫生、习勤、刚直、诚实、修省、戒虚妄、戒轻佻、操守、服善、戒迷信、戒矜、专心、知过、制欲、独立、孝行、兄弟、夫妇、家法、择善、退让、仁慈、公正、信义、义侠、忍耐、守信、惠恤、爱物、公益、教育、责任、尚武、爱国、合群等40课。

简经纶(1888—1950) 广东番禺(今广州)人。字琴石,号琴斋,别号语香,别署千石楼主。南社纪念会会员,书法篆刻家。早年师从名印家易大厂学印。精研书法、篆刻40余年,博览古器碑帖。书法以汉隶最有神味,刻印宗秦汉,晚年亦以篆笔作画。曾于香港开设琴斋书舍,从游者颇众。著有《琴斋印留》《琴斋书画印合集》《千石楼印识》等。

傻儿游沪记 滑稽章回小说。贡少芹著,包醒独校订。平装1册。上海国华书局1918年7月出版。共20回。叙苏北盐城讼师邵友才，为人刁钻，依赖刀笔谋生，在排解一争地案结案后，不仅向两家索要大宗酬金，又硬占被告一大宅。在大宅花园内挖得几十万两银子，一夜暴富，成了富翁。美中不足，儿子邵一樵因儿时得病，变得又呆又傻，多方求医不见好转，把媳妇也吓跑了。无奈之时，妻弟骗说带他到上海见见世面，也许能治。邵友才同意舅舅带一樵到上海去，不料妻弟半途撇下外甥携款溜走，邵一樵与老仆到上海。在十里洋场出尽洋相，又中歹人"仙人跳"之计，所带钱款都被骗光，几成乞丐。幸被邵友才来沪寻见，带回家中。所幸又呆又傻的一樵，在上海受到一番惊吓后病倒好了，十分高兴，又把儿媳接到家中，伉俪恩爱，和睦度日，岂料不到半年，一樵得急病一命呜呼。邵家呼天抢地，痛不欲生，媳妇抱尸哭叫："都是你老子造的孽啊！"全书用白话书写。以傻儿游沪的经历，淋漓尽致地揭露了旧上海十里洋场的种种丑态。

像片案　亦名《缦卿小传》。章回言情小说。老谈（谈善吾）著。上海文江图书局1913年初版。书叙上海妓女瑞云嫁与苏州延陵公子为妾，因遭虐待逃至镇江。重操旧业后改名缦卿。缦卿相好有二，一为漫真，一为鸿甫，缦卿赠与他俩像片各一张。她决定嫁与清贫而仗义的漫真，但望富有的鸿甫帮助赎身。鸿甫虚与委蛇，缦卿只得嫁给肯出赎金的牛平均。鸿甫将缦卿的下落函告延陵公子，并附上像片。幸得漫真从中斡旋，延陵公子才取消捉拿"逃妾"的行动，缦卿得以安全。

微分方程式　教材。德国李培特著，马君武译。1册。上海科学会编译部刊行。卷首有作者自序。全书分为五章，涵有常微分一次方程式之理论、常微分之高次方程式、m次线微分方程式、联立微分方程式、用渐进法求常微分方程式之积分。附录为微分方程式重要公式表。

鲍冷雪(生卒年不详)　上海人。女。南社纪念会会员。

鲍参军诗注　古诗注释。鲍照著，黄节注，叶菊生校。4卷，1册。人民文学出版社1957年初版。张尔田作序。黄节作自序。注释了南北朝时期南朝鲍照的乐府44题83首、诗85题107首、联句3对；附带注释鲍令晖诗6题7首。

鲍　湛(1871—?)　四川成都人。字廉瀓。南社社友。1917年4月25日由王海帆介绍入社，入社书编号875。有诗《题亚子〈分湖旧隐图〉》《西施庙》《朱买臣庙》等。

鲍　韫(生卒年不详)　江苏宜兴人。女。字亚晖。南社纪念会会员。师从王一亭、樊少云学画，擅花鸟。1933年冬与李秋君、陈小翠、顾青瑶、金启静、顾飞、周炼霞、吴青霞等一起组织中国女子书画会。翌年4月在上海举行中国女子书画会成立之第一次同人大会，被推为会议召集人，负责筹备女子书画会各项活动。

新儿女英雄　白话小说。叶楚伧著。1册。上海改良小说社宣统元年(1909年)初版。书叙清朝末年，杭州书生甑楚云因喜学生冒璋的才华与爱国热情，欲将女儿洛神许配给他。但冒璋心性轻浮，允婚同时又爱上其他女学生，直至见到洛神漂亮，又心生悔意，遂约在校读书的洛神见面。洛神为逃避校方追究，潜往杭州。正值革命群众护送秋瑾灵柩迁往绍兴，洛神随同护送。孰料秋瑾家属因惧祸拒收灵柩，洛神将之葬于自家祖坟卧龙山，并在墓旁结庐而居，终身不嫁。

新中华小学教师应用工艺　工艺教科书。姜丹书编著。1册。新国民图书社1932年出版。作者长期担任上海、杭州各艺术院校教师，在艺术教育方面有很高的成就。该书是作者根据当时课程标准，面向高级中学师范科学员编撰的教材。全书共分10章，包括食、衣、纸工、藤和麦秆工、陶工和水泥工、木竹工、金工、制图、一般的修理、地方特产工艺等内容。每篇首先解释学习相关工作的原因，其次而列举工作所涉及的研究事项，最后设计出数个实习事项，供学员实践。本书围绕工艺的教、学、做三方面展开，深入浅出。

新世说　笔记小说。易宗夔撰。8卷，4册。北京兵马司中街易宅1918年自印。前有例言。易宗夔作自序。含德行、言语，政事、文学，方正、雅量、识鉴、赏誉、品藻，规箴、捷悟、夙慧、豪爽、容止、自新，企羡、伤逝、栖逸、贤媛、术解，巧艺、宠礼、任诞、简傲，排调、轻诋、假谲、黜免、俭啬、汰侈，忿狷、谗险、尤悔、纰漏、惑溺、仇隙等篇。介绍清初至民初的人物事迹，并加附小传。

新旧英雄　白话章回小说。不才子(许指严)著。

1册。记叙列强侵华，霍内阁、诸葛先生等前辈欲改革旧弊，陆军学校青年岳今鹏、马定波、李小波等投奔霍，岳致力于外交，马与李投入军界，致使中国的主权得到维护，军队的面貌也有改变，加之霍内阁的经济治理也渐有起色，列强不敢轻举妄动。

新申报 报纸名。1916年11月20日创刊于上海。席子佩任总经理，孙东吴任总主笔。其副刊为《小申报》，王钝根为编辑。1919年3月周瘦鹃、姚鹓雏、叶楚伧都前后任《小申报》主编。发表过范烟桥的《鸱夷室杂缀》、姚民哀的《息庐杂记》、庞独笑的《红脂识小录》、姚鹓雏的小说及刘豁公的剧本《杨翠喜》《复辟梦》《洪宪改元》《陈圆圆》等。1927年3月停刊。

新民丛报 期刊名。1902年2月在日本横滨出版。主编梁启超，蒋智由在1903年3—11月任编辑，马君武等为主要撰稿人。先后开设过图画、论说、政治、传记、地理、学术、宗教、杂俎、小说、文苑、问答、海外汇报等栏目。马君武发表过《新派生物学家小史》《女士张竹君传》，蒋智由有《醒狮歌》《中国兴亡一问题论》。共出96期。

新民主主义的文化与教育 政治与文化研究著作。钟英编。1册。北京新潮书店1951年初版。新民主主义论学习资料之一。钟英作前言。含什么是新民主主义的文化、新中国文化教育建设的基本方针是什么、什么是新中国的国民公德、如何发展新中国的自然科学、新中国的社会科学、如何发展新中国的文化艺术、如何建设新中国的教育、新中国的国民体育与卫生医药事业和新中国的出版新闻广播事业等章。

新华秘记 长篇历史演义小说。许指严著。清华书局1918年8月出版。小说描写袁世凯处心积虑，耍弄权术，演出黄袍加身复辟帝制的种种丑行。主要情节包括京津兵变、修改新华宫、皇室迁居议案、筹安会内幕、国民推戴书、救国储金、六君子案、石家庄惨剧、女子请愿团、乞丐请愿团等，以及蔡锷、小凤仙韬光养晦以求倒袁的事迹。还写了袁氏糜烂的家庭生活和宫中奇闻轶事。作者虽用野史笔法写成本书，但却秉笔直书，态度鲜明。小说使用浅近文言，无标点，结构紧凑，描写细腻，文笔雅致。书前有蒋箸超、俞天愤、吴绮缘三篇序言。

新社会现形记 社会小说。贡少芹编。3卷，3册。新华书局1917年初版。含返故乡志士叙天伦·赠小星县官施媚术、青年拒谏入歧途·知事贪功酿大变和大好共和谁知是梦·卌回小说权且收场等40回。有插图40幅。

新泪珠缘 心理小说。陈栩园（蝶仙）著。1册。上海群学书社宣统二年（1910年）初版。南昌百花洲文艺出版社1999年第一版，列入"中国近代小说大系"。章回小说8回。与大陆著新封神传、冷眼旁观人著新旧社会之怪现状、佚名著新列国志、柚斧著新鼠史、未署作者名新官场现形记、心冷血热人编新官场现形记（二集）、治逸著新七侠五义和楚伧著新儿女英雄合册，书名为"新封神传"。

新诗概说 新诗理论著作。胡怀琛编。1册。商务印书馆1923年5月初版。卷首有作者自序。系编者于1922年暑假在专科师范、暑假学校里编的讲义，亦是五四新文化运动以后较早的一本新诗理论专著。全书共8章，分别叙述人为什么要作诗、诗是什么、新诗和旧诗的分别、新诗怎样作法、关于做诗应该读的书、中国诗学史大略等内容，涉及面比较广泛，深入浅出，通俗易懂，对新诗理论的研究和开发具有积极的启蒙意义。附录有《子夏诗大序》《白居易与元九书》《朱子诗序》《陈祖范诗集自序》《刘开读诗说（上）》等篇。

新南社 社团名。1923年10月14日成立于上海。由南社柳亚子、叶楚伧、胡朴安、余十眉、邵力子，

新南社第三次聚餐会摄影

新加入的陈望道、曹聚仁、陈德徵等代表新文化方面的人士共8人发起组建。该社宣布："新南社的精神，是鼓吹三民主义，提倡民众文学，而归结到社会主义的实行。对于妇女问题、劳动问题，更情愿加以忠实的研究。"同年9月10日，《广州民国日报》开辟《文艺特刊》，发表叶楚伧《新南社发起宣言》，发起人由最初

的8人增至16人，增加姚光、朱枕薪、陈巢南、徐忏慧、陈越流、胡伟宜、冯壮公、郑佩平8人。同年9月13日，新南社在《民国日报》发表“启事”，定于10月14日召开成立会，当天新南社于上海福州路小花园都益处菜馆召开成立会。会议公举柳亚子为社长，邵力子、陈望道、胡朴安为编辑主任，叶楚伧、吴孟芙、陈布雷为干事，胡朴安为会计，余十眉为书记。该社以“整理国学”“吸纳新潮”“提倡人类的气节”“发挥民族的精神”“指示人生高远的途径”为宗旨。还规定该社出版《新南社月刊》、“新南社丛书”。《新南社社刊》仅出版一期。从该社成立至同年11月《新南社通讯录》出版，社友共153人。到1924年2月《新南社通讯录续稿》写就，社友共213人。据朱剑芒统计，新南社社员共217人，其中旧南社社友占到半数。1925年3月后活动停止。

新南社双五聚餐　南社文献。载《民国日报》1924年5月6日。1924年5月5日，新南社在上海举行第二次聚餐会。该文指出南社“为国内文字鼓吹革命之中心组织”，1923年由柳亚子等协商结果，改组为新南社的宗旨，介绍新南社成立的日期、每年出版社刊的册数与举行雅集的次数、日期。

新南社发起宣言　南社文献。叶楚伧撰。指出：“南社的发起在民族气节提倡的时代，新南社的孵化在世界潮流引纳的时代。”表示新南社要沿袭南社原来的使命，“追随时代与民众相见”，其使命是“祈求进步到国学整理和思想介绍的”。说明新南社成立的由来，宣告由胡朴安、陈望道、姚石子、朱枕薪、叶楚伧、邵力子、陈巢南、徐忏慧、柳亚子、曹聚仁、陈越流、胡伟宜、余十眉、陈德征、冯壮公、郑佩平16人为发起人。

新南社成立布告　南社文献。柳亚子1923年10月19日撰。载柳亚子《南社纪略》。说明新南社的成员构成，鼓吹三民主义、提倡民众文学，最终实行社会主义的精神，注重研究妇女问题、劳动问题，阐明南社反对北廷(清朝统治)、提倡民族主义的宗旨，分析了辛亥革命以后南社成员分化的原因，表明自己五四时期逐渐倾向白话文、加入新文化运动的原因，指出必须与南社中大多数反对新文化运动的人分手，另行组织新南社，表明自己毅然担任社长；简略阐明整理国学的态度、自己的人生观以及不断追求创新的精神。

新南社成立会　新南社重要会议。1923年10月14日在上海小花园都益处菜馆举行。到会者有柳亚子、吴相融、陈绵祥、朱剑芒、朱锡梁、叶楚伧、姚光、王德钟、冯心侠、汪文溥、赵赤羽、周伟、丁上左、余十眉、朱凤蔚、朱宗良、陈布雷、邵力子、胡朴安、胡惠生、吴子垣、吕志伊、柳冀高、柳景高、陈起东、沈君匋、王秋厓、狄侃、胡伯翔、潘公展、邵瑞彭、陈望道、胡渊、朱贯成、汪精卫、黄忏华、张继、许翰屏共38人。会议通过《新南社条例》《新南社编辑部组织法》。公举柳亚子为社长，邵力子、陈望道、胡朴安为编辑主任，吴孟芙、叶楚伧、陈布雷为干事，胡朴安兼会计，余十眉为书记。11月，《新南社通讯录》出版。

新南社启事　南社文献。载1923年9月13日《民国日报》。宣告定于次月14日召开新南社成立会，凡有志入社而未填证书者及已填证书而未交月捐者，请寄竞雄女校新南社临时书记余十眉，告知可索取社章并向临时书记部接洽。

新南社组织条例　南社文献。明确新南社的宗旨是：整理国学、引纳新潮、提倡人类的气节、发挥民族的精神、指示人生高远的途径，规定社长、干事、书记、会计的人数与任期及产生办法，说明新南社的出版物分为《新潮》季刊部、《国学》季刊部及每部部长的人数、产生办法、撰述员的产生及任务、该社成立的时间，社主任选举的时间、办法，宣示该社临时通讯处和临时收款处。

新南社昨日开成立会　南社文献。载1923年10月15日《民国日报》。报道当月14日新南社在上海福州路小花园都益处菜馆召开成立会。说明“以文章气节振刷国人之南社，于清季以民族、民治两大主义，振作国人，声光逼于国中”，而成立新南社的目的是“于旧有之基础上建设一世界的人类的文学新规模，以接受新潮，整理旧学”。报道到会有汪兆铭、张溥泉、于右任等40余人，公推柳亚子为社长，邵力子、陈望道、胡朴庵为编辑主任，并计划决定出版丛书、月刊等，其目的在于“与学术界商榷，尤注意于振厉气节，以挽救当时势利下流之末俗”。

新南社第二次聚餐会　新南社会议活动。1924年5月5日在上海小花园都益处菜馆举行。到者有柳亚子、陈去病、汪精卫、张继、居正、邵力子、汪文溥等30余人，此次雅集摄有一影，今照片无存。《新南社社刊》出版。

新南社第三次聚餐会 新南社会议活动。1924年10月10日在上海南京路新世界西菜部举行。到会者有陈去病、刘季平、汪文溥、朱梁任、汪精卫、朱少屏、狄狄山、邵力子、姚光、胡渊、郑佩宜、陈绵祥、叶天底、陈望道、胡朴安、柳无垢、柳无非、柳亚子、柳无忌等37人。此次雅集摄有一影,照片今存吴江柳亚子纪念馆。

新南社编辑部组织法 南社文献。明确该社出版物分为《新南社月刊》及"新南社丛书"两种,统用语体文,1924年1月出版第一卷第一号,内容不拘门类,不分译、撰,唯以美、善为主,月刊撰述员的责任等相关组织法则。

新秋海棠 长篇言情小说。周瘦鹃著。上海长钟出版社1944年初版。本书为续秦瘦鸥的《秋海棠》,曾在周瘦鹃的《紫罗兰》月刊上连载。话说秋海棠与罗香绮重逢后在金华开一百货店,其女梅宝住读师范。日寇侵占金华后,垂涎于梅宝的跑街慌称秋海棠夫妇逃往兰州,骗梅宝随同前往。途中遇土匪,跑街被杀,梅宝落入妓院。梅宝要求以演戏取代接客,艺名为"新秋海棠"。后被其干爹找到,得以带往北平与父母相聚。

新俄国之研究 政治制度研究。邵飘萍编著。1卷。日本大阪东瀛编译社1920年初版,1927年3月第三版。俄国革命后,在中国国内对其知之甚少的情况下,本书将报纸上有关新俄国情况的各种报道搜集起来,并按照时间顺序,对俄国新政府出现的历史、政治主张,及其政治、经济、社会、军事、教育、外交政策进行了全面的介绍,亦有列宁和却罗斯克的评传。书后还附录了美国特使勃烈脱(William C.Bullitt)于1919年4月对苏联的调查报告等内容。通过对新俄国政府情况的全面介绍,破除了外界对俄国如何可怖的传言,使中国人能够更好地理解这一揭开世界史上新纪元的政治与社会创举,了解俄国人面对种种困难却百折不回的国民精神,帮助中国人更客观地评价这个新成立的社会主义国家,恰当地处理与之相关的外交关系。

新俄游记 游记。江亢虎著。商务印书馆1923年2月初版,9月再版。1921年江亢虎历尽艰难,自哈尔滨沿中东铁路进入俄罗斯,一路西行,遍览俄国经济、社会、宗教、革命状况,对俄国革命以后人民的生活状态、俄国共产党的政治经济政策和外交政策进行了详细介绍和考量。作者在《俄事演说词》及《归国宣言》中表达了对俄国革命的失望态度,指出俄国革命对共产主义思想上理解的学理错误,并阐述本人主张的社会党思想。正文后附录"民国三十节在俄京感言""游德感想记""荷兰五日记""游法感想记"等文,与游俄文字相映照、补充,可用作探究江亢虎社会思想的材料。

新闻报 报纸名。1893年2月17日创刊于上海。初为英商掌握,1899年由美国人福开森接办。民国元年前后,副刊《丛录》上发表过更生、小柳、了公等人的诗或文章。1912—1914年《丛录》副刊由张丹翁主编。1914年8月由《庄谐丛录》改版为《快活林》,严独鹤任其主笔,发表过王莼农、范烟桥的诗及许指严的文章。1923年特出三十年纪念专著,后出版专刊,张昭汉撰文、王蕴章曾为撰杂剧。1932年副刊改名《新园林》。1946年发表过刘成禺《世载堂杂记》和汪旭初的《寄庵笔记》。1949年5月上海解放时停刊。

新闻学总论 新闻学教材。邵飘萍著。北京京报馆1924年6月初版。系当年邵飘萍在国立政法大学讲述新闻学的讲义,也是其新闻学丛书系列的第一编。与其他介绍新闻学的书籍之不同之处在于,普通新闻学仅泛论新闻记者、新闻编辑等几方面的概要,本书则是对新闻学知识的全面介绍。具体内容包括新闻事业的特质、新闻记者的地位与资格、新闻社的组织、新闻的定义、世界各地的通讯社、新闻进化的历史、新闻的法律问题、我国新闻的现状,以及新闻事业的未来。顾少川评价此书为"精心结撰"而成,如果新闻界能够按照此书所介绍的新闻职业标准,则新闻对于缺乏是非判定力的国民而言,必将成为前进的先导。

新剧史 戏剧史著作。朱双云著。新剧小说社1914年出版。叙述光绪二十五年(1899年)十一月至1914年3月间上海新剧(话剧)的发展历程。史料全面、翔实可靠。分春秋、传记、本纪、评论、正名、派别、轶闻、杂俎、补遗9个章节。"春秋"篇按年按月介绍了各种新剧社团的成立概况和新剧社团在上海及外地的演艺活动;"传记"篇介绍由沈所一撰写的《朱双云传》和《钱於戏传》;"本纪"篇介绍了黄幼雅、王秀宝、汪优游、钱化佛、王无恐等33人的本纪,寥寥数笔,勾勒出诸人简况;"评论"篇介绍了当时社会上对新剧的一些看法、对于促进新剧进步的意见、提倡竞争的观念、希望开展联合演剧，并对为新剧家作“春秋”和“本纪”事作辩解；“正名”篇对何谓新剧家、剧人、戏子、艺员作了定义和规范；“派别”篇对“生类”和“旦类”的不同派别作了定义和规范；“杂俎”篇介绍郑正秋的《新剧本事》、沈所一的《揣摩篇》、仲贤的《新剧丛谈》、心史的《说演戏之脚本》、行素的《说东话西》等。本书正文前还分别有天笑生、叶小凤、管义华、乘黄、周瘦鹃、冯叔鸾、任堇、石农、王瘦月、沈所一等人所撰序言以及作者自序。

新庵笔记 笔记小说集。周桂笙著。古今图书局1914年初版。全书共分4卷，包括“新庵译屑”和“新庵随笔”两部分，各2卷。其中部分内容曾在《新小说》《月月小说》等杂志上发表。“新庵译屑”译自英法文报纸，多属异闻琐语。以中国笔记体而作外国奇谈，不独能新人耳目，在形式上亦有创意，而在作者，供人笑乐之余，当别有“输入新文明”之怀抱。“新庵随笔”为著者平日所见所闻的随笔，曾刊于《天择报》，亦有不少抒怀感愤之言。

新博物志 学术著作。许指严编著。1册。上海中央图书集成公司1919年4月出版。分别介绍了世界重要的博物馆、图书馆、美术馆、动物园、植物园等。

新辑黄侃学术文集 学术文集。黄侃著，滕志贤编。1册。南京大学出版社2008年初版。列入“南雍学术经典丛书”。许嘉璐作黄侃先生的小学成就及治学精神(代导读)。录章太炎中央大学文艺丛刊黄季刚先生遗著专号序。含说文略说、说文解字常用字、音略、声韵略说、声韵通例、诗音上作平证、说文声母字重音钞、广韵声势及对转表、谈添盍帖分四部说、反切解释上编、求本字捷术、尔雅略说、春秋名字解诂补谊、蕲春语、读集韵证俗语、联帛字典序、论康熙字典之非、讲尚书条例、礼学略说、汉唐玄学论和金声题辞等篇。附黄季刚先生著述年表、语录、墓志铭、墓表、传等纪念文章。

新黎里 报纸名。1923年4月1日创刊于黎里。柳亚子任主编，毛啸岑任副主编。《发刊词》出柳亚子撰写，响应新文化运动，提倡“思潮学理，要讲求而实施焉”。柳亚子发表了40余篇文章，其中多关心社会改革之作，是地方性小报中最活跃者。1926年2月16日出至第六十二期停刊。其间出版旅大问题、婚姻问题、劳动纪念等特刊、纪念刊10期，增刊3期，附刊7期，总共20期。

新疆之文化宝库 游记。德国勒库克著，郑宝善译。1册。蒙藏委员会1934年初版，被列入“边政丛书”第三种。含导言、第二旅行团在吐鲁番与喀什和卓间之工作、吾辈在高昌之生活与工作、山奈阿盖子巴塞克利克支堪考耳及杜窑克之庙中住宿、哈密之行程与住宿及赴喀什噶尔、去喀什噶尔之路程与格鲁兀得君相遇及第三次旅行之起始、在开塞路之工作及经验、库勒焉耆间之工作及余赴喀什噶尔之行程、余之回国横过希玛拉雅高山和游历路程表等篇。附西域之汉文明。

韵荃诗草 诗集。卜世藩撰。10卷，2册。1917年木活字本。赵惟熙、吴德襄和郑震谷分别作《弁语》。赵惟熙、安隆陈、铠梦松、罗寅宾、陈子言、邓德舆、廖元佶、许承尧、林子豫、许恭祖、傅文渠、刘师陶、余德沅、谢威风分别题词。卜韵荃自序。卷一为《雾豹集》、卷二为《度陇集》、卷三为《边心集》、卷四为《东柯集》、卷五为《决眦集》、卷六为《马肝集》、卷七为《琴山集》、卷八为《归田集》、卷九为《遂初集》、卷十为《南云集》。

雍正夺嫡 小说。清宫四大奇案之一。陈莲痕著。大达图书供应社1935年出版。共26回。小说讲述了清康熙晚年太子庸碌无能、众皇子互结党羽。四皇子胤禛心系皇位，又几次与太子结仇，因而二度加害于太子，并且在康熙重病之时占得先机，修改遗嘱，得以即位，成为历史上的雍正帝；他即位后变本加厉，铲除兄弟，诛杀功臣，最终被刺客所杀害。小说塑造了一个冷酷无情、工于权术的古代帝王形象，有一定的批判性。

阙园 南社掌故。李根源的宅名。李根源在民国初年曾掌军政大权。后看到军阀连年混战，政局日非，民不聊生，便萌生急流勇退之意。后奉老母赴苏州安度晚年。在苏州葑门十全街购置一所园林式旧宅。以其母亲姓阙，故命其宅为“阙园”。

满夷猾夏始末记 文集。杨敦颐、杨千里(天骥)编。8卷，外编2卷，11册。上海新中华图书馆1912年铅印本。徐天复作序。杨苏民作编者自叙。有孙文、黎元洪、黄兴、章炳麟、汪兆铭、黄复生、邹容、吴樾、赵声、方声洞、林尹民、陈与燊、秋瑾、宋玉琳、陈可钧、石庆宽、林冠慈、林广尘、刘六湖、喻培伦、林意洞、唐才常、黎科、傅良弼、徐锡麟、熊成基、温生财、陈敬岳、程德全等人的像。还有满族原始记、关外猖獗记、窃据狠毒记、文字惨狱记、祸乱相寻记、纰政蕴孽记、革命先声记、灭亡迅速记8篇文字。外编有通论上下篇和秘史篇。

满江红 词篇名。李叔同作于1913年。抒发诗人饱满的革命豪情,决心与胆小如鼠的精神状态决裂,树立民权思想,誓做有勇有谋的好男儿,热情礼赞战国时期荆轲、聂政等勇士的英雄行为。赞美精卫填海的精神,铸造一颗红心,创造祖国好山河。语言形象生动,感情真挚自然。

满江红·辛亥五月哭伯先(其一) 词篇名。姜胎石(若)作于1911年5月。形象抒写辛亥革命爆发前黑暗的社会现实,抒写反清革命尚未成功时革命志士壮怀激烈的心态,表达自己正当壮年尚未为国立功的肝肠欲裂的哀痛情怀和十年投身反清革命、壮志未酬的强烈的感慨,礼赞烈士伯先(赵声)如丰碑高矗云端。风格激越,哀感动人。

满江红·辛亥冬感议和事 词篇名。郑泽作于1911年冬。是年冬,北洋军阀袁世凯逼迫孙中山议和,诗人感而作此诗。诗作热情礼赞辛亥革命的巨大威武,一举"驱除胡骑",推翻清廷统治,祖国山河重新回到广大人民手中。抒写革命党人斗志昂扬的精神风貌,坚决夺取推翻清廷统治的最后胜利。表示在清政府统治下,广大人民度过200多年黑暗的牢狱生活,千百万反清斗士风云会合,决心克服一切困难推倒南北和议。诗情激越,意象新鲜、丰富。

满江红·赠谢无量 词篇名。王钟麒作。诗篇运用生动的意象展现了异族入侵下的中国荆棘遍地的荒凉景象,抒发了因未报人民恩德而悲切的情怀,表现诗人决心献身祖国的爱国主义感情。全篇感情激越,语句短促有力。

满园花 言情小说。天虚我生(陈蝶仙)著。中华图书馆1917年6月初版。小说为一缠绵悱恻的爱情悲剧,芹儿自述与满族白家小姐漱花因父亲于白家私塾授书而相识,因善于蹴球为太夫人欣赏引为漱花玩伴,惜青梅竹马的一对佳人碍于满汉不能通婚的旧制无法走到一起。辛亥革命袭来,白氏一家破落,漱花含情自尽。该小说以漱花送芹儿的词《满园花》为隐线,以两人的悲欢离合为明线,旁缀墨儿、眉秀、琴儿、柳儿等人错综复杂的感情纠葛,衬以辛亥年间的巨大历史变革。在芹儿出场的叙述手法上,颇得《红楼梦》中王熙凤之"未见其人先闻其声"的真谛,于漱花嬉戏庭园的描写上细致入微,为鸳鸯蝴蝶派佳作。

滇军在粤死事录 历史著作。李根源、驻粤滇军总司令部督办粤赣湘边防军务署参谋处编印。2卷,1册。1918年初版。赵藩署端和作序。有滇粤桂讨龙各军凯旋追悼阵亡将士纪念等照片20多帧。含张惟圣、杨晋和王均驻粤滇军略史,岑春煊撰、赵藩书的广州二望冈滇军墓碑、李根源的滇军阵亡将士姓名刻石后记、祠墓祭产刻石、护国之役滇军阵亡官长姓名、护国之役滇军阵亡士兵姓名、讨龙之役阵亡官长略历、讨龙之役阵亡士兵略历、南雄之役阵亡官长略历、南雄之役阵亡士兵略历、护国之役负伤将士略历、讨龙南雄两役负伤将士略历、呈军政府请饬部议恤阵亡将士文、追悼滇军南雄讨龙战役阵亡将士公启,李烈钧的追悼护国阵亡诸将士祭文,李烈钧和李根源的追悼南雄讨龙两役阵亡将士祭文、挽诗、挽联、杂录和补录等。

滇缅铁道路线商榷文汇 公文汇编。李根源编。云南崇文印书馆1939年编印,由李根源题写封面。该书是在1938年抗日战争形势日益危急,国民政府决定修筑一条贯通滇西南、连接缅甸再通过航运连接国际的运输通道——滇缅铁道时,国民参政员、社会知名人士以及学者、技术专家等提出的有关滇缅铁道路线、其他技术问题等的论证、商榷文章的汇集。该书共编入有关文件约30件,其中有:奚伦等参政员关于建造滇缅铁道的提案,李根源致蒋介石、孔祥熙、张岳军等人的书信5件,李曰垓《关于滇缅铁道路线的一封书》等2件,李芷谷《关于滇缅铁路西段路线问题》4件;李生庄《滇缅交通线问题》等3件。

福尔摩斯再生后探案全集(一至五案) 侦探小说集。英国柯南道尔著,周桂笙译述。1册。小说林总编译所编辑,小说林社光绪三十年(1904年)10月初版。其中第一案乃《阿罗南空屋被刺案》,写1894年澳大利亚总督梅奴伯爵之仲子阿罗南,在随母亲和妹妹返回英国后不久,于伦敦花园巷府邸被杀身亡。福尔摩斯亲手抓住刺杀阿罗南的凶手——退休参将莫立亚堆的继承人马伦。马伦因在赌博中玩弄欺诈手段被阿罗南识破而下毒手。该故事与《时务报》所译《福尔摩斯缉案被戕》前后联系紧密,并补叙了福尔摩斯与莫立亚堆搏斗,跌入黎晓薄山峡,爬出后,游历西藏两年以躲避莫党党徒暗杀之经过。该书另有福尔摩斯再生后之二至五案,即《约拿哑特克之焚尸案》

《郤令敦乘自转车案》《麦克来敦之小学校奇案》《宓尔逢敦之被杀案》。由奚若、黄人译意或润辞。

福尔摩斯再生后探案全集(六至十案)　侦探小说集。英国柯南道尔著,周桂笙译述。光绪三十一至三十二年(1905—1906)小说林社印行。该书是《福尔摩斯再生后探案全集》(一至五案)的续集,包括福尔摩斯再生后第六案《毁拿破仑像案》、第七案《黑彼得被杀案》、第八案《密码杀人案》(以上三案光绪三十一年十二月初版)、第九案《陆圣书院窃题案》、第十案《虚无党案》(以上两案光绪三十二年十月初版)。《福尔摩斯再生后探案全集》一共10个案件,不仅推动了福尔摩斯故事在中国的传播,而且推动了侦探小说在中国的传播与接受。书中还有奚若、黄人、蒋维乔等译意或润辞。

福尔摩斯别传　侦探小说。法国玛利瑟·勒勃朗著,周瘦鹃译述,董皙芗校订。2册。中华书局1917年初版。共6章。是书介绍大名鼎鼎的名探福尔摩斯与剧贼亚森罗频两雄相遇,各出手段,造成惊天动地数大巨案。

福建三烈士传附林陈二烈士遗著　碑传集。郑权(仲敬)、林述庆、陈子范撰。1卷,1册。1935年铅印本。三烈士为林述庆、陈模、杨韵珂。林森作序。有三烈士遗像、三烈士传。郑权作跋。有林述庆长篇《江左用兵记》《陈烈士勒生遗集》,有古近体诗、杂文、时论、短评和小说。

缝衣歌　诗篇名。英国虎特 Thomas Hood (1799—1845,今译胡德)原作。马君武约于1903—1905年译。抒写贫穷妇人饥寒交迫,无奈之下,不辞辛苦,不敢懈怠,一袖一襟,坚持缝衣的囚犯一般的苦难生活。反映穷妇缝衣时双手倦怠,双眼昏花,脑袋昏沉,但她不敢丝毫松懈。叙说穷妇吃黑面包、睡草席、屋漏地板坏、家徒四壁的艰苦生活状况。反映穷妇无论冬风侵肌骨,还是夏日蒸炎燠,一年缝到头,不敢有丝毫懈怠的忧苦心态,反映贫富悬殊、人们心灵阻隔的社会现实。译者采用五言歌行体的形式翻译此诗,运用复沓、排比的修辞手法,形象地反映了缝衣妇的苦难生活,将她的满怀愁绪表现得淋漓尽致。

十 四 画

静观轩诗抄　诗集。许观(半龙)撰。1卷,线装1册。1933年铅印本。章太炎题签。刘三署端。“盥孚篇”前有许氏照片一帧,柳亚子题“半龙造像”。章炳麟、曹家达和王德钟分别作序。杨了公、柳亚子、高吹万、金天羽、蔡守夫妇和许豫题词。集诗168首。苏养吾作跋。

静远堂诗画集　诗画集。郁华撰。2卷,线装1册。小隐山房1940年印。收《静远堂诗》1卷,录光绪三十一年(1905年)至1939年诗,《东京杂事诗》1卷以及录光绪三十一年至宣统二年(1911年)诗等。于右任题签,张启后署端。许世英题“郁曼陀先生遗作”。柳亚子作序。蒋伯潜作《郁曼陀先生传》。

碧血碑　南社掌故。杂剧。由庞树柏创作。该剧是以吴芝瑛为秋瑾营葬事为内容的戏剧。剧本前有龙禅居士(庞树柏号)所撰《碧血碑》序文一篇。

碧湘阁集　诗文集。陈家庆著。1933年刊印。此书为作者早年所创作的诗词和文章的结集。共3卷。卷一为诗,有240首;卷二为词,有130余阕;卷三为文,有10余篇,均为文言。早年诗词洒脱爽朗、秀逸清丽。国难时艰,忧国忧民的情思致诗词风格又变得雄浑沉郁、激昂悲壮。该书刊行后,林公铎、黄季刚、高步瀛、吴梅等为之题辞,称赞作者“聪明冰雪,乐府于今得正声”,“兰芷芬芳自古今”。

嘉业堂钞校本目录·天一阁藏书经见录　图书目录。周子美编。1册。华东师范大学出版社1986年第一版。胡道静作总序。含嘉业堂钞校本目录和天一阁藏书经见录。周子美作嘉业堂钞校本目录序言和天一阁藏书经见录序言。嘉业堂钞校本目录分为经、史、子、集部四卷,介绍了原浙江省吴兴县南浔镇嘉业藏书楼的藏书书目。天一阁藏书经见录分上中下三卷,介绍了原浙江宁波天一阁的藏书部分目录,共349种。

赫克尔一元哲学　亦名《宇宙之谜》。哲学译著。德国赫克尔著,马君武编译。4卷。中华书局1920年出版。第一卷论人类的物质起源,从生物学论人之特征,讲述人类身体构造、生命、胎生史和起源史;第二卷论灵魂的物质起源,从心理学论及灵魂本性、阶级、胎生史、灵魂起源史、意识及灵魂不死;第三卷论世界的物质本质,从物理学与化学论述物质定律、世界进化史、自然界之一致性;第四卷论上帝,从自然科学角度辨别智识与信仰、科学与基督教,阐明自然科学是一元宗教与伦理。此书主要论述自然科学是一切科学,包括精神科学和文化科学的基础。此书为德国科学唯物论哲学家赫克尔综合近代自然科学的成果创立的科学唯物哲学新体系。马君武评价此书“其势力之伟大,消流之广远,且过于达尔文之《物种原始》”。

聚珍仿宋活字版　南社掌故。丁三在及其兄丁辅之创制的印书用铅质活字。起因于当时将其父丁立诚的诗集《小槐簃吟稿》付印行世时,因嫌当时流行的宋体铅字轮廓呆板、不太雅致,因而广征宋版书籍,进行仿写,刻制活字,命名为“聚珍仿宋”。他们先以黄杨木刻字,因工费太贵,决定易木为铅,采用铅质活字。1916年,“聚珍仿宋体”铅字铸成,因其字体秀丽古雅,极似宋刻。丁氏兄弟此项发明创造,受到出版印刷业界的赞誉。后丁氏兄弟在上海创设聚珍仿宋印书局。

蔡人龙（生卒年不详）　湖南衡阳人。字渔村，一字渔春。南社湘集社友。早年入湖南船山书院，后随王闿运进岳麓书院文史专修科，为王闿运晚年得意门生之一。其点勘古书、手抄群籍，有师门之风。曾任湖南大学教授。能诗，其《落花》诗12首，艳称一时。著有《湘绮年谱》。

蔡元培（1868—1940）　浙江会稽（今绍兴）人。字鹤卿，小字阿培，改字仲申，又字民友，号孑民。南社纪念会会员。1889年举人，1892年进士，授翰林院庶吉士，越两年补编修。1898年戊戌变法失败后辞职回乡，任绍兴府中西学堂监督。1901年到上海，先在澄衷学堂任教，后到南洋公学任特班总教习。1902年4月在上海与蒋智由、章太炎、黄宗仰等成立中国教育会，任事务长（会长）。同年11月与吴稚晖等创办爱国学社，任总理。同年又与蒋智由、林白水等创办爱国女校，任校长，并创刊《俄事警闻》杂志。1904年与陶成章等组织光复会，被推为会长。1905年10月加入中国同盟会，为同盟会上海分部主盟人。1907年留学德国莱比锡大学。武昌起义后回上海，任南京民国临时政府教育部总长。后再次赴德，1913年因宋教仁案回国，参加反袁。二次革命失败后前往法国，与李石曾等创办留法勤工俭学会。1916年8月在法国创刊《旅欧杂志》，任主编。同年底回国，次年出任北京大学校长。1919年2月成立北京大学音乐研究会，任会长，出版《音乐杂志》。五四运动中被迫辞职，再次赴欧美各国考察教育。1923年1月由孙中山任命为国民党中央候补监察委员，后升任监察委员。1927年参加国民党清党会议。后历任南京国民政府大学院院长、中央研究院院长、监察院院长等职。又为上海音乐学院创始人。1931年九一八事变后主张抗日，次年与宋庆龄、杨杏佛、鲁迅等在上海组织中国民权保障同盟，任副主席。1935年任上海图书馆董事长。1936年2月在南社纪念会第二次聚餐会上，被推为该会名誉会长。抗日战争全面爆发后移居香港。1940年3月5日病逝于香港。有《蔡元培全集》行世。

蔡元培

蔡艿林（1889—?）　广东香山（今中山）人。南社社友。1921年1月由谢英伯、蔡哲夫介绍入社，入社书编号1093。是时在西濠二马路互助社供职。

蔡　权（1890—?）　江苏金山（今属上海）人。字迪仪，一字蝶兮，又字笛怡，号秋水。南社社友。1910年由柳亚子介绍入社，入社书编号50。

蔡行严（1872—?）　广东顺德（今佛山市顺德区）人。名少牧，字行严。南社社友、广东分社社员。1916年12月由蔡哲夫介绍入南社，入社书编号774。民国初期任职于广州广东女子体育学校。1917年3月参加南社在广州六榕寺举行的广东分社第一次雅集。

蔡　彤（生卒年不详）　湖南常德人。字绍庵，一作绍盦。南社湘集社友。1934年4月至1936年10月参加在长沙举行的南社湘集第九、十二、十三、十四次雅集。

蔡济民（1887—1919）　湖北黄陂人。原名国桢，一作国祯，字幼襄，一字幼香。南社社友。1916年11月19日由周宗泽介绍入社，入社书编号725。早年入湖北陆军特别小学堂，肄业后当兵，一年后升至排长。在军中加入日知会，后又加入共进会及中国同盟会，任同盟会湖北分会参议部长。1911年武昌起义时率先响应熊秉坤攻打清廷督署、藩署，起义次日成立湖北军政府，曾迎接黎元洪出任军政府都督。黄兴前来汉口组建民军战时总司令部时，委任其为战时总司令部经理部长。后又任军务部参议、参议长，旋任军务司长。1913年初任黎元洪参谋长。二次革命失败后潜往日本，加入中华革命党。1915年4月被孙中山委任为湖北讨袁军总司令。1917年被广州军政府任命为鄂军总司令、鄂西靖国联军总司令。1919年1月28日在湖北利川被戕杀。

蔡济民故居　亦名“首义元勋蔡济民纪念馆”。位于湖北武汉黄陂区东北蔡官田村。故居为百余年前的建筑，三间厢房连为一体，是当地典型普通的民居。辛亥革命百年故居修复时，旧物仅存一张六腿雕花圆桌。今正堂正墙挂着“九角十八星旗”复制件。此旗代表铁血精神，旗面殷红，有黑色九轮角，镶嵌18颗黄色圆星。当年蔡济民从湖北都督府带回来的九星十八旗原件，已被湖北博物馆收藏。

蔡突灵（1881—?）　江西宜丰人。字少黄，别名啼红词客。南社社友。1916年9月14日由邵瑞彭、田桐介绍入社，入社书编号686。早年参加中国同盟会。辛亥首义后任瑞州民军总司令，旋任浔军政府参谋长，后调任江西省教育司司长。1913年任北京政府国会参议院议员，同年国会被解散后赴日本。1916年国会恢复后再任参议院议员，同年9月参加在北京徐园举行的南社第七次北京雅集。1917年曾在北京《寸心》杂志发表《鹧鸪天〈见二弟锐霆殉难惨象哭而诔之〉》。1923年10月在北京参加北洋政府国会会议。

蔡哲夫（1879—1941） 广东顺德（今佛山市顺德区）人。原名珣，后改名守，亦名有守，字奇璧、哲夫，号成城，别号寒琼，别署思琅、守一、折芙，晚号寒翁、茶丘残客。南社社友、广东分社社员、南社湘集社友。1909年11月由柳亚子介绍入南社，入社书编号25。是参加南社第一次雅集暨成立大会的17位社友之一。早年在上海参加同乡邓实、黄节等创办的国学保存会，担任会刊《政艺通报》编辑、《国粹学报》主笔，并襄助邓实创办神州国光社，任美术编辑。1912年6月参与高剑父、高奇峰等创刊《真相画报》。后回广州任广东高等师范学校附中教员，协助潘达微编辑《天荒画报》。1912年冬与宁调元、谢英伯等发起组建南社广东分社（时称广南社或粤社），宁、谢离开广州后被举为社长。旋又加入高燮、姚光等发起成立的国学商兑会。1917年3月南社广东分社第一次雅集于广州六榕寺成功举行，为召集人之一。1918年参加护法运动。曾任驻粤滇军总司令部咨议。同年自秋至冬连续组织了六次禺楼集咏，附在《南社丛刻》第二十一集后刊出。1921年末在广州图书馆召集临时雅集，题为寿苏会。1924年赴长沙参加南社湘集。1929年又参加蜜蜂画社。1936年夏偕夫人谈月色受聘于南京博物院。1937年3月在南京寓所“寒月行窠”与黄宾虹等6位社友举行雅集。1940年抗战期间避难于安徽当涂。1941年1月11日病逝于南京。生前嗜好古董，对于书画、篆刻、博物、碑版等均有研究，亦好收藏零星文物。著有《说文古籀补》《宋纸考补》《缪篆分韵》等。夫人张倾城，亦为南社社友、广东分社社员、南社湘集社友。

蔡哲夫手抄南社湘集附录 杨玉峰编著。为“南社艺术丛书”第一种。1999年11月出版。书前杨氏有叙言详细考订此本之概况，书末附全部原稿复印件。据杨玉峰在叙言指出，原稿是南社广东籍成员蔡哲夫手钞会员的投稿而编订，缮写后本拟投给《南社湘集》第三期作为附录，可是没有成事。稿本从前并无所闻，流传至今，为杨氏发现而重新整理排印出版。稿本分两部分：一是会员的诗稿墨迹，有赵宗瀚、叶玉森、黄佛颐、赵式铭、闻宥、邵瑞彭等人的诗词。二是蔡哲夫手钞的诸家诗词分3卷编排。稿本扉页有蔡哲夫朱笔题字，并钤一“蔡守哲夫”印。

蔡　真（1900—1938） 江苏吴江（今苏州市吴江区）人。字冠雄，亦作观邕、冠邕，号石疆先生。南社湘集社友。幼年酷爱读书，而后又酷爱书画金石，草书颇得王右军神韵。又笃嗜印人之术，1929年出版印集《拊蕉桐馆印存》上下二册。同年出任黎东镇镇长。1937年抗日战争全面爆发后，地方治安不宁，生活拮据，负债累累。次年终因债台高筑无法排遣而服毒自尽。吴江博物馆留有其墨宝多幅。是南社社友顾悼秋外甥。

蔡　钺（1878—?） 江苏武进（今常州）人。字有虔，号焦桐。南社社友。1917年4月30日由沈昌直介绍入社，入社书编号883。民国初期任江苏省立无锡第三师范学校教员。

蔡　培（1884—1962） 江苏无锡人。字子平，号石顽。南社社友。1912年9月14日由叶玉森介绍入社，入社书编号304。民国成立后被推为北京政府国会众议院议员。抗日战争全面爆发后经汪伪教育部长赵正平拉拢附汪，历任汪伪政权工商部次长、南京市市长、粮食管理委员会委员长、驻日本大使等伪职。1945年9月被捕入狱。

蔡　寅（1874—1934） 江苏吴江（今苏州市吴江区）人。字清任，号冶民，别署清纯、青纯、怀庐、壮怀、平江遗民。南社社友、南社湘集社友。1911年12月28日由陈去病、高旭、柳亚子介绍入南社，入社书编号204。幼聪慧好学，16岁即中秀才。1898年与金松岑、陈去病等在同里组织雪耻学会，提倡维新。1903年初赴上海参加爱国学社，并与柳亚子等资助印发《革命军》及《驳康有为政见书》，为革命制造舆论。是年东渡日本留学，入早稻田大学法政科，并加入中国同盟会。返国后任宁波地方检察厅检察官。1911年11月上海光复后被陈其美委任为沪军都督府军法司司长。1912年1月任南京民国临时政府大总统府秘书，后转任江苏都督府秘书，同年9月中旬在北京参加黄兴临时寓所举行的南社第一次北京雅集。二次革命爆发后临危受命，主持江苏省政局。二次革命失败后隐居沪上。1914年5月和1916年8月参加在上海愚园云起楼及倚翠轩举行的南社临时雅集。1917年赴北京从事法律汇编工作。后被派往广西代理内阁总理,并由黄郛引荐担任法律馆副总裁。1923年任广东高等检察厅检察长。1924年10月直奉战争爆发后回上海,参加北伐。1927年被派任浙江省高等法院温州分院院长,后任国民政府司法部参事。1934年因病到上海治疗,旋卒。工诗,擅书。留有遗稿《怀庐诗钞》1册。

蔡鼎成(1895—?) 江苏泗阳人。南社社友。1920年5月由张冰介绍入社,入社书编号1083。

蔡景明(1888—1969) 上海人。女。名璿,字景明。南社社友、新南社社员。1914年6月由郑佩宜、柳亚子、朱少屏介绍入南社,入社书编号419。1923年冬参加由南社骨干人员组成的岁寒集三次雅集活动,并有摄影留念。是朱少屏的续夫人。

蔡叆裳(1870—?) 江苏松江(今属上海)人。名树蘐,字叆裳,一字爱常。南社社友。1916年6月9日由柳亚子、张云林介绍入社,入社书编号622。常与杨锡章、朱鸳雏、姚鹓雏等社友吟诗唱和。

蔡 模(1887—1930) 江苏金山(今属上海)人。一名哀,字饮泣,一字恕庵,又名舒,字恕一、舒安,号韬庐。南社社友。1910年4月由陈陶遗介绍入社,入社书编号49。1910年4月10日参加在杭州西湖唐庄举行的第二次南社雅集。一生致力于发展家乡教育,曾创办简实学社,后任金山东二乡第一国民学校、金山县立第五高等小学校长等职。热心公益事业,多次捐资,为当地修建桥梁、重修松隐塔寺、建造藏经楼、开凿放生池,并收集与保存地方文物。是陈陶遗外甥。

蔡韶声(1897—1988) 浙江嘉善人。名文镛,字韶声。南社社友、新南社社员。1918年2月14日由余十眉、郁佐梅介绍入南社,入社书编号1020。幼年好学,才思敏捷,尤爱诗词。1903年就读于梅氏私塾。稍长即从事乡里教育,1916年在西塘环秀小学任教。1920年冬曾与西塘社友一道欢迎柳亚子游西塘,举行西园雅集。1921年出任西塘镇计家弄小学校长。又与江雪塍等发起组织胥社,常为《平川》半月刊撰文写诗。1945年抗战胜利后任西塘镇工商业联合会文书。1954年退休。1988年病逝。注重乡土历史,喜欢收集乡邦文献,曾辑有《平川诗存》40卷。著有《灵爽集》《春翠簃诗词》等。

蔡韶声

蔡夔垣(1879—?) 广东南海(今广州)人。字焕伯。南社社友。1919年5月9日由蔡哲夫介绍入社,入社书编号1068。

蔽庐非诗话(甲集) 诗话。蒋箸超著。平装本1册(4卷)。上海民权出版部1915年出版。著者自谓:"余著非诗话,有一极纯正之宗旨,不可不为阅者告者,则借诙谐以惊世是也。"书中记述其写诗意境、亲友交游吟咏和唱情况,以及作者知闻的古今诗坛逸事、见闻轶事100余则,并收录诸多逸诗佳句。全书语多诙谐,妙趣横生,文笔流畅。如其中所录澹庐《女子十二律》,系集古人佳句而成。

模范的白话诗·大江集 诗集。胡怀琛著,陈东阜校,新文学传习所审。1册。上海国家图书馆1921年初版,列入"新文学丛书"。吴在题签。胡怀琛作大江集自序。东阜仲子作大江集序。含长江黄河等白话诗40多首。附诗与诗人、新派诗说和诗学研究等篇。

模模糊糊之姚鹓雏 南社掌故。模模糊糊,泛指不太分明、不太清楚,此处则另有所指。郑逸梅在《南社丛谈》中写道:"模模糊糊之姚鹓雏,指鹓雏随随便便也。"

箸超丛刊 诗文集。蒋箸超著。1册。上海民权出版部1921年初版。含文集、诗集、词集、听雨楼随笔、听雨楼诗话、听雨楼日记、说集和游戏集8卷。

箕壤遗民 南社掌故。箕壤,指申柽之国籍朝鲜。遗民,指亡国者。1915年2月,南社朝鲜籍社员申柽致书柳亚子等,并题诗《元旦题感示南社诸公》。《南社》第十三集编者在其诗后按曰:"社友申子,为箕壤遗民,国亡而后,耻隶岛夷,间关内渡,占籍奉天。故其文字,弗能以规律相绳。然伤心人语,滋可念也。亟录之以警国人之梦梦云。"

管际安(1892—1975) 江苏吴县(今苏州)人。名义华,字际安,号霁庵、霁安。南社社友、新南社社员、南社纪念会会员。1912年10月21日由汪洋、胡朴安、邓家彦介绍入南社,入社书编号345。早年肄业于上海南洋公学。1912年7月起先后在上海《中华民报》《民权报》任职,主笔政。1916年任《民国日报》编辑,兼为沪上各报撰写剧评。1932年5月任《民报》主笔。先后参加平声、赓春、清社等剧社。曾协助但杜宇创办上海影戏公司、组织同声社。中华人民共和国成立后曾在人民广播电台讲授昆曲唱法。1956年与赵景深、徐凌云、朱尧文等创立上海昆曲研习社，任副社长。善评剧，能昆曲，演生角，不仅能清唱，而且能粉墨登场，旦净末丑皆通，并对唱腔有一定的研究。曾为赵景深、庄一拂主编的《戏曲》撰写《度曲杂谈》，与徐凌云合撰《昆剧一得》。1975年病逝于上海。著有《旅闽日记》《昆曲曲调》等。

箫引楼稗钞 文集。叶楚伧著。文明书局1919年出版。本文集汇集了叶氏所撰写的小说、笔记、杂文等近20篇。共分为4部分：一、“剩水残山”为风土、地志笔记，其中有记录岭南之梅、潮风土民情的《岭左剩觚》，讲述老北京地理的《辛亥宫驼记》等；二、“说苑菁华”为叶氏仿古之短篇小说，如《清河生》《疯十八妪》等；三、“两部鼓吹”则是关于戏曲、戏剧的评论、史料，其中《兰芳本纪》《兰芳外史》是对于梅兰芳的京剧艺术的评论，《我本荒唐室戏话》《横七竖八之戏话》则记录当时沪上新剧（话剧）界、戏曲界的概况；四、“笑风骂雨”则收录杂文、诗多种，如《乞儿话》《伶人话》《相面先生话》及《膏店铭》《烟室铭》《痴女求婚书》等，针砭时弊，言辞诙谐辛辣。

廖从本(1868—?) 广西灵川人。字务滋。南社社友、广东分社社员。1917年4月10日由蔡哲夫、卢谔生介绍入南社，入社书编号864。著有诗作《探梅》等。

廖公侠(生卒年不详) 湖南醴陵人。南社湘集社友。

廖仲恺(1877—1925) 广东归善(今惠州)人，生于美国旧金山。原名恩煦，又名夷白，字仲恺。新南社社员。少时在美国就读。1893年随母回国，入家乡私塾。1897年秋与何香凝在广州结婚。1902年留学日本，先后入早稻田大学经济预科和中央大学政治经济科。1904年奉孙中山之命潜回天津，联络革命志士，筹设革命机关。1905年9月加入中国同盟会，任同盟会总部外务部干事，并被推为中国留日学生会会长。1909年毕业后回国，考中法科举人，分派吉林巡抚陈昭常幕府任翻译。辛亥革命后返回广东，任广州军政府总参议、财政司司长等职。旋即被委为南北议和的南方代表。1913年二次革命失败后随孙中山一起流亡日本。1914年参与筹组中华革命党。1916年回国，奔走于上海、广东等地，协助孙中山反袁和开展护法运动。1919年8月受孙中山委托在上海与胡汉民、朱执信、汪精卫、戴季陶等组织建设社，创办《建设》杂志。1921年5月被委任为广州民国政府财政部次长，兼广东省财政厅厅长。1923年1月23日被孙中山任命为国民党参议，随孙中山赴上海与苏俄代表越飞晤谈。2月任大本营财政部部长及广东省省长。10月19日与李大钊等被孙中山委任为国民党改组委员。11月赴上海与谭平山合作，成立国民党上海执行部。1924年1月参加国民党第一次全国代表大会，当选为中央执行委员、常务委员、政治委员会委员。2月受孙中山委派筹建黄埔军校，6月任军校党代表。1925年3月12日孙中山逝世后，参加东征军讨伐陈炯明及镇压滇桂军阀刘（震寰）、杨（希闵）的叛乱。1925年8月20日在广州被国民党右派暴徒枪杀。精英文，擅诗词。著有《双清词草》《廖仲恺集》。今有《双清文集》（与何香凝合作）出版。

廖恩照(1887—?) 广东惠阳（今惠州市惠阳区）人。字朗如。南社社友。1917年2月27日由邓寄芳、蔡哲夫介绍入社，入社书编号817。

廖家驹(生卒年不详) 浙江青田人。字迅甫。南社湘集社友。

廖麟年(1879—1955) 江苏奉贤（今属上海）人。字味蓉。南社社友。1912年4月11日由朱少屏介绍入社，入社书编号247。清末留学日本，入东京弘文学院师范科。回国后曾当选为奉贤县众议会议员。抗日战争期间避居沪上。喜诗文、书法。

辣女儿 侦探小说。英国格多士著，江山渊译述，李定夷评阅，包醒独校订。国华书局1914年12月初版。本书分22章，采用自叙的方式，讲述伦敦商人霍司在携巨款返回家乡少利士埠的途中遭人劫财杀害，恰名探陆克在自叙人家中，他应被害人子女诺达、丽兰的诉求，与警长多连、侦探赫利一起开展侦查工作。其间，疑窦迭出，险情连连，情节紧张而迷蒙，使多连、赫利两人均判断失误，陷人于罪，而陆克则始终冷静和缜密，历经艰辛，深入虎穴，巧妙地将真正的杀人凶手——被害人的女儿丽兰带到警署缉拿归案，揭露其罪状。原来此女与某生爱情弥笃，欲与结缡，而生拒之。女乃出下策，手刃老父而凶器上镌以生名，以逼生偕遁。此书译文流畅，故事构思巧妙，情节离奇，娓娓写来，笔曲而达，确如译者所言，“是坊间不可多得之佳作”。

阚铁群(1894—?) 安徽合肥人。南社社友。1923年1月18日由胡朴安、胡惠生、管际安介绍入社，入社书编号1104。是时任职于沪宁、沪杭甬铁路管理局编查课。

精武本纪 精武十周年纪念。陈铁生(绍枚)编。1册。上海精武体育会1919年初版。孙文、朱执信分别作精武本纪序，胡汉民作弁言。含言论、事实、技击、兵操、文事、游艺、文苑、杂著、题赠、颂祝、表、外篇、补篇等。收陈铁生大精武主义、陈公哲精武之真精神和霍东阁沪城分会纪等介绍该会概况及论述其武功的文章百余篇。其中不乏南社社员作品。

精武合战 武术著作。陈铁生(绍枚)著。1册。上海社会科学院出版社2009年第一版，列入“精武体育丛书”。有总序和重印说明。是书据1923年版进行调整、标点后重排。录卢炜昌、陈公哲和罗啸敖的原序。含精式传统拳种6路80多套，概括了精武主要的武术拳操套路，并有各种插图215幅。

潇湘影弹词 弹词体小说。陈蝶仙著。平装1册。1918年10月中华图书馆再版。书前有何春旭序及朱素仙、陈寿同、凌璧、顾鼎、沈谦、汪大可、刘国忠等人的诗词、题辞。作品以弹词的艺术形式，描写了贾小玉、薛湘琴、盛梦周之间的爱情纠葛，以庚子年间义和团运动为背景，凸显了故事的悲情色彩。作者自云：“以弹词而写哀情小说此为破天荒第一部书……小玉之死，湘琴殆为乃祖报仇。”可见在情节设计上乃反向模拟《红楼梦》。句法婉转，字面轻灵，娓娓动听。影怜女士评，从艺术角度来看，该作品不失为佳作之一。

漆文光(1892—?) 湖南湘潭人。字云卿。南社社友。1911年2月10日由阳兆鲲介绍入社，入社书编号116。1911年2月参加在上海愚园杏花村举行的南社第四次雅集。1916年6月参加在长沙寿星街琴庄举行的南社临时雅集，次年4月又参加在长沙半园举行的临时雅集。

漫成 诗篇名。七律。姚锡钧作。本篇抒写眼见远山霞光腾腾，耳闻箭声历历。饭后喝茶，想象舌根也掉了，一场雨过后，蜗牛爬过的墙上，留下黏液，好像篆文，苔花也湿了。穿着家居便服，与客人款款长谈，每逢三十天的大月，却嗟叹人寿的短暂。真想像宋代诗人杨万里一样专心诗句声律的推敲琢磨。作品抒写清晨感受异常细腻，清词丽句，诗境醇厚，给人脱俗之感。

漫游志异上编 近代游记选编。王瀛洲编，吴绮缘校正，姜侠魂校订。上海交通图书馆1918年12月初版，1919年2月15日再版。为“名著小说一千种第八类”。此书为上编，另取名《殊方异俗志》，收文言游记散文18篇，如《蒙古郭尔罗斯后旗旅行杂记》(孟心史)、《东西盟蒙古实记》(吴禄贞)、《苗俗杂志》(杨南邨)、《滇行记程及续抄》(许鹤沙)、《封长白山记》(方象瑛)、《使琉球记》(张学礼)、《中山记略》(张学礼)、《西藏探查记》(佚名)、《武陵风土记》(爱)、《印度风俗琐记》(李警飞)、《黑鞑事略》(徐霆)等。上述文章首发于何处不明，描写的范围遍及中国边远地区及周边国家，记述了藏族、蒙古族、苗族等少数民族的“土人”生活区的地理环境、历史沿革、内部等级制度、宗教信仰和生活状况等。

蜜蜂画社 社团名。1929年冬郑午昌、孙雪泥、张善孖、钱瘦铁、谢公展等人在上海成立。以“提倡发展研究中国美术为宗旨”，会员有王一亭、张大千等百余人，其中孙雪泥、谢公展二人为南社纪念会成员，推举孙雪泥为干事。社址初在二马路(今九江路)平乐里92号，后迁山海关路964号。每年花朝日(夏历二月十五日)举办社员作品展览。并于1930年3月11日创办《蜜蜂》画刊，出至同年7月停刊。另设有研究部，招收研究员，学习研究中国画；征集中国当代绘画，编为《当代名人画海(甲编)》由中华书局出版。1932年5月在该社基础上成立中国画会。

寥寥集 诗集。沈钧儒撰，邹韬奋序，沈叔羊编。1册。艺术书店1938年6月初版，1944年2月再版，1946年5月第三版。初版本收入沈钧儒诗作50多首，第三版收入的诗作增至120多首，均为沈氏于1928—1943年间所作。诗作分为5类：一、在苏州时；二、抗战前后；三、家；四、友；五、杂诗。诗中洋溢着沈氏爱祖国、爱同胞、爱朋友、爱人类的满腔热情。

谭　天(1881—?) 浙江嘉兴人。原名新润，后改名天，字天风，号逋僧。南社社友。1914年由柳亚子介绍入社，入社书编号406。著有《弯弧庐诗稿》。

谭元征(生卒年不详) 湖南衡山人。字遵鲁。南社湘集社友。1936年3月参加在长沙定王台举行的南社湘集第十三次雅集，同年10月又参加在长沙赐闲园举行的第十四次雅集。

谭作民(1887—1974) 湖南湘乡人。别名铭,字介圃、介甫,一字介夫,又字戒甫,号天噫。南社社友、南社湘集社友。1911年10月11日由傅熊湘、黄梦蘧、阳兆鲲介绍入南社,入社书编号195。早年肄业于湖南游学预备科,后入上海徐家汇高等实业学堂上院(上海交通大学前身)电机科。曾加入中国同盟会。1914年后任湖南省立第一中学英语教员,并在湖南第一师范学校兼课。1924年4月和10月分别参加在长沙刘园及赐闲园举行的南社湘集第一、第二次雅集。1928年起历任武汉大学、西北大学、贵州大学、之江大学、湖南大学等校讲师、教授、中文系主任等职。1951年加入中国国民党革命委员会。1953年调至武汉大学,任历史系教授。为武汉市第三届人大代表。著有《易经易解》《屈赋新编》《墨经分类译注》等。兄谭觉民,亦为南社社友。

谭炳堃(1894—?) 广东丰顺人。字愚生。南社社友、广东分社社员。1916年12月13日由蔡哲夫、胡伯孝介绍入南社,入社书编号751。是时就读于广东高等师范学校。1917年3月参加南社在广州六榕寺举行的广东分社第一次雅集。

谭觉民(1886—?) 字艺圃,一字艺夫。湖南湘乡人。南社社友。1912年9月由傅熊湘、龚尔位、宋痴萍介绍入社,入社书编号333。民国初年任职于湖南《长沙日报》。1912年9月参加在长沙烈士祠举行的南社临时雅集。1916年6月和9月参加在长沙寿星街琴庄及枣园举行的临时雅集。弟谭作民,亦为南社社友。

谭雪庐(生卒年不详) 湖南人。新南社社员。1916年秋,长沙《民国日报》创刊后与鲁荡平等一起主持笔政。

谭嗣同书简 书信。欧阳予倩编。1册。桂林文化供应社1943年初版。有谭嗣同手迹的影印件两幅。欧阳予倩作序。卷一为谭嗣同致编者祖父欧阳中鹄书简27通,卷二为唐才常致欧阳中鹄书简9通,卷三为欧阳中鹄致谭嗣同等书简14通。谭嗣同、唐才常均为编者祖父的得意门生。

谭醒民(1884—?) 浙江嘉兴人。南社社友。1916年7月1日由谭天介绍入社,入社书编号635。

暨南大学 学校名。前身为暨南学堂,1906年创立于江苏南京,主要招收华侨子弟。次年改名暨南中学堂。1911年后一度停办。1918年复校,称暨南学校,后在上海真如镇建新校舍,于1927年6月改组为国立暨南大学,设立文、法、理、商4学院,先后由郑洪年、沈鹏飞、何炳松等任校长。文学院设中国文学系,主任夏丏尊,1928年1月由陈钟凡继任。抗战期间该校迁福建建阳。1946年迁回上海。1949年8月停办。1958年在广州重建。

暨南村建设记 校志。赵正平述。1卷,1册。1924年铅印本。韩希琦题签。暨南村,即国立暨南学校,该校新校址的决定在1921年10月,由黄炎培、柯成楙、高阳、赵正平与宝山邑绅钱淦商定。校址在真如火车站北。本书记录该校的筹办过程。王云五、高望之、姚石子等为顾问。若干南社社员为暨南村村友。

熊公福(1885—?) 江西宜丰人。字群青。南社社友。1918年5月12日由杨赓笙、李怀霜、蔡突灵介绍入社,入社书编号1028。民国初期在广东《珠江日报》任职。后又供职于广州农林试验场。

熊立鉴(生卒年不详) 湖南慈利人。字小白,号自镜。南社湘集社友。

熊克武(1885—1970) 四川井研人。字锦帆,化名刘一峰。南社社友。由社友介绍入社,未填写入社书且未予编号。早年留学日本,入东斌陆军学校。1905年9月加入中国同盟会。1907年受命为四川同盟会主盟人,领导江安、泸州、成都等地反清武装起义。1911年4月参加广州黄花岗之役。武昌起义后任蜀军总司令、第五师师长。1913年讨袁失败后流亡日本。1915年在云南与蔡锷等组织护国军,任川滇护国军总司令。1918年任四川督军、靖国军总司令。1923年任讨曹(锟)、吴(佩孚)军总司令,兵败后入广东。1925年被蒋介石囚禁于虎门。1926年2月在东莞参加由潘和与邓尔雅等组织的广东国画研究会。1927年获释后参与反蒋军事活动。曾为国民党中央执行委员、中央监察委员会委员。抗战时期在成都与朱之洪合编《四川国民党史》。抗战胜利后与但懋辛在重庆创办中国公学。中华人民共和国成立后历任西南军政委员会副主席、全国人大代表、全国人大常委会委员、全国政协委员、民革中央副主席等职。1970年在北京逝世。

熊克武

熊　理(1889—1953)　广东梅县(今梅州)人。字衡三,号恒心。南社社友。1918 年 4 月 8 日由王少文介绍入社,入社书编号 1026。毕业于两广方言学堂。早年加入中国同盟会。1915 年被教育部派往南洋,为视学,并在荷属泗水华侨学务总会任职,后因受排斥而归国。1921 年为梅县民选县长。后历任华侨联合会常务董事、侨务委员会秘书、广东省财政厅秘书、广东经济设计委员会委员、学海书院导师等职。抗战期间曾任西南运输处贵阳分处处长,后调任东南办事处处长。并为国民党中央执行委员。曾任《华侨教育报》《自强》杂志、《泗滨日报》《侨务月刊》等报刊编辑。1950 年后去香港。著有《恒心诗文钞》《华侨教育鉴》《广东财政纪实》等。

缪鸿若(1889—?)　广东香山(今中山)人。字墨盦,又字默庵,号勿庵。南社社友、南社湘集社友。1915 年 10 月 1 日由蔡哲夫、孙仲瑛、周亮夫介绍入南社,入社书编号 562。民国初期供职于香山石岐元利银号。

十五画

增订中华法令汇纂 法律汇编。王浩、蒋万里、戴厚编。22册。上海广益书局1923年增订版。曾与编者的中华六法全书合刊为36册。列入“民国现行之法律丛书”。含管制类、官规类、外交类、内务类、财政类、军政类、司法类、教育类、农商类、交通类、服制类、赏恤类等22卷。

聪明的审判官·我的故事 儿童文学作品集。顾依仁(顾珩)编。1册。上海新中国书局1933年初版。含聪明的孩子、失了复得、偷珠贼、两个朋友、偷鸡的邻人、借戒指和死象与破瓶7个小故事。

蕉窗忆昔图 南社掌故。刘约真为纪念其母而编的画册《蕉窗忆昔图》,有两册。现为上海博物馆收藏。其中有柳亚子、高天梅、黄宾虹等南社社友的书画作品。

醉心阁四十唱酬集 唱酬集。张端瀛编。1卷,1册。1918年铅印本。高吹万题签。雷补同署端。吴承烜、张增颐、高吹万分别作序。有林梅痴、荆凤岗题词。张本良作跋。张端瀛作诗四章自寿,广征友朋和作,得和作165首。

醉题酒家壁 诗篇名。排律。马骏声作。本篇系为酒家壁间题的反诗,洋溢着高涨的反清情绪。全诗从描写游侠少年的气质与外观入手,表现了他们的豪放雄奇气概,展示了南社社员崇高的游侠精神,要以历史上荆轲、张良等人为榜样,策划推翻清王朝。诗作用典丰富、贴切而又自然,风格豪放,语言流畅。

震坛 期刊名。1920年10月10日创刊于上海。申圭植主编,是韩国独立运动的中文刊物。吕志伊、景梅九、江亢虎等为其撰稿。不仅在中国上海、北京、常州、无锡、南京设代派处,俄、法、英、美、德亦置通讯处。辟有社论、韩国独立运动近史、韩军战报、韩国消息、中国消息、世界消息、痛言、短评、韩国名人传记、社会问题、文艺、时评等栏目。发表有易象的《绝命词》。1921年4月24日停刊。

题莲韬馆 诗篇名。七律。黄节作。具体写作时间不详。莲韬馆建于广州广雅书院,作者曾就读于此。诗作谓当时在莲韬馆继中断或难以传承的学业的少年,很快就过了中年,旧地重游,林木参天。重来故园,莲韬馆已经荒芜,表示想广采百家学说,继承绝业,却难以实现,如同幽鸟在寒烟中声嘶力竭地鸣叫,虽然力有未逮,但了却尘世杂事后,还是要像在淤泥上种莲花一样从容研究学问,继承绝业。诗情沉郁顿挫,以理统情,理胜于情。

题巢南拜汲楼诗集 诗篇名。五律。朱锡梁作。巢南,陈去病号巢南,别署“拜汲”,又署“汲楼”,其诗集合二署名为一,曰《拜汲楼诗集》。本篇表面上题陈去病诗集,实写与他的深厚交情。诗作从作者与陈去病早在学校时就盟约在心,交谊深厚入手,赞美其诗篇语言、意境新颖。叙写陈去病于1908年11月30日风雨之夜独自赴广东新会南大海中厓山凭吊宋末誓死抗元的陆秀夫负帝昺厓山沉海,又与南社许多反清志士在上海雅集。赞美国家多难之秋,陈去病等志士爱国情深。抒写自己与陈去病等率真论交,礼赞他以诗言志。诗作撷取与陈去病交往的几个片断,抒写与陈去病的深厚情谊,感人至深。

题晴窗读书图为顾某作 诗篇名。排律。黄质(宾虹)作。具体写作时间不详。认为苏轼善书画,曾以画喻诗,指出不能以形似论画,认为东晋顾恺之画艺高超,在五代时期荆浩、关仝、董源、巨然四大家,成了山水画艺术的百家宗师。顾某学画渊源有自,学会了正确地品评鉴赏,对于画艺的高下、画作的良莠,辨别不失毫厘;顾某的画作《晴窗读书图》骨力饱满、元气淋漓。指出平庸的画师只重现形似的粉本描摹,自然疲软无力,导致貌合神离。诗作又以秦穆公时代善于相马的伯乐作譬方,认为论画与相马一样,不应当拘于色相,当重其神韵。顾某的美术作品作为神品,一定会有被赏识的机遇;到那时,展开画卷,就像美丽的彩虹在雨后的清晨中闪耀。诗作生动形象地展示了作者的美学观和绘画史观。

蝶庄 南社掌故。陈蝶仙的别墅名。陈蝶仙自从开设蝴蝶牌化妆品有限公司后,经济上日渐富裕,后在杭州西湖边建起了别墅,称为"蝶庄"。在"蝶庄"中的长廊间陈蝶仙布置了许多长镜,以表达自己的爱镜之趣。

蝴蝶牌牙粉 南社掌故。蝴蝶牌化妆品有限公司出产的牙粉。陈蝶仙曾于20世纪30年代自创"蝴蝶"牌(谐音无敌)化妆品有限公司,生产搽面牙粉、精制紫兰香粉等。国产货"蝴蝶"牌化妆品在市场上很受欢迎,取代了日本的化妆品。

噜噜唆唆之陈匪石 南社掌故。噜噜唆唆,指说话繁琐,不干脆。陈匪石,指陈世宜,号匪石。郑逸梅在《南社丛谈》中写道:"噜噜唆唆之陈匪石,指匪石醉后话多也。"

墨子学辨 墨子研究著作。胡怀琛著。1册。上海国学会1929年初版。蔡元培题签。有蔡元培与胡朴安信函手迹。卫聚贤、释太虚分别作墨子学辩序。含绪论、从哲学方面辩证、从科学方面辩证、从文学方面辩证、从文字方面辩证、从宗教方面辩证、从风俗方面辩证、从器物方面辩证、从姓名肤色方面辩证、从墨子弟子方面辩证、从孟子拒墨方面辩证、墨学在中国之渊源如何、关于年代问题、关于交通问题、答或问和总结16章。作者力图证明墨子是印度人。附墨子学辩引用书目。

墨沼疑云录 悬疑小说。英国洛平革拉著。陆秋心译。2册。商务印书馆1917年11月初版。讲述家庭教师芬登无意中发现帮斯威尔家族的霍培与兰纳兄弟,与自己失踪多日的姨表姐伊莎伯楷蕾熟识。起初她误以为霍培是害死表姐的元凶,后来才弄清兰纳始乱终弃,是害死表姐的真凶。其间也穿插了芬登与他们兄弟及雅特医生之间的爱情。最终,真相大白。兰纳受到应有的报应,芬登也与雅特结为夫妇。

墨学十论 哲学论著。陈柱编著。1册。商务印书馆1934年出版发行。列入"万有文库"第一集与"国学小丛书"。陈柱署端。作者在前言中说:他于1926年在上海大夏大学讲论墨子,以孙仲容先生的《墨学闲诂》为课本,因怕学生沉溺于章句而不能通其条贯,明其得失,故作分题之讲论,名曰"墨学十论",分别是:一、墨子之大略;二、墨学之大略;三、墨子之经学;四、墨经之体例;五、墨子之教育主旨;六、墨子之政治学说;七、墨子之文学;八、墨子与诸子之异同;九、诸子墨论述评;十、历代墨论述评等。附有陈柱定本墨子闲诂补正自序。

黎书宸(1887—?) 湖南浏阳人。字伯努。南社社友。1916年由谭作民介绍入社,入社书编号680。民国初期曾在湖南常宁水口山官矿供职。

黎尚雯(1868—1918) 湖南浏阳人。字湘荪,一作桂森,号竟存轩老人。南社社友。1916年由刘约真介绍入社,入社书编号646。是中国同盟会员。早年与唐才常论学甚相投契。1898年戊戌变法期间参与擘画在长沙兴办新政、在浏阳创立学馆及不缠足会。1900年唐才常密谋起义时,为唐往来于湘、汉间,秘密联络。武汉自立军起义失败、唐才常遇难后,避居衡州。后从事学校教育。1907年3月受狱中的宁调元委托,与刘约真、李隆建、李剑农等重建同盟会湘支部,领导湖南的反清革命。1913年任北京政府国会参议院议员。1918年卒于长沙。

黎明社 社团名。进步文学团体。1925年秋由南社徐蔚南与王世颖、王宽甫、朱应鹏、伍范、刘大白、胡寄南等10余人于上海复旦大学发起成立。以后陆续扩大。1926年初,谢六逸、郭任远、蒯世勋等加入该社。到年底,又有沈雁冰、乐嗣炳、冯三昧等加入,成员扩大到40余人。1925年10月8日,黎明社在《民国日报》上开辟副刊《黎明》(周刊),由刘大白、胡寄南主编。《黎明》从1926年3月15日出版第二十期起,脱离《民国日报》独立发行,至同年11月8日出满52期后暂时休刊。1927年2月13日《黎明》重新出版,由刘大白、陈望道主编,泰东书局发行。同年4月3

日停刊，出至60期。《黎明》停刊，黎明社也停止了活动。1926—1927年，黎明社曾发行“黎明丛书”，出版刘大白的诗集《邮吻》、王世颖的散文集《倥偬》、徐蔚南的《法兰西名家小说集》、钟敬文的民间文学论集《蛋歌》等。

黎泽泰(1898—1978) 湖南湘潭人。字尔榖，号戬园、戬斋，又号戬斋居士。南社湘集社友。家学渊源，擅长诗文，工写篆籀，精于印学。1924年在长沙创办东池印社，搜罗秦汉古印及古人论印之未刊行诗文，编印《东池社刊》。抗战期间历游浙、赣等地。抗战胜利后漫游沪上，常为人审定金石。中华人民共和国成立后在湖南省文物管理委员会鉴定书画，并受聘为湖南省文史研究馆馆员。

黎黄陂轶事 名人轶事。贡少芹著。1册。上海国华新记书局1935年初版。有黎元洪像片4幅。含绪论、军官时代之轶事、起义时代之轶事、南北统一时代之轶事、二次革命之轶事、伏处京师时代之轶事、帝制发生时代之轶事、云贵称兵时代之轶事、继任总统时代之轶事、复辟时代之轶事、旅津时代之轶事、复职时代之轶事和结论13章。李定夷作序。

黎梧生(生卒年不详) 籍贯未详。一作梧森。南社湘集社友。1935年10月至1936年10月参加在长沙举行的南社湘集第十二、十三、十四次雅集。

黎庶从(1889—?) 广西武宣人。字世南。南社社友。1912年3月13日由谭作民、陈柱、曾镛介绍入社，入社书编号232。

德华字典 字典。马君武编。1册。中华书局1920年初版。马君武作序。本书为编者赴德留学、工作时所编，为中国出版较早的一部德汉字典。书前有本书华文简字解和本书德文简字解。附略字解和不规则动词表。

德国学校近世语教授法 外语教学法著作。周越然译。1册。商务印书馆1916年初版。周之栋作序。周越然作译者自序。有译例。含论新式教授法、论文法及作文、论教授外国语之用辨音学、论实业教授、德意志之孤杏教授法与虎塞教授法及跋力訾教授法与叶那学校、普鲁士之教授课程、德意志之学校课程、学校中之试验和德国近世语教员之养成7章。附所到学校及所听功课之数、德国各中等学校在学年龄及所教外国文字和普鲁士各学校九学年每级每星期教授法英文钟点表。

摩西词 词集。黄人撰。不分卷，1册。1920年铅印本。萧退闇署端。张鸿作序。有和龚定庵无着词、和龚定庵怀人馆词选、和龚定庵影事词选、和龚定庵小奢摩词选、和龚定庵庚子雅词、和龚定庵集外词、和张皋文茗柯词、和蒋剑人芬陀利室词。

颜昌峣(生卒年不详) 湖南湘乡人。字息庵，一字息盦。南社湘集社友。1936年3月至1937年4月参加在长沙举行的南社湘集第十三、十四、十五次雅集。

颜宗鲁(生卒年不详) 湖南资兴人。南社湘集社友。1937年4月参加在长沙妙高峰南园举行的南社湘集第十五次雅集。

翦松阁 南社掌故。斋名。南社潘飞声斋名。潘飞声曾避地上海，寓居北四川路横浜桥畔，榜为“翦松阁”。王蕴农《云外朱楼集》曰：“寓楼三楹，纤尘不染，姬人月子，为掌书画。丈故有洁癖，洗梧涤坐，差与云林相同。俗客戾止，辄屏不登楼。有吸淡巴菰者，亦必婉谢其置于楼下，始得登宏景三层阁也。阁中杂贮图史，四壁悬名人书画，可作卧游。”

潜庐政论集 一名《党国罪言》。政论著作。诸青来著。1册。上海均益利国联合印刷公司1935年初版。有著者序。含著者从1928—1935年间的政论党国、容共、新偶像、论法(致胡适书)、党治与领袖独裁、举国一致取消党治为前提、党治之下果能实现民主政治乎、剥夺自由之法令应立即撤销、宪政与党治、民治释疑、警告民权保障同盟、为制宪事敬告孙哲民氏、宪法草案中之思想言论自由、所谓三民主义共和国、民国宪法与国民党党义、说思想自由、当局应速开党禁和释民主政治等18篇。

潮州艺文志 艺文志。饶锷、饶宗颐著。1册。上海古籍出版社1994年初版。潮汕文库·潮汕历史文献丛编之一。吴南生作潮汕文库序。饶宗颐作重印潮州艺文志序。有编辑说明。黄仲琴、饶锷、饶宗颐分别作序。含经部3卷、史部4卷、子部3卷、集部3卷和别卷集部。

潮州西湖山志 广东地理山水志。饶锷编。10卷，2册。潮州瀛社1924年铅印本。于右任署端。温廷、丘复、王弘愿分别作序。饶锷自序并作《西湖山志凡例》。前有《潮州西湖山全景图》《钝庵编辑本志摄影》、钝庵自题《编辑西湖山志竟，漫题绝句四首》。分别有总志、峰岩泉石、祠庙寺墓园亭、古迹、人物、石刻、艺文、杂志10卷。蔡心觉作跋。

潭腿 武术著作。赵连和、李振江授,陈铁生述。1册。商务印书馆1929年初版,列入“万有文库”第一集“体育小丛书”。吴敬恒、汪精卫、陈公哲、姚蟾伯分别作序。有12路84个动作。附卢炜昌八年来技击杂谈。

潘飞声(1858—1934) 广东番禺(今广州)人。字兰史,一字剑士,号老兰,别号心兰、老剑,别署说剑词人、水晶庵道士、独立山人、蒻淞阁主。南社社友。1912年9月2日由陈蜕庵介绍入社,入社书编号298。为番禺海山仙馆潘仕成之后,自幼受业于叶衍兰学诗词,少时即有“岭南才子”之名。1887年游学海外,1890年应聘在德国柏林大学讲授汉文学。归国后应试经济特科,未果。后在香港《华报》《实报》主笔政。后又寓居上海,任《商报》编辑及撰稿人。多次参与南社雅集活动,且与高旭、俞锷、傅熊湘并称为“南社四剑”。曾参加海上题襟馆、金石书画会、希社、鸥社、沤社,鸥隐社等。晚年寄居上海北四川路横浜桥畔十余年。1934年4月9日晨病逝。工诗词,尤擅行书。著有《海山仙馆景物略》《说剑堂集》《在山泉诗话》等。

潘公展(1894—1975) 浙江吴兴(今湖州)人。名有猷,字幹卿,号公展。南社社友、新南社社员、南社纪念会会员。1914年入南社,入社书编号452。早年考入上海圣约翰书院外文系,毕业后受聘为上海《时事新报》副刊《学灯》和《民国日报》副刊《觉悟》特约撰稿人。1919年任上海《学生联合会日刊》主编。1922年任上海《商报》编辑,主持撰写社论、时评,后任代理编辑主任。1926年转入《申报》,主编要闻栏目。1927年由陈果夫介绍参加国民党,为中央政治会议上海临时分会委员。同年上海特别市政府成立后,历任国民党上海特别市党部常务委员,上海市农工商局长、社会局长兼市政府代秘书长等职,并兼任中国公学副校长、私立君毅中学校长等职。1932年在上海创办《晨报》,任社长兼总经理,又创办《新夜报》《儿童晨报》《儿童画报》等报刊。1934年任上海市教育局局长,翌年当选为国民党中央执行委员会常务委员,并改任社会局局长。上海沦陷后赴重庆担任国民党中央宣传部副部长、军事委员会战时新闻检查局副局长、图书杂志审查委员会主任委员等职,并一度兼任《中央日报》总主笔,发起创办胜利出版社,担任正中书局董事。抗战胜利后回到上海,再度担任《申报》《新夜报》董事长,《商报》副董事长等职。1946年当选为上海市参议会议长。1947年迁居香港,创办国际编译社。后移居美国,主办《华美日报》。1975年6月23日殁于纽约。著有《罗素的哲学问题》《陈英士先生传》《中国学生救国运动史》等,主编有《五十年来的中国》等。

潘世模(1894—?) 湖南醴陵人。原名世汉,字民殊,号民訏,又号聊居主人。南社社友、南社湘集社友。1912年10月由傅熊湘、黄梦蘧、刘约真介绍入南社,入社书编号350。民国初年就读于湖南公立长沙第一中学,与余先砺为同学。1934年4月参加在长沙妙高峰南园举行的南社湘集第九次雅集。

潘式南(1872—?) 湖南醴陵人。名昭,字式南。南社社友。1912年12月23日由傅熊湘、龚尔位、刘约真介绍入社,入社书编号363。

潘名泰(1890—?) 江苏淮安人。字子詹,号一痴。南社社友、淮南社社友。1916年7月20日由邵天雷、张冰介绍入南社,入社书编号658。

潘寿元(1881—?) 安徽桐城人。字鲁庵。南社社友。1916年12月21日由邹遇介绍入社,入社书编号772。是时任职于上海海宁路南林里交通社。

潘抱真(1892—?) 广东鹤山人。名璞,字抱真。南社社友。1918年1月5日由陆丹林介绍入社,入社书编号1010。是时在广州《共和报》供职。

潘其文(生卒年不详) 籍贯未详。南社纪念会会员。

潘明诚(生卒年不详) 湖南醴陵人。名毅,字明诚。南社湘集社友。

潘金莲 话剧剧本。欧阳予倩著。新东方书店1928年10月初版。本剧主人公潘金莲在东家张大户强逼收房不成后,被逼嫁给丑陋不堪、身材矮胖的武大。起初她还能勉强忍耐,但当见到一表人才的武松后,遂生爱慕之意。谁料武松传统伦理观念牢固,不仅拒绝了潘的逗引,且让武大用夫权牢牢困住潘金莲。个性极强的潘金莲转而与西门庆通奸。封建社会里丈夫可以任意将妻子杀死,不算犯法。潘金莲时时都有被杀的危险,结果激而杀人,这是她犯罪的深层社会原因。书前有作者自序,表明自己编写此剧的目的是想分析潘的杀人缘由,对潘的人生悲剧表示惋惜与同情。另附《空与色》是日本小说家谷崎润一郎写的一个剧本,原名《无名与爱染》,欧阳予倩改译。

潘春波(生卒年不详) 浙江缙云人。字宅溪。越社社友。

潘朗轩(生卒年不详) 籍贯未详。新南社社员。

潘维镛(生卒年不详) 籍贯未详。南社纪念会会员。

潘惠畴(1881—?) 广东南海(今广州)人。亦名蕙畴,字戆公,号秋士。南社社友。1917 年 6 月 20 日由蔡哲夫介绍入社,入社书编号 918。辛亥革命后在广州《中国日报》任编辑,并撰写时评。

潘普恩(1884—?) 浙江上虞(今绍兴市上虞区)人。字少文,号双吟楼主。南社社友。1915 年 5 月 26 日由丁三在介绍入社,入社书编号 530。是时任职于中国银行。著有《吟风楼诗》《听风阁词》《趋庭集》等。

潘觯仲(生卒年不详) 籍贯未详。广东分社社员。

澄庐文集 诗文集。邹鲁著。2 册。广州国立中山大学出版部 1934 年初版。有邹鲁最近书法 4 幅。张掖作序和编后赘言。含作者于 1913—1933 年的议案、宣言、论、评、专件、杂著、书、启、电、传赞、碑表、序跋、报告和演讲。并收诗 5 卷。

澄庐诗集 诗集。邹鲁撰。12 卷,1 册。1939 年铅印本。邹鲁题签、署端。邹鲁作自序。分为《烬余集》《环游集》《扶桑集》《朝鲜集》《东西南北集》《突黔集》《国立中山大学新校杂诗》《两都集》《南泉集》《归来集》《渝蓉游草》《题画集》12 卷。张掖作跋。

十 六 画

燕子山僧集 诗文集。苏曼殊著，段庵旋编。1册。长沙湘益出版社 1926 年再版。有燕子山僧遗像，娱庵题“燕子山僧遗像”。段庵旋作序。含旧诗 79 首、拜伦诗选、断鸿零雁记及其他、燕子龛随笔、燕子龛书札和序跋杂文。附柳亚子苏玄瑛传和章太炎曼殊遗画弁言。萧九重作跋。

燕子吟 诗集。奚在林著，陈蝶仙编，黄协埙、戚牧、谢春柳、贝大年、李嘉泰、王恩甫、汪文元校。4种，1册。出版社不详，1908 年初版。有奚在林玉照，戚牧题诗。含《呢喃集》《痴云集》《愁雨集》和《香雪词》。戚牧署《呢喃集》端、作天问阁赘言一则和书《呢喃集》后跋。陈蝶仙编《痴云集》。

燕子龛诗 诗集。苏曼殊著，施蛰存辑录。2 卷，1册。江西人民出版社 1981 年第一版，百花洲文库第一辑之一。施蛰存作引言。有柳亚子《曼殊新传》和王德钟《燕子龛诗叙》。上卷含燕子龛诗 99 首，下卷含诸家投赠、唱和、题画、哀悼诗 168 首。施蛰存作北山楼增辑〈燕子龛诗〉跋一和跋二。

燕子龛残稿 诗文集。周瘦鹃编。上海大东书局 1927 年 6 月初版。本书为苏曼殊遗稿之汇编。周瘦鹃素慕曼殊，缘悭一面，辑其诗文杂著汇成此编。《残稿》共分 5 编：其一为诗，收录曼殊遗诗 70 余首；其二为译诗，收录曼殊用古诗格式翻译的英国诗人拜伦、师梨(雪莱)、彭斯的诗 9 首，如拜伦的《大海行》《去国行》《哀希腊》等；其三为随笔，其中多有对印度文学、历史、梵文的考证，还有对印尼爪哇、巴厘诸岛风土人情的记载，堪称珍奇；其四为书札，为曼殊致柳亚子、高天梅等人的书信十余件；其五为序跋杂文，收曼殊为其自编的《文学因缘》《潮音》及章太炎著的《双枰记》等书作的序以及杂文“谈剧”两篇。书后附有柳亚子为曼殊所作的小传《苏玄瑛传》。

燕子龛遗诗 诗集。苏玄瑛撰。1 卷，1 册。柳亚子 1919 年刊行铅印本。傅屯艮题签。萧退安署端。王德钟作叙。柳弃疾作《苏玄瑛传》。王德钟、柳亚子作挽诗。集七言绝句 61 首，五言绝句 4 首。傅熊湘作跋。

燕支井 新剧本。包天笑著。7 幕。1915 年发表在《小说大观》(第一集)上，由上海文艺编社出版，文明书局发行。此剧为纪念庚子事变而作。以八国联军侵华、义和团起义和宫廷内部的矛盾斗争为背景，表现了慈禧太后的专制强权、光绪皇帝的软弱无能和珍妃的刚烈才德。燕支井遗址在南京玄武湖侧，《南畿志》载：燕支井“在台城内，陈后主与张丽华、孔贵嫔投其中以避隋兵。旧传栏有石脉，以帛拭之，作燕支痕，名燕支井”。剧中人物珍妃在慈禧携帝出逃时，因谏光绪帝留京以震人心而激怒慈禧，被燕支扔进井里。作者题名《燕支井》，有借用典故、警世讽时之意。

燕京杂诗(其二) 诗篇名。七律。宁太一(调元) 1910 年 3 月写于北京。刊于 1910 年 12 月《南社丛刻》第三集。抒写自己在京租房安身而无远大志向，一直无所依赖，无所寄托。运用反典正用手法，表示自己甘心情愿一生为鬼为蜮，含沙以射清廷，而自己系狱三年，无所施展。复用反典正用手法，以贬义的“巴蛇吞象”比喻革命势力的逐步壮大。进而运用正典反用手法，运用“蜀帝化鹃”典故指出清帝必将被推翻，抒发借酒浇愁的情怀。用典出人意表，反典正用、正典反用，格调犀利、风趣。

燕蹴筝弦录 章回言情小说。姚鹓雏著。1册。小说丛报社1915年初版铅印本。取材于清代学者朱彝尊《风怀》百韵中朱与其小姨恋爱故事。书叙吴江书生朱鸳机与表妹相恋，但朱母欲聘表妹之姐为媳。鸳机既不能忘怀于表妹，又不敢违抗母命，以赴岭南任职拖延婚事。后鸳机赴京应试，表妹因婚事不遂抑郁而死。

薛正清（1885—1952） 陕西韩城人。名慎，号证庐，别号炎公。南社社友。1919年3月20日由卢铸、蔡哲夫介绍入社，入社书编号1056。辛亥革命时投笔从戎，与曹印侯在韩城、邻阳一带组织秦陇复汉军敢死队，阻清兵于华县、咸阳、醴泉等地。1913年赴北京任《大国民日报》记者，因反对袁世凯阴谋称帝曾遭拘捕。袁世凯死后，任陕西同官（今铜川市）、广东阳山等县县长。黎元洪复职大总统时，先后任北洋政府农商部秘书兼签事科长、总务厅长及劳工科长等职。还以中国代表团顾问身份赴瑞士日内瓦参加第七次国际劳工代表大会，并遍历欧洲诸国考察。归国后将其所见所闻著成《欧轺日记》。1919年任广东韶州督办署秘书。北伐战争时任冯玉祥军总部参谋。后历任河南洛宁、修武、中牟、偃师等县县长。1937年抗日战争全面爆发后赴重庆，任国民政府粮食部视察。抗战胜利后兼任中央国医馆秘书主任，同时开设炎公医寓，正式挂牌行医。

薛　炎（1896—?） 安徽人。字季卮。南社社友。1923年1月30日由赵天放、郑家祚、胡惠生介绍入社，入社书编号1107。是时供职于江苏松江张堰（今属上海金山区）金山嘴塘工局。

薛钟斗（1892—1920） 浙江瑞安人。字储石，号守拙，别署西岘山民。南社社友。1918年8月由姚光介绍入社，入社书编号1032。1905年入瑞安高等小学，翌年毕业升入瑞安中学堂。1910年毕业后考入杭州法政专门学校政治科，后转法律科。旋因武昌起义、学校停课而辍学归里，曾任瑞安德象女校教员。1913年赴杭州复学并兼任《亚东小说》编辑。1917年6月在杭州与温州籍友人成立晦明社，提倡朴学。同年应瓯海关监督冒广生之聘任邮电检查员。1918年辞去瓯海关职位回乡任瑞安中学国文教员，后任瑞安公立图书馆馆长。同年与陈仲陶等组织慎社，出版《慎社》月刊。工诗，并专攻词曲之学，为“永嘉七子”之一。1920年10月在家乡病逝。撰有《泣冬青》《贞女木》《双莲桥》等七种戏曲剧本及《戏言校记》，辑有《东瓯词征》《东瓯诗征》《寄瓯寄笔》《绮语》等。是南社社友洪炳文侄女婿。

薛保伦（生卒年不详） 江苏无锡人。南社纪念会会员。

樵妇 诗篇名。七律。林百举作。诗人以“樵妇”为题入诗，开篇抒写家乡广东梅县（今梅州）一带采樵妇女结伴成群，上山采樵，山歌嘹亮，隔岭相闻。次写樵妇辛劳，红衫浃汗，挥汗成雨，黑帕蓬头，状如乱云。转而写樵妇采樵、舂米，半世艰虞，与丈夫分担家务劳动。诗的结尾为广大劳动妇女喊出心声：缕缕炊烟，催樵妇回家，但是，有谁同情、爱惜憔悴的劳动妇女呢?！诗篇由景入情，由描写樵妇的艰辛进而发出同情樵妇的心声，充分反映了诗人同情劳动妇女的“民生”意识。方言“薪臼”（广东梅县称“媳妇”为“薪臼”）入诗，十分自然。

醒狮 期刊名。1905年9月29日创刊于日本东京。由东京中国留学生会馆发行，高旭主编。为早期革命派主要刊物之一。设有论说、教育、军事、政法、学术、理科、医学、音乐、文苑、小说、时评、丛录等栏目。内容主要为反对专制政体，反对君主立宪等。高旭、高燮、高增、李叔同、马君武、陈去病、柳亚子等人撰稿。现存1—5期。

醒狮歌·祝今年以后之中国也 诗篇名。歌行体。高燮作于1903年。诗人将20世纪初的中国比作熟睡的狮子，侵略中国的帝国主义比作入室肆威的老虎，将当时中国的清廷统治者比作豺狼。诗人热切希望祖国强大起来，不再受帝国主义国家侵略欺压。诗作形象描写熟睡的狮子醒来跃入虎穴，群虎俯首，象征祖国强大，坐执牛耳。诗人热切盼望祖国登上20世纪新舞台，演出异彩纷呈的新活剧，预祝祖国从此像醒狮一般充分发挥真正的才能，使人类进入和谐的新世界。诗人感情真挚，想象丰富，诗作形象生动。

霍乱丛谈 医学知识著作。俞凤宾著。1册。1922年初版。出版社不详。含霍乱与卫生行政、霍乱之媒介物及其防免法、霍乱之酝酿及病征、引蝇物与霍乱病者、霍乱之治疗、霍乱之盐水注射、盐水注射之时期及经过情形、盐水注射后之看护法、盐水注射中之白金针与留气管、挑痧与刮痧、霍乱菌浆之注射、洛求斯氏之特效法、劝各内地绅民建设临时医院、保温器之构造、静脉之检觅、盐水与沙滤筒、临时医院之建立等篇。

霍庶明(1880—?) 广东南海(今广州)人。南社社友、广东分社社员。1917年由蔡哲夫介绍入南社,入社书编号787。

赠亚子 诗篇名。七律。马骏声作。刊于1912年7月14日《南社丛刻》第五集。抒写作者从美国归来情绪不高,表现1911年武昌起义、武昌保卫战及其他起义各省推翻清廷的壮烈战斗,抒发自己长期与柳亚子不得相见而热切思念心情及同柳亚子在江南、上海重逢的快乐情绪,赞美柳亚子的豪情和文笔,概括柳亚子"多敌又多友"的性格。感情真挚、深沉,诗句流畅、典雅。

赠亚子(其二) 诗篇名。七律。陈蜕作。赞扬柳亚子诗词富有才华肝胆,豪放纵横,无拘无束,想象其作诗当如春蚕食桑叶而吐丝。回忆柳亚子两次宴请自己时清谈高议的情景,赞美柳亚子、郑瑛夫妇像清代诗人、画家罗聘、白莲夫妇能诗善画,想象他们倚窗吟诗作画、琴瑟和谐的美好生活。诗作感情真挚,想象丰富,直抒胸臆,融诗情于典故,有宋诗遗风。

默君诗草 诗集。张昭汉撰。7卷,1册。民国白下1934年刻本。曾熙题签。《白华草堂诗》6卷,曾熙署端;陈三立、陈衍、伍非百、邵元冲分别作序;录五古、七古、五律、七律、五绝、七绝共170余首。《玉尺楼诗》1卷,陈三立题词,录诗35首。

镜台写影 市民小说。包天笑与杨紫驎(署蟠溪子)合作翻译。上海有正书局宣统元年(1909年)出版。《镜台写影》原作者不详。小说以男主人公翁迦廉的口吻,自述了与妻子在德国相遇相知、在美国相守的美好生活。其中,夹叙了妻子的哥哥康纳博士和主人翁的妹妹乔迺诸多事迹。标为"家庭小说",故事情节简单,语言朴实,20世纪初美欧家庭生活、社会风情娓娓道来,是国人视野中全新的世界风俗画。在叙述手法上,倒叙与顺叙相结合,颇具创新色彩;在语言描绘手法上,仍闪现着传统中国文学的影子。近代以来的翻译文学,大多是标榜启迪、猎奇或者规劝的目的,该书以展现平凡人的家庭生活为宗旨,殊不多见。

儒家修养法 思想随笔。胡朴安著。1946年出版(出版社不详)。该书主要围绕人格主题展开论述,进而探讨如何养成道德人格。只有建立了人格,政治改革、社会改革才能顺利开展。另外,书后有附录《朴安主义》《自励四十条》《青年之路》等文。

儒教政治哲学 儒教研究。日本五来欣造著,胡朴安、郑啸崖译。1册。商务印书馆1934年初版。前有胡朴安序。共8章。第一章绪论,指出儒家传统与其视为道德教,毋宁认为是政治哲学。第二章"天之信仰",指出天之观念为中国民族信仰之中心,以上帝鬼魂、祖先亡灵、人类构成的上帝国家,其政治目的是为求民之幸福,求国家之秩序。第三章"天之信仰"之非宗教的性质,论述了儒教的宗教观念及玄学的思想所表现的合理倾向。第四章"儒教之自然法说",研究儒教道德观上所表现的合理主义,即自然法说。第五章"儒教之国家观念",包括的内容有神与民及君主之三权分立,文化的世界帝国,人类本位的国家思想,"神之道理",舍制度而言人。第六章"儒教之君主论",论述了君主权力的起源,君主的资格。第七章"儒教之两大政务",即社会政策与教化。第八章"儒教之社会组织",内容包括位阶关系的支配原理,儒教社会的三单位(个人、家族、国家),儒家社会的连带主义。

儒道墨学说 政治思想史论著。胡朴安著,俞寿田题签。安吴胡氏朴学斋丛刊1943年铅印本(自印本)。后收入胡道彦1983年在台湾印行出版之《朴学斋丛书》第二集(三)。此书论述儒家学说、道家学说、墨家学说与民族性之关系及其受外来思想文化影响而产生衍变之过程。书前有胡朴安自序。

磨剑鸣筝集·南社二友柳亚子与苏曼殊诗选 诗集。柳亚子、苏曼殊著,柳无忌译。1册。上海外语教育出版社1993年初版。有柳无忌像、译者简介和出版前言。中英文对照版。集柳亚子和苏曼殊两位诗人近200首诗作。附 English Verses by Henry W.Wells—From Poems by Liu Ya-Tzu and Su Man-shu、柳亚子诗选注、苏曼殊诗选注和拼音(韦氏)—汉字对照表。

磨剑室文录 文集。柳亚子著。2册。上海人民出版社1993年出版。柳亚子文集之一。有柳亚子肖像。邓颖超作《缅怀柳亚子先生》。有屈武《在纪念柳亚子先生诞辰一百周年暨南社发起八十周年学术讨论会上的讲话》。集柳亚子1902—1954年间的文章。

附柳无忌的《编印〈柳亚子文集〉的经过》。

磨剑室诗词集 诗词集。柳亚子撰。2 册。中国革命博物馆编。上海人民出版社 1985 年出版。柳亚子文集之一。廖承志题签。有柳亚子肖像、毛泽东致柳亚子手札等照片多幅。有胡乔木、王昆仑的纪念文章。钱昌照、叶圣陶、赵朴初分别题诗。集 1903—1951 年间诗词 5 000 余首。编排体例按照柳亚子生前手订的顺序排列,原各卷的名称都加以保留,收诗集 9 辑、词集 1 辑。始于 1903 年,讫于 1951 年。补编 1 辑为作者之佚诗、佚词。

糖僧 南社掌故。南社苏曼殊之号。苏曼殊曾剃发为僧,后又还俗。他平生极喜欢吃糖类食品,自号"糖僧"。

澹安日记 日记。陆澹安著,陆康编。2 册。上海锦绣文章出版社 2010 年初版,列入"陆澹安文存"丛书。自署"无营斯澹,能忍自安"。有陆澹安像和编辑例言。日记共分 21 种,从宣统二年(1910 年)时年 17 岁起记,到 1943 年 50 岁止。均为手稿影印。附陆仁浩、陆祖祺和陆康整理的《陆澹安事略》,其中有插图 25 幅。陆康作编后记。

澹安藏扎 书信。陆澹安著,陆康编。1 册。上海锦绣文章出版社 2011 年初版,列入"陆澹安文存"丛书。有陆澹安像和编辑例言。收沈禹钟、陆丹林和郑逸梅等 53 人给陆澹安的书札。每信均有原稿影印和释文。附房莹编、陈衍校的澹安年谱简编。毛小曼作陆澹安文存编后记。

避地二首(其一) 诗篇名。七律。傅尃作。诗题曰"避地",是因 1913 年 7 月孙中山发动讨伐袁世凯的二次革命失败后流亡日本,不少革命战士战死或被杀,作者感到处境危险,于秋后避祸山中时作此诗。诗作抨击袁世凯政权对革命者的杀戮与株连。指出中国传统历史观是"胜者王侯败者贼","我"自身如惊弓之鸟,即便衔着芦苇避矰缴,又能飞往哪里呢?诗句注重来历出处,句句用典;议论为诗,理从典出。

十 七 画

戴天球(1895—1975) 江苏江都(今扬州)人。曾用名杲,字星一。南社社友。1916年7月由曹凤仪、曹凤笙介绍入社,入社书编号656。早年就读于两江法政学堂(辛亥革命后改名为民国法政大学)。1913年赴日本,入东京日本大学习法政。1914年参加中华革命党,并在该党创建的法政大学专修政治经济,曾在东京寓所谒见孙中山。1916年学成回国。同年8月20日参加在上海愚园举行的南社临时雅集。1917年赴广州大元帅府任职。翌年到上海执律师业。1928年后返乡从事地方建设,重执律师业,先后任江都律师公会会长、私立扬州中学和震旦中学校董。1937年扬州沦陷后,在异地恢复私立扬州中学,自任校长,并任第五战区江苏省动员委员会主任委员。抗战胜利后返回江都,任商会会长、苏北水利协会理事长。1945年参加在南京召开的制宪国民大会。1947年当选为第一届国民大会律师团体的代表,在南京组织民国律师公会全国联合会,任常务理事兼秘书长。1948年去台湾,继任“国大代表”,连任“律师公会全国联合会”常务理事及秘书长十多年。1975年10月28日病逝。

戴仪仲(生卒年不详) 浙江绍兴人。南社纪念会会员。

戴华美(生卒年不详) 浙江鄞县(今宁波)人。女。南社纪念会会员。丈夫毛和源,亦为南社纪念会会员。

戴克谐(1892—?) 浙江杭县(今杭州)人。字蔼庐,一作霭庐。南社社友。1911年9月28日由朱少屏、柳亚子、胡寄尘介绍入社,入社书编号178。1911年毕业于上海南洋中学。曾任上海《铁笔报》编辑。后留学日本,入东京庆应大学理财科,毕业后回国。先后任上海中华书局编辑、北京《银行月刊》总编辑,历任北京中国大学、朝阳大学、上海光华大学商学院、中国公学、中央大学商学院、法政学院、暨南大学等校教授。1937年抗战全面爆发前曾去日本,任大阪中国银行经理。著有《最近货币金融学说》《最近货币经济学说》《财政学》等。

戴季陶(1891—1949) 浙江吴兴(今湖州)人,生于四川广汉。本名良弼,字选堂,又名传贤,一字季陶,号天仇,晚号孝园。南社社友、新南社社员。1911年2月10日由朱少屏介绍入南社,入社书编号115。早年就读于成都东游预备学校、客籍学堂及华英学堂。1905年赴日本留学,入弘文学院师范科。1907年转入东京日本大学法科,任该校中国留日学生同学会会长。1909年毕业后回国,任江苏地方自治研究所主任教官。翌年任上海《天铎报》主笔、总编辑,撰文鼓吹反清,遭清廷追捕。1911年被迫流亡日本,旋至南洋槟榔屿担任《光华日报》编辑,并加入中国同盟会。武昌起义后回国。1912年3月在上海与周浩等创办《民权报》,任主笔,反对袁世凯独裁统治。同年9月任孙中山机要秘书。1913年5月国民党上海交通部机关刊物《国民月刊》

戴季陶

创刊后，与南社社友邵元冲等为该刊主要撰稿人。同年 11 月二次革命失败后再次流亡日本，参与编辑留日国民党机关刊物《民国》杂志，并加入中华革命党。1916 年随孙中山返回上海，任《民权素》月刊及《民国日报》撰稿人。1917 年又随孙中山南下广东参加护法运动，同年 9 月任广州护法军政府秘书长兼海陆军大元帅府秘书长、外交部副部长等职。1919 年 6 月在上海与朱执信、沈玄庐、李汉俊等创办《星期评论》周刊，任主编。同年 8 月受孙中山委托，在上海又与胡汉民、朱执信、汪精卫、廖仲恺等组织建设社，创办中华革命党理论刊物《建设》杂志，孙中山撰写发刊词。1920 年曾参加筹建上海的中国共产党早期组织，不久退出，与张静江、陈果夫、蒋介石等经营上海证券物品交易所，从事股票交易。1924 年在国民党第一次全国代表大会上当选为中央执行委员，并出任中央宣传部部长，随后又兼任黄埔军校政治部主任和大本营法制委员会委员长，创办中央通讯社。1925 年孙中山逝世后返回上海闭门著述，研究三民主义。同年 5 月相继完成《孙文主义之哲学基础》和《国民革命与中国国民党》两本论著，提出“纯粹三民主义”理论，形成所谓“戴季陶主义”。又在萨坡赛路(今淡水路)设立季陶办事处，参与西山会议筹备工作，成为国民党右派理论家。后去广东，任广州中山大学校长和广东省政府委员。南京国民政府成立后历任国民政府委员兼考试院院长(直到 1948 年)、特别外交委员会委员长，并任国民党中央执行委员、中央政治会议委员、宣传部长、训练部长及国民党六届中央常务委员等职。1948 年改任国史馆馆长。1949 年 2 月 12 日在广州自杀。著有《日本论》《青年之路》《天仇文集》(今辑为《戴季陶集》)，编有《中山全书》《戴季陶先生文存》《戴季陶言行录》等。

戴季陶先生文存三续编　文集。戴季陶著，陈天锡编。1 册。台湾台北中国国民党中央委员会党史资料编纂委员会 1971 年初版。杜元载题签。有戴季陶先生遗像等图片 3 帧。陈天锡作序。含言论著述 34 篇、书翰呈文 9 篇、纪念专文 19 篇。附戴季陶先生逝世二周年、十周年纪念文 30 篇。

戴季陶先生文存·续编　文集。戴季陶著，陈天锡编。1 册。台湾台北中国国民党中央委员会党史资料编纂委员会 1967 年初版。罗家伦题签。陈天锡作序言。有编例。含政治部门总类、政治部门考铨类共同部分、政治部门考铨类考选部分、政治部门考铨类叙部分、政治部门边政类、教育部门总类、教育部门中山大学类、教育部门西北农林专科学校类、教育部门中央政治学校类、教育部门童子军教育类、党务部门、佛学部门、杂著部门、简牍部门和家书部门等编。

戴季陶辛亥文集(1909—1913)　文集。戴季陶著，桑兵、黄毅、唐文权编。2 册。香港中文大学出版社 1991 年初版。有戴季陶像和墨迹。桑兵、黄毅、唐文权作序言。有戴季陶小传。含宪法纲要、短评、小说酒、文艺小评、马相伯、致张静江先生书和孔子等各类著述 770 多篇。

戴季陶集　文集。戴季陶著。2 卷，2 册。上海三民公司 1929 年初版。蒋中正题签。有戴季陶四十岁像、戴季陶简介。含八觉、最近之言论、革命理论的演讲、三民主义演讲、行易知难、中大的改进、过去的回顾和新诗等篇。附全国教育会议提案。

戴季陶墓　位于四川成都市北青龙乡昭觉寺内。1949 年戴季陶病逝于广州，在成都文殊院停柩 49 天后入葬成都枣子巷戴家花园，后被家人秘密移葬于成都罗家碾腊家巷竹林中。1990 年在昭觉寺修建墓茔并安葬。1993 年入葬。墓碑篆书“吴兴戴传贤先生之墓，德配钮氏有恒合葬于此”。

戴保炽(1885—?)　广东顺德(今佛山市顺德区)人。字德馨。南社社友。1921 年 1 月 23 日由蔡哲夫介绍入社，入社书编号 1090。

戴绥章(1868—?)　浙江嘉善人。字誉侯。南社社友。1915 年 12 月由李拙介绍入社，入社书编号 579。兄戴德章，亦为南社社友。

戴绥章

戴德章(1866—?)　浙江嘉善人。字皋言，号壶隐。南社社友。1915 年 10 月 15 日由李拙介绍入社，入社书编号 566。弟戴绥章，亦为南社社友。

戴邃庵(生卒年不详)　籍贯未详。南社湘集社友。1924 年 4 月参加在长沙刘园举行的南社湘集第一次雅集。

霜厓三剧　戏曲。吴梅撰。3 剧，2 册。1933 年刻本。群碧署端。张茂炯序。吴梅自序。三剧为南曲《湘真阁》《无价宝》和北曲《惆怅爨》。高祖同作《湘真阁序》。吴梅作《湘真阁自序》。《湘真阁》题词者有朱锡梁、沈绥成、张采田、邹福保、张茂炯等。孙德谦作《无价宝叙》。吴梅作《无价宝自叙》。《无价宝》题词者有曹元忠、王德森、叶德辉、朱锡梁、邵瑞彭、罗惇曧、朱祖谋、陈世宜、许之衡。吴梅作《惆怅爨自序》。《霜厓三剧歌谱》,吴梅作《霜厓三剧歌谱自序》。有《湘真阁谱》《无价宝谱》和《惆怅爨谱》。

霜厓曲录 曲集。吴梅撰。2 卷,1 册。商务印书馆 1921 年 12 月初版,饮虹簃 1931 年再版,1936 年第四版。吴瞿安署端。吴梅作叙。卢前作跋。卷一有《北双调折桂令》等小令 49 首。卷二有《越调小桃红·题徐寄尘》等套数 16 篇 85 首。

魏电岩(1888—1964) 江苏睢宁人。女。字紫石。南社社友。1917 年 6 月 29 日由其丈夫周公权介绍入社,入社书编号 924。1906 年不顾父亲魏雨亭反对毅然嫁给周公权,结婚后入籍睢宁。1914 年 5 月随同丈夫携幼弟道銮避走淮阴。

魏在田(1880—?) 浙江杭县(今杭州)人(原籍河北赵县)。字春影。南社社友。1917 年 5 月 23 日由王海帆介绍入社,入社书编号 902。

魏冰心(生卒年不详) 江苏常熟人。南社纪念会会员。

魏定荣(1891—?) 湖南新化人。字祝民。南社社友。1919 年 3 月 20 日由卢铸、蔡哲夫介绍入社,入社书编号 1058。曾任广东韶州督办署委员,后在广州滇军总司令部供职。

魏钟冀(1894—?) 江苏丹阳人。字樾年,号逸农。南社社友。1917 年 10 月 1 日由姜可生介绍入社,入社书编号 981。

魏 琳(生卒年不详) 江苏淮安人。字景崔。淮南社社友。

繁华杂志 期刊名。1914 年 9 月在上海创刊。主编者海上漱石生,由锦章书局发行。内容分图画部、文艺志、谭薮、译丛、魔术、锦囊、滑稽魂、吟啸栏、小说林、新剧潮流、菊部记余、游戏杂俎等。载有老谈的《误解结婚》,指严的《于湖尼侠》,陶报癖的《小说与脚本》,秋水的《新南柯梦》等作品。1915 年 2 月停刊,共出 6 期。

十 八 画

藕丝计 文言章回言情小说。胡寄尘著。上海文明书局1916年11月出版。叙武昌男子钟静庵和广州女子林一清都在南京教书并相恋，林家准备将一清许配一富家青年，林一清哥哥知道妹妹已有恋人，遂赶到南京会静庵以促成因缘。不料静庵接到母病电报，已匆忙赶回武昌，所以机会错失。静庵知钟母称病催他回家，为强命与姨表妹梅丽华联姻。静庵心不愿，母亡故后便断了这桩婚事。林一清亦因遭谗言，郁郁病殁。钟知后心情忧郁，无聊中巧遇表妹梅丽华，惊其才貌俱绝，活似又一林一清，然已追悔无及，顿生藕断丝连的心病。故事情节曲折，笔法新颖。叙男直笔，写女以反笔相衬，艺术性较强。

瞿方思(生卒年不详) 湖南永顺人。字荪楼。南社社友。由社友介绍入社，未填写入社书，介绍编号9。

瞿世琬(1867—?) 江苏武进(今常州)人。字蘧厂，别署东皋草堂主人。南社社友。1916年7月28日由叶玉森介绍入社，入社书编号633。

瞿绍伊(1880—1953) 江苏川沙(今属上海浦东新区)人。名钺，字绍伊，号无用。南社社友、南社纪念会会员。1910年12月17日由朱少屏介绍入南社，入社书编号100。早年赴日本留学习法政。1906年回国后与高旭、朱少屏等创办中国公学、健行公学，同时兼浦东中学法制经济讲习。1911年6月任上海中国国民总会编辑。民国初期任职于长春吉林省公署，先后在外交、教育、审计、司法、市政等各部门供职。曾主持吉林《长春日报》，并任《吉长日报》记者、《申报》北方版编辑。1920年10月被派往哈尔滨调查“珲春事件”。回上海后曾主办《春申报》，并延请胡朴安襄助编辑，不久停刊。后执律师业，被誉为“道德律师”。其后又重入报坛，任《申报》编辑、《申报》地方版主编兼《申报》执业律师，成为《申报》馆柱石。曾董理上川铁路，并长期主持浦东同人会(后改名浦东同乡会)会务，主持《浦东报》编辑发行。抗日战争全面爆发后远走川、陕，主持《正报》笔政，呼吁抗日。抗战胜利后返乡，尽力整顿建设浦东各项事业，主持浦东都台浦、马家浜两条河道的疏浚工程。中华人民共和国成立后参与新法学研究会活动。1953年12月受聘为上海文史研究馆馆员。

翻云覆雨录 短篇小说集。周瘦鹃译，董皙芗校订。中华书局1919年1月印行。全书收录外国短篇小说8篇。均讲劫色、掳财、谋杀等故事。其中有写以美人手中的毒花杀人谋财的《金手》；用催眠术让人失忆、掳走财物的《新催眠术》；把遇车祸受伤疑为遭人抢劫致伤的《十年一瞥》；《山娣娜》和《鬼域》都是讲述劫色、杀人后嫁祸于人的故事，《思怨》因为嫉妒而亲手杀死救命恩人；《癫女达亚》叙为报复，一弱女子连杀两人；《毒指甲》说的是在指甲内藏毒杀人的故事，都是为了供人猎奇而编的离奇古怪、惊险刺激的黑幕小说。

十 九 画

孽海惊涛 电影剧本。刘豁公编。上海大亚影片公司出品。有梅兰芳、周瘦鹃等 11 人题词、剧照 22 幅。附录对此剧的观感文章和电影艺术批评文章 16 篇。该剧讲述了一对表兄妹——张淑君与殷仁之间悲欢离合的爱情故事。他们的爱情,因纨绔子弟朱少良的介入,变得一波三折。朱少良因垂涎张淑君,对张母竭尽讨好之能事,张母受其迷惑,视其为未来快婿,并阻止张淑君与殷仁亲近,后来朱少良两次设计陷害殷仁事败露,张母终于认清了朱的无赖面目,遂让张淑君与殷仁订婚,有情人终成眷属。

警报 报纸名。1911 年 10 月 19 日创刊于上海。柳亚子任主编,助理有朱少屏、胡寄尘等人。不定刊。每天出版 2～3 次,出版后直送望平街发行。印刷精美,套色印行,图画也清晰,传播新闻迅速,国内新闻随到随印,以刊载时评要电为主,稍有诗词。出版不及一个月,因编者另有任用,无暇顾此,遂停。

警钟日报 报纸名。1904 年 2 月 25 日由《俄事警闻》改名而来。陈去病参与编辑并担任撰述,有专论栏,发表告各界人士的文章,有文言与白话文两种。以"抵制外侮,恢复国权"为宗旨,刊头标题下刊警钟图画以引起读者注意,又刊出陈去病《警钟创世辞》,以述其内容。以干支纪年参用西历,为《苏报》《国民日日报》后最激进的革命派报纸。另外还有林白水、高旭、柳亚子、高燮等人发表诗作,以陈去病为多,而高旭《大汉纪念歌十八章》为最著名。1905 年 3 月 26 日被租界勒令停刊。

藻思堂清鉴易知录 一名《二思堂清鉴易知录》。历史著作。许国英(指严)撰,沈文浩重编。前编 4 卷,正编 28 卷,12 册。大成书局 1918 年铅印本,1931 年第四版。朱大可署端。严独鹤、周瘦鹃、朱大可、费双园、费有容、王均卿、李二我分别作序,沈瘦狂作自序。

廿 画

馨儿就学记 文言日记小说。包天笑著。1册。商务印书馆1910年8月发行。作者暮年回忆儿时就学之事，记叙少年兴趣，意在告诫当今少年勿轻掷美好光阴。采用日记体的方式，记叙丙寅之秋入学至来年瓜期毕业之情事，或表现老师爱生敬业，或表现同学友爱互助，或表现贫寒同学发奋图强，充满童趣。每月发生的事情辑为一章，多数章节以最后一个星期六听校长讲故事结束。校长的故事均以爱国、孝顺、勇敢、聪颖的励志少年为主人公，人物形象突出，情节生动，故事性强。

醴陵县志 方志。陈鲲修，刘谦(约真)编。10卷，10册。醴陵县文献委员会1948年铅印本。凌凤恩题签。刘谦作序。有舆图、大事记、建置志、地理志、交通志、赋役志、政治志、教育志、礼俗志、食货志、氏族志、人物志、宗教志、方言志、艺文志和醴陵沦陷纪事本末等篇。

廿　二　画

蘼芜纪闻　文献丛书。葛昌楣著。江苏省立苏州图书馆 1941 年校印。为江苏省立苏州图书馆“吴中文献小丛书”之二十七。吴中名妓柳如是把“蘼芜”作为自己的小字。这里辑录的是吴中诸文献对柳如是的纪闻。卷上为杂记，如《盛湖志·名妓传》谓：“柳如是，字如是，自号河东君，本姓杨名爱，小字蘼芜，柳其寓姓也，丰姿逸丽，工诗，长于七言近体，分题步韵，顷刻立就。”如王应奎《柳南随笔》述：“钱宗伯既娶柳夫人，特筑一精舍居之，而颜之曰我闻室，以柳字如是，取金刚经如是我闻之意也。”卷下为褒扬柳如是的诗词。

廿 四 画

纗华词 词集。黄侃撰。1 卷,1 册。1912 年铅印本。汪东题签。王邕、汪东分别作序。况周颐题词。集词 46 阕。

附录一：南社活动大事记

1897年　戊戌

6月　陈去病与金松岑(金一)、蔡治民、薛凤昌等人在同里组织雪耻学会，发表宣言《雪耻学会序》，陈去病为撰一联“炎黄种族皆兄弟，华夏兴亡在匹夫”以见其志。

1900年　庚子

4月27日　李叔同与友人在上海福州路杨柳楼台旧址创办中国书画公会，发行《书画公会报》。

1901年　辛丑

3月　东吴大学开办，黄人被聘为大学教习。黄人后撰《中国文学史》为教材。

6月16日　高旭在《清议报》发表《唤国魂》，署名江南快剑。

1902年　壬寅

1月　《新民丛报》创刊，陈去病在家乡设代售处，柳亚子为订户之一。

春　柳亚子应试吴江，始识陈去病。

3月　马君武、谢无量等主编《翻译世界》出刊。

4月　蔡元培等在沪创办中国教育会，林少泉、陈去病参与。会后陈去病返里，与金松岑等成立中国教育会同里支部，与会的有蔡治民、陶亚魂。后又联络常熟、吴江等地设立支部，发展会员。

11月16日　南洋公学发生退学事件，200余名学生转赴中国教育会，后组成爱国学社。

岁末　柳亚子作《岁暮杂诗》，表示“欲凭文字播风潮”。

1903年　癸卯

1月29日　马君武与刘成禺两人先后在东京留日学生会馆春节恳亲会上发表反清演说，主张排除清廷专制，恢复汉人主权，以救中国。

2月　陈去病去日本留学，同行者有秦毓鎏等。

3月　陈去病在《苏报》发表《与本邑人士劝游学书》。

4月27日　上海举行拒俄大会。

4月29日　留学生在东京组织拒俄义勇队。

4月30日　上海绅商学界举行中国国民总会成立大会，马君武登台演说，并领唱爱国歌。

5月31日　黄兴在日本东京留学界组织拒俄义勇队，编队：方声涛在甲区二分队，苏曼殊、伍仲文同在甲区四分队，陈去病在丙区二分队，黄兴在乙区三分队，秦毓鎏在乙区四分队，林獬任丙区二分队队长。

5月初　柳亚子、蔡寅加入中国教育会。

5月中　邹容著《革命军》出版，柳亚子、陶赓照、蔡冶民等助资刊行。

6月25日　陈去病在《江苏》杂志发表《革命其可免乎》，号召革命。

6月　由陈范主持的《苏报》发表章太炎《驳康有为论革命书》《读〈革命军〉》等文。高旭读之大受感动，作《中国八大奴隶歌》，与保皇派决裂。

8月15日　《新小说》发表《爱祖国歌》，署名自由斋主人，实为高旭所作。

8月23日　"苏报案"发生，高旭作《海上大风潮起放歌》，欢呼革命高潮的到来。

同月　柳亚子赴上海提篮桥监狱探望章太炎、邹容。

11月19日　朱锡梁、包天笑、苏曼殊等在苏州天平山后狮子山设狮子幡，共招国魂，朱作《招国魂歌》，包有和作，后金一也有和作。受其影响，高燮、蔡冶民各作《醒狮之歌》发表。

本年　柳亚子作《中国灭亡小史》，高旭有诗贺之。

1904年　甲辰

1月　《女子世界》出版，高旭、柳亚子、高吹万等出资赞助，并在其上发表诗文，鼓吹男女平权。

春　刘三与费公直等创办丽泽学院于上海华泾。

6月　高旭到上海访《警钟日报》社，结识陈去病，开始在《警钟日报》上发表革命诗文。

8月　高旭在《警钟日报》发表《大汉纪念歌十八章》。

秋　于右任因发表反清革命的《半哭半笑楼诗草》，受清吏追捕，逃至上海，投马相伯处，暂留震旦学院学习。

9月19日　朱梁任在《警钟日报》上发表《从军歌》10首。同日，马君武刊《与祖国告别之辞》5首，后改称《去国辞》。

10月　高旭东渡日本留学，入法政速成科学习。

12月　黄兴、宋教仁等在长沙策划华兴会起义，失败后流亡日本，高旭作诗响应。

同月　刘成禺作《太平天国战史》，孙中山为作序，柳亚子、高旭等作诗和之。

1905年　乙巳

1月　马君武自日本归国，在上海与陈去病、王无生、谢无量等欢聚。

4月　邹容病死狱中。刘三秘运棺柩至华泾宅旁安葬，柳亚子、陈去病等作诗哭之，高旭作《祭邹容文》吊之。

6月　上海学界召开抵制美货大会，李叔同代理沪学会事务主任，主持活动事宜。

同月　上海女界召开抵制美货大会，张昭汉、陆灵素等人参加并发言。

8月　中国同盟会在日本成立，黄兴为执行部长，汪精卫为评议部长，田桐为湖北支部长，高旭为江苏支部长，陈家鼎为湖南支部长，马君武为评议员。

9月　马相伯在徐家汇创办徐汇公学。于右任、邵力子均出自该校。

11月2日　日本文部省公布《取缔留学生规则》，东京留学生群起反对，以宋教仁、程家柽、田桐、雷昭性为首发表《公告》，要求修改相关内容。

12月8日　东京全体留学生召开大会，八大学校共同罢课以示抗议。产生激烈派，即以宋教仁、田桐、程家柽、雷昭性为首；平和派以汪精卫、胡汉民等为首。后激烈派称归国设学派，主张罢学归国设学。

同日　陈天华在东京大森湾投海自杀，以警示国人，继续斗争。平和派愿留下继续学习，称忍辱求学派，组织"留学界维持学会"。

1906年　丙午

1月　宁太一、高旭等归国留学生在上海设立中国公学。

2月　高旭在上海大力发展同盟会员，先后介绍朱少屏、柳亚子、朱梁任等人入会。

同月　秋瑾赴浔溪女学任教，结识徐自华姊妹，并介绍她们参加光复会和同盟会。

同月　高旭、朱少屏从中国公学退出，另组健行公学。

4月7日　陈去病赴皖任教，与黄宾虹共组黄社，是为南社成立前第一个反清社团组织。陈去病始加入同盟会。

5月　马君武自日本归国，任中国公学教务长兼理化教授。

6月　秋瑾试验炸弹爆炸，宁太一隔楼台秘密转运炸药出险，巡捕查无所见。

7月　孙中山由日本赴安南，船泊黄浦江外，以飞函召高旭、朱少屏、柳亚子、陈道一4人前往，垂询上海革命大计，此后约见熊克武、秋瑾等人。上海革命党人蠡城学社、湘学社、中国公学、健行公学等逐渐联成一气。

7月29日　章太炎刑满出狱，蔡元培率学生在工部局门口迎接。健行公学学生列队参加欢迎，并送往中国公学，当晚即登轮赴日。

12月　《民报》开办一周年大会举行，张继等人登台演说。

1907年　丁未

2月　留日学生李叔同、曾存吴在日本演出《茶花女》，后成立春柳社。

4月6日(清明)　陈去病、高旭、朱少屏、沈道非、刘季平5人赴苏州游，谒张国维祠，各作有诗词，后由高旭辑成《吴门纪游》出版行世。柳亚子闻讯，特作山塘之游，以继之。

5月　柳亚子作《怀人诗》10首。

6月　高旭作《怀人诗》50首，有序。

7月　于右任赴日本考察报业归来，聚众倡办《神州日报》。

同月　留日学生李叔同、曾存吴、欧阳予倩在日本东京演出《黑奴吁天录》。

7月15日　秋瑾被捕牺牲。徐自华、徐小淑姊妹作诗悼念，包天笑撰时评抨击清政府。王无生写小说《轩亭复活记》、编剧本，悼念秋瑾。吴梅作《轩亭秋杂剧》、庞树柏作《碧血碑》杂剧以悼之。

8月9日　陈去病以庆生辰为名拟悼念秋瑾，请友人相聚，商组神交社。

8月15日　四方友人来会，共17人，成立神交社。刘三有题摄影，柳亚子也有题诗。

9月18日　高旭在健行公学自作拟石达开诗20首，以残山剩水楼主人名义，刊《石达开遗诗》及序，并以名义哭庵作跋，一时传遍大江南北，各诗话纷纷转载。

11月　江、浙两省发起的保护路权运动，陈去病入江苏铁路协会，为股东之一，并为干事。

12月　同盟会睦南关起义，黄兴亲临前线指挥，不幸失败。

1908年　戊申

2月25日　徐自华在西湖秋瑾墓落成时，召开悼念秋瑾大会，会后成立秋社。陈去病为主要成员，并撰《秋社启》。陈去病又作哀诗，请徐自华姊妹、柳亚子、高旭、诸贞壮等和诗。

2月　健行公学解散后，高旭回到金山张堰，与何亚希邀请姚光等共组钦明女校。

4月　陈去病在绍兴吊轩亭访宋六陵，召集大通学堂学生宋琳等组织匡社。

5月24日　陈去病、刘三在杭州祭张苍水墓，并哭吊南明永历皇帝。

6月　李根源在日本东京组织大森体育会。

7月　秋社徐自华、陈去病拟为秋瑾就义一周年召开纪念大会，陈去病作祭文，被清吏侦知，陈去病远避汕头，主《中华新报》。柳亚子、徐自华均有词赠之，以送其行。

10月　清吏常徽奏请平毁秋墓，缉拿修墓之徐自华、吴芝瑛。徐自华请陈去病速回，陈至，墓已平。徐自华设宴为陈洗尘，入席者二十多人。叶楚伧衔命南下，代陈去病主持《中华新报》编务。

1909年　己酉

春　浙苏路事发生，陈去病为办事员，高旭作诗《路亡国亡歌》。

5—10月　于右任先后创办《民呼日报》《民吁日报》《民立报》，是为“竖三民”，深入扩大革命宣传。南社人士多聚于此，发表诗文。

6月23日 陈陶遗出狱，柳亚子、高旭等作诗贺之。

8月 陈陶遗约柳亚子来访留溪，与高旭相会，三人就南社事商讨一切。

10月8日 俞剑华自海外归，至黎里访柳亚子，相聚10日，临别坚持南社之约。

10月17日 叶楚伧发表《南社感言》。

11月26日 朝鲜爱国志士安重根在哈尔滨刺杀日酋伊藤博文，被捕牺牲。陈去病、高旭、柳亚子、沈道非等人写诗悼念，贡少芹作《亡国恨传奇》。

1910年 庚戌

3月31日 汪精卫、黄树中、喻培伦在北京谋炸摄政王载沣，事泄被捕。汪精卫作《绝命诗》。

8月起，宋教仁等在《民立报》《天铎报》《时报》《神州日报》撰文推介南社，逐渐扩大南社影响。

8月 高旭、柳亚子、蔡恕庵同游嘉兴烟雨楼，路经平湖，访报本寺。

9月(重九) 高燮、高旭、高平子等人赴南京访明孝陵等名胜，周实丹陪同，凭吊之余，大作其诗。归来后，琢瓦作砚，以志其游。周实丹辑录各人所作，成《白门悲秋集》。

9月 南洋劝业会开幕期间，高燮等人同去参观，归作《金陵游记》。王漱岩作《南洋劝业会竹枝词三十首》。

1911年 辛亥

3月 宋琳在绍兴发起越社。后集同人诗作，编辑《越社丛刊》，陈去病为作序。

4月27日 黄兴率一百多名敢死队员进攻两广总督衙门，不幸事败，多人战死，多人被捕后就义。事后拾得72具尸体，丛葬黄花岗，是为七十二烈士墓。宋教仁、陈去病、高旭、汪文溥、雷昭性、周实等人写诗痛悼。

7月中 黄侃作《大乱者救中国之妙药也》，刊于《大江报》。

7月31日 宋教仁、陈其美等在上海北四川路举行中国中部同盟会会总部成立大会。

10月10日 武昌起义。2日后，于右任在《民立报》发表时评文章《武昌黄鹤楼头之风声》，望平街人头攒动，日以千人，齐观号外。

10月10日以后 胡石予作《秋风诗》几十首，歌颂武昌起义胜利。

10月 周实、阮梦桃率学生等光复山阳，旋被清吏姚荣泽杀害。

同月 庞树柏协助地方起义军光复常熟。俞剑华协助太仓地方人士光复太仓。

同月 张通典与女儿张昭汉力劝苏督程德全独立，程德全拨款2 000元出版江苏《大汉报》。

同月 柳亚子、朱少屏、胡寄尘创办《警报》，日出两三张，在望平街发送，颇受欢迎。

11月3日 黄兴到武昌就任中华民国军政府战时总司令。上海陈其美等起义胜利，攻克江南制造局，占领上海县城。

11月6日 沪军都督府正式成立，陈其美任都督，蔡冶民为总务科长。庞树柏作《拟沪军都督北伐誓师文》。

11月9日 广东独立，成立军政府，胡汉民为首任都督。

11月30日 各省都督府代表在汉口英租界开会，讨论组织临时中央政府问题，先后通过《临时政府组织大纲》等。其中有南社人士吕天民、景耀月多人参加。

11月 丹阳光复，林立山任军政长。

同月 高旭、姚石子等赴苏州，与陈去病、傅屯根等人会聚于江苏《大汉报》社，同席有胡石予、吴梅、徐寄尘姊妹、张默君等。

12月20日 朝鲜革命党人申圭植流亡中国，到上海与革命党人多有接触，后来加入南社，为唯一的外国籍南社社员。

12月29日 在南京召开17省代表会议，选举孙中山为中华民国临时政府大总统，其中有南社人士为代表：山西景耀月、江苏陈陶遗、广西马君武、云南吕志伊。

12月 江浙联军进攻南京，蒋万里、潘飞声等人作诗，歌颂参加攻城之役。

同月　姚光作《北征歌》，鼓励进军北京，夺取最后胜利。林景衡作《拟收复北京露布》。

1912 年　壬子

1 月 3 日　孙中山就任中华民国临时大总统后，提名各部部长、次长任命名单：陆军总长黄兴、教育部次长景耀月、司法部次长吕志伊、交通部次长于右任、内务部次长居正、实业部次长马君武、秘书长胡汉民，秘书处则有朱少屏、雷昭性、任鸿隽、柳亚子等。

同日　绍兴《越铎日报》出版，黄棘(周树人)作《越铎出世辞》。

1 月 10 日　陈去病到绍兴，出任《越铎日报》总编辑，负责写社论。

1 月 11 日　孙中山宣布成立北伐军事指挥部，自任总指挥，黄兴为参谋长，并制定六路北伐计划。

1 月中旬　苏军北伐，朱梁任携带幼子参加。行军至清江，而遇和议，罢行。粤军军长姚雨平率军北伐，叶楚伧为秘书长，作《北伐誓师文》，随军出发，至固镇，打败张勋。和议下，奉召回沪。叶楚伧有诗记其事，又有《淮上征车记》。后粤军收集史料辑成《建国战记》，叶楚伧作序。

1 月 26 日　绍兴越社和秋社共同发起追悼秋瑾大会，陈去病、徐自华主持。徐自华有诗词记其事。徐自华面斥章介眉，章愿献田宅家产，为秋侠祠经费。

1 月　范鸿仙请命孙大总统，组织铁血军北征，亲赴淮北，召集 5 000 名健壮勇士，组为铁血军，任总司令，发表《宣言书》，出师庐州。进攻颍上、亳州。值议和开始，撤回南京。

2 月 1 日　南社与克复学报社、淮安学团联合召开周实、阮式烈士追悼会。

2 月 20 日　唐群英联络妇女团体，发起女界参政同盟会。

3 月 19 日　北京参议院开会，女子代表唐群英等来会，要求参政。

3 月　张默君组织神州女界共和协济会，上书孙中山提出参政要求，孙中山复信支持。

4 月 1 日　李叔同、曾延年、叶楚伧、柳亚子等人发起文美会。

4 月 2 日　孙中山在黄兴、陈其美陪同下观看黄喃喃演出《侠女传》，并题赠“改良新剧”4 字。

4 月 8 日　女子参政案被否决，唐群英率众闯入参议院，大闹会场，怒批宋教仁之颊。

4 月 30 日　《太平洋报》刊出广告，将刊出苏曼殊著小说《断鸿零雁记》，由朽道人插图。5 月 12 日至 8 月 7 日在第二版上刊出，共 27 章。前 7 章每章一幅插图，共 7 幅，此即人所称僧、道合作之佳品。

5 月 6 日　黄喃喃组成自由剧团，由沪军都督府蔡治民拨款支持。是日演出《爱国妇女》，黄兴亲临现场观看。

5 月 18 日　文美会举行第一次雅集，除南社人士之外，邀请吴昌硕、李瑞清两先生，计 20 余人。会上展出社员作品，一并交换，又传观《文美》杂志。

6 月 15 日　高吹万等 16 人发起国学商兑会。后来文美会并入国学商兑会。

7 月 14 日　蔡元培不满袁世凯的专横，邀同司法总长王宠惠、农林总长宋教仁、工商总长王正廷联名辞职。

7 月 19 日　徐自华为秋瑾牺牲 5 周年，召开纪念大会，并登报征求秋瑾遗物，在会上展出。

7 月 21 日　陈去病主持杭州平民日报社，并在报社内设立南社通讯处。

7 月 29 日　陈去病受徐自华之托赴湘，迎回秋瑾灵柩。

8 月 5 日　王金发、姚勇忱发起成立竞雄女学。

9 月 25 日　湖南南社人士在长沙烈士祠举行雅集，计 19 人，陈去病讲话。

9 月　黄兴受袁世凯之邀到北京，在宅中加入南社，是为北京南社第一次雅集，其后与南社社友多次雅集。

10 月 10 日　《民立报》《太平洋报》均刊载陈去病在长沙南社雅集上的讲话，引起柳亚子不满。

10 月 18 日　陈去病护秋瑾灵柩离湘，从水路返回上海，在沪受到热烈欢迎。

10 月 24 日　护送秋瑾灵柩到杭州。

12 月　孙中山参观西湖秋墓、秋祠，并题悼词及悼联，劝徐自华赴沪接办竞雄女学，勿作军阀之无谓牺牲品。

同月　高旭、姚石子被选为中国同盟会金山分部正、副部长。

1913 年　癸丑

1 月 6 日　孙中山、黄兴、宋教仁等赞同筹备中华民国国史馆，纂修《中华民国史》。

2 月 4 日　北京政府参、众两院复选，宋教仁主持的国民党获 392 席，占压倒多数。

2 月　邓家彦因从事反袁宣传被捕入狱，作《狱中诗》3 首。后和者颇多，拟集刊为《狱珊瑚》。

3 月 20 日　宋教仁遇刺案发生后，南社人士发表大量悼宋诗文。其中，徐血儿编《宋渔父》。

4 月 8 日　北京政府召开第一届国会开幕，有千余人参加，其中南社社友亦有百余人。

4 月 27 日　高旭在北京畿辅先哲祠举行雅集，是为北京南社第二次雅集。

5 月 6 日　高旭等人又在崇效寺雅集，是为北京南社第三次雅集。

6 月　陆子美为柳亚子作《分湖归隐图》，广征题咏，南社友人几十人作诗词或题辞。

同月　北京南社在陶然亭举行雅集，是为第四次雅集。同月，追悼宋教仁与陈蜕两社友，于徐园举行雅集，是为第五次雅集。

6 月 9—30 日　袁世凯先后下令免去江西都督李烈钧、广东都督胡汉民、安徽都督柏文蔚职务。

7 月 12 日　李烈钧占领湖口宣布独立，13 日被举为江西讨袁军总司令，举兵讨袁。15 日黄兴入南京与江苏都督程德全会晤后宣布独立，被举为江苏讨袁军总司令，陈去病、庞树柏等进入黄兴幕僚，一时文件多出其手。17 日安徽独立，都督柏文蔚任安徽讨袁军总司令。18 日广东宣布独立，加入讨袁军。18 日陈其美率领上海讨袁军攻打制造局，居正率民军占领吴淞口炮台。

7 月 15 日　《民权报》《中华民报》《民国新闻》等均发表社论，公开讨袁，被称为“横三民”。

同日　柳亚子作《七月十四日》诗，公开反袁。

8 月 27 日　在北京中央公园上林春举行北京南社第六次雅集。

9 月 1 日　二次革命失败，黄兴出走日本。此后，黄兴、李烈钧、柏文蔚等人遭通缉。

9 月 25 日　宁调元在武昌组反袁活动被捕，高旭等联合议员营救无效，被害。高旭、柳亚子、胡朴安、周斌、黄忏华、傅屯根等人作诗悼念。

1914 年　甲寅

1 月 10 日　袁世凯下令解散国会，停止众、参两议院议员资格。陈去病、马君武、高旭等人纷纷南下，林庚白携国会文件与印章赴上海。

3 月 30 日　南社第十次雅集次日，叶楚伧集陈佩忍等友人 10 人于寓所，共赏《汾堤吊梦图》《午梦堂集》等，陈匪石作《南社雅集外纪》。

3 月　陈勒生研制炸弹失效，被炸身亡。

4 月　高旭辑《变雅楼三十年诗征》，征序于众，应者颇多。

5 月 16 日　周祥骏在徐州讲学，因指斥军阀张勋被杀害。高旭、柳亚子有诗悼念。

7 月 8 日　中华革命党在日本东京成立，孙中山为总理，追随者有很多南社人士。

7 月 28 日　《马君武诗稿》出版。其在自序中称“鼓吹新学思潮，标榜爱国主义”，概括了前后十多年来的革命界、思想界、文化界的特点。

8 月　杨度等人组织筹安会，鼓吹帝制。柳亚子作《孤愤》、高旭作《感事六咏》等诗揭露之。

11 月 23 日　徐自华邀请吴梅、陈去病、胡朴安、叶楚伧等 7 人于寓中饮酒行令，次日作《寒谷生春记》。

本年　傅屯根作《红薇感旧图》，社友广为题赠，达四五十人。

本年　李叔同作《送别》歌，一时传唱大江南北。

1915 年　乙卯

1 月 4 日　《科学》杂志出版，是为中国现代科学史上历时最长的一份综合性科学刊物。

5月10日　高吹万、姚石子、柳亚子等偕夫人共游杭州西湖，友人置酒相庆。组南社西泠临时雅集，参加者达30余人。

5月中旬　冯春航在杭州演剧之余，在西泠桥畔筑冯小青之墓，柳亚子撰题名，李叔同书丹。

6月中旬　王金发、姚勇忱为朱瑞所杀害，弃尸街头，徐自华命人收尸为葬。

12月12日　袁世凯宣布登帝位，改年号洪宪。南社诗人柳亚子、高旭等人作《讨袁》诗。王德钟作《讨袁贼檄》《草檄文既竟，自题一绝》，并有《十九岁述怀诗》10首。

12月25日　蔡锷、唐继尧通电宣布云南独立，组织护国军讨袁开始。吕志伊作《拟护国军讨国贼袁世凯檄》。

1916年　丙辰

4月6日　广东宣布独立，成立护国军两广司令部，李根源为副参谋。

5月18日　陈其美在上海被袁世凯爪牙杀害，南社社友作诗文痛悼。

6月　林寒碧访梁启超，至马霍路(今黄陂北路)被英人汽车撞伤，当晚死于医院。

8月　南社与福建乡人先后召开林寒碧追悼会，竞雄女学派代表参加。

8月1日　黎元洪宣布国会复会，国会议员二次北上，其中有南社人士多人。

8月中旬　孙中山来浙考察，陈去病受浙省秘书处指派陪同参观各地，至钱塘观潮，代作文一篇。

9月24日　在北京徐园举行北京南社第七次雅集。

10月31日　黄兴在上海病逝，南社人士写诗撰联追悼。

11月12日　南社社友在北京举行北京中央公园临时雅集。

本年　朱少屏担任寰球中国学生会总干事。

本年　杭州丁三在兄弟创进聚珍仿宋印书局以印书，大受欢迎。

1917年　丁巳

5月　高吹万与姚石子、高君平、高君深等赴京一游，访高旭。

6月1日　张勋率辫子军入京，7月1日拥废帝溥仪复辟。高旭作《猛虎行》、柳亚子作《感事四首》、丘复作《妖雾》进行揭露和批判。

6月　南社发生同光体评价之争，论争分为3个阶段，自6月上旬至8月底结束。

7月17日　秋瑾就义10周年，徐自华在竞雄女学率学生追悼秋瑾。

8月　孙中山在广州组织非常国会，大批南社人士追随南下。其间组织雅集于佛照楼，后又于禺楼举行6次雅集。

9月20日　易象、李大钊合编《神州学丛》出版。

1919年　己未

3月15日　朱少屏主持寰球中国学生会欢送留法89位勤工俭学人员，到1920年12月15日，共有14批1 800多人赴法。至1926年活动逐渐停止。

10月18日　孙中山应朱少屏之邀，来寰球中国学生会演讲，题为《救中国之急务》。

1920年　庚申

7月　胡朴安、胡寄尘邀潘兰史等10人结鸥社，前后共雅集9次。

11月25日　易象被地方军阀赵恒惕杀害，有绝命诗存世。

1921年　辛酉

1月23日　高旭受聘天津《大公报》为驻京特派记者，辟《特别通信专栏》，每周一篇。至1923年3月止计27个月，刊文274篇。

1月27日　南社广东社员在广州图书馆集会，纪念苏东坡，作寿苏会，高旭等人遥寄诗以祝。

4月7日　国会非常会议参、众两院联合在广州举行，推孙中山为非常大总统。

7月1日　中国共产党第一次全国代表大会在上海兴业路召开，其处即李书城宅。

7月　为谋葬苏曼殊，陈去病偕徐自华赴粤，面谒孙中山，即命归治墓地，后徐自华割地相让。

8月　陈去病赴斜塘，与余十眉等相聚，有酒有诗。后余十眉辑为《壬戌诗选》。

9月　陈去病在南京，任东南大学教授，其后多与友人相聚，如吴梅、姚鹓雏等。

10月　以中国共产党为主，国共合作创办上海大学，于右任任校长，与李大钊共同商议教务。

1923年　癸亥

2月7日　二七惨案发生后国会议员以提案进行谴责，高旭参与提议。

5月9日　《国学周刊》创刊，胡朴安为主编，发表宣言。

6月19日　广州《民国日报》创刊，孙璞任社长兼编辑主任。

8月12日　陈去病50寿辰，自作《五十初变》诗，友人柏文蔚、于右任、马君武等20人联合作《陈去病五秩征文启》。

10月5日　曹锟贿选为总统，孙中山发出《讨曹宣言》，通缉贿选议员。上海方面公布贿选议员名单，其中南社19人。柳亚子发表与高旭绝交电（高旭贿选后证实并无根据）。田桐等发表声明，不承认19人南社社友资格。陈去病等人发表声明，支持田桐的意见。邵次公将贿选银票送至《顺天时报》，印成影版，次日见报。叶夏生声明未投曹锟票，被驳斥。

10月21日　胡朴安招集于朴学斋，汪精卫、邵力子、于右任、叶楚伧等人赴会，胡沛平绘《朴学斋话酒图》，于右任题耑。

12月25日　陈去病邀张继、汪精卫、于右任、柳亚子、胡朴安、叶楚伧、徐自华、吕志伊、陈陶遗、余十眉等友人在上海相聚，作岁寒初集，有摄影今存，共16人。至次年1月19日，共聚7集，皆有诗作。

1924年　甲子

4月5日　章太炎、于右任、马君武、田桐等赴华泾为邹容扫墓，并醵金为重置墓地。

6月9日　陈去病、柳亚子在上海组织江苏民治建设会，陈绵祥为秘书，新南社人士多有加入。

10月24日　邵元冲与张默君结婚，南社人士多人前往参加，为临时小集。

11月10日　孙中山发表北上宣言，汪精卫、陈去病等人随从北上。

1925年　乙丑

3月12日　孙中山在北京逝世。孙中山逝前有言，欲葬紫金山。众皆茫然，陈去病说，即钟山也，归作《紫金山考》。组成丧事委员会，秘书股为汪精卫、戴传贤、邵元冲、陈去病，另有多人参加其他各组。北京各界举行盛大追悼会。南社人士在其身旁多人，追悼大会时，南社人士多有挽联。

4月　陈去病《浩歌堂诗钞》刊行，众友人纷纷作序祝之。

5月30日　上海各校学生上街游行，散发传单，抗议帝国主义暴行，遭军警开枪，打死多人，是为“五卅惨案”。叶楚伧参与游行，扛大旗前行。

7月　于右任赴苏联迎回冯玉祥，共同参与国事。

8月10日　新南社社员廖仲恺在广州遇刺。

8月25日　高旭逝世，乡人召开追悼会，挽联、挽词、挽诗多达数十幅，后集为《高天梅追思录》。

11月8日　国民党右派召开西山会议，张继、邹鲁、居正、叶楚伧等人参加会议。

1926年　丙寅

4月26日　邵飘萍被北洋军阀以“宣传赤化”罪名杀害。

8月6日　林白水被北洋军阀张宗昌杀害于北京天桥。

8月28日　北京人士召开邵飘萍、林白水烈士追悼大会，参加者多达200人。

1927年　丁卯

7月17日　秋瑾就义20周年，邵元冲召开秋瑾就义20周年大会，陈去病作祭文。

1928 年　戊辰

8 月　柳亚子偕夫人邀鲁迅于功德林餐馆，同席有沈尹默、刘季平夫妇。

10 月 8 日　南京国民政府实行五院制，国民政府下设立法、司法、行政、考试、监察，院长皆为南社人士。

10 月　柳亚子索诸贞壮、陈树人各为绘《秣陵悲秋图》，柳撰写序。

年末　宋大章陪同张继、吴铁城与张学良商谈，促成东北易帜。

本年　黄节在广州发起岭南南社。

1929 年　己巳

5 月　孙中山灵柩安葬南京，称奉安大典，南社多人参加护柩送灵活动。

本年　柳亚子作《存殁口号》6 首，其第一首咏孙中山、毛润之，称"并世支那两列宁"。

本年　陈巢南在南京瞻园编辑《江苏革命博物馆月刊》，柳亚子为撰《发刊词》，特聘秦效鲁、徐自华等 6 人为特约编辑。

1930 年　庚午

12 月 25 日　傅熊湘逝世，长沙为之召开追悼会。

1931 年　辛未

9 月　九一八事变发生，何香凝回国创立后方援助会，邀请柳亚子协助。

11 月 7 日　朱梁任父子赴甪直保圣寺参观唐塑像，归途舟覆，父子殒命。柳亚子等南社人士为其召开追悼大会。

11 月　马君武作《哀沈阳》诗，讽刺张学良不抵抗。

1932 年　壬申

1 月　何香凝举办爱国画会，邀请柳亚子参加。

7 月　上海市市长吴铁城聘柳亚子为上海通志馆馆长，朱少屏为副馆长。

10 月　郁达夫邀鲁迅、柳亚子参加宴会，鲁迅赠"横眉冷对千夫指，俯首甘为孺子牛"联句。

12 月　中国民权保障同盟成立，杨杏佛为总干事。

1933 年　癸酉

6 月 18 日　杨杏佛因参加抗日救亡运动，与宋庆龄、蔡元培在上海发起组织中国民权保障同盟，在上海中央研究院门外遭国民党特务暗杀。

10 月 4 日　陈去病逝世，柳亚子等人召开治丧大会。

1934 年甲戌

5 月　徐自华病逝西湖秋社。

1935 年　乙亥

本年　黄喃喃在北方舍去舞台，改事丹青，创造舌画艺术，引起美术界巨大轰动。

1936 年　丙子

2 月 7 日　国民党元老、南社诗人杜羲自沉玄武湖。

2 月 9 日　公祭杜羲，张继、李烈钧、邵元冲、张默君等百余人参加。

5 月 28 日　柳亚子寿庆，好友齐聚寓庐为庆。

9 月　《蔡柳二先生寿辰纪念集》出版。

11 月 23 日　全国各界救国联合会领袖沈钧儒等 7 人因号召停止内战、联合抗日，组织抗日救亡运动而被逮捕入狱，史称"七君子事件"。

1937 年　丁丑

7 月 22 日　何香凝、宋庆龄在上海成立中国妇女抗敌后援会，后更名中国妇女慰劳自卫抗战将士总会上海分会。

8月11日 “七君子事件”发生后，全国人民纷起声援，积极开展营救运动，宋庆龄等人还发起救国入狱运动。在各界压力下，沈钧儒等7人被保释出狱。

1938年 戊寅

12月 胡朴安作《望江南曲》《抗战进行曲》《桃花源曲》等，以散曲套曲进行抗战宣传。

本年 抗战全面爆发后，李根源在苏州组织老年人为“老子军”，欲上前线杀敌，后被劝阻未成行。

1939年 己卯

8月 胡石予病逝于安徽铜陵，上海各界在法藏寺举行公祭。

11月23日 郁华被日寇杀害。

1940年 庚辰

3月30日 汪精卫在南京成立汪伪政权，马君武作《三·卅纪事》诗讽之。

5月 由于右任、冯玉祥力荐，邵力子任驻苏大使，随即赴任。

8月10日 马君武在广西桂林逝世，周恩来致挽词“一代宗师”。朱德、彭德怀致挽词“教泽在人”。柳亚子有诗悼之。

12月 柳亚子撰《南社纪略》成书，南下后在沪出版。

1941年 辛巳

1月 宋庆龄、何香凝等因皖南事变联合发表宣言，公开国民党反共阴谋。文由柳亚子起草。

12月 林庚白在香港遭日寇枪杀。

1942年 壬午

4月17日 朱少屏等9人在菲律宾马尼拉被日寇杀害。

7月2日 冷御秋与黄炎培等5位参政员赴延安考察3日。

10月 李叔同病逝于福建泉州，柳亚子函文吊之。

1944年 甲申

本年 湖北利川磨刀溪发现新植物树种，由胡先骕等专家鉴定为“绝种的水杉”，引起科学界的重视，被认为是新物种。胡先骕作《水杉歌》长诗。

1945年 己酉

春 于右任在重庆曾家岩陶园宴请柳亚子、刘成禺等十多人午宴，会上备20件近作联屏，任由各人抽选，再题款以赠。

秋 柳亚子、张西曼等人发起成立革命诗社，有《征诗启事》。

9月6日 毛泽东访柳亚子于沙坪坝南开学校寓所，以《沁园春》词赠柳亚子，柳亚子有和词。

10月 于右任设宴招待毛泽东，宴中盛赞“数风流人物还看今朝”为激励后人之佳句，毛泽东说“何若‘大王问我，几时收复山河！’”。

1946年 丙戌

2月15日 叶楚伧病逝上海。大殓时，胡朴安代表《民国日报》馆主持宣读祭文。立法院代表狄膺主祭，于右任、邵力子等前往吊唁，柳亚子有挽联，陆繁霜有悼词《鹧鸪天》。

1947年 丁亥

9月3日 南京市举行公祭，悼念被日寇杀害的朱少屏等9烈士，并将9位烈士安葬于菊花台公园墓地。

12月 柳亚子在香港组织扶余诗社，自任社长。

1948年 戊子

2月 柳亚子等人离港北上，参加中国人民政治协商会议，同行者有沈体兰等。

1949年 己丑

2月14日 邵力子与章士钊等5人以私人代表资格飞赴北平，共商国是。

3月15日　柳亚子等27人到北平。

4月1日　章士钊、邵力子再次来北平参加和平谈判，谈判破裂后宣布脱离国民党，并留居北平。

4月16日　柳亚子等在北平中山公园来今雨轩召开南社、新南社联合雅集，到会60余人，周恩来、叶剑英等出席。

7月　柳亚子参加全国文学艺术工作者代表大会。

9月　柳亚子参加中国人民政治协商会议。

1950年　庚寅

10月1日　中华人民共和国开国大典，沈钧儒、马叙伦等多位爱国人士登上天安门城楼，庆祝开国大典。其后，沈钧儒任中央人民政府第一任最高人民法院院长，马叙伦任教育部第一任部长，李书城任农业部第一任部长，沈雁冰任第一任文化部部长。

本年　姚昆田兄弟将家藏图书数十万册捐赠上海图书馆，陈毅主持颁发奖状，褒扬之。

附：

南社纪念活动大事记

1958年

6月24日　各界人民公祭柳亚子，国家领导人刘少奇、周恩来、沈钧儒等10人为大会主祭人，吴玉章致悼词。

1959年

12月　柳无非、柳无垢选辑《柳亚子诗词选》，由人民文学出版社出版。

1962年

1月24日　于右任在台湾作诗怀念家乡，“故乡不可见兮，永不能忘”。

1964年

3月　陆丹林撰《南社的成立和停顿》，刊于《文史资料选辑》第43辑。

1980年

10月　杨天石、刘彦成著《南社》，由中华书局出版。

12月7日　为纪念弘一法师诞辰一百周年，中国佛教协会主办“弘一大师（李叔同）书画金石音乐展”在北京法源寺开幕。后出版纪念册《弘一法师》，由文物出版社出版。

1981年

2月　郑逸梅编著《南社丛谈》，由上海人民出版社出版。

1983年

4月　柳无忌编《南社纪略》，由上海人民出版社出版，是为《柳亚子文集》第一种。

1985年

1月　中国革命博物馆编《磨剑室诗词集》（上、下），由上海人民出版社出版，是为《柳亚子文集》第二种。

1987年

5月　江苏黎里召开纪念柳亚子诞辰100周年暨南社发起80周年大会。

1989年

5月4日　国际南社学会成立于美国加州。柳无忌任会长，秘书处设香港，杨玉峰任秘书长。

5月　王晶垚发表纪念南社成立80周年文章《发扬爱国主义传统　共同继承南社遗产》。

1990年

6月　《国际南社学会丛刊》第一期出版，至2002年共出版7期。

9月 《国际南社学会通讯》创刊，此后共出39期。

10月 天津、泉州等地举办弘一大师诞辰110周年纪念会。

11月 中国南社与柳亚子研究会于北京成立，出版会刊《南学通讯》。

1991年

6月 福建人民出版社出版《弘一大师全集》第一卷，至1993年出齐10卷。

7月 马以君主编《南社研究》创刊，先后共出7辑。

1992年

6月 广东南社研究会成立，出版《广东南社》。

10月 纪念辛亥革命80周年暨南社成立82周年座谈会在江苏南京举办。

11月 纪念南社83周年学术研讨会在广东珠海举行。

1993年

8月28日 云南省南社研究会成立，出版《云南南学》通讯。

12月 柳亚子《磨剑室文录》(上、下)，由上海人民出版社出版。此为《柳亚子文集》第三种。

1994年

4月 柳无忌主编"国际南社丛书·南社丛书"，由中国人民大学出版社出版第一辑，社会科学文献出版社出版第二、三辑。柳亚子编《南社丛刻第二十三集第二十四集未刊稿》，由马以君校，社会科学文献出版社出版。

8月2日 陈去病诞辰120周年纪念会在江苏苏州举行。

11月15日 江苏省南社研究会在南京成立。

12月9日 纪念南社成立85周年学术讨论会在北京举行。会上举行"南社丛书"首发式。

1995年

5月 杨天石、王学庄编著《南社史长编》，由中国人民大学出版社出版。

1996年

4月 江苏广陵古籍刻印社影印《南社丛刻》1—22集出版，由尹瘦石题写书名。

1997年

6月10日 纪念柳亚子诞辰110周年暨南社发起90周年活动于北京举行。

10月 杭州师范学院(今杭州师范大学)成立弘一大师研究中心。

1998年

6月11日 沈钧儒纪念馆在浙江省嘉兴市举行开馆仪式。

1999年

11月 南社成立90周年学术讨论会在江苏南京召开。

2000年

10月 弘一大师诞辰120周年国际学术讨论会在浙江杭州举行。

同月 天津、泉州弘一大师研究会举行国际学术讨论会。

2003年

9月 孙之梅著《南社研究》，由人民文学出版社出版。

2004年

9月 浙江平湖新建李叔同纪念馆。

2005年

5月 中国南社研究会划归中国社会科学院文学研究所，为中国近代文学学会下属二级学会。

2006年

6月 栾梅健著《民间文人的雅集——南社研究》，由上海东方出版中心出版。

2009年

9月5日　苏州市南社研究会成立，发刊《苏州南社》杂志。

11月8日　上海金山举行纪念南社成立100周年活动。

11月13日　江苏苏州举行南社成立100周年纪念大会，由中央民革主办。

2010年

10月　杭州、天津、泉州等地分别召开弘一大师诞辰130周年学术讨论会。

2011年

10月8日　云南召开辛亥革命百周年暨纪念南社百周年国际学术讨论会。

10月　苏州召开辛亥革命百周年座谈会。

2012年

4月26日　首届中华南社学坛国际学术交流研讨会在江苏省昆山市周庄镇开幕。同日“中华南社学坛”网站开通，《中华南社学坛》会刊发行。

12月　中华南社学坛在北京举行首次雅集活动。

2013年

7月　张夷、王飚、徐雁主编《首届中华南社学坛论文集》，由文汇出版社出版。

10月　苏州吴江召开新南社成立80周年纪念活动，继到同里镇参加陈去病绿玉青瑶馆开馆仪式。

2014年

9月20日　第二届中华南社学坛北京雅集暨学术讨论会在北京中山公园来今雨轩召开。

9月　张夷、丁及总主编“中华南社文化书系”，由团结出版社出版。

9月　张夷、郭建鹏主编《第二届中华南社学坛论文集——启蒙·革命与现代性的追寻》，由团结出版社出版。

2015年

7月　张春田著《革命与抒情：南社的文化政治与中国现代性》，由上海人民出版社出版。

9月22日　苏州市吴江区南社研究会成立暨“柳诗尹画联展”开幕式在吴江博物馆举行。

10月　南京理工大学学报社科版编辑部编《唤醒东方睡狮的第一声春雷：南社研究学术论文集》，由河海大学出版社出版。

11月　汪梦川著《南社词人研究》，由上海古籍出版社出版。

2016年

6月1日　中国南社“刘氏三杰”研究中心、中国张家港南社陈列馆在江苏省张家港市金港镇揭牌，同时《南社的红色记忆》——中国南社发祥地全国巡展·张家港展开幕。

6月　上海大学出版社推出“珍本南社旧著丛刊”“南社史料辑村”丛书。

11月13—15日　第三届中华南社学坛·首届中国南社与辛亥革命后裔大会在江苏苏州召开。

11月　郭建鹏编著《中国南社雅集志》，由团结出版社出版。

2017年

5月　陈颖著《云间南社人物志》(华亭文丛)，由上海文化出版社出版。

6月　郭建鹏、陈颖编著《南社社友录》(全两册)，由上海大学出版社出版。

11月14日　孙中山洪门文化与南社陈列馆在苏州山塘街贝家花园开馆。

2018年

10月　南社与辛亥革命后裔口述历史影像首发仪式在苏州中国南社纪念馆举行。

11月12日　“光前启后——南社与近代上海社会变革”主题展在上海历史博物馆开幕。

11月15日　由上海通志馆与上海炎黄文化研究会主办的“南社与江南文化”研讨会在上海举行。

2019 年

4 月 28 日　王晓华、俞前、张庆军著《天下南社》（团结出版社 2019 年 3 月出版）首发式在江苏苏州吴江举行。

4 月 10 日至 5 月 13 日　眼中朋旧谁人杰——何香凝与南社社友书画手札展在广东省深圳市何香凝美术馆举行。

5 月 6—7 日　上海近代城市文化系列专题片《书生报国——南社人在上海》，在上海电视台纪实频道正式播出。

10 月　张夷、钱彬龙总主编《百年南社：纪念南社成立 110 周年论文集》（中华南社文化书系，全两册），由团结出版社出版。

10 月　张明观、张慎行、张世光编著《南社社友图像集》，由上海人民出版社出版。

11 月 13 日　南社成立 110 周年纪念大会在江苏苏州召开。会议由民革中央、民革江苏省委主办，民革苏州市委、中国近代文学学会南社与柳亚子研究会承办。会上，举行《百年南社：纪念南社成立 110 周年学术文集》《南社后裔口述历史文集》《南社丹青吟》等图书首发仪式。第四届中华南社学坛学术会议、第二届南社与辛亥革命后裔口述历史大会同时举办。

同日　金山启动纪念南社成立 110 周年系列活动。上海南社纪念馆新展开放暨捐赠仪式在金山区张堰镇举行。由中共上海市委宣传部、中共上海市金山区委员会指导，金山区文化和旅游局出品的大型原创话剧《南社》首演。

11 月　上海金山区博物馆展出“万梅花开：金山与南社文物文献展”。

同月　上海金山图书馆展出“故纸溢芬：南社名人手稿特展”。

12 月 18 日至 2020 年 3 月 22 日　上海市历史博物馆（上海革命历史博物馆）推出风流余韵——上海市历史博物馆藏南社文物、文献展。以 20 世纪 30 年代柳亚子主持上海市通志馆时期收藏的南社文献为主，共展出 83 件文物。

12 月 19 日　江苏省江阴市南社文化研究会成立，会后举行“江阴与南社”近代文化名人手札展。

2020 年

1 月　杨天石著《南社史三种》，由上海东方出版社出版。

10 月　金山区博物馆编著《说剑描兰——金山与南社》，由上海人民出版社出版。

2021 年

1 月　曹娟、钱西姿主编《巾帼风华：南社女社员及女眷》，由上海大学出版社出版。

4 月　汪梦川、曹辛华主编《南社学术著作丛刊》（全一一三册），由北京燕山出版社出版。

5 月 3 日　南社后裔姚昆田因病在上海华山医院逝世。

2022 年

8 月　邵盈午著《南社人物吟评》，由北京团结出版社出版。

2023 年

9 月 26 日　纪念新南社成立一百周年——南社社员信札展在苏州徐悲鸿艺术博物馆开幕，共展出中国南社二十多位名人的信札墨迹。

10 月 18 日　群星闪耀时：百年新南社历史特写展览启动仪式在上海市金山区博物馆举行。

10 月　俞前著《南社先贤交往录》，由北京团结出版社出版。

11 月 3 日　中国南社文化研究主要倡导人、全国政协副主席、民革中央委员会主席周铁农先生逝世。

11 月 11 日　第五届中华南社学坛国际学术大会筹备工作会议暨江苏省南社研究会第六届第一次代表大会在江苏苏州吴江召开。

12 月　上海市金山区档案局（馆）编《姚光日记》（全三册），由复旦大学出版社出版。收录姚光自 1908 年至1945年5月逝世前的34册日记，保存了著者的所见所闻，涉及政治、经济、舆地、人文等方面，是研究南社、研究民俗、研究地情的宝贵资料。

2024年

1月17日　中国社会科学院文学研究所研究员、中国近代文学学会南社与柳亚研究分会会长王飚逝世。

1月27日　浙江省南社研究中心筹备委员会在杭州成立。

2月17日　“诗书传家有清芬”——《姚光日记》新书首发仪式在上海图书馆东馆举行。

2月28日　《江苏历代文化名人传·柳亚子》新书发布暨分享会在江苏南京举行。

附录二：南社人士名号对照表

姓　名	字号、笔名等	备　　注
丁三在	一名三厄，字善之，号不识，别署子居	南社社友
丁上左	字宜之，一字竹孙，号白丁	南社社友、新南社社员
丁义明	字子峻，号更生	南社社友
丁以布	字宣之，一字仙芝，号展庵	南社社友
丁立中	字和甫，号禾庐、宜堂	南社社友
丁良桢	字羡门	南社湘集社友
丁逢甲	字堃生，一作坤生、崑生，号壮者	南社社友
丁润身		南社社友
丁绣章	字锦文	南社社友
丁菊舫		新南社社员
丁曾藩	字襄侯	淮南社社友
丁湘田		南社社友
丁慕冰	名鑫，字慕冰	南社纪念会会员
卜世藩	字芸盦、芸厂，又字芸庵，号韵荃	南社社友、南社湘集社友
于　觉	字小川	南社社友、南社湘集社友
于右任	原名伯循，又名敬铭，字右任，化名刘学裕，笔名骚心，号神州旧主，别署髯翁、大风、关西余子，晚年号太平老人、痛臂翁等	南社社友、新南社社员
于均生	名庭樟，字均生，自号抱瓮庐主人	南社社友

续 表

姓 名	字号、笔名等	备 注
于秉衡		南社社友
于佩铨	字衡甫	南社社友
于秋墨	名定，字秋墨，别署秋穆	南社社友
于洪起	字觉范，号范亭	南社社友
于鸿文	字心宇	南社湘集社友
于鸿炜	字抚宇	南社湘集社友
万公度	名钧，字公度	南社社友
万以增	字继长，一作纪常	南社社友
卫克强	字锐锋	南社社友
卫灵水	名嘉荣，字灵水	南社社友
马一浮	幼名福田，名浮，字一浮，号湛翁、被褐，晚号蠲叟、蠲戏老人	南社社友
马少侨	谱名远兼，字政交，号啸樵，笔名剑霞、剑子、瘦樵等	南社湘集社友
马公愚	原名范，字公驭，后改名公禺，更字公愚，并以此行；晚号冷翁，斋名畊石簃	南社纪念会会员
马可兴		越社社友
马汉声	号哭天	南社社友
马汤楹	字绪卿，号寒蝶	南社社友
马君武	原名道凝，一名同，后改名和，字厚山，一字贵公，号君武，别署欧化、杨行老圃	南社社友、新南社社员、南社纪念会会员
马鸣风		新南社社员、南社纪念会会员
马叙伦	字夷初，一作彝初，号石翁、寒香，别署啸天生、啸天子，晚号石屋老人	南社社友
马骏声	字小进，号退之，别署梦寄楼主、不进、台山少年	南社社友、广东分社社员、南社湘集社友
马惕冰	名卓，字惕冰	南社社友、新南社社员、南社湘集社友
马超群	字逢伯，号适斋	南社社友
马景云		南社纪念会会员
马锡纯	字东侯，一字东皋，号纯颖	南社社友
王 灿	字承粲，号粲君	南社社友、新南社社员

续　表

姓　名	字号、笔名等	备　　注
王　汾	字达泉，号达庵，别号明月梅花馆主	南社社友
王　竞	字啸苏，一字笑疏，号疏盦	南社社友、南社湘集社友
王　涟	字咏青	南社社友
王　绩	字丕嘉	南社社友
王　鼎	字桂秋，一字桂佛，号筱村，别署且安	淮南社社友、南社社友
王　锐	字剑丞	南社社友
王　廉	字清夫，一字清甫	南社社友
王　凝	字冰肃	南社社友
王大觉	名德钟，字玄穆，号大觉，又号幻花	南社社友、新南社社员
王大桢	一名培棫，字芃生，别署曰叟	南社社友、南社湘集社友
王少文		南社社友
王长公		新南社社员
王文熙	一名雯希，字省明	南社社友
王文濡	字均卿，别署竹毓、亭轩、新旧废物等，笔名虫天子	南社社友
王文灏	字铎中	越社社友
王正廷	字儒堂	南社纪念会会员
王世颖	字新甫	新南社社员
王右曾	名世龙，字右曾	南社湘集社友
王立均	字稺子	南社湘集社友
王立佛	字石痴，一字阿德	南社社友
王汉章	字吉乐	南社社友
王有兰	字梦迪，一字孟迪	南社社友
王存统	字原一，一字宪文	南社湘集社友
王庆康	字寿民	南社社友
王远勃	字少安	南社纪念会会员
王孝英		南社纪念会会员
王志明	字静安，号寄石	南社社友

续 表

姓 名	字号、笔名等	备 注
王时杰	字道民	南社社友
王时彦	字寄云，又字小隐，号遨汝，别署闇园	南社社友、南社湘集社友
王启华	字竹斋	南社湘集社友
王启珊	字纪宣	南社社友
王国毅	字韵宜	南社湘集社友
王念祖	字筱瀛，号笑影	南社社友
王耐园		南社湘集社友
王思默		南社纪念会会员
王钝根	原名晦，一名永甲，字耕培，号钝根，别署根盘	南社社友、南社纪念会会员
王钟麒	字毓仁，一字郁仁，号无生，别署天僇生、天僇、僇民、三函	南社社友
王秋程		新南社社员
王复孙		新南社社员
王笃朋	名麟，字笃朋、祝朋，号永年	南社社友、南社湘集社友
王闿秾		新南社社员
王济远	字大本	南社纪念会会员
王祖埙	字岳麓	南社社友
王砺斋		南社纪念会会员
王晓籁	名孝赍，字晓籁，号得天，后改号晓来	南社纪念会会员
王海帆	名毓岱，字海帆，号少舫，别署舟枕山人	南社社友
王培孙	名植善，字培荪，一字培孙	南社社友、南社纪念会会员
王梦仙	名漱芳，字梦仙	南社社友
王曼溪		南社纪念会会员
王章虎	字彰甫	南社社友
王葆鋆	字伯衡	南社社友
王程之	字幼度	南社社友
王瑞竹	字虹逸	南社纪念会会员
王锡民		南社社友

续 表

姓 名	字号、笔名等	备 注
王瘦月	名横，字瘦月	南社社友
王漱岩	名葆桢，字漱岩	南社社友
王蕴章	字蓴农，一字莼农，号西神，别号西神残客，化名红鹅生	南社社友、新南社社员
王蕴曾	字卓民	南社社友
王德锜	字振威，号秋厓，又号二痴，后更名大可	南社社友、新南社社员、南社湘集社友
王瀛洲	字汉彤，号蒨士，别署眉禅	南社社友、新南社社员、南社湘集社友、南社纪念会会员
区月恒	字蒨娴	南社湘集社友
尤半狂		南社社友
尤墨君	原名志庠，后改名翔，字玄甫，号墨君	南社社友
牛霹生	名逊，又名柽，字霹生，一字匹逊	南社社友
毛和源		南社纪念会会员
毛啸岑	名兆荣	新南社社员、南社纪念会会员
仇 亮	原名式匡，后改名亮，字韫存，一作蕴存，号冥鸿	南社社友
公羊寿文	一名寿，字石年，号段庵、段庐，又号带沙闲人、江左顽石	南社社友
公孙长子	原名余切，又名兰陔，字培初，后改名公孙长子，号粉红城主	南社社友
卞永璋	字叔平，号少卿，又自号国狗居士	南社社友
文 斐	又名灰，字延年，号牧希，别署幻盦、幻园	南社社友、南社湘集社友
文 斌	字壮军	南社社友
文诏云	名群，字诏云	南社社友
文湘芷	名启蠡，字湘芷	南社社友
方 严	字介峰	南社湘集社友
方 畲	字伟农，号其汀	南社社友
方 濬	字静我	南社纪念会会员
方廷楷	字瘦坡	南社社友
方旭之	名荣杲，一字旭芝，号艮崖，别署荦崖	南社社友、南社湘集社友
方声涛	字韵松	南社社友、广东分社社员

续 表

姓 名	字号、笔名等	备 注
方克刚	字筱川，号阙庄	南社湘集社友
方宗钠	字鹤卿，号蟹山	南社社友
方秋士	名培良，字秋士	南社社友
方楚白		南社社友
方赞修	字述斋	南社社友
尹 燿	字笛云，号侠隐，又号紫云岩叟，别署铁笛、笛叟、笛公	南社社友、广东分社社员
尹铁冰		新南社社员
孔仪姞	字莒湘	南社社友
孔庆莱	字蔼如	南社社友
孔昭绶	字攘夷，号竞存	南社社友、南社湘集社友
孔德沚	原名世珍，小名三娜，字德芷	新南社社员
邓小苏	字灵修	南社湘集社友
邓子彭		南社社友
邓文翚	字翥青	南社社友
邓尔雅	原名溥霖，后改名万岁，字季雨、尔雅，号邓斋，别署尔疋、大雅、山鬼等	南社社友、广东分社社员、南社湘集社友
邓芝材	字微之	南社社友
邓昌运	字崧生	南社社友
邓树楠	原名树南	南社社友
邓钟岳	字瑞生	南社湘集社友
邓家仁	字君寿	南社社友
邓家彦	字孟硕	南社社友
邓章兴	字绍穆，号虚舟书室主	南社社友、广东分社社员、南社湘集社友
邓寄芳	字芰郎、芰公，号苏斋，别署芳郎、桂史、苏圃	南社社友、广东分社社员、南社湘集社友
邓肇真		南社湘集社友
邓警亚	名香草，字警亚	南社社友
甘 英	字崇兰	南社社友
甘 融	字哲明	南社湘集社友

续 表

姓　名	字号、笔名等	备　　注
古　直	字公愚，号孤生，别署层冰、退庵	南社社友、南社湘集社友
左汉纵		南社支社淮南社社友
左纪勋	字仲文	南社湘集社友
左铭三		南社湘集社友
石　瑛	字蘅青	南社社友
龙　翔	字小云	南社社友
龙　曙	字季伟	南社湘集社友
平茂玉	亦名懋玉，字剑南，号琢庵	南社社友
平智础	字复苏	南社社友、光复会会员
卢　淦	字骚魂，号粹宗，又号鬼啸生	南社社友
卢　铸	字可铸，号滇生，别号匏斋	南社社友、广东分社社员
卢友恒		南社社友、广东分社社员
卢卓文	字悔尘	南社社友、南社湘集社友
卢谔生	又名岳生，字逸少，笔名卢梭魂、卢梭之徒	南社社友、广东分社社员
卢博郎	原名祖燊，字百朋，号博郎，一作博浪	南社社友、广东分社社员
卢冀野	原名正绅，后改名前，字冀野，自号小疏，别号饮虹，别署江南才子、饮虹簃主人、饮虹园丁、饮虹词人等	新南社社员
叶与凤	字巢阁	南社社友
叶与骥	字仲孙	南社社友
叶天底	原名霖蔚，学名天瑞，后改名天底，一作天柢	新南社社员
叶玉森	又名初，原字宝书、镔虹，后改字荭渔，号中泠，别号中泠亭长，别署杏衫、荇衫、红于	南社社友
叶寿增	字正叔	南社社友
叶志翔	别号浪狂居士	南社社友
叶吟生		南社社友
叶振谟	字典任，一字典臣	南社社友
叶夏声	字竞生，别号萝生	南社社友
叶敬常	字梦庐，号镜民，别署镜明，笔名梦得后人	南社社友、广东分社社员、南社湘集社友

续 表

姓 名	字号、笔名等	备 注
叶楚伧	原名宗源，字卓书，别字小凤，号楚伧	南社社友、新南社社员
申 柽	又名圭植，字睨观，号余胥，别署汕庐、青丘恨人	南社社友
田 汉	原名寿昌，乳名和儿，笔名田汉、陈瑜等	新南社社员
田 侨	字东里	南社社友
田 桐	字梓琴，号玄玄，晚年署玄玄居士、江介散人，笔名恨海	南社社友
田名瑜	又名名誉，字个石，晚署老顽皮、半痴老人	南社社友、新南社社员、南社湘集社友
田星六	名兴奎，字星六，一字醒陆，号晚秋，别署辛庐，别号破帽僧	南社社友、新南社社员、南社湘集社友
田翠竹	号寿翁	南社湘集社友
史文钦		南社社友
史伊凡		南社纪念会会员
史冰鉴		新南社社员
丘 复	原名馥，字果园，又字瘦樵，号荷公，别号荷生，别署荷仙、念庐	南社社友、新南社社员、南社湘集社友、南社闽集社友
丘志贞	字梅白	南社社友
丘庚藻	字纠生	南社社友、新南社社员
丘望嵩	字槛玉	南社社友
丘新荣	字辛梅	南社社友
丘潜庐	原名日华，后改名翊华，字应升、海山，号潜庐、阶叔	南社社友、南社湘集社友
白 炎	字卧羲，号中磊、中垒	南社社友
白 蕉	本姓何，学名治法，字旭如，又名馥，字远香，号复生，别署复翁、云间生、不入不出翁等，笔名白蕉	南社纪念会会员
白逾桓	字楚湘，别署楚香、楚乡	南社社友
包 一	字千谷	南社社友
包天笑	初名清柱，后改名公毅，字朗生、朗孙、德宝，号天笑，别号包山，笔名天笑生、拈花、钏影楼主、秋星阁主等	南社社友
冯 飞	更名济远，字南溪，号培风	新南社社员
冯 玉	字孔嘉	南社社友、南社湘集社友
冯 鹭	字文凤	南社纪念会会员

续 表

姓　名	字号、笔名等	备　　注
冯天柱	字一擎，又字翼经	南社社友、南社湘集社友
冯心侠	名平，字心侠，一字竞优，又字琴友，号复苏，别署壮公	南社社友、新南社社员、南社湘集社友
冯自由	名懋龙，字建华，别署自由	南社社友、南社纪念会会员
冯余生	名泰，字余生，号玙声	南社社友
冯国鑫	字一帆，亦字一范，号灵南	南社社友
冯宝龢	字森荪，一字森孙	南社社友
冯春航	名旭，艺名小子和，字旭初，号春航，别号晚香庵主	南社社友
冯复庵		南社湘集社友
冯淑仪		南社社友
冯超尘	名超，字超尘，一字超人，号北海	新南社社员、南社湘集社友
冯斯栾	字乐天	南社社友
冯智慧	字次伟，号春风	南社社友
宁调元	字仙霞，号太一，又号辟支，别署大一，化名林士逸	南社社友
匡　弼	字尧臣	南社湘集社友
匡怀瑾	字槐静	南社湘集社友
邢启周	字知斠，号志汉	南社社友
邢钟翰	原名朗，字诵华	南社社友
成本璞	字琢如，号天民，又号櫂渔、愚公、愚民	南社社友、南社湘集社友
成舍我	原名希箕，别名汉勋，又名平，字舍我，别署成则王，外号文头先生	南社社友
成家和		南社纪念会会员
毕世勋	字嘉乃	南社湘集社友
毕希卓	名振达，又名倚虹，字希卓，号几庵，又号清波、娑婆生、春明逐客等	南社社友
吕　俊	字哲公，号苦蝶	南社社友
吕　陶	字篙雨	南社社友
吕六韬	字渭仙	南社社友
吕寿名	字子虚	南社社友

续 表

姓 名	字号、笔名等	备 注
吕志伊	原名占东，字天民，一字旭初	南社社友、新南社社员
吕碧城	一名兰清，字圣因、兰因，号遁天，晚年法号宝莲	南社社友
朱一依	名可，字一依	南社湘集社友
朱大倬	字甫田，号绮琴	南社社友
朱子湘	名葆芬，字子湘，一字紫湘	南社社友
朱云平	朱云光弟	南社纪念会会员
朱云光	名汝昌，字云光，一字灵修	新南社社员、南社纪念会会员
朱少屏	名葆康，字少屏，号屏子，别署朱三、平子等	南社社友、新南社社员、南社纪念会会员
朱少巽		南社湘集社友
朱凤蔚	名谦良，字凤蔚，号凡鸟，别署劲草	南社社友、新南社社员、南社湘集社友、南社纪念会会员
朱文中	字佛公	新南社社员
朱文鑫	字贡三，号槃亭，又号盘亭	南社社友、新南社社员
朱双云	名树鹤，字立群，又字双云，号云甫，又号云父，别署朱八小子	南社社友
朱兰英	字纫秋	南社社友
朱师海	字伯深	南社湘集社友
朱屺瞻	原名增钧，一作增均，字屺瞻，号起哉，又号二瞻老民	南社纪念会会员
朱汝玉	一名慧，字琼琼，号月明	南社社友
朱汝珏	字璧人	南社社友
朱寿蘐	名惟恺，字寿蘐	南社社友
朱克昌	字凤言	南社社友、广东分社社员
朱伯裳	名芾，字伯裳	南社社友
朱彤筠	名颖，字彤筠	南社社友
朱纯经		南社湘集社友
朱枕薪		新南社社员
朱叔建	名肇升，字叔建，又字建刚	南社社友、南社纪念会会员
朱叔源	名增濬，字叔源	南社社友

续 表

姓　名	字号、笔名等	备　　注
朱味莼	名琼，字味莼	南社社友
朱季恂	名肇旸，字季恂	新南社社员
朱侣霞	名德龙，字侣霞	南社社友、南社湘集社友
朱念慈	号介如	南社社友、广东分社社员、南社湘集社友
朱泽润	字伯雅，又字释达	南社湘集社友
朱泽溥	字仲雅	南社社友、南社湘集社友
朱宗良	原名仲良，字尘仙，一字纯先，号无射	南社社友、新南社社员
朱贯成	字尊一，室名壮悔堂	新南社社员
朱荇青	名英，字荇青，号杏卿	南社社友、南社纪念会会员
朱南岑		新南社社员
朱砚英	名端，字砚英，一字砚因，号幽芳居士	南社湘集社友
朱品莹		南社社友
朱剑芒	原名长绶，后改名慕家，字仲康、仲亢，号剑芒，别署太赤、朱肆、古狂等	南社社友、新南社社员、南社纪念会会员、南社闽集社友
朱剑锋	原名祖绶，更名霞，字佩侯，号剑锋，别署少云、秋水、桃椎仙史	南社社友
朱觉盦	名濂，字觉盦	南社社友
朱络英		南社社友
朱鸳雏	名玺，字鸳雏，号孽儿，别署尔玉、银箫旧主	南社社友
朱救黄	名照，字救黄	南社社友
朱翊新		新南社社员、南社纪念会会员
朱智千		新南社社员
朱锡梁	字梁任，号纬君，又作纬军，别署君仇	南社社友、新南社社员
朱谨侯	名骞，字谨侯	南社社友
朱静宜		南社社友
朱熙瑞	字絜陶	南社湘集社友
朱蔚真	名炳，字蔚真	南社社友
朱蔚堂	字怙生	南社社友

续 表

姓 名	字号、笔名等	备 注
朱儁良		南社社友
朱瘦桐	名翺，字瘦桐，号泪痕	南社社友、南社纪念会会员
朱漱六	名文艺，字漱六	南社社友
朱縠荪	名文颖，字春蛰，号縠荪	南社社友
朱震一		南社社友
朱鹤孙	名普，字鹤孙	南社社友
朱镜宙	字铎民	南社社友
朱羲农		南社纪念会会员
朱嬾仙	名沃，字继仁，号嬾仙	南社社友
乔 湘	字士衡，号节庵	南社社友
伍 仲	字子恒，一字子衡，号涵虚	南社社友
伍崇学	字静虑，号仲文	南社社友
伍澄宇	字平一	南社湘集社友
仲 中	字逵民，号一侯	南社社友、新南社社员
仲泰林		南社纪念会会员
仲素其	字行然	南社社友
任传薪	名侠，字味知	南社纪念会会员
任茂梧	名凤冈，字茂梧	南社社友
任凯南	字戆沉	南社湘集社友
任梦痴		新南社社员
任鸿隽	字叔永，别署庶允	南社社友
华 龙	字无闷，号子翔	南社社友
华 鸿	字裳吉	南社社友
华振域	字书城	南社社友
向玉楷	号笠隐	南社湘集社友
邬克昌	字可疆	南社纪念会会员
庄 山	字秋水	南社社友

续 表

姓　名	字号、笔名等	备　　注
庄之盘	字辛如	南社社友
庄玉坡	号樱痴	南社湘集社友
庄尚严	原名严，字慕陵，号默如	南社社友
庄通百	名先识，字士器，一字通不，号通百，又号恫百，别署感孺子	南社社友
庄翔声	名庆祥，字翔声，号了于	南社社友，江阴陶社社员
刘　炎	字继彤	南社社友
刘　焘	字耐五	南社湘集社友
刘　筠	幼名筠郎，字筱墅，号蒨翁，一作蒨侬，别号花隐	南社社友、南社纪念会会员
刘大白	原姓金，本名庆棪，字伯桢，又字伯贞，后改姓刘，更名靖裔，字清斋，号大白，别号白屋，笔名汉胄	新南社社员
刘万章	字倬云	南社湘集社友
刘天徒		南社社友
刘云昭	字汉川	南社社友
刘文骧	字云浦，号云隐	南社社友、南社湘集社友
刘去非		南社社友、淮南社社友
刘世杰	字中英，号冲虚	南社社友
刘古狂	名哲，字一明，一字佚民，号古狂	南社社友
刘汉贞	字冠廷	南社社友
刘民畏	名岩，号曙星	南社社友
刘西航	名凤锵，字耀岐，号西航	南社社友、广东分社社员
刘成禺	本名问尧，字禺生，曾名刘麟生，笔名壮夫、刘汉、汉公	南社社友
刘师陶	字少樵，号沧霞	南社社友、南社湘集社友
刘仲钱	名声铿，字仲钱	南社湘集社友
刘仲蘧	名瑗，字崑孙，号仲蘧	南社社友
刘守璞	名伯端，字守璞	南社湘集社友
刘约真	名谦，字约真，号无净居士	南社社友、南社湘集社友
刘寿朋	字仲生	南社社友

续　表

姓　名	字号、笔名等	备　　注
刘志远	字培初	南社社友
刘作华	字香亭	南社社友
刘伯伦	号拜农	新南社社员
刘伯端		南社社友
刘国钧	一名靖，字君曼，一字君迈	南社社友
刘国瑛	字菊侣	南社社友
刘季平	原名钟龢，字季平，别字江南，号离垢，自署江南刘三、黄叶老人	南社社友、新南社社员
刘泽湘	字今希，晚号钓月老人	南社社友、南社湘集社友
刘学清	字郁樱	南社纪念会会员
刘宗向	字寅先，号盅园	南社社友、南社湘集社友
刘振华	字汉藩	南社湘集社友
刘铁冷	名绮，又名文檝，字汉声，笔名铁冷，别署松涛、鸥梦轩主	南社社友
刘海粟	原名槃，字季芳，号静远老人，笔名刘九	南社纪念会会员
刘啸东	亦名晓东，字恕庵	南社社友
刘庸民		南社社友
刘绮痕	名曾玲，字绮痕	南社社友
刘超武	字汉声，号甦盦、甦庵，别号甦莽	南社社友
刘惠安	字哲民	南社纪念会会员
刘景初		南社社友、广东分社社员
刘楚乔		南社湘集社友
刘煦焘	字蜀云	南社湘集社友
刘锦江	字哲庐，号裴邨，一作裴村，别署苦海余生、懵懂书生	南社社友
刘筱云	字豫齐	南社社友、广东分社社员
刘鹏年	字雪耘	南社社友、新南社社员、南社湘集社友
刘德龙	字首春	南社湘集社友
刘德馨	字培芝	南社社友
刘毅夫		南社湘集社友

续 表

姓 名	字号、笔名等	备 注
刘膺古	字邦锐	南社湘集社友
刘豁公	名达，字豁公，号梦梨，别署哀梨室主	南社社友
江山渊	名瑔，字玉泉，号山渊	南社社友
江亢虎	名绍铨，字亢虎，号洪水，别署无文、抗斧、康瓠	南社社友、南社纪念会会员
江红蕉	名铸，字镜心，笔名红蕉	南社纪念会会员
江雪塍	号勗庵，又号桐村雪子，别署雪子	南社社友
江镇三	字海飘	南社社友
江镜清	字顽磬	南社社友
汝景星	名人禄，又名叔平，字景星	新南社社员
汤宾南	一作滨南	南社湘集社友
汤鸿基	字剑胡	南社社友
汤增敭		南社纪念会会员
许文韶	字伯奇	南社社友
许半龙	名观，又名观曾，字盥孚，号半龙	南社社友、南社湘集社友、南社纪念会会员
许庆炳	字彪如	南社社友
许苏民	原名朝贵，字稚梅，号苏民，亦作甦民，别号鄦厂	南社社友
许念慈	名彦飞，字念慈	南社湘集社友
许指严	名国英，字志毅，一字指严，又作子年，号甦庵，别署不才子、砚耕庐主、弹华阁主等	南社社友
许修直	名卓然，字修直，号西溪，晚号百砚室主	南社纪念会会员
许祖谦	又名葆光，字行彬，号西湖闲人	南社社友
许晓初	字孝雏	南社纪念会会员
许竞存	名湘，字竞存，一字苏华，号纫秋	南社社友、新南社社员
许陶熊	字梦飞	南社社友
许崇灏	字公武	南社社友
许康侯	名豫，字豫曾，号康侯，亦作康由、亢由，别署太平	南社社友
许慎微	字慧墨	南社社友
许慕贞		南社纪念会会员

续 表

姓 名	字号、笔名等	备 注
许豪士		新南社社员
许演素	名铸，字演素	南社社友
许肇南	又名石楠，字先甲，号石栅	南社社友
许德彰	字岳岑，号愚公	南社湘集社友
许翰屏		新南社社员、南社纪念会会员
许藻青	字福初	南社社友
阮 式	原名书麒，号翰轩，一号汉宣，字梦桃	南社社友、淮南社社友
阮久巽	名文恒，笔名阮恒，字久巽，又作久荪、久孙、九孙	南社分社越社社友
阮子华	名祖耀，字子华	南社纪念会会员
阮式一	名锦麒，字宝轩	南社社友
阮尚介	字介凡，一字介蕃	南社社友
阮尚臧	字偲仁	南社社友
孙天逸	字以同	南社社友
孙世雄	字世雄	南社社友
孙达兰	字达亭	南社分社越社社友
孙竹丹	名元，又名铭，后更名负沈，字幼符，号竹丹	南社社友
孙延庚	字警僧，一字经笙，号今身	南社社友
孙仲瑛	名璞，字仲瑛，号阿瑛，别号顾斋	南社社友、广东分社社员、新南社社员、南社纪念会会员
孙汝砺		南社社友
孙伯纯	名湜，字伯纯	南社社友
孙变齐	字鲁望，号仲戢	南社社友
孙举璜	字姬瑞，号虫天，自署虫天室主	南社社友
孙恭久	字小舫	南社社友
孙雪泥	原名鸿，字杰生，一字翠章，号雪泥，别署华津一士、枕流居士	南社社友、南社纪念会会员
孙逸清	原名英，一名时英，又名鹏，字逸清，号翼云	南社社友
孙景贤	字希孟，号龙尾，笔名阿负，别署藤谷古香	南社社友

续　表

姓　名	字号、笔名等	备　　注
孙锡中	字佩绅	南社社友
孙儆庐	名世伟，字俶仁，号儆庐，别号瓦鸣	南社社友
孙德卿	名秉彝，字德卿，一字长生	南社分社越社社友
孙瀹泉	名讷，字瀹泉	南社社友
阳千山		南社湘集社友
阳兆鲲	一名晁鲲，字伯籛，号愓生	南社社友
阳名传	号侠君	南社湘集社友
纪国振	字侠中	南社社友、南社纪念会会员
寿石工	名玺，字石工，号印侯，又号印丐、珏庵，别署石公、硕功	南社社友、南社湘集社友
麦应荣	字衮甫	南社社友
贡少芹	名璧，字少芹，别署天忏生、天忏老人	南社社友
严　素	字贱王	南社社友
严公上	名达，字公上，号工上	南社社友、南社纪念会会员
严庆成		淮南社社友
严柠檬	名梦，字柠檬	南社纪念会会员
严莲影		南社纪念会会员
严福葆		淮南社社友
劳纬孟	字梦庐	南社湘集社友
苏　民	字天纪	南社纪念会会员
苏公盦	名良，字公盦	南社社友
苏兆骧		新南社社员
苏曼殊	原名宗之助，后更名戬，又改名玄瑛，字子穀，后为僧，法号曼殊，尊号曼殊大师，别署燕子山僧等	南社社友
苏跃云		新南社社员
苏幹宝	名南，字幹宝	南社社友
苏燕翩	字凤宜，一作凤仪，号凤子	南社社友
杜　诗	字尚陵，号鹃魂	南社社友
杜　衡	字维平	南社社友

续 表

姓 名	字号、笔名等	备 注
杜 羲	字宥前，一字幼泉，号仲虙	南社社友
杜之杕	字贡石	南社社友、广东分社社员
杜国玮	字英三，号珊俦	南社社友
杜国庠	字守素，笔名林伯修、吴啸仙，化名吴念慈	南社社友
李 生		南社纪念会会员
李 拙	字康弼，一字康佛	南社社友、新南社社员、南社纪念会会员
李 赓	字肱良	南社湘集社友
李大钧	号鹏程	南社社友
李大超		南社纪念会会员
李小峰	名荣第，字小峰，一字晓峰	南社纪念会会员
李子宽	名基鸿，字子宽	南社社友
李开运	字桐生，号桐庵	南社湘集社友
李云夔	字右铭，号一民	南社社友、广东分社社员、新南社社员
李支宇	字巨泉，一字柱乾，又字天柱	南社湘集社友
李少华	名光，字少华，号思声	南社社友
李少芳	字笑芳	南社社友
李曰垓	字子邕，一字梓畅	南社社友
李书城	字小垣，亦作晓园，笔名李唐，化名丁人俊	南社社友
李未农		新南社社员
李苣香	名维翰，字苣香	南社社友
李仲南	名宝琛，又名宝森，字天玉，号仲南	新南社社员、南社纪念会会员
李华书	名钟瑶，字华书	南社社友
李舟万	字方民	南社湘集社友
李汝航	名滌，字汝航，号散木	南社社友、南社纪念会会员
李安陆		南社社友
李如焕	字碧棠，号懿园	南社社友、南社湘集社友
李寿铨	字劲臣，一作镜澄	南社社友

续 表

姓 名	字号、笔名等	备 注
李远猷	字远尤，号辛夷	南社社友
李志宏	字心冥	南社社友
李杞芳	字柳汀	南社社友
李作霖	字润生	南社社友
李况松	名劲，字况松	南社社友、南社湘集社友
李沙川		新南社社员
李沧萍	字菊生，号汉声	南社社友、广东分社社员
李怀诚	名光德，字怀诚	南社社友
李怀霜	名葭荣，字怀湘，号怀霜	南社社友
李纯康	名承沆，字纯康	新南社社员、南社纪念会会员
李述膺	字龙门	南社社友
李叔同	幼名文涛，一名广侯，字叔同，后改名哀，一字哀公、息霜，曾名凡，出家后释名演音，号弘一	南社社友
李国凤	字少川	南社社友
李昌赓	字仲扬	南社社友
李宗裕		越社社友
李孟哲	又名哲，字少廷，又字哲郎	南社社友、广东分社社员
李经舆	名德群，字经舆	南社社友、南社湘集社友
李思辕	字济章	南社社友
李钟骐	字达三，号癯梅，别署红蚕	南社社友
李洞庭	名澄宇，字洞庭	南社社友、新南社社员、南社湘集社友
李绛云	名鼎镛，更名好，字夷峙，别署彝士	南社社友
李根源	字印泉，又字养溪，别署雪生、高黎贡山人，晚署曲石老人	南社社友
李逢钧	字相甫	南社社友、南社纪念会会员
李涤筠	名闳，字涤筠	南社社友
李桑樵	名涛，号桑樵	南社湘集社友
李盛钧	字坚甫	南社纪念会会员

续 表

姓 名	字号、笔名等	备 注
李晦庵	名中一，字晦庵，号老虬	南社社友
李鸿梁	字孝友	新南社社员
李隆建	字仲庄	南社社友
李超群	名伦，字超群，一子超窘	南社社友
李煮梦	原名才，字煮梦，号小白	南社社友
李敬婉	字季琼	南社社友
李辉群		南社湘集社友
李景康	字凤坡	南社湘集社友
李循公	名中，字循公	南社社友
李焰生		南社纪念会会员
李瑞椿	字季直	南社社友
李锦襄	字绮仙	南社社友
李熙谋	号振吾	南社社友
李肇甫	字伯申，一字柏森	南社社友
李慧霄		南社纪念会会员
李樱钧	字小樱	南社纪念会会员
杨天骥	原名锡骥，字骏公，号千里，别署天马、东方、闻道、茧庐	南社社友
杨元伯	名恺，字元伯	南社社友
杨玉衔	字季良，又字抱香，号铁夫，别署抱香翁，室名抱香室、枝萝庵	南社湘集社友
杨东溪	名曙，字东溪	南社湘集社友
杨东儒	名德钧，字东儒，号仲馨	南社社友
杨光铁	字君元	南社纪念会会员
杨刚存	字伯起	南社湘集社友
杨廷溥	字啸苍	南社社友
杨仲淦	名崧，字仲淦	南社社友
杨伦彝	字柳堂	南社社友
杨兆兰	字挹芳	越社社友

续 表

姓　名	字号、笔名等	备　　注
杨汝禧	字仲裪	南社社友
杨进卿	名晋，字进卿	南社社友
杨杏佛	名铨，字衡甫，一字宏甫，号杏佛，别署死灰	南社社友、新南社社员
杨贤江	又名庚甫，字英父，一字英甫，笔名李浩吾、李膺扬、柳岛生等	新南社社员
杨金海	字振之	南社湘集社友
杨性恂	名德邻，一作德麟，字性恂，号宣生	南社社友
杨弢侠	字剑英	南社社友
杨春时	名乃荣，字春时	南社社友
杨贻谋	字少碧，一字少穆，又字孝穆	南社社友、新南社社员、南社湘集社友
杨秋瀛	字晓帆	南社湘集社友
杨济震	字佩玉，号孤室	南社社友
杨晖山	号若山	南社湘集社友
杨培纶	字仲廉，一字仲濂	南社社友
杨救炎	名济，字救炎，号随庵	南社社友
杨鸿年	字寿人，号秋心，别号瘦人	南社社友
杨棣棠	字弘汉、宏汉，号友于、友宇，别署弘道居士	南社社友、南社湘集社友
杨赓笙	字咽冰	南社社友、广东分社社员
杨道弘	名世恩，字道弘	南社社友
杨曾蔚	字古霞，号少石	南社社友
杨聘之	名璠，字聘之	南社社友
杨嗣轩	字伯谦	南社社友
杨锡章	字儿园、至文，号了公，别署蓼功、子文、乳燕等	南社社友
杨静宜	名明暄，字静宜	南社纪念会会员
杨谱笙	名兆鋆，亦名普生，字无闷	南社社友
杨镇华	字莲岳，别署从冰，笔名夏民	南社纪念会会员
杨德昭		南社纪念会会员
杨鹤廉		南社社友、广东分社社员

续 表

姓 名	字号、笔名等	备 注
束咏功	字颂军，号疏园	南社社友
励 平	字寄洲，号天游	南社纪念会会员
吴 云	字阕父，号梅痴	南社社友
吴 梅	字瞿安、癯庵，又字灵鳷，号霜厓、霜崖，别署逋飞、厓叟、东篱词客等	南社社友
吴 淇	字敏於，号茗余	南社社友
吴 琦	字秀民	南社纪念会会员
吴 幹	字小枚	南社社友
吴 楚	字焕熙	南社湘集社友
吴 虞	原名永宽、姬传，一名吾，字又陵、幼陵，号爱智，笔名吴吾，别署不丘生、启明翁、饮水居士等	南社社友、新南社社员
吴 澍		南社纪念会会员
吴 灏	字子琴，号半山，又号木石居士	南社纪念会会员
吴山禺	字杲明	南社社友
吴之良	字恢善	南社社友
吴子垣	又名紫垣，字少微，一字少薇，号刚父，别署松庐、微子	南社社友、新南社社员
吴开先		南社纪念会会员
吴中和		新南社社员
吴公虎	原名世璋，字一山，别署海南布衣	南社纪念会会员
吴立崇	字子翔，号寿梅	南社社友
吴邦钰	字听雨	南社社友
吴邦藩	字桂轩	越社社友
吴有章	字镜予，号漫庵	南社社友
吴仲辉	名霦，字仲辉	南社社友
吴企云	名云，字企云	南社纪念会会员
吴冰海		南社纪念会会员
吴抗云	原名庭表，又名侬，字长寿，号抗云	南社社友
吴沈时	字企彭	南社社友

续 表

姓 名	字号、笔名等	备 注
吴青霞	别名德舒，号龙城女史，又号篆香阁主	南社纪念会会员
吴其英	原名畸，字奇隐	南社社友
吴国镛		南社纪念会会员
吴秉钧	原名权，改名秉钧，字衡之，号香山老衲	南社社友
吴泽庵	名沛霖，字泽庵，号觉非，别署梅禅、磐石山楼主、人隐楼主等	南社社友
吴定九	名鼎，字定九，号伯子	南社社友
吴肃群		南社社友
吴孟芙	名蓉，字孟芙	新南社社员
吴绍裘	字鸣冈	南社社友
吴相融	原名炳蔚，字豹军，号破虏	南社社友、新南社社员
吴钦业	字一清	南社社友
吴钦敭	字心庵	南社社友
吴修源	字汉叹，号信三，又号省三	南社社友
吴剑士	名锐，字剑士	南社社友
吴炼才		新南社社员
吴眉孙	名清庠，一名庠，字眉孙，号寒竽，别署竽公、竽叟、双红豆斋主等	南社社友、南社纪念会会员
吴素秋	名粲，字素秋	南社社友
吴恭亨	字悔晦，号岩村，别署弹赦	南社社友、南社湘集社友
吴桐坡	原名侃，字运陶	新南社社员、南社湘集社友
吴家骅	字介庵，也作介安	南社社友
吴容斋		南社社友
吴梦非	幼名贻榖，学名翼荣，笔名嘉白、嘉平	南社社友
吴雪东		南社社友
吴绮缘	名惜，字绮缘，一字起原，笔名天猫、冷红女士	南社社友
吴景文		新南社社员
吴楚昌	字逸尘	南社社友

续 表

姓　名	字号、笔名等	备　　注
吴愈材	字楚良	南社湘集社友
吴静山		新南社社员、南社纪念会会员
吴慕尧	名甭，字慕尧，一作慕姚，号虎头	南社社友
吴震中	字启华	南社社友
吴履泰	字砥如	南社社友、广东分社社员
何　觉	字觉夫	南社湘集社友
何　瑞	字玉宸，号荔村	南社社友
何元文	字少悌	南社湘集社友
何心冷		新南社社员
何扬烈	字仲伟	南社湘集社友
何亚希	名昭，字亚希，号亚君	南社社友
何冰甫		南社湘集社友
何荣光	字澹香，号宝生	南社社友
何香凝	原名谏，亦名瑞谏，别署双清楼主	新南社社员
何振镛	字静涵，号磊盦	南社湘集社友
何竞南	名痕，字竞南，号钟伊，别号瘦秋	南社社友
何雅选		南社湘集社友
何惺常	字惕若	南社湘集社友
何慕韩	字野臣，号绿野耕夫	南社社友
何震生	名聿慈，曾名佐新，字震生，又字振新，别号公脑	南社社友
何凝冰		新南社社员
余　铭	字义华	南社社友
余　湘	字选初，号小眉	南社社友、新南社社员
余　鲲	字华龛	南社社友、南社湘集社友
余一中	字君武	南社湘集社友
余十眉	名其锵，更名一，字秋槎，一作秋槎，号十眉	南社社友、新南社社员、南社湘集社友、南社纪念会会员
余天遂	原名寿颐，字祝荫，号荫阁，别号疢侬，又号仇公，别署颠公、仇僧、大颠、三郎	南社社友、淮南社社友

续　表

姓　名	字号、笔名等	备　　注
余先砺	字砥吾	南社社友
余芷江	名沅，字芷江，别号瀛帆	南社社友
余辛甫	名其钰，字辛甫	南社社友、新南社社员
余裴山	名崑，字裴山，号贞一	南社社友
余德沅	字麓农，一字陆亭	南社湘集社友
谷忏梅	字梅桥	南社湘集社友
谷思慎	字仲言	南社社友
谷钟秀		南社社友
狄狄山	名侃，字狄山	新南社社员
狄君武	原名福鼎，又名膺，字君武，号雁月	南社社友
狄楼海	字观沧	南社社友
邹　铨	字亚云，一字亚雄，又字秉衡，号天一，别号民铎	南社社友
邹　遇	字忍伯，号秋士，又号悔悔生	南社社友
邹　鲁	原名澄生，字澄斋，一字澄庐，号海滨，别署亚苏、阿苏	南社社友
邹浚明	字静存，号听泉	南社湘集社友
冷御秋	名遹，字御秋，一字雨秋，别署遇秋	南社社友
汪　东	原名东宝，字叔初，后改名东，改字旭初，号梦秋，别号寄生、寄庵，别署宁庵	南社社友
汪　洋	字子实，号影庐，别署影生、破园	南社社友
汪　谦	字受益	南社社友
汪　痴	字叔宜，号甦鹿，别号野鹤	南社社友
汪　粹	字叔纯	南社社友
汪大千	名光祖，字大千，以字行，笔名呆虫	新南社社员
汪文溥	字幼安，号兰皋，别号忏庵，别名北海后身	南社社友、新南社社员
汪汉滔	字纪南	南社湘集社友
汪亚尘	字云隐	南社纪念会会员
汪兆铭	字季新，一字桂辛，又字继新、季辛、季恂，号精卫，别署枝头抱香者	南社社友、广东分社社员、新南社社员

续 表

姓 名	字号、笔名等	备 注
汪承宽	字颂良	南社社友
汪振镛	字闰知，号桐生	南社社友
汪莹中		新南社社员
汪啸叔		淮南社社友
沙世杰	字凤千	南社社友
沈 机	字履夷，号天民	南社社友
沈 砺	字勉后，一字嘐公，号道非	南社社友、新南社社员、南社湘集社友
沈 镕	名一作熔，字伯经，号天觊生	南社社友
沈天行	字怀北	南社社友
沈见羊		新南社社员
沈凤章	字君怀	南社社友
沈文华	字一均	南社社友
沈文杰	字龙圣，又字龙笙	南社社友
沈文炯	字祥之，号中路，别署翠娱	南社社友
沈尹默	原名实，字中，又名君默，一作君墨，更名尹默，号秋明，又号东阳仲子，别署瓠瓜	南社社友，书法家
沈右揆	原名铮，字右揆	南社社友
沈东讷	名章，字东讷	南社社友
沈玄庐	名定一，字剑侯，号玄庐	新南社社员
沈半峰	名钧，字半峰	南社社友
沈达先		南社社友
沈华昇		新南社社员、南社纪念会会员
沈次约	字剑霜，一字剑双，号秋魂	南社社友、新南社社员
沈汝瑾	字公周，号石友，别署钝居士、听松亭长	南社社友
沈志儒	名大椿，字子如，号志儒	南社社友、新南社社员
沈体兰	原名流芳，字体兰，以字行	南社社友、新南社社员
沈君匋	原名惟埏，更名延	新南社社员
沈君崇		新南社社员

续 表

姓名	字号、笔名等	备注
沈英领	字铁民，号饮冷	南社社友
沈昌直	乳名阿存，字古愚，一字次公，号颖若	南社社友、新南社社员
沈昌眉	字长公，号眉若，别署昂青	南社社友、新南社社员
沈肤云	原名泽民，字肤云，以字行	新南社社员
沈怡中	名琨，字怡中	南社社友、新南社社员
沈宗畸	字太侔，号南雅，别署南野、孝耕等，晚号晚闻翁、繁霜阁主	南社社友
沈厚和	原名澈，亦作彻，字季蔼，又字天素，号向生	南社社友、南社湘集社友
沈厚慈	字冰雪，一字孝则，号澹静	南社社友
沈钟英	字积孙	南社社友
沈钧业	字越民，一字馥生，又字馥荪，号复生，又号复庵、馥庵	南社社友
沈钧儒	字秉甫，号衡山，又号隐佛、美髯公，晚号民主老人	南社社友、广东分社社员、南社纪念会会员，法学家
沈秋凡	名云，字秋凡，号闻湖蘧庐生	南社社友
沈重威	名圻，字重威	南社社友
沈复镜	名宝钰，字复镜	新南社社员、南社纪念会会员
沈禹钟	名德镛，字禹钟，别署默庵、春剩	南社社友
沈觉人	名天民，字觉人	南社社友
沈冠时		新南社社员
沈诵之	名沅，字诵之	南社社友
沈骏声		南社社友
沈琬华	字范娟	南社社友
沈雁冰	原名德鸿，亦署德洪，字雁冰，笔名茅盾	新南社社员
沈舜廷	名诰，字舜廷	南社纪念会会员
沈嘉康	字希侠	南社社友
沈毓清	字咏裳	南社社友
沈毓源	字咏霓	南社社友
沈墨仙	名翰，字懒龙，一字孟骞，号墨仙	南社社友

续 表

姓　名	字号、笔名等	备　　注
宋　沅	字芷生	宋琳堂侄
宋　琳	字克强，号紫佩、子佩	南社社友、越社社友
宋大章	字寰公，号辽鹤	南社社友、南社纪念会会员
宋成钦		越社社友
宋家钵	字静庵	南社社友
宋教仁	原名鍊，字遯初，亦作钝初、顿初，别署遁初，号渔父、桃源渔父	南社社友
宋铭谷	字绳祖，号诒于	南社社友
宋痴萍	名一鸿，字心白，一字辛伯，号痴萍，别署忏红	南社社友
张　冰	原名紫文，又作子文，后改名冰，字余生，号雪抱	南社社友、淮南社社友、新南社社员、南社湘集社友
张　农	原名肇甲，字都金、多金，号鼎斋，别署蓬庐	南社社友
张　纪	字少连，号啸堪	南社社友
张　和	字起亚	南社社友
张　柱	字处莘	南社社友、广东分社社员
张　恒	字久之	南社社友
张　素	字挥孙，又字穆如，号婴公	南社社友、南社湘集社友
张　恭	一名临，又名共绕，后改名万年，字伯谦、同伯，笔名卷重、卷施	南社社友
张　继	原名溥，字博泉，后改名继，字溥泉，别署自然生、黄帝子孙之多数人	南社社友、新南社社员
张　靖	字仲明，号寒杉，别号木鸡散人，又署剑人、庄谐、漆室，化名秦时敏	南社社友
张　翰	字迂庐	南社社友
张　彝	字则民	南社社友
张开儒	字藻林	南社社友、广东分社社员
张云飞	名沂康，字云阶，号云飞	南社社友、南社湘集社友
张云林	名翀，字云林，号东谷，晚号晚翠老人	南社社友
张云雷	原名廉，又名烈，字云雷	南社社友

续 表

姓　名	字号、笔名等	备　　注
张心芜	名长，字心芜，一作心抚，号一鸣，别署洗桐，又署东南游侠	南社社友、新南社社员
张心量	名权，字心量，号翩隽	南社社友
张世桢	字树屏	南社社友
张石樵		新南社社员
张平子	名启汉，字平子，号平生	南社社友、南社湘集社友
张尔泰	字思九，号痴鸠，又号叔耐	南社社友
张尔鼎	字定九	南社社友
张汉英	字蕙芬，一字慧芬，号惠风	南社社友
张圣瑜	名锡佩，字圣瑜	南社社友
张光厚	字荔丹，一字飞鬼，号天民	南社社友
张光萱	字稚香	南社社友、广东分社社员
张光蕙	字稚兰，一字蕴香，号琅姑，别号心琼	南社社友、广东分社社员
张光翮	字抟九，号餐霞	南社社友、广东分社社员
张同光		新南社社员
张廷华	字荨荪	南社社友
张传琨	字卓身，号子石，笔名葡萄仙子	南社社友
张延礼	原名扆，后名延礼，字丹斧，号丹甫、丹父、丹翁，别号无为，室名伏虎阁、环极馆、敬敬斋等	南社社友
张聿光	号冶欧斋主，别署鹤苍头	南社纪念会会员
张远煦	字悔庵，号笠琴	南社社友、广东分社社员
张志让	字季龙，幼年号季隆	南社社友
张志修	字身立	南社社友
张花魂	名罸，字花魂，号嫣红	南社社友、南社湘集社友、新南社社员
张丽真	名励贞，字丽真	南社社友
张时敏		南社纪念会会员
张我华		南社社友
张佚凡	名雪，字佚凡，一字逸帆，后改姓林，改名宗雪	南社社友

续 表

姓 名	字号、笔名等	备 注
张怀奇	字芍岩	南社社友
张雨樵	名浩，字雨樵	南社社友
张国权	字秋爽	南社社友
张明培	字君达	南社社友
张彼得		南社纪念会会员
张经锦		南社社友、广东分社社员
张相文	字蔚西，一作慰西，号南园，晚号沌谷居士	南社社友
张修爵	字遵午	南社社友
张庭辉	字雅言，号彦成，一作彦臣	南社社友
张振麒	字天石，号醉石，别署醉僧	南社社友
张破浪	名祉浩，字破浪，号春水，又号普朗	南社社友、新南社社员、南社湘集社友、南社纪念会会员
张铁生	又名铭鼎	新南社社员
张倾城	名洛，字倾城，号独立，别署秋喜、阮簃	南社社友、广东分社社员、南社湘集社友
张涤洲		南社社友
张冥飞	名焘，字季鸿，号冥飞	南社社友
张通典	字伯纯，一作伯钝，号天放楼主，晚号志学斋老人	南社社友
张雪庐		新南社社员
张雪雷		新南社社员
张惟聪	字蕴文，号彤锦	南社社友
张维城	一名维仁，字廷珍	南社社友
张越民	一名越铭	越社社友
张萼林		广东分社社员
张敬垣	名葆培，字敬垣	南社社友
张景逊	字谌斋，一字士侪	南社湘集社友
张瑞彤	字倩徽	南社社友、南社湘集社友
张聘斋	名家珍，字聘斋	南社社友
张静庐	笔名张卒、张静、张老卒、吴齐仁	新南社社员

续 表

姓　名	字号、笔名等	备　　注
张端瀛	字蓬洲	南社社友
张增泰	字岱青	南社社友
张震西		南社纪念会会员
张毅白		南社社友
张翰仪	字莼安，一字若荪	南社湘集社友
张默君	幼名宝螨，后改名昭汉，字默君，一字漱芳，号涵秋，西名莎菲亚(Sophie)，别署墨君、穆素	南社社友、南社湘集社友
张懋荣		南社纪念会会员
张警黄		越社社友
陆　梅	字梅痕	南社社友
陆　旋	字连寰，又字润青，号泳黄	南社社友
陆　鸿	字彬儒	南社社友
陆　毅	字君宜，号小倩，又号北庐	南社社友
陆子美	名遵熹，字焕甫，号子美	南社社友
陆丹林	字自在，号枫园，别署非素	南社社友、新南社社员、南社纪念会会员
陆礼华	别名雨粟	南社纪念会会员
陆仲坚		新南社社员
陆灵素	名守民，一作秀民，字恢权，号灵素，别署繁霜、华泾乡姑、黄叶遗孀	南社社友
陆明桓	字简敬，号苏斋	南社社友
陆明堃	字简能	南社社友
陆炜光		南社纪念会会员
陆孟飞		南社社友
陆绍明	字亮人	南社社友
陆绍棠	字衷奇，号鄂不	南社社友
陆挺生		南社社友
陆峤南	字侠飞，号更存，别署玄同居士、都崎山人，一作都峤山人	南社社友、广东分社社员
陆起华		新南社社员

续 表

姓 名	字号、笔名等	备 注
陆康弼		南社社友
陆棫人		南社社友
陆曾沂	字冠春，号秋心，别署南梦、秋江	南社社友
陆福庭	又名嘉佑，字心亘	南社社友
陆澹安	名衍文，字剑寒，号澹盦，改号澹庵，又改澹安，别署悼翁、幸翁、莽书生	南社社友、南社纪念会会员
陈 柱	原名郁瑺，后改名柱，字柱尊	南社社友、南社纪念会会员
陈 钝	字鲁德	南社社友
陈 俊		南社社友
陈 倜	字志钧	南社湘集社友
陈 瑛	字永霖	南社纪念会会员
陈 锐	字次青	南社社友、新南社社员
陈 慈	字让旃，号勉之	南社社友
陈九韶	字雯裳	南社社友
陈乃乾	曾名新陈，笔名东君	南社纪念会会员
陈万里	名鹏，字万里，一字剑魂，号优优，别署梅筠	南社社友
陈子芬	原名元菊，一名芬，字绍陶，又字子芬，号剑锋，化名林青	新南社社员、南社湘集社友
陈子英	名浚，谱名文雄，字子英，又字子骝	越社社友
陈子范	字勒生，号祢生，别署燕市酒徒、散发酒徒、大楚击筑	南社社友
陈无用	字子韶，号虑尊	南社社友
陈无名	字微庐	南社社友
陈无私	一名弃，字子弁，号澹园	南社社友
陈云峰	字瘦石	南社社友
陈友古	名朴，字友古	南社湘集社友
陈凤元		南社纪念会会员
陈心冷	名鋆，字金山，号心冷	南社社友
陈予龄	又名素，字无那，别署海东	南社社友、南社纪念会会员
陈去病	原名庆林，字佩忍，号巢南，别署垂虹亭长、病倩、法忍、醒狮等	南社社友、广东分社社员、新南社社员

续 表

姓 名	字号、笔名等	备 注
陈世宜	字小树，号匪石，别号倦鹤、白下老鹤	南社社友、南社纪念会会员
陈布雷	名训恩，字彦及，号布雷，笔名彦、畏垒	南社社友、新南社社员
陈尧祖	字宪民，号蜀鹃，别署筠山十六郎	南社社友
陈贞慧	字兰因	南社社友
陈光誉	原名天荡，字稺兰，一字稚兰	南社社友
陈仲权	名以义，字仲权，号西溪，曾化名张桐	南社社友
陈仲陶	名宏慧，一名闳慧，字仲陶，号剑庐	南社社友
陈仲觚	名蜕，字仲觚	南社社友
陈问陶		新南社社员
陈守治	字瘦愚，一字守愚，号乐观词客，晚号乐观翁	南社湘集社友、南社闽集社友
陈守谦	字劼钦，一字劼嵚，号累庵，别署铭阁，室名嘉树堂	南社社友
陈运彰	原名陈彰，亦作陈章，后改名运彰，字君谟，号蒙安、蒙盦、蒙庵、征常、蓬斋等，亦作蒙厂、蒙斉，又署阿蒙、蒙父、蒙公等	南社湘集社友
陈志皋	小名闰儿	南社纪念会会员
陈克成	字子裁	南社纪念会会员
陈伯苏		南社社友
陈应松	字雁公，号梦鹿	南社社友
陈沔芹		南社社友、广东分社社员
陈抱一		南社纪念会会员
陈其美	字英士，号无为，别署高野英，化名朱志新	南社社友
陈其槎	字安澜，号安庐	南社社友
陈叔渠	字石殊	南社湘集社友
陈国惠	字伯翔	越社社友
陈佩兰		南社纪念会会员
陈佩章	一名珮章，字纫兰，又字银兰	南社社友
陈阜荪	原名阮，后改名沅，字阜荪，一字阜双	南社社友
陈泽民		南社纪念会会员

续 表

姓　名	字号、笔名等	备　　注
陈宝书	字豪生，号尊我	南社社友、南社湘集社友
陈宗实	字伯朏	南社社友
陈净彦	字亚汀，号亚公，别署浣花閒史	南社社友
陈绍枚	字铁生，别署精武老铁	南社社友
陈绍虞	名言，字绍虞	南社社友
陈树人	原名陈政，又名陈韶、陈哲，字亚哲，别号猛迈、猛进，别署葭外、葭外渔夫，晚号安定老人	南社社友
陈树棠	字露香，一作露芗	南社社友
陈秋霖	原名沛霖，字独尊，别署秋霜	南社社友
陈泉卿	名毓川，字泉卿，号白水	南社社友
陈彦甫	名士髦，字彦甫，号宴佛	南社社友
陈洪涛	字淮海，号厔厂，别署天梅	南社社友
陈觉是		南社社友
陈觉殊	名淮，字觉殊，一字觉是，号菊如，别署瘦比黄花	南社社友
陈祖基	字啸湖	南社社友
陈振铣		南社纪念会会员
陈起东	字蕺人	新南社社员
陈耿夫	字友亭，号耿耿	南社社友、广东分社社员
陈莲痕	原名定扬，一名侃，字燕方，一字俺舫，号莲痕，笔名旧燕	南社社友
陈兼善	字达夫，号得一轩主人	南社湘集社友
陈家庆	字秀元，一作秀园，又作绣原、秀原，别署丽湘、碧湘，室名丽湘阁、碧湘阁、小芸鞭草堂	南社社友、南社湘集社友
陈家英	字定元，又字定原，别署纫湘，室名纫湘阁	南社社友、南社湘集社友
陈家杰	原名家雄，字治元，又字志元	南社社友
陈家栋	字少芸	南社社友
陈家鼎	原名曾，字可毅，号汉元、秃陀，别署半僧、毅君、汗园、汉援、小梅道人等	南社社友
陈家鼐	字寿元	南社社友

续 表

姓 名	字号、笔名等	备 注
陈宴春	名明实	南社湘集社友
陈陶遗	原名公瑶，又名水，后更名剑虹，字止斋，号陶遗、卧子，亦作陶怡、陶夷，别署道一、陶公	南社社友、新南社社员、南社纪念会会员
陈继训	字杏聪，号猥庵、猖盦	南社湘集社友
陈萝生	名大年，字萝生，一作梦生	南社社友、广东分社社员
陈菊伊	名兆年，字菊伊，一字菊衣	南社社友、广东分社社员、南社湘集社友
陈硕其	字霱麓	南社社友
陈辅相	字无我，别署老上海	南社社友
陈梨梦	字亚子	南社社友
陈望道	原名参一，又名融，笔名陈佛突、陈晓风、仁子、陈雪帆	新南社社员
陈绵祥	字馨丽，一字亨利，号希虙，别署秋梦斋主	南社社友、新南社社员、南社纪念会会员
陈越流	名樗，字药义，号越流	南社社友、新南社社员
陈景贤	字鉴吾	南社社友
陈湛纶	字新吾	南社社友、广东分社社员
陈聘之	名嘉渭，字炳森，号聘之	南社社友
陈虞熏		新南社社员、南社纪念会会员
陈蜕庵	初名彝范，又名范，字叔柔，号梦坡，晚年更名蜕，号蜕庵，一作退安，别署蜕翁、退翁、蜕僧、蜕存等	南社社友
陈锡田	字新俪	南社社友
陈锦云	名纫兰，字锦云	南社纪念会会员
陈嘉猷	字运千	南社社友
陈毓华	字仲恂，号石船	南社湘集社友
陈端白	原名小道，一名定，字若木，号端白	南社社友、新南社社员
陈端志	字光辉	南社纪念会会员
陈粹劳	字允遐，号草草	南社湘集社友
陈蝶仙	原名寿嵩，字昆叔，后改名栩，字栩园，号蝶仙，别署超然、惜红生、天虚我生等	南社社友、南社纪念会会员
陈德徵		新南社社员
陈翼郎		南社社友

续 表

姓　名	字号、笔名等	备　　注
陈麟瑞	字林率，笔名有百合、石华父等	南社纪念会会员
邵力子	初名景奎，又名凤寿，后改名闻泰，字仲辉，号力子	南社社友、新南社社员
邵天雷	原名崇炳，号肃庭，别号瓜佣，后更名天雷，号无妄	南社社友、淮南社社友、新南社社员
邵元冲	名庸舒，字元冲，一字玄中，号翼如	南社社友、新南社社员
邵延庚	字少周	南社社友
邵汝芳	字丽云	南社社友
邵瑞彭	一名寿篯，字次珊，号次公	南社社友、新南社社员、南社湘集社友
邵飘萍	原名镜清，又名振青，字平子，号飘萍，别署青萍、阿平、素昧平生	南社社友
拓泽滨	字鲁生	南社社友
范　光	字茂芝，号天籁，别号天籁词人	南社社友
范　教	字甫英，号痴佛	南社社友
范亚侃	字天声	南社社友
范君博	名广宪，字君博，一字子宽，别署龟岁、比珠、比珠词人、百琲、鹦哥	南社社友
范国才	字俊夫，号淮狂	南社社友
范爱农	名肇基，字斯年，号爱农，又号霭农，小名阿庆	越社社友
范烟桥	名镛，字味韶，号烟桥，别署含凉、鸱夷、西灶、愁城侠客等	南社社友、南社纪念会会员
范鸿仙	原名纯黄，改名光启，字鸿仙，一字鸿轩，号孤鸿，别署解人	南社社友
范慕蔺		南社社友
茅祖权	字咏薰	南社社友
林　恭	字肃庵	南社社友
林　棠	字憩南，号尚木	南社社友
林之夏	字凉笙，一作凉生，又字亮生，号秋叶，别署复生、黄须儿，化名刘躬，字伯行	南社社友、南社闽集社员
林友琴	名梧，字友琴	南社社友
林白水	原名獬，后更名万里，又名宣樊，字少泉，一字肖泉，号白水，别署地雷、白话道人、退室学者	南社社友

续 表

姓　名	字号、笔名等	备　　注
林百举	原名钟崃，一作钟荣，字百举，号一厂，别署老举	南社社友、新南社社员
林好修		南社社友
林克聪		南社纪念会会员
林味书		南社社友
林庚白	原名学衡，字浚南，号愚公，自号摩登和尚，别署众难、孑楼主人	南社社友、南社纪念会会员
林拾穗	字拾采	南社社友
林美衍		南社纪念会会员
林素瑛	字慧如	南社社友
林景行	原名昶，字亮奇，一字亮祺，号寒碧	南社社友
林德宇		南社纪念会会员
林懿均	原名蛎，字力山，一字盖天，号立山，别署心枢，晚号天因居士	南社社友、新南社社员
杭辛斋	名慎修，字辛斋，别字一苇，又字宇斋，号夷则	南社社友
杭席洋	名海，字席洋，号潋滟	南社社友
郁　华	原名庆云，后更名华，字曼陀，别署曼君、曼公，斋名静远堂	南社社友、南社纪念会会员
郁九龄		南社社友
郁世烈	字慎廉	南社社友
郁佐皋	名世为，字佐皋，一字左皋	南社社友、新南社社员
郁佐梅	名世羹，字佐梅	南社社友、新南社社员
郁颖炯	字稚青	越社社友
欧阳予倩	名立袁，字予倩，号小草，又号南杰，艺名莲笙、兰客，笔名春柳、桃花不疑庵主	南社社友
欧阳立装	字剑叔，号寒锋	南社社友
欧阳振声	字笃初，号俊民，一作骏民，又作正民	南社社友
卓启堂	字玉斋	南社社友
卓尚诚	字真吾	南社社友
尚慕姜	名志，字志军，号慕姜，别号老僧	南社社友、南社纪念会会员

续　表

姓　名	字号、笔名等	备　　注
易　象	字枚丞，号梅僧，又号梅园	南社社友
易白沙	名坤，字越邨，一字月村，别号白沙子	南社社友
易廷熹	原名廷，又名孺，字季复、季馥，号睟民，别署大庵、甦奔、大厂居士、南华老人等	南社社友、南社纪念会会员
易昌楫	字倩愚	南社社友
易宗夔	原名鼐，字蔚儒，一字伟舆，别署味月叟	南社社友
罗　翥	字艺夫，号亦佛	南社社友
罗人铸	字剑农，号云沤	南社社友
罗天觉	字醒无，号醒吾，别号真吾	南社社友
罗世彝		南社湘集社友
罗尔瞻	字心冰，号壶公	南社湘集社友
罗伍洲		南社湘集社友
罗志远	字敏夫	南社社友、广东分社社员、南社湘集社友
罗伯年		越社社友
罗剑仇		南社社友
罗晋士	原名象陶，字黑芷，一字晋思，号黑子	南社社友
罗絜纲		南社湘集社友
罗植乾		南社湘集社友
罗稚华	名丹，字稚华	南社闽集社友
罗赛云		南社湘集社友
岳德威	字谷谦	南社湘集社员
岳麟书	名雪，字麟书	南社社友
金兰畦	名兆芬，一名吉，字吉香，号兰畦	南社社友
金光弼	字梦良	南社社友
金壮春	字次猷	南社湘集社友
金次仁	字灼三	南社湘集社友
金问源	字敬渊，号勤斋	南社社友
金国宝	字侣琴	南社纪念会会员

续 表

姓　名	字号、笔名等	备　　注
金保泰	字柳桥，号悔翁	南社社友、广东分社社员
金祖荣	字剑平，又字缄瓶，号夕阳	南社社友
金桂畦	名兆芳，字桂畦	南社社友
金鸿翔	名玉菡，字兆渠	南社社友
金惟一	字励孙，一字励生，号萍影	南社社友、新南社社员
金葆光	名体乾，字葆光	南社社友
金缄三	字云心，一字云隼	南社社友、南社湘集社友
金静初	名庆章，字静初	南社社友
金鹤翔	字琴一，号幼香，别号病鹤居士，后署病鹤	南社社友
金燮夔		南社湘集社友
金翼谋	原名寿耻，一作寿芝，后改名燕，字翼谋	南社社友
周　云	原名世恩，字一粟，号湛伯，别号酒痴	南社社友
周　伟	字人菊，一字伟人，又作伟仁	南社社友、淮南社社友
周　实	字实丹，号无尽，别署无劲、和劲、桂生、山阳酒徒等	南社社友、淮南社社友
周　觉	原名延龄，字君鹤，亦字柏年，号切庵，别署一觉百年	南社社友
周　浩	字少衡	南社社友
周　翰	字良翰	南社社友
周子美	原名延年，又名默，曾用名思孟，字君石，一字君实，号子美	南社社友、南社纪念会会员
周开山	字仲翔	越社社友
周长宪	字邦式，号恕斋	南社湘集社友
周介子		新南社社员
周公权	原名道和，后改名公权，字衡伯	南社社友
周刚直	原名侃，又名树平，后改名水平，号刚直	新南社社员
周安元	字善伯	南社社友
周志成	名珏，字志成，一作自成	南社社友、南社纪念会会员
周芷生	字沅芗，号兰客	南社社友
周芷畦	名斌，字志颐，一字子怡，又字子畦，号芷畦，别署汾南渔侠、汾南渔隐	南社社友

续 表

姓　名	字号、笔名等	备　　注
周伯严	名刚，字伯严	南社社友
周张帆	字破浪	南社社友
周坤雄	字新姒	南社社友
周松年	字竹朋	南社社友、广东分社社员
周尚宽	字平泉	南社社友
周迪前	名大烈，字迪前，一字逷潜，号述庐，斋名通书阁、小书种堂、后来雨楼等	南社社友
周迪斐	名澄秋，字迪斐	南社纪念会会员
周图瑞	字玉镌	南社湘集社友
周佩珍	字毓芬	南社社友
周学仕	字通甫	南社社友
周宗泽	字景瞻	南社社友
周承德	字佚生，一字翼舜	南社社友
周亮才	名亮，字天石	南社社友
周亮夫	名明，字亮夫，又字量父，别署量富，号疾仇	南社社友、南社湘集社友
周桂笙	名树奎，字桂笙、桂生，号新盦、新庵，又作辛盦、辛庵，别署辛、新、新新子、知新子等	南社社友
周积芹	字洛奇	南社社友、广东分社社员
周颂南	字一风、一峰	南社社友、淮南社社友
周祥骏	字仲穆，号更生，别署春梦生、风山	南社社友
周培焘	字亮孙	南社湘集社友
周梦熊	字佩姜	南社社友
周越然	名之彦，字越然，号复安，别署走火	南社社友
周铸青		南社社友
周詠康	名咏，字詠康	南社社友
周道芬	字晋嫔	南社社友
周道銮	字扬季	南社社友
周湘兰		南社社友

续 表

姓　名	字号、笔名等	备　　注
周锡三		南社社友
周静庵	名方，字静庵	南社湘集社友
周静涵	名均，字静涵	南社社友
周瘦鹃	原名祖福，后改名国贤，号瘦鹃，别署泣红、侠尘、兰庵等	南社社友、南社纪念会会员
周豫才	原名樟寿，字豫山，后改名树人，字豫才，笔名鲁迅，后以笔名行世	南社社友、越社社友
周麟书	字嘉林，号迦陵，又号笏园	南社社友
庞成宇	字栋岩	南社社友
庞树松	字檗农，一字栋材，又字树坤，号独笑，别号病红，别署病红山人	南社社友
庞树柏	字皑庵，号檗子，别号龙禅，别署龙禅居士、绮盦、绮庵、剑门病侠	南社社友
庞禄康	字竹生	南社社友
郑之兰	又名传，字伯凤，号詠春	南社社友
郑之章	字折三，号郑乡	南社社友
郑之蕃	名一作之藩，又名鹓序，字仲鹓，号桐荪、赓龠，别号仲蕃、焦桐、无竞庵主人	南社社友、新南社社员
郑天健	号水心楼主	南社湘集社友
郑中炯	字华中	南社社友
郑冬心		南社社友（与郑衡之为同一人）
郑师许	原名沛霖	南社纪念会会员
郑仲敬	名权，字仲敬，一字仲劲	南社社友
郑守馨	字季明	南社社友
郑叔容	名泽，字叔容，一字叔瀛，号萝庵、萝厂	南社社友
郑国准	字仄尘	南社社友
郑咏梅	字鬘华	南社社友
郑佩亚	名光颖，字佩亚	南社纪念会会员
郑佩宜	名瑛，字子佩，号佩宜，别署红梨湖上女郎	南社社友、新南社社员、南社纪念会会员
郑佩秋	名凤仪	南社社友

续　表

姓　名	字号、笔名等	备　　注
郑宝善	字楚珍，一字楚箴	南社社友
郑织云	名文	南社社友
郑宪武	字叔子，号叔允，别号粟园	南社社友
郑竞存	名永，字竞存	南社社友
郑家祚	字肖厓	南社社友、新南社社员、南社纪念会会员
郑雪耘	名翼，字雪耘	南社湘集社友
郑逸梅	原名鞠愿宗，学名际云，字际玉，号逸梅，笔名冷香，别署纸帐铜瓶室主	南社社友、南社纪念会会员
郑衡之	字树滋，号玉斋，别号冬心、蜕奴	南社社友（与郑冬心为同一人）
单聿荇	字汉采	南社社友
居　正	原名之骏，一名毓崧，字觉生，号梅川，别署生公、东辟、药石、杨行老农	南社社友、新南社社员
承家麟	字玉书	南社社友、新南社社员
孟昭文	字尧章	南社湘集社友
孟宪慈	字彝铭	南社湘集社友
经　珊	字琢珊	南社湘集社友
经亨颐	字子渊，号石禅，晚号颐渊，别署石禅居士、临渊阁士、临渊居士，斋名长松山房，自号长松山房主人	南社社友、新南社社员
封未镕		南社社友
封光甲		南社纪念会会员
项　骧	字伟人，一字微尘	南社社友
赵　珅	原名伸，字致中	南社社友
赵　悔	字悟楼，号思白	南社社友
赵　藩	字樾村，一字介庵，号瓯北，又号石禅，晚号石禅老人，室名向湖村舍、小鸥波馆	白族
赵天放		南社社友、新南社社员
赵长吉	字禅父	南社湘集社友
赵从勋	字克周	南社社友
赵正平	字厚生，一字厚圣，又字后声，号仁斋	南社社友

续 表

姓 名	字号、笔名等	备 注
赵世钰	字其相	南社社友
赵丙麟	字台生	南社社友、南社湘集社友
赵尔正	字谦侯，号涤厂	南社社友
赵式铭	字心海，一作星海，号弢父，又号拗叔，亦作韬父、弢甫	南社社友
赵光荣	字子枚，一字芷湄，号枚叟	南社社友
赵次胜	字申之，号申志	南社社友
赵赤羽	字蕴安，一字允安，号流沙，别署司徒王、东山谢、红柳村人	南社社友、新南社社员
赵声煦	字子融	南社湘集社友
赵君达		南社社友
赵苕狂	名泽霖，字雨苍，号苕狂，别号忆凤	南社社友
赵炜如	又名恩彤，字坚白	南社社友
赵宗健	字古松，号无我	南社社友
赵宗瀚	字澄甫	南社社友、南社湘集社友
赵建藩	字叔屏，号汉卿	越社社友
赵修五	字慎之	南社社友
赵家善	字芳积	南社社友、新南社社员
赵逸贤	字朗斋，号念梦	南社社友
赵景深	字旭初，笔名冷眼、博量、邹啸等	南社纪念会会员
赵镜年	字佩雄	南社社友
胡 荦	字锷尘	南社社友
胡 渊	名透珠，后改名渊，字沛平，号南香，别署安吴女子	新南社社员
胡子婴	原名晓春，笔名宋霖	南社纪念会会员
胡允恭	字尹谐，亦字寅阶，号畏盦	南社社友
胡石予	名蕴，字介生，号石予，别署石翁、萱百、瘦鹤等	南社社友
胡朴安	原名有忭，后更名韫玉，字仲明，一作颂民，号朴安，又号朴庵，别署半边翁	南社社友、新南社社员、南社纪念会会员
胡先骕	字步曾，一作先啸，号忏庵，亦作忏安	南社社友

续 表

姓　名	字号、笔名等	备　　注
胡伯孝	名熊锷，字伯孝	南社社友、广东分社社员
胡伯翔		南社社友、新南社社员、南社纪念会会员
胡宝贞		南社纪念会会员
胡承枢	字斗文	南社社友
胡剑鸿		新南社社员
胡洪湛	字砚锄，号一庐	南社社友
胡栗长	名颖之，字栗长，别署力涨，又号幸止	南社社友
胡寄尘	原名有怀，后更名怀琛，字季仁、季尘，号寄尘，别署秋山	南社社友、新南社社员、南社纪念会会员
胡赍卿		南社社友
胡惠生	原名道笈，后改名道吉，字蕙荪，一字惠生，化名朱晓春，笔名孤芳	南社社友、新南社社员、南社纪念会会员
胡道彤		南社纪念会会员
胡道静	笔名火焉、李诗、绵铃	南社纪念会会员
胡蒙子	名兆焕，字梦珠，一字梦朱，号蒙子	南社社友
胡藻斌	字显声	南社纪念会会员
查人伟	字仲坚、中坚，又号诵坚、若庐	南社社友
查天纬	字啸铁，号虹隐	南社社友
柏文蔚	字烈武	南社社友
柳无忌	原名锡礽，笔名啸霞	南社社友、新南社社员
柳无非	字小佩	新南社社员、南社纪念会会员
柳无垢	字小宜	新南社社员
柳公望	名绳祖	新南社社员
柳亚子	初名慰高，字安如，号亚庐，一作亚卢，后改名人权，再改名弃疾，字亚子	南社社友、新南社社员、南社纪念会会员
柳抟霄	名冀高，字北野，又字栗庐	新南社社员、南社湘集社友
柳非杞	名希宗，字非杞，别署潜麟，室名真气庐	南社纪念会会员
柳荣煦	字煦甫	南社社友
柳敏泉	名昶鋆，又名永，号蜃庵，亦号蜃盦	南社湘集社友

续 表

姓 名	字号、笔名等	备 注
柳率初	原名景高，后更名遂，字仰之，一字子文，别号十三	新南社社员、南社湘集社友
柳慧依	名均权，又名静，字慧依	新南社社员
郦 忱	字赓九	南社社友
钟 英	字惧庵，一字韵庵，又字惧菴	南社社友
钟 藻	字爱琴，一字琴盦，号耐勤，又号焦桐馆主	南社社友、南社湘集社友
钟天游		南社社友
钟观诰	字衡臧	南社社友
钟道英	字寿芝	南社纪念会会员
钟静怡		南社纪念会会员
钟薜生	名动，又名用宏，字李通，一字天静，又字薜生，号辟生	南社社友
钮擎球		新南社社员
秋 复	名锡辰，字壬林	越社社友
皇甫楚佛	字勇吾	南社湘集社友
侯服周	字凌勋	南社湘集社友
侯鸿鉴	字葆三，一作保三，号梦狮，又号病骥，别署了叟、病鳏、汗漫生	南社社友
俞 琪	字玉其，号毓奇	南社社友、新南社社员、南社湘集社友
俞 锷	原名侧，后更名锷，字则人，号剑华、建华，别署老剑、一粟、吴牛等	南社社友、广东分社社员、新南社社员
俞廷材	名栋，字廷材	南社社友
俞庆恩	字凤宾	南社社友
俞武华	字侠民	南社社友
俞诚之	原名祖猷，别名棪，字薇生	南社社友
俞诚镐		南社社友
俞语霜	原名原，后更名宗原，字宜长，号语霜，别署子亮、女床山民	南社社友
俞祖望	字渭儒，一字慧殊，号仗之，后又号谅只	南社社友、新南社社员、南社湘集社友
饶 真	字一梅	南社社友
饶 锷	字纯钩，号纯庵，别署莼园居士	南社社友

续　表

姓　名	字号、笔名等	备　　注
饶芙裳	名集蓉，字芙裳，又字绍曾，号槐堂，又号德依，晚年号松溪老渔、大印山人	南社社友
施　準	字士则	南社社友
施方白		南社社友、新南社社员
闻野鹤	原名世凤，又名宥，字子威，号野鹤，又号在宥，别署人凤	南社社友
姜　仁	字公勇，号伯承	南社社友
姜　若	谱名鸿宝，字参兰，号胎石，别号证禅、枕仙	南社社友、南社湘集社友
姜　豪	字季超	南社纪念会会员
姜长麟	一作长林，字菊生	南社纪念会会员
姜丹书	字敬庐，号赤石道人，别署金濑子	南社社友
姜可生	谱名鸿纬，原名畚，字君西，一字俊兮，号杏痴，别署海棠、阿棠、慧禅等	南社社友、南社湘集社友
姜怀素		南社纪念会会员
姜常在	名五，字常在，号电心	南社社友
姜景伯	字仰山	南社湘集社友
洪白蘋	名为藩，字白蘋，一字白苹，号北平	南社社友
洪兰祥	字梦梅	南社纪念会会员
洪荆山	原名完，更名璞，字荆山，号太完	南社社友、新南社社员
洪炳文	字博卿，号楝园，别署祈黄楼主、绮情生、寄愤生等	南社社友，杂剧、传奇作家
洪祖迈	字聿干，号爱文	南社湘集社友
洪堇父	名奂，字堇父	南社社友、新南社社员、南社湘集社友
洪雄声	名鹗，字雄声	新南社社员
宣剑花		南社社友
费公直	原名善机，字天健，号一瓢，别署秋明、霜红、霜庵等	南社社友、新南社社员
费龙丁	名砚，字见石，一字剑石，号龙丁，又号聋丁，别署云楼子、长厈行人、佛耶居士	南社社友、南社湘集社友
费仲修	名德，字仲修	南社社友
费荣锦	字悟梦，一字宗洁，号织云	南社社友、新南社社员
费善衡	字公威	南社社友

续　表

姓　名	字号、笔名等	备　　注
姚　光	谱名后超，字石子，号凤石，又号复庐，别署佚史氏	南社社友、新南社社员、南社湘集社友、南社纪念会会员
姚大慈	字叔子，号大知	南社社友
姚大愿	字仲子	南社社友
姚云曹	字鹤侣	南社社友
姚礼权	字仲衡	南社湘集社友
姚礼修	字粟若	南社社友、广东分社社员
姚礼恭	字伯寿	南社社友
姚民哀	原名朱兰庵，后入嗣姚家，改名姚联，字天亶，号民哀，别号肖尧，别署小妖、老匏、花萼楼主等	南社社友
姚式训	字式训	南社社友
姚存竞		南社社友
姚雨平	原名宇龙，字雨平，号汉强，又号立人	南社社友
姚勇忱	原名永贞，字勇忱，一字永成，号志强，化名劫灰	南社社友
姚菊隐	字菊存，号潜然主人	南社纪念会会员
姚焕章	字襄陶，一字湘涛	南社社友
姚琴如		南社社友
姚锡九		南社纪念会会员
姚鹓雏	名锡钧，字雄伯、容伯，号鹓雏，别号宛若、龙公、红豆词人	南社社友、新南社社员
姚彝伯	原名公良，一字夷白，号伯子，别署恬翁、一禅等	南社社友
贺　冕	字云侠，号云厦	南社社友
骆迈南	名鹏，一字曼南，又字万涵	南社社友、新南社社员、南社湘集社友
骆继汉	字墨荪	南社社友
秦　毂	字少湄，号刚武	南社社友、南社湘集社友
秦吉人		南社社友
秦恩逑	字仲勤	南社社友
秦寄宇	字绮新	南社湘集社友
秦铸花	名选之	南社社友、淮南社社友

续 表

姓　名	字号、笔名等	备　　注
秦善泽	字诚孚	南社社友
秦善培	字振夫	南社社友
秦锡圭	字镇国，号介侯，晚号见斋	南社社友、广东分社社员
袁　圻	原名葆良，后改名圻，字怀南，号剑侯，又号建侯	南社社友
袁　柳	字鹿宾，一作麓宾	南社湘集社友
袁天庚	字梦白，别署无耳尊者	南社社友
袁金钊	字铁铮、一字枕石，号天真	南社社友、新南社社员
袁雪安	名家普，字雪安，一字雪庵	南社社友、南社湘集社友
袁翰清	字镜涵，一字噤寒，号金南	南社社友
袁镜波		南社社友
莫　载		南社湘集社友
莫兆文	字同仁	南社湘集社友
莫伯恒		新南社社员
莫怀珠	字醉侬	南社社友
莫质誉	名文源，又名森，字质誉，号则禹、佛予，别号则一	南社社友
莫树德	字恒孚	南社湘集社友
莫冠英	字凤孙	南社社友、广东分社社员
莫祖介	字子伟	南社湘集社友
莫鹤鸣	名汉，字鹤鸣，号养云	南社社友、南社湘集社友
贾文涟	字安清	南社湘集社员
夏　雍	又名夏维，字秋风	南社社友
夏丏尊	名铸，字勉旃，号丏尊，又号闷庵，别署无闷、默之、夏盖山民	南社社友、南社纪念会会员
夏光宇	名昌炽，字光禹、光宇	南社社友
夏光鼎	字笑龛，号笑盦	南社社友
夏陆军		南社纪念会会员
夏昕蕖	名允麐，字昕蕖，一作昕渠	南社社友
夏钟麟	原名麐，字应祥，号楦耳	南社社友

续 表

姓　名	字号、笔名等	备　　注
夏桂徵		南社社友
夏焕云	字倬夫	南社社友、淮南社社友
夏淑芳		南社纪念会会员
顾　余	字九一	南社社友
顾　珩	字依仁	南社社友
顾　骏	字伯超	南社社友
顾　瑛	字缀英	南社社友
顾　敭	字榆清	南社社友
顾　璿	字蝶影	南社社友
顾平之		南社社友
顾明礼		新南社社员
顾忠琛	原名忠深，后改名忠琛，字荩忱	新南社社员
顾鸣盛	字叔惠，号滨秋	南社社友
顾宝瑚	字珊人，号珊臣	南社社友
顾宗况	字企先，号涤龛	南社社友
顾南农		南社纪念会会员
顾彦祥	字振庠	南社社友
顾养吾	原名浩然，又名澄，字养吾，号澄亚	南社社友、南社纪念会会员
顾悼秋	字退斋，一字崧臣，号无咎，别号灵云，别署老服、服媚、神州酒帝等	南社社友、新南社社员、南社湘集社友
顾期仲	名大栋，字期仲	南社纪念会会员
顾葆康	字稼轩	南社社友
顾葆瑢	亦名保瑢，字幼芙，号婉娟，又号怀鹃	南社社友
顾舜华	字志瑾	南社社友
顾震生	字旦平	南社社友
钱　钧	字卓然	南社社友
钱文蓉	字镜芙	南社社友
钱贞元	字象复，号无我	南社社友

续 表

姓 名	字号、笔名等	备 注
钱仲英	名竞	南社社友
钱红冰	名厚贻，字鸿宾，一作鸿炳，别署红冰、顽石	南社社友
钱伯良		南社社友
钱昌照	字乙藜	南社纪念会会员
钱诗桢	字宪民	南社社友
钱诗棣	字躬行	南社社友
钱宪僧	字寿萱	南社社友
钱祖宪	字叔度	南社社友
钱葆珍	字剑秋，号悔翁	南社社友
钱景颜		新南社社员
钱新之	名永铭，字新之，晚号北监老人	南社社友、南社纪念会会员
钱模宗	字迪先	南社社友
钱攘白	名润瑗，又名瑗，字景蘧、攘白，号剑魂，别署镜明，斋号守山阁	南社社友
倪中轸	字羲抱，号无斋	南社社友
倪拱辰	字星垣，号惺园，别号星园	南社社友
倪清如	字水月	南社社友
徐 冰	字公孟	南社社友
徐 英	字澄宇，笔名沉玉、枕玉，别署天风阁主，室名天风阁	新南社社员、南社湘集社友
徐 珂	原名昌，又名珂，字仲可，别署中可、仲玉等，室名天苏阁、纯飞馆等	南社社友
徐 倩	字琼仙，号老兰	南社湘集社友
徐 浦	一名问礼，字孟廉，号剑珠	南社社友、南社纪念会会员
徐 深	字亦生	南社社友
徐 策	又名徐张策，字励身，号骝良	南社社友
徐 鹏	字负天	南社社友
徐 毅	字弘士，号铁儿	南社社友、新南社社员、南社湘集社友
徐 麟	字泉孙，亦字泉声，号麟书，又号芳洲	南社社友

续 表

姓　名	字号、笔名等	备　　注
徐大纯	字只一	南社社友
徐子为	名炳恒，字子为，号恒庐	南社湘集社友
徐天复	原名裕，字血儿，别署衣谷	南社社友
徐文炳	字明丽	南社社友
徐世阶	字希平，号悔生	南社社友
徐半梦	原名儴，字云石，号冻佛，别号半梦	南社社友
徐亚伯	字侠儿，号公庶	南社社友
徐自华	字寄尘，号忏慧，自号忏慧女士	南社社友、新南社社员
徐声金	字难愚，一字兰于，号兰如	南社社友
徐作宾	字溥泉	南社社友
徐枕亚	名觉，字枕亚，别署徐徐、辟支、眉子等	南社社友
徐宝泰	字公龢	南社湘集社友
徐宗鉴	字粹庵，号维公，别号惕僧	南社社友
徐绍棨	字信符，号舜符	南社社友、广东分社社员
徐思瀛	字梦鸥	南社社友
徐砥平		新南社社员、南社纪念会会员
徐朗西	字应唐，一字秦生，号峪云，别署峪云山人	南社社友
徐啸亚	字天啸，别署秋槐室主、天涯沦落人	南社社友
徐超群	字伯耕	南社社友
徐道政	字平夫，一字平甫，号病无	南社社友
徐韵笙	字兰毓	南社社友
徐溥霖		南社社友
徐蔚南	原名毓麟，字蔚南，笔名徐卓呆、半梅、泽人、泽生	新南社社员、南社纪念会会员
徐蕴华	字小淑，号双韵	南社社友
徐蕴真	字药依	南社社友
徐德培	字笃夫，亦字笃甫，号南邨，又号南村	南社社友
徐蘧轩	原名兆麟，字蘧轩，笔名老瘽	新南社社员

续 表

姓 名	字号、笔名等	备 注
殷人庵	名仁，字人庵，一作人菊，又字仁安，号三一先生，别号香坡居士	南社社友
殷汝骊	字铸夫，号桂公	南社社友
殷剑侯	名砺，字剑侯	新南社社员
奚 侗	字度青，号无识	南社社友、南社湘集社友
奚燕子	名囊，字生白，一字申伯，号燕子，别署江南燕子、在林、莲侬	南社社友、南社纪念会会员
翁之光		南社纪念会会员
凌光谦	字诵益，号吉六，别署结绿	南社社友、新南社社员
凌仰霄	名圻，字仰霄，号秋蝉	南社社友
凌昌焕	字文之	新南社社员、南社纪念会会员
凌颂南		新南社社员
凌鸿年	字去愚	南社社友、广东分社社员
凌景坚	字昭懿，一字太招，号莘安，又号莘子，别署凯成	南社社友、新南社社员
凌蕙缠	字纫芳	南社社友
凌蕉庵	名毅，字蕉庵	南社社友
高 旭	原名垕，后改名堪，字天梅，号剑公，别号钝剑，别署江南快剑、慧云、慧子等	南社社友、广东分社社员
高 杏	字倚云	南社社友
高 增	字卓庵，号澹庵、澹安，别署佛子、大雄、东亚愤人等	南社社友
高 燮	字时若，号吹万，又号寒隐，别署志攘、黄天	南社社友、南社湘集社友、南社纪念会会员
高天栖		新南社社员
高平子	原名均，字君平，号平子，别署在园	南社社友
高尔松	字继郇，笔名希圣	新南社社员
高尔柏	字咏薇，笔名郭真	新南社社员、南社纪念会会员
高亚宾		淮南社社友
高君介	名圭，字介子，号君介，别署介庐、介翁、介公等	南社社友、新南社社员、南社湘集社友、南社纪念会会员
高君定	名基	南社社友

续 表

姓　名	字号、笔名等	备　　注
高君湘	名筠	南社纪念会会员
高君藩	名垣	南社社友、南社纪念会会员
高剑父	原名麟，后名崙，字鹊庭，又号爵廷，别署剑父、剑甫、剑士等	南社社友
郭　醇	字竺真	南社湘集社友
郭人漳	字葆生	南社社友
郭开第	字涛僧	南社社友
郭庆嵩	字兰余	南社社友
郭孝先	名建	南社纪念会会员
郭步陶	名成爽，曾改名惜，字步陶，号景庐	南社社友、南社纪念会会员
郭身润	字玉如	南社纪念会会员
郭希隗	字东史，晚号枣园，别署丹羽山馆	南社湘集社友
郭爱棠	字芰南，别署扬权子	南社社友
席　绶	字资生，又字季五、克南	南社社友
席涤尘	原名鸿绶，又名时贤，笔名涤尘、石耶、风笛	南社纪念会会员
唐文骏	字仲乾，号蝶痴	南社社友
唐卢锋		新南社社员
唐有烈	字九如	南社社友
唐忍庵	原名乃霈，改名奇，字润涵，又字忍庵、忍安，别号惹云	南社社友
唐纯茵		新南社社员
唐鸣时	笔名吉鱼、白沙、桐叶	南社纪念会会员
唐荣阳	字晋棠	南社社友
唐荫庭	名春森，字荫庭，号梦吟	南社社友
唐诵清		新南社社员
唐耕余	名九，字耕余，号懦夫	南社社友
唐振铎	字子沐	南社湘集社友
唐家伟	字敏慎	南社社友
唐群英	原名恭懿，字希陶	南社社友

续 表

姓 名	字号、笔名等	备 注
唐德度	字次裴，号海庐	南社湘集社友
浦 武	原名军年，又名武，字君彦，号醒华	南社社友
涂开舆	字九衢	南社社友
容伯挺		南社社友
诸青来	名翔，字青来，号人凤	南社社友
诸宗元	字贞壮，一字贞长，又字长公，号大至、大至居士，别署迦持	南社社友
谈月色	名溶，字月色，号溶溶，晚号珠江老人	南社社友、南社湘集社友
谈文灯	字麟祥，号梦石	南社湘集社友
谈善吾	又名谈治、谈长治，别号谈老谈，笔名老谈	南社社友
陶 铸	字志渊，号痴鸳	南社社友
陶小柳	名牧，字伯荪，一字伯纯，号小柳，别署了庵、了盦、病鳏	南社社友、新南社社员
陶名珍		南社社友
陶孝宗	号绿叶	南社湘集社友
陶冶公	原名延林，字雅翼，号成之，后改名铸，字冶公，号望潮，别号洁霜	南社社友
陶岷原		新南社社员
陶采彬		南社社友
陶绍煌	字粟已，号亦园	南社社友
陶秋英		南社纪念会会员
陶惟坻	字砥流，又字小沚	新南社社员
陶赓照	字承周，号神州	南社社友、新南社社员、南社纪念会会员
陶磬园	名广，字思安，号磬园	南社湘集社友
桑 伊	字伯尹，号白鹰	南社社友
桑祖钦	字仲明	南社社友
堵申甫	原名福诜，一字申父，号屹山，别号冷庵	南社社友
黄 人	原名振元，又名震元，后更名人昭，字慕韩、慕庵，又字羡涵，中年时易名黄人，号摩西，别署兰君、梦庵、慕云等	南社社友

续 表

姓　名	字号、笔名等	备　　注
黄　节	原名纯熙，字晦闻、玉昆，后改名节，别署晦翁、佩文、黄史氏	南社社友
黄　兴	原名仁牧，一名轸，字杞园、廑午，后改名兴，号克强，化名张守正，别署堇午、堇坞、竞武、经武	南社社友
黄　侃	幼名绪琳，谱名乔馨，学名乔鼐，后改名侃，字季刚、季子，号运甓，别署病禅、病蝉、量守居士等	南社社友
黄　复	字娄生，号病蝶，又号晏生	南社社友、南社湘集社友
黄　郛	原名绍麟，字膺白，号昭甫，别署天生，笔名以太	南社社友、南社纪念会会员
黄　觉	字醒华，号若玄，又号蘧园、蘧庵	南社社友
黄　钺	字竹溪，一字幼禅，亦作幼蟾，又字佑禅	南社湘集社友
黄　裔	字麓村，一字麓生，笔名红豆渔翁	南社湘集社友
黄　蕙	字少兰	南社社友、广东分社社员
黄　镠	字咸夷	南社社友、南社湘集社友
黄人济		新南社社员
黄天鹏	原名鹏，字天鹏，一字逍遥，别号天庐	南社纪念会会员
黄元琳	字稚鹤，号自愕	南社社友
黄以宽	字心禅	南社湘集社友
黄正理	字汉琼	南社湘集社友
黄亚君	本名刘雅君，婚后有时用夫姓	南社社友
黄亚康		南社社友
黄仲琴	号嵩园	南社湘集社友
黄冰清		南社纪念会会员
黄忏华	字璨华，号凤兮	南社社友、新南社社员
黄芥弥		南社湘集社友
黄丽中	字赘庵	南社社友
黄佛颐	字慈博	南社社友、广东分社社员、南社湘集社友
黄希宪	字履平	南社社友
黄应逵	字渐之，号铁史	南社湘集社友
黄冷观	名显成，字君达，别字仲弢，号冷观，亦号昆仑	南社湘集社友

续　表

姓　名	字号、笔名等	备　　注
黄青海	名永，字青海	南社社友、广东分社社员
黄苗子	小名猫仔，名祖耀，后改名苗子	南社纪念会会员
黄欧查	字波拉，一字南茜	南社纪念会会员
黄季通	名兴谟，字季通	南社社友
黄佩珊		南社社友
黄宗仰	原名浩舜，又名用仁，号中央，释名宗仰，别号宗仰山人、乌目山僧，别署金山寺客人、楞伽小隐等，众称印楞禅师	南社社友
黄宗麟	字云深，号懒云，别署浦江野史	南社社友
黄定禅	名澜，字篑孙，一字篑荪，号定禅	南社社友
黄孟浏		南社湘集社友
黄修杞	字钟勋	南社湘集社友
黄觉民		南社纪念会会员
黄宾虹	名质，字朴存、朴人，号宾虹、滨虹，别署予向、虹庐、虹叟	南社社友、南社湘集社友、南社纪念会会员
黄梦蘧	名钧，字梦蘧，号栩园，别署三难	南社社友、南社湘集社友
黄盛启	字田光	南社社友
黄寄萍		南社纪念会会员
黄维坤		南社社友
黄朝桐		南社社友
黄翘芝	字颖俦	南社社友
黄喃喃	原名辅周，又名二南	南社社友
黄巽卿	名堃，字巽卿	南社社友
黄殿华	字奠华	南社社友
黄慕松	名承恩，字慕松	南社社友
黄蕴深		南社纪念会会员
黄德如		南社社友
萧　干	字玉衡	南社湘集社友
萧　萱	字纫秋	南社社友

续 表

姓 名	字号、笔名等	备 注
萧 蜕	原名嶙，字退闇，又字中孚、盅孚，号蜕盦，别署蜕公、蜕庵、退庵、寒叟、无翁等	南社社友
萧公权	名笃平，字恭甫，号中权，后改公权，又号迹园，笔名巴人、石沤、君衡	南社社友
萧公望	字韵珊	南社社友
萧石朋		南社湘集社友
萧吉珊	名锡祥，字吉珊	南社社友
萧湘雁	字炳南	南社湘集社友
梅光迪	字觐庄，一字迪生	南社社友
梅岭先		南社湘集社友
梅绳武		南社社友
曹 斌	字宪章	南社社友
曹凤仪	字翙廷	淮南社社友、南社社友
曹凤笙	字伯镛，一字百庸	南社社友、新南社社员
曹凤箫	字仲韶，号觉庵	是凤笙弟
曹毋固	字君儒	南社社友
曹民父	名昌麟，字冷巢，号民父	南社纪念会会员
曹应仲		南社社友
曹经沅	一名经源，字纕蘅，室名借槐庐	南社湘集社友
曹祖彬	又名祖清，字亦华，号吟村	南社社友，淮南社社友
曹惟善	字剑光	南社社友
曹聚仁	字挺岫，号听涛，笔名陈思、丁舟等	新南社社员、南社纪念会会员
戚饭牛	名牧，字和卿，号饭牛、饭牛翁，别署牧牛童、簑笠神仙	南社社友
龚 逸	字粲真	南社湘集社友
龚介子	名骞，字介子，号隼庵	南社社友
龚六英	字醉霞	南社社友
龚六茎	字瑞芝	南社社友
龚尔位	字醉厂，亦作醉盦、醉庵，号芥弥，别号介眉	南社社友、南社湘集社友

续表

姓名	字号、笔名等	备注
龚兰因	又名兰英	南社纪念会会员
龚承上	字言章，号寸园	南社湘集社友
龚承祧	字宗大	南社湘集社友
龚耀宗	字涤亚	南社社友
盛世弼		南社社友
盛昌杰	字剑星，别署剑星楼主	南社社友
崔师贯	字百越，号今婴	南社湘集社友
崔镕深	名一作荣申，字迅沈，又字巽臣，号柳湖	南社社友
笪赋权		南社纪念会会员
康　振	字模斋	南社湘集社友
章乃器	原名埏，改名乃器，字子伟，又字金烽，别名嘉生	南社纪念会会员
章木良	名梓，又名质，字木良，一字莫良，号太素	南社社友
章巨摩	名誾，一名自，字叔言，一字巨摩	南社社友
章铁民	笔名古梦，别名章造汉	南社纪念会会员
阎甘园	号晚照楼主	南社纪念会会员
梁　龙	字云松，一字云从，西名 Lone Li　ng	南社社友
梁　民	字一余，号乐天	南社社友
梁　复	字立群	南社社友
梁六度	原名梁坚，化名梁堉	南社社友
梁兰剑		南社社友
梁扩凡	字纪梅	南社社友
梁亚潮		南社纪念会会员
梁宇皋		南社社友、广东分社社员
梁彀光	字月初	南社湘集社友
梁烈亚	原名煊学，曾名默然，字山英，号烈亚	南社纪念会会员
梁培慰	字君藉	南社湘集社友
梁楚三		南社社友、南社湘集社友

续　表

姓　名	字号、笔名等	备　　注
彭久岳	字惟清	南社社友
彭飞健	字孟庵	南社湘集社友
彭饬三		新南社社员
彭昌福		南社社友
彭侠公		南社社友
彭振纲		新南社社员
彭焌文	名冋，字焌文	南社湘集社友
彭鼎芬	名斟雉，字鼎芬	南社社友
葛荫梧	名昌楣，一作昌眉，字咏莪，号荫梧，又号雍吾，别署韬华	南社社友、南社纪念会会员
董书城	字蓉申，也作蓉生，号亦庐	南社社友
董远智	字肖骞	南社纪念会会员
董肖涵		南社纪念会会员
蒋一民	名瑭，字一民	南社社友
蒋乃均	字平阶	南社社友
蒋万里	原名士超，后改名同超，字伯寅，号万里	南社社友
蒋幼士	名信，字幼士，号蒋山	南社社友
蒋抡英		南社纪念会会员
蒋伯诚	号志迪	南社纪念会会员
蒋保厘	字屏周	南社社友
蒋洗凡	原名衍升，字锡蕃，以洗凡字行	南社社友
蒋道孙	字君约	南社湘集社友
蒋蓉生		南社纪念会会员
蒋慎吾	字心真	南社纪念会会员
蒋箸超	字子旌，号抱玄，别号箸庐、蔽庐	南社社友
韩　苏	字觉我，号笔海	南社社友
韩　烺	字亮侯，又字亮夫	南社社友
韩　绪	字组原，号楚原	南社社友

续 表

姓　名	字号、笔名等	备　　注
韩　棠	字召侯	南社社友
韩汝绅	字搢之	南社社友
韩佩荃	原名秩猷，字子佩，号芷佩	南社社友
韩景苏	字君剑	南社社友
韩景琦		南社纪念会会员
韩道明	字怒存，号欣斋，又号荻庐主人，晚年更名行	南社湘集社友
景定成	字梅九、枚九、某九，又字梅久，笔名老梅、秋心	南社社友
景耀月	字秋陆，一字秋绿，号太昭、太招，别署帝召、瑞星	南社社友
嵇鼎铭	字竟益	南社社友
程　杰	字振奇	南社社友
程　慈	字心慈	南社社友
程习朋	名习，一字习子，号小可，晚署红楼老人	新南社社员
程少初		新南社社员
程光甫	名宗裕，字光甫，号弢堂	南社社友
程华魂	字光泽	南社社友
程苌碧	原名忠，字心中，号心丹	南社社友
程健雄		南社纪念会会员
程家柽	字韵笙，亦作韵生，一字韵荪、韵孙，又字下斋，亦署下齐	南社社友
程善之	名庆余，字行安，号小斋，别号尘龕，笔名善之	南社社友、新南社社员
傅　絅	字方修	南社社友
傅　霖	字客仙	南社湘集社友
傅卓霖	字逸云	南社社友
傅绍禹	名道博，字绍禹，号沼采	南社社友、南社湘集社友
傅彦长	原名硕家，又名硕介，字彦长	新南社社员
傅梦豪	字侠生	南社社友
傅韵雄		南社湘集社友
傅熊湘	原名専，字文渠，一字钝根，亦作屯根、屯艮，号君剑，别署钝安、屯安、红薇生	南社社友、新南社社员、南社湘集社友、南社纪念会会员

续 表

姓　名	字号、笔名等	备　　注
焦雨亭		南社纪念会会员
储光霁	字华亭	南社社友
舒新城	原名玉山，学名维周，曾用名建勋，后改名新城，字心怡，号遁庵，笔名畅吾	南社纪念会会员
释永光	俗姓张，字海印，法名永光，号憨头陀，长沙开福寺住持	南社社友
释铁禅	俗名刘秀梅，法名铁禅，通称铁禅和尚，法号心境，又名铁头陀	南社社友、广东分社社员
鲁其濬	字寄湘	越社社友
鲁若衡	名荡平，字若衡	南社社友、新南社社员、南社湘集社友
曾　兰	字香祖，一字仲殊	南社社友
曾　择	字伯慈	南社社友
曾　格	字品仁，号泣花	南社社友
曾　赜	字勇父，一字勇甫，号繁霜	南社社友
曾　镛	字孟鸣	南社社友
曾延年	字孝谷，号存吴，一作存吾	南社社友
曾纯阳	字元龙	南社社友
曾贯吾		南社社友
曾虚白	名焘，字煦白，亦作煦伯，笔名虚白	南社纪念会会员
曾演复		新南社社员
温克刚	字一如，号潜庵	南社纪念会会员
温著叔	名见，字著叔	南社社友
温雪篠		南社社友
温静侯	又作温靖侯，名士璠，字叔子	南社社友
谢　达	字昌渠	南社社友
谢　晋	字霍晋，号齐州外室主人	南社社友
谢　惠	字凝远	南社纪念会会员
谢开勋	字荩卿，号敬止	南社社友
谢无量	原名沈，又名大澄，字仲清，号希范，别署蒙、啬庵，后改名无量	南社社友

续 表

姓　名	字号、笔名等	备　　注
谢公展	名寿，亦作翥，字公展	南社纪念会会员
谢兴尧	字五知，又字揖唐，号尧公，亦作荛公	南社纪念会会员
谢远定	字伯定，号伯平	新南社社员
谢良牧	一名延誉，字叔野，号圉人	南社社友
谢英伯	名华国，字英伯，一作瑛珀，号抱香	南社社友、广东分社社员、南社湘集社友、新南社社员
谢鸣九	字恩皋	新南社社员
谢秉璋	名鸿熙，字秉璋，号同甫	南社社友、南社湘集社友
谢周翰	字矩庵，一字矩盦	南社湘集社友
谢树琼	字佩青	南社社友
谢星乔	亦名星桥	南社社友
谢祖贤	字次陶	南社社友、广东分社社员
谢振南		南社社友
谢浴淮	名植黄，号浴淮	南社湘集社友
谢悯生		南社纪念会会员
谢碧田		南社社友
谢醒持	名幼支，字醒持	南社社友
蓝渭滨		南社纪念会会员
蒯文伟	字一斐	南社社友
蒯世勋	字斯曛	南社纪念会会员
蒯贞幹	字虎岑，号啸楼	南社社友
楼辛壶	名邨，亦写作村，后曾改名虚，字肖嵩，号辛壶，一字新吾，别署卓立、玄道人、玄根居士，晚号缙云老叟	南社社友、南社纪念会会员
裘明溥	字雪照	南社社友
甄　陶	字伯俊	南社湘集社友
雷铁厓	原名昝，又名龙言，后更名昭性，一作照性、昭信，字泽皆、昝皆，号铁厓，一作铁崖，别号铁铮	南社社友
虞小珠		南社纪念会会员
简　易	字叔乾，号惕园	南社社友

续　表

姓　名	字号、笔名等	备　　注
简士骙	名华，字实卿，号士骙，一作士揆	南社社友、广东分社社员
简伯龙		新南社社员
简经纶	字琴石，号琴斋，别号语香，别署千石楼主	南社纪念会会员
鲍　湛	字廉澂	南社社友
鲍　韫	字亚晖	南社纪念会会员
鲍冷雪		南社纪念会会员
蔡　权	字迪仪，一字蝶兮，又字笛怡，号秋水	南社社友
蔡　彤	字绍庵，一作绍龕	南社湘集社友
蔡　真	字冠雄，亦作观邕、冠邕，号石疆先生	南社湘集社友
蔡　钺	字有虔，号焦桐	南社社友
蔡　培	字子平，号石顽	南社社友
蔡　寅	字清任，号治民，别署清纯、青纯、怀庐、壮怀、平江遗民	南社社友、南社湘集社友
蔡　模	一名哀，字饮泣，一字恕庵，又名舒，字恕一、舒安，号韬庐	南社社友
蔡人龙	字渔村，一字渔春	南社湘集社友
蔡元培	字鹤卿，小字阿培，改字仲申，又字民友，号孑民	南社纪念会会员
蔡芗林		南社社友
蔡行严	名少牧，字行严	南社社友、广东分社社员
蔡济民	原名国桢，一作国祯，字幼襄，一字幼香	南社社友
蔡突灵	字少黄，别名啼红词客	南社社友
蔡哲夫	原名珣，后改名守，亦名有守，字奇璧、哲夫，号成城，别号寒琼，别署思琅、守一、折芙，晚号寒翁、茶丘残客	南社社友、广东分社社员、南社湘集社友
蔡鼎成		南社社友
蔡景明	名璿，字景明	南社社友、新南社社员
蔡叆裳	名树薆，字叆裳，一字爱常	南社社友
蔡韶声	名文镛，字韶声	南社社友、新南社社员
蔡燮垣	字焕伯	南社社友
管际安	名义华，字际安，号霁庵、霁安	南社社友、新南社社员、南社纪念会会员

续 表

姓　名	字号、笔名等	备　　注
廖从本	字务滋	南社社友、广东分社社员
廖公侠		南社湘集社友
廖仲恺	原名恩煦，又名夷白，字仲恺	新南社社员
廖恩照	字朗如	南社社友
廖家驹	字迅甫	南社湘集社友
廖麟年	字味蓉	南社社友
阚铁群		南社社友
漆文光	字云卿	南社社友
谭　天	原名新润，后改名天，字天风，号逋僧	南社社友
谭元征	字遵鲁	南社湘集社友
谭作民	别名铭，字介圃、介甫，一字介夫，又字戒甫，号天噫	南社社友、南社湘集社友
谭炳堃	字愚生	南社社友、广东分社社员
谭觉民	湖南湘乡人	南社社友
谭雪庐		新南社社员
谭醒民		南社社友
熊　理	字衡三，号恒心	南社社友
熊公福	字群青	南社社友
熊立鉴	字小白，号自镜	南社湘集社友
熊克武	字锦帆，化名刘一峰	南社社友
缪鸿若	字墨盦，又字默庵，号勿庵	南社社友、南社湘集社友
黎书宸	字伯努	南社社友
黎尚雯	字湘荪，一作桂森，号竟存轩老人	南社社友
黎泽泰	字尔穀，号戬园、戬斋，又号戬斋居士	南社湘集社友
黎梧生	一作梧森	南社湘集社友
黎庶从	字世南	南社社友
颜昌峣	字息庵，一字息盦	南社湘集社友
颜宗鲁		南社湘集社友

续 表

姓　名	字号、笔名等	备　　注
潘飞声	字兰史，一字剑士，号老兰，别号心兰、老剑，别署说剑词人、水晶庵道士、独立山人、翦淞阁主	南社社友
潘公展	名有猷，字幹卿，号公展	南社社友、新南社社员、南社纪念会会员
潘世模	原名世汉，字民殊，号民訏，又号聊居主人	南社社友、南社湘集社友
潘式南	名昭，字式南	南社社友
潘名泰	字子詹，号一痴	南社社友，淮南社社友
潘寿元	字鲁庵	南社社友
潘抱真	名璞，字抱真	南社社友
潘其文		南社纪念会会员
潘明诚	名毅，字明诚	南社湘集社友
潘春波	字宅溪	越社社友
潘朗轩		新南社社员
潘维镛		南社纪念会会员
潘惠畴	亦名蕙畴，字戆公，号秋士	南社社友
潘普恩	字少文，号双吟楼主	南社社友
潘觧仲		广东分社社员
薛　炎	字季卮	南社社友
薛正清	名慎，号证庐，别号炎公	南社社友
薛钟斗	字储石，号守拙，别署西岘山民	南社社友
薛保伦		南社纪念会会员
霍庶明		南社社友、广东分社社员
戴天球	曾用名杲，字星一	南社社友
戴仪仲		南社纪念会会员
戴华美		南社纪念会会员
戴克谐	字蔼庐，一作霭庐	南社社友
戴季陶	本名良弼，字选堂，又名传贤，一字季陶，号天仇，晚号孝园	南社社友、新南社社员
戴保炽	字德馨	南社社友

续 表

姓　名	字号、笔名等	备　　注
戴绶章	字誉侯	南社社友
戴德章	字皋言，号壶隐	南社社友
戴邃庵		南社湘集社友
魏　琳	字景崔	淮南社社友
魏电岩	字紫石	南社社友
魏在田	字春影	南社社友
魏冰心		南社纪念会会员
魏定荣	字祝民	南社社友
魏钟冀	字樾年，号逸农	南社社友
瞿方思	字荪楼	南社社友
瞿世琬	字蘧厂，别署东皋草堂主人	南社社友
瞿绍伊	名钺，字绍伊，号无用	南社社友、南社纪念会会员

附录三：南社社友情况一览表

一、留学生名录

姓　名	留学地	备　　注
于右任	日本	?
易白沙	日本	?
易廷熹	日本	习师范
马君武	日本、德国	帝国大学、京都大学，柏林工业大学
马骏声	美国	哥伦比亚大学、纽约大学
孔庆莱	日本	庆应大学
仇　亮	日本	弘文学院、陆军士官学校
文　斐	日本	铁道学校、东洋大学
文诏云	日本	?
方声涛	日本	振武学校、陆军士官学校
王大桢	日本	陆军经理学校、帝国大学
王培孙	日本	?
邓家彦	日本、美国	法政专门学校，伊利诺伊州立大学、纽约哥伦比亚大学、林肯大学
邓尔雅	日本	习文学、美术
田　桐	日本	弘文学院
田星六	日本	?
田　汉	日本	东京高等师范学校

续 表

姓　名	留学地	备　注
白逾桓	日本	明治法律学校
石　瑛	法国、英国	伦敦伯明翰大学
叶玉森	日本	明治大学
叶夏声	日本	法政大学
谷钟秀	日本	?
宁调元	日本	弘文学院
冯　鹭(女)	美国	习美术
冯斯栾	日本	东京高等学校
冯自由	日本	东京专门学校(早稻田大学前身)
任鸿隽	日本、美国	东京高等工业学校,美国康奈尔大学、哥伦比亚大学
伍崇学	日本	弘文学院、东京高等师范学校
朱屺瞻	日本	川端美术学校
朱文鑫	美国	威斯康星大学
朱少屏	日本	?
朱叔建	日本	?
朱锡梁	日本	弘文学院
江亢虎	日本、美国	美国加利福尼亚大学
江镇三	日本	明治大学
庄通百	日本	弘文学院
孙竹丹	日本	振武学校
孙仲瑛	日本	习法律、政治
孙儆庐	日本	?
孙景贤	日本	明治大学
刘季平	日本	成城学校
刘大白	日本	?
刘成禺	日本、美国	成城学校,美国加利福尼亚大学
刘师陶	日本	弘文学院

续 表

姓 名	留 学 地	备 注
刘泽湘	日本	弘文学院
刘海粟	日本、法、英、德	德国法兰克福大学
许肇南	日本、美国	?
吕志伊	日本	早稻田大学
吕碧城(女)	美国、英国、法国、瑞士	美国哥伦比亚大学
何香凝(女)	日本	东京目白女子大学
汪 东	日本	成城学校、早稻田大学
汪亚尘	日本	美术专科学校
汪兆铭	日本、法国	东京法政大学
宋大章	日本	陆军士官学校
宋教仁	日本	顺天学校、法政大学、早稻田大学
李叔同	日本	东京美术专门学校
李根源	日本	振武学校、早稻田大学
李书城	日本	振武学校、陆军士官学校
李熙谋	美国	哈佛大学
李芑香	日本	?
沈尹默	日本	帝国大学
沈流芳	英国	牛津大学
沈钧儒	日本	法政大学
沈钧业	日本	早稻田大学
杜 羲	日本	振武学校、早稻田大学
杜国庠	日本	早稻田大学、帝国大学
邵力子	日本	?
邵元冲	日本、美国	美国威斯康星大学
邵飘萍	日本	法政专门学校
吴 虞	日本	法政大学
吴定九	日本	名古屋高等工业学校

续 表

姓　名	留 学 地	备　　注
谷思慎	日本	明治大学
萧公权	美国	康奈尔大学
陈陶遗	日本	早稻田大学
陈　柱	日本	成城学校
陈抱一	日本	川端绘画学校、上野美术专门学校
陈麟瑞	美国	威斯康星大学、哈佛大学
陈兼善	比利时	?
陈仲权	日本	早稻田大学
陈世宜	日本	?
陈去病	日本	?
陈其美	日本	警监学校、东斌陆军军事学校
陈家栋	日本	警监学校
陈家英(女)	日本	?
陈家杰(女)	日本	?
陈家鼎	日本	早稻田大学
陈家鼐	日本	法政专门学校、早稻田大学
陈望道	日本	物理学校、早稻田大学、东洋大学、中央大学
陈树人	日本	京都美术专门学校、立教大学文学科
张　继	日本	善邻书院、早稻田大学
张　靖	日本	早稻田大学
张光厚	日本	早稻田大学
张志让	美国、德国	美国加利福尼亚大学文学院、哥伦比亚大学，德国柏林大学
张默君(女)	美国	哥伦比亚大学
张汉英(女)	日本	青山实践女校
张传琨	日本	?
张廷珍	日本	?
狄君武	法国	里昂中法大学、里昂大学研究院

续 表

姓　名	留学地	备　　注
邹　鲁	日本	早稻田大学
严公上	日本	?
苏曼殊	日本	大同学校、振武学校、早稻田大学
居　正	日本	法政大学
周　觉	日本	?
周积芹	日本	习法政
周豫才	日本	弘文学院、仙台医学专门学校
郑之蕃	美国	康奈尔大学、耶鲁大学研究院
郑宝善	英国	设菲尔德大学
林景行	日本	中央大学
林白水	日本	早稻田大学
林懿均	日本	弘文学院
金国宝	美国	哥伦比亚大学
金静初	韩国	?
杨杏佛	美国	康奈尔大学、哈佛大学
杨东蒓	日本	法政大学
杨性恂	日本	法政大学
杨赓笙	日本	?
郁　华	日本	早稻田大学、法政大学
经亨颐	日本	东京高等师范学校
范爱农	日本	物理学校
罗晋士	日本	庆应大学
欧阳予倩	日本	成城学校、明治大学、早稻田大学
欧阳振声	日本	早稻田大学
柳无忌	美国	佛州劳伦斯大学、耶鲁大学
柳无垢(女)	美国	佛州劳伦斯大学、威斯康星大学研究院
侯鸿鉴	日本	弘文学院

续 表

姓 名	留学地	备 注
洪雄声	日本	?
俞 锷	日本	?
俞庆恩	美国	宾夕法尼亚大学医学院
胡先骕	美国	加利福尼亚大学、哈佛大学
钟蓟生	日本	?
项 骧	美国	纽约大学
费龙丁	日本	?
费公直	日本	同文书院、正则理化速成专科学校、东京医学专门学校
殷汝骊	日本	?
夏丏尊	日本	弘文学院、东京高等工业学校
夏昕蕖	日本	?
唐群英(女)	日本	青山实践女校、成女高等学校
高 旭	日本	法政大学
高君湘	美国	?
高尔松	日本	同文书院
袁雪安	日本	法政大学
徐 策	法国	达贝尔工程大学、巴黎铁道大学
徐朗西	日本	铁道学校
徐蔚南	日本	庆应大学
诸青来	日本	?
陶冶公	日本	长崎医学专门学校
钱新之	日本	神户高等商业学校
章木良	日本	陆军学校
梅光迪	美国	西北大学、哈佛大学
黄 侃	日本	早稻田大学
黄 郛	日本	振武学校、陆军测量局地形科
黄 兴	日本	弘文学院

续 表

姓　名	留学地	备　注
黄天鹏	日本	早稻田大学
黄觉民	菲律宾、美国	菲律宾大学、美国哥伦比亚大学
黄忏华	日本	帝国大学
高君湘	美国	?
黄忏华	日本	帝国大学
傅彦长	日本、美国	?
程家柽	日本	帝国大学
曾延年	日本	东京美术专门学校
景定成	日本	东京第一高等学校
景耀月	日本	早稻田大学
谢良牧	日本	?
韩　烺	日本	东京高等师范学校
韩　棠	日本	明治大学
韩　苏	日本	东京实科学校
蒋洗凡	日本	弘文学院、明治大学
雷铁厓	日本	大成学校、弘文学院
蔡　寅	日本	早稻田大学
蔡元培	德国、法国	?
廖仲恺	美国、日本	早稻田大学、中央大学
廖麟年	日本	弘文学院
赵正平	日本	早稻田大学
潘飞声	德国	柏林大学
瞿绍伊	日本	?
戴天球	日本	日本大学、法政大学
戴克谐	日本	庆应大学
戴季陶	日本	师范学校、日本大学

二、南社中的光复会会员

蔡元培	柳亚子	林白水	陈陶遗	周豫才	范爱农	沈钧业	孙德卿
刘大白	陶冶公	孙世伟	陈子英	邵力子	王晓籁	张同伯	赵汉卿
平智础	蒋箸超	苏曼殊	徐自华	徐蕴华	黄宗仰	堵申甫	姚民哀
姚勇忱							

三、南社中的同盟会会员

于右任	易　象	马君武	马叙伦	马骏声	仇　亮	卞永璋	文　斐
文诏云	方声涛	王芃生	王培孙	邓家彦	古　直	田　桐	田星六
申　柽	白逾桓	石　瑛	叶楚伧	叶玉森	叶夏声	宁调元	冯心侠
冯国鑫	冯自由	任鸿隽	朱季恂	朱文鑫	朱少屏	朱子湘	朱叔建
朱叔源	朱锡梁	阳兆鲲	孙景贤	孙竹丹	刘季平	刘约真	刘大白
刘成禺	刘泽湘	许苏民	许肇南	吕志伊	何香凝（女）	冷御秋	汪　东
汪兆铭	宋大章	宋教仁	李怀诚	李孟哲	李根源	李书城	李芑香
李寿铨	陆丹林	沈怡中	沈　砺	沈钧儒	沈钧业	杜　羲	邵力子
邵瑞彭	邵元冲	吴修源	谷思慎	萧　蜕	陈陶遗	陈蜕庵	陈子范
陈仲权	陈世宜	陈去病	陈其美	陈家英（女）	陈家杰（女）	陈家庆（女）	陈家鼎
陈家鼐	陈布雷	陈树人	张　冰	张　继	张　恭	张西曼	张光厚
张默君（女）	张汉英（女）	张传琨	张震西	狄楼海	邹　鲁	居　正	卓尚诚
周　觉	周积芹	郑仲敬	郑宝善	林之夏	林百举	林白水	林庚白
林懿均	杨杏佛	杨锡章	杨赓笙	庞树柏	经亨颐	茅祖权	范鸿仙
罗晋士	欧阳振声	柏文蔚	柳亚子	俞　琪	俞　锷	姚　光	姚勇忱
姚雨平	胡朴安	钟萨生	费公直	夏昕蕖	唐敏慎（女）	唐群英（女）	高　旭
高剑父	徐天复	徐自华（女）	徐朗西	徐蕴华（女）	席　绶	诸宗元	陶冶公
章木良	曹凤笙	梁　龙	梁扩凡	梁烈亚	黄　侃	黄　郛	黄　节
黄　兴	黄冷观	黄宗仰	傅熊湘	程家柽	程善之	鲁若衡	景定成
景耀月	谢　晋	谢良牧	谢英伯	韩　苏	蒋洗凡	雷铁厓	蔡　寅
蔡突灵	蔡济民	蔡元培	廖仲恺	赵正平	熊克武	黎尚雯	戴季陶

四、南京临时政府中的南社成员

陈陶遗（怡）	民国临时政府参议院副议长
宋教仁	民国临时政府法制院总裁
黄　兴	陆军部总长兼参谋总长
吕志伊	司法部次长
居　正	内务部次长
蔡元培	教育部总长
景耀月	教育部次长、代理教育总长

马君武　　实业部次长
于右任　　交通部次长
仇　亮　　陆军部军衡司司长
文诏云　　农商部次长
田　桐　　内务部参事
石　瑛　　民国临时政府禁烟总办
张通典　　内务司司长、临时大总统府秘书
林景行　　农林部秘书
杨天骥　　教育部参事、秘书
杨嗣轩　　实业部商政司
杨谱笙　　民国临时政府监察院秘书长
杨杏佛　　大总统府秘书处收发组组长
柳亚子　　南京民国临时政府大总统府秘书
俞　锷　　南京民国临时政府大总统府秘书
王蕴章　　南京民国临时政府秘书
邓家彦　　国防最高委员会常务委员、国民政府国史馆筹备委员会委员
叶夏声　　南京民国临时政府秘书
冯自由　　南京民国临时政府大总统府秘书
朱宗良　　监察院监察委员
朱少屏　　南京民国临时政府大总统府秘书
余芷江　　南京民国临时政府，由孙中山委为(南北)议和南方代表秘书
余天遂　　南京民国临时政府临时大总统孙中山秘书
冷御秋　　历届国民参政会参政员、广东护法军政府总参议、内政部总长
李书城　　南京民国临时政府大总统府军事秘书
李肇甫　　南京民国临时政府秘书处总务长
周豫才　　南京民国临时政府教育部任职
项　骧　　南京民国临时政府财政部参事，兼中国银行监督、盐务署参议
雷铁厓　　南京民国临时政府大总统府秘书
蔡　寅　　南京民国临时政府大总统府秘书
赵正平　　南京留守府调查局局长、交通局局长

五、北京政府(北洋政府)中的南社成员

马君武　　1925年12月任北京政府司法总长。翌年，改任教育总长，辞职不就
马叙伦　　任北洋政府教育部次长、代理部务
汪　东　　北京政府大总统府法政咨议、北京政府内务厅(部)佥事、内务部编订礼制会员、政事堂礼制馆嘉礼主任
宋教仁　　唐绍仪内阁中任农林总长，不久辞职
李根源　　北洋政府农商总长与代总理
李书城　　北京摄政内阁陆军部总长、北伐军总司令部顾问
林白水　　北京政府大总统府秘书兼直隶省(今河北省)督军署秘书长、众议院议员、政治会议委员、参政院

	参政
林庚白	北京政府宪法起草委员会秘书长、众议院秘书长
杨天骥	北京政府国务院秘书、财政部主事，教育部视学、交通部秘书、司法部佥事
陈其美	北京民国临时政府(唐绍仪内阁)工商总长
易宗夔	北京政府国务院法制局局长
伍崇学	北京民国临时政府教育部视学、教育部普通教育司司长
朱荇青	北京政府国务院院部处事务委员会
孙景贤	北京政府国务院参议、后任职司法部
许指严	北京民国政府财政部机要秘书
沈钧儒	北洋政府国会参议院秘书长，国会宪法起草委员会委员
邵瑞彭	北洋政府临时参政院参政
陈世宜	北洋政府农商部秘书
周豫才	北洋政府教育部部员、佥事
郑宝善	北洋政府农商部佥事、矿政司技士、技正
郁　华	北洋政府大理院推事
俞诚之	北洋政府交通部秘书、司法部秘书
项　骧	北洋政府财政部次长
殷汝骊	北洋政府财政部次长
徐半梦	北洋政府大理院书记厅
钱新之	受工商总长陈其美派遣，参与接收清王朝旧农工商部，任会计课长
曹经沅	北洋政府内务部参事
黄　侃	直隶都督府秘书长
黄　郛	北洋政府外交总长、教育总长兼代国务总理
景耀月	北洋政府大总统府高等政治顾问、全国土地经界局督办、经济调查局参议
雷铁厓	北洋政府稽勋局核审员
熊　理	北洋政府教育部派往南洋，为视学

六、南京国民政府中的南社成员

汪精卫	国民政府委员、行政院院长
邵力子	国民政府立法院院长
邵元冲	国民政府委员、立法院代理院长、考试院考选委员会委员长
居　正	国民政府委员、司法院副院长、司法院院长、最高法院院长、监察院监察委员、民国法学会理事长
戴季陶	国民政府委员兼考试院院长(直到1948年)、特别外交委员会委员、国民政府国史馆馆长
于右任	国民政府委员、审计院院长、监察院院长、最高国防委员会常务委员
叶楚伧	国民政府委员、立法院副院长、国民党中央党部和国民政府联席会议秘书长
马叙伦	国民政府参事、教育部政务次长
田　桐	国民政府委员、立法院立法委员
田　侨	国民政府司法院居正院长秘书
叶夏声	国民政府立法院立法委员
许崇灏	国民政府委员、考试院秘书长

吕志伊	国民政府立法院立法委员、监察院监察委员
杜　羲	国民政府参事、监察院监察委员
张　继	国民政府委员、司法院副院长、国民政府国史馆首任馆长
钱新之	国民政府财政部次长
钱昌照	国民政府秘书、外交部秘书、教育部常务次长
蔡元培	国民政府大学院院长、中央研究院院长、监察院院长
孔昭绶	国民政府考试院考试制度史编撰
文诏云	国民政府立法院立法委员
王大桢	蒋介石总司令部参议
王孝英	国民政府立法院立法委员
卢冀野	国立礼乐馆礼制组主任
冯心侠	南京国民政府筹备委员会委员、南京国史馆编纂
成舍我	南京国民政府司法行政部秘书、立法院立法委员
孙仲瑛	财政部和实业部法规委员会咨议科长
刘季平	国民政府监察院监察委员
刘大白	南京国民政府教育部常务次长、代部长
刘成禺	国民政府监察院监察委员
余芷江	国民政府外交部秘书，任第一科科长
汪　东	国民政府监察院监察委员、国史馆纂修、国立礼乐馆馆长
宋大章	国民政府行政院（院长张群）参议
李根源	国民政府国策顾问
沈　砺	南京国民政府秘书、文官处参事
吴开先	国民政府立法委员
萧吉珊	国民政府侨务委员
陈去病	国民政府考试院委员、内政部参事
陈家鼐	国民政府委员
陈布雷	国防最高委员会副秘书长、总统府国策顾问
张默君	国民政府考试院考选委员会专员、立法院立法委员、考试院考试委员
张维城	国民政府审计部审计、到西安任审计部驻外审计兼陕西省审计处长
狄君武	国民政府立法院立法委员
邹　鲁	国民政府委员
周志成	国民政府外交部秘书兼驻沪办事处处长
杨杏佛	国民政府大学院教育行政处主任
杨天骥	国民政府监察院秘书、代秘书长，监察院监察委员
郁　华	国民政府司法行政部科长
经亨颐	国民政府委员、全国教育委员会委员长
柏文蔚	国民政府委员
俞诚之	铁道部参事，旋任业务司司长，并兼任联运处处长
姚雨平	重庆国民政府监察院监察委员、国民政府顾问
姚鹓雏	国民政府监察院监察委员
胡朴安	国民政府考试院考选委员会专员

夏光宇　　建设委员会主任秘书、铁道部参事
唐群英　　国民政府顾问、党史编纂委员会委员
谈善吾　　国民政府审计部
徐子为　　交通部电政材料处秘书
诸宗元　　国民政府教育部秘书
陶冶公　　国民政府中央公务员惩戒委员会委员、代理主任委员
曹经沅　　国民政府行政院参事、立法院立法委员
黄　郛　　国民政府行政院驻北平政务整理委员会委员长、内政部长
黄天鹏　　中央印务局总管理处处长
黄忏华　　国民政府考试院考选委员会专员、司法行政部秘书
曾虚白　　国民政府参军处参议、行政院新闻局副局长、“中央通讯社”社长
谢无量　　国民政府监察院监察委员
蔡　寅　　国民政府司法部参事
朱文中　　国民政府秘书

七、中华人民共和国成立后担任要职的南社人士

马叙伦　　中央人民政府委员、政务院文教委员会副主任、教育部部长、高等教育部部长、中国文字改革研究委员会主任、全国人大常委会委员、全国政协副主席等职，并任中国民主促进会中央主席和中国民主同盟中央副主席
何香凝　　中央人民政府委员、政务院华侨事务委员会主任、全国人大常委会副委员长、全国政协副主席、民革中央主席、中国美协主席及全国妇联名誉主席
李书城　　政务院农业部部长、全国人大常务委员、全国政协常务委员
沈流芳　　政务院文教委员会委员，华东军政委员会教育部副部长，全国政协委员、上海市政协副主席
沈雁冰　　中国文联副主席、作协主席，并任政务院第一任文化部长，历届全国人大代表、全国政协常委和第四、第五届副主席
沈钧儒　　中央人民政府委员、最高人民法院院长、全国人大常务委员会副委员长、全国政协副主席、民盟中央第一副主席、主席
邵力子　　中央人民政府政务院委员、全国人大常委会委员、全国政协常委会委员、民革中央常务委员、华侨事务委员会委员、中国人民保卫世界和平理事会常务委员
张志让　　最高人民法院副院长、全国人大法案委员会委员、中国政治法律学会副会长
柳亚子　　中央人民政府委员、政务院文化教育委员会委员、全国人大常委会委员、中央文史研究馆副馆长
钱昌照　　政务院财经委员会委员兼计划局副局长、全国政协副主席、民革中央副主席
任鸿隽　　政务院文化教育委员会委员、上海科技图书馆馆长、上海图书馆馆长、上海市科学与技术协会副主席、全国政协委员
胡子婴　　政务院财经委员会副秘书长，上海市人民政府委员，商业部副部长、全国工商联副秘书长、代理秘书长、常务委员，全国人大代表、全国政协常委、民建中央常委、全国妇联常委、中国儿童和少年基金会副会长
章乃器　　全国政协常务委员兼财经组组长、粮食部部长、政务院政务委员、政务院财经委员会委员、全国工商联合会副主席、民建中央副主席

八、国会(参、众两院)议员中的南社人士

于洪起	护法国会众议院议员
易宗夔	1913年任民国政府众议院议员。1916年后又两度担任众议院议员
马骏声	1913年任民国政府众议院议员
文诏云	南京民国临时政府参议院议员、众议院议员
丘　复	北京政府国会参议院候补议员，1924年补正为参议院议员
田　桐	南京民国临时政府临时参议院议员，后任众议院议员
白逾桓	南京民国临时政府众议院议员，广东护法国会议员
叶夏声	众议院议员
卢谔生	护法国会参议院议员
江山渊	1917年任民国政府众议院议员
刘成禺	北京政府临时参议院议员、任广州护法国会非常会议参议院议员
吕志伊	参议院议员
谷钟秀	参议院议员
冷御秋	广东护法军政府总参议、内政部总长
李根源	1913年任民国政府众议院议员
李肇甫	南京民国临时政府秘书处总务长、临时参议院议员、众议院议员
沈钧儒	广州护法军政府国会正式议员、北方政府国会参议院秘书长
邵瑞彭	南京民国临时政府众议院议员、北京政府众议院议员
陈陶遗	南京民国临时政府临时参议院副议长
陈九韶	北京民国政府众议院议员
陈去病	广州非常国会秘书长、护法国会参议院秘书长
陈家鼎	南京民国临时政府参议院议员
张　继	南京民国临时政府参议院议员、第一届参议院议长
张相文	曾当选为国会议员
邹　鲁	1912年国会众议院议员
居　正	南京民国临时政府参议院议员
杭辛斋	护法国会众议院议员
周志成	北洋政府参议院议员
周积芹	孙中山在广州就任非常大总统时，任众议院议员
林白水	北京政府众议院议员
林庚白	北京政府众议院议员、众议院秘书长、广州非常国会秘书长
杨天骥	护法国会参议院议员
欧阳振声	南京民国临时政府众议院议员
饶芙裳	南京民国临时政府众议院议员、护法国会众议院议员
殷汝骊	南京民国临时政府众议院议员
高　旭	南京民国临时政府众议院议员、北京政府众议院议员
席　绶	南京民国临时政府众议院议员、护法国会众议院议员
郭人漳	南京民国临时政府众议院议员

景定成	南京民国临时政府众议院议员、广州非常国会众议院议员
景耀月	南京临时参议院议长、北京政府众议院议员、护法国会众议院议员
谢良牧	南京民国临时政府参议院议员
蔡突灵	南京民国临时政府参议院议员、护法国会参议院议员
赵　藩	辛亥革命后，曾当选首届国会议员，一度任众议院议长
黎尚雯	辛亥革命后，1913 年曾任国会参议院议员
于均生	北京政府国会议员
狄楼海	广州非常国会议员、北京政府国会议员
陈祖基	1913 年至 1924 年任众议院议员
赵世钰	北京政府国会议员
彭昌福	北京政府国会议员
骆继汉	北京政府国会议员
李安陆	北京政府国会议员
姚勇忱	南京临时政府众议院议员

九、在各个不同时期牺牲的南社人士

孙竹丹	1911 年 6 月被暗杀
周　实	1911 年 11 月 17 日被姚荣泽戕害
阮　式	1911 年 11 月 17 日被姚荣泽戕害
宋教仁	1913 年 3 月 20 日在上海闸北火车站被袁世凯派人刺杀，22 日逝世
杨性恂	1913 年二次革命时，与谭石屏宣布湖南省独立，不幸事败后被捕遇害
陈子范	1913 年夏天，在上海因自制炸弹不慎而被炸死
宁调元	1913 年 9 月 25 日在武汉被已投靠袁世凯的黎元洪杀害
周祥骏	1914 年 5 月 16 日因策划徐州光复和反对袁世凯，不幸再次为张勋所捕，杀害于徐州
范鸿仙	1914 年 9 月 20 日深夜，被袁世凯心腹郑汝成派遣的侦缉队刺杀于上海机关部内
程家柽	1914 年 9 月 23 日被袁世凯杀害于北京，拟置毒于袁世凯之饮食中，不幸事泄被捕
吴慕尧	1914 年 12 月 24 日因多次谋划反对袁世凯，被奸人告发，遭逮捕解往北京就义
仇　亮	1915 年因反对袁世凯独裁，遭袁逮捕，旋遇害
姚勇忱	1915 年夏，在杭州被朱瑞出卖，与王金发先后被害于浙江省陆军监狱
陈仲权	1915 年 11 月 13 日，在上海被袁世凯收买的死党山东军阀张宗昌于食物中下毒致死
陈其美	1916 年 5 月 18 日，被袁世凯所收买的张宗昌部属刺杀于上海萨坡赛路 14 号
蔡济民	1919 年 1 月 28 日在湖北利川被戕杀
易　象	1920 年 11 月 25 日在湖南长沙被军阀赵恒惕杀害
廖仲恺	1925 年 8 月 20 日，在广州被国民党右派的暴徒枪杀
陈秋霖	1925 年 8 月 20 日，在广州随同廖仲恺前往中央党部出席国民党中央执行委员会会议时，同时遭到国民党右派的暴徒枪杀
邵飘萍	1926 年 4 月 26 日被奉系军阀张宗昌以“勾结赤俄，宣传赤化”罪名逮捕，惨遭杀害于北京天桥
林白水	1926 年 8 月 6 日(夏历六月二十八日)，被张宗昌下令逮捕，杀害于北京天坛
陈子芬	1928 年 5 月在湖南被捕牺牲
杨杏佛	1933 年 6 月 18 日，在上海遭国民党特务暗杀身亡

白逾桓	1935年在天津任《振报》主笔时，遭国民党特务暗杀
郁　华	1939年11月23日，在上海遭日、伪敌特暗杀
钮擎球	1941年2月12日因掩护外地革命同志，并资助中共地下党活动经费，后被伪区长向日军告密，不幸被捕，先关押在吴江，旋即被移解上海。在狱中遭受酷刑，坚贞不屈，英勇牺牲
林庚白	1941年12月初去香港，同月19日被日军杀害
朱少屏	1942年4月17日被占领菲律宾马尼拉的日军所杀害

附录四：南社人士创办、主持学校一览表

一、南社人士创办学校一览表(1)

校　　名	创办年份	地　　址	创办人及职务
时务学堂	1898	湖南	张通典
养正学堂	1900	南京	张通典
湖南旅宁公学	1900	南京	张通典
丽泽学院	1904	上海华泾	刘季平　刘东海　费公直　秦毓鎏等
渌江中学堂	1904	湖南醴陵	宁调元　短期主持
竞志女校	1904		侯鸿鉴
模范小学	1904		侯鸿鉴
速成师范	1904		侯鸿鉴
商业半日学校	1904		侯鸿鉴
博山公立高等小学堂	1905	山东博山	蒋洗凡
常州粹化女学堂	1906	江苏武进	庄通百
上杭民立师范传习所	1906	福建上杭	丘　复　监督
东溪立本两等小学堂	1906	福建上杭	丘　复　校长
丽则女学	1906	江苏吴江	任传薪　沈文炯　校长
钦明女学	1907	江苏金山	高　旭
潮嘉师范学校	1907	广东广州	邹　鲁

续　表

校　　名	创办年份	地　　址	创办人及职务
武进私立涤氛蒙养院	1908	江苏武进	庄通百
精武学校	1908	上海	陈其美
竞雄女校	1908	浙江杭州	陈去病　王金发　姚勇忱
开明女校	1911	江苏松江	杨锡章
黎里平民小学	1911	江苏吴江	朱剑芒
醴陵小学堂	1911	湖南醴陵	刘师陶
上杭县立中学	1912	福建上杭	丘　复
中央女子学校	1912	江苏南京	唐群英
神州女校	1912	上海	张默君　校长
永嘉启明女校	1912	浙江温州	马公愚
女子美术学校	1913	江苏南京	唐群英
女子手工实业学校	1913	江苏南京	唐群英
自强职业学校	1913	江苏南京	唐群英
复陶女校	1913	江苏南京	唐群英
暨南学校	1915	江苏南京	赵正平
盲童学校	1916	上海	朱少屏　傅步兰等　副校长
忠实小学堂	1917	福建上杭	丘潜庐　校长
崇德女子师范讲习所	1918	浙江桐乡	徐蕴华　所长
醴泉小学	1920	湖南醴陵	傅增湘
镇江女子职业学校	1921	江苏镇江	冷御秋
衡山女校	1925	湖南衡山	唐群英
岳北女子职业学校	1927	湖南衡山	唐群英
中国美术专科学校	1929	上海	马公愚
南普陀佛教养心院	1934	福建厦门	李叔同
汀龙小学	1935	广东潮州	丘　复
明强初级中学	1941	广东潮州	丘　复　校长

二、南社人士创办学校一览表(2)

校　　名	地　　址	创办人及职务
上海文艺学校	上海	黄宾虹　校长
爱国学社	上海	蔡元培　黄宗仰
上海音乐学院	上海	蔡元培
爱国女校	上海	黄宗仰等
北京美术专科学校	北京	寿石工等
常州修学社	常州	许指严等
长沙女子美术学校	长沙	唐群英
长沙女子手工实业学校	长沙	唐群英
长沙自强职业学校	长沙	唐群英
复陶女子中学		唐群英　校长
青年会光图画学校	上海	张聿光　校长
上海专科师范学校	上海	吴梦非　校长
崇德女子师范讲习所		徐蕴华　所长
广东潮州乐群中学	广东潮州	邹　鲁
中华艺术大学	上海	陈望道　校长
新华艺术专科学校	上海	汪亚尘　校长
香江中华中学	香港	黄冷观
醴陵高等小学堂	湖南醴陵	刘师陶　校长
湖南旅宁公学	江苏南京	张通典
养正女塾	江苏南京	张通典
竞雄女校	上海	徐自华等
泰县温知女校	江苏泰县	韩　娘　校长
黎里平民女子小学	江苏吴江	蒯贞幹等
龙文公学	广东梅州	古　直
江苏省立第一女子师范学校		张默君　校长
镇江女子职业学校		冷　通

续　表

校　　名	地　　址	创办人及职务
女子学堂		包天笑
钦明女校		高天梅　姚石子
松江茸光中学		高尔柏
松江清华女校		夏昕蕖
中央大学		赵正平　筹委会委员长
东华大学		朱文鑫　校长
丹阳正则女校		韩　苏
吴江中学	江苏丹阳	李汝航
正行女子中学	江苏吴江	沈钧儒　校长
上海星光小学	上海	吴子垣
上海孔教中、小学校		吴子垣
江西中学	上海	杨赓笙
吴江盛湖女校	江苏吴江	洪雄声
吴江县第一女校	江苏吴江	洪雄声
泾县龙坦中学	安徽泾县	胡惠生
岭东同文书院	广东梅县	饶芙裳
梅县师范学堂	广东梅县	饶芙裳
梅县体育传习所	广东梅县	饶芙裳
南洋庇能中学	南洋	饶芙裳
中华女子职业学校	江苏嘉定	唐敏慎　陈家鼐　胡子婴等
寻源学堂	江苏嘉定	许苏民
南翔义务小学	江苏嘉定	许苏民
天津北洋女子公学	天津	吕碧城
苏州宏志女学	江苏苏州	余天遂
吴江商读学校	江苏吴江	汪大千
扬州中学沪校	上海	李仲南
上海两江女子体育专科学校	上海	陆礼华　校长

续 表

校　　名	地　　址	创办人及职务
元江两等小学堂		陶惟坻
昭华女校		江雪塍　校长
世界文学函授学校	上海	汤增敭
上海中国医学院	上海	许半龙等
广州南中美术院	广州	高剑父　院长
南中艺术专科学校	广州	高剑父　院长
神州大学	上海	诸青来　总务长
世界新闻传播学院	台湾　台北	成舍我
中国新闻学院(后改名中国新闻学校)	广东广州	谢英伯
莫干小学	广东广州	黄　郛
明德小学		黄　学
国民大学		黄　兴
中国公学	上海	朱少屏　高天梅　瞿绍伊等
中华职业教育社	上海	钱新之等　任董事长
永嘉启明女校	浙江永嘉	马公愚
江苏淮东中学		马锡纯
私立正中中学		谢鸣九　校长
简实学社		蔡　模
热诚学堂		陈子英
大通学堂	浙江绍兴	陈子英　参与创办
稚川学校		葛荫梧
香港女子书画学校	香港	冯　鹭
松江孤贫儿院	江苏松江	杨锡章
松江开明女校	江苏松江	杨锡章
松江景贤女子中学	江苏松江	朱季恂
苏苏女学		冯竞任　叶振谟
苏州女子学校	江苏苏州	柳亚子　朱文鑫

续　表

校　　名	地　　址	创办人及职务
南方大学		江亢虎
醴陵女子学堂	湖南醴陵	张汉英　校长
哈尔滨东华学校	黑龙江哈尔滨	张西曼
平民补习学校		周静庵
平民女子职业学校		周静庵
女子工学社		周静庵
长沙枫林农村实验学校	湖南长沙	周静庵
吴江盛湖公学	江苏吴江	洪雄声　校长
吴江盛湖女校	江苏吴江	洪雄声　校长
江苏金山师范讲习所	江苏金山	胡蒙子　所长
嘉善县立初级中学	浙江嘉善	胡蒙子　校长
元江两等小学堂		陶小沚等
神州女校	上海	张默君
办学小学		邵力子　傅学文

三、南社人士主持学校一览表

校　　名	地　　址	主持人及职务
梅堰第一国民学校		朱　剑　校长
萍乡中学附设小学	江西萍乡	傅熊湘　校长
两江法政大学堂	江苏南京	景耀月　校长
敏成中学	江苏镇江	刘　三　校长
钦明女校	上海	何亚希　校长
上海劳动大学	上海	马叙伦　校长
中央大学校	江苏南京	赵正平　校长
南洋路矿学校	上海	朱文鑫　校长
上海图画美术学校	上海	张聿光　校长

续 表

校　　名	地　　址	主持人及职务
上海美术专科学校	上海	张聿光　校长
新华艺术专科学校	上海	徐朗西校长　汪亚尘接办
新华美术专科学校	上海	张聿光　副校长
新疆大学文学院	新疆乌鲁木齐	沈雁冰　院长
湖州浔溪女学	浙江湖州	徐自华　校长
中国艺术专科学校		黄宾虹　校长
浙江官立两级师范学堂	浙江杭州	经亨颐　校长
浙江两级师范学校	浙江杭州	经亨颐　校长
北京高等师范学校	北京	经亨颐　总务长
宁波浙江省立第四中学	浙江宁波	经亨颐　校长
旅皖湖南中学	安徽	易白沙　校长
泰县县立第一高等小学	江苏泰县	马锡纯　校长
复性书院	上海	马一浮　院长
高邮丰乐乡小学	江苏高邮	卞永璋　校长
湖南省立第一师范学校	湖南长沙	孔昭绶　校长
湖南省立第一师范学校	湖南长沙	文湘芷　校长
湖南含光女校	湖南长沙	文湘芷　校长
湖南长郡公学	湖南长沙	文湘芷　校长
湖南高等师范学校	湖南长沙	文湘芷　教务长
渌江中学	湖南长沙	文　斐　监督
江西省第四中学	江西	王时彦　校长
安徽公学		黄宾虹　襄理
绍兴府中西学堂	浙江绍兴	蔡元培　监督
南洋公学	上海	蔡元培　特班总教习
国立北平大学	北平	沈尹默　校长
中法大学孔德学院	北平	沈尹默　院长
北平民国大学	北平	鲁若衡　校长

续　表

校　　名	地　　址	主持人及职务
爱国女校	上海	萧　蜕　代理校长
崇德女子师范学校	浙江桐乡	徐蕴华　校长
崇德晚村小学	浙江桐乡	徐蕴华　校长
崇德第一高等小学	浙江桐乡	徐蕴华　校长
东南大学	江苏南京	任鸿隽　副校长
东南大学工学院	江苏南京	杨杏佛　院长
东南大学文学院	江苏南京	汪　东　院长
复旦大学文学院	上海	陈望道　院长
复旦大学法学院	上海	张志让　院长
北京国立工业大学	北京	马君武　校长
江南水师学堂	江苏南京	张通典　提调
芜湖皖江中学堂	安徽芜湖	张通典　监督
江苏省立第一女子师范学校		张默君　校长
竞雄女校		纪国振校长　王灿芝接办
泰州第一高等小学	江苏泰州	韩　焫　校长
无锡竞志女校	江苏无锡	韩　焫　教务主任
竣实学校		侯鸿鉴　校长
江阴南菁高等学校	江苏江阴	侯鸿鉴　学监
蚕业学校		侯鸿鉴　校长
集美学校	福建厦门	侯鸿鉴　校长
上海致用大学	上海	侯鸿鉴　校长
广东高等师范大学	广东广州	邹　鲁　校长
广东大学	广东广州	邹　鲁　校长
中正大学	江苏南京	胡先骕　校长
安徽大学		陈　柱　校长
南洋公学	上海	蔡元培　特班总教习
私立华华中学		高尔柏　接办

续 表

校　　名	地　　址	主持人及职务
中华女子职业学校		陈志皋　董事会主席
浦东中学	上海	朱叔源　叶振漠　校长
吴江县立第四高等小学	江苏吴江	毛啸岑　校长
黎里县立第四高等小学	江苏吴江	丘庚藻　校长
青州府中学堂	山东青州	包天笑　监督
武汉大学工学院	湖北武汉	石　瑛　院长
周庄小学	江苏吴江	朱翊新　校长
上海民光中学	上海	汤增敭　校长
南京河海工科专门学校	江苏南京	许肇南　校长
天津北洋女子师范学堂	天津	吕碧城　监督
天津北洋女子师范学校	天津	吕碧城　校长
湖南盲哑学校	湖南	李曰垓　总办
云南土民学堂		李仲南
南京女中	江苏南京	陆澹安　副校长
上海正始中学	上海	沈觉人　校长
吴江县第一初等小学	江苏吴江	
上海麦伦中学	上海	沈体兰　校长
澄海中学	广东澄海	杜国庠　校长
广东师范学院	广东广州	杜国庠　院长
复旦实验学校	上海	邵力子　校长
中山学院		邵元冲　院长
浙江省私立法政专门学校		沈钧儒　代理校长
存古学堂	浙江杭州	吴　梅　监学
存古学堂	四川	谢无量　监督
潮阳县劝学所	广东	萧吉珊　所长
天津北洋女子高等学堂	天津	张相文　校长
寿州阜丰商业学校		张相文　校长

续　表

校　　名	地　　址	主持人及职务
淮安阜财商业学校	江苏淮安	张相文　校长
华北大学		张维城　教务长
绍兴山会初级师范学堂	浙江绍兴	周豫才　监督
吴江亮叔小学堂	江苏吴江	周麟书　校长
清华大学	北京	郑之蕃　教务长
上海国华中学	上海	郑逸梅　校长
晋元中学	上海	郑逸梅　副校长
杭州求是书院	浙江杭州	林白水　总教习
丹阳县劝学所	江苏丹阳	林懿均　总董兼视学
江苏省立第三中学	江苏丹阳	林懿均
吴江淘沙弄小学	江苏吴江	金光弼　校长
常州府立师范传习所	江苏常州	杨天骥　所长
法律学校		杨天骥　校长
上海尚侠中学	上海	杨嗣轩　教务长
嘉善西塘镇圣堂小学	浙江嘉善	郁佐梅　校长
黎里第一国民学校	江苏吴江	庞禄康　校长
吉林省立甲种商业学校	吉林	范国才　校长
吴江县第一女校	江苏吴江	洪雄声　校长
浙江省立第二中学		胡蒙子　学监
上海浦东中学	上海浦东	胡蒙子　学监
南京中学	江苏南京	胡蒙子　校长秘书　襄理校政
南京女子中学	江苏南京	胡蒙子　校长、秘书
正风文学院	上海	胡朴安　院长
新中国文学院	上海	胡朴安　院长
广东工业学校		高剑父　校长
佛山美术院	广东佛山	高剑父　校长
中华工商专科学校		徐子为　校董

续　表

校　　名	地　　址	主持人及职务
中华职业学校		徐子为　校董
浙江第六师范学校		徐道政　校长
盛泽红木桥小学	江苏吴江	徐蘧轩　校长
同里第二高等小学	江苏吴江	钱祖宪　校长
南通伶工学社	江苏南通	欧阳予倩　社长
中央戏剧学院	江苏南京	欧阳予倩　院长
中央实验话剧院	江苏南京	欧阳予倩　院长
上海美术专门学校	上海	姜丹书　艺术教育主任
青年记者学会香港分会中国新闻学院	香港	郭步陶　院长
高邮县王营镇第一小学	江苏高邮	曹凤仪　校长
崇正小学		曹凤仪　校长
高邮第三小学	江苏高邮	曹凤笙　校长
广东高等学堂		黄　节　监督
广东香山炯洲两等小学		黄冷观　校长
浙江模范小学堂		堵申甫　监督
浙江两级师范学校	浙江杭州	堵申甫　学监舍监
中央政治大学新闻学院	江苏南京	曾虚白　副院长
台湾政治大学新闻研究所	台湾	曾虚白　主任
吴淞中国公学中学部	上海	舒新城　主持校务
四川国学院		谢无量　院长
高邮县立第三小学	江苏高邮	谢鸣九　校长
界首乡附属实验小学		谢鸣九　主事
江苏省立第五师范学校实验小学	江苏扬州	谢鸣九　校长
绍兴府中学堂	浙江绍兴	范爱农　监学
绍兴山会初级师范学堂	浙江绍兴	范爱农　监学
金山东二乡第一国民学校	江苏金山	蔡　模　校长
金山县立第五高等小学	江苏金山	蔡　模　校长

续　表

校　　名	地　　址	主持人及职务
嘉善西塘镇计家弄小学	浙江嘉善	蔡韶声　校长
黄埔军校	广东广州	廖仲恺　党代表
私立扬州中学		戴天球　校董、校长
震旦中学	上海	戴天球　校董
安徽公学		黄宾虹　襄理
敏成中学	江苏镇江	刘季平　校长
北平孔德学院	北平	沈尹默　校长
中央大学文学院	江苏南京	汪　东　院长
安徽皖江中学		张通典　监督

编　后　记

我是2004年从上海社会科学院文学研究所正式退休之后认识姚昆田先生的。在这之前，我主要从事中国现代文学研究，对南社研究并没有过多涉足，研究的主要对象鲁迅只是1 700余名南社社员之一。2006年，姚老邀我参与《南社大辞典》编纂，是我真正与南社研究结缘的开始。正是在姚老的带领下，诸多南社研究的专家学者为了共同的目标——《南社大辞典》走到了一起，经历了十多年的风风雨雨。如今，《南社大辞典》即将付梓，我想说的话有很多，千言万语可以归结为怀念和感谢。

大辞典的发起者、主编姚老，从组织专家、协调推进等方面费心劳力，为项目编纂鞠躬尽瘁；南社研究专家、长春师范大学教授郭长海先生，多次奔赴上海，为项目编纂出谋划策并进行学术指导（还带领团队参与词条及附录撰写，虽然由于篇幅限制等原因未能编入）；黄苗子先生，在96岁高龄时为大辞典题写书名。还有一些稿件撰写者，也未能看到大辞典的出版。此时此刻，对过世的姚昆田、郭长海、黄苗子及其他过世的参与者表示深切的怀念和缅怀！

中央文史研究馆资深馆员、中国社会科学院近代史研究所研究员杨天石先生从一开始对大辞典就非常关心和支持，并撰写序言。杨先生在序言中强调，大辞典既是反映南社历史全貌的专业辞典，也是一部填补空白的基础性工具书，对推进南社和中国近代文学以及文化研究具有重要意义。姚老主编的这部大辞典，是推进中国近代文化和文学研究的当然之举、必要之举。杨先生的话，既是一种激励，也是一种鞭策。此外，大辞典的诸多撰写者，多年来不计得失，甘于奉献，使项目以较为完整的面貌呈现给读者。在此，对他们谨致以诚挚的感谢！

最后，我还要对上海辞书出版社的支持表示感谢。上海辞书出版社的历任社领导，从张晓敏、彭卫国、何元龙到现任的秦志华，都非常关心大辞典的编纂出版，抽调精干力量对项目进行跟进。从2006年项目开始编纂时起，时任上海辞书出版社史地编辑室主任余岚，就从项目框架、词目选取及词条撰写等方面对编撰队伍进行培训；史地中心主任王圣良亲力亲为，多次参加项目编纂讨论会，推进编撰进度；责任编辑赵航、杨丽萍在大辞典最后的编辑出版阶段，认真负责，从内容质量等方面尽力把关。

当然，由于《南社大辞典》编纂出版周期长，其间历经人员变动，部分编撰者年事已高或长期多病，对编撰工作难免心有余而力不足，其中存在错谬和不足也在所难免，敬请广大读者批评指正！同时也期待南社研究薪火相传，在今后修订过程中不断增补完善！

南社大辞典编辑委员会副主编　潘颂德

2024年11月